dtv

Der 26jährige Fürst Myschkin, der an Epilepsie leidet, wird seiner Bescheidenheit und Demut und vor allem seiner Krankheit wegen der »Idiot« genannt. Aus einer Schweizer Heilanstalt nach Rußland zurückgekehrt, sieht er sich sogleich in ein Netz gesellschaftlicher Intrigen verstrickt, in denen der weltfremde Idealist sich immer weniger zurechtfindet. Zwei Empfindungen bestimmen sein Leben: Die Liebe zu der stolzen Generalstochter Aglaja und tiefes Mitleid mit der leidgeprüften Schönheit Nastasja Filippowna, die von ihrem Pflegevater mißbraucht wurde und die Myschkin durch einen Heiratsantrag schützen möchte. Doch ein Mordanschlag seines leidenschaftlichen Rivalen, Nastasjas Flucht und das Scheitern seiner eigenen Liebe treiben Myschkin unaufhaltsam der Katastrophe zu...

Fjodor Michailowitsch Dostojewskij (1821–1881), der selbst an Epilepsie litt, schrieb über dieses Werk: »Die Hauptidee ist, einen vollkommenen Menschen darzustellen. Etwas Schwierigeres gibt es nicht auf der Welt, besonders heutzutage.« Die schonungslos beschriebene Spannung zwischen jener vollkommenen Innenwelt und einer heillosen Realität macht den 1868 erschienenen Roman zum erstaunlich modernen Vorläufer psychologischer Erzählkunst im 20. Jahrhundert.

Fjodor Michailowitsch

Dostojewskij

Der Idiot

Roman

Aus dem Russischen übertragen
von Arthur Luther

Mit einem Nachwort von Ludolf Müller
und einer Zeittafel von Barbara Conrad

Deutscher Taschenbuch Verlag

Von Fjodor Michailowitsch Dostojewskij
sind im Deutschen Taschenbuch Verlag erschienen:

Der Doppelgänger (2396)
Schuld und Sühne (2024)
Der Spieler (2081)
Die Dämonen (2027)
Der Jüngling (2054)
Die Brüder Karamasow (2043)

Titel der Originalausgabe:
›Idiot‹ (Petersburg 1868/69)

Vollständige Ausgabe
September 1976
16. Auflage März 1997
Deutscher Taschenbuch Verlag GmbH & Co. KG,
München

Umschlagkonzept: Balk & Brumshagen
Umschlagbild: ›Die Verweigerung der Beichte vor der Hinrichtung‹
(1879–1885)
von Ilja Jefimowitsch Repin
Gesamtherstellung: C. H. Beck'sche Buchdruckerei,
Nördlingen
Gedruckt auf säurefreiem, chlorfrei gebleichtem Papier
Printed in Germany · ISBN 3-423-02011-3

ERSTER TEIL

1

Ende November bei Tauwetter gegen neun Uhr morgens eilte der Eisenbahnzug Warschau-Petersburg mit Volldampf seinem Endziel entgegen. Es war so feucht und neblig, daß die Morgendämmerung kaum durchdringen konnte; auf zehn Schritte rechts und links der Bahnstrecke war aus den Wagenfenstern nur schwer etwas zu erkennen. Unter den Fahrgästen befanden sich auch solche, die aus dem Ausland zurückkehrten; am stärksten besetzt aber waren die Wagen dritter Klasse, und zwar durchweg mit Kleinbürgern und Geschäftsleuten, die nicht sehr weit herkamen. Alle waren wie üblich müde, allen waren die Augen über Nacht schwer geworden, alle froren, alle Gesichter waren gelblich bleich wie der Nebel draußen.

In einem Wagen dritter Klasse fanden sich, als es hell wurde, zwei Fahrgäste am Fenster einander gegenüber: beide waren jung, beide fast ohne Gepäck und wenig elegant gekleidet, beide hatten ziemlich auffallende Gesichter, und beide wollten schließlich miteinander ins Gespräch kommen. Wenn sie beide voneinander gewußt hätten, was an ihnen in diesem Augenblick so besonders auffällig war, so würden sie sich natürlich gewundert haben, daß der Zufall sie so seltsam in einem Wagen dritter Klasse des Warschau-Petersburger Zuges einander gegenübergesetzt hatte. Der eine war klein von Wuchs, etwa siebenundzwanzig Jahre alt, hatte fast ganz schwarzes lockiges Haar und graue kleine, aber feurige Augen. Seine Nase war breit und platt, die Backenknochen traten stark hervor; die schmalen Lippen schürzten sich unablässig zu einem frechen, spöttischen und sogar boshaften Lächeln; aber seine Stirn war hoch und wohlgeformt, so daß sie ein gewisses Gegengewicht zu der unvornehm entwickelten untern Hälfte des Gesichtes bildete. Besonders auffallend war an diesem Gesicht seine tödliche Blässe; sie verlieh dem ganzen

Aussehen des jungen Mannes etwas Mattes, Entkräftetes, obgleich er ziemlich kräftig gebaut war, und zugleich etwas Leidenschaftliches, beinahe Qualvolles, das wenig mit seinem frechen und rohen Lächeln und dem scharfen, selbstzufriedenen Blick harmonierte. Er war warm gekleidet, in einen weiten, schwarzen, tuchüberzogenen Schafpelz, und hatte nachts nicht gefroren, während sein Nachbar mit zitterndem Rücken die ganze Herrlichkeit der feuchten russischen Novembernacht hatte auskosten müssen, worauf er augenscheinlich gar nicht vorbereitet war. Er hatte einen weiten dicken Umhang mit einer Riesenkapuze an, wie er oft von Reisenden im Winter getragen wird, irgendwo weit draußen im Ausland, in der Schweiz oder etwa in Oberitalien, wobei man natürlich nicht mit so endlosen Strecken rechnet, wie die von Eydtkuhnen bis Petersburg. Aber was in Italien sehr gut paßte und vollauf genügte, das erwies sich in Rußland als nicht ganz brauchbar. Der Besitzer des Umhangs mit der Kapuze war ein junger Mann von ebenfalls sechsundzwanzig oder siebenundzwanzig Jahren, von etwas über mittlerem Wuchse, mit sehr blondem, dichtem Haar, eingefallenen Wangen und einem dünnen, fast ganz weißen Spitzbärtchen. Seine Augen waren groß und blau; in ihrem unverwandten Blick lag etwas Sanftes, aber Bedrückendes, etwas von jenem seltsamen Ausdruck, an dem manche sofort den Epileptiker erkennen. Das Gesicht des jungen Mannes war übrigens freundlich, zart und mager, aber farblos, jetzt freilich beinahe blau gefroren. An seinem Arm hing ein mageres Bündel aus altem verblichenem Foulard, das sein ganzes Reisegepäck zu enthalten schien. An den Füßen hatte er Schuhe mit dicken Sohlen und Gamaschen darüber – alles das sah so gar nicht russisch aus. Der schwarzhaarige Nachbar im Pelz betrachtete das alles genau – zum Teil, weil es sonst nichts zu tun gab –, fragte endlich mit jenem unfeinen hämischen Lächeln, in dem zuweilen das Vergnügen des Menschen an dem Mißgeschick des Nächsten so ungeniert und herablassend zum Ausdruck kommt: »Sie frieren?« und zuckte mit den Achseln.

»Sehr«, antwortete der Nachbar höchst bereitwillig, »und dabei taut es doch noch. Wie, wenn wir jetzt Frost hätten?

Ich hatte mir gar nicht gedacht, daß es bei uns so kalt sein könnte. Ich bin es nicht mehr gewohnt.«

»Sie kommen wohl aus dem Ausland?«

»Ja, aus der Schweiz.«

»Oho! So weit her!«

Der Schwarzhaarige stieß einen Pfiff aus und lachte laut.

Das Gespräch kam in Gang. Die Bereitwilligkeit des blonden jungen Mannes im schweizerischen Umhang, auf alle Fragen seines schwarzhaarigen Nachbarn zu antworten, war erstaunlich. Dabei schien er gar nicht zu merken, wie herablassend manche Fragen gestellt wurden, wie unpassend und überflüssig sie waren. Er berichtete unter anderem, daß er wirklich lange nicht in Rußland gewesen sei, über vier Jahre, daß er seines Leidens wegen ins Ausland geschickt worden sei, eines merkwürdigen Nervenleidens, so etwas wie Epilepsie oder Veitstanz, mit Zuckungen und Krämpfen. Der Schwarze hörte zu und lachte einige Male; besonders laut lachte er, als auf die Frage, ob man ihn denn geheilt habe, der Blonde antwortete: Nein, man habe ihn nicht heilen können.

»Haha! Wieviel Geld mögen Sie da nutzlos hinausgeworfen haben, und wir hier glauben diesen Leuten«, bemerkte der Schwarze höhnisch.

»Sehr richtig!« mischte sich ein Herr ins Gespräch, der in der Nähe saß; er war schlecht gekleidet und schien ein im Bürodienst verknöcherter Beamter zu sein, etwa vierzig Jahre alt, von kräftigem Körperbau, mit roter Nase und mit zahllosen Pickeln im Gesicht. »Das ist nur zu wahr; sie locken nur alle russischen Kapitalien zu sich hinüber!«

»Oh, in meinem Fall irren Sie sich aber sehr!« fiel der schweizerische Patient in sanftem versöhnlichem Ton ein. »Gewiß, ich kann nicht streiten, denn ich weiß nicht alles, aber mein Arzt hat mir von seinem Geld noch etwas für die Reise mitgegeben, und fast zwei Jahre habe ich dort ganz auf seine Kosten gelebt.«

»War denn niemand da, der für Sie zahlen konnte?« fragte der Schwarze.

»Nein. Herr Pawlistschew, der meinen Unterhalt dort bezahlte, starb vor zwei Jahren; ich schrieb dann hierher an die

Generalin Jepantschina, meine entfernte Verwandte, erhielt aber keine Antwort. So bin ich denn hierher gereist.«

»Wohin sind Sie denn gereist?«

»Sie meinen, wo ich absteigen werde? ... Ja, das weiß ich wirklich noch nicht ... denn ich ...«

»Sie haben sich noch nicht entschieden?«

Beide Zuhörer fingen wieder an zu lachen.

»Und in diesem Bündel haben Sie wohl Ihr ganzes Hab und Gut?« fragte der Schwarze.

»Ich möchte wetten, daß es so ist«, fiel der rotnasige Beamte mit höchst zufriedener Miene ein, »und daß Sie im Gepäckwagen keine weiteren Koffer haben, obgleich Armut ja nicht schändet, was auch wiederum gesagt werden muß.«

Es erwies sich, daß es wirklich so war. Der blonde junge Mann gestand es sofort mit auffälliger Eile.

»Ihr Bündel hat trotzdem eine gewisse Bedeutung«, fuhr der Beamte fort, nachdem sie sich sattgelacht hatten (bezeichnenderweise hatte auch der Besitzer des Bündels beim Anblick der beiden schließlich selbst angefangen zu lachen und ihre Heiterkeit dadurch noch erhöht), »und obgleich man wetten kann, daß es keinerlei ausländische Goldrollen mit Napoleondors und Friedrichsdors, geschweige denn mit holländischen Schwarzköpfen enthält, worauf man schon aus den Gamaschen schließen kann, die Ihre ausländischen Schuhe umhüllen, so ... fügt man ihrem Bündel eine solche Verwandte bei, wie es zum Beispiel die Generalin Jepantschina ist, dann gewinnt das Bündel doch eine etwas andere Bedeutung – versteht sich nur in dem Fall, daß die Generalin Jepantschina wirklich Ihre Verwandte ist und Sie sich nicht irren, etwa aus Zerstreutheit ... was sehr leicht vorkommen kann, bei Leuten, die ... sagen wir, eine sehr reiche Phantasie besitzen.«

»Oh, Sie haben es wieder erraten«, fiel der blonde junge Mann ein, »ich irre mich wirklich fast – das heißt, sie ist so gut wie gar nicht verwandt mit mir; so wenig, daß ich, aufrichtig gesagt, damals durchaus nicht verwundert war, als ich keine Antwort erhielt. Ich hatte es nicht anders erwartet.«

»Sie haben nur unnützerweise Geld für Porto ausgegeben. Hm! ... Nun, wenigstens sind Sie gutherzig und aufrichtig, und das ist zu loben! Hm! . . . Den General Jepantschin kenne ich, weil er eine stadtbekannte Persönlichkeit ist; auch den verstorbenen Herrn Pawlistschew, der in der Schweiz für Sie gesorgt hat, habe ich gekannt – das heißt, wenn es Nikolaj Andrejewitsch Pawlistschew war, denn es gibt zwei Vettern dieses Namens. Der andere lebt heute noch in der Krim; der selige Nikolaj Andrejewitsch aber war ein sehr ehrenwerter Mann mit guten Beziehungen und besaß seiner Zeit viertausend Seelen . . .«

»Ganz recht, er hieß Nikolaj Andrejewitsch Pawlistschew.« Nachdem er das gesagt hatte, sah der junge Mann den Allwissenden scharf und prüfend an.

Solche allwissende Herren finden sich zuweilen, ja sogar ziemlich oft, in einer gewissen sozialen Schicht. Sie wissen alles, die ganze unruhige Neugier ihres Geistes und alle ihre Fähigkeiten sind rückhaltlos auf ein Ziel gerichtet, natürlich weil sie keine wichtigeren Lebensinteressen und Anschauungen haben, wie ein moderner Denker sagen würde. Unter dem Wort allwissend muß man übrigens ein ziemlich beschränktes Gebiet verstehen: wo dieser und jener dienstlich tätig ist, mit wem er verkehrt, wieviel Vermögen er besitzt, wo er Gouverneur war, wer seine Frau ist, wieviel Mitgift sie gehabt hat, wer seine Vettern ersten und zweiten Grades sind und so weiter, und dergleichen mehr. Meistenteils laufen diese Allwissenden mit durchgeriebenen Ellbogen herum und beziehen ein Gehalt von siebzehn Rubel monatlich. Die Leute, über deren Leben sie so genau unterrichtet sind, würden natürlich nie begreifen können, was für Interessen hier mitspielen – dabei aber sind viele von ihnen über diese Kenntnisse, die für sie eine ganze Wissenschaft bedeuten, wahrhaft beglückt, sie glauben sich auf Grund ihres Wissens sehr hochschätzen zu dürfen und gelangen sogar oft zu tiefster seelischer Befriedigung. Diese Wissenschaft hat auch tatsächlich etwas Verführerisches. Ich kannte Gelehrte, Schriftsteller, Dichter, Politiker, die in dieser Wissenschaft ihre höchsten Ziele und ihr größtes Glück fanden, ja nur durch sie Karriere gemacht hatten.

Während dieses ganzen Gesprächs hatte der schwarzhaarige junge Mann gegähnt, ohne Sinn und Zweck aus dem Fenster gesehen und mit großer Ungeduld auf das Ende der Reise gewartet. Er schien zerstreut, sogar sehr zerstreut, um nicht zu sagen erregt; mitunter wurde sein Benehmen ganz seltsam: er schien zuzuhören und hörte doch nichts, er blickte starr vor sich hin und sah nichts, lachte und wußte selbst kaum, worüber er lachte.

»Gestatten Sie, mit wem habe ich die Ehre...« wandte sich plötzlich der Herr mit den Pickeln im Gesicht an den blonden jungen Mann mit dem Bündel.

»Fürst Lew Nikolajewitsch Myschkin«, antwortete dieser sofort mit größter Bereitwilligkeit.

»Fürst Myschkin? Lew Nikolajewitsch? Kenne ich nicht. Habe ich sogar niemals gehört«, erwiderte der Beamte nachdenklich. »Das heißt, ich meine nicht den Namen, der Name ist historisch, man kann ihn sicher in Karamsins* Geschichte finden; ich meine die Person; man trifft heute nirgends mehr Fürsten namens Myschkin, hört nicht einmal von ihnen reden.«

»Ja, freilich«, antwortete der Fürst sofort, »es gibt jetzt auch gar keine Fürsten Myschkin mehr außer mir; ich glaube, ich bin der letzte. Und was die Väter und Großväter betrifft, so haben einige von ihnen auch nur Bauerngüter besessen. Mein Vater war übrigens Unterleutnant der Linie und hatte die Militärschule absolviert. Ich weiß auch nicht, wie es kommt, daß die Generalin Jepantschina ebenfalls eine Prinzessin Myschkina ist; sie ist auch die Letzte ihres Geschlechts...«

»Hahaha! Die Letzte ihres Geschlechts! Haha! Wie Sie das nett gesagt haben«, kicherte der Beamte.

Der Schwarze lachte auch. Der Blonde schien ein wenig erstaunt, daß ihm ein, übrigens recht mäßiges, Wortspiel gelungen war.

»Wirklich, ich sagte das, ohne mir etwas dabei zu denken«, erklärte er endlich ganz erstaunt.

* Nikolaj Michailowitsch Karamsin, berühmter russischer Geschichtsschreiber. Die ersten 8 Bände seiner »Geschichte des russischen Staates« erschienen 1816. Durch sie wurde, nach Puschkins hübschem Wort, das alte Rußland für den gebildeten Leser ebenso entdeckt, wie Amerika von Kolumbus (Anmerkung des Übersetzers).

»Ja, gewiß, gewiß«, stimmte der Beamte lachend zu.

»Sagen Sie, Fürst, haben Sie dort auch wissenschaftliche Studien betrieben, bei dem Professor?« fragte der Schwarze plötzlich.

»Ja ... ich habe auch einiges gelernt ...«

»Und ich habe nie etwas gelernt.«

»Ich habe mich ja auch nur gelegentlich mit diesem und jenem beschäftigt«, fügte der Fürst hinzu, als wollte er sich entschuldigen. »Wegen meines Leidens hielt man es für unmöglich, mir systematisch Unterricht zu erteilen.«

»Kennen Sie die Rogoschins?« fragte der Schwarze schnell.

»Nein, gar nicht. Ich kenne in Rußland überhaupt kaum jemand. Sind Sie ein Rogoschin?«

»Ja, ich heiße Rogoschin, Parfen.«

»Parfen? Am Ende gar einer von jenen Rogoschins ...« fing der Beamte mit ganz besonderer Feierlichkeit an.

»Jawohl, einer von denen«, fiel ihm der Schwarze schnell und mit unhöflicher Geduld ins Wort; er hatte sich übrigens die ganze Zeit keinmal an den rotnasigen Beamten gewendet, sondern von Anfang an nur zu dem Fürsten gesprochen.

»Ja ... wie ist denn das?« fragte der Beamte starr vor Staunen und riß die Augen weit auf; sein ganzes Gesicht nahm sofort einen ehrfürchtigen und unterwürfigen, ja sogar ängstlichen Ausdruck an. »Ein Sohn jenes Semjon Parfenowitsch Rogoschin, des erblichen Ehrenbürgers, der vor etwa einem Monat gestorben ist und ein Vermögen von zweieinhalb Millionen hinterlassen hat?«

»Woher weißt du denn, daß er zweieinhalb Millionen hinterlassen hat?« fiel der Schwarze ein, ohne auch diesmal den Beamten eines Blickes zu würdigen. »So sind sie!« Er zwinkerte dem Fürsten zu. »Und was haben sie davon, daß sie ihre Nase überall hineinstecken? Ja, es ist wahr, mein Vater ist gestorben, und ich muß nach einem Monat so gut wie barfuß aus Pskow nach Hause fahren. Weder mein Lump von Bruder noch meine Mutter haben mir etwas geschickt, kein Geld, keine Nachricht! Wie einen Hund behandeln sie mich! Den ganzen Monat habe ich in Pskow im Fieber gelegen!«

»Und jetzt bekommen Sie mit einemmal über eine Million,

und das ist noch das mindeste, o Gott!« rief der Beamte und schlug die Hände zusammen.

»Nun sagen Sie bitte, was will der Mann!« rief Rogoschin zornig und gereizt mit einer heftigen Kopfbewegung. »Ich gebe dir ja keine Kopeke – und wenn du dich vor mir auf den Kopf stellst.«

»Und ich stelle mich auf den Kopf, ich tu's.«

»Oho! Du kriegst aber doch nichts, selbst wenn du eine ganze Woche vor mir herumtanzt!«

»Du brauchst mir nichts zu geben! So habe ich es verdient! Gib mir nichts! Und ich werde doch tanzen. Meine Frau, meine kleinen Kinder laß ich im Stich, aber vor dir will ich tanzen. Tu mir den Gefallen.«

»Hol dich der Teufel!« Der Schwarze spuckte aus. »Vor fünf Wochen bin ich wie Sie«, wandte er sich wieder an den Fürsten, »mit einem kleinen Bündel meinem Vater davongelaufen, nach Pskow, zur Tante; da kriegte ich das Fieber und mußte ins Bett, und inzwischen ist er in meiner Abwesenheit gestorben. Der Schlagfluß hat ihn getroffen. Friede seiner Asche, aber er hätte mich damals beinahe totgeschlagen! Sie können es mir glauben, Fürst, Gott ist mein Zeuge! Wäre ich nicht davongelaufen, er hätte mich sicher umgebracht.«

»Hatten Sie ihn erzürnt?« fragte der Fürst und betrachtete den Millionär im Schafpelz mit einer gewissen Neugierde. Wenn die Millionenerbschaft an sich auch etwas sehr Beachtenswertes sein mochte, so war es doch noch etwas anderes, was den Fürsten wunderte und fesselte; auch Rogoschin selbst schien sich gern mit dem Fürsten zu unterhalten, obgleich das Bedürfnis, mit jemandem zu sprechen, bei ihm eher ein mechanisches als ein moralisches war; es kam mehr aus Zerstreutheit als aus Offenherzigkeit; mehr aus einer gewissen innern Unruhe und Erregung; er mußte jemandem ins Gesicht sehen und seine Zunge plappern lassen. Er schien auch immer noch zu fiebern. Und was den Beamten betrifft, so hing der jetzt förmlich an Rogoschins Munde, wagte kaum zu atmen, haschte und wägte jedes Wort, als suchte er nach Diamanten.

»Ja, freilich war er erzürnt und vielleicht mit Recht«, erwiderte Rogoschin, »am schlimmsten hat mir aber mein Bruder zugesetzt. Von der Mutter rede ich nicht, sie ist eine alte Frau, liest Heiligenlegenden, sitzt mit alten Weibern beisammen, und was Senjka*, mein Bruder, beschließt, das geschieht. Warum hat er mich aber nicht zur rechten Zeit benachrichtigt? O ja, ich verstehe das sehr gut! Freilich war ich damals bewußtlos. Sie wollen mir auch telegraphiert haben. Das Telegramm aber hat man der Tante gebracht. Und die ist seit dreißig Jahren Witwe und sitzt von früh bis spät mit schwachsinnigen Pilgern beisammen. Das Telegramm hat sie maßlos erschreckt, und ohne es aufzumachen, brachte sie es auf die Polizei; da liegt es noch heute. Doch Konew, Wasilij Wasiljewitsch, kam mir zu Hilfe und schrieb mir alles. Von der Brokatdecke, die über den Sarg des Vaters gelegt war, hat mein Bruder nachts die goldenen Quasten abgeschnitten: ‚Die kosten so viel Geld', sagt er. Dafür allein kann er ja nach Sibirien kommen, wenn ich es will, denn das ist Kirchenraub. He, du, Vogelscheuche!« wandte er sich an den Beamten. »Was sagt das Gesetz, ist das Kirchenraub?«

»Ja, freilich, Kirchenraub, freilich!« bejahte der Beamte sofort.

»Dafür kommt man nach Sibirien?«

»Nach Sibirien, nach Sibirien! Sofort nach Sibirien!«

»Sie dachten immer, ich sei noch krank«, fuhr Rogoschin, zum Fürsten gewendet, fort, »indessen habe ich, ohne ein Wort zu sagen, krank wie ich bin, mich heimlich in den Zug gesetzt und fahre los. Öffne nun das Tor, lieber Bruder Semjon Semjonowitsch! Er hat mich beim verstorbenen Vater schlechtgemacht, das weiß ich. Und daß ich Nastasja Filippownas wegen damals den Vater gereizt habe, das stimmt. Da bin ich allein schuld. Der Teufel hatte mich geritten.«

»Nastasja Filippownas wegen?« sagte der Beamte unterwürfig; er schien etwas zu erwägen.

»Du kennst sie ja nicht«, schrie Rogoschin ihn ungeduldig an.

»Ich kenne sie wohl!« erwiderte der Beamte mit Siegermiene.

»Hallo! Als ob es nur eine Nastasja Filippowna auf der

* = Semjon (Anmerkung des Übersetzers).

Welt gäbe! Was bist du doch für eine freche Kreatur! Ich habe ja gleich gewußt, daß sich irgend solch eine Kreatur sofort an mich heranmachen wird!« sagte er zum Fürsten.

»Vielleicht kenne ich sie doch!« sagte der Beamte erregt. »Lebedew weiß alles! Sie machen mir Vorwürfe, Eure Gnaden – wie aber, wenn ich es beweisen kann? Es ist dieselbe Nastasja Filippowna, um derentwillen Ihr Vater Ihnen mit seinem Stock einen Denkzettel geben wollte, und diese Nastasja Filippowna heißt Baraschkowa und ist sozusagen eine vornehme Dame, gewissermaßen auch eine Prinzessin, und verkehrt mit einem gewissen Afanasij Iwanowitsch Tozkij, mit ihm ganz allein, einem Gutsbesitzer und Großkapitalisten, Mitglied verschiedener Handels- und Aktiengesellschaften, infolgedessen auch eng befreundet mit dem General Jepantschin ...«

»Ach, so meinst du es!« sagte Rogoschin wirklich erstaunt. »Pfui Teufel, er weiß es tatsächlich.«

»Er weiß alles! Lebedew weiß alles! Ich, Eure Gnaden, bin auch mit Lichatschow Alexaschka* zwei Monate herumkutschiert, auch nach dem Tode seines Vaters, und ich kenne alle Winkel und Gassen; es kam so weit, daß er ohne Lebedew keinen Schritt zu tun wagte. Jetzt sitzt er im Schuldgefängnis, damals aber hatte ich Gelegenheit, Hermance und Coralie und die Fürstin Pazkaja und Nastasja Filippowna kennenzulernen – ja, was lernte man da nicht überhaupt alles kennen.«

»Nastasja Filippowna? Hat sie denn mit Lichatschow ...« Rogoschin sah ihn wütend an, sogar seine Lippen waren bleich geworden und zitterten.

»N–n–n–nichts! N–n–n–nichts! Rein gar nichts!« fiel der Beamte hastig ein, als fürchtete er zu viel gesagt zu haben, »mit all seinem Geld konnte Lichatschow nichts erreichen! Nein, das ist keine Hermance. Hier hat nur Tozkij etwas zu sagen. Und abends sitzt sie in der Oper oder im Französischen Theater in ihrer eigenen Loge. Die Offiziere reden da Gott weiß was untereinander, aber auch sie können der nichts nachsagen. Höchstens: ‚Seht ihr, das ist die bewußte Nastasja Fi-

* Alexander (Anmerkung des Übersetzers).

lippowna' – und weiter nichts. Von sonst etwas keine Silbe! Denn es ist auch wirklich nichts zu sagen.«

»Das stimmt alles«, bestätigte Rogoschin finster mit gerunzelten Augenbrauen. »Dasselbe hatte mir auch Saljoschew damals gesagt. Damals, Fürst, lief ich in einer alten Pekesche meines Vaters über den Newskij, und sie kam aus einem Laden und stieg in ihren Wagen. Da packte es mich wie glühendes Feuer. Ich treffe Saljoschew – das ist eine andere Art Mensch als ich, gekleidet wie ein Friseurgehilfe, eine Lorgnette vor den Augen, während wir auf Befehl des Vaters in Schmierstiefeln herumlaufen und Kohlsuppe fressen mußten. Die ist nichts für dich, sagt er, die ist, sagt er, eine Fürstin, und sie heißt Nastasja Filippowna; ihr Familienname ist Baraschkowa, und sie hat ein Verhältnis mit Tozkij, und Tozkij weiß jetzt nicht, wie er sie loswird; denn er ist, siehst du wohl, ins richtige Alter gekommen, fünfundfünfzig ist er, und möchte die erste Schönheit von ganz Petersburg heiraten. Und dann redete er mir ein, ich könnte heute noch Nastasja Filippowna in der Oper sehen, beim Ballett, in ihrer Parkettloge werde sie sitzen. Na, bei uns, solange der Vater lebte, da sollte mal einer wagen, ins Ballett zu gehen; da wurde nicht lang gefackelt: tot hätte er einen geprügelt! Ich lief aber doch für eine Stunde heimlich hin und sah Nastasja Filippowna wieder; die ganze Nacht darauf habe ich nicht geschlafen. Am Morgen gibt mir der Selige zwei fünfprozentige Prämienscheine, jeder auf fünftausend Rubel lautend; geh, sagt er, und verkaufe sie, siebentausendfünfhundert bringst du zu Andrejew ins Büro und bezahlst; den Rest von den zehntausend gibst du mir, ohne dich noch sonstwo aufzuhalten, gleich zurück; ich warte auf dich. Die Scheine habe ich verkauft, das Geld bekommen, aber zu Andrejew bin ich nicht gegangen, sondern ich ging, ohne nach rechts und links zu sehen, in einen englischen Juwelierladen und kaufte für das ganze Geld ein Paar Ohrringe: in jedem ein Brillant fast so groß wie eine Nuß; viertausend Rubel blieb ich schuldig; ich nannte meinen Namen, da gab man mir Kredit. Mit den Ohrringen ging ich zu Saljoschew: So stehts, mein Lieber, gehen wir zu Nastasja Filippowna. Wir gingen. Was damals unter meinen Füßen lag, was vor mir, was rechts und links – nichts davon weiß ich mehr. Wir traten geradewegs in ihren Salon ein, sie kam uns selbst entgegen. Ich stellte mich ihr damals nicht vor; sondern Saljoschew sagte: Das schickt Ihnen Parfen Rogoschin zur Erinnerung an die gestrige Begegnung; wollen Sie so gnädig sein, es in Empfang zu nehmen. Sie machte das Etui auf, sah hinein, lachte: Danken Sie Ihrem Freunde Herrn Rogoschin für seine liebenswürdige Aufmerksamkeit. Damit nickte sie uns zu und ging hinaus. Ach, warum bin ich damals nicht sofort gestorben! Wenn ich hinging, so war's ja nur, weil ich dachte: Es ist ja alles gleich, lebendig komme ich nicht zurück! Und am kränkendsten schien mir, daß diese Bestie Saljoschew alles an sich gerissen hatte. Ich bin klein von Wuchs, gekleidet wie ein einfacher Kerl, und stehe da und schweige und starre sie mit weit aufgerissenen Augen an, denn ich schäme mich; er aber, nach der neuesten Mode gekleidet, pomadisiert und frisiert, rotbackig, mit karierter Krawatte, dreht sich und scharwenzelt und macht Kratzfüße – und ganz sicher hat sie ihn damals für den Spender gehalten! Nun, sage ich beim Hinausgehen, wage du mir hier auch nicht einmal daran zu denken, verstehst du! Er lacht: Wie wirst du nun Semjon Parfenowitsch Rechenschaft geben? Ich wollte eigentlich sofort ins Wasser, ohne erst nach Hause zu gehen, aber schließlich dachte ich: Es ist ja doch alles gleich! – und schlich wie ein gebrandmarkter Verbrecher nach Hause.«

»Ach! Oh!« Der Beamte verzog das Gesicht und schüttelte sich wie im Fieber. »Dabei kam es dem Seligen nicht darauf an, einen erst wegen zehntausend, sondern selbst wegen lumpiger zehn Rubel ins Jenseits zu befördern«, sagte er und nickte dem Fürsten zu.

Der Fürst sah Rogoschin neugierig an; dieser schien jetzt noch bleicher.

»Ins Jenseits befördern«, wiederholte Rogoschin. »Was weißt du denn? Er hatte«, fuhr er zum Fürsten gewendet fort, »gleich alles erfahren, und auch Saljoschew erzählte es jedem, der ihm in den Weg kam. Mein Vater kriegte mich zu fassen, schloß mich oben ein und belehrte mich eine ganze Stunde lang. Das ist nur vorläufig, sagte er, ich komme später noch, dir gute Nacht zu sagen. Was glauben Sie wohl? Der Alte fährt zu Nastasja Filippowna, neigt sich vor ihr bis zur Erde, fleht sie an und heult; sie bringt ihm endlich die Schachtel, schmeißt sie ihm hin: Da hast du deine Ohrringe, alter Langbart, jetzt sind sie mir zehnmal soviel wert, wenn Parfen sie mit solcher Lebensgefahr beschaffen mußte. Grüße Parfen Semjonowitsch und danke ihm. Nun, ich hatte inzwischen mit Mutters Segen von Serjoschka Protuschin zwanzig Rubel geliehen und sauste mit der Eisenbahn nach Pskow ab. Fieberkrank komm ich dort an; die alten Weiber sprechen sofort Gebete über mir, und ich sitze da wie betrunken. Na, dann trug ich mein letztes Geld in die Kneipen, lag die ganze Nacht bewußtlos auf der Straße, hatte morgens wahnsinniges Fieber, und nachts hatten auch noch die Hunde an mir gezerrt und genagt. Nur mit Mühe und Not kam ich wieder zu mir.«

»Na, na, jetzt wird Nastasja Filippowna Gesichter machen!« kicherte der Beamte und rieb die Hände. »Jetzt, mein Herr, gibt's was Besseres als Ohrringe! Jetzt schaffen wir ihr Ersatz . . .«

»Wenn du noch ein einziges Wort über Nastasja Filippowna sagst, so verprügele ich dich, Gott ist mein Zeuge, magst du auch noch so viel mit Lichatschow gebummelt haben!« schrie Rogoschin und packte ihn fest am Arm.

»Wenn du mich prügelst, so verstößt du mich nicht! Schlage nur zu! So gewinnst du Macht über mich! Hast du mich verprügelt, so hast du eben dadurch ein Recht auf mich erworben . . . Ah, da sind wir schon!«

Der Zug fuhr tatsächlich in die Bahnhofshalle ein. Obgleich Rogoschin gesagt hatte, er sei heimlich abgereist, so wurde er doch von mehreren Personen erwartet. Sie schrien und schwenkten ihre Mützen.

»Sieh mal an, auch Saljoschew ist da!« brummte Rogoschin und sah sie mit einem triumphierenden und sogar etwas boshaften Lächeln an; dann wandte er sich plötzlich an den Fürsten. »Fürst, ich weiß nicht, weswegen ich dich liebgewonnen habe. Vielleicht weil ich dich in einem solchen Augenblicke traf – aber den habe ich doch auch getroffen«, er zeigte auf Lebedew, »und habe ihn doch nicht liebgewonnen. Komm zu mir, Fürst. Wir wollen dir diese elenden Gamaschen ausziehen, und ich stecke dich in einen erstklassigen Marderpelz; ich laß dir einen tadellosen Frack bauen, eine weiße Weste, oder wie du sie sonst haben willst, die Taschen stopfe ich dir mit Geld voll und ... wir fahren zu Nastasja Filippowna! Wirst du zu mir kommen oder nicht?«

»Passen Sie auf, Fürst Lew Nikolajewitsch!« fiel Lebedew würdevoll und feierlich ein. »Lassen Sie sich die Gelegenheit nicht entgehen! Lassen Sie sie sich nicht entgehen!«

Fürst Myschkin erhob sich, streckte Rogoschin höflich die Hand entgegen und sagte freundlich: »Ich werde mit dem größten Vergnügen kommen und bin Ihnen sehr dankbar, daß Sie mich liebgewonnen haben. Vielleicht komme ich sogar schon heute, wenn ich Zeit habe. Denn ich muß Ihnen aufrichtig sagen, Sie haben mir sehr gut gefallen, besonders als Sie von den Brillantohrringen erzählten. Sie hatten mir auch schon vorher gefallen, obgleich Sie ein so finsteres Gesicht machten. Ich danke Ihnen auch für die versprochenen Kleider und den Pelz, denn ich werde wirklich einen Anzug und einen Pelz sehr bald nötig haben. Geld aber habe ich augenblicklich so gut wie gar keins.«

»Geld wird sich finden, heute abend noch, komm nur!«

»Wird sich finden«, fiel der Beamte ein, »heute abend noch, ehe es dämmert!«

»Und sind Sie ein großer Liebhaber des weiblichen Geschlechts, Fürst? Sagen Sie es nur gleich!«

»Ich? N–n–nein! Ich bin ja ... Sie wissen es vielleicht nicht ... aber infolge meines angeborenen Leidens kenne ich die Frauen eigentlich noch gar nicht.«

»Nun, wenn es so ist«, rief Rogoschin, »dann bist du, Fürst, ein richtiger heiliger Narr, und solche wie dich hat Gott der Herr lieb.«

»Solche hat Gott der Herr lieb«, fiel der Beamte ein.

»Du gehst mit mir, Federfuchser«, sagte Rogoschin zu Lebedew.

Und sie stiegen alle aus.

Lebedew hatte also seine Absicht schließlich doch erreicht. Bald danach entfernte sich die lärmende Schar in der Richtung nach dem Wosnesenskij-Prospekt. Der Fürst mußte zur Litejnaja. Es war feucht und kalt; der Fürst erkundigte sich bei einigen Passanten nach dem Weg: bis zu seinem Ziel waren es gegen drei Werst, und so beschloß er, eine Droschke zu nehmen.

2

General Jepantschin wohnte in seinem eigenen Haus etwas abseits von der Litejnaja, näher zur Verklärungskirche. Außer diesem vorzüglichen Hause, von dem fünf Sechstel vermietet waren, hatte der General noch ein riesiges Haus in der Sadowaja, das ihm ebenfalls sehr viel einbrachte. Außer diesen beiden Häusern hatte er noch dicht bei Petersburg ein sehr einträgliches großes Landgut; ferner hatte er im Landkreis Petersburg noch eine Fabrik. In früheren Jahren war General Jepantschin, wie allgemein bekannt war, an der Branntweinpacht beteiligt gewesen. Jetzt war er an mehreren soliden Aktiengesellschaften beteiligt und hatte einen recht bedeutenden Einfluß im Aufsichtsrat. Er galt als ein Mann mit großen Geldmitteln, weitem Wirkungskreis und besten Beziehungen. Manchenorts hatte er sich ganz unentbehrlich zu machen gewußt, unter anderem auch in seinem eigentlichen Amte. Und dabei war es doch bekannt, daß Iwan Fjodorowitsch Jepantschin ein Mann ohne Bildung und der Sohn eines einfachen Soldaten war; das letztere konnte ihm sicher nur zur Ehre gereichen, allein der General war zwar ein kluger Mensch, hatte aber doch seine kleinen verzeihlichen Schwächen und konnte gewisse Anspielungen nicht vertragen. Doch war er unstreitig ein sehr kluger und gewandter Mensch. Zu seinem System gehörte es zum Beispiel, sich nicht vorzudrängen, ja nötigenfalls ganz von der Bildfläche zu verschwinden, und viele schätzten ihn gerade wegen seiner Schlichtheit, gerade deshalb, weil er immer genau wußte, wo er hingehörte. Wenn aber diese Beurteiler gewußt hätten, was manchmal in der Seele des Generals vorging, der so gut wußte, wo er hingehörte! Obgleich er in den Dingen dieser Welt sehr wohl erfahren war und manche höchst bemerkenswerte Fähigkeit besaß, liebte er es, sich den Anschein zu geben, als führe er nur fremde Ideen aus, statt seinen eigenen Gedanken zu folgen; er liebte es, den »ehrlich Ergebenen«* zu spielen, und sogar – wohin führt uns nicht der Zug der Zeit? – als gutherziger Russe zu erscheinen. Was das letztere anbetrifft, so waren ihm schon ein paarmal recht komische Geschichten passiert; allein der General verlor den Mut nie, mochte die Situation noch so komisch sein; außerdem hatte er immer Glück, selbst im Kartenspiel; – dabei spielte er sehr hoch und machte sogar absichtlich aus dieser kleinen Schwäche für das Spiel, die ihm in manchen Fällen sehr wesentlich zugute kam, kein Hehl: im Gegenteil, er betonte sie gerne. Die Gesellschaft, in der er sich bewegte, war recht gemischt; es waren aber natürlich lauter Leute von Ansehen und Kapital. Doch das Beste stand ja noch bevor, man hatte Zeit, man hatte sogar sehr viel Zeit, alles mußte nach und nach und im rechten Augenblick von selber kommen. Und auch was das Alter des Generals Jepantschin betrifft, so befand er sich noch in den sogenannten besten Jahren – das heißt, er war sechsundfünfzig Jahre alt, nicht mehr, und das ist jedenfalls noch ein blühendes Alter, ein Alter, mit dem eigentlich erst das richtige Leben beginnt. Seine Gesundheit, seine Gesichtsfarbe, seine festen, wenn auch schwarzen Zähne, der stämmige, kräftige Körperbau, der sorgenvolle Gesichtsausdruck vormittags im Dienst und der heitere abends am Kartentisch oder bei Seiner Durchlaucht – alles trug zu den gegenwärtigen und kommenden Erfolgen bei und streute Rosen auf den Lebensweg Seiner Exzellenz.

Der General besaß eine blühende Familie. Allerdings gab es hier nicht nur Rosen, sondern auch manches, worauf sich seit langem schon die hauptsächlichsten Hoffnungen und Absichten Seiner Exzellenz ernstlich und innig konzentrierten. Und wirklich – welche Lebensaufgaben sind wichtiger und heiliger als die liebender Eltern? Woran soll man sich halten, wenn nicht an die Familie? Die Familie des Generals bestand aus

* »Ehrlich ergeben« – Wahlspruch des bekannten Generals Araktschejew, des reaktionären Günstlings Kaiser Alexanders I. (Anmerkung des Übersetzers).

seiner Gattin und drei erwachsenen Töchtern. Geheiratet hatte der General schon vor sehr langer Zeit, noch als Leutnant, ein Mädchen fast gleichen Alters wie er selbst, das sich weder durch Schönheit noch durch Bildung auszeichnete und als Mitgift nur fünfzig Seelen mitgebracht hatte – die freilich zur Grundlage seines späteren Wohlstandes wurden. Allein der General klagte später niemals über seine frühe Heirat, betrachtete sie niemals als Verirrung einer unseligen Jugend und achtete, ja fürchtete mitunter seine Gattin so sehr, daß er sie sogar liebte. Die Generalin entstammte dem Fürstengeschlecht der Myschkins, das zwar nicht sehr glänzend, aber sehr alt war, und sie bildete sich sehr viel auf ihre Herkunft ein. Eine der damals einflußreichen Personen, einer von jenen Protektoren, denen ihre Protektion übrigens nichts kostet, hatte sich bereit erklärt, sich für die Verheiratung der jungen Prinzessin zu interessieren. Er machte dem jungen Offizier das Tor auf und stieß ihn in den Gang hinein; doch bei diesem bedurfte es gar nicht erst eines Stoßes; ein einziger Blick genügte – er wäre nicht vergeblich gewesen! Im großen ganzen hatten die Ehegatten bis zu ihrer Silberhochzeit in Frieden und Eintracht gelebt. Noch in ganz jungen Jahren hatte die Generalin als Fürstentochter und Letzte ihres Geschlechtes, vielleicht auch dank ihren persönlichen Eigenschaften, einige sehr hochstehende Gönnerinnen zu finden gewußt. Und später begann sie dank dem Reichtum und der dienstlichen Stellung ihres Gatten sich in diesen vornehmen Kreisen auch ziemlich heimisch zu fühlen.

In diesen letzten Jahren waren auch die drei Töchter des Generals, Alexandra, Adelaida und Aglaja, herangewachsen und herangereift. Freilich waren sie alle drei nur Jepantschins, aber mütterlicherseits doch von fürstlichem Geblüt, hatten eine nicht unbedeutende Mitgift und einen Vater, der für später vielleicht Aussicht auf einen sehr hohen Posten im Staat hatte – und, was auch recht wichtig ist, alle drei waren auffallend hübsch, die älteste, Alexandra, die schon fünfundzwanzig Jahre alt war, nicht ausgenommen. Die mittlere war dreiundzwanzig Jahre alt und die jüngste, Aglaja, eben zwanzig geworden. Diese Jüngste war sogar eine wirkliche Schönheit und begann in der Gesellschaft Aufsehen zu machen. Aber auch das war noch nicht alles: alle drei zeichneten sich auch durch Bildung, Verstand und Talente aus. Man wußte, daß sie einander sehr liebhatten und sich gegenseitig unterstützten. Man redete sogar von Opfern, die die beiden älteren zugunsten der jüngsten, des Abgottes der ganzen Familie, gebracht hatten. In der Gesellschaft drängten sie sich nicht nur nicht vor, sondern waren sogar übermäßig bescheiden. Niemand konnte ihnen Hochmut oder Anmaßung vorwerfen, und doch wußte man, daß sie stolz und des eigenen Wertes sehr wohl bewußt waren. Die älteste war sehr musikalisch, die zweite zeichnete und malte vorzüglich; davon aber hatte jahrelang kaum jemand etwas gewußt; erst in der allerjüngsten Zeit war es, auch nur durch einen reinen Zufall, bekanntgeworden. Kurzum: überall wurde ihr Lob gesungen. Doch gab es natürlich auch Mißgünstige. Mit Entsetzen redete man davon, wieviel Bücher sie gelesen hätten. Mit dem Heiraten schien es ihnen nicht zu eilen; auf den Verkehr in gewissen Kreisen legten sie wohl Wert, aber nicht allzuviel. Das fiel um so mehr auf, als alle die Neigungen, den Charakter, die Absichten und die Wünsche ihres Vaters kannten.

Es war schon gegen elf Uhr, als der Fürst an der Tür des Generals klingelte. Der General wohnte im ersten Stock und hatte seine Wohnung möglichst bescheiden, wenn auch seiner Stellung entsprechend eingerichtet. Ein livrierter Diener machte dem Fürsten die Tür auf, und er mußte sich sehr lange mit diesem Menschen auseinandersetzen, der von Anfang an ihn und sein Bündel argwöhnisch betrachtete. Endlich, nachdem er mehrmals ausdrücklich erklärt hatte, daß er tatsächlich der Fürst Myschkin sei und den General unbedingt in einer dringenden Angelegenheit sprechen müsse, führte ihn der Diener immer noch zweifelnd in einen kleinen Vorraum neben dem Empfangszimmer und überlieferte ihn einem anderen Diener, der morgens in diesem Vorzimmer Dienst hatte und dem General die Besucher meldete. Dieser zweite Diener hatte einen Frack an, mochte etwas über vierzig Jahre alt sein und zeigte ein sehr besorgtes Gesicht; er hatte den speziellen Kabinett- und Meldedienst bei Seiner Exzellenz und war sich infolgedessen seiner Würde voll bewußt.

»Sie können im Empfangszimmer warten, das Bündel aber lassen Sie hier«, sagte er, indem er sich langsam und feierlich in seinen Lehnsessel niederließ und mit strenger Verwunderung den Fürsten betrachtete, der sich neben ihn auf einen Stuhl gesetzt hatte und sein Bündel immer noch auf dem Arm hielt.

»Wenn Sie gestatten«, sagte der Fürst, »würde ich lieber hier bei Ihnen warten; was soll ich dort ganz allein.«

»Im Vorzimmer schickt es sich nicht, denn Sie sind ein Besucher, sozusagen ein Gast. Wollen Sie zum General selbst?« Der Diener konnte sich offenbar noch immer nicht mit dem Gedanken aussöhnen, einen solchen Besucher einzulassen, und beschloß daher, ihn noch einmal zu fragen.

»Ja, ich will in einer Angelegenheit ...« fing der Fürst an.

»Ich frage Sie nicht, was für eine Angelegenheit Sie haben. Ich habe Sie nur zu melden. Aber solange der Sekretär nicht da ist, sagte ich schon, melde ich Sie nicht.«

Das Mißtrauen dieses Menschen schien immer mehr zu wachsen. Der Fürst war den alltäglichen Besuchern zu unähnlich, und obgleich der General sehr oft, beinahe täglich, zu bestimmten Stunden, besonders in Geschäften, sogar sehr verschiedenartige Leute zu empfangen hatte, wurde der Kammerdiener trotz aller Gewohnheit und seiner sehr weitgehenden Instruktion von großen Zweifeln geplagt; die Vermittlung des Sekretärs bei der Meldung schien ihm durchaus notwendig.

»Kommen Sie wirklich ... aus dem Ausland?« fragte er endlich ganz unwillkürlich und stockte. Er wollte vielleicht fragen: Sind Sie wirklich ein Fürst Myschkin?

»Ja, ich komme soeben erst vom Bahnhof. Mir scheint, Sie wollten fragen, ob ich wirklich Fürst Myschkin bin, und haben es nur aus Höflichkeit nicht getan.«

»Hm!« ... brummte der erstaunte Diener.

»Ich versichere Ihnen, daß ich Sie nicht belogen habe, und Sie werden sich nicht meinetwegen zu verantworten haben. Daß ich so aussehe und mein Bündel bei mir habe, braucht Sie nicht zu wundern; augenblicklich lebe ich nicht eben in glänzenden Verhältnissen.«

»Hm! Das ist es nicht, was ich fürchte. Ich bin verpflichtet,

Sie zu melden, und der Sekretär wird Sie empfangen, es sei denn, daß... Sehen Sie, das ist es eben... Sie wollen den General doch nicht um eine Unterstützung bitten, wenn ich fragen darf?«

»O nein, da können Sie ganz beruhigt sein. Ich komme in einer ganz anderen Sache.«

»Entschuldigen Sie bitte, aber die Frage kam mir von selbst, als ich Sie ansah. Sie müssen auf den Sekretär warten. Unser Herr ist jetzt mit einem Oberst beschäftigt, nachher kommt aber auch der Sekretär... von der Aktiengesellschaft.«

»Wenn ich also noch lange warten muß, so möchte ich Sie bitten: Könnte ich hier nicht irgendwo rauchen? Ich habe Pfeife und Tabak mit.«

»Rauchen?« Der Kammerdiener sah ihn mit verächtlichem Befremden an, als traute er seinen Ohren nicht. »Rauchen? Nein, hier dürfen Sie nicht rauchen, und Sie müßten sich schämen, daran auch nur zu denken. Hm! Das ist doch wunderlich!«

»Oh! Ich meinte ja gar nicht in diesem Zimmer, das weiß ich schon; ich wäre hinausgegangen; Sie hätten mir nur zeigen sollen, wohin; ich bin so daran gewöhnt, und ich habe schon seit drei Stunden nicht geraucht. Übrigens, ganz wie Sie wollen, und Sie wissen ja, es gibt ein Sprichwort: Wer ein fremdes Kloster besucht...«*

»Nun, wie soll ich Sie, wenn Sie so sind, denn melden?« brummte der Kammerdiener fast unwillkürlich. »Vor allem sollten Sie gar nicht hier, sondern im Empfangszimmer sitzen, denn Sie gehören zu den Besuchern, sind sozusagen ein Gast, und ich habe die Verantwortung... Sagen Sie mal, wollen Sie etwa bei uns wohnen bleiben?« fügte er hinzu und schielte noch einmal nach dem Bündel des Fürsten, das ihm offenbar keine Ruhe ließ.

»Nein, ich denke nicht daran; selbst wenn man mich dazu aufforderte, würde ich nicht bleiben. Ich bin nur gekommen, um die Herrschaften kennenzulernen, weiter nichts.«

»Wie? Kennenzulernen?« fragte der Kammerdiener er-

* »... soll sich nach dessen Regel richten« (Anmerkung des Übersetzers).

staunt und nun erst recht argwöhnisch. »Erst sagten Sie doch, Sie kämen geschäftlich?«

»Oh! Das Geschäftliche ist nur ganz nebenbei! Das heißt, wenn Sie wollen, ist es doch etwas Geschäftliches. Ich möchte um Rat fragen, vor allem aber bin ich gekommen, mich vorzustellen; denn ich bin ein Fürst Myschkin, und die Generalin Jepantschina ist eine geborene Prinzessin Myschkina, und außer mir und ihr gibt es gar keine Myschkins mehr.«

»So sind Sie also zudem noch ein Verwandter?« fuhr der Diener, nun erst recht erschreckt, auf.

»Auch das kaum. Übrigens, wenn man's nicht so genau nimmt, sind wir natürlich verwandt, aber so entfernt, daß man es eigentlich kaum noch als Verwandtschaft ansehen kann. Ich habe mich aus dem Ausland einmal brieflich an die Generalin gewandt, doch sie hat mir nicht geantwortet. Trotzdem hielt ich es für nötig, nach meiner Rückkehr Beziehungen anzuknüpfen. Ihnen erkläre ich das alles, damit Sie aufhören zu zweifeln, denn ich sehe, Sie sind immer noch beunruhigt. Wenn Sie mich als Fürst Myschkin melden, so ist der Zweck meines Besuches schon aus der Meldung selbst ersichtlich. Empfängt man mich, so ist es gut; empfängt man mich nicht, so ist es vielleicht auch ganz gut. Aber ich glaube, man kann mich nicht abweisen. Die Generalin wird sicher den Wunsch haben, den ältesten und einzigen Vertreter ihres Geschlechts kennenzulernen, denn sie legt, wie ich genau weiß, auf ihre Herkunft sehr großen Wert.«

Was der Fürst sagte, schien alles höchst einfach; je einfacher aber seine Reden waren, desto sinnloser schienen sie in der augenblicklichen Situation, und der erfahrene Kammerdiener konnte nicht umhin, etwas zu empfinden, was im Verkehr von Mensch zu Mensch durchaus angebracht, im Verkehr zwischen Gast und Diener aber völlig unpassend ist. Da jedoch die Dienstboten viel klüger sind, als ihre Herrschaften gewöhnlich von ihnen denken, so ging es auch dem Kammerdiener durch den Kopf, daß hier zweierlei möglich sei: entweder ist der Fürst ein Vagabund und will dann sicher die Herrschaften anbetteln, oder er ist einfach ein Narr, der keine Ambitionen hat, denn ein kluger Fürst mit Ambitionen wird nicht im Vorzimmer sitzen und sich mit dem Diener über seine Angelegenheiten unterhalten; in dem einen wie in dem andern Falle hätte er, der Diener, die ganze Verantwortung zu tragen.

»Sie sollten doch lieber ins Empfangszimmer gehen«, bemerkte er mit größtem Nachdruck.

»Hätte ich dort gesessen, so hätte ich Ihnen nicht alles erzählen können«, sagte der Fürst und lachte heiter. »Und dann wären Sie noch immer besorgt, wenn Ihr Blick auf meinen Mantel und mein Bündel fiele. Jetzt aber brauchen Sie vielleicht gar nicht den Sekretär abzuwarten, sondern können selbst hingehen und mich melden.«

»Einen Besucher wie Sie kann ich ohne Sekretär nicht melden; außerdem hat der Herr General erst vorhin ausdrücklich angeordnet, man dürfe ihn nicht stören, solange der Oberst da sei. Nur Gawrila Ardalionytsch darf unangemeldet zu ihm kommen.«

»Das ist ein Beamter?«

»Gawrila Ardalionytsch? Nein. Er hat eine selbständige Stellung in der Aktiengesellschaft. Das Bündel können Sie dort hinlegen.«

»Ich habe selbst schon daran gedacht; wenn Sie gestatten ... und was meinen Sie, soll ich nicht auch den Mantel ablegen?«

»Natürlich. Sie können doch nicht im Mantel zu ihm hineingehen.«

Der Fürst stand auf, legte hastig den Mantel ab und stand nun in einem recht anständigen und gut sitzenden, wenn auch abgetragenen Jackettanzug da. Über seine Weste hing eine Stahlkette. An der Kette befand sich eine Genfer silberne Uhr.

Wenn der Fürst auch ein Narr war – darüber war sich der Diener schon klar –, so schien es dem Kammerdiener Seiner Exzellenz endlich doch unpassend, das Gespräch mit dem Gast von sich aus fortzusetzen, obgleich ihm der Fürst ganz gut gefiel, natürlich in seiner Art. Andererseits aber weckte er in ihm einen entschiedenen und schroffen Unwillen.

»Wann empfängt denn die Generalin?« fragte der Fürst und setzte sich auf seinen alten Platz.

»Das geht mich schon nichts an. Sie empfängt zu verschiedenen Zeiten, je nach der Person. Die Modistin darf schon um elf kommen. Auch Gawrila Ardalionytsch wird früher als die anderen vorgelassen, er darf sogar zum Morgenfrühstück erscheinen.«

»In Ihren Zimmern ist es im Winter wärmer als im Ausland«, bemerkte der Fürst, »dafür ist es dort auf den Straßen wärmer als hier; in den Häusern aber ist es im Winter so kalt, daß ein Russe, der nicht daran gewöhnt ist, da gar nicht leben könnte.«

»Heizt man dort nicht?«

»Nein, zudem sind die Häuser dort anders gebaut, das heißt die Öfen und die Fenster.«

»Hm! Und sind Sie lange herumgereist?«

»Vier Jahre lang. Übrigens war ich fast immer am selben Ort auf dem Lande.«

»Da ist Ihnen die Heimat wohl ganz fremd geworden?«

»Ja, freilich. Glauben Sie mir, ich wundere mich, daß ich noch nicht verlernt habe, Russisch zu sprechen. Jetzt rede ich mit Ihnen und dabei denke ich: Ich spreche doch immer noch recht gut. Vielleicht rede ich nur deshalb so viel. Wirklich, seit gestern möchte ich immer russisch sprechen.«

»Hm! Hä! Haben Sie früher schon in Petersburg gelebt?« (So sehr der Diener sich auch zusammennahm – es war unmöglich, eine so höfliche und liebenswürdige Unterhaltung nicht fortzusetzen.)

»In Petersburg? Fast gar nicht; immer nur auf der Durchreise. Auch früher schon kannte ich hier so gut wie nichts, doch jetzt, heißt es, gäbe es so viel Neues, daß auch jene, die die Stadt gekannt haben, alles von neuem kennenlernen müssen. Jetzt redet man hier viel von den Gerichten.«

»Hm! ... Gerichte. Ja, Gerichte haben wir, das stimmt. Aber, wie ist es damit? Sind die dortigen Gerichte gerechter oder nicht?«

»Ich weiß nicht. Ich habe über unsere Gerichte viel Gutes gehört. Bei uns gibt es auch keine Todesstrafe mehr.«

»Und dort gibt es sie noch?«

»Ja. Ich habe in Frankreich, in Lyon, eine Hinrichtung mit angesehen. Schneider hatte mich mitgenommen.«

»Wird dort gehängt?«

»Nein. In Frankreich werden die Verurteilten enthauptet.«

»Und wie ist es? – schreien sie?«

»Ach wo! Es ist ja nur ein Moment. Man legt den Mann hin, und dann fällt so ein großes Messer herab, an einer Maschine, Guillotine nennt man sie, schwer, wuchtig ... der Kopf springt so schnell ab, daß man nicht Zeit hat, mit den Augen zu zwinkern. Die Vorbereitungen sind qualvoll. Wenn das Urteil verlesen wird, wenn sie alles herrichten, den Mann binden, ihn auf das Schafott führen, das ist entsetzlich! Es läuft sehr viel Volk zusammen, sogar Weiber, obgleich man es dort nicht gern hat, daß Frauen zusehen.«

»Das ist auch nichts für sie.«

»Gewiß! Gewiß! Solch eine Qual! ... Der Verbrecher war ein kluger Kerl, mutig, stark, in reifen Jahren, Legros hieß er. Und ich sage Ihnen, Sie mögen mir glauben oder nicht: als er auf das Schafott stieg – da weinte er und war weiß wie ein Blatt Papier. Ist das möglich? Ist das nicht furchtbar? Wer weint denn vor Angst? Ich hätte nie gedacht, daß man vor Angst weinen könnte, wenn man kein Kind mehr ist, sondern ein Mann, der noch nie geweint hat, ein Mann von fünfundvierzig Jahren. Was muß in einem solchen Augenblick in der Seele vorgehen, unter was für Krämpfen muß sie zucken? Eine Verhöhnung der menschlichen Seele, weiter nichts! Es steht geschrieben: Du sollst nicht töten – und weil er getötet hat, soll er nun auch getötet werden? Nein, das geht nicht an. Es ist nun schon einen Monat her, seit ich das gesehen habe, aber noch immer steht mir das ganze Bild lebendig vor Augen. Wohl fünfmal habe ich davon geträumt.«

Der Fürst war vom Reden ganz lebhaft geworden, eine leichte Röte zeigte sich auf seinem blassen Gesicht, obgleich er immer noch sehr leise sprach. Der Kammerdiener hörte ihm mit größtem Interesse zu, als könnte er sich gar nicht losreißen; vielleicht war er auch ein Mensch, der Phantasie besaß und ab und zu versuchte, selbständig zu denken.

»Es ist nur gut, daß die Qual nicht groß ist«, bemerkte er, »wenn der Kopf herunterfliegt.«

»Wissen Sie«, fiel der Fürst eifrig ein, »das meinen Sie, und das meinen auch alle anderen, und darum hat man ja auch diese Maschine erfunden, die Guillotine. Mir aber kam damals sofort der Gedanke: Wie, wenn das vielleicht noch schlimmer ist? Ihnen scheint das lächerlich, ja unsinnig, aber bei etwas Phantasie kann einem auch solch ein Gedanke durch den Kopf gehen. Stellen Sie sich einmal vor, der Mann würde gefoltert; dabei hat er Schmerzen, bekommt Wunden, empfindet körperliche Qualen, die ihn also von den seelischen Leiden ablenken, so daß ihn nur seine Wunden quälen – bis der Tod eintritt. Aber der größte, der stärkste Schmerz kommt vielleicht gar nicht von den Wunden, sondern davon, daß man genau weiß, ganz genau: nach einer Stunde, dann nach zehn Minuten, dann nach einer halben Minute, jetzt, gleich, in diesem Augenblick fliegt die Seele aus dem Körper, und man ist kein Mensch mehr; und das ist ganz sicher; eben diese absolute Gewißheit ist das, worauf es ankommt. Wenn man so den Kopf unter das Messer legt und hört, wie es über dem Kopf klirrt – diese Viertelsekunde ist das Allerentsetzlichste. Wissen Sie, das ist nicht bloß meine Einbildung, sondern viele haben mir das gesagt. Ich glaube so fest daran, daß ich Ihnen meine Meinung ganz offen sagen kann. Einen Menschen wegen eines Mordes töten ist als Strafe weit schlimmer als das Verbrechen selbst. Tötung auf Grund eines Urteilsspruches ist unvergleichlich grauenhafter als Raubmord. Der Mann, der von Räubern umgebracht wird, nachts im Walde oder sonstwo, hofft doch ganz bestimmt immer noch auf Rettung bis zum letzten Augenblick. Es gibt Beispiele, daß jemandem schon die Gurgel durchschnitten ist, er aber immer noch hofft oder davonläuft oder um sein Leben bittet. Hier aber wird diese letzte Hoffnung, mit der man zehnmal leichter stirbt, einem ganz sicher geraubt; hier liegt ein Urteil vor, und eben in der Gewißheit, daß man ihm nicht entgehen kann, liegt die ganze entsetzliche Qual, und es gibt auf der Welt nichts Schlimmeres als diese Qual. Stellen Sie einen Soldaten in der Schlacht direkt vor die Kanone und lassen Sie abfeuern – er wird immer noch hoffen; lesen Sie aber diesem Soldaten ein unabänderliches Todesurteil vor – und er wird den Verstand verlieren oder bricht in Tränen aus. Wer hat gesagt, die menschliche Natur könne dergleichen ertragen, ohne wahnsinnig zu werden? Warum diese Verhöhnung, die so abscheulich und so überflüssig ist? Vielleicht gibt es auf der Welt einen Menschen, dem man erst sein Urteil verlesen, ihn dann für eine Zeitlang seiner Qual überlassen und ihm zuletzt gesagt hat: Geh, mein Lieber, du bist begnadigt. Solch ein Mensch könnte wohl manches erzählen. Von dieser Qual und von diesem Entsetzen hat auch Christus gesprochen. Nein, mit einem Menschen darf man nicht so umgehen!«

Der Kammerdiener hätte das alles nicht so ausdrücken können wie der Fürst, aber er verstand, wenn auch nicht alles, so doch das Wesentliche, was man sogar an seinem gerührten Gesicht sehen konnte.

»Wenn Sie schon so gerne rauchen möchten«, sagte er, »so dürfen Sie es meinetwegen tun, aber möglichst schnell. Denn er könnte plötzlich nach Ihnen fragen, und dann wären Sie nicht zu finden. Sehen Sie, hier unter der Treppe ist eine Tür. Da gehen Sie hinein; rechts ist eine Kammer; dort können Sie rauchen, machen Sie aber das Klappfenster auf, denn von Rechts wegen ist es nicht gestattet . . .«

Doch der Fürst kam nicht mehr zum Rauchen. In das Vorzimmer trat plötzlich ein junger Mann mit einem Aktenbündel unter dem Arm. Der Kammerdiener half ihm aus dem Pelz. Der junge Mann schielte nach dem Fürsten.

»Das, Gawrila Ardalionytsch«, fing der Kammerdiener vertraulich und beinahe familiär an, »habe ich zu melden, ist ein Fürst Myschkin und ein Verwandter der gnädigen Frau, mit der Eisenbahn aus dem Ausland gekommen, ein Bündelchen im Arm, nur . . .« Das Weitere konnte der Fürst nicht mehr hören, weil es der Kammerdiener ganz leise flüsterte. Gawrila Ardalionowitsch hörte aufmerksam zu und betrachtete den Fürsten mit großer Neugier, endlich wandte er sich von dem Diener ab und ging ungeduldig auf den Fürsten zu.

»Sie sind Fürst Myschkin?« fragte er äußerst liebenswürdig und höflich. Er war ein sehr hübscher junger Mann, ebenfalls gegen achtundzwanzig Jahre alt, schlank, blond, von mittlerer Größe, mit einem kleinen Spitzbart à la Napoleon und einem klugen und sehr hübschen Gesicht. Nur sein Lächeln war bei all seiner Liebenswürdigkeit schon gar zu fein; die Zähne traten dabei gar zu perlenhaft gleichmäßig hervor; der Blick war trotz seiner Heiterkeit und scheinbaren Gutmütigkeit etwas gar zu scharf und prüfend. Wenn er allein ist, blickt er vielleicht gar nicht so und lacht vielleicht niemals, durchfuhr es den Fürsten.

Der Fürst berichtete in Eile alles, so gut er konnte; es war fast dasselbe, was er vorhin dem Kammerdiener und vorher Rogoschin mitgeteilt hatte. Gawrila Ardalionowitsch schien sich unterdessen auf etwas zu besinnen.

»Waren nicht Sie es«, fragte er, »der vor einem Jahre oder sogar noch etwas später die Güte hatte, an Jelisaweta Prokofjewna zu schreiben – ich glaube aus der Schweiz?«

»Allerdings.«

»Also kennt man Sie hier und erinnert sich Ihrer ganz gewiß. Sie wollen zu Seiner Exzellenz? Ich will Sie gleich melden ... Er wird sofort frei. Sie sollten aber ... Wollen Sie sich nicht inzwischen ins Empfangszimmer bemühen? ... Warum wartet der Herr hier?« fragte er den Kammerdiener streng.

»Ich sagte es Ihnen ja, der Herr wollten es nicht anders ...«

In diesem Augenblick ging die Tür zum Kabinett auf, und ein Offizier kam heraus, eine Mappe unter dem Arm, dienernd und laut sprechend.

»Bist du da, Ganja?« rief eine Stimme aus dem Kabinett. »Komm einmal her!«

Gawrila Ardalionowitsch nickte dem Fürsten zu und begab sich schnell ins Kabinett.

Nach zwei Minuten ging die Tür wieder auf, und man vernahm die helle und freundliche Stimme von Gawrila Ardalionowitsch: »Darf ich bitten, Fürst!«

3

General Iwan Fjodorowitsch Jepantschin stand mitten in seinem Arbeitszimmer und betrachtete den eintretenden Fürsten mit außerordentlicher Neugier; er kam ihm sogar zwei

Schritte entgegen. Der Fürst ging auf ihn zu und stellte sich vor.

»So«, sagte der General, »womit kann ich dienen?«

»Dringliche Angelegenheiten habe ich keine; meine Absicht war nur, Ihre Bekanntschaft zu machen. Ich fürchte sehr, Sie zu stören, denn ich kenne weder Ihre Empfangstage noch Ihre sonstige Zeiteinteilung ... Ich komme aber geradewegs von der Bahn ... bin eben aus der Schweiz zurückgekehrt.«

Der General verzog den Mund zu einem Lachen, besann sich aber und machte ein ernstes Gesicht; er dachte einen Augenblick nach, kniff die Augen zusammen und musterte seinen Gast noch einmal von oben bis unten, wies dann schnell auf einen Stuhl, setzte sich schräg gegenüber und wandte den Kopf in ungeduldiger Erwartung dem Fürsten zu. Ganja stand in der Ecke des Zimmers vor einem Stehpult und ordnete Papiere.

»Für Bekanntschaften habe ich im allgemeinen wenig Zeit«, sagte der General, »da Sie aber natürlich Ihre bestimmten Absichten haben, so ...«

»Das hatte ich schon geahnt«, unterbrach ihn der Fürst, »daß Sie bei meinem Besuch eine besondere Absicht vermuten werden. Aber bei Gott, außer dem Vergnügen, Sie kennenzulernen, habe ich keinerlei besondere Absichten.«

»Das Vergnügen ist natürlich auch meinerseits außerordentlich, aber man lebt doch nicht nur zum Vergnügen; man hat, wissen Sie, mitunter auch Geschäfte ... und dann kann ich immer noch nicht einsehen, was wir denn Gemeinsames ... was für Gründe sozusagen ...«

»Ein Grund liegt gewiß nicht vor, und gemeinsam ist natürlich nicht vieles. Denn wenn ich auch ein Fürst Myschkin bin, und Ihre Frau Gemahlin aus unserem Geschlechte stammt, so ist das selbstverständlich noch kein Grund. Ich verstehe das sehr wohl. Und doch ist das der einzige Anlaß. Ich bin über vier Jahre nicht mehr in Rußland gewesen; und wie habe ich es seinerzeit verlassen: ich war ja kaum bei Verstande! Damals habe ich nichts gewußt, und jetzt steht es womöglich noch schlimmer. Ich brauche gute Menschen; ich habe auch noch etwas Wichtiges zu erledigen und weiß nicht, an wen ich mich damit wenden soll. Schon in Berlin dachte ich: Die sind so gut wie Verwandte, mit denen will ich anfangen; vielleicht können wir einander nützen, sie mir und ich ihnen – wenn es gute Menschen sind. Und ich habe gehört, daß sie gute Menschen sind.«

»Schönsten Dank«, sagte der General erstaunt. »Darf ich fragen, wo Sie abgestiegen sind?«

»Ich bin noch nirgends abgestiegen.«

»Also direkt von der Bahn zu mir? Und ... Ihr Gepäck?«

»Mein ganzes Gepäck besteht aus einem kleinen Bündel mit Wäsche, mehr habe ich nicht; ich trage es gewöhnlich in der Hand. Ins Gasthaus kann ich auch noch abends gehen.«

»So haben Sie also noch immer die Absicht, ins Gasthaus zu gehen?«

»Ja, natürlich.«

»Aus Ihren Worten schloß ich, Sie seien als Logiergast zu mir gekommen.«

»Das hätte sich doch nur machen lassen, wenn Sie mich aufgefordert hätten. Ich wäre übrigens, offen gestanden, auch nicht geblieben, wenn ich eine solche Aufforderung erhalten hätte, nicht aus irgendeinem besonderen Grunde, sondern nur ... weil das so in meinem Charakter liegt.«

»Da trifft es sich ja sehr gut, daß ich Sie nicht aufgefordert habe und auch nicht auffordere. Gestatten Sie mir nun noch, Fürst, damit gleich alles geklärt werde: Da wir soeben zu der Erkenntnis gekommen sind, daß von Verwandtschaft zwischen uns keine Rede sein kann, wenn es für mich auch selbstverständlich sehr schmeichelhaft wäre, so möchte ich ...«

»So möchten Sie mich bitten, aufzustehen und abzuziehen?« sagte der Fürst und erhob sich mit einem beinahe heiteren Lachen, trotz der augenscheinlichen Schwierigkeit seiner Situation. »Bei Gott, Herr General, obgleich ich praktisch mit den hiesigen Gebräuchen gar nicht vertraut bin und überhaupt nicht weiß, wie die Menschen hier leben – so habe ich doch von Anfang an gedacht, daß es mit uns genauso kommen werde, wie es jetzt gekommen ist. Nun, vielleicht ist es auch gut so ... Damals erhielt ich ja auch auf meinen Brief keine Antwort ... Nun, leben Sie wohl, und entschuldigen Sie die Störung.« Der Blick des Fürsten war so freundlich und sein Lächeln so frei von jeder versteckten Feindseligkeit, daß der General plötzlich stutzig wurde und seinen Gast mit anderen Augen ansah; diese ganze Wandlung hatte sich in einem Augenblick vollzogen.

»Wissen Sie, Fürst«, sagte er mit fast völlig veränderter Stimme, »ich kenne Sie ja gar nicht, und auch Jelisaweta Prokofjewna hat vielleicht Lust, ihren Namensvetter kennenzulernen... Warten Sie noch einen Augenblick, wenn es Ihnen recht ist und Sie Zeit haben.«

»Oh, Zeit habe ich genug; ich bin völlig Herr meiner Zeit« – und der Fürst legte sofort seinen weichen breitkrempigen Hut auf den Tisch. »Ich gestehe, daß ich wirklich darauf gerechnet hatte, Jelisaweta Prokofjewna könnte sich meines Briefes erinnern. Als ich draußen auf Sie wartete, hatte Ihr Diener den Verdacht, ich wollte Sie anbetteln; ich hatte das sehr wohl bemerkt, und Sie haben in diesem Punkt wohl eine sehr strenge Hausordnung; aber ich bin wirklich nicht deswegen gekommen, sondern wahrhaftig nur, um Menschen kennenzulernen. Ich fürchte bloß, daß ich Sie störe, und das beunruhigt mich.«

»Hören Sie, Fürst«, sagte der General mit heiterem Lächeln, »wenn Sie wirklich so sind, wie Sie scheinen, so wird es am Ende recht angenehm sein, Sie näher kennenzulernen; aber, sehen Sie, ich bin ein sehr beschäftigter Mann und muß mich auch gleich wieder daran machen, allerlei durchzusehen und zu unterschreiben, dann muß ich zu Seiner Durchlaucht und dann in den Dienst, und so kommt es, daß ich zwar gern Menschen bei mir sehe... gute, versteht sich... aber... Übrigens bin ich fest überzeugt, daß Sie ausgezeichnet erzogen sind, und deshalb... Wie alt sind Sie, Fürst?«

»Sechsundzwanzig.«

»Oh! Ich hätte Sie für viel jünger gehalten.«

»Ja, man sagt, ich hätte ein sehr jugendliches Gesicht. Und Sie nicht zu stören werde ich bald lernen, denn ich möchte niemand belästigen... Und endlich, glaube ich, sind wir schon äußerlich so verschieden... aus vielen Gründen... daß wir am Ende nicht allzuviel Berührungspunkte haben können;

aber wissen Sie, an diesen letzten Gedanken glaube ich selbst nicht recht, denn sehr oft scheint es nur so, als wären keine Berührungspunkte vorhanden, in Wirklichkeit sind sie aber da ... Das kommt von der Trägheit der Menschen, weil sie sich gegenseitig nach dem bloßen Augenschein einordnen und nichts finden können ... Vielleicht aber langweile ich Sie schon? Es scheint mir, daß Sie ...«

»Eine Frage: Haben Sie ein wenn auch nur ganz geringes Vermögen? Oder suchen Sie irgendeine Beschäftigung? Entschuldigen Sie, daß ich so ...«

»Ich bitte Sie, ich verstehe und würdige Ihre Frage sehr wohl; Vermögen besitze ich vorläufig ganz und gar nicht, habe auch noch keinerlei Beschäftigung, müßte aber eine finden. Gelebt habe ich bisher von fremdem Geld; Professor Schneider, der mich in der Schweiz behandelte und unterrichtete, hat mir das Reisegeld vorgestreckt, und zwar ganz knapp abgezählt, so daß ich jetzt nur noch wenige Kopeken in der Tasche habe. Etwas Wichtiges habe ich hier freilich auch zu erledigen, und ich brauche Rat, aber ...«

»Sagen Sie, wovon wollen Sie denn vorläufig leben, und was hatten Sie für Absichten?« fiel ihm der General ins Wort.

»Ich wollte mir Arbeit suchen.«

»Oh! Sie sind ja ein Philosoph! Übrigens ... glauben Sie irgendwelche Talente oder Fähigkeiten zu besitzen, das heißt solche, durch die man sich sein täglich Brot verdienen kann? Entschuldigen Sie bitte ...«

»Oh, Sie brauchen sich nicht zu entschuldigen. Nein, ich glaube keinerlei Talente oder besondere Fähigkeiten zu besitzen; eher das Gegenteil; denn ich bin ja ein kranker Mensch und habe keinen regelmäßigen Unterricht erhalten. Und was das tägliche Brot betrifft, so glaube ich ...«

Der General unterbrach ihn wieder und fing von neuem an, ihn auszufragen. Der Fürst erzählte noch einmal alles, was hier schon erzählt worden ist. Es erwies sich, daß der General von dem verstorbenen Pawlistschew gehört und ihn sogar persönlich gekannt hatte. Warum Pawlistschew sich für seine Erziehung interessiert hatte, vermochte der Fürst nicht zu erklären; vielleicht hatte er es einfach aus alter Freundschaft für seinen verstorbenen Vater getan. Nach dem Tode seiner Eltern war der Fürst als ganz kleines Kind zurückgeblieben und hatte fast sein ganzes Leben auf dem Lande zugebracht, denn sein Gesundheitszustand verlangte Landluft. Pawlistschew hatte ihn ein paar alten Gutsbesitzerinnen aus seiner Verwandtschaft anvertraut; zuerst wurde eine Gouvernante für ihn gehalten, später ein Hofmeister; er erklärte übrigens, daß er zwar alles im Gedächtnis habe, aber nur weniges befriedigend erklären könne, denn über vieles habe er sich nicht Rechenschaft gegeben. Die häufigen Anfälle seines Leidens hatten ihn fast ganz zum Idioten gemacht (der Fürst selbst gebrauchte dieses Wort: Idiot). Zuletzt berichtete er, wie Pawlistschew in Berlin den Professor Schneider kennengelernt habe, einen Schweizer, der Spezialarzt für Leiden dieser Art sei, eine Heilanstalt in der Schweiz im Kanton Wallis besitze, die Patienten nach seiner eigenen Methode mit Kaltwasserkuren und Heilgymnastik behandle, und zwar sowohl Idioten als Wahnsinnige; zugleich unterrichte er sie und sorge überhaupt für ihre geistige Entwicklung. Zu diesem Professor habe Pawlistschew ihn – den Fürsten – vor etwa fünf Jahren geschickt; vor zwei Jahren sei er dann plötzlich gestorben, ohne irgendwelche Verfügungen zu hinterlassen; Schneider habe den Fürsten dann noch zwei Jahre bei sich behalten und behandelt; geheilt habe er ihn nicht, aber ihm doch sehr geholfen; endlich habe er ihn auf seinen eigenen Wunsch, und weil noch ein besonderer Umstand eintrat, jetzt nach Rußland geschickt.

Der General war sehr erstaunt. »Und in Rußland haben Sie niemand, wirklich niemand?« fragte er.

»Augenblicklich niemand ... aber ich hoffe ... außerdem habe ich einen Brief bekommen ...«

»Haben Sie«, unterbrach ihn der General, der die Erwähnung des Briefes überhört hatte, »haben Sie wenigstens etwas gelernt, und wird Ihr Leiden Ihnen kein Hindernis sein, einen nicht allzu anstrengenden Posten im Staatsdienst oder sonstwo auszufüllen?«

»Oh, gewiß wird das möglich sein. Eine Stellung hätte ich sehr gern, denn ich möchte selbst wissen, wozu ich zu brauchen bin. Ich habe in all den vier Jahren beständig Unterricht gehabt, wenn auch nicht ganz regelmäßig, sondern nach Schneiders eigenem System; ich habe daneben auch sehr viel russische Bücher gelesen.«

»Russische Bücher? Also können Sie russisch lesen und fehlerlos schreiben?«

»Oh, sehr gut.«

»Vortrefflich! Und Ihre Handschrift?«

»Ich habe eine vorzügliche Handschrift. Hier zeigt sich vielleicht wirklich ein gewisses Talent; ich könnte mich wohl einen Kalligraphen nennen. Gestatten Sie mir, Ihnen etwas zur Probe aufzuschreiben«, sagte der Fürst eifrig.

»Seien Sie so gut. Das ist sogar notwendig ... Ihre Bereitwilligkeit gefällt mir ausnehmend, Fürst, Sie sind wirklich sehr nett.«

»Was haben Sie für prachtvolle Schreibutensilien, wieviel Bleistifte, wieviel Federn, was für ein starkes schönes Papier ... Und wie hübsch ist Ihr Arbeitszimmer! Die Landschaft da kenne ich: das ist ein Bild aus der Schweiz. Ich bin überzeugt, daß der Künstler es nach der Natur gemalt hat, und ich glaube bestimmt, diese Gegend gesehen zu haben: das ist im Kanton Uri ...«

»Sehr möglich, obgleich das Bild hier gekauft ist. Ganja, gib dem Fürsten ein Blatt Papier; da haben Sie Federn und Papier, setzen Sie sich bitte an jenes Tischchen. Was ist denn das?« wandte sich der General an Ganja, der unterdessen aus seiner Mappe eine große Photographie genommen hatte und sie ihm jetzt hinreichte. »Aha, Nastasja Filippowna! Hat sie selbst dir das Bild geschickt, sie selbst?« fragte er lebhaft und sehr neugierig.

»Soeben, als ich ihr meine Glückwünsche überbrachte, schenkte sie es mir. Ich hatte schon lange darum gebeten. Ich weiß nicht, ob das nicht eine Anspielung ihrerseits war, weil ich an einem solchen Tage mit leeren Händen ohne ein Geschenk zu ihr kam«, fügte Ganja mit unangenehmem Lächeln hinzu.

»Ach, nein«, unterbrach ihn der General überzeugt, »wie kannst du nur so etwas denken! Wie soll sie auf solche Anspielungen kommen! Sie ist ja gar nicht eigennützig. Und was könntest du ihr denn schenken? Dazu wären ja Tausende nötig! Etwa auch dein Bild? Übrigens – hat sie dich schon um ein Bild gebeten?«

»Nein, noch nicht. Vielleicht wird sie es auch nie tun. Sie, Iwan Fjodorowitsch, haben den heutigen Abend doch nicht vergessen? Sie gehören ja zu den besonders Eingeladenen.«

»Nein, nein, ich komme bestimmt. Ihr fünfundzwanzigster Geburtstag! Hm! . . . Weißt du, Ganja, ich will es dir nun doch anvertrauen. Mach dich bereit. Mir und Afanasij Iwanowitsch hat sie versprochen, heute abend das entscheidende Wort zu sagen: Sein oder Nichtsein. Also richte dich danach.«

Ganja wurde plötzlich so verlegen, daß er sogar leicht erblaßte. »Hat sie das ganz bestimmt gesagt?« fragte er, und seine Stimme zitterte leise.

»Vorgestern hat sie uns ihr Wort gegeben. Wir drängten sie so, daß sie endlich nachgab. Sie bat nur, daß wir es dir nicht vor der Zeit sagen.« Der General musterte Ganja scharf; die Verlegenheit des jungen Mannes schien ihm nicht zu gefallen.

»Vergessen Sie nicht, Iwan Fjodorowitsch«, sagte Ganja erregt und unsicher, »sie hat mir freie Hand gelassen bis zu dem Augenblick, wo sie selbst ihren Entschluß faßt, und auch dann gehört das letzte Wort mir . . .«

»Willst du denn . . . willst du denn . . .« sagte der General erschrocken.

»Ich will nichts.«

»Um Gottes willen, was willst du denn mit uns machen?«

»Ich verzichte ja gar nicht. Ich habe mich vielleicht nicht ganz geschickt ausgedrückt . . .«

»Du und verzichten!« brummte der General ärgerlich und gab sich nicht die geringste Mühe, seinen Ärger zu verbergen. »Hier, mein Lieber, handelt es sich gar nicht darum, daß du nicht verzichtest, sondern es kommt alles auf deine Bereitwilligkeit an, auf die Genugtuung, die Freude, mit der du ihren Bescheid entgegennehmen wirst . . . Wie geht's bei dir zu Hause?«

»Wie soll es zu Hause gehen? Zu Hause richtet sich alles

nach meinem Willen, nur der Vater macht wie immer Dummheiten, aber er ist ja schon ganz unzurechnungsfähig. Ich rede mit ihm überhaupt nicht mehr, halte ihn aber stramm, und wäre nicht die Mutter, so hätte ich ihm wahrhaftig schon die Tür gewiesen. Die Mutter weint natürlich fortwährend; die Schwester keift; ich habe ihnen aber endlich geradeheraus gesagt, ich sei Herr meines Schicksals und wünschte, daß man im Hause mir ... gehorsam sei. Der Schwester wenigstens habe ich das alles in Gegenwart der Mutter klipp und klar gesagt.«

»Ich kann es immer noch nicht begreifen, mein Lieber«, bemerkte der General nachdenklich, zuckte leicht mit den Achseln und spreizte die Arme auseinander. »Als Nina Alexandrowna neulich hier war – weißt du noch? –, da stöhnte sie und jammerte sie ja auch. Was fehlt Ihnen? frage ich. Und da erweist es sich, daß die Familie hier eine *Schande* sieht. Was denn für eine Schande, wenn man fragen darf? Wer kann Nastasja Filippowna etwas vorwerfen oder etwas gegen sie aussagen? Doch wohl nicht, daß sie Tozkij nahegestanden hat? Das ist doch solch ein Unsinn, besonders unter gewissen Verhältnissen. Sie werden sie doch auch nicht Ihren Töchtern vorführen? sagt sie. Aha! Das gefällt mir! Nein, diese Nina Alexandrowna! So gar kein Verständnis ...«

»Für ihre gesellschaftliche Stellung?« fiel Ganja dem General ins Wort. »Sie versteht sie wohl; seien Sie ihr nicht böse. Ich habe ihr übrigens noch am selben Tage den Kopf gründlich gewaschen. Sie hat sich nicht in fremde Angelegenheiten zu mischen. Und trotz alledem hält das Haus bei uns nur dadurch zusammen, daß das letzte Wort noch nicht gesprochen ist. Das Gewitter muß aber losbrechen. Wird heute das letzte Wort gesprochen, so wird auch alles zutage treten.«

Der Fürst hatte dieses ganze Gespräch gehört, während er in der Ecke über seiner Schriftprobe saß. Jetzt war er fertig, trat an den Schreibtisch und legte sein Blatt vor den General hin.

»Also das ist Nastasja Filippowna?« sagte er, nachdem er das Bild aufmerksam und neugierig betrachtet hatte. »Sie ist wunderschön!« fügte er alsbald feurig hinzu.

Das Bild stellte tatsächlich eine ungewöhnlich schöne Frau dar. Sie war in einem schwarzen Seidenkleid von äußerst einfachem, aber elegantem Schnitt photographiert; das anscheinend dunkelblonde Haar war ganz schlicht geflochten und aufgesteckt; die Augen waren dunkel und tief, die Stirn nachdenklich; der Ausdruck des Gesichtes leidenschaftlich und etwas hochmütig. Das Gesicht war etwas schmal und vielleicht auch bleich ... Ganja und der General sahen den Fürsten erstaunt an.

»Wie, Nastasja Filippowna? Kennen Sie denn Nastasja Filippowna schon?« fragte der General.

»Jawohl, ich bin erst einen Tag in Rußland und kenne bereits eine so wunderschöne Frau«, antwortete der Fürst. Und er erzählte sofort von seiner Begegnung mit Rogoschin und gab den ganzen Bericht seines Reisegefährten wieder.

»Das sind mir schöne Neuigkeiten!« sagte der General wieder etwas erregt. Er hatte sehr aufmerksam zugehört und blickte forschend auf Ganja.

»Dabei kann nichts Gescheites herauskommen«, brummte Ganja, der auch etwas verlegen geworden war. »Das Kaufmannssöhnchen macht dumme Streiche. Ich habe schon mal von ihm gehört.«

»Ich auch, mein Lieber«, fiel der General ein. »Damals nach der Geschichte mit den Ohrringen hat Nastasja Filippowna mir alles erzählt. Aber jetzt liegen die Dinge doch wohl anders. Hier handelt es sich vielleicht wirklich um eine Million und ... eine Leidenschaft. Eine widerwärtige Leidenschaft, gewiß, aber sie ist doch vorhanden, und sie ist echt, und man weiß ja, wozu diese Herren in ihrem Taumel fähig sind! ... Hm! Wenn es da nur nicht zu einer dummen Geschichte kommt!« schloß der General nachdenklich.

»Die Million macht Ihnen Angst?« grinste Ganja.

»Dir natürlich nicht?«

»Was hatten Sie denn für einen Eindruck, Fürst?« wandte sich Ganja plötzlich an den Gast. »Erschien er Ihnen als ernst zu nehmender Mensch oder bloß als Bummler oder Schreier? Wie denken Sie darüber?«

In Ganja ging etwas ganz Eigentümliches vor, als er diese

Frage stellte. Es war, als hätte eine neue merkwürdige Idee in seinem Gehirn Feuer gefangen und als flackere sie unruhig in seinen Augen. Der General aber, der ehrlich und aufrichtig besorgt war, schielte ebenfalls nach dem Fürsten, schien jedoch nicht viel von seiner Antwort zu erwarten.

»Ich weiß nicht, was ich Ihnen sagen soll«, antwortete der Fürst; »es schien mir aber wohl, als wäre er von einer starken Leidenschaft ergriffen, ja sogar von einer krankhaften Leidenschaft. Und er selbst macht durchaus noch den Eindruck eines Kranken. Es ist sehr leicht möglich, daß er gleich in den ersten Tagen nach seiner Ankunft in Petersburg sich wieder ins Bett legt, besonders wenn er jetzt anfängt zu zechen.«

»So? Hatten Sie den Eindruck?« fragte der General, sich an den neuen Gedanken klammernd.

»Ja, es kam mir so vor.«

»Allein, Geschichten dieser Art brauchen nicht erst nach einigen Tagen zu passieren, sondern vielleicht erleben wir heute abend noch etwas«, sagte Ganja und sah den General lachend an.

»Hm! ... Natürlich ... freilich, dann hängt alles davon ab, was ihr gerade durch ihren Kopf geht«, sagte der General.

»Und Sie wissen doch, wie sie mitunter sein kann!«

»Wie denn?« fuhr der General auf, der jetzt äußerst verstimmt war. »Hör mal, Ganja, widersprich ihr heute bitte nicht so oft und bemühe dich überhaupt, so zu sein, daß ... mit einem Wort so, wie sie es gern hat ... Hm! ... Was verziehst du so den Mund? Hör mal, Gawrila Ardalionytsch, es ist, meine ich, jetzt Zeit, ja sogar höchste Zeit, es deutlich zu sagen: weswegen bemühen wir uns eigentlich? Verstehst du: was meinen eigenen Vorteil anbetrifft, der hier mitspielt, so ist alles längst erledigt; so oder so, für mich fällt die Entscheidung in jedem Falle günstig. Tozkijs Entschluß steht unerschütterlich fest, also bin auch ich meiner Sache vollkommen sicher. Und wenn ich jetzt noch irgend etwas wünsche, so ist es nur dein Glück. Überlege es doch selbst! Hast du kein Vertrauen zu mir? Du bist doch ein ... ein ... mit einem Wort, ein ganz vernünftiger Mensch, und ich hatte auf dich gerechnet ... und das ist in diesem Falle ... das ist ...«

»Das ist die Hauptsache«, kam Ganja dem zaudernden General noch einmal zu Hilfe und verzog seine Lippen zu einem unsagbar giftigen Lächeln, das er jetzt gar nicht mehr verbergen wollte. Er richtete seinen glühenden Blick gerade in die Augen des Generals, als ob er wünschte, daß dieser in seinem Blick alle seine Gedanken lese. Der General wurde rot und fuhr auf.

»Nun ja, Vernunft ist die Hauptsache!« stimmte er zu und sah Ganja streng an. »Du bist doch ein komischer Kerl, Gawrila Ardalionytsch! Ich merke es ganz gut, du freust dich über diesen Kaufmannssohn, denn da scheint sich dir ein Ausweg zu bieten. Hier hätte dir aber gerade die Vernunft von Anfang an das Richtige sagen müssen; hier galt es zu begreifen und ... und beiderseits ehrlich und offen vorzugehen, oder aber ... vorher Bescheid zu geben, um andere Leute nicht zu kompromittieren, um so mehr, als auch Zeit genug dazu vorhanden war und auch jetzt noch genug übrigbleibt«, der General zog die Augenbrauen bedeutsam in die Höhe, »obgleich es sich nur noch um wenige Stunden handelt ... Hast du verstanden? Verstanden? Ein für allemal, willst du oder willst du nicht? Wenn du nicht willst, so sage es und – die Sache ist erledigt. Keiner will Sie zwingen, Gawrila Ardalionytsch, keiner schleppt Sie gewaltsam in die Falle, wenn Sie hier durchaus eine Falle sehen wollen.«

»Ich will«, sagte Ganja mit halblauter, aber fester Stimme, schlug die Augen nieder und versank in finsteres Schweigen.

Der General war befriedigt. Er war etwas hitzig gewesen, aber er bedauerte bereits, daß er zu weit gegangen war. Er wandte sich plötzlich dem Fürsten zu, und durch seinen Kopf schien der beunruhigende Gedanke zu huschen, daß der Fürst die ganze Zeit hier gesessen und alles gehört habe. Aber die Besorgnis schwand sofort wieder: ein Blick auf den Fürsten genügte, den General vollständig zu beruhigen.

»Oho!« rief der General, als er die Schriftprobe sah, die der Fürst vor ihn hingelegt hatte. »Das ist ja die reine Vorlage! Ja, auch so schöne Vorlagen findet man selten! Sieh doch nur, Ganja, das ist ein Talent!«

Auf einem dicken Blatt Velinpapier hatte der Fürst mit mittelalterlichen russischen Lettern den Satz geschrieben:

»Der demütige Abt Paphnutij hat dieses eigenhändig unterzeichnet.«

»Das hier«, erläuterte der Fürst lebhaft und mit außerordentlichem Vergnügen, »ist die eigenhändige Unterschrift des Abtes Paphnutij nach einer Handschrift aus dem vierzehnten Jahrhundert. Sie wußten sich sehr schön zu unterzeichnen, alle diese unsere alten Äbte und Metropoliten, und mit wieviel Geschmack, mit wieviel Sorgfalt! Haben Sie nicht wenigstens die Ausgabe von Pogodin*, General? Das hier ist dann eine andere Schrift: runde, große, französische Lettern des vorigen Jahrhunderts, einige Buchstaben werden sogar ganz anders geschrieben als heute; es ist eine Vulgärschrift, eine Schrift von öffentlichen Schreibern, ich habe sie nach einigen Vorlagen studiert, von denen ich zufällig eine besaß. Sie werden zugeben müssen, daß auch diese Schrift ihre Vorzüge hat. Betrachten Sie bloß diese runden o und a. Ich habe versucht, den französischen Charakter auf die russischen Buchstaben zu übertragen; das ist sehr schwer, aber es ist mir gut gelungen. Und hier ist noch eine schöne und eigenartige Schrift; hier der Satz: ‚Mit Fleiß ist alles zu erreichen.' Das ist eine russische Schreiberschrift, oder wenn wir sie ganz genau bestimmen wollen, eine Militärschreiberschrift. So schreibt man offizielle Papiere an hochgestellte Persönlichkeiten; es ist ebenfalls Rundschrift, eine hübsche *schwarze* Schrift; die Striche sind schwarz und dick, aber höchst geschmackvoll. Ein Kalligraph würde gegen die Schnörkel oder, richtiger gesagt, die Versuche, Schnörkel zu machen, protestieren: ich meine hier diese unvollendeten halben Schwänzchen – sehen Sie? Im ganzen aber besteht gerade darin der eigentliche Charakter der Schrift, und es kommt wahrhaftig

* M. N. Pogodin, Professor an der Moskauer Universität, einer der Führer der sogen. Slawophilen, gab mehrere paläographische Werke heraus, u. a. »Russisches historisches Album oder Handschriften berühmter Russen« (1837, mit ca. 300 Schriftproben) und »Muster altslawischer Schrift« (1840–41, zwei Hefte) (Anmerkung des Übersetzers).

die ganze Seele des Regimentsschreibers hier zum Ausdrucke: man möchte sich gehen lassen, möchte sein Talent entfalten, aber der Militärkragen ist eng zusammengeschnürt, die Disziplin zeigt sich auch in der Handschrift. Das ist entzückend! Eine überraschende Schriftprobe dieser Art kam mir erst vor kurzem zufällig in die Hände – und gar noch wo? In der Schweiz! Und das hier ist eine reine, einfache, ausgesprochen englische Schrift. Weiter kann die Eleganz nicht gehen, hier ist alles reizend, Perle an Perle gereiht; das ist ganz vollendet. Und da haben Sie wieder eine Variation, und zwar eine französische; ich habe sie von einem französischen Handlungsreisenden: es ist dieselbe englische Schrift, nur die Grundstriche sind etwas schwärzer und dicker als bei der englischen – und das genügt, um das Verhältnis völlig zu ändern. Und beachten Sie noch eines: die Ovale sind anders, ein wenig runder, und außerdem hat sich der Schreiber auch Schnörkel geleistet. Aber gerade der Schnörkel ist das Gefährlichste! Für den Schnörkel bedarf es eines außergewöhnlichen Geschmacks; ist er freilich gelungen, ist das richtige Verhältnis da, dann läßt sich eine solche Schrift mit nichts vergleichen, man könnte sich geradezu in sie verlieben.«

»Oho! In was für Feinheiten Sie sich da einlassen«, lachte der General. »Ja, mein Bester, Sie sind nicht bloß ein Kalligraph, sondern ein Virtuose! Was meinst du, Ganja?«

»Erstaunlich«, sagte Ganja, »und sogar ein seiner Bestimmung voll bewußter Virtuose«, fügte er spöttisch lächelnd hinzu.

»Lache nur, lache nur, aber damit kann man Karriere machen«, sagte der General. »Wissen Sie, Fürst, an wen wir Sie jetzt wollen schreiben lassen? Man kann Ihnen ohne weiteres fünfunddreißig Rubel monatlich bewilligen, vom ersten Tage an. Aber es ist schon halb eins«, schloß er nach einem Blick auf die Uhr. »Zur Sache, Fürst, denn ich habe Eile, und heute sehen wir uns kaum noch wieder! Setzen Sie sich noch für einen Augenblick; ich sagte Ihnen bereits, daß ich nicht imstande bin, Sie häufig bei mir zu empfangen; aber Ihnen ein wenig beistehen möchte ich aufrichtig; ein wenig – das heißt mit dem Notwendigsten, im übrigen müssen Sie sehen, wie Sie selbst weiterkommen. Eine Anstellung in einer Kanzlei werde ich Ihnen verschaffen können; es wird kein anstrengender Dienst sein, nur Pünklichkeit wird verlangt. Nun zum weiteren: im Hause, das heißt in der Familie von Gawrila Ardalionytsch Iwolgin, eben diesem meinem jungen Freunde, den ich Ihnen hier vorstelle, haben seine Mutter und seine Schwester zwei oder drei möblierte Zimmer eingerichtet, die sie an gut empfohlene junge Leute mit Beköstigung und Bedienung vermieten. Meine Empfehlung wird Nina Alexandrowna gelten lassen, davon bin ich überzeugt. Für Sie, Fürst, wird das aber sehr wertvoll sein, denn erstens sind Sie dann nicht mehr allein, sondern sozusagen im Schoße der Familie, und meiner Ansicht nach geht es nicht an, daß Sie Ihre ersten Schritte in einer Residenz wie Petersburg ganz allein machen. Nina Alexandrowna, die Mutter, und Warwara Ardalionowna, die Schwester von Gawrila Ardalionytsch, sind zwei Damen, die ich aufs höchste verehre. Nina Alexandrowna ist die Gattin von Ardalion Alexandrowitsch, General a. D., einem früheren Kameraden von mir, mit dem ich jedoch aus gewissen Gründen den Verkehr abgebrochen habe, was mich aber nicht hindert, ihn in gewissem Sinne dennoch zu schätzen. Alles das teile ich Ihnen mit, Fürst, um Ihnen begreiflich zu machen, daß ich Sie sozusagen persönlich empfehle, mich also gewissermaßen für Sie verbürge. Der Mietpreis ist ganz bescheiden, und ich hoffe, Sie werden mit Ihrem Gehalt gerade auskommen. Allerdings hat der Mensch auch etwas Taschengeld nötig, aber ich bitte Sie, mir nicht zu zürnen, Fürst, wenn ich Ihnen sage, daß es für Sie besser ist, nicht zuviel Taschengeld und überhaupt Geld in der Tasche zu haben. Ich sage das auf Grund des Eindrucks, den Sie auf mich gemacht haben. Da aber Ihr Beutel zur Zeit ganz leer ist, so gestatten Sie mir, Ihnen für den Anfang diese fünfundzwanzig Rubel anzubieten. Wir verrechnen das später natürlich, und wenn Sie wirklich ein so aufrichtiger und herzlicher Mensch sind, wie Sie es Ihren Reden nach scheinen, so kann es auch da keine Schwierigkeiten für uns geben. Wenn ich mich aber so für Sie interessiere, so ist es, weil ich mit Ihnen sogar eine besondere Absicht habe; später sollen Sie davon erfahren.

Sie sehen, ich bin gegen Sie ganz offen; hoffentlich hast du nichts dagegen, Ganja, wenn ich den Fürsten in eurer Wohnung unterbringe?«

»Oh! Im Gegenteil! Mama wird sich sehr freuen . . .« bestätigte Ganja höflich und zuvorkommend.

»Ihr habt doch, glaube ich, bisher nur ein Zimmer vermietet? Dieser – wie heißt er doch? – Ferd . . . Fer . . .«

»Ferdystschenko.«

»Nun ja, dieser Ferdystschenko gefällt mir nicht. Ein schmutziger Hanswurst. Und ich begreife nicht, wie Nastasja Filippowna ihm so entgegenkommen kann. Ist er wirklich mit ihr verwandt?«

»Ach nein, das ist alles nur Spaß! Von Verwandtschaft keine Spur!«

»Nun, so mag er zum Teufel gehen. Also, Fürst, sind Sie einverstanden oder nicht?«

»Ich danke Ihnen, General, Sie haben an mir gehandelt, wie nur ein sehr gütiger Mensch handeln kann, um so mehr, als ich Sie ja um gar nichts gebeten hatte. Ich sage das nicht aus Hochmut; ich wußte wirklich nicht, wo ich mein Haupt betten sollte. Allerdings hatte mich Rogoschin zu sich eingeladen.«

»Rogoschin? Nicht doch! Ich möchte Ihnen den väterlichen oder, wenn es Ihnen besser gefällt, freundschaftlichen Rat geben, den Herrn Rogoschin ganz zu vergessen. Und überhaupt möchte ich Ihnen raten, sich an die Familie zu halten, in die Sie jetzt hineinkommen.«

»Wenn Sie schon so gütig sind«, fing der Fürst wieder an, »so hätte ich noch eine Sache. Ich erhielt die Nachricht . . .«

»Entschuldigen Sie«, unterbrach ihn der General, »ich habe jetzt keine Minute mehr Zeit. Ich mache sofort Lisaweta Prokofjewna von Ihnen Mitteilung. Wenn sie bereit ist, Sie jetzt zu empfangen – ich will mir Mühe geben, Sie gebührlich zu empfehlen –, so rate ich Ihnen, die Gelegenheit auszunutzen und ihre Zuneigung zu gewinnen, denn Lisaweta Prokofjewna kann Ihnen sehr nützlich werden; sie trägt ja auch Ihren Namen. Wenn sie Sie heute nicht empfangen will, nehmen Sie es nicht übel; dann kommen Sie ein andermal.

Und du, Ganja, sieh dir mal inzwischen diese Rechnungen an; Fedosejew und ich konnten vorhin damit gar nicht fertig werden. Sie müssen noch in den Bericht hinein . . .«

Der General ging hinaus, und so war es dem Fürsten auch nicht gelungen, seine Sache vorzubringen, obgleich er wohl viermal angefangen hatte, von ihr zu reden. Ganja steckte sich eine Zigarette an und bot auch dem Fürsten eine an; der Fürst nahm sie, ließ sich aber in kein Gespräch ein, weil er nicht stören wollte, sondern betrachtete die Einrichtung des Zimmers. Ganja warf nur einen ganz flüchtigen Blick auf das mit Zahlen besäte Blatt Papier, das der General ihm gezeigt hatte. Er war zerstreut; sein Lächeln, sein Blick, seine Nachdenklichkeit wirkten auf den Fürsten noch deprimierender, als sie beide allein geblieben waren. Plötzlich ging Ganja auf den Fürsten zu, der in diesem Augenblicke wieder vor dem Bilde Nastasja Filippownas stand und es aufmerksam betrachtete.

»So eine Frau gefällt Ihnen, Fürst?« fragte er ihn plötzlich und sah ihn durchdringend an, als hätte er eine ganz besondere Absicht.

»Ein wunderbares Gesicht!« erwiderte der Fürst, »und ich bin überzeugt, daß ihr Schicksal kein gewöhnliches ist. Das Gesicht scheint heiter, und doch hat sie entsetzlich gelitten, nicht wahr? Das zeigen die Augen, diese zwei Knöchelchen, die zwei Punkte unter den Augen, da, wo die Wange einsetzt. Es ist ein stolzes Gesicht, ein schrecklich stolzes, und ich weiß nicht: ist sie auch gut? Ach, wenn sie gut wäre! Dann wäre alles gerettet!«

»Würden *Sie* eine solche Frau heiraten?« fuhr Ganja fort, ohne den flammenden Blick von ihm zu wenden.

»Ich kann überhaupt nicht heiraten, ich bin krank«, sagte der Fürst.

»Und würde Rogoschin sie heiraten? Was meinen Sie?«

»Ei nun, heiraten, meine ich, könnte er sie gleich morgen; er würde sie heiraten – und nach einer Woche am Ende ermorden.«

Kaum hatte der Fürst das gesagt, zuckte Ganja so heftig zusammen, daß der Fürst fast aufgeschrien hätte.

»Was ist Ihnen?« fragte er ihn und faßte seine Hand.

»Durchlaucht, Seine Exzellenz lassen bitten, sich zu Ihrer Exzellenz bemühen zu wollen«, meldete der Diener, der in diesem Augenblick in der Tür erschien.

Der Fürst folgte dem Diener.

4

Die drei Schwestern Jepantschin waren gesunde, blühende, hochgewachsene Mädchen mit wundervollen Schultern, mächtig entwickelter Brust, starken, beinahe männlichen Armen, und weil sie so kräftig und gesund waren, liebten sie es, mitunter gut zu essen, woraus sie auch kein Hehl machten. Ihre Mutter, die Generalin Lisaweta Prokofjewna, war mitunter über diesen unverhohlenen Appetit ein wenig bestürzt, aber da viele von ihren Meinungen trotz aller äußerlichen Ehrfurcht, mit der sie von den Töchtern entgegengenommen wurden, in Wirklichkeit längst schon ihre ursprüngliche und unbestrittene Autorität verloren hatten – und zwar in so hohem Maße, daß das einmütige Konklave der drei Jungfrauen sich im Kampf der Parteien fast immer als stärker erwies –, so fand es auch die Generalin um ihrer eigenen Würde willen bequemer, nicht zu streiten, sondern nachzugeben. Allerdings war ihr Temperament oft ungehorsam und wollte sich den Beschlüssen der Vernunft nicht fügen; Lisaweta Prokofjewna wurde von Jahr zu Jahr launenhafter und ungeduldiger, sogar ein bißchen wunderlich, aber da sie den höchst ergebenen und wohldressierten Gatten stets zur Hand hatte, so ergoß sich der angesammelte Ärger gewöhnlich auf sein Haupt, und dann war die Harmonie in der Familie wiederhergestellt und alles ging so gut, wie man es sich nur wünschen konnte.

Die Generalin selbst hatte übrigens den Appetit keineswegs verloren, sondern beteiligte sich gewöhnlich um halb eins an dem reichlichen Dejeuner der Töchter, das fast einem Mittagessen gleichkam. Eine Tasse Kaffee hatten die jungen Damen schon früher zu sich genommen, pünktlich um zehn Uhr, noch im Bett, unmittelbar nach dem Erwachen. So hatten sie es gern, und so war es ein für allemal Brauch geworden. Um halb eins wurde der Tisch im kleinen Speisezimmer neben den Gemächern der Mutter gedeckt, und zu diesem intimen Familienfrühstück erschien zuweilen auch der General selbst, wenn seine Zeit es erlaubte. Außer Tee, Kaffee, Käse, Honig, Butter, einer besonderen Art Pfannkuchen, die die Generalin selbst sehr gern aß, Koteletts und so weiter wurde auch noch eine kräftige heiße Fleischbrühe serviert. An dem Morgen, an dem unsere Erzählung beginnt, saß die ganze Familie in Erwartung des Generals, der versprochen hatte, um halb eins zu kommen, im Speisezimmer versammelt. Hätte er auch nur eine Minute gezögert, so wäre unverzüglich nach ihm geschickt worden; allein er stellte sich pünktlich ein. Als er auf seine Gattin zutrat, um sie zu begrüßen und ihr die Hand zu küssen, bemerkte er in ihrem Gesicht einen ganz eigentümlichen Zug. Und obgleich er schon tags zuvor geahnt hatte, daß es heute infolge einer »Geschichte« (wie er sich nach alter Gewohnheit auszudrücken pflegte) so kommen werde, und sich schon gestern vor dem Einschlafen damit gequält hatte, so wurde er jetzt doch von neuer Furcht gepackt. Die Töchter kamen auf ihn zu, um ihn mit dem üblichen Kuß zu begrüßen; hier war man ihm zwar nicht böse, aber auch hier schien etwas Ungewöhnliches in der Luft zu schweben. Allerdings war der General aus bestimmten Gründen übertrieben argwöhnisch geworden; da er aber ein gewandter und erfahrener Vater und Gatte war, traf er sofort seine Maßregeln.

Vielleicht schadet es der Anschaulichkeit unserer Erzählung nicht zu sehr, wenn wir sie hier unterbrechen, um durch einige Erläuterungen die Verhältnisse und Beziehungen völlig klarzulegen, in denen wir die Familie des Generals Jepantschin zu Beginn unserer Erzählung antreffen. Es ist soeben schon gesagt worden, daß der General zwar kein sehr gebildeter Mann, sondern – wie er sich selbst bezeichnete – ein Autodidakt, trotzdem aber ein erfahrener Ehegatte und gewandter Vater war. Unter anderem hatte er das System, seine Töchter nicht zum Heiraten zu drängen, das heißt ihnen nicht »auf dem Nacken zu sitzen« und sie nicht zu sehr mit seiner väterlich liebevollen Besorgnis um ihr Glück zu quälen, wie das ganz unwillkürlich und sehr natürlicherweise immer wieder sogar in den klügsten Familien mit mehreren erwachsenen Töchtern vorkommt. Es war ihm sogar gelungen, auch Lisaweta Prokofjewna für sein System zu gewinnen, obgleich das eine recht schwierige Sache war – schwierig, weil naturwidrig, allein die Argumente des Generals waren höchst gewichtig und zudem auf greifbaren Tatsachen begründet. Und schließlich – überläßt man sie vollständig ihrem eigenen Willen und ihrer Entscheidung – kommen heiratsfähige Mädchen doch zur Vernunft, und dann geht die Sache mit rasender Geschwindigkeit vorwärts, denn nun liegt ihnen selbst daran und alle Launen und alle überflüssige Sprödigkeit sind vergessen; die Eltern haben nichts weiter zu tun, als möglichst scharf und möglichst diskret aufzupassen, daß keine allzu seltsame und unnatürliche Wahl getroffen wird; dann gilt es nur noch, den richtigen Moment abzupassen, mit einemmal alle Kräfte einzusetzen und die Sache energisch in die richtige Bahn zu lenken. Nicht zu vergessen war endlich auch, daß mit jedem Jahr der Wohlstand und die gesellschaftliche Bedeutung der Familie in geometrischer Progression wuchs: je weiter die Zeit also vorschritt, desto mehr mußten die Mädchen in den Augen der Freier gewinnen. Aber zu all diesen unanfechtbaren Tatsachen kam nun noch eine: Die älteste Tochter Alexandra wurde mit einemmal und fast ganz unerwartet (wie das ja immer so kommt) fünfundzwanzig Jahre alt. Fast um dieselbe Zeit zeigte auch Afanasij Iwanowitsch Tozkij, ein Mann aus den höheren Kreisen, mit glänzenden Verbindungen und ungewöhnlichem Reichtum, wieder einmal, daß er mit Heiratsgedanken umgehe. Er war ein Mann von etwa fünfundfünfzig Jahren, elegantem Auftreten und äußerst verfeinertem Geschmack. Er wollte sich gut verheiraten, und er war ein großer Kenner weiblicher Schönheit. Da er nun seit einiger Zeit mit dem General Jepantschin eng befreundet war, hauptsächlich dank gemeinsamer Beteiligung an einigen finanziellen Unternehmungen, so teilte er ihm mit, indem er ihn zugleich um freundschaftlichen Rat und Belehrung ersuchte: ob wohl seine Verheiratung mit einer der Töchter des Generals in Erwägung gezogen werden könne? Der stille und schöne Gang des Familienlebens der Jepantschins erlitt dadurch eine offenkundige Störung.

Als unbestrittene Schönheit galt in der Familie – wie schon gesagt – die jüngste Schwester Aglaja. Allein sogar Tozkij selbst verstand trotz seinem ungeheuren Egoismus, daß er hier nichts zu suchen habe und daß Aglaja nicht für ihn bestimmt sei. Vielleicht übertrieben die Schwestern in ihrer blinden Liebe und allzu heißen Freundschaft auch ein wenig, aber sie waren ganz aufrichtig überzeugt, daß Aglajas Schicksal kein gewöhnliches Schicksal sein dürfe, sondern daß ihr ein irdisches Paradies beschieden sein müsse. Der zukünftige Gatte Aglajas mußte im Besitz aller menschlichen Tugenden und Vorzüge sein, vom Reichtum gar nicht erst zu reden. Die Schwestern hatten sogar untereinander ausgemacht – und zwar, ohne viel Worte darüber zu verlieren –, Aglaja, wenn es nötig sein sollte, auch ein Opfer zu bringen; die für Aglaja bestimmte Mitgift sollte riesengroß sein und die der beiden Schwestern weit übertreffen. Die Eltern wußten von dieser Abmachung der älteren Schwestern, und als Tozkij daher um Rat fragte, war es für sie fast außer allem Zweifel, daß eine der beiden älteren Schwestern bereit sein werde, ihre Wünsche zu erfüllen, um so mehr, als Afanasij Iwanowitsch wegen der Mitgift keine Schwierigkeiten machen würde. Den Antrag Tozkijs hatte der General sofort auf Grund seiner bedeutenden Lebenserfahrung äußerst hoch eingeschätzt. Da nun Tozkij vorläufig aus besonderen Gründen in seinem Verhalten sehr vorsichtig war und den Boden gewissermaßen erst sondierte, so kamen die Eltern den Töchtern auch erst mit ganz allgemeinen unbestimmten Aussichten. Zur Antwort erhielten sie eine ebenfalls noch nicht klar bestimmte, aber doch wenigstens beruhigende Erklärung, daß die älteste Schwester Alexandra möglicherweise nicht nein sagen würde. Sie war ein Mädchen von zwar festem Charakter, aber gutmütig, vernünftig und sehr verträglich; sie hätte Tozkij vielleicht sogar ganz gern genommen – und hätte sie einmal ihr Wort gegeben, so würde sie es auch ehrlich halten. An Glanz und Pracht lag ihr nicht viel, eine Ehe mit ihr drohte dem Gatten mit keinerlei Sorgen und Mühen oder plötzlichen Umwälzungen, im Gegenteil, sie war durchaus dazu berufen, ihm ein angenehmes und friedliches Dasein zu bescheren. Dabei war sie sehr hübsch, wenn auch nicht verblüffend. Was hätte sich Tozkij Besseres wünschen können?

Und doch ging man immer noch gleichsam tastend vorwärts. Zwischen Tozkij und dem General war in aller Freundschaft vereinbart worden, vorderhand jeden formellen Schritt, der nicht rückgängig gemacht werden konnte, zu vermeiden. Sogar die Eltern wagten es immer noch nicht, mit den Töchtern ganz offen zu reden; ja es machte sich schon eine gewisse Verstimmung bemerkbar: die Generalin-Mutter schien unzufrieden, und das hatte sehr viel zu bedeuten. Es lag hier ein Hindernis im Wege, ein schwieriger und komplizierter Vorfall, durch den der ganze Plan unwiederbringlich zerstört werden konnte.

Dieser schwierige und komplizierte »Vorfall« (wie Tozkij selbst sich ausdrückte) lag schon sehr weit zurück, achtzehn Jahre oder mehr. In der Nachbarschaft eines der größten Güter Tozkijs, in einem der Zentralgouvernements, lebte in ziemlich elenden Verhältnissen ein kleiner verarmter Gutsbesitzer. Dieser Mann fiel geradezu durch sein beständiges, sprichwörtlich gewordenes Mißgeschick auf. Es war ein verabschiedeter Offizier aus gutem adligen Hause – in dieser Beziehung sogar vornehmer als Tozkij –, ein gewisser Filipp Alexandrowitsch Baraschkow. Ganz verschuldet, vermochte er doch zu guter Letzt nach ungeheuren Anstrengungen – er hatte geschuftet wie ein Sträfling, wie ein leibeigener Bauer – seine kleine Wirtschaft halbwegs in Gang zu bringen. Bei dem geringsten Erfolg stieg sein Mut gleich ganz gewaltig. Hoffnungsfreudig hatte er sich für ein paar Tage in die Kreisstadt begeben, um einen seiner Hauptgläubiger zu sprechen und sich, wenn irgend möglich, mit ihm endgültig zu einigen. Am dritten Tage nach seiner Ankunft in der Stadt erschien plötzlich sein Dorfschulze zu Pferde mit Brandwunden an der Wange und versengtem Bart und berichtete, daß das Gutshaus niedergebrannt sei, gestern zur Mittagszeit, wobei »die Frau Gemahlin geruht habe, mitzuverbrennen, die Kinderchen aber am Leben geblieben seien«. Diese Überraschung war sogar für Baraschkow, der an Rippenstöße Fortunas gewöhnt war, zu groß; er verlor den Verstand und starb nach einem Monat im Delirium. Das niedergebrannte Gut mit den Bauern, die nach allen Seiten ausgewandert waren, kam an die Gläubiger; die beiden kleinen Mädchen aber, sechs und sieben Jahre alt, nahm Afanasij Iwanowitsch Tozkij großmütig zu sich und ließ sie zusammen mit den Kindern seines Verwalters erziehen, eines verabschiedeten Beamten, der eine sehr große Familie hatte und zudem noch ein Deutscher war. Bald war nur noch ein Mädchen, Nastja, übriggeblieben, die jüngere Schwester war am Keuchhusten gestorben; Tozkij aber hatte sie beide vergessen, da er fast immer im Ausland lebte. Fünf Jahre später kam Afanasij Iwanowitsch zufällig auf den Gedanken, auf der Durchreise einmal auch sein Gut zu besuchen, und da entdeckte er in seinem Hause in der Familie seines deutschen Verwalters ein entzückendes Kind, ein Mädchen von ungefähr zwölf Jahren, lebhaft, freundlich, klug und allen Anzeichen nach eine künftige Schönheit ersten Ranges; in dieser Beziehung besaß Afanasij Iwanowitsch einen unfehlbaren Scharfblick. Er hielt sich nur einige Tage auf dem Gute auf, traf aber seine Anordnungen; die Erziehung des Mädchens wurde ganz neu geregelt. Man ließ eine hochachtbare ältliche Gouvernante kommen, eine Schweizerin, die es verstand, jungen Mädchen den nötigen Schliff zu geben, und die außer in der französischen Sprache auch noch in allerlei anderen Fächern Unterricht erteilen konnte. Sie wurde im Herrenhause einquartiert und widmete sich nun von früh bis spät der Erziehung der kleinen Nastasja. Nach vier Jahren war diese Erziehung abgeschlossen; die Gouvernante reiste weg, und Nastja wurde von einer Dame abgeholt, ebenfalls einer Gutsbesitzerin und Nachbarin des Herrn Tozkij, nur aus einem anderen, entfernteren Gouvernement; sie hatte von Afanasij Iwanowitsch Vollmacht erhalten, Nastja mitzunehmen. Auf diesem zweiten kleinen Gut Tozkijs befand sich ebenfalls ein Herrenhaus, das zwar nicht groß und nur aus Holz, aber ganz neu gebaut war; es war auch sehr fein eingerichtet, und das Dörflein trug ausgerechnet den schönen

Namen Otradnoje (das Erfreuende). Die Gutsbesitzerin brachte Nastja geradewegs in dieses stille Häuschen, und da sie selbst eine kinderlose Witwe war, und ihr Gütchen nur eine Werst von dem Gute Tozkijs entfernt lag, so wurde sie Nastjas Hausgenossin. Dann tauchte noch eine alte Wirtschafterin und ein junges gewandtes Stubenmädchen auf. Im Hause fanden sich Musikinstrumente, eine hübsche Damenbibliothek, Gemälde, Kupferstiche, Bleistifte, Pinsel, Farben, ein wunderschönes Windspiel – und zwei Wochen später erschien Afanasij Iwanowitsch selber . . . Seitdem gewann er dieses abgelegene Steppendörfchen ganz besonders lieb, kam jeden Sommer dorthin, hielt sich zwei, manchmal sogar drei Monate dort auf, und so verging eine ziemlich lange Zeit, etwa vier Jahre, ruhig und glücklich, geschmackvoll und elegant.

Da geschah es, daß einmal im Anfang des Winters, etwa vier Monate nach dem letzten Sommerbesuche Tozkijs, der diesmal nur vierzehn Tage in Otradnoje geweilt hatte, das Gerücht auftauchte oder richtiger zu den Ohren Nastasja Filippownas drang, daß Afanasij Iwanowitsch in Petersburg eine schöne, reiche, vornehme Dame zu heiraten gedenke – das heißt, daß er eine solide und glänzende Partie mache. Dieses Gerücht erwies sich später als nicht völlig zutreffend: die Heirat war auch damals nur geplant und alles noch recht unbestimmt, aber in dem Schicksal Nastasja Filippownas trat damit dennoch eine entscheidende Wendung ein. Sie zeigte sich plötzlich ungemein entschlossen, und in ihrem Charakter traten Züge hervor, die keiner vermutet hätte. Ohne lange zu überlegen, verließ sie ihr Landhäuschen und erschien plötzlich in Petersburg; sie begab sich geradewegs zu Tozkij, mutterseelenallein. Er war verblüfft, wollte etwas sagen; aber da erwies es sich gleich bei dem ersten Wort, daß er seinen Stil, seinen Stimmton, die früheren angenehmen und eleganten Gesprächsstoffe, die er bisher so erfolgreich beherrscht hatte, seine Logik – kurz alles, alles, alles – völlig ändern mußte! Vor ihm saß eine ganz andere Frau, die nicht das geringste mit jener gemein hatte, die er bis dahin gekannt und erst im Juli dieses Jahres in Otradnoje besucht hatte.

Es erwies sich erstens, daß diese neue Frau unglaublich viel wußte und verstand, so daß man staunen mußte, woher sie diese Kenntnisse erwerben und so klare Begriffe hatte ausbilden können. Doch nicht etwa aus ihrer Damenbibliothek? Mehr noch – sogar in juristischen Dingen war sie sehr bewandert und besaß positive Kenntnisse, wenn nicht von der Welt, so doch zum mindesten davon, wie gewisse Dinge in der Welt sich abzuwickeln pflegen; zweitens war das gar nicht mehr der Charakter von früher, das heißt kein schüchternes, pensionatmäßig unsicheres Wesen, das bald durch seine eigenartige Fröhlichkeit und Naivität bezauberte, bald wieder wehmütig und nachdenklich, erstaunt, mißtrauisch, weinerlich und unruhig erschien – nein, was ihm hier ins Gesicht lachte und ihn mit bissigem Spott traf, war ein ganz neues ungewöhnliches Geschöpf, das ihm ins Gesicht erklärte, es habe für ihn im Herzen nie etwas anderes gefühlt als tiefste Verachtung, Verachtung bis zum Ekel, die sofort nach der ersten staunenden Überraschung eingetreten sei. Dieses neue Weib erklärte, es sei ihr völlig gleichgültig, ob und wann und mit wem er sich verheirate; sie sei aber gekommen, ihm diese Heirat zu verbieten, aus Bosheit zu verbieten, einzig weil sie es so haben wolle, und weil es daher auch so sein müsse – »wenn auch nur, damit ich einmal nach Herzenslust über dich lachen kann, denn jetzt möchte ich endlich auch einmal lachen.«

So sagte sie wenigstens; alles, was sie auf dem Herzen hatte, sprach sie vielleicht gar nicht aus. Aber während die neue Nastasja Filippowna lachte und das alles darlegte, dachte Afanasij Iwanowitsch still für sich über die Geschichte nach und gab sich Mühe, seine in Verwirrung geratenen Gedanken wieder zu ordnen. Diese Überlegung dauerte recht lange; es vergingen fast vierzehn Tage, bis er die Sache erfaßt hatte und zu einem Entschluß gekommen war; aber nach vierzehn Tagen stand dieser Entschluß auch ganz fest. Afanasij Iwanowitsch war damals schon fast fünfzig Jahre alt, und er war ein höchst solider Mann in gefestigter gesellschaftlicher Stellung. Sich selbst, seine Ruhe und seinen Komfort liebte und schätzte er über alles in der Welt, wie sich das für einen hochanständigen Menschen auch gehört. In dem, was durch das ganze Leben festgesetzt worden war und eine so schöne Form gefunden hatte, war nicht das geringste Schwanken, nicht die geringste Störung gestattet. Andererseits sagten Erfahrung und tiefe Erkenntnis der Dinge ihm sehr bald und sehr richtig, daß er es jetzt mit einem ganz außergewöhnlichen Geschöpf zu tun habe, einem Geschöpf, das nicht nur drohte, sondern ganz sicher auch handeln würde, das vor allem sich durch nichts würde zurückhalten lassen, um so mehr, als es nichts auf dieser Welt schätzte, so daß es also auch durch nichts zu verlocken und umzustimmen war. Hier war etwas ganz Neues, ein seelisches Durcheinander, eine Gefühlsverwirrung, eine Art romanhafter Empörung gegen Gott weiß wen und worüber, ein unersättliches Gefühl der Verachtung, das jede Schranke umriß – kurzum etwas so Lächerliches und in anständiger Gesellschaft Unzulässiges, daß ein anständiger Mensch es als wahre Strafe Gottes ansehen mußte, wenn ihm dergleichen begegnete. Gewiß wäre es bei dem Reichtum und den Beziehungen Tozkijs möglich gewesen, sofort irgendeine kleine und ganz unschuldige Schandtat zu begehen, um die Unannehmlichkeit loszuwerden. Andererseits aber lag es auf der Hand, daß auch Nastasja Filippowna nicht imstande sein werde, irgendeinen ernsthaften Schaden etwa in juristischem Sinne anzurichten. Sogar einen großen Skandal hätte sie nicht entfesseln können, denn es war ganz leicht, sie in ihre Schranken zu weisen. Aber das alles stimmte ja nur in dem Fall, daß Nastasja Filippowna entschlossen wäre, so zu handeln wie alle, und wie man überhaupt in ähnlichen Fällen handelt, ohne allzu exzentrisch über die Schnur zu hauen. Und hier eben kam Tozkij sein sicherer Blick zugute: er erriet, daß auch Nastasja Filippowna sehr wohl einsah, ihm juristisch nichts anhaben zu können; sie mußte aber etwas ganz anderes im Sinne und . . . in ihren blitzenden Augen haben. Nicht gewillt, jemanden zu schonen, am allerwenigsten sich selbst (es bedurfte eines sehr scharfen Verstandes und einer tiefen Menschenkenntnis, um in diesem Augenblick zu erraten, daß sie längst mit sich selbst fertig war, und ihn, den Skeptiker und Zyniker, an den Ernst dieses

Gefühls glauben zu lassen), war Nastasja Filippowna imstande, sich selbst zugrunde zu richten, unwiederbringlich und in der schauderhaftesten Weise; sie wäre auch nach Sibirien in die Zwangsarbeit gegangen, wenn sie nur dem Manne Schaden antun konnte, gegen den sie einen so unmenschlichen Widerwillen empfand. Afanasij Iwanowitsch hatte nie ein Hehl daraus gemacht, daß er etwas feige oder, besser gesagt, höchst konservativ war. Wenn er zum Beispiel gewußt hätte, daß man ihn am Traualtar ermorden würde oder etwas Ähnliches, äußerst Unanständiges, Lächerliches und in der guten Gesellschaft Unzulässiges geschehen könnte, so wäre er natürlich sehr erschrocken; aber nicht das hätte ihn mit Angst erfüllt, daß man ihn töten oder schwer verwunden oder ihm vor allem Volke ins Gesicht spucken oder sonst etwas antun würde, sondern daß sich das in einer so unnatürlichen und unschicklichen Form abspielen würde. Und eben das war es ja, was Nastasja Filippowna ihm in Aussicht stellte, wenn sie vorderhand auch darüber schwieg; er wußte, daß sie ihn ausgezeichnet verstand und vollkommen studiert hatte, also auch wußte, wie man ihn am schmerzlichsten treffen könnte. Und da der Heiratsplan wirklich erst kaum in Aussicht genommen war, so demütigte sich Afanasij Iwanowitsch und gab Nastasja Filippowna nach.

Zu diesem Entschluß trug auch noch ein Umstand bei: Man konnte sich gar nicht vorstellen, wie wenig diese neue Nastasja Filippowna der früheren auch äußerlich ähnlich sah. Früher war das nur ein sehr hübsches Mädchen gewesen, jetzt aber ... Tozkij konnte es sich lange nicht verzeihen, daß er sie vier Jahre angesehen und dies nicht gesehen hatte. Allerdings hat es auch sehr viel zu bedeuten, wenn das beiderseitige Verhältnis sich plötzlich ganz neu gestaltet. Er erinnerte sich übrigens, daß es auch früher Momente gegeben hatte, wo ihm ganz seltsame Gedanken gekommen waren, wenn er etwa in diese Augen sah: er schien dann in ihnen ein tiefes und geheimnisvolles Dunkel zu ahnen. Diese Augen blickten, als gäben sie Rätsel auf. In den letzten zwei Jahren hatte er sich oft gewundert, wie sich die Gesichtsfarbe Nastasja Filippownas änderte: sie wurde schrecklich blaß, aber seltsamerweise gerade dadurch noch schöner. Tozkij, der wie alle Kavaliere, die ihr Leben genossen haben, anfangs eine gewisse Verachtung bei dem Gedanken empfunden hatte, wie wohlfeil er diese noch nicht zum Leben erwachte Seele hatte kaufen können, wurde neuerdings ein wenig irre an der Richtigkeit dieser Anschauung. Jedenfalls hatte er schon im vergangenen Frühling beschlossen, Nastasja Filippowna möglichst bald und mit einer guten Mitgift an irgendeinen vernünftigen und anständigen Herrn, der in einem anderen Gouvernement ein besseres Amt bekleidete, zu verheiraten. (Oh, wie fürchterlich und wie boshaft lachte Nastasja Filippowna jetzt darüber!) Jetzt aber, durch den neuen Eindruck gefesselt, dachte Afanasij Iwanowitsch, er könne diese Frau doch nicht weiter ausbeuten. Er beschloß, Nastasja Filippowna in Petersburg unterzubringen und sie mit Glanz und Prunk zu umgeben. Wenn das eine nicht ging, mußte man es mit dem anderen versuchen: man konnte mit Nastasja Filippowna in gewissen Kreisen glänzen und prahlen. Afanasij Iwanowitsch wollte auch auf diesem Gebiet seinen Ruhm aufrechterhalten.

Nun war Nastasja Filippowna schon fünf Jahre in Petersburg, und in einer so langen Zeit hatte sich natürlich vieles geklärt. Afanasij Iwanowitsch befand sich in einer wenig tröstlichen Lage; am schlimmsten war es, daß er, nachdem er einmal feige gewesen war, überhaupt nicht mehr zur Ruhe kommen konnte. Er fürchtete sich einfach vor Nastasja Filippowna, ohne selbst recht zu wissen warum. Eine Zeitlang, in den ersten zwei Jahren, kam ihm mitunter der Verdacht, daß Nastasja Filippowna selbst seine Frau werden möchte, daß sie aber aus übergroßer Eitelkeit schweige und hartnäckig auf einen Antrag seinerseits warte. Das wäre freilich ein sehr merkwürdiges Verlangen gewesen, aber Afanasij Iwanowitsch war argwöhnisch geworden: er runzelte die Stirne und versank in dumpfe Grübeleien. Zu seiner großen und (so ist der Mensch!) nicht eben angenehmen Verwunderung mußte er sich eines Tages überzeugen, daß er, selbst wenn er einen Antrag gemacht hätte, abgewiesen worden wäre. Lange Zeit konnte er das gar nicht begreifen. Ihm schien nur eine Erklärung möglich: der Stolz des »gekränkten und wunderlichen

Weibes« hat so ungeheuerliche Dimensionen angenommen, daß es ihr lieber ist, ihre Verachtung noch einmal durch einen Korb zum Ausdruck zu bringen, als ein für allemal ihre Lage zu klären und sich zu unerreichbarer Höhe emporzuschwingen. Am schlimmsten war die unverkennbare, ganz gewaltige Überlegenheit Nastasja Filippownas. Sie ließ sich durch keinen äußeren Glanz verlocken, mochte er auch noch so sehr in die Augen stechen, und obgleich sie alles, was ihr an Komfort geboten wurde, entgegennahm, lebte sie doch sehr bescheiden und hatte in diesen fünf Jahren fast nichts gespart. Afanasij Iwanowitsch versuchte es mit einem sehr schlauen Kunstgriff, seine Ketten zu sprengen: unmerklich und sehr geschickt versuchte er, von gewandten Helfershelfern unterstützt, sie durch allerlei ideale Aussichten zu verlocken; aber die verkörperten Ideale: Fürsten, Husaren, Gesandtschaftsattachés, Dichter, Romanschreiber, sogar Sozialisten – nichts machte auch nur den geringsten Eindruck auf Nastasja Filippowna, als hätte sie statt des Herzens einen Stein in der Brust und als wären alle ihre Gefühle für immer verdorrt und abgestorben. Sie lebte sehr einsam, las viel, studierte sogar, musizierte. Bekannte hatte sie wenig: sie verkehrte mit ein paar armen, lächerlichen Beamtenfrauen, kannte zwei unbedeutende Schauspielerinnen, einige alte Damen, interessierte sich sehr für die zahlreiche Familie eines ehrsamen Lehrers, und in dieser Familie war auch sie sehr beliebt und wurde gern aufgenommen. Ziemlich oft versammelten sich abends bei ihr fünf oder sechs Bekannte, nie mehr. Tozkij selbst erschien sehr häufig und pünktlich. Neuerdings hatte auch der General Jepantschin Nastasja Filippowna kennengelernt, was ihm allerdings einige Mühe gekostet hatte. Gleichzeitig machte, ganz leicht und ohne jede Mühe, auch ein junger Beamter namens Ferdystschenko ihre Bekanntschaft, ein sehr unanständiger und schmutziger Spaßmacher, der sich für sehr witzig hielt und der Flasche stark zusprach. Ferner verkehrte bei ihr ein junger, sonderbarer Mensch, der sich Ptizyn nannte, sehr bescheiden, korrekt, ja sogar mit einer gewissen Eleganz auftrat, aus ganz armen Verhältnissen stammte und von Wuchergeschäften lebte. Endlich gehört auch Gawrila

Ardalionowitsch zu ihrem Bekanntenkreis . . . Es endete damit, daß Nastasja Filippowna in einen recht sonderbaren Ruf kam: von ihrer Schönheit wußten alle, weiter aber auch nichts; keiner konnte sich irgendwelcher Erfolge rühmen, ja auch nur überhaupt etwas von ihr erzählen. Dieser Ruf, ihre Bildung, ihr vornehmes Auftreten, ihr Geist – alles das bestärkte Afanasij Iwanowitsch endgültig in seinen uns schon bekannten Absichten. Und hier eben setzt der Moment ein, von dem an der General Jepantschin einen so tätigen und außerordentlichen Anteil an der Sache nimmt.

Als Tozkij ihn so höflich um einen freundschaftlichen Rat bezüglich einer seiner Töchter gebeten hatte, machte er ihm auch gleich in der vornehmsten Weise mehrere offenherzige und ausführlichste Geständnisse. Er erklärte, daß er entschlossen sei, kein Mittel mehr zu scheuen, um seine Freiheit wiederzugewinnen; daß es ihm nicht genügen würde, wenn Nastasja Filippowna selbst ihm verspräche, ihn fortan völlig in Ruhe zu lassen; mit Worten allein sei es nicht getan, er bedürfe ganz sicherer Garantien. Man einigte sich bald auf ein gemeinsames Vorgehen. Zuerst wollte man möglichst zarte Mittel anwenden und sozusagen nur an die edlen Saiten des Herzens rühren. Beide Herren machten Nastasja Filippowna einen Besuch, und Tozkij legte ihr ohne weiters dar, wie entsetzlich und unerträglich seine Lage sei; er gab sich selbst an allem Schuld, gestand rückhaltlos, er könne, was er ihr einst angetan, nicht bereuen, denn er sei ein unverbesserlicher Wollüstling und könne sich nicht beherrschen; jetzt aber wolle er gerne heiraten, und das ganze Schicksal dieser höchst anständigen und vornehmen Ehe liege in ihren Händen; mit einem Wort: er erwarte alles von ihrem edlen Herzen. Darauf redete der General Jepantschin in seiner Eigenschaft als Vater; er sprach sehr vernünftig, vermied alle Rührseligkeit, erwähnte nur, daß er ihr Recht, über das Schicksal von Alfanasij Iwanowitsch zu entscheiden, durchaus anerkenne, und strich seine eigene Demut geschickt heraus, indem er betonte, daß das Schicksal seiner Tochter, ja vielleicht auch der beiden anderen Töchter jetzt ebenfalls von der Entscheidung Nastasja Filippownas abhänge. Auf die Frage der Dame, was man denn eigentlich von ihr wolle, gestand Tozkij mit der nämlichen völlig nackten Offenheit, sie habe ihn noch vor fünf Jahren so in Angst versetzt, daß er sich auch jetzt nicht eher werde beruhigen können, als bis Nastasja Filippowna selbst geheiratet habe. Er fügte sofort hinzu, daß diese seine Bitte natürlich völlig unsinnig wäre, wenn er nicht gewisse Gründe dazu hätte. Er habe sehr wohl bemerkt und ganz sicher erfahren, daß ein junger Mann aus sehr gutem Hause, der hier in einer durchaus würdigen Familie wohne, nämlich Gawrila Ardalionowitsch Iwolgin, den sie kenne und der auch bei ihr verkehre, sie lange schon leidenschaftlich liebe und selbstverständlich sein halbes Leben hingeben würde für die bloße Hoffnung, ihre Zuneigung zu gewinnen. Das habe Gawrila Ardalionowitsch ihm, Afanasij Iwanowitsch, schon längst in aller Freundschaft und aus der Fülle seines reinen jungen Herzens gestanden; auch Iwan Fjodorowitsch, der Wohltäter des jungen Mannes, sei längst davon unterrichtet. Und endlich, wenn er, Afanasij Iwanowitsch, nicht irre, so müsse die Liebe des jungen Mannes auch Nastasja Filippowna selbst schon lange bekannt sein, ja, es habe ihm sogar geschienen, als sähe sie diese Liebe nicht ganz ungünstig an. Natürlich falle es ihm besonders schwer, darüber zu reden. Aber wenn Nastasja Filippowna nur zugeben wollte, daß er, Tozkij, nicht nur von Egoismus und dem Wunsch, seine eigenen Verhältnisse zu regeln, getrieben werde, sondern ebensosehr von dem aufrichtigen Wunsch, ihr zu helfen, so müsse sie begreifen, daß es ihn schon längst befremde, ja sogar betrübe, sie so einsam zu sehen: er sehe sie nur unsicher im Dunkeln tappen, ganz ohne Glauben an die Möglichkeit einer Lebenserneuerung – und doch könnte die Liebe und die Familie aus ihr einen neuen Menschen machen und ihr neue Daseinsziele setzen; sie richte ihre vielleicht glänzenden Fähigkeiten nutzlos zugrunde, sie spiele mit ihrem Schmerz, schwelge in einer gewissen Romantik, die weder ihrer gesunden Vernunft noch ihres edlen Herzens würdig sei. Nachdem er noch einmal wiederholt hatte, daß es ihm schwerer als jedem anderen falle, darüber zu reden, schloß er mit dem Ausdruck der Hoffnung, daß Nastasja Filippowna ihn nicht verächtlich abweisen werde, wenn er seinen aufrichtigen Wunsch, ihre Zukunft zu sichern, dadurch beweise, daß er ihr eine Summe von fünfundsiebzigtausend Rubel anbiete. Er fügte zur Erklärung hinzu, daß diese Summe ihr ohnedies schon in seinem Testament bestimmt sei; es handle sich hier also keineswegs um eine Abfindung . . . und wäre es denn nicht überhaupt sehr begreiflich und entschuldbar, wenn er, von dem rein menschlichen Wunsch getrieben, sein Gewissen irgendwie zu erleichtern und so weiter, und so weiter – kurz, er brachte alles vor, was bei solchen Gelegenheiten zu diesem Thema gesagt wird. Afanasij Iwanowitsch redete lange und schwungvoll und machte noch ganz nebenbei die sehr interessante Mitteilung, daß er diese fünfundsiebzigtausend hier zum erstenmal erwähne, daß selbst der neben ihm sitzende Iwan Fjodorowitsch nichts davon gewußt habe, kurz, daß *niemand* etwas davon wisse.

Die Antwort Nastasja Filippownas setzte beide Freunde in Erstaunen. Nicht nur zeigte sie nichts von ihrer gewohnten Ironie, Feindseligkeit und Erbitterung, nicht nur brach sie nicht in ihr übliches lautes Lachen aus, an das Tozkij immer noch nicht denken konnte, ohne daß ein kalter Schauer über seinen Rücken lief – nein, sie schien sogar erfreut, daß sie endlich einmal mit einem Menschen offen und freundschaftlich reden könne. Sie gestand, daß sie selbst längst schon um seinen Freundesrat habe bitten wollen, daß nur ihr Stolz sie gehindert habe, daß aber jetzt, da das Eis gebrochen sei, ihr gar nichts willkommener sein könne. Zuerst wehmütig lächelnd, dann aber mit fröhlichem schelmischem Lachen erklärte sie, daß an einen Sturm wie einst jedenfalls nicht zu denken sei; daß sie selbst schon längst die Dinge mit ganz andern Augen ansehe; daß sie sich zwar innerlich nicht geändert habe, aber doch gezwungen sei, sehr vieles angesichts der vollendeten Tatsachen gelten zu lassen; was geschehen sei, sei geschehen, was vergangen, käme nicht wieder, und es berühre sie sogar ganz sonderbar, daß Afanasij Iwanowitsch immer noch Angst empfinde. Hier wandte sie sich an Iwan Fjodorowitsch und erklärte ihm in größter Hochachtung, daß sie schon sehr viel von seinen Töchtern gehört habe und seit langem eine tiefe und aufrichtige Verehrung für sie empfinde.

Der bloße Gedanke, ihnen irgendwie nützlich sein zu können, mache sie glücklich und stolz. Freilich sei ihr gegenwärtiges Leben schwer und traurig, sogar sehr traurig; Afanasij Iwanowitsch habe ihre geheimen Träume erraten, sie wünschte wohl zu neuem Leben zu erwachen, wenn nicht durch die Liebe, so durch das Familienglück, und neuen Daseinszielen entgegenzugehen. Von Gawrila Ardalionowitsch könne sie allerdings nicht viel sagen. Wohl scheine er sie zu lieben, auch sie fühle, daß sie ihn liebgewinnen könnte, wenn sie imstande wäre, an die Dauer seiner Zuneigung zu glauben; er sei aber noch sehr jung, wenn auch ehrlich und aufrichtig; da falle der Entschluß schwer. Am meisten gefalle ihr übrigens an ihm, daß er so arbeitsam sei und ganz allein seine Familie erhalte. Sie habe gehört, daß er ein Mann von Energie und Stolz sei, der vorwärtskommen und Karriere machen wolle. Sie habe ferner gehört, daß Nina Alexandrowna Iwolgina, die Mutter von Gawrila Ardalionowitsch, eine vorzügliche und höchst ehrwürdige Dame sei, seine Schwester Warwara Ardalionowna ein ausgezeichnetes, energisches Mädchen; Ptizyn habe ihr viel von ihr erzählt. Sie habe gehört, daß die Damen ihr Mißgeschick mutig tragen; sie würde gern ihre Bekanntschaft machen, aber nun komme die Frage, ob man sie in dieser Familie freundlich aufnehmen werde? Sie wolle nichts gegen die Möglichkeit einer solchen Ehe sagen, die Sache müsse aber überlegt werden, und sie wünsche nicht gedrängt zu werden. Was endlich die fünfundsiebzigtausend Rubel betreffe, so hätte Afanasij Iwanowitsch sich deswegen gar nicht so zu genieren brauchen. Sie kenne den Wert des Geldes sehr wohl und werde es natürlich entgegennehmen. Sie danke Afanasij Iwanowitsch für sein Zartgefühl, besonders dafür, daß er auch dem General nichts davon gesagt habe, geschweige denn Gawrila Ardalionowitsch – aber schließlich: warum sollte nicht auch er vorher etwas davon erfahren? Sie brauche sich dieses Geldes nicht zu schämen, wenn sie in die Familie Iwolgin aufgenommen werde. Jedenfalls habe sie nicht die Absicht, irgend jemand um Verzeihung zu bitten, und sie wünsche, daß man sich danach richte. Sie werde Gawrila Ardalionowitsch nicht eher heiraten, als bis sie die Überzeugung gewonnen habe, daß weder er noch jemand in seiner Familie sich irgendwelche geheime Gedanken über sie mache. In jedem Falle sei sie sich nicht der geringsten Schuld bewußt, und es wäre vielleicht besser, wenn Gawrila Ardalionowitsch erführe, unter welchen Verhältnissen sie diese fünf Jahre in Petersburg gelebt habe, welcher Art ihre Beziehungen zu Afanasij Iwanowitsch gewesen seien und wieviel Vermögen sie sich erspart habe. Und endlich: wenn sie jetzt diese Summe annehme, so nicht als Bezahlung für den Verlust ihrer Mädchenehre, an dem sie nicht schuld sei, sondern einfach als Entschädigung für ihr verpfuschtes Leben.

Sie war bei diesem Bericht in so große Erregung geraten (was übrigens ganz natürlich war), daß der General Jepantschin sich höchst befriedigt zeigte und meinte, die Sache sei nun erledigt; allein Tozkij konnte die alte Angst immer noch nicht überwinden, wollte ihr nicht recht glauben und fürchtete noch lange, es könnte unter den Blumen eine Schlange versteckt sein. Immerhin waren die Verhandlungen eröffnet; der Hauptpunkt, auf den das ganze Manöver der beiden Freunde gerichtet war, nämlich die Möglichkeit einer Zuneigung Nastasja Filippownas zu Ganja, begann sich allmählich zu klären, so daß selbst Tozkij mitunter geneigt war, an die Möglichkeit eines Erfolges zu glauben. Unterdessen sprach sich Nastasja Filippowna mit Ganja aus: Worte wurden dabei wenig gesagt, gerade als ob ihre Keuschheit darunter hätte leiden können. Immerhin ließ sie seine Liebe gelten, erklärte aber energisch, daß sie sich in keiner Weise binden wolle; daß sie bis zur Hochzeit (wenn es überhaupt dazu kommen sollte) sich das Recht vorbehalte, nein zu sagen, sei es auch in der allerletzten Stunde; ganz das nämliche Recht stünde auch Ganja zu. Bald darauf erfuhr Ganja für gewiß, dank einem günstigen Zufall, daß die Abneigung seiner ganzen Familie gegen diese Heirat und gegen Nastasja Filippowna persönlich, woraus sich oft unangenehme häusliche Szenen ergaben, Nastasja Filippowna ganz genau bekannt sei; sie selbst redete mit ihm niemals davon, aber er wartete Tag für Tag darauf. Übrigens könnte man noch sehr viele Geschichten erzählen, die sich an diese Werbung und diese Verhandlungen knüpften;

wir sind aber auch so schon den Ereignissen vorausgeeilt, um so mehr, als manche dieser Geschichten nur als ganz unbestimmte Gerüchte auftauchten. So zum Beispiel, daß Tozkij irgendwie erfahren hätte, Nastasja Filippowna habe irgendwelche unklare und vor allem geheimgehaltene Beziehungen mit den Töchtern Jepantschin angeknüpft – ein ganz unwahrscheinliches Gerücht! Dagegen mußte er einem anderen Gerücht wohl Glauben schenken, und der Gedanke daran quälte ihn wie ein Albdruck: man hatte ihm als unumstößliche Tatsache berichtet, Nastasja Filippowna wisse ganz genau, daß Ganja sie nur um des Geldes willen heiraten wolle, daß seine schwarze, habgierige, hitzige, neidische Seele von einem ungeheuren, jedes Maß übersteigenden Selbstgefühl erfüllt sei; früher habe Ganja wirklich leidenschaftlich danach gestrebt, Nastasja Filippownas Herz zu gewinnen; nachdem aber die beiden Freunde beschlossen hätten, diese beiderseits auflodernde Leidenschaft in ihrem Interesse auszubeuten und Ganja zu kaufen, indem sie ihm Nastasja Filippowna als legitime Ehegattin verkauften – da sei er von einem glühenden Haß gegen sie, die ihm nun als sein böser Dämon erschien, erfaßt worden. In seiner Seele hätten sich Leidenschaft und Haß seltsam gemischt; er habe zwar endlich nach quälendem Schwanken seine Einwilligung gegeben, das »schlechte Frauenzimmer« zu heiraten, habe aber im stillen geschworen, sich dafür grausam an ihr zu rächen und sie später, wie er sich selbst ausdrückte, kleinzukriegen. Alles das sollte Nastasja Filippowna angeblich wissen und geheime Gegenmaßregeln vorbereiten. Tozkij war wieder in einer solchen Angst, daß er es nicht einmal wagte, seine Sorgen Jepantschin mitzuteilen; daneben aber gab es Augenblicke, in denen er wie jeder schwache Mensch plötzlich Mut faßte und sich sehr kühn gebärdete; so fühlte er sich zum Beispiel ungemein erleichtert, als Nastasja Filippowna endlich den beiden Freunden das Versprechen gegeben hatte, am Abend ihres Geburtstages das letzte entscheidende Wort zu sagen. Dafür aber erwies sich das allerseltsamste und allerunwahrscheinlichste Gerücht, das sich mit dem hochachtbaren Iwan Fjodorowitsch in Person befaßte, leider immer mehr als zutreffend.

Auf den ersten Blick schien die Sache ganz unsinnig. Es war kaum zu glauben, daß Iwan Fjodorowitsch bei seinen reifen Jahren, seinem klaren Verstand, seiner gründlichen Lebenserfahrung und so weiter und so weiter von Nastasja Filippowna derart gefesselt sein konnte, daß die Laune einer Leidenschaft ungemein ähnlich sah. Worauf er in dieser Situation hoffte, läßt sich schwer sagen; vielleicht rechnete er sogar auf die Unterstützung von Ganja selbst. Zum mindesten vermutete Tozkij etwas in dieser Art, vermutete das Vorhandensein einer so gut wie wortlosen Abmachung, die darauf begründet war, daß die beiden – der General und Ganja – sich gegenseitig völlig durchschauten. Übrigens ist es bekannt, daß der Mensch, wenn er von einer übermächtigen Leidenschaft ergriffen ist, besonders in reiferen Jahren, völlig blind wird und auch dort eine Hoffnung zu sehen geneigt ist, wo nicht die geringste vorhanden ist; mehr noch: er verliert den Verstand und handelt wie ein dummes Kind, selbst wenn er eine hohe Denkerstirn hat. Es war bekannt, daß der General als Geburtstagsgeschenk für Nastasja Filippowna einen wunderbaren Perlenschmuck vorbereitet hatte, der eine Riesensumme kostete, und daß er mit diesem Geschenk manches zu erreichen hoffte, obgleich er wußte, daß Nastasja Filippowna nichts weniger als habgierig war. Am Vorabend des Geburtstags war er wie im Fieber, obgleich er sich recht geschickt zu verstellen wußte. Und eben von diesem Perlenschmuck war der Generalin Jepantschina etwas zu Ohren gekommen. Nun hatte Jelisaweta Prokofjewna wohl schon seit langer Zeit unter der Flatterhaftigkeit ihres Gatten leiden müssen, hatte sich sogar schon einigermaßen an sie gewöhnt; aber einen solchen außerordentlichen Fall konnte sie doch nicht unbeachtet lassen: das Gerücht von dem Perlenschmuck interessierte sie ungemein. Der General hatte das rechtzeitig ausgekundschaftet: schon tags vorher waren etliche Wörtchen gefallen; er ahnte eine gründliche Aussprache und fürchtete sie. Eben darum hatte er an jenem Morgen, an dem unsere Erzählung beginnt, so gar keine Lust, im Kreise seiner Familie zu frühstücken. Noch vor dem Erscheinen des Fürsten hatte er beschlossen, Geschäfte vorzuschützen und so der gemeinsamen Mahlzeit zu entgehen. Entgehen hieß aber bei dem General gewöhnlich nichts anderes als entlaufen. Er wollte nur diesen einen Tag, vor allem aber am heutigen Abend keine Unannehmlichkeiten haben. Und da kam ihm der Fürst nun gerade recht. Als hätte Gott ihn mir gesandt! dachte der General, als er vor seine Gattin trat.

5

Die Generalin tat sich auf ihre Abstammung sehr viel zugute. Wie mußte es sie daher berühren, als ihr so geradezu und ohne jede Vorbereitung mitgeteilt wurde, dieser Letzte aus dem Geschlechte der Fürsten Myschkin, von dem sie schon einmal etwas gehört zu haben glaubte, sei weiter nichts als ein jämmerlicher Idiot, ein Bettler, der Almosen entgegennehme. Der General aber hatte es gerade auf diesen Effekt abgesehen; er wollte seine Frau sofort interessieren, ihre Aufmerksamkeit auf einen neuen Gegenstand lenken und so um die verhängnisvolle Frage nach dem Perlenschmuck herumkommen.

Bei außerordentlichen Gelegenheiten pflegte die Generalin die Augen weit aufzureißen und mit leicht zurückgeworfenem Oberkörper starr vor sich hinzublicken, ohne ein Wort zu sagen. Sie war eine hochgewachsene hagere Frau, fast ebenso alt wie ihr Gatte, mit dunklem, stark grau meliertem, aber immer noch sehr dichtem Haar, einer leicht gebogenen Nase, mit gelben, eingefallenen Wangen und dünnen blassen Lippen. Ihre Stirn war hoch, aber schmal; die grauen, ziemlich großen Augen konnten manchmal einen ganz unerwarteten Ausdruck annehmen. Einmal hatte sie die Schwäche besessen zu glauben, ihr Blick sei ungemein effektvoll: diese Überzeugung war ihr für das ganze Leben geblieben.

»Ihn empfangen? Sie meinen, ich soll ihn empfangen, jetzt, sofort?« Und die Generalin riß ihre Augen auf, so weit sie konnte, und starrte den unruhig zappelnden Iwan Fjodorowitsch an.

»Oh! Du brauchst gar keine Umstände zu machen, wenn du ihn nur überhaupt sehen willst, meine Liebe«, sagte der General. »Er ist ein großes Kind und so jämmerlich; er leidet an Anfällen, kommt eben aus der Schweiz, direkt von der Bahn, ist sonderbar gekleidet, so nach deutscher Art, und hat bei alledem buchstäblich keine Kopeke; er weinte beinahe. Ich habe ihm fünfundzwanzig Rubel geschenkt und will ihm in einer unserer Kanzleien einen Schreiberposten verschaffen. Und euch, mesdames, bitte ich, ihm etwas vorzusetzen, denn er scheint mir auch hungrig zu sein.«

»Sie setzen mich in Erstaunen«, fuhr die Generalin in ihrem bisherigen Tone fort, »Hunger und Anfälle! Was sind das für Anfälle?«

»Oh! Sie stellen sich nicht so oft ein, und er ist fast wie ein Kind, übrigens recht gebildet. Ich möchte euch bitten, meine Lieben«, wandte er sich wieder an die Töchter, »ihn ein wenig zu examinieren; es wäre doch gut zu erfahren, wozu er zu brauchen ist.«

»E-xa-mi-nie-ren?« sagte die Generalin gedehnt und rollte in größter Verwunderung ihre Augen hin und her – von den Töchtern auf den Gatten und wieder zurück.

»Ach, meine Liebe, du mußt das nicht so auffassen ... Übrigens wie du willst; ich wollte mich ihm nur freundlich zeigen und ihn bei uns einführen, denn man tut damit doch immerhin ein gutes Werk.«

»Bei uns einführen? Aus der Schweiz?!«

»Die Schweiz ist doch kein Hindernis; übrigens, ganz wie du willst. Ich tue es doch nur, weil er erstens ein Namensvetter, vielleicht sogar ein Verwandter ist, und zweitens nicht weiß, wo er sein Haupt hinlegen soll. Ich hatte mir sogar gedacht, es würde dich ein wenig interessieren, denn er gehört schließlich doch zu unserer Familie.«

»Gewiß, maman, wenn man mit ihm keine Umstände zu machen braucht; außerdem kommt er von der Reise und ist hungrig; warum soll er sich bei uns nicht satt essen, wenn er nicht weiß, wo er sich lassen soll?« sagte die älteste Tochter Alexandra.

»Und zudem ist er noch ein richtiges Kind. Man kann mit ihm Blindekuh spielen.«

»Blindekuh spielen? Wieso das?«

»Ach, maman, spielen Sie doch bitte keine Komödie«, fiel ihr Aglaja ärgerlich ins Wort.

Die zweite Schwester, Adelaida, die alles komisch fand, hielt es auch diesmal nicht aus und lachte laut auf.

»Bitten Sie ihn herein, Papa, Mama hat es erlaubt«, entschied Aglaja.

Der General schellte und ließ den Fürsten bitten.

»Aber nur unter der Bedingung, daß man ihm eine Serviette umbindet, wenn er sich an den Tisch setzt«, sagte die Generalin. »Fjodor soll kommen oder Mawra . . . einer muß hinter ihm stehen und ihn beaufsichtigen, wenn er ißt. Ist er wenigstens ruhig, wenn er seine Anfälle hat? Macht er nicht heftige Bewegungen?«

»Im Gegenteil, er ist sogar sehr gut erzogen und hat tadellose Manieren. Etwas einfältig scheint er mitunter zu sein . . . Da ist er ja selbst! Hier, darf ich vorstellen: Fürst Myschkin, der Letzte seines Stammes, ein Namensvetter und vielleicht sogar Verwandter, nehmt ihn freundlich auf. Es soll gleich gefrühstückt werden, Fürst, da erweisen Sie uns wohl die Ehre . . . ich muß leider um Entschuldigung bitten, ich habe Eile . . .«

»Man weiß schon, wohin Sie eilen«, sagte die Generalin würdevoll.

»Ich habe wirklich Eile, meine Liebe, die Zeit drängt! Gebt ihm eure Poesiealben, Kinder, er soll euch da etwas hineinschreiben; er ist ein Kalligraph, wie es wenige gibt! Ein großes Talent! Drüben bei mir hat er in altertümlichen Lettern hingemalt: Der Abt Paphnutij hat dieses eigenhändig unterzeichnet . . . Nun, auf Wiedersehen.«

»Paphnutij? Ein Abt? So warten Sie doch, was laufen Sie denn davon, und was ist das für ein Paphnutij?« schrie die Generalin ärgerlich und beinahe angstvoll ihrem entfliehenden Gatten nach.

»Jaja, meine Liebe, das war so ein Abt in alten Zeiten . . . Ich muß zum Grafen, er wartet schon lange auf mich; ich selbst habe ihm ja diese Stunde bestimmt . . . Auf Wiedersehen, Fürst!« Der General ging schnell hinaus.

»Den Grafen kennen wir!« sagte Jelisaweta Prokofjewna

scharf und wandte sich gereizt dem Fürsten zu. »Wovon sprachen wir?« suchte sie sich ärgerlich und angewidert zu erinnern. »Na, wovon bloß? Ach ja . . . also, was ist das für ein Abt?«

»Maman«, fiel ihr Alexandra ins Wort, während Aglaja sogar mit dem Fuße stampfte.

»Stören Sie mich nicht, Alexandra Iwanowna«, schnitt ihr die Generalin das Wort ab, »ich möchte es doch wissen. Setzen Sie sich hierher, Fürst, hier auf den Lehnstuhl mir gegenüber . . . nein, bitte hier, in die Sonne, rücken Sie mehr ins Licht, damit ich Sie sehen kann. Nun, was war das für ein Abt?«

»Der Abt Paphnutij«, antwortete der Fürst höflich und ernst.

»Paphnutij? Das ist interessant; was war denn mit ihm?« Die Generalin fragte ungeduldig, schnell und scharf, ohne den Blick vom Fürsten zu wenden, und als der Fürst antwortete, nickte sie bei jedem Wort.

»Der Abt Paphnutij lebte im vierzehnten Jahrhundert«, fing der Fürst an, »er stand einem Kloster an der Wolga vor, in dem heutigen Gouvernement Kostroma. Er war durch sein heiliges Leben bekannt, verhandelte mit den Tataren, nahm regen Anteil an den damaligen Staatsgeschäften und hat eine Urkunde unterzeichnet; eine Nachbildung seiner Unterschrift kam mir zufällig vor Augen. Die Handschrift gefiel mir, und ich suchte sie nachzuahmen. Als der General vorhin meine Schrift kennenlernen wollte, um mir eine Anstellung zu verschaffen, schrieb ich einige Sätze in verschiedener Schrift hin, und unter anderem auch die Worte: ‚Der Abt Paphnutij hat dieses eigenhändig unterzeichnet' in der Handschrift eben dieses Abtes. Dem General gefiel das sehr gut, und da ist er jetzt wieder darauf gekommen.«

»Aglaja«, sagte die Generalin, »merke dir den Namen: Paphnutij, oder schreibe ihn lieber gleich auf, sonst vergesse ich ihn wieder. Ich hatte übrigens gedacht, es würde interessanter sein. Wo ist denn diese Unterschrift?«

»Ich glaube, sie ist im Zimmer des Generals auf dem Tisch liegengeblieben.«

»Sofort soll jemand hingehen und das Blatt holen.«

»Ich schreibe es Ihnen lieber noch einmal auf, wenn Ihnen daran liegt.«

»Gewiß, maman«, sagte Alexandra, »jetzt aber wollen wir frühstücken; wir sind alle hungrig.«

»Auch gut«, entschied die Generalin. »Kommen Sie, Fürst. Sind Sie sehr hungrig?«

»Ja, jetzt würde ich sehr gern etwas essen. Ich bin Ihnen sehr dankbar.«

»Das ist sehr nett, daß Sie so höflich sind, und ich sehe überhaupt, daß Sie gar kein solcher ... Sonderling sind, wie man Sie mir geschildert hat. Kommen Sie. Setzen Sie sich hierher, mir gegenüber«, wies sie ihm geschäftig seinen Platz an, als sie in das Speisezimmer gekommen waren, »ich möchte Sie ansehen können. Alexandra, Adelaida, bewirtet den Fürsten. Nicht wahr, er ist gar nicht so ... krank? Vielleicht ist auch die Serviette nicht nötig ... Hat man Ihnen sonst beim Essen die Serviette vorgebunden, Fürst?«

»Früher, als ich sieben Jahre alt war, hat man das, glaube ich, getan; jetzt aber lege ich die Serviette gewöhnlich auf den Schoß, wenn ich esse.«

»So ist's recht. Und Ihre Anfälle?«

»Anfälle?« sagte der Fürst ein wenig erstaunt. »Anfälle habe ich jetzt nur noch sehr selten. Übrigens, ich weiß nicht; man sagt, das hiesige Klima werde mir nicht gut bekommen.«

»Er spricht sehr hübsch«, bemerkte die Generalin zu ihren Töchtern und fuhr fort, bei jedem Worte des Fürsten mit dem Kopf zu nicken, »ich hatte das gar nicht erwartet. Es ist also alles Unsinn und Schwindel wie gewöhnlich. Essen Sie, Fürst, und erzählen Sie: wo sind Sie geboren, wo aufgewachsen? Ich möchte alles wissen; Sie interessieren mich ungemein.«

Der Fürst dankte und erzählte, während er mit großem Appetit speiste, noch einmal alles das, was er an diesem Morgen schon mehrmals erzählt hatte. Die Generalin zeigte ein immer zufriedeneres Gesicht. Auch die Mädchen hörten ziemlich aufmerksam zu. Man versuchte den Grad der Verwandtschaft festzustellen; es erwies sich, daß der Fürst seinen Stammbaum recht genau kannte; aber so sehr man sich auch bemühte, er und die Generalin konnten kaum noch als Verwandte gelten. Allenfalls bei den beiderseitigen Großvätern und Großmüttern hätte noch von einer ganz entfernten Verwandtschaft die Rede sein können. Diese trockene Materie gefiel der Generalin ganz besonders, denn sie hatte sonst fast nie Gelegenheit, von ihrer Herkunft zu reden, so gern sie das auch tat; und so stand sie in angenehm erregter Stimmung vom Tisch auf.

»Gehen wir jetzt in unser Versammlungszimmer«, sagte sie, »den Kaffee bringt man uns dorthin. Wir haben so ein gemeinsames Zimmer«, wandte sie sich an den Fürsten, während sie ihn hinausgeleitete, »eigentlich ist es mein kleiner Salon, in dem wir beisammensitzen, wenn wir unter uns sind; jede hat dann ihre eigene Beschäftigung: Alexandra, diese hier, meine älteste Tochter, spielt Klavier oder liest oder näht; Adelaida malt Landschaften und Porträts – und bringt nie etwas fertig, und Aglaja sitzt da und tut gar nichts. Ich werde auch mit keiner Arbeit fertig: alles fällt mir aus den Händen. Nun, da wären wir; setzen Sie sich, Fürst, hier an den Kamin, und erzählen Sie. Ich möchte wissen, wie Sie erzählen. Ich möchte Sie ganz genau kennenlernen, und wenn ich die alte Fürstin Belokonskaja sehe, will ich ihr alles von Ihnen erzählen. Ich möchte, daß sie alle sich auch für Sie interessieren. Nun reden Sie doch.«

»Maman, das ist eine sehr sonderbare Forderung; was soll er denn erzählen?« bemerkte Adelaida, die unterdessen ihre Staffelei zurechtgerückt, Pinsel und Palette zur Hand genommen hatte und sich daran machte, eine schon längst angefangene Landschaft weiter zu kopieren. Alexandra und Aglaja saßen nebeneinander auf einem kleinen Sofa und warteten, die Hände im Schoß, auf den Bericht des Fürsten. Dem Fürsten fiel es auf, daß alle Augen mit größter Spannung auf ihn gerichtet waren.

»Ich würde auf so einen Befehl hin gar nichts erzählen«, bemerkte Aglaja.

»Warum denn, was ist denn dabei so sonderbar? Weshalb soll er nicht erzählen? Er hat doch eine Zunge. Ich möchte wissen, wie er redet. Nun, Fürst, irgend etwas. Erzählen Sie, wie Ihnen die Schweiz gefallen hat, Ihre ersten Eindrücke.

Nun sollt ihr sehen, gleich fängt er an und sicher ganz ausgezeichnet.«

»Der erste Eindruck war sehr stark ...« fing der Fürst an.

»Da hört ihr«, fiel Jelisaweta Prokofjewna ungeduldig ein, indem sie sich zu den Töchtern wandte, »er hat doch angefangen.«

»So lassen Sie ihn doch wenigstens reden, maman«, widersprach ihr Alexandra. »Dieser Fürst ist vielleicht ein großer Schwindler und gar kein Idiot«, flüsterte sie Aglaja zu.

»Gewiß, ich merke das schon längst«, antwortete Aglaja. »Und es ist gemein von ihm, eine solche Komödie zu spielen. Was glaubt er denn dadurch zu gewinnen?«

»Der erste Eindruck war sehr stark«, wiederholte der Fürst. »Als man mich aus Rußland dorthin brachte, durch allerlei deutsche Städte, starrte ich alle Dinge stumm an und fragte nach nichts. Das war nach einer Reihe sehr starker und qualvoller Anfälle meines Leidens, und immer wenn das Leiden sich verstärkte und die Anfälle sich mehrere Male hintereinander wiederholten, fiel ich in einen völligen Stumpfsinn und verlor fast ganz das Gedächtnis; der Verstand arbeitete zwar, aber die logische Entwicklung der Gedanken schien wie abgerissen. Mehr als zwei oder drei Ideen konnte ich nicht miteinander verknüpfen. So scheint es mir wenigstens. Sobald aber die Anfälle nachließen, fühlte ich mich wieder gesund und stark, so wie jetzt. Ich weiß es noch genau: mich quälte eine unerträgliche Wehmut; ich war immer dem Weinen nahe, immer erstaunt und unruhig; ganz entsetzlich wirkte es auf mich, daß alles mir *fremd* war; soviel konnte ich noch begreifen. Dieses Fremde tötete mich geradezu. Völlig erwacht aus dieser Umnachtung bin ich erst, wie ich mich gut erinnern kann, an einem Abend in Basel beim ersten Betreten des Schweizer Bodens; und was mich weckte, war das Geschrei eines Esels auf dem Markt. Der Esel setzte mich in ungeheures Staunen und gefiel mir ganz ungemein – ich weiß nicht recht warum; zugleich aber schien es mir, als würde in meinem Kopf plötzlich alles wieder klar.«

»Ein Esel? Das ist merkwürdig«, sagte die Generalin. »Übrigens gar so merkwürdig ist es am Ende doch nicht;

manche von uns verliebt sich sogar in einen Esel«, fügte sie hinzu und warf einen zornigen Blick auf die lachenden Mädchen. »Das kommt ja auch in der Mythologie vor. Erzählen Sie weiter, Fürst.«

»Seitdem liebe ich die Esel sehr. Es ist sogar eine Art Sympathie. Ich erkundigte mich nach ihnen, denn früher hatte ich nie einen gesehen, und ich überzeugte mich sehr bald, daß der Esel ein ungemein nützliches Tier ist; arbeitsam, stark, geduldig, wohlfeil, ausdauernd. Und dank diesem Esel gefiel mir mit einem Male die ganze Schweiz, so daß meine Wehmut völlig verschwand.«

»Alles das ist sehr sonderbar, aber den Esel könnte man nun auch beiseite lassen, reden wir von etwas anderem. Was lachst du denn immer, Aglaja? Du auch, Adelaida? Der Fürst hat sehr hübsch vom Esel erzählt. Er hat ihn selbst gesehen, und was hast du denn gesehen? Du bist doch gar nicht im Ausland gewesen.«

»Ich habe einen Esel gesehen, maman«, sagte Adelaida.

»Ich auch gehört«, fiel Aglaja ein.

Alle drei lachten wieder. Der Fürst lachte mit.

»Das ist sehr häßlich von euch«, bemerkte die Generalin. »Nehmen Sie es nicht übel, Fürst, es sind gute Mädchen. Ich zanke mich ewig mit ihnen, aber ich habe sie doch lieb. Sie sind leichtsinnig, flatterhaft, verrückt.«

»Warum denn?« fragte der Fürst lachend. »Ich hätte es an ihrer Stelle ebenso gemacht. Trotzdem aber stehe ich für den Esel ein: der Esel ist ein guter und nützlicher Kerl.«

»Und sind Sie gut, Fürst? Ich frage aus Neugier«, sagte die Generalin.

Wieder lachten alle.

»Wieder kommt mir dieser verdammte Esel in die Quere; ich hatte wirklich gar nicht an ihn gedacht!« rief die Generalin. »Glauben Sie mir, Fürst, das sollte keine . . .«

»Anspielung sein? Oh, das glaube ich Ihnen gern!« rief der Fürst und lachte unbändig.

»Das ist hübsch von Ihnen, daß Sie lachen. Ich sehe, Sie sind ein sehr guter junger Mensch«, sagte die Generalin.

»Manchmal auch nicht«, antwortete der Fürst.

»Aber ich bin gut«, fiel die Generalin unerwartet ein, »glauben Sie mir, ich bin immer gut, und das ist mein einziger Fehler, denn man soll nicht immer gut sein. Ich ärgere mich sehr oft, über die hier, über Iwan Fjodorowitsch erst recht – aber das ist ja eben das Schlimme: wenn ich mich ärgere, bin ich erst recht gut. Vorhin, ehe Sie kamen, war ich sehr ungehalten und gab mir den Anschein, als verstünde ich nichts und könnte nichts verstehen. Das kommt bei mir vor, ich bin darin wie ein Kind. Aglaja hat mir einen Denkzettel gegeben; ich danke dir, Aglaja. Aber das ist ja alles Unsinn. Ich bin doch noch nicht so dumm, wie ich scheine und wie meine Töchter mich machen wollen. Ich bin eigensinnig und recht ungeniert. Ich sage das übrigens ohne jeden Groll. Komm her, Aglaja, gib mir einen Kuß und ... genug der Zärtlichkeit«, bemerkte sie, nachdem Aglaja ihr mit großer Innigkeit Mund und Hand geküßt hatte. »Erzählen Sie weiter, Fürst. Vielleicht haben Sie doch noch etwas Interessanteres als den Esel.«

»Ich kann immer noch nicht begreifen, wie man so ohne weiteres erzählen kann«, sagte Adelaida wieder, »ich wüßte nicht, was ich sagen sollte.«

»Aber der Fürst weiß es, denn er ist sehr klug und mindestens zehnmal so klug wie du, wenn nicht gar zwölfmal. Ich hoffe, du wirst es gleich merken. Beweisen Sie es ihnen einmal, Fürst; erzählen Sie weiter. Den Esel könnte man aber wirklich jetzt beiseite lassen. Was haben Sie denn außer dem Esel im Auslande gesehen?«

»Das vom Esel war auch sehr geistreich«, bemerkte Alexandra. »Der Fürst hat uns seinen krankhaften Zustand sehr interessant geschildert und gezeigt, wie ihm plötzlich durch einen Anstoß von außen alles in freundlichem Lichte erschien. Mich hat es immer interessiert, wie die Menschen den Verstand verlieren und dann wieder gesund werden. Besonders wenn das ganz plötzlich geschieht.«

»Nicht wahr, nicht wahr?« fuhr die Generalin auf. »Ich sehe, daß auch du mitunter ganz vernünftig bist; höre aber endlich auf zu lachen! Ich glaube, Sie sprachen von der Schweizer Natur, Fürst. Bitte weiter.«

»Wir kamen nach Luzern und machten eine Fahrt auf dem

See. Ich fühlte, wie schön er war, aber das Herz war mir sehr schwer«, sagte der Fürst.

»Warum?« fragte Alexandra.

»Ich weiß nicht. Wenn ich solch eine Landschaft zum ersten Male sehe, fühle ich mich immer beunruhigt und bedrückt; sie tut wohl und regt doch auf. Übrigens war ich damals noch krank.«

»Ach nein, ich würde das alles gern sehen«, sagte Adelaida. »Und ich begreife gar nicht, warum wir nicht auch einmal ins Ausland reisen. Seit zwei Jahren suche ich schon nach einem Motiv für ein Gemälde. ‚Ost und Süd sind längst geschildert' . . . Schlagen Sie mir doch etwas Geeignetes vor, Fürst.«

»Ich verstehe davon nichts. Ich denke bloß: man sieht etwas und malt es.«

»Ja, eben zu sehen verstehe ich nicht.«

»Was sprecht ihr in Rätseln? Ich kann nichts begreifen!« unterbrach die Generalin. »Was heißt das: nicht sehen können? Du hast Augen, also kannst du auch sehen. Und wenn du hier nicht zu sehen verstehst, wirst du's im Ausland auch nicht lernen. Erzählen Sie lieber, was Sie gesehen haben, Fürst.«

»Das wird besser sein«, sagte Adelaida. »Der Fürst hat ja im Ausland sehen gelernt.«

»Ich weiß nicht; ich bin dort nur gesund geworden; ob ich auch sehen gelernt habe, kann ich nicht sagen. Übrigens war ich fast die ganze Zeit dort sehr glücklich.«

»Glücklich! Sie können glücklich sein?« rief Aglaja. »Und da sagen Sie noch, daß Sie nicht sehen gelernt haben. Sie werden es uns sogar lehren können.«

»Lehren Sie es uns bitte«, sagte Adelaida lachend.

»Ich kann Sie gar nichts lehren«, sagte der Fürst ebenfalls lachend. »Ich habe ja fast die ganze Zeit nur in dem einen Schweizer Dorf gewohnt. Sehr selten machte ich eine kleine Reise in die nächste Umgebung; was kann ich Sie da lehren? Anfangs fühlte ich mich nur erträglich; aber es ging schnell bergauf; und dann wurde mir jeder Tag wert – je weiter, desto mehr, wie ich deutlich zu merken begann. Ich legte mich zufrieden schlafen und stand noch glücklicher morgens auf. Warum das aber so kam, läßt sich sehr schwer sagen.«

also gar nicht mehr fort, nichts lockte Sie?«
a.
fang, ja, da empfand ich eine große Unruhe.
er daran denken, wie ich weiterleben würde;
n Schicksal erforschen, und es gab einzelne
denen ich sehr litt. Sie wissen, man hat zu-
timmungen, besonders in der Einsamkeit. Wir
en Wasserfall; er war nicht groß, stürzte hoch
rab in einem ganz dünnen, fast senkrechten
rausend und schäumend; er fiel von sehr gro-
n aber ziemlich niedrig; er war wohl eine halbe
orfe entfernt, und doch glaubte man, es seien
hritte. Ich liebte es, nachts seinem Brausen zu-
in solchen Augenblicken packte mich oft eine
Oder auch um die Mittagszeit, wenn man ir-
die Berge gewandert war und nun allein auf
dastand, rings umgeben von alten hohen har-
ganz oben auf dem Felsen die Ruinen eines
mittelalterlichen Schlosses, unser Dörfchen tief unten kaum noch sichtbar, die Sonne grell, der Himmel blau, ringsum schauerliche Stille – da war es mir manchmal, als riefe mich etwas, als brauchte ich nur immer geradeaus zu gehen, lange, lange Zeit, bis über den Strich hinaus, wo Himmel und Erde zusammenstoßen, und als müßte ich da die Lösung des Rätsels finden, müßte sich mir ein neues Leben offenbaren, tausendmal gewaltiger und lauter als das Leben bei uns; ich träumte immer von einer großen Stadt wie Neapel, mit lauter Palästen, voller Lärm, Gedränge, Leben ... Ach, was träumt man nicht alles! Später aber glaubte ich erkannt zu haben, daß man auch im Kerker ein reiches Leben finden könne.«

»Diesen löblichen Gedanken habe ich schon als zwölfjähriges Mädchen in meinem Lesebuch gefunden«, sagte Aglaja.

»Das ist alles Philosophie«, bemerkte Adelaida, »Sie sind ein Philosoph und sind hergekommen, uns zu belehren.«

»Sie könnten recht haben«, der Fürst lächelte, »ich bin vielleicht wirklich eine Art Philosoph, und wer weiß, ob ich nicht in der Tat daran denke, Sie zu belehren ... Das kann schon sein, das kann wirklich so sein.«

»Und Ihre Philosophie ist genau von derselben Art wie die von Jewlampia Nikolajewna«, fiel Aglaja wieder ein, »das ist eine Beamtenwitwe, die zu uns ins Haus kommt, so eine Art Kostgängerin. Sie kennt nur eine Aufgabe im Leben: sich möglichst billig einzurichten; sie redet nur von ihren Groschen, und dabei hat sie Geld genug; sie ist ein ganz schlaues Frauenzimmer. Und ebenso steht es mit Ihrem reichen Leben im Kerker, und vielleicht auch mit Ihrem vierjährigen Glück auf dem Lande, für das Sie Ihre Stadt Neapel verkauft haben und anscheinend sogar mit Gewinn verkauft, obgleich es sich auch nur um Groschen handelt.«

»Was das Leben im Kerker anbetrifft, so stimmt das vielleicht doch nicht«, sagte der Fürst. »Ich habe einen Mann erzählen hören, der zwölf Jahre im Gefängnis gesessen hatte; er war einer der Patienten meines Professors. Er hatte Anfälle, war manchmal sehr ungebärdig, weinte viel und machte sogar einmal einen Selbstmordversuch. Sein Leben im Gefängnis war sehr traurig gewesen, das können Sie mir glauben, aber es war gewiß mehr als ein paar Groschen wert. Sein ganzer Verkehr bestand aus einer Spinne und dem Bäumchen, das unter seinem Fenster wuchs ... Aber ich will Ihnen lieber von einer anderen Begegnung erzählen, die ich im vorigen Jahre hatte. Hier lag ein höchst merkwürdiger Fall vor, um so merkwürdiger, als dergleichen nur äußerst selten vorzukommen pflegt. Der Mann war einmal mit mehreren anderen aufs Schafott geführt worden, wo ihm sein Todesurteil verlesen wurde: er sollte wegen eines politischen Verbrechens füsiliert werden. Nach etwa zwanzig Minuten wurde ihnen ihre Begnadigung verkündigt und eine weniger harte Strafe zuerkannt. Aber in den zwanzig oder doch mindestens fünfzehn Minuten zwischen den zwei Urteilsverkündigungen hatte er doch die feste Überzeugung gehabt, daß er in wenigen Minuten plötzlich sterben müsse. Ich mochte ihm furchtbar gerne zuhören, wenn er mitunter von seinen damaligen Eindrücken berichtete, und versuchte ihn immer wieder auszufragen. Er hatte alles ungemein deutlich in der Erinnerung und behauptete, er werde von dem damals Erlebten nie auch nur die geringste Kleinigkeit vergessen. Etwa zwanzig Schritt vom

Schafott, um das sich Volk und Soldaten drängten, waren drei Pfähle in den Boden gerammt, denn es waren ja mehrere Verbrecher. Die ersten drei wurden vor die Pfähle gestellt, festgebunden, man zog ihnen das Totenkleid an – das ist ein langer weißer Kittel –, zog ihnen weiße Kapuzen über die Augen, damit sie die Gewehre nicht sähen; dann stellte sich vor jedem Pfahl ein Kommando von mehreren Soldaten auf. Mein Bekannter war der achte in der Reihe, also wäre er mit der dritten Gruppe an den Pfahl gekommen. Der Priester ging mit dem Kreuz die Reihe entlang. Etwa fünf Minuten hatten sie noch zu leben, nicht mehr. Und er erzählte, diese fünf Minuten seien ihm wie eine Unendlichkeit vorgekommen, er habe sich für ungeheuer reich gehalten; er habe geglaubt, er könne in diesen fünf Minuten noch so viele Leben durchleben, daß er jetzt noch gar nicht an den letzten Augenblick zu denken brauche; er teilte sich die Zeit genau ein: erst wollte er von den Genossen Abschied nehmen; dafür setzte er zwei Minuten an, die folgenden zwei Minuten wollte er dazu verwenden, ein letztesmal still nachzudenken; in der letzten Minute wollte er dann noch einmal rings um sich schauen. Er erinnerte sich genau, daß er gerade diese drei Dinge vorhatte und die Zeit so eingeteilt hatte. Er war siebenundzwanzig Jahre alt, als er sterben sollte, gesund und kräftig. Er erinnerte sich noch, wie er beim Abschied von den Genossen an einen von ihnen eine recht nebensächliche Frage richtete, und daß die Antwort ihn lebhaft interessierte. Als er den Genossen Lebewohl gesagt, kamen die zwei Minuten, die er dazu bestimmt hatte, *still nachzudenken;* er wußte schon im voraus, was er denken werde: er wollte sich möglichst klar vorstellen, wie es möglich sei, daß er jetzt noch da sei und lebe, nach drei Minuten aber nur noch ein *Etwas* sein werde. Wer, was, wo wird er denn sein? Alles das wollte er in jenen zwei Minuten entscheiden! In der Nähe befand sich eine Kirche, und ihre vergoldete Kuppel glitzerte im hellen Sonnenschein. Er erinnerte sich, daß er starr auf diese Kuppel und auf die Strahlen, die sie zurückwarf, geblickt hatte, daß er sich von ihnen gar nicht losreißen konnte: es war ihm, als müßten diese Strahlen sein neues Wesen sein, als müßte er nach drei Minuten auf irgendeine Weise mit ihnen verschmelzen ... Die Ungewißheit und das Grauen vor diesem Neuen, das gleich kommen mußte, waren entsetzlich; er sagte aber, daß ihn nichts in diesem Augenblick mehr quälte als der beständige Gedanke: Wie, wenn ich nicht zu sterben brauchte! Wenn ich ins Leben zurückkehren könnte – welch eine Unendlichkeit täte sich da vor mir auf! Und alles das wäre mein! Ich würde aus jeder Minute eine ganze Ewigkeit machen, ich würde nichts verlieren, würde jeden Augenblick zählen, keinen einzigen nutzlos vergeuden! Er sagte, dieser Gedanke habe ihn zuletzt in eine derartige Wut gebracht, daß er schließlich wünschte, man möchte ihn doch schneller totschießen.« Der Fürst verstummte plötzlich; alle erwarteten, er werde weiterreden und aus dem Gesagten einen Schluß ziehen.

»Sind Sie fertig?« fragte Aglaja.

»Wie? Ja, ich bin fertig«, sagte der Fürst, aus seinen Gedanken auffahrend.

»Wozu haben Sie uns das alles erzählt?«

»So ... es fiel mir gerade ein ... ganz beiläufig ...«

»Sie denken merkwürdig sprunghaft«, bemerkte Alexandra, »Sie wollten uns wohl darlegen, Fürst, daß man keinen Augenblick zu niedrig einschätzen darf, daß mitunter fünf Minuten kostbarer sein können als der größte Schatz. Das ist alles sehr lobenswert, aber darf ich wohl fragen, wie ging es denn diesem Freunde weiter, der Ihnen solche Schauderdinge erzählt hat? Man hat ihm doch die Todesstrafe erlassen, ihm also dieses unendliche Leben geschenkt. Nun, was hat er später mit diesem Reichtum gemacht? Hat er nun wirklich über jeden Augenblick Rechnung geführt?«

»O nein! Er selbst hat mir gesagt – ich fragte ihn danach –, er habe später gar nicht so gelebt und viele, viele Augenblicke verloren.«

»Nun, da haben Sie eine Erfahrungstatsache. Man kann also in Wirklichkeit gar nicht so leben, daß man jede Minute zählt. Es muß Gründe geben, die es unmöglich machen.«

»Ja, die es unmöglich machen«, wiederholte der Fürst, »mir selbst scheint es auch so ... und doch möchte man es nicht glauben ...«

»Das heißt, Sie meinen, Sie könnten Ihr Leben weiser einrichten als alle anderen?« sagte Aglaja.

»Ja, mitunter habe ich auch das gedacht.«

»Und denken es auch heute noch?«

»Auch heute noch«, antwortete der Fürst und blickte Aglaja mit demselben sanften, sogar schüchternen Lächeln an wie bisher; dann aber lachte er plötzlich laut auf und sah ihr heiter ins Gesicht.

»Das nenne ich bescheiden!« sagte Aglaja beinahe gereizt.

»Sie sind aber tapfer! Sie können jetzt lachen, mich jedoch hatte damals sein Bericht so erschüttert, daß ich noch davon träumte, eben von diesen fünf Minuten träumte . . .« Er sah die Damen noch einmal ernst und prüfend der Reihe nach an. »Habe ich Sie vielleicht erzürnt?« fragte er plötzlich, als wäre er verwirrt, sah ihnen dabei aber gerade in die Augen.

»Wieso?« riefen alle drei Mädchen erstaunt aus.

»Nun, weil ich die ganze Zeit predige . . .«

Alle lachten.

»Wenn Sie mir zürnen, so lassen Sie es«, sagte er, »ich weiß ja selbst, daß ich weniger gelebt habe als andere und sehr wenig vom Leben verstehe. Ich rede vielleicht manchmal sehr sonderbar . . .« Er wurde ganz verlegen.

»Wenn Sie sagen, Sie seien glücklich gewesen, haben Sie nicht weniger, sondern mehr gelebt; warum sind Sie denn unaufrichtig und bitten um Entschuldigung?« begann Aglaja hart und herausfordernd. »Und machen Sie sich nur keine Sorge, daß Sie uns belehren. Von einer Überlegenheit Ihrerseits kann gar keine Rede sein. Mit Ihrem Quietismus kann man selbst hundert Jahre im größten Glücke leben. Ihnen kann man eine Hinrichtung zeigen oder den kleinen Finger – Sie werden aus dem einen wie aus dem anderen eine löbliche Lehre entnehmen und noch sehr zufrieden sein. So läßt sich's famos leben.«

»Ich begreife nicht, worüber du dich so ärgerst«, fiel ihr die Generalin ins Wort, die schon lange die Gesichter der Redenden beobachtet hatte. »Ich begreife überhaupt nicht, wovon ihr redet. Was ist das für ein Unsinn mit dem kleinen Finger? Der Fürst spricht sehr schön, nur ein bißchen traurig.

Warum bringst du ihn aus dem Konzept? Als er anfing, lachte er – und jetzt läßt er den Kopf hängen.«

»Es ist nicht so böse gemeint, maman. Schade, Fürst, daß Sie keine Hinrichtung mit angesehen haben, ich hätte Sie gern etwas gefragt.«

»Ich habe einer Hinrichtung beigewohnt«, antwortete der Fürst.

»Ja?« rief Aglaja. »Ich hätte das ahnen sollen! Das setzt dem Ganzen die Krone auf. Aber wenn Sie so etwas gesehen haben, wie können Sie da behaupten, Sie hätten die ganze Zeit glücklich gelebt? Nun, habe ich nicht recht?«

»Finden denn in Ihrem Dorfe Hinrichtungen statt?« fragte Adelaida.

»Es war in Lyon. Ich war mit Schneider dorthin gereist; er hatte mich mitgenommen. Als ich angekommen war, geriet ich zufällig auf den Platz ...«

»Nun, hat es Ihnen gut gefallen? Haben Sie viel Belehrung, viel Nutzen davon gehabt?« fragte Aglaja.

»Mir hat es gar nicht gefallen, und ich war nachher etwas krank, aber ich gestehe, ich war wie gebannt und konnte den Blick nicht wegwenden.«

»Mir wäre es auch so gegangen«, sagte Aglaja.

»Dort sieht man es sehr ungern, wenn Frauen zuschauen, sogar in den Zeitungen schreibt man später über diese Frauen.«

»Also, wenn man findet, das sei nichts für Frauen, so will man damit sagen – und folglich auch rechtfertigen –, daß es etwas für Männer sei. Ich danke für diese Logik. Und Sie denken natürlich auch so.«

»Erzählen Sie von der Hinrichtung«, fiel Adelaida ein.

»Ich möchte das jetzt nicht gern ...« sagte der Fürst verlegen und mit finsterem Gesichte.

»Wir sind es wohl nicht wert, daß Sie uns davon erzählen«, stichelte Aglaja.

»Nein, ich sage es nur deshalb, weil ich vorhin schon von dieser Hinrichtung erzählt habe.«

»Wem denn?«

»Ihrem Kammerdiener, als ich draußen wartete.«

»Welchem Kammerdiener?« scholl es von allen Seiten.

»Nun, jenem, der im Vorzimmer sitzt, mit dem grau melierten Haar und dem geröteten Gesicht; ich saß im Vorzimmer, ehe ich zu Iwan Fjodorowitsch kam.«

»Das ist höchst sonderbar«, bemerkte die Generalin.

»Der Fürst ist ein Demokrat«, sagte Aglaja scharf. »Nun, wenn Sie es dem Alexej erzählt haben, dürfen Sie es uns nicht verweigern.«

»Ich will es unbedingt hören«, wiederholte Adelaida.

»Ja«, wandte sich der Fürst zu ihr und wurde wieder lebhafter (er schien sehr leicht in Erregung zu geraten und wurde dann immer sehr zutraulich), »als Sie mich vorhin nach einem Thema für ein Bild fragten, wollte ich Ihnen wirklich vorschlagen, das Gesicht des Verurteilten eine Minute vor dem Niederfallen des Beils zu malen, wenn er noch auf dem Schafott steht und den Kopf gleich auf den Block legen soll.«

»Wie? Das Gesicht? Nur das Gesicht?« fragte Adelaida. »Das wäre ein seltsames Thema! Und was ist denn das für ein Bild?«

»Ich weiß nicht, warum denn nicht?« beharrte der Fürst mit Feuereifer auf dem seinen. »Ich habe in Basel vor kurzem ein solches Bild gesehen. Ich möchte Ihnen gern davon erzählen ... einmal tu ich es noch ... es hat einen sehr starken Eindruck auf mich gemacht.«

»Von dem Bild in Basel erzählen Sie uns bestimmt später«, sagte Adelaida, »jetzt aber erklären Sie mir, wie Sie sich das Bild dieser Hinrichtung denken. Können Sie es so schildern, wie Sie es sich vorstellen? Soll man denn nur das Gesicht zeichnen? Was ist denn das für ein Gesicht?«

»Genau eine Minute vor dem Tode«, fing der Fürst bereitwillig an, der ganz von seiner Erinnerung hingerissen war und augenscheinlich alles andere vergaß, »der Moment, wo er die Stufen hinaufgegangen ist und eben das Schafott betreten hat. In diesem Moment blickte er nach meiner Seite; ich sah ihm ins Gesicht und begriff alles ... aber wie soll man das erzählen! Ich wünschte sehr, so sehr, daß Sie oder sonst jemand das zeichneten! Am besten wäre es, wenn Sie es täten!

Ich dachte damals gleich, das müßte ein sehr nützliches Bild werden. Wissen Sie, vor diesem Bilde müßte man sich alles vorstellen können, was vorhergegangen war, alles, alles. Er hatte im Gefängnis gesessen und die Hinrichtung frühestens in einer Woche erwartet; er hatte mit der üblichen bürokratischen Langsamkeit gerechnet, hatte gemeint, das Urteil müsse noch an eine Behörde gehen und könne erst nach einer Woche zurückkommen. Und nun wurde plötzlich aus irgendeinem Grunde das Verfahren abgekürzt. Um fünf Uhr morgens schlief er noch. Es war Ende Oktober; um fünf Uhr ist es noch kalt und dunkel. Da trat ganz leise der Gefängnisaufseher mit der Wache ein und faßte ihn vorsichtig an der Schulter; er richtete sich auf, stützte sich auf den Ellenbogen, sah das Licht: ‚Was gibt's?' – ‚Um zehn Uhr ist die Hinrichtung.' Noch halb im Schlaf, wollte er es nicht glauben, widersprach, behauptete, das Urteil könne erst nach einer Woche ausgefertigt werden; doch als er völlig zu sich gekommen war, stritt er nicht mehr, sondern schwieg – so hat man es mir erzählt. Er fing nur noch einmal an: ‚Es ist doch schwer, so mit einem Male . . .' dann verstummte er wieder und wollte nun gar nicht mehr reden. Drei – vier Stunden gehen nun in der bekannten Weise vorüber: erst kommt der Geistliche, dann das Frühstück: Wein, Kaffee und Fleisch – ist das nicht der reine Hohn? Diese furchtbare Grausamkeit, wenn man sich's recht überlegt! Und doch meinen diese unschuldigen Leute es bei Gott herzlich gut und sind ehrlich überzeugt, sie handelten sehr menschenfreundlich; danach wird Toilette gemacht – wissen Sie, was das bei einem Verbrecher bedeutet? –, endlich fährt man ihn durch die Stadt zum Schafott . . . Ich glaube, auf dieser Fahrt muß er denken, daß er noch unendlich lange zu leben hat. Mir scheint, er hat unterwegs gedacht: Es dauert noch lange, noch drei ganze Straßen lang kann ich leben; erst kommt diese, dann noch jene und endlich die, wo sich rechts der Bäckerladen befindet . . .wer weiß, wann wir erst beim Bäcker sind! Rundherum drängt sich das Volk, schreit, lärmt, zehntausend Gesichter, zehntausend Augenpaare – alles das muß er ertragen, vor allem aber den Gedanken: Da stehen nun zehntausend, und keiner von ihnen wird geköpft, mich aber werden sie köpfen! Nun, das ist alles die Einleitung. Auf das Schafott hinauf führte eine kleine Treppe; und hier vor der Treppe brach er plötzlich in Tränen aus, und er war doch ein starker und kühner Mann, ein großer Bösewicht, behaupteten die Leute. Die ganze Zeit war der Priester bei ihm, er saß neben ihm auf dem Karren und redete unausgesetzt zu ihm – schwerlich hat der Mann etwas davon gehört; wenn er vielleicht auch ab und zu versuchte zuzuhören, so verstand er sicher schon nach dem dritten Wort nichts mehr. So muß es wohl gewesen sein. Endlich stieg er die Treppe hinauf; seine Füße waren gefesselt, darum konnte er sich nur mit ganz kleinen Schritten vorwärtsbewegen. Der Priester, anscheinend ein kluger Mann, redete nicht mehr, sondern reichte ihm nur immer wieder das Kreuz zum Kusse. Schon unten vor der Treppe war er sehr bleich gewesen; als er hinaufgestiegen war und auf dem Schafott stand, wurde er plötzlich weiß wie Papier, ganz wie weißes Schreibpapier. Seine Füße versagten ihm wohl den Dienst und wurden steif, und es war ihm übel, er fühlte einen Druck in der Kehle, als wenn ihn dort etwas kitzelte – haben Sie das vielleicht auch einmal empfunden, wenn Sie sehr erschrocken waren oder in einem bangen Augenblick, wenn man völlig bei Vernunft ist, aber keine Gewalt mehr über sich und die Dinge hat? Ich glaube, wenn einem der unvermeidliche Untergang droht, etwa das Haus über einem zusammenstürzt, so kann einem der heiße Wunsch kommen, sich niederzusetzen, die Augen zu schließen und zu warten – geschehe, was da will! . . . In diesem Augenblick, als die Schwäche ihn übermannte, hielt ihm der Priester schweigend mit einer hastigen Bewegung das Kreuz dicht vor die Lippen, ein kleines, silbernes Kreuz mit vier Enden – und immer wieder, jeden Augenblick hielt er es ihm von neuem hin. Und sobald das Kreuz seine Lippen berührte, machte er die Augen auf und schien für einige Sekunden wieder zum Leben zu erwachen, und seine Füße bewegten sich vorwärts. Das Kreuz küßte er gierig, mit großer Hast, immer wieder, als gälte es auf alle Fälle Vorrat mitzunehmen, aber ich glaube nicht, daß er in diesem Augenblick wirkliche religiöse Empfindungen gehabt hat. Und so ging es bis zur Guillotine . . . Merkwürdig, daß in diesen letzten Augenblicken selten einer ohnmächtig wird! Im Gegenteil, der Kopf ist unheimlich lebendig und arbeitet heftig, heftig, heftig wie eine Maschine in vollem Gang; ich stelle mir vor, daß da die verschiedensten Gedanken hämmern, lauter nicht zu Ende gedachte, vielleicht sogar lächerliche, abseitige Gedanken: Da sieht mich einer an, der hat eine Warze auf der Stirn; an dem Rock des Henkers ist unten ein Knopf ganz rostig . . . Und dabei weiß man doch alles und vergißt nichts; ein Punkt ist da, den man nicht vergessen kann, darum fällt man auch nicht in Ohnmacht; alles, alles dreht sich und bewegt sich um diesen einen Punkt. Und nun soll man sich vorstellen, daß das so bis zur letzten Viertelsekunde weitergeht, wenn der Kopf schon auf dem Block liegt und wartet und *weiß* und plötzlich über sich das Eisen klirren hört! Das hört man ganz bestimmt! Ich, wenn ich dort läge, ich würde absichtlich hinhorchen, und ich würde es hören! Es ist vielleicht nur der zehnte Teil eines Augenblicks, aber man hört es ganz bestimmt! Und stellen Sie sich vor, es wird immer noch darüber gestritten, ob der Kopf, wenn er abgehauen ist, nicht noch eine Sekunde lang dessen bewußt ist, daß er abgehauen ist – welch eine Vorstellung! Wie aber, wenn das fünf Sekunden dauert! . . . Malen Sie das Schafott so, daß man nur die letzte Stufe ganz deutlich und nah vor sich sieht; der Verbrecher hat sie betreten: Der Kopf, das Gesicht weiß wie Papier, der Priester hält ihm das Kreuz hin, jener reckt gierig die blauen Lippen danach und schaut und – *weiß alles*. Das Kreuz und der Kopf – das ist das Bild; das Gesicht des Priesters, des Henkers, seiner zwei Gehilfen und einige Köpfe und Augen unten – das alles kommt an dritter Stelle, im Nebel verschwimmend, als bloßes Beiwerk . . . so denke ich mir das Bild.« Der Fürst verstummte und blickte alle der Reihe nach an.

»Das sieht allerdings nicht nach Quietismus aus«, sagte Alexandra vor sich hin.

»Nun, jetzt erzählen Sie, wie Sie verliebt waren«, sagte Adelaida.

Der Fürst sah sie erstaunt an.

»Hören Sie«, fuhr Adelaida hastig fort, »Sie sind uns noch die Geschichte vom Baseler Bild schuldig; aber jetzt möchte ich hören, wie Sie verliebt waren; leugnen Sie nicht, Sie waren es. Zudem hören Sie auf, Philosoph zu sein, sobald Sie nur anfangen zu erzählen.«

»Wenn Sie mit einer Erzählung zu Ende sind, schämen Sie sich sofort, daß Sie das alles erzählt haben«, bemerkte Aglaja plötzlich. »Warum ist das so?«

»Das wird mir aber doch zu dumm«, schnitt die Generalin Aglaja das Wort ab und sah sie empört an.

»Ja, sehr klug ist das nicht«, stimmte Alexandra bei.

»Glauben Sie ihr nicht«, wandte sich die Generalin an den Fürsten, »sie macht das absichtlich aus Bosheit; sie ist gar nicht so dumm erzogen, denken Sie sich nichts Böses, wenn die Mädchen Sie so plagen. Sie haben sicher etwas im Sinne, aber sie haben Sie schon gern. Ich kenne ihre Gesichter.«

»Und ich kenne ihre Gesichter auch«, sagte der Fürst, wobei er seine Worte scharf betonte.

»Wie meinen Sie das?« fragte Adelaida neugierig.

»Was wissen Sie von unseren Gesichtern?« interessierten sich nun auch die beiden anderen.

Aber der Fürst schwieg und blickte sehr ernst; alle warteten auf seine Antwort. »Ich sage es Ihnen später«, sagte er endlich leise und ernst.

»Sie wollen uns nur neugierig machen«, rief Aglaja. »Und diese Feierlichkeit!«

»Nun gut«, fiel wieder Adelaida schnell ein, »wenn Sie sich in den Gesichtern so gut auskennen, dann waren Sie sicher auch schon verliebt; ich habe also richtig geraten. Erzählen Sie bitte.«

»Ich war nicht verliebt«, antwortete der Fürst ebenso leise und ernst, »ich . . . war in anderer Weise glücklich.«

»Wie denn, wodurch denn?«

»Gut, ich will es Ihnen erzählen«, sagte der Fürst wie in Gedanken versunken.

6

»Sie alle«, begann der Fürst, »sehen mich jetzt mit so großer Neugier an, daß Sie, wollte ich sie nicht befriedigen, mir am Ende zürnen würden. Nein, ich scherze nur«, fügte er schnell mit einem Lächeln hinzu. »Dort . . . dort waren lauter Kinder, und ich war die ganze Zeit mit Kindern zusammen, nur mit Kindern. Es waren die Kinder aus dem Dorfe, die ganze Bande, die die Schule besuchte. Nicht etwa, daß ich sie unterrichtet hätte; o nein, dazu war ein Schullehrer da, Jules Thibaut; ich habe sie wohl auch manches gelehrt, aber ich unterhielt mich mehr mit ihnen, und so sind meine ganzen vier Jahre dort vergangen. Ich brauchte auch nichts anderes. Ich sagte ihnen alles, ich verhehlte ihnen nichts. Ihre Väter und Verwandten wurden schließlich alle böse auf mich; denn die Kinder konnten gar nicht mehr ohne mich sein und drängten sich immer um mich, und der Schullehrer wurde zuletzt mein schlimmster Feind. Ich hatte viele Feinde dort, und das alles um der Kinder willen. Sogar Schneider machte mir Vorwürfe. Und was fürchteten sie eigentlich so? Einem Kinde kann man alles sagen, alles; ich bin immer erstaunt gewesen, wie schlecht die Erwachsenen die Kinder kennen. Sogar Väter und Mütter die eigenen Kinder. Vor den Kindern soll man nichts geheimhalten unter dem Vorwand, daß sie noch klein sind und nicht alles zu wissen brauchen. Was für ein trauriger und unglücklicher Gedanke! Und wie gut merken die Kinder selbst, daß die Väter sie für zu klein und unverständig halten, während sie doch alles verstehen. Die Erwachsenen wissen nicht, daß ein Kind selbst in der allerschwierigsten Angelegenheit oft einen äußerst wichtigen Rat geben kann. O Gott, wenn solch ein holdes Vögelchen dich so vertrauensvoll und glücklich ansieht, dann mußt du dich ja schämen, es zu betrügen! Ich nenne sie Vögelchen, weil es nichts Schöneres auf der Welt gibt als ein Vöglein. Übrigens, daß das ganze Dorf mir böse wurde, geht eigentlich auf eine einzige Begebenheit zurück . . . Thibaut war einfach neidisch; erst schüttelte er immer den Kopf und wunderte sich, daß die Kinder bei mir alles verstanden und bei ihm so gut wie gar nichts, und dann lachte er mich aus, als ich ihm sagte, wir beide könnten die Kinder nichts lehren, sondern viel eher von ihnen lernen. Und wie konnte er nur mich beneiden und verleumden, wenn er doch selbst unter Kindern lebte! Kinder machen die Seele gesund . . . Da war ein Patient in Schneiders Anstalt, ein sehr unglücklicher Mensch. Es war ein so furchtbares Unglück, daß man sich kaum etwas Ähnliches denken kann. Man hatte ihn als Irrsinnigen zur Kur dorthin gebracht; ich glaube aber, er war gar nicht irrsinnig, er litt nur entsetzlich – und das war seine ganze Krankheit. Und wenn Sie wüßten, was ihm schließlich unsere Kinder wurden... Aber von diesem Kranken erzähle ich Ihnen lieber später; jetzt will ich Ihnen erzählen, wie das alles anfing. Die Kinder mochten mich zuerst gar nicht. Ich war so groß und immer ungeschickt; ich weiß auch, daß ich nicht hübsch bin . . . und dazu kam dann noch, daß ich Ausländer war. Anfangs lachten die Kinder über mich, dann warfen sie sogar Steine nach mir, als sie einmal gesehen hatten, wie ich Marie küßte. Und ich habe sie doch nur ein einzigesmal geküßt . . . Nein, lachen Sie nicht«, wehrte der Fürst dem Spott seiner Zuhörerinnen, »von Liebe war hier keine Rede. Wenn Sie wüßten, was das für ein unglückliches Geschöpf war, so würden Sie selbst sie ebenso bedauern, wie ich es tat. Sie war aus unserem Dorf. Ihre Mutter war eine ganz alte Frau, und in ihrem kleinen halbzerfallenen zweifenstrigen Häuschen war das eine Fenster mit Erlaubnis der Dorfbehörde abgeteilt; aus diesem Fenster durfte sie mit Bindfaden, Zwirn, Tabak, Seife handeln, alles um wenige Groschen, und davon lebte sie. Sie war krank, hatte beständig geschwollene Füße, so daß sie immer sitzen mußte. Marie war ihre Tochter; sie war ungefähr zwanzig Jahre alt, schwach und mager; sie war schon lange schwindsüchtig, aber sie ging immer noch von Haus zu Haus, um dort gegen geringen Tagelohn schwere Arbeit zu leisten: den Fußboden scheuern, Wäsche waschen, den Hof kehren, das Vieh besorgen. Ein französischer Handlungsreisender verführte sie und nahm sie mit sich, nach einer Woche aber ließ er sie unterwegs sitzen und reiste heimlich weiter. Sie bettelte sich durch bis in ihr Heimatdorf und kam dort ganz schmutzig, in Lumpen, mit zerrissenen Schuhen an; sie war die ganze Woche zu Fuß gegangen, hatte auf freiem Felde übernachtet und sich stark erkältet; die Füße waren wund, die Hände geschwollen und die Haut geplatzt. Sie war auch früher nicht hübsch gewesen; nur die Augen waren sanft, gut und unschuldig. Sie war ungemein schweigsam. Vor langer Zeit hatte sie einmal bei der Arbeit angefangen zu singen, und ich erinnere mich, wie alle ganz erstaunt waren und lachten: ‚Marie singt! Hört ihr, Marie singt!' Da wurde sie schrecklich verlegen und verstummte für immer. Damals war man noch freundlich gegen sie, aber als sie jetzt krank und zermartert heimkehrte, da hatte keiner auch nur das geringste Mitleid mit ihr! Wie hartherzig die Menschen in diesen Dingen sind! Wie unmenschlich sie darin denken! Die Mutter war die erste, die sie voller Zorn und Verachtung empfing: ‚Du hast mich entehrt.' Sie war auch die erste, die das Mädchen bloßstellte: als man im Dorf erfuhr, daß Marie zurückgekommen sei, lief alles hin, sie zu sehen; fast das ganze Dorf kam in der Hütte der Alten zusammen: Greise, Kinder, Weiber, Mädchen, eine ungeduldige, neugierige Menge. Marie lag auf dem Boden zu Füßen der Alten, hungrig, zerlumpt, und weinte. Als alle hereinstürmten, bedeckte sie sich mit ihren gelösten Haaren und drückte das Gesicht an den Boden. Alle rundherum starrten sie an wie ein giftiges Tier; die Alten verurteilten sie und schalten, die Jungen lachten sogar, die Weiber schimpften und sahen sie mit einer Verachtung an, wie man eine Spinne betrachtet. Die Mutter ließ das alles geschehen, saß dabei und nickte beifällig mit dem Kopf. Die Mutter war damals schon sehr krank; nach zwei Monaten starb sie auch. Sie wußte, daß es mit ihr zu Ende ging, dachte aber bis zu ihrer letzten Stunde nicht daran, sich mit der Tochter zu versöhnen; sie sprach kaum ein Wort mit ihr, ließ sie im Vorhause schlafen, gab ihr kaum etwas zu essen. Sie mußte ihre kranken Füße öfters in warmes Wasser setzen; Marie wusch ihr jeden Tag die Füße und bediente sie; sie nahm alle Dienstleistungen schweigend entgegen und sagte ihr auch nicht ein freundliches Wort. Marie duldete alles ohne Widerspruch, und als ich sie später kennenlernte, bemerkte ich, daß sie das ganz in der Ordnung fand und sich selbst für ein verworfenes Geschöpf hielt. Als die Alte bettlägerig geworden war, kamen die alten Frauen aus dem Dorf abwechselnd zu ihr, sie zu pflegen, wie es dort Brauch ist. Da bekam Marie überhaupt nichts mehr zu essen, und im Dorf jagten alle sie von sich, und niemand wollte ihr auch nur Arbeit geben wie früher. Es war, als ob alle sie anspien; die Männer betrachteten sie überhaupt nicht mehr als weibliches Wesen und sagten ihr die größten Gemeinheiten ins Gesicht. Manchmal nur, sehr selten, wenn sie sonntags betrunken waren, warfen sie ihr zum Spaß ein paar Groschen hin, einfach auf den Boden; Marie hob sie schweigend auf. Sie hustete damals schon Blut. Endlich waren ihre Lumpen so schlecht geworden, daß sie sich gar nicht mehr im Dorfe zu zeigen wagte; seit ihrer Rückkehr war sie auch nie mehr anders als barfuß gegangen. Und jetzt fingen auch noch die Kinder, die ganze Horde – es mochten wohl vierzig oder mehr Schulkinder sein –, sie zu necken an und warfen sogar mit Schmutzklumpen nach ihr. Sie bat den Hirt, er möchte ihr gestatten, die Kühe zu hüten, aber der Hirt jagte sie fort. Da ging sie selbst ohne Erlaubnis mit der Herde den ganzen Tag über aus dem Hause. Da der Hirt bald bemerkt hatte, wie nützlich sie ihm war, jagte er sie nicht mehr fort, sondern gab ihr sogar die Reste von seinem Mittagessen, Brot und Käse. Er glaubte ihr damit eine große Gnade zu erweisen. Als die Mutter dann gestorben war, hielt es der Pastor für angezeigt, Marie in der Kirche vor der ganzen Gemeinde bloßzustellen. Marie stand neben dem Sarge in ihren alten Lumpen und weinte. Es war viel Volk zusammengelaufen, um zu sehen, wie sie weinen und hinter dem Sarge hergehen werde; da wandte sich der Pastor – er war ein noch junger Mensch, und sein größter Ehrgeiz war, ein berühmter Prediger zu werden – an die Versammelten und zeigte mit dem Finger auf Marie. ‚Die hier ist schuld an dem Tode dieser ehrwürdigen Frau', das war falsch, denn die Alte war schon zwei Jahre krank gewesen, ‚da steht sie vor euch und wagt nicht aufzublicken, denn sie ist vom Finger Gottes gezeichnet; da steht sie barfüßig und zerlumpt – ein Beispiel für alle, die ihre Tugend verlieren! Und wer ist es? Es ist die Tochter der Entschlafenen!‘ – und so weiter in ähnlicher Weise. Und denken Sie sich, diese Gemeinheit behagte fast allen, aber ... nun kam eine ganz eigentümliche Geschichte: jetzt mischten sich nämlich die Kinder ein, denn die waren damals schon alle auf meiner Seite und hatten Marie liebgewonnen. Und das war so gekommen. Ich wollte etwas für Marie tun; vor allem brauchte sie Geld, aber ich selbst hatte dort niemals einen Groschen. Nun besaß ich eine kleine Brillantnadel; ich verkaufte sie einem Händler, der von Dorf zu Dorf zog und alte Kleider kaufte und verkaufte. Er gab mir acht Franken, sie war aber mindestens vierzig wert. Ich suchte nun lange nach einer Gelegenheit, Marie allein zu sehen; endlich trafen wir uns vor dem Dorf an der Hecke, auf einem Seitenpfad im Gebirge hinter einem Baum. Hier gab ich ihr die acht Franken und sagte ihr, sie möge sie gut bewahren, denn mehr könne ich ihr nicht geben, und dann küßte ich sie und sagte ihr, sie solle nicht denken, daß ich etwa häßliche Absichten hätte; ich küßte sie nicht, weil ich in sie verliebt sei, sondern weil es mir leid sei um sie, und weil ich von Anfang an sie nie für schuldig, sondern nur für sehr unglücklich gehalten hätte. Ich hätte sie gern auch noch getröstet, indem ich ihr klarmachte, daß sie sich nicht für so viel schlechter halten dürfe als die anderen – aber ich glaube, sie verstand mich nicht. Ich merkte das gleich, obwohl sie die ganze Zeit schweigend, mit niedergeschlagenen Augen dastand und sich furchtbar zu schämen schien. Als ich schwieg, küßte sie mir die Hand, und ich faßte sofort die ihre, um sie auch zu küssen, aber sie riß sie hastig zurück. In diesem Augenblick überraschten uns die Kinder, eine ganze Schar; ich erfuhr später, daß sie mir schon lange aufgelauert hatten. Sie pfiffen, klatschten in die Hände und lachten. Marie lief eiligst davon. Ich wollte sprechen, aber da warfen sie mich mit Steinen. Am nämlichen Tage wußte schon das ganze Dorf die Geschichte; und alles wandte sich wieder gegen Marie; man haßte sie jetzt noch mehr. Ich hörte sogar, daß man sie zu einer Strafe verurteilen wollte, aber gottlob kam es nicht so weit; dafür aber ließen ihr die Kinder jetzt gar keine Ruhe mehr, sie neckten sie schlimmer als je vorher, warfen mit Schmutz nach ihr, rannten ihr nach – und sie mit ihrer schwachen Brust suchte zu entfliehen, kam außer Atem, blieb stehen, die Kinder drängten sich heran, schrien, schimpften. Einmal hätte ich mich sogar fast mit ihnen geprügelt. Dann versuchte ich ihnen zuzureden; ich sprach jeden Tag, wo ich nur konnte. Manchmal blieben sie stehen und hörten zu, schimpften aber immer weiter. Ich erzählte ihnen, wie unglücklich Marie sei; da hörten sie bald auf zu schimpfen und gingen schweigend auseinander. Allmählich kamen wir ins Gespräch, ich verheimlichte ihnen nichts, erzählte ihnen alles. Sie hörten sehr aufmerksam zu, und bald empfanden sie Mitleid mit Marie. Einige fingen an, sie freundlich zu grüßen, wenn sie ihr begegneten: es ist dort Sitte, wenn man auf der Straße einander begegnet – gleichviel ob man sich kennt oder nicht – sich gegenseitig guten Tag zu sagen. Man kann sich denken, wie erstaunt Marie war. Einmal hatten zwei kleine Mädchen sich etwas zu essen verschafft; das brachten sie der Marie, und dann kamen sie zu mir und erzählten es mir. Sie sagten, Marie habe geweint, und sie hätten sie jetzt sehr lieb. Bald hatten alle sie lieb, und von da ab mochten sie auch mich plötzlich. Sie kamen öfters zu mir und baten, ich möchte ihnen etwas erzählen; ich muß wohl recht gut erzählt haben, denn sie hörten mir sehr gern zu. Später lernte und las ich nur noch, um ihnen etwas erzählen zu können, und so habe ich alle die drei Jahre ihnen immer wieder erzählt. Als später alle, Schneider nicht ausgenommen, mir Vorwürfe machten, daß ich mit ihnen rede wie mit Erwachsenen und nichts vor ihnen verberge, so antwortete ich, daß ich mich schämen würde, sie zu belügen; sie wüßten ja doch alles, so viel man auch vor ihnen geheimhalte; oder sie erführen es in häßlicher Weise, von mir jedoch hörten sie es in anderer Form. Es solle doch nur jeder daran denken, wie er selbst Kind gewesen war. Sie waren aber anderer Meinung ... Ich hatte Marie noch vierzehn Tage vor dem Tode ihrer Mutter geküßt; als der Pastor jene Leichenrede hielt, waren alle Kinder schon auf meiner Seite. Ich erzählte ihnen sofort alles und erklärte ihnen die Handlungsweise des Pastors; alle wurden sie böse auf ihn, einige so sehr, daß sie ihm die Fensterscheiben einschlugen. Ich gebot ihnen Einhalt, denn das war schon häßlich, aber im Dorf wurde sofort alles bekannt, und da eben kamen die Klagen, daß ich die Kinder verdorben hätte. Und dann erfuhren die Leute, daß die Kinder Marie liebhätten, und waren ganz entsetzt; aber Marie war nun schon glücklich. Man verbot den Kindern, ihr auch nur zu begegnen, aber sie liefen heimlich zu ihr hinaus auf die Weide, die ziemlich weit – etwa eine halbe Werst – von dem Dorf entfernt lag; sie brachten ihr Essen mit, einige aber kamen nur, um sie zu umarmen, zu küssen, zu sagen: ‚Je vous aime, Marie!' und dann spornstreichs davonzulaufen. Marie hätte fast den Verstand verloren, von diesem großen Glück; sie hatte das nicht einmal zu träumen gewagt; sie schämte sich und freute sich zugleich, vor allem aber machte es den Kindern, besonders den Mädchen, Vergnügen, zu ihr zu laufen, um ihr zu sagen, daß ich sie liebhabe und ihnen sehr viel von ihr erzähle. Sie sagten ihr, ich hätte ihnen das alles mitgeteilt, und sie hätten sie jetzt lieb und hätten Mitleid mit ihr, und das würde immer so bleiben. Dann liefen sie zurück zu mir und berichteten mir mit so fröhlichen, aufgeregten Gesichtern, daß sie Marie eben gesehen hätten und daß Marie mich grüßen lasse. Abends ging ich zum Wasserfall; da war ein von Pappeln umgebenes Plätzchen, das gegen das Dorf ganz versteckt lag, dorthin kamen sie abends zu mir gelaufen, manche sogar heimlich. Ich glaube, meine angebliche Liebe zu Marie war für sie ein ungewöhnlicher Genuß, und doch mußte ich sie gerade darin – und darin ganz allein in all der Zeit, die ich dort verlebt habe – enttäuschen. Ich sagte ihnen nicht, daß ich Marie nicht liebe, das heißt, nicht in sie verliebt sei, sondern nur ein großes Mitleid für sie empfände; ich sah es ihnen an, daß es ihnen weit mehr gefiel, sich die Sache so zu denken, wie sie es sich zurechtgelegt hatten, darum schwieg ich und gab mir den Anschein, als hätten sie es erraten. Und so taktvoll und zart waren diese kleinen Herzen: es schien ihnen ganz unmöglich, daß der gute Leon Marie so liebt und Marie so schlecht gekleidet ist und keine Schuhe hat. Denken Sie sich: sie verschafften ihr Schuhe und Strümpfe und Wäsche und sogar ein Kleid; wie sie das fertigbrachten, begreife ich nicht; die ganze Gesellschaft hat da mitgearbeitet. Wenn ich sie fragte, lachten sie nur lustig, und die Mädchen klatschten in die Hände und küßten mich. Ich ging mitunter auch heimlich zu Marie. Sie war schon sehr krank und konnte kaum noch gehen; endlich gab sie ihren Dienst beim Hirten auf, ging aber doch jeden Morgen mit der Herde hinaus. Sie setzte sich dann irgendwo abseits; es war dort ein Vorsprung an einer fast senkrecht abfallenden Felswand; sie setzte sich in einem von allen Seiten geschützten Winkel auf einen Stein und saß dort fast regungslos den ganzen Tag vom frühen Morgen bis zu der Stunde, wo die Herde heimkehren mußte. Sie war schon so schwach von der Schwindsucht, daß sie fast immer mit geschlossenen Augen dasaß, den Kopf an die Felswand gelehnt, und schwer atmend vor sich hindöste; ihr Gesicht war abgemagert wie das eines Skeletts, und auf Stirn und Wangen perlten immer Schweißtropfen. So fand ich sie jedesmal. Ich kam immer nur für einen Augenblick und wollte auch nicht gern gesehen werden. Sobald ich mich zeigte, zuckte Marie zusammen, öffnete die Augen und küßte mir leidenschaftlich die Hände. Ich zog sie nicht zurück, denn es machte sie glücklich; die ganze Zeit, während ich bei ihr saß, zitterte sie und weinte; wohl versuchte sie manchmal auch zu sprechen, aber es kostete Mühe, sie zu verstehen. Sie war wie wahnsinnig, in furchtbarer Aufregung und Begeisterung. Mitunter kamen die Kinder mit mir. In solchen Fällen stellten sie sich gewöhnlich in der Nähe auf und bewachten uns vor irgendwem und irgendwas, und das war für sie ein ungeheures Vergnügen. Wenn wir gingen, blieb Marie wieder allein, unbeweglich wie vorher, die Augen geschlossen und den Kopf an die Felswand gelehnt; vielleicht träumte sie. An einem Morgen konnte sie nicht mehr mit der Herde gehen und blieb in ihrem leeren Haus. Die Kinder hatten es sofort erfahren, und fast alle machten ihr an diesem Tage einen Besuch; sie lag in ihrem Bett ganz mutterseelenallein. Zwei Tage lang wurde sie nur von den Kindern gepflegt, die abwechselnd zu ihr kamen; als dann aber im Dorf bekannt wurde, daß Marie tatsächlich im Sterben liege, kamen die alten Weiber aus dem Dorfe abwechselnd zu ihr. Im Dorf schien man nun auch Mitleid für Marie zu empfinden; zum mindesten wehrte man den Kindern nicht mehr und schalt sie nicht wie früher. Marie lag immerfort im Halbschlaf, war aber sehr unruhig; sie hustete entsetzlich. Die Weiber jagten die Kinder fort, die kamen aber ans Fenster gelaufen, manchmal nur für einen Augenblick, nur um zu sagen: ‚Bonjour, notre bonne Marie!' Und sobald Marie sie nur sah oder hörte, wurde sie gleich ganz lebhaft und versuchte, ohne auf die Alten zu hören, sich aufzurichten, nickte ihnen zu, dankte. Sie brachten ihr nach wie vor allerlei Leckerbissen, aber sie aß fast gar nichts mehr. Dank den Kindern ist sie, ich versichere Sie, fast glücklich gestorben. Dank ihnen vergaß sie ihr Unglück, von ihnen hatte sie gleichsam Absolution erhalten, denn sie hielt sich bis zuletzt für eine große Sünderin. Sie schlugen wie Vögelchen mit den Flügeln an ihr Fenster und riefen ihr jeden Morgen zu: ‚Nous t'aimons, Marie!' Sie starb sehr bald. Ich hatte geglaubt, sie werde viel länger leben. Am Tage vor ihrem Tode besuchte ich sie kurz vor Sonnenuntergang; sie schien mich zu erkennen, und ich drückte zum letztenmal ihre Hand; wie mager sie war! Und am andern Morgen kommt man zu mir und meldet mir, daß Marie gestorben sei. Nun waren die Kinder gar nicht mehr zu halten: sie schmückten ihren Sarg mit Blumen und setzten ihr einen Kranz auf. Der Pastor in der Kirche sagte nichts Böses mehr von der Toten, es waren auch sehr wenig Leute beim Begräbnis, nur ein paar waren aus Neugier gekommen; aber als der Sarg hinausgetragen werden sollte, da stürzten alle Kinder herbei, weil sie ihn selbst tragen wollten. Sie konnten ihn aber nicht heben, und so halfen sie wenigstens, liefen alle hinter dem Sarg her und weinten. Seitdem wurde das Grab Mariens immer von den Kindern gepflegt, sie schmückten es jeden Sommer mit Blumen, pflanzten rundherum Rosen. Seit diesem Begräbnis aber begann die Hetze gegen mich der Kinder wegen. Die Hauptanstifter waren der Pastor und der Schullehrer. Den Kindern wurde strikt verboten, mit mir zu verkehren, und Schneider verpflichtete sich sogar, darauf achtzugeben. Wir kamen aber doch zusammen und verständigten uns von ferne durch Zeichen. Sie schickten mir kleine Zettelchen. Später renkte sich alles wieder ein, doch damals war es eigentlich sehr schön: denn diese Hetze brachte mich den Kindern noch näher. Im letzten Jahr versöhnte ich mich sogar mit Thibaut und dem Pastor. Schneider aber sprach und stritt mit mir sehr viel über mein schädliches System des Verkehrs mit den Kindern. Was habe ich denn für ein System! Und endlich äußerte Schneider mir gegenüber einen sehr merkwürdigen Gedanken – das war schon unmittelbar vor meiner Abreise –, er sagte mir, er habe sich vollkommen überzeugt, daß ich selbst ein richtiges Kind sei, durch und durch; nur Gestalt und Gesicht erinnerten an einen Erwachsenen; Entwicklung, Seele, Charakter und vielleicht auch Verstand seien nicht die eines Erwachsenen, und so würde ich auch bleiben, und sollte ich sechzig Jahre alt werden. Ich habe sehr darüber gelacht: natürlich hat er unrecht, denn ich bin doch wahrhaftig kein kleines Kind! Eins ist freilich richtig: ich bin nicht gern unter Erwachsenen, unter Menschen – das habe ich schon längst bemerkt. Ich mag es nicht, weil ich nicht mit den Leuten umzugehen verstehe. Was sie mir auch sagen mögen, es lastet immer etwas auf mir, und ich bin überglücklich, wenn ich recht schnell wieder zu meinen Genossen gehen kann; meine Genossen aber waren immer Kinder, und zwar nicht weil ich selber ein Kind bin, sondern weil es mich immer zu den Kindern gezogen hat. Wenn ich noch in der ersten Zeit meines Landaufenthaltes – als ich so allein von Sehnsucht geplagt in die Berge ging – auf meinen Streifzügen manchmal, besonders um die Mittagszeit, bei Schulschluß, auf diese ganze lärmende hüpfende Horde mit ihren Ränzchen und Schiefertafeln stieß, wenn sie so wild durcheinander schrien, lachten, spielten – dann zog es meine ganze Seele hin zu ihnen. Ich weiß nicht, woher das kam, aber bei jeder Begegnung mit ihnen ergriff mich ein außerordentlich starkes und beseligendes Gefühl. Ich blieb stehen und lachte vor Freude, wenn ich diese kleinen, immer laufenden Beinchen vorüberhuschen sah, wenn ich Knaben und Mädchen nebeneinander laufen sah, wenn ich sie weinen und lachen hörte – denn viele hatten auf dem Wege von der Schule bis nach Hause Zeit, sich zu prügeln, zu weinen, Frieden zu schließen und ein Spielchen zu machen –, und dann vergaß ich all mein Herzeleid. Und nachher konnte ich in all den drei Jahren überhaupt nicht begreifen, wie Menschen traurig sein können und warum. Mein ganzes Schicksal schien mit ihnen verknüpft. Ich rechnete gar nicht damit, daß ich einmal werde fortmüssen, und es kam mir nicht in den Sinn, daß ich jemals wieder nach Rußland kommen würde. Ich glaubte, ich würde immer dableiben, aber endlich begriff ich doch, daß Schneider mich nicht dauernd unterhalten könne, und dann trat ein anscheinend so wichtiger Umstand ein, daß Schneider selbst mir zu eiliger Abreise riet und statt meiner Bescheid nach Rußland gab. Ich will jetzt sehen, um was es sich handelt, und irgend jemand um Rat fragen. Vielleicht wird mein Schicksal sich ganz neu gestalten, aber das ist nicht das Wichtigste. Die Hauptsache ist vielmehr, daß mein ganzes Leben auch so schon ein völlig anderes geworden ist. Ich habe dort zu viel zurückgelassen. Alles ist hin. Ich saß im Eisenbahnwagen und dachte: Jetzt gehe ich zu den Menschen; ich weiß vielleicht nichts davon, aber für mich fängt ein neues Leben an. Ich beschloß, meine Sache ehrlich und standhaft zu führen. Der Verkehr mit den Menschen wird mir vielleicht langweilig und schwer sein. Vorläufig aber bin ich willens, gegen alle höflich und aufrichtig zu sein; mehr kann doch niemand von mir verlangen. Vielleicht hält man mich hier auch für ein Kind – sei's drum! Alle halten mich ja auch für einen Idioten, und ich war wirklich einmal so krank, daß ich einem Idioten glich; aber wie kann ich denn jetzt noch ein Idiot sein, wenn ich selbst verstehe, daß man mich für einen Idioten hält? Ich trete ein und denke: Nun halten sie mich wieder für einen Idioten, und ich bin doch ganz vernünftig, und sie merken es nicht ... Diesen Gedanken habe ich oft. Als ich in Berlin von dort ein paar Briefchen der Kinder bekam, begriff ich erst, wie lieb ich sie hatte. Sehr schmerzlich ist der Empfang des ersten Briefes! Wie traurig waren sie, als sie mir das Geleit gaben! Schon einen Monat vorher fingen sie an, Abschied zu nehmen: ‚Léon s'en va, Léon s'en va pour toujours!' Jeden Abend kamen wir wie immer beim Wasserfall zusammen und sprachen immer von der Trennung. Manchmal war es ebenso lustig wie früher; nur beim Gutenachtsagen umarmten sie mich jetzt fest und heiß, was sie früher nicht getan hatten. Einige kamen heimlich zu mir gelaufen, einzeln, damit die andern nichts merkten – nur um mich allein, nicht vor aller Augen zu umarmen und zu küssen. Als ich nun abreisen mußte, da begleitete mich die ganze Schar bis zum Bahnhof. Der Bahnhof war von unserm Dorf etwa eine Werst entfernt. Sie hielten mit Gewalt die Tränen zurück, aber einige konnten sich nicht beherrschen und weinten laut, besonders die Mädchen. Wir gingen sehr schnell, um uns nicht zu verspäten, aber unterwegs stürzte ab und zu eines aus der Menge heraus und auf mich zu, umfaßte mich mit seinen kleinen Ärmchen und küßte mich und brachte so den ganzen Zug ins Stocken; und so eilig wir es auch hatten, wir blieben alle stehen und warteten, bis das Kleine Abschied genommen hatte. Als ich im Eisenbahnwagen saß und der Zug sich in Bewegung setzte, schrien sie alle hurra und standen lange noch da, bis der Wagen ganz verschwunden war. Und ich sah ihnen auch nach ... Wissen Sie, als ich vorhin hier eintrat und Ihre lieben Gesichter sah – ich sehe mir die Gesichter jetzt sehr genau an – und Ihre ersten Worte vernahm, da wurde mir zum erstenmal seit jenem Abschied wieder leicht ums Herz. Ich dachte vorhin, daß ich vielleicht wirklich ein sehr glücklicher Mensch bin: ich weiß doch, daß man Menschen, die man sofort liebgewinnt, nicht so bald trifft – Sie aber habe ich gleich nach meiner Ankunft getroffen. Ich weiß sehr gut, daß man sich schämen müßte, seine Gefühle offen vor allen auszusprechen – zu Ihnen aber rede ich und schäme mich gar nicht. Ich bin menschenscheu und werde vielleicht nicht so bald wieder zu Ihnen kommen. Legen Sie das aber nicht schlecht aus: ich habe es nicht gesagt, weil ich Sie nicht schätze, und glauben Sie auch nicht, daß mich irgend etwas gekränkt hätte. Sie fragten mich, was ich in Ihren Gesichtern bemerkt hätte. Ich will es Ihnen gerne sagen. Sie, Adelaida Iwanowna, haben ein glückliches Gesicht, von allen dreien ist es das sympathischste. Außerdem sind Sie sehr hübsch, man sieht Sie an und sagt sich: ‚Sie hat ein Gesicht wie eine gute Schwester.' Sie treten harmlos und fröhlich an die Menschen heran, aber Sie verstehen es, ein Herz sehr bald richtig einzuschätzen. Auch Sie, Alexandra Iwanowna, haben ein schönes und sehr liebes Gesicht, aber vielleicht haben Sie einen geheimen Kummer;

Sie haben unzweifelhaft ein sehr gutes Herz, aber Sie sind nicht fröhlich. Sie haben einen besondern Zug im Gesicht, der an die Holbeinsche Madonna in Dresden erinnert. Das wäre über Ihr Gesicht zu sagen: nun, hab ich's richtig gedeutet? Sie selbst haben mich ja einen Physiognomiker genannt. Was aber Ihr Gesicht anbelangt, Lisaweta Prokofjewna«, wandte er sich plötzlich an die Generalin, »so läßt Ihr Gesicht mich nicht nur vermuten, sondern ich bin fest überzeugt, daß Sie ein richtiges Kind sind, in allem, allem, allem Guten und auch allem Schlechten, trotz Ihren Jahren. Sie sind mir doch nicht böse, daß ich Ihnen das so sage? Sie wissen ja, wofür ich die Kinder halte. Und glauben Sie nicht, daß ich das alles aus reiner Einfalt Ihnen so offen gesagt habe: o nein, durchaus nicht! Vielleicht hatte ich auch meine Gedanken dabei.«

7

Als der Fürst verstummte, sahen ihn alle heiter an, sogar Aglaja, besonders aber Lisaweta Prokofjewna.

»So hätten wir ihn also examiniert!« rief sie. »Nun, meine Damen, Sie hatten geglaubt, Sie würden ihn als armen Verwandten protegieren müssen – er aber hat Sie kaum seiner Wahl gewürdigt, und das auch noch mit dem Vorbehalt, daß er nur selten kommen werde. Nun sind wir die Dummen, und das freut mich, vor allem aber wird es Iwan Fjodorowitsch freuen. Er hatte uns nämlich befohlen, Sie zu examinieren, Fürst. Und was Sie über mein Gesicht gesagt haben, das ist die reinste Wahrheit: ich bin ein Kind und weiß das. Ich wußte das auch schon früher, Sie haben nur meinen Gedanken in ein einziges treffendes Wort gefaßt. Ihr Charakter scheint mir dem meinen ganz ähnlich zu sein, und das freut mich sehr: wir gleichen uns wie zwei Tropfen Wasser. Nur sind Sie ein Mann, und ich bin eine Frau und nicht in der Schweiz gewesen; das ist der ganze Unterschied.«

»Überstürzen Sie sich nicht, maman«, rief Aglaja, »der Fürst sagte, er habe bei all seinen Bekenntnissen noch einen geheimen Gedanken und meine das nicht so harmlos.«

»Ja, ja«, lachten die andern.

»Spottet nicht, meine Lieben, er ist zu guter Letzt schlauer als ihr alle drei miteinander. Ihr werdet es schon sehen. Aber, Fürst, warum haben Sie über Aglaja nichts gesagt? Aglaja wartet, und ich warte auch.«

»Ich kann jetzt nichts sagen. Ich will es später sagen.«

»Warum? Sie ist doch auffallend genug.«

»O ja, freilich. Sie sind außerordentlich hübsch, Aglaja Iwanowna. Sie sind so schön, daß man Angst hat, Sie anzusehen.«

»Ist das alles? Und ihre Eigenschaften?« drängte die Generalin.

»Über Schönheit läßt sich schwer urteilen; ich bin noch nicht darauf vorbereitet. Schönheit ist ein Rätsel.«

»Das heißt, daß Sie Aglaja ein Rätsel aufgegeben haben«, sagte Adelaida. »Rat einmal, Aglaja. Aber schön ist sie, Fürst, nicht wahr?«

»Wunderschön!« erwiderte der Fürst leidenschaftlich und sah Aglaja begeistert an. »Fast wie Nastasja Filippowna, obwohl sie ein ganz anderes Gesicht hat.«

Alle sahen sich erstaunt an.

»Wie we–e–er?« fragte die Generalin gedehnt. »Wie Nastasja Filippowna? Wo haben Sie Nastasja Filippowna gesehen? Welche Nastasja Filippowna?«

»Vorhin zeigte Gawrila Ardalionowitsch dem General ihr Bild.«

»Wie? Er hat Iwan Fjodorowitsch ein Bild gebracht?«

»Nur um es ihm zu zeigen. Nastasja Filippowna hat Gawrila Ardalionowitsch heute ihr Bild geschenkt, und er brachte es mit, um es zu zeigen.«

»Ich will es sehen!« rief die Generalin. »Wo ist das Bild? Wenn sie es ihm geschenkt hat, so muß er es haben, und er ist sicher noch im Kabinett. Mittwochs kommt er immer arbeiten und geht nie vor vier Uhr weg. Gawrila Ardalionowitsch soll sofort herkommen! Nein, ich habe gar keine so große Sehnsucht nach seinem Anblick. Seien Sie so gut, lieber Fürst, gehen Sie ins Kabinett, lassen Sie sich von ihm das Bild geben und bringen Sie es her. Sagen Sie ihm, daß wir es sehen wollen. Ich bitte Sie.«

»Er ist ganz nett, aber gar zu einfältig«, sagte Adelaida, als der Fürst hinausgegangen war.

»Ja, gar zu sehr«, bestätigte Alexandra, »er wirkt sogar etwas komisch.«

Beide schienen sie ihre Gedanken nicht ganz aussprechen zu wollen.

»Er hat sich übrigens mit unsern Gesichtern gut aus der Klemme gezogen«, sagte Aglaja. »Allen hat er geschmeichelt, sogar der Mama.«

»Mach bitte keine Witze«, rief die Generalin, »er hat mir nicht geschmeichelt, aber ich fühle mich doch geschmeichelt.«

»Du meinst, er hat sich aus der Klemme gezogen?« fragte Adelaida.

»Ich glaube, er ist gar nicht so einfältig.«

»Nun geht es los!« ärgerte sich die Generalin. »Ich finde, ihr seid noch lächerlicher als er. Er ist einfältig, aber pfiffig – im allerbesten Sinne natürlich. Ganz wie ich.«

Es war gewiß schlimm, daß ich von dem Bildnis gesprochen habe, dachte der Fürst, als er in das Kabinett ging, von leichten Gewissensbissen geplagt. Vielleicht aber ... war es doch gut, daß ich davon sprach ... In seinem Kopf tauchte ein seltsamer Gedanke auf, den er aber noch nicht klar zu fassen vermochte.

Gawrila Ardalionowitsch saß noch im Kabinett und war in seine Papiere vertieft. Er schien sein Gehalt von der Aktiengesellschaft wirklich ehrlich zu verdienen. Als der Fürst ihn um das Bild bat und berichtete, wie man dort drüben vom Bilde erfahren hatte, geriet er in größte Verlegenheit. »Ach! ... Und wozu mußten Sie schwatzen?« rief er sehr ärgerlich aus. »Sie wissen auch gar nichts ... Idiot!« brummte er vor sich hin.

»Verzeihen Sie ... Ich hatte es mir gar nicht überlegt; es kam so beiläufig. Ich sagte, Aglaja sei fast ebenso schön wie Nastasja Filippowna.«

Ganja bat ihn, ausführlicher zu berichten; der Fürst erzählte. Ganja sah ihn wieder spöttisch an. »Was Sie bloß mit dieser Nastasja Filippowna haben ...« brummte er, sprach aber den Satz nicht zu Ende und wurde nachdenklich. Er war sichtlich erregt.

Der Fürst erinnerte ihn an das Bild.

»Hören Sie, Fürst«, sagte Ganja plötzlich, als wäre ihm mit einemmal ein Gedanke gekommen, »ich habe eine sehr große Bitte an Sie . . . Ich weiß aber wirklich nicht . . .« Er geriet wieder in Verwirrung und stockte; er schien mit einem Entschluß zu ringen. Der Fürst wartete schweigend. Ganja sah ihn noch einmal mit prüfendem, unverwandtem Blick an.

»Fürst«, fing er wieder an, »man ist dort auf mich . . . wegen einer ganz sonderbaren Angelegenheit . . . eigentlich ist sie lächerlich . . . und ich bin gar nicht schuld . . . mit einem Wort . . . man ist dort anscheinend etwas böse auf mich, so daß ich mich einige Zeit dort nicht zeigen möchte, wenn man mich nicht ruft. Es läge mir jetzt sehr viel an einer Unterredung mit Aglaja Iwanowna. Ich habe auf alle Fälle hier ein paar Worte geschrieben«, in seiner Hand zeigte sich plötzlich ein kleines zusammengefaltetes Blättchen, »weiß aber nicht, wie ich es abgeben soll. Wollen Sie es nicht übernehmen, Fürst, es Aglaja Iwanowna zu geben, sofort, aber Aglaja Iwanowna ganz allein – das heißt so, daß niemand es sieht, verstehen Sie? Es ist kein großes Geheimnis, es ist gar nichts dabei . . . aber . . . wollen Sie es tun?«

»Es ist mir nicht ganz angenehm«, antwortete der Fürst.

»Ach, Fürst, ich habe es so dringend nötig!« bat Ganja. »Sie antwortet mir vielleicht . . . Glauben Sie mir, daß nur die äußerste Not, nur die äußerste Not mich veranlaßt . . . Wie soll ich es ihr sonst zustellen? . . . Es ist sehr wichtig . . . Ungeheuer wichtig für mich . . .« Ganja war ganz verzagt; er fürchtete, der Fürst könnte ihn zurückweisen, und sah ihm ängstlich bittend in die Augen.

»Meinetwegen, ich will es abgeben.«

»Aber nur so, daß niemand es sieht«, flehte Ganja erfreut. »Und dann, Fürst . . . auf Ihr Ehrenwort kann ich mich doch verlassen, wie?«

»Ich zeige es niemand«, sagte der Fürst.

»Der Brief ist nicht versiegelt, aber . . .« entfuhr es Ganja in der Erregung, aber er stockte sofort in größter Verlegenheit.

»Oh, ich lese ihn nicht«, sagte der Fürst ganz einfach, nahm das Bild und ging aus dem Zimmer.

Ganja, allein geblieben, faßte sich an den Kopf: »Ein Wort von ihr, und ich . . . wirklich, ich mache Schluß! . . .«

Die Erregung und Erwartung machten es ihm unmöglich, seine Papiere wieder vorzunehmen, er begann unruhig im Zimmer auf und ab zu gehen.

Der Fürst ging in Gedanken weiter; der Auftrag hatte ihn unangenehm berührt; unangenehm war ihm auch der Gedanke an den Brief Ganjas an Aglaja. Aber, vom Salon noch durch zwei Zimmer getrennt, blieb er plötzlich stehen, als wäre ihm etwas eingefallen, sah sich im Kreise um, trat ans Fenster, näher zum Licht, und vertiefte sich in die Betrachtung des Bildes von Nastasja Filippowna.

Es war, als wollte er etwas erraten, das sich in diesem Gesicht verbarg und ihn vorhin verblüfft hatte. Der Eindruck von vorhin war noch in ihm lebendig, und nun schien es, als beeile er sich, ihn noch einmal zu prüfen. Dieses durch seine Schönheit und noch irgend etwas auffallende Gesicht verblüffte ihn jetzt noch mehr. Ein unermeßlicher Stolz und Verachtung, beinahe Haß, schien aus diesem Gesicht zu sprechen, und zugleich etwas Zutrauliches, etwas überraschend Gutmütiges; diese beiden Gegensätze weckten sogar eine Art von Mitleid beim Blick auf diese Züge. Diese blendende Schönheit war geradezu unerträglich, die Schönheit des blassen Gesichtes, der fast eingefallenen Wangen und der brennenden Augen. Eine seltsame Schönheit! Der Fürst sah das Bild eine Minute lang an, dann fuhr er plötzlich auf, schaute um sich, näherte das Bild hastig seinen Lippen und küßte es. Als er eine Minute später in den Salon trat, war sein Gesicht vollkommen ruhig.

Aber er war erst im Speisezimmer, das noch durch ein Zimmer von dem Salon getrennt war, und da stieß er in der Türe fast auf die ihm entgegenkommende Aglaja. Sie war allein.

»Gawrila Ardalionowitsch bat mich, Ihnen das abzugeben«, sagte der Fürst und reichte ihr den Zettel.

Aglaja blieb stehen, nahm den Zettel und sah den Fürsten mit einem sonderbaren Blicke an. Es sprach nicht die geringste Verlegenheit aus diesem Blick, allenfalls eine gewisse Verwunderung, und auch die schien nur dem Fürsten zu gelten. Aglaja schien durch ihren Blick gleichsam Rechenschaft von ihm zu verlangen, wieso er in dieser Angelegenheit Ganjas Komplice sein konnte. Und diese Rechenschaft wurde ruhig und hochmütig gefordert. Sie standen zwei bis drei Augenblicke einander gegenüber; endlich huschte etwas wie Spott über ihr Gesicht; sie lächelte leichthin und ging weiter.

Die Generalin betrachtete das Bild Nastasja Filippownas eine Zeitlang schweigend und mit einem leisen Anflug von Verachtung. Sie hielt das Bild in der ausgestreckten Hand vor sich, in weitem, sehr effektvollem Abstand von den Augen.

»Ja, sie ist schön«, sagte sie endlich, »sehr sogar. Ich habe sie zweimal gesehen, immer nur von weitem. Also eine derartige Schönheit schätzen Sie?« wandte sie sich plötzlich an den Fürsten.

»Ja . . . eine solche . . .« antwortete der Fürst mit einiger Anstrengung.

»Das heißt, gerade eine solche?«

»Ja, gerade.«

»Warum?«

»In diesem Gesicht . . . liegt viel Leid«, sagte der Fürst gleichsam unwillkürlich, als redete er mit sich selbst und nicht, um die Frage zu beantworten.

»Sie phantasieren vielleicht bloß«, schloß die Generalin und warf mit einer hochmütigen Bewegung das Bild auf den Tisch.

Alexandra nahm es, Adelaida trat zu ihr, und beide betrachteten es. In diesem Augenblick kam Aglaja wieder in den Salon zurück.

»So eine Kraft!« rief Adelaida plötzlich, das Bild über die Schulter der Schwester gierig betrachtend.

»Wo? Was für eine Kraft?« fragte Lisaweta Prokofjewna schroff.

»So eine Schönheit ist Kraft«, sagte Adelaida hitzig, »mit so einer Schönheit kann man die Welt auf den Kopf stellen!«

Sie ging nachdenklich zu ihrer Staffelei. Aglaja warf nur

einen flüchtigen Blick auf das Bild, kniff die Augen zusammen und schob die Unterlippe vor, trat dann zur Seite, setzte sich und legte die Hände in den Schoß.

Die Generalin schellte. »Rufen Sie Gawrila Ardalionowitsch her, er ist im Kabinett«, befahl sie dem eintretenden Diener.

»Maman!« rief Alexandra bedeutsam.

»Ich will ihm nur ein paar Worte sagen – und damit genug!« schnitt die Generalin jeden Einwand kurz ab. Sie war sichtlich erregt. »Wir haben hier jetzt immer Geheimnisse, Fürst, verstehen Sie. Nichts als Geheimnisse! So muß es sein, die Etikette verlangt's, zu dumm. Und das in einer Sache, die vor allem Aufrichtigkeit, Klarheit, Ehrlichkeit verlangt. Es werden Ehen geschlossen, und diese Ehen gefallen mir nicht ...«

»Maman, was reden Sie?« fiel ihr wieder Alexandra ins Wort.

»Was willst du, mein Töchterchen? Gefallen sie dir selbst etwa? Und der Fürst darf das doch hören, er ist unser Freund. Wenigstens meiner. Gott sucht Menschen – das heißt gute; böse und launische braucht er nicht; besonders keine launischen, die heute eines beschließen und morgen etwas anderes sagen. Verstehen Sie, Alexandra Iwanowna? Die Mädchen nennen mich wunderlich, Fürst, aber ich kenne mich unter den Menschen aus. Denn die Hauptsache ist das Herz, alles übrige hat nichts zu sagen. Verstand ist auch nötig, gewiß ... vielleicht ist überhaupt der Verstand das Wichtigste. Lache nicht, Aglaja, ich widerspreche mir nicht: eine Närrin mit gutem Herzen und ohne Verstand ist eine ebenso unglückliche Närrin wie eine Närrin mit Verstand und ohne Herz. Das ist eine alte Wahrheit. Ich bin eine Närrin mit Herz und ohne Verstand, und du bist eine mit Verstand und ohne Herz; beide sind wir unglücklich, beide müssen wir leiden.«

»Was macht Sie denn so unglücklich, maman?« konnte Adelaida sich nicht enthalten zu bemerken; sie allein in der ganzen Gesellschaft schien ihre heitere Laune nicht eingebüßt zu haben.

»Erstens die gelehrten Töchter«, sagte die Generalin scharf,

»und da dieses allein schon genügt, braucht man das andere gar nicht erst darzulegen. Es sind genug Worte gemacht. Wir wollen sehen, wie weit ihr zwei – ich zähle Aglaja nicht mit – mit eurem Verstand und eurer Rederei kommt, und ob Sie, hochverehrte Alexandra Iwanowna, mit Ihrem würdigen Herrn glücklich werden! Ah!« rief sie aus, als sie Ganja eintreten sah, »da kommt noch ein Ehebündnis! Guten Tag«, erwiderte sie seinen Gruß, ohne ihn zum Sitzen aufzufordern. »Sie wollen in den Ehestand treten?«

»Ehestand? Wieso? Was für ein Ehestand?« brummte Gawrila Ardalionowitsch verblüfft. Er war ganz verwirrt.

»Sie wollen heiraten – wenn Ihnen dieser Ausdruck besser gefällt?«

»N–nein . . . ich . . . n–nicht«, log Gawrila Ardalionowitsch, und Schamröte ergoß sich über sein Gesicht. Er warf einen flüchtigen Blick auf Aglaja, die abseits saß, und wandte sich schnell wieder ab. Aglaja sah ihn kalt, scharf, ruhig an, ohne die Augen abzuwenden, und beobachtete seine Verlegenheit.

»Nein? Sie sagten nein?« fragte die unerbittliche Lisaweta Prokofjewna eindringlich. »Gut, ich will's mir merken, daß Sie heute, am Mittwoch vormittag meine Frage mit einem Nein beantwortet haben. Heute ist doch wohl Mittwoch?«

»Ich glaube schon, maman«, antwortete Adelaida.

»Nie wissen sie, was für ein Tag ist. Und das Datum?«

»Der siebenundzwanzigste«, antwortete Ganja.

»Der siebenundzwanzigste? Das ist in einer gewissen Beziehung gut. Leben Sie wohl, Sie haben, glaube ich, viel zu tun, und ich muß mich ankleiden und ausfahren; nehmen Sie Ihr Bild. Grüßen Sie die unglückliche Nina Alexandrowna von mir. Auf Wiedersehen, mein lieber Fürst! Besuche uns öfter, ich will eigens zur alten Belokonskaja, um ihr von dir zu erzählen. Und hören Sie, mein Lieber: ich glaube, daß Gott Sie eigens für mich aus der Schweiz nach Petersburg gesandt hat. Vielleicht werden Sie auch noch anderes zu tun haben, vor allem aber sind Sie meinetwegen da. Das hat Gott gerade so gefügt. Auf Wiedersehen, meine Lieben. Alexandra, du kommst noch einmal bei mir vorbei, mein Kind.«

Die Generalin ging hinaus. Ganja, niedergeschmettert,

verwirrt, erzürnt, nahm das Bild vom Tisch und wandte sich mit verzerrtem Lächeln an den Fürsten: »Fürst, ich will jetzt nach Hause. Wenn Sie Ihre Absicht, bei uns zu wohnen, nicht aufgegeben haben, so führe ich Sie hin, denn Sie kennen ja die Adresse nicht.«

»Warten Sie, Fürst«, sagte Aglaja, indem sie sich plötzlich von ihrem Lehnsessel erhob, »Sie sollen mir noch etwas ins Poesiealbum schreiben. Papa sagte, Sie seien ein Kalligraph. Ich bringe es gleich.« Und sie ging hinaus.

»Auf Wiedersehen, Fürst, ich gehe auch«, sagte Adelaida. Sie drückte dem Fürsten kräftig die Hand, lächelte ihm freundlich zu und ging. Dabei sah sie Ganja nicht an.

»Das haben Sie«, fiel Ganja zähneknirschend über den Fürsten her, als alle fort waren, »das haben Sie ausgeschwatzt, daß ich heirate!« brummte er hastig und leise, mit wütendem Gesicht und böse blitzenden Augen. »Sie schamloses Plappermaul!«

»Ich versichere Ihnen, daß Sie sich irren«, erwiderte der Fürst ruhig und höflich. »Ich wußte gar nicht, daß Sie heiraten.«

»Sie haben vorhin gehört, wie Iwan Fjodorowitsch sagte, heute abend müsse sich bei Nastasja Filippowna alles entscheiden – und das haben Sie weitererzählt! Sie lügen! Woher konnten sie es sonst erfahren haben? Wer zum Teufel konnte es ihnen mitteilen, wenn Sie es nicht waren? Hat die Alte etwa keine Anspielungen gemacht?«

»Sie müssen besser wissen, wer es erzählt hat, wenn Sie wirklich glauben, daß man Ihnen gegenüber Anspielungen gemacht hat. Ich habe kein Wort davon gesagt.«

»Haben Sie den Brief abgegeben? Wo ist die Antwort?« unterbrach ihn Ganja mit fiebernder Ungeduld.

Aber in diesem Augenblick kam Aglaja zurück, und der Fürst konnte keine Antwort mehr geben.

»Hier, Fürst«, sagte Aglaja und legte ihr Album auf das Tischchen. »Suchen Sie sich eine Seite aus und schreiben Sie etwas hinein. Da ist eine ganz neue Feder. Macht es nichts, daß es eine Stahlfeder ist? Die Kalligraphen schreiben nicht mit Stahlfedern, hat man mir gesagt.«

Während sie mit dem Fürsten sprach, schien sie Ganjas Anwesenheit gar nicht zu bemerken. Aber als der Fürst die Feder versuchte, das Buch aufschlug und sich zum Schreiben bereitmachte, trat Ganja zum Kamin, vor dem Aglaja rechts neben dem Fürsten stand, und sagte ihr mit zitternder, stokkender Stimme beinahe ins Ohr: »Ein Wort, nur ein Wort von Ihnen, und ich bin gerettet.«

Der Fürst drehte sich schnell um und sah beide an. Aus Ganjas Gesicht sprach richtige Verzweiflung; er sah aus, als hätte er die Worte ganz ohne Überlegung hervorgestoßen. Aglaja betrachtete ihn einige Sekunden lang mit derselben ruhigen Verwunderung wie vorhin den Fürsten, und eben diese ruhige Verwunderung, dieses fragende Staunen, das durch das volle Verständnis des Gehörten hervorgerufen schien, war für Ganja in diesem Augenblick entsetzlicher als die tiefste Verachtung.

»Was soll ich denn schreiben?« fragte der Fürst.

»Ich will es Ihnen gleich diktieren«, sagte Aglaja, sich zu ihm wendend. »Sind Sie bereit? Schreiben Sie: ‚Ich lasse mich in keinen Handel ein.' Jetzt setzen Sie das Datum darunter. Zeigen Sie her.«

Der Fürst reichte ihr das Album.

»Ausgezeichnet! Sie haben das wunderbar geschrieben; Sie haben eine prachtvolle Handschrift! Ich danke Ihnen. Auf Wiedersehen, Fürst . . . Warten Sie«, fügte sie hinzu, als fiele ihr noch etwas ein, »kommen Sie, ich will Ihnen etwas zum Andenken verehren.«

Der Fürst folgte ihr; aber im Speisezimmer blieb Aglaja stehen.

»Lesen Sie das«, sagte sie und reichte ihm Ganjas Zettel.

Der Fürst nahm den Zettel und sah Aglaja fragend an.

»Ich weiß doch, daß Sie ihn nicht gelesen haben und nicht der Vertraute dieses Menschen sein können. Lesen Sie, ich will, daß Sie den Brief lesen.«

Der Brief war augenscheinlich in großer Eile geschrieben:

»Heute entscheidet sich mein Schicksal, Sie wissen wie. Heute muß ich unwiderruflich mein Wort geben. Ich habe nicht das geringste Anrecht auf Ihre Teilnahme, ich darf keinerlei Hoffnungen hegen; aber einst sprachen Sie ein Wort, ein einziges Wort, und dieses Wort erhellte die ganze schwarze Nacht meines Daseins und wurde mir zur Leuchte. Sagen Sie jetzt noch ein solches Wort, und Sie retten mich vor dem Verderben! Sagen Sie nur: zerreiße alles – und ich tu es heute noch. Oh, was kostet es Sie, das zu sagen! Ich flehe um dieses Wort nur als Zeichen Ihrer Teilnahme und Ihres Mitleids – *nur* als das! Und nichts weiter, *nichts*! Ich wage es nicht, irgendeine Hoffnung zu nähren, denn ich bin ihrer nicht wert. Aber wenn Sie zu mir sprechen, will ich meine Armut wieder auf mich nehmen, ich will mit Freuden mein verzweifeltes Schicksal tragen. Ich will den Kampf aufnehmen, ich will mich seiner freuen, ich werde mit neuen Kräften auferstehen!

Sagen Sie mir dieses Wort des Mitleids (*nur* des Mitleids, ich schwöre es Ihnen!). Zürnen Sie nicht über die Kühnheit eines Verzweifelnden, eines Ertrinkenden, der den letzten Versuch wagt, sich vor dem Untergang zu retten.

G. J.«

»Dieser Mensch behauptet«, sagte Aglaja scharf, als der Fürst ausgelesen hatte, »daß das Wort ‚zerreiße alles' mich nicht kompromittieren und zu nichts verpflichten kann, und er selbst gibt mir, wie Sie sehen, durch diesen Zettel eine schriftliche Garantie. Beachten Sie, wie naiv er sich beeilt hat, gewisse Wörtchen zu unterstreichen, und wie unzart sein geheimer Gedanke durchschimmert. Er weiß übrigens selbst, wenn er alles zerreißen würde, aber selbst, allein, ohne auf mein Wort zu warten, ja ohne es mir zu sagen, ohne die geringste Hoffnung auf mich – daß ich dann mein Gefühl für ihn ändern würde und vielleicht seine Freundin werden könnte. Er weiß das ganz gewiß! Aber er hat eine schmutzige Seele: er weiß und kann sich doch nicht entschließen; er weiß und bittet doch um Garantien. Er ist nicht imstande, sich auf den Glauben hin zu entschließen. Er will, daß ich ihm als Ersatz für die hunderttausend Rubel die Hoffnung auf mich gebe. Was aber das frühere Wort betrifft, von dem er in dem Briefe redet und das angeblich sein Leben erhellt hat, so lügt er ganz unverschämt. Ich habe ihn bloß einmal bedauert. Aber er ist frech und schamlos: ihm kam damals sofort der Gedanke an die Möglichkeit einer Hoffnung; ich hatte das gleich verstanden. Seitdem begann er mir nachzustellen; er tut es auch jetzt. Doch genug; nehmen Sie den Zettel und geben Sie ihn sofort zurück – natürlich erst, wenn Sie unser Haus verlassen haben, nicht früher.«

»Was soll ich ihm denn für eine Antwort sagen?«

»Nichts, versteht sich. Das ist die beste Antwort. Sie wollen also in seinem Hause wohnen?«

»Iwan Fjodorowitsch selbst empfahl es mir vorhin«, sagte der Fürst.

»Dann hüten Sie sich vor ihm; ich warne Sie. Er wird es Ihnen jetzt nicht verzeihen, daß Sie ihm den Zettel zurückgeben.« Aglaja drückte dem Fürsten leicht die Hand und ging hinaus. Ihr Gesicht war ernst und finster, sie lächelte nicht einmal, als sie dem Fürsten zum Abschied zunickte.

»Ich komme gleich, ich hole nur mein Bündel«, sagte der Fürst zu Ganja, »wir gehen zusammen.«

Ganja stampfte vor Ungeduld mit dem Fuß auf. Sein Gesicht verdunkelte sich vor Wut. Endlich traten beide auf die Straße hinaus, der Fürst mit seinem Bündel unter dem Arm.

»Die Antwort? Wo ist die Antwort?« fuhr Ganja ihn an. »Was hat sie Ihnen gesagt? Haben Sie den Brief übergeben?«

Der Fürst gab ihm schweigend den Zettel zurück. Ganja war starr.

»Wie? Mein Zettel?« schrie er. »Er hat ihn gar nicht übergeben? Oh, ich hätte es erraten müssen! Oh, verfl . . . Natürlich konnte sie vorhin nichts begreifen! Ja wie konnten Sie nur, wie konnten Sie nur unterlassen . . . verfl . . .«

»Entschuldigen Sie! Es gelang mir im Gegenteil sofort, Ihren Zettel abzugeben, fast im selben Augenblick, als ich ihn erhalten hatte, und geradeso, wie Sie es gebeten hatten. Er ist wieder in meinen Händen, weil Aglaja Iwanowna ihn mir soeben zurückgegeben hat.«

»Wann? Wann?«

»Sobald ich mit meiner Eintragung ins Album fertig war und als sie mich bat, mit ihr zu gehen. Sie haben es doch gehört? Wir traten ins Speisezimmer, sie gab mir den Zettel, befahl mir, ihn zu lesen und Ihnen zurückzugeben.«

»Zu le–e–sen!« schrie Ganja fast aus voller Kehle. »Zu lesen! Sie haben ihn gelesen?« Und er blieb wieder wie erstarrt mitten auf dem Bürgersteige stehen, so verblüfft, daß er sogar den Mund aufriß.

»Ja, ich habe ihn gelesen. Eben erst.«

»Und sie selbst, sie selbst hat ihn Ihnen zu lesen gegeben? Sie selbst?«

»Sie selbst. Und, glauben Sie mir, ohne ihre Aufforderung hätte ich den Brief nicht gelesen.«

Ganja schwieg eine Minute lang und überlegte qualvoll angestrengt; dann plötzlich rief er aus: »Das kann nicht sein! Sie kann Ihnen nicht befohlen haben, den Zettel zu lesen! Sie lügen! Sie haben ihn eigenmächtig gelesen.«

»Ich sage die Wahrheit«, antwortete der Fürst im gleichen, völlig unerschütterlichen Ton, »und glauben Sie mir: es tut mir sehr leid, daß das auf Sie einen so unangenehmen Eindruck macht.«

»Aber, Unglücksmensch, hat sie Ihnen wenigstens etwas dabei gesagt? Etwas muß sie doch geantwortet haben?«

»Ja, gewiß.«

»So reden Sie doch, reden Sie, zum Teufel!« Ganja stampfte zweimal mit dem rechten Fuß auf, der in einer Galosche stak.

»Kaum hatte ich zu Ende gelesen, so sagte sie, Sie lauerten ihr auf; Sie wollten sie derart kompromittieren, daß sie gezwungen ist, Ihnen Hoffnung zu machen – damit Sie, auf diese Hoffnung gestützt, ohne Schaden eine andere Hoffnung auf hunderttausend Rubel aufgeben können. Wenn Sie das getan hätten, ohne mit ihr zu feilschen, wenn Sie selbst alles gelöst hätten, ohne vorher von ihr Garantien zu verlangen, so wäre sie vielleicht Ihre Freundin geworden. Das ist, meine ich, alles. Ja, noch etwas: als ich, den Zettel schon in der Hand, fragte, was denn ihre Antwort sei, erwiderte sie, gar keine Antwort wäre die beste Antwort – ich glaube, so war es; entschuldigen Sie, wenn ich den genauen Wortlaut vergessen habe; ich gebe es Ihnen so wieder, wie ich es selbst verstanden habe.«

Eine maßlose Empörung bemächtigte sich Ganjas, und seine Wut brach völlig hemmungslos aus. »Ah! Also so ist's!« knirschte er, »man wirft meine Briefe zum Fenster hinaus! Ah! Sie läßt sich in keinen Handel ein – dann tu ich's! Und wir wollen sehen! Ich habe noch viel vor ... Wir wollen sehen! Ich zermalme sie zu Brei ...!« Er krümmte sich, wurde bleich, schäumte; er drohte mit der Faust. So gingen sie ein paar Schritte. Vor dem Fürsten genierte er sich nicht im mindesten, als wäre er allein in seinem Zimmer, denn er achtete ihn glattweg für nichts. Plötzlich aber schien ihm etwas einzufallen, und er kam zu sich. »Ja, wie kommt es denn«, wandte er sich mit einemmal an den Fürsten, »wie kommt es, daß Sie« – Idiot! fügte er in Gedanken hinzu – »plötzlich solch ein Vertrauen genießen, zwei Stunden nach der ersten Bekanntschaft? Wie kommt das?« Zu allen Qualen hatte bisher noch der Neid gefehlt. Jetzt biß er ihn mit einemmal mitten ins Herz.

»Das vermag ich Ihnen nicht zu erklären«, antwortete der Fürst.

Ganja sah ihn böse an: »Rief sie Sie vielleicht ins Speisezimmer, um Ihnen ihr Vertrauen zu schenken? Sie wollte Ihnen ja doch etwas schenken?«

»Anders kann ich es auch nicht verstehen als eben so.«

»Ja wofür denn, zum Teufel? Was haben Sie denn da gemacht? Wodurch haben Sie so gefallen? Hören Sie«, er fuhr erregt hin und her – alles an ihm schien in diesem Augenblick in Verwirrung, wallte und kochte, so daß er auch seine Gedanken nicht zusammenhalten konnte –, »hören Sie, können Sie sich nicht entsinnen und der Reihe nach wiedergeben, wovon Sie dort gesprochen haben, alle Ihre Worte, von Anfang an? Haben Sie nicht irgend etwas bemerkt, erinnern Sie sich nicht?«

»Oh, das kann ich ganz gut«, antwortete der Fürst, »zuerst, wie ich eingetreten war und die Bekanntschaft der Damen gemacht hatte, sprachen wir von der Schweiz.«

»Zum Teufel mit der Schweiz.«

»Dann von der Todesstrafe ...«

»Von der Todesstrafe?«

»Ja; aus einem besondern Anlaß . . . ich erzählte ihnen dann, wie ich dort drei Jahre gelebt habe, und die Geschichte eines armen Landmädchens . . .«

»Der Teufel hole das arme Landmädchen! Weiter!« drängte Ganja ungeduldig.

»Dann, wie Schneider mir seine Meinung über meinen Charakter sagte und mich zwang . . .«

»Weg mit dem Schneider! Ich pfeife auf seine Meinung! Weiter!«

»Weiter sprach ich aus einem besondern Anlaß über Gesichter, das heißt über den Gesichtsausdruck und sagte, Aglaja Iwanowna sei fast ebenso schön wie Nastasja Filippowna. Und da eben erwähnte ich das Bildnis . . .«

»Aber Sie haben doch nicht wiedergesagt, Sie haben doch nicht wiedergesagt, was Sie vorhin im Kabinett hörten? Nein? Nein?«

»Ich sag es Ihnen ja: nein!«

»Ja, woher zum Teufel . . . Ha! Hat Aglaja Iwanowna den Zettel vielleicht der Alten gezeigt?«

»Da kann ich Ihnen mit voller Sicherheit sagen, daß sie es nicht getan hat. Ich war die ganze Zeit zugegen; sie hat auch gar keine Möglichkeit gehabt.«

»Vielleicht aber haben Sie selbst etwas nicht bemerkt . . . Oh, dieser verdammte Idiot!« rief er ganz außer sich, »nicht einmal erzählen kann er ordentlich.«

Einmal ins Schimpfen geraten und auf keinen Widerstand stoßend, verlor Ganja nach und nach jeglichen Halt, wie das bei manchen Leuten stets vorkommt. Es fehlte nur wenig, so hätte er vielleicht noch gespuckt, so wütend war er. Aber eben diese Wut machte ihn blind; sonst hätte er längst bemerken müssen, daß dieser »Idiot«, den er so übel behandelte, mitunter die Dinge nur zu schnell und zu fein aufzufassen verstand und sehr befriedigend wiedergab. Plötzlich aber geschah etwas Unerwartetes.

»Ich muß bemerken, Gawrila Ardalionowitsch«, sagte der Fürst plötzlich, »daß ich früher wirklich so krank war, daß ich in der Tat beinahe als Idiot gelten konnte; jetzt aber bin ich längst gesund, und darum ist es mir etwas unangenehm, wenn man mich ins Gesicht einen Idioten nennt. Obgleich man Sie entschuldigen kann, wenn man Ihre Mißerfolge in Betracht zieht, so haben Sie mich doch in Ihrem Ärger sogar zweimal beschimpft. Das ist mir sehr zuwider, besonders wenn es so plötzlich kommt, wie bei Ihnen, gleich bei der ersten Bekanntschaft; und da wir gerade an einer Straßenkreuzung stehen, so wäre es vielleicht besser, wir trennten uns: Sie gehen rechts nach Hause, und ich gehe nach links. Ich habe fünfundzwanzig Rubel und finde sicher noch irgendein Hotel garni.«

Ganja wurde furchtbar verlegen, errötete sogar vor Scham, daß man ihn so unerwartet ertappt hatte. »Verzeihen Sie, Fürst«, rief er leidenschaftlich, sich statt der bisherigen Grobheit plötzlich einer ausgesuchten Höflichkeit befleißigend, »verzeihen Sie mir um Gottes willen! Sie sehen ja, in was für einer Notlage ich bin! Sie wissen ja noch so gut wie gar nichts, aber wenn Sie alles wüßten, so würden Sie mir gewiß manches nachsehen; obgleich es natürlich von mir unverzeihlich ist . . .«

»Oh, ich brauche gar keine so großen Entschuldigungen«, beeilte sich der Fürst zu erwidern. »Ich verstehe ja, daß Ihnen die Sache sehr unangenehm ist, und daß Sie darum schimpfen. Nun, gehen wir zu Ihnen. Ich komme gerne mit . . .«

Nein, so kann man ihn jetzt nicht gehen lassen, dachte Ganja und schielte erbittert nach dem neben ihm gehenden Fürsten, dieser Schlaukopf hat erst alles aus mir herausgeholt, und dann nimmt er mit einemmal die Maske ab . . . Das hat etwas zu bedeuten. Nun, wir wollen sehen! Alles muß sich entscheiden, alles, alles! Heute noch!

Sie standen schon vor dem Hause.

8

Ganjetschkas Wohnung befand sich im zweiten Stock; eine sehr rein gehaltene, helle, breite Treppe führte hinauf; die Wohnung bestand aus sechs oder sieben Zimmern und Kammern, die sich übrigens durch nichts Besonderes auszeichneten, jedenfalls aber für einen Beamten, der Familie hatte, zu kostspielig waren, auch wenn er zweitausend Rubel Gehalt bezog. Allein die Wohnung war ja für Untermieter mit Beköstigung und Bedienung bestimmt und war von Ganja mit den Seinigen erst vor zwei Monaten bezogen worden – zum großen Ärger von Ganja selbst, nur auf die dringenden Bitten Nina Alexandrownas und Warwara Ardalionownas, die den Wunsch hatten, sich nützlich zu machen und wenigstens um ein Geringes die Einkünfte der Familie zu erhöhen. Ganja verzog das Gesicht und nannte das Zimmervermieten eine Scheußlichkeit; er schämte sich dessen in der Gesellschaft, in der er gewohnt war den jungen Mann mit der großen Zukunft zu spielen. Alle diese Konzessionen an das Schicksal und diese ärgerliche Enge – alles das verwundete sein Herz auf das schwerste. Seit einiger Zeit ärgerte ihn jede Kleinigkeit maßlos und unverhältnismäßig, und wenn er sich noch bereit zeigte, eine Zeitlang nachzugeben und zu dulden, so nur, weil er bereits entschlossen war, alles das in der nächsten Zukunft völlig zu ändern und umzugestalten. Dabei aber war diese Umgestaltung selbst, der Ausweg, den er gewählt hatte, ein nicht unbedeutendes Problem – ein Problem, dessen bevorstehende Lösung qualvoller und mühsamer zu werden drohte als alles, was vorausgegangen war.

Mitten durch die Wohnung ging ein Korridor, der gleich beim Vorzimmer anfing. Auf der einen Seite des Korridors befanden sich die drei Zimmer, die vermietet werden sollten, und zwar nur an »besonders empfohlene« Pensionäre; außerdem befand sich auf derselben Seite des Korridors, ganz an seinem Ende neben der Küche, ein viertes Zimmerchen, kleiner als alle andern, in dem der General a. D. Iwolgin, das Oberhaupt der Familie, in eigener Person hauste. Er schlief auf einem breiten Sofa und durfte die Wohnung nur durch die Küche über die Hintertreppe betreten und verlassen. In demselben Zimmerchen wohnte auch der dreizehnjährige Bruder Ganjas, der Gymnasiast Kolja. Er mußte ebenfalls hier vorliebnehmen, hier seine Schularbeiten machen und auf einem andern, sehr alten, schmalen und kurzen Sofa, auf einem zerrissenem Bettuch, schlafen; vor allem aber mußte er für den Vater sorgen und ihn beaufsichtigen, denn der Alte bedurfte dessen immer mehr. Dem Fürsten wurde das mittlere der drei Zimmer angewiesen; in dem ersten rechts war Ferdystschenko untergebracht, das dritte links stand noch leer. Ganja führte aber den Fürsten erst in die Familienzimmer. Diese Familiengemächer bestanden aus einem Saal, der bei Bedarf zum Speisezimmer gemacht wurde, einer Wohnstube, die übrigens nur morgens Wohnstube war, abends jedoch Ganjas Arbeits- und Schlafzimmer wurde, und endlich einem dritten Zimmer, das sehr klein und immer verschlossen war: es war das Schlafzimmer von Nina Alexandrowna und Warwara Ardalionowna. Mit einem Wort, alles saß in dieser Wohnung dicht zusammengedrängt; Ganja knirschte nur für sich mit den Zähnen; obgleich er sich der Mutter gegenüber ehrerbietig zeigen wollte und es auch tat, konnte man doch auf den ersten Blick erkennen, daß er ein großer Familientyrann war.

Nina Alexandrowna war in der Wohnstube nicht allein; Warwara Ardalionowna saß bei ihr; beide Damen waren mit einer Häkelarbeit beschäftigt und unterhielten sich mit ihrem Gast, Iwan Petrowitsch Ptizyn. Nina Alexandrowna mochte fünfzig Jahre alt sein; sie hatte ein mageres, zusammengeschrumpftes Gesicht und sehr dunkle Ringe unter den Augen. Sie sah kränklich und etwas betrübt aus, aber Gesicht und Blick machten einen recht angenehmen Eindruck; schon ihre ersten Worte zeigten einen ernsten, von wahrer Würde erfüllten Charakter. Trotz ihrem leidenden Aussehen spürte man Festigkeit und sogar schnelle Entschlossenheit. Ihre Kleidung war bescheiden, dunkel und ganz für eine alte Frau zugeschnitten, aber ihre Manieren, ihre Redeweise, ihr ganzes Verhalten zeigten, daß diese Frau sich auch in besserer Gesellschaft bewegt hatte.

Warwara Ardalionowna war eine junge Dame von etwa dreiundzwanzig Jahren, mittelgroß, ziemlich hager, mit einem Gesicht, das an sich nicht besonders hübsch war, aber das Geheimnis in sich trug, auch ohne hübsch zu sein Gefallen zu erwecken und sehr anziehend zu wirken. Sie sah der Mutter sehr ähnlich, war auch fast ebenso gekleidet wie die Mutter, weil sie nicht den geringsten Wunsch hatte, sich zu putzen. Der Blick ihrer grauen Augen konnte mitunter sehr heiter und freundlich sein, war aber meistens ernst und nachdenklich, zuweilen sogar zu sehr, besonders in der letzten Zeit. Festigkeit und Entschlossenheit sprachen auch aus ihrem Gesicht, aber man fühlte, daß diese Festigkeit sogar noch energischer und unternehmungslustiger sein konnte als bei der Mutter. Warwara Ardalionowna war ziemlich heftig, und ihr Bruder hatte mitunter sogar Furcht vor dieser Heftigkeit. Auch der Gast, der eben bei ihr saß, Iwan Petrowitsch Ptizyn, empfand diese Furcht. Er war ein noch ziemlich junger Mann, gegen dreißig, bescheiden, aber elegant gekleidet, mit angenehmen, aber schon gar zu soliden Manieren. Sein dunkelblondes Bärtchen zeigte, daß er nicht im Staatsdienste stand. Er verstand es, klug und unterhaltend zu reden, war aber meist schweigsam. Überhaupt machte er einen geradezu angenehmen Eindruck. Er hatte eine offenkundige Zuneigung für Warwara Ardalionowna und verbarg seine Gefühle nicht. Warwara Ardalionowna behandelte ihn freundschaftlich, aber zögerte noch, manche seiner Fragen zu beantworten, mochte sie sogar nicht. Ptizyn ließ sich übrigens keineswegs entmutigen. Nina Alexandrowna war freundlich zu ihm; in der letzten Zeit brachte sie ihm sogar sehr viel Vertrauen entgegen. Es war übrigens bekannt, daß er sich besonders damit beschäftigte, durch Beleihen mehr oder weniger sicherer Pfänder gegen hohe Zinsen Geld zu erwerben. Mit Ganja stand er in freundschaftlichen Beziehungen.

Auf die ausführliche, aber stockend vorgetragene Empfehlung Ganjas (der seine Mutter sehr kühl, die Schwester gar nicht begrüßte und sofort mit Ptizyn das Zimmer verließ) sagte Nina Alexandrowna zu dem Fürsten ein paar nette Worte und befahl Kolja, der durch die Tür hereinguckte, den Gast in das Mittelzimmer zu führen. Kolja war ein Junge mit lustigem und recht hübschem Gesicht und einem zutraulichen, freundlichen Benehmen.

»Wo ist denn Ihr Gepäck?« fragte er, als er den Fürsten in das Zimmer führte.

»Ich habe nur ein Bündel; ich ließ es im Vorzimmer liegen.«

»Das bringe ich Ihnen gleich. Wir haben an Dienstboten nur die Köchin und die Matrjona, so daß ich mit helfen muß. Warja hat die Aufsicht über alles und ärgert sich immer. Ganja sagt, Sie seien heute aus der Schweiz gekommen?«

»Ja.«

»Ist es schön in der Schweiz?«

»Sehr.«

»Da sind Berge?«

»Ja.«

»Ich bring Ihnen gleich Ihr Bündel.«

Da erschien Warwara Ardalionowna.

»Matrjona wird Ihnen gleich das Bett beziehen. Haben Sie einen Koffer?«

»Nein, nur ein kleines Bündel. Ihr Bruder holt es schon; es liegt im Vorzimmer.«

»Da ist gar kein Bündel, außer dem kleinen Ding da; wohin haben Sie denn Ihr Gepäck gelegt?« fragte Kolja, in das Zimmer zurückkehrend.

»Außer diesem habe ich keines«, sagte der Fürst, sein Bündel entgegennehmend.

»Aha! Und ich dachte schon, Ferdystschenko habe es gemaust.«

»Schwatz keinen Unsinn«, sagte Warja streng, die auch mit dem Fürsten in einem sehr trocknen Ton und gerade noch höflich redete.

»Chère Babette, mich kann man auch zarter behandeln, ich bin doch nicht Ptizyn.«

»Dich könnte man noch prügeln, Kolja, so dumm bist du. Alles, was Sie noch brauchen, können Sie sich von Matrjona geben lassen; gespeist wird um halb fünf. Sie können mit uns essen, können es auch in Ihrem Zimmer, ganz wie Sie wünschen. Komm, Kolja, störe den Herrn nicht.«

»Komm, du entschlossener Charakter!«

Im Hinausgehen stießen sie auf Ganja.

»Ist der Vater zu Hause?« fragte Ganja seinen Bruder, und als dieser bejahte, flüsterte er ihm etwas ins Ohr. Kolja nickte und ging mit Warwara Ardalionowna hinaus.

»Noch ein paar Worte, Fürst, ich vergaß es über diesen Geschäften. Eine Bitte: seien Sie so gut – wenn es Ihnen nicht zu schwerfallen sollte –, reden Sie weder hier von dem, was ich soeben mit Aglaja gehabt habe, noch *dort* von den Dingen, die Sie hier sehen werden; denn Scheußlichkeiten genug gibt es auch hier. Übrigens hol's der Teufel ... Heute wenigstens halten Sie an sich ...«

»Ich versichere Ihnen, daß ich viel weniger ausgeplaudert habe, als Sie glauben«, erwiderte der Fürst etwas gereizt auf die Vorwürfe Ganjas. Das Verhältnis zwischen ihnen schien immer schlechter zu werden.

»Nun, ich habe Ihretwegen heute schon genug ausstehen müssen. Ich bitte Sie also.«

»Beachten Sie noch das eine, Gawrila Ardalionowitsch: wodurch war ich denn vorhin gebunden und warum durfte ich das Bild nicht erwähnen? Sie haben mich doch nicht darum gebeten.«

»Pfui, was für ein gräßliches Zimmer«, sagte Ganja und sah sich verächtlich um, »dunkel und nach hinten hinaus. In jeder Beziehung sind Sie zur Unzeit zu uns gekommen. Na, mich geht das ja nichts an; ich beschäftige mich nicht mit Zimmervermieten.«

Ptizyn guckte herein und rief Ganja. Dieser verließ den Fürsten in großer Hast und ging hinaus, obgleich er die Absicht hatte, ihm noch etwas zu sagen; aber er konnte es nicht herausbringen; er schämte sich anscheinend, davon anzufangen; auch als er über das Zimmer schimpfte, merkte man ihm die Verlegenheit an.

Kaum hatte der Fürst sich gewaschen und seine Kleidung halbwegs in Ordnung gebracht, als die Tür abermals aufging und eine Gestalt hereinschaute. Es war ein Mann von etwa dreißig Jahren, recht hochgewachsen, breitschultrig, mit einem riesigen, rotlockigen Kopf. Sein Gesicht war fleischig, die Wangen rot, die Lippen dick, die Nase breit und platt, die Augen klein, tiefliegend und spöttisch, als zwinkerten sie unausgesetzt jemandem zu. Im ganzen machte er den Eindruck eines recht frechen Individuums. Seine Kleidung war ziemlich schmutzig. Er öffnete zuerst die Tür nur so weit, daß er den Kopf durchstecken konnte. Etwa fünf Sekunden lang sah sich der Kopf im Zimmer um, dann begann die Tür langsam weiter aufzugehen, die ganze Figur erschien auf der Schwelle, aber der Gast trat noch nicht ein, sondern fuhr fort, den Fürsten mit halb zusammengekniffenen Augen von der Schwelle aus zu betrachten. Endlich machte er die Tür hinter sich zu, kam näher, setzte sich, faßte den Fürsten fest bei der Hand und zog ihn sich schräg gegenüber auf das Sofa nieder.

»Ferdystschenko«, sagte er und sah dem Fürsten scharf und fragend ins Gesicht.

»Na und?« entgegnete der Fürst beinahe lachend.

»Ich wohne hier in Untermiete«, sagte Ferdystschenko wieder, ohne den Blick abzuwenden.

»Sie wollen meine Bekanntschaft machen?«

»Ach!« seufzte der Gast, fuhr mit der Hand durch sein Haar und richtete den Blick in den gegenüberliegenden Winkel. »Haben Sie Geld?« fragte er den Fürsten plötzlich.

»Etwas.«

»Wieviel denn?«

»Fünfundzwanzig Rubel.«

»Zeigen Sie mal.«

Der Fürst zog den Fünfundzwanzigrubelschein aus der Westentasche und reichte ihn Ferdystschenko. Der entfaltete ihn, sah ihn an, drehte ihn um und hielt ihn gegen das Licht.

»Sehr merkwürdig«, sagte er wie in Gedanken, »wovon werden sie bloß braun? Diese Fünfundzwanzigrubelscheine werden manchmal ganz braun; andere wieder verlieren alle Farbe. Nehmen Sie ihn.« Der Fürst nahm den Schein zurück. Ferdystschenko erhob sich. »Ich bin gekommen, Sie zu warnen: erstens sollen Sie mir kein Geld leihen, denn ich werde Sie bestimmt darum angehen.«

»Gut.«

»Haben Sie die Absicht, hier zu zahlen?«

»Allerdings.«

»Ich nicht. Besten Dank. Ich wohne hier gleich rechts – die erste Tür – haben Sie gesehen? Wollen Sie mich gefälligst nicht allzuoft besuchen; ich komme schon zu Ihnen, seien Sie ganz unbesorgt. Haben Sie den General gesehen?«

»Nein.«

»Auch nicht gehört?«

»Natürlich nicht.«

»Nun, Sie werden ihn schon noch sehen und hören; er macht ja sogar bei mir Pumpversuche! Avis au lecteur! Leben Sie wohl. Wie kann man bloß Ferdystschenko heißen? He?«

»Ja, warum denn nicht?«

»Leben Sie wohl!«

Er ging zur Tür. Der Fürst erfuhr später, daß dieser Herr es gewissermaßen für seine Pflicht ansah, alle durch seine Originalität und Heiterkeit in Staunen zu setzen, es kam aber nie etwas Rechtes dabei heraus. Auf einige machte er sogar einen unangenehmen Eindruck, was ihn aufrichtig betrübte, er änderte sein Verhalten deswegen aber nicht. In der Tür gelang es ihm, sich noch einmal bemerkbar zu machen: er stieß mit einem neuen Gast zusammen, den der Fürst ebensowenig kannte; als er ihn an sich vorüberließ, zwinkerte er hinter seinem Rücken dem Fürsten ein paarmal verständnisinnig zu und konnte so das Zimmer doch noch mit einem gewissen Aplomb verlassen.

Der neue Gast war hochgewachsen, mochte etwa fünfundfünfzig Jahre oder noch mehr zählen, war ziemlich beleibt, hatte ein dunkelrotes, fleischiges und schwammiges Gesicht, das von einem dichten grauen Backenbart umrahmt war, einen Schnurrbart und große, ziemlich weit vorstehende Augen. Seine Gestalt hätte fast imposant wirken können, wenn ihm nicht etwas Verwahrlostes, Abgetragenes, sogar Schmutziges angehaftet hätte. Er trug einen alten Gehrock mit beinahe schon durchgewetzten Ärmeln, auch die Wäsche war speckig – wie man zu Hause zu gehen pflegt. Ganz in der Nähe merkte man, daß er nach Branntwein roch; aber sein Auftreten war effektvoll, ein wenig einstudiert und zeugte von dem heißen Wunsch, durch Würde Eindruck zu machen. Der Herr ging langsam auf den Fürsten zu, faßte mit freundlichem Lächeln schweigend seine Hand, hielt sie eine Weile fest und sah dem Fürsten ins Gesicht, als wollte er bekannte Züge in ihm entdecken.

»Er ist es! ... Er ist es!« sagte er leise, aber feierlich. »Das ist er wie er leibt und lebt! Ich höre den vertrauten, teuren Namen nennen und gedenke der unwiederbringlichen Vergangenheit ... Fürst Myschkin?«

»Zu dienen.«

»General Iwolgin, außer Dienst und unglücklich. Ihr Vor- und Vatersname, wenn ich bitten darf?«

»Lew Nikolajewitsch.«

»Richtig, richtig! Der Sohn meines Freundes, des Gefährten meiner Knabenjahre, kann ich wohl sagen, des Fürsten Nikolaj Petrowitsch?«

»Mein Vater hieß Nikolaj Lwowitsch.«

»Lwowitsch«, korrigierte sich der General, aber ohne Hast, mit so sicherer Ruhe, als hätte er den Namen gar nicht vergessen, sondern sich bloß versprochen. Er setzte sich, faßte ebenfalls des Fürsten Hand und ließ ihn neben sich Platz nehmen. »Ich habe Sie auf meinen Armen getragen.«

»Wirklich?« fragte der Fürst. »Mein Vater ist schon zwanzig Jahre tot.«

»Ja, zwanzig Jahre; zwanzig Jahre und drei Monate. Wir waren Schulkameraden; ich kam dann gleich in die Militärakademie.«

»Mein Vater war auch in der Militärakademie, dann Leutnant im Wasilkowschen Regiment.«

»Im Belomirschen. Die Versetzung in das Belomirsche Regiment fand wenige Tage vor seinem Tode statt. Ich stand dabei und segnete ihn für die Ewigkeit. Ihre Frau Mutter ...« Der General stockte, wie von einer trüben Erinnerung übermannt.

»Sie starb ein halbes Jahr danach an einer Erkältung«, sagte der Fürst.

»Nicht an Erkältung! Nicht an Erkältung, glauben Sie mir altem Manne. Ich war dabei, ich habe sie zur ewigen Ruhestätte begleitet. Der Gram um ihren Fürsten hat sie getötet, nicht die Erkältung! Ja, ich sehe auch die Fürstin lebendig vor mir. O Jugendzeit! Ihretwegen wurden der Fürst und ich, Freunde von Kindheit an, fast zu Mördern aneinander.«

Der Fürst begann mit einigem Mißtrauen zuzuhören.

»Ich war leidenschaftlich verliebt in Ihre Frau Mutter, als sie noch Braut war – die Braut meines Freundes. Der Fürst bemerkte es und war verblüfft. Er kommt früh morgens zu mir, um halb sieben, weckt mich. Ich ziehe mich verwundert an; wir schweigen beide; ich verstand alles. Er nimmt zwei Pistolen aus der Tasche. Über das Schnupftuch. Ohne Zeugen. Wozu denn Zeugen, wenn wir uns nach fünf Minuten gegenseitig in die Ewigkeit befördern? Wir laden, ziehen das Tuch lang, stellen uns in Positur, setzen die Pistolen einer dem andern auf die Brust und sehen uns in die Augen. Plötzlich strömen aus beider Augen heiße Tränenbäche, die Hände zittern! Bei beiden! Bei beiden zugleich! Nun, dann fällt man sich natürlich in die Arme, man will sich an Großmut überbieten. Der Fürst ruft: Sie ist dein! Ich schreie: Sie ist dein! Mit einem Wort ... mit einem Wort ... Sie wollen bei uns wohnen ... wohnen?«

»Ja, eine Zeitlang vielleicht«, erwiderte der Fürst stotternd.

»Fürst, Mama möchte Sie sprechen«, rief Kolja, der seinen Kopf durch die Türspalte steckte.

Der Fürst wollte aufstehen und gehen, aber der General legte ihm seine rechte Hand auf die Schulter und drückte ihn wieder auf das Sofa nieder.

»Als aufrichtiger Freund Ihres Vaters möchte ich Sie warnen«, sagte der General. »Ich habe, wie Sie sehen, selbst gelitten, durch eine tragische Katastrophe, aber ohne Gericht! Ohne Gericht! Nina Alexandrowna ist eine seltene Frau! Warwara Ardalionowna, meine Tochter, ist eine seltene Tochter! Die Verhältnisse zwingen uns, möblierte Zimmer zu vermieten – ein unerhörter Zusammenbruch! ... Ich, der ich nur noch Generalgouverneur zu werden brauchte! ... Aber Sie sind uns stets willkommen! Und nun die neue Tragödie in meinem Hause!«

Der Fürst sah ihn fragend und mit großer Neugier an.

»Eine Ehe wird geplant, eine Ehe, wie sie selten vorkommt. Die Ehe einer zweideutigen Frauensperson mit einem jungen Mann, der Kammerjunker werden könnte. Diese Frau soll in das Haus eingeführt werden, in dem meine Tochter und meine Gattin wohnen! Aber solange ich atme, kommt sie nicht herein! Ich lege mich auf die Schwelle, und mag sie über mich hinwegschreiten! . . . Mit Ganja rede ich jetzt fast gar nicht, ich gehe ihm sogar aus dem Wege. Ich warne Sie absichtlich; wenn Sie bei uns wohnen bleiben, werden Sie ja ohnedies Zeuge der Vorgänge. Allein Sie sind der Sohn meines Freundes, und ich habe ein Recht zu hoffen . . .«

»Fürst, haben Sie die Güte und kommen Sie zu mir ins Wohnzimmer«, bat Nina Alexandrowna, die in diesem Augenblick selber in der Tür erschien.

»Stelle dir vor, meine Liebe«, rief der General, »es erweist sich, daß ich den Fürsten als Kind auf den Armen getragen habe!«

Nina Alexandrowna sah den General vorwurfsvoll, den Fürsten forschend an, sagte aber kein Wort. Der Fürst schloß sich ihr an; kaum jedoch hatten sie im Wohnzimmer Platz genommen und Nina Alexandrowna begonnen, dem Fürsten in großer Eile und halblaut etwas zu berichten, als der General selbst das Wohnzimmer betrat. Nina Alexandrowna verstummte sofort und beugte sich mit unverhohlenem Ärger über ihre Häkelarbeit. Der General hatte diesen Ärger vielleicht bemerkt, blieb aber in ausgezeichneter Stimmung.

»Der Sohn meines Freundes!« rief er Nina Alexandrowna zu. »Und so unerwartet! Ich hatte längst nicht mehr davon zu träumen gewagt! Aber meine Liebe, erinnerst du dich wirklich des verstorbenen Nikolaj Lwowitsch nicht? Du mußt ihn doch noch in . . . Twer angetroffen haben?«

»Ich erinnere mich keines Nikolaj Lwowitsch. Ist das Ihr Vater?« fragte sie den Fürsten.

»Ja. Aber er starb, glaube ich, nicht in Twer, sondern in Jelisawetgrad«, bemerkte der Fürst schüchtern zum General. »Ich hörte es von Pawlistschew . . .«

»Es war in Twer«, beharrte der General. »Unmittelbar vor seinem Tode wurde er nach Twer versetzt, sogar noch ehe sein Leiden sich voll entwickelt hatte. Sie waren noch zu klein und können sich daher weder der Versetzung noch der Reise mehr erinnern. Pawlistschew aber mag sich geirrt haben, obgleich er ein vorzüglicher Mann war.«

»Sie kannten auch Pawlistschew?«

»Ein seltener Mensch! Aber ich war Augenzeuge. Ich segnete ihn auf dem Totenbette ...«

»Mein Vater stand unter gerichtlicher Anklage, als er starb«, fing der Fürst wieder an; »ich habe freilich nie erfahren, um was es sich handelte; er starb im Hospital ...«

»Oh, das war wegen der Sache mit dem Gemeinen Kolpakow, und ohne Zweifel wäre der Fürst freigesprochen worden.«

»So? Wissen Sie das sicher?« fragte der Fürst mit gesteigerter Neugier.

»Und ob!« rief der General. »Das Gericht ging auseinander, ohne eine Entscheidung gefällt zu haben. Eine ganz unmögliche Sache! Man kann sie sogar geheimnisvoll nennen: es stirbt der Hauptmann Larionow, ein Kompanieführer; der Fürst wird vorübergehend zu seinem Stellvertreter ernannt. Schön. Der Gemeine Kolpakow begeht einen Diebstahl – er entwendet Stiefelleder bei einem Kameraden und vertrinkt seine Beute. Schön. Der Fürst – und, merken Sie sich das, es geschah in Gegenwart des Feldwebels und des Korporals – liest dem Kolpakow den Text und droht, ihn mit Ruten strafen zu lassen. Sehr schön. Kolpakow geht in die Kaserne, legt sich auf sein Bett und ist in einer Viertelstunde tot. Sehr schön – aber ein unerwarteter, ein nahezu unmöglicher Fall! Wie dem nun auch sei, Kolpakow wird begraben; der Fürst erstattet Bericht, und danach wird Kolpakow aus den Listen gestrichen. Man meint, damit wäre alles in bester Ordnung! Aber genau nach einem halben Jahr, bei der Revue der Brigade, steht der Gemeine Kolpakow, als wäre nichts geschehen, in der dritten Kompanie des zweiten Bataillons des Nowosemlianschen Infanterieregiments, der gleichen Brigade und der gleichen Division!«

»Nanu!« rief der Fürst außer sich vor Staunen.

»Das stimmt nicht, das ist ein Irrtum«, wandte sich Nina Alexandrowna an ihn und sah ihn fast schmerzlich an. »Mon mari se trompe.«

»Aber, meine Liebe – se trompe, das ist leicht gesagt, aber enträtsle einmal selber so einen Fall! Alle waren starr. Ich hätte als erster gesagt, qu'on se trompe. Aber unglücklicherweise war ich selbst Zeuge und sogar Mitglied der Kommission. Alle Konfrontationen bewiesen, daß es derselbe, ganz derselbe Gemeine Kolpakow war, den man vor einem halben Jahre mit den üblichen militärischen Ehren zu Grabe getragen hatte. Es ist in der Tat ein seltener, nahezu unmöglicher Fall, ich gebe es zu, aber ...«

»Papa, das Mittagessen für Sie ist fertig«, meldete Warwara Ardalionowna, die ins Zimmer trat.

»Ah, das ist schön! Prächtig! Ich bin sehr hungrig! Der Fall aber ist sogar, kann man mit Recht sagen, ein psychologischer ...«

»Die Suppe wird wieder kalt«, sagte Warja ungeduldig.

»Gleich, gleich«, brummte der General, das Zimmer verlassend, »und trotz allen Erkundigungen«, hörte man ihn noch im Korridor reden.

»Sie werden Ardalion Alexandrowitsch vieles nachsehen müssen, wenn Sie bei uns bleiben«, sagte Nina Alexandrowna zum Fürsten. »Er wird Sie übrigens nicht allzusehr belästigen; er ißt auch allein. Sie werden zugeben, daß jeder seine Schwächen hat und ... seine Eigentümlichkeiten; einige haben dergleichen oft noch mehr als jene, auf die man gewohnt ist, mit Fingern zu zeigen. Nur um eines möchte ich Sie sehr bitten: wenn mein Mann Sie jemals nach der Zimmermiete fragen sollte, so sagen Sie ihm, Sie hätten mir alles bezahlt. Das heißt – wenn Sie Ardalion Alexandrowitsch etwas geben, so würde es selbstverständlich auch angerechnet werden, ich bitte Sie nur der Ordnung halber darum ... Was gibt es, Warja?«

Warja war in das Zimmer zurückgekommen und reichte der Mutter stumm das Bild Nastasja Filippownas. Nina Alexandrowna zuckte zusammen und betrachtete das Bild eine Zeitlang – erst wie erschrocken, dann mit einem bittern, bedrückten Gefühl. Endlich richtete sie einen fragenden Blick auf Warja.

»Sie selbst hat es ihm heute geschenkt«, sagte Warja, »und heute abend soll bei ihnen alles entschieden werden.«

»Heute abend!« wiederholte Nina Alexandrowna halblaut im Ton der Verzweiflung. »Nun – zweifeln kann man jetzt nicht mehr und hoffen auch nicht; das Bild sagt alles . . . Hat er es dir etwa selbst gezeigt?« fügte sie erstaunt hinzu.

»Sie wissen, daß wir schon seit einem Monat kaum noch miteinander reden. Ptizyn hat mir alles gesagt, und das Bild lag drüben neben dem Tisch auf dem Fußboden. Ich hob es auf.«

»Fürst«, wandte sich Nina Alexandrowna plötzlich an ihn, »ich wollte Sie fragen – deswegen habe ich Sie eigentlich auch hierher gebeten –, ob Sie meinen Sohn schon lange kennen. Ich glaube, er sagte, Sie seien erst heute hier eingetroffen?«

Der Fürst gab kurz Auskunft über sein Leben, wobei er jedoch die größere Hälfte verschwieg. Nina Alexandrowna und Warja hörten zu.

»Ich möchte Sie nicht über Gawrila Ardalionowitsch ausforschen, wenn ich so frage«, bemerkte Nina Alexandrowna, »Sie sollen sich darüber nicht täuschen. Wenn es etwas gibt, was er mir nicht selbst eingestehen kann, so will ich es auch nicht auf Umwegen erfahren. Ich habe nur deshalb davon angefangen, weil Ganja vorhin, als Sie weggegangen waren, auf meine Frage nach Ihnen mir die Antwort gab: ‚Er weiß alles, man braucht sich nicht zu genieren!' Was soll das nun bedeuten? Das heißt, ich möchte wissen, wie weit . . .«

Da traten Ganja und Ptizyn ein. Nina Alexandrowna verstummte sofort. Der Fürst blieb neben ihr sitzen, Warja jedoch trat zur Seite; das Bild Nastasja Filippownas lag allen sichtbar auf dem Arbeitstischchen Nina Alexandrownas, gerade vor ihr. Als Ganja das Bild erblickte, verzog er das Gesicht, nahm ärgerlich das Bild fort und warf es auf seinen Schreibtisch, der am andern Ende des Zimmers stand.

»Heute, Ganja?« fragte Nina Alexandrowna plötzlich.

»Was ist heute?« fuhr Ganja auf und fiel dann sofort über

den Fürsten her. »Ah! Ich verstehe! Sie haben auch hier schon ... Das ist ja geradezu eine Krankheit bei Ihnen! Können Sie wirklich nicht an sich halten? Sie sollten doch endlich begreifen, Durchlaucht ...«

»Hier bin ich der Schuldige und sonst niemand, Ganja«, fiel Ptizyn ihm ins Wort. Ganja sah ihn fragend an. »Es ist doch besser so, Ganja, um so mehr, als die Sache einerseits zum Abschluß gelangt ist«, brummte Ptizyn, trat zur Seite, setzte sich an den Tisch, zog ein mit Bleistift beschriebenes Blättchen aus der Tasche und vertiefte sich in dessen Betrachtung.

Ganja stand finster da und wartete unruhig auf eine Familienszene. Den Fürsten um Entschuldigung zu bitten, fiel ihm nicht ein.

»Wenn alles zu Ende ist, so hat Iwan Petrowitsch selbstverständlich recht«, sagte Nina Alexandrowna. »Runzle die Brauen nicht und ärgere dich nicht, Ganja, ich werde keinerlei Fragen stellen, wenn du selbst mir nichts sagen willst, und ich versichere dich, daß ich mich ganz und gar gefügt habe; du brauchst dir keine Sorge zu machen, ich bitte dich.«

Sie sagte das, ohne von ihrer Arbeit aufzusehen, und schien wirklich ganz ruhig zu sein. Ganja war erstaunt, schwieg aber vorsichtig und sah die Mutter an; er wartete ab, ob sie sich nicht deutlicher äußern werde. Diese häuslichen Szenen kamen ihm schon teuer genug zu stehen. Nina Alexandrowna bemerkte seine Vorsicht und fügte mit bitterm Lächeln hinzu: »Du zweifelst immer noch und glaubst mir nicht; sei ruhig, es wird keine Tränen, keine Bitten geben wie früher – wenigstens meinerseits nicht. Mein einziger Wunsch ist, daß du glücklich wirst, und das weißt du; ich habe mich in mein Schicksal gefügt, aber mein Herz wird immer mit dir sein, ob wir nun beisammenbleiben oder uns trennen. Selbstverständlich spreche ich nur von mir; von deiner Schwester kannst du nicht das gleiche verlangen ...«

»Ah! Wieder sie!« rief Ganja und sah die Schwester spöttisch und haßerfüllt an. »Mutter! Ich schwöre Ihnen nochmals, worauf ich Ihnen schon mein Wort gegeben hatte: niemand wird es je wagen, Sie zu mißachten, solange ich hier bin, solange ich lebe. Um wen es sich auch handeln möge, ich werde darauf bestehen, daß man Ihnen volle Achtung entgegenbringt, wer auch unsere Schwelle überschreiten sollte ...« Ganja war so froh, daß er seine Mutter beinahe versöhnlich, ja zärtlich ansah.

»Ich habe ja für mich auch nichts befürchtet, Ganja, das weißt du; nicht um mich habe ich diese ganze Zeit gesorgt und mich gequält. Es heißt, daß heute zwischen euch alles zum Abschluß kommen soll? Was denn eigentlich?«

»Heute abend will sie in ihrer Wohnung, wie sie versprochen hat, endgültig erklären, ob sie einverstanden ist oder nicht«, antwortete Ganja.

»Wir haben fast drei Wochen vermieden, davon zu sprechen, und es war auch besser so. Jetzt, wo alles entschieden ist, möchte ich mir nur die eine Frage erlauben: wie konnte sie dir ihr Jawort geben und dir sogar ihr Bild schenken, wenn du sie nicht liebst? Konntest du sie, eine so ... so ...«

»Eine so erfahrene Person, nicht wahr?«

»Nein, das wollte ich nicht sagen. Konntest du sie wirklich so irreführen?«

Eine ungewöhnliche Gereiztheit klang plötzlich aus dieser Frage. Ganja stand fast eine Minute sinnend da und sagte endlich mit offenkundigem Spott: »Sie haben sich hinreißen lassen, Mama, und wieder einmal keine Geduld gehabt – und so fing es immer bei uns an, bis alles lichterloh brannte. Sie sagten, es werde keinerlei Fragen, keinerlei Vorwürfe geben, und nun kommen sie schon! Lassen wir das lieber; wirklich, lassen wir es; Sie haben doch wenigstens eine gute Absicht gehabt... Ich werde Sie nie und um nichts in der Welt verlassen; ein anderer wäre vor so einer Schwester zumindest davongelaufen ... Wie sie mich jetzt wieder anstarrt! Hören wir davon auf! Ich war ja schon so froh ... Und woher wissen Sie, daß ich Nastasja Filippowna hinters Licht führe? Und was Warja anbetrifft, so mag sie es halten, wie sie will – und damit Schluß! Und jetzt ist es überhaupt schon längst genug.« Ganja erhitzte sich bei jedem Worte mehr und ging zweck- und ziellos mit großen Schritten im

Zimmer auf und ab. Derartige Gespräche wurden sofort zu einer Pein für alle Familienglieder.

»Ich habe gesagt, daß ich weggehe, wenn sie dieses Haus betritt, und ich werde mein Wort auch halten«, sagte Warja.

»Aus Eigensinn!« schrie Ganja. »Aus Eigensinn heiratest du auch nicht! Was zischst du mich an? Ich pfeife drauf, Warwara Ardalionowna! Wenn es beliebt, können Sie Ihre Absicht sofort ausführen. Ich bin Ihrer sehr überdrüssig. Wie? Sie entschließen sich endlich, uns zu verlassen, Fürst?« rief er dem Fürsten zu, als er ihn aufstehen sah.

Aus der Stimme Ganjas klang bereits jener Grad von Gereiztheit, bei dem der Mensch sich seiner Gereiztheit fast selber freut, sich ihr rückhaltlos und beinahe mit wachsendem Genuß hingibt, gleichviel was daraus entstehen möge. Der Fürst wandte sich in der Tür noch einmal um, als wollte er etwas sagen, aber als er aus dem Leidensausdruck im Gesicht seines Widersachers erkannte, daß nur noch ein Tropfen fehlte, um das Gefäß überschäumen zu machen, drehte er sich um und ging schweigend hinaus. Einige Minuten später merkte er an den Stimmen, die aus dem Wohnzimmer zu ihm drangen, daß das Gespräch in seiner Abwesenheit noch lärmender und rücksichtsloser geworden war. Er ging durch den Saal ins Vorzimmer, um von da in den Korridor und weiter in sein Zimmer zu gelangen. Als er an der Eingangstür der Wohnung vorbeikam, hörte er, daß jemand sich draußen die größte Mühe gab, an der Glocke zu ziehen; es schien aber etwas nicht in Ordnung zu sein, denn die Glocke zuckte nur ein wenig, gab aber keinen Ton von sich. Der Fürst schob den Riegel zurück, öffnete die Tür und wich erstaunt zurück, erbebte sogar am ganzen Leibe: vor ihm stand Nastasja Filippowna. Er hatte sie sofort nach dem Bilde erkannt. Ihre Augen flammten zornig auf, als sie ihn erblickte; sie trat schnell ins Vorzimmer, wobei sie ihn mit der Schulter zur Seite stieß, und sagte ärgerlich, indem sie den Pelz abwarf:

»Wenn du zu faul bist, die Glocke in Ordnung zu bringen, solltest du wenigstens im Vorzimmer sitzen, damit du hörst, wenn jemand klopft. Na, und jetzt läßt er noch den Pelz fallen, der Rüpel!«

Der Pelz lag tatsächlich auf dem Fußboden; Nastasja Filippowna hatte, ohne abzuwarten, daß der Fürst ihr zu Hilfe komme, und ohne sich umzusehen, ihm den Pelz zugeworfen, der Fürst aber hatte ihn nicht rechtzeitig aufgefangen.

»Man sollte dich davonjagen. Geh, melde mich!«

Der Fürst wollte etwas sagen, war aber so verwirrt, daß er kein Wort herausbrachte; mit dem Pelz, den er vom Fußboden aufgehoben hatte, auf dem Arm machte er sich auf den Weg zum Wohnzimmer.

»Na! Jetzt nimmt er den Pelz mit! Was willst du denn mit dem Pelz? Hahaha! Du bist wohl verrückt?«

Der Fürst kehrte um und sah sie starr an; als sie zu lachen anfing, lächelte er auch, konnte aber immer noch die Zunge nicht bewegen. Im ersten Augenblick, als er ihr die Tür öffnete, war er blaß gewesen, jetzt wurde sein Gesicht feuerrot.

»Was ist das für ein Idiot!« rief Nastasja Filippowna empört und stampfte mit dem Fuß auf. »Wohin gehst du? Wen willst du melden?«

»Nastasja Filippowna«, murmelte der Fürst.

»Woher kennst du mich?« fragte sie ihn schnell. »Ich habe dich nie gesehen! Geh, melde mich ... Was ist das für ein Geschrei?«

»Sie zanken sich«, antwortete der Fürst und ging ins Wohnzimmer.

Er betrat das Zimmer in einem entscheidenden Augenblick. Nina Alexandrowna war nahe daran, ganz zu vergessen, daß sie sich »in alles gefügt« hatte; übrigens verteidigte sie Warja. Neben Warja stand Ptizyn, der sein beschriebenes Papierblättchen fortgelegt hatte. Warja selbst verzagte nicht, sie war überhaupt keine ängstliche Natur; aber die Grobheiten des Bruders wurden mit jedem Wort schlimmer und unerträglicher. In solchen Fällen hörte sie gewöhnlich auf zu reden und sah Ganja nur mit stummem Spott an, ohne die Augen von ihm abzuwenden. Dieses Manöver, das wußte sie, konnte ihn ganz aus der Fassung bringen. Und eben in diesem Augenblick trat der Fürst ins Zimmer und meldete: »Nastasja Filippowna!«

9

Alle verstummten und sahen den Fürsten an, als verstünden sie ihn nicht und als wollten sie ihn nicht verstehen. Ganja war starr vor Schreck.

Das Erscheinen Nastasja Filippownas gerade in diesem Augenblick war für alle eine höchst seltsame und peinliche Überraschung. Schon das fiel ins Gewicht, daß Nastasja Filippowna zum erstenmal ins Haus kam; bisher hatte sie eine so hochmütige Haltung gewahrt, daß sie im Gespräch mit Ganja nicht einmal den Wunsch geäußert hatte, seine Angehörigen kennenzulernen; in der allerletzten Zeit hatte sie sie überhaupt nie erwähnt, als wären sie gar nicht vorhanden. Ganja war zum Teil wohl zufrieden, daß eine für ihn so peinliche Aussprache dadurch immer weiter hinausgeschoben wurde, aber im stillen verübelte er ihr diesen Hochmut doch. Jedenfalls hatte er von ihr eher Spott und Sticheleien über seine Familie erwartet als einen Besuch in seinem Hause; er wußte genau, daß sie gut darüber unterrichtet war, wie man in seinem Hause über seine Heiratsabsichten dachte und mit was für Augen seine Angehörigen Nastasja Filippowna betrachteten. Heute, an ihrem Geburtstag, nachdem sie ihm ihr Bild geschenkt hatte, an dem Tage, an dem sie selbst sein Schicksal zu entscheiden versprochen hatte, mußte ihr Besuch eigentlich schon ihren Entschluß bedeuten.

Die Verwunderung, mit der alle den Fürsten ansahen, währte nicht lange: Nastasja Filippowna erschien selbst in der Tür und stieß im Eintreten den Fürsten wieder leicht zur Seite.

»Endlich ist es mir gelungen hereinzukommen ... Warum binden Sie die Glocke fest?« sagte sie heiter und reichte Ganja, der in großer Hast auf sie zustürzte, die Hand. »Warum machen Sie ein so verstörtes Gesicht? Bitte, stellen Sie mich den Herrschaften vor ...«

Ganja, der ganz aus der Fassung geraten war, führte sie erst zu Warja, und beide Frauen wechselten einen seltsamen Blick, ehe sie sich die Hände reichten. Nastasja Filippowna lachte übrigens und markierte Heiterkeit; Warja aber wollte sich nicht verstellen und sah sie finster und durchdringend an; auch nicht der Schatten eines Lächelns, wie es doch schon die einfache Höflichkeit gefordert hätte, lief über ihr Gesicht. Ganja war starr; zum Bitten war keine Zeit mehr, und so warf er der Schwester einen so drohenden Blick zu, daß sie sofort begriff, was dieser Augenblick für ihren Bruder bedeutete. Sie schien ihm entgegenkommen zu wollen und lächelte Nastasja Filippowna flüchtig an. (Die Familienglieder liebten einander doch immer noch viel zu sehr.) Nina Alexandrowna renkte die Sache dann noch halbwegs ein; Ganja hatte in seiner Verlegenheit Nastasja Filippowna erst der Schwester vorgestellt und führte jetzt sogar die Mutter dem Gast entgegen. Aber kaum hatte Nina Alexandrowna angefangen von ihrer »besondern Freude« zu reden, als Nastasja Filippowna, ohne den Schluß ihrer Ansprache abzuwarten, sich Ganja zuwandte, sich unaufgefordert auf das kleine Sofa in der Ecke am Fenster setzte und ausrief:

»Wo ist denn Ihr Arbeitszimmer? Und ... und wo sind die Untermieter? Sie vermieten doch Zimmer?«

Ganja wurde feuerrot und wollte etwas erwidern, aber Nastasja Filippowna fügte gleich hinzu:

»Wo wollen Sie denn hier noch Mieter unterbringen? Sie haben ja nicht einmal ein Arbeitszimmer. Und ist das denn einträglich?« fragte sie plötzlich Nina Alexandrowna.

»Es macht viel Arbeit«, fing diese an. »Natürlich muß es etwas einbringen. Wir haben übrigens eben erst ...«

Aber Nastasja Filippowna hörte schon nicht mehr zu; sie sah Ganja an, lachte und rief: »Was machen Sie für ein Gesicht? O mein Gott, was machen Sie für ein Gesicht!«

Dieses Lachen währte einige Augenblicke, und Ganjas Gesicht war in der Tat ganz entstellt: der Starrkrampf, die komische, feige Verwirrung hatten sich plötzlich gelöst, aber er war ganz blaß geworden, seine Lippen zuckten krampfhaft; schweigend, mit starrem, bösem Blick sah er seinen Gast an. Nastasja Filippowna aber lachte immer noch.

Es war noch ein Beobachter da, der ebenfalls die Erstarrung noch nicht ganz losgeworden war, in die das Erscheinen Nastasja Filippownas ihn versetzt hatte; aber wenn er auch immer noch wie eine Salzsäule auf seinem alten Platz in der Tür dastand, so hatte er doch das Erblassen und den bösartigen Wechsel im Gesichtsausdruck Ganjas wohl bemerkt. Dieser Beobachter war der Fürst. Fast erschrocken kam er plötzlich ganz unwillkürlich näher heran.

»Trinken Sie etwas Wasser«, raunte er Ganja zu, »und schauen Sie nicht so ...«

Man sah ihm an, daß er das ohne jede Berechnung, ohne jeden Hintergedanken gesagt hatte und nur seiner ersten Gefühlsregung gefolgt war; allein seine Worte übten eine außerordentliche Wirkung aus. Die ganze Wut Ganjas schien sich plötzlich gegen den Fürsten zu richten; er packte ihn an der Schulter und sah ihn schweigend, rachsüchtig und haßerfüllt an, als wäre er nicht imstande, ein Wort hervorzubringen. Alle gerieten in Bewegung: Nina Alexandrowna schrie sogar leise auf. Ptizyn trat besorgt einen Schritt vor, Kolja und Ferdystschenko, die in der Tür erschienen waren, blieben verblüfft stehen, Warja allein blickte wie früher vor sich hin, beobachtete aber alles aufmerksam. Sie hatte sich nicht gesetzt, sondern stand abseits neben der Mutter, die Arme über der Brust gekreuzt. Aber Ganja kam sofort, fast im ersten Augenblick seiner Erregung wieder zu sich und brach in ein nervöses Lachen aus. Er war jetzt vollständig bei Sinnen.

»Sind Sie etwa Arzt, Fürst?« rief er und suchte möglichst heiter und unbefangen zu scheinen. »Er hat mich geradezu erschreckt. Nastasja Filippowna, darf ich Ihnen diesen Herrn vorstellen? Ein köstliches Wesen – obgleich ich selbst ihn erst heute früh kennengelernt habe.«

Nastasja Filippowna sah den Fürsten verwundert an. »Ein Fürst? Er ist ein Fürst? Denken Sie sich – ich hielt ihn vorhin im Vorzimmer für den Diener und schickte ihn hierher, damit er mich anmelde. Hahaha!«

»Tut nichts, tut nichts!« fiel Ferdystschenko ein, der schnell hinzutrat und hoch erfreut war, daß man nun lachte. »Das tut nichts! Se non è vero ...«

»Ich habe Sie ja sogar gescholten, Fürst. Bitte, nehmen Sie mir's nicht übel. Ferdystschenko, was haben Sie denn um diese Zeit hier zu suchen? Ich dachte, daß ich doch wenigstens Sie hier nicht antreffen würde. Wer? Was für ein Fürst? Myschkin?« fragte sie Ganja, der ihr inzwischen den Fürsten vorgestellt hatte, wobei er ihn immer noch an der Schulter festhielt.

»Unser Untermieter«, wiederholte Ganja.

Es war deutlich zu sehen, daß man den Fürsten als eine Seltenheit präsentierte, die allen als Ausweg aus der schiefen Lage sehr gelegen kam; man schob ihn förmlich zu Nastasja Filippowna hin; der Fürst hörte sogar deutlich das Wort »Idiot«, das anscheinend von Ferdystschenko Nastasja Filippowna als Erläuterung zugeflüstert wurde.

»Sagen Sie, warum haben Sie mir vorhin nichts gesagt, als ich ... mich so entsetzlich in Ihnen täuschte?« fuhr Nastasja Filippowna fort und sah den Fürsten ganz ungeniert von oben bis unten an. Sie wartete ungeduldig auf eine Antwort, als wäre sie fest überzeugt, die Antwort müßte so dumm ausfallen, daß man sich des Lachens nicht werde enthalten können.

»Ich war so erstaunt, Sie plötzlich vor mir zu sehen ...« stammelte der Fürst.

»Woher wußten Sie denn, wer ich bin? Wo haben Sie mich früher gesehen? Wie ist das nur, mir ist, als hätte ich ihn schon irgendwo gesehen? Und gestatten Sie mir die Frage – warum standen Sie vorhin so starr und unbeweglich da? Was für eine gliederlähmende Kraft geht denn von mir aus?«

»Reden Sie doch!« sagte Ferdystschenko und schnitt von neuem Grimassen. »Vorwärts! O Gott, was hätte ich alles auf so eine Frage erzählt! Vorwärts! Bist du aber ein schlapper Kerl, Fürst!«

»Ich hätte es an Ihrer Stelle auch getan«, wandte sich der Fürst lachend an Ferdystschenko. »Vorhin hat Ihr Bild einen sehr starken Eindruck auf mich gemacht«, sagte er zu Nastasja Filippowna, »dann sprach ich mit Jepantschins von Ihnen ... und heute früh im Zug, noch vor meiner Ankunft in Petersburg, hat Parfen Rogoschin mir sehr viel von Ihnen erzählt ... Und gerade in dem Augenblick, als ich Ihnen die Tür öffnete, hatte ich auch an Sie gedacht – und da standen Sie plötzlich vor mir.«

»Wie haben Sie mich aber erkannt?«

»Nach dem Bild und ...«

»Und –?«

»Und weil ich Sie mir gerade so vorgestellt hatte ... Mir ist es, als hätte ich Sie auch schon irgendwo gesehen.«

»Wo? Wo denn?«

»Ich muß Ihre Augen irgendwo gesehen haben ... Aber das kann nicht sein! Ich rede dummes Zeug ... Ich bin nie hier gewesen ... Vielleicht im Traum ...«

»Famos, Fürst!« rief Ferdystschenko. »Nein, ich nehme mein ‚se non è vero' zurück. Übrigens ... übrigens ist das bei ihm alles nur Naivität!« fügte er bedauernd hinzu.

Der Fürst hatte seine wenigen Sätze mit unruhiger Stimme, stockend und oft Atem holend gesprochen. Sein ganzes Verhalten zeugte von außerordentlicher Erregung. Nastasja Filippowna betrachtete ihn mit Neugier, lachte aber nicht mehr. In diesem Augenblick ertönte im Hintergrunde der Schar, die sich dicht um den Fürsten und Nastasja Filippowna drängte, eine laute neue Stimme; sie schob die Gesellschaft gleichsam auseinander und trennte sie in zwei Teile. Vor Nastasja Filippowna stand das Familienoberhaupt, der General Iwolgin, in eigener Person. Er war im Frack und hatte ein reines Vorhemd angelegt; sein Schnurrbart war frisch geschwärzt.

Das war zuviel für Ganja. Eigenliebe und Eitelkeit hatten ihn beinahe zum Hypochonder gemacht; ewig von Argwohn geplagt, hatte er in diesen zwei Monaten unermüdlich nach einem Stützpunkt gesucht, um als anständiger und vornehmer Mensch erscheinen zu können; er fühlte, daß er auf dem eingeschlagenen Wege noch ein Neuling war und am Ende mit seinen Kräften nicht auskommen würde; die Verzweiflung hatte ihm den Entschluß eingeflößt, zu Hause, wo er als Despot herrschte, alle Scham fallen zu lassen, aber Nastasja Filippowna gegenüber konnte er keinen ähnlichen Entschluß fassen, denn sie trieb ihn immer wieder in die Enge und beherrschte ihn mit erbarmungsloser Gewalt; sie nannte ihn einen »ungeduldigen Bettler«, was man ihm bereits hinterbracht hatte; wohl hatte er sich tausend Eide geschworen, ihr später alles gründlich heimzuzahlen, und doch gab er sich manchmal im stillen kindischen Träumen hin, wie er alles in Ordnung bringen und alle Gegensätze versöhnen werde ... Und nun sollte er noch diesen bittern Kelch leeren, und gerade in einem solchen Augenblick! Noch eine unvorhergesehene, unbeschreiblich grauenhafte Marter für einen eiteln Menschen: seiner Angehörigen wegen im eigenen Hause erröten müssen!

Ist denn der Lohn wirklich diese Qualen wert? fuhr es in diesem Augenblick durch Ganjas Kopf.

Jetzt geschah das, was er in diesen zwei Monaten nur nachts geträumt hatte, wenn der Albdruck ihn quälte, und was ihn in eisigem Entsetzen erstarren, in Schamröte erglühen machte: endlich standen sich sein Vater und Nastasja Filippowna als künftige Glieder einer Familie gegenüber! Mitunter hatte er sich selbst geneckt und gereizt, indem er sich ausmalte, wie der General sich bei der Trauung benehmen würde, aber niemals gelang es ihm, das qualvolle Bild zu vollenden, und er wandte sich eilig von ihm ab. Vielleicht überschätzte er das Unheil viel zu sehr, aber eiteln Menschen geht es immer so. In diesen zwei Monaten hatte er genug überlegen und beschließen können, und er hatte sich das Wort gegeben, seinen Vater auf irgendeine Weise für eine Zeit zu bändigen und, wenn möglich, sogar ganz aus Petersburg wegzuschaffen, gleichviel, wie sich die Mutter dazu stellen würde. Als Nastasja Filippowna vor zehn Minuten eintrat, war er so verblüfft, so niedergeschmettert, daß er gar nicht an die Möglichkeit eines Erscheinens des Generals dachte und keinerlei Vorsichtsmaßregeln traf. Und nun war der General da; er stand mitten in der Gesellschaft, hatte sich sogar noch in seinen Frack geworfen – und das in einem Augenblick, wo Nastasja Filippowna »nur auf eine Gelegenheit wartete, ihn und seine Hausgenossen mit Hohn zu überschütten«. (Davon war Ganja fest überzeugt.) Und in der Tat, was sonst konnte ihr heutiger Besuch bedeuten? Wollte sie etwa mit seiner Mutter und seiner Schwester Freundschaft schließen? War sie nicht viel eher gekommen, sie in ihrem eigenen Hause zu beleidigen? Die Gruppierung der beiden Parteien ließ keinen Zweifel mehr aufkommen: die Mutter und die Schwester saßen abseits, als hätte man sie angespien, und Nastasja Filippowna schien überhaupt vergessen zu haben, daß sie sich mit ihr im gleichen Zimmer befanden ... Wenn sie sich aber so benahm, dann mußte sie sicher besondere Absichten haben!

Ferdystschenko faßte den General unter und führte ihn Nastasja Filippowna zu.

»Ardalion Alexandrowitsch Iwolgin«, sagte der General würdevoll und verneigte sich lächelnd, »ein alter unglücklicher Soldat und Vater einer Familie, die glücklich ist, weil sie hoffen kann, eine so entzückende ...«

Er kam nicht zu Ende; Ferdystschenko schob ihm schnell einen Stuhl hin, und der General, der in dieser Nachmittagsstunde etwas schwach auf den Füßen war, plumpste förmlich auf den Sitz; das machte ihn übrigens nicht verlegen. Er saß nun Nastasja Filippowna gerade gegenüber und führte mit liebenswürdigem Grinsen langsam und effektvoll ihre Finger an seine Lippen. Es war überhaupt schwer, den General aus der Fassung zu bringen. Seine äußere Erscheinung wirkte trotz einer gewissen Verwahrlosung doch immer noch recht anständig, und er wußte das selbst sehr genau. Er hatte sich früher auch in sehr guter Gesellschaft bewegt, aus der er vor kaum drei Jahren endgültig ausgestoßen worden war. Seitdem erst hatte er rückhaltlos gewissen Schwächen nachzugeben begonnen; aber seine gewandten und angenehmen Manieren hatte er auch jetzt noch beibehalten. Nastasja Filippowna schien über das Erscheinen Ardalion Alexandrowitschs, den sie vom Hörensagen natürlich kannte, sehr erfreut.

»Ich habe gehört, daß mein Sohn ...« fing Ardalion Alexandrowitsch an.

»Ja, Ihr Sohn! Sie sind auch gut, werter Herr Papa! Warum sieht man Sie niemals bei mir? Verstecken Sie sich selber, oder hält Ihr Sohn Sie versteckt? Sie könnten mich doch sehr wohl besuchen, ohne jemand zu kompromittieren.«

»Die Kinder des neunzehnten Jahrhunderts und ihre Eltern ...« fing der General wieder an.

»Nastasja Filippowna! Geben Sie bitte Ardalion Alexandrowitsch für einen Augenblick frei. Es wird nach ihm gefragt«, sagte Nina Alexandrowna laut.

»Freigeben?! Ich bitte Sie! Ich habe so viel von ihm gehört und längst schon gewünscht, ihn zu sehen! Was kann er zu tun haben? Er ist doch außer Dienst? Sie verlassen mich nicht, Herr General, Sie gehen nicht fort?«

»Ich gebe Ihnen mein Wort, daß er Sie besuchen wird, jetzt aber bedarf er der Ruhe!«

»Ardalion Alexandrowitsch, man sagt, Sie bedürften der Ruhe!« rief Nastasja Filippowna mit einer unzufriedenen und verächtlichen Grimasse wie eine leichtsinnige kleine Närrin, der man ihr Spielzeug fortnehmen will. Der General setzte alles dran, seine Lage noch peinlicher zu machen.

»Meine Liebe! Meine Liebe!« sagte er, die Hand auf dem Herzen, mit feierlichem Vorwurf zu seiner Frau.

»Wollen Sie nicht hinausgehen, Mama?« fragte Warja.

»Nein, Warja, ich bleibe bis zum Schluß da.«

Nastasja Filippowna konnte Frage und Antwort nicht überhört haben, aber ihre Heiterkeit schien dadurch nur noch zu wachsen. Sie überschüttete den General sofort mit Fragen, und nach fünf Minuten befand sich dieser in gehobener Stimmung und hielt große Reden, während alle Umstehenden laut lachten.

Kolja zupfte den Fürsten am Rockschoß: »Schaffen Sie ihn irgendwie fort! Das geht doch nicht! Ich bitte Sie!« flüsterte er, und in den Augen des armen Jungen funkelten Tränen des Zorns. »Oh, der verdammte Ganja!« fügte er für sich hinzu.

»Mit Iwan Fjodorowitsch Jepantschin war ich in der Tat sehr eng befreundet«, erzählte der General auf Nastasja Filippownas Fragen. »Er, ich und der verstorbene Fürst Lew Nikolajewitsch Myschkin, dessen Sohn ich heute nach zwanzigjähriger Trennung umarmen durfte – wir drei waren unzertrennlich, sozusagen eine Kavalkade: Athos, Porthos und Aramis*. Aber der eine liegt leider im Grabe, vernichtet

* Die »Drei Musketiere« in dem bekannten Roman von A. Dumas-Vater (Anmerkung des Übersetzers).

durch Verleumdung und eine tückische Kugel, der zweite steht vor Ihnen und kämpft noch gegen Verleumdung und Kugeln an ...«

»Kugeln!« rief Nastasja Filippowna.

»Sie sind hier, in meiner Brust! Sie trafen mich bei Kars, und bei schlechtem Wetter spüre ich sie. In allen andern Beziehungen lebe ich als Philosoph, spiele in meinem Café Dame wie ein Bourgeois, der sich vom Geschäft zurückgezogen hat, und lese die *Indépendance.* Allein mit unserm Porthos Jepantschin habe ich seit der Geschichte vor drei Jahren – wegen des Bologneserhündchens im Eisenbahnwagen – für immer Schluß gemacht.«

»Bologneserhündchen? Was war denn das?« fragte Nastasja Filippowna sehr gespannt. »Ein Bologneserhündchen? Erlauben Sie mal – in der Eisenbahn?« Sie schien sich auf etwas zu besinnen.

»Oh, eine ganz dumme Geschichte; es lohnt nicht, sie wieder zu erzählen; wegen der Gouvernante der Fürstin Belokonskaja, der Mistreß Smith, aber ... es lohnt wirklich nicht!«

»Erzählen Sie doch! Unbedingt!« rief Nastasja Filippowna lustig.

»Ich habe sie auch noch nicht gehört!« bemerkte Ferdystschenko. »C'est du nouveau!«

»Ardalion Alexandrowitsch!« ertönte wieder die flehende Stimme Nina Alexandrownas.

»Papa, jemand will Sie sprechen!« rief Kolja.

»Eine dumme Geschichte, die man mit ein paar Worten erzählen kann«, fing der General mit selbstzufriedener Miene an. »Vor zwei Jahren, ja, vor kaum zwei Jahren, als die neue **er Bahnlinie eben eröffnet war, hatte ich – ich trug damals schon Zivil – mir eine Fahrkarte erster Klasse für eine ungemein wichtige Geschäftsreise gelöst. Ich steige ein, setze mich, rauche. Das heißt, ich war schon mit brennender Zigarre eingestiegen. Ich war allein im Abteil. Das Rauchen war nicht verboten, aber auch nicht gestattet – sozusagen halb gestattet, wie gewöhnlich, je nach der Person. Das Fenster war auf. Plötzlich, als die Lokomotive schon pfeifen will, steigen noch zwei Damen ein, mit einem Bologneserhündchen; sie setzen sich mir gerade gegenüber. Sie waren etwas spät gekommen. Die eine war sehr auffallend hellblau gekleidet; die andere etwas bescheidener, in schwarze Seide mit einer Pelerine. Sie sahen nicht übel aus, schauten hochmütig drein, sprachen englisch. Ich kümmere mich natürlich gar nicht um sie und rauche weiter. Anfangs hatte ich wohl gedacht, daß ich aufhören sollte, aber dann tat ich's nicht, weil ja das Fenster offenstand; ich blies den Rauch zum Fenster hinaus. Das Hündchen lag auf dem Schoß der hellblauen Dame, es war ein ganz kleines Tier, kaum so groß wie meine Faust, schwarz mit weißen Pfötchen, ein ganz seltenes Exemplar. Es hatte ein silbernes Halsband mit Aufschrift. Ich verhalte mich still, bemerke bloß, daß die Damen sich zu ärgern scheinen, natürlich über die Zigarre. Die eine sieht mich durch ihre Schildpattlorgnette an. Ich verhalte mich wieder ganz still: sie sagen ja auch kein Wort. Hätten sie wenigstens etwas gesagt, gewarnt, gebeten – wozu hat der Mensch denn die Sprache! So aber schweigen sie. Und plötzlich, ohne jede vorhergehende Äußerung, auch nicht die geringste, mit einemmal, als hätte sie den Verstand verloren, reißt die Hellblaue mir die Zigarre aus der Hand und wirft sie zum Fenster hinaus. Der Zug saust weiter, ich sehe sie ganz blöde an. Ein wildes Weib, ganz wild; übrigens von beträchtlicher Körperfülle, hochgewachsen, blond, rotwangig – sogar zu sehr –, mit blitzenden Augen. Ohne ein Wort zu sagen, mit unglaublicher Zuvorkommenheit, mit größter Höflichkeit, mit ausgesuchtester Zartheit, nähere ich zwei Finger dem Bologneserhündchen, fasse es sänftiglich am Genick und werfe es zum Fenster hinaus, der Zigarre nach! Es konnte nur aufquietschen! Und der Zug sauste weiter.«

»Sie sind ein Unmensch!« rief Nastasja Filippowna lachend und klatschte in die Hände wie ein kleines Mädchen.

»Bravo, bravo!« schrie Ferdystschenko. Auch Ptyzin lachte, obgleich das Erscheinen des Generals ihm ebenfalls höchst unangenehm war; sogar Kolja stimmte in das Lachen ein und rief auch »Bravo!«

»Ich hatte recht, dreimal recht!« fuhr der triumphierende

General leidenschaftlich fort, »denn wenn Zigarren im Eisenbahnwagen verboten sind, so sind Hunde es erst recht.«

»Bravo, Papa!« rief Kolja begeistert, »ausgezeichnet! Ich hätte gewiß, ganz gewiß ebenso gehandelt.«

»Nun, und die Dame?« fragte Nastasja Filippowna ungeduldig.

»Die Dame? Ja, nun kommt das Unangenehme«, fuhr der General mit krauser Stirn fort. »Ohne ein Wort zu sagen, ohne ihre Absicht vorher irgendwie zu verraten, gab sie mir plötzlich eine Ohrfeige! Ein wildes Weib; ganz wild.«

»Und Sie?«

Der General schlug die Augen nieder, zog die Brauen in die Höhe, zuckte die Achseln, preßte die Lippen zusammen, breitete die Arme aus, schwieg einen Augenblick und sagte dann plötzlich: »Ich ließ mich hinreißen!«

»Und hat es ihr weh getan? Wie?«

»Bei Gott, es kann nicht weh getan haben! Einen Skandal gab's, aber weh getan hat es nicht. Ich habe nur einmal zurückgeschlagen, bloß um mich zu wehren. Hier aber mußte mir der Teufel ein Bein stellen: die Hellblaue entpuppte sich als Engländerin, als Gouvernante oder Hausfreundin der Fürstin Belokonskaja, und die in Schwarz war die älteste Prinzessin Belokonskaja, eine alte Jungfer von fünfunddreißig Jahren. Und es ist ja bekannt, in welch nahen Beziehungen die Generalin Jepantschina zum Hause Belokonskij steht. Alle Prinzessinnen fielen in Ohnmacht, es gab Tränen, Wehklagen um das geliebte Hündchen, Gezeter von sechs Prinzessinnen, Gekreisch der Engländerin – kurz, der Teufel war los! Nun, ich mußte natürlich einen Besuch machen, reuig um Vergebung bitten; dann schrieb ich noch einen Brief, aber man empfing weder mich, noch nahm man den Brief an, mit Jepantschin gab es Zank, Bruch, Verbannung ...«

»Aber erlauben Sie – wie ist denn das möglich?« fragte Nastasja Filippowna plötzlich, »vor fünf oder sechs Tagen las ich in der *Indépendance* – ich lese dieses Blatt beständig – genau die gleiche Geschichte! Sie hat sich auf einer der Eisenbahnlinien im Rheinlande abgespielt, zwischen einem Franzosen und einer Engländerin; ganz genauso wurde die

Zigarre aus der Hand gerissen, ganz genauso der Hund zum Fenster hinausgeworfen; ja auch der Schluß spielte sich ganz so ab, wie Sie es erzählt haben. Sogar ein hellblaues Kleid hatte die Dame an!«

Der General wurde feuerrot. Auch Kolja errötete und preßte seinen Kopf mit den Händen zusammen; Ptizyn wandte sich schnell ab. Nur Ferdystschenko lachte nach wie vor. Von Ganja braucht man überhaupt nicht zu reden: er hatte die ganze Zeit in stummer unerträglicher Qual dagestanden.

»Ich versichere Sie«, stammelte der General, »daß mir ganz dasselbe passiert ist ...«

»Papa hatte tatsächlich Unannehmlichkeiten mit Mistreß Smith, der Belokonskijschen Gouvernante«, rief Kolja, »ich erinnere mich noch sehr gut!«

»Wie? Das war ganz genau ebenso? Dieselbe Geschichte an zwei entgegengesetzten Enden Europas und der ganz gleiche Verlauf in allen Einzelheiten bis zum hellblauen Kleid!« ließ die erbarmungslose Nastasja Filippowna nicht nach. »Ich werde Ihnen die *Indépendance Belge* schicken.«

»Aber bedenken Sie«, suchte der General sich zu rechtfertigen, »ich habe das doch zwei Jahre früher erlebt!«

»Ja, dann freilich!« Nastasja Filippowna lachte wie von Krämpfen geschüttelt.

»Papa, ich bitte Sie für einen Augenblick mit mir hinauszugehen; ich habe Ihnen etwas mitzuteilen«, sagte Ganja mit zitternder gequälter Stimme und faßte den Vater mechanisch an der Schulter. Ein unendlicher Haß loderte in seinem Blick.

In diesem Augenblick wurde sehr heftig an der Glocke im Vorzimmer gezogen. Durch so kräftiges Zugreifen hätte sie leicht abgerissen werden können. Das kündigte einen ungewöhnlichen Besuch an. Kolja lief hinaus, um die Tür zu öffnen.

10

Im Vorzimmer wurde es mit einemmal sehr laut; man hatte im Wohnzimmer den Eindruck, als wären von draußen gleichzeitig mehrere Personen hereingekommen und als kämen noch neue hinzu. Mehrere Stimmen sprachen und schrien durcheinander; Stimmengewirr und Geschrei drang auch von der Treppe herein, da die Eingangstür, wie man deutlich hören konnte, offengelassen war. Es war ein höchst eigentümlicher Besuch. Alle sahen sich erstaunt an; Ganja stürzte in den Saal, aber in den Saal waren schon ein paar Menschen eingedrungen.

»Ah! Da ist der Judas!« rief eine dem Fürsten bekannte Stimme. »Guten Tag, Ganja, du Lump!«

»Er ist es, er ist es!« bestätigte eine zweite Stimme. Der Fürst konnte nicht mehr zweifeln: die eine Stimme gehörte Rogoschin, die andere Lebedew.

Ganja stand wie versteinert auf der Schwelle des Wohnzimmers und sah stumm vor sich hin, ohne es zu verhindern, daß hinter Parfen Rogoschin zehn oder zwölf Mann, einer nach dem andern, ins Wohnzimmer traten. Die Gesellschaft war sehr bunt zusammengesetzt und wenig vertrauenerweckend. Einige drängten sich so herein, wie sie von der Straße kamen, in Mänteln und Pelzen. Ganz betrunken war übrigens kein einziger; doch schienen alle stark angeheitert zu sein. Alle schienen sie einer des andern zu bedürfen, um eintreten zu können; einzeln hätte keiner den Mut gehabt; es sah so aus, als ob sie sich gegenseitig vorschöben. Sogar Rogoschin schritt vorsichtig an der Spitze der Schar einher; er mußte aber eine bestimmte Absicht haben und sah finster, gereizt und besorgt aus. Die andern bildeten nur den Chor oder, besser gesagt, eine Bande, die den Führer unterstützen sollte. Außer Lebedew war hier noch der ondulierte Saljoschew, der seinen Pelz im Vorzimmer abgelegt hatte und mit der Nonchalance des eleganten Kavaliers eintrat; ihm folgten zwei oder drei Herren ähnlichen Schlags, augenscheinlich junge Kaufmannssöhne; einer hatte eine Art Militärmantel an; einer war sehr klein und ungemein dick und lachte beständig; dann kam ein fast zwei Meter langer Herr, ebenfalls außergewöhnlich dick, höchst finster und schweigsam und augenscheinlich von der Kraft seiner Fäuste tief überzeugt. Ferner war noch ein Student der Medizin da und ein zappliger kleiner Pole. Aus dem Treppenhause guckten noch zwei Damen ins Vorzimmer herein, wagten aber nicht einzutreten; Kolja schlug ihnen die Tür vor der Nase zu und schob den Riegel vor.

»Guten Tag, Ganja, du Lump! Was, du hast wohl Parfen Rogoschin nicht erwartet?« wiederholte Rogoschin, als er das Wohnzimmer erreicht hatte, und blieb in der Tür vor Ganja stehen. In diesem Augenblick aber erblickte er im Wohnzimmer, sich gerade gegenüber – Nastasja Filippowna. Augenscheinlich hatte er nicht im entferntesten daran gedacht, daß er sie hier treffen werde, denn ihr Anblick hatte eine ungeheure Wirkung auf ihn; er wurde so bleich, daß sogar seine Lippen sich blau färbten. »Es ist also wahr!« sagte er leise und gleichsam für sich mit ganz irrer Miene. »Schluß! Nun ... du wirst mir Rechenschaft geben!« knirschte er plötzlich und sah Ganja mit rasender Wut an ... »Nun ... ach!«

Er war ganz außer Atem und brachte die Worte nur mit Mühe heraus. Mechanisch schob er sich ins Zimmer hinein, aber als er die Schwelle überschritten hatte, sah er plötzlich Nina Alexandrowna und Warja; er blieb stehen, und trotz aller Erregung malte sich eine leichte Verlegenheit auf seinem Gesicht. Hinter ihm her kam Lebedew, der ihn wie ein Schatten verfolgte; er war schon stark betrunken; dann kamen der Student, der Herr mit den großen Fäusten, Saljoschew, der sich nach rechts und links verbeugte, und ganz zuletzt drängte der kleine Dicke nach. Die Anwesenheit der Damen hielt sie alle noch ein wenig zurück und schien sie sehr zu stören – freilich nur bis zum entscheidenden Augenblick, bis zum ersten Anlaß, aufzuschreien und *anzufangen* ... Dann hätten keine Damen sie mehr zurückhalten können.

»Wie? Du auch hier, Fürst?« fragte Rogoschin zerstreut, einigermaßen erstaunt, den Fürsten hier zu treffen. »Immer noch mit Gamaschen! Ach!« seufzte er, und dann hatte er den Fürsten vergessen und richtete den Blick wieder auf Nastasja

Filippowna; er näherte sich ihr langsam, wie von einem Magneten angezogen.

Nastasja Filippowna betrachtete die Gäste ebenfalls mit unruhiger Neugierde.

Ganja raffte sich endlich auf: »Erlauben Sie, was soll das eigentlich bedeuten?« fragte er laut, wobei er die Ankömmlinge streng musterte und sich vor allem an Rogoschin wandte. »Sie sind in keinem Pferdestall, meine Herren! Meine Mutter und meine Schwester sind hier.«

»Das sehen wir selbst, daß deine Mutter und deine Schwester da sind«, zischte Rogoschin mit zusammengebissenen Zähnen.

»Ja, man sieht es gleich: Mutter und Schwester«, sekundierte Lebedew.

Der Herr mit den Fäusten schien zu glauben, der Augenblick für ihn sei gekommen, und brummte etwas.

»Aber ich bitte Sie!« rief Ganja plötzlich mit überlauter Stimme. »Erstens, wollen Sie so gut sein und sich in den Saal begeben, und dann möchte ich wissen ...«

»Du erkennst mich wohl nicht?« fragte Rogoschin mit höhnischem Zähnefletschen, ohne sich vom Platze zu rühren. »Hast den Rogoschin nicht erkannt?«

»Ich bin Ihnen allerdings irgendwo begegnet, aber ...«

»Hoho! Irgendwo begegnet! Es sind ja noch keine drei Monate her, daß ich im Spiel zweihundert Rubel aus meines Vaters Tasche an dich verlor; der Alte ist gestorben, ohne es zu erfahren! Du schlepptest mich an den Spieltisch, und Knief hat beim Spiel betrogen. Erkennst du mich nicht? Ptizyn ist Zeuge! Wenn ich jetzt drei Rubel aus der Tasche hole und sie dir hinhalte, dann kriechst du ihnen auf allen vieren bis zum Wasiljewskij-Ostrow nach – so einer bist du! So eine Seele hast du! Ich bin auch jetzt gekommen, dich mit Haut und Haar für Geld zu kaufen! Sieh nicht darauf, daß ich in solchen Stiefeln komme; ich habe viel Geld, mein Lieber; ich kaufe dich ganz und gar mit all deinem Anhang ... wenn ich will, kauf ich euch alle! Alles kauf ich!« rief Rogoschin, der sich immer mehr erhitzte und an seinen Reden berauschte. »Holla!« rief er, »Nastasja

Filippowna! Jagen Sie mich nicht weg, sagen Sie nur ein Wort: lassen Sie sich mit ihm trauen oder nicht?« Rogoschin sprach diese Frage aus wie ein Verlorener, wie vor einem Götterbilde, aber mit der Kühnheit eines zum Tode Verurteilten, der nichts mehr zu verlieren hat. In tödlicher Pein wartete er auf Antwort.

Nastasja Filippowna maß ihn mit einem spöttischen und hochmütigen Blick; dann aber sah sie auf Warja und Nina Alexandrowna, streifte Ganja und schlug plötzlich einen ganz neuen Ton an.

»Durchaus nicht. Was fällt Ihnen ein? Und wie kommen Sie darauf, so etwas zu fragen?« erwiderte sie leise, ernst und ein wenig erstaunt.

»Nein? Nicht!« schrie Rogoschin, ganz außer sich vor Freude. »Wirklich nicht? Und man hat mir gesagt ... Ach! ... Nun, Nastasja Filippowna – die da sagen, Sie seien mit Ganja verlobt! Mit dem Kerl? Ist denn das möglich? Ich sage es ihnen allen! Ich kaufe ihn ganz und gar für drei Rubel, ich gebe ihm tausend, meinetwegen dreitausend, damit er zurücktritt – dann läuft er am Abend vor der Hochzeit davon und überläßt mir die Braut, wie sie ist! Es ist doch so, Ganja, du Schuft! Für dreitausend machst du's doch? Da hast du sie, da! Deswegen kam ich her, um dir das Versprechen abzunehmen! Ich hab's gesagt: ich kaufe ihn – und ich tu's!«

»Pack dich hinaus, du bist betrunken!« schrie Ganja, der bald rot, bald bleich wurde.

Auf seinen Schrei folgte sofort ein Gegengeschrei mehrerer Stimmen; die ganze Bande Rogoschins hatte schon längst auf die erste Herausforderung gewartet. Lebedew flüsterte Rogoschin mit großem Eifer etwas ins Ohr.

»Recht hast du, Kanzlist!« antwortete Rogoschin. »Recht hast du, betrunkene Seele! Ach was! Komme, was da kommen mag! Nastasja Filippowna«, schrie er und sah sie an wie ein Wahnsinniger, zaghaft und dann wieder sich tollkühn aufbäumend, »hier sind achtzehntausend Rubel!« Und er warf ein in weißes Papier gewickeltes, mit einem Bindfaden umschnürtes Päckchen vor sie auf den Tisch. »Da! Und ...

es kommt noch was!« Er wagte nicht auszusprechen, was er sagen wollte.

»Nicht doch!« flüsterte Lebedew ihm wieder zu und schaute ganz entsetzt drein. Man konnte erraten, daß die Höhe der Summe ihn erschreckt hatte und daß er vorschlug, es mit einer ungleich geringern zu versuchen.

»Nein, in dieser Beziehung bist du ein Dummkopf, mein Lieber, und weißt nicht, wohin du geraten bist ... ich bin übrigens gerade so dumm wie du!« besann sich Rogoschin und fuhr mit einemmal unter Nastasja Filippownas funkelndem Blick zusammen. »Ach was! Ich habe einen Fehler begangen, weil ich auf dich gehört habe«, fügte er mit reuiger Miene hinzu.

Nastasja Filippowna sah in Rogoschins verdutztes Gesicht und fing plötzlich an zu lachen.

»Achtzehntausend? Mir? Da macht sich der Bauer doch gleich bemerkbar!« sagte sie mit frecher Vertraulichkeit und stand vom Sofa auf, als wollte sie fortgehen. Ganja beobachtete mit stockendem Pulsschlag diese ganze Szene.

»Nun denn – vierzigtausend! Vierzig, nicht achtzehn!« rief Rogoschin. »Wanjka* Ptizyn und Biskup haben versprochen, mir bis sieben Uhr vierzigtausend Rubel zu beschaffen! Vierzigtausend! Bar auf den Tisch!«

Der Auftritt war höchst widerwärtig, aber Nastasja Filippowna lachte immer noch und ging nicht fort; es schien fast, als zöge sie die peinliche Szene absichtlich in die Länge. Nina Alexandrowna und Warja waren ebenfalls aufgestanden und warteten in bangem Schweigen, was noch weiter kommen würde; Warjas Augen funkelten; Nina Alexandrowna aber sah aus wie eine Kranke: sie zitterte und drohte jeden Augenblick in Ohnmacht zu fallen.

»Wenn's sein muß – hundert! Heute noch schaffe ich hunderttausend herbei! Ptizyn, hilf mir, du machst ein gutes Geschäft!«

»Du bist verrückt!« flüsterte Ptizyn plötzlich, indem er schnell auf ihn zutrat und ihn beim Arm faßte. »Du bist

* Iwan.

betrunken, man wird die Polizei holen müssen. Wo befindest du dich?«

»Er schwatzt im Rausch«, sagte Nastasja Filippowna, wie wenn sie ihn necken wollte.

»Ich schwatze nicht! Heut abend ist das Geld da! Ptizyn, Wuchererseele, hilf mir, nimm Zinsen, soviel du willst, aber beschaffe mir hunderttausend bis heute abend! Ich will es beweisen, daß es mir nicht darauf ankommt!« rief Rogoschin in wilder Begeisterung.

»Aber erlauben Sie, was soll das alles?« rief mit einemmal Ardalion Alexandrowitsch laut und drohend und ging auf Rogoschin zu. Der plötzliche Ausbruch des Alten, der bis jetzt geschwiegen hatte, wirkte ungemein komisch. Einige lachten.

»Wo kommt denn der noch her?« lachte Rogoschin. »Komm mit, Alter, du sollst dich betrinken!«

»Das ist gemein!« schrie Kolja. Er weinte beinahe vor Scham und Ärger.

»Findet sich denn kein einziger unter euch, der dieses schamlose Frauenzimmer hinausführt?« schrie mit einemmal Warja, am ganzen Leibe zitternd vor Zorn.

»Mich nennt man schamlos!« parierte Nastasja Filippowna mit verächtlicher Heiterkeit. »Und ich komme wie eine Närrin her, sie zu mir zum Abend einzuladen! So behandelt mich Ihre Schwester, Gawrila Ardalionowitsch!«

Ganja stand bei dem Ausfall seiner Schwester eine Zeitlang da wie vom Blitz getroffen; als er aber sah, daß Nastasja Filippowna diesmal wirklich gehen wollte, stürzte er wie ein Besessener auf Warja zu und packte sie wütend am Arm.

»Was hast du angerichtet?« schrie er und sah sie an, als wollte er sie auf der Stelle vernichten. Er war ganz verwirrt und unfähig, einen klaren Gedanken zu fassen.

»Was hab ich denn angerichtet? Wohin zerrst du mich? Soll ich sie etwa um Verzeihung bitten, weil sie deine Mutter beleidigt hat und hergekommen ist, deinem Hause Schmach anzutun, du niedriger Mensch?« schrie Warja triumphierend und sah den Bruder herausfordernd an.

Einige Sekunden standen sie einander gegenüber, von Angesicht zu Angesicht. Ganja hielt noch immer ihren Arm fest. Warja versuchte einmal, dann noch einmal aus aller Kraft, sich loszureißen, hielt es aber endlich nicht aus und spie mit einemmal, ganz außer sich, dem Bruder ins Gesicht.

»Das ist ein Mädchen!« rief Nastasja Filippowna. »Bravo, Ptizyn, ich gratuliere Ihnen!«

Vor Ganjas Augen flimmerte es; er vergaß sich vollständig und holte mit aller Gewalt aus, um die Schwester zu schlagen. Der Schlag hätte sie unbedingt ins Gesicht getroffen. Plötzlich aber hielt eine andere Hand Ganjas Arm mitten im Schwung auf. Zwischen ihm und seiner Schwester stand der Fürst.

»Es ist genug! Lassen Sie das!« sagte er eindringlich, bebte aber ebenfalls am ganzen Leibe, als wäre er tief innerlich erschüttert.

»Wirst du mir denn ewig in den Weg treten?« brüllte Ganja, ließ Warja los und gab in äußerster Raserei mit der freigewordenen Hand dem Fürsten eine schallende Ohrfeige.

»Ach!« schrie Kolja und schlug die Hände zusammen. »Ach, mein Gott!«

Von allen Seiten ertönten Zurufe. Der Fürst erbleichte. Mit einem seltsamen vorwurfsvollen Blick sah er Ganja gerade in die Augen; seine Lippen bebten und mühten sich ein Wort herauszubringen; ein merkwürdiges und gar nicht zu ihm passendes Lächeln verzerrte sie. »Nun, das mag für mich sein ... aber sie ... sie lasse ich nicht schlagen!« sagte er endlich leise. Plötzlich aber wurde es ihm zuviel, er ließ Ganja los, bedeckte das Gesicht mit den Händen, ging in eine Ecke, kehrte sich mit dem Gesicht zur Wand und sagte mit stockender Stimme: »Oh, wie werden Sie sich Ihres Benehmens schämen!«

Ganja stand wirklich wie vernichtet da. Kolja stürzte auf den Fürsten zu, um ihn zu umarmen und zu küssen; nach ihm drängten Rogoschin, Warja, Ptizyn, Nina Alexandrowna, alle, sogar der alte Ardalion Alexandrowitsch heran.

»Lassen Sie nur, lassen Sie«, stammelte der Fürst, immer noch das unpassende Lächeln auf den Lippen.

»Er wird es bereuen!« schrie Rogoschin. »Du wirst dich

schämen, Ganjka, solch ein ... Schaf«, ihm fiel kein andres Wort ein, »beleidigt zu haben! Fürst, mein lieber Freund, laß sie! Pfeife auf sie, komm mit! Du sollst sehn, wie Rogoschin liebt!«

Nastasja Filippowna war ebenfalls über Ganjas Benehmen wie auch über die Antwort des Fürsten sehr verblüfft. Ihr gewöhnlich bleiches und nachdenkliches Gesicht, das die ganze Zeit über so wenig zu ihrem wohl gekünstelten Lachen gestimmt hatte, war jetzt offenbar von einem neuen Gefühl bewegt; und doch schien sie keine Neigung zu haben, es sich anmerken zu lassen, und es sah aus, als ob der Spott nicht aus ihren Zügen weichen wollte.

»Wirklich, ich habe sein Gesicht schon irgendwo gesehen!« sagte sie plötzlich ganz ernst, sich ihrer vorhin gestellten Frage wieder entsinnend.

»Und Sie schämen sich nicht! Sind Sie denn so, wie Sie sich jetzt geben? Kann denn das sein?« rief der Fürst auf einmal mit tiefem innigem Vorwurf.

Nastasja Filippowna stutzte, lachte auf, geriet aber doch in Verlegenheit, suchte gleichsam etwas hinter ihrem Lächeln zu verbergen, warf einen Blick auf Ganja und ging aus dem Wohnzimmer. Aber noch ehe sie das Vorzimmer erreicht hatte, kehrte sie plötzlich um, ging eilig auf Nina Alexandrowna zu, faßte ihre Hand und führte sie an ihre Lippen.

»Ich bin wirklich nicht so, er hat es erraten«, flüsterte sie schnell, heiß, jäh auflodernd und tief errötend; dann drehte sie sich um und ging diesmal so schnell hinaus, daß keiner Zeit hatte, sich darüber klar zu werden, warum sie zurückgekehrt war. Man hatte nur gesehen, daß sie Nina Alexandrowna etwas zuflüsterte und ihr anscheinend die Hand küßte. Nur Warja hatte alles gesehen und gehört und begleitete sie mit erstaunten Blicken.

Ganja kam zu sich und lief Nastasja Filippowna nach, aber sie war schon hinausgegangen. Er holte sie auf der Treppe ein.

»Begleiten Sie mich nicht!« rief sie ihm zu. »Auf Wiedersehen heut abend! Ganz bestimmt, hören Sie!«

Er kam verwirrt und in Gedanken zurück; ein schweres Rätsel lastete auf seiner Brust, noch schwerer als vorher. Auch das Bild des Fürsten schwebte vor seinen Blicken ... Er war so in sich versunken, daß er kaum bemerkte, wie die ganze Gesellschaft Rogoschins sich an ihm vorüberwälzte, ihn sogar in der Tür beiseite stieß, um schneller hinter Rogoschin her aus dem Hause zu kommen. Alle sprachen laut untereinander. Rogoschin selbst ging neben Ptizyn und redete sehr eindringlich auf ihn ein. Es schien sich um eine wichtige und augenscheinlich unaufschiebbare Angelegenheit zu handeln.

»Verspielt, Ganja!« rief er ihm im Vorübergehen zu.

Ganja sah ihnen unruhig nach.

11

Der Fürst verließ das Wohnzimmer und schloß sich in seiner Stube ein. Kolja kam sofort zu ihm gelaufen, um ihn zu trösten. Der arme Junge schien sich jetzt gar nicht mehr von ihm trennen zu können.

»Sie haben recht getan fortzugehen«, sagte er, »dort geht nun vollends alles drunter und drüber, und so ist es bei uns jeden Tag, und an allem ist diese Nastasja Filippowna schuld.«

»Es hat sich viel Krankheitsstoff hier bei euch angesammelt, Kolja«, bemerkte der Fürst.

»Ja, freilich. Von uns ist überhaupt nicht zu reden. Wir sind selbst an allem schuld. Aber ich habe einen guten Freund, der ist noch unglücklicher. Soll ich Sie mit ihm bekannt machen?«

»Es wäre mir sehr lieb. Ist es ein Kamerad von Ihnen?«

»Ja, so gut wie ein Kamerad. Ich erkläre es Ihnen später ... Aber schön ist die Nastasja Filippowna, meinen Sie nicht auch? Ich hatte sie bisher noch nie gesehen, obgleich ich mir die größte Mühe gab. Sie hat mich einfach geblendet. Ich würde Ganja alles verzeihen, wenn er es aus Liebe täte; warum aber sieht er es aufs Geld ab? Das ist das Schlimme!«

»Ja, Ihr Bruder gefällt mir nicht recht.«

»Nun ja, selbstverständlich! Nachdem Sie ... Wissen Sie, ich kann diese verschiedenen Anschauungen nicht leiden. Irgendein Wahnsinniger oder Narr oder ein Bösewicht, der nicht ganz bei Verstande ist, gibt dir eine Ohrfeige, und du bist nun für dein ganzes Leben entehrt und kannst die Schmach nur mit Blut abwaschen, oder der Schuldige muß dich kniefällig um Vergebung bitten. Meiner Ansicht nach ist das unsinnig und despotisch ... Darauf baut sich Lermontows Drama *Der Maskenball* auf, und ich finde es sehr dumm. Das heißt, ich will sagen, es ist unnatürlich. Aber er hat es ja fast noch als Knabe geschrieben.«

»Mir hat Ihre Schwester sehr gut gefallen.«

»Wie sie dem Ganja ins Gesicht spuckte! Warja hat Mut! Sie aber haben nicht gespuckt, und ich bin überzeugt, nicht aus Mangel an Mut. Da kommt sie ja selbst. Ich wußte, daß sie kommen wird. Sie ist eine vornehme Natur, wenn sie auch ihre Fehler hat.«

»Du hast hier nichts zu suchen«, fiel Warja zu allererst über ihren Bruder her. »Geh zum Vater. Er wird Ihnen wohl lästig, Fürst?«

»Durchaus nicht. Ganz im Gegenteil.«

»Da spielt sie sich wieder als die große Schwester auf! Das eben ist das Häßliche an ihr. Übrigens glaubte ich bestimmt, daß der Vater mit Rogoschin wegfahren würde. Jetzt bereut er es wohl. Ich will doch mal nachsehen, wie es um ihn steht«, fügte Kolja im Hinausgehen hinzu.

»Gott sei Dank, ich habe die Mutter weggeführt und ins Bett gesteckt«, sagte Warja, »es hat nichts Neues mehr gegeben. Ganja ist verlegen und sehr nachdenklich. Er hat auch Grund genug. Das war eine Lektion! ... Ich bin gekommen, Ihnen noch einmal zu danken, Fürst, und Sie zu fragen: haben Sie Nastasja Filippowna früher nicht gekannt?«

»Nein.«

»Wie kamen Sie denn darauf, ihr gerade ins Gesicht zu sagen, sie sei ‚gar nicht so'? Und Sie scheinen es getroffen zu haben. Es erweist sich, daß sie vielleicht wirklich nicht so ist. Übrigens kann ich aus ihr nicht klug werden. Es ist klar, daß sie die Absicht hatte, uns zu beleidigen. Ich habe auch schon früher viel Sonderbares von ihr gehört. Wenn sie aber gekommen war, uns einzuladen, wie konnte sie dann die Mutter so behandeln? Ptizyn kennt sie ausgezeichnet; er sagte aber, er habe vorhin nicht erraten können, worauf sie hinauswollte. Und ihr Verhalten zu Rogoschin? So kann man doch nicht reden, wenn man sich selbst achtet, und noch dazu im Hause des ... Mama macht sich Ihretwegen auch große Sorgen.«

»Ach was!« sagte der Fürst mit einer abwehrenden Handbewegung.

»Und wie sie Ihnen gleich gehorchte!«

»Inwiefern?«

»Sie sagten ihr, sie sollte sich schämen, und da wurde sie plötzlich eine ganz andere. Sie haben Einfluß auf sie, Fürst«, sagte Warja mit ganz leisem Lächeln.

Die Tür ging auf, und ganz unerwartet kam Ganja herein. Er verzog keine Miene, als er Warja erblickte; er blieb eine Weile auf der Schwelle stehen und ging dann entschlossen auf den Fürsten zu.

»Fürst, es war gemein von mir, verzeihen Sie, mein Lieber«, sagte er plötzlich mit tiefer Empfindung. Sein Gesicht hatte einen sehr schmerzlichen Ausdruck. Der Fürst sah ihn verwundert an und antwortete nicht sofort. »Verzeihen Sie, verzeihen Sie!« drängte Ganja ungeduldig. »Wenn Sie wollen, küsse ich Ihnen gleich die Hand.«

Der Fürst war äußerst verblüfft und umarmte Ganja schweigend. Beide küßten sich herzlich.

»Ich hätte gar nicht gedacht, daß Sie so sind«, sagte der Fürst endlich schwer Atem holend, »ich dachte, Sie ... Sie seien nicht fähig ...«

»Um Vergebung zu bitten? Wie kam ich nur vorhin darauf, Sie für einen Idioten zu halten! Sie merken Dinge, auf die kein anderer je kommen würde. Man könnte mit Ihnen reden, aber ... es ist besser, man redet nicht.«

»Hier müssen Sie auch noch um Vergebung bitten«, sagte der Fürst und deutete auf Warja.

»Nein, das alles sind meine Feinde. Seien Sie überzeugt,

Fürst, ich habe genug Beweise; hier kann man nicht ehrlich verzeihen«, rief Ganja leidenschaftlich und wandte sich von Warja ab.

»Nein, ich kann verzeihen«, sagte Warja plötzlich.

»Und du kommst auch heute abend mit zu Nastasja Filippowna?«

»Ich komme, wenn du es wünschst; aber überlege selbst einmal: gibt es für mich jetzt auch nur die geringste Möglichkeit hinzugehn?«

»Sie ist doch nicht so! Du siehst ja, was für Rätsel sie einem aufgibt! Taschenspielerei!« Und Ganja lachte boshaft.

»Ich weiß selbst, daß sie nicht so ist, und ich weiß auch, daß sie eine Taschenspielerin ist, aber worauf will sie hinaus? Und überlege doch einmal, Ganja, wofür hält sie denn dich? Gut, sie hat Mama die Hand geküßt. Mag das ein Taschenspielerkunststück sein, aber sie hat doch über dich gelacht! Das ist keine fünfundsiebzigtausend Rubel wert, Bruder, bei Gott nicht! Du bist noch fähig, edel zu empfinden, deshalb sage ich es dir auch. Geh du auch nicht hin! Hüte dich! Das kann nicht gut ablaufen.« Nachdem sie das gesagt hatte, verließ Warja in größter Erregung das Zimmer.

»So machen sie es immer!« sagte Ganja lächelnd. »Glauben sie denn wirklich, ich wüßte es selber nicht? Ich weiß ja viel mehr als sie!« Nach diesen Worten setzte Ganja sich auf das Sofa, augenscheinlich in der Absicht, den Besuch noch weiter hinauszudehnen.

»Wenn Sie das selber wissen«, fragte der Fürst ziemlich schüchtern, »warum nehmen Sie dann diese Qual auf sich? Sie wissen doch, daß sie in Wahrheit keine fünfundsiebzigtausend wert ist.«

»Das meine ich nicht«, brummte Ganja. »Übrigens, sagen Sie mal, wie denken Sie darüber, ich möchte gerade Ihre Meinung hören: ist diese ‚Qual' fünfundsiebzigtausend Rubel wert oder nicht?«

»Meiner Ansicht nach nicht.«

»Natürlich! Und so zu heiraten ist schmachvoll?«

»Sehr schmachvoll.«

»So merken Sie sich's: ich heirate sie, und nun schon ganz

bestimmt. Vorhin schwankte ich noch, jetzt aber bin ich entschlossen! Reden Sie nicht! Ich weiß, was Sie sagen wollen ...«

»Ich denke an etwas ganz anderes, als Sie meinen. Mich wundert, daß Sie so fest überzeugt sind ...«

»Überzeugt? Wovon?«

»Daß Nastasja Filippowna Sie bestimmt heiraten wird und daß das alles schon entschieden ist, und zweitens, daß die fünfundsiebzigtausend, wenn sie auch wirklich Ihre Frau würde, Ihnen so ohne weiteres zufallen. Übrigens bin ich ja natürlich über all diese Dinge nicht genügend unterrichtet.«

Ganja machte eine heftige Bewegung nach dem Fürsten hin. »Freilich wissen Sie nicht alles«, sagte er, »und weshalb sollte ich denn diese ganze Last auf mich nehmen?«

»Ich glaube, das ist gang und gäbe: man heiratet um des Geldes willen, aber über das Geld verfügt die Frau.«

»Nein, bei uns wird das anders sein ... Hier ... hier spielen gewisse Umstände mit ...« murmelte Ganja erregt und nachdenklich. »Und was ihre Antwort anbelangt, so ist daran nicht mehr zu zweifeln«, fügte er schnell hinzu. »Woraus schließen Sie, daß sie mich abweisen könnte?«

»Ich weiß nichts außer dem, was ich gesehen habe. Auch Warwara Ardalionowna sagte eben ...«

»Ach was! Die reden eben, ohne zu wissen, um was es sich handelt. Über Rogoschin aber hat sie sich lustig gemacht, das können Sie mir glauben, ich habe es deutlich gesehen. Man merkte es doch. Ich hatte anfangs wohl Furcht, jetzt aber sehe ich klar. Oder hat ihr Verhalten gegenüber der Mutter, dem Vater und Warja Sie auf solche Gedanken gebracht?«

»Ihnen gegenüber vor allem.«

»Nun ja. Aber das ist alte Weiberrache, sonst nichts. Sie ist ein sehr reizbares, argwöhnisches und eitles Frauenzimmer. Wie ein Beamter, der nicht rechtzeitig befördert wurde! Sie wollte sich zeigen und ihre ganze Verachtung gegen sie ... und auch gegen mich; das ist wahr, ich leugne es nicht ... Sie heiratet mich aber doch. Sie ahnen gar nicht, welcher Tricks menschliche Eitelkeit fähig ist: da hält sie mich für einen Lumpen, weil ich sie, die Geliebte eines andern, um ihres Geldes willen heiraten will, und begreift nicht, daß ein anderer sie in noch viel gemeinerer Weise betrügen würde; er würde sich an sie hängen, sich in liberalfortschrittlichen Reden ergehen, von allerlei Frauenfragen schwatzen, bis er sie endlich wie einen Zwirnsfaden durchs Nadelöhr ziehen könnte. Er würde die eitle Närrin – und wie leicht! – überzeugen, daß er sie nur ,um ihres edlen Herzens und ihres Unglücks willen' zur Frau nimmt, und würde sie doch nur des Geldes wegen heiraten. Ich gefalle nicht, weil ich nicht scharwenzeln mag; und doch sollte ich es tun. Und was macht sie denn selbst? Ist es nicht ganz das gleiche? Warum verachtet sie mich denn und treibt dieses tolle Spiel? Weil ich nicht zu Kreuze krieche, weil ich stolz bleibe. Nun, wir wollen sehen.«

»Haben Sie sie wirklich früher geliebt?«

»Im Anfang habe ich sie geliebt. Aber genug davon ... Es gibt Frauen, die nur als Mätressen zu brauchen sind und sonst zu nichts. Ich will nicht sagen, daß sie meine Mätresse war. Wenn sie friedlich und still leben will, werde ich's auch tun; wenn sie sich aber auflehnt, lasse ich sie sofort im Stich und nehme das Geld mit. Ich will mich nicht lächerlich machen; das am allerwenigsten.«

»Es scheint mir immer«, bemerkte der Fürst vorsichtig, »daß Nastasja Filippowna sehr gescheit ist. Wie kann sie, wenn sie eine derartige Marter voraussieht, in die Falle gehen? Sie könnte doch auch einen andern heiraten. Das nimmt mich wunder.«

»Da steckt ja die Berechnung! Sie wissen eben nicht alles, Fürst ... Und außerdem ist sie überzeugt, daß ich sie bis zum Wahnsinn liebe, ich schwöre es Ihnen; und dann, wissen Sie, ich vermute stark, daß auch sie mich liebt – auf ihre Weise natürlich; Sie kennen doch das Sprichwort: ,Wen ich liebhabe, den schlage ich.' Sie wird mich ihr Leben lang für einen Hochstapler halten – vielleicht hat sie gerade das nötig – und mich doch auf ihre Art lieben; sie geht darauf hinaus, das ist nun einmal ihr Charakter. Sie ist eine echt russische Frau, sage ich Ihnen; nun, ich bereite ihr auch eine Überraschung vor. Die Szene mit Warja spielte sich zufällig ab, doch sie kommt mir sehr zustatten: sie hat nun gesehen und sich überzeugt, wie sehr ich ihr ergeben bin, und daß ich ihr zuliebe andre Beziehungen zu lösen bereit bin. Wir sind also auch nicht so dumm, das können Sie mir glauben. Beiläufig – Sie halten mich doch nicht etwa für einen Schwätzer? Mein lieber Fürst, vielleicht handle ich wirklich nicht recht, wenn ich mich Ihnen so anvertraue. Aber eben weil Sie der erste vornehme Mensch sind, der mir in den Weg gekommen ist, habe ich mich auf Sie gestürzt. Bitte fassen Sie dieses ‚gestürzt' nicht als schlechten Witz auf. Sie sind mir doch nicht mehr böse für mein Benehmen vorhin? Es ist vielleicht das erstemal seit zwei Jahren, daß ich so rede, wie mir's ums Herz ist. Es gibt so wenig ehrliche Leute hier; ehrlicher als Ptizyn ist keiner. Sie lachen doch nicht gar? Die Schufte lieben ehrliche Menschen – wußten Sie das nicht? Und ich bin doch ... Übrigens, warum soll ich eigentlich ein Schuft sein, sagen Sie mal ganz offen? Nur weil sie es ihr alle nachplappern? Und wissen Sie, ich fange an, mich selbst für einen Schuft zu halten, weil sie und die andern alle es mir immer vorreden. Das ist gemein, das ist wirklich gemein.«

»Ich werde Sie jetzt nie mehr für einen Schuft halten«, sagte der Fürst. »Vorhin erschienen Sie mir schon ganz als Bösewicht, und dann haben Sie mir plötzlich solch eine Freude gemacht. Daraus ist die Lehre zu ziehen: man soll über keinen Menschen urteilen, wenn man keine Erfahrung besitzt. Jetzt sehe ich, daß man Sie weder für einen Bösewicht noch für einen allzu verdorbenen Menschen ansehen darf. Sie sind, meine ich, ein ganz normaler Mensch, wie man ihn sich gar nicht normaler denken kann, vielleicht nur noch sehr schwach und ganz ohne Eigenart.«

Ganja lächelte höhnisch vor sich hin, schwieg aber. Der Fürst sah, daß sein Urteil mißfallen hatte, wurde verlegen und schwieg auch.

»Hat mein Vater Sie um Geld gebeten?« fragte Ganja plötzlich.

»Nein.«

»Wenn er es tut, so geben Sie ihm nichts. Und er war doch auch einmal ein höchst anständiger Mensch, ich erinnere mich noch ganz gut. Er verkehrte mit bessern Leuten. Wie schnell es mit ihnen bergab geht, mit all diesen alten anständigen Leuten! Kaum haben die Verhältnisse sich etwas geändert, so ist vom Früheren nichts mehr da, wie wenn Schießpulver verbrannt wäre. Er hat früher nicht so gelogen, ich versichere Sie; früher war er nur ein allzu leicht begeisterter Mensch – aber nach und nach ist es so weit gekommen! Gewiß trägt der Wein die Schuld! Wissen Sie, daß er eine Geliebte aushält? Er ist jetzt kein unschuldiger Flunkerer mehr. Ich kann die Langmut meiner Mutter nicht begreifen. Hat er Ihnen von der Belagerung der Festung Kars erzählt? Oder von seinem Wagenpferd, das zu sprechen anfing? So weit geht es bei ihm schon.« Und Ganja brach in ein schallendes Gelächter aus. »Was sehen Sie mich so an?« fragte er den Fürsten plötzlich.

»Ich wundere mich, wie Sie so herzlich lachen können. Das ist wahrhaftig das reine Kinderlachen. Vorhin kamen Sie, um Frieden zu schließen, und sagten: ‚Wenn Sie wollen, küsse ich Ihnen die Hand.' Das ist ganz so, wie die Kinder es machen. Sie sind also noch zu solchen Worten und Regungen fähig. Und dann halten Sie plötzlich eine ganze Vorlesung von so finstern Dingen und diesen fünfundsiebzigtausend Rubel. Alles das ist so sinnlos und so ganz unmöglich.«

»Was wollen Sie denn daraus schließen?«

»Handeln Sie nicht zu leichtsinnig? Sollten Sie nicht vorher überlegen? Warwara Ardalionowna hat vielleicht recht.«

»Aha! Moralpredigten! Daß ich noch ein dummer Junge bin, weiß ich selber«, fiel Ganja ihm hitzig ins Wort, »sonst hätte ich mich ja mit Ihnen nicht in dieses Gespräch eingelassen. Ich schließe diese Ehe nicht aus Berechnung, Fürst«, fuhr er fort und verriet sich damit wie ein junger Mann, dessen Selbstgefühl man gekränkt hat. »Die Berechnung würde jedenfalls trügen, denn weder mein Kopf noch mein Charakter ist vorläufig stark genug. Ich tue es aus Leidenschaft, aus Neigung, denn ich habe ein festes Ziel im Auge. Sie meinen, wenn ich die fünfundsiebzigtausend habe, dann kaufe ich mir gleich eine Kutsche. Nein, mein Herr, ich trage dann erst meinen alten Rock vom vorigen Jahre ab und sage mich von all meinen Klubbekanntschaften los. Es gibt wenig ausdauernde Leute bei uns, obgleich sie alle Wucherer sind, ich aber will ausdauern. Hier gilt es vor allem, bis zum Ende durchzuhalten – das ist die ganze Aufgabe. Ptizyn hat mit siebzehn Jahren auf der Straße geschlafen, Taschenmesser verkauft, mit ein paar Kopeken angefangen; jetzt hat er sechzigtausend, aber was für Turnübungen hat er dazu machen müssen! Diese Turnerei nun will ich überspringen, ich fange gleich mit Kapital an. Nach fünfzehn Jahren werden sie sagen: ‚Das ist Iwolgin, der König der Wucherer.' Sie sagen, ich hätte keine Eigenart. Merken Sie sich's, mein lieber Fürst, es ist nichts kränkender für einen Menschen unserer Zeit und unserer Generation, als wenn man ihm sagt, er habe keine Eigenart, er habe einen schwachen Charakter, besitze keine besondern Talente, sei ein normaler Mensch. Sie haben mich nicht einmal für einen guten Schuft zu halten gewürdigt und, wissen Sie, ich hätte Sie deswegen vorhin am liebsten aufgefressen! Sie haben mich tiefer gekränkt als Jepantschin, der mich für fähig hält – und, merken Sie wohl, ohne große Unterredungen, ohne Verführung, aus bloßer Naivität –, ihm meine Frau zu verkaufen! Das empört mich schon lange, mein Bester, und darum will ich Geld haben. Wenn ich Geld habe, dann erweise ich mich – das sollen Sie wissen – als höchst eigenartiger Mensch. Das ist ja das Gemeinste und Abscheulichste am Gelde, daß es sogar Talente verleihen kann. Und so wird es bis zum Ende der Welt sein. Sie sagen vielleicht, das wäre kindisch oder poetische Schwärmerei – tut nichts, um so mehr Spaß macht mir die Sache, und mein Ziel erreiche ich doch. Ich erreiche es und halte durch. Rira bien qui rira le dernier! Warum beleidigt Jepantschin mich so? Etwa aus Bosheit? Durchaus nicht. Einfach, weil ich zu gering bin. Dann aber ... Doch genug, ich muß gehen. Kolja hat schon zweimal seine Nase hereingesteckt – er will Sie zum Mittagessen bitten. Und ich will ausgehen. Ich werde ab und zu bei Ihnen vorsprechen. Sie werden es ganz gut bei uns haben; man wird Sie jetzt geradezu als Verwandten ansehen. Geben Sie acht, verraten

Sie mich nicht. Mir scheint, wir beide müssen entweder Freunde oder bittere Feinde werden. Was meinen Sie übrigens, Fürst, wenn ich Ihnen vorhin die Hand geküßt hätte – wie ich es Ihnen ganz aufrichtig anbot –, wäre ich deswegen später Ihr Feind geworden?«

»Ganz gewiß, aber nicht für immer. Später hätten Sie es nicht ausgehalten und mir vergeben«, erklärte der Fürst nach kurzem Nachdenken lachend.

»Oho! Mit Ihnen muß man vorsichtig sein. Weiß der Teufel, Sie haben auch hier einen Tropfen Gift beizumengen gewußt. Aber wer kann es sagen – vielleicht sind Sie wirklich mein Feind? Ja, noch etwas! Hahaha! Ich hätte fast vergessen, Sie danach zu fragen: habe ich recht mit meiner Vermutung, daß Nastasja Filippowna Ihnen ganz ausnehmend gefällt, wie?«

»Ja . . . sie gefällt mir.«

»Sie sind verliebt?«

»N–ein.«

»Dabei wird er ganz rot und steckt eine Leidensmiene auf. Na, tut nichts, tut nichts, ich werde nicht lachen. Auf Wiedersehen! Wissen Sie übrigens: sie ist eine tugendhafte Person! Können Sie das glauben? Sie meinen, sie sei noch immer die Geliebte von dem da . . . dem Tozkij? Ganz und gar nicht! Längst nicht mehr. Und ist Ihnen aufgefallen, daß sie selbst furchtbar ungeschickt ist und vorhin mitunter verlegen wurde? Wirklich! Und gerade solche Frauen möchten gerne herrschen. Leben Sie wohl!«

Ganjetschka ging viel ungenierter hinaus als er gekommen war und schien ausgezeichneter Stimmung zu sein. Der Fürst saß etwa zehn Minuten unbeweglich da und grübelte.

Kolja steckte wieder den Kopf zur Tür herein.

»Ich möchte nicht essen, Kolja. Ich habe vorhin bei Jepantschins sehr gut gefrühstückt.«

Kolja kam ins Zimmer herein und reichte dem Fürsten einen zusammengefalteten und versiegelten Zettel vom General. Man sah es Koljas Gesicht an, daß er ihn nur mit schwerem Herzen ablieferte. Der Fürst las den Brief, stand auf und griff nach seinem Hut.

»Es ist nur zwei Schritte von hier«, sagte Kolja verlegen. »Er sitzt jetzt dort beim Wein. Und wie er sich dort bloß Kredit verschafft hat! Ich begreife es nicht. Fürst, lieber, guter, bitte sagen Sie später hier kein Wort davon, daß ich Ihnen den Zettel gebracht habe! Ich habe tausendmal geschworen, solche Briefe nicht weiterzugeben, aber er tut mir so leid. Und noch eins: genieren Sie sich mit ihm gar nicht; geben Sie ihm eine Kleinigkeit und damit gut.«

»Ich hatte schon selbst den Gedanken, Kolja ... Ich muß Ihren Vater sprechen ... in einer gewissen Angelegenheit ... Gehen wir also ...«

12

Kolja und der Fürst hatten nicht weit zu gehen. Das Kaffeehaus mit Billardzimmer befand sich ganz in der Nähe, auf der Litejnaja, im Erdgeschoß. Rechts in der Ecke, in einem Sonderraum, saß Ardalion Alexandrowitsch als alter Stammgast vor einer Flasche Wein und tatsächlich mit der *Indépendance Belge* in der Hand. Er hatte den Fürsten erwartet; kaum erblickte er ihn, so legte er die Zeitung beiseite und begann mit einer langen und lebhaften Erklärung, von der übrigens der Fürst so gut wie nichts verstand, denn der General war schon fast ganz betrunken.

»Zehn Rubel habe ich nicht«, unterbrach ihn der Fürst, »aber hier sind fünfundzwanzig. Wechseln Sie den Schein und geben Sie mir fünfzehn Rubel zurück, denn sonst bleibe ich selbst ohne einen Groschen.«

»Oh, gewiß! Und seien Sie überzeugt, daß ich sofort ...«

»Außerdem habe ich noch eine Bitte an Sie, General. Sie waren noch nie bei Nastasja Filippowna?«

»Ich? Noch nie? Das sagen Sie mir? Mehrmals, mein Lieber, mehrmals!« rief der General in einem Anfall selbstzufriedener und triumphierender Ironie. »Aber ich brach zuletzt den Verkehr selbst ab, denn ich möchte diese unpassende Verbindung nicht begünstigen. Sie haben es selbst gesehen, Sie waren heute vormittag Zeuge: ich habe alles getan, was ein Vater tun kann – aber ein sanfter und nachsichtiger Vater. Jetzt aber soll ein Vater anderer Art auf dem Schauplatz erscheinen, und dann wollen wir sehen, ob der verdiente greise Kriegsmann die Intrige überwindet oder ob die schamlose Kameliendame in die vornehme Familie kommt.«

»Und ich wollte Sie gerade bitten, ob Sie als alter Bekannter mich nicht heute abend bei Nastasja Filippowna einführen könnten? Ich muß durchaus noch heute hin; es handelt sich um eine wichtige Sache, aber ich weiß nicht, wie ich ins Haus kommen soll. Ich wurde ihr vorhin wohl vorgestellt, erhielt aber keine Einladung. Und sie gibt heute eine Gesellschaft. Ich bin übrigens bereit, über einige Anstandsregeln wegzusehen, mag man auch über mich lachen, wenn ich nur irgendwie hinkomme.«

»Sie haben meinen Gedanken erraten, lieber junger Freund«, rief der General begeistert. »Ich bat Sie nicht um dieser Kleinigkeit willen her«, fuhr er fort, ergriff aber trotzdem die Banknote und schob sie in die Tasche, »ich bat Sie her, um Ihnen vorzuschlagen, mit mir gemeinsam den Feldzug zu Nastasja Filippowna, richtiger gegen Nastasja Filippowna zu unternehmen! General Iwolgin und Fürst Myschkin! Wie wird ihr das vorkommen! Ich will aber dabei als scheinbarer Gratulant zu ihrem Geburtstag meinen Willen endlich aussprechen – indirekt natürlich, aber es wird ganz so sein, als sagte ich es direkt! Dann wird Ganja selbst sehen, was er zu tun hat: ob er seinen verdienten Vater ... oder ... sozusagen ... und so weiter ... Doch komme, was kommen mag! Ihre Idee ist äußerst fruchtbar! Um neun Uhr machen wir uns auf den Weg; wir haben noch Zeit.«

»Wo wohnt sie?«

»Nicht weit von hier: beim Großen Theater, im Haus der Mytowzowa, fast unmittelbar am Platz, im ersten Stock ... Es wird keine große Gesellschaft bei ihr sein, wenn es auch ihr Geburtstag ist. Und man geht früh auseinander ...«

Es war schon längst Abend; der Fürst saß immer noch da und hörte geduldig dem General zu, der eine Unmenge Geschichten anfing und keine zu Ende brachte. Als der Fürst gekommen war, hatte er eine zweite Flasche bestellt. Es dauerte eine Stunde, bis er sie geleert hatte. Dann bestellte er eine dritte und trank auch die aus. Man kann wohl annehmen, daß der General in dieser Zeit dem Fürsten fast seine ganze Lebensgeschichte erzählt hatte. Endlich stand der Fürst auf und sagte, er könne nicht länger warten. Der General trank den letzten Rest der Flasche aus, stand auf und ging recht unsichern Schritts aus dem Zimmer. Der Fürst war verzweifelt. Er konnte nicht begreifen, daß er dem Alten ein so törichtes Vertrauen entgegengebracht hatte. Im Grunde hatte er das ja gar nicht getan; er hatte nur darauf gerechnet, durch Vermittlung des Generals bei Nastasja Filippowna eingeführt zu werden, wenn auch in etwas anstößiger Weise. Einen großen Skandal aber wünschte er nicht heraufzubeschwören – und nun war der General völlig betrunken und schwatzte ununterbrochen, mit Gefühl und Wehmut. Er fing immer wieder davon an, daß der schlechte Lebenswandel sämtlicher Mitglieder seiner Familie alles zugrunde gerichtet habe und daß der Sache nun ein Ende gemacht werden müsse. Sie kamen endlich auf die Litejnaja hinaus. Es taute immer noch; ein trübseliger, warmer, feuchter Wind pfiff durch die Gassen, die Wagen schlurrten durch den Schmutz, Renner und Klepper schlugen mit den Hufeisen laut gegen die Pflastersteine. Fußgänger irrten die Bürgersteige entlang; eine trübselige, nasse Schar. Hin und wieder stieß man auf einen Betrunkenen.

»Sehen Sie all diese erleuchteten Fenster im ersten Stock?« sagte der General. »Überall wohnen hier alte Kameraden von mir – und ich, der die größten Verdienste erworben und am meisten gelitten hat, schleppe mich zu Fuß zum Großen Theater in die Wohnung eines anrüchigen Frauenzimmers! Ein Mann, der dreizehn Kugeln in der Brust hat ... Sie glauben es wohl nicht? Und doch telegraphierte Pirogow* einzig meinetwegen nach Paris und ließ das belagerte Sewastopol zeitweilig im Stich, und Nelaton, der Pariser Hofmedikus, verschaffte sich im Namen der Wissenschaft einen

* Berühmter russischer Chirurg (1810–1881) (Anmerkung des Übersetzers).

Passierschein und kam in das belagerte Sewastopol, um mich zu untersuchen. Das ist sogar der Obrigkeit bekannt. ‚Ah, das ist der Iwolgin mit den dreizehn Kugeln ...!' So redet man! Sehen Sie das Haus da, Fürst? Hier wohnt im ersten Stock mein alter Kamerad, General Sokolowitsch, mit seiner ebenso vornehmen als zahlreichen Familie. Dieses Haus und drei Häuser auf dem Newskij-Prospekt, sowie zwei in der Morskaja sind mein ganzer gegenwärtiger Verkehr, das heißt mein persönlicher intimer Kreis. Nina Alexandrowna hat sich schon längst den Verhältnissen angepaßt. Ich aber gebe mich noch gern alten Erinnerungen hin und liebe es, im gebildeten Kreise meiner einstigen Kameraden und Untergebenen, die mich immer noch anbeten, sozusagen der Ruhe zu pflegen. Dieser General Sokolowitsch – ich bin übrigens sehr lange nicht mehr bei ihm gewesen und habe Anna Fjodorowna nicht gesehen ... wissen Sie, lieber Fürst, wenn man selbst kein Haus macht, dann hört man ganz von selbst auf, die andern zu besuchen. Und dabei ... hm ... mir scheint, Sie glauben mir nicht ... Doch warum sollte ich den Sohn meines besten Freundes und Jugendgespielen nicht in diese bezaubernde Familie einführen? General Iwolgin und Fürst Myschkin! Sie werden ein wunderbares Mädchen sehen – nein, nicht eins! Zwei, sogar drei, Zierden der Residenz und der Gesellschaft: Schönheit, Bildung, Gesinnung ... Frauenfrage, Verse, alles das hat sich zu einer höchst glücklichen Mischung zusammengefunden, gar nicht zu reden von mindestens achtzigtausend Rubel baren Geldes, die jede von ihnen als Mitgift erhält und die man keineswegs zu verachten braucht trotz allen Frauenfragen und sozialen Probleme ... Mit einem Wort, es ist einfach meine Pflicht, Sie da einzuführen. General Iwolgin und Fürst Myschkin! Mit einem Wort ... das muß Effekt machen!«

»Sofort? Jetzt? Sie vergessen ja ...« fing der Fürst an.

»Nichts, gar nichts vergesse ich! Kommen Sie! Hier, diese prächtige Treppe hinauf. Mich wundert, daß kein Portier da ist, aber ... heute ist Feiertag, und der Portier ist ausgegangen. Sie haben den Trunkenbold immer noch nicht an die Luft gesetzt. Dieser Sokolowitsch dankt mir das ganze Glück seines Lebens und seiner dienstlichen Laufbahn, mir allein und niemand sonst, aber . . . da sind wir schon!«

Der Fürst protestierte nicht mehr gegen den Besuch und folgte dem General gehorsam, um ihn nicht zu reizen, in der bestimmten Hoffnung, der General Sokolowitsch und seine Familie würden sich nach und nach gleich einer Fata Morgana in Dunst auflösen und sich als gar nicht vorhanden erweisen, so daß man in aller Ruhe wieder die Treppe hinuntersteigen würde. Aber zu seinem Entsetzen mußte er diese Hoffnung aufgeben: der General führte ihn hinauf wie ein Mann, der hier wirklich Bekannte wohnen hatte, und brachte jeden Augenblick biographische und topographische Einzelheiten vor, die sich durch mathematische Genauigkeit auszeichneten. Endlich, als sie bereits im ersten Stock angelangt waren, rechts vor der Tür einer vornehmen Wohnung haltmachten und der General sich anschickte, die Glocke zu ziehen, beschloß der Fürst endgültig zu entfliehen, allein ein sonderbarer Umstand hielt ihn noch einen Augenblick zurück.

»Sie irren sich, General«, sagte er, »auf dem Türschild steht der Name Kulakow, und Sie wollten zu Sokolowitsch.«

»Kulakow ... das hat nichts zu sagen. Die Wohnung gehört Sokolowitsch, und ich schelle bei Sokolowitsch. Ich pfeife auf Kulakow. Man öffnet auch schon.«

Die Tür ging in der Tat auf. Ein Diener schaute heraus und meldete, die Herrschaft sei nicht zu Hause.

»Wie schade, wie schade! Daß das auch grade heute sich so treffen muß!« wiederholte Ardalion Alexandrowitsch mehrmals mit tiefstem Bedauern. »Melden Sie also, mein Lieber, daß General Iwolgin und Fürst Myschkin persönlich ihre Aufwartung machen wollten und außerordentlich, ganz außerordentlich bedauerten ...«

In diesem Augenblick erschien in der Tür noch ein Gesicht, das anscheinend der Haushälterin, vielleicht sogar der Gouvernante gehörte. Es war eine dunkel gekleidete Dame von ungefähr vierzig Jahren. Neugierig und mißtrauisch kam sie näher, als sie die Namen General Iwolgin und Fürst Myschkin hörte.

»Marja Alexandrowna ist nicht zu Hause«, sagte sie, den General scharf ansehend, »sie ist mit dem gnädigen Fräulein, mit Alexandra Michailowna, zur Großmutter gefahren.«

»Alexandrowna Michailowna ist auch nicht da – o Gott, wie schade! Und denken Sie, meine Gnädigste, immer habe ich so ein Pech! Ich bitte Sie ergebenst, meine besten Empfehlungen auszurichten, und Alexandrowna Michailowna möge sich erinnern ... mit einem Wort, sagen Sie ihr, ich wünschte ihr von Herzen alles, was sie selbst sich Donnerstag abend bei den Klängen der Ballade von Chopin gewünscht hat; sie erinnert sich noch ... Meine herzlichsten Wünsche! General Iwolgin und Fürst Myschkin!«

»Ich werde es nicht vergessen«, sagte die Dame, nicht mehr so mißtrauisch, und verbeugte sich.

Als sie die Treppe hinunterstiegen, äußerte der General immer noch mit dem gleichen Feuer sein Bedauern, daß sie die Herrschaften nicht angetroffen hatten und daß dem Fürsten die Gelegenheit genommen war, eine so bezaubernde Bekanntschaft zu machen.

»Wissen Sie, mein Lieber, ich habe ein wenig eine Dichterseele – Sie haben es wohl schon gemerkt? Übrigens ... übrigens scheint mir, sind wir doch nicht in das richtige Haus geraten«, schloß er ganz unerwartet, »Sokolowitsch wohnt – jetzt erinnere ich mich – in einem andern Hause, ja ich glaube sogar, er ist nach Moskau übergesiedelt. Ja, ich habe mich ein wenig versehen, aber ... das tut nichts.«

»Ich möchte nur noch eines wissen«, sagte der Fürst betrübt, »muß ich nun ganz auf Ihre Vermittlung verzichten, und soll ich nicht lieber allein gehen?«

»Verzichten? Allein gehen? Warum denn? Wo es für mich doch so ungeheuer wichtig ist? Wo so viel für das weitere Schicksal meiner Familie davon abhängt? Mein lieber Freund, Sie kennen den alten Iwolgin schlecht! Wer das Wort ‚Iwolgin' ausspricht, der sagt ebensoviel wie ‚Mauer'. Auf den Iwolgin kannst du bauen wie auf eine Steinmauer, sagten sie schon in der Schwadron, in der ich meine militärische Laufbahn begann. Ich muß nur unterwegs noch in einem Hause vorsprechen, in dem schon seit etlichen Jahren meine Seele Ruhe findet nach allen Erregungen und Prüfungen ...«

»Sie wollen noch nach Hause?«

»Nein! Ich will ... zu Frau Hauptmann Terentjewa, der Witwe des Hauptmanns Terentjew, meines einstigen Untergebenen ... ich kann ihn auch meinen Freund nennen ... Hier, bei der Frau Hauptmann, bekommt mein Geist neue Schwingen, hierher trage ich die Schmerzen, die Leben und Familie mir bereiten ... Und da ich gerade heute eine schwere moralische Last zu tragen habe, so möchte ich ...«

»Ich glaube auch so schon eine furchtbare Dummheit begangen zu haben«, murmelte der Fürst, »daß ich Sie vorhin störte. Zudem sind Sie jetzt ... Leben Sie wohl!«

»Aber ich kann, ich kann Sie doch nicht von mir lassen, mein junger Freund!« fuhr der General auf. »Eine Witwe, eine Familienmutter weiß in Ihrem Herzen jene Saiten anzuschlagen, die in meinem ganzen Wesen widerklingen. Der Besuch bei ihr wird nur fünf Minuten in Anspruch nehmen; in diesem Hause bin ich ganz ungeniert; ich gehöre fast zu seinen Bewohnern; ich kann mich da waschen, die notwendigste Toilette machen, und dann fahren wir in einer Droschke zum Großen Theater. Seien Sie überzeugt, daß ich Sie den ganzen Abend brauche ... Hier, in diesem Hause ist es, wir sind schon da ... Ach, Kolja, bist du auch schon da? Ist Marfa Borisowna zu Hause, oder bist du selbst eben erst gekommen?«

»O nein«, antwortete Kolja, der im Torweg mit den beiden zusammengestoßen war, »ich bin längst hier, bei Ippolit, er fühlt sich schlechter, heute vormittag hat er gelegen. Ich wollte jetzt Karten aus dem Laden holen. Marfa Borisowna erwartet Sie. Aber, Papa, wie konnten Sie ...« schloß Kolja, den Gang und die Haltung des Generals scharf musternd. »Na, kommen Sie nur.«

Die Begegnung mit Kolja veranlaßte den Fürsten, den General auch zu Marfa Borisowna zu begleiten, aber nur für einen Augenblick. Der Fürst brauchte Kolja; den General aber wollte er in jedem Fall im Stiche lassen. Er konnte es sich nicht vergeben, daß er vorhin geglaubt hatte, sich auf ihn verlassen zu können. Es dauerte lange, bis sie auf der Hintertreppe den dritten Stock erreichten.

»Sie wollen den Fürsten einführen?« fragte Kolja unterwegs.

»Ja, mein Lieber: General Iwolgin und Fürst Myschkin. Aber ... was macht Marfa Borisowna?«

»Wissen Sie, Papa, Sie sollten lieber nicht hingehen! Sie wird sie umbringen! Seit drei Tagen lassen Sie sich nicht sehen, und sie wartet auf Geld! Warum haben Sie ihr Geld versprochen? Immer machen Sie es so! Nun sehen Sie zu, wie Sie mit ihr fertig werden.«

Im dritten Stock blieben sie vor einer niedrigen Tür stehen. Der General hatte offenbar Angst und schob den Fürsten vor. »Ich bleibe hier«, brummte er, »ich will sie überraschen.«

Kolja ging voraus. Eine etwa vierzigjährige stark geschminkte und gepuderte Dame, in Pantoffeln und wattierter Jacke, die Haare zu Zöpfchen geflochten, guckte aus der Tür, und die vom General beabsichtigte Überraschung wurde zunichte. Kaum erblickte die Dame ihn, schrie sie laut auf: »Da ist er, der gemeine und boshafte Mensch! Das hat mein Herz geahnt!«

»Gehen wir hinein, das sagt sie nur so«, brummte der General, zum Fürsten gewandt, und versuchte immer noch unschuldig zu lachen.

Das stimmte aber doch nicht. Kaum waren sie durch das dunkle und niedrige Vorzimmer in ein schmales Wohnzimmer getreten, das mit einem halben Dutzend geflochtener Stühle und zwei Lombertischen ausgestattet war, so fuhr die Hausfrau mit weinerlicher Stimme, die wie einstudiert klang, zu jammern fort: »Schämst du dich nicht, schämst du dich nicht, du Barbar und Tyrann meiner Familie, du Barbar und Unmensch! Ausgeraubt hast du mich, ausgesogen und bist immer noch nicht zufrieden! Wie lange werde ich dich noch dulden müssen, du schamloser, ehrloser Mensch!«

»Marfa Borisowna! Marfa Borisowna! Das ist ... Fürst

Myschkin. General Iwolgin und Fürst Myschkin«, stammelte der General zitternd und ganz außer Fassung.

»Können Sie es glauben«, wandte sich die Hauptmannswitwe plötzlich an den Fürsten, »können Sie es glauben, daß dieser schamlose Mensch meine Waisenkinder nicht verschont hat! Alles hat er ihnen geraubt, alles fortgeschleppt, alles verkauft und versetzt, nichts übrig gelassen! Was soll ich mit deinen Pfandbriefen anfangen, du gerissener und gewissenloser Mensch? Antworte, du Hinterlistiger, antworte, du Unersättlicher; wie soll ich meine armen Waisen ernähren? Da kommt er betrunken her und kann kaum auf den Füßen stehen! Wodurch habe ich Gott den Herrn so erzürnt, du schändlicher, abscheulicher Schwindler, antworte!«

Der General dachte aber nicht daran, sich zu rechtfertigen.

»Marfa Borisowna, fünfundzwanzig Rubel ... Das ist alles, was ich Ihnen dank dem Beistande meines edeln Freundes geben kann. Fürst! Ich habe mich grausam getäuscht! So ist das Leben! Nun aber ... verzeihen Sie ... ich bin schwach«, fuhr der General fort, der mitten im Zimmer stand und sich nach allen Seiten verbeugte. »Ich bin schwach, verzeihen Sie! Lenotschka! Ein Kissen ... du liebes Kind!«

Lenotschka, ein achtjähriges Mädchen, lief sofort nach einem Kissen und legte es auf das mit Wachstuch beschlagene, harte und abgewetzte Sofa. Der General setzte sich darauf, in der Absicht, noch viel zu sagen, aber kaum hatte er das Sofa berührt, so fiel er auf die Seite, kehrte das Gesicht zur Wand und versank in den Schlaf des Gerechten. Marfa Borisowna wies dem Fürsten mit zeremoniöser, betrübter Miene einen Stuhl neben einem Lombertisch an, setzte sich ihm gegenüber, stützte die rechte Wange auf die Hand und begann schweigend zu seufzen, wobei sie den Fürsten ansah. Die drei kleinen Kinder, zwei Mädchen und ein Knabe – Lenotschka war die älteste – traten an den Tisch, legten alle drei ihre Arme darauf und begannen ebenfalls alle drei den Fürsten genau zu betrachten. Aus dem Nebenzimmer kam Kolja.

»Ich bin sehr froh, Sie hier getroffen zu haben, Kolja«, wandte sich der Fürst an ihn, »könnten Sie mir nicht helfen?

Ich muß durchaus zu Nastasja Filippowna. Ich bat vorhin Ardalion Alexandrowitsch darum, aber Sie sehen ja – er ist eingeschlafen. Begleiten Sie mich bitte dahin, denn ich kenne mich hier in den Straßen nicht aus. Die Adresse habe ich übrigens: beim Großen Theater, Haus Mytowzowa.«

»Nastasja Filippowna? Sie hat ja niemals beim Großen Theater gewohnt, und mein Vater ist auch noch nie bei ihr gewesen, wenn Sie es wissen wollen; merkwürdig, wie Sie etwas von ihm erwarten konnten. Sie wohnt beim Wladimirplatz, bei den Fünf Ecken, das ist viel näher von hier. Wollen Sie gleich hin? Es ist jetzt halb zehn. Gut, ich will Sie begleiten.«

Der Fürst und Kolja brachen sofort auf. Ach, der Fürst konnte nicht einmal eine Droschke nehmen, sie mußten zu Fuß gehen.

»Ich wollte Sie mit Ippolit bekannt machen«, sagte Kolja, »er ist der älteste Sohn dieser Hauptmannswitwe mit der wattierten Jacke und befand sich im andern Zimmer. Er ist krank und hat heute den ganzen Tag zu Bett gelegen. Aber er ist so sonderbar; er ist sehr leicht gekränkt, und ich glaubte, es würde ihm peinlich sein, da Sie in einem solchen Augenblick gekommen waren ... Mir ist es doch nicht so peinlich wie ihm, denn bei mir handelt es sich um den Vater, bei ihm um die Mutter, und da ist doch ein Unterschied, denn dem männlichen Geschlecht gereicht so etwas nicht zur Unehre. Übrigens ist das vielleicht auch nur ein Vorurteil, daß die Geschlechter in diesem Falle verschieden zu bewerten sind. Ippolit ist ein prachtvoller Junge, aber er ist Sklave mancher Vorurteile.«

»Sie sagen, er habe die Schwindsucht?«

»Ja, ich glaube. Es wäre besser, er stürbe bald. Ich würde an seiner Stelle mir bestimmt den Tod wünschen. Es ist ihm nur um die Brüder und Schwestern leid, die Kleinen da. Wenn es möglich wäre und wenn wir Geld hätten, so würden wir zwei uns eine eigene Wohnung nehmen und uns von unseren Familien lossagen. Das ist unser Traum. Wissen Sie was? Als ich ihm vorhin Ihren Fall erzählte, geriet er sogar in Wut und sagte, wer sich ohrfeigen lasse und den Beleidiger nicht fordere, der sei ein Lump. Übrigens ist er sehr reizbar, ich widerspreche ihm schon gar nicht mehr ... Also hat Nastasja Filippowna Sie sofort zu sich eingeladen?«

»Eben nicht. Das ist es ja.«

»Wie wollen Sie denn hingehen?« rief Kolja und blieb sogar mitten auf dem Trottoir stehen. »Und ... und in diesem Anzug! Es ist doch eine geladene Gesellschaft!«

»Ich weiß bei Gott nicht, wie ich es machen soll. Läßt man mich hinein, dann ist es gut; weist man mich ab, so ist das Spiel verloren. Und was den Anzug betrifft – was soll ich da machen?«

»Haben Sie eine wichtige Angelegenheit zu erledigen? Oder gehen Sie nur hin, pour passer le temps in ‚vornehmer Gesellschaft'?«

»Eigentlich ... ja, freilich habe ich da etwas zu erledigen ... ich ... es läßt sich schwer bezeichnen, aber ...«

»Um was es sich handelt, das geht nur Sie an. Mir ist es nur darum zu tun, daß Sie sich nicht bloß aufdrängen wollen, um in die bezaubernde Gesellschaft von Kameliendamen, Generalen und Wucherern aufgenommen zu werden. Wenn dem so wäre – nehmen Sie es mir nicht übel, Fürst –, würde ich über Sie lachen und Sie verachten. Es gibt so furchtbar wenig ehrliche Menschen hier, man kann kaum vor einem Achtung empfinden. Unwillkürlich sieht man auf sie herab, aber sie wollen alle geachtet sein; vor allem Warja. Und haben Sie bemerkt, Fürst, heutzutage sind alle Abenteurer! Und zwar gerade in Rußland, in unserm teuren Vaterlande. Wie das alles so gekommen ist, begreife ich nicht. Es stand doch alles so festbegründet da – und nun? Alle sagen das, und überall schreibt man darüber. Man enthüllt. Alle enthüllen jetzt etwas bei uns. Die Eltern sind die ersten, die das Hasenpanier ergreifen, und schämen sich selbst ihrer bisherigen Moral. Da hat in Moskau ein Vater seinem Sohn zugeredet, *vor nichts* zurückzuschrecken, wenn es sich um Gelderwerb handle; das konnte man gedruckt lesen. Sehen Sie meinen General an. Was ist aus ihm geworden? Übrigens, wissen Sie, mir scheint, daß mein General ein ehrlicher Kerl ist; bei Gott! Nur die Liederlichkeit und der Wein haben ihn so weit gebracht. Bei Gott, es ist so! Er tut mir sogar leid; ich wage es bloß nicht, davon zu reden, weil alle mich auslachen; er tut mir aber wahrhaftig leid. Und was hat man denn von jenen, von den Klugen? Alle sind sie Wucherer, alle ohne Ausnahme! Ippolit rechtfertigt den Wucher, er sagt, es müsse so sein, das käme von der ökonomischen Erschütterung, von Ebbe und Flut und weiß der Teufel was noch allem. Mich ärgert das an ihm ungeheuer, aber er ist verbittert. Stellen Sie sich vor, seine Mutter, die Hauptmannswitwe, läßt sich vom General Geld geben und leiht es ihm dann wieder gegen kurzfristige Zinsen; das ist doch eine furchtbare Schmach! Und wissen Sie, Mama – meine Mama nämlich, Nina Alexandrowna, die Generalin – versorgt Ippolit mit Geld, Kleidern, Wäsche und allen möglichen Dingen; sogar die Kinder unterstützt sie zum Teil durch Ippolit, denn sie sind ganz verwahrlost. Warja macht das auch.«

»Sehen Sie, und da sagen Sie, es gebe keine ehrlichen und starken Menschen und alle seien nur Wucherer; dabei haben Sie die Starken vor Augen – Ihre Frau Mutter und Warja. Ist das kein Kennzeichen moralischer Kraft, wenn man hier und unter solchen Umständen sich hilfreich erweist?«

»Warja tut es aus Eitelkeit, aus Prahlerei, um nicht hinter der Mutter zurückzustehen; Mama allerdings ... Ja, ich schätze das. Ich schätze und billige es. Sogar Ippolit fühlt das, und er ist doch so grenzenlos verbittert. Anfangs spottete er und sagte, es sei gemein von meiner Mutter, jetzt fühlt er aber zuzeiten anders. Hm! Sie nennen das also Kraft? Ich will es mir merken. Ganja weiß nichts davon, sonst würde er es Schlappheit nennen.«

»Ganja weiß nichts davon? Ganja scheint noch vieles nicht zu wissen«, entfuhr es dem Fürsten, der wieder ganz in Gedanken versunken war.

»Wissen Sie, Fürst, Sie gefallen mir sehr. Der Zwischenfall vorhin will mir nicht aus dem Sinne.«

»Sie gefallen mir auch sehr, Kolja.«

»Hören Sie, wie gedenken Sie hier zu leben? Ich verschaffe mir bald Beschäftigung und verdiene dann etwas. Wollen wir da nicht alle drei zusammen wohnen, ich, Sie und Ippolit? Wir mieten uns eine eigene Wohnung. Und den General wollen wir bei uns verkehren lassen.«

»Ich bin mit größtem Vergnügen dabei. Doch wir werden ja sehen. Ich bin jetzt sehr . . . sehr verstimmt. Wie? Wir sind schon da? In diesem Hause . . . was für ein großartiger Eingang! Und ein Portier ist auch da! Ach, Kolja, ich weiß nicht, was daraus werden wird.« Der Fürst stand ganz ratlos da.

»Morgen erzählen Sie es mir! Werden Sie nicht zu verzagt! Gott gebe Ihnen Erfolg, denn ich selbst teile Ihre Überzeugungen in allem! Leben Sie wohl. Ich gehe wieder zurück und erzähle Ippolit alles. Daß man Sie empfangen wird, steht außer allem Zweifel, haben Sie keine Angst! Sie ist ein großes Original. Diese Treppe hinauf im ersten Stock, der Portier zeigt Ihnen den Weg.«

13

Der Fürst ging in großer Unruhe die Treppe hinauf und suchte sich nach Kräften Mut zuzusprechen. Das Schlimmste, dachte er, kann doch nur sein, daß man mich nicht empfängt und etwas Häßliches von mir denkt, man läßt mich vielleicht auch ein und lacht mir dann ins Gesicht . . . Ach was! Und in der Tat machte ihm das noch keine so große Angst. Aber die Frage, was er dort tun werde und wozu er eigentlich hinginge – diese Frage vermochte er in keiner Weise beruhigend zu beantworten. Wenn er auch irgendwie eine Gelegenheit wahrnehmen könnte, Nastasja Filippowna zu sagen: »Heiraten Sie diesen Menschen nicht und richten Sie sich nicht zugrunde; er liebt Sie nicht, sondern liebt Ihr Geld, er hat es mir selbst gesagt; auch Aglaja Jepantschina hat es mir gesagt, und ich bin gekommen, es Ihnen wiederzusagen«, so würde sich das doch kaum glatt rechtfertigen lassen. Daneben tauchte noch eine ungelöste Frage auf, und zwar eine so wichtige, daß der Fürst sich sogar fürchtete, an sie zu denken; er konnte, er durfte sie nicht gelten lassen, er vermochte sie nicht zu formulieren, er errötete und zitterte bei dem bloßen Gedanken daran. Es endete aber damit, daß er trotz all diesen Beunruhigungen und Zweifeln eintrat und nach Nastasja Filippowna fragte.

Nastasja Filippowna hatte eine nicht sehr große, aber tatsächlich glänzend ausgestattete Wohnung. Es hatte in den fünf Jahren ihres Aufenthaltes in Petersburg eine Zeit gegeben, ganz im Anfang, als Afanasij Iwanowitsch mit Geld nicht geizte; er rechnete damals immer noch auf ihre Liebe und glaubte sie vor allem durch Komfort und Prunk betören zu können, denn er wußte, wie leicht der Mensch sich an äußeren Glanz gewöhnt und wie schwer es ihm fällt, ihn wieder aufzugeben, wenn der Luxus nach und nach zum Bedürfnis geworden ist. In diesem Fall blieb Tozkij den alten guten Traditionen treu; er änderte nichts an ihnen und schätzte die unüberwindliche Macht der sinnlichen Einwirkung überaus hoch ein. Nastasja Filippowna dachte auch nicht daran, den Luxus aufzugeben, sie liebte ihn sogar, aber – und das erschien äußerst seltsam – sie ließ sich nie von ihm betören, als könnte sie stets auch ohne ihn auskommen; sie versuchte das auch mehrmals offen zu erklären, was Tozkij unangenehm berührte. Es war übrigens vieles an Nastasja Filippowna, was Tozkij unangenehm berührte und später sogar seine Verachtung hervorrief. Von der Unvornehmheit jener Sorte von Menschen, mit denen sie sich mitunter umgab und zu denen sie also auch eine gewisse Neigung verspüren mußte, gar nicht zu reden, zeigten sich bei ihr hin und wieder auch einige andere äußerst merkwürdige Neigungen: eine barbarische Mischung zweier Geschmacksrichtungen trat zutage, die Fähigkeit, sich mit solchen Dingen und Mitteln zu behelfen und zu begnügen, deren Vorhandensein ein anständiger und feinfühliger Mensch überhaupt gar nicht gelten lassen durfte. In der Tat, wenn Nastasja Filippowna beispielsweise plötzlich eine nette und elegante Unwissenheit gezeigt hätte, etwa darüber, daß die Bauernweiber keine so feine Batistwäsche trügen, wie sie es gewohnt sei – so wäre Afanasij Iwanowitsch damit wohl höchst zufrieden gewesen. Auf dieses Ziel ging ursprünglich auch die ganze Erziehung Nastasja Filippownas nach Tozkijs Programm hinaus, denn er war in dieser Beziehung ein großer Kenner, aber ach! das Ergebnis war ganz sonderbar. Trotz allem war und blieb im Wesen Nastasja Filippownas etwas, das selbst Afanasij Iwanowitsch durch seine ungewöhnliche und hinreißende Originalität, durch die ihm innewohnende Kraft in Staunen setzte und ihn auch jetzt noch mitunter bezauberte, nachdem alle früher auf Nastasja Filippowna gesetzten Hoffnungen zusammengebrochen waren.

Der Fürst wurde von einem Dienstmädchen empfangen (Nastasja Filippowna hatte immer nur weibliche Dienstboten), das zu seiner Verwunderung seine Bitte, ihn zu melden, ohne jedes Befremden aufnahm. Weder seine schmutzigen Stiefel noch der breitkrempige Hut, der ärmellose Umhang und seine verlegene Miene weckten auch nur das geringste Bedenken. Das Mädchen nahm ihm den Umhang ab, bat ihn, im Vorzimmer zu warten, und ging sofort, ihn zu melden.

Die Gesellschaft, die bei Nastasja Filippowna zusammengekommen war, bestand aus ihren ständigen Gästen. Es waren sogar sehr wenig Leute da im Vergleich zu den früheren Jahresversammlungen an derartigen Tagen. Erschienen waren vor allem Afanasij Iwanowitsch Tozkij und Iwan Fjodorowitsch Jepantschin; beide gaben sich sehr liebenswürdig, aber beide waren von einer geheimen Unruhe geplagt und konnten ihre Erwartung der versprochenen Erklärung bezüglich Ganjas nur schlecht verbergen. Außer ihnen war selbstverständlich auch Ganja da, der ebenfalls sehr finster, sehr nachdenklich und sogar höchst »unliebenswürdig« war; er stand meist abseits und schwieg. Warja mitzunehmen hatte er sich doch nicht entschließen können, Nastasja Filippowna fragte aber auch gar nicht nach ihr; dagegen erinnerte sie ihn, nachdem sie ihn kaum begrüßt hatte, gleich an den Zwischenfall mit dem Fürsten. Der General, der noch nichts davon gehört hatte, wurde neugierig. Darauf erzählte Ganja trokken, zurückhaltend, aber vollkommen aufrichtig alles, was sich vorhin begeben hatte, und wie er den Fürsten bereits um Vergebung gebeten hatte. Dabei gab er in bewegten Worten seiner Meinung Ausdruck, daß man den Fürsten ganz ungerechtfertigterweise Gott weiß warum einen Idioten genannt habe, daß er aber ganz das Gegenteil von ihm annehme und daß dieser Mensch ganz sicher seinen Kopf für sich habe. Nastasja Filippowna hörte dieses Urteil mit großer Aufmerksamkeit an und folgte Ganjas Worten gespannt, aber dann kam das Gespräch sofort auf Rogoschin, der in der Vormittagsgeschichte eine so große Rolle gespielt hatte und für den auch Afanasij Iwanowitsch und Iwan Fjodorowitsch ein sehr lebhaftes Interesse an den Tag legten. Es erwies sich, daß Ptizyn Näheres über Rogoschin mitteilen konnte, denn er hatte fast bis neun Uhr abends mit ihm geschäftlich verhandelt. Rogoschin hatte durchaus haben wollen, daß Ptizyn ihm heute noch hunderttausend Rubel verschaffe. »Er war allerdings betrunken«, bemerkte Ptizyn dabei, »aber die hunderttausend wird man ihm, scheint es, wirklich beschaffen, so schwer es auch ist; ich weiß nur nicht, ob schon heute und ob gleich die ganze Summe; aber viele bemühen sich drum: Kinder, Trepalow, Biskup; Zinsen will er zahlen, soviel man verlangt; natürlich hat er das alles im Rausch und in der ersten Freude versprochen«, schloß Ptizyn. Alle diese Nachrichten wurden mit einem zum Teil finsteren Interesse aufgenommen; Nastasja Filippowna schwieg, weil sie sich anscheinend nicht äußern wollte, Ganja desgleichen. General Jepantschin war innerlich vielleicht am unruhigsten: die Perlen, die er schon am Morgen überreicht hatte, waren mit einer gar zu kühlen Freundlichkeit, ja sogar mit einem gewissen leichten Spott entgegengenommen worden. Von allen Gästen war nur Ferdystschenko in höchst fröhlicher Festtagsstimmung und lachte mitunter laut, ohne daß man gewußt hätte, worüber; er tat es wohl nur, weil er freiwillig die Rolle des Narren übernommen hatte. Afanasij Iwanowitsch, der für einen feinen und eleganten Erzähler galt und in frühern Zeiten an solchen Abenden gewöhnlich die Unterhaltung beherrscht hatte, war offenkundig mißgestimmt und sogar in einem bei ihm sonst gar nicht gewohnten Maße verwirrt. Die übrigen, nebenbei gesagt nicht sehr zahlreichen Gäste (ein jämmerlicher alter Lehrer, den man Gott weiß wozu eingeladen hatte, ein ganz unbekannter und noch sehr junger Mensch, der sich sehr schüchtern gebärdete und die ganze Zeit schwieg, eine muntere Dame von etwa vierzig Jahren, Schauspielerin von Beruf, und eine auffallend schöne, außerordentlich gut und luxuriös gekleidete und ungewöhnlich mundfaule junge Dame) waren nicht nur außerstande, etwas zur Belebung des Gesprächs beizutragen, sondern wußten mitunter nicht einmal, was sie sagen sollten.

Infolgedessen kam der Fürst sogar sehr gelegen. Als er gemeldet wurde, war man zwar verdutzt und lächelte hie und da etwas merkwürdig, besonders als man an dem erstaunten Blick Nastasja Filippownas erkannte, daß sie gar nicht daran gedacht hatte, ihn einzuladen. Aber auf das Staunen folgte bei Nastasja Filippowna plötzlich eine so lebhafte Äußerung der Freude, daß die Mehrheit sich sofort bereitmachte, den unerwarteten Gast mit Lachen und Heiterkeit zu empfangen.

»Das kommt natürlich von seiner Naivität«, schloß Iwan Fjodorowitsch Jepantschin, »und es ist jedenfalls recht gefährlich, solche Neigungen zu unterstützen; aber im gegenwärtigen Augenblick ist es wahrhaftig gar nicht übel, daß er sich eingefunden hat, wenn auch auf so eigentümliche Art: er wird uns vielleicht aufheitern, soweit ich ihn wenigstens beurteilen kann.«

»Um so mehr, als er sich selbst als Gast aufgedrängt hat!« fügte Ferdystschenko sofort hinzu.

»Was folgt denn daraus?« fragte der General trocken. Er haßte Ferdystschenko.

»Er muß Eintrittsgeld bezahlen«, erklärte dieser.

»Fürst Myschkin ist doch schließlich kein Ferdystschenko«, sagte der General schroff. Er konnte sich immer noch nicht mit dem Gedanken aussöhnen, daß er sich mit Ferdystschenko in einer Gesellschaft befand und mit ihm gleich behandelt wurde.

»General, schonen Sie Ferdystschenko«, erwiderte dieser schmunzelnd, »ich genieße hier Sonderrechte.«

»Was sind denn das für Sonderrechte?«

»Das vorige Mal hatte ich die Ehre, es den Herrschaften ausführlich darzulegen; Exzellenz zuliebe will ich es noch einmal wiederholen. Sehen Sie, Exzellenz: jeder hat Witz, ich aber habe keinen. Als Ersatz dafür habe ich mir die Erlaubnis erbeten, die Wahrheit zu sagen, denn es ist allbekannt, daß nur jene die Wahrheit reden, die keinen Witz haben. Zudem bin ich ein sehr rachsüchtiger Mensch, und das auch nur aus dem Grunde, weil ich keinen Witz habe. Ich ertrage demütig jede Kränkung, aber nur bis zum ersten Mißerfolg des Beleidigers; beim ersten Mißerfolg denke ich sofort daran und nehme sofort Rache, gebe ihm einen Eselstritt, wie Iwan Petrowitsch Ptizyn von mir gesagt hat, der natürlich selbst niemandem Eselstritte versetzt. Kennen Sie die Fabel von Krylow, Exzellenz, ‚Der Löwe und der Esel'? Die beiden sind wir, die Fabel handelt von uns.«

»Ich glaube, Sie geraten wieder ins Flunkern, Ferdystschenko«, fuhr der General auf.

»Wie kommen Sie darauf, Exzellenz?« fiel Ferdystschenko ein, der schon darauf gerechnet hatte, noch einmal einhaken und das Geschwätz ausdehnen zu können. »Seien Sie ganz ruhig, Exzellenz, ich weiß, was mir zukommt. Wenn ich sage, wir beide seien Löwe und Esel aus Krylows Fabel, so nehme ich natürlich die Rolle des Esels auf mich, und Exzellenz sind der Löwe – wie es bei Krylow auch heißt:

> Der mächtge Leu, der Wälder Schreck,
> Kam, da er alterte, von Kräften.

Und ich bin der Esel, Exzellenz.«

»Mit dem letzteren bin ich einverstanden«, entfuhr es dem General unvorsichtigerweise.

Alles das war natürlich grob und beabsichtigt, aber es war nun einmal Brauch, daß Ferdystschenko die Rolle des Narren spielen durfte. »Man lädt mich ja nur deswegen ein und gewährt mir Zutritt«, hatte Ferdystschenko einmal gesagt, »damit ich in diesem Tone rede. Könnte man denn sonst einen Kerl wie mich bei sich empfangen? Ich verstehe das sehr gut. Kann man mich, so einen Ferdystschenko, neben einen verfeinerten Gentleman wie Afanasij Iwanowitsch setzen? Notwendigerweise bleibt da nur eine Erklärung übrig: man tut es eben, weil man es sich nicht vorstellen kann.« Wenn er auch grob war, so war er doch auch bissig, manchmal sogar sehr, und eben das schien Nastasja Filippowna zu gefallen. Wer durchaus bei ihr verkehren wollte, mußte sich entschließen, Ferdystschenko zu ertragen. Er hatte vielleicht ganz richtig geraten, als er annahm, daß man ihm anfangs Zutritt gewährte, weil er gleich bei seinem ersten Besuch Tozkij schokiert hatte. Ganja hatte seinetwegen ebenfalls unendliche Qualen ausstehen müssen, und eben dadurch kam Ferdystschenko Nastasja Filippowna sehr gelegen.

»Der Fürst soll mir damit anfangen, daß er ein modernes Lied vorsingt«, sagte Ferdystschenko und schielte nach Nastasja Filippowna hin.

»Ich glaube nicht, Ferdystschenko, und bitte – ereifern Sie sich nicht «, bemerkte sie trocken.

»Aha! Wenn er unter besonderm Schutze steht, dann füge ich mich auch ...«

Doch Nastasja Filippowna war schon aufgestanden, ohne auf ihn zu hören, und ging selbst dem Fürsten entgegen. »Ich bedaure«, sagte sie, plötzlich vor ihm auftauchend, »daß ich vorhin in der Eile vergessen hatte, Sie zu mir einzuladen, und ich bin sehr froh, daß Sie mir jetzt selbst Gelegenheit geben, Ihnen zu danken und Sie für Ihre Entschlossenheit zu loben.« Während sie sprach, sah sie den Fürsten scharf an, bemüht, irgendeine Erklärung für sein Kommen zu finden.

Der Fürst hätte vielleicht auch etwas auf ihre freundlichen Worte erwidert, er war aber so geblendet und verdutzt, daß er keine Silbe hervorbringen konnte. Nastasja Filippowna stellte das mit Vergnügen fest. An diesem Abend war sie in großer Toilette und machte einen ungewöhnlichen Eindruck. Sie faßte den Fürsten unter und führte ihn zu den Gästen. Vor der Tür des Salons blieb der Fürst plötzlich stehen und flüsterte ihr in großer Erregung hastig zu:

»An Ihnen ist alles vollkommen ... sogar daß Sie bleich und mager sind ... Man möchte Sie sich gar nicht anders denken ... Ich wollte so gern zu Ihnen kommen ... ich ... verzeihen Sie ...«

»Bitten Sie nicht um Verzeihung«, sagte Nastasja Filippowna lachend, »dadurch geht das Merkwürdige und Originelle an

Ihnen ganz verloren. Man sagt Ihnen wohl mit Recht nach, Sie seien ein seltsamer Mensch. Sie halten mich also für vollkommen, ja?«

»Ja.«

»Sie sind zwar ein Meister im Erraten, jetzt irren Sie aber doch. Ich will Sie heute noch daran erinnern...«

Sie stellte den Fürsten den Gästen vor. Die meisten kannten ihn schon. Tozkij sagte sofort eine Liebenswürdigkeit. Alle schienen lebhafter zu werden, redeten durcheinander und lachten. Nastasja Filippowna wies dem Fürsten einen Platz neben sich an.

»Aber was ist denn an dem Erscheinen des Fürsten so verwunderlich?« schrie Ferdystschenko lauter als alle andern. »Die Sache ist ganz klar, sie spricht für sich selbst.«

»Die Sache ist nur zu klar und spricht nur zu sehr für sich selbst«, fiel plötzlich Ganja ein, der bisher geschwiegen hatte. »Ich habe den Fürsten heute fast ununterbrochen beobachtet, von dem Augenblick an, als er vorhin zum erstenmal das Bildnis Nastasja Filippownas auf dem Tisch bei Iwan Fjodorowitsch betrachtete. Ich erinnere mich genau, daß mir schon damals ein Gedanke kam, von dessen Richtigkeit ich jetzt völlig überzeugt bin. Nebenbei gesagt, hat der Fürst selbst mir ein entsprechendes Geständnis gemacht.« Alles das sagte Ganja sehr ernst, ohne den geringsten Anflug von Spott, sogar mit finsterm Gesicht, was einen etwas sonderbaren Eindruck machte.

»Ich habe Ihnen keine Geständnisse gemacht«, erklärte der Fürst errötend, »ich habe nur auf Ihre Frage geantwortet.«

»Bravo, bravo!« schrie Ferdystschenko. »Das ist wenigstens aufrichtig – schlau und aufrichtig.«

Alle lachten laut.

»Schreien Sie nicht so, Ferdystschenko«, sagte ihm Ptizyn angewidert mit halblauter Stimme.

»Ich hatte von Ihnen solche Heldentaten nicht erwartet, Fürst«, sagte Iwan Fjodorowitsch. »Wissen Sie, nach wem das aussieht? Und ich hielt Sie für einen Philosophen! Ja, so sind diese sanften Wesen!«

»Und da der Fürst bei einem unschuldigen Scherz wie ein unschuldiges Mädchen errötet, schließe ich, daß er als edler Jüngling in seinem Herzen die lobenswertesten Absichten hegt«, sagte oder richtiger mummelte plötzlich der zahnlose und bisher völlig stumme siebzigjährige Lehrer, von dem niemand erwartet hatte, daß er an diesem Abend noch ein Wort sagen würde.

Alle lachten noch mehr. Der Alte – wohl in der Meinung, man lache über seinen Witz – musterte die Gesellschaft und fing erst recht an zu lachen, mußte aber dann furchtbar husten, so daß Nastasja Filippowna, die eine außerordentliche, nicht recht zu erklärende Vorliebe für alle derartigen alten Originale beiderlei Geschlechts, sogar für Idioten hegte, ihn sofort zu liebkosen begann, ihn küßte und für ihn noch Tee bestellte. Als das Dienstmädchen hereinkam, ließ sie sich eine Mantille bringen, hüllte sich hinein und befahl, im Kamin Holz nachzulegen. Auf die Frage, wieviel Uhr es sei, erwiderte das Mädchen, es sei schon halb elf.

»Meine Herrschaften, wollen wir nicht Champagner trinken?« schlug Nastasja Filippowna plötzlich vor. »Es ist alles bereit. Vielleicht werden Sie dann lustiger. Bitte, ohne Umstände.«

Die Aufforderung zum Trinken wirkte in dieser naiven Form höchst merkwürdig. Denn alle kannten Nastasja Filippowna von ihren frühern Gesellschaften her als außerordentlich zeremoniös. Überhaupt wurde die Stimmung heiterer, aber nicht in der gewohnten Weise. Den Wein wies man freilich nicht zurück: zuerst meldete sich der General, dann folgte die muntere Dame, dann der alte Lehrer, Ferdystschenko und endlich auch alle übrigen. Tozkij griff ebenfalls nach einem Glas, in der Hoffnung, die neu aufgekommene Stimmung ins Gleichmaß zu bringen, indem er ihr, soweit es möglich war, den Charakter eines netten Scherzes verlieh. Nur Ganja trank nicht. Die seltsamen, mitunter sehr schroffen und heftigen Ausbrüche Nastasja Filippownas, die ebenfalls ein Glas ergriffen hatte und erklärte, sie werde heute drei Gläser leeren, ihr hysterisches, grundloses Lachen, das mit stummer und sogar finsterer Nachdenklichkeit wechselte – alles das war ganz unverständlich. Einige meinten, sie fiebere; endlich merkte man, daß auch sie auf etwas zu warten schien, häufig nach der Uhr sah, ungeduldig und zerstreut wurde.

»Sie scheinen leichtes Fieber zu haben?« fragte die muntere Dame.

»Nicht nur leichtes, sondern sehr starkes, darum habe ich mich auch in die Mantille gehüllt«, erwiderte Nastasja Filippowna, die in der Tat bleich geworden war und sich hin und wieder gegen starken Schüttelfrost zu wehren schien. Alle gerieten in Unruhe und Bewegung.

»Sollten wir unserer Wirtin nicht Ruhe geben?« sagte Tozkij und sah Iwan Fjodorowitsch an.

»Durchaus nicht, meine Herrschaften! Ich bitte Sie vielmehr dazubleiben. Ihre Anwesenheit ist mir besonders heute unentbehrlich«, erklärte Nastasja Filippowna plötzlich sehr eindringlich und bedeutungsvoll. Und da schon fast alle Gäste wußten, daß an diesem Abend eine sehr wichtige Entscheidung ausgesprochen werden sollte, fielen diese Worte schwer ins Gewicht. Der General und Tozkij wechselten abermals einen Blick. Ganja machte eine krampfhafte Bewegung.

»Sollten wir nicht ein Gesellschaftsspiel versuchen?« sagte die muntere Dame.

»Ich kenne ein ausgezeichnetes, ganz neues Gesellschaftsspiel«, fiel Ferdystschenko ein, »wenigstens eines, das nur ein einziges Mal in der Welt gespielt worden ist – und auch da mißglückte es.«

»Was ist es denn?« fragte die muntere Dame.

»Wir saßen einmal in Gesellschaft beisammen, hatten etwas über den Durst getrunken, das muß ich schon zugeben, und da schlug einer vor, jeder von uns solle, ohne vom Tisch aufzustehen, etwas aus seinem Leben erzählen, aber etwas, was er ganz aufrichtig, mit bestem Gewissen für die schlechteste von allen seinen schlechten Handlungen im Laufe seines ganzen Lebens halte; aber ehrlich müsse man sein, das war die Hauptsache, ganz ehrlich und aufrichtig, und auch nicht lügen.«

»Ein merkwürdiger Einfall«, sagte der General.

»Ja, höchst merkwürdig, Exzellenz, aber das ist ja das Gute dabei.«

»Ein lächerlicher Einfall«, sagte Tozkij, »aber freilich, man kann es verstehen; es ist eine besondere Art Prahlerei.«

»Vielleicht ging es gerade darauf hinaus, Afanasij Iwanowitsch.«

»Ja, das ist aber mehr zum Weinen als zum Lachen, solch ein Gesellschaftsspiel«, bemerkte die muntere Dame.

»Ein ganz unmögliches und albernes Unterfangen«, sagte Ptizyn.

»Und was kam dabei heraus?« fragte Nastasja Filippowna.

»Das ist es ja: es endete schlimm! Jeder erzählte tatsächlich etwas, viele sogar die Wahrheit, und stellen Sie sich vor: einigen machte das Erzählen sogar Vergnügen! Später aber haben sich alle geschämt, sie hielten es doch nicht aus! Im ganzen war es aber doch sehr lustig – natürlich auf besondere Art!«

»Wirklich, das wäre nett«, bemerkte Nastasja Filippowna, die mit einemmal ganz lebhaft wurde. »Wir sollten es wirklich versuchen, meine Herrschaften! Es ist keine rechte Stimmung heute bei uns. Wenn jeder sich bereit erklärte, etwas ... in dieser Art zu erzählen ... natürlich nur, wenn er selbst will; hier soll volle Freiheit herrschen! Vielleicht halten wir es aus? Zum mindesten ist es äußerst originell.«

»Ein genialer Gedanke«, fiel Ferdystschenko ein. »Die Damen sind übrigens ausgeschlossen; die Herren fangen an; das Los entscheidet, wie damals! Gewiß, gewiß! Wer durchaus nicht will, braucht natürlich nicht zu erzählen, aber dazu muß man schon sehr unliebenswürdig sein! Geben Sie Ihre Lose, meine Herrn, hierher, in meinen Hut, der Fürst soll sie ziehen. Die Aufgabe ist ganz einfach, die schlechteste Tat aus dem ganzen Leben soll erzählt werden – das ist sehr leicht, meine Herrschaften! Sie werden es gleich sehen! Wenn jemand etwas vergessen haben sollte, bin ich bereit, ihn sofort zu erinnern.«

Die Idee war höchst sonderbar und gefiel eigentlich keinem ... Die einen zogen ein finsteres Gesicht, die andern lächelten schlau. Einige protestierten, aber nicht sehr eifrig – so Iwan Fjodorowitsch, der Nastasja Filippowna nicht widersprechen wollte und bemerkt hatte, wie dieser seltsame Gedanke sie reizte, vielleicht gerade weil er so seltsam und fast unmöglich war. In ihren Wünschen war Nastasja Filippowna immer unbeherrscht und erbarmungslos, wenn sie sich einmal entschloß sie auszusprechen, mochten es auch die allerseltsamsten, für sie selbst ganz zwecklosen Launen sein. Auch jetzt gebärdete sie sich wie eine Hysterische, lief hin und her, lachte krampfhaft, besonders über die Einwürfe des erregten Tozkij. Ihre dunkeln Augen blitzten, auf den bleichen Wangen zeigten sich zwei rote Flecken. Die trübselig angewiderten Mienen einiger Gäste schienen ihr spöttisches Verlangen noch mehr aufzustacheln; vielleicht gefiel ihr gerade das Zynische und Grausame der Idee. Einige waren sogar überzeugt, daß sie hier besondere Absichten hege. Übrigens fing man an beizustimmen; jedenfalls war die Sache interessant und für viele sogar sehr verlockend. Ferdystschenko zeigte sich am geschäftigsten.

»Wenn es aber etwas ist, das man . . . in Damengesellschaft nicht erzählen kann . . .« bemerkte der schweigsame Jüngling schüchtern.

»So erzählen Sie es eben nicht; als ob es nicht genug schlechte Handlungen gibt«, antwortete Ferdystschenko, »ach Sie – junger Mann!«

»Ich weiß aber gar nicht, welche von meinen Taten ich für die schlechteste halten soll«, sagte die muntere Dame.

»Die Damen werden der Verpflichtung des Erzählens enthoben«, wiederholte Ferdystschenko, »aber nur der Verpflichtung; wenn sie es freiwillig tun wollen, so wird das dankbar angenommen. Auch die Herren können, wenn sie durchaus nicht wollen, dispensiert werden.«

»Wie soll ich aber beweisen, daß ich nicht lüge?« fragte Ganja. »Und wenn ich lüge, verliert das Spiel seinen ganzen Sinn. Und wer wird denn nicht lügen? Jeder wird bestimmt lügen.«

»Aber es ist doch schon an sich verlockend zu hören, wie jeder einzelne lügen wird! Du brauchst übrigens nicht zu befürchten, daß du lügen könntest, Ganjetschka, denn deine schlechteste Tat ist sowieso allen bekannt. Bedenken Sie bloß, meine Herrschaften«, rief Ferdystschenko plötzlich in förmlicher Begeisterung, »bedenken Sie bloß, mit was für Augen wir einander nachher ansehen werden – morgen zum Beispiel, nach diesen Erzählungen!«

»Ist denn das möglich? Ist das wirklich ernst gemeint, Nastasja Filippowna?« fragte Tozkij würdevoll.

»Wer den Wolf scheut, soll nicht in den Wald gehen«, bemerkte Nastasja Filippowna spöttisch.

»Aber erlauben Sie, Herr Ferdystschenko, kann man denn daraus ein Gesellschaftsspiel machen?« fuhr Tozkij fort, der in immer größere Erregung geriet. »Ich versichere Sie, daß solche Versuche niemals glücken; Sie sagen doch selbst, daß es schon einmal mißglückt ist.«

»Wieso mißglückt? Ich habe doch voriges Mal erzählt, wie ich drei Rubel gestohlen habe! Ganz glatt habe ich es heruntererzählt.«

»Gut. Aber es ist doch unmöglich, daß Sie es so erzählt haben, daß man es für wahr halten konnte und Ihnen geglaubt hat? Gawrila Ardalionowitsch hat ganz richtig bemerkt, daß bloß eine Unaufrichtigkeit spürbar zu werden braucht, und schon hat das ganze Spiel seinen Sinn verloren. Die Wahrheit kann hier nur zufällig gesagt werden, wenn der Erzähler sich in einer besonders prahlerischen Stimmung von sehr schlechtem Ton befindet – einem Ton, der hier ganz undenkbar und völlig unpassend wäre!«

»Was Sie für ein raffinierter Mensch sind, Afanasij Iwanowitsch! Sogar ich muß darüber staunen!« rief Ferdystschenko. »Stellen Sie sich vor, meine Herrschaften: mit seinen Bemerkungen, ich hätte von meinem Diebstahl nicht so erzählen können, daß man mir geglaubt hätte, spielt Afanasij Iwanowitsch in höchst feiner Weise darauf an, ich sei in der Tat nicht fähig, einen Diebstahl zu begehen – denn dergleichen laut zu sagen schickt sich nicht –, obgleich er vielleicht still für sich vollkommen überzeugt ist, daß Ferdystschenko sehr gut ein Dieb sein könnte. Aber zur Sache, meine Herrschaften, zur Sache! Die Lose sind eingesammelt,

Sie, Afanasij Iwanowitsch, haben auch eines hineingelegt, also weigert sich keiner. Fürst, ziehen Sie!«

Der Fürst griff schweigend in den Hut und zog als erstes das Los Ferdystschenkos heraus, dann kam Ptizyn, als dritter der General, als vierter Afanasij Iwanowitsch, als fünfter er selbst, als sechster Ganja und so weiter. Die Damen hatten keine Lose in den Hut gelegt.

»O Gott, was für ein Pech!« rief Ferdystschenko. »Und ich hatte gehofft, daß Nummer eins dem Fürsten zufallen würde und Nummer zwei dem General. Aber Gott sei Dank kommt Iwan Fjodorowitsch wenigstens gleich nach mir, und so werde ich belohnt. Nun, meine Herrschaften, natürlich muß ich mit gutem Beispiel vorangehen, aber nichts bedauere ich in diesem Augenblick mehr, als daß ich so gering bin und mich durch gar nichts auszeichne; sogar mein Rang ist ganz unbedeutend. Was kann nun Interessantes daran sein, daß Ferdystschenko eine Gemeinheit begangen hat? Und was ist meine schlechteste Tat? Ich stehe vor einem embarras de richesse. Soll ich etwa wieder von jenem Diebstahl erzählen, um Afanasij Iwanowitsch zu überzeugen, daß man stehlen kann, ohne ein Dieb zu sein?«

»Sie überzeugen mich auch davon, Herr Ferdystschenko, daß man wirklich einen geradezu rauschartigen Genuß empfinden kann, wenn man seine gemeinen Taten vorbringt, selbst wenn kein Mensch nach ihnen gefragt hätte ... Übrigens ... Entschuldigen Sie, Herr Ferdystschenko.«

»Fangen Sie an, Ferdystschenko, Sie reden schrecklich viel unnützes Zeug und kommen nie zu Ende«, befahl Nastasja Filippowna gereizt und ungeduldig.

Allen fiel es auf, daß sie nach ihrem hysterischen Lachen plötzlich finster, ärgerlich und nervös geworden war; trotzdem bestand sie hartnäckig und despotisch auf der Erfüllung ihrer unmöglichen Laune. Afanasij Iwanowitsch litt entsetzlich. Auch Iwan Fjodorowitsch machte ihn wütend: er saß beim Champagner, als wäre nichts geschehen, und beabsichtigte vielleicht selbst etwas zu erzählen, wenn die Reihe an ihn käme.

14

»Ich habe keinen Witz, Nastasja Filippowna, darum schwatze ich zuviel!« fing Ferdystschenko seine Erzählung an. »Hätte ich soviel Witz wie Afanasij Iwanowitsch oder Iwan Petrowitsch, dann würde ich heute dasitzen und immer nur schweigen wie Afanasij Iwanowitsch und Iwan Petrowitsch. Fürst, gestatten Sie mir eine Frage. Was meinen Sie: es kommt mir immer so vor, als gäbe es auf der Welt mehr Diebe als ehrliche Leute und als gäbe es keinen noch so ehrlichen Menschen, der nicht einmal im Leben etwas gestohlen hätte. Das ist mein Gedanke, aus dem ich übrigens keineswegs den Schluß ziehe, es gingen überall nur Diebe um, obgleich man, bei Gott, manchmal große Lust hat, diesen Schluß zu ziehen. Wie denken Sie darüber?«

»Pfui, wie dumm Sie erzählen«, sagte Darja Alexejewna, »und was ist das für ein Unsinn! Es ist nicht möglich, daß jeder etwas gestohlen hat; ich habe noch nie etwas gestohlen.«

»Sie haben noch nie etwas gestohlen, Darja Alexejewna. Was aber meint der Fürst, der plötzlich ganz rot geworden ist?«

»Ich glaube, Sie haben recht, nur übertreiben Sie sehr«, sagte der Fürst, der tatsächlich errötet war.

»Und Sie selbst, Fürst, haben nie etwas gestohlen?«

»Pfui! Wie lächerlich! Besinnen Sie sich, Herr Ferdystschenko«, trat der General für den Fürsten ein.

»Ganz einfach: wo Sie Farbe bekennen sollen, da schämen Sie sich zu erzählen, darum hängen Sie sich an den Fürsten, weil er sich nicht verteidigen kann«, sagte Darja Alexejewna scharf.

»Ferdystschenko, entweder Sie erzählen oder Sie schweigen und lassen uns ganz in Ruhe. Mit Ihnen kann man alle Geduld verlieren«, sagte Nastasja Filippowna ärgerlich.

»Sofort, Nastasja Filippowna! Wenn aber schon der Fürst es zugegeben hat – denn ich bleibe dabei: seine Worte waren so gut wie ein Geständnis –, was müßte da beispielsweise ein anderer sagen – ich will keinen Namen nennen –, wenn er sich einmal entschlösse, die Wahrheit zu reden? Was aber mich anbelangt, meine Herrschaften, so ist gar nichts Besonderes zu erzählen: die Geschichte ist sehr einfach, dumm und gemein. Doch ich versichere Sie, daß ich kein Dieb bin; ich weiß selbst nicht, wie ich zu dem Diebstahl gekommen bin. Das war vor zwei Jahren, in der Sommerwohnung von Semjon Iwanowitsch Istschenko, an einem Sonntag. Er hatte zu Mittag Gäste. Nach dem Essen blieben die Männer beim Wein sitzen. Mir fiel es ein, seine Tochter, Marja Semjonowna, ein junges Mädchen, zu bitten, uns etwas auf dem Klavier vorzuspielen. Ich gehe durch das Eckzimmer und sehe auf dem Nähtischchen von Marja Iwanowna drei Rubel liegen, eine grüne Banknote; sie hatte sie zurechtgelegt, um irgend etwas für den Haushalt holen zu lassen. Im Zimmer war keine Seele. Ich nahm den Schein und steckte ihn in die Tasche, wozu – weiß ich nicht. Was über mich gekommen war, verstehe ich nicht. Ich kehrte bloß schnell zurück und setzte mich wieder an den Tisch. Ich saß die ganze Zeit da und wartete in ziemlich starker Erregung, schwatzte ohne Unterlaß, erzählte Anekdoten, lachte; nachher setzte ich mich zu den Damen. So etwa nach einer halben Stunde entdeckte man den Verlust und fing an die Dienstboten auszufragen. Der Verdacht fiel auf das Stubenmädchen Darja. Ich zeigte mich sehr interessiert und teilnehmend; ich erinnere mich sogar, wie ich, als Darja ganz den Kopf verlor, ihr zuredete, sie solle ihre Schuld doch eingestehen, und mich hoch und teuer für die Güte Marja Iwanownas verbürgte – das alles mit lauter Stimme und in Gegenwart aller. Alle sahen zu, und ich empfand ein ungeheures Vergnügen, gerade weil ich so schön predigte und die Banknote dabei in der Tasche hatte. Die drei Rubel habe ich noch am selben Abend in einer Weinstube vertrunken. Ich trat ein und verlangte eine Flasche Lafitte; niemals bisher hatte ich bloß Wein verlangt, ohne etwas dazu; jetzt aber wollte ich das Geld möglichst schnell loswerden. Besondere Gewissensbisse habe ich weder damals noch später empfunden. Ein zweitesmal würde ich es sicher nicht tun;

ob Sie mir das glauben oder nicht, ist mir gleichgültig. Das ist die ganze Geschichte.«

»Und das ist gewiß noch nicht Ihre schlechteste Tat«, sagte Darja Alexejewna angeekelt.

»Das ist ein psychologischer Fall, aber keine Tat«, bemerkte Afanasij Iwanowitsch.

»Und das Dienstmädchen?« fragte Nastasja Filippowna, ohne ihren äußersten Widerwillen auch nur im geringsten zu verbergen.

»Das Dienstmädchen wurde selbstverständlich tags darauf entlassen. Man ist sehr streng in dem Hause.«

»Und Sie ließen das zu?«

»Das ist ausgezeichnet! Sollte ich etwa hingehen und mich als Täter bekennen?« kicherte Ferdystschenko, der über die peinliche Wirkung seines Berichtes auf alle doch etwas verblüfft war.

»Wie schmutzig!« rief Nastasja Filippowna.

»Bah! Sie wollen von einem Menschen seine schändlichste Tat hören und verlangen noch Glanz und Schimmer! Die gemeinsten Handlungen sind immer auch sehr schmutzig, Nastasja Filippowna; wir werden das gleich von Iwan Petrowitsch hören. Und es gibt genug, was von außen glänzt und für Tugend gelten will, weil es in eigener Kutsche spazierenfährt ... Und mit was für Mitteln ...« Kurzum, Ferdystschenko kam ganz aus dem Gleichgewicht und geriet plötzlich in Wut; er vergaß sich und ging über alles Maß hinaus; sogar sein Gesicht verzerrte sich. Wie seltsam das auch scheinen mag – er mußte auf eine ganz andere Wirkung seines Berichtes gerechnet haben. Derartige »Fehlgriffe« und »Prahlereien besonderer Art«, wie Tozkij sie nannte, kamen bei Ferdystschenko sehr oft vor und entsprachen durchaus seinem Charakter.

Nastasja Filippowna zuckte sogar zusammen vor Zorn und sah Ferdystschenko scharf an; er bekam sofort Angst und verstummte, fast starr vor Schreck: er fühlte, daß er zu weit gegangen war.

»Sollten wir nicht ganz aufhören?« fragte Afanasij Iwanowitsch verschmitzt.

»Jetzt bin ich an der Reihe, aber ich mache von meinem Vorrecht Gebrauch und erzähle nichts«, sagte Ptizyn mit Entschiedenheit.

»Sie wollen nicht?«

»Ich kann nicht, Nastasja Filippowna; und überhaupt halte ich solch ein Gesellschaftsspiel für unmöglich.«

»General, die Reihe ist, glaube ich, jetzt an Ihnen«, wandte sich Nastasja Filippowna an diesen, »wenn Sie sich ebenfalls weigern, so kommt überhaupt nichts mehr zustande, und das täte mir leid, denn ich hatte die Absicht, zum Schluß eine Tat ‚aus meinem eigenen Leben' zu berichten, wollte das aber nach Ihnen und Afanasij Iwanowitsch tun, denn Sie müssen mir erst Mut einflößen«, schloß sie lachend.

»Oh, wenn Sie das versprechen«, rief der General mit Leidenschaft, »so bin ich bereit, Ihnen meine ganze Lebensgeschichte zu erzählen; übrigens muß ich gestehen: während ich wartete, daß die Reihe an mich kommt, habe ich schon eine Geschichte vorbereitet . . .«

»Und man sieht es Exzellenz an, mit wieviel literarischem Vergnügen Sie Ihr Anekdötchen ausgesponnen haben«, wagte der immer noch etwas verlegene Ferdystschenko mit bissigem Lächeln zu bemerken.

Nastasja Filippowna warf einen flüchtigen Blick auf den General und lächelte ebenfalls vor sich hin. Aber man sah, daß Unbehagen und Gereiztheit in ihr immer stärker wurden. Afanasij Iwanowitsch war erst recht erschrocken, als sie ihre Geschichte in Aussicht stellte.

»Ich habe, wie jeder Mensch, im Leben mitunter nicht ganz vornehm gehandelt, meine Herrschaften«, fing der General an, »das Sonderbarste jedoch ist, daß ich selber die kurze Geschichte, die ich Ihnen gleich erzählen werde, für den dunkelsten Fleck meines Lebens ansehe. Dabei sind seitdem schon fast fünfunddreißig Jahre vergangen; trotzdem konnte ich, wenn ich mich daran erinnerte, niemals ein gewisses nagendes Gefühl in meinem Herzen loswerden. Die Sache ist übrigens sehr dumm: ich war damals noch Fähnrich und leistete den langweiligsten Armeedienst. Na, Sie wissen ja, wie so ein Fähnrich beschaffen ist: das Blut wallt und kocht, und dabei beträgt das ganze Budget ein paar Kopeken; ich hatte einen Burschen namens Nikifor, der sehr um meinen Haushalt besorgt war, er sparte, flickte, schrubbte und putzte, stahl sogar alles, was ihm in die Finger kam, um nur den Wohlstand des Hauses zu mehren; sonst war er ein sehr treuer und ehrlicher Kerl. Ich war natürlich streng, aber gerecht. Eine Zeitlang garnisonierten wir in einer kleinen Stadt. Ich bekam Quartier in der Vorstadt bei der Witwe eines verabschiedeten Leutnants. Die Alte hatte gut achtzig Jahre auf dem Buckel. Ihr Häuschen war eine alte, schäbige Holzbaracke, nicht einmal ein Dienstmädchen war da, so arm war die Frau. Bemerkenswert war aber, daß sie einstmals eine sehr große Familie und eine Unmenge Verwandter besessen hatte; aber die einen waren im Laufe der Jahre verstorben, andere hatten die Stadt verlassen, wieder andere die Alte vergessen, und ihren Mann hatte sie schon vor fünfundvierzig Jahren begraben. Vor einigen Jahren hatte noch eine Nichte bei ihr gewohnt, eine bucklige, boshafte Hexe, wie man mir erzählte; einmal soll sie die Alte sogar in den Finger gebissen haben; sie war jetzt aber auch tot, so daß die Alte sich schon seit etwa drei Jahren ganz allein behelfen mußte. Ich langweilte mich furchtbar bei ihr, denn sie war auch dumm, man konnte nichts aus ihr herauskriegen. Eines Tages stahl sie mir einen Hahn. Die Sache ist bis heute ungeklärt, aber außer ihr kann es niemand gewesen sein. Wegen dieses Hahnes verzankten wir uns gründlich, und nun fügte es sich auch gleich so, daß mir auf mein erstes Ersuchen eine andere Wohnung angewiesen wurde, in der entgegengesetzten Vorstadt, im Hause eines Kaufmanns mit langem Bart – ich sehe ihn noch heute vor mir – und zahlreicher Familie. Nikifor und ich zogen sehr vergnügt um, von der Alten trennten wir uns in Unfrieden. Es vergehen drei Tage, ich komme vom Exerzierplatz zurück, da meldet mir Nikifor: ‚Es war nicht recht, Euer Wohlgeboren, daß wir unsere Terrine bei der alten Wirtin gelassen haben, ich kann Ihnen jetzt die Suppe nicht servieren.‘ Ich war natürlich verblüfft: ‚Was heißt das? Warum ist die Terrine dortgeblieben?‘ Der erstaunte Nikifor berichtet weiter, die Wirtin habe, als wir abzogen, ihm unsere Terrine nicht hergegeben, weil ich einen ihrer Töpfe zerschlagen hätte; deshalb habe sie unsere Terrine als Ersatz an sich genommen, und ich selbst hätte ihr diesen Vorschlag gemacht. Diese Gemeinheit brachte mich natürlich in Wut; das Fähnrichsblut kochte in mir auf, ich sprang auf und stürzte davon. Ich trete bei der Alten schon ganz außer Fassung ein; ich sehe, sie sitzt ganz allein im Flur, in einer Ecke, als wollte sie sich vor der Sonne verbergen, und hat die Wange auf die Hand gestützt. Ich ließ sofort ein ganzes Donnerwetter auf sie niederfahren – ‚so eine Person bist du!' und so weiter, in kräftigen russischen Ausdrücken. Aber wie ich sie dabei ansehe, kommt sie mir so sonderbar vor: sie sitzt da, hat das Gesicht mir zugewandt, die Augen aufgerissen, antwortet kein Wort, guckt so seltsam und scheint sich hin und her zu wiegen. Ich beruhige mich endlich, sehe sie an, frage, keine Antwort. Ich stand eine Zeitlang unentschlossen da, die Fliegen summten, die Sonne ging unter, tiefe Stille; in äußerster Verlegenheit ging ich endlich fort. Noch war ich nicht bis nach Hause gekommen, da wurde ich zum Major geholt; dann mußte ich zu meiner Kompanie, so daß ich erst spät abends zu Hause anlangte. Nikifors erstes Wort war: ‚Wissen Sie, Euer Wohlgeboren, unsere Wirtin ist gestorben.' – ‚Wann?' – ‚Heute abend, vor etwa anderthalb Stunden.' Also gerade um die Zeit, als ich sie schimpfte, war sie im Sterben. Das frappierte mich so, muß ich Ihnen sagen, daß ich mich kaum fassen konnte. Sie verfolgte mich in meinen Gedanken, erschien mir sogar nachts im Traum. Ich bin ja wohl ohne Vorurteile, aber am dritten Tage ging ich doch in die Kirche zum Begräbnis. Mit einem Wort, je mehr Zeit verging, desto mehr quälte mich der Gedanke an sie. Nicht unausgesetzt – aber plötzlich kam es so über mich, und dann wurde mir ganz schlecht. Vor allem – was war eigentlich daran? Ich hatte es mir endlich so zurechtgelegt: Erstens war sie eine Frau, sozusagen ein menschliches Wesen in unserer, wie man sie nennt, humanen Zeit; sie lebte und lebte und war schließlich zu alt geworden. Einst hatte sie Kinder, einen Mann, eine Familie, Verwandte, alles das wogte sozusagen um sie herum, alles das lächelte ihr sozusagen freundlich zu, und plötzlich – Schluß, alles zum Kuckuck, sie ist ganz allein geblieben, wie ... wie irgendeine Fliege, die von altersher mit einem Fluch behaftet ist. Und nun erbarmt sich Gott endlich der Armen. Mit der untergehenden Sonne, an einem stillen Sommerabend, entschwebt auch meine Alte – natürlich geht es auch hier nicht ohne lehrreiche Betrachtungen ab; und gerade in diesem Augenblick, statt daß ihr eine Abschiedsträne geweiht würde, erscheint ein junger verwegener Fähnrich, die Hände in die Hüften gestemmt, und treibt sie aus dieser Welt hinaus mit einem Hagel roher russischer Flüche wegen einer vermißten Suppenterrine! Ganz gewiß bin ich schuldig, und obgleich ich meine Handlung schon längst wie die eines anderen betrachte, denn es sind viele Jahre seitdem vergangen, und ich bin nicht mehr, der ich war, so empfinde ich doch auch jetzt noch Bedauern. Ich wiederhole, es kommt mir selbst sonderbar vor, denn wenn ich auch schuldig bin, so doch nicht allzusehr: warum fiel es ihr gerade in dem Augenblick ein zu sterben? Natürlich ist eine Rechtfertigung hier denkbar: daß die Handlung eine gewissermaßen psychologische war; aber ich konnte mich nicht eher beruhigen, als bis ich vor etwa fünfzehn Jahren zwei Freistellen für kranke alte Frauen im Siechenheim gestiftet hatte, um durch anständige Verpflegung ihnen die letzten Tage ihres irdischen Lebens zu versüßen. Ich habe die Absicht, daraus eine Stiftung für alle Zeiten zu machen, indem ich ein entsprechendes Kapital in meinem Testament aussetze. So, das wäre die ganze Geschichte. Ich wiederhole, daß ich vielleicht vieles im Leben verbrochen habe, doch diesen Fall halte ich vor meinem Gewissen für die schlechteste Tat meines Lebens.«

»Und statt von der schlechtesten Tat haben Exzellenz uns von einer Ihrer edlen Taten berichtet! Sie haben Ferdystschenko betrogen!« rief Ferdystschenko.

»In der Tat, General, ich hatte gar nicht gedacht, daß Sie doch ein so gutes Herz haben; ich bedauere Sie sogar«, sagte Nastasja Filippowna lässig.

»Bedauern? Warum denn?« fragte der General mit liebenswürdigem Lachen und trank nicht ohne Selbstgefälligkeit einen Schluck Champagner.

Nun war die Reihe an Afanasij Iwanowitsch, der sich auch schon vorbereitet hatte. Alle wußten, daß er sich gleich dem General nicht weigern werde; man erwartete seinen Bericht aus gewissen Gründen mit besonderer Neugierde und blickte zugleich auf Nastasja Filippowna. Mit außergewöhnlicher Würde, die zu seiner imposanten Gestalt durchaus paßte, begann Afanasij Iwanowitsch mit leiser, freundlicher Stimme eine seiner »netten Geschichten«. (Nebenbei gesagt: er war ein stattlicher Mann, hochgewachsen, etwas kahlköpfig, leicht angegraut, ziemlich wohlbeleibt, mit weichen, roten, etwas schlaffen Wangen und falschen Zähnen. Er kleidete sich bequem und doch elegant und hatte wunderbare Wäsche. Seine weichen weißen Hände hätte man immer anstaunen können. Am Zeigefinger der rechten Hand trug er einen kostbaren Brillantring.) Nastasja Filippowna betrachtete während seines Berichts unverwandt den Spitzenbesatz ihres Ärmels und zupfte mit zwei Fingern der linken Hand daran, so daß sie kein einzigesmal dazu kam, den Erzähler anzublicken.

»Was mir meine Aufgabe am meisten erleichtert«, fing Afanasij Iwanowitsch an, »ist die strenge Verpflichtung, unbedingt die schlechteste Tat meines Lebens zu erzählen. In einem solchen Fall kann es natürlich kein Schwanken geben: das Gewissen und die Erinnerung des Herzens sagen einem sofort, was man zu erzählen hat. Ich muß mit Schmerzen gestehen, daß sich unter all den zahlreichen, vielleicht leichtsinnigen und ... unbedachten Handlungen meines Lebens eine findet, deren Eindruck fast zu schwer auf meinem Gedächtnis lastet. Nun also, vor ungefähr zwanzig Jahren besuchte ich Platon Ordynzew auf seinem Landgut. Er war eben erst zum Adelsmarschall gewählt worden und wollte mit seiner jungen Frau das Weihnachtsfest auf dem Lande feiern. In diese Zeit fiel auch der Geburtstag Anfisa Alexejewnas, und es waren zwei Bälle angesetzt. Um die Zeit machte der entzückende Roman des jüngern Dumas *La dame aux camélias* in der vornehmen Gesellschaft ungeheures Aufsehen und war sehr in Mode – ein unsterbliches Werk, das meiner Ansicht nach nie veralten kann. In der Provinz waren alle Damen hingerissen bis zur Begeisterung – zum mindesten diejenigen, die das Buch wirklich gelesen hatten. Der Reiz der Erzählung, die eigenartige Darstellung der Heldin, diese verlockende Welt, die mit so großer Feinheit geschildert wird, und endlich all diese bezaubernden Einzelheiten, die durch das ganze Buch verstreut sind – zum Beispiel die Umstände, unter denen der Reihe nach rosa oder weiße Kamelien zur Verwendung kommen –, mit einem Wort, all diese reizenden Details, all das zusammen wirkte geradezu erschütternd. Kamelienblüten wurden die große Mode. Alles verlangte Kamelien, alles suchte sie. Ich frage Sie: wieviel Kamelien kann man in einem Landkreis auftreiben, wenn sie zu allen Bällen verlangt werden, selbst wenn gar nicht viele Bälle veranstaltet werden? Petja Worchowskoj schwärmte damals für Anfisa Alexejewna, der Arme. Ich weiß nicht, ob zwischen ihnen etwas war – das heißt, ich will sagen, ob er irgendeine ernstliche Hoffnung haben konnte. Der Arme suchte wie verrückt zum Ball Kamelien für Anfisa Alexejewna zu beschaffen. Die Gräfin Sozkaja aus Petersburg, die bei der Gattin des Gouverneurs zu Besuch war, und Sofja Bespalowa würden bestimmt mit weißen Sträußen kommen, das wußte man schon. Anfisa Alexejewna wünschte um eines besondern Effekts willen rote zu haben. Der arme Platon wurde fast zu Tode gehetzt; dazu ist man ja Ehegatte; er hatte sich verbürgt, einen Strauß zu beschaffen – und was geschah? Tags zuvor wurde er ihm von Katerina Alexandrowna Mytistschewa weggeschnappt, der ärgsten Nebenbuhlerin Anfisa Alexejewnas in allen Dingen; sie waren Todfeindinnen. Natürlich gab es Weinkrämpfe und Ohnmachten. Platon war verloren. Es ist klar: wenn Petja in diesem interessanten Augenblick einen Strauß hätte herbeischaffen können, so wären seine Aussichten ganz gewaltig gestiegen; die Dankbarkeit der Frauen kennt in solchen Fällen keine Grenzen. Er fuhr herum wie ein Rasender; aber es ging einfach nicht, da war nichts zu wollen. Am Tage vor dem Geburtstag und Ball treffe ich ihn zufällig, schon gegen elf Uhr abends, bei Marja Petrowna Subkowa, der Nachbarin Ordynzews. Er strahlt. ‚Was ist mit dir?' – ‚Ich hab's, heureka!' – ‚Aber, Freund! Das ist ja ein Wunder! Wo? Wie?' – ‚In Jekschaisk' – so heißt ein Nest in der Gegend, zwanzig Werst entfernt, im Nachbarbezirk –, ‚da ist ein Kaufmann Trepalow, mit langem Bart und schwerreich. Er lebt mit seiner alten Frau; statt Kinder haben sie nur Kanarienvögel. Beide sind leidenschaftliche Blumenliebhaber und haben auch Kamelien.' – ‚Ich bitte dich! Das ist ja ganz unsicher! Wenn er dir nun keine gibt?' – ‚Ich falle vor ihm nieder und liege so lange auf dem Boden, bis er sie mir gibt; ohne Blumen gehe ich nicht fort.' – ‚Wann willst du hin?' – ‚Morgen in aller Frühe um fünf Uhr.' – ‚Nun, viel Erfolg!' – Und ich freute mich noch so für ihn, wissen Sie. Dann fuhr ich zu Ordynzews zurück. Es war schon zwei Uhr nachts, aber immer noch stand er mir vor Augen, wissen Sie. Ich wollte mich schon zu Bett legen, da kam mir ein ganz eigentümlicher Gedanke! Ich begebe mich sofort in die Küche, wecke den Kutscher Sawelij, gebe ihm fünfzehn Rubel – ‚daß in einer halben Stunde der Wagen vor der Tür steht!' Nach einer halben Stunde war der Karren natürlich da; Anfisa Alexejewna, sagte man mir, habe Migräne, fiebere und phantasiere; ich stieg ein und fuhr ab. Kurz vor fünf war ich in Jekschaisk, vor dem Gutshof; hier wartete ich bis zur Morgendämmerung, nur bis zur Dämmerung; um halb sieben war ich bei Trepalow. ‚Soundso, haben Sie Kamelien? Väterchen, Wohltäter, hilf mir, rette mich, ich bitte dich kniefällig.' Ich seh ihn an – ein großer alter Mann, grauhaarig, finster – schauerlich. ‚Nein, nein! Ich gebe nichts ab.' Ich falle vor ihm nieder! Platt auf dem Bauch lag ich. ‚Was fällt Ihnen ein, mein Lieber?' Er war ganz erschrocken. ‚Es geht um ein Menschenleben!' schrie ich. ‚Nun, dann nehmen Sie die Kamelien, wenn's sein muß.' Da habe ich mir rote Kamelien abgeschnitten! Wunderbar schön waren sie, eine richtige kleine Orangerie hatte der Alte. Er sah zu und seufzte nur. Ich reiche ihm einen Hundertrubelschein. ‚Nein, mein Lieber, so dürfen Sie mich nicht kränken.' – ‚Wenn es so ist, Verehrtester', sage ich, ‚dann haben Sie die Güte, diese hundert Rubel dem hiesigen Krankenhaus zu besserer Verpflegung der Insassen zu stiften.' – ,Das ist was anderes', sagt er, ,das ist ein gutes, edles und gottgefälliges Werk. Auf Ihr Wohl will ich es stiften!' – Wissen Sie, er gefiel mir, dieser Alte, ein richtiger Kernrusse, de la vraie souche. Ganz begeistert von meinem Erfolg mache ich mich sofort auf den Heimweg; wir fuhren auf Seitenstraßen, um Petja nicht zu begegnen. Angelangt, laß ich den Strauß Anfisa Alexejewna beim Erwachen überreichen. Sie können sich das Entzücken, den Dank, die Tränen vorstellen! Platon, der gestern schon ein toter Mann schien – Platon schluchzt an meiner Brust. Ach ja! Alle Männer sind so seit Erschaffung ... der legitimen Ehe! Ich wage nichts mehr hinzuzufügen. Der arme Petja hatte nach dieser Episode endgültig verspielt. Ich dachte zuerst, er würde mir den Hals abschneiden, sobald er es erführe, machte mich auch schon auf den Zusammenstoß gefaßt, aber es geschah etwas, das ich gar nicht für möglich gehalten hätte: er fiel in Ohnmacht, abends phantasierte er, am Morgen lag er im Fieber; wie ein Kind weinte er, von Krämpfen geschüttelt. Nach einem Monat, kaum genesen, ließ er sich nach dem Kaukasus versetzen; es war ein regelrechter Roman! Das Ende war, daß er in der Krim fiel. Damals war noch sein Bruder, Stepan Worchowskoj, Regimentskommandeur; er hat sich im Krieg ausgezeichnet. Ich gestehe, mich haben noch viele Jahre nachher Gewissensbisse geplagt: warum habe ich ihm das angetan? Wenn ich noch selbst verliebt gewesen wäre! Es war aber doch nur ein dummer Streich, einer einfachen Courmacherei zuliebe, nicht mehr. Und hätte ich ihm damals nicht den Kamelienstrauß abgejagt, der Mann wäre vielleicht heute noch am Leben, wäre glücklich, hätte Erfolg, und es wäre ihm nie eingefallen, gegen den Türken zu ziehen.«

Afanasij Iwanowitsch verstummte mit derselben würdevollen Miene, mit der er seine Erzählung begonnen hatte. In Nastasja Filippownas Augen sah man einen ganz eigentümlichen Glanz aufzucken, und ihre Lippen zitterten, als Afanasij Iwanowitsch geendet hatte. Alle blickten neugierig auf die beiden.

»Sie haben Ferdystschenko betrogen! Ganz und gar betrogen! Das nennt man betrügen!« rief Ferdystschenko mit weinerlicher Stimme, denn er begriff, daß man jetzt etwas sagen dürfe und müsse.

»Wer hat Sie denn geheißen, die Sache mißzuverstehen? Lassen Sie sich von klugen Leuten belehren«, schnitt ihm Darja Alexejewna beinahe triumphierend das Wort ab; sie war eine alte und treue Freundin und Spießgesellin Tozkijs.

»Sie haben recht, Afanasij Iwanowitsch, das Gesellschaftsspiel ist sehr langweilig, und wir wollen es schnell zu Ende bringen«, warf Nastasja Filippowna lässig hin; »ich will nun selbst erzählen, was ich Ihnen versprochen habe, und dann spielen wir Karten.«

»Zuerst aber die versprochene Geschichte«, stimmte der General eifrig bei.

»Fürst«, wandte sich Nastasja Filippowna plötzlich schroff an diesen, ohne sich von ihrem Platz zu rühren, »meine alten Freunde, der General und Afanasij Iwanowitsch, wollen mich immer an den Mann bringen. Sagen Sie mir Ihre Meinung: soll ich heiraten oder nicht? Wie Sie es sagen, will ich es machen.«

Afanasij Iwanowitsch wurde bleich, der General erstarrte; alle richteten ihre Blicke auf Nastasja Filippowna und reckten die Hälse. Ganja saß regungslos da.

»Wen ... heiraten?« fragte der Fürst mit stockender Stimme.

»Gawrila Ardalionowitsch Iwolgin«, fuhr Nastasja Filippowna fort, scharf, fest und deutlich wie vorher.

Einige Sekunden lang herrschte Schweigen; der Fürst schien, so sehr er sich auch anstrengte, keine Silbe hervorbringen zu können, als bedrückte eine furchtbare Last seine Brust. »N–nein ... heiraten Sie ihn nicht«, flüsterte er endlich und holte schwer Atem.

»So soll es auch sein! Gawrila Ardalionowitsch!« wandte sich Nastasja Filippowna mit Herrschermiene und einer gewissen Feierlichkeit an diesen, »Sie haben gehört, wie der Fürst entschieden hat? Nun, das soll meine Antwort sein; und damit sei diese Angelegenheit ein für allemal erledigt!«

»Nastasja Filippowna!« sagte Afanasij Iwanowitsch mit zitternder Stimme.

»Nastasja Filippowna!« rief der General mit eindringlicher, aber erregter Stimme.

Alle gerieten in Bewegung und Unruhe.

»Was gibt es, meine Herrschaften?« fuhr sie fort und sah ihre Gäste erstaunt an. »Was regt Sie so auf? Und was machen Sie alle für Gesichter?«

»Aber ... bedenken Sie, Nastasja Filippowna«, stammelte Tozkij, »Sie hatten doch versprochen ... ganz freiwillig ... und könnten doch etwas Schonung beweisen ... Ich bin in Verlegenheit ... und weiß nicht recht, aber ... Mit einem Wort: jetzt, in einem solchen Augenblick ... vor fremden Leuten ... mit einem solchen Gesellschaftsspiel eine ernste Sache ... eine Sache der Ehre und des Herzens erledigen zu wollen ... von der so viel abhängt ...«

»Ich verstehe Sie nicht, Afanasij Iwanowitsch; Sie kommen wirklich ganz aus dem Konzept. Erstens, was heißt das: ‚vor fremden Leuten'? Sind wir nicht in einer ausgezeichneten intimen Gesellschaft? Und warum ‚Gesellschaftsspiel'? Ich wollte in der Tat meine Anekdote erzählen; nun, und ich habe sie erzählt! Ist sie etwa nicht gut? Und was reden Sie von ‚nicht ernst'? Bin ich nicht ganz ernst? Sie haben gehört, wie ich zum Fürsten sagte: ‚Wie Sie entscheiden, so soll es sein.' Hätte er *ja* gesagt, so hätte ich alsbald meine Zustimmung gegeben; er hat aber *nein* gesagt, und ich habe das Anerbieten zurückgewiesen; ist das nicht ernst? Mein ganzes Leben hing an einem Haar. Kann es etwas Ernsteres geben?«

»Aber der Fürst? Was soll hier der Fürst? Und was ist schließlich der Fürst?« brummte der General, der kaum noch imstande war, seinen Ärger über eine derartige geradezu kränkende Erhebung des Fürsten zur Autorität zu verbergen.

»Der Fürst hat für mich die Bedeutung, daß er der erste Mensch ist, dem ich Glauben entgegenbringe, weil er mir wirklich ergeben ist. Er hatte auf den ersten Blick Vertrauen zu mir, und so vertraue ich ihm auch.«

»Ich habe nur noch Nastasja Filippowna zu danken für

die außerordentlich taktvolle Art und Weise, wie sie ... an mir gehandelt hat«, sagte Ganja endlich mit zitternder Stimme und zuckenden Lippen; er war ganz bleich geworden. »So hat es natürlich sein müssen ... Aber ... der Fürst ... der Fürst hat in dieser Angelegenheit ...«

»Es auf die fünfundsiebzigtausend abgesehen?« fiel ihm Nastasja Filippowna plötzlich ins Wort. »Wollten Sie das sagen? Leugnen Sie nicht, Sie wollten bestimmt das sagen! Afanasij Iwanowitsch, ich vergaß hinzuzufügen: nehmen Sie diese fünfundsiebzigtausend an sich und merken Sie sich, daß ich Ihnen unentgeltlich die Freiheit gebe. Genug! Sie müssen doch auch einmal aufatmen! Neun Jahre und drei Monate! Morgen fängt ein neues Leben an, und heute ist mein Geburtstag, und ich bin mein eigener Herr, zum erstenmal in meinem Leben! General, nehmen auch Sie Ihre Perlen zurück, schenken Sie sie Ihrer Frau Gemahlin, da sind sie, und morgen verlasse ich auch diese Wohnung. Und dann gebe ich keine Gesellschaften mehr, meine Herrschaften!« Nach diesen Worten stand sie plötzlich auf, als wollte sie hinausgehen.

»Nastasja Filippowna! Nastasja Filippowna!« tönte es von allen Seiten. Alle waren erregt, alle sprangen von ihren Plätzen auf; alle umringten sie, alle hörten unruhig auf ihre hastigen, fieberhaften, ekstatischen Reden; alle empfanden eine gewisse Disharmonie, niemand konnte sich in der Lage zurechtfinden, niemand konnte etwas verstehen. In diesem Augenblick wurde plötzlich stark an der Glocke gezogen; sie tönte scharf und schrill, genau wie nachmittags in Ganjas Wohnung.

»Ah! Da kommt die Entscheidung! Endlich! Es ist halb zwölf!« rief Nastasja Filippowna. »Ich bitte Sie Platz zu nehmen, meine Herrschaften, die Entscheidung ist da.« Sie selbst setzte sich, nachdem sie das gesagt hatte. Ein seltsames Lächeln zitterte auf ihren Lippen. Sie saß schweigend in fieberhafter Erwartung da und sah auf die Tür.

»Rogoschin und die hunderttausend Rubel, unzweifelhaft«, brummte Ptizyn vor sich hin.

15

Das Dienstmädchen Katja kam sehr erschrocken herein.

»Da geht Gott weiß was vor, Nastasja Filippowna. An die zehn Mann haben sich hereingedrängt, alle betrunken, sie wollen in den Salon, sie sagen, sie kämen mit Rogoschin und Sie kennten sie.«

»Es ist wahr, Katja, laß sie sofort alle herein.«

»Wirklich ... alle, Nastasja Filippowna? Sie treiben es ganz toll. Es ist furchtbar.«

»Alle, alle sollen kommen, Katja, fürchte dich nicht, alle ohne Ausnahme, sie drängen sich ja doch herein. Hörst du, wie sie lärmen, ganz wie vorhin. Meine Herrschaften, es verletzt Sie vielleicht«, wandte sie sich an ihre Gäste, »daß ich eine solche Gesellschaft in Ihrem Beisein empfange? Es tut mir sehr leid, und ich bitte um Vergebung, aber es muß sein, und ich wünschte sehr, daß Sie alle Zeugen dieser Auseinandersetzung wären . . . übrigens ganz wie Sie wollen.«

Die Gäste fuhren fort, sich zu wundern, miteinander zu flüstern und Blicke zu tauschen, aber es war nun völlig klar, daß alles das vorher verabredet und vorbereitet war und daß Nastasja Filippowna – mochte sie auch von Sinnen sein – von ihrem Vorhaben jetzt nicht mehr abzubringen war. Alle plagte die Neugier. Zudem hatte ja auch niemand etwas zu fürchten. Es waren nur zwei Damen da: Darja Alexejewna, eine gewandte Person, die genug erlebt hatte und sich schwer aus der Fassung bringen ließ, und die schöne, aber schweigsame Fremde. Aber die schweigsame Fremde verstand kaum etwas: sie war eine zugereiste Deutsche, die gar kein Russisch konnte; außerdem schien sie ebenso dumm wie schön. Sie war erst seit kurzem in der Stadt, aber es war bereits Brauch geworden, sie zu bestimmten Gesellschaften einzuladen; sie erschien dann in prunkvoller Toilette, frisiert wie für ein Schaufenster, und wurde als schönes Bild placiert, um dem Abend einen besondern Schmuck zu verleihen – so wie manche Leute für ihre Soireen sich bei Bekannten für das eine Mal Gemälde, Vasen, Statuen oder Wandschirme ausleihen. Was die Männer anbelangt, so war Ptizyn ja ein guter Freund Rogoschins, und Ferdystschenko fühlte sich wie der Fisch im Wasser; Ganjetschka konnte immer noch nicht zu sich kommen, empfand aber dunkel, doch unwiderstehlich ein fieberhaftes Bedürfnis, bis zuletzt an seinem Schandpfahl auszuharren; der alte Lehrer, der kaum verstand, um was es sich handelte, weinte beinahe und zitterte buchstäblich vor Angst, als er die ungewöhnliche Erregung der Gesellschaft und Nastasja Filippownas bemerkte, die er verehrte, als wäre sie sein Enkelkind; allein er wäre eher gestorben, als daß er sie in einem solchen Augenblick verlassen hätte. Afanasij Iwanowitsch endlich durfte sich durch ein solches Abenteuer nicht kompromittieren; er war aber an der Sache zu interessiert, mochte sie auch eine so verrückte Wendung genommen haben; zudem hatte Nastasja Filippowna über ihn ein paar Worte fallen lassen, die es ihm unmöglich machten fortzugehen, ohne die Angelegenheit endgültig geklärt zu haben. Er beschloß, bis zuletzt dazubleiben, sich ganz still zu verhalten und nur zu beobachten, was selbstverständlich auch seiner Würde am meisten entsprach. Einzig der General Jepantschin, der eben erst durch die so ungenierte und lächerliche Rückgabe seines Geschenks bitter gekränkt worden war, konnte alle diese unglaublichen Extravaganzen oder das Erscheinen Rogoschins erst recht als Beleidigung auffassen; für einen Mann seines Schlags war er schon weit genug gegangen, wenn er sich bereit zeigte, neben einem Ptizyn und Ferdystschenko zu sitzen; doch was die Gewalt der Leidenschaft durchzusetzen vermochte, das konnte wieder durch das Pflichtgefühl, Amtswürde und überhaupt Selbstachtung überwunden werden, so daß Rogoschin und Genossen in Gegenwart Seiner Exzellenz jedenfalls unmöglich waren.

»Ach, General«, unterbrach ihn Nastasja Filippowna, als er kaum das Wort an sie gerichtet hatte, »ich hätte es fast vergessen! Aber seien Sie überzeugt, daß ich an Sie gedacht habe. Wenn es Ihnen so peinlich ist, will ich nicht darauf bestehen und Sie nicht zurückhalten, obgleich es mir sehr erwünscht wäre, Sie gerade jetzt in meiner Nähe zu sehen.

Jedenfalls danke ich Ihnen herzlich für Ihre Besuche und Ihre schmeichelhafte Aufmerksamkeit; wenn Sie aber fürchten ...«

»Erlauben Sie, Nastasja Filippowna«, rief der General in einem Anfall von ritterlicher Großmut, »wem sagen Sie das? Ich bleibe aus reiner Ergebenheit jetzt bei Ihnen, und wenn zum Beispiel irgendeine Gefahr ... Zudem muß ich gestehen, daß ich äußerst neugierig bin. Ich wollte bloß sagen, sie könnten die Teppiche beschmutzen und vielleicht etwas zerschlagen ... Sie sollten sie lieber doch nicht empfangen, meine ich, Nastasja Filippowna!«

»Es ist Rogoschin in eigener Person!« verkündete Ferdystschenko.

»Wie denken Sie, Afanasij Iwanowitsch«, konnte der General ihm noch in aller Eile zuflüstern, »hat sie nicht den Verstand verloren? Ich meine das ohne jede Allegorie, rein medizinisch.«

»Ich sagte Ihnen ja, daß sie immer dazu Neigung hatte«, flüsterte Afanasij Iwanowitsch verschmitzt zurück.

»Und nun noch das Fieber ...«

Rogoschins Bande erschien fast in demselben Bestande wie am Vormittag; es war nur noch ein verbummelter alter Mann dazugekommen, der einst ein ganz übles Skandalblättchen herausgegeben hatte und von dem erzählt wurde, er habe einmal seine in Gold gefaßten falschen Zähne versetzt und vertrunken; ferner ein Leutnant a. D., nach Handwerk und Beruf ein ausgesprochener Konkurrent des Herrn mit den kräftigen Fäusten vom Vormittag; keiner von der Bande kannte ihn, man hatte ihn auf der Sonnenseite des Newskij-Prospekts aufgelesen, wo er den Passanten in den Weg trat und sie im Stile Marlinskijs* um eine Unterstützung bat – mit der hinterlistigen Begründung, er habe selbst seinerzeit Bittstellern nie weniger als fünfzehn Rubel gegeben. Beide Konkurrenten stellten sich sofort feindselig zueinander. Der Herr mit den Fäusten fühlte sich nach der Aufnahme des Bittstellers in die Gesellschaft sogar gekränkt, und

* Romantischer Schriftsteller der dreißiger Jahre (Anmerkung des Übersetzers).

da er von Natur schweigsam war, brummte er nur hin und wieder wie ein Bär und sah mit tiefer Verachtung auf die Kriecherei und Schöntuerei des »Bittstellers«, der sich als Mann von Welt und Manieren entpuppte. Seinem Aussehen nach schien der Leutnant »im Ernstfalle« mehr durch Gewandtheit und Beweglichkeit etwas erreichen zu können als durch Kraft, er war auch von Wuchs kleiner als der Herr mit den großen Fäusten. Höflich, ohne offen in Streit zu treten, aber in sehr prahlerischen Ausdrücken hatte er schon mehrmals die Vorzüge des englischen Boxens hervorgehoben, hatte sich also, mit einem Wort, als reinster Westler gezeigt. Der Herr mit den Fäusten lächelte bei dem Worte »boxen« nur verächtlich und gekränkt und zeigte seinerseits, ohne den Konkurrenten einer öffentlichen Debatte zu würdigen, ab und zu schweigend, wie zufällig ein höchst nationales Attribut – eine gewaltige Faust, die von dicken Adern und Knoten durchzogen und mit einem rotbraunen Flaum bewachsen war – und alle mußten einsehen, daß, wenn dieser tiefnationale Gegenstand, ohne zu fehlen, auf sein Opfer niedersinken würde, dieses vollständig zu Brei zermalmt werden müsse.

Gänzlich »fertig«, das heißt völlig betrunken, war auch diesmal, wie vorhin, keiner von der Gesellschaft, dank den Bemühungen von Rogoschin selbst, der den ganzen Tag über seinen Besuch bei Nastasja Filippowna im Auge behalten hatte. Er selbst war wieder fast nüchtern, dafür aber halb toll von all den Eindrücken dieses wilden Tages, der keinem einzigen in seinem bisherigen Leben glich. Nur eines hatte er unausgesetzt vor Augen, im Gedächtnis und im Herzen, in jeder Minute, in jedem Augenblick. Um dieses *einen* willen hatte er die ganze Zeit, von fünf Uhr nachmittags bis elf Uhr abends, in unendlicher Sehnsucht und Unruhe verbracht, sich mit all den Kinders und Biskups abgegeben, die ebenfalls beinahe den Verstand verloren, da sie wie toll seinen Aufträgen nachlaufen mußten. Und trotz alledem war die Summe von hunderttausend Rubel in bar, auf die Nastasja Filippowna flüchtig, spöttisch und ganz obenhin angespielt hatte, zusammengekommen, allerdings gegen Zinsen, von denen sogar Biskup aus Schamgefühl nicht laut, sondern nur im Flüsterton mit Kinder redete.

Wie vorhin schritt Rogoschin auch jetzt allen voran, die andern schoben sich nach, wenn auch im vollen Gefühl ihrer Würde, aber doch ein wenig ängstlich. Am meisten fürchteten sie sich, Gott weiß warum, vor Nastasja Filippowna. Einige von ihnen meinten sogar, man werde sie alsbald die Treppe hinunterwerfen. Zu denen, die so dachten, gehörte auch der Stutzer und Herzensbrecher Saljoschew. Aber die andern, allen voran der Herr mit den Fäusten, hegten gegen Nastasja Filippowna, wenn auch nicht offenkundig, so doch im Herzen tiefste Verachtung, sogar Haß und gingen zu ihr, als gälte es eine Festung zu belagern. Allein die prunkvolle Ausstattung der ersten zwei Zimmer, die vielen ihnen ganz fremden, nie gesehenen Dinge, die kostbaren Möbel, die lebensgroße Venusstatue – all das machte einen unwiderstehlichen Eindruck und erfüllte die Gemüter mit Hochachtung und beinahe Furcht. Das hinderte allerdings nicht, daß sie allesamt, einer nach dem andern, in frecher Neugier, trotz aller Furcht, hinter Rogoschin her sich in den Salon drängten; doch als der Herr mit den Fäusten, der »Bittsteller« und einige andere den General Jepantschin unter den Gästen entdeckten, waren sie im ersten Augenblick so entmutigt, daß sie sogar anfingen, sich langsam ins Nebenzimmer zurückzuziehen. Nur Lebedew war einer der mutigsten und überzeugtesten und ging fast neben Rogoschin, weil er klar erkannte, was eine Million vierhunderttausend Rubel als Kapital und hunderttausend in bar zu sofortiger Auszahlung zu bedeuten haben. Übrigens hatten sie alle, auch den erfahrenen Lebedew nicht ausgenommen, von den Grenzen und Schranken ihrer Macht keine ganz klare Vorstellung und wußten nicht recht, ob ihnen jetzt alles gestattet sei oder nicht. Lebedew konnte in manchen Augenblicken schwören, es sei alles erlaubt, aber dazwischen empfand er wieder ein unruhiges Bedürfnis, sich für alle Fälle einige besonders ermunternde und beruhigende Abschnitte des Gesetzbuches ins Gedächtnis zu rufen.

Auf Rogoschin selbst machte der Salon Nastasja Filippownas einen Eindruck, der dem seiner Genossen gerade entgegengesetzt war. Kaum hatte er die Portiere zurückgeschoben und Nastasja Filippowna erblickt, so hatte alles andere aufgehört für ihn zu existieren, ebenso wie vormittags, ja wohl noch in höherm Maße als damals. Er wurde bleich und stockte; man konnte erraten, daß sein Herz heftig schlug. Ängstlich und wie verloren blickte er einige Sekunden lang, ohne die Augen abzuwenden, auf Nastasja Filippowna. Plötzlich ging er, als hätte er den Verstand verloren und beinahe schwankend, auf den Tisch zu; unterwegs stieß er gegen den Stuhl Ptizyns und trat mit seinen schmutzigen Stiefeln auf den Spitzenbesatz des prachtvollen blauen Kleides der schweigsamen schönen Deutschen; er entschuldigte sich nicht, weil er es gar nicht merkte. Beim Tisch angelangt, legte er einen seltsamen Gegenstand darauf nieder, den er schon, als er in den Salon hereinkam, mit beiden Händen vor sich hin gehalten hatte. Es war ein großes Paket von ungefähr drei Werschok* Höhe und vier Werschok Länge, fest in ein Blatt der *Börsenzeitung* gewickelt und von allen Seiten und zweimal über Kreuz mit jener Art von Bindfaden verschnürt, wie man ihn zum Verschnüren von Zuckerhüten benützt. Dann stellte er sich gerade hin, ohne ein Wort zu sagen, und ließ die Arme hängen, als erwartete er sein Urteil. Er war ganz ebenso gekleidet wie vorhin, nur hatte er jetzt einen ganz neuen seidenen Schal um den Hals, leuchtend grün mit roten Streifen, von einer riesigen Brillantnadel in Gestalt eines Käfers zusammengehalten, und einen massiven Brillantring am schmutzigen Finger der rechten Hand. Lebedew blieb drei Schritte vor dem Tische stehen; die andern kamen nach und nach in den Salon herein. Katja und Pascha, die Stubenmädchen Nastasja Filippownas, waren ebenfalls herbeigelaufen und guckten mit großem Staunen und Bangen hinter der Portiere hervor.

»Was ist das?« fragte Nastasja Filippowna, nachdem sie Rogoschin scharf und neugierig angesehen hatte, und deutete mit den Augen auf den »Gegenstand«.

»Die hunderttausend Rubel«, antwortete er fast flüsternd.

* Werschok = 4,4 cm (Anmerkung des Übersetzers).

»Ah! Er hat also Wort gehalten! Setzen Sie sich bitte! Hierher, auf den Stuhl hier! Ich sage Ihnen später noch einiges. Wer ist mit Ihnen gekommen? Die ganze Gesellschaft von vorhin? Sie sollen hereinkommen und Platz nehmen; dort drüben auf dem Sofa; und hier ist noch ein Sofa. Da stehen auch zwei Sessel ... nun, wollen sie etwa nicht?«

In der Tat waren einige sehr verlegen geworden; sie zogen sich zurück und nahmen abwartend im Nebenraum Platz; einige andere aber blieben im Salon und folgten der Aufforderung; allerdings suchten sie sich weiter vom Tische weg zu setzen, mehr zu den Ecken hin, die einen immer noch bemüht, recht wenig aufzufallen, während die andern mit jedem Augenblick und unnatürlich schnell lebhafter wurden. Rogoschin setzte sich ebenfalls auf den ihm angewiesenen Stuhl, blieb aber nicht lange sitzen; er stand bald auf und setzte sich nachher nicht mehr. Allmählich erkannte und musterte er die Gäste. Als er Ganja erblickte, lächelte er boshaft und flüsterte vor sich hin: »Sieh mal an!« Den General und Afanasij Iwanowitsch sah er ohne jede Verlegenheit, ja sogar ohne besondere Neugierde an. Doch als er neben Nastasja Filippowna den Fürsten entdeckte, konnte er den Blick lange nicht von ihm abwenden; er schien höchst erstaunt und außerstande, sich über diese Begegnung Rechenschaft zu geben. Man hätte vermuten können, daß er minutenlang von einem richtigen Fieberwahn beherrscht wurde. Zu allen Erschütterungen des heutigen Tages kam noch, daß er die ganze vorhergehende Nacht im Eisenbahnwagen zugebracht und schon fast achtundvierzig Stunden nicht geschlafen hatte.

»Da sind hunderttausend Rubel, meine Herrschaften«, sagte Nastasja Filippowna in fieberhaft ungeduldigem, herausforderndem Tone zu den Gästen, »in dem schmutzigen Paket hier. Vorhin hatte er wie ein Wahnsinniger gebrüllt, er werde mir abends hunderttausend Rubel bringen, und ich habe die ganze Zeit auf ihn gewartet. Er hat um mich gefeilscht: mit achtzehntausend fing er an, dann sprang er plötzlich auf vierzigtausend hinauf, und endlich kam er bis zu diesen hunderttausend. Er hat also doch Wort gehalten!

Pfui, wie bleich er ist! Das spielte sich alles vorhin bei Ganjetschka ab: ich machte seiner Mutter einen Besuch, wollte meine zukünftige Familie kennenlernen, und da schrie mich seine Schwester an: ‚Wirft denn keiner dieses schamlose Frauenzimmer hinaus?' und spuckte ihrem Bruder Ganjetschka ins Gesicht. Das Mädchen hat Charakter.«

»Nastasja Filippowna!« sagte der General vorwurfsvoll. Er fing an, die Vorgänge einigermaßen zu begreifen, freilich auf seine Weise.

»Was denn, General? Ist das etwa unanständig? Tun Sie doch nicht so! Wenn ich im französischen Theater, in der Loge im ersten Rang wie eine uneinnehmbare Tugendfestung dagesessen habe und vor allen, die mir in den fünf Jahren nachstiegen, wie eine Wilde davonlief und das Gesicht der stolzen Unschuld schnitt – so war das doch nur Dummheit von mir! Sehen Sie – und nun ist er gekommen, legt mir vor Ihren Augen hunderttausend Rubel auf den Tisch, nach fünf Jahren der Unschuld, und sicher stehen unten schon die Troikas da und warten auf mich! Hunderttausend bin ich ihm wert! Ganjetschka, ich sehe, du bist immer noch böse auf mich? Wolltest du mich denn wirklich in deine Familie einführen? Mich, die zu Rogoschin gehört! Was hat der Fürst vorhin gesagt?«

»Ich habe nicht gesagt, daß Sie zu Rogoschin gehören! Sie gehören nicht zu ihm«, sagte der Fürst mit zitternder Stimme.

»Nastasja Filippowna, hör auf, Liebste, hör auf, Beste«, konnte Darja Alexejewna sich plötzlich nicht mehr halten, »wenn sie dir so weh tun, dann kümmere dich doch nicht um sie! Und willst du dich wirklich solch einem anschließen, sei es auch für hunderttausend! Freilich, hunderttausend – das hat schon etwas zu sagen! Aber du solltest die hunderttausend nehmen und ihn hinauswerfen, so macht man es mit solchen Leuten. Ich würde sie an deiner Stelle allesamt ... lohnt es sich denn wirklich?!« Darja Alexejewna war sogar in Zorn geraten. Sie war eine gute, für äußere Eindrücke sehr empfängliche Frau.

»Ärgere dich nicht, Darja Alexejewna«, entgegnete Nastasja

Filippowna und lächelte sie an, »ich sagte es ihm ja ganz ohne Zorn. Habe ich ihm denn Vorwürfe gemacht? Ich kann wirklich nicht begreifen, wie mir dieser närrische Gedanke kommen konnte, in eine ehrbare Familie hineinzuheiraten. Ich habe seine Mutter gesehen, habe ihr die Hand geküßt. Und wenn ich damals bei dir spottete, Ganjetschka, so tat ich's absichtlich, weil ich mich zum letztenmal überzeugen wollte, wie weit du gehen kannst. Nun, und du hast mich staunen gemacht, wahrhaftig. Ich war auf vieles gefaßt, aber darauf nicht. Konntest du mich denn wirklich nehmen, wenn du wußtest, daß der da mir solche Perlen schenkt, fast am Vorabend deiner Hochzeit – und ich nehme sie an?! Und Rogoschin? Er hat in deinem Hause, in Gegenwart deiner Mutter und deiner Schwester, um mich gefeilscht, und du kommst hinterher als Freier zu mir und hättest fast noch deine Schwester mitgebracht! Ist es denn wahr, was Rogoschin von dir gesagt hat: du wärst imstande, um drei Rubel auf allen vieren bis zum Wasiljewskij-Ostrow zu kriechen?«

»Er tut es«, sagte Rogoschin plötzlich mit leiser Stimme, aber im Tone tiefster Überzeugung.

»Wenn du noch am Verhungern wärest, aber du sollst ja ein ganz gutes Gehalt beziehen! Und zu allem noch, von der Schmach abgesehen, wolltest du eine verhaßte Frau in dein Haus bringen! – Denn du haßt mich, das weiß ich ... Nein, jetzt glaube ich, daß so einer für Geld einen Mord begehen kann! Sie sind jetzt alle von einer solchen Gier gepackt, es zieht sie so zum Gelde, daß sie sich wie die Berauschten gebärden. Einer ist noch ein halbes Kind und treibt schon Wuchergeschäfte! Oder er wickelt Seide um den Griff eines Rasiermessers, damit es feststeht, und schlachtet seinen Freund von hinterrücks, wie einen Hammel – so las ich es neulich irgendwo! Ein schamloser Kerl bist du! Ich selber bin schamlos, aber du bist viel schlimmer! Von jenem Blumenspender rede ich gar nicht ...«

»Sind Sie das wirklich, Nastasja Filippowna, sind Sie das?« rief der General in aufrichtigem Schmerz und schlug die Hände zusammen. »Sie, eine so taktvolle Frau von so feiner Denkweise, und plötzlich ...! Welche Sprache! Was für Worte!«

»Ich habe jetzt einen Rausch, General!« rief Nastasja Filippowna und lachte plötzlich, »ich möchte mich jetzt amüsieren! Heute ist mein Tag, mein Festtag, mein Ausnahmetag, ich habe lange auf ihn gewartet. Darja Alexejewna, siehst du den Blumenmann da, den Monsieur aux camélias? Da sitzt er und lacht uns an ...«

»Ich lache nicht, Nastasja Filippowna, ich höre nur mit gespannter Aufmerksamkeit zu«, parierte Tozkij mit Würde.

»Nun, wozu habe ich ihn fünf Jahre lang gequält und nicht von mir gelassen? War er das wert? Er ist einfach so, wie er sein muß ... Er wird noch meinen, ich sei ihm etwas schuldig: er hat mich erziehen lassen, hat mich gehalten wie eine Gräfin – was da Geld ausgegeben worden ist! Einen ehrenwerten Gemahl hatte er mir schon dort ausfindig gemacht, hier sollte es dann Ganjetschka sein ... Und was meinst du wohl? In diesen fünf Jahren habe ich ihm nicht angehört, ich habe mir bloß Geld von ihm geben lassen und geglaubt, ich sei im Recht! So ganz verdreht war ich! Du sagst, ich soll die hunderttausend nehmen und ihn hinauswerfen, wenn es mir widerlich ist ... Du hast recht, es ist mir widerlich ... Ich hätte auch längst heiraten können, nicht bloß den Ganjetschka, aber das wäre mir auch zu widerlich gewesen ... Und warum habe ich meine fünf Jahre in dieser Verbitterung verloren? Du magst es glauben oder nicht – vor vier Jahren habe ich zuweilen gedacht, ob es nicht am richtigsten wäre, ich heiratete meinen Afanasij Iwanowitsch! Ich dachte damals aus Wut so; weiß Gott, was mir damals alles durch den Kopf ging! Und wahrhaftig, ich hätte ihn dazu gebracht! Er selbst drängte sich mir auf, glaubst du es oder nicht? Freilich log er, aber er ist eben gar zu erpicht, er hält es nicht aus. Später habe ich es mir, Gott sei Dank, überlegt; er ist eine solche Wut nicht wert! Und solch ein Ekel faßte mich da plötzlich vor ihm, daß ich ihn, wenn er wirklich um mich angehalten hätte, nicht genommen hätte! Volle fünf Jahre lang tat ich so groß! Nein, lieber gehe ich doch auf die Straße, wo ich auch hingehöre! Entweder ich treibe mich mit Rogoschin herum oder ich werde gleich morgen Waschfrau! Denn ich trage ja nichts Eigenes am

Leibe; wenn ich gehe, werf ich ihm alles vor die Füße, den schlechtesten Lappen laß ich liegen – und wer nimmt mich denn, wenn ich nichts habe? Frag einmal Ganja, ob er mich nimmt? Nicht einmal Ferdystschenko würde mich nehmen!«

»Ferdystschenko täte es vielleicht nicht, Nastasja Filippowna, ich bin ein aufrichtiger Mensch«, fiel ihr Ferdystschenko ins Wort, »aber der Fürst nimmt Sie! Sie sitzen da und jammern, aber sehen Sie mal den Fürsten an! Ich beobachte ihn schon lange ...«

Nastasja Filippowna wandte sich neugierig nach dem Fürsten um.

»Ist das wahr?« fragte sie.

»Ja, es ist wahr«, flüsterte der Fürst.

»Sie würden mich nehmen, wie ich bin, ohne alles!«

»Ich nehme Sie, Nastasja Filippowna ...«

»Da haben wir eine neue Geschichte«, brummte der General. »Es war zu erwarten!«

Der Fürst sah mit traurigem, strengem und durchdringendem Blick in das Gesicht Nastasja Filippownas, die fortfuhr, ihn zu mustern.

»Da hat sich also noch einer gefunden!« sagte sie plötzlich zu Darja Alexejewna. »Er tut es wahrhaftig aus gutem Herzen, ich kenne ihn! Ein Wohltäter! Übrigens – vielleicht ist es wahr, was man von ihm sagt, daß er ... nicht ganz richtig sei. Wovon willst du denn leben, wenn du schon so verliebt bist, daß du mich aus Rogoschins Händen nehmen willst, du, ein Fürst?«

»Ich nehme Sie als ehrbares Weib, Nastasja Filippowna, und nicht aus Rogoschins Händen«, sagte der Fürst.

»Ich soll ein ehrbares Weib sein?«

»Ja, Sie.«

»Na, so steht das wohl in Romanen! Das sind alte Märchen, lieber Fürst, aber heute ist die Welt klug geworden, und alles das ist Unsinn! Wie kannst du denn heiraten, du hast ja selber noch ein Kindermädchen nötig.«

Der Fürst stand auf und sagte mit bebender, zaghafter Stimme, doch mit der Miene eines tief überzeugten Menschen: »Ich weiß nichts, Nastasja Filippowna, ich habe nichts gesehen, Sie haben recht, aber ich . . . ich glaube, daß Sie mir eine Ehre erweisen und nicht ich Ihnen. Ich bin nichts, Sie aber haben gelitten und sind aus einer solchen Hölle rein hervorgegangen, und das ist viel. Warum schämen Sie sich denn und wollen mit Rogoschin fort? Das ist nur ein Fieberanfall . . . Sie haben Herrn Tozkij die fünfundsiebzigtausend Rubel zurückgegeben und sagen, daß Sie alles von sich werfen wollen, was Ihnen hier gehörte; dazu würde sich sonst keiner hier entschließen. Ich . . . Nastasja Filippowna . . . ich liebe Sie. Ich will für Sie sterben, Nastasja Filippowna. Ich erlaube keinem, ein Wort über Sie zu sagen, Nastasja Filippowna . . . Wenn wir arm sein werden, will ich arbeiten, Nastasja Filippowna.«

Bei den letzten Worten hörte man Ferdystschenko und Lebedew kichern, und der General räusperte sich sehr ungehalten. Ptizyn und Tozkij konnten sich eines Lächelns nicht erwehren, bezwangen sich dann aber. Die andern sperrten vor Erstaunen einfach den Mund auf.

»Wir werden aber vielleicht gar nicht arm sein, sondern sehr reich, Nastasja Filippowna«, fuhr der Fürst mit derselben schüchternen Stimme fort. »Ich weiß es übrigens noch nicht genau und bedauere, daß ich bis jetzt im Laufe des ganzen Tages noch nichts habe erfahren können, aber ich erhielt in der Schweiz einen Brief aus Moskau von einem Herrn Salaskin, der mir meldet, ich könnte vielleicht eine große Erbschaft machen. Da ist der Brief . . .« Der Fürst zog tatsächlich einen Brief aus der Tasche.

»Er redet wohl irre?« murmelte der General. »Das reinste Tollhaus!«

Für einen Augenblick trat Schweigen ein.

»Sie sagten, glaube ich, der Brief käme von Salaskin, Fürst?« fragte Ptizyn. »Das ist ein in seinen Kreisen sehr bekannter Mann, und wenn er Ihnen diese Nachricht gibt, so können Sie ihm unbedingt Glauben schenken. Glücklicherweise kenne ich seine Handschrift, denn ich habe kürzlich mit ihm Geschäfte gehabt . . . Wenn Sie mir gestatten wollten hineinzuschauen, könnte ich Ihnen vielleicht schon etwas Bestimmtes sagen.«

Der Fürst reichte ihm schweigend mit zitternder Hand den Brief.

»Wie? Ist es möglich?« fuhr der General auf und sah alle mit irren Blicken an. »Wirklich eine Erbschaft?«

Aller Augen richteten sich auf Ptizyn, der den Brief las. Die allgemeine Neugier hatte einen neuen, außerordentlichen Anreiz erhalten. Ferdystschenko konnte nicht mehr stillsitzen; Rogoschin sah erstaunt und in großer Unruhe um sich, die Augen bald auf den Fürsten, bald auf Ptizyn richtend. Darja Alexejewna saß in Erwartung wie auf Nadeln. Sogar Lebedew konnte sich nicht zurückhalten, er kam aus seinem Winkel hervor und versuchte, ganz zusammengekrümmt, über Ptizyns Schulter in den Brief hineinzuschauen, mit der Miene eines Menschen, der befürchtet, er könnte für sein Benehmen jeden Augenblick eine Tracht Prügel beziehen.

16

»Das ist eine sichere Sache«, sagte Ptizyn, faltete den Brief zusammen und gab ihn dem Fürsten zurück. »Sie erhalten, ohne sich irgendwie bemühen zu müssen, auf Grund eines unanfechtbaren Testaments Ihrer Tante ein ungeheures Vermögen.«

»Nicht möglich!« rief der General wie aus der Pistole geschossen.

Alle rissen wieder den Mund auf.

Ptizyn erklärte, sich vorzugsweise an Iwan Fjodorowitsch wendend, daß vor fünf Monaten eine Tante des Fürsten gestorben sei, die er nie persönlich gekannt habe, eine ältere leibliche Schwester seiner Mutter, Tochter eines Moskauer Kaufmanns dritter Gilde namens Papuschin, der als Bankrotteur in Armut verstorben war. Aber der ältere leibliche Bruder dieses Papuschin, der ebenfalls vor nicht langer Zeit verstorben war, war als schwerreicher Kaufherr bekannt. Vor etwa einem Jahr starben ihm in dem gleichen Monat seine beiden einzigen Söhne. Das erschütterte den alten Mann so, daß er bald danach selbst erkrankte und starb. Er war Witwer, hatte keine Erben außer seiner Nichte, der Tante des Fürsten, einer sehr armen Frau, die bei fremden Leuten lebte. Als ihr die Erbschaft zufiel, war diese Tante schon dem Tode nahe – sie hatte die Wassersucht; trotzdem aber ließ sie durch Salaskin sofort Nachforschungen nach dem Fürsten anstellen und fand noch Zeit, ein Testament aufzusetzen. Anscheinend hatte weder der Fürst noch der Arzt, bei dem er in der Schweiz gewohnt hatte, auf eine offizielle Benachrichtigung warten oder Erkundigungen einziehen wollen, sondern der Fürst hatte beschlossen, mit Salaskins Brief in der Tasche selbst nach Rußland zu reisen.

»Ich kann Ihnen nur eines sagen«, schloß Ptizyn, sich an den Fürsten wendend, »alles das muß unanfechtbar und richtig sein, und was Ihnen Salaskin über die Unanfechtbarkeit und Rechtskraft Ihrer Angelegenheit schreibt, können Sie so ansehen, als hätten Sie das bare Geld schon in der Tasche. Ich gratuliere Ihnen, Fürst! Vielleicht bekommen Sie auch anderthalb Millionen, ja am Ende gar noch mehr. Papuschin war ein sehr reicher Kaufmann!«

»Heil dem Letzten aus dem fürstlichen Geschlechte der Myschkins!« brüllte Ferdystschenko.

»Hurra!« grunzte Lebedew mit trunkener Stimme.

»Und ich mußte ihm vorhin fünfundzwanzig Rubel leihen, dem armen Kerl! Hahaha! Eine Hexerei ohnegleichen!« sagte der General beinahe niedergeschmettert vor Staunen. »Nun, ich gratuliere, ich gratuliere!« Er stand auf, ging auf den Fürsten zu und umarmte ihn. Die andern folgten seinem Beispiele und drängten sich ebenfalls zum Fürsten. Sogar jene, die sich hinter die Portiere verzogen hatten, erschienen wieder im Salon. Ein Gemurmel erhob sich. Ausrufe wurden laut, es wurde sogar nach Champagner verlangt; alles lief und drängte durcheinander. Für einen Augenblick hätte man fast Nastasja Filippowna vergessen und daß sie immerhin die Herrin im Hause war. Nach und nach aber fiel allen fast gleichzeitig ein, daß der Fürst ihr doch eben einen Heiratsantrag gemacht hatte. Die Sache erschien also noch dreimal so verrückt und ungewöhnlich als vorher. Tozkij zuckte höchst verwundert die Achseln; er war fast der einzige, der sitzen geblieben war; die ganze übrige Gesellschaft drängte sich in Unordnung um den Tisch. Alle behaupteten später, eben in diesem Augenblick habe Nastasja Filippowna den Verstand verloren. Sie saß noch immer da und musterte eine Zeitlang die Gesellschaft mit einem sonderbaren, gleichsam erstaunten Blick, als verstünde sie nichts und gäbe sich Mühe, den Zusammenhang zu erfassen. Dann wandte sie sich plötzlich an den Fürsten und sah ihm, die Brauen grimmig gerunzelt, scharf ins Gesicht; aber das währte nur einen Augenblick; vielleicht war ihr plötzlich der Gedanke gekommen, das Ganze sei nur Scherz und Spott; aber das Aussehen des Fürsten verscheuchte diesen Gedanken sofort. Sie wurde nachdenklich, lächelte wieder, anscheinend ohne sich bewußt zu sein warum ...

»Also wirklich Fürstin!« flüsterte sie halb spöttisch vor sich hin; ihr Blick fiel zufällig auf Darja Alexejewna, und sie fing an zu lachen. »Eine unvermutete Lösung ... ich ... hatte das nicht erwartet ... Warum stehen Sie denn, meine Herrschaften? Bitte, setzen Sie sich, gratulieren Sie mir und dem Fürsten. Irgend jemand wollte, glaube ich, Champagner haben; Ferdystschenko, gehen Sie, bestellen Sie welchen. Katja, Pascha«, rief sie den Dienstmädchen zu, die in der Türe standen, »kommt her! Ich heirate, habt ihr es gehört? Den Fürsten, er hat anderthalb Millionen, er ist der Fürst Myschkin und nimmt mich!«

»Mit Gott, meine Liebe, es ist längst Zeit! Worauf noch warten?« rief Darja Alexejewna, tief erschüttert durch das Vorgefallene.

»Setzen Sie sich doch zu mir, Fürst«, fuhr Nastasja Filippowna fort, »so ist es recht! Und da kommt auch der Wein! Gratulieren Sie uns, meine Herrschaften!«

»Hurra!« riefen viele Stimmen. Man drängte sich zum Wein, darunter fast alle Genossen Rogoschins. Aber wenn sie auch schrien und bereit waren zu schreien, so merkten doch viele von ihnen trotz der Seltsamkeit der Umstände und der Umgebung, daß ein Szenenwechsel vor sich ging. Die andern waren verlegen und warteten mißtrauisch. Viele flüsterten untereinander, die Sache sei doch ganz alltäglich, Fürsten heirateten doch alle möglichen Weiber, sie holten sie sich ja auch aus Zigeunerlagern. Rogoschin selbst stand da und sah zu, ein starres, verdutztes Lächeln auf dem verzerrten Gesicht.

»Fürst, lieber Junge, komm zu dir!« flüsterte der General entsetzt, indem er an den Fürsten herantrat und ihn am Ärmel zupfte.

Nastasja Filippowna merkte das und lachte auf: »Nein, General! Ich bin jetzt selber Fürstin, haben Sie es gehört? Der Fürst wird für mich eintreten! Afanasij Iwanowitsch, gratulieren Sie mir doch! Ich darf jetzt überall neben Ihrer Frau sitzen. Ist es also vorteilhaft, einen solchen Mann zu haben? Anderthalb Millionen hat er und Fürst ist er und ein Idiot, heißt es, noch dazu, was kann man sich besseres wünschen? Jetzt erst fängt das wahre Leben an! Du bist zu spät gekommen, Rogoschin! Nimm dein Paket weg, ich heirate den Fürsten und bin selbst reicher als du!«

Aber Rogoschin hatte begriffen, um was es hier ging. Ein unaussprechlicher Schmerz prägte sich auf seinem Gesicht aus. Er schlug die Hände zusammen, und ein Stöhnen entrang sich seiner Brust. »Tritt zurück!« schrie er den Fürsten an.

Rings um ihn lachte man.

»Dir zuliebe soll er zurücktreten?« rief Darja Alexejewna triumphierend. »Was verschlägt's denn, daß du dein Geld auf den Tisch geschmissen hast, Bauernkerl? Der Fürst nimmt sie zur Frau, und du bist nur gekommen, um Skandal zu machen.«

»Auch ich nehme sie! Ich heirate sie sofort, augenblicklich! Ich gebe alles hin ...«

»Da kommt er betrunken aus der Schenke – hinauswerfen sollte man dich!« wiederholte Darja Alexejewna empört.

Man lachte noch lauter.

»Hörst du, Fürst«, wandte sich Nastasja Filippowna an diesen, »wie der Kerl um deine Braut feilscht?«

»Er ist betrunken«, sagte der Fürst. »Er liebt Sie sehr.«

»Und wirst du dich später nicht schämen, daß deine Braut beinahe mit Rogoschin weggefahren wäre?«

»Sie waren im Fieber. Sie sind es jetzt noch. Sie phantasieren.«

»Und wirst du dich nicht schämen, wenn man dir später sagt, daß deine Frau von Tozkij ausgehalten wurde?«

»Nein, ich werde mich nicht schämen ... Sie waren nicht aus freiem Willen bei Tozkij.«

»Und wirst mir nie Vorwürfe machen?«

»Nie.«

»Paß auf! Fürs ganze Leben kannst du dich nicht verbürgen!«

»Nastasja Filippowna«, sagte der Fürst leise und gleichsam mitleidig, »ich habe Ihnen vorhin gesagt, daß ich mir Ihr Jawort zur Ehre anrechnen werde, daß Sie mir eine Ehre erweisen und nicht ich Ihnen. Sie lachten über diese Worte, und ringsum wurde – ich hörte es – auch gelacht. Ich habe mich vielleicht sehr lächerlich ausgedrückt und war selbst lächerlich, aber es schien mir immer, daß ich ... verstehe, was Ehre heißt, und überzeugt bin, die Wahrheit gesagt zu haben. Sie wollten sich soeben zugrunde richten, unwiederbringlich, denn Sie hätten sich das später nie verziehen: und Sie sind an nichts schuld. Es ist nicht möglich, daß Ihr Leben ganz vernichtet wäre. Was ist denn dabei, daß Rogoschin zu Ihnen gekommen ist und Gawrila Ardalionowitsch Sie betrügen wollte? Warum reden Sie immer davon? Was Sie getan haben, vermögen nur wenige, ich wiederhole es, und wenn Sie mit Rogoschin wegfahren wollten, so hatten Sie diesen Entschluß in einem krankhaften Anfall gefaßt. Sie sind auch jetzt im Fieber und täten besser, zu Bett zu gehen. Sie hätten sich morgen als Waschfrau verdungen, aber wären nicht bei Rogoschin geblieben. Sie sind stolz, Nastasja Filippowna, aber vielleicht sind Sie schon so unglücklich, daß Sie sich wirklich für schuldig halten. Man muß Sie sehr sorgsam behüten, Nastasja Filippowna. Ich will das tun. Als ich heute vormittag Ihr Bild betrachtete, glaubte ich, ein bekanntes Gesicht zu sehen. Es war mir sofort, als müßten Sie mich schon kennen ... Ich ... ich werde Sie mein ganzes Leben lang achten«, schloß der Fürst plötzlich, als wäre er zu sich gekommen, und errötete, denn er hatte begriffen, vor was für Leuten er redete.

Ptizyn senkte sogar vor Scham den Kopf und starrte zu Boden. Tozkij dachte sich: Er ist ein Idiot, weiß aber doch, daß man mit Schmeichelei am ehesten vorwärtskommt; natürlich! Der Fürst fühlte auch, wie Ganja aus seiner Ecke einen funkelnden Blick auf ihn warf, mit dem er ihn förmlich zu Asche verbrennen wollte.

»Das ist mal ein guter Mensch!« verkündigte Darja Alexejewna gerührt.

»Ein gebildeter, aber verlorener Mensch!« flüsterte der General halblaut.

Tozkij griff nach seinem Hut und wollte aufstehen, um ganz leise zu verschwinden. Er und der General wechselten einen Blick: sie wollten zusammen hinausgehen.

»Danke, Fürst, so hat bisher noch niemand zu mir gesprochen«, sagte Nastasja Filippowna, »man hat mich nur immer verschachern wollen, um meine Hand geworben hat noch kein Mensch aus bessern Kreisen. Haben Sie gehört, Afanasij Iwanowitsch? Wie gefällt Ihnen das, was der Fürst gesagt hat? Es ist ja fast unanständig . . . Rogoschin! Du sollst noch nicht fortgehen. Aber ich sehe ja: du hast auch noch gar nicht die Absicht. Vielleicht gehe ich doch noch mit dir. Wohin wolltest du mich denn bringen?«

»Nach Katharinenhof«, meldete Lebedew aus der Ecke. Rogoschin aber zuckte bloß zusammen und starrte mit aufgerissenen Augen vor sich hin, als traute er sich selber nicht. Er war ganz betäubt, als hätte er einen furchtbaren Schlag auf den Kopf bekommen.

»Was fällt dir ein, Liebe? Du bist wirklich wie im Fieber; hast du etwa den Verstand verloren?« fuhr Darja Alexejewna erschrocken auf.

»Hast du es im Ernst geglaubt?« rief Nastasja Filippowna und sprang mit lautem Gelächter vom Sofa auf. »So einen Säugling zugrunde richten? Das wäre was für Afanasij Iwanowitsch – er mag kleine Kinder gern! Vorwärts, Rogoschin! Leg dein Paket bereit! Das tut nichts, daß du mich heiraten willst, das Geld mußt du mir trotzdem geben. Ich heirate dich vielleicht nicht einmal! Du meinst wohl, weil du selbst ans Heiraten dachtest, sollst du dein Paket behalten? Du irrst dich! Ich selbst bin schamlos! Ich war Tozkijs Konkubine ... Fürst! Du mußt jetzt eine Aglaja Jepantschina kriegen, aber keine Nastasja Filippowna – es geht doch nicht, daß Ferdystschenko mit dem Finger auf dich zeigt! Du fürchtest dich nicht, aber ich werde mich bangen, daß ich dich unglücklich gemacht habe und daß du mir nachher Vorwürfe machst! Und wenn du erklärst, daß ich dir damit eine Ehre erweise, so weiß Tozkij das besser! Die Aglaja Jepantschina aber hast du dir entgehen lassen, Ganjetschka! Wußtest du das nicht? Hättest du nicht mit ihr gefeilscht, sie hätte dich unbedingt genommen! So seid ihr alle! Ihr müßt entweder nur mit ehrlosen oder nur mit ehrlichen Weibern verkehren – dann bleibt nur eine Wahl! Sonst gibt es bestimmt Konfusion . . . Huh, wie der General guckt! Mit offenem Munde . . .«

»Das ist ja das reine Sodom! Das reine Sodom!« wiederholte der General, mit den Achseln zuckend. Er war auch vom Sofa aufgestanden; alles war wieder auf den Beinen. Nastasja Filippowna gebärdete sich wie eine Rasende.

»Ist es denn möglich?« stöhnte der Fürst und rang die Hände.

»Dachtest du etwa nicht? Ich bin vielleicht selber stolz, mag ich noch so schamlos sein! Du nanntest mich vorhin vollkommen; schöne Vollkommenheit, die aus bloßer Prahlsucht, weil sie eine Million und eine Fürstenkrone zertreten hat, in die Spelunke läuft! Wie kann ich danach deine Frau sein? Afanasij Iwanowitsch, ich habe die Million also tatsächlich zum Fenster hinausgeworfen! Wie konnten Sie denn glauben, ich würde mich glücklich schätzen, den Ganjetschka und Ihre fünfundsiebzigtausend zu kriegen? Die fünfundsiebzigtausend kannst du wieder einstecken, Afanasij Iwanowitsch – nicht mal bis hundert hat er es bringen können, Rogoschin ist ihm über –, den Ganjetschka aber will ich selbst trösten, mir ist plötzlich ein Gedanke gekommen. Jetzt aber möchte ich bummeln, ich bin doch eine von der Straße! Ich habe zehn Jahre im Gefängnis gesessen, nun will ich es mir wohlsein lassen! Nun, Rogoschin? Vorwärts, fahren wir!«

»Fahren wir!« brüllte Rogoschin wie besessen vor Freude. »Heda! Ihr Leute! Wein her! Heißa!«

»Sorge nur für Wein, ich werde trinken. Wird es auch Musik geben?«

»Jawohl, jawohl! Komm ihr nicht zu nah!« brüllte Rogoschin wie rasend, als er sah, daß Darja Alexejewna sich Nastasja Filippowna näherte. »Sie ist mein! Alles ist mein! Meine Königin! Schluß!« Er war außer Atem vor Seligkeit. Er ging um Nastasja Filippowna herum und schrie alle an: »Komm ihr nicht zu nah!« Seine ganze Gesellschaft drängte sich schon im Salon. Die einen tranken, die andern schrien und lachten, alle waren in höchst animierter und ungezwungener Stimmung. Ferdystschenko versuchte sich ihnen anzuschließen. Der General und Tozkij machten von neuem einen Versuch, schnell zu verschwinden. Ganja hatte ebenfalls seinen Hut in der Hand, aber er stand schweigend da und konnte sich anscheinend immer noch nicht von dem Bilde losreißen, das sich vor ihm entrollte.

»Komm ihr nicht zu nah!« schrie Rogoschin.

»Was schreist du so?« fragte Nastasja Filippowna und lachte ihm ins Gesicht. »Noch bin ich Herrin in meinem Hause. Wenn ich will, laß ich dich die Treppe hinunterwerfen. Noch habe ich dein Geld nicht genommen, da liegt es! Gib es her, das ganze Paket! Also in diesem Päckchen stecken hunderttausend Rubel? Pfui, wie gemein! Was sagst du, Darja Alexejewna? Sollte ich ihn denn wirklich ins Unglück stürzen?« Sie zeigte auf den Fürsten. »Wie soll er denn heiraten, er hat doch selber noch ein Kindermädchen nötig; dieses Kindermädchen mag ihm der General ersetzen – sieh mal, wie er um ihn herumscharwenzelt! Schau her, Fürst, deine Braut hat das Geld genommen, weil sie eine Dirne ist, und du wolltest sie heiraten! Was weinst du denn? Tut es dir so weh? Lache doch wie ich!« fuhr Nastasja Filippowna fort, während zwei große Tränen auf ihren Wangen glänzten. »Vertraue auf die Zeit, es geht alles vorüber! Es ist besser, man kommt jetzt zur Vernunft als hinterher . . . Was heult ihr denn alle? Katja auch! Was ist dir, Katja, du Liebe? Ich lasse dir und Pascha genug übrig, ich habe schon alles angeordnet – und nun lebt wohl! Ich habe dich ehrsames Mädchen gezwungen, mich lasterhaftes Frauenzimmer zu bedienen ... So ist es besser, Fürst, wirklich, es ist besser! Du würdest mich später doch verachten, und wir wären nicht glücklich! Keine Beteuerungen, ich glaube dir nicht! Es wäre zu dumm gewesen! Nein, lieber gehen wir im guten auseinander, ich bin ja selbst eine Schwärmerin, es wäre nichts Gescheites herausgekommen! Habe ich denn nicht von dir geträumt? Da hast du recht, längst habe ich von dir geträumt, noch auf seinem Landgut; fünf Jahre habe ich da ganz mutterseelenallein gehaust; und da denkt man mitunter und träumt vor sich hin – und immer dachte ich mir so einen wie dich, einen guten, braven, ehrlichen und ebenso dummen, der plötzlich kommen und sagen würde: Sie tragen keine Schuld, Nastasja Filippowna, und ich bete Sie an! Und manchmal nahmen diese Träume so überhand, daß ich fast verrückt geworden wäre ... Dann kam mit einemmal der da: zwei Monate lang hielt er sich jedes Jahr bei mir auf, schändete, kränkte mich, stachelte mich auf und vergiftete mich ... Und dann zog er wieder ab. Tausendmal wollte ich mich in den Teich stürzen, aber ich war zu feig, ich fand den Mut nicht ... Doch jetzt ... Rogoschin, bist du fertig?«

»Alles fertig! Komm ihr nicht zu nah!«

»Fertig!« ertönten mehrere Stimmen.

»Die Troikas mit Schellen warten!«

Nastasja Filippowna ergriff das Paket.

»Ganjka, mir kommt ein Gedanke. Ich will dich belohnen; warum sollst du meinetwegen alles verlieren? Rogoschin, wird er für drei Rubel auf allen vieren bis zum Wasiljewskij-Ostrow kriechen?«

»Gewiß!«

»So höre denn, Ganja, ich möchte zum letztenmal einen Blick in deine Seele werfen: du hast mich drei Monate lang gequält; jetzt ist die Reihe an mir. Siehst du das Paket da – es sind hunderttausend Rubel drin! Ich werfe es jetzt in den Kamin, ins Feuer, hier vor aller Augen, alle sind Zeugen!

Sobald die Flamme es ganz erfaßt hat, greifst du hinein, aber ohne Handschuhe, mit bloßen Händen, nur die Ärmel streifst du zurück. So sollst du das Paket aus dem Feuer holen! Holst du es – so ist es dein, die ganzen hunderttausend Rubel sind dein! Du verbrennst dir nur ein bißchen die Finger – aber du gewinnst hunderttausend Rubel! Bedenke! Ein Griff, und es ist getan! Und ich will mich an dem Anblick deiner Seele weiden, wenn du nach meinem Gelde ins Feuer greifst. Alle sind Zeugen, daß du das ganze Paket erhalten sollst! Tust du es nicht, so mag es verbrennen, ich lasse keinen heran. Fort! Alle fort! Das Geld gehört mir! Ich habe mir eine Nacht von Rogoschin damit bezahlen lassen! Ist das Geld mein, Rogoschin?«

»Dein, du meine Freude! Dein, Königin!«

»Also – tretet alle zur Seite! Was ich will, das tue ich! Aus dem Wege! Ferdystschenko, schüren Sie das Feuer!«

»Nastasja Filippowna, die Hände versagen mir den Dienst!« antwortete Ferdystschenko verdutzt.

»Ach was!« schrie Nastasja Filippowna, ergriff die Feuerzange, schob zwei glimmende Scheiter auseinander, und kaum flackerte die Flamme auf, so warf sie das Paket hinein.

Alles schrie auf; viele bekreuzigten sich sogar.

»Sie ist wahnsinnig! Sie ist wahnsinnig!« tönte es ringsum.

»Sollte man ... sie nicht fesseln?« flüsterte der General Ptizyn zu, »oder einen Arzt holen ... Sie hat doch den Verstand verloren? Nicht wahr?«

»Nein, das ist vielleicht doch kein Wahnsinn«, flüsterte Ptizyn, bleich wie ein Tuch und zitternd. Er konnte den Blick nicht von dem glimmenden Paket wenden.

»Ist sie nicht verrückt? Sie ist doch verrückt?« drang der General in Tozkij.

»Ich sagte Ihnen ja, dieses Weib hat Kolorit«, brummte Afanasij Iwanowitsch, der auch etwas bleich geworden war.

»Aber es sind doch hunderttausend!«

»O Gott! O Gott!« tönte es im Kreise. Alles drängte zum Kamin, alles wollte sehen, alle schrien durcheinander ... Einige waren sogar auf Stühle gestiegen, um über die Köpfe hinwegsehen zu können. Darja Alexejewna war ins Nebenzimmer gerannt und tuschelte entsetzt mit Katja und Pascha. Die schöne Deutsche war davongelaufen.

»Mütterchen! Königin! Allmächtige!« wimmerte Lebedew, der vor Nastasja Filippowna auf den Knien rutschte und die Hände nach dem Kamin ausstreckte. »Hunderttausend! Ich habe es selbst gesehen, in meiner Gegenwart wurde das Paket gemacht! Mütterchen! Gnädigste! Laß mich in den Kamin steigen! Ich krieche ganz hinein, ich stecke meinen grauen Kopf in die Flammen! . . . Eine kranke gelähmte Frau, dreizehn Kinder – alles Waisen, den Vater haben sie vor einer Woche zu Grabe getragen, sie sitzen da und hungern, Nastasja Filippowna!« Und er kroch auf den Kamin zu.

»Fort!« schrie Nastasja Filippowna und stieß ihn zurück. »Macht alle Platz! Ganja, was stehst du da? Schäme dich nicht! Greif zu! Du greifst nach deinem Glück!«

Aber Ganja hatte an diesem Tage und an diesem Abend schon zu viel ausgehalten, und auf diese letzte unerwartete Prüfung war er nicht gefaßt gewesen. Die Menge teilte sich vor ihm in zwei Hälften, und er stand Nastasja Filippowna gerade gegenüber, in einer Entfernung von kaum drei Schritten. Sie stand dicht vor dem Kamin und wartete, ohne ihren flammenden, durchdringenden Blick von ihm zu wenden. Ganja, im Frack, den Hut und die Handschuhe in der Hand, stand schweigend, mit verschränkten Armen vor ihr und blickte ins Feuer. Ein wahnsinniges Lächeln irrte über sein Gesicht, das so bleich war wie ein Taschentuch. Wohl konnte er den Blick nicht vom Feuer, nicht vom glimmenden Päckchen wenden, aber etwas Neues schien in seiner Seele erwacht zu sein; als hätte er geschworen, die Marter auszuhalten, stand er da und rührte sich nicht von der Stelle; nach einigen Augenblicken war allen klar, daß er das Geld nicht holen würde, daß er es nicht wollte.

»Paß auf, es verbrennt, dir zur Schmach«, schrie Nastasja Filippowna ihn an, »du hängst dich später auf! Ich mache keinen Spaß!«

Das Feuer, das anfangs zwischen den zwei glimmenden Scheitern aufgeflackert war, schien erlöschen zu wollen, als das Paket darauf fiel und es zudeckte. Aber ein kleines blaues

Flämmchen klammerte sich noch unten an die eine Ecke des untern Scheites. Endlich leckte eine dünne, lange Feuerzunge auch am Paket, blieb an ihm hängen, lief am Papier entlang, von einer Ecke zur andern, und mit einem Male brannte das ganze Paket; eine helle Flamme schlug hoch. Alles schrie laut auf.

»Mütterchen!« jammerte Lebedew, wieder vorwärts drängend, aber Rogoschin zerrte ihn zurück und stieß ihn weg.

Rogoschin selbst war gleichsam ein einziger starrer Blick geworden. Er konnte die Augen nicht von Nastasja Filippowna wenden, er war hingerissen, war im siebenten Himmel. »Das ist eine wahre Königin!« wiederholte er jeden Augenblick, sich wahllos an jeden aus der Gesellschaft wendend. »So macht man es bei uns!« schrie er ganz außer sich. »Nun, wer von euch Halunken kann sich so was leisten – he?«

Der Fürst beobachtete traurig und schweigend.

»Ich holte es mit den Zähnen heraus, wenn es auch nur tausend wären!« erbot sich Ferdystschenko.

»Mit den Zähnen könnte ich es auch«, knirschte der Herr mit den starken Fäusten, der ganz hinten stand, in einem Anfall entschiedener Verzweiflung. »Hol's der Teufel! Es brennt! Alles verbrennt!« schrie er auf, als er die Flamme sah.

»Es brennt! Es brennt!« schrien alle wie ein Mann und drängten nach dem Kamin hin.

»Ganja, ziere dich nicht, ich sage dir es zum letztenmal!«

»Vorwärts!« brüllte Ferdystschenko, stürzte wie rasend auf Ganja los und zerrte ihn am Ärmel. »Vorwärts, Prahlhans! Es verbrennt! Oh, verflucht!«

Ganja stieß Ferdystschenko kräftig zurück drehte sich um und ging zur Tür; aber schon beim zweiten Schritt wankte er und brach zusammen.

»Eine Ohnmacht!« schrie alles.

»Um Gottes willen, es verbrennt!« jammerte Lebedew.

»Es verbrennt um nichts und wieder nichts!« brüllte es von allen Seiten.

»Katja, Pascha, Wasser, Spiritus!« rief Nastasja Filippowna, ergriff die Feuerzange und zog das Paket heraus. Fast das ganze Umschlagpapier war vom Feuer beschädigt und glimmte; aber man sah sofort, daß der Inhalt noch unversehrt war. Das Paket war in ein dreimal zusammengelegtes Zeitungsblatt gewickelt gewesen, und die Geldscheine waren noch wohlerhalten. Alle atmeten erleichtert auf.

»Höchstens ein elendes Tausend könnte etwas beschädigt sein, alles übrige ist heil«, sagte Lebedew gerührt.

»Alles gehört ihm! Das ganze Paket ist sein! Hören Sie, meine Herrschaften!« verkündete Nastasja Filippowna und legte das Paket neben Ganja hin. »Er ist also doch nicht hingegangen, hat sich doch beherrscht! Seine Eigenliebe ist also noch größer als seine Geldgier! Tut nichts, er kommt schon zu sich. Sonst hätte er mir am Ende noch die Kehle durchgeschnitten ... Da, er regt sich schon. General, Iwan Petrowitsch, Darja Alexejewna, Katja, Pascha, Rogoschin, habt ihr es gehört? Das Paket gehört ihm, dem Ganja! Ich geb es ihm, zu vollem Eigentum, als Lohn für ... nun, gleichviel wofür! Sagen Sie es ihm! Mag es da neben ihm liegen ... Rogoschin, marsch! Lebe wohl, Fürst, zum erstenmal habe ich heute einen Menschen gesehen! Leben Sie wohl, Afanasij Iwanowitsch, merci!«

Die ganze Bande Rogoschins stürmte lärmend und schreiend durch die Zimmer dem Ausgange zu, Rogoschin und Nastasja Filippowna voran. Im Saal reichten die Dienstmädchen ihr den Pelz; die Köchin Marfa kam aus der Küche gelaufen. Nastasja Filippowna küßte alle.

»Wollen Sie uns denn wirklich für immer verlassen, gnädiges Fräulein? Wohin wollen Sie denn? Und noch an Ihrem Geburtstage, an solch einem Tage!« fragten die weinenden Mädchen und küßten ihr die Hände.

»Ich gehe auf die Straße, du hast es ja gehört, Katja, da passe ich hin. Oder ich werde Waschfrau! Mit Afanasij Iwanowitsch ist es jetzt aus! Grüßt ihn von mir und bewahrt mir ein gutes Andenken ...«

Der Fürst stürzte zum Hauseingang hinunter, wo die Gesellschaft sich auf vier Troikas mit Schellen verteilte. Der General holte ihn noch auf der Treppe ein.

»Ich bitte dich, Fürst, komm zu dir!« sagte er, seine Hand

fassend. »Laß sie! Du siehst ja, was sie für eine ist! Wie ein Vater rate ich dir ...«

Der Fürst sah ihn an, sagte aber kein Wort, riß sich los und rannte hinunter.

Vor der Haustür – die Troikas waren eben abgefahren – konnte der General noch sehen, wie der Fürst in die nächste Droschke sprang und dem Kutscher zurief: »Nach Katharinenhof, hinter den Troikas her!« Dann fuhr der Wagen des Generals mit dem kleinen grauen Traber vor und brachte ihn nach Hause – mit neuen Hoffnungen und Plänen und mit dem Perlenschmuck, den der General doch nicht mitzunehmen vergessen hatte. Inmitten seiner Betrachtungen tauchte ein paarmal auch das verlockende Bild Nastasja Filippownas auf; der General seufzte: »Schade! Sehr schade! Ein verlorenes Weib! Ein wahnsinniges Weib! .. Nun, und der Fürst braucht jetzt keine Nastasja Filippowna ... Es ist am Ende sogar gut, daß die Sache diese Wendung genommen hat.«

In ähnlicher Weise tauschten noch zwei andere Gäste Nastasja Filippownas, die beschlossen hatten, ein Stück Wegs zu Fuß zu gehen, einige moralische Abschiedsbetrachtungen aus.

»Wissen Sie, Afanasij Iwanowitsch, man sagt, bei den Japanern gäbe es etwas Ähnliches«, sagte Iwan Petrowitsch Ptizyn, »der Beleidigte tritt, heißt es, vor den Beleidiger und sagt zu ihm: ‚Du hast mich gekränkt, darum bin ich gekommen, mir vor deinen Augen den Bauch aufzuschlitzen' – und mit diesen Worten schlitzt er sich tatsächlich vor dem Beleidiger den Bauch auf und fühlt dabei wahrscheinlich eine außerordentliche Befriedigung, als hätte er sich wirklich an ihm gerächt. Es gibt sonderbare Charaktere auf der Welt, Afanasij Iwanowitsch.«

»Sie meinen also, es habe sich hier etwas Ähnliches abgespielt?« entgegnete Afanasij Iwanowitsch lächelnd. »Hm! Sie sind wirklich geistreich ... der Vergleich ist sehr hübsch. Sie haben aber doch selbst gesehen, liebster Iwan Petrowitsch, daß ich alles getan habe, was ich konnte; ich kann doch nichts Unmögliches leisten, das müssen Sie zugeben. Aber auch das werden Sie nicht leugnen können: diese Frau hatte kapitale

Vorzüge ... glänzende Züge. Ich wollte ihr vorhin schon zurufen, wenn ich es mir bei diesem Tohuwabohu nur hätte erlauben können, daß sie selbst meine beste Rechtfertigung gegen alle ihre Anklagen sei. Wer ließe sich nicht zeitweise von dieser Frau so hinreißen, daß er alle Vernunft und ... mit einem Wort: alles vergäße! Sehen Sie doch, dieser grobe Kerl, der Rogoschin, schleppt ihr hunderttausend Rubel herbei! Gut, alles, was sich da oben abgespielt hat, ist ephemer, romantisch, unschicklich, aber es hat Kolorit, es ist originell – das müssen Sie doch zugeben. Mein Gott, was hätte aus solch einem Charakter bei dieser Schönheit werden können! Und trotz allen Bemühungen, trotz aller Bildung sogar – alles hin! Ein ungeschliffener Diamant – ich habe das schon mehrere Male gesagt ...« Und Afanasij Iwanowitsch seufzte tief.

ZWEITER TEIL

1

Etwa zwei Tage nach dem sonderbaren Abenteuer auf der Soiree bei Nastasja Filippowna, mit dem wir den ersten Teil unserer Erzählung beschlossen, reiste der Fürst in Sachen der ihm unerwartet zugefallenen Erbschaft schleunigst nach Moskau ab. Man sagte damals, daß diese eilige Abreise auch noch andere Gründe haben konnte; aber darüber, ebenso wie über die Erlebnisse des Fürsten in Moskau und überhaupt in der Zeit seiner Abwesenheit von Petersburg, wissen wir nur recht wenig mitzuteilen. Der Fürst war genau sechs Monate verreist, und sogar jene, die besondere Ursache hatten, sich für sein Schicksal zu interessieren, konnten während dieser Zeit so gut wie nichts erfahren. Allerdings gelangten zu einigen, wenn auch sehr selten, allerlei Gerüchte, aber auch die waren größtenteils recht sonderbar und widersprachen sich fast immer. Am meisten interessierte man sich für den Fürsten natürlich im Hause der Jepantschins, von denen er sich vor seiner Abreise nicht einmal hatte verabschieden können. Der General hatte ihn damals übrigens noch gesehen, sogar zwei- oder dreimal; und sie hatten über irgendwelche Dinge ernsthaft geredet. Aber wenn Jepantschin selber den Fürsten auch gesprochen hatte, so hatte er seiner Familie davon nichts mitgeteilt. Und überhaupt hielt man es in der ersten Zeit, das heißt fast einen ganzen Monat nach der Abreise des Fürsten, im Hause der Jepantschins für angemessen, nicht von ihm zu reden. Nur die Generalin Lisaweta Prokofjewna sprach sich ganz zu Anfang dahin aus, daß sie sich im Fürsten bitter getäuscht habe. Nach zwei oder drei Tagen fügte sie dann hinzu – aber ohne den Fürsten zu nennen, in ganz unbestimmten Ausdrücken –, der Hauptzug ihres Lebens sei, daß sie sich unablässig in den Menschen täusche. Und endlich, etwa zehn Tage danach, schloß sie, als sie sich aus irgendeinem Grunde über die Töchter geärgert hatte, mit der Sentenz: »Genug der Täuschungen! Mehr dürfen nicht vorkommen!« Es muß dazu bemerkt werden, daß in ihrem Hause ziemlich lange eine unangenehme Stimmung herrschte. Etwas Drückendes, Gespanntes, zum Streit Aufreizendes lag in der Luft; alle machten finstre Gesichter. Der General war Tag und Nacht beschäftigt, hatte alles mögliche zu erledigen; selten hatte man ihn so beschäftigt und so tätig gesehen – besonders im Dienst. Seine Hausgenossen bekamen ihn kaum zu Gesicht. Was nun die jungen Damen betrifft, so äußerten sie sich natürlich gar nicht. Vielleicht redeten sie auch, wenn sie miteinander allein waren, nur wenig. Sie waren stolze, hochmütige Mädchen, die sich sogar voreinander manchmal schämten, sich aber nicht nur beim ersten Wort, sondern auf den ersten Blick verstanden, so daß mitunter alles Reden überflüssig war.

Eines nur hätte ein unbeteiligter Beobachter – wenn ein solcher zugegen gewesen wäre – schließen können: nach all dem bisher Gesagten, so wenig es auch sein mag, mußte der Fürst im Hause der Jepantschins einen besonders tiefen Eindruck hinterlassen haben, obwohl er dort nur ein einzigesmal – und auch da bloß für kurze Zeit – erschienen war. Vielleicht war es bloße Neugier, die sich durch einige exzentrische Abenteuer des Fürsten erklären ließ. Aber wie dem auch sei, der Eindruck war geblieben.

Allmählich senkte sich auch über die Gerüchte, die in der Stadt umzugehen begonnen hatten, das Dunkel der Vergessenheit. Man erzählte wohl von einem kleinen Fürsten und Narren (niemand wußte seinen Namen richtig zu nennen), der plötzlich eine riesengroße Erbschaft gemacht und eine zugereiste Französin, eine bekannte Cancan-Tänzerin aus dem »Château des Fleurs« in Paris, geheiratet habe. Andre freilich behaupteten, die Erbschaft habe ein General gemacht, die zugereiste Französin und bekannte Cancan-Tänzerin aber habe ein unermeßlich reicher russischer Kaufmannssohn geheiratet, der bei seiner Hochzeit aus bloßer Prahlerei in betrunkenem Zustande rund siebenhunderttausend Rubel in Scheinen der letzten Lotterie-Anleihe an einer Kerze verbrannt habe. Doch all diese Gerüchte verstummten sehr bald, wozu die Umstände viel beitrugen. Die ganze Gesellschaft um Rogoschin, von der viele dies und jenes hätten erzählen können, war in corpore mit ihm selbst an der Spitze nach Moskau gereist, fast genau eine Woche nach einer entsetzlichen Orgie im Vauxhall von Katharinenhof, bei der auch Nastasja Filippowna zugegen gewesen war. Einige ganz wenige Interessenten erfuhren auch aus allerlei Gerüchten, daß Nastasja Filippowna am Tage nach den Ereignissen in Katharinenhof entflohen und verschwunden sei, und daß man endlich herausbekommen habe, daß sie sich ebenfalls nach Moskau begeben habe. So fand man zwischen der Abreise Rogoschins nach Moskau und diesem Gerücht auch wieder eine gewisse Übereinstimmung.

Es tauchten auch Gerüchte über Gawrila Ardalionowitsch Iwolgin auf, der in seinem Kreise ebenfalls recht bekannt war. Aber auch mit ihm ereignete sich etwas, das alles böse Gerede über ihn bald dämpfte und späterhin völlig verstummen machte: er wurde sehr krank und konnte sich nicht nur nirgends in der Gesellschaft, sondern auch nicht im Dienst zeigen. Nachdem er etwa einen Monat krank gelegen hatte, erholte er sich wieder, gab aber aus unbekannten Gründen den Dienst in der Aktiengesellschaft ganz auf, und seine Stelle erhielt ein anderer. Im Hause des Generals Jepantschin erschien er kein einzigesmal, so daß auch zum General nun ein anderer Beamter kam. Die Feinde Gawrila Ardalionowitschs hätten nun annehmen können, er sei durch das Geschehene so außer Fassung gebracht, daß er sich schäme, sich auch nur auf der Straße zu zeigen; aber er kränkelte in der Tat, wurde sogar hypochondrisch, nachdenklich, reizbar. Warwara Ardalionowna vermählte sich im selben Winter mit Ptizyn; alle, die sie kannten, erklärten sich diese Heirat damit, daß Ganja zu seiner frühern Beschäftigung nicht zurückkehren wollte und nicht nur aufgehört hatte, seine Familie zu unterhalten, sondern selber der Unterstützung, ja fast schon der Pflege bedurfte.

In Parenthese sei bemerkt, daß auch Gawrila Ardalionowitsch im Hause der Jepantschins nie erwähnt wurde – als hätte es einen solchen Menschen nie auf der Welt, geschweige denn in ihrem Hause gegeben. Doch erfuhren dort alle – und sogar sehr bald – etwas sehr Merkwürdiges über ihn; nämlich: in jener für ihn so verhängnisvollen Nacht, nach dem peinlichen Erlebnis bei Nastasja Filippowna, hatte sich Ganja, als er nach Hause gekommen war, nicht zu Bett gelegt, sondern mit fieberhafter Ungeduld auf die Rückkehr des Fürsten gewartet. Der Fürst, der nach Katharinenhof gefahren war, kam von dort erst zwischen fünf und sechs Uhr morgens zurück. Da trat Ganja in sein Zimmer und legte das versengte Geldpaket vor ihm auf den Tisch, das Nastasja Filippowna ihm geschenkt hatte, als er ohnmächtig dalag. Er bat den Fürsten eindringlich, dieses Geschenk bei der ersten Gelegenheit Nastasja Filippowna zurückzugeben. Als Ganja beim Fürsten eintrat, befand er sich in einer feindseligen und beinahe verzweifelten Stimmung; aber zwischen ihm und dem Fürsten wurden angeblich ein paar Worte gewechselt, die zur Folge hatten, daß Ganja zwei Stunden beim Fürsten blieb und die ganze Zeit bitterlich weinte. Beide trennten sich als Freunde.

Diese Nachricht, die zu allen Jepantschins gelangte, war, wie es sich später bestätigte, ganz richtig. Es ist natürlich sonderbar, daß derartige Nachrichten so schnell weitergegeben und bekannt werden konnten; alles, was sich bei Nastasja Filippowna ereignet hatte, wußte man zum Beispiel im Hause Jepantschin fast schon am nächsten Tage, und zwar mit ziemlich genauen Details. Was nun die Nachrichten über Gawrila Ardalionowitsch betrifft, so hätte man annehmen können, sie seien den Jepantschins von Warwara Ardalionowna überbracht worden, die plötzlich bei den Töchtern Jepantschin erschien und bald sehr intim mit ihnen wurde, was Lisaweta Prokofjewna in äußerste Verwunderung versetzte. Aber obgleich Warwara Ardalionowna es für nötig gehalten hatte, sich mit den Jepantschins so anzufreunden, hätte sie doch sicher mit ihnen nicht über ihren Bruder gesprochen. Denn sie war eine ziemlich stolze Frau, bloß in ihrer Art – obwohl sie mit den Leuten Freundschaft geschlossen hatte, die ihren Bruder so gut wie hinausgeworfen hatten. Vorher war sie zwar mit den Töchtern Jepantschin bekannt gewesen, aber man sah sich sehr selten. Im Salon zeigte sie sich übrigens auch jetzt kaum, sie kam immer nur wie auf einen Sprung durch die Hintertür. Lisaweta Prokofjewna hatte sie nie gemocht, weder früher noch jetzt, obgleich sie Nina Alexandrowna, die Mutter von Warwara Ardalionowna, sehr schätzte. Sie staunte, zürnte, schrieb die Bekanntschaft mit Warja den Launen und der Herrschsucht ihrer Töchter zu, die »sich ihr zum Trotz immer was Neues ausdenken mußten« – doch Warwara Ardalionowna setzte ihre Besuche vor und nach ihrer Heirat unbeirrt fort.

Es war noch kein Monat seit der Abreise des Fürsten vergangen, da erhielt die Generalin Jepantschina von der alten Fürstin Belokonskaja, die etwa zwei Wochen vorher nach Moskau zu ihrer ältesten verheirateten Tochter gereist war, einen Brief – und dieser Brief machte sichtlich Eindruck auf sie. Sie teilte zwar nichts daraus ihren Töchtern oder Iwan Fjodorowitsch mit, allein an mancherlei Anzeichen konnte man in der Familie merken, daß sie besonders gereizt, ja sogar erregt war. Sie fing an, in ganz sonderbarer Weise mit den Töchtern zu reden, und zwar immer über höchst ungewöhnliche Dinge; sie wollte sich augenscheinlich aussprechen, aber sie tat sich aus irgendwelchen Gründen Zwang an. Am Tage, als sie den Brief erhalten hatte, war sie gegen alle sehr zärtlich, küßte Aglaja und Adelaida sogar, schien diesen beiden etwas beichten zu wollen; um was es sich aber handelte, konnten sie nicht herausbekommen. Sogar gegen Iwan Fjodorowitsch, den sie einen Monat lang schlecht behandelt hatte, wurde sie plötzlich nachsichtig. Selbstverständlich ärgerte sie sich tags darauf entsetzlich über ihre gestrige Gefühlsduselei und verzankte sich noch vor Mittag mit allen; gegen Abend jedoch wurde der Horizont wieder klar. Überhaupt war sie eine Woche lang in recht heiterer Stimmung, was schon lange nicht vorgekommen war.

Allein eine Woche später kam noch ein Brief von der Belokonskaja, und diesmal entschloß sich die Generalin zur Aussprache. Sie erklärte feierlich, die »alte Belokonskaja« (sie nannte die Fürstin nie anders, wenn sie in ihrer Abwesenheit von ihr sprach) habe ihr sehr tröstliche Mitteilungen über diesen ... »Sonderling, nun, über den Fürsten« gemacht. Die alte Dame hatte ihn in Moskau aufgesucht, hatte Erkundigungen nach ihm eingezogen und etwas sehr Gutes erfahren; der Fürst war endlich selbst bei ihr erschienen und hatte einen geradezu außerordentlichen Eindruck auf sie gemacht. Das konnte man daraus ersehen, daß sie ihn aufgefordert hatte, sie jeden Vormittag zu besuchen – zwischen eins und zwei – »und er schleppt sich nun täglich zu ihr und ist ihr bis heute noch nicht langweilig geworden«, schloß die Generalin, nachdem sie noch hinzugefügt hatte, daß durch Vermittlung der »alten Dame« der Fürst in zwei oder drei guten Familien empfangen werde. »Das ist gut, daß er nicht in einem Winkel sitzt und sich schämt wie ein Narr.« Die Mädchen, denen das alles erzählt wurde, merkten sofort, daß die Mutter ihnen sehr vieles aus diesem Brief verschwieg. Vielleicht hatten sie das durch Warwara Ardalionowna erfahren, die alles wissen konnte und selbstverständlich auch wußte, was ihrem Gatten über den Fürsten und seinen Aufenthalt in Moskau bekannt war. Ptizyn aber konnte sogar mehr wissen als alle andern. Er war jedoch in geschäftlichen Dingen ein höchst schweigsamer Mann, wenn er Warja natürlich auch manches mitteilte. Die Generalin empfand nun sofort eine noch größere Abneigung gegen Warwara Ardalionowna.

Doch wie dem auch sei, das Eis war gebrochen, und es war plötzlich wieder möglich geworden, laut über den Fürsten zu sprechen. Außerdem hatte sich noch einmal deutlich jener ungewöhnliche Eindruck und jenes übermäßig große Interesse offenbart, das der Fürst im Hause Jepantschin geweckt und hinterlassen hatte. Die Generalin wunderte sich sogar über den Eindruck, den die Nachrichten aus Moskau auf ihre Töchter machten. Die Töchter aber wunderten sich ihrerseits über ihre Mama, die ihnen so feierlich erklärt hatte, der Hauptzug ihres Wesens sei, daß sie sich beständig in den Menschen täusche, und die gleichzeitig den Fürsten der Aufmerksamkeit der »mächtigen« alten Belokonskaja in Moskau anempfohlen hatte, wobei sie natürlich diese Aufmerksamkeit auf jede Weise hatte erflehen müssen, denn die alte Dame war in manchen Fällen sehr schwer zu bewegen.

Kaum war das Eis gebrochen und wehte ein neuer Wind, so beeilte sich auch der General, sich auszusprechen. Es erwies sich, daß auch er ungemein interessiert war. Er berichtete übrigens nur über »die geschäftliche Seite der Angelegenheit«. Es erwies sich, daß er im Interesse des Fürsten diesen, besonders aber seinen Berater Salaskin, durch zwei sehr zuverlässige und in ihrer Art einflußreiche Herren in Moskau hatte beobachten lassen. Alles, was von der Erbschaft, »sozusagen von der Tatsache der Erbschaft« geredet wurde, bestätigte sich, die Erbschaft selbst sollte sich aber zu guter Letzt als gar nicht so bedeutend erwiesen haben, wie anfangs ausgesprengt worden war. Die Vermögensverhältnisse waren ziemlich verworren; Schulden waren auch da; ein paar Prätendenten tauchten gleichfalls auf, und der Fürst selbst benahm sich trotz aller Unterweisung ganz und gar nicht wie ein Geschäftsmann. »Natürlich ist es ihm von Herzen zu gönnen«, sagte der General; jetzt, wo das »Eis des Schweigens« gebrochen war, freute es ihn, das »in aller Aufrichtigkeit« zu erklären, denn wenn »der Junge auch nicht ganz richtig im Kopfe« sei, habe er es doch verdient. Und doch hätte er auch hier Dummheiten gemacht: es waren zum Beispiel Gläubiger des verstorbenen Kaufmanns erschienen, mit anfechtbaren, wertlosen Belegen, andere, die allerlei über den Fürsten erkundet hatten, sogar ganz ohne Belege – und was geschah? Der Fürst stellte sie fast alle zufrieden, trotz den Vorstellungen seiner Freunde, daß all diese Leutchen und Gläubiger nicht die geringsten Rechte hätten; und er tat es nur deswegen, weil es sich wirklich herausstellte, daß einige tatsächlich Verluste erlitten hatten.

Die Generalin sagte dazu, Ähnliches habe ihr auch die Belokonskaja geschrieben, und das sei dumm, sehr dumm: »Einen Dummkopf kann man nicht heilen«, fügte sie hinzu, aber man sah ihrem Gesicht an, wie sie sich über die Handlungen dieses »Dummkopfs« freute. Zum Schluß fiel es dem General auf, daß seine Gemahlin an dem Fürsten Anteil nahm, als wäre er ihr leiblicher Sohn, und daß sie gegen Aglaja besonders zärtlich wurde. Als er das sah, nahm Iwan Fjodorowitsch für einige Zeit die Pose eines sehr kühlen Geschäftsmannes an.

Aber diese angenehme Stimmung herrschte wieder nur sehr kurze Zeit. Es waren kaum zwei Wochen vergangen, da hatte sich plötzlich wieder etwas geändert, die Generalin zog ein finsteres Gesicht, und der General fügte sich nach mehrmaligem Achselzucken wieder dem »Eis des Schweigens«. Er hatte nämlich vor kaum zwei Wochen unter der Hand die zwar kurze und darum nicht ganz klare, dafür aber sichere Nachricht erhalten, daß Nastasja Filippowna, die anfangs in Moskau verschwunden und von Rogoschin dort wieder aufgefunden, dann noch einmal verschwunden und abermals von ihm aufgefunden worden war, ihm endlich ihre nahezu feste Einwilligung gegeben hatte, ihn zu heiraten. Und nun erhielt Seine Exzellenz kaum zwei Wochen danach plötzlich Nachricht, Nastasja Filippowna sei zum drittenmal durchgebrannt, beinahe schon vom Traualtar weg, und diesmal sei sie irgendwo im Innern des Gouvernements verschwunden, zugleich aber sei auch Fürst Myschkin aus Moskau verschwunden, nachdem er die Führung seiner Geschäfte völlig in Salaskins Hände gelegt habe. »Ob er nun mit ihr gereist oder einfach ihr nachgestürzt ist, das weiß man nicht, aber irgend etwas steckt dahinter«, schloß der General. Lisaweta Prokofjewna hatte ihrerseits auch unangenehme Nachrichten bekommen. Endlich, zwei Monate nach der Abreise des Fürsten, waren fast alle Gerüchte über ihn in Petersburg gänzlich verstummt, und im Hause Jepantschin wurde das »Eis des Schweigens« schon nicht mehr gesprengt. Warwara Ardalionowna besuchte übrigens die Mädchen nach wie vor.

Um mit all diesen Gerüchten und Berichten Schluß zu machen, sei noch hinzugefügt, daß zum Frühling hin bei Jepantschins zahlreiche Umwälzungen stattfanden, so daß es schwer war, den Fürsten nicht zu vergessen, um so mehr, als er selbst keine Nachricht von sich gab, vielleicht auch nicht geben wollte. Im Laufe des Winters war man allmählich zu dem Beschluß gekommen, für den Sommer ins Ausland zu reisen – das heißt Lisaweta Prokofjewna und die Töchter; der General konnte natürlich »leerer Zerstreuung« keine Zeit opfern. Der Beschluß wurde auf das außerordentliche und hartnäckige Drängen der Mädchen gefaßt, die völlig zur Überzeugung gelangt waren, man wolle sie nicht ins Ausland reisen lassen, weil die Eltern unablässig darum besorgt seien, sie zu verheiraten und Freier für sie ausfindig zu machen. Vielleicht hatten sich auch die Eltern endlich überzeugt, daß Freier sich auch im Auslande finden könnten und daß eine Reise nur für einen Sommer nicht nur nichts zerstören, sondern sogar günstig sein könnte. Hier sei beiläufig erwähnt, daß die geplante Ehe zwischen Afanasij Iwanowitsch Tozkij und der ältesten Jepantschina endgültig aufgegeben war und eine formelle Werbung seinerseits gar nicht stattgefunden hatte. Das war ganz von selbst gekommen, ohne große Auseinandersetzungen und ohne jeden Familienzwist. Seit der Abreise des Fürsten war man auf beiden Seiten plötzlich ganz still geworden. Auch dieser Umstand war mit einer der Gründe der damaligen bedrückten Stimmung in der Familie Jepantschin, obgleich die Generalin damals sofort gesagt hatte, sie sei jetzt bereit, »sich mit beiden Händen zu bekreuzigen«. Der General befand sich zwar in Ungnade und fühlte, daß er selbst daran schuld war, spielte aber trotzdem lange den Gekränkten; es tat ihm leid um Afanasij Iwanowitsch: »So ein Vermögen und solch ein gewandter Mensch!« Bald danach erfuhr der General, daß Afanasij Iwanowitsch für eine zugereiste Französin aus der höhern Gesellschaft entflammt sei, eine Marquise und Legitimistin, daß es zur Heirat kommen werde und daß Afanasij Iwanowitsch mit ihr nach Paris und von da irgendwohin in die Bretagne reisen wolle. »Nun, mit der Französin ist er verloren«, entschied der General.

So bereiteten sich denn Jepantschins zur Sommerreise vor. Da trat plötzlich ein Umstand ein, der wieder alles neu gestaltete, und die Reise wurde wieder hinausgeschoben, zur größten Freude des Generals und der Generalin. In Petersburg erschien aus Moskau ein Fürst Sch., übrigens eine bekannte Persönlichkeit, und zwar in sehr gutem Sinne bekannt. Es war dies einer von den Leuten oder – man kann sogar sagen – tätigen Männern der jüngsten Zeit, die ehrlich und bescheiden sind, aufrichtig und bewußt das Nützliche erstreben, unermüdlich arbeiten und die seltene und glückliche Fähigkeit besitzen, immer auch Arbeit zu finden. Ohne sich vorzudrängen, die Erbitterung und das Geschwätz der Parteien meidend und ohne sich zu den Ersten zu zählen, begriff der Fürst sehr gründlich vieles von dem, was in der letzten Zeit vorgegangen war. Er hatte erst im Staatsdienst gestanden, dann begann er in den Semstwos* mitzuarbeiten. Außerdem war er ein nützlicher Korrespondent mehrerer russischer gelehrter Gesellschaften. Mit einem ihm bekannten Techniker hatte er durch Gutachten und Ermittlungen dazu beigetragen, daß eine der wichtigsten geplanten Eisenbahnlinien in einer vorteilhafteren Richtung angelegt wurde. Er mochte fünfunddreißig Jahre alt sein, gehörte der höchsten Gesellschaft an und war außerdem im Besitz eines »guten, soliden, unanfechtbaren Vermögens«, wie der General sich ausdrückte, der in einer ziemlich ernsten Angelegenheit den Fürsten beim Grafen, seinem Vorgesetzten, kennengelernt hatte. Der Fürst ging aus einer gewissen eigentümlichen Neugierde Bekanntschaften mit russischen Geschäftsleuten nie aus dem Wege. So kam es, daß der Fürst auch mit der Familie des Generals bekannt wurde. Adelaida Iwanowna, die mittlere von den drei Schwestern, machte einen recht tiefen Eindruck auf ihn. Im Frühling hielt der Fürst um ihre Hand an. Er gefiel Adelaida sehr gut, auch Lisaweta Prokofjewna fand an ihm Gefallen. Der General war sehr erfreut. Selbstverständlich wurde nun die Reise aufgegeben. Die Hochzeit sollte noch im Frühling stattfinden.

Die Reise hätte trotzdem in der Mitte oder zu Ende des Sommers sehr wohl unternommen werden können, wenn auch nur als ein- bis zweimonatiger Ausflug Lisaweta Prokofjewnas mit den ihr gebliebenen Töchtern, um den Trennungsschmerz über die von ihnen gegangene Adelaida leichter zu überwinden. Aber es kam wieder etwas Neues: schon

* Provinzielle Selbstverwaltungsorgane (Anmerkung des Übersetzers).

gegen Ende des Frühlings (die Hochzeit Adelaidas war bis zur Mitte des Sommers hinausgeschoben worden) hatte Fürst Sch. bei Jepantschins einen entfernten Verwandten eingeführt, den er übrigens sehr gut kannte. Das war ein gewisser Jewgenij Pawlowitsch R., ein noch junger Mann von etwa achtundzwanzig Jahren, Flügeladjutant, bildschön, vornehmer Abkunft, witzig, glanzvoll, modern, äußerst gebildet und von angeblich unerhörtem Reichtum. Über diesen letzten Punkt äußerte sich der General freilich immer recht vorsichtig. Er zog Erkundigungen ein: »Es sei in der Tat etwas vorhanden, man müsse aber noch erst genauer nachforschen«, äußerte er hierauf. Dieser junge »aussichtsvolle« Flügeladjutant gewann noch sehr durch ein Urteil der alten Belokonskaja aus Moskau. Nur in einer Beziehung war sein Ruf etwas anfechtbar: er sollte mehrere Liebesverhältnisse und, wie man behauptete, »Siege« über unglückliche Frauenherzen auf dem Gewissen haben. Als er Aglaja gesehen hatte, wurde er im Hause Jepantschin ungemein seßhaft. Allerdings war noch nichts ausgesprochen, ja auch noch gar keine Andeutung gemacht worden, es schien den Eltern aber doch so, als brauchte man in diesem Sommer an keine Auslandsreise zu denken. Aglaja selbst war vielleicht anderer Meinung.

Das ereignete sich fast unmittelbar vor dem zweiten Erscheinen unseres Helden auf dem Schauplatz unserer Erzählung. Um diese Zeit schien man den armen Fürsten Myschkin in Petersburg schon fast ganz vergessen zu haben. Wäre er jetzt plötzlich unter denen, die ihn kannten, erschienen, so wäre er wie vom Himmel gefallen. Indessen müssen wir doch noch eine Tatsache mitteilen und damit unsere Einleitung schließen.

Kolja Iwolgin setzte nach der Abreise des Fürsten anfangs sein früheres Leben fort: er ging ins Gymnasium und zu seinem Freund Ippolit, sorgte für den General und half Warja in der Wirtschaft, das heißt machte ihren Laufburschen. Aber die Mieter verschwanden bald: Ferdystschenko zog drei Tage nach dem Ereignis bei Nastasja Filippowna aus und war bald danach ganz verschollen, so daß man von ihm überhaupt nichts mehr hörte; man sagte, er trinke irgendwo, wußte aber auch nichts Bestimmtes. Der Fürst war nach Moskau gefahren; somit waren alle Mieter weg. Später, als Warja schon geheiratet hatte, zogen Nina Alexandrowna und Ganja mit ihr zusammen zu Ptizyn, nach dem Ismailowskij-Polk*; was aber den General Iwolgin anbelangt, so passierte ihm um dieselbe Zeit eine ganz unvorhergesehene Geschichte: er wurde ins Schuldgefängnis gesetzt. Veranlaßt hatte das seine Freundin, die Hauptmannswitwe, auf Grund von Dokumenten, die ihr zu verschiedenen Zeiten ausgehändigt worden waren – im Gesamtbetrag von ungefähr zweitausend Rubel. Das alles war für ihn eine völlige Überraschung, und der arme General war »entschieden das Opfer seines grenzenlosen Glaubens an den Edelmut des menschlichen Herzens, allgemein gesprochen«. Als er die beruhigende Gewohnheit angenommen hatte, Schuldscheine und Wechsel zu unterzeichnen, hatte er nicht einmal die Möglichkeit vorausgesetzt, daß sie irgendeinmal auch eingelöst werden könnten, sondern gemeint, das geschehe alles *nur so.* Es war aber nicht nur so. »Da soll man nun den Leuten vertrauen, soll ihnen vornehm entgegenkommen!« rief er betrübt aus, als er mit seinen neuen Freunden im Hause Tarasow bei einer Flasche Wein saß und ihnen seine Anekdoten von der Belagerung der Festung Kars und dem auferstandenen Soldaten erzählte. Er lebte übrigens dort ausgezeichnet. Ptizyn und Warja meinten, das sei sein richtiger Platz, und Ganja stimmte ihnen durchaus bei. Nur die arme Nina Alexandrowna weinte im stillen bitterlich (was die Hausgenossen sogar in Staunen setzte) und besuchte bei all ihrer Kränklichkeit doch möglichst oft ihren Mann im Schuldgefängnis.

Allein seit dem »Zwischenfall mit dem General«, wie Kolja sich ausdrückte, und überhaupt seit der Heirat der Schwester hatte sich Kolja von den Seinigen fast ganz gelöst, und es war so weit gekommen, daß er neuerdings selbst zum Übernachten nur selten noch nach Hause kam. Es hieß, er habe eine Menge neuer Bekanntschaften angeknüpft; außerdem war er auch im Schuldgefängnis nur zu bekannt geworden.

* Stadtteil in Petersburg (Anmerkung des Übersetzers).

Nina Alexandrowna konnte dort ohne ihn gar nicht auskommen; zu Hause aber plagte man ihn nicht einmal mehr durch Neugierde. Warja, die ihn früher so streng behandelt hatte, unterzog ihn jetzt nie einem Verhör über seine Herumtreiberei; Ganja aber sprach und verkehrte mit ihm zur großen Verwunderung der Hausgenossen mitunter ganz freundschaftlich, trotz seiner Hypochondrie – was früher nie der Fall gewesen war, denn der siebenundzwanzigjährige Ganja widmete natürlich seinem fünfzehnjährigen Bruder bisher nicht die geringste freundschaftliche Aufmerksamkeit, behandelte ihn grob, forderte von allen Hausgenossen nur immer, daß sie möglichst streng gegen ihn seien, und drohte beständig, ihn »an den Ohren zu kriegen«, was Kolja »aus den letzten Grenzen menschlicher Geduld« brachte. Man konnte fast denken, Kolja sei jetzt mitunter seinem Bruder unentbehrlich. Er war einigermaßen erstaunt gewesen, daß Ganja damals das Geld zurückgegeben hatte; um dessentwillen war er bereit, ihm vieles zu verzeihen.

Es mochten drei Monate seit der Abreise des Fürsten vergangen sein, da erfuhr man in der Familie Iwolgin, Kolja habe plötzlich die Bekanntschaft der Jepantschins gemacht und sei von den Mädchen sehr gut aufgenommen worden. Warja erfuhr das bald; Kolja hatte übrigens die Bekanntschaft nicht durch Warja gemacht, sondern »von selbst«. Nach und nach gewann man ihn bei Jepantschins lieb. Die Generalin war zuerst mit ihm sehr unzufrieden, bald aber wurde sie freundlich zu ihm, weil er »aufrichtig war und nicht schmeichelte«. Daß Kolja kein Schmeichler war, traf allerdings zu; er verstand es, sich ihnen gegenüber als durchaus gleichberechtigter und unabhängiger Mensch zu verhalten, obgleich er der Generalin mitunter aus Büchern und Zeitungen vorlas – aber er war ja immer gefällig gewesen. Zweimal kam es übrigens zu heftigem Zank mit Lisaweta Prokofjewna; er erklärte ihr, sie sei eine Despotin, und er werde ihr Haus nicht mehr betreten. Der erste Streit entspann sich um die Frauenfrage, der zweite um die Frage, in welcher Jahreszeit man am besten Zeisige fangen könne. So unglaublich es auch klingen mag – am dritten Tage nach dem Zank schickte die Generalin ihm mit einem Diener einen kurzen Brief, in dem sie ihn bat, sie unbedingt wieder zu besuchen; Kolja zierte sich nicht und erschien sofort. Nur Aglaja war aus irgendeinem Grunde ihm beständig nicht wohlgesinnt und behandelte ihn von oben herab. Sie eben sollte er nun einigermaßen in Erstaunen setzen. Eines Tages – es war in der Osterwoche – benutzte Kolja einen Augenblick des Alleinseins, um Aglaja einen Brief zu überreichen, wobei er nur sagte, es sei ihm aufgetragen worden, ihr den Brief unter vier Augen zu übergeben. Aglaja sah den »eingebildeten Jungen« streng an, aber Kolja wartete nicht lange, sondern ging hinaus. Sie öffnete den Brief und las:

»Einst beehrten Sie mich durch Ihr Vertrauen. Vielleicht haben Sie mich jetzt völlig vergessen. Wie kommt es nur, daß ich Ihnen schreibe? Ich weiß nicht. Aber mich erfaßt der unbezwingbare Wunsch, Sie an mich zu erinnern, gerade Sie. Wie oft hätte ich Sie alle drei sehr notwendig gebraucht, aber von allen dreien sah ich immer nur Sie allein. Ich brauche Sie sehr, sehr. Ich kann Ihnen nichts über mich schreiben, nichts erzählen. Ich wollte das auch gar nicht; ich wünsche nur leidenschaftlich, daß Sie glücklich werden. Sind Sie glücklich? Nur das wollte ich Ihnen sagen.

Ihr Vetter Fürst L. Myschkin.«

Nachdem sie diesen kurzen und recht verworrenen Brief gelesen hatte, wurde Aglaja plötzlich tiefrot und versank in Gedanken. Es dürfte uns schwerfallen, den Gang dieser Gedanken wiederzugeben. Unter anderm fragte sie sich: Soll ich den Brief jemand zeigen? Sie fühlte etwas wie Scham. Sie schloß übrigens damit, daß sie den Brief mit einem spöttischen und seltsamen Lächeln in ihren Tischkasten warf. Tags darauf holte sie ihn wieder heraus und legte ihn in ein dikkes, fest gebundenes Buch (so machte sie es immer mit ihren Papieren, um sie schneller zu finden, wenn sie sie brauchen würde). Und erst nach einer Woche merkte sie zufällig, was für ein Buch es gewesen war. Es war der *Don Quichotte*. Aglaja mußte furchtbar lachen, ohne zu wissen worüber.

Es ist auch unbekannt geblieben, ob sie den Brief einer von den Schwestern gezeigt hat.

Aber als sie den Brief noch las, kam ihr plötzlich der Gedanke: hat der Fürst denn wirklich diesen eingebildeten Bengel und Prahlhans zu seinem Korrespondenten gewählt, ja, ist er am Ende gar sein einziger Korrespondent am Orte? Wenn auch mit ungemein verächtlicher Miene, nahm sie Kolja doch ins Verhör. Aber der sonst immer leicht gekränkte Bengel kümmerte sich diesmal nicht im geringsten um ihre Verachtung; kurz und trocken erklärte er Aglaja, daß er dem Fürsten zwar für alle Fälle seine ständige Adresse unmittelbar vor der Abreise mitgeteilt und ihm dabei seine Dienste angeboten habe, daß dieses aber der erste Auftrag sei, den er von ihm empfangen habe, und der erste Brief – als Beweis für die Richtigkeit seiner Aussage legte er auch gleich das Schreiben vor, das er persönlich empfangen hatte. Aglaja genierte sich nicht, es zu lesen. In dem Brief an Kolja stand:

»Lieber Kolja, seien Sie so gut, übergeben Sie den beiliegenden versiegelten Brief Aglaja Iwanowna. Lassen Sie sich's gut gehen. Ihr Sie liebender Fürst Myschkin.«

»Es ist doch lächerlich, sich solch einem Knirps anzuvertrauen«, sagte Aglaja gekränkt, gab Kolja den Brief zurück und ließ ihn verächtlich stehen.

Das konnte Kolja nicht mehr ertragen. Er hatte noch gerade für diese Gelegenheit sich von Ganja, ohne ihm den Grund zu sagen, dessen neuen grünen Schal ausgebeten. Er war bitter gekränkt.

2

Es war in den ersten Tagen des Juni, und Petersburg erfreute sich schon seit einer Woche eines ausnehmend schönen Wetters. Jepantschins hatten ein eigenes vornehmes Landhaus in Pawlowsk. Lisaweta Prokofjewna geriet plötzlich in Aufregung und wurde sehr geschäftig; es dauerte keine zwei Tage, dann war man übergesiedelt.

Am zweiten oder dritten Tage nach dem Umzug der Jepantschins traf mit dem Frühzug aus Moskau der Fürst Lew Nikolajewitsch Myschkin in Petersburg ein. Niemand empfing ihn auf dem Bahnhof; aber beim Verlassen des Wagens blitzte vor dem Fürsten plötzlich in der Menge, die sich um die Angekommenen drängte, der seltsame heiße Blick zweier Augen traumhaft auf. Als er schärfer hinsah, konnte er nichts mehr entdecken. Gewiß war es nur eine Täuschung; aber es blieb ein unangenehmer Eindruck zurück. Zudem war der Fürst auch ohnedies traurig und nachdenklich und schien über irgend etwas sehr besorgt zu sein.

Eine Droschke brachte ihn zu einem Gasthause unweit der Litejnaja. Es war ein recht unansehnliches Gasthaus. Der Fürst bezog zwei kleine Zimmer, die dunkel und schlecht möbliert waren, wusch sich, kleidete sich um, verlangte nichts vom Personal und ging hastig fort, als fürchtete er, Zeit zu verlieren oder jemand nicht anzutreffen.

Wenn ihn jetzt jemand von den Leuten, die ihn vor einem halben Jahr in Petersburg bei seinem ersten Aufenthalt gekannt hatten, gesehen hätte, so hätte er wohl gefunden, daß er sich äußerlich sehr zu seinem Vorteil verändert habe. Aber das war wohl in Wahrheit kaum der Fall. Nur auf seine Kleider traf es zu: er war von Kopf bis Fuß neu gekleidet, und zwar von einem guten Moskauer Schneider; aber auch die Kleidung hatte einen Fehler: sie war allzusehr nach der Mode verfertigt – so machen es immer gewissenhafte, aber nicht sehr talentvolle Schneider – und dazu für einen Menschen, der sich dafür nicht im geringsten interessierte, so daß bei aufmerksamer Musterung des Fürsten jemand, der gern lachte, wohl Grund zum Lächeln gefunden hätte. Doch was kommt den Leuten nicht alles lächerlich vor?

Der Fürst nahm eine Droschke und fuhr nach dem Stadtteil Peski. In einer der Roschdestwenskij-Straßen fand er bald ein kleines Holzhäuschen. Zu seiner Verwunderung erwies sich dieses Häuschen als sehr nett, sauber, in großer Ordnung gehalten und hatte ein Vorgärtchen, in dem Blumen wuchsen. Die Fenster nach der Straße waren geöffnet, und man hörte drinnen jemand mit scharfer Stimme ununterbrochen sprechen, beinahe schreien; es war, als ob vorgelesen oder gar eine Rede gehalten würde; hin und wieder wurde die Stimme durch das Gelächter mehrerer heller Stimmen unterbrochen. Der Fürst ging in den Hof, stieg die Stufen vor der Tür hinauf und fragte nach Herrn Lebedew.

»Da ist er«, sagte die Köchin, die ihm mit bis zum Ellenbogen aufgekrempelten Ärmeln die Tür aufgemacht hatte, und wies mit dem Finger in die »Wohnstube«. Mitten in dieser Wohnstube, die dunkelblau tapeziert, sauber und ein wenig anspruchsvoll ausgestattet war, das heißt einen runden Tisch, ein Sofa, eine Bronzeuhr unter einem Glassturz, einen schmalen Spiegel zwischen den Fenstern und einen an einer Bronzekette von der Decke herabhängenden uralten kleinen Kronleuchter mit Glasgehänge aufzuweisen hatte, stand Herr Lebedew selbst, mit dem Rücken zum Fürsten, in der Weste ohne Rock und predigte heftig über irgendein Thema, wobei er sich unablässig vor die Brust schlug. Seine Zuhörerschaft bestand aus einem etwa fünfzehnjährigen Knaben mit einem ziemlich heitern und nicht dummen Gesicht und einem Buch in der Hand, einem jungen Mädchen von ungefähr zwanzig Jahren in Trauerkleidung und mit einem Säugling auf dem Arm, einem dreizehnjährigen Mädchen, ebenfalls in Trauer, das sehr lachte und dabei den Mund furchtbar weit aufriß, und endlich einem höchst merkwürdigen Zuhörer: es war ein junger brünetter Mann von etwa zwanzig Jahren, der auf dem Sofa ausgestreckt lag, mit recht hübschem Gesicht, langem, dichtem Haar, großen schwarzen Augen und leisen Andeutungen von Backen- und Kinnbart. Dieser Zuhörer schien den Redner oft zu unterbrechen und anzugreifen – und darüber mochte wohl das übrige Publikum so lachen.

»Lukjan Timofejewitsch! He, Lukjan Timofejewitsch! Sieh doch! Schau doch her! Daß euch alle ...!« rief die Köchin und ging mit einer ärgerlichen Handbewegung weg. Sie war vor Zorn puterrot geworden.

Lebedew drehte sich um; als er den Fürsten sah, stand er einen Augenblick wie von einem Donnerschlag gerührt, dann stürzte er mit unterwürfigem Lächeln auf ihn zu, blieb unterwegs noch einmal wie erstarrt stehn und stotterte: »Du-du-du-durchlauchtigster Fürst.« Plötzlich, als könnte er noch immer nicht ins Gleichgewicht kommen, kehrte er sich um und stürzte sich mir nichts, dir nichts zuerst auf das junge Mädchen in Trauer, das den Säugling auf dem Arm hielt, so daß dieses vor Überraschung sogar etwas zurückfuhr; er verließ sie aber sofort und eilte zu der Dreizehnjährigen, die an der Türschwelle zum Nebenzimmer stand und von dem letzten lauten Gelächter immer noch ein Lächeln auf den Lippen hatte. Die konnte das Geschrei nicht ertragen und entfloh alsbald in die Küche; Lebedew stampfte hinter ihr her, um ihr Angst einzujagen, aber als er den Blick des Fürsten traf, der ihn ganz verwirrt anschaute, sagte er zur Erklärung: »Wegen ... der Ehrerbietung ... haha!«

»Sie bemühen sich ganz unnütz ...« fing der Fürst an.

»Gleich, gleich, gleich ... wie der Wind!« Und Lebedew verschwand schnell aus dem Zimmer. Der Fürst betrachtete verwundert das junge Mädchen, den Knaben und den Mann auf dem Sofa; alle lachten sie. Da fing der Fürst auch an zu lachen.

»Er geht seinen Frack anziehen«, sagte der Knabe.

»Wie ärgerlich ist das alles«, begann der Fürst, »ich dachte doch ... sagen Sie, ist er ...«

»Betrunken, meinen Sie?« schrie der Mann auf dem Sofa. »Ganz und gar nicht. Vielleicht drei – vier Gläschen, na, schlimmstenfalls auch fünf ... Aber das hat nichts zu sagen. Die Disziplin macht es.«

Der Fürst wandte das Gesicht nach dem Sofa hin, aber da fing das junge Mädchen an. Mit dem unschuldigsten Ausdruck auf ihrem hübschen Gesicht sagte sie: »Er trinkt morgens nie viel; wenn Sie in Geschäften zu ihm kommen, so reden Sie jetzt mit ihm. Es ist die passendste Zeit. Wenn er abends nach Hause kommt, ist er manchmal berauscht; aber dann weint er meist vor dem Schlafengehen oder liest uns aus der Heiligen Schrift vor, denn unsere Mutter ist vor fünf Wochen gestorben.«

»Er ist weggelaufen, weil es ihm wahrscheinlich schwerfallen würde, Ihnen zu antworten«, sagte der junge Mann auf dem Sofa und lachte. »Ich wette, daß er Sie beschummeln will und gerade jetzt seinen Plan entwirft.«

»Erst fünf Wochen! Erst fünf Wochen«, fiel Lebedew ein, der – nun schon im Frack – wieder eintrat; er zwinkerte mit den Augen und zog sein Taschentuch heraus, um die Tränen abzuwischen. »Waisenkinder!«

»Was kommen Sie denn so zerlumpt?« sagte das junge Mädchen. »Da bei der Tür liegt doch Ihr neuer Rock, haben Sie ihn etwa nicht gesehen?«

»Schweig still, Heuschrecke!« schrie Lebedew sie an. »Hu! Du!« und er fing wieder an zu stampfen. Diesmal aber lachte sie nur.

»Sie wollen mir wohl Angst machen? Aber ich bin nicht Tanja, ich laufe nicht davon. Sie wecken bloß Ljubotschka auf; die kriegt am Ende noch Krämpfe ... schreien Sie nicht so!«

»Nein, nein, nein! Wahre deine böse Zunge!« rief Lebedew plötzlich ganz erschrocken, stürzte auf das in den Armen seiner Tochter schlafende Kind zu und bekreuzigte es mehrere Male mit entsetzter Miene. »Gott behüte es! Gott schütze es! Das ist mein eigenes neugeborenes Kindchen, meine Tochter Ljubow«, wandte er sich an den Fürsten, »geboren in ganz legitimer Ehe von der jüngst verschiedenen Jelena, meiner Frau, die an den Folgen der Geburt starb. Und dieser Kiebitz ist meine Tochter Wera, in Trauer. Und der da, der da, oh, der ...«

»Na? Stockst du?« rief der junge Mann. »Rede nur weiter, geniere dich nicht.«

»Durchlaucht!« rief Lebedew plötzlich wie von einem Leidenschaftsanfall gepackt, »haben Sie geruht, die Geschichte der Ermordung der Familie Schemarin in den Zeitungen zu verfolgen?«

»Ich habe davon gelesen«, sagte der Fürst einigermaßen erstaunt.

»Nun – der tatsächliche Mörder der Familie Schemarin – das ist der hier!«

»Was reden Sie da?« sagte der Fürst.

»Das heißt, allegorisch gesprochen, der künftige zweite

Mörder einer künftigen zweiten Familie Schemarin, wofern sich eine solche finden sollte. Darauf bereitet er sich vor ...«

Alle lachten. Dem Fürsten kam der Gedanke, Lebedew spiele den Narren nur, weil er seine Fragen schon ahne, nicht wisse, wie er sie beantworten solle, und Zeit zu gewinnen suche.

»Er schmiedet Aufruhr! Stiftet Verschwörungen an!« schrie Lebedew, als könnte er gar nicht mehr an sich halten. »Nun, sagen Sie, kann ich, habe ich das Recht, einen solchen bösen Schwätzer, ein solches Ungeheuer als meinen Neffen, den einzigen Sohn meiner verstorbenen Schwester Anisja anzuerkennen?«

»Hör auf, du besoffener Kerl! Können Sie es glauben, Fürst, jetzt hat er sich auf die Advokatur geworfen, gibt sich mit Prozessen ab; ergeht sich in Schönrednerei und spricht mit seinen Kindern zu Hause nur in hohem Stil. Vor fünf Tagen hat er vor den Friedensrichtern plädiert. Und wen hat er da verteidigt? Nicht die alte Frau, die ihn bat, ihn anflehte, die der Schuft von Wucherer ausgeplündert hatte – fünfhundert Rubel, ihr ganzes Vermögen, hatte er sich angeeignet – sondern eben diesen Wucherer, einen gewissen Seidler, einen Juden, weil er ihm fünfzig Rubel versprochen hatte ...«

»Fünfzig Rubel, wenn ich den Prozeß gewinne, und nur fünf, wenn ich ihn verliere«, erklärte Lebedew plötzlich mit ganz anderer Stimme, als er bisher geredet hatte, und zwar so, als hätte er nie geschrien.

»Na, und es ist natürlich schief gegangen; die alte Ordnung besteht ja nicht mehr; bloß ausgelacht haben sie ihn. Er war aber mit sich selbst äußerst zufrieden; bedenken Sie, sagt er, meine Herren unbestechlichen Richter, daß ein trauriger Greis mit gelähmten Beinen, der von ehrlicher Arbeit lebt, sein letztes Stück Brot verliert; gedenken Sie der weisen Worte des Gesetzgebers: ‚Gnade soll in den Gerichten herrschen.' Und – was glauben Sie? – jeden Morgen sagt er uns hier diese Rede auf, genauso wie er sie dort vorgetragen hat; heute, unmittelbar bevor Sie kamen, hat er sie uns zum fünftenmal gehalten, so gut gefällt sie ihm. Er leckt sich die Lippen bei seinem eigenen Anblick. Und er will noch irgend jemand verteidigen. Sie sind doch der Fürst Myschkin? Kolja hat mir von Ihnen gesprochen; er will noch keinen klügern Mann auf der ganzen Welt getroffen haben ...«

»Es gibt auch keinen! Es gibt keinen! Keinen in der ganzen Welt!« fiel Lebedew sofort ein.

»Na, der da hat geflunkert. Der eine liebt Sie, und der andere will sich bei Ihnen einschmeicheln. Ich habe nun gar nicht die Absicht, Ihnen zu schmeicheln, lassen Sie sich das gesagt sein. Sie sind doch ein Mann von Verstand, also entscheiden Sie mal zwischen mir und ihm. Du, willst du, daß der Fürst unser Urteil spricht?« wandte er sich an den Onkel. »Ich bin sogar froh, Fürst, daß Sie gerade jetzt gekommen sind.«

»Ich will!« rief Lebedew entschlossen und sah sich unwillkürlich nach dem Publikum um, das wieder heranzurücken begann.

»Was gibt es denn hier bei Ihnen?« sagte der Fürst und verzog das Gesicht. Er hatte wirklich Kopfweh; außerdem überzeugte er sich immer mehr, daß Lebedew ihn betrog und froh war, die Sache hinauszuschieben.

»Die Dinge verhalten sich so. Ich bin sein Neffe – das hat er nicht gelogen, obgleich er sonst immer lügt. Ich habe das Abitur nicht gemacht, möchte es aber machen, und ich setze es durch, denn ich habe Charakter. Vorläufig aber nehme ich, um existieren zu können, eine Stelle für fünfundzwanzig Rubel bei der Eisenbahn an. Ich gestehe außerdem, daß er mir zwei- oder dreimal schon geholfen hat. Ich hatte zwanzig Rubel und habe sie verspielt. Können Sie es glauben, Fürst, ich war so gemein, so niedrig, daß ich das Geld verspielte!«

»An einen Schuft, einen Schuft, dem man es gar nicht hätte zahlen sollen!« schrie Lebedew.

»Ja, einen Schuft; aber gezahlt werden mußte es doch«, fuhr der junge Mensch fort. »Daß er aber ein Schuft ist, kann ich bezeugen – und nicht etwa, weil er dich verprügelt hat. Es ist ein ausrangierter Offizier, Fürst, ein Leutnant a.D. aus der einstigen Rogoschinschen Gesellschaft, der

Unterricht im Boxen erteilt. Sie alle irren jetzt herum, seit Rogoschin sie davongejagt hat. Aber was das Schlimmste ist – ich wußte, daß er ein Schuft, ein Lump und Dieb ist, und setzte mich doch mit ihm an den Spieltisch, und als ich meinen letzten Rubel eingesetzt hatte – wir spielten ‚Knüppel'* –, da dachte ich für mich: Wenn ich verliere, gehe ich zu Onkel Lukjan; ich mache einen Kniefall vor ihm, und er wird mich nicht zurückweisen. Das ist wirklich niedrig, das ist ganz niedrig! Das war eine bewußte Gemeinheit.«

»Das war eine bewußte Gemeinheit«, wiederholte Lebedew.

»Triumphiere nicht zu früh, warte noch«, rief der Neffe gekränkt. »Er ist natürlich froh! Ich kam zu ihm hierher, Fürst, und gestand ihm alles. Ich handelte vornehm, ich schonte mich nicht; ich beschimpfte mich selber vor ihm, wie ich nur konnte – alle hier sind Zeugen. Um jene Stelle bei der Eisenbahn zu erhalten, muß ich mich unbedingt irgendwie ausstatten, denn ich bin ganz zerlumpt. Sehen Sie meine Stiefel an! So kann ich nicht in den Dienst kommen, und bin ich nicht zur festgesetzten Zeit da, so kriegt ein anderer die Stelle; dann sitze ich wieder auf dem trockenen und wer weiß, wann ich wieder eine Stelle finde. Jetzt bitte ich ihn um nur fünfzehn Rubel und verspreche, ihn nie mehr um etwas zu bitten; außerdem will ich im Laufe der ersten drei Monate ihm die ganze Schuld bis auf die letzte Kopeke zurückzahlen. Ich halte mein Wort. Ich bin imstande, monatelang von Brot und Kwas zu leben, denn ich habe Charakter. Für drei Monate bekomme ich fünfundsiebzig Rubel. Mit meinen frühern Schulden habe ich ihm insgesamt fünfunddreißig Rubel zu zahlen, ich werde also die Möglichkeit dazu haben. Er mag so hohe Zinsen verlangen, wie er will, hol ihn der Teufel! Kennt er mich denn nicht? Fragen Sie ihn, Fürst: wenn er mir früher geholfen hat, habe ich ihm da zurückgezahlt oder nicht? Warum will er denn jetzt nicht? Er ist wütend, weil ich diesem Leutnant die Spielschuld bezahlt habe; einen andern Grund hat er nicht! So ist dieser Mensch – weder sich noch andern gönnt er etwas!«

* Hasardspiel in der Art des deutschen »Kümmelblättchens« (Anmerkung des Übersetzers).

»Und er geht nicht fort!« schrie Lebedew. »Er liegt hier lang ausgestreckt und geht nicht fort!«

»Ich habe es dir ja gesagt. Ich gehe nicht fort, solange du es mir nicht gegeben hast. Sie lächeln, Fürst? Sie finden wohl, daß ich unrecht habe?«

»Ich lächle nicht, aber meiner Ansicht nach sind Sie wirklich nicht ganz im Recht«, erwiderte der Fürst gezwungen.

»Sagen Sie doch geradeheraus, daß ich ganz im Unrecht bin! Weichen Sie nicht aus! Was soll dieses ‚nicht ganz'!«

»Wenn Sie wollen, haben Sie auch ganz unrecht.«

»Wenn ich will! Lächerlich! Denken Sie wirklich, ich wüßte nicht, daß es peinlich ist, so vorzugehen, daß das Geld ihm gehört, daß er darüber verfügen kann und daß mein Verhalten gewalttätig scheint! Aber Sie, Fürst ... Sie kennen das Leben nicht. Belehrt man diese Leute nicht, so kommt nie was Rechtes zustande. Man muß sie belehren. Mein Gewissen ist ja rein; auf Ehre, er leidet durch mich keinen Schaden, denn ich gebe ihm das Geld mit Zinsen wieder. Moralisch befriedigt muß er auch sein: er hat mich erniedrigt gesehen. Was will er noch? Wozu ist er denn zu brauchen, wenn er niemandem Nutzen bringt? Bedenken Sie doch, was treibt er selber? Fragen Sie ihn doch, was er mit andern Leuten macht, wie er sie nasführt? Wie ist er zu diesem Haus gekommen? Ich lasse mir den Kopf abschlagen, wenn er Sie nicht schon betrogen hat und nicht schon überlegt hat, wie er Sie noch weiter betrügen könnte! Sie lächeln, Sie glauben mir nicht?«

»Mir scheint, das alles gehört nicht ganz zu Ihrer Sache«, bemerkte der Fürst.

»Ich liege nun schon drei Tage hier und habe Dinge genug gesehen!« schrie der junge Mann, ohne auf den Fürsten zu hören. »Stellen Sie sich vor, daß er diesen Engel, dieses Mädchen hier, das jetzt eine Waise ist, meine Kusine, seine Tochter, verdächtigt und jede Nacht bei ihr nach lieben Freunden sucht! Zu mir schleicht er auch herein und sucht unter meinem Sofa! Er ist verrückt geworden vor Argwohn; in jedem Winkel sieht er Diebe. Die ganze Nacht springt er jede Minute auf, sieht nach den Fenstern, ob sie gut geschlossen sind, untersucht die Türen, guckt in den Ofen – und das macht er so wohl siebenmal in jeder Nacht. Vor Gericht verteidigt er Verbrecher, und selbst steht er nachts mindestens dreimal auf, um zu beten – hier im Wohnzimmer liegt er auf den Knien und schlägt wohl eine halbe Stunde lang mit der Stirn gegen den Fußboden! Und für wen er alles betet, was er alles herplappert, wenn er betrunken ist! Für den Seelenfrieden der Gräfin Dubarry hat er gebetet, ich habe es mit meinen eigenen Ohren gehört; Kolja hat es auch gehört; völlig übergeschnappt ist er!«

»Sehen Sie, hören Sie, wie er mich schlechtmacht, Fürst!« schrie Lebedew, feuerrot im Gesicht und nun wirklich außer sich. »Das aber weiß er nicht, daß ich, der Säufer und Bummler, der Dieb und Verbrecher, vielleicht nur deswegen von Gott verschont werde, weil ich diesen Spötter, als er noch ein Säugling war, in Windeln gewickelt und im Waschtrog gebadet habe; daß ich bei meiner bettelarmen verwitweten Schwester Anisja als ebensolcher Bettler nächtelang gesessen habe, ohne ein Auge zuzutun, die beiden Kranken gepflegt und beim Hausknecht unten Brennholz gestohlen habe; daß ich ihm, dem Jungen, Lieder vorgesungen und mit dem Finger Schnippchen geschlagen habe – alles mit leerem Magen! So habe ich ihn großgezogen, und nun verhöhnt er mich! Was geht es denn dich an, wenn ich wirklich einmal für den Seelenfrieden irgendeiner Gräfin Dubarry meine Stirn bekreuzigt habe? Ich las erst vor zwei Tagen ihre Lebensbeschreibung im Lexikon, Fürst – zum erstenmal in meinem Leben. Weißt du denn, wer sie war, die Dubarry? Sag doch, weißt du es oder nicht?«

»Nun ja, du allein weißt es«, brummte der junge Mensch spöttisch, aber widerwillig.

»Das war so eine Gräfin, die, als sie aus der Schande emporgestiegen war, an Stelle der Königin regierte, und der eine große Kaiserin in einem eigenhändigen Briefe ‚ma cousine' schrieb. Der Kardinal, der päpstliche Nuntius, erbot sich von selbst, ihr beim lever du roi – weißt du, was das lever du roi war? – die seidenen Strümpfe über die Füßchen zu ziehen, und sah das noch für eine Ehre an – so eine hochgestellte und heilige Persönlichkeit! Weißt du das? Ich sehe es deinem Gesicht an, daß du es nicht weißt! Nun, wie ist sie gestorben? Antworte, wenn du es weißt!«

»Pack dich fort! Was belästigst du mich?«

»So ist sie gestorben: nach all den Ehrungen wurde diese gewesene Herrscherin vom Henker Sampson auf die Guillotine geschleppt, unschuldigerweise, zum Spaß für die Pariser Poissarden – und sie verstand vor Schreck gar nicht, was mit ihr geschah. Sie sieht, daß er ihren Hals unter das Messer drückt und ihr Fußtritte versetzt – und sie lachen alle – und da schreit sie auf: ‚Encore un moment, monsieur le bourreau, encore un moment!' Was bedeuten soll: ‚Einen Augenblick noch warten Sie, Herr Scharfrichter, nur noch einen!' Und für diesen einen Augenblick kann Gott ihr vielleicht alles vergeben, denn eine noch größere Misere, die der menschlichen Seele widerfahren könnte, läßt sich nicht vorstellen. Weißt du, was das Wort Misere bedeutet? Nun, so ein Augenblick ist eben eine Misere. Als ich von diesem Schrei der Gräfin und dem einen Augenblick las, da war es mir, als würde mein Herz mit Zangen zusammengedrückt. Und was geht es dich an, Wurm, wenn ich nachts vor dem Schlafengehen in meinem Gebet dieser großen Sünderin gedachte? Ich habe es vielleicht darum getan, weil, seit die Welt steht, sicher noch nie jemand ihretwegen ein Kreuz geschlagen hat, ja auch nicht einmal daran gedacht hat. Und da wird es ihr im Jenseits wohltun, wenn sie fühlt, daß sich ein ebensolcher Sünder gefunden hat wie sie, der wenigstens einmal auf Erden für sie gebetet hat! Was lachst du denn? Du glaubst es nicht, du Atheist. Was weißt du denn? Und geflunkert hast du doch, wenn du mich auch belauscht hast: ich habe nicht einfach für die Gräfin Dubarry gebetet, sondern ich sprach so: ‚Gib Frieden, Herr, der Seele der großen Sünderin Gräfin Dubarry und den Seelen aller, die ihr ähnlich sind' – und das ist schon etwas ganz anderes; denn es gibt viele solche große Sünderinnen und Opfer des Glückwechsels, die gelitten haben und nun dort sich quälen und seufzen und warten; und ich habe auch für dich und deinesgleichen, Frechlinge und Beleidiger von deinem Schlage gebetet – wenn du mich schon beim Beten belauscht hast . . .«

»Es ist genug, hör auf, bete für wen du willst, hol dich der Teufel, was schreist du so!« unterbrach ihn der Neffe ärgerlich. »Er ist sehr belesen, Fürst, das haben Sie wohl gar nicht gewußt?« fügte er mit gezwungenem Lächeln hinzu. »Er liest jetzt immer allerlei solche Büchelchen und Memoiren.«

»Ihr Onkel ist aber doch . . . kein herzloser Mensch«, bemerkte der Fürst zögernd. Dieser junge Mensch wurde ihm höchst widerlich.

»Sie werden ihn noch ganz toll machen mit Ihrem Lob! Sehen Sie, er legt schon die Hand aufs Herz und verzieht den Mund zu einem Lächeln! So was schmeckt gut! Herzlos ist er vielleicht nicht, aber ein Gauner, das ist das schlimme; zudem ist er auch ewig betrunken und ganz aus dem Leim wie jeder, der jahrelang säuft; darum knarrt und knackt an ihm alles. Kinder hat er lieb, das ist wahr, die verstorbene Tante hat er geachtet . . . Sogar mich liebt er, und in seinem Testament hat er mir, bei Gott, auch etwas vermacht.«

»N–n–nichts vermache ich dir!« schrie Lebedew erbittert.

»Hören Sie, Lebedew«, sagte der Fürst fest und wandte sich von dem jungen Menschen ab, »ich weiß aus Erfahrung, daß Sie ein tüchtiger Geschäftsmann sind, wenn Sie es sein wollen . . . Ich habe jetzt sehr wenig Zeit, und wenn Sie . . . Entschuldigen Sie, wie lautet Ihr Vor- und Vatersname? Ich habe es vergessen.«

»Ti–ti–timofej.«

»Und –?«

»Lukjanowitsch.«

Alle im Zimmer Anwesenden lachten wieder.

»Falsch!« schrie der Neffe. »Auch jetzt wieder gelogen! Er heißt gar nicht Timofej Lukjanowitsch, Fürst, sondern umgekehrt: Lukjan Timofejewitsch! Nun sag bloß, wozu hast du wieder geflunkert? Ist es dir denn nicht ganz gleich, ob du Lukjan oder Timofej sagst, und was geht das den Fürsten an? Aus bloßer Gewohnheit lügt er, ich versichere Sie.«

»Ist es wirklich wahr?« fragte der Fürst ungeduldig.

»Lukjan Timofejewitsch, allerdings«, gab Lebedew verlegen zu, wobei er die Augen demütig niederschlug und die Hand wieder aufs Herz legte.

»Warum tun Sie denn das? Ach Gott!«

»Aus Selbsterniedrigung«, flüsterte Lebedew, der den Kopf immer tiefer und immer demütiger senkte.

»Was soll hier die Selbsterniedrigung! Wenn ich nur wüßte, wo ich Kolja jetzt finden könnte!« sagte der Fürst und wandte sich zum Gehen.

»Ich will Ihnen sagen, wo Kolja ist«, meldete sich wieder der junge Mann.

»Nein, nein, nein!« fuhr Lebedew hastig und erregt dazwischen.

»Kolja hat hier übernachtet und ist am Morgen seinen General suchen gegangen, den Sie, Fürst, Gott weiß warum, aus dem Schuldgefängnis losgekauft haben. Der General versprach noch gestern, zur Nacht hierher zu kommen, hat uns aber nicht die Ehre erwiesen. Aller Wahrscheinlichkeit nach dürfte er im Gasthaus ‚Zur Waage', hier in der Nähe, genächtigt haben. Kolja ist also dort oder in Pawlowsk bei Jepantschins. Er hatte Geld und wollte schon gestern hin. Also entweder in der Waage oder bei Jepantschins.«

»In Pawlowsk, ja, in Pawlowsk! Und wir begeben uns hier in den Garten und ... trinken ein Täßchen Kaffee ...«

Lebedew zog den Fürsten am Arm mit sich fort. Sie verließen das Zimmer, durchschritten den Hof und traten durch das Gartenpförtchen. Hier befand sich tatsächlich ein sehr kleines und sehr nettes Gärtchen, in dem dank dem schönen Wetter schon alle Bäume Knospen angesetzt hatten. Lebedew ließ den Fürsten auf einer grünen Holzbank an einem grünen, in die Erde gerammten Tisch Platz nehmen und setzte sich ihm gegenüber. Nach einer Minute erschien wirklich der Kaffee. Der Fürst lehnte nicht ab. Lebedew fuhr fort, ihm unterwürfig und gierig in die Augen zu schauen.

»Ich wußte gar nicht, daß Sie so einen Hausstand haben«, sagte der Fürst und machte ein Gesicht wie jemand, der an ganz andere Dinge denkt.

»Wa–wa–waisenkinder«, fing Lebedew an und krümmte sich zusammen, stockte aber sofort.

Der Fürst sah zerstreut vor sich hin und hatte natürlich seine Frage schon wieder vergessen. Es verging noch eine Minute; Lebedew sah auf den Fürsten und wartete.

»Nun, was dann?« sagte der Fürst, als käme er plötzlich zu sich. »Ach ja! Sie wissen ja selbst, Lebedew, um was es sich bei uns handelt; ich bin auf Ihren Brief hin gekommen; reden Sie.«

Lebedew wurde verlegen, wollte etwas sagen, blieb aber stecken und brachte kein Wort heraus. Der Fürst wartete eine Weile und lächelte traurig.

»Ich glaube Sie sehr gut zu verstehen, Lukjan Timofejewitsch. Sie hatten mich gewiß nicht erwartet. Sie dachten, ich würde nicht gleich auf Ihr erste Mitteilung hin aus meiner Zurückgezogenheit zu Ihnen kommen, und Sie schrieben mir nur, um Ihr Gewissen zu entlasten. Und nun bin ich doch gekommen. Lassen Sie nur! Betrügen Sie mich nicht. Hören Sie auf, zweien Herren zu dienen. Rogoschin ist schon drei Wochen hier, ich weiß alles. Haben Sie sie schon wie damals an ihn verkauft oder nicht? Sagen Sie die Wahrheit.«

»Der Unmensch hat es von selbst erfahren, von selbst.«

»Schelten Sie ihn nicht. Er hat gewiß schlecht an Ihnen gehandelt ...«

»Verprügelt hat er mich! Verprügelt!« fiel Lebedew mit wildem Eifer ein. »Mit seinem Hund hat er mich in Moskau gehetzt, die ganze Straße entlang, mit einer Windhündin. Es war ein riesiges, wütendes Vieh.«

»Sie halten mich für ein Kind, Lebedew. Sagen Sie im Ernst, hat sie ihn jetzt in Moskau wieder verlassen?«

»Im Ernst, im vollen Ernst, wieder unmittelbar vor der Hochzeit. Er zählte schon die Minuten – da kommt sie hierher nach Petersburg und geradewegs zu mir: ‚Rette mich, verbirg mich, Lukjan, und sag es dem Fürsten nicht.‘ Sie hat vor Ihnen noch mehr Angst als vor ihm, Fürst, und hierin steckt eine tiefe Weisheit!« Und Lebedew legte listig den Finger an die Stirn.

»Und jetzt haben Sie die beiden wieder zusammengebracht?«

»Durchlauchtigster Fürst, wie hätte ich ... wie hätte ich es verhindern können?«

»Genug davon, ich erfahre alles schon selbst. Sagen Sie mir nur, wo ist sie jetzt? Bei ihm?«

»O nein! Ganz und gar nicht! Sie ist noch für sich allein. Ich bin frei, sagt sie, und wissen Sie, Fürst, sie besteht hartnäckig darauf: ich bin, sagt sie, noch völlig frei! Immer noch wohnt sie auf der Petersburger Seite, im Hause meiner Schwägerin, wie ich es Ihnen ja auch geschrieben habe.«

»Und sie ist noch jetzt dort?«

»Ja, wenn sie nicht angesichts des schönen Wetters in Pawlowsk ist, im Landhause von Darja Alexejewna. Ich bin völlig frei, sagt sie; noch gestern hat sie vor Nikolaj Ardalionowitsch mit ihrer Freiheit großgetan. Ein schlechtes Zeichen.« Und Lebedew grinste.

»Ist Kolja oft bei ihr?«

»Er ist leichtsinnig und unberechenbar und weiß nichts geheimzuhalten.«

»Waren Sie schon lange nicht mehr dort?«

»Jeden Tag bin ich bei ihr, jeden Tag.«

»Gestern also auch?«

»N–nein, vorvorgestern.«

»Wie schade, daß Sie etwas getrunken haben, Lebedew! Sonst hätte ich Sie nach einigen Dingen gefragt.«

»Nicht doch, nicht doch! Nicht einen Tropfen!« Lebedew starrte ihn mit weit aufgerissenen Augen an.

»Sagen Sie mir: wie haben Sie sie verlassen?«

»Sie sucht.«

»Sucht?«

»Es ist, als suchte sie immer nach etwas, als hätte sie was verloren. An die bevorstehende Ehe kann sie nur mit Widerwillen denken und faßt sie einfach als Kränkung auf. An ihn selbst aber denkt sie nur soviel wie an eine Apfelsinenschale, nicht mehr – das heißt wohl mehr, aber mit Schaudern und Entsetzen, sie verbietet sogar, über ihn zu sprechen, und sie sehen sich nur, wenn es durchaus notwendig ist ... er fühlt das auch nur zu gut! Und es hilft doch alles nichts! ... Sie ist unruhig, spöttisch, doppelzüngig, heftig ...«

»Doppelzüngig und heftig?«

»Ja, heftig; neulich wäre sie mir wegen eines Gespräches fast in die Haare gefahren. Ich brachte sie durch die Apokalypse zur Besinnung.«

»Was sagen Sie?« unterbrach ihn der Fürst, der glaubte sich verhört zu haben.

»Durch Vorlesen der Apokalypse. Sie ist eine Dame mit einer unruhigen Phantasie, haha! Und außerdem habe ich beobachtet, daß sie für ernste Themen, wenn sie auch nicht zur Sache gehören, eine sehr große Neigung hat. Sie hat so etwas gern und sieht darin sogar einen Beweis besonderer Achtung, die man ihr entgegenbringt. Jawohl. Und ich bin in der Auslegung der Apokalypse sehr beschlagen und beschäftige mich damit schon fünfzehn Jahre. Sie stimmte mir bei, daß wir beim dritten Pferde angelangt sind, dem schwarzen, und dem Reiter, der die Waage in der Hand hält, denn alles gründet sich in der heutigen Zeit auf Gewicht und Vertrag, und alle Menschen suchen nur ihr Recht: ‚Ein Maß Weizen für einen Denar und drei Maß Gerste für einen Denar ...‘ und dabei wollen sie noch ihren freien Geist und das reine Herz und den gesunden Leib und alle Gaben Gottes bewahren. Aber mit dem Recht allein können sie das alles nicht bewahren, und nach diesem kommt das fahle Pferd und der, dessen Name Tod ist, und nach ihm schon die Hölle. Davon reden wir, wenn wir zusammenkommen, und – es hat sehr stark gewirkt.«

»Glauben Sie selbst daran?« fragte der Fürst und musterte Lebedew mit einem seltsamen Blick.

»Ich glaube es und deute es so. Denn ich bin arm und nackt und ein Atom im Getriebe der Menschen. Und wer achtet einen Lebedew? Ein jeder übt seinen Witz an ihm, und jeder möchte ihn am liebsten mit einem Fußtritt hinausbefördern. Hier aber, in dieser Auslegung, bin ich einem hohen Herrn gleich. Denn der Geist macht es! Auch der hohe Herr zittert vor mir ... auf seinem Lehnsessel, wenn er es mit seinem Geiste erfaßt! Seine Hohe Exzellenz Nil Alexejewitsch hatten vor zwei Jahren, vor Ostern, davon gehört – als ich noch in ihrem Departement diente – und zitierten mich eigens deswegen aus dem Anmeldezimmer in ihr Kabinett durch Pjotr Sacharowitsch und fragten mich unter vier Augen: ‚Ist es wahr, daß du ein Professor des Antichrist bist?' Und ich leugnete es nicht: ‚Ich bin es', sagte ich und stellte dar und legte aus und milderte das Grauen nicht, sondern verstärkte es in Gedanken noch, als ich die allegorische Rolle entfaltet hatte, und führte Ziffern an. Da lachten Exzellenz, aber als es zu den Ziffern und den Gleichnissen kam, da fingen sie an zu zittern und baten mich, das Buch zu schließen und fortzugehen, und bewilligten mir eine Gratifikation zu Ostern, und in der Woche nach dem Fest sind Seine Hohe Exzellenz selig entschlafen.«

»Was reden Sie da, Lebedew?«

»Es ist so. Nach dem Mittagessen fielen sie aus dem Wagen ... mit der Schläfe gegen einen Prellstein, und wie ein kleines Kind, wie ein kleines Kind – gleich tot. Dreiundsiebzig Jahre zählte er nach seinen Personalakten; rotbackig, weißhaarig, immer parfümiert, und immer lächelnd, immer lächelnd, wie ein Kind. Da hat Pjotr Sacharowitsch sich erinnert: ‚Du hast es vorausgesagt', meinte er zu mir.«

Der Fürst erhob sich. Lebedew war erstaunt und sogar verblüfft, daß der Fürst schon gehen wollte.

»Sie sind sehr gleichgültig geworden, hähä«, wagte er unterwürfig zu bemerken.

»Wirklich, ich fühle mich nicht ganz wohl, der Kopf ist mir so schwer, wohl von der Reise«, antwortete der Fürst und furchte die Stirn.

»Sie sollten aufs Land«, sagte Lebedew schüchtern.

Der Fürst stand in Gedanken da.

»Ich selbst will auch nach drei Tagen mit all meinen Hausgenossen aufs Land, um das neugeborene Vöglein am Leben zu erhalten und zugleich hier im Hause in der Zeit allerlei in Ordnung zu bringen. Ich gehe auch nach Pawlowsk.«

»Auch nach Pawlowsk?« fragte der Fürst plötzlich. »Will denn hier alles nach Pawlowsk? Und Sie sagen, Sie hätten ein eigenes Landhaus in Pawlowsk?«

»Nicht alle sind in Pawlowsk. Mir hat Iwan Petrowitsch

Ptizyn eines seiner Landhäuser abgetreten; er hatte sie wohlfeil erworben. Es ist schön und hochgelegen, mit viel Grün, billig, vornehm, und es gibt dort Musik – und darum geht alles nach Pawlowsk. Ich wohne übrigens im Hinterhause, und die Villa selbst ...«

»Haben Sie vermietet?«

»N–n–nein ... Nicht ganz.«

»Vermieten Sie sie mir«, erklärte der Fürst mit einemmal.

Lebedew schien es nur darauf abgesehen zu haben. Dieser Gedanke war ihm vor drei Minuten durch den Kopf geschossen. Dabei hatte er gar keinen Mieter mehr nötig; ein Wohnungsuchender war schon bei ihm gewesen und hatte ihm selbst Bescheid gegeben, er würde die Villa vielleicht beziehen. Lebedew aber wußte genau, daß er sie nicht vielleicht, sondern ganz bestimmt beziehen werde. Jetzt aber war ihm ein, wie er meinte, sehr fruchtbarer Gedanke gekommen: die Villa dem Fürsten zu überlassen, da sich der erste Mieter ja nicht bestimmt geäußert hatte. »Eine ungeahnte Kombination und eine ganz neue Wendung der Dinge« tauchte plötzlich in seiner Phantasie auf. Den Vorschlag des Fürsten nahm er nahezu mit Begeisterung entgegen, so daß er die direkte Frage nach dem Preise nur mit abwehrenden Handbewegungen beantwortete.

»Nun, wie Sie wollen. Ich kann mich erkundigen. Sie sollen keinen Schaden leiden.« Beide verließen schon den Garten. »Ich könnte Ihnen ... ich könnte Ihnen ... Wenn Sie es wünschten, könnte ich Ihnen etwas sehr Interessantes mitteilen, mein hochverehrter Fürst, das auch zu diesem Gegenstand gehört«, brummte Lebedew und dienerte glückstrahlend neben dem Fürsten her. Der Fürst blieb stehen. »Darja Alexejewna hat auch ein Landhaus in Pawlowsk.«

»So?«

»Und eine gewisse Person ist mit ihr gut befreundet und beabsichtigt anscheinend, sie oft in Pawlowsk zu besuchen. Mit einer gewissen Absicht.«

»So?«

»Aglaja Iwanowna ...«

»Ach, lassen Sie doch, Lebedew«, unterbrach ihn der Fürst

mit einer unangenehmen Empfindung, als hätte man bei ihm einen wunden Punkt berührt. »Alles das . . . ist ganz anders. Sagen Sie mir lieber, wann Sie umziehen. Ich möchte je schneller, je lieber hinaus, denn ich wohne hier im Hotel . . .«

Sie hatten im Gespräch den Garten verlassen, gingen über den Hof und näherten sich dem Pförtchen.

»Das beste wäre«, erklärte Lebedew endlich, »wenn Sie aus dem Gasthaus gleich zu mir kämen, heute noch – und übermorgen zögen wir alle zusammen nach Pawlowsk.«

»Ich will es mir überlegen«, sagte der Fürst nachdenklich und ging zum Tor hinaus.

Lebedew blickte ihm nach. Ihn verblüffte die plötzliche Zerstreutheit des Fürsten. Als er hinausging, hatte er sogar vergessen, Lebewohl zu sagen, und nicht einmal mit dem Kopf genickt, was so gar nicht zu der Lebedew wohlbekannten Höflichkeit und Aufmerksamkeit des Fürsten paßte.

3

Es ging schon auf zwölf. Der Fürst wußte, daß er bei Jepantschins in der Stadtwohnung jetzt nur den General antreffen werde, der Dienst hatte – aber auch das war zweifelhaft. Ihm kam der Gedanke, daß der General ihn am Ende gleich nach Pawlowsk mitnehmen werde, er aber wollte vorher noch einen Besuch machen. Auf die Gefahr hin, zu spät zu Jepantschins zu kommen und die Fahrt nach Pawlowsk auf morgen verschieben zu müssen, beschloß der Fürst, das Haus aufzusuchen, in das er so gerne noch gehen wollte.

Dieser Besuch war für ihn übrigens ein gewisses Wagnis. Er zögerte und schwankte. Er wußte, daß das Haus sich in der Gorochowaja befand, unweit der Sadowaja, und beschloß, dorthin zu gehen, in der Hoffnung, daß er an Ort und Stelle Zeit genug haben werde, einen endgültigen Entschluß zu fassen.

Als er sich der Kreuzung der Gorochowaja und Sadowaja näherte, wunderte er sich selbst über seine ungewöhnliche Erregung; er hatte gar nicht erwartet, daß sein Herz so schmerzhaft schlagen werde. Ein Haus fesselte wohl durch sein absonderliches Aussehen schon von weitem seine Aufmerksamkeit, und der Fürst erinnerte sich später, daß er zu sich selbst gesagt hatte: »Das muß ganz sicher jenes Haus sein.« Mit ungewöhnlicher Neugier ging er näher heran, um sich von der Richtigkeit seiner Vermutung zu überzeugen; er fühlte, daß es ihm aus irgendeinem Grunde besonders unangenehm sein würde, wenn er richtig geraten hätte. Es war ein großes, finsteres, dreistöckiges Haus ohne jeden architektonischen Stil und von schmutziggrüner Farbe. Einige, übrigens sehr wenige Häuser dieser Art, die gegen Ende des vorigen Jahrhunderts erbaut wurden, sind gerade in diesen Straßen Petersburgs (wo sich sonst alles so schnell ändert) unverändert stehen geblieben. Gebaut sind sie sehr solide, mit dicken Mauern und äußerst spärlichen Fenstern; im Erdgeschoß sind die Fenster mitunter vergittert. Unten befindet sich meist eine Wechselstube. Der Skopze*, der im Laden sitzt, hat seine Wohnung in einem der obern Stockwerke. Außen und innen sieht alles ungastlich und nüchtern aus, als müßte etwas versteckt oder verheimlicht werden – doch warum das Aussehen des Hauses solche Vorstellungen weckt, läßt sich schwer erklären. Die architektonischen Umrisse tragen natürlich ihr Geheimnis in sich. In diesen Häusern leben fast ausschließlich Handelsleute. Als er bis zum Tor gelangt war und die Aufschrift betrachtete, las der Fürst: »Haus des erblichen Ehrenbürgers Rogoschin.«

Nun schwankte er nicht mehr, sondern öffnete die Glastür, die hinter ihm dröhnend zufiel, und stieg die Haupttreppe ins erste Stockwerk hinauf. Es war eine dunkle, roh gebaute Steintreppe, die Wände des Treppenhauses waren rot gestrichen. Er wußte, daß Rogoschin mit seiner Mutter und seinem Bruder den ganzen ersten Stock dieses langwei-

* Sektierer (Kastrat). Die Anhänger dieser Sekte zeichneten sich durch besondere Ehrlichkeit und Gewissenhaftigkeit in Geldgeschäften aus (Anmerkung des Übersetzers).

ligen Hauses bewohnte. Der Diener, der dem Fürsten die Tür öffnete, führte ihn ohne vorherige Anmeldung hinein und führte ihn lange: sie gingen durch einen Prunksaal, dessen Wandanstrich Marmor imitierte; der Fußboden war schweres Eichenparkett, und ringsum standen plumpe und schwere Möbel aus den zwanziger Jahren; sie kamen durch allerlei kleine Kammern, bogen um Ecken und bewegten sich in Zickzacklinien, mußten einmal zwei oder drei Stufen emporsteigen und nachher ebenso viele hinunter – bis sie endlich an eine Tür klopften. Sie wurde von Parfen Semjonowitsch selbst geöffnet; als er den Fürsten erblickte, wurde er bleich und blieb ganz starr stehen, so daß er eine Zeitlang einem steinernen Götzenbild glich; mit unbeweglichem, erschrecktem Blick sah er den Fürsten an und verzog den Mund zu einem äußerst verlegenen Lächeln – als sähe er in dem Besuche des Fürsten etwas Unmögliches, ja fast Wunderbares. Der Fürst hatte wohl etwas Ähnliches erwartet, war aber doch höchst erstaunt.

»Vielleicht komme ich ungelegen, Parfen, dann kann ich ja auch wieder gehen«, sagte er endlich verwirrt.

»Sehr gelegen! Sehr gelegen!« entgegnete Parfen, der endlich zu sich kam, »bitte schön, tritt näher.«

Sie duzten sich. In Moskau waren sie oft und lange zusammen gewesen, es hatte bei diesen Begegnungen sogar einige Augenblicke gegeben, die sich ihren Herzen nur zu fest eingeprägt hatten. Jetzt aber hatten sie sich schon über drei Monate nicht gesehen.

Rogoschins Gesicht war immer noch bleich und zuckte hin und wieder. Zwar hatte er den Gast hereingebeten, aber seine auffallende Verlegenheit dauerte fort. Während er den Fürsten zu einem Lehnsessel führte und ihn bat, am Tische Platz zu nehmen, wandte sich der Fürst zufällig nach ihm um und blieb unter dem Eindruck seines äußerst seltsamen und schweren Blickes plötzlich stehen. Es war, als hätte etwas den Fürsten durchbohrt, und gleichzeitig schien ihm etwas einzufallen – etwas noch nicht weit Zurückliegendes, Schweres, Düsteres. Regungslos, ohne sich zu setzen, sah er Rogoschin eine Zeitlang gerade in die Augen: sie schienen im ersten Moment noch greller zu blitzen. Endlich lachte Rogoschin auf, aber wieder etwas verlegen und unsicher.

»Was starrst du mich so an?« brummte er. »Setz dich!«

Der Fürst nahm Platz. »Parfen«, sagte er, »sage mir offen: hattest du gewußt, daß ich heute nach Petersburg komme, oder nicht?«

»Daß du kommen würdest, hatte ich mir gedacht – und du siehst, daß ich mich nicht geirrt habe«, bemerkte jener mit boshaftem Lachen. »Woher aber sollte ich wissen, daß du heute kommen würdest!« Eine gewisse krampfhafte Schroffheit und merkwürdige Gereiztheit der Frage, die in dieser Antwort enthalten war, verblüfften den Fürsten noch mehr.

»Und wenn du auch gewußt hättest, daß ich *heute* komme – warum denn so gereizt werden?« sagte der Fürst leise in Verlegenheit.

»Wozu fragst du eigentlich danach?«

»Vorhin, als ich aus dem Zug stieg, sah ich ein Paar genau solcher Augen wie die, mit denen du mich eben von hinten angesehen hast.«

»Oho! Wessen Augen waren denn das?« knurrte Rogoschin argwöhnisch. Dem Fürsten schien es, als zuckte er zusammen.

»Ich weiß nicht. Es war im Gedränge. Ich glaube sogar, ich habe mich bloß getäuscht; ich habe jetzt immer solche Visionen. Mir ist jetzt fast ebenso zumute, Parfen, wie vor fünf Jahren, als ich noch an den Krämpfen litt.«

»Nun, vielleicht war es auch nur eine Augentäuschung, ich weiß nicht ...« brummte Parfen. Das freundliche Lächeln auf seinem Gesicht paßte in diesem Augenblick gar nicht zu ihm; es war, als wäre in diesem Lächeln etwas zerbrochen und als wäre Parfen nicht imstande, es zusammenzuleimen, so sehr er sich auch bemühte. »Nun, geht es wieder ins Ausland?« fragte er und fügte plötzlich hinzu: »Weißt du noch, wie wir im Herbst mit der Bahn von Pskow kamen, ich hierher, und du ... im Umhang und mit Gamaschen, weißt du noch?« Und Rogoschin fing plötzlich zu lachen an, diesmal mit einer gewissen offenen Bosheit und gleichsam froh, daß er sie doch auf irgendeine Weise hatte äußern können.

»Hast du dich hier ganz niedergelassen?« fragte der Fürst und sah sich im Zimmer um.

»Ja, ich wohne in meinem Hause. Wo sollte ich denn sonst bleiben?«

»Wir haben uns lange nicht gesehen. Von dir habe ich Dinge gehört, bei denen ich gar nicht glauben mochte, daß sie sich auf dich beziehen.«

»Die Leute reden viel«, bemerkte Rogoschin trocken.

»Du hast aber doch die ganze Bande davongejagt; du selbst sitzt im Hause deines Vaters und treibst keinen Unfug mehr. Nun, das ist ja gut. Gehört das Haus dir oder der ganzen Familie?«

»Das Haus gehört meiner Mutter. Zu ihr kommt man hier durch den Korridor.«

»Und wo wohnt dein Bruder?«

»Mein Bruder Semjon Semjonowitsch wohnt im Seitengebäude.«

»Hat er Familie?«

»Er ist Witwer. Wozu willst du das wissen?«

Der Fürst sah ihn an und antwortete nicht. Er war mit einemmal nachdenklich geworden und schien die Frage nicht gehört zu haben. Rogoschin drängte nicht, sondern wartete. Beide schwiegen eine Weile.

»Ich habe dein Haus auf dem Herwege gleich auf hundert Schritt Entfernung erkannt.«

»Woran denn?«

»Ich weiß nicht. Dein Haus hat die Physiognomie eurer ganzen Familie und eurer Lebensweise; fragst du mich aber, woraus ich das schließe – so kann ich es dir nicht erklären. Phantastereien, natürlich. Mir wird sogar bange, daß mich das so beschäftigt. Früher hätte ich nicht daran gedacht, daß du in einem solchen Hause leben könntest, aber kaum sah ich das Haus, da kam mir sofort der Gedanke: genauso ein Haus muß er haben.«

»Sieh mal an!« Rogoschin lachte unsicher, ohne den unklaren Gedanken des Fürsten ganz zu verstehen. »Dieses

Haus hat noch mein Großvater gebaut«, bemerkte er. »Es haben immer Skopzen drin gewohnt, die Chludjakows; wir haben sie auch jetzt noch als Mieter.«

»Es ist so düster. Du sitzt im Finstern«, sagte der Fürst und sah sich im Zimmer um.

Es war ein großes, hohes, düsteres, mit allerlei Möbeln vollgestelltes Zimmer – meistenteils waren es große Arbeitstische, Pulte, Schränke, in denen Geschäftsbücher und allerlei Papiere aufbewahrt wurden. Ein rotes, breites Saffiansofa diente Rogoschin augenscheinlich als Bett. Der Fürst bemerkte auf dem Tisch, an dem Rogoschin ihn hatte Platz nehmen lassen, zwei oder drei Bücher; eines davon, die *Geschichte Rußlands* von Solowjow, war aufgeschlagen; ein Lesezeichen lag darauf. An den Wänden hingen in trüben vergoldeten Rahmen einige Ölbilder; sie waren dunkel, verräuchert, und von der Malerei war kaum etwas zu erkennen. Das Bildnis eines Mannes in ganzer Gestalt zog die Aufmerksamkeit des Fürsten auf sich: der Dargestellte sah wie ein Fünfziger aus, hatte einen Rock nach deutschem Schnitt, aber mit langen Schößen, zwei Medaillen am Halse, einen sehr schütteren und kurzen graumelierten Bart, ein gerunzeltes gelbes Gesicht mit einem argwöhnischen, hinterhältigen und traurigen Blick.

»Ist das am Ende gar dein Vater?« fragte der Fürst.

»Allerdings«, antwortete Rogoschin und lachte unangenehm auf, als wollte er gleich einen unpassenden Witz über seinen verstorbenen Erzeuger machen.

»Er war doch kein Altgläubiger?«

»Nein, er ging in die Kirche, aber das stimmt, er sagte, der alte Glaube sei der richtigere. Die Skopzen schätzte er auch sehr. Das hier war sein Arbeitszimmer. Warum fragtest du, ob er zum alten Glauben gehört habe?«

»Wirst du die Hochzeit hier feiern?«

»Ja«, antwortete Rogoschin; er wäre bei der unerwarteten Frage fast zusammengezuckt.

»Ist es bald so weit?«

»Du weißt ja selbst – hängt es denn von mir ab?«

»Parfen, ich bin nicht dein Feind und will dir in nichts

hinderlich sein. Ich wiederhole das jetzt ebenso, wie ich es schon früher einmal, in einem fast ebensolchen Augenblick erklärt habe. Als in Moskau deine Hochzeit vorbereitet wurde, habe ich dich nicht gehindert, du weißt es. Das erstemal kam sie von selbst zu mir gestürzt, fast vom Traualtar, und bat mich, sie vor dir zu ‚retten'. Ich wiederhole dir ihre eigenen Worte. Dann ist sie auch mir davongelaufen; du hast sie wieder aufgefunden und zur Hochzeit geführt, und nun, heißt es, ist sie dir wieder hierher entflohen. Ist das wahr? Lebedew hat mich das wissen lassen, deswegen bin ich jetzt gekommen. Daß ihr euch hier wieder geeinigt habt, erfuhr ich erst gestern im Eisenbahnwagen von einem deiner früheren Freunde, von Saljoschew, wenn du es wissen willst. Hierher gereist aber bin ich in folgender Absicht: ich wollte sie endlich überreden, ins Ausland zu reisen, um ihre Gesundheit wiederherzustellen; sie ist körperlich und seelisch, vor allem geistig sehr angegriffen und bedarf, meiner Ansicht nach, aufmerksamster Pflege. Ich selbst wollte sie nicht ins Ausland begleiten, ich dachte das alles einzurichten, ohne mich selbst einzumengen. Ich sage dir die lauterste Wahrheit. Wenn es wirklich wahr sein sollte, daß diese Sache zwischen euch wieder in Ordnung ist, so will ich mich ihr überhaupt nicht zeigen, auch zu dir komme ich nie wieder. Du weißt, daß ich dich nicht betrüge, denn ich war dir gegenüber immer aufrichtig. Meine Gedanken über diese Angelegenheit habe ich dir nie verborgen, und ich habe dir immer gesagt, daß sie als deine Frau unbedingt zugrunde gehen muß. Und du auch ... vielleicht noch schlimmer als sie. Wenn ihr euch wieder trennen würdet, wäre ich sehr zufrieden; aber euch auseinanderzubringen ist nicht meine Absicht. Sei also beruhigt und hege keinen Verdacht gegen mich. Und du selber weißt ja, ob ich dir jemals ein *wirklicher* Nebenbuhler gewesen bin, selbst damals, als sie bei mir Zuflucht suchte. Jetzt lachst du; ich weiß wohl, worüber. Ja, wir wohnten dort getrennt und an verschiedenen Orten, und du weißt das alles ganz genau. Ich habe es dir ja schon früher klargemacht, daß meine Liebe zu ihr nicht Liebe, sondern Mitleid ist. Ich glaube, ich definiere das ganz scharf. Du sagtest damals, du hättest diese meine Worte verstanden; ist das wahr? Hast du mich verstanden? Was für haßerfüllte Blicke du auf mich wirfst! Ich bin gekommen, dich zu beruhigen, denn auch du bist mir teuer. Ich habe dich sehr lieb, Parfen. Und jetzt will ich gehen und nie mehr wiederkommen. Leb wohl.« Der Fürst stand auf.

»Bleib noch ein Weilchen bei mir«, sagte Parfen leise, ohne sich von seinem Platz zu erheben und den Kopf auf die rechte Handfläche gestützt. »Ich habe dich lange nicht gesehen.«

Der Fürst setzte sich. Beide schwiegen wieder.

»Wenn ich dich nicht vor mir sehe, bin ich gleich böse auf dich, Lew Nikolajewitsch. In diesen drei Monaten, da ich dich nicht gesehen habe, bin ich jeden Augenblick wütend auf dich gewesen, bei Gott. Ich hätte dich einfach packen und vergiften mögen! Jawohl. Jetzt sitzt du noch keine Viertelstunde bei mir, und mein ganzer Zorn ist verraucht, und du bist mir lieb wie früher. Bleib noch ein Weilchen bei mir ...«

»Wenn ich bei dir bin, glaubst du mir; wenn ich aber nicht da bin, dann hörst du gleich auf zu glauben und verdächtigst mich wieder. Du bist nach deinem Vater geraten!« antwortete der Fürst auflachend und bemüht, seine Bewegung zu verbergen.

»Ich glaube deiner Stimme, wenn ich neben dir sitze. Ich verstehe wohl, daß man uns nicht gleichstellen kann, mich und dich ...«

»Warum hast du das hinzugefügt? Nun bist du wieder gereizt«, sagte der Fürst und sah Rogoschin verwundert an.

»Ja, Bruder, hier fragt man nicht nach unserer Meinung«, antwortete dieser, »hier hat man alles ohne uns beschlossen. Wir lieben auch verschieden; in allem besteht ein Unterschied«, fuhr er nach kurzem Schweigen leise fort. »Du nennst deine Liebe Mitleid. Ich habe gar kein Mitleid mit ihr. Und sie haßt mich ja auch über alles. Ich sehe sie jetzt jede Nacht im Traum – immer mit einem andern über mich lachend. Und so ist es auch, Bruder. Sie geht mit mir zum Traualtar und denkt dabei gar nicht an mich, als wechselte sie bloß ihre

Schuhe. Glaubst du wohl, fünf Tage lang habe ich sie nicht gesehen, weil ich mich nicht getraue, zu ihr hinzufahren. Sie könnte fragen: Weswegen erweist der Herr mir die Ehre? Sie hat mich oft genug bloßgestellt ...«

»Wieso bloßgestellt? Was redest du!«

»Als ob du es nicht wüßtest! Ist sie doch mit dir vom Traualtar weggelaufen, du hast es ja selber eben gesagt.«

»Du glaubst doch selbst nicht, daß ...«

»Hat sie mich mit dem Offizier, dem Semtjuschnikow, in Moskau nicht zum Spott gemacht? Ich weiß es gewiß, daß sie es getan hat, und schon nachdem sie selbst den Hochzeitstag festgesetzt hatte.«

»Das kann nicht sein!« rief der Fürst aus.

»Ich weiß es bestimmt«, sagte Rogoschin überzeugt. »Ist sie etwa nicht so? Das kann man nicht behaupten, Bruder, daß sie nicht so wäre. Das ist reiner Unsinn. Dir gegenüber wird sie nicht so sein, und sie selbst wird vielleicht vor so einer Sache Entsetzen empfinden, aber gegen mich ist sie eben so. Das ist ganz sicher. Sie sieht auf mich wie auf den allerletzten Lumpen herab. Mit Keller, dem Offizier, der sich als Boxer betätigte, hat sie bloß zum Spaß – ich weiß es ganz sicher – etwas über mich ausgedacht ... Du weißt ja noch gar nicht, wie sie es in Moskau mit mir getrieben hat! Und was ich an Geld hinausgeworfen habe ...«

»Ja ... wie kannst du sie denn jetzt heiraten! ... Was wird denn später sein?« fragte der Fürst entsetzt.

Rogoschin sah den Fürsten düster und grimmig an und gab keine Antwort.

»Ich bin jetzt schon fünf Tage nicht mehr bei ihr gewesen«, fuhr er nach einigem Schweigen fort. »Ich habe immer Angst, sie wirft mich hinaus. Ich bin noch mein eigener Herr, sagt sie; wenn ich will, so jage ich dich ganz davon und reise selbst ins Ausland – das hat sie mir schon gesagt, daß sie ins Ausland reist«, bemerkte er gleichsam in Parenthese und sah dem Fürsten mit ganz eigentümlichem Blick in die Augen. »Manchmal will sie mir freilich nur Angst machen; ich komme ihr immer lächerlich vor. Ein andermal aber macht sie wirklich ein finsteres Gesicht, runzelt die Stirn und sagt kein Wort; und davor eben fürchte ich mich. Neulich dachte ich: du darfst nicht mit leeren Händen zu ihr kommen – und habe sie bloß lachen gemacht, hinterher geriet sie sogar in Wut. Dem Stubenmädchen Katja hat sie einen von mir gebrachten Schal geschenkt: sie hat ja auch früher in Glanz und Reichtum gelebt, aber so einen hat sie doch vielleicht nie im Leben gesehen. Über den Tag der Hochzeit darf man überhaupt nicht reden. Was bin ich aber für ein Bräutigam, wenn ich Angst habe, sie bloß zu besuchen? So sitze ich nun zu Hause, und wenn ich es gar nicht mehr aushalte, dann gehe ich insgeheim, unbemerkt vor ihrem Hause die Straße entlang oder verstecke mich irgendwo an einer Ecke. Neulich patrouillierte ich fast bis zum Morgengrauen vor ihrem Tor – ich glaubte irgendwas bemerkt zu haben. Sie muß aber durchs Fenster geguckt haben. ‚Was hättest du denn mit mir gemacht', sagte sie, ‚wenn du gesehen hättest, daß du betrogen wirst?' Da hielt ich es nicht mehr aus und sagte: ‚Das weißt du selbst!'«

»Was weiß sie denn?«

»Woher soll ich das wissen!« Rogoschin lachte boshaft. »In Moskau konnte ich sie damals mit keinem ertappen, obgleich ich ihr lange nachstellte. Ich nahm sie damals eines Tages vor und sagte: ‚Du hast versprochen, meine Frau zu werden, du kommst in eine ehrbare Familie – und weißt du, was du jetzt bist? So eine bist du!' sagte ich.«

»Das hast du zu ihr gesagt?«

»Ja.«

»Nun und –?«

»‚Ich mag dich jetzt vielleicht nicht einmal zum Lakaien haben', sagt sie, ‚geschweige denn deine Frau werden.' – ‚Ich aber', sag ich, ‚gehe so nicht mehr fort, es muß mal zu einem Ende kommen, so oder so.' – ‚Und ich', sagt sie, ‚rufe gleich den Keller; ich sage ihm, daß er dich zum Tor hinauswerfen soll.' Da habe ich mich auf sie gestürzt und habe sie braun und blau geschlagen.«

»Nicht möglich!« rief der Fürst.

»Ich sage dir, es war so«, bestätigte Rogoschin leise, aber mit funkelnden Augen. »Sechsunddreißig Stunden habe ich nicht geschlafen, nicht gegessen, nicht getrunken; ich ging nicht aus ihrem Zimmer hinaus, ich lag vor ihr auf den Knien. ‚Ich sterbe eher, als daß ich hinausgehe', sagte ich, ‚ohne daß du mir vergeben hättest, und läßt du mich hinausführen, so ertränke ich mich; denn wie soll ich jetzt ohne dich sein?' Wie wahnsinnig war sie den ganzen Tag, bald weinte sie, bald wollte sie mich mit dem Messer erstechen, bald beschimpfte sie mich. Saljoschew, Keller und Semtjuschnikow, alle hatte sie zusammengerufen, sie zeigte mich ihnen und machte mich schlecht. ‚Fahren wir alle zusammen ins Theater, meine Herrschaften, mag er hier sitzen, wenn er nicht hinaus will, ich bin nicht an ihn gebunden. Man wird Ihnen in meiner Abwesenheit Tee reichen, Parfen Semjonowitsch, Sie sind wohl heute recht hungrig.' Aus dem Theater kam sie allein zurück. ‚Sie sind Feiglinge und Schufte', sagt sie, ‚fürchten sich vor dir und machen auch mir Angst. So geht er nicht fort, sagen sie, er bringt Sie noch um. Aber ich gehe in mein Schlafzimmer und schließe die Tür hinter mir nicht zu: so wenig fürchte ich mich vor dir! Du sollst es sehen und wissen! Hast du Tee getrunken?' – ‚Nein', sage ich, ‚und ich werde es auch nicht.' – ‚Na, man hat das Beste gewollt – aber dir steht dergleichen gar nicht zu Gesichte.' Und wie sie gesagt hatte, so machte sie es auch; sie schloß die Tür nicht zu. Am Morgen kam sie heraus und lachte. ‚Du bist wohl verrückt geworden? So kannst du ja verhungern!' – ‚Vergib mir', sage ich. – ‚Ich will dir nicht vergeben, ich will dich nicht heiraten, ich habe es dir ein für allemal gesagt. Hast du wirklich die ganze Nacht in diesem Lehnstuhl gesessen und nicht geschlafen?' – ‚Nein', sage ich, ‚ich habe nicht geschlafen.' – ‚Sehr klug! Und Tee trinken und Mittag essen wirst du wieder nicht?' – ‚Ich habe doch schon gesagt: nein. Vergib mir!' – ‚Wie das so gar nicht zu dir paßt', sagt sie, ‚wenn du es nur wüßtest! Wie ein Sattel auf eine Kuh! Du willst mir wohl Angst machen? Was kümmert es denn mich, wenn du hungrig dasitzt; das schreckt mich nicht!' Sie war zornig geworden, aber nicht auf lange; bald fing sie wieder an zu sticheln. Und da habe ich mich über sie gewundert, daß sie so gar keine Erbitterung zeigte! Und sie ist doch sehr nachtragend, sie vergißt es nicht, wenn andre ihr Böses getan haben! Da kam es mir in den Sinn, daß sie mich so geringschätzt, daß sie auf mich nicht einmal richtig böse sein kann. Und so ist es auch. ‚Weißt du‘, sagt sie, ‚was der Papst in Rom ist?‘ – ‚Ich habe von ihm gehört‘, sag ich. – ‚Du hast nie allgemeine Geschichte gelernt, Parfen Semjonowitsch!‘ – ‚Ich habe überhaupt nichts gelernt.‘ – ‚Da will ich dir etwas zu lesen geben: es war einmal ein Papst, der hatte sich über einen Kaiser sehr geärgert, und dieser mußte drei Tage, ohne zu essen, ohne zu trinken, barfuß vor dem Palast des Papstes knien, bis der ihm vergab; was alles, meinst du wohl, hat jener Kaiser in den drei Tagen, als er auf den Knien lag, durchdacht und was für Gelübde hat er abgelegt? ... Warte mal, ich will es dir selbst vorlesen.‘ Sie springt auf, bringt ein Buch. ‚Das sind Verse‘, sagt sie und fängt an, mir ein Gedicht vorzulesen, wie dieser Kaiser sich in den drei Tagen schwor, an jenem Papst Rache zu nehmen. ‚Gefällt dir das wirklich nicht, Parfen Semjonowitsch?‘ fragt sie. ‚Das ist alles richtig‘, sage ich, ‚was du da gelesen hast.‘ – ‚Aha, du findest es selbst richtig; also legst du vielleicht auch für dich ein Gelübde ab: wenn sie erst meine Frau ist, dann will ich ihr alles heimzahlen, dann will ich meinen Spott mit ihr treiben!‘ – ‚Ich weiß nicht‘, sage ich, ‚vielleicht denke ich auch so.‘ – ‚Wieso weißt du das nicht?‘ – ‚So‘, sage ich, ‚ich weiß es nicht; ich habe jetzt an andere Dinge zu denken.‘ – ‚Woran denkst du denn jetzt?‘ – ‚Du stehst von deinem Platz auf, du gehst an mir vorüber, und ich sehe dich an und folge dir; dein Kleid rauscht vorüber, und mir bebt das Herz; und gehst du aus dem Zimmer, so denke ich an jedes deiner Worte, mit was für einer Stimme und was du gesagt hast; und diese ganze Nacht habe ich an gar nichts gedacht, immer nur gehorcht, wie du im Schlafe atmetest, und wie du dich zweimal bewegtest ...‘ – ‚Du denkst wohl‘, sagte sie lachend, ‚am Ende auch gar nicht mehr daran, wie du mich geprügelt hast? Weißt es wohl nicht mehr?‘ – ‚Vielleicht denk ich auch daran, ich weiß nicht.‘ – ‚Und wenn ich dir nicht vergebe und dich nicht heirate?' – ,Ich sagte dir schon, daß ich mich dann ertränke.' – ,Vielleicht bringst du mich vorher noch um ...' Sie sagte es und wurde nachdenklich. Dann machte sie ein böses Gesicht und ging hinaus. Nach einer Stunde kommt sie zu mir zurück und blickt so finster drein. ,Ich will dich heiraten, Parfen Semjonowitsch, nicht weil ich mich vor dir fürchte, sondern weil ich ja sowieso zugrunde gehen muß. Wo hätte ich es denn besser? Setz dich, du sollst gleich Mittagessen bekommen. Und wenn ich dich geheiratet habe', fügte sie hinzu, ,will ich dir eine treue Frau sein; daran zweifle nicht und sei ganz beruhigt.' Dann schwieg sie eine Zeitlang und sagte weiter: ,Du bist doch kein Lakai; ich hatte früher geglaubt, du wärst ein richtiger Lakai.' Da setzte sie auch den Hochzeitstag fest, und nach einer Woche entfloh sie hierher zu Lebedew. Als ich nachkam, sagte sie: ,Ich sage mich nicht ganz von dir los; ich will nur noch warten, solange es mir gefällt, denn ich bin immer noch mein eigener Herr. Warte du auch, wenn du willst ...' So steht es jetzt bei uns ... Wie denkst du darüber, Lew Nikolajewitsch?«

»Was denkst du denn selbst?« stellte der Fürst die Gegenfrage und sah Rogoschin traurig an.

»Denke ich denn überhaupt!« entfuhr es diesem. Er wollte noch etwas hinzufügen, verstummte aber in aussichtslosem Schmerz.

Der Fürst erhob sich und wollte gehen. »Ich möchte dich doch nicht stören«, sagte er leise, beinahe nachdenklich, als antwortete er auf einen eigenen geheimen Gedanken.

»Weißt du, ich will dir was sagen!« erklärte Rogoschin, der plötzlich ganz lebhaft wurde, mit funkelnden Augen. »Wie kannst du sie mir nur so abtreten, das begreife ich nicht! Liebst du sie denn gar nicht mehr? Früher warst du wenigstens betrübt; ich sah es dir doch an. Weshalb bist du denn jetzt Hals über Kopf hergestürzt? Aus Mitleid?« Sein Gesicht verzog sich zu einem boshaften Lachen. »Hähä!«

»Du meinst, ich beschwindle dich?« fragte der Fürst.

»Nein, ich glaube dir, aber ich kann hier nichts verstehen.

Das Richtige wird wohl sein, daß dein Mitleid am Ende noch heftiger ist als meine Liebe.« Etwas wie Bosheit, die sich sofort äußern wollte, flammte auf seinem Gesicht auf.

»Nun, deine Liebe ist von Wut nicht zu unterscheiden«, sagte der Fürst mit einem Lächeln, »und wenn sie vorbei ist, dann ist das Unheil vielleicht noch größer. Ich sage dir, lieber Parfen ...«

»Daß ich sie umbringen werde?«

Der Fürst zuckte zusammen.

»Du wirst sie sehr hassen dieser jetzigen Liebe und all der Qual wegen, die du jetzt auf dich nimmst. Mich wundert es am meisten, wie sie dich jetzt wieder heiraten kann. Als ich es gestern hörte, wollte ich es kaum glauben – und mir wurde so schwer ums Herz. Zweimal hat sie sich doch schon von dir losgesagt und ist vom Traualtar weggelaufen – also hat sie doch eine gewisse Vorahnung! Was will sie jetzt noch von dir? Doch nicht dein Geld? Das ist Unsinn. Und das Geld hast du ja schon zum großen Teil vergeudet. Oder will sie bloß einen Mann haben? Sie könnte doch auch einen andern finden außer dir. Jeder andere wäre besser für sie, denn du bringst sie am Ende wirklich um, und sie begreift das vielleicht nur zu gut. Weil du sie so heiß liebst? Ja, das könnte vielleicht sein ... Ich habe gehört, es gibt Menschen, die gerade eine solche Liebe suchen ... nur ...« Der Fürst stockte und sann nach.

»Was lächelst du wieder des Vaters Bild an?« fragte Rogoschin, der jede Veränderung, jeden flüchtigen Zug im Gesicht des Fürsten äußerst scharf beobachtete.

»Warum ich lächelte? Mir kam in den Sinn, wenn du dieses Mißgeschick nicht gehabt hättest, wenn diese Liebe nicht gekommen wäre, wärest du am Ende ganz deinem Vater ähnlich geworden, und in sehr kurzer Zeit. Du würdest allein in diesem Haus hocken – mit einer gehorsamen und wortkargen Frau, würdest selbst nur selten und streng zu ihr sprechen, keinem Menschen Vertrauen schenken, dessen auch gar nicht bedürfen und nur schweigend und finster Geld erwerben. Allenfalls würdest du mal alte Bücher loben und dich für das zweifingrige Bekreuzen* interessieren – aber auch das nur auf deine alten Tage ...«

»Spotte nur! Genau dasselbe hat sie neulich gesagt, als sie ebenfalls dieses Bild betrachtete. Seltsam, wie ihr jetzt in allem einer Meinung seid.«

»Ist sie denn schon bei dir gewesen?« fragte der Fürst neugierig.

»Ja. Das Bild hat sie lange betrachtet und nach dem Verstorbenen gefragt. ‚Du wärst genauso geworden', spottete sie zuletzt, ‚du hast starke Leidenschaften, Parfen Semjonowitsch, solche Leidenschaften, daß du ihretwegen direkt nach Sibirien, in die Zwangsarbeit kämst, wenn du nicht auch Verstand hättest – du hast aber einen sehr großen Verstand', sagt sie. Gerade so hat sie es gesagt, glaubst du mir oder nicht? Zum erstenmal hörte ich ein solches Wort von ihr. ‚Du würdest all diese Dummheiten von heute bald aufgeben. Und da du ein ganz ungebildeter Mensch bist, so würdest du Geld aufhäufen und wie dein Vater in diesem Hause mit deinen Skopzen sitzen; würdest am Ende selbst ihren Glauben annehmen und dein Geld so liebgewinnen, daß du nicht bloß zwei Millionen, sondern wohl auch zehn zusammenbrächtest – und zuletzt würdest du auf deinen Geldsäcken Hungers sterben, denn bei dir ist alles Leidenschaft, alles mußt du auf die Spitze treiben.' So hat sie zu mir gesprochen, fast genau mit diesen Worten. Nie vorher hatte sie so mit mir geredet! Sie spricht sonst mit mir nur von dummem Zeug oder verspottet mich; auch diesmal fing sie lachend an, wurde dann aber so finster; sie ging hier durch das ganze Haus, sah alles an, und es war, als machte ihr etwas Angst. ‚Ich will das alles ändern', sage ich, ‚und ausbauen, oder ich kaufe vielleicht auch zur Hochzeit ein anderes Haus.' – ‚Nein, nein', sagt sie, ‚nichts soll hier geändert werden, so wollen wir hier wohnen. Ich möchte bei deiner Mutter wohnen, wenn ich deine Frau bin', sagt sie. Ich führte sie zur Mutter – sie war ehrerbietig gegen sie

* Die russischen Altgläubigen (Raskolniki) schlagen das Kreuz mit zwei Fingern, während die Anhänger der Staatskirche es mit drei Fingern schlagen (Anmerkung des Übersetzers).

wie eine leibliche Tochter. Mutter war auch früher – es sind nun schon zwei Jahre – gleichsam nicht ganz bei Verstande – sie ist krank –, und nach Vaters Tode ist sie wie ein kleines Kind, redet überhaupt nicht, sitzt nur unbeweglich da und nickt jedem, den sie zu sehen bekommt, von ihrem Platz aus zu; wenn man ihr das Essen nicht bringt, fragt sie womöglich drei Tage lang nicht danach. Ich nahm Mutters rechte Hand, hob sie und sagte: ‚Segnen Sie uns, Mutter, sie will mich heiraten' – da hat sie Mutters Hand ganz gerührt geküßt und gesagt: ‚Deine Mutter hat wohl viel Leid ertragen müssen!' Dieses Buch hat sie bei mir gesehen. ‚Was? Du liest die *Geschichte Rußlands*?' – Sie hatte selbst einmal in Moskau zu mir gesagt: ‚Du solltest doch etwas für deine Bildung tun, wenigstens Solowjows *Geschichte Rußlands* lesen, du weißt ja gar nichts.' – ‚Da tust du recht dran', sagt sie, ‚lies nur weiter. Ich will dir selbst eine Liste zusammenstellen, welche Bücher du vor allen Dingen lesen sollst; willst du das oder nicht?' Und niemals, niemals hatte sie früher so zu mir gesprochen, so daß ich ganz erstaunt war; zum erstenmal atmete ich auf wie ein lebendiger Mensch.«

»Das freut mich sehr, Parfen«, sagte der Fürst mit aufrichtiger Empfindung, »das freut mich sehr. Wer weiß, vielleicht bringt Gott euch doch noch zusammen.«

»Das wird nie geschehen!« rief Rogoschin hitzig.

»Hör mal, Parfen, wenn du sie so liebst, willst du da wirklich nicht ihre Achtung gewinnen? Und wenn du das willst, hoffst du dann nicht auch? Vorhin sagte ich, es sei für mich ein wunderliches Problem, warum sie dich zum Manne nimmt. Aber wenn ich es auch nicht lösen kann, so steht es für mich doch außer Zweifel, daß hier ein ausreichender, vernünftiger Grund vorhanden sein muß. Von deiner Liebe ist sie überzeugt; und sie ist sicher auch von einigen deiner Vorzüge überzeugt. Anders kann es ja nicht sein! Das, was du eben gesagt hast, bestätigt es. Du sagst selbst, sie habe doch eine Möglichkeit gefunden, mit dir eine ganz andere Sprache zu reden, als sie es früher getan hatte. Du bist mißtrauisch und eifersüchtig, darum übertreibst du alles, was du Schlechtes an ihr entdeckt hast. Gewiß denkt sie nicht so schlecht von dir, wie du es behauptest. Sonst würde das ja heißen, daß sie bewußt ins Wasser oder aufs Schafott geht, wenn sie dich heiratet. Kann denn das sein? Wer geht denn bewußt ins Wasser oder aufs Schafott?«

Mit bitterm Lächeln hörte Parfen die leidenschaftlichen Worte des Fürsten an. Seine Überzeugung schien bereits unerschütterlich festzustehen.

»Wie finster du mich jetzt ansiehst, Parfen«, entrang es sich dem Fürsten aus gequältem Empfinden.

»Ins Wasser oder aufs Schafott!« sagte Rogoschin endlich. »Hä! Darum nimmt sie mich doch, weil sie von mir bestimmt das Henkerbeil erwartet! Hast du denn wirklich noch immer nicht begriffen, Fürst, um was es sich hier handelt?«

»Ich verstehe dich nicht.«

»Nun, er versteht es am Ende wirklich nicht! Hähä! Man sagt doch von dir, du seist . . . nicht ganz richtig im Kopfe . . . Einen andern liebt sie, verstehst du? Genauso, wie ich sie jetzt liebe, liebt sie jetzt einen anderen! Und dieser andere – weißt du, wer das ist? Das bist *du!* Nun, hast du das nicht gewußt?«

»Ich?«

»Ja, du. Sie hat dich damals, seit jener Namenstagsfeier liebgewonnen. Sie denkt aber, sie dürfe dich nicht heiraten, weil sie dir Schande bringen und dich zugrunde richten würde. ‚Man weiß ja, was ich für eine bin', sagt sie. Bis jetzt behauptet sie das immer wieder. Sie hat es mir auch alles ins Gesicht gesagt. Dich zugrunde zu richten und zu schänden fürchtet sie sich, mit mir ist es nicht so schlimm, mich kann sie heiraten – so schätzt sie mich ein, das mußt du auch beachten.«

»Wieso ist sie aber von dir zu mir geflohen, und . . . von mir . . .«

»Und von dir zu mir! Hä! Ja, was ihr nicht alles plötzlich in den Kopf kommen kann! Sie ist jetzt wie im Fieber. Bald schreit sie mich an: ‚Ich heirate dich, als ginge ich ins Wasser. Die Hochzeit soll möglichst bald sein!' Sie hetzt mich, bestimmt den Tag, aber wenn er heranrückt – bekommt sie

Angst, oder sie hat wieder neue Gedanken; Gott weiß! Du hast es ja gesehen: sie weint, lacht, zittert wie im Fieber. Was ist denn daran so verwunderlich, daß sie dir auch davongelaufen ist? Sie ist doch eben darum weggelaufen, weil sie plötzlich fühlte, wie sehr sie dich liebt. Bei dir zu bleiben überstieg ihre Kraft. Du sagtest vorhin, ich hätte sie damals in Moskau aufgesucht; das ist nicht wahr – sie kam von selbst von dir zu mir gerannt: ‚Bestimme den Tag', sagte sie, ‚ich bin bereit! Champagner her! Fahren wir zu den Zigeunerinnen!' schrie sie ... Ja, wäre ich nicht, sie hätte sich längst ins Wasser gestürzt; ich sage die Wahrheit. Sie tut es ja nur darum nicht, weil ich vielleicht noch schrecklicher bin als das Wasser. Vor Wut nimmt sie mich zum Manne ... Wenn sie mich heiratet, du kannst es mir glauben, tut sie es nur vor Wut.«

»Ja wie kannst du denn ... wie kannst du ...« rief der Fürst und kam nicht weiter. Er sah Rogoschin entsetzt an.

»Warum redest du denn nicht zu Ende?« sagte dieser und grinste. »Soll ich dir sagen, was du in diesem Augenblick still für dich denkst? Nun: Wie soll sie jetzt seine Frau werden? Wie kann man das zulassen? Es ist ja ganz klar, was du dir denkst ...«

»Ich kam nicht deswegen her, Parfen; ich sage dir, ich dachte an nichts dergleichen ...«

»Das ist möglich, daß du nicht deswegen kamst und nicht daran dachtest, aber jetzt denkst du das bestimmt, hähä! Nun, genug! Was bist du denn so bestürzt? Hast du es wirklich nicht gewußt? Du setzest mich in Staunen!«

»Das ist alles Eifersucht, Parfen, alles Krankheit, du übertreibst das alles maßlos ...« murmelte der Fürst in außerordentlicher Erregung. »Was willst du?«

»Laß das«, sagte Parfen, entriß dem Fürsten hastig das Messer, das dieser vom Tisch neben dem Buch genommen hatte, und legte es wieder dorthin zurück.

»Es ist, als hätte ich es gewußt, als ich nach Petersburg kam, als hätte ich es geahnt«, fuhr der Fürst fort. »Ich wollte nicht hierher! Ich wollte alles vergessen, es aus meinem Herzen reißen ... Was hast du?«

Der Fürst hatte, während er sprach, in der Zerstreutheit wieder das Messer ergriffen, und wieder riß Rogoschin es ihm aus der Hand und warf es auf den Tisch. Es war ein Messer von ganz einfacher Form, mit einem Hirschhorngriff, nicht zusammenklappbar, mit einer Klinge von etwa drei und einen halben Werschok Länge und entsprechender Breite.

Als Rogoschin sah, wie es dem Fürsten auffiel, daß ihm dieses Messer zweimal aus der Hand gerissen wurde, packte er es erbost und ärgerlich, legte es ins Buch und warf das Buch auf einen andern Tisch.

»Du schneidest damit wohl das Buch auf?« fragte der Fürst zerstreut, immer noch wie in tiefe Gedanken versunken.

»Ja, das Buch.«

»Das ist doch ein Gartenmesser?«

»Ja. Kann man mit einem Gartenmesser nicht auch Bücher aufschneiden?«

»Es ist ja ... ganz neu.«

»Was ist denn dabei, daß es neu ist? Darf ich mir denn nicht ein neues Messer kaufen?« schrie Rogoschin wie außer sich und geriet bei jedem Worte in größere Erregung.

Der Fürst zuckte zusammen und sah Rogoschin scharf an. »Wir reden Unsinn!« lachte er, völlig zu sich gekommen, plötzlich auf. »Verzeih, Freund, wenn der Kopf mir so schwer ist wie augenblicklich, und diese Krankheit ... dann werde ich ganz zerstreut und lächerlich ... Ich wollte dich gar nicht danach fragen, sondern ... ich weiß es nicht mehr. Leb wohl ...«

»Nicht hier geht es hinaus«, sagte Rogoschin.

»Das habe ich vergessen!«

»Hier, hier, komm, ich zeige dir den Weg!«

4

Sie durchschritten dieselben Zimmer, durch die der Fürst schon gekommen war; Rogoschin ging etwas voraus, der Fürst folgte. Sie kamen in den großen Saal. Hier hingen an den Wänden einige Bilder, lauter Porträts von Bischöfen und Landschaften, auf denen man nichts mehr erkennen konnte. Über der Tür zum nächsten Zimmer hing ein Bild von recht sonderbarem Format – es war gegen zweieinhalb Arschin* lang und kaum sechs Werschok hoch. Es stellte den Heiland dar, der eben vom Kreuze genommen war. Der Fürst musterte es flüchtig, als erinnerte er sich an etwas, und wollte, ohne haltzumachen, die Tür durchschreiten. Ihm war sehr schwer ums Herz, und er wollte dieses Haus möglichst schnell verlassen. Doch Rogoschin blieb plötzlich vor dem Bilde stehen.

»Alle Bilder hier«, sagte er, »sind für einen Rubel oder für zwei von meinem verstorbenen Vater auf Versteigerungen gekauft, er liebte Bilder. Ein Kenner hat sie sich mal hier alle angesehen; lauter Schund, sagte er; bloß das eine, das Bild da über der Tür, das auch für zwei Rubel gekauft wurde, ist kein Schund, sagte er. Es fand sich noch zu Vaters Lebzeiten einer, der dreihundertfünfzig Rubel dafür bot, und Iwan Dimitrijewitsch Saweljew, ein Kaufmann und großer Liebhaber, brachte es sogar auf vierhundert, und in der vorigen Woche hat er meinem Bruder Semjon Semjonowitsch schon fünfhundert geboten. Ich habe es aber doch behalten.«

»Das ist ja ... das ist eine Kopie nach Hans Holbein«, sagte der Fürst, der inzwischen das Bild genauer betrachtet hatte, »und obgleich ich kein großer Kenner bin, so scheint es mir doch eine vorzügliche Kopie. Ich habe das Original im Ausland gesehen und kann es nicht vergessen. Aber ... was ist dir ...«

Rogoschin hatte sich plötzlich von dem Bild abgewandt und ging weiter. Gewiß ließ sich die Zerstreutheit und die besondere, seltsam gereizte Stimmung, die so plötzlich bei ihm zutage trat, als Erklärung dieses schroff wechselnden Verhaltens anführen; es berührte den Fürsten aber doch wunderlich, daß das Gespräch, das Rogoschin selbst angefangen hatte, so plötzlich abgebrochen wurde und daß Rogoschin ihm nicht einmal antwortete.

* 1 Arschin = 16 Werschok = 71 cm. (Anmerkung des Übersetzers).

»Sag mal, Lew Nikolajewitsch, ich wollte dich schon lange fragen, glaubst du an Gott oder nicht?« fing Rogoschin auf einmal wieder an, nachdem sie einige Schritte weitergegangen waren.

»Wie sonderbar du fragst ... und blickst!« bemerkte der Fürst unwillkürlich.

»Dieses Bild sehe ich gerne an«, brummte Rogoschin nach kurzem Schweigen, als hätte er seine Frage wieder vergessen.

»Dieses Bild!« schrie der Fürst auf, von einem plötzlichen Gedanken ergriffen, »dieses Bild! Vor diesem Bilde kann noch mancher seinen Glauben verlieren!«

»Ja, man kann ihn verlieren«, bestätigte Rogoschin ganz unerwartet. Sie waren schon bei der Wohnungstür angelangt.

»Wie?« Der Fürst blieb überrascht stehen. »Was sagst du? Ich scherzte fast, und du nimmst es so ernst! Und weshalb hast du mich gefragt, ob ich an Gott glaube?«

»Nur so nebenbei. Ich wollte dich schon früher mal fragen. Viele glauben heute ja nicht mehr. Ist es wahr – du hast ja im Auslande gelebt –, mir sagte einer im Dusel, bei uns in Rußland gäbe es mehr Leute, die nicht an Gott glauben, als in allen anderen Ländern? ‚Wir', sagte er, ‚haben es darin leichter als sie, denn wir sind ihnen voraus ...'« Rogoschin lächelte höhnisch; nachdem er seine Frage ausgesprochen hatte, machte er die Tür auf und wartete, die Hand an der Klinke, daß der Fürst hinausginge. Der Fürst war verwundert, ging aber hinaus. Rogoschin folgte ihm auf den Treppenabsatz und schloß die Tür hinter sich. Sie standen einander gegenüber mit Gesichtern, als hätten sie beide vergessen, wohin sie gekommen waren und was sie jetzt zu tun hätten.

»Leb wohl«, sagte der Fürst und reichte Rogoschin die Hand.

»Leb wohl«, sagte Rogoschin und drückte die ihm entgegengestreckte Hand kräftig, aber ganz mechanisch.

Der Fürst ging eine Stufe hinunter und drehte sich um.

»Was den Glauben betrifft«, fing er lächelnd an (augenscheinlich wollte er Rogoschin nicht ohne Bescheid verlassen) und wurde unter der Wirkung einer jäh aufgetauchten Erinnerung ganz lebhaft, »was den Glauben betrifft, so hatte ich in der vorigen Woche an zwei Tagen vier verschiedene Begegnungen. Morgens fuhr ich auf einer neuen Bahnstrecke und unterhielt mich im Wagen gute vier Stunden mit einem gewissen S., den ich dort erst kennengelernt hatte. Ich hatte schon früher viel von ihm gehört und unter anderm auch, daß er Atheist sei. Er ist in der Tat ein sehr gelehrter Mann, und ich freute mich, mit einem wirklichen Gelehrten reden zu dürfen. Außerdem ist er ein selten gut erzogener Mensch, so daß er mit mir redete, als käme ich ihm an Kenntnissen und Begriffen völlig gleich. An Gott glaubt er nicht. Eines nur verblüffte mich: daß er die ganze Zeit anscheinend gar nicht davon sprach, und es verblüffte mich eben, weil ich schon früher, sooft ich mit Ungläubigen zusammengekommen war und so viele Bücher dieser Art ich gelesen hatte, immer den Eindruck hatte, daß sie weder in ihren Reden noch in ihren Büchern davon sprechen, obgleich es so scheint, als täten sie es. Ich sagte es ihm auch gleich, aber wohl unklar, oder ich konnte es nicht richtig ausdrücken, denn er verstand mich gar nicht ... Abends stieg ich in einem Kleinstadthotel ab, um zu übernachten, und hier war eben erst ein Mord begangen worden, in der Nacht vorher, so daß alle davon redeten, als ich dort eintraf. Zwei Bauern, ältere Männer, keine Trinker, die einander schon lange kannten und gute Freunde waren, hatten Tee getrunken und wollten in einer Kammer zusammen übernachten. Der eine hatte bei dem andern in den letzten zwei Tagen eine silberne Uhr an einer gelben Glasperlenschnur bemerkt, die er vorher wohl nie bei ihm gesehen hatte. Dieser Mann war kein Dieb, er war sogar ehrlich und nach bäuerlichen Begriffen durchaus nicht arm. Aber die Uhr gefiel ihm so sehr und lockte ihn so stark, daß er es endlich nicht mehr aushalten konnte: er nahm ein Messer, und als der Freund sich abgewandt hatte, schlich er leise von hinten an ihn heran, zielte, hob die Augen gen Himmel, schlug ein Kreuz, und nachdem er leise vor sich hin das schmerzliche Gebet gesprochen hatte: ‚Herrgott, vergib mir um Christi willen!' – schlachtete er den Freund mit einem Hiebe ab wie einen Hammel und raubte ihm die Uhr.«

Rogoschin fiel fast um vor Lachen. Er lachte so, als wäre er von einem Krampf befallen. Dieses Lachen nach seiner vorherigen finstern Stimmung war geradezu seltsam anzusehen. »Das gefällt mir! Nein, das ist ausgezeichnet!« schrie er konvulsivisch, mit stockendem Atem. »Der eine glaubt gar nicht an Gott, und der andere glaubt so fest, daß er sogar einen Menschen mit Gebet umbringt ... Nein, lieber Fürst, das läßt sich nicht ausdenken! Hahaha! Nein, das ist ausgezeichnet!«

»Am Morgen machte ich einen Gang durch die Stadt«, fuhr der Fürst fort, sobald Rogoschin still geworden war, obgleich das Lachen noch immer krampfartig über seine Lippen zuckte, »da sehe ich auf dem Holztrottoir einen betrunkenen Soldaten wanken, in völlig desolatem Zustand. Er kommt auf mich zu: ‚Kauf mein silbernes Kreuz, Herr, ich gebe es für einen Zwanziger ab; es ist von Silber!' Ich sehe in seiner Hand ein Kreuz, er mußte es eben erst vom Halse genommen haben; es hing an einem blauen, stark abgenutzten Bändchen, war aber, wie man auf den ersten Blick sah, von Zinn, recht groß, mit acht Enden nach echt byzantinischem Muster. Ich nahm ein Zwanzigkopekenstück aus der Tasche und gab es ihm, das Kreuz aber hängte ich mir sofort um – und man sah es seinem Gesicht an, wie zufrieden er war, den dummen Herrn angeführt zu haben; er ging dann auch sofort das Geld für sein Kreuz vertrinken, darüber konnte kein Zweifel bestehen. Ich stand damals unter dem starken Eindruck alles dessen, was in Rußland auf mich einstürmte; nichts hatte ich früher von Rußland verstanden, ich war aufgewachsen wie ein Stummer und hatte in den fünf Jahren im Ausland nur noch ganz phantastische Erinnerungen. So ging ich wieder und dachte: nein, diesen Verkäufer Christi will ich noch nicht verdammen. Nur Gott weiß ja, was in solchen trunkenen und schwachen Herzen steckt. Nach einer Stunde stieß ich auf dem Rückweg zum Gasthaus auf ein Weib mit einem Säugling. Das Weib war noch jung, das Kind mochte sechswöchig sein. Das Kind lächelte sie, nach ihrer Beobachtung, zum erstenmal nach seiner Geburt an. Und da sehe ich, wie sie sich plötzlich fromm-demütig bekreuzigt. ‚Was hast du, junge Frau?‘ sage ich. – Ich mußte damals ja alle ausfragen. – ‚Ja‘, sagt sie, ‚so wie die Mutter sich freut, wenn sie das erste Lächeln ihres Kindes bemerkt, so freut sich auch Gott jedesmal, wenn Er vom Himmel sieht, daß ein Sünder sich vor Ihm aus vollem Herzen zum Gebet beugt.‘ Das sagte mir das Weib fast genau mit diesen Worten, und sie sprach damit einen so tiefen, so feinen und so echt religiösen Gedanken aus, einen Gedanken, in dem das ganze Wesen des Christentums zum Ausdruck kam – das heißt die Vorstellung von Gott als unserm Vater und von der Freude Gottes am Menschen als der Freude des Vaters an seinem eigenen Kinde – der Hauptgedanke Christi! Ein einfaches Weib! Freilich, eine Mutter ... und wer weiß, vielleicht war dieses Weib die Frau jenes Soldaten ... Höre, Parfen, du fragtest mich vorhin etwas – da hast du meine Antwort: das Wesen des religiösen Empfindens läßt sich durch keinerlei Spekulationen erfassen, wird von keinem Vergehen und Verbrechen berührt und liegt außerhalb aller Atheismen; es ist etwas anderes und wird ewig etwas anderes sein; es ist etwas, über das jeglicher Atheismus hinweggleiten wird und das er nie beurteilen kann. Die Hauptsache aber ist, daß man dieses am klarsten und am schnellsten am russischen Herzen erkennt – und das ist die Schlußfolgerung, zu der ich gekommen bin! Das ist eine der ersten Überzeugungen, die ich in unserm Rußland gewonnen habe! Es gibt zu tun, Parfen! Es gibt etwas zu tun in unserer russischen Welt, glaube mir! Erinnere dich, wie wir in Moskau zusammenkamen und eine Zeitlang miteinander redeten ... Und ich wollte jetzt gar nicht hierher zurück! Und ich dachte mir die Begegnung mit dir ganz, ganz anders! Aber lassen wir das! Leb wohl, auf Wiedersehen! Gott verlasse dich nicht!« Er drehte sich um und stieg die Treppe hinab.

»Lew Nikolajewitsch!« rief ihm Parfen von oben nach, als der Fürst den ersten Treppenabsatz erreicht hatte, »das Kreuz, das du beim Soldaten gekauft hast, trägst du es am Halse?«

»Ja.« Der Fürst blieb wieder stehen.

»Zeig es mal her!«

Wieder eine neue Schrulle! Der Fürst überlegte, stieg wieder hinauf und zeigte Rogoschin das Kreuz, ohne es abzunehmen.

»Gib es mir«, sagte Rogoschin.

»Wozu? Willst du etwa ...« Der Fürst schien sich von diesem Kreuz nicht trennen zu wollen.

»Ich will es tragen. Meines nehme ich für dich ab. Das sollst du tragen.«

»Du willst, daß wir die Kreuze tauschen? Gut, Parfen, wenn du das wünschst, freut es mich. Seien wir Brüder!«

Der Fürst nahm sein Zinnkreuz ab, Parfen sein goldenes, und sie tauschten. Parfen schwieg. Mit schmerzlicher Verwunderung sah der Fürst, daß das frühere Mißtrauen, das frühere bittere und beinahe spöttische Lächeln noch immer nicht vom Gesicht seines Kreuzbruders geschwunden war; wenigstens für Augenblicke trat es scharf zutage. Schweigend ergriff Rogoschin endlich die Hand des Fürsten und stand eine Weile da, als könnte er sich nicht entschließen; endlich zog er ihn hinter sich her, nachdem er mit kaum hörbarer Stimme gesagt hatte: »Komm!« Sie gingen über den Treppenabsatz des ersten Stocks und schellten an der Tür gegenüber derjenigen, aus der sie gekommen waren. Ihnen wurde bald geöffnet. Eine alte, ganz gebeugte und schwarz gekleidete Frau mit einem Tuch auf dem Kopf neigte sich schweigend und tief vor Rogoschin; er stellte eine hastige Frage an sie und führte, ohne die Antwort abzuwarten, den Fürsten weiter durch die Zimmer. Wieder kamen dunkle Räume von einer seltsamen kalten Sauberkeit, kalt und streng möbliert mit altväterischen Möbeln in weißen saubern Schutzhüllen. Ohne sich anmelden zu lassen, führte Rogoschin den Fürsten geradewegs in ein kleines Zimmer, das wie ein Salon aussah und durch eine glänzende Mahagoniwand mit zwei Türen an beiden Enden abgeteilt war; hinter der Scheidewand befand sich wohl der Schlafraum. In der Ecke des Salons saß am Ofen in einem Lehnsessel eine kleine alte Frau; sie sah nicht einmal sehr alt aus, hatte sogar ein recht gesundes, angenehmes rundes Gesicht; aber sie war schon völlig ergraut und, wie man auf den ersten Blick erkennen konnte, völlig kindisch geworden. Sie hatte ein schwarzes Wollkleid an, ein großes schwarzes Tuch um den Hals und eine weiße saubere Haube mit schwarzen Bändern. Ihre Füße ruhten auf einem Schemel. Neben ihr saß eine zweite saubere alte Frau, etwas bejahrter, ebenfalls in Trauerkleidung und weißer Haube, wohl irgendeine Kostgängerin; sie strickte schweigend an einem Strumpf. Beide hatten anscheinend die ganze Zeit über geschwiegen. Als die erste Alte Rogoschin und den Fürsten sah, lächelte sie ihnen zu und neigte ein paarmal freundlich den Kopf, um ihre Freude zum Ausdruck zu bringen.

»Mutter«, sagte Rogoschin und küßte ihr die Hand, »da ist mein guter Freund, Fürst Lew Nikolajewitsch Myschkin; wir haben unsere Kreuze getauscht; er war in Moskau eine Zeitlang wie ein leiblicher Bruder zu mir, er hat viel für mich getan. Segne ihn, Mutter, wie du deinen eigenen Sohn segnen würdest. Warte, Altchen, so ... ich will dir die Finger zusammenlegen ...«

Aber ehe Parfen ihre Hand fassen konnte, hatte die Alte die Rechte emporgehoben, drei Finger zusammengelegt und den Fürsten dreimal andächtig bekreuzigt. Dann nickte sie noch einmal freundlich und zärtlich.

»Komm jetzt, Lew Nikolajewitsch«, sagte Parfen, »ich hatte dich nur deswegen hergeführt.« Als sie wieder auf der Treppe waren, fügte er hinzu: »Sie versteht nicht, was man ihr sagt, hat auch von meinen Worten nichts verstanden – und doch hat sie dich gesegnet; also wollte sie es selbst ... Nun leb wohl, es ist Zeit für mich wie für dich.« Und er machte seine Tür auf.

»So laß dich doch zum Abschied wenigstens umarmen, du sonderbarer Mensch!« rief der Fürst, ihn mit zärtlichem Vorwurf ansehend, und wollte ihn umarmen.

Aber Parfen hatte kaum die Arme erhoben, als er sie auch schon wieder fallen ließ. Er traute sich nicht; er wandte sich ab, um den Fürsten nicht anzusehen. Er wollte ihn nicht umarmen. »Sei unbesorgt! Ich habe zwar dein Kreuz genommen, werde dich aber um einer Uhr willen nicht umbringen«, brummte er undeutlich und lachte seltsam auf. Dann veränderte sich plötzlich sein ganzes Gesicht: er wurde furchtbar bleich, seine Lippen bebten, die Augen blitzten. Er breitete die Arme aus, umarmte den Fürsten kräftig und sagte schwer atmend: »Nimm sie, wenn das Schicksal es verlangt! Sie ist dein! Ich überlasse sie dir! Und denk an Rogoschin.«

Er ließ den Fürsten los, ging, ohne ihn anzusehen, hastig in seine Wohnung und schlug die Tür hinter sich zu.

5

Es war schon spät, gegen halb drei, und der Fürst traf Jepantschin nicht mehr an. Er gab seine Karte ab und beschloß in das Hotel »Zur Waage« zu gehen und dort nach Kolja zu fragen; wenn er ihn dort nicht anträfe, wollte er einen Zettel hinterlassen. In der »Waage« sagte man ihm, Nikolaj Ardalionowitsch sei schon frühmorgens fortgegangen, habe aber angeordnet, falls jemand nach ihm fragen sollte, Bescheid zu geben, er werde gegen drei Uhr vielleicht zurückkommen. Wenn er bis halb vier nicht da sein sollte, so wäre er mit der Eisenbahn nach Pawlowsk gefahren, nach der Villa der Generalin Jepantschina, und dort würde er dann auch zu Mittag speisen. Der Fürst beschloß zu warten und bei der Gelegenheit auch gleich Mittag zu essen.

Kolja erschien weder um halb vier noch um vier. Der Fürst verließ das Hotel und ging mechanisch die Straßen entlang ohne bestimmtes Ziel. Im Frühsommer gibt es in Petersburg oft wunderschöne Tage – sie sind hell, warm, still. Ausgerechnet heute war einer von diesen seltenen Tagen. Eine Zeitlang irrte der Fürst ziellos umher. Die Stadt kannte er wenig. Er blieb manchmal an Straßenkreuzungen stehen, vor diesem oder jenem Hause, auf Plätzen, auf Brücken; einmal ging er auch in eine Konditorei, um auszuruhen. Mitunter sah er den Vorübergehenden mit großer Neugier scharf ins Gesicht; meistens aber beachtete er weder die Passanten noch den Weg, den er entlangging. Er befand sich in einer qualvollen Spannung und Unruhe und fühlte zugleich ein ungewöhnliches Bedürfnis nach Einsamkeit. Er wollte allein sein und sich dieser schmerzlichen Spannung ganz passiv hingeben, ohne den geringsten Ausweg zu suchen. Es widerte ihn an, eine Lösung der Fragen zu suchen, die sein Herz und seine Seele überfluteten. »Bin ich denn an all dem schuld?« brummte er vor sich hin, seiner eigenen Worte kaum bewußt.

Gegen sechs Uhr fand er sich vor dem Bahnhof der Strecke nach Zarskoje Selo. Die Einsamkeit wurde ihm bald unerträglich; ein neuer heißer Trieb erfaßte sein Herz, und für einen Augenblick durchstrahlte ein grelles Licht die Finsternis, in der seine Seele sich härmte. Er nahm eine Fahrkarte nach Pawlowsk und wartete mit Ungeduld auf den Augenblick der Abfahrt; aber unzweifelhaft verfolgte ihn etwas, und das war Wirklichkeit, keine Phantasie, wie er vielleicht geneigt war zu glauben. Schon im Einsteigen, warf er plötzlich die eben gekaufte Karte weg und verließ den Bahnhof verlegen und nachdenklich. Nach einiger Zeit, auf der Straße, schien ihm auf einmal ein Gedanke zu kommen: er begriff etwas sehr Seltsames, das ihn schon lange beunruhigt hatte. Er hatte sich plötzlich bewußt bei einer Beschäftigung ertappt, der er sich schon länger hingegeben hatte, ohne es bis zu diesem Augenblick bemerkt zu haben: schon seit einigen Stunden, noch in der »Waage«, ja anscheinend sogar noch früher, hatte er immer wieder angefangen irgend etwas um sich herum zu suchen. Er vergaß es oft, mitunter sogar für lange Zeit, für eine halbe Stunde. Dann aber sah er sich wieder unruhig um und suchte.

Kaum aber hatte er an sich diese krankhafte und bisher ganz unbewußte Bewegung bemerkt, die ihn schon so lange beherrschte, da stieg vor ihm auch noch eine andere Erinnerung auf, die ihn ungemein interessierte: es fiel ihm ein, daß er in dem Augenblick, da er bemerkte, daß er nach etwas suche, auf dem Trottoir vor einem Schaufenster gestanden und mit großer Neugier die dort ausgestellten Waren betrachtet hatte. Und nun wollte er durchaus sich selbst kontrollieren: hatte er wirklich eben erst, vielleicht vor fünf Minuten, vor diesem Schaufenster gestanden, war es keine Täuschung gewesen, hatte er nicht irgend etwas verwechselt? War dieser Laden und diese Ware wirklich vorhanden? Er fühlte sich heute tatsächlich in einer besonders krankhaften Erregung, fast in der gleichen, die früher über ihn kam, wenn die Anfälle seiner einstigen Krankheit begannen. Er wußte, daß er in den Augenblicken vor einem Anfall ungewöhnlich zerstreut war und oft sogar Gegenstände und Gesichter verwechselte, wenn er sie nicht mit äußerst gespannter Aufmerksamkeit betrachtete. Er hatte aber noch einen besondern Grund, warum er so dringend feststellen wollte, ob er vorhin wirklich vor dem Schaufenster gestanden hatte. Unter den ausgestellten Gegenständen befand sich einer, den er betrachtet und sogar auf sechzig Kopeken taxiert hatte: dessen erinnerte er sich trotz seiner Zerstreutheit und Erregung. Wenn also der Laden wirklich vorhanden war und der bewußte Gegenstand wirklich im Schaufenster lag, so war er eben dieses Dinges wegen stehengeblieben. Folglich hatte dieses Ding ein so großes Interesse für ihn, daß es seine Aufmerksamkeit sogar auf sich lenkte, als er sich unmittelbar nach dem Verlassen des Bahnhofs in einer so schweren Verwirrung befunden hatte. Er ging zurück und blickte fast kummervoll nach rechts, und sein Herz klopfte vor ruheloser Ungeduld. Aber da war ja der Laden, er hatte ihn gefunden, endlich! Er hatte sich also fünfhundert Schritte von ihm entfernt, da war es ihm plötzlich in den Sinn gekommen, wieder umzukehren. Da war auch der Gegenstand, der sechzig Kopeken kostete. – »Natürlich sechzig, mehr ist er nicht wert!« stellte er jetzt nochmals fest und lachte. Aber sein Lachen war krampfhaft, es war ihm sehr schwer ums Herz. Er erinnerte sich jetzt deutlich, daß er eben hier, vor diesem Schaufenster, sich plötzlich umgewendet hatte wie vorhin, als er Rogoschins Blick auf sich gerichtet fühlte. Als er sich überzeugt hatte, daß er sich nicht getäuscht hatte (übrigens war er auch schon vor der Nachprüfung völlig davon überzeugt), ließ er den Laden Laden sein und ging eilig von ihm fort. Alles das mußte schnell überlegt werden, unbedingt; jetzt war es ihm klar, daß es auch auf dem Bahnhof keine Täuschung gewesen war, sondern daß sich wirklich etwas mit ihm begeben hatte, und zwar etwas, das mit seiner ganzen bisherigen Unruhe zusammenhing. Aber ein gewisser innerer unüberwindlicher Abscheu gewann wieder die Oberhand: er wollte nicht überlegen, er fing gar nicht an zu überlegen; er dachte schon an etwas ganz anderes. Er dachte daran, daß es in seinem epileptischen Zustand eine Pause unmittelbar vor dem Anfall gab (wenn der Anfall ihn im Wachen überraschte), wo plötzlich, mitten in allem Kummer, aller seelischen Finsternis und Niedergeschlagenheit, sein Hirn für Momente aufloderte und alle seine Lebenskräfte in ungestümem Drang mit einemmal angespannt wurden. Das Lebensgefühl, das Selbstbewußtsein wurde in diesen blitzartig auftretenden Momenten beinahe verzehnfacht. Geist und Herz wurden von einem ungewöhnlichen Licht erhellt, alle seine Erregungen, alle Zweifel, alle Unruhe wurden mit einemmal besänftigt, lösten sich in eine heitere, von klarer, harmonischer Freude und Hoffnung erfüllte Ruhe auf. Aber diese Momente, dieses Aufblitzen war nur eine Vorahnung jener endgültigen Sekunde (es war nie mehr als eine Sekunde), mit welcher der eigentliche Anfall begann. Diese Sekunde war allerdings unerträglich. Wenn er später, schon in normalem Zustande, über diesen Augenblick nachdachte, sagte er oft zu sich selbst: dieses Aufblitzen und Aufflammen eines höhern Selbstempfindens und Selbstbewußtseins, also auch eines »höhern Seins« sei nichts anderes als Krankheit, Störung des normalen Zustandes; wenn dem aber so sei, dann sei es auch durchaus kein höheres Dasein, sondern müsse im Gegenteil zum niedersten gezählt werden. Und doch kam er zuletzt zu der höchst paradoxen Schlußfolgerung: Was tut es denn, daß es eine Krankheit ist? Was kümmert es mich, daß diese Spannung unnormal ist, wenn das Resultat selbst, wenn der Augenblick des Empfindens, schon in gesundem Zustande betrachtet, sich als höchste Harmonie und Schönheit erweist, wenn er eine bisher unerhörte und ungeahnte Empfindung von Fülle, Maß, Versöhnung und ekstatischer anbetender Verschmelzung mit der höchsten Synthese des Lebens bietet? Diese unklaren Ausdrücke schienen ihm selbst sehr verständlich, wenn auch noch viel zu schwach. Daran aber, daß es wirklich »Schönheit und Gebet«, wirklich die »höchste Synthese des Lebens« war, konnte er nicht zweifeln, konnte er auch keinerlei Zweifel zulassen. Es erschienen ihm doch keine Visionen in diesem Augenblick, wie nach dem Genuß von Haschisch, Opium oder Wein, die den Verstand herabsetzen und die Seele verunstalten, die unnormal und unwirklich sind? Darüber konnte er nach dem Schwinden des krankhaften Zustandes ganz nüchtern urteilen. Diese Momente waren nur eine ungewöhnliche Anspannung des Selbstbewußtseins – wenn man diesen Zustand mit einem Wort hätte bezeichnen können –, eines im höchsten Grade unmittelbaren Selbstbewußtseins und gleichzeitig auch Selbstempfindens. Wenn er in jener Sekunde, das heißt im letzten bewußten Augenblick vor dem Anfall noch Zeit fand, sich selbst klar und bewußt zu sagen: »Ja, für diesen Moment kann man sein ganzes Leben hingeben« – so war gewiß dieser Moment an sich auch ein ganzes Leben wert. Übrigens stand er für die dialektische Partie seiner Schlußfolgerung nicht ein; Stumpfsinn, seelische Verfinsterung, Idiotie standen als grelle Folgeerscheinung dieser »höchsten Augenblicke« vor ihm. Ernsthaft würde er darüber auch selbstverständlich nicht gestritten haben. In der Schlußfolgerung, das heißt in seiner Bewertung dieses Augenblicks, steckte unzweifelhaft ein Fehler, aber die Realität der Empfindung brachte ihn doch einigermaßen in Verlegenheit. Was sollte man in der Tat mit der Wirklichkeit anfangen? Es war doch wirklich so, er hatte doch wirklich Zeit, sich in dieser nämlichen Sekunde zu sagen, daß diese Sekunde angesichts des grenzenlosen Glückes, das er mit seinem ganzen Wesen empfand, am Ende ein volles Leben wert sein könnte. »In diesem Moment«, hatte er einmal zu Rogoschin in Moskau bei einer ihrer Zusammenkünfte gesagt, »in diesem Moment wird mir das ungewöhnliche Wort, *es werde keine Zeit mehr geben*, gewissermaßen verständlich. Wahrscheinlich«, hatte er lächelnd hinzugefügt, »ist das die nämliche Sekunde, innerhalb deren der umgestürzte Wasserkrug des Epileptikers Mohammed nicht auslief, während dieser doch in der einen Sekunde alle Wohnungen Allahs zu beschauen vermochte.« Ja, in Moskau war er oft mit Rogoschin zusammengekommen, und sie hatten nicht davon allein geredet. Rogoschin sagte vorhin, ich sei ihm damals ein Bruder gewesen; er hat das heute zum erstenmal gesagt, dachte der Fürst bei sich.

Diese Gedanken beschäftigten ihn, während er auf einer Bank unter einem Baum im Sommergarten saß. Es war gegen sieben Uhr. Der Garten war leer; etwas Finsteres verhüllte für einen Augenblick die untergehende Sonne. Die Luft war schwül; ein Gewitter schien sich von ferne anzukündigen. Seine gegenwärtige kontemplative Stimmung hatte etwas Verlockendes für ihn. Er klammerte sich mit Erinnerungen und Gedanken an jeden äußern Gegenstand, und das gefiel ihm: er wollte immerzu etwas vergessen, etwas Gegenwärtiges, Dringliches, aber sobald er nur um sich schaute, erkannte er sofort wieder seinen finstern Gedanken, den Gedanken, den er gerne loswerden wollte. Er erinnerte sich, daß er vorhin beim Mittagessen mit dem Kellner in der Gastwirtschaft von einem kürzlich vorgefallenen, höchst seltsamen Mord gesprochen hatte, der viel Lärm und Gerede gemacht hatte. Aber als er eben daran dachte, geschah ihm plötzlich wieder etwas ganz Sonderbares.

Ein außerordentlicher, unwiderstehlicher Wunsch, geradezu eine Begierde schlug plötzlich seinen ganzen Willen in Fesseln. Er stand von der Bank auf und ging aus dem Garten geradewegs nach der Petersburger Seite. Vorhin am Newa-Kai hatte er einen Passanten gebeten, ihm den Weg über die Newa nach der Petersburger Seite zu zeigen. Man hatte ihm den Weg gezeigt, er war aber nicht hingegangen. Zudem hatte es heute gar keinen Zweck hinzugehen, das wußte er. Die Adresse besaß er schon lange; das Haus der Verwandten Lebedews hätte er leicht gefunden, aber er wußte so gut wie sicher, daß er sie nicht antreffen würde. Sie war bestimmt nach Pawlowsk gefahren, sonst hätte Kolja verabredetermaßen etwas in der ‚Waage' hinterlassen. Wenn er also jetzt hinging, so gewiß nicht in der Absicht, sie zu sehen. Eine andere, finstere, quälende Neugier lockte ihn. Eine neue, plötzliche Idee war ihm durch den Kopf gegangen . . .

Es genügte ihm aber vollauf, daß er sich auf den Weg gemacht hatte und wußte, wohin er ging: eine Minute später schritt er schon wieder vorwärts, fast ohne auf seinen Weg zu achten. Seine plötzliche Idee noch weiter zu erwägen, war ihm sofort furchtbar widerlich und fast unmöglich geworden. Mit qualvoll angestrengter Aufmerksamkeit betrachtete er alles, was ihm in die Augen fiel, blickte nach dem Himmel, nach der Newa. Er versuchte ein Gespräch mit einem vorübergehenden kleinen Kinde anzuknüpfen. Vielleicht verschärfte sich auch sein epileptischer Zustand immer mehr und mehr. Das Gewitter schien tatsächlich heranzukommen, wenn auch langsam. Von ferne hörte man es schon donnern. Es wurde sehr schwül . . .

Aus irgendeinem Grunde kam ihm jetzt immer, wie einen mitunter eine aufdringliche und bis zum Blödsinn abgedroschene Melodie verfolgt, der Neffe Lebedews in den Sinn, den er vorhin gesehen hatte. Seltsamerweise sah er ihn immer in Gestalt jenes Mörders, den Lebedew vorhin selbst erwähnt hatte, als er ihm den Neffen vorstellte. Ja, von diesem Mörder hatte er selbst noch ganz vor kurzem gelesen. Von dergleichen Dingen hatte er schon viel gehört und gelesen, seit er nach Rußland zurückgekommen war; er verfolgte das alles mit großer Hartnäckigkeit. Und vorhin, im Gespräch mit dem Kellner, hatte er sogar ein schon zu lebhaftes Interesse für die nämliche Ermordung der Schemarins gezeigt. Der Kellner hatte ihm zugestimmt, das fiel ihm jetzt ein. Auch auf den Kellner besann er sich; es war ein junger Mensch, nicht dumm, solid und vorsichtig – »aber weiß Gott, was er für ein Kerl ist. Es ist schwer, neue Menschen in einem neuen Lande zu durchschauen.« An die russische Seele begann er übrigens leidenschaftlich zu glauben. Oh, er hatte viel, viel für ihn ganz Neues in diesen sechs Monaten gelernt, Dinge, die er nicht geahnt, nicht gehört, nicht erwartet hatte! Nein, in die Seele eines andern kann man nicht hineinsehen, und die russische Seele vor allem ist für viele ganz undurchdringlich. So hatte es ihn lange schon getrieben, sich Rogoschin zu nähern; sie waren einander auch wirklich nahegekommen, »brüderlich« nahe – aber kannte er Rogoschin? Übrigens – was herrscht hier in alledem doch für ein Chaos, was für ein Durcheinander, wie häßlich ist es! Und was für ein ekliger, selbstzufriedener Knopf ist dieser Neffe Lebedews! Doch was fällt mir ein? phantasierte der Fürst weiter. Hat er denn diese armen Geschöpfe umgebracht, diese sechs Personen? Ich werfe anscheinend alles durcheinander ... wie seltsam! Es schwindelt mich ... Aber was für ein sympathisches, was für ein liebes Gesicht hat die älteste Tochter Lebedews, die mit dem Kinde dastand, welch ein unschuldiger, beinahe kindlicher Ausdruck und dieses fast kindliche Lachen! Seltsam, daß er dieses Gesicht fast vergessen hatte und daß es ihm jetzt erst einfiel. Lebedew, der so wütend mit den Füßen stampfte, betete sie wahrscheinlich alle an! Was aber am sichersten war, wie zwei mal zwei gleich vier, das war der Umstand, daß Lebedew auch seinen Neffen anbetete!

Wie kam er aber dazu, über sie endgültige Urteile zu fällen, da er heute erst hier erschienen war – was sollten diese Sprüche? Hatte ihm nicht schon Lebedew heute ein Rätsel aufgegeben? Hatte er einen solchen Lebedew erwartet? Hatte er diesen Lebedew früher gekannt? Lebedew und die Dubarry – großer Gott! Übrigens, wenn Rogoschin einen Mord begehen sollte, würde er ihn nicht so planlos vollbringen. Es würde kein solches Chaos sein. Ein nach einer Zeichnung angefertigtes Instrument und sechs Personen, die in völligem Fieberwahn hingestreckt wurden! Hat denn Rogoschin ein nach einer Zeichnung angefertigtes Instrument ... hat er nicht ... aber ... ist es denn feststehende Tatsache, daß Rogoschin zum Mörder werden soll?! Der Fürst zuckte plötzlich zusammen. »Ist es nicht ein Verbrechen, ist es nicht eine Gemeinheit von mir, so zynisch offen so etwas zu vermuten?« schrie er auf, und Schamröte übergoß mit einemmal sein Gesicht. Er war verblüfft, er blieb wie angewurzelt auf der Straße stehen. Mit einemmal entsann er sich des Pawlowsker Bahnhofs und des Nikolai-Bahnhofs, und der unmittelbar an Rogoschin gerichteten Frage nach den *Augen*, und des Kreuzes von Rogoschin, das er jetzt umhatte, und des Segens seiner Mutter, zu der er selbst ihn hingeführt hatte, und der letzten krampfhaften Umarmung, des letzten Verzichts von Rogoschin vorhin auf der Treppe – und nach alledem ertappte er sich darauf, daß er unausgesetzt etwas in seiner Nähe suchte ... und dieser Laden ... und dieser Gegenstand ... welch niedrige Gesinnung! Und nach alledem konnte er hier mit einer »besondern Absicht«, einer besondern »plötzlichen Idee« umhergehen! Verzweiflung und Schmerz erfaßten seine ganze Seele. Der Fürst wollte sofort umkehren und in sein Hotel zurückgehen; er drehte sich sogar um und machte ein paar Schritte; aber eine Minute darauf blieb er stehen, überlegte und kehrte auf den bisher verfolgten Weg zurück.

Er war ja schon auf der Petersburger Seite, schon in der Nähe des bewußten Hauses; und er ging jetzt nicht mehr in der bisherigen Absicht dahin, nicht mehr mit der »besondern Idee«! Wie war das nur möglich! Ja, seine Krankheit kam wieder, daran war nicht zu zweifeln; vielleicht würde er heute einen Anfall haben. Von dem Anfall kam auch die seelische Finsternis und die »Idee«. Jetzt war die Finsternis gewichen, der Dämon vertrieben, alle Zweifel geschwunden, sein Herz voll Freude! Und – er hatte *sie* so lange nicht gesehen, er mußte sie erblicken, und ... ja, jetzt hätte er gewünscht, Rogoschin zu begegnen; er würde seine Hand fassen, und sie würden zusammen gehen ... Sein Herz war rein; war er denn Rogoschins Nebenbuhler? Morgen würde er selbst hingehen und Rogoschin sagen, daß er sie gesehen habe. Er war doch hierher geeilt, wie Rogoschin vorhin gesagt hatte, nur um sie zu sehen! Vielleicht würde er sie sogar antreffen; es war ja gar nicht sicher, daß sie sich in Pawlowsk befand.

Ja, das alles mußte jetzt geklärt werden, jeder sollte deutlich in der Seele des andern lesen können, nichts mehr von diesen finstern, leidenschaftlichen Verzichten, wie Rogoschin vorhin einen ausgesprochen hatte, alles sollte frei vor sich gehen ... und in hellstem Licht. War Rogoschin denn nicht mehr fähig, im Licht zu stehen? Er sagte, er liebe sie nicht so, er empfinde kein Mitleid. Wohl hatte er später hinzugefügt: »Dein Mitleid ist vielleicht noch ärger als meine Liebe« – aber er verleumdete sich selbst ... Hm! .. Rogoschin über ein Buch gebeugt – war das nicht schon »Mitleid«, nicht schon der Anfang des »Mitleids«? Bewies nicht schon das bloße Vorhandensein dieses Buches, daß er sich seines Verhältnisses zu ihr völlig klar war? Und seine Erzählung vorhin? Nein, das war tiefer als bloße Leidenschaftlichkeit. Und weckte ihr Gesicht denn nur Leidenschaftlichkeit? Konnte dieses Gesicht jetzt überhaupt Leidenschaft wecken? Es machte leiden, es ergriff die ganze Seele, es ... und eine brennende, quälende Erinnerung zog plötzlich durch die Seele des Fürsten.

Ja, eine quälende. Er erinnerte sich, wie er sich noch vor kurzem gequält hatte, als er zum erstenmal die Symptome des Wahnsinns bei ihr bemerkte. Damals empfand er fast etwas wie Verzweiflung. Und wie konnte er sie verlassen, als sie damals von ihm zu Rogoschin geflohen war? Er hätte ihr selbst nacheilen sollen, und nicht erst auf Nachricht warten. Aber ... hatte denn Rogoschin immer noch nicht gemerkt, daß sie wahnsinnig war? Hm! ... Rogoschin sah überall andere Ursachen, mit der Leidenschaft zusammenhängende Ursachen! Und diese wahnsinnige Eifersucht! Was wollte er vorhin mit seiner Vermutung sagen? ... Der Fürst wurde plötzlich rot, und es war, als zuckte etwas in seinem Herzen.

Wozu aber an all das denken? Der Wahnsinn war auf beiden Seiten. Daß er, der Fürst, diese Frau leidenschaftlich lieben könnte – das war fast undenkbar, das wäre fast eine Grausamkeit, eine Unmenschlichkeit gewesen. Ja, ja! Nein, Rogoschin verleumdete sich selbst; er hatte ein riesengroßes Herz, das sowohl zu leiden als mitzuleiden verstand. Wenn er die ganze Wahrheit erfahren und sich überzeugen würde, was für ein elendes Geschöpf diese Gestörte, Irrsinnige sei – müßte er ihr dann nicht alles Frühere vergeben, all seine Qualen? Müßte er dann nicht ihr Knecht werden, ihr Bruder, ihr Freund, ihre Vorsehung? Das Mitleid mußte Rogoschin zur Vernunft bringen, mußte ihn denken lehren. Das Mitleid war das wichtigste und vielleicht einzige Daseinsgesetz der ganzen Menschheit. Oh, wie unverzeihlich, wie schändlich hatte er sich Rogoschin gegenüber schuldig gemacht! Nein, nicht die russische Seele war finster, sondern in seiner eigenen Seele war tiefste Finsternis, wenn er so entsetzliche Dinge denken konnte. Für ein paar heiße und herzliche Worte in Moskau nannte ihn Rogoschin schon seinen Bruder, und er ... Aber das waren krankhafte Fieberphantasien! Das mußte sich alles aufklären! ... Wie düster hatte Rogoschin vorhin gesagt, daß er »den Glauben verlöre«. Dieser Mensch mußte schwer leiden. Er hatte gesagt, er »liebe es, dieses Bild zu betrachten« – das heißt, er liebte es nicht, aber er empfand das Bedürfnis. Rogoschin war nicht bloß eine leidenschaftliche Natur; er war doch auch ein Kämpfer: er wollte mit Gewalt den verlorenen Glauben zurückgewinnen. Er hatte ihn jetzt qualvoll nötig ... Ja, an etwas glauben! An jemand glauben! Wie sonderbar aber dieses Bild von Holbein war ... Ah! da war ja die Straße! Da mußte auch das Haus sein. Ganz recht. Nummer sechzehn, »Haus der Kollegiensekretärsgattin Filisowa«. Hier war es! Der Fürst schellte und fragte nach Nastasja Filippowna.

Die Hausbesitzerin selbst teilte ihm mit, daß Nastasja Filippowna schon am Morgen nach Pawlowsk zu Darja Alexejewna gefahren sei – »und es könnte sogar möglich sein, daß sie dort einige Tage bleiben wird«. Die Filisowa war eine kleine, scharfäugige und spitznäsige Frau von etwa vierzig Jahren, ihr Blick war listig und durchdringend. Auf ihre Frage nach seinem Namen – eine Frage, der sie wohl absichtlich einen geheimnisvollen Anstrich gab – wollte der Fürst zuerst nicht antworten; aber er kehrte sofort wieder um und bat dringend, Nastasja Filippowna seinen Namen zu nennen. Die Filisowa nahm diese eindringliche Bitte mit verdoppelter Aufmerksamkeit und mit ungemein geheimnisvoller Miene entgegen, als wollte sie damit ausdrücken: »Seien Sie unbesorgt, ich habe Sie verstanden.« Der Name des Fürsten hatte augenscheinlich einen sehr starken Eindruck auf sie gemacht. Der Fürst sah sie zerstreut an, drehte sich um und ging in sein Hotel zurück. Aber er trug jetzt eine andere Miene zur Schau, als da er bei der Filisowa schellte. Mit ihm war wieder anscheinend in einem einzigen Augenblick eine ungewöhnliche Wandlung vorgegangen: er war wieder bleich, schwach, leidend, erregt; seine Knie zitterten, und ein verlegenes, verlorenes Lächeln irrte auf seinen blau gewordenen Lippen: seine »plötzliche Idee« hatte mit einemmal ihre Bestätigung gefunden, sich als Wahrheit erwiesen – und er glaubte wieder seinem Dämon!

Hatte sie sich aber wirklich bestätigt? Hatte sie sich tatsächlich bewahrheitet? Warum wieder dieses Zittern, dieser kalte Schweiß, diese seelische Finsternis und Kälte? Weil er soeben wieder diese *Augen* erblickt hatte? Er war ja aber aus dem Sommergarten nur fortgegangen, um sie zu sehen! Das war ja doch seine »plötzliche Idee«. Er wollte unbedingt diese »Augen von vorhin« sehen, um sich endgültig zu überzeugen, daß er ihnen bestimmt *dort* begegnen werde, vor diesem Hause. Das war sein krampfhafter Wunsch, und warum war er denn jetzt so niedergeschmettert und deprimiert durch die Tatsache, daß er sie soeben wirklich gesehen hatte? Gerade als ob er es nicht erwartet hätte! Ja, es waren die nämlichen Augen – und daß es die nämlichen waren, stand jetzt außer allem Zweifel! –, die ihn am Morgen aus der Menge angeblitzt hatten, als er aus dem Wagen der Nikolaibahn stieg; dieselben – ganz dieselben! –, deren Blick er vorhin aufgefangen hatte, hinter seinem Rücken, als er sich bei Rogoschin auf den Stuhl setzte. Rogoschin hatte es vorhin abgeschworen; er hatte mit verzerrtem, eisigem Lächeln gefragt: »Wessen Augen waren es denn?« Und der Fürst war von dem leidenschaftlichen Wunsch erfaßt worden – noch vor ganz kurzer Zeit, auf dem Zarskoje-Selo-Bahnhof, als er in den Wagen stieg, um zu Aglaja zu fahren und plötzlich diese Augen vor sich sah, schon zum drittenmal an diesem Tage – auf Rogoschin zuzugehen und *ihm* zu sagen, wessen Augen das waren! Aber er war aus dem Bahnhof fortgelaufen und erst vor dem Laden des Messerschmieds zu sich gekommen – in dem Augenblick, als er dastand und einen Gegenstand mit Hirschhorngriff auf sechzig Kopeken taxierte. Ein seltsamer und entsetzlicher Dämon hatte sich endgültig an ihn gehängt und wollte ihn nicht mehr verlassen. Dieser Dämon hatte ihm im Sommergarten, als er ganz in sich versunken unter der Linde saß, zugeflüstert, wenn Rogoschin es für nötig halte, ihn vom Morgen an so scharf zu beobachten und ihm auf Schritt und Tritt in den Weg zu treten, so werde er, wenn er erfahren habe, daß er, der Fürst, nicht nach Pawlowsk fahren wollte (was für Rogoschin natürlich eine verhängnisvolle Kunde wäre), unbedingt selbst *dorthin* gehen, zu jenem Hause auf der Petersburger Seite, und dort werde Rogoschin ihm, dem Fürsten, auflauern, ihm, der ihm noch am Morgen sein Ehrenwort gegeben hatte, daß er sie nicht sehen werde und daß er »nicht deswegen nach Petersburg gekommen sei«. Und nun eilte er, der Fürst, krampfhaft nach jenem Hause – und was war denn dabei, daß er Rogoschin wirklich dort traf? Er sah nur einen Unglücklichen, dessen seelische Verfassung zwar finster, aber doch sehr begreiflich war. Dieser unglückliche Mensch hielt sich jetzt auch gar nicht verborgen. Ja, Rogoschin hatte sich vorhin verstockt gezeigt und gelogen, aber auf dem Zarskoje-Selo-Bahnhof stand er da und suchte sich kaum zu verbergen. Eher verbarg er, der Fürst, sich, nicht aber Rogoschin. Und jetzt vor dem Hause stand er auf der andern Straßenseite, etwa fünfzig Schritt entfernt schräg gegenüber, mit verschränkten Armen und wartete. Hier stand er vor aller Augen da und wollte anscheinend sogar bemerkt werden. Er stand da wie ein Ankläger und Richter, und nicht als ... ja, als was denn?

Warum aber war er, der Fürst, jetzt nicht selbst auf ihn zugegangen, sondern hatte sich abgewandt, als wenn er nichts bemerkt hätte, obgleich ihre Augen sich begegnet hatten? (Ja, ihre Blicke hatten sich getroffen, und sie hatten einander angesehen!) Er wollte ihn vorhin doch selbst an der Hand nehmen und mit ihm zusammen *dorthin* gehen? Er wollte doch selbst morgen zu ihm gehen und ihm sagen, daß er bei ihr gewesen sei? Er hatte sich doch selbst von seinem Dämon losgesagt, noch auf dem halben Wege dorthin, als seine Seele plötzlich von Freude erfüllt wurde? Oder war an Rogoschin wirklich etwas, das heißt in dem ganzen *heutigen* Bilde dieses Menschen, in der Gesamtheit seiner Worte, Bewegungen, Handlungen, Anschauungen, was die entsetzlichen Ahnungen des Fürsten und die empörenden Einflüsterungen seines Dämons rechtfertigen konnte? Etwas, das man von selbst sieht, das aber schwer zu analysieren und wiederzugeben ist, das sich unmöglich durch ausreichende Gründe rechtfertigen läßt, das aber trotz all dieser Schwierigkeit und Unmöglichkeit einen ganz einheitlichen und unwiderstehlichen Eindruck hervorbringt, der unwillkürlich zu voller Überzeugung wird? ...

Überzeugung – wovon? (Oh, wie quälte den Fürsten das Ungeheuerliche, Erniedrigende dieser Überzeugung, »dieser niedrigen Ahnung«, und wie klagte er sich selbst an!) »Sag doch, wenn du es wagst, wovon?« sagte er unablässig zu sich selbst im Tone des Vorwurfs und der Herausforderung – »formuliere es, wage es, deinen ganzen Gedanken klar, genau, ohne Schwanken auszusprechen! Oh, ich bin ehrlos!« wiederholte er entrüstet und errötete – »mit was für Augen werde ich jetzt mein Leben lang diesen Menschen ansehen! Oh, was ist das für ein Tag! O Gott, was für ein Fieberwahn!«

Am Ende dieser langen und qualvollen Wanderung von der Petersburger Seite kam ein Augenblick, da der Fürst plötzlich von dem unwiderstehlichen Verlangen ergriffen wurde, sofort zu Rogoschin zu gehen, seine Heimkehr abzuwarten, ihn beschämt und mit Tränen in den Augen zu umarmen, ihm alles zu sagen und der ganzen Sache mit einemmal ein Ende zu machen. Aber er stand schon vor seinem Hotel ... Wie hatten ihm schon vorhin dieses Hotel, diese Korridore, dieses ganze Haus, sein Zimmer mißfallen, gleich beim ersten Anblick; im Laufe des Tages hatte er mehrere Male mit einem ganz eigentümlichen Widerwillen daran gedacht, daß er hierher zurückkehren müsse ... Wie komme ich denn dazu, wie ein krankes Weib heute an jede Ahnung zu glauben? dachte er mit gereiztem Spott, als er im Torweg stehenblieb. Ein Erlebnis von heute tauchte in diesem Augenblick vor ihm auf, aber »kalt«, »bei vollem Verstande«, außer allem »Fieberwahn«. Ihm fiel plötzlich das Messer auf dem Tische bei Rogoschin ein. Aber warum soll Rogoschin nicht soviel Messer auf seinem Tisch haben, wie er will! wunderte er sich plötzlich ungemein über sich selbst, sah aber sofort starr vor Staunen sich selbst vor dem Laden des Messerschmieds stehen. »Was kann denn hier für ein Zusammenhang sein?« wollte er ausrufen, kam aber nicht zu Ende. Ein neuer, unerträglicher Anfall von Scham, beinahe Verzweiflung hielt ihn fest, gerade vor dem Tor. Er mußte für eine Minute haltmachen. So geht es uns Menschen manchmal: unerträgliche plötzliche Erinnerungsbilder, besonders wenn sie mit einem Gefühl von Scham verknüpft sind, machen uns stocken, zwingen uns, eine Minute stehenzubleiben. »Ja, ich bin ein

Mensch ohne Herz und ein Feigling!« wiederholte er düster, machte hastig einen Schritt vorwärts . . . und blieb wieder stehen.

In dem an sich schon dunkeln Torweg war es in diesem Augenblick ganz finster; eine Gewitterwolke war aufgezogen und hatte das Abendlicht verschlungen, und in demselben Augenblick, als der Fürst sich dem Hause näherte, entlud sich jäh die Wolke. In dem Moment, als er mit heftiger Bewegung vorwärts schritt, nachdem er kurze Zeit stillgestanden hatte, befand er sich dicht am Eingang des Torwegs. Und da sah er auf einmal in der Tiefe, im Halbdunkel vor dem Treppenaufgang einen Menschen stehen. Dieser Mensch schien auf etwas zu warten, verschwand aber plötzlich. Der Fürst hatte ihn nicht deutlich sehen können und war natürlich nicht imstande, bestimmt zu sagen, wer es gewesen war. Zudem konnten hier so viele Leute vorübergehen. Es war doch ein Gasthaus, und unablässig liefen und gingen Leute nach den Korridoren und zurück. Aber er war plötzlich völlig von der unerschütterlichen Überzeugung durchdrungen, daß er diesen Menschen erkannt hatte und daß dieser Mensch niemand anders war als Rogoschin. Einen Augenblick später stürzte der Fürst ihm nach, die Treppe hinauf. Sein Herzschlag stockte. »Gleich entscheidet sich alles!« sagte er mit sonderbarer Überzeugtheit zu sich selbst.

Die Treppe, die der Fürst vom Torweg aus hinaufgelaufen war, führte in die Korridore des ersten und zweiten Stockwerks, an denen die Einzelzimmer des Hotels lagen. Diese Treppe war, wie in allen vor langer Zeit gebauten Häusern, von Stein, dunkel, schmal und wand sich um einen dicken Steinpfeiler. Auf dem ersten Treppenabsatz hatte dieser Pfeiler eine nischenartige Aushöhlung, nicht mehr als einen Schritt breit und einen halben Schritt tief. Ein Mensch hätte hier aber doch Platz gefunden. So dunkel es auch war, hatte der Fürst beim Hinauflaufen sofort erkannt, daß hier in dieser Nische sich aus irgendeinem Grunde ein Mensch versteckt hatte. Der Fürst wollte zuerst vorübergehen und nicht nach rechts schauen. Er hatte schon einen Schritt gemacht, hielt es aber doch nicht aus und wandte sich um.

Die zwei Augen von vorhin, genau dieselben, begegneten seinem Blick. Der Mann, der sich in der Nische verborgen hatte, war einen Schritt aus ihr herausgetreten. Eine Sekunde lang standen sie dicht voreinander. Plötzlich faßte der Fürst ihn an den Schultern und drehte ihn um, nach der Treppe hin, näher zum Lichte: er wollte sein Gesicht deutlicher sehen.

Rogoschins Augen flammten auf, und ein wütendes Lächeln verzerrte sein Gesicht. Seine rechte Hand erhob sich, und etwas blitzte in ihr auf; der Fürst dachte nicht daran, sie aufzuhalten. Er erinnerte sich später, nur geschrien zu haben: »Parfen, ich glaube es nicht!«

Dann war es, als täte sich plötzlich etwas vor ihm auf, ein ungewöhnliches *inneres* Licht erhellte seine Seele. Das währte vielleicht eine halbe Sekunde, allein er entsann sich später klar und bewußt des Beginns, des ersten Tons seines entsetzlichen Aufschreis, der sich von selbst seiner Brust entrang und den er mit keiner Gewalt hätte zurückhalten können. Dann erlosch sofort sein Bewußtsein, und völlige Finsternis trat ein.

Er hatte wieder einen epileptischen Anfall, wie er ihn schon sehr lange nicht mehr gehabt hatte. Es ist bekannt, daß diese Anfälle, die eigentliche Fallsucht, plötzlich eintreten. In diesem Augenblick wird das Gesicht außerordentlich entstellt, besonders der Blick. Krämpfe und Zuckungen erfassen den ganzen Körper und alle Gesichtszüge. Ein schauerlicher Aufschrei, den man sich gar nicht vorstellen kann und der sich mit nichts vergleichen läßt, entringt sich der Brust; in diesem Aufschrei scheint plötzlich alles Menschliche zu verschwinden, und es ist für den Beobachter ganz unmöglich oder wenigstens sehr schwer, sich vorzustellen und zuzugeben, daß dieser Mensch so schreien könne. Man hat vielmehr den Eindruck, als schrie jemand anders, der sich im Innern dieses Menschen befindet. Viele haben wenigstens ihren Eindruck so zusammengefaßt, bei vielen aber weckt der Anblick eines Menschen im epileptischen Zustand ein entschiedenes und unerträgliches Grauen, das sogar etwas Mystisches an sich hat. Man muß annehmen, daß ein solches Gefühl plötzlichen Grauens, verbunden mit allen andern entsetzlichen Eindrücken dieses Augenblickes, Rogoschin erstarren machte und so den Fürsten vor dem unvermeidlichen Stich mit dem Messer bewahrte, das sich schon auf ihn herabsenkte. Dann, ehe er noch erraten hatte, daß es sich um einen Anfall handelte – er sah bloß, daß der Fürst vor ihm zurückwich und plötzlich hinstürzte, gradewegs die Treppe hinab, und mit aller Wucht mit dem Nacken gegen die steinernen Stufen schlug –, stürzte Rogoschin Hals über Kopf hinab, rannte an dem Liegenden vorüber und lief wie von Sinnen aus dem Gasthause.

Infolge der Krämpfe, des Zuckens und Zitterns rutschte der Körper des Kranken die Stufen hinab – es waren nicht mehr als fünfzehn – bis zum Ende der Treppe. Sehr bald, nicht länger als nach fünf Minuten, wurde der Liegende bemerkt, und es sammelte sich eine Menge um ihn. Eine Blutlache beim Kopf rief Zweifel hervor: hatte der Mann sich selbst verletzt, oder war ein Verbrechen geschehen? Bald jedoch erkannten ihn einige als Fallsüchtigen; einer der Zimmerkellner stellte fest, daß der Fürst der Gast von vorhin war. Die Verwirrung löste sich zuletzt sehr glücklich dank einem zufälligen Umstand.

Kolja Iwolgin, der versprochen hatte, um vier in der »Waage« zu sein, und statt dessen nach Pawlowsk gefahren war, hatte infolge einer plötzlichen Erwägung darauf verzichtet, bei der Generalin Jepantschina zu speisen, sondern war nach Petersburg zurückgekehrt und in die »Waage« geeilt, wo er gegen sieben Uhr abends erschien. Als er aus dem für ihn zurückgelassenen Zettel erfuhr, daß der Fürst sich in der Stadt befand, eilte er nach der im Zettel genannten Adresse zu ihm hin. Im Gasthaus erhielt er den Bescheid, daß der Fürst ausgegangen sei, und ging darauf die Treppe hinunter in den Speisesaal, wo er in Erwartung des Fürsten sich Tee geben ließ und den Klängen des Orchestrions zuhörte. Zufällig hörte er von dem Fallsüchtigen reden, stürzte in einer richtigen Ahnung sofort hinaus und erkannte den Fürsten. Alsbald wurden die notwendigen Maßregeln getroffen. Der Fürst wurde in sein Zimmer gebracht; er erwachte wohl, kam aber ziemlich lange nicht zu vollem Bewußtsein. Der Arzt, den man zur Untersuchung des verletzten Kopfes gerufen hatte, verordnete Umschläge und erklärte, die Verletzungen seien völlig ungefährlich. Als endlich, erst nach einer Stunde, der Fürst zu verstehen begann, was um ihn vorging, brachte ihn Kolja in einer Kutsche aus dem Gasthaus zu Lebedew. Dieser empfing den Kranken mit großer Wärme und zahlreichen Verbeugungen. Ihm zuliebe beschleunigte er auch seinen Umzug in die Sommerfrische; am dritten Tage waren schon alle in Pawlowsk.

6

Das Landhaus Lebedews war nicht eben groß, aber bequem und sogar hübsch. Der zum Vermieten bestimmte Teil des Gebäudes war besonders geschmückt. Auf der recht geräumigen Veranda, über die man von der Straße in die Zimmer gelangte, waren mehrere Pomeranzen-, Zitronen- und Jasminbäume in großen grünen Holzkübeln aufgestellt, was nach der Berechnung Lebedews dem Hause ein sehr verführerisches Aussehen verlieh. Einige von diesen Bäumen hatte er zugleich mit dem Hause erworben, und der Effekt, den sie auf der Veranda machten, bezauberte ihn so, daß er beschloß, da sich zudem gerade eine Gelegenheit bot, zur Ergänzung noch einige solche Bäume in Kübeln auf einer Versteigerung zu kaufen. Als alle Bäume endlich hinausgebracht und aufgestellt waren, lief Lebedew am selben Tage mehreremal die Verandastufen zur Straße hinab und bewunderte von der Straße aus seinen Besitz, wobei er jedesmal in Gedanken die Summe erhöhte, die er seinem künftigen Mieter abfordern würde. Dem entkräfteten, seelisch leidenden und köperlich zerschlagenen Fürsten gefiel die Sommerwohnung sehr gut. Übrigens hatte der Fürst am Tage des Umzugs nach Pawlowsk, das heißt am dritten Tage nach dem Anfall, schon das Aussehen eines fast gesunden Menschen, obgleich er sich innerlich noch immer nicht genesen fühlte. Er freute sich über jeden, den er in diesen drei Tagen um sich sah, freute sich über Kolja, der fast nicht von ihm wich, freute sich über die ganze Familie Lebedews (außer dem Neffen, der irgendwohin verschwunden war), freute sich über Lebedew selbst; sogar den General Iwolgin, der ihn noch in der Stadt besuchte, empfing er mit Vergnügen. Am Tage des Umzugs selbst, der gegen Abend stattfand, versammelten sich um ihn auf der Veranda recht viel Gäste; zuerst kam Ganja, den der Fürst kaum erkannte – so hatte er sich in der Zwischenzeit verändert und so war er abgemagert. Dann erschienen Warja und Ptizyn, ebenfalls Pawlowsker Sommerfrischler. Der General Iwolgin aber befand sich fast beständig in Lebedews Wohnung, schien sogar mit ihm zusammen übergesiedelt zu sein. Lebedew bemühte sich, ihn in seiner Nähe zu behalten und nicht an den Fürsten heranzulassen; er behandelte ihn freundschaftlich; anscheinend kannten sie sich schon lange. Der Fürst merkte, daß sie in diesen drei Tagen mitunter sehr lange Gespräche miteinander führten, nicht selten schrien und stritten, sogar, wie es schien, über gelehrte Dinge, was Lebedew anscheinend besonders Vergnügen machte. Man hätte glauben können, daß er den General brauchte. Aber die gleichen Vorsichtsmaßregeln wie beim General traf Lebedew auch gegenüber seiner Familie seit dem Umzug; unter dem Vorwand, daß der Fürst nicht gestört werden dürfe, ließ er niemand zu ihm heran, stampfte mit den Füßen, fuhr auf seine Töchter los und lief ihnen nach – auch Wera mit dem Kinde nicht ausgenommen –, wenn der bloße Verdacht auftauchte, daß sie nach der Veranda gehen wollten, auf der sich der Fürst befand, und das trotz allen Bitten des Fürsten, niemanden zu verjagen.

»Erstens geht alle Ehrerbietung verloren, wenn man ihnen so den Willen läßt, und zweitens schickt es sich auch gar nicht für sie«, erklärte er endlich auf eine direkte Frage des Fürsten.

»Warum denn?« redete der Fürst ihm zu. »Wirklich, mit all diesem Beobachten und Aufpassen quälen Sie mich nur. Ich langweile mich, wenn ich allein bin, ich habe es Ihnen schon mehrmals gesagt, und Sie selbst mit Ihrem ewigen

Händefuchteln und Herumgehen auf den Fußspitzen stimmen mich erst recht trübsinnig.«

Der Fürst wollte damit andeuten, daß Lebedew zwar alle Hausgenossen, angeblich um der Ruhe willen, davonjagte, selbst aber in diesen drei Tagen fast jeden Augenblick zu dem Fürsten hineinkam; dabei öffnete er jedesmal zuerst die Tür, steckte den Kopf herein, überblickte das Zimmer, als wollte er sich überzeugen, ob der Fürst noch da und nicht davongelaufen war, und dann erst kam er auf den Zehenspitzen, langsam, mit schleichenden Schritten auf den Sessel zu, so daß er mitunter seinen Mieter erschreckte. Unaufhörlich erkundigte er sich, ob der Fürst nichts brauche, und wenn dieser ihm endlich anzudeuten begann, daß er ihn in Ruhe lassen möge, dann drehte er sich gehorsam und wortlos um, schlich auf den Zehen zur Tür zurück und fuchtelte die ganze Zeit, während er ging, mit den Händen, als wollte er zu verstehen geben, er habe nicht stören wollen, er werde kein Wort sagen, und er sei schon hinaus und werde nicht wiederkommen – allein nach zehn Minuten oder spätestens nach einer Viertelstunde erschien er von neuem. Kolja, der freien Zutritt zum Fürsten hatte, rief dadurch bei Lebedew eine tiefe Betrübnis, ja sogar einen gekränkten Unwillen hervor. Kolja merkte, daß Lebedew oft eine halbe Stunde lang hinter der Tür stand und seine Gespräche mit dem Fürsten belauschte – wovon er selbstverständlich dem Fürsten Mitteilung machte.

»Sie haben mich gleichsam in Besitz genommen und halten mich hinter Schloß und Riegel«, protestierte der Fürst. »Wenigstens in der Sommerfrische möchte ich es anders haben, und seien Sie überzeugt, daß ich jeden empfangen werde, den ich sehen möchte, und daß ich gehen werde, wohin es mir beliebt.«

»Das steht außer allem Zweifel«, sagte Lebedew fuchtelnd.

Der Fürst sah ihn scharf von Kopf bis Fuß an.

»Sagen Sie, Lukjan Timofejewitsch, haben Sie Ihr Schränkchen, das zu Häupten über Ihrem Bette hing, hierher mitgenommen?«

»Nein.«

»Haben Sie es wirklich dort zurückgelassen?«

»Es läßt sich nicht transportieren, man hätte es aus der Wand herausbrechen müssen ... Es sitzt sehr fest.«

»Vielleicht haben Sie hier aber auch solch eins?«

»Sogar ein besseres, ein viel besseres. Darum habe ich ja das Landhaus gekauft.«

»Aha. Wen wollten Sie vorhin nicht zu mir hereinlassen? Vor einer Stunde.«

»Das ... das war der General. Ich ließ ihn wirklich nicht herein, er hat bei Ihnen nichts zu suchen. Ich achte diesen Mann ungemein, Fürst, er ist ... er ist ein großer Mann. Sie glauben mir nicht? Nun, Sie werden es noch sehen, aber doch ... es wäre doch besser, durchlauchtigster Fürst, wenn Sie ihn nicht bei sich empfingen.«

»Warum denn nicht, wenn ich fragen darf? Und warum, Lebedew, stehen Sie jetzt auf den Zehenspitzen und gehen immer so auf mich zu, als wollten Sie mir ein Geheimnis ins Ohr sagen?«

»Ich bin gemein, gemein, ich fühl's«, antwortete Lebedew ganz unvermittelt und schlug sich leidenschaftlich vor die Brust. »Aber dürfte der General für Sie nicht zu gastfreundlich werden?«

»Zu gastfreundlich?«

»Ja, gastfreundlich. Erstens möchte er schon bei mir wohnen, das könnte noch hingehen, aber er ist so hitzig, spielt sich gleich als Verwandter auf. Wir haben unsere verwandtschaftlichen Beziehungen schon mehrmals klargelegt, es erweist sich, daß wir verschwägert sind. Sie sind durch Ihre Mutter auch ein entfernter Neffe von ihm, er hat es mir erst gestern erklärt. Wenn Sie sein Neffe sind, so sind wir beide auch verwandt, durchlauchtigster Fürst. Das hätte noch nichts zu sagen, eine kleine Schwäche, nicht mehr, aber eben versicherte er, daß sein ganzes Leben lang, von seiner Fähnrichszeit an bis zum elften Juni vorigen Jahres bei ihm täglich nie weniger als zweihundert Personen am Eßtisch saßen. Es kam endlich so weit, daß er behauptete, sie seien gar nicht aufgestanden, so daß sie täglich fünfzehn Stunden beim Mittagessen und Abendbrot und Tee gesessen hätten, und das sei dreißig Jahre so fortgegangen, ohne die geringste Unterbrechung, man habe kaum Zeit gehabt, die Tischtücher zu wechseln. Einer steht auf, geht fort, ein anderer kommt, und so weiter; an Festtagen und Kaisers Geburtstag kamen sogar bis zu dreihundert Leute zusammen. Bei der Feier des tausendjährigen Bestehens des russischen Reiches* seien es sogar bis zu siebenhundert gewesen. Das ist doch schrecklich! Solche Geschichten sind ein sehr böses Zeichen. Derartig gastfreundliche Leute hat man ja Angst bei sich aufzunehmen – und da dachte ich eben: sollte so ein Mensch für uns beide nicht gar zu gastfreundlich sein?«

»Sie scheinen sich aber mit ihm sehr gut zu stehen?«

»Ganz brüderlich; ich nehme alles scherzhaft. Mögen wir doch Schwäger sein. Was schadet es mir? Es macht mir bloß Ehre. Ich erkenne in ihm auch trotz den zweihundert Mittagsgästen und der Jahrtausendfeier Rußlands den hochbedeutenden Mann. Ich sage es ganz aufrichtig. Sie sprachen eben von Geheimnissen, Fürst – das heißt, ich käme auf Sie zu, als wollte ich Ihnen ein Geheimnis mitteilen; aber es trifft sich ausgerechnet so, daß wirklich ein Geheimnis vorhanden ist: eine gewisse Person hat soeben sagen lassen, sie wünsche sehr, eine geheime Zusammenkunft mit Ihnen zu haben.«

»Warum denn geheim? Auf keinen Fall. Ich gehe selbst zu ihr, meinetwegen gleich heute.«

»Nein, nein, auf keinen Fall«, entgegnete Lebedew und fuchtelte mit den Händen, »und sie fürchtet gar nicht das, woran Sie denken. Beiläufig: der Unmensch kommt jeden Tag, um sich nach Ihrem Befinden zu erkundigen. Ist Ihnen das bekannt?«

»Sie nennen ihn etwas zu oft einen Unmenschen; das kommt mir höchst verdächtig vor.«

»Sie dürfen gar keinen Verdacht hegen, nicht den geringsten«, wich Lebedew eiligst aus. »Ich wollte nur sagen, daß die bewußte Person gar nicht ihn fürchtet, sondern etwas ganz anderes, etwas ganz anderes.«

»Was denn? Sagen Sie es doch endlich!« rief der Fürst un-

* 1862.

geduldig, während Lebedew seine geheimnisvollen Grimassen schnitt.

»Das ist eben das Geheimnis.« Lebedew lächelte.

»Wessen Geheimnis?«

»Ihr Geheimnis. Sie selbst, durchlauchtigster Fürst, hatten mir verboten, in Ihrer Gegenwart davon zu reden ...« murmelte Lebedew, und nachdem er sich zur Genüge daran ergötzt hatte, die Neugier seines Zuhörers zu krankhafter Ungeduld gesteigert zu haben, schloß er plötzlich: »Vor Aglaja Iwanowna fürchtet sie sich.«

Der Fürst runzelte die Stirn und schwieg wohl eine Minute lang. »Bei Gott, Lebedew, ich verlasse Ihr Landhaus wieder«, sagte er mit einemmal. »Wo sind Gawrila Ardalionowitsch und die Ptizyns? Bei Ihnen? Sie haben sie auch zu sich herübergelockt.«

»Sie kommen schon, sie kommen schon. Und sogar der General kommt hinter ihnen her. Ich will alle Türen aufreißen und alle meine Töchter zusammenrufen, alle, alle, sofort, sofort«, flüsterte Lebedew erschrocken, fuchtelte mit den Armen und lief von einer Tür zur andern.

In diesem Augenblick erschien Kolja auf der Veranda; er kam von der Straße und meldete, daß Besuch komme: Lisaweta Prokofjewna mit ihren drei Töchtern.

»Soll ich die Ptizyns und Gawrila Ardalionowitsch hereinlassen oder nicht? Soll ich den General hereinlassen oder nicht?« fragte Lebedew hastig, von der Nachricht aufs höchste überrascht.

»Warum denn nicht? Mag doch kommen, wer da will. Ich versichere Sie, Lebedew, Sie haben gleich zu Beginn etwas an meinen Beziehungen zu anderen mißverstanden; Ihr ganzes Verhalten ist ein einziger Irrtum. Ich habe nicht den geringsten Grund, mich vor jemand zu verstecken«, sagte der Fürst lachend. Lebedew sah ihn an und hielt es für seine Pflicht, auch zu lachen. Trotz seiner ungeheuren Erregung war er anscheinend höchst zufrieden.

Die Nachricht, die Kolja gebracht hatte, traf zu; er war den Jepantschins nur einige Schritte vorausgegangen, um ihre Ankunft melden zu können. Und so erschienen die

Gäste gleichzeitig von zwei Seiten – die Jepantschins von der Veranda und die Ptizyns, Ganja und General Iwolgin aus dem Innern des Hauses.

Die Jepantschins hatten von der Krankheit des Fürsten und seinem Aufenthalt in Pawlowsk erst eben durch Kolja gehört, bis dahin aber hatte sich die Generalin mit schweren Zweifeln quälen müssen. Schon vorgestern hatte der General seiner Familie die Visitenkarte des Fürsten gezeigt; diese Karte flößte Lisaweta Prokofjewna die feste Überzeugung ein, der Fürst selbst werde unmittelbar nach dieser Besuchskarte bei ihnen in Pawlowsk erscheinen. Vergebens behaupteten die Mädchen, ein Mann, der ein halbes Jahr lang nicht geschrieben habe, werde es auch jetzt nicht so eilig haben; er habe wohl auch ohnedies in Petersburg genug zu tun – was wisse man denn von seinen Angelegenheiten? Die Generalin wurde über diese Behauptungen richtig böse und war bereit zu wetten, daß der Fürst zum mindesten am nächsten Tage erscheinen werde, »obgleich auch das schon etwas spät wäre.« Tags darauf wartete sie den ganzen Morgen vergebens; man erwartete ihn zu Mittag, zum Abendbrot, und als es schon dämmerte, war Lisaweta Prokofjewna über alles erzürnt und hatte sich mit allen verzankt, wobei aber selbstverständlich der Name des Fürsten als Ursache des Streites nicht ein einzigesmal genannt wurde. Mit keinem Wort wurde er auch am dritten Tage erwähnt. Als es Aglaja beim Mittagessen zufällig entfuhr, daß die Mama böse sei, weil der Fürst nicht käme – worauf der General sofort bemerkte, er sei doch daran nicht schuld –, stand Lisaweta Prokofjewna auf und verließ erzürnt den Mittagstisch. Endlich, gegen Abend, erschien Kolja mit all seinen Neuigkeiten und einer Schilderung der Erlebnisse des Fürsten, soweit er von ihnen wußte. Nun triumphierte Lisaweta Prokofjewna, Kolja aber bekam doch auf alle Fälle einen tüchtigen Denkzettel: »Sonst treibt er sich tagelang hier herum und man wird ihn nicht los, und diesmal konnte er nicht einmal Nachricht geben, wenn er nicht so klug war, selbst zu kommen.« Kolja wollte sofort wegen des »Nicht-Loswerdens« den Gekränkten spielen, verschob das aber auf ein andermal, und wäre das Wort nicht gar zu beleidigend gewesen, so hätte er es wohl auch ganz verziehen – so sehr gefiel ihm die Aufregung und die Unruhe Lisaweta Prokofjewnas bei der Nachricht von der Erkrankung des Fürsten. Sie bestand lange Zeit darauf, sofort einen Eilboten nach Petersburg zu schicken, um irgendeinen berühmten Mediziner ersten Ranges mobilzumachen und mit dem ersten Zug herbeizuschaffen. Aber die Töchter redeten es ihr schließlich doch aus; sie wollten übrigens der Mama nicht nachstehen, als diese sich sofort bereitmachte, den Kranken zu besuchen.

»Er liegt auf dem Sterbebette«, sagte Lisaweta Prokofjewna hin und her hastend, »und wir wollen uns hier noch um die Etikette kümmern! Ist er ein Freund unseres Hauses oder nicht?«

»Man soll sich auch nicht aufdrängen, wenn man noch nicht Bescheid weiß«, wagte Aglaja zu bemerken.

»Du brauchst ja nicht hinzugehen. Das wird sogar sehr gut sein. Jewgenij Pawlowitsch könnte kommen – wer soll ihn dann empfangen?«

Nach diesen Worten schloß sich Aglaja natürlich sofort den andern an, was sie übrigens auch ohnedies beabsichtigte. Der Fürst Sch., der bei Adelaida gesessen hatte, erklärte sich auf ihre Bitte gleich bereit, die Damen zu begleiten. Er hatte sich schon früher, im Anfang seiner Bekanntschaft mit den Jepantschins, sehr interessiert gezeigt, als sie ihm vom Fürsten erzählten. Es erwies sich, daß er ihn kannte, daß sie sich erst kürzlich irgendwo kennengelernt und etwa zwei Wochen zusammen in einer kleinen Stadt gewohnt hatten. Das mochte drei Monate zurückliegen. Fürst Sch. erzählte sogar sehr viel vom Fürsten und äußerte sich über ihn sehr nett, so daß er sich jetzt mit aufrichtigem Vergnügen auf den Weg zu seinem alten Bekannten machte. Der General Iwan Fjodorowitsch war diesmal nicht zu Hause. Jewgenij Pawlowitsch war auch noch nicht gekommen.

Von Jepantschins bis zu Lebedews Landhaus hatte man kaum dreihundert Schritte zu gehen. Der erste unangenehme Eindruck, den Lisaweta Prokofjewna beim Fürsten empfing, war der, daß sie ihn von einer ganzen Schar von Gästen umringt sah, davon gar nicht erst zu reden, daß sich in dieser Schar zwei oder drei Personen befanden, die ihr einfach verhaßt waren. Dazu kam als zweiter die Verwunderung über den anscheinend ganz gesunden, elegant gekleideten, lachenden jungen Mann, der ihnen entgegenkam – statt des Sterbenden auf dem Totenbett, den sie vorzufinden erwartet hatte. Sie blieb sogar ganz verwirrt stehen, zur nicht geringen Freude Koljas, der ihr natürlich, noch ehe sie ihre Wohnung verlassen hatte, hätte erklären können, daß niemand ans Sterben denke und gar kein Totenbett vorhanden sei; er hatte es aber nicht getan, weil er in seiner Schlauheit den komischen Zorn der Generalin vorausahnte, wenn sie, wie er mit Sicherheit annahm, außer sich geraten würde, daß der Fürst, ihr aufrichtiger Freund, ganz gesund sei. Kolja war sogar so taktlos, daß er seine Vermutung laut aussprach, um Lisaweta Prokofjewna endgültig in Harnisch zu bringen; er stritt sich unausgesetzt und manchmal sehr heftig mit ihr herum, trotz der Freundschaft, die zwischen ihnen bestand.

»Warte, mein Lieber, eile nicht so, verdirb dir deinen Triumph nicht!« antwortete Lisaweta Prokofjewna, während sie sich in den ihr vom Fürsten hingeschobenen Lehnstuhl setzte.

Lebedew, Ptizyn, General Iwolgin stürzten mit Stühlen auf die jungen Mädchen zu. Der General schob Aglaja einen Stuhl hin, Lebedew bot auch dem Fürsten Sch. eine Sitzgelegenheit an, wobei er sogar durch die Krümmung seines Rückens eine außerordentliche Ehrerbietung zum Ausdruck zu bringen wußte. Warja begrüßte, wie gewöhnlich, die jungen Mädchen mit begeistertem Flüstern.

»Das ist wahr, Fürst, ich hatte geglaubt, dich im Bette zu finden. So sehr ließ die Angst mich übertreiben, und ich will um nichts in der Welt lügen: ich habe mich eben furchtbar über dein glückliches Gesicht geärgert, aber, bei Gott, nur einen Augenblick, solange ich noch nicht klar überlegen konnte. Wenn ich erst überlegt habe, handle und rede ich immer viel klüger; ich glaube, dir geht es auch so. Und wahrlich, über die Genesung meines eigenen Sohnes, wenn ich einen hätte, würde ich mich vielleicht weniger freuen als über die deinige; und wenn du mir das nicht glaubst, so ist es eine Schmach für dich und nicht für mich. Dieser boshafte Bengel aber erlaubt sich mir gegenüber noch ganz andere Scherze. Du scheinst ihn zu protegieren – in dem Fall warne ich dich: eines schönen Morgens, glaube mir, verzichte ich auf das Vergnügen, weiter noch die Ehre seiner Bekanntschaft zu genießen.«

»Was kann ich denn dafür?« schrie Kolja. »Wenn ich Sie noch so eindringlich versichert hätte, daß der Fürst schon fast gesund sei, Sie hätten mir nicht glauben wollen, denn es war doch viel interessanter, ihn sich auf dem Sterbebette vorzustellen.«

»Bist du für lange Zeit hierher gekommen?« wandte sich Lisaweta Prokofjewna an den Fürsten.

»Für den ganzen Sommer, vielleicht auch länger.«

»Du bist doch allein? Nicht verheiratet?«

»Nein, nicht verheiratet«, antwortete der Fürst und lächelte über die Naivität der gegen ihn gerichteten Spitze.

»Da ist nichts zu lächeln. Dergleichen kommt vor. Ich rede vom Landhaus. Warum bist du nicht zu uns gezogen? Bei uns steht ein ganzer Flügel leer. Übrigens, wie du willst. Du hast dich bei ihm eingemietet? Bei dem da?« fügte sie halblaut hinzu, mit einem Kopfnicken nach Lebedew hin. »Warum schneidet er immer Fratzen?«

In diesem Augenblick kam Wera aus dem Zimmer auf die Veranda, ihrer Gewohnheit nach mit dem Kinde auf dem Arm. Lebedew, der sich zwischen den Stühlen hin und her wand und absolut nicht wußte, wo er sich lassen sollte, aber auch keinesfalls weggehen wollte, stürzte plötzlich auf Wera los, fuchtelte mit den Armen, jagte sie fort und vergaß sich so weit, daß er mit den Füßen zu stampfen begann.

»Ist er verrückt?« fragte die Generalin.

»Nein, er ist ...«

»Vielleicht betrunken? Schön ist deine Gesellschaft nicht«, sagte sie schroff und maß mit ihrem Blick zugleich auch die andern Gäste. »Übrigens – ein sehr nettes Mädchen! Wer ist sie?«

»Das ist Wera Lukjanowna, die Tochter von diesem Lebedew.«

»Ah! Sehr nett! Ich möchte sie kennenlernen.«

Aber Lebedew, der das Lob Lisaweta Prokofjewnas aufgefangen hatte, schleppte schon selbst seine Tochter herbei, um sie vorzustellen.

»Waisenkinder! Waisenkinder!« jammerte er, während er näher kam. »Und dieses Kind auf dem Arm ist auch eine Waise – ihre Schwester, meine Tochter Ljubow, geboren in einer durchaus legitimen Ehe von der jüngst heimgegangenen Jelena, meiner Frau, die vor sechs Wochen bei der Niederkunft gestorben ist, nach Gottes unerforschlichem Ratschluß ... ja ... sie vertritt nun die Mutter, obgleich sie bloß die Schwester ist, nicht mehr als die Schwester ... nicht mehr, nicht mehr ...«

»Und du, mein Bester, bist nicht mehr als ein Dummkopf, nimm mir's nicht übel. Genug damit; ich meine, du verstehst mich«, schnitt Lisaweta Prokofjewna ihm plötzlich äußerst ungehalten das Wort ab.

»Das ist die volle Wahrheit!« sagte Lebedew mit einer tiefen, ehrerbietigen Verbeugung.

»Hören Sie, Herr Lebedew, ist es wahr, was man von Ihnen erzählt, daß Sie die Offenbarung Johannis auslegen?« fragte Aglaja.

»Reinste Wahrheit ... Seit fünfzehn Jahren schon.«

»Ich habe von Ihnen gehört. Auch in den Zeitungen war, glaube ich, von Ihnen die Rede?«

»Nein, das war ein anderer Ausleger, ein anderer, der ist gestorben, und ich bin sein Nachfolger«, sagte Lebedew außer sich vor Freude.

»Seien Sie so gut und erklären Sie mir nächstens einiges – als guter Nachbar. Ich verstehe kein Wort von der Offenbarung.«

»Ich muß Sie warnen, Aglaja Iwanowna: es ist bei ihm nichts als Scharlatanerie, glauben Sie mir«, fiel plötzlich der General Iwolgin schnell ein, der wie auf Nadeln gesessen und leidenschaftlich gewünscht hatte, ein Gespräch anzuknüpfen; er setzte sich nun neben Aglaja Iwanowna. »Gewiß hat die Sommerfrische ihre Rechte«, fuhr er fort, »und ihre Vergnügungen, und einen so seltsamen Scharlatan zwecks Auslegung der Apokalypse zu empfangen, ist ein Einfall, wie jeder andere auch, sogar ein sehr geistreicher Einfall, doch ich ... Sie sehen mich, wie es scheint, verwundert an? General Iwolgin, ich habe die Ehre, mich vorzustellen. Ich habe Sie auf den Armen getragen, Aglaja Iwanowna.«

»Sehr erfreut. Ich kenne Warwara Ardalionowna und Nina Alexandrowna«, murmelte Aglaja und gab sich die größte Mühe, nicht laut aufzulachen.

Lisaweta Prokofjewna geriet in Zorn. Etwas, das sich längst in ihrer Seele angesammelt hatte, verlangte plötzlich nach einem Ausweg. Sie konnte den General Iwolgin nicht ausstehen, mit dem sie einmal, aber schon vor sehr langer Zeit, bekannt gewesen war.

»Du lügst, Verehrtester, wie immer. Niemals hast du sie auf den Armen getragen«, warf sie ihm entrüstet an den Kopf.

»Sie haben es vergessen, Mama, er hat mich, bei Gott, auf den Armen getragen, in Twer«, bestätigte Aglaja plötzlich. »Wir wohnten damals in Twer. Ich war damals erst sechs Jahre alt, ich erinnere mich noch gut. Er machte mir Pfeil und Bogen und lehrte mich schießen, und ich schoß eine Taube. Erinnern Sie sich, wie wir zusammen eine Taube geschossen haben?«

»Mir brachte er damals einen Helm aus Pappe und einen Degen aus Holz, ich erinnere mich auch noch!« rief Adelaida.

»Ich erinnere mich auch noch daran!« bestätigte Alexandra. »Ihr zanktet euch damals noch um die verwundete Taube und wurdet in den Winkel gestellt; Adelaida stand mit dem Helm auf dem Kopf und dem Degen an der Seite im Winkel!«

Der General hatte seine Bemerkung zu Aglaja, daß er sie auf seinen Armen getragen habe, nur aufs Geratewohl gemacht, um ein Gespräch anzufangen, einzig weil er Gespräche mit jungen Leuten, deren Bekanntschaft er machen wollte, fast immer so einzuleiten pflegte. Diesmal aber hatte der Zufall es gefügt, daß er die Wahrheit gesagt hatte, und gerade diesmal hatte er die Wahrheit selbst vergessen. Als ihm nun Aglaja plötzlich bestätigte, daß sie gemeinschaftlich eine Taube geschossen hatten, wurde es in seinem Gedächtnis mit einemmal licht, und er erinnerte sich alles dessen mit sämtlichen Einzelheiten, wie man im Alter oft Dinge aus der fernen Vergangenheit deutlich vor sich sieht. Es ist schwer zu sagen, was an dieser Erinnerung auf den armen und wie immer etwas angeheiterten General so stark wirken konnte – aber er war auf einmal ungemein gerührt.

»Ich weiß, ich weiß alles!« rief er. »Ich war damals Hauptmann. Sie waren so ein kleines, niedliches Ding. Nina Alexandrowna ... Ganja ... Ich ... verkehrte bei Ihnen ... Iwan Fjodorowitsch ...«

»Und siehst du, wie weit es jetzt mit dir gekommen ist!« fiel die Generalin ein. »Also hast du deine edlen Gefühle doch nicht ganz im Schnaps ersäuft, wenn diese Erinnerung dich so stark beeindruckt hat! Aber deine Frau plagst du zu Tode! Statt daß du deinen Kindern ein Beispiel gibst, sitzt du im Schuldgefängnis. Geh, Verehrtester, geh hinaus, verkrieche dich irgendwo, stell dich in den Winkel hinter der Tür und weine, denk an deine einstige Unschuld, vielleicht vergibt dir der liebe Gott. Geh nur, geh, ich sag es im Ernst. Es ist nichts heilsamer, wenn man sich bessern will, als reuig des Vergangenen zu gedenken.«

Aber diese ernsten Mahnungen zu wiederholen war nicht notwendig. Wie alle immer bezechten Leute war der General sehr empfindsam, und wie alle zu tief gesunkenen Trinker ertrug er Erinnerungen an eine glückliche Vergangenheit schwer. Er stand auf und ging demütig zur Tür, so daß Lisaweta Prokofjewna sofort Mitleid mit ihm empfand.

»Ardalion Alexandrytsch, Väterchen!« rief sie ihm nach. »Warte einen Augenblick! Wir alle sind Sünder. Wenn du einmal fühlst, daß dich das Gewissen weniger martert, komm zu mir; wir wollen dann von der Vergangenheit plaudern. Ich bin ja vielleicht fünfzigmal sündiger als du. Nun, und jetzt lebe wohl, geh nur, du hast hier nichts zu suchen«, schloß sie plötzlich voller Furcht, daß er umkehren könnte.

»Sie sollten ihm jetzt nicht nachgehen«, hielt der Fürst Kolja zurück, der dem Vater hastig folgen wollte. »Sonst gerät er nach einer Minute in Ärger, und alles ist verdorben.«

»Das ist wahr, laß ihn in Ruhe; geh nach einer halben Stunde hin«, erklärte auch Lisaweta Prokofjewna.

»So geht es, wenn man einmal im Leben die Wahrheit sagt – bis zu Tränen hat es ihn gebracht!« erlaubte sich Lebedew einzuwerfen.

»Na, du bist mir auch der Rechte, mein Lieber, wenn alles das wahr ist, was ich gehört habe«, wies ihn Lisaweta Prokofjewna sofort in seine Schranken.

Das gegenseitige Verhältnis der Gäste, die beim Fürsten versammelt waren, klärte sich nach und nach. Der Fürst wußte selbstverständlich die Teilnahme, die ihm von der Generalin und ihren Töchtern gezeigt wurde, wohl zu schätzen und teilte ihnen natürlich ganz aufrichtig mit, daß er selbst schon heute, noch vor ihrem Besuche, die Absicht gehabt habe, sie unbedingt zu besuchen, trotz seiner Krankheit und trotz der vorgerückten Stunde. Lisaweta Prokofjewna antwortete, indem sie seine Gäste verstohlen musterte, das könne auch jetzt noch geschehen. Ptizyn, ein höflicher und höchst konzilianter Mann, stand sehr bald auf und zog sich ins Seitengebäude zu Lebedew zurück; er hätte sehr gern auch Lebedew mitgenommen. Dieser versprach, bald zu kommen; unterdessen war Warja ins Gespräch mit den jungen Mädchen gekommen und blieb sitzen. Sie und Ganja waren über den Weggang des Generals sehr froh; Ganja folgte Ptizyn bald. Die wenigen Minuten, die er gleichzeitig mit den Jepantschins auf der Veranda zugebracht hatte, hatte er sich sehr bescheiden und würdevoll gehalten, ohne sich durch die scharfen Blicke Lisaweta Prokofjewnas beirren zu lassen, die ihn zweimal von Kopf bis Fuß gemustert hatte. In der Tat, wer ihn früher gekannt hatte, konnte meinen, daß er sich sehr verändert habe. Aglaja gefiel das sehr.

»Ging da nicht Gawrila Ardalionowitsch hinaus?« fragte sie plötzlich, wie sie es mitunter gerne tat, laut, scharf, indem sie mit ihrer Frage das Gespräch der andern unterbrach und keinen unmittelbar anredete.

»Freilich«, antwortete der Fürst.

»Ich habe ihn kaum erkannt. Er hat sich sehr verändert ... und sehr zu seinem Vorteil.«

»Das freut mich aufrichtig für ihn«, sagte der Fürst.

»Er war sehr krank«, fügte Warja mit freudigem Mitleid hinzu.

»Wieso zum Vorteil verändert?« fragte Lisaweta Prokofjewna in zorniger Verwunderung und beinahe erschrocken. »Wie kommst du darauf? Nichts von Vorteil! Was scheint dir da zu seinem Vorteil zu sprechen?«

»Etwas Besseres als den ‚Armen Ritter' gibt es nicht!« verkündete plötzlich Kolja, der die ganze Zeit neben dem Stuhl Lisaweta Prokofjewnas gestanden hatte.

»Das meine ich auch«, sagte Fürst Sch. und lachte.

»Ich bin ganz der gleichen Ansicht«, erklärte Aglaja feierlich.

»Was für ein armer Ritter?« fragte die Generalin; sie musterte verwundert und ärgerlich alle Anwesenden, aber als sie sah, daß Aglaja rot wurde, fügte sie energisch hinzu: »Das ist wieder irgendein Unsinn! Was soll dieser arme Ritter?«

»Es ist nicht das erstemal, daß dieser Bengel, Ihr Liebling, andrer Leute Worte verdreht!« antwortete Aglaja mit hochmütigem Unwillen.

In jeder zornigen Äußerung Aglajas (und sie war sehr oft zornig) schimmerte fast immer, trotz allem scheinbaren Ernst und aller Unerbittlichkeit, so viel Kindliches, ungeduldig Schulmädchenhaftes, schlecht Verhülltes, daß es mitunter unmöglich war, wenn man sie ansah, nicht zu lachen – worüber sich Aglaja übrigens furchtbar ärgern konnte, denn sie verstand nicht, worüber man lachte und »wie man da überhaupt lachen könne und lachen dürfe«. Auch jetzt lachten die Schwestern, es lachte der Fürst Sch., und selbst Fürst Lew Nikolajewitsch, der übrigens auch aus irgendeinem Grunde rot geworden war, lächelte. Kolja lachte aus vollem Halse und triumphierte. Aglaja wurde ernstlich böse und sah noch einmal so schön aus. Ihre Verwirrung stand ihr ungemein gut zu Gesichte, und dazu kam dann noch der Ärger über sich selbst wegen dieser Verlegenheit.

»Er hat wohl noch nicht genug Worte von Ihnen verdreht«, fügte sie hinzu.

»Ich stütze mich auf Ihren eigenen Ausruf!« schrie Kolja. »Vor einem Monat blätterten Sie im *Don Quijote,* und da riefen Sie, es gebe nichts Schöneres als den ‚Armen Ritter'. Ich weiß nicht, wen Sie damals meinten: Don Quijote oder Jewgenij Pawlowitsch oder sonst jemand, aber Sie redeten von einer bestimmten Person, und das Gespräch zog sich lange hin ...«

»Du erlaubst dir schon etwas zuviel, mein Lieber, mit deinen Vermutungen«, unterbrach ihn Lisaweta Prokofjewna ärgerlich.

»Bin ich's denn allein?« gab Kolja nicht nach. »Alle sagten es damals und sagen es auch jetzt noch; jetzt eben haben Fürst Sch. und Adelaida Iwanowna und alle erklärt, sie stünden für den ‚Armen Ritter' ein, also existiert dieser ‚Arme Ritter', ganz bestimmt gibt es ihn, und ich glaube, wenn Adelaida Iwanowna nicht wäre, so wüßten wir alle schon längst, wer der ‚Arme Ritter' ist.«

»Was kann ich denn dafür?« lachte Adelaida.

»Sie wollten das Bild nicht malen – das ist's! Aglaja Iwanowna bat Sie damals, ein Bild des ‚Armen Ritters' zu malen, und gab Ihnen den ganzen Stoff an, den sie selbst ausgedacht hatte, erinnern Sie sich? Sie wollten aber nicht.«

»Wie und wen hätte ich denn malen sollen? In dem Gedicht heißt es doch von diesem armen Ritter:

Vom Gesicht das Eisengitter
Löste niemals seine Hand.

Was konnte ich denn da malen? Das Gitter? Einen Anonymus?«

»Ich verstehe gar nichts. Was ist das nun wieder für ein Gitter?« ärgerte sich die Generalin, die sehr wohl zu verstehen begann, wer mit der wohl schon längst verabredeten Bezeichnung ‚armer Ritter' gemeint war. Am meisten aber war sie darüber empört, daß Fürst Lew Nikolajewitsch auch verlegen geworden war und zuletzt ganz verschüchtert dasaß wie ein zehnjähriger Junge. »Nun, wird diese Dummheit ein Ende nehmen oder nicht? Wird man mir erklären, was es mit diesem Ritter für eine Bewandtnis hat oder nicht? Ist das etwa ein so furchtbares Geheimnis, daß man sich nicht heranwagen darf?«

Aber alle lachten nur weiter.

»Die Sache ist ganz einfach. Es gibt ein sonderbares russisches Gedicht«, mischte sich der Fürst Sch. ein, augenscheinlich um das Gespräch möglichst schnell auf ein anderes Thema zu lenken, »es handelt von einem ‚Armen Ritter' und ist ein Fragment ohne Anfang und Ende. Vor etwa einem Monat unterhielten wir uns alle zusammen nach dem Essen und suchten wie gewöhnlich nach einem Stoff für ein Gemälde Adelaida Iwanownas. So kam man auf den ‚Armen Ritter' – ich weiß nicht mehr, wer ihn zuerst nannte.«

»Aglaja Iwanowna«, rief Kolja.

»Möglich, ich will es gern glauben, ich entsinne mich aber nicht mehr«, fuhr Fürst Sch. fort. »Einige lachten über dieses Thema, andere erklärten, es könne nichts Erhabeneres geben; doch um den ‚Armen Ritter' darzustellen, hatte man in jedem Fall ein Gesicht nötig; man ließ die Gesichter aller Bekannten Revue passieren, aber kein einziges schien zu passen, damit war die Sache erledigt. Das ist alles. Ich begreife nicht, wie Nikolaj Ardalionowitsch auf den Gedanken gekommen ist, alles das wieder aufzuwärmen. Was seinerzeit amüsant und passend war, ist jetzt ganz uninteressant.«

»Weil irgendeine neue Dummheit darunter verstanden wird, eine bissige und kränkende Dummheit«, sagte Lisaweta Prokofjewna schroff.

»Es ist gar keine Dummheit, nur höchste Achtung«, sagte Aglaja ganz unerwartet mit feierlich ernster Stimme; sie hatte ihre Fassung völlig wiedergewonnen und ihre Verlegenheit überwunden. Mehr noch: einiges schien darauf hinzudeuten, daß sie jetzt selbst froh darüber war, wie der Scherz immer weiter ging, und diese Wandlung hatte sich in ihr in eben dem Moment vollzogen, als die stetig wachsende und schon außerordentlich stark gewordene Verlegenheit des Fürsten sich nur zu sehr bemerkbar machte.

»Erst lachen sie wie die Verrückten, und dann reden sie plötzlich von größter Achtung! Ihr seid ganz toll! Was soll nun wieder die Achtung? Sage sofort, woher kommt bei dir plötzlich, mir nichts, dir nichts, die höchste Achtung?«

»Die höchste Achtung kommt daher«, erwiderte Aglaja ebenso ernst und feierlich auf die fast wütende Frage der Mutter, »weil in diesem Gedichte ein Mann geschildert wird, der fähig ist, ein Ideal zu besitzen, zweitens – an dieses Ideal zu glauben, und drittens, wenn er einmal daran glaubt, sein ganzes Leben blind dafür hinzugeben. Das kommt in unserer Zeit nicht alle Tage vor. In diesem Gedicht ist nicht gesagt, worin eigentlich das Ideal des ‚Armen Ritters' bestand, aber man sieht, daß es ein lichtes Bild war, ein ‚Bild der reinen Schönheit', und der verliebte Ritter band sich sogar statt eines Tuches einen Rosenkranz um den Hals. Freilich wird da noch eine dunkle, unausgesprochene Devise erwähnt, die Buchstaben A. N. B., die er auf seinen Schild geschrieben hatte ...«

»A. M. D.«, korrigierte Kolja.

»Ich sage A. N. B., und ich will so sagen«, fiel ihm Aglaja ärgerlich ins Wort. »Wie dem auch sei, es ist klar, daß es diesem armen Ritter schon ganz gleichgültig war, wer seine Dame auch sein und was sie tun mochte. Ihm war es genug, daß er sie auserwählt hatte und an ihre ‚reine Schönheit' glaubte; dann beugte er sich für alle Zeiten vor ihr; das ist eben sein Verdienst: später mochte sie sich als Diebin erweisen, er mußte doch an sie glauben und für ihre reine Schönheit Lanzen brechen. Der Dichter wollte, scheint es, die erhabene Idee der mittelalterlichen ritterlichen platonischen Liebe in der außergewöhnlichen Gestalt eines reinen und hochgemuten Ritters verkörpern; selbstverständlich ist das alles nur als Ideal gedacht. Im ‚Armen Ritter' ist dieses Gefühl schon auf die äußerste Stufe, bis zur Aszese gesteigert; man muß zugeben, daß die Fähigkeit, so zu empfinden, sehr viel bedeutet und daß solche Gefühle eine tiefe Spur hinterlassen, die in einer Beziehung sehr lobenswert ist – von Don Quijote gar nicht zu reden. Der ‚Arme Ritter' ist auch ein Don Quijote, nur ein ernster, kein komischer. Ich verstand das erst nicht und lachte über ihn, jetzt aber liebe ich den ‚Armen Ritter', und vor allem schätze ich seine Heldentaten.« So schloß Aglaja, und wer sie ansah, konnte nur schwer erraten, ob sie es ernst meinte oder bloß scherzte.

»Na, das war wohl irgendein Dummkopf, und seine Heldentaten sind auch Dummheiten!« entschied die Generalin. »Du hast dich auch vergaloppiert, meine Liebe; das war ja eine ganze Vorlesung; das schickt sich meiner Ansicht nach gar nicht für dich. In jedem Fall ist es ganz unzulässig. Was ist das für ein Gedicht? Trag es doch vor, du weißt es sicher auswendig. Ich möchte dieses Gedicht unbedingt kennenlernen. Mein Leben lang konnte ich Verse nicht ausstehen, als ob ich es geahnt hätte. Um Gottes willen, Fürst, habe etwas Geduld, wir beide müssen schon aushalten«, wandte sie sich an Fürst Lew Nikolajewitsch. Sie war sehr ärgerlich.

Fürst Lew Nikolajewitsch wollte etwas sagen, brachte aber vor Verlegenheit nichts heraus. Nur Aglaja, die sich mit ihrer »Vorlesung« so viel erlaubt hatte, zeigte nicht die geringste Verwirrung; sie schien sich sogar zu freuen. Sie stand sofort auf, immer noch ernst und feierlich, mit einem Gesicht, als hätte sie sich schon darauf vorbereitet und nur auf eine Aufforderung gewartet, trat in die Mitte der Veranda und stellte sich dem Fürsten gegenüber, der immer noch in seinem Lehnstuhl saß. Alle blickten sie etwas verwundert an, und fast alle, Fürst Sch., die Schwestern, die Mutter, sahen dem neuen Spaß, der jedenfalls etwas zu weit ging, mit einem recht unbehaglichen Gefühl entgegen. Man sah aber, daß Aglaja gerade an der Affektiertheit, mit der sie die Zeremonie des Vortrags einleitete, Vergnügen fand. Lisaweta Prokofjewna war nahe daran, sie auf ihren Platz zurückzutreiben, aber im selben Augenblick, da Aglaja begann, die bekannte Ballade zu deklamieren, kamen zwei neue Gäste in lautem Gespräch von der Straße auf die Veranda. Es waren der General Jepantschin und ein junger Mann, der ihm auf dem Fuße folgte. Die Gesellschaft geriet in eine leichte Unruhe.

7

Der junge Mann, der den General begleitete, mochte gegen achtundzwanzig Jahre alt sein, er war groß und schlank, hatte ein hübsches kluges Gesicht und zwei helle, geistvoll und spöttisch blickende große schwarze Augen. Aglaja sah sich nicht einmal nach ihm um und fuhr in ihrem Vortrage fort, wobei sie in der bisherigen affektierten Weise den Fürsten allein ansah und ihre Worte nur an ihn richtete. Dem Fürsten wurde es klar, daß sie das in besonderer Absicht tat. Aber die neuen Gäste halfen ihm wenigstens etwas aus seiner peinlichen Situation. Als er sie erblickte, stand er auf, nickte dem General von weitem freundlich zu, gab ein Zeichen, daß die Deklamation nicht unterbrochen werden solle, und stellte sich hinter seinen Lehnstuhl, wo er, mit dem linken Arm auf die Rücklehne gestützt, dem Vortrag in einer sozusagen bequemeren und nicht so lächerlichen Stellung zuhören konnte, als wenn er sitzen geblieben wäre. Ihrerseits gab Lisaweta Prokofjewna durch eine zweimal wiederholte gebieterische Handbewegung den Ankömmlingen zu verstehen, daß sie stehenbleiben sollten. Der Fürst interessierte sich übrigens sehr lebhaft für seinen neuen Gast, der mit dem General gekommen war; er erriet, daß es Jewgenij Pawlowitsch Radomskij war, von dem er schon viel gehört und an den er oft gedacht hatte. Nur der Zivilanzug des Gastes machte ihn irre; er hatte gehört, daß Jewgenij Pawlowitsch Offizier sei. Ein spöttisches Lächeln zuckte um die Lippen des Gastes beim Vortrag des Gedichtes, als hätte auch er schon etwas von dem »Armen Ritter« gehört.

Vielleicht hat er das Ganze selbst ausgeheckt, dachte der Fürst bei sich.

Aber ganz anders war es mit Aglaja. Die ursprüngliche Affektiertheit und gemachte Feierlichkeit, mit der sie zum Vortrag vorgetreten war, machte sie durch einen solchen Ernst, ein so tiefes Eindringen in Geist und Sinn des Dichterwerks gut, jedes Wort sprach sie so bedeutungsvoll, mit einer solchen erhabenen Schlichtheit, daß sie zum Schluß des Vortrags nicht nur die allgemeine Aufmerksamkeit völlig gefesselt, sondern durch die Wiedergabe des erhabenen Geistes der Ballade auch die übertriebene affektierte Wichtigkeit, mit der sie so feierlich in die Mitte der Veranda getreten war, zum Teil gewissermaßen gerechtfertigt hatte. In dieser Feierlichkeit brauchte man jetzt nur ihre grenzenlose und allenfalls naive Verehrung für das Kunstwerk zu sehen, das sie zu interpretieren übernommen hatte. Ihre Augen blitzten, und ein leichter, kaum merklicher Krampf der Begeisterung und Inspiration zuckte etwa zweimal über ihr schönes Gesicht. Sie deklamierte:

»Lebte einst ein armer Ritter,
Düstren Blicks, an Worten karg,
Bleich und selbstversunken litt er,
Kühnen Geists und ohne Arg.

Traf in einem Gnadenstrahle
Ihn ein himmlisches Gesicht,
Und es brannte tiefe Male
In sein Herz und ließ es nicht.

Und verkohlt in seiner Seele,
Senkte er vor Fraun das Lid,
Folgend innerem Befehle,
Rede er mit ihnen mied.

Einen Rosenkranz der Ritter
Um den Hals als Schärpe wand,
Vom Gesicht das Eisengitter
Löste niemals seine Hand.

Treu dem Traum, der in ihm ruhte,
Seiner Liebe reinem Bild,
N. F. B. mit seinem Blute
Malte er auf seinen Schild.

In den Wüsten Palästinas,
Wenn vom Berg wie Windesbraut
Stoben schimmernd Paladine,
Nennend ihre Damen laut,

Lumen coeli, sancta Rosa!
Rief er wild und zornesschwer,
Und er schlug wie Donnertosen
In das Sarazenenheer.

Heimgekehrt, in strengem Sinnen
Lebte er und freiem Bann,
Stumm und traurig ging von hinnen
Wie ein Wahnsinniger dann*.«

Als der Fürst später an diesen Augenblick zurückdachte, mußte er sich lange in größter Verwirrung mit einer für ihn unlösbaren Frage quälen: wie konnte sie ein so echtes, schönes Empfinden mit so offenbarem, boshaftem Spott vereinen? Daß Spott dahinter steckte, konnte er nicht bezweifeln; er hatte es klar erkannt und hatte seine Gründe dafür: Aglaja hatte sich erlaubt, in ihrem Vortrag die Buchstaben A. M. D.** durch N. F. B. zu ersetzen. Daß sie sich nicht einfach versprochen und er sich nicht verhört hatte, war für ihn außer Zweifel (und bestätigte sich später auch). Dieser Ausfall Aglajas – ein Scherz natürlich, wenn auch ein nur zu taktloser und leichtsinniger – war jedenfalls beabsichtigt. Über den »Armen Ritter« hatten alle schon vor einem Monat gesprochen (und »gelacht«). Aber so sehr der Fürst später auch sein Gedächtnis anstrengte – er kam immer zu dem Ergebnis, daß Aglaja diese Buchstaben nicht nur ohne jede scherzhafte oder spöttische Betonung, ohne jeden Versuch, sie irgendwie hervorzuheben, um ihren geheimen Sinn deutlich zu machen, sondern im Gegenteil mit einem so unerschütterlichen Ernst, einer so unschuldigen und naiven Schlichtheit ausgesprochen hatte, daß man hätte denken können, eben diese Buchstaben seien in der Ballade genannt worden und auch im Buche gedruckt zu lesen. Etwas Schweres und Unangenehmes gab dem Fürsten gleichsam einen Stich durchs Herz. Lisaweta Prokofjewna hatte natürlich weder die Textänderung noch die Anspielung ver-

* Übersetzung von Wolfgang E. Groeger.
** Ave Mater Dei.

standen oder auch nur bemerkt. Der General Iwan Fjodorowitsch verstand nur, daß ein Gedicht deklamiert wurde. Von den übrigen Zuhörern hatten sehr viele den Zusammenhang verstanden und wunderten sich über die Kühnheit Aglajas und ihre Absicht, aber sie schwiegen und ließen sich nichts anmerken. Doch Jewgenij Pawlowitsch (der Fürst hätte darauf wetten können) hatte nicht nur alles verstanden, sondern suchte auch zu zeigen, daß er es verstanden hatte: er lächelte gar zu spöttisch.

»Entzückend!« rief die Generalin in ehrlicher Begeisterung, als der Vortrag beendet war. »Von wem ist das Gedicht?«

»Von Puschkin, maman. Machen Sie uns nicht erröten, schämen Sie sich!« rief Adelaida.

»Ach was! In eurer Gesellschaft kann man noch viel dümmer werden!« erwiderte Lisaweta Prokofjewna bitter. »Es ist eine Schande! Sobald wir nach Hause gekommen sind, gebt ihr mir dieses Gedicht von Puschkin.«

»Ich glaube, wir besitzen gar keinen Puschkin.«

»Seit undenklichen Zeiten«, fügte Alexandra hinzu, »liegen zwei zerfetzte Bände bei uns herum.«

»Sofort Fjodor oder Alexej in die Stadt schicken, mit dem ersten Zug, und das Buch kaufen lassen. Lieber den Alexej! Aglaja, komm her! Küsse mich, du hast sehr gut vorgetragen, aber – wenn du es aufrichtig getan hast«, fügte sie fast flüsternd hinzu, »so tust du mir leid; hast du's getan, um ihn zu verspotten, so billige ich deine Gefühle nicht, so daß es in jedem Fall besser gewesen wäre, du hättest gar nicht vorgetragen. Verstehst du? Geh, meine Liebe, ich rede später noch mit dir, wir sitzen hier schon viel zu lange.«

Unterdessen begrüßte der Fürst den General Iwan Fjodorowitsch, und der General stellte ihm Jewgenij Pawlowitsch Radomskij vor.

»Ich traf ihn unterwegs; er ist eben mit dem Zuge angekommen; er hatte erfahren, daß ich mich hierher begebe und daß die Meinigen alle hier sind . . .«

»Ich hatte gehört, daß auch Sie sich hier aufhalten«, unterbrach ihn Jewgenij Pawlowitsch, »und da ich schon längst fest entschlossen war, nicht nur Ihre Bekanntschaft, sondern auch Ihre Freundschaft zu suchen, so wollte ich nicht erst Zeit verlieren. Sie sind unpäßlich? Ich hörte es eben erst . . .«

»Ich bin ganz gesund und sehr erfreut, Sie kennenzulernen. Ich habe viel von Ihnen gehört und sogar mit dem Fürsten Sch. von Ihnen gesprochen«, sagte Lew Nikolajewitsch und reichte ihm die Hand.

Die gegenseitigen Höflichkeitsphrasen waren ausgetauscht, sie drückten einander die Hand und sahen sich scharf in die Augen. Im Nu wurde das Gespräch allgemein. Der Fürst merkte (und er merkte jetzt alles sehr schnell und gierig und vielleicht sogar Dinge, die gar nicht vorhanden waren), daß der Zivilanzug Jewgenij Pawlowitschs eine allgemeine und ungewöhnlich große Verwunderung hervorrief – eine so starke, daß sogar alle sonstigen Eindrücke zeitweilig vergessen und verwischt zu sein schienen. Man hätte denken können, daß dieser Wechsel der Kleidung etwas ungemein Wichtiges zu bedeuten hatte. Alexandra und Adelaida fragten Jewgenij Pawlowitsch erstaunt aus, Fürst Sch., sein Verwandter, tat es sogar mit großer Unruhe, der General sprach fast erregt. Nur Aglaja sah neugierig, aber ganz ruhig minutenlang auf Jewgenij Pawlowitsch, als wollte sie bloß vergleichen, ob der Zivilanzug oder die Uniform ihm besser zu Gesicht stünde, aber dann wandte sie sich auch ab und sah ihn nicht mehr an. Lisaweta Prokofjewna wollte auch nach nichts fragen, obgleich auch sie vielleicht einigermaßen beunruhigt war. Es schien dem Fürsten, als wäre sie Jewgenij Pawlowitsch nicht sehr gewogen.

»Er hat uns in höchstes Staunen gesetzt!« wiederholte Iwan Fjodorowitsch als Antwort auf alle Fragen. »Ich wollte es nicht glauben, als ich ihn vorhin noch in Petersburg traf. Und warum so plötzlich? Das ist das Problem! Er selbst schreit ja immer, man solle keine Stühle zerbrechen*.«

* Anspielung auf einen Satz in Gogols *Revisor*. Der Stadthauptmann tadelt den Schullehrer, der bei einem Vortrag über Alexander den Großen in solches Feuer geriet, daß er seinen Stuhl heftig gegen den Boden stieß und zerbrach (Anmerkung des Übersetzers).

Aus den weitern Reden ging hervor, daß Jewgenij Pawlowitsch sein Ausscheiden aus dem Militärdienst längst schon angekündigt hatte; er hatte aber immer so wenig ernst davon gesprochen, daß man ihm nicht Glauben schenken konnte. Doch er redete auch über ernste Dinge immer mit einer so scherzhaften Miene, daß man aus ihm gar nicht klug werden konnte, besonders wenn er es selbst nicht wollte.

»Ich will ja nur kurze Zeit, ein paar Monate, höchstens ein Jahr außer Dienst bleiben«, sagte Radomskij lachend.

»Sie haben es aber gar nicht nötig – soweit ich wenigstens Ihre Verhältnisse kenne«, sagte der General, immer noch sehr eifrig.

»Ich muß doch meine Güter besuchen. Sie haben es mir selbst geraten; außerdem will ich auch noch ins Ausland.«

Das Gespräch nahm übrigens bald eine andere Wendung. Aber die auffallende und immer noch fortdauernde Unruhe überstieg doch, nach der Ansicht des beobachtenden Fürsten, das übliche Maß; es mußte also bestimmt noch etwas dahinter stecken.

»Also der ‚arme Ritter' ist wieder auf dem Tapet?« fragte Jewgenij Pawlowitsch, auf Aglaja zugehend.

Zur Verwunderung des Fürsten sah Aglaja ihn verblüfft und fragend an, als wollte sie ihm kundtun, daß zwischen ihnen von keinem »armen Ritter« die Rede sein könne und daß sie die Frage überhaupt nicht verstehe.

»Es ist doch jetzt zu spät, nach dem Puschkin in die Stadt zu schicken! Es ist zu spät!« zankte sich Kolja mit Lisaweta Prokofjewna unter Einsatz aller seiner Kräfte. »Dreitausendmal sage ich es Ihnen: es ist zu spät.«

»Ja, wirklich, jetzt noch in die Stadt schicken, ist zu spät«, mischte sich nun auch Jewgenij Pawlowitsch ein und ließ Aglaja stehen. »Ich denke auch, die Läden in Petersburg sind jetzt schon geschlossen, es geht auf neun«, bestätigte er, indem er seine Uhr herauszog.

»Haben wir so lange gewartet und nichts vermißt, so werden wir es auch noch bis morgen aushalten«, warf Adelaida dazwischen.

»Und es schickt sich auch nicht«, fügte Kolja hinzu, »daß

Herrschaften von der großen Welt sich allzusehr für Literatur interessieren. Fragen Sie bloß Jewgenij Pawlowitsch. Es schickt sich weit mehr, wenn man sich für einen gelben Jagdwagen mit roten Rädern interessiert.«

»Sie kramen wieder Bücherweisheit aus, Kolja«, bemerkte Adelaida.

»Er sagt ja nichts anderes, als was er aus Büchern hat«, stimmte Jewgenij Pawlowitsch bei, »er spricht in lauter Sätzen aus kritischen Zeitschriften. Ich habe schon lange das Vergnügen, die Redeweise von Nikolaj Ardalionowitsch zu kennen, aber diesmal redet er nach keinem Buche. Nikolaj Ardalionowitsch spielt offenkundig auf meinen gelben Jagdwagen mit roten Rädern an. Aber ich habe ihn schon eingetauscht, Sie kommen damit zu spät.«

Der Fürst verfolgte aufmerksam Radomskijs Worte. Es schien ihm, der junge Mann hielte sich sehr gut, bescheiden, heiter, und besonders gefiel ihm, daß er mit seinem Angreifer Kolja ganz freundschaftlich und wie mit seinesgleichen redete.

»Was ist das?« wandte sich Lisaweta Prokofjewna an Wera, die Tochter Lebedews, die mit ein paar Büchern in der Hand vor ihr stand. Die Bücher waren von großem Format, vortrefflich gebunden und fast neu.

»Puschkin«, sagte Wera, »unser Puschkin. Papa hat mir befohlen, Ihnen die Bücher zu überreichen.«

»Wieso? Wie ist das möglich?« staunte Lisaweta Prokofjewna.

»Nicht als Geschenk! Nicht als Geschenk! Das hätte ich nicht gewagt!« rief Lebedew, der hinter seiner Tochter hervorsprang. »Zum Selbstkostenpreis. Es ist unser eigener, unser Familien-Puschkin, herausgegeben von Annenkow, heute kaum noch aufzutreiben! Zum Selbstkostenpreis. Ich überreiche Ihnen die Bände in Ehrfurcht, mit dem Wunsche, sie zu verkaufen und dadurch die edle Ungeduld der edelsten literarischen Empfindungen Eurer Exzellenz zu stillen.«

»Ah, wenn du's mir verkaufen willst, danke ich dir. Du wirst schon auf deine Kosten kommen, meine ich. Aber habe dich nicht so, mein Bester. Ich habe gehört, daß du ungeheuer belesen bist, irgendeinmal reden wir noch miteinander; willst du selbst mir die Bücher nach Hause tragen?«

»Mit Ehrfurcht und ... mit Ehrerbietung!« sagte Lebedew, ungemein zufrieden und riß der Tochter die Bücher aus der Hand.

»Verlier sie nur nicht unterwegs, bring sie mir ins Haus, wenn auch ohne Ehrerbietung, aber unter einer Bedingung«, fügte sie hinzu und sah ihn scharf an, »ich lasse dich nur bis zur Schwelle; dich zu empfangen habe ich heute nicht die Absicht. Deine Tochter Wera kannst du mir, wenn du willst, sofort schicken, sie gefällt mir sehr gut.«

»Warum sagen Sie denn nichts von jenen Leuten?« wandte sich Wera ungeduldig an den Vater. »Sie kommen doch sonst unaufgefordert herein; sie fangen an zu lärmen. Lew Nikolajewitsch«, wandte sie sich an den Fürsten, der schon seinen Hut ergriffen hatte, »da sind schon längst vier Herren zu Ihnen gekommen; sie warten auf Sie und schimpfen, aber Papa läßt sie nicht zu Ihnen herein.«

»Was sind das für Gäste?« fragte der Fürst.

»Sie kommen geschäftlich, sagen sie, aber sie sehen so aus, als ob sie einen auch auf der Straße anhalten könnten, wenn man sie jetzt nicht einläßt. Es ist besser, Lew Nikolajewitsch, Sie reden mit ihnen, dann werden Sie die Kerle wenigstens los. Gawrila Ardalionowitsch und Ptizyn verhandeln nebenan mit ihnen, aber sie hören nicht darauf.«

»Der Sohn Pawlistschews ist es! Der Sohn Pawlistschews! Es lohnt nicht, es lohnt nicht!« rief Lebedew und schwenkte die Arme wie zur Abwehr. »Es lohnt nicht, sie anzuhören, und es ziemt sich nicht für Sie, durchlauchtigster Fürst, sich dieser Leute wegen zu bemühen. So ist es. Sie sind es nicht wert ...«

»Der Sohn Pawlistschews! Mein Gott!« rief der Fürst in außerordentlicher Verwirrung. »Ich weiß ... aber ich habe doch ... ich habe doch Gawrila Ardalionowitsch mit dieser Angelegenheit betraut. Gawrila Ardalionowitsch sagte mir soeben ...«

Aber Gawrila Ardalionowitsch war schon aus dem Zimmer auf die Veranda gekommen; Ptizyn folgte ihm. Im Zimmer nebenan erhob sich Lärm; man hörte die laute Stimme des Generals Iwolgin, der anscheinend ein paar andere zu überschreien bemüht war. Kolja lief sogleich auf den Lärm hinaus.

»Das ist sehr interessant«, bemerkte Jewgenij Pawlowitsch laut.

Also ist er von der Sache unterrichtet, dachte der Fürst.

»Was ist das für ein Sohn Pawlistschews? Und ... was kann Pawlistschew für einen Sohn haben?« fragte General Iwan Fjodorowitsch erstaunt, musterte neugierig alle Gesichter und merkte zu seiner Verwunderung, daß nur ihm allein diese neue Geschichte noch unbekannt war.

In der Tat war die Erregung und Erwartung allgemein geworden. Der Fürst war höchst erstaunt, daß diese ganz persönliche Angelegenheit alle Anwesenden so sehr interessierte.

»Es wird sehr gut sein, wenn Sie gleich *selbst* dieser Sache ein Ende machen«, sagte Aglaja mit einem seltsamen Ernst und ging auf den Fürsten zu, »und gestatten Sie uns allen, Ihre Zeugen zu sein. Man will Sie beschmutzen, Fürst, Sie müssen sich feierlich rechtfertigen, und ich freue mich schon im voraus ungemein für Sie.«

»Ich möchte auch, daß dieser schändliche Anspruch endlich für immer zurückgewiesen wird!« rief die Generalin. »Zeige es ihnen ordentlich, Fürst, schone sie nicht. Man hat mir unausgesetzt mit dieser Affäre in den Ohren gelegen, und ich habe mich deinetwegen bis aufs Blut ärgern müssen. Und ich bin auch neugierig, sie zu sehen. Rufe sie her, und wir wollen uns wieder setzen. Aglaja hat sich das gut ausgedacht. Haben Sie schon etwas davon gehört, Fürst?« wandte sie sich an den Fürsten Sch.

»Gewiß habe ich davon gehört. In Ihrem eigenen Hause. Ich würde aber gern diese jungen Leute sehen«, antwortete Fürst Sch.

»Sind das Nihilisten?«

»Nein, sie sind nicht gerade Nihilisten«, sagte Lebedew, der ebenfalls vor Erregung fast zitterte, und trat vor, »das sind andere, ganz eigentümliche Leute. Mein Neffe sagte, sie gingen noch über die Nihilisten hinaus. Sie irren sich, Exzellenz, wenn Sie meinen, Sie könnten sie durch Ihre Anwesenheit verlegen machen; die lassen sich nicht beirren. Die Nihilisten sind doch manchmal kenntnisreiche, sogar gelehrte Leute, aber diese hier sind noch weiter gegangen, denn sie sind vor allen Dingen Praktiker. Das ist eigentlich eine gewisse Folge des Nihilismus, aber nicht auf geradem Wege, sondern vom Hörensagen und indirekt, und diese Leute äußern sich nicht in irgendeinem Zeitschriftenaufsatz, sondern unmittelbar durch die Tat; es handelt sich für sie zum Beispiel nicht um die Sinnlosigkeit irgendeines Puschkin oder zum Beispiel um die Notwendigkeit eines Zerfalls Rußlands in einzelne Teile; nein, jetzt wird es vielmehr einfach als Recht angesehen, wenn man etwas sehr haben möchte, vor keiner Schranke haltzumachen, selbst wenn man dabei einige Personen um die Ecke bringen müßte. Aber, Fürst, ich würde Ihnen doch nicht raten . . .«

Doch der Fürst ging schon den Gästen die Tür aufmachen. »Sie verleumden, Lebedew«, sagte er lächelnd, »Ihr Neffe hat Ihnen sehr weh getan. Glauben Sie ihm nicht, Lisaweta Prokofjewna. Ich versichere Sie, die Gorskijs und Danilows sind nur Einzelfälle, und diese . . . irren nur . . . Ich möchte aber nicht hier, in aller Gegenwart . . . Verzeihen Sie, Lisaweta Prokofjewna – die Herren werden hereinkommen, ich zeige sie Ihnen und führe sie dann hinaus. Bitte, meine Herren!«

Weit eher beunruhigte ihn ein anderer Gedanke, der ihm sehr qualvoll war. Es kam ihm in den Sinn: hatte man nicht für diese Sache absichtlich den gegenwärtigen Augenblick gewählt, diese Zeit und diese Stunde? Rechnete man nicht bewußt gerade mit diesen Zeugen, und war vielleicht alles darauf abgesehen, ihn bloßzustellen, statt ihn triumphieren zu lassen? Aber sein »ungeheuerlicher und böswilliger Argwohn« tat ihm selbst gar zu weh. Er glaubte vor Scham sterben zu müssen, wenn jemand erführe, daß er solche Gedanken hegte, und in dem Augenblick, als seine neuen Gäste hereinkamen, war er ehrlich bereit, sich selbst für den in sittlicher Beziehung am tiefsten Stehenden unter allen zu halten, die anwesend waren.

Es kamen fünf Personen: vier neue Gäste und als fünfter

hinter ihnen General Iwolgin, erhitzt, erregt und von heftigster Redewut befallen. Der ist bestimmt auf meiner Seite! dachte der Fürst lächelnd. Kolja war mit allen zusammen hereingeschlüpft: er redete hitzig auf Ippolit ein, der sich unter den neuen Gästen befand; Ippolit hörte zu und schmunzelte.

Der Fürst ließ die Gäste Platz nehmen. Es waren lauter so junge, so ganz unmündige Leute, daß man sich über die großen Umstände wundern mußte, die man ihretwegen gemacht hatte. Iwan Fjodorowitsch Jepantschin zum Beispiel, der von dieser »neuen Sache« nichts wußte und verstand, wurde sogar ungehalten, als er sah, um was für grüne Jünglinge es sich handelte, und hätte sicher in irgendeiner Weise protestiert, wenn ihn nicht der sonderbare Eifer seiner Gattin für die persönlichen Interessen des Fürsten davon abgehalten hätte. Er blieb übrigens da, teils aus Neugier, teils aus Gutmütigkeit, in der Hoffnung, vielleicht sogar helfen, jedenfalls aber durch seine Autorität nützlich sein zu können. Allein als der General Iwolgin ihn von weitem grüßte, geriet er wieder in Empörung; er zog ein finsteres Gesicht und beschloß, hartnäckig zu schweigen.

Unter den vier jungen Gästen befand sich übrigens einer, der schon gegen dreißig Jahre alt sein mochte, der »Leutnant a. D. aus der Bande Rogoschins, der Boxer, der Bittstellern fünfzehn Rubel und mehr zu geben gewohnt war«. Man erriet, daß er die andern begleitete, um ihnen als aufrichtiger Freund Mut einzuflößen und sie, wenn es notwendig sein sollte, zu unterstützen. Unter den übrigen aber stand an erster Stelle und spielte die erste Rolle jener, den man als »Sohn Pawlistschews« bezeichnete, obgleich er selbst sich als Antip Burdowskij vorstellte. Er war ein junger Mann, ärmlich und unordentlich gekleidet, in einem Gehrock, dessen fettige Ärmel schon fast spiegelartig glänzten, in einer ebenso spekkigen, bis oben geschlossenen Weste, die nichts von Leibwäsche sehen ließ, mit einem schwarzseidenen, unsagbar schmierigen, strickartig zusammengerollten Schal, ungewaschenen Händen, einem mit Pickeln besäten Gesicht, blondem Haar und, wenn man sich so ausdrücken darf, einem unschuldig frechen Blick. Er war ziemlich groß, hager, etwa zweiundzwanzig Jahre alt. Nichts von Ironie, nichts von Reflexion malte sich auf seinem Gesicht, im Gegenteil, nur die vollständige, stumpfsinnige Berauschtheit vom eigenen Recht und zugleich etwas anderes, das sich bis zum seltsamen und unablässigen Bedürfnis steigerte, immer den Gekränkten zu spielen. Er redete erregt, hastig und stockend und sprach die einzelnen Worte nicht voll aus, als hätte er einen Zungenfehler oder wäre gar ein Ausländer, obgleich er übrigens von reinster russischer Herkunft war.

Seine Begleiter waren erstens der dem Leser schon bekannte Neffe Lebedews und zweitens Ippolit. Ippolit war ein ganz junger Mann von siebzehn oder achtzehn Jahren mit einem klugen, aber immer gereizten Ausdruck des Gesichts, auf dem die Krankheit ihre furchtbaren Spuren hinterlassen hatte. Er war mager wie ein Skelett, gelblichbleich, seine Augen funkelten, und zwei rote Flecke leuchteten auf seinen Wangen. Er hustete unausgesetzt; jedes seiner Worte, fast jeder Atemzug wurde von einem röchelnden Laut begleitet. Man konnte erkennen, daß er in hohem Grade schwindsüchtig war. Es sah aus, als könnte er kaum noch zwei oder drei Wochen leben. Er war sehr ermattet und setzte sich als erster. Die andern waren bei ihrem Erscheinen etwas verlegen, beinahe ängstlich, blickten aber doch würdevoll drein und schienen Angst zu haben, sie könnten ihrer Würde etwas vergeben – was in seltsamem Gegensatz stand zu ihrem Ruf als Verneiner aller unnützen gesellschaftlichen Konventionen, aller Vorurteile und fast aller Dinge auf dieser Welt, die eigenen Interessen ausgenommen.

»Antip Burdowskij«, sagte der »Sohn Pawlistschews«, hastig und stotternd.

»Wladimir Doktorenko«, präsentierte sich der Neffe Lebedews, klar und deutlich, als täte er sich geradezu etwas darauf zugute, daß er Doktorenko hieß.

»Keller!« brummte der Leutnant a. D.

»Ippolit Terentjew«, kreischte der letzte ganz unerwartet mit hoher Fistelstimme. Alle setzten sich endlich in einer Reihe dem Fürsten gegenüber, nachdem sie sich sofort vorgestellt hatten, zogen die Brauen zusammen und legten, um Mut zu fassen, ihre Mützen aus der einen Hand in die andere; alle schienen bereit zu sprechen, und doch schwiegen sie alle, als erwarteten sie etwas, mit herausfordernder Miene, aus der deutlich zu lesen war: »Mach keine Finten, Freund, mich betrügst du nicht.« Man fühlte deutlich, daß nur einer von ihnen das erste Wort zu sagen brauchte – und sofort würden sie alle zugleich anfangen zu sprechen, sich gegenseitig unterbrechen und überholen.

8

»Meine Herren, ich hatte keinen von Ihnen erwartet«, fing der Fürst an, »ich selbst war bis heute krank, und Ihre Angelegenheit«, er wandte sich an Antip Burdowskij, »hatte ich schon vor einem Monat Gawrila Ardalionowitsch Iwolgin übergeben, wovon ich Sie damals gleich benachrichtigte. Ich gehe übrigens einer persönlichen Aussprache keineswegs aus dem Wege, Sie müssen aber zugeben, daß in diesem Augenblick . . . ich schlage Ihnen vor, mit mir ins Zimmer nebenan zu gehen, wenn es nicht lange dauern sollte . . . Hier befinden sich zur Zeit meine Freunde, und glauben Sie mir . . .«

»Ihre Freunde ... mögen sie doch! Gestatten Sie aber«, unterbrach ihn in schulmeisterlichem Tone, ohne aber die Stimme sehr zu erheben, der Neffe Lebedews, »gestatten Sie mir zu bemerken, daß Sie uns höflicher hätten behandeln können; sie brauchten uns nicht zwei Stunden in Ihrer Gesindestube warten zu lassen . . .«

»Allerdings ... auch ich ... und das nennt sich fürstlich! Und das ... Sie spielen sich als General auf! Ich bin nicht Ihr Lakai! Ich, ich . . .« stammelte Antip Burdowskij plötzlich in ungemeiner Erregung, mit zitternden Lippen und vor Kränkung bebender Stimme; der Speichel spritzte ihm aus dem Munde, als platzte er vor Wut; er überstürzte sich so, daß man nach den zehn ersten Worten überhaupt nichts mehr verstehen konnte.

»Das nennt sich fürstlich!« kreischte Ippolit mit brüchiger Stimme.

»Wenn mir das passiert wäre«, brummte der Boxer, »das heißt, wenn das unmittelbar auf mich als anständigen Menschen gemünzt wäre, so hätte ich an Burdowskijs Stelle ... ich hätte ...«

»Meine Herren, ich habe erst vor einer Minute erfahren, daß Sie hier sind«, wiederholte der Fürst.

»Wir fürchten uns vor Ihren Freunden nicht, wer sie auch sein mögen, denn wir sind in unserm Recht«, erklärte wieder der Neffe Lebedews.

»Was für ein Recht hatten Sie aber, wenn man fragen darf«, kreischte wieder Ippolit, der jetzt immer mehr in Hitze geriet, »die Angelegenheit Burdowskijs dem Urteil Ihrer Freunde zu unterbreiten? Wir wollen vielleicht nichts vom Urteil Ihrer Freunde wissen; es ist doch nur zu klar, was das Urteil Ihrer Freunde bedeuten kann!«

»Aber, Herr Burdowskij, wenn Sie hier nicht reden wollen«, gelang es endlich dem Fürsten einzuwerfen, der über diese Einleitung höchst verblüfft war, »so kommen Sie doch gleich mit mir, wie ich schon vorgeschlagen habe, in das Zimmer nebenan; von Ihnen allen habe ich – ich wiederhole es – eben erst Meldung bekommen ...«

»Aber Sie haben kein Recht, kein Recht, kein Recht! Ihre Freunde ... Da!« stammelte Burdowskij plötzlich wieder und sah sich wild und ängstlich um; er wurde um so heftiger, je weniger er sich selbst vertraute und je mehr seine Verlegenheit stieg. »Sie haben kein Recht!« Als er das ausgesprochen hatte, stockte seine Rede mit einemmal wie abgeschnitten; stumm, die kurzsichtigen, stark hervorstehenden, von dikken roten Äderchen durchzogenen Augen weit aufgerissen und den ganzen Oberkörper vorgebeugt, starrte er den Fürsten fragend an. Diesmal war der Fürst so verblüfft, daß er ebenfalls verstummte und ihn auch mit weit aufgerissenen Augen anstarrte, ohne ein Wort zu sagen.

»Lew Nikolajewitsch!« rief ihm plötzlich Lisaweta Prokofjewna zu, »lies das mal sofort, augenblicklich vor, es gehört unmittelbar zu deiner Sache.« Sie reichte ihm hastig ein humoristisches Wochenblatt und zeigte mit dem Finger auf einen Aufsatz. Lebedew hatte sich, als die Gäste eben erschienen, von der Seite an Lisaweta Prokofjewna herangedrängt, um deren Gunst er sich sehr bemühte, hatte ohne ein Wort die Zeitschrift aus seiner Seitentasche geholt, sie ihr unmittelbar vor das Gesicht gehalten und mit dem Finger auf eine angestrichene Spalte gedeutet. Was Lisaweta Prokofjewna unterdessen gelesen hatte, versetzte sie in die größte Verwunderung und Aufregung.

»Wäre es nicht besser, es nicht laut vorzulesen?« stammelte der Fürst in großer Verwirrung, »ich kann es ja allein lesen . . . später . . .«

»Dann lies es lieber du vor! Lies es sofort! Laut! Laut!« wandte sich Lisaweta Prokofjewna an Kolja und riß die Zeitung ungeduldig dem Fürsten aus der Hand, der sie kaum erst berührt hatte. »Lies laut vor, damit jeder es hört.«

Lisaweta Prokofjewna war eine hitzige Dame, die sich leicht hinreißen ließ und dann mit einemmal, ohne lange zu überlegen, alle Anker lichtete und ins offne Meer hinaussegelte, ohne nach dem Wetter zu fragen. Iwan Fjodorowitsch bewegte sich unruhig auf seinem Platze hin und her. Aber während alle im ersten Augenblick unwillkürlich verstummten und verwundert warteten, schlug Kolja das Blatt auf und begann von der Stelle an, die der herangesprungene Lebedew ihm zeigte, laut vorzulesen:

»Proletarier und Sprößlinge, eine Episode aus der Geschichte der täglichen und alltäglichen Beraubungen! Fortschritt! Reform! Gerechtigkeit!

Seltsame Dinge geschehen in unserm sogenannten heiligen Rußland, in unserm Zeitalter der Reformen und der handelsgesellschaftlichen Unternehmungen, dem Zeitalter des Nationalgefühls und der hunderte von Millionen Rubel, die jahraus jahrein ins Ausland geschafft werden, dem Zeitalter der Unterstützung der Industrie und der Lähmung der Arbeitskräfte und so weiter, und so weiter – alles läßt sich nicht aufzählen, meine Herrschaften, darum gleich zur Sache. Eine merkwürdige Geschichte ist einem der Sprößlinge unseres verflossenen Gutsbesitzeradels (de profundis!) passiert – übrigens einem jener Sprößlinge, deren Großväter bereits ihren ganzen Besitz beim Roulette verspielt hatten, deren Väter gezwungen waren, als Fähnriche und Leutnants zu dienen und gewöhnlich als Angeklagte wegen irgendwelcher harmlosen Unstimmigkeiten in der Staatskasse starben, und deren Kinder, gleich dem Helden unserer Geschichte, entweder als Idioten aufwachsen oder in Kriminalaffären verwickelt werden – wobei sie übrigens zur Belehrung und Besserung von den Geschworenen freigesprochen werden – oder schließlich damit enden, daß sie sich eines jener Stückchen leisten, die das Publikum in Staunen setzen und unsere auch ohnedies schon ziemlich schändliche Zeit noch mehr schänden. Unser Sprößling kehrte vor etwa einem halben Jahr, mit ausländischen Gamaschen an den Füßen und in einem ungefütterten Mäntelchen, vor Frost zitternd, im Winter nach Rußland aus der Schweiz zurück, wo er sich von seiner Idiotie (sic!) hatte kurieren lassen. Man muß gestehen, daß er Glück hatte, so daß er – von seiner interessanten Krankheit, gegen die er in der Schweiz behandelt wurde, gar nicht zu reden (kann man Idiotie kurieren, stellen Sie sich das bloß vor!?!) – durch seine Person wohl die Richtigkeit des russischen Sprichworts beweisen konnte: ‚Einer gewissen Sorte von Leuten kommt das Glück im Schlafe!‘ Überlegen Sie selbst: unser Baron verlor als Säugling seinen Vater, wie es heißt, einen Leutnant, der als Angeklagter in einer Strafsache starb, weil ihm beim Kartenspiel plötzlich sämtliche Kompaniegelder verschwunden waren, vielleicht auch, weil er einem Untergebenen eine Portion Rutenhiebe zuviel verabfolgt hatte (erinnern Sie sich noch der alten Zeit, meine Herrschaften?), und ein sehr reicher russischer Gutsbesitzer nahm ihn aus Gnade und Barmherzigkeit in Pflege. Dieser russische Gutsbesitzer – nennen wir ihn P. –, der in der alten goldenen Zeit viertausend leibeigene Seelen besaß (leibeigene Seelen! Verstehen Sie diesen Ausdruck, meine Herrschaften? Ich verstehe ihn nicht. Man muß im Wörterbuch nachschlagen: ‚Die Kunde ist noch neu und glaubt sich dennoch schwer!‘), war anscheinend einer von jenen russischen Faulpelzen und Nichtstuern, die ihr müßiges Leben im Auslande zubrachten, im Sommer in Bädern, im Winter im Pariser Chateau des Fleurs, wo sie dann im Laufe ihres Lebens Riesensummen ausgaben. Man kann mit Sicherheit sagen, daß mindestens ein Drittel vom Pachtzins der gesamten leibeigenen Bauernschaft in die Taschen des Besitzers des Pariser Chateau des Fleurs geflossen ist (war das ein glücklicher Mensch!). Wie dem nun auch sei, der leichtsinnige P. gab dem hochherrschaftlichen Waisenknaben eine fürstliche Erziehung, hielt ihm Hofmeister und Gouvernanten (unzweifelhaft sehr hübsche), die er bei Gelegenheit selbst aus Paris mitbrachte. Aber der letzte Sproß des Herrengeschlechts war ein Idiot. Die Gouvernanten vom Chateau des Fleurs konnten ihm nicht helfen, und bis zu seinem zwanzigsten Lebensjahre hatte unser Zögling noch keine einzige Sprache sprechen gelernt, die russische nicht ausgenommen. Das letztere ist übrigens verzeihlich. Endlich entsprang dem russischen Sklavenhalterkopf des Herrn P. der phantastische Gedanke, daß man den Idioten in der Schweiz Verstand lehren könnte – ein Gedanke, der übrigens nicht unlogisch ist: der Müßiggänger und Proprietär mußte sich natürlich einbilden, daß man für Geld auch Verstand auf dem Markt kaufen könne, und in der Schweiz noch erst recht. Fünf Jahre dauerte die Kur in der Schweiz bei einem berühmten Professor, und an Geld wurden Tausende vergeudet: der Idiot wurde natürlich nicht vernünftig, bekam aber doch, sagt man, ein menschenähnliches Aussehen, ohne Zweifel nur so halb und halb. Plötzlich stirbt P. ganz unerwartet. Ein Testament hat er selbstverständlich nicht hinterlassen; seine Angelegenheiten sind wie gewöhnlich in Unordnung; habgierige Erben rücken in Haufen an, und sie kümmern sich den Teufel um den Letzten seines Geschlechts, der aus Gnade und Barmherzigkeit in der Schweiz von seiner angeborenen Idiotie geheilt werden soll. Übrigens versuchte der Sprößling, obgleich er ein Idiot war, doch seinen Professor übers Ohr zu hauen und soll zwei Jahre lang gratis von ihm behandelt worden sein, da er ihm den Tod seines Wohltäters verheimlicht hatte. Aber der Professor war selber ein ausgemachter Scharlatan; er bekam schließlich Angst um sein Geld, vor allem aber schreckte ihn der Appetit seines zwanzigjährigen Schmarotzers; er schenkte ihm seine alten Gamaschen und einen abgetragenen Mantel und expedierte ihn aus Gnade und Barmherzigkeit im Eisenbahnwagen dritter Klasse nach Rußland – aus der Schweiz fort, nur um ihn loszuwerden. Das Glück schien unserm Helden seine Rückseite zugekehrt zu haben. Aber es kommt ganz anders: Fortuna, die ganze Gouvernements verhungern läßt, schüttet alle ihre Gaben mit einemmal auf einen elenden Aristokraten aus wie in Krylows Fabel die Wolke, die über das verdorrte Feld hinwegschwebt und sich in den Ozean ergießt. Fast im selben Augenblick, da er aus der Schweiz nach Petersburg kommt, stirbt in Moskau ein Verwandter seiner Mutter (die natürlich dem Kaufmannsstande entstammte), ein alter kinderloser Sonderling, Kaufmann, Langbart, Raskolnik, und hinterläßt ein Erbe von einigen Millionen, unanfechtbar, abgezählt, alles in bar und (wenn wir doch mal so was kriegten, lieber Leser!) alles unserm Sprößling, alles unserm Baron, der sich in der Schweiz von der Idiotie kurieren läßt! Na, jetzt wehte ein anderer Wind! Um unsern Baron in Gamaschen, der gerade dabei war, einer bekannten, von einem andern ausgehaltenen Schönen den Hof zu machen, versammelte sich mit einemmal eine ganze Schar von Freunden und Genossen, es fanden sich sogar Verwandte, vor allem aber ganze Scharen vornehmer Jungfrauen, die nach einer legitimen Ehe hungern und dürsten! Und was könnte man sich auch Besseres wünschen? Aristokrat, Millionär, Idiot – alle Eigenschaften beisammen, so einen Mann kann man mit der Laterne suchen, den bekommt man nicht einmal auf Bestellung!«

»Das ... das ... verstehe ich nicht!« schrie Iwan Fjodorowitsch in äußerster Empörung.

»Hören Sie auf, Kolja!« rief der Fürst mit flehender Stimme.

Von allen Seiten wurden Ausrufe laut.

»Lesen! Unbedingt weiterlesen!« warf Lisaweta Prokofjewna dazwischen, die sich augenscheinlich nur mit größter Mühe beherrschte. »Fürst! Wenn nicht weitergelesen wird – sind wir Feinde!«

Es blieb nichts übrig, Kolja, erhitzt, feuerrot, in heftiger Erregung, las mit bebender Stimme weiter:

»Während aber unser neubackener Millionär sozusagen in Seligkeit schwamm, trat ein ganz nebensächlicher Umstand ein. Eines schönen Morgens erscheint bei ihm ein Herr mit ruhigem und strengem Gesicht, einfach und vornehm gekleidet, mit höflicher, aber würdiger und aufrichtiger Redeweise, von offenkundig fortschrittlich gefärbter Gesinnung und erklärt ihm in zwei Worten den Grund seines Besuchs: er ist ein bekannter Advokat; ihm ist von einem jungen Mann eine Sache übertragen worden; er erscheint in dessen Auftrage. Dieser junge Mann ist niemand anders als der Sohn des verstorbenen P., wenn er auch einen andern Namen trägt. Der wollüstige P. hatte in seiner Jugend ein armes, ehrbares Mädchen verführt, das zum Hofgesinde gehörte, aber europäisch erzogen war (selbstverständlich spielten hier die Baronsrechte der verflossenen Leibeigenschaft mit hinein); als die unvermeidliche Folge seiner Beziehungen zutage trat, verheiratete er das Mädchen eiligst mit einem gewerbetreibenden und sogar im Staatsdienste stehenden Mann von vornehmem Charakter, der sie schon lange liebte. Erst unterstützte er die Jungvermählten; aber bald verweigerte der Ehemann bei seinem vornehmen Charakter die Annahme weiterer Hilfeleistungen. Es verging einige Zeit, und P. vergaß nach und nach sowohl das Mädchen als den Sohn, den er von ihr hatte, und dann starb er, wie schon gesagt, ohne letztwillige Verfügung. Sein Sohn, der schon in legitimer Ehe geboren war, aber unter anderem Namen aufwuchs, denn der edle, inzwischen auch verstorbene Gatte seiner Mutter sah ihn ganz als sein eigenes Kind an, blieb indes völlig auf seine eigenen bescheidenen Mittel angewiesen und hatte noch für eine kranke, leidende, halb gelähmte Mutter in einem entfernten Gouvernement zu sorgen; er erwarb sich in der Residenz sein Brot durch tägliche ehrliche Arbeit, indem er in Kaufmannshäusern Privatunterricht erteilte, und so bestritt er seinen Unterhalt zuerst auf dem Gymnasium, später als Hörer von Vorlesungen, die ihm beim Erreichen seiner weiteren Ziele nützlich sein sollten. Aber wieviel kann man schon bei einem russischen Kaufmann verdienen, der die Unterrichtsstunde mit zehn Kopeken bezahlt, besonders wenn man noch eine kranke gelähmte Mutter hat, die endlich auch durch ihren Tod im entfernten Gouvernement seine Lage fast gar nicht erleichterte? Jetzt ist die Frage: wie hätte unser Sprößling gerechterweise überlegen müssen? Der Leser denkt natürlich, er habe zu sich selbst gesagt: ‚Ich habe mein Leben lang alle Wohltaten des P. genossen; für meine Erziehung, meine Gouvernanten, die Heilung meiner Idiotie sind Zehntausende von Rubeln in die Schweiz gegangen; jetzt sitze ich mit ein paar Millionen da, und der vornehme Charakter des Sohnes P.s, der nicht die geringste Schuld an den Verfehlungen seines leichtsinnigen und vergeßlichen Vaters trägt, schindet sich mit Privatstunden zu Tode. Alles, was für mich ausgegeben wurde, hätte von Rechts wegen ihm zukommen müssen. Diese ungeheuren Summen, die für mich ausgegeben wurden, gehören eigentlich gar nicht mir. Es war das nur ein blinder Fehler der Fortuna: sie kamen dem Sohne des P. zu. Für ihn hätten sie verwendet werden müssen, nicht für mich – die Ausgeburt einer phantastischen Laune des leichtsinnigen und vergeßlichen P. Wäre ich wahrhaft vornehm, taktvoll, gerecht, so müßte ich seinem Sohne die Hälfte meines ganzen Erbes geben; da ich aber vor allen Dingen ein berechnender Mensch bin und nur zu gut verstehe, daß das keine juristisch zu entscheidende Angelegenheit ist, so gebe ich ihm die Hälfte meiner Millionen nicht. Aber es wäre meinerseits zum mindesten niedrig und schamlos (der Sprößling vergißt, daß es auch nicht vorteilhaft wäre), wenn ich jetzt die Zehntausende, die dem P. mein Idiotentum gekostet hat, seinem Sohne nicht zurückgäbe. Hier handelt es sich nur um Gewissen und Gerechtigkeit! Denn was wäre aus mir geworden, wenn P. nicht für meine Erziehung gesorgt hätte, sondern sich statt meiner seines Sohnes angenommen hätte?‘

Aber nein, meine Herrschaften! Unsere Sprößlinge denken nicht so. So viel Vorstellungen ihm der Anwalt des jungen Mannes auch machte, der aus bloßer Freundschaft und fast gegen seinen Willen, geradezu gewaltsam gezwungen die Angelegenheit übernommen hatte, wie sehr er ihm gegenüber auch die Pflichten der Ehre, der Großmut, der Gerechtigkeit und sogar den einfachen Vorteil betonte – der Schweizer Zögling blieb unerschüttert. Und was weiter? Das wäre noch zu ertragen gewesen; was aber wirklich unverzeihlich und durch keine interessante Krankheit zu rechtfertigen ist – dieser Millionär, der kaum die Gamaschen seines Professors abgelegt hatte, konnte nicht einmal kapieren, daß der edle Charakter des jungen Mannes, der sich mit Privatstunden zu Tode schindet, von ihm keine Gnade und keine Unterstützung erbittet, sondern sein Recht und sein Eigentum, wenn es ihm juristisch betrachtet vielleicht auch nicht zukommen mag; ja, er bittet nicht einmal selbst darum, sondern seine Freunde setzen sich für ihn ein. Mit erhabener Miene, berauscht von der gewonnenen Möglichkeit, die Menschen mit seinen Millionen straflos zu bedrücken, zieht unser Sprößling einen Fünfzigrubelschein aus der Tasche und schickt ihn dem edlen jungen Mann als unverschämtes Almosen. Sie glauben es nicht, meine Herrschaften? Sie sind empört, Sie sind gekränkt, ein Schrei der Empörung entringt sich Ihnen – er hat es aber wirklich getan! Selbstverständlich gab man ihm das Geld sofort zurück, warf es ihm sozusagen ins Gesicht. Wie soll nun diese Sache entschieden werden? Auf gerichtlichem Wege ist nichts zu erreichen, es bleibt nur der Appell an die Öffentlichkeit. Wir teilen diese Anekdote dem Publikum mit und verbürgen uns für ihre Wahrheit. Man sagt, einer unserer bekanntesten Humoristen habe aus diesem Anlaß ein entzückendes Epigramm verfaßt, das es wert ist, nicht nur in den Sittenschilderungen unserer Provinz, sondern auch der Residenz veröffentlicht zu werden:

Leo*, der bei Doktor Schneider**
Wohl fünf Jahre blieb,
Und mit eitlen Narrenpossen
Sich die Zeit vertrieb,

* Vorname des Sprößlings (Anmerkung des Verfassers).
** Der schweizerische Professor (Anmerkung des Verfassers).

Kehrte heim in alten Stiefeln
Erbte 'ne Million . .
Erbte? Nein! Bestohlen hat er
Seines Gönners Sohn.«

Als Kolja geendet hatte, gab er die Zeitung eilig dem Fürsten, stürzte, ohne ein Wort zu sagen, in einen Winkel, verkroch sich ganz tief hinein und bedeckte das Gesicht mit den Händen. Er schämte sich unsäglich, und seine kindliche, an den Schmutz noch nicht gewöhnte Empfindlichkeit war sogar übermäßig aufgerührt. Es schien ihm, es sei etwas Ungeheures geschehen, das mit einemmal alles zerstört hatte, und daß er fast selber daran schuld sei, schon dadurch, daß er es laut vorgelesen hatte.

Doch auch alle andern schienen etwas Ähnliches zu empfinden. Die jungen Mädchen fühlten sich sehr unbehaglich und schämten sich. Lisaweta Prokofjewna hielt einen gewaltigen Zornausbruch nur mühsam zurück und bereute vielleicht schon bitter, daß sie sich in die Sache eingemengt hatte; jetzt schwieg sie. Mit dem Fürsten ging das vor, was in solchen Fällen übermäßig schüchternen Menschen häufig passiert: er schämte sich der Handlungen anderer Leute derartig, schämte sich so sehr für seine Besucher, daß er es im ersten Augenblick nicht einmal wagte, sie anzusehen. Ptizyn, Warja, Ganja, sogar Lebedew – alle schauten etwas verlegen drein. Das Sonderbarste aber war, daß auch Ippolit und der »Sohn Pawlistschews« über etwas erstaunt schienen; der Neffe Lebedews war augenscheinlich ebenfalls unzufrieden. Nur der Boxer saß ganz ruhig da und zwirbelte mit wichtiger Miene seinen Schnurrbart; den Blick hatte er leicht gesenkt, aber nicht aus Verlegenheit, sondern wohl aus vornehmer Bescheidenheit, um seinen Triumph nicht zu stark fühlen zu lassen. Man sah aus allem, daß der Aufsatz ihm ausnehmend gefiel.

»Weiß der Teufel, was das heißen soll«, brummte Iwan Fjodorowitsch halblaut, »es ist, als hätten fünfzig Lakaien sich zusammengetan, etwas hervorzubringen, und nun das Ding da verfaßt.«

»Gestatten Sie die Frage, mein Herr, wie dürfen Sie derartige beleidigende Vermutungen aussprechen?« erklärte Ippolit und zitterte am ganzen Leibe.

»Das, das, das ist für einen vornehmen Menschen ... Sie werden zugeben müssen, General, wenn ein vornehmer Mensch ... das ist einfach beleidigend!« brummte der Boxer, der plötzlich ebenfalls auffuhr, den Schnurrbart zwirbelte und mit Schultern und Oberkörper zuckte.

»Erstens bin ich für Sie nicht ‚mein Herr', und zweitens bin ich nicht geneigt, Ihnen irgendwelche Erklärungen zu geben«, antwortete Iwan Fjodorowitsch sehr erregt in schroffem Tone, erhob sich und ging, ohne ein Wort zu sagen, zum Ausgang der Veranda. Dort blieb er, der Gesellschaft den Rücken zugekehrt, auf der obersten Stufe stehen, tief empört über Lisaweta Prokofjewna, die auch jetzt nicht daran dachte, sich vom Platz zu rühren.

»Meine Herrschaften, meine Herrschaften, lassen Sie mich doch endlich zu Worte kommen«, rief der Fürst in schmerzlicher Erregung, »und tun Sie mir den Gefallen, so zu reden, daß wir einander verstehen. Ich sage kein Wort über den Aufsatz, meine Herrschaften, mag er sein, wie er will; es ist aber alles nicht wahr, was da drin steht; ich sage das, weil Sie es ja selbst wissen; man muß sich sogar schämen. Ich müßte mich sehr wundern, wenn einer von Ihnen es geschrieben hätte.«

»Ich habe bis zu diesem Augenblick nichts von dem Aufsatz gewußt«, erklärte Ippolit. »Ich billige diesen Aufsatz nicht.«

»Ich habe allerdings gewußt, daß er geschrieben war, aber ... ich riet von der Veröffentlichung ab, weil es noch zu früh sei«, fügte Lebedews Neffe hinzu.

»Ich wußte es, aber ich habe das Recht ... ich ...« stammelte der »Sohn Pawlistschews«.

»Wie? Sie haben das alles selbst verfaßt?« fragte der Fürst und sah Burdowskij neugierig an. »Das kann nicht sein!«

»Man kann Ihnen das Recht zu derartigen Fragen absprechen«, trat Lebedews Neffe für Burdowskij ein.

»Ich habe mich ja bloß gewundert, daß es Herrn Burdowskij

gelungen ist ... aber ... ich möchte sagen, wenn Sie die Sache schon an die Öffentlichkeit gebracht haben, warum waren Sie dann vorhin so gekränkt, als ich in Gegenwart meiner Freunde von der Angelegenheit zu reden begann?«

»Endlich!« brummte Lisaweta Prokofjewna ungehalten.

»Sie geruhten noch zu vergessen, Fürst«, sagte Lebedew, der, fiebernd vor Ungeduld, plötzlich zwischen den Stühlen auftauchte, »Sie geruhten zu vergessen, daß nur Ihr guter Wille und die beispiellose Güte Ihres Herzens Sie bewogen, diese Herren zu empfangen und anzuhören, und daß sie gar kein Recht haben, derartige Forderungen zu stellen, um so mehr, als Sie bereits Gawrila Ardalionowitsch mit der Angelegenheit betraut haben – und auch das haben Sie nur aus übergroßer Güte getan; und jetzt, durchlauchtigster Fürst, wenn Sie im Kreise Ihrer Freunde bleiben wollen, können Sie doch auf eine solche Gesellschaft nicht um dieser Herren willen verzichten; Sie könnten vielmehr diese Herrschaften allesamt sozusagen sofort zur Tür hinauskomplimentieren, was ich in meiner Eigenschaft als Hausbesitzer sogar mit dem größten Vergnügen ...«

»Ganz richtig!« donnerte plötzlich aus der Tiefe des Zimmers General Iwolgin.

»Genug, Lebedew, genug, genug«, fing der Fürst an, aber ein wilder Ausbruch der Empörung übertönte seine Worte.

»Nein, entschuldigen Sie, Fürst, entschuldigen Sie, noch ist es nicht genug!« überschrie der Neffe Lebedews alle. »Jetzt muß die Sache klargelegt werden, denn sie wird hier anscheinend nicht verstanden. Es haben sich hier Rechtsverdreher eingemengt, und auf deren Behauptungen hin droht man uns die Treppe hinunterzuwerfen! Halten Sie uns denn wirklich für solche Dummköpfe, Fürst, daß Sie meinen, wir wüßten selbst nicht, daß die Sache juristisch unhaltbar ist und daß wir, wollte man sich an den Buchstaben des Gesetzes halten, auch nicht einen Rubel von Ihnen fordern könnten? Wir verstehen aber sehr wohl, wenn hier kein geschriebenes Recht vorhanden ist, so gibt es doch ein menschliches, natürliches, das Recht der gesunden Vernunft und der Stimme des Gewissens, und mag dieses unser Recht in keinem faulen menschlichen Kodex verzeichnet sein, so ist doch ein edler und ehrlicher, das heißt ebensoviel wie ein gesund denkender Mensch verpflichtet, edel und ehrlich auch in den Punkten zu bleiben, die nicht im Kodex verzeichnet stehen. Darum eben sind wir hergekommen, ohne zu fürchten, daß man uns die Treppe hinunterwirft – wie Sie uns eben drohten –, bloß weil wir nicht *bitten*, sondern *fordern* und weil wir unsern Besuch zu so später Stunde machen – obwohl wir nicht spät gekommen sind, sondern Sie uns haben in der Gesindestube warten lassen. Darum eben, sage ich, sind wir gekommen, ohne etwas zu fürchten, denn wir erwarteten in Ihnen einen Mann mit gesundem Verstand, das heißt von Ehre und Gewissen, zu finden. Ja, es ist wahr, wir kamen nicht demütig wie Ihre Schmarotzer und Schmeichler, sondern erhobenen Hauptes, als freie Menschen, und nicht mit einer Bitte, sondern mit einer freien und stolzen Forderung – hören Sie, nicht mit einer Bitte, sondern mit einer Forderung, merken Sie sich das! Wir stellen Ihnen im Bewußtsein unserer Würde und ohne Umschweife die Frage: bekennen Sie sich in der Sache Burdowskij schuldig oder nicht? Geben Sie zu, daß Pawlistschew Ihr Wohltäter, ja vielleicht sogar Ihr Lebensretter gewesen ist? Wenn Sie das tun – und Sie müssen es –, sind Sie dann gewillt, oder halten Sie es Ihrem Gewissen nach für gerecht, da Sie in den Besitz von Millionen gelangt sind, den notleidenden Sohn Pawlistschews zu entschädigen, wenn er auch den Namen Burdowskij trägt? Ja oder nein? Wenn *ja*, das heißt mit andern Worten, wenn Sie das besitzen, was man in Ihrer Sprache Ehre und Gewissen nennt und was wir genauer als gesunde Vernunft bezeichnen – so befriedigen Sie unsere Ansprüche, und die Sache ist erledigt. Befriedigen Sie uns ohne Bitten und ohne Danksagungen unserseits, erwarten Sie nichts dergleichen von uns, denn Sie tun es nicht unsertwegen, sondern um der Gerechtigkeit willen. Wenn Sie uns aber nicht entgegenkommen, das heißt, wenn Sie *nein* sagen, dann entfernen wir uns sofort, und die Sache ist zu Ende; Ihnen aber sagen wir dann ins Gesicht, vor all Ihren Zeugen, daß Sie ein Mensch von rohem Geist und geringer Bildung sind; daß Sie sich nicht mehr einen Mann von Ehre und Gewissen nennen dürfen, weil Sie sich das Recht darauf zu billig erkaufen wollen. Ich bin fertig. Ich habe die Frage gestellt. Jagen Sie uns jetzt zum Hause hinaus, wenn Sie es wagen. Sie können es tun, Sie haben die Macht. Aber vergessen Sie nicht, daß wir dennoch fordern, und nicht bitten. Fordern, nicht bitten!« Der Neffe Lebedews, der sich in eine große Hitze hineingeredet hatte, verstummte.

»Wir fordern, fordern, fordern, wir bitten nicht«, murmelte Burdowskij und wurde rot wie ein Krebs.

Nach der Rede von Lebedews Neffen entstand eine gewisse allgemeine Bewegung, es erhob sich sogar ein Murren, obgleich alle in der Gesellschaft augenscheinlich jede Einmischung in den Streit vermeiden wollten, allenfalls Lebedew ausgenommen, der sich wie ein Fiebernder gebärdete. (Sonderbar: Lebedew, der augenscheinlich für den Fürsten eintrat, schien nach der Rede seines Neffen eine gewisse Genugtuung des Familienstolzes zu empfinden; wenigstens maß er das ganze Publikum mit höchst zufriedener Miene.)

»Meiner Ansicht nach«, fing der Fürst mit ziemlich leiser Stimme an, »meiner Ansicht nach haben Sie, Herr Doktorenko, in allem, was Sie eben gesagt haben, zur Hälfte völlig recht; ich bin sogar bereit zuzugestehen, daß es die größere Hälfte ist, und ich wäre ganz einverstanden mit Ihnen, wenn Sie in Ihrer Rede nicht etwas unausgesprochen gelassen hätten. Was Sie übergangen haben, kann ich Ihnen nicht klar und genau ausdrücken, aber um Ihre Worte als völlig gerechtfertigt gelten zu lassen, fehlt ihnen sicher noch etwas. Doch wenden wir uns der Sache selbst zu; sagen Sie, meine Herren, weswegen haben Sie diesen Aufsatz drucken lassen? Hier ist doch jedes Wort Verleumdung, so daß Sie, meine Herren, meiner Ansicht nach einfach eine Gemeinheit begangen haben.«

»Erlauben Sie! ...«

»Verehrter Herr! ...«

»Das ... das ... das ...« kam es gleichzeitig aus der Mitte der erregten Besucher.

»Was den Aufsatz anbelangt«, fiel Ippolit kreischend ein, »was den Aufsatz anbelangt, so habe ich Ihnen schon gesagt, daß ich und die andern ihn nicht billigen! Geschrieben hat ihn der da«, er wies auf den neben ihm sitzenden Boxer, »er hat ihn unanständig geschrieben, das gebe ich zu, ungeschickt und in einem Stil, wie er bei pensionierten Offizieren seines Schlages üblich ist. Er ist dumm und außerdem ein Spekulant, das gebe ich zu, ich sage es ihm jeden Tag ungeniert ins Gesicht, trotzdem aber war er zur Hälfte in seinem Recht: der Appell an die Öffentlichkeit steht von Gesetzes wegen jedem frei, also auch einem Burdowskij. Für seine Dummheiten mag er sich selbst verantworten. Was aber den Umstand betrifft, daß ich vorhin im Namen aller gegen die Anwesenheit Ihrer Freunde protestierte, so halte ich es für notwendig, Ihnen, meine Herrschaften, zu erklären, daß ich einzig protestierte, um unser Recht geltend zu machen, daß wir aber eigentlich sogar wünschen, Zeugen zu haben; vorhin haben wir uns, noch ehe wir herkamen, alle vier darüber geeinigt. Wer Ihre Zeugen auch sein mögen, seien es auch Ihre Freunde – sie werden das Recht Burdowskijs anerkennen müssen, denn es ist einfach mathematisch zu erweisen; und darum ist es sogar besser, wenn diese Zeugen Ihre Freunde sind; um so augenfälliger tritt dann die Wahrheit zutage.«

»Das ist wahr, das haben wir so abgemacht«, bestätigte Lebedews Neffe.

»Warum denn aber vorhin gleich bei den ersten Worten der Lärm und das Geschrei, wenn Sie es selbst so wünschten?« fragte der Fürst erstaunt.

»Und was den Aufsatz betrifft«, mischte sich nun der Boxer ein, der furchtbar gerne auch ein Wörtchen gesagt hätte und nun eine angeregte Lebhaftigkeit an den Tag legte (man merkte nur allzu deutlich, daß die Gegenwart der Damen sehr stark auf ihn wirkte), »was den Aufsatz betrifft, so gestehe ich, daß ich in der Tat der Verfasser bin, obgleich mein kränklicher Freund, dem ich seines Leidens wegen viel nachzusehen gewohnt bin, ihn eben einer so scharfen Kritik unterzogen hat. Ich habe ihn verfaßt und in der Zeitschrift eines aufrichtigen Freundes in Form eines eingesandten Briefs abdrucken lassen. Nur die Verse sind nicht von mir, sondern kommen tatsächlich aus der Feder eines bekannten Humoristen. Burdowskij habe ich den Aufsatz nur vorgelesen, und auch nicht vollständig; ich erhielt von ihm sofort die Genehmigung zum Abdruck, aber Sie werden zugeben müssen, daß ich ihn auch ohne seine Zustimmung hätte drucken lassen können. Der Appell an die Öffentlichkeit ist unser allgemeines, vornehmes und wohltätiges Recht. Ich hoffe, daß Sie selbst, Fürst, genügend fortschrittlich gesinnt sind, das nicht zu leugnen ...«

»Ich leugne gar nichts, aber Sie müssen doch zugeben, daß Ihr Aufsatz ...«

»Scharf ist, wollen Sie sagen? Aber es handelt sich hier doch gewissermaßen um das Wohl der Allgemeinheit, das werden Sie doch zugeben, und schließlich – kann man denn einen so eklatanten Fall unbeachtet lassen? Um so schlimmer für die Schuldigen, das Gemeinwohl aber geht vor. Was nun einige Ungenauigkeiten anbelangt, gewisse Hyperbeln, wenn man so sagen darf, so werden Sie auch zugeben müssen, daß es vor allem auf die Initiative ankommt, vor allem auf Zweck und Absicht; wichtig ist das wohltuende Beispiel, nachher kann man dann die Einzelheiten untersuchen; und dann kommt es hier doch auch auf den Stil an, hier hat man eine sozusagen humoristische Aufgabe zu lösen, und schließlich schreiben doch alle so! Das müssen Sie doch zugeben! Hahaha!«

»Sie sind aber auf ganz falschem Wege! Ich versichere Sie, meine Herren!« rief der Fürst. »Sie haben den Aufsatz in der Voraussetzung drucken lassen, daß ich mich strikt weigere, die Ansprüche des Herrn Burdowskij zu erfüllen; Sie wollten mich also einschüchtern und irgendwie Rache an mir nehmen. Woher aber wußten Sie das? Vielleicht bin ich entschlossen, Herrn Burdowskij zufriedenzustellen? Ich erkläre Ihnen unumwunden, hier in aller Gegenwart, daß ich bereit bin ...«

»Endlich ein kluges und edles Wort eines klugen und durch und durch edlen Mannes!« verkündete der Boxer.

»O Gott!« entfuhr es Lisaweta Prokofjewna.

»Das ist unerträglich!« murmelte der General.

»Erlauben Sie, meine Herren, erlauben Sie, ich will Ihnen die Sache darlegen«, flehte der Fürst. »Vor etwa fünf Wochen, Herr Burdowskij, erschien bei mir in S. Ihr Bevollmächtigter und Sachwalter Tschebarow. Sie haben ihm in Ihrem Aufsatz sehr geschmeichelt, Herr Keller«, wandte der Fürst sich mit einem plötzlichen Auflachen an den Boxer, »mir hat er gar nicht gefallen. Ich erkannte nur auf den ersten Blick, daß die ganze Sache an diesem Tschebarow hing und daß wohl er es gewesen war, Herr Burdowskij, der Ihre Einfalt ausgenutzt und Sie zu diesem Schritt veranlaßt hatte. Ich rede ganz aufrichtig.«

»Sie haben nicht das Recht ... ich ... ich bin nicht einfältig ... das ist ...« stammelte Burdowskij erregt.

»Sie haben nicht das geringste Recht, solche Vermutungen auszusprechen«, sagte der Neffe Lebedews im Schulmeisterton.

»Das ist höchst beleidigend!« kreischte Ippolit. »Das ist eine verletzende, unwahre Vermutung, und sie gehört gar nicht zur Sache.«

»Verzeihen Sie, meine Herren«, entschuldigte sich der Fürst eilig, »verzeihen Sie; ich sagte das in der Meinung, daß es besser wäre, wir kämen einander ganz aufrichtig entgegen, aber ich füge mich gern Ihrem Wunsche. Ich sagte damals zu Tschebarow, da ich mich nicht in Petersburg befände, würde ich sofort einen Freund bevollmächtigen, die Sache zu betreiben, und Ihnen, Herr Burdowskij, Nachricht geben. Ich sage Ihnen ganz offen, meine Herrn, daß mir die Sache eine reine Erpressung schien, eben wegen dieses Tschebarow ... Bitte, nehmen Sie das nicht übel, meine Herren! Um Gottes willen, nehmen Sie es nicht übel!« rief der Fürst erschrocken aus, als er sah, daß Burdowskij wieder eine gekränkt verstörte Miene machte und unter seinen Freunden Erregung und Widerspruch laut wurden. »Das bezieht sich nicht auf Sie persönlich, wenn ich sage, ich hätte eine Erpressung vermutet. Ich kannte ja damals keinen von Ihnen persönlich, wußte auch Ihre Namen nicht; ich urteilte nur nach diesem Tschebarow; ich rede ganz im allgemeinen, denn ... wenn Sie ahnten, wie furchtbar man mich betrogen hat, seit mir die Erbschaft zufiel!«

»Fürst, Sie sind entsetzlich naiv«, bemerkte der Neffe Lebedews spöttisch.

»Und das ist ein Fürst und Millionär! Mit Ihrem vielleicht wirklich guten und einfältigen Herzen können Sie aber doch nicht außerhalb des allgemeinen Gesetzes stehen!« verkündete Ippolit.

»Möglich, sehr möglich, meine Herren«, fiel der Fürst hastig ein, »ich verstehe zwar nicht, von was für einem allgemeinen Gesetze Sie reden, aber ich bitte Sie noch einmal, nehmen Sie mir meine Worte nicht übel; ich schwöre, daß ich nicht im entferntesten die Absicht habe, Sie zu kränken! Doch erstens verblüffte es mich ungemein, zu hören, daß ein Sohn Pawlistschews vorhanden sei und in so entsetzlichen Verhältnissen lebe, wie Tschebarow sie mir schilderte. Pawlistschew ist mein Wohltäter und ein Freund meines Vaters. – Ach, warum haben Sie in Ihrem Aufsatz, Herr Keller, solche Unwahrheiten über meinen Vater geschrieben? Er hat weder Regimentsgelder unterschlagen, noch Untergebene mißhandelt – davon bin ich fest überzeugt; wie bebte Ihre Hand nicht, als Sie diese Verleumdung niederschrieben? Was Sie aber über Pawlistschew schreiben, ist ganz unerträglich: Sie nennen diesen edelsten Menschen einen leichtsinnigen Wollüstling und behaupten das so kühn, als redeten Sie die Wahrheit, und dabei war er doch der keuscheste Mensch, der je auf Erden gelebt hat! Er war sogar ein hervorragender Gelehrter; er korrespondierte mit zahlreichen geachteten Vertretern der Wissenschaft und hat große Summen für wissenschaftliche Zwecke ausgegeben. Was aber sein Herz, was seine Wohltaten betrifft, so haben Sie freilich recht, wenn Sie schreiben, ich sei damals so gut wie ein Idiot gewesen und hätte nichts verstanden – obgleich ich doch Russisch sprach und auch verstand –, ich kann doch aber jetzt alles richtig beurteilen, wenn ich mich zurückerinnere ...«

»Erlauben Sie«, kreischte Ippolit. »Wird das nicht zu rührselig? Wir sind doch keine Kinder! Sie wollten sofort zur Sache kommen. Die Uhr ist bald zehn, vergessen Sie das nicht.«

»Schon recht, schon recht, meine Herrn«, pflichtete der Fürst sofort bei. »Nach den ersten Zweifeln erkannte ich, daß ich vielleicht doch im Irrtum sein könnte und daß Pawlistschew wirklich einen Sohn gehabt haben dürfte. Mich verblüffte nur ungemein, daß dieser Sohn so leicht, das heißt, ich will sagen – so öffentlich das Geheimnis seiner Geburt verkündet und vor allem seiner Mutter Schmach antut. Denn Tschebarow drohte mir schon damals mit dem Appell an die Öffentlichkeit ...«

»Was für eine Dummheit!« schrie der Neffe Lebedews.

»Sie haben nicht das Recht ... nicht das Recht!« rief Burdowskij.

»Der Sohn ist nicht verantwortlich für die unsittliche Tat seines Vaters, und die Mutter trifft keine Schuld«, kreischte Ippolit hitzig.

»Um so mehr hätte man schonend vorgehen müssen, meine ich«, sagte der Fürst schüchtern.

»Sie sind nicht nur naiv, Fürst, sondern vielleicht noch etwas Schlimmeres«, entgegnete der Neffe Lebedews und lächelte boshaft.

»Was hatten Sie für ein Recht! ...« kreischte Ippolit mit ganz unnatürlicher Stimme.

»Gar keins, gar keins«, unterbrach ihn der Fürst eilig, »da haben Sie recht, ich gebe es zu, aber es kam ganz unwillkürlich, und ich sagte mir damals sofort, daß mein persönliches Empfinden in die Entscheidung der Angelegenheit nicht hineinspielen dürfe, denn wenn ich mich schon selbst für verpflichtet halte, die Forderungen des Herrn Burdowskij zu befriedigen, um meiner Gefühle für Pawlistschew willen, so muß ich sie in jedem Falle befriedigen, gleichviel, ob ich Herrn Burdowskij achte oder nicht achte. Ich habe ja nur deswegen davon angefangen, meine Herren, weil es mir doch unnatürlich schien, daß ein Sohn das Geheimnis seiner Mutter so an die Öffentlichkeit bringt ... Mit einem Wort, das vor allem gab mir die Überzeugung, Tschebarow müsse eine

Kanaille sein und habe Herrn Burdowskij betrügerischerweise zu dieser Erpressung aufgehetzt.«

»Das ist aber ganz unerträglich!« kam es aus der Mitte der Gäste, von denen einige sogar von ihren Stühlen aufsprangen.

»Meine Herren! Eben daraus schloß ich, der unglückliche Herr Burdowskij müsse ein einfältiger, hilfloser Mensch sein, der sich leicht von einem Gauner beschwindeln läßt; also war ich um so mehr verpflichtet, ihm als dem ‚Sohn Pawlistschews' zu helfen – erstens, indem ich Herrn Tschebarow Widerstand leistete, zweitens durch meine Ergebenheit und Freundschaft, indem ich ihn zu leiten suchte; drittens aber beschloß ich, ihm zehntausend Rubel auszuzahlen, das heißt alles, was meiner Berechnung nach Pawlistschew für mich an Geld hat verausgaben können ...«

»Wie? Nur zehntausend!« schrie Ippolit.

»Nun, Fürst, Sie sind in der Arithmetik nicht stark, oder vielleicht sehr stark und spielen bloß den Narren!« rief der Neffe Lebedews.

»Ich gehe auf Zehntausend nicht ein«, sagte Burdowskij.

»Antip, geh darauf ein!« flüsterte ihm der Boxer schnell und deutlich zu, indem er sich von hinten über die Lehne von Ippolits Stuhl beugte. »Geh darauf ein, und das weitere werden wir sehen!«

»Hören Sie, Herr Myschkin«, kreischte Ippolit, »Sie sollten verstehen, daß wir keine Dummköpfe sind, keine flachen Dummköpfe, wofür uns wahrscheinlich alle Ihre Gäste halten – und diese Damen, die mit solchem Unwillen über uns lachen, und besonders dieser feine Herr hier«, er deutete auf Jewgenij Pawlowitsch, »den zu kennen ich natürlich nicht die Ehre habe, von dem ich aber einiges gehört zu haben glaube ...«

»Erlauben Sie, erlauben Sie, meine Herren, Sie haben mich wieder nicht verstanden!« fing der Fürst erregt von neuem an. »Erstens haben Sie, Herr Keller, in Ihrem Aufsatz mein Vermögen sehr ungenau angegeben: ich habe gar keine Millionen geerbt; ich besitze vielleicht nur den achten oder zehnten Teil dessen, was Sie bei mir voraussetzen; zweitens sind keine Zehntausende für mich in der Schweiz verausgabt worden: Schneider bekam sechshundert Rubel jährlich, und auch das nur in den ersten drei Jahren; nach hübschen Gouvernanten aber ist Pawlistschew nie nach Paris gereist; das ist wieder eine Verleumdung. Meiner Ansicht nach sind für mich noch weit weniger als zehntausend Rubel verausgabt worden; ich habe aber diese Summe angesetzt, und Sie werden zugeben müssen, daß ich, wenn ich meine Schuld bezahlen wollte, Herrn Burdowskij nicht mehr anbieten konnte, selbst wenn ich ihn ungemein liebhätte; ich konnte das schon aus Taktgefühl nicht, eben weil ich ihm eine Schuld bezahlen und nicht ein Almosen schicken wollte. Ich weiß nicht, meine Herren, wieso Sie das nicht verstehen! Aber ich wollte all das noch ergänzen durch meine Freundschaft, meine tätige Teilnahme an dem Schicksal des unglücklichen Herrn Burdowskij, der augenscheinlich betrogen worden war, denn er konnte doch nicht, ohne irregeführt zu sein, einer solchen Gemeinheit beistimmen, wie es zum Beispiel die heutige Äußerung über seine Mutter in diesem Aufsatz des Herrn Keller ist ... Warum geraten Sie denn wieder außer sich, meine Herren! Wir werden uns dann schließlich gar nicht mehr verstehen! Es ist doch so gekommen, wie ich es mir gedacht hatte! Ich habe mich mit eigenen Augen überzeugt, daß meine Vermutung richtig war!« ereiferte sich der Fürst, der sich bemühte, die Erregung der Herren zu dämpfen, aber nicht merkte, daß er sie nur steigerte.

»Wie? Wovon überzeugt?« fiel man geradezu erbittert über ihn her.

»Ich bitte Sie! Erstens habe ich Zeit gehabt, mir Herrn Burdowskij selbst genau anzusehen, und ich weiß jetzt, was für ein Mensch er ist ... Er ist ein unschuldiger Mensch, den aber alle betrügen! Ein hilfloser Mensch, und eben darum muß ich ihn schonen! Zweitens aber teilt mir Gawrila Ardalionowitsch mit, dem die Sache übergeben war und von dem ich lange keine Nachrichten erhalten hatte, denn ich war auf Reisen und lag dann drei Tage in Petersburg krank – er teilt mir jetzt plötzlich mit, vor kaum einer Stunde, bei unserer ersten Begegnung, daß er die Absichten Tschebarows nunmehr ganz durchschaut, daß er Beweise hat und daß Tschebarow eben das ist, wofür ich ihn gehalten habe. Ich weiß ja, meine Herren, daß viele mich für einen Idioten ansehen; Tschebarow hatte von mir sagen hören, daß ich leicht Geld ausgebe, und dachte, er könne mich ganz leicht betrügen, wenn er an meine Empfindungen gegenüber Pawlistschew appelliere. Die Hauptsache jedoch ist – hören Sie nur zu Ende, meine Herren, hören Sie zu Ende! – die Hauptsache ist, daß Herr Burdowskij, wie sich jetzt herausstellt, gar nicht der Sohn Pawlistschews ist! Gawrila Ardalionowitsch hat mir das soeben mitgeteilt und versichert, er habe dafür unwiderlegliche Beweise. Nun, wie kommt Ihnen das vor? Man möchte es kaum glauben nach alledem, was Sie schon angerichtet haben! Und hören Sie: unwiderlegliche Beweise! Ich glaube es selbst noch nicht recht, ich versichere Sie; ich zweifle selber noch, weil Gawrila Ardalionowitsch mir noch nicht alle Einzelheiten mitteilen konnte, daß aber Tschebarow eine Kanaille ist, darüber besteht jetzt kein Zweifel mehr! Er hat den unglücklichen Herrn Burdowskij und Sie alle, meine Herren, die Sie so edelmütig mitgekommen sind, Ihren Freund zu unterstützen – denn er bedarf dieser Unterstützung augenscheinlich, ich verstehe das sehr gut! –, er hat Sie alle betrogen und Sie alle in eine Gaunerei verwickelt, denn im Grunde ist das ja nichts anderes als Gaunerei und Erpressung!«

»Was heißt das: Gaunerei? Wieso nicht der Sohn Pawlistschews? Wie ist das möglich?« ertönte es von allen Seiten. Die ganze Gesellschaft Burdowskijs war in heller Aufregung.

»Gewiß Gaunerei! Wenn es sich jetzt erweist, daß Herr Burdowskij nicht der Sohn Pawlistschews ist, so ist seine Forderung eine regelrechte Erpressung – das heißt unter der Voraussetzung, daß der wahre Sachverhalt ihm bekannt war –, aber das ist es ja gerade, daß er selbst betrogen worden ist, darum bestehe ich ja darauf, daß man ihm recht gibt; darum sage ich ja, daß er zu bedauern ist, seiner Einfalt wegen, und Unterstützung verdient; sonst würde er ja in dieser Sache auch als Gauner dastehen. Ich bin ja selbst schon ganz überzeugt, daß er nichts versteht! Ich selbst befand mich vor meiner Reise nach der Schweiz in gleicher Lage, ich stammelte auch unzusammenhängende Worte – man möchte sich äußern und kann es nicht . . . Ich verstehe das; ich kann das sehr wohl nachfühlen, denn ich bin selbst fast ebenso, ich habe ein Recht, zu reden! Und endlich – wenn es jetzt auch keinen Sohn Pawlistschews gibt und alles sich als Mystifikation erweist, so nehme ich meinen Entschluß doch nicht zurück und bin bereit, die Zehntausend auszuzahlen, zur Erinnerung an Pawlistschew. Ich wollte ja schon, ehe ich noch etwas von Herrn Burdowskij wußte, diese Zehntausend für eine Schule zum Gedächtnis Pawlistschews stiften; jetzt ist es aber gleich, ob ich sie für eine Schule oder Herrn Burdowskij gebe, denn Herr Burdowskij ist, wenn auch nicht der Sohn Pawlistschews, so doch fast so gut wie ein Sohn Pawlistschews – denn man hat ihn ja selbst so schändlich betrogen, er hielt sich selbst ganz ehrlich für einen Sohn Pawlistschews! Hören Sie nun Gawrila Ardalionowitsch an, meine Herren, wir wollen die Sache zu Ende bringen, ärgern Sie sich nicht, regen Sie sich nicht auf, behalten Sie Platz! Gawrila Ardalionowitsch wird uns gleich alles erklären, und ich bin, muß ich gestehen, selbst sehr gespannt, alle Einzelheiten zu erfahren. Er sagt, er sei sogar nach Pskow zu Ihrer Frau Mutter gereist, Herr Burdowskij, die gar nicht im Sterben lag, wie man Sie gezwungen hat, im Aufsatz zu berichten . . . Setzen Sie sich, meine Herren, setzen Sie sich!«

Der Fürst setzte sich, worauf Burdowskij und seine Begleiter, die von ihren Plätzen aufgesprungen waren, seinem Beispiel folgten. Die letzten zehn oder zwanzig Minuten hatte er sehr erregt, laut, ungeduldig und schnell, von seinem Gegenstand hingerissen gesprochen; er wollte allen zuvorkommen, alle überschreien, und selbstverständlich mußte er später manches Wort und manche Vermutungen bereuen, die ihm jetzt entschlüpft waren. Hätte man ihn nicht so aufgeregt und fast ganz aus der Fassung gebracht, so hätte er es sich nie gestattet, gewisse Vermutungen und überflüssige Geständnisse so unverblümt und übereilt auszusprechen. Kaum aber hatte er sich wieder gesetzt, traf ein brennendes Reuegefühl sein Herz äußerst schmerzhaft: nicht nur hatte er Burdowskij »gekränkt«, indem er bei ihm öffentlich die gleiche Krankheit voraussetzte, von der er selbst in der Schweiz Heilung suchte, sondern auch das Angebot der zehntausend Rubel als Ersatz für die Schulstiftung hatte er – so schien es ihm nun – in roher und unvorsichtiger Weise gemacht, als wäre es ein Almosen, weil er es laut in aller Gegenwart ausgesprochen hatte. Ich hätte abwarten und es ihm morgen unter vier Augen vorschlagen sollen, dachte der Fürst sofort, jetzt läßt es sich am Ende nicht mehr gutmachen! Ja, ich bin ein Idiot, ein wirklicher Idiot! entschied er bei sich in einem Anfall von Schamgefühl und tiefster Betrübnis.

Unterdessen war Gawrila Ardalionowitsch, der sich bis dahin abseits gehalten und hartnäckig geschwiegen hatte, auf die Aufforderung des Fürsten hin vorgetreten, hatte sich neben ihn gestellt und begann in der ihm vom Fürsten anvertrauten Angelegenheit ruhig und klar Bericht zu erstatten. Alle Gespräche verstummten im Augenblick. Alle Anwesenden hörten mit außerordentlicher Spannung zu, besonders die ganze Gesellschaft Burdowskijs.

9

»Sie werden selbstverständlich nicht leugnen können«, fing Gawrila Ardalionowitsch an, indem er sich unmittelbar an Burdowskij wandte, der ihm äußerst gespannt zuhörte, seine Augen in maßlosem Staunen weit aufriß und sich anscheinend in größter Verlegenheit befand, »Sie werden nicht leugnen können und gewiß auch nicht ernstlich leugnen wollen, daß Sie genau zwei Jahre nach der gesetzlichen Eheschließung Ihrer verehrten Frau Mutter mit dem Herrn Kollegiensekretär Burdowskij, Ihrem Vater, zur Welt gekommen sind. Der Zeitpunkt Ihrer Geburt läßt sich nur zu leicht einwandfrei feststellen, so daß die für Sie und Ihre Frau Mutter nur zu kränkende Entstellung dieser Tatsache in dem Aufsatz des Herrn Keller sich einzig durch das kühne Spiel der Phantasie des Herrn Keller erklären läßt, der dadurch die Unanfechtbarkeit Ihrer Ansprüche schärfer hervorheben und so Ihren Interessen dienen zu können meinte. Herr Keller behauptet, er habe Ihnen den Aufsatz vorher vorgelesen, wenn auch nicht in vollem Umfange ... Ganz gewiß ist er nicht bis zu dieser Stelle gekommen ...«

»Ja, es ist wahr, so weit habe ich nicht gelesen«, unterbrach ihn der Boxer, »aber alle Tatsachen sind mir von einer kompetenten Persönlichkeit mitgeteilt worden, und ich ...«

»Entschuldigen Sie, Herr Keller«, unterbrach ihn Gawrila Ardalionowitsch, »lassen Sie mich jetzt sprechen. Ich versichere Sie, daß von Ihrem Aufsatz noch die Rede sein wird, dann können Sie Ihre Erklärung anbringen, jetzt aber wollen wir alles der Reihe nach erledigen. Ganz zufällig habe ich mit Hilfe meiner Schwester, Warwara Ardalionowna Ptizyna, von ihrer Freundin, Wera Alexejewna Subkowa, einer verwitweten Gutsbesitzerin, einen Brief des verstorbenen Nikolaj Andrejewitsch Pawlistschew erhalten, den er ihr vor vierundzwanzig Jahren aus dem Ausland geschrieben hat. Nachdem ich mich mit Wera Alexejewna in Verbindung gesetzt hatte, wandte ich mich auf ihren Rat an den Oberst a. D. Timofej Fjodorowitsch Wjasowkin, einen entfernten Verwandten des Herrn Pawlistschew, mit dem er seinerzeit sehr eng befreundet war. Mir gelang es, durch ihn noch zwei Briefe des Nikolaj Andrejewitsch, die ebenfalls im Auslande geschrieben waren, in die Hand zu bekommen. Aus diesen drei Briefen und den darin mitgeteilten Daten und Tatsachen ergibt sich mit mathematischer Sicherheit, die keine Widerlegung oder auch nur Zweifel zuläßt, daß Nikolaj Andrejewitsch sich genau anderthalb Jahre vor Ihrer Geburt ins Ausland begeben hat, wo er sich dann drei Jahre ununterbrochen aufhielt, Herr Burdowskij. Ihre Frau Mutter hat, wie Sie wissen, Rußland nie verlassen. Ich will diese Briefe jetzt nicht verlesen. Es ist schon spät; ich begnüge mich damit, die bloße Tatsache mitzuteilen. Wünschen Sie aber, Herr Burdowskij, meinetwegen auf morgen früh eine Zusammenkunft bei mir anzusetzen und Ihre Zeugen – in beliebiger Anzahl – sowie Sachverständige zur Vergleichung der Handschrift mitzubringen, so steht es für mich außer allem Zweifel, daß Sie sich von der offenkundigen

Richtigkeit der von mir mitgeteilten Tatsache überzeugen werden. Stehen die Dinge aber so, dann fällt die ganze Sache von selbst in sich zusammen und ist erledigt.«

Wieder entstand eine allgemeine Bewegung und große Unruhe. Burdowskij sprang vom Stuhl auf. »Wenn die Dinge so liegen, dann bin ich betrogen worden, betrogen, aber nicht von Tschebarow, sondern viel früher; ich brauche keine Sachverständigen, ich brauche keine Besprechung, ich glaube Ihnen, ich verzichte ... die zehntausend Rubel nehme ich nicht ... leben Sie wohl.« Er nahm seine Mütze und schob den Stuhl zurück, um zu gehen.

»Wenn es Ihnen möglich ist, Herr Burdowskij«, hielt ihn Gawrila Ardalionowitsch mit leiser, süßer Stimme zurück, »so bleiben Sie noch fünf Minuten. Es kommen in dieser Angelegenheit noch ein paar äußerst wichtige Tatsachen zum Vorschein – wichtig besonders für Sie und in jedem Falle sehr interessant. Meiner Ansicht nach müssen Sie sie kennenlernen, und Ihnen selbst dürfte es vielleicht lieber sein, wenn die Sache vollständig aufgeklärt wird ...«

Burdowskij setzte sich schweigend, den Kopf leicht gesenkt und wie tief in Gedanken. Nach ihm setzte sich auch der Neffe Lebedews, der ebenfalls aufgestanden war, um ihn hinauszubegleiten; er hatte zwar nicht den Kopf und allen Mut verloren, war aber, wie man deutlich sah, äußerst verblüfft. Ippolit blickte finster und traurig drein und schien sehr erstaunt zu sein. In diesem Augenblick hustete er übrigens so heftig, daß er sogar sein Taschentuch mit Blut befleckte. Der Boxer war geradezu entsetzt.

»Ach, Antip!« rief er bitter. »Ich sagte es dir doch damals ... vorgestern, daß du vielleicht wirklich nicht der Sohn Pawlistschews bist.«

Ein verhaltenes Lachen wurde laut, zwei oder drei lachten lauter als die andern.

»Die Tatsache, die Sie soeben mitgeteilt haben, Herr Keller«, fiel Gawrila Ardalionowitsch ein, »ist sehr wertvoll. Nichtsdestoweniger habe ich das volle Recht, auf Grund ganz sicherer Tatsachen zu behaupten, daß Herr Burdowskij selbstverständlich sehr gut wußte, wann er zur Welt gekommen ist, dagegen nichts von dem Aufenthalt des Herrn Pawlistschew im Ausland, wo dieser den größten Teil seines Lebens zubrachte und von wo er nur immer für ganz kurze Zeit nach Rußland zurückkehrte. Außerdem war auch die Tatsache seiner damaligen Reise an sich so unbedeutend, daß selbst Leute, die Pawlistschew nahestanden, sich ihrer nicht zu erinnern brauchten, geschweige denn Herr Burdowskij, der damals überhaupt noch nicht geboren war. Allerdings war es nicht schwer, jetzt darüber Erkundigungen einzuziehen, aber ich muß gestehen, daß die Auskünfte, die ich erhalten habe, mir ganz zufällig zuteil geworden sind und ich sie ebensogut auch nicht hätte bekommen können; für Herrn Burdowskij und selbst für Tschebarow wäre es wirklich fast unmöglich gewesen, diese Erkundigungen einzuziehen, selbst wenn sie daran gedacht hätten, sich zu informieren. Sie brauchten aber gar nicht auf diesen Gedanken zu kommen . . .«

»Gestatten Sie, Herr Iwolgin«, unterbrach ihn Ippolit plötzlich in gereiztem Tone, »was soll dieses ganze Geschwätz? – Entschuldigen Sie den Ausdruck! – Die Sache hat sich jetzt aufgeklärt, wir sind bereit, die Haupttatsache für wahr zu halten, wozu dann noch diese langen und kränkenden Weitläufigkeiten? Wollen Sie sich vielleicht auf die Geschicklichkeit, mit der Sie Ihre Recherchen angestellt haben, etwas zugute tun, uns und dem Fürsten zeigen, was für ein guter Untersuchungsrichter oder Detektiv Sie sind? Oder beabsichtigen Sie gar, Burdowskij dadurch zu entschuldigen und zu rechtfertigen, daß er aus Unwissenheit in diese peinliche Lage geraten ist? Das ist aber unverschämt, werter Herr! Ihre Rechtfertigungen und Entschuldigungen hat Burdowskij nicht nötig, merken Sie sich das! Er ist verletzt, ihm ist es auch ohnedies schwer ums Herz, er ist in einer schiefen Lage, Sie hätten das erraten, begreifen müssen . . .«

»Genug, Herr Terentjew, genug«, unterbrach ihn Gawrila Ardalionowitsch, »beruhigen Sie sich, regen Sie sich nicht auf, Sie sind, scheint es, sehr krank? Ich habe aufrichtiges Mitgefühl mit Ihnen. Darum will ich, wenn es Ihnen recht ist, jetzt schließen – das heißt, ich bin doch wohl gezwungen,

Ihnen wenigstens in aller Kürze die Tatsachen mitzuteilen, die Sie meiner Überzeugung nach in vollem Umfang kennenlernen müßten«, fügte er hinzu, als er eine gewisse allgemeine Bewegung wahrnahm, die wie Ungeduld aussah. »Ich möchte nur zur Kenntnis aller an der Sache Interessierten mitteilen – und zwar mit Beweisen –, daß Ihre Mutter, Herr Burdowskij, einzig deswegen die Zuneigung und Fürsorge des Herrn Pawlistschew genoß, weil sie die leibliche Schwester jenes Bauernmädchens war, in das Nikolaj Andrejewitsch Pawlistschew in seiner frühesten Jugend so leidenschaftlich verliebt war, daß er sie bestimmt geheiratet hätte, wenn sie nicht plötzlich gestorben wäre. Ich habe Beweise, daß diese unbestreitbar wahre Familienepisode sehr wenig bekannt, sogar völlig vergessen ist. Weiter könnte ich berichten, wie Ihre Frau Mutter noch als zehnjähriges Kind von Herrn Pawlistschew zur Erziehung ins Haus genommen wurde, als wäre sie eine Verwandte: daß für sie eine bedeutende Mitgift zurückgelegt wurde und daß alle diese Bemühungen sehr aufregende Gerüchte bei der zahlreichen Verwandtschaft Pawlistschews hervorriefen; man dachte sogar, er werde seine Pflegetochter heiraten, aber es endete damit, daß sie aus reiner Neigung – auch das könnte ich überzeugend nachweisen – den Herrn Vermessungsbeamten Burdowskij heiratete, als sie zwanzig Jahre alt war. Ich habe hier einige sicher beglaubigte Tatsachen notiert, die beweisen, daß Ihr Vater, Herr Burdowskij, der nichts weniger als ein Geschäftsmann war, nach Empfang der fünfzehntausend Rubel Mitgift seinen Dienst aufgab, sich in kommerzielle Unternehmungen einließ, betrogen wurde, sein Kapital verlor, den Verlust nicht zu ertragen vermochte, sich dem Trunk ergab, dadurch krank wurde und schließlich vorzeitig starb – im achten Jahre seiner Ehe mit Ihrer Frau Mutter. Danach blieb Ihre Frau Mutter nach ihrer eigenen Aussage im Elend zurück und wäre völlig zugrunde gegangen, wenn Pawlistschew sich ihrer nicht dauernd in großmütigster Weise angenommen hätte; er zahlte ihr bis zu sechshundert Rubel jährliche Unterstützungen. Ferner gibt es zahllose Zeugnisse, daß er Sie als Kind sehr liebgewonnen hatte. Aus diesen Zeugnissen und wiederum aus den Mitteilungen Ihrer Mutter geht hervor, daß er Sie vor allem deswegen liebgewonnen hatte, weil Sie als Kind den Eindruck eines Stotterers, eines Krüppels machten, daß Sie wie ein elendes, unglückliches Kind aussahen – Pawlistschew aber hatte, wie ich aus unumstößlichen Tatsachen habe schließen können, sein Leben lang eine besonders zärtliche Neigung zu allem, was unterdrückt, von der Natur beleidigt war, besonders zu Kindern, eine Tatsache, die meiner Überzeugung nach für unsere Sache von großer Wichtigkeit ist. Endlich kann ich mich rühmen, äußerst genaue Forschungen über die wichtigste Tatsache angestellt zu haben: wie nämlich diese außerordentliche Teilnahme Pawlistschews für Sie – dank seinen Bemühungen konnten Sie das Gymnasium besuchen und wurden unter besonderer Aufsicht unterrichtet – nach und nach bei den Verwandten und Hausgenossen Pawlistschews den Gedanken weckte, Sie seien sein Sohn und Ihr Vater sei nur ein betrogener Ehegatte gewesen. Die Hauptsache aber ist, daß diese Vorstellung erst in den letzten Lebensjahren Pawlistschews zur festen allgemeinen Überzeugung wurde, als alle um das Testament bangten, die ältern Begebenheiten vergessen waren und ein Nachforschen unmöglich war. Unzweifelhaft ist diese Vermutung auch bis zu Ihnen gedrungen, Herr Burdowskij, und hat sich Ihrer völlig bemächtigt. Ihre Frau Mutter, die ich persönlich kennenzulernen die Ehre hatte, wußte zwar von all diesen Gerüchten, weiß aber auch jetzt noch nicht – ich habe es ihr ebenfalls verschwiegen –, daß sogar Sie, ihr Sohn, im Banne dieses Geredes standen. Ihre verehrte Frau Mutter, Herr Burdowskij, fand ich in Pskow krank und in äußerstem Elend, in das sie nach dem Tode Pawlistschews geraten war. Sie teilte mir unter Tränen der Dankbarkeit mit, daß sie nur durch Sie und durch Ihre Hilfe noch leben könne; sie erwartet von Ihnen in Zukunft noch viel und glaubt heiß an Ihre künftigen Erfolge ...«

»Das ist schließlich nicht mehr zu ertragen!« erklärte plötzlich der Neffe Lebedews laut und ungeduldig. »Wozu dieser ganze Roman?«

»Widerwärtig, unanständig!« sagte Ippolit mit einer heftigen Bewegung.

Doch Burdowskij äußerte nichts und bewegte sich nicht einmal.

»Wozu? Warum?« spielte Gawrila Ardalionowitsch schlau den Erstaunten und machte sich mit bissiger Miene daran, seine Schlußfolgerungen darzulegen. »Erstens ist Herr Burdowskij jetzt vielleicht völlig überzeugt, daß Pawlistschew ihn nur aus Großmut und nicht als seinen Sohn geliebt hat. Schon allein diese Tatsache mußte Herr Burdowskij erfahren, der Herrn Kellers Ausführungen vorhin nach Verlesung des Aufsatzes bestätigt und gebilligt hatte. Ich sage das, weil ich Sie für einen vornehmen Menschen halte, Herr Burdowskij. Zweitens erweist es sich, daß hier nicht die geringste Gaunerei – auch nicht bei Tschebarow – vorlag; das ist ein wichtiger Punkt auch für mich, denn der Fürst äußerte vorhin in der Erregung, auch ich sei der Ansicht, daß es sich in dieser unseligen Angelegenheit um eine Erpressung handle. Im Gegenteil, man war allerseits völlig von der Gerechtigkeit der Sache überzeugt, und mag Tschebarow in Wahrheit vielleicht auch ein Erzgauner sein, in dieser Sache ist er nicht mehr als ein Anwalt, ein Prozeßführer, ein Geschäftsmann. Er hoffte als Advokat viel Geld zu verdienen, und sein Kalkül war nicht nur fein und geschickt, sondern schien auch durchaus sicher: er rechnete mit der Leichtigkeit, mit welcher der Fürst Geld hergibt, und seinem dankbar ehrfurchtsvollen Gefühl gegenüber dem verstorbenen Pawlistschew; er rechnete endlich – und das ist das wichtigste – mit gewissen ritterlichen Anschauungen des Fürsten über die Pflichten der Ehre und des Gewissens. Was endlich Herrn Burdowskij selbst betrifft, so kann man sagen, daß Tschebarow und Genossen ihn, indem sie ihn bei seinen Überzeugungen packten, in eine Geistesverfassung brachten, die ihn veranlaßte, den Streit kaum noch aus persönlichem Interesse, sondern geradezu im Dienste der Wahrheit, des Fortschritts und der Menschheit aufzunehmen. Jetzt, nach Bekanntgabe der Tatsachen, dürfte es wohl allen klar sein, daß Herr Burdowskij ganz rein dasteht, so sehr der Schein auch gegen ihn war; und so kann der Fürst ihm jetzt eher und freudiger als vorhin seine freundschaftliche Unterstützung und jene tätige Hilfe anbieten, die er vorhin erwähnte, als er von den Schulen und von Pawlistschew sprach.«

»Genug, Gawrila Ardalionowitsch, genug!« rief der Fürst in wirklichem Schrecken, aber es war schon zu spät.

»Ich sagte doch, dreimal sagte ich es schon«, schrie Burdowskij gereizt, »daß ich kein Geld haben will. Ich nehme es nicht ... wozu ... ich will nicht ... ich will fort!« Und er verließ fast im Laufschritt die Veranda. Allein der Neffe Lebedews hielt ihn am Arm fest und flüsterte ihm etwas zu. Burdowskij kehrte schnell um, zog einen unversiegelten Briefumschlag von großem Format aus der Tasche und warf ihn auf das Tischchen, das neben dem Fürsten stand. »Da ist das Geld! ... Sie durften nicht ... durften nicht! ... Geld!«

»Das sind die zweihundertundfünfzig Rubel, die Sie ihm als Almosen durch Tschebarow zu senden wagten«, erklärte Doktorenko.

»In dem Aufsatz steht fünfzig!« rief Kolja.

»Ich bitte um Verzeihung«, sagte der Fürst, auf Burdowskij zugehend. »Ich fühle mich Ihnen gegenüber sehr schuldig, Burdowskij, aber ich habe es Ihnen nicht als Almosen geschickt, glauben Sie mir. Ich bin auch jetzt im Unrecht ... ich war es auch vorhin ...« Der Fürst war ganz außer Fassung, sah müde und schwach aus, und seine Rede war ohne Zusammenhang. »Ich sprach von Erpressung ... aber ich meinte nicht Sie, ich war im Irrtum. Ich sagte, daß Sie ... ein ebensolcher Kranker seien wie ich. Sie sind aber nicht so wie ich ... Sie ... geben Stunden, Sie erhalten Ihre Mutter. Ich sagte, Sie hätten Ihrer Mutter Schande gemacht, aber Sie lieben sie; sie sagte es selbst ... ich wußte es nicht ... Gawrila Ardalionowitsch hatte mir vorhin nicht alles gesagt ... ich bitte um Vergebung. Ich wagte es, Ihnen zehntausend Rubel anzubieten; das war nicht recht; ich hätte es nicht so anfangen dürfen; jetzt aber ... jetzt geht es nicht, denn Sie verachten mich ...«

»Das ist ja ein Tollhaus!« rief Lisaweta Prokofjewna.

»Freilich, ein Tollhaus!« sagte Aglaja schroff, der es auch

zuviel wurde. Allein ihre Worte wurden vom allgemeinen Lärm übertönt; alle sprachen bereits laut, debattierten, stritten, lachten. Iwan Fjodorowitsch Jepantschin war aufs äußerste empört und wartete mit der Miene gekränkter Würde auf Lisaweta Prokofjewna.

Der Neffe Lebedews erlaubte sich ein letztes Wörtchen: »Ja, Fürst, man muß Ihnen Gerechtigkeit widerfahren lassen; Sie verstehen es, Ihre ... nun, Ihre Krankheit – um es anständig auszudrücken – auszunutzen; Sie haben Ihre Freundschaft und Ihr Geld in so geschickter Form anzubieten gewußt, daß ein vornehmer Mensch sie jetzt in keinem Fall annehmen kann. Das ist entweder schon zu naiv oder zu gewandt ... Sie müssen es übrigens besser wissen.«

»Erlauben Sie, meine Herrn«, rief Gawrila Ardalionowitsch, der inzwischen die Banknoten aus dem Umschlag herausgenommen hatte, »hier sind gar nicht zweihundertfünfzig Rubel, sondern bloß hundert. Ich sage es nur, Fürst, damit keine neuen Mißverständnisse entstehen.«

»Lassen Sie nur, lassen Sie«, sagte der Fürst mit heftig abwehrenden Handbewegungen.

»Nein, nicht ‚lassen'!« hakte der Neffe Lebedews sofort ein. »Ihr ‚lassen Sie' beleidigt uns, Fürst. Wir machen kein Hehl daraus, wir erklären es offen: ja, hier sind nur hundert Rubel, nicht zweihundertfünfzig; ist das aber nicht ganz gleich ...«

»Nein, es ist nicht gleich«, konnte Gawrila Ardalionowitsch noch mit naiver Verwunderung einwerfen.

»Unterbrechen Sie mich nicht; wir sind nicht so dumm, wie Sie meinen, Herr Advokat«, rief der Neffe Lebedews mit bissigem Ärger. »Gewiß – hundert Rubel sind nicht zweihundertfünfzig, und es ist nicht gleich; aber wichtig ist doch nur das Prinzip; wichtig ist hier die Initiative; und wenn hundertfünfzig Rubel fehlen, so ist das nur eine belanglose Einzelheit. Wichtig ist nur, daß Burdowskij Ihr Almosen nicht annimmt, Durchlaucht, daß er es Ihnen ins Gesicht wirft, und in diesem Sinne ist es gleich, ob es hundert oder zweihundertfünfzig Rubel sind. Burdowskij hat die zehntausend Rubel nicht nehmen wollen – Sie haben es gesehen!

Er hätte auch die hundert nicht gebracht, wenn er ehrlos wäre! Die hundertfünfzig Rubel sind für die Reise Tschebarows zum Fürsten verausgabt worden. Lachen Sie lieber über unsere Ungewandtheit, unsere ungeschickte Geschäftsführung; Sie waren ohnedies aus allen Kräften bemüht, uns lächerlich zu machen; Sie dürfen aber nicht sagen, daß wir ehrlos sind. Die hundertfünfzig Rubel, werter Herr, werden wir alle zusammen dem Fürsten zurückerstatten; wir werden, wenn es nicht anders geht, das Geld rubelweise zurückzahlen, und zwar mit Zinsen. Burdowskij ist arm, Burdowskij hat keine Millionen, Tschebarow aber legte nach seiner Rückkehr eine Rechnung vor. Wir hofften die Sache zu gewinnen ... Wer hätte denn an seiner Stelle anders gehandelt?«

»Anders als wer?« rief Fürst Sch.

»Ich werde hier verrückt!« schrie Lisaweta Prokofjewna.

»Das erinnert«, sagte lachend Jewgenij Pawlowitsch, der lange Zeit dagestanden und beobachtet hatte, »an die jüngste berühmte Verteidigungsrede eines Advokaten, der die Armut seines Klienten als Entschuldigung dafür anführte, daß der Mann sechs Personen ermordet hatte, um sie zu berauben, und der plötzlich ungefähr so schloß: ‚Es ist ganz natürlich, daß meinem Klienten infolge seiner Armut der Gedanke kam, diese sechs Personen zu ermorden – und wem wäre es denn in gleicher Lage nicht auch in den Sinn gekommen?' In dieser Art war es, jedenfalls sehr komisch.«

»Genug!« verkündete plötzlich Lisaweta Prokofjewna, die vor Zorn beinahe zitterte. »Es ist Zeit, diesem Geschwätz ein Ende zu machen!« Sie war in größter Erregung, hatte grimmig den Kopf zurückgeworfen und musterte mit hochmütiger, hitzig ungeduldiger Herausforderung und flammendem Blick die ganze Gesellschaft, wobei sie Freunde und Feinde kaum voneinander unterschied. Sie war bei jenem Punkt eines lange zurückgedämmten, aber endlich zum Ausbruch gekommenen Zornes angelangt, da als treibende Kraft der sofortige Kampf erscheint, das Bedürfnis, unverzüglich über jemand herzufallen. Wer Lisaweta Prokofjewna kannte, empfand sofort, daß mit ihr etwas Besonderes vorgegangen war. Iwan Fjodorowitsch sagte tags darauf zum Fürsten Sch., daß dergleichen bei ihr vorkomme; in solchem Maße aber wie gestern geschehe es selbst bei ihr nur selten, höchstens einmal in drei Jahren, in keinem Fall öfter. »Ganz gewiß nicht öfter!« fügte er mit Nachdruck hinzu.

»Genug, Iwan Fjodorowitsch! Lassen Sie mich!« rief Lisaweta Prokofjewna. »Was halten Sie mir jetzt Ihren Arm hin? Vorhin konnten Sie mich nicht hinausführen; Sie sind der Ehegatte, das Haupt der Familie, Sie hätten mich dumme Person am Ohr fassen und wegführen sollen, wenn ich Ihnen nicht gehorcht hätte und nicht gegangen wäre. Um der Töchter willen hätten Sie sich darum kümmern müssen! Jetzt finden wir den Weg auch ohne Sie, für ein ganzes Jahr haben wir an der Schande genug ... Warten Sie, ich will mich noch beim Fürsten bedanken! ... Schönen Dank für die Bewirtung, Fürst! Und ich hatte mich so bequem hingesetzt, die jungen Leute anzuhören! ... Das ist eine Gemeinheit, eine Gemeinheit! Das ist ein Chaos, ein Unfug, so was sieht man nicht mal im Traum! Und gibt es viele solche? ... Schweig, Aglaja! – Schweig, Alexandra! Euch geht das nichts an! ... Wimmeln Sie nicht immer um mich herum, Jewgenij Pawlowitsch, Sie sind mir zum Überdruß geworden! ... Also du bittest sie noch um Vergebung, mein Lieber«, wandte sie sich wieder an den Fürsten, »und sagst: ‚Entschuldigen Sie bitte, daß ich es gewagt habe, Ihnen ein Kapital anzubieten!‘ ... Und du, Prahlhans, was hast du denn zu lachen?« fuhr sie plötzlich den Neffen Lebedews an. »‚Wir verzichten auf das Kapital, wir fordern, wir bitten nicht!‘ sagt er. Als ob er es nicht wüßte, daß dieser Idiot sich morgen wieder zu ihnen hinschleppen wird, ihnen seine Freundschaft und seine Kapitalien anzubieten! Du gehst doch hin? Du gehst? Gehst du hin oder nicht?«

»Ich werde hingehen«, sagte der Fürst mit leiser, demütiger Stimme.

»Habt ihr's gehört? Darauf rechnest du ja«, wandte sie sich wieder an Doktorenko, »es ist ja schon so gut, als hättest du das Geld in der Tasche, darum tust du groß, um uns Sand in die Augen zu streuen ... Nein, mein Lieber, such dir andere Narren, ich durchschaue euch ganz und gar ... Ich durchschaue euer ganzes Spiel!«

»Lisaweta Prokofjewna!« rief der Fürst.

»Gehen wir fort, Lisaweta Prokofjewna, es ist längst Zeit, und nehmen wir den Fürsten mit«, sagte Fürst Sch. so ruhig wie möglich und lächelnd.

Die Mädchen standen fast erschrocken abseits; der General war tatsächlich erschrocken; alle überhaupt waren erstaunt. Einige, die etwas weiter entfernt standen, lachten still für sich und flüsterten untereinander; das Gesicht Lebedews drückte die höchste Stufe des Entzückens aus.

»Unfug und Chaos findet man überall, gnädige Frau«, sagte der Neffe Lebedews, der übrigens sehr verblüfft war.

»Aber nicht so! Nicht so, mein Lieber, wie jetzt bei euch, nicht so!« fiel Lisaweta Prokofjewna ihm schadenfroh in geradezu hysterischer Erregung ins Wort. »Wollt ihr mich wohl in Ruhe lassen!« schrie sie die andern an, die ihr gütlich zuredeten. »Nein, wenn sogar Sie, Jewgenij Pawlowitsch, hier erzählt haben, ein Verteidiger habe vor Gericht erklärt, nichts sei natürlicher, als unter dem Druck der Armut sechs Menschen umzubringen, dann ist wirklich das Ende der Welt gekommen! Dergleichen habe ich noch nie gehört! Jetzt ist mir alles klar! Dieser Stammler da, kann er nicht auch einen Menschen abschlachten?« Sie zeigte auf Burdowskij, der sie mit großer Verwunderung ansah. »Ich wette, er tut's! Dein Geld, die zehntausend, nimmt er vielleicht nicht, er nimmt sie nicht, weil sein Gewissen es ihm verbietet; nachts aber kommt er und schneidet dir die Kehle durch und holt sich das Geld aus der Kassette, und sein Gewissen schweigt dazu! Das geht ihm nicht gegen die Ehre! Das ist ein ‚Ausbruch edler Verzweiflung‘, das ist ‚Verneinung‘ oder weiß der Teufel was noch ... Pfui! Alles ist verdreht, alles läuft auf den Händen. Ein Mädchen wächst im Hause auf, eines schönen Tages springt sie mitten auf der Straße in einen Wagen: ‚Mamachen, ich habe neulich den Karlowitsch oder Iwanowitsch geheiratet, leben Sie wohl!‘ Meinen Sie nun, das ist recht gehandelt? Ist das achtenswert, ist das natürlich? Das nennt sich Frauenfrage? Der Bengel da«, sie deutete auf Kolja, »der disputierte neulich auch schon, das eben sei die ‚Frauenfrage'. Und wenn deine Mutter auch eine Närrin war, zeig du dich ihr wenigstens als Mensch. Was kamt ihr vorhin mit so hoch erhobenen Köpfen herein? ‚Kommt uns nicht zu nahe: wir sind da! Uns gebühren alle Rechte, du darfst in unserer Gegenwart nicht einmal den Mund auftun. Uns hat man alle Ehren zu erweisen, die es überhaupt gar nicht gibt, dich aber wollen wir schlechter als den letzten Lakaien trätieren.' Die Wahrheit suchen sie, auf dem Recht bestehen sie, und selbst haben sie ihn wie Ungläubige in ihrem Aufsatz angeschwärzt! ‚Wir fordern, aber wir bitten nicht, und kein Wort des Dankes sollen Sie von uns hören, denn Sie tun es zur Beruhigung Ihres eigenen Gewissens!' Eine schöne Moral: wenn von dir gar kein Dank zu erwarten ist, so kann ja auch der Fürst dir antworten, er sei Pawlistschew keinen Dank schuldig, denn auch Pawlistschew habe nur zur Beruhigung seines eigenen Gewissens Gutes getan! Und doch hast du nur auf seine Dankbarkeit gegenüber Pawlistschew gerechnet: er hat das Geld doch nicht von dir geliehen, er war dir doch nichts schuldig, worauf hast du denn gerechnet, wenn nicht auf seine Dankbarkeit? Warum verneinst du sie denn für dich selbst? Verrückte Leute! Sie nennen die Gesellschaft roh und unmenschlich, weil sie ein verführtes Mädchen schmäht! Ja, wenn du die Gesellschaft unmenschlich nennst, so gibst du doch zu, daß die Gesellschaft diesem Mädchen weh tut? Wenn sie ihr aber weh tut, warum stellst du selbst sie dann vor der nämlichen Gesellschaft bloß und verlangst, daß ihr das nicht weh tue? Ihr Verrückten! Ihr Eitlen! An Gott glauben sie nicht, an Christus glauben sie nicht! Ihr seid ja so von Eitelkeit und Hochmut zerfressen, daß ihr zu guter Letzt euch gegenseitig auffressen werdet, das sage ich euch voraus. Und ist das kein Wirrwarr, kein Chaos, kein Unfug? Und nach alledem bettelt dieser schamlose Mensch noch um Vergebung! Gibt es viele von eurem Schlag? Was lacht ihr? Weil ich mich zu meiner Schande mit euch einlasse? Um die Schande komme ich ja doch nicht herum, da ist nichts mehr zu machen! ... Du sollst mir hier nicht feixen, du Schmierfink!« fiel sie plötzlich über Ippolit her. »Selbst kann er kaum noch atmen und verdirbt die andern! Du hast mir den Jungen hier verdorben«, sie deutete wieder auf Kolja, »er redet nur noch von dir; du bringst ihm deinen Atheismus bei, du glaubst nicht an Gott: und dabei könntest du ganz gut noch geprügelt werden, mein Verehrtester! Aber ich pfeife auf euch alle! Du willst also morgen zu ihnen gehen, Fürst Lew Nikolajewitsch? Du gehst?« fragte sie wieder den Fürsten, ganz außer Atem.

»Ich werde hingehen.«

»So will ich nichts mehr von dir wissen!« Sie wandte sich eilig um und wollte gehen, kehrte aber plötzlich wieder zurück. »Und zu diesem Atheisten gehst du auch?« fragte sie und zeigte auf Ippolit. »Was hast du mich anzufeixen?« schrie sie auf einmal mit ganz unnatürlicher Stimme und fuhr auf Ippolit los, dessen bissigen Spott sie nicht vertrug.

»Lisaweta Prokofjewna! Lisaweta Prokofjewna! Lisaweta Prokofjewna!« ertönte es gleichzeitig von allen Seiten.

»Mama, schämen Sie sich!« rief Aglaja laut.

»Seien Sie unbesorgt, Aglaja Iwanowna«, antwortete Ippolit ruhig; Lisaweta Prokofjewna war auf ihn zugestürzt, hatte – Gott weiß warum – seinen Arm gepackt und hielt ihn fest; sie stand vor ihm und verschlang ihn förmlich mit ihrem wütenden Blick. »Seien Sie unbesorgt, Ihre Frau Mama wird schon einsehen, daß man über einen Sterbenden nicht herfallen darf ... Ich bin bereit zu erklären, warum ich lachte ... Es würde mich sehr freuen, wenn Sie gestatten wollten ...« Hier fing er plötzlich an, furchtbar zu husten, und konnte wohl eine Minute lang nicht zur Ruhe kommen.

»Er stirbt schon und predigt immer noch!« rief Lisaweta Prokofjewna, indem sie seinen Arm losließ und fast mit Entsetzen zusah, wie er das Blut von seinen Lippen wischte. »Was willst du noch reden? Du solltest dich einfach hinlegen ...«

»So wird es auch kommen«, sagte Ippolit leise mit heiserer Stimme, beinahe flüsternd. »Wenn ich jetzt nach Hause komme, lege ich mich gleich hin ... nach zwei Wochen bin ich tot, das weiß ich ... Mir hat das in der vorigen Woche B. selbst erklärt ... Wenn Sie mir also gestatten, möchte ich Ihnen zum Abschied ein paar Worte sagen.«

»Bist du verrückt? Unsinn! Du mußt dich kurieren lassen! Was soll jetzt das Gerede? Geh, geh, leg dich zu Bett!« schrie Lisaweta Prokofjewna erschrocken.

»Wenn ich mich jetzt hinlege, stehe ich nicht mehr auf«, entgegnete Ippolit und lächelte. »Ich wollte mich schon gestern so hinlegen, um nicht mehr aufzustehen, bis ich sterbe; ich beschloß aber, es auf übermorgen zu verschieben, solange mich meine Füße noch tragen, um heute mit den andern hierher zu kommen ... Ich bin aber sehr müde ...«

»Setz dich, setz dich doch! Was stehst du? Da ist ein Stuhl!« rief Lisaweta Prokofjewna erregt und schob ihm selbst einen Stuhl hin.

»Ich danke Ihnen«, fuhr Ippolit leise fort, »und setzen Sie sich mir gegenüber, dann wollen wir reden ... Wir müssen unbedingt miteinander reden, Lisaweta Prokofjewna, jetzt bestehe ich darauf«, sagte er, wieder lächelnd. »Bedenken Sie, ich bin heute zum letztenmal draußen und unter Menschen, in zwei Wochen liege ich gewiß schon unter der Erde. Das ist also eine Art Abschied von den Menschen und der Natur. Ich bin zwar nicht sehr gefühlvoll, aber denken Sie sich, ich bin doch sehr froh, daß alles das sich hier in Pawlowsk abgespielt hat; man bekommt doch wenigstens einen Baum mit grünen Blättern zu sehen.«

»Was soll denn jetzt noch das Gerede?« sagte Lisaweta Prokofjewna, die in immer größere Angst geriet. »Du fieberst ja. Vorhin hast du gekreischt und gewinselt, und jetzt kannst du kaum noch atmen und bist am Ersticken.«

»Ich komme gleich wieder zu Kräften. Warum wollen Sie mir meinen letzten Wunsch nicht erfüllen? Wissen Sie, ich träumte schon lange von einer Begegnung mit Ihnen, Lisaweta Prokofjewna. Ich habe viel von Ihnen gehört ... durch Kolja. Er ist fast der einzige, der mich nicht verläßt ... Sie sind eine originelle Frau, eine exzentrische Frau, das habe ich jetzt selbst gesehen ... Wissen Sie, daß ich Sie sogar ein wenig liebhatte?«

»Ach Gott, und ich hätte ihn wirklich fast geschlagen.«

»Aglaja Iwanowna hat Sie zurückgehalten; ich irre mich doch nicht? Das ist doch Ihre Tochter Aglaja Iwanowna? Sie ist so schön, daß ich sie vorhin auf den ersten Blick erkannte, obgleich ich sie noch nie gesehen habe. Lassen Sie mich wenigstens zum letztenmal in meinem Leben ein schönes Mädchen ansehen«, sagte Ippolit mit einem ungeschickten, schiefen Lächeln. »Da ist auch der Fürst, und Ihr Gatte, und die ganze Gesellschaft. Warum verweigern Sie mir meinen letzten Wunsch?«

»Einen Stuhl!« rief Lisaweta Prokofjewna, ergriff aber selbst einen und setzte sich Ippolit gegenüber. »Kolja«, befahl sie, »du gehst sofort mit ihm, du begleitest ihn, und morgen will ich bestimmt selbst ...«

»Wenn Sie gestatten, würde ich den Fürsten um eine Tasse Tee bitten ... Ich bin sehr angegriffen. Wissen Sie, Lisaweta Prokofjewna, Sie wollten den Fürsten zu sich zum Tee bitten ... bleiben Sie lieber hier, wir wollen die Zeit zusammen verbringen, der Fürst wird uns alle sicher mit Tee bewirten. Verzeihen Sie, daß ich so ohne weiteres über Sie verfüge ... aber ich kenne Sie ja, Sie sind gut, der Fürst auch ... Wir alle sind lächerlich gute Menschen ...«

Der Fürst sprang auf, Lebedew stürzte in größter Hast aus dem Zimmer, Wera folgte ihm.

»Es ist recht so«, entschied die Generalin schroff, »rede nur, aber leise und erhitze dich nicht. Du hast mich wehmütig gestimmt ... Fürst! Du verdienst es eigentlich nicht, daß ich bei dir Tee trinke, aber sei's drum, ich bleibe da, wenn ich auch niemand um Verzeihung bitte! Niemand! Unsinn! Übrigens, wenn ich dich gescholten habe, Fürst, so vergib mir – das heißt, wenn du es willst. Ich halte keinen hier zurück«, wandte sie sich plötzlich mit ungemein zorniger Miene an ihren Mann und ihre Töchter, als ob gerade sie ihr gegenüber sich etwas Furchtbares hätten zuschulden kommen lassen, »ich finde den Weg nach Hause auch allein ...«

Aber man ließ sie nicht zu Ende reden. Alle kamen auf sie zu und umringten sie dienstbereit. Der Fürst bat sofort alle, zum Tee zu bleiben, und entschuldigte sich, daß er bis jetzt nicht daran gedacht habe. Selbst der General war so liebenswürdig, daß er etwas Beruhigendes vor sich hinbrummte und Lisaweta Prokofjewna höflich fragte, ob es ihr auf der

Veranda nicht zu kühl sei. Er hätte sogar Ippolit beinahe gefragt, wie lange er schon auf der Universität sei, hatte es aber schließlich doch nicht getan. Jewgenij Pawlowitsch und Fürst Sch. wurden mit einemmal äußerst liebenswürdig und heiter, auf den Gesichtern von Adelaida und Alexandra malte sich, neben der noch fortdauernden Verwunderung, sogar so etwas wie Vergnügen – mit einem Wort, alle waren augenscheinlich hoch erfreut, daß die Krise bei Lisaweta Prokofjewna vorüber war. Nur Aglaja blickte finster und saß schweigend abseits. Auch die ganze Gesellschaft blieb, niemand wollte gehen, selbst General Iwolgin nicht, dem Lebedew übrigens im Vorübergehen etwas wohl nicht sehr Angenehmes zuflüsterte, denn der General zog sich sofort in einen Winkel zurück. Der Fürst forderte auch Burdowskij und seine Gesellschaft zum Bleiben auf, ohne irgendeine Ausnahme zu machen. Sie brummten mit steifer Miene, daß sie auf Ippolit warten würden, und begaben sich sofort in die entfernteste Ecke der Veranda, wo sie wieder alle nebeneinander Platz nahmen. Der Tee war von Lebedew wahrscheinlich schon längst für seine eigene Familie bereitet worden, denn er wurde sofort gereicht. Die Uhr schlug elf.

10

Ippolit führte die Tasse Tee, die Wera Lebedewa ihm gereicht hatte, flüchtig an die Lippen, stellte sie wieder auf das Tischchen und sah sich dann verlegen im Kreise um.

»Sehen Sie, Lisaweta Prokofjewna, diese Tassen«, fing er sonderbar hastig an, »diese Porzellantassen – es ist, glaube ich, sehr gutes Porzellan – stehen bei Lebedew immer in einem Glasschränkchen eingeschlossen; sie kommen nie auf den Tisch ... wie das so Brauch ist ... sie gehören zur Mitgift seiner Frau ... bei den Leuten ist das so Sitte ... und nun hat er sie uns gereicht, Ihnen zu Ehren, versteht sich, so erfreut ist er . . .« Er wollte noch etwas hinzufügen, fand aber keine Worte.

»Er ist richtig verlegen geworden; so hatte ich es auch erwartet!« flüsterte Jewgenij Pawlowitsch plötzlich dem Fürsten ins Ohr. »Das ist doch gefährlich, wie? Es ist das sicherste Zeichen, daß er jetzt vor Ärger irgendeine Extravaganz vom Stapel lassen wird, so daß es auch Lisaweta Prokofjewna nicht länger auf ihrem Platz aushalten dürfte.«

Der Fürst sah ihn fragend an.

»Sie fürchten sich nicht vor Extravaganzen?« fuhr Jewgenij Pawlowitsch fort. »Ich auch nicht; ich wünsche sie sogar. Ich möchte nur, daß unsere liebe Lisaweta Prokofjewna bestraft wird, und zwar heute noch; ich möchte nicht fortgehen, ohne das erlebt zu haben. Sie scheinen ja zu fiebern.«

»Später; stören Sie nicht. Ja, ich bin nicht wohl«, antwortete der Fürst zerstreut und sogar ungeduldig. Er hatte seinen Namen gehört, Ippolit sprach von ihm.

»Sie glauben es nicht?« fragte Ippolit mit hysterischem Lachen. »So muß es auch sein. Der Fürst freilich wird es sofort glauben und sich gar nicht wundern.«

»Hörst du, Fürst?« wandte sich Lisaweta Prokofjewna an ihn. »Hörst du?«

Ringsum lachte man. Lebedew drängte sich eifrig vor und scharwenzelte vor Lisaweta Prokofjewna.

»Er sagt, daß dieser Hansnarr, dein Hauswirt, jenem Herrn den Aufsatz korrigiert habe, den sie vorhin über dich vorlasen!«

Der Fürst sah Lebedew erstaunt an.

»Was schweigst du denn?« fragte Lisaweta Prokofjewna und stampfte sogar mit dem Fuße auf.

»Nun«, murmelte der Fürst, der immer noch Lebedew anblickte, »ich sehe schon, daß er es getan hat.«

»Ist das wahr?« wandte sich Lisaweta Prokofjewna schnell an Lebedew.

»Ja, es ist wirklich wahr, Exzellenz«, antwortete Lebedew fest und unerschüttert und legte die Hand ans Herz.

»Es ist, als ob er sich noch damit rühmen wollte!« rief sie und wäre fast vom Stuhl aufgesprungen.

»Gemein, gemein bin ich!« stammelte Lebedew und schlug sich vor die Brust, wobei er den Kopf immer tiefer sinken ließ.

»Was geht mich das an, daß du gemein bist! Er bildet sich

ein, wenn er sagt: ‚Ich bin gemein‘, so ist er schon aus der Patsche heraus. Schämst du dich denn nicht, Fürst, mit solchen Leuten zu verkehren? frage ich dich noch einmal. Das vergebe ich dir nie!«

»Der Fürst wird mir vergeben«, sagte Lebedew überzeugt und gerührt.

»Einzig aus Edelmut«, begann plötzlich Keller, der sich herangedrängt hatte, mit lauter, dröhnender Stimme; er wandte sich dabei ausschließlich an Lisaweta Prokofjewna. »Einzig aus Edelmut, gnädige Frau, nur um den kompromittierten Freund nicht zu verraten, schwieg ich vorhin von den Korrekturen, obgleich er vorschlug, uns die Treppe hinunterzuwerfen, wie Sie selbst gehört haben. Um die Wahrheit zu Ehren zu bringen, bekenne ich, daß ich mich wirklich an ihn gewandt und ihm sechs Rubel gezahlt habe, aber keineswegs um des Stils willen, sondern um die Tatsachen zu erfahren, die mir zum großen Teil unbekannt waren, denn ich hielt ihn für eine kompetente Persönlichkeit. Das von den Gamaschen, von dem Appetit beim Schweizer Professor, von den fünfzig Rubel statt der zweihundertfünfzig, mit einem Wort, diese ganze Gruppierung habe ich von ihm, für sechs Rubel, aber den Stil hat man mir nicht korrigiert.«

»Ich muß bemerken«, unterbrach ihn Lebedew mit fieberhafter Ungeduld und sonderbarer, gleichsam kriechender Stimme, während ringsherum immer lauter gelacht wurde, »daß ich nur die erste Hälfte des Aufsatzes durchgesehen habe, da aber in der Mitte unsere Meinungen auseinandergingen und wir uns wegen eines Gedankens überwarfen, habe ich die zweite Hälfte nicht mehr durchgesehen, so daß alles, was dort ungeschickt und schlecht geschrieben ist – und es ist schlecht geschrieben! –, mir schon nicht in die Schuhe geschoben werden darf ...«

»Also darum ist es ihm zu tun!« rief Lisaweta Prokofjewna.

»Darf ich fragen«, wandte sich Jewgenij Pawlowitsch an Keller, »wann ist der Aufsatz durchgesehen worden?«

»Gestern früh«, rapportierte Keller, »hatten wir eine Zusammenkunft, nachdem ehrenwörtlich versprochen worden war, beiderseits das Geheimnis zu wahren.«

»Das war, als er vor dir kroch und dir seine Ehrerbietung beteuerte! Das sind Menschen! Ich brauche deinen Puschkin nicht, und deine Tochter soll sich bei mir nicht zeigen!« Lisaweta Prokofjewna wollte aufstehen, wandte sich aber plötzlich gereizt an den lachenden Ippolit: »Hattest du etwa die Absicht, mich hier lächerlich zu machen, mein Lieber?«

»Gott bewahre!« erwiderte Ippolit mit schiefem Lächeln, »mich überrascht nur Ihre außerordentliche Extravaganz, Lisaweta Prokofjewna; ich gestehe, daß ich mit Absicht die Sache mit Lebedew erzählt habe, denn ich wußte, wie das auf Sie wirken würde, auf Sie allein: der Fürst wird ihm wirklich vergeben, hat es sicher schon getan ... hat vielleicht schon eine Entschuldigung ausgedacht; nicht wahr, Fürst, es ist doch so?« Er rang nach Atem, seine seltsame Erregung steigerte sich mit jedem Wort.

»Nun?« sagte Lisaweta Prokofjewna zornig und über seinen Ton erstaunt. »Nun?«

»Von Ihnen habe ich schon viel gehört ... in dieser Art ... mit großer Freude ... ich habe Sie hochschätzen gelernt«, fuhr Ippolit fort. Er sagte das in einem Tone, als ob er mit diesen Worten etwas ganz anderes ausdrücken wollte. Er sprach mit leicht angedeutetem Spott, war aber zugleich äußerst erregt, blickte argwöhnisch um sich, kam bei jedem Wort aus dem Konzept, so daß alles zusammen mit seinem hektischen Aussehen und dem seltsam flimmernden und gleichsam ekstatischen Blick unwillkürlich die allgemeine Aufmerksamkeit an ihn fesselte. »Ich müßte mich wundern, obgleich ich übrigens die Welt gar nicht kenne – ich gestehe das offen ein –, daß Sie nicht nur selbst dageblieben sind, als unsere Gesellschaft vorhin erschien, die sich für Sie doch ganz und gar nicht schickt, sondern daß Sie auch diesen ... jungen Damen gestatteten, eine Skandalgeschichte mit anzuhören, obgleich sie ja das alles schon in Romanen gelesen haben. Übrigens weiß ich vielleicht nicht ... denn ich komme aus dem Konzept ... wer außer Ihnen dageblieben wäre ... auf die Bitte eines Knaben – nun ja, eines Knaben, auch das gebe ich zu –, um den Abend mit ihm zu verbringen und an allem ... Anteil zu nehmen ... und ... obgleich man sich tags darauf schämen würde – ich gebe übrigens zu, daß ich mich nicht richtig ausdrücke –, alles das lobe ich sehr und schätze es hoch, obgleich man schon an dem Gesicht Seiner Exzellenz, Ihres Gatten, sehen kann, daß das alles bei Ihnen nicht für passend gilt . . . hihi!« kicherte er plötzlich, völlig wirr geworden, und fing dann an so heftig zu husten, daß er zwei Minuten lang nicht weitersprechen konnte.

»Er erstickt ja!« sagte Lisaweta Prokofjewna kalt und scharf, wobei sie ihn mit strenger Neugier musterte. »Nun, mein lieber Junge, jetzt haben wir genug von dir. Es wird Zeit zu gehen!«

»Gestatten Sie nun, mein Herr, daß auch ich meinerseits Ihnen bemerke«, fing plötzlich Iwan Fjodorowitsch gereizt an, dem der letzte Rest der Geduld ausgegangen war, »daß meine Frau sich hier beim Fürsten Lew Nikolajewitsch befindet, unserm gemeinsamen Freund und Nachbar, und daß es in jedem Fall Ihnen, junger Mann, nicht zukommt, über die Handlungen von Lisaweta Prokofjewna zu urteilen, ebensowenig wie sich laut und in meiner Gegenwart darüber zu äußern, was auf meinem Gesicht geschrieben steht. Jawohl. Und wenn meine Frau hiergeblieben ist«, fuhr er fort und geriet fast mit jedem Wort in größere Erregung, »so geschah das eher vor Verwunderung und aus einer sehr begreiflichen Neugier, so seltsame junge Leute näher anzusehen. Auch ich bin geblieben, wie ich manchmal auf der Straße stehenbleibe, wenn ich etwas entdecke, das nähere Betrachtung verdient, wie . . . wie . . . wie . . .«

»Wie eine Rarität«, soufflierte Jewgenij Pawlowitsch.

»Ausgezeichnet und sehr richtig«, freute sich die Exzellenz, die keinen passenden Vergleich hatte finden können, »eben wie eine Rarität. Jedenfalls aber wundert es mich am meisten und betrübt mich sogar, daß Sie, junger Mann, nicht einmal das begreifen konnten, daß Lisaweta Prokofjewna jetzt bei Ihnen geblieben ist, weil Sie krank sind – wenn es nur wahr ist, daß es mit Ihnen zu Ende geht –, sozusagen aus Mitleid, Ihren jammervollen Worten zuliebe, mein Herr, und daß kein Schmutz je an ihrem Namen, ihren Eigenschaften und ihrem Ruf haftenbleiben kann ... Lisaweta Prokofjewna!« schloß der General, dessen Gesicht feuerrot geworden war, »wenn du jetzt gehen willst, so wollen wir uns von unserem guten Fürsten verabschieden und ...«

»Ich danke Ihnen für die Lektion, General«, unterbrach ihn Ippolit ernst und ganz unerwartet und blickte ihn nachdenklich an.

»Gehen wir, Mama, wie lange soll das noch dauern!« sagte Aglaja ungeduldig und zornig und stand auf.

»Noch zwei Minuten, lieber Iwan Fjodorowitsch, wenn du gestattest«, wandte sich Lisaweta Prokofjewna würdevoll an ihren Gemahl. »Mir scheint, er ist ganz im Fieber und phantasiert bloß; ich sehe es seinen Augen an; es geht nicht, daß man ihn sich selbst überläßt. Lew Nikolajewitsch, könnte er bei dir übernachten, damit er heute nicht nach Petersburg zurückgebracht zu werden braucht? Cher prince, langweilen Sie sich nicht?« wandte sie sich ganz unvermittelt dem Fürsten Sch. zu. »Komm her, Alexandra, streich dein Haar zurecht, mein Kind.« Sie glättete ihr das Haar, an dem nichts zu glätten war, und küßte sie; deswegen nur hatte sie das Mädchen zu sich gerufen.

»Ich hielt Sie für entwicklungsfähig ...« fing Ippolit wieder an, der aus seinen Grübeleien erwachte. »Ja! Das wollte ich noch sagen«, rief er erfreut, als besänne er sich plötzlich auf etwas. »Burdowskij tritt doch ganz ehrlich für seine Mutter ein, nicht wahr? Und es kommt trotzdem so heraus, als schände er sie. Ebenso will der Fürst dem Burdowskij aus gutem Herzen helfen, er bietet ihm seine zärtliche Freundschaft und sein Kapital an und ist vielleicht von uns allen der einzige, der keinen Abscheu vor ihm empfindet – und doch stehen gerade sie einander wie richtige Feinde gegenüber ... Hahaha! Sie alle hassen Burdowskij, weil er, wie Sie meinen, sich gegen seine Mutter unschön und unvornehm benimmt, nicht wahr? Ist es so? Ist es so? Sie lieben ja alle die Eleganz und Schönheit der Formen über alles, denken nur an sie, nicht wahr? – Ich habe es längst geahnt, daß es Ihnen nur darauf ankommt! – Nun, so sollen Sie wissen, daß keiner von Ihnen vielleicht seine Mutter so geliebt hat wie

Burdowskij. Sie, Fürst, haben, ich weiß es, der Mutter Burdowskijs durch Ganjetschka Geld geschickt, und ich wette ... hihihi!« lachte er hysterisch, »ich wette, daß Burdowskij Ihnen nun Ihr taktloses Benehmen und Ihre Nichtachtung seiner Mutter vorwerfen wird; bei Gott, es ist so, hahaha!« Er kam wieder außer Atem und hustete krampfhaft.

»Nun, bist du fertig? Hast du jetzt alles gesagt? Dann geh mal schlafen, du fieberst«, unterbrach ihn Lisaweta Prokofjewna ungeduldig; sie hatte die ganze Zeit ihren unruhigen Blick nicht von ihm gewandt. »Ach Gott! Er will noch reden!«

»Ich glaube, Sie lachen? Warum lachen Sie immer über mich? Es ist mir aufgefallen, daß Sie fortwährend über mich lachen«, wandte er sich plötzlich unruhig und erregt an Jewgenij Pawlowitsch. Dieser lachte wirklich.

»Ich wollte Sie nur fragen, Herr ... Ippolit ... entschuldigen Sie, ich habe Ihren Familiennamen vergessen.«

»Herr Terentjew«, sagte der Fürst.

»Ja, Terentjew, ich danke Ihnen, Fürst; vorhin wurde der Name genannt, er entschwand mir aber wieder ... Ich wollte Sie fragen, Herr Terentjew: ist es wahr, was ich gehört habe – Sie sollen der Meinung sein, daß Sie nur eine Viertelstunde aus dem Fenster mit dem Volk zu reden brauchten, und es würde Ihnen sofort in allem zustimmen und Ihnen ohne weiteres folgen ...«

»Sehr möglich, daß ich das gesagt habe«, antwortete Ippolit mit einer Miene, als wollte er sich auf etwas besinnen. »Gewiß habe ich das gesagt!« fügte er plötzlich hinzu, wobei er wieder lebhaft wurde und Jewgenij Pawlowitsch fest ansah. »Was ist denn dabei?«

»Gar nichts; ich wollte es nur zur Kenntnis nehmen, um das Gesamtbild abzurunden.« Jewgenij Pawlowitsch verstummte, Ippolit sah ihn aber noch immer mit ungeduldiger Erwartung an.

»Nun, bist du fertig?« wandte sich Lisaweta Prokofjewna an Jewgenij Pawlowitsch. »Mach Schluß, mein Lieber, er muß zu Bett gehen. Oder weißt du nichts mehr zu sagen?« Sie war sehr ärgerlich.

»Ich würde ganz gern noch etwas sagen«, fuhr Jewgenij Pawlowitsch lächelnd fort. »Alles, was ich von Ihren Genossen gehört habe, Herr Terentjew, und was Sie soeben selbst mit so unleugbarem Talent dargelegt haben, läuft meiner Ansicht nach auf die Theorie hinaus, daß das Recht vor allem und über alles triumphieren muß, sogar unter Negation alles übrigen, ja vielleicht auch ohne vorherige Feststellung, worin das Recht eigentlich besteht. Oder irre ich mich vielleicht?«

»Gewiß irren Sie sich, ich verstehe Sie überhaupt nicht ... Was weiter?«

In einer Ecke wurde ebenfalls Murren laut. Der Neffe Lebedews brummte halblaut etwas vor sich hin.

»Ja, weiter kommt fast nichts mehr«, fuhr Jewgenij Pawlowitsch fort, »ich wollte bloß bemerken, daß von hier aus der Sprung zum Recht des Stärkeren sehr leicht ist, das heißt zum Faustrecht und zur persönlichen Willkür, wie es übrigens auf der Welt auch oft genug gegangen ist. Proudhon ist ja auch schließlich bei dem Recht der Gewalt gelandet. Im amerikanischen Krieg traten viele ganz vorgeschrittene Liberale für die Pflanzer ein, da die Neger eben Neger seien, das heißt, tiefer stünden als die weiße Rasse, und das Recht der Gewalt bei den Weißen sei ...«

»Nun?«

»Sie leugnen also das Recht der Gewalt nicht?«

»Weiter?«

»Sie sind konsequent; ich wollte bloß darauf aufmerksam machen, daß von dem Recht der Gewalt der Weg zum Recht der Tiger und Krokodile, ja sogar zu Danilow und Gorskij nicht mehr weit ist.«

»Ich weiß nicht. Weiter?« Ippolit hörte kaum auf Jewgenij Pawlowitsch; wenn er zu ihm auch immer wieder »nun« und »weiter« sagte, so schien er das mehr aus alter Gesprächsgewohnheit als aus Aufmerksamkeit und Neugier zu tun.

»Ja, weiter kommt nichts. Das ist alles.«

»Ich bin Ihnen übrigens nicht böse«, schloß Ippolit ganz unerwartet und streckte ihm – freilich seines Tuns kaum voll bewußt – die Hand entgegen, wobei er sogar lächelte. Jewgenij Pawlowitsch war zuerst sehr erstaunt, berührte aber dann die ihm hingehaltene Hand mit tief ernster Miene, als nähme er eine Begnadigung entgegen.

»Ich muß noch hinzufügen«, sagte er in demselben zweideutig ehrerbietigen Ton, »daß ich Ihnen für die Aufmerksamkeit danke, mit der Sie mich reden ließen, denn nach meinen wiederholten Beobachtungen sind unsere Liberalen nie imstande, jemandem zu gestatten, daß er seine eigene Überzeugung habe; sie glauben immer ihrem Opponenten mit Schimpfwörtern entgegnen zu müssen, wenn nicht mit noch Schlimmerem . . .«

»Da haben Sie ganz recht«, bemerkte General Iwan Fjodorowitsch und zog sich, die Hände auf den Rücken gelegt, nach dem Ausgang der Veranda zurück, wo er vor Ärger gähnte.

»Na, jetzt hast du genug geredet, mein Lieber«, sagte Lisaweta Prokofjewna plötzlich zu Jewgenij Pawlowitsch. »Ihr langweilt mich . . .«

»Es ist Zeit«, sagte Ippolit besorgt und fast erschrocken, indem er aufstand und verlegen um sich blickte. »Ich habe Sie aufgehalten; ich wollte Ihnen alles sagen . . . ich dachte, daß alle . . . zum letztenmal . . . aber das war nur eine Illusion . . .« Man sah ihm an, daß er ruckweise lebhaft wurde, aus fast regelrechten Fieberträumen plötzlich für wenige Augenblicke erwachte, sich voll bewußt aller Dinge erinnerte und dann redete – meist in abgerissenen Sätzen, die er sich vielleicht schon lange ausgedacht und eingeübt hatte, in endlosen, öden Stunden auf dem Krankenbett, in einsamen schlaflosen Nächten.

»Nun, leben Sie wohl!« sagte er plötzlich scharf. »Sie glauben, es ist mir leicht, Ihnen Lebewohl zu sagen? Haha!« lachte er ärgerlich über seine ungehörige Frage und sagte dann plötzlich laut und erregt wie im Zorn darüber, daß es ihm immer nicht gelingen wollte auszusprechen, was er auf dem Herzen hatte: »Eure Exzellenz! Ich habe die Ehre, Sie zu meinem Begräbnis einzuladen, wenn Sie mir eine solche Ehre erweisen wollen, Sie . . . und alle die Herrschaften mit dem General zusammen!« Er lachte wieder; es war aber schon das Lachen eines Wahnsinnigen. Lisaweta Prokofjewna ging erschrocken auf ihn zu und faßte seine Hand. Er sah sie durchdringend an, mit dem gleichen Lachen, das aber jetzt nicht fortdauerte, sondern gleichsam stockte und auf seinem Gesicht erstarrte.

»Wissen Sie, daß ich hergekommen bin, um Bäume zu sehen? Die da ...« Er deutete auf die Bäume im Park. »Ist das nicht lächerlich, wie? Daran ist doch nichts Lächerliches?« fragte er Lisaweta Prokofjewna ernst und versank plötzlich in Gedanken; dann, einen Augenblick später, hob er den Kopf und musterte neugierig die Gesellschaft. Sein Blick suchte Jewgenij Pawlowitsch, der ganz in der Nähe stand, rechts an der gleichen Stelle, an der er vorher gestanden hatte – allein Ippolit hatte das schon vergessen und sah sich nach ihm um. »Ah! Sie sind noch nicht fort!« rief er, als er ihn endlich gefunden hatte, »Sie spotteten vorhin darüber, daß ich eine Viertelstunde lang aus dem Fenster reden wollte ... Wissen Sie aber, daß ich nicht achtzehn Jahre alt bin; ich habe so lange auf dem Kissen gelegen, und so viel zum Fenster hinausgesehen, und so viel nachgedacht ... über alle ... daß ... Ein Toter hat ja kein Alter, das wissen Sie. Ich überlegte das noch in der vorigen Woche, als ich nachts aufwachte ... Wissen Sie, wovor Sie die größte Angst haben? Sie haben die größte Angst vor unserer Aufrichtigkeit, obgleich Sie uns verachten! Ich habe auch darüber damals nachts auf dem Kissen nachgedacht ... Sie glauben, ich wollte mich vorhin über Sie lustig machen, Lisaweta Prokofjewna? Nein, ich machte mich nicht lustig, ich wollte Sie nur loben ... Kolja sagte mir, der Fürst habe Sie ein Kind genannt ... Das ist gut ... Ja, was wollte ich doch ... ich wollte doch noch etwas ...« Er legte die Hände vor das Gesicht und dachte nach. »Ja, das war's: als Sie sich vorhin verabschiedeten, dachte ich plötzlich: da sind nun diese Menschen, und sie werden niemals wieder sein, niemals wieder! Und die Bäume auch nicht ... Nur die Ziegelmauer wird da sein, die rote Mauer des Meyerschen Hauses ... meinem Fenster gegenüber ... Sag Ihnen das mal alles ... versuch es, sag es ihnen; da ist diese schöne Dame ... du bist ja tot, stell dich ihnen als Toter vor, sag, daß ein Toter alles aussprechen darf ... und daß die Fürstin Marja Alexejewna nicht schelten wird*. Haha! Sie lachen nicht?« Er musterte die Gesellschaft mißtrauisch. »Wissen Sie, auf dem Krankenkissen sind mir viele Gedanken gekommen ... Wissen Sie, ich bin zu der Überzeugung gelangt, daß die Natur sehr spottlustig ist ... Sie sagten vorhin, ich sei ein Atheist, wissen Sie aber, daß diese Natur ... Warum lachen Sie wieder? Sie sind furchtbar grausam!« sagte er plötzlich mit traurigem Unwillen und sah sich im Kreise um. »Ich habe Kolja nicht verdorben«, schloß er in ganz anderm Ton, ernst und überzeugt, als wäre ihm auch das plötzlich eingefallen ...

»Niemand, niemand lacht hier über dich, beruhige dich!« sagte Lisaweta Prokofjewna beinahe gequält. »Morgen kommt ein neuer Arzt; der andere hat sich geirrt; setze dich doch, du kannst ja kaum auf den Beinen stehen! Du phantasierst ... Ach, was soll man jetzt mit ihm anfangen?« sagte sie besorgt, während sie ihn in den Lehnstuhl setzte. Eine Träne blitzte auf ihrer Wange auf.

Ippolit war geradezu verblüfft, hob die Hand, streckte sie ängstlich vor und berührte diese Träne. Auf seinem Gesicht spielte ein seltsam kindliches Lächeln.

»Ich ... habe Sie ...« begann er freudig, »Sie wissen nicht, wie ich Sie ... er hat mir immer mit solcher Begeisterung von Ihnen erzählt ... der dort, Kolja ... ich liebe seine Begeisterung. Ich habe ihn nicht verdorben! Ich hinterlasse nur ihn allein ... ich wollte alle hinterlassen, alle – aber es war niemand da, nicht einer ... Ich wollte doch tätig sein, ich hatte ein Recht darauf ... Oh, wie viel wollte ich! Ich will jetzt nichts mehr, will nichts mehr wollen, ich habe mir das Wort gegeben, nichts mehr zu wollen; mögen sie ohne mich die Wahrheit suchen! Ja, die Natur ist spottlustig! Warum«, rief er plötzlich mit Leidenschaft, »warum schafft sie die besten Wesen nur, um dann ihren Spott mit ihnen zu treiben? Hat sie's doch so gemacht, daß das einzige Wesen, das man auf Erden als vollkommen erkannt hat ... sie hat es so gemacht, daß sie es den Menschen gezeigt, es dann bestimmt hat,

* Anspielung auf eine Stelle in Gribojedows Komödie „Verstand schafft Leiden“ (Anmerkung des Übersetzers).

Dinge zu sagen, um derentwillen so viel Blut geflossen ist – so viel, daß die Menschen gewiß darin ertrunken wären, wenn es alles mit einemmal geflossen wäre! Oh, es ist gut, daß ich sterbe! Ich hätte vielleicht auch eine furchtbare Lüge gesagt, die Natur hätte es so eingerichtet! ... Ich habe niemanden verdorben. Ich wollte zum Glück aller Menschen leben, um die Wahrheit zu entdecken und zu verkünden ... Ich sah durch das Fenster auf die Meyersche Wand und glaubte nur eine Viertelstunde lang reden zu müssen, um alle, alle zu überzeugen ... Und nur einmal im Leben war mir eine Begegnung vergönnt ... mit Ihnen, wenn auch nicht mit allen Menschen! Und was habe ich nun davon? Nichts! Nichts, als daß Sie mich verachten! Also bin ich ein Narr, also bin ich unnütz, also ist es für mich Zeit abzugehen! Und gar keine Erinnerung kann ich hinterlassen! Keinen Laut, keine Spur, keine Tat, ich habe keine einzige Überzeugung verbreitet! ... Lachen Sie nicht über den Narren! Vergessen Sie ihn! Vergessen Sie alles ... vergessen Sie bitte, seien Sie nicht so grausam! Wissen Sie, wenn diese Schwindsucht nicht gekommen wäre, hätte ich mich umgebracht ...« Er schien noch vieles sagen zu wollen, kam aber nicht zu Ende, sondern fiel in den Sessel zurück, bedeckte das Gesicht mit den Händen und weinte wie ein kleines Kind.

»Nun, was soll man jetzt mit ihm anfangen?« rief Lisaweta Prokofjewna, sprang auf ihn zu, faßte seinen Kopf und preßte ihn heftig an ihre Brust. Er schluchzte krampfhaft. »Na, na, na! Na, weine doch nicht! Es ist genug, mein guter Junge, Gott wird dir verzeihen um deiner Unwissenheit willen; genug, genug, sei ein Mann ... Du wirst dich auch schämen ...«

»Ich habe dort«, sagte Ippolit und bemühte sich seinen Kopf zu heben, »ich habe einen Bruder und Schwestern, kleine, arme unschuldige Kinder ... *Sie* wird sie verderben! Sie sind eine Heilige ... Sie sind selbst ein Kind. Retten Sie sie! Entreißen Sie sie dieser ... sie ist ... schamlos ... Oh, helfen Sie ihnen, helfen Sie, Gott wird es Ihnen hundertfältig vergelten, um Gottes, um Christi willen!«

»Sagen Sie doch endlich, Iwan Fjodorowitsch, was man jetzt

machen soll«, rief Lisaweta Prokofjewna gereizt. »Haben Sie die Güte, brechen Sie Ihr erhabenes Schweigen! Wenn Sie nichts beschließen, dann sei Ihnen kundgetan, daß ich selbst hier übernachten will; Sie haben mich genug tyrannisiert.« Lisaweta Prokofjewna fragte mit Enthusiasmus und Zorn und erwartete eine unverzügliche Antwort. Aber in solchen Fällen antworten die Anwesenden, auch wenn ihrer viele sind, meist mit Schweigen und passiver Neugier, weil sie nichts auf sich nehmen wollen; sie sprechen ihre Gedanken erst viel später aus. Unter den Anwesenden waren auch solche, die bereit waren, bis zum frühen Morgen dazusitzen, ohne ein Wort zu sprechen – zum Beispiel Warwara Ardalionowna, die den ganzen Abend abseits gesessen, geschwiegen und mit ungewöhnlicher Aufmerksamkeit zugehört hatte; sie hatte dazu vielleicht auch ihre besondern Gründe.

»Ich bin der Ansicht, meine Liebe«, äußerte sich jetzt der General, »daß hier eher sozusagen ein Krankenpfleger nötig ist als unsere Aufgeregtheit; überhaupt ein zuverlässiger, nüchterner Mensch, der die Nacht über beim Kranken bliebe. Jedenfalls muß man den Fürsten fragen und ... sofort für Ruhe sorgen. Morgen kann man dann wieder Anteil nehmen.«

»Es ist gleich zwölf Uhr, wir wollen fahren. Fährt er mit uns oder bleibt er bei Ihnen?« wandte sich Doktorenko gereizt und zornig an den Fürsten.

»Wenn Sie wollen, können auch Sie hier bei ihm bleiben«, sagte der Fürst, »Platz wird sich finden.«

»Exzellenz«, sagte Keller ganz unerwartet und sprang begeistert auf den General zu, »wenn ein zuverlässiger Mensch für die Nacht gebraucht wird, so bin ich bereit, meinem Freund das Opfer zu bringen ... Er ist eine Seele von Mensch! Ich halte ihn längst für erhaben, Exzellenz! Ich bin natürlich in meiner Bildung zurückgeblieben, aber wenn er kritisiert, dann sind es Perlen, ein Strom von Perlen, Exzellenz.«

Der General wandte sich mit verzweifelter Miene ab.

»Ich werde sehr froh sein, wenn er bleibt; gewiß würde die Fahrt ihn zu sehr anstrengen«, erklärte der Fürst auf die erregten Fragen Lisaweta Prokofjewnas.

»Du schläfst wohl? Wenn es dir nicht paßt, mein Lieber, so nehme ich ihn zu mir! Mein Gott, er steht ja selbst kaum auf den Beinen! Du bist wohl krank?«

Lisaweta Prokofjewna hatte vorhin, da sie den Fürsten nicht auf dem Sterbebette fand, sein Wohlbefinden auf den äußern Eindruck hin tatsächlich viel zu günstig beurteilt; die eben überstandene Krankheit, die trüben Erinnerungen, die mit ihr verbunden waren, die Ermüdung durch den aufregenden Abend, der Zwischenfall mit dem »Sohn Pawlistschews«, der neue Zwischenfall mit Ippolit – alles das hatte die krankhafte Reizbarkeit des Fürsten aufs äußerste gesteigert und ihn in einen nahezu fieberhaften Zustand versetzt. Außerdem aber sprach aus seinen Augen jetzt noch eine andere Sorge, sogar Furcht; er blickte Ippolit ängstlich an, als erwarte er von ihm noch etwas.

Plötzlich erhob sich Ippolit, furchtbar bleich und mit dem Ausdruck eines grauenhaften, zur Verzweiflung gesteigerten Schamgefühls auf dem verzerrten Gesicht. Das kam vor allem in dem haßerfüllten und ängstlichen Blick zum Ausdruck, den er auf die Gesellschaft warf, und in dem verlorenen, schiefen müden Lächeln auf den bebenden Lippen. Die Augen schlug er sofort nieder und ging schwankend und immer noch in derselben Weise lächelnd zu Burdowskij und Doktorenko, die an dem Ausgange der Veranda standen; er wollte mit ihnen wegfahren.

»Das war es, was ich fürchtete!« rief der Fürst. »So mußte es ja kommen!«

Ippolit wandte sich in rasender Wut nach ihm um, und jeder Zug auf seinem Gesicht schien zu beben und zu sprechen.

»Ah! Das haben Sie gefürchtet! So mußte es kommen, meinen Sie! Dann sollen Sie wissen: wenn ich jemand hier hasse«, brüllte er mit heiserer, winselnder Stimme und schäumendem Munde, »– und ich hasse Sie alle, alle –, dann hasse ich Sie, mit Ihrer jesuitischen Sirupseele, Sie Idiot, Sie Millionär und Wohltäter, mehr als alle und alles auf der Welt! Ich habe Sie längst verstanden und haßte Sie schon, als ich Sie nur vom Hörensagen kannte, ich haßte Sie mit dem ganzen Haß meiner Seele ... Das haben Sie jetzt alles angestiftet!

Sie haben mich zu diesem Anfall gebracht! Sie haben einen Sterbenden beschämt, Sie, Sie, Sie sind schuld an meinem gemeinen Kleinmut! Ich würde Sie töten, wenn ich am Leben bliebe! Ich brauche Ihre Wohltaten nicht, ich nehme sie von niemandem an, hören Sie, von niemandem, nichts! Ich war im Fieber, und Sie haben kein Recht zu triumphieren! Ich verfluche Sie alle ein für allemal!« Er war schon dem Ersticken nahe.

»Er schämt sich seiner Tränen!« flüsterte Lebedew Lisaweta Prokofjewna zu, »so hat es kommen müssen! Dieser Fürst! Er hat ihn ganz durchschaut . . .«

Aber Lisaweta Prokofjewna würdigte ihn keines Blicks. Sie stand stolz aufgerichtet da, hatte den Kopf zurückgeworfen und musterte »diese Leutchen« mit verächtlicher Neugier. Als Ippolit geendet hatte, zuckte der General die Achseln; sie sah ihn zornig von Kopf bis Fuß an, als wollte sie von ihm Rechenschaft für diese Bewegung verlangen, und wandte sich sofort an den Fürsten.

»Ich danke Ihnen, Fürst, exzentrischer Freund unseres Hauses, für den angenehmen Abend, den Sie uns allen bereitet haben. Ihr Herz freut sich jetzt wohl, daß es Ihnen gelungen ist, auch uns in Ihre Narrheiten zu verwickeln . . . Genug, lieber Hausfreund, besten Dank, daß Sie uns endlich Gelegenheit gegeben haben, Sie ganz zu durchschauen!«

Sie begann mit Entrüstung ihre Mantille zurechtzurücken und wartete ab, bis »jene« sich entfernt haben würden. Für »jene« fuhr in diesem Augenblick eine Mietdroschke vor, nach der Doktorenko schon vor einer Viertelstunde den Sohn Lebedews, den Gymnasiasten, geschickt hatte. Der General ergriff unmittelbar nach seiner Gattin auch seinerseits das Wort.

»In der Tat, Fürst, ich hatte nicht erwartet . . . nach allem . . . nach allen freundschaftlichen Beziehungen . . . und endlich, Lisaweta Prokofjewna . . .«

»Wie, ja wie ist das möglich!« rief Adelaida, ging schnell auf den Fürsten zu und reichte ihm die Hand.

Der Fürst lächelte ihr verwirrt zu. Plötzlich schlug ein heißes, hastiges Flüstern wie eine Flamme an sein Ohr.

»Wenn Sie diese gemeinen Menschen nicht sofort abschütteln, so werde ich Sie allein mein Leben lang, mein ganzes Leben lang hassen!« flüsterte Aglaja. Sie war ganz außer sich, aber sie wandte sich ab, ehe der Fürst ihr einen Blick zuwerfen konnte. Übrigens hatte er nichts und niemand mehr abzuschütteln; man hatte den kranken Ippolit inzwischen schon, so gut es ging, im Wagen untergebracht, und der Wagen war abgefahren.

»Soll das noch lange dauern, Iwan Fjodorowitsch? Was meinen Sie dazu? Soll ich mir das noch lange von diesen erbosten Jungen gefallen lassen?«

»Ja, meine Liebe, ich bin ... gewiß, ich bin bereit, und ... der Fürst ...«

Iwan Fjodorowitsch streckte dennoch dem Fürsten die Hand hin, ließ sich aber nicht Zeit, die des Fürsten zu drükken, sondern lief Lisaweta Prokofjewna nach, die lärmend und zürnend die Stufen der Veranda hinabstieg. Adelaida, ihr Bräutigam und Alexandra verabschiedeten sich freundlich und herzlich vom Fürsten. Jewgenij Pawlowitsch machte es ebenso; er allein war in heiterer Stimmung geblieben.

»Es ist gekommen, wie ich es vorhergesagt hatte! Schade nur, daß auch Sie Armer darunter leiden mußten«, flüsterte er mit liebenswürdigstem Lächeln.

Aglaja ging, ohne Abschied zu nehmen.

Allein die wunderlichen Ereignisse dieses Abends waren damit noch nicht zu Ende; Lisaweta Prokofjewna mußte noch eine höchst unerwartete Begegnung erleben.

Noch war sie von der Treppe nicht auf die Straße gekommen, die sich im Bogen um den Park zog, als ein glänzendes Fuhrwerk, mit zwei weißen Pferden bespannt, an dem Landhause des Fürsten vorbeijagte. In dem Wagen saßen zwei elegant gekleidete Damen. Aber nachdem er kaum zehn Schritt vorbeigefahren war, hielt der Wagen auf einmal; eine von den Damen drehte sich hastig um, als hätte sie plötzlich einen lange gesuchten Bekannten erblickt.

»Jewgenij Pawlowitsch! Bist du's?« rief eine helle, schöne Stimme, die den Fürsten und vielleicht auch noch jemand zusammenzucken machte. »Wie freut es mich, daß ich dich endlich gefunden habe! Ich hatte einen Boten zu dir nach der Stadt geschickt; zwei! Den ganzen Tag suchen sie dich!«

Jewgenij Pawlowitsch stand auf den Treppenstufen wie vom Donner gerührt. Lisaweta Prokofjewna blieb auch stehen, aber nicht in starrem Entsetzen wie Jewgenij Pawlowitsch: sie sah die Freche ebenso stolz und mit derselben kalten Verachtung an wie vor fünf Minuten die »Leutchen« und richtete gleich danach ihren forschenden Blick auf Jewgenij Pawlowitsch.

»Eine Neuigkeit!« fuhr die helle Stimme fort. »Um Kupfers Wechsel mache dir keine Sorge; Rogoschin hat sie für dreißig aufgekauft, ich habe ihn überredet. Du kannst drei Monate lang ganz ruhig sein. Und mit Biskup und diesem ganzen Pack kommen wir sicher überein, als gute Bekannte! Somit ist alles in bester Ordnung! Freue dich deines Lebens! Bis morgen!«

Der Wagen setzte sich in Bewegung und verschwand schnell.

»Das ist eine Irrsinnige!« rief Jewgenij Pawlowitsch endlich, rot vor Empörung, und blickte verlegen um sich. »Ich verstehe nichts von dem, was sie gesagt hat. Was sind das für Wechsel? Wer ist sie denn überhaupt?«

Lisaweta Prokofjewna sah ihn noch etwa zwei Sekunden lang starr an; endlich drehte sie sich schnell um und machte sich festen Schrittes auf den Weg nach ihrer Villa; alle folgten ihr. Genau eine Minute darauf erschien Jewgenij Pawlowitsch noch einmal auf der Veranda des Fürsten in außerordentlicher Erregung.

»Fürst, wissen Sie wirklich nicht, was das bedeutet?«

»Ich weiß nichts«, antwortete der Fürst, der sich selbst in äußerster und schmerzlicher Spannung befand.

»Nichts?«

»Nein.«

»Ich weiß auch nichts«, sagte Jewgenij Pawlowitsch und lachte plötzlich auf. »Bei Gott, ich habe mit diesen Wechseln nichts zu tun. Sie können meinem Ehrenwort glauben! ... Aber was ist Ihnen, Sie werden ohnmächtig?«

»O nein, nein, ich versichere Sie, es ist nichts ...«

11

Erst am dritten Tag ließen die Jepantschins endgültig Gnade walten. Der Fürst warf sich zwar vieles vor, wie das nun einmal seine Gewohnheit war, und wartete ehrlich auf seine Bestrafung, war aber trotzdem anfangs in seinem Innern völlig überzeugt, daß Lisaweta Prokofjewna nicht ernstlich auf ihn böse sein könne, daß sie sich vielmehr über sich selbst geärgert habe. Als die Feindschaft nun so lange andauerte, stand er am dritten Tage ganz ratlos vor einem finstern Geheimnis. Die Ratlosigkeit wurde auch noch durch andere Umstände verstärkt, vor allem aber durch einen. Mit jedem der drei Tage nahm er in dem argwöhnischen Gemüt des Fürsten immer größere Dimensionen an; der Fürst klagte sich neuerdings zweier Extreme an: erstens einer ungewöhnlichen, »sinnlosen und aufdringlichen« Vertrauensseligkeit und gleichzeitig eines »finstern, niedrigen« Mißtrauens. Mit einem Wort – am Ende des dritten Tages hatte das Erlebnis mit der exzentrischen Dame, die sich aus ihrem Wagen mit Jewgenij Pawlowitsch unterhalten hatte, in seinem Geist angsterregende und geheimnisvolle Dimensionen angenommen. Das Wesen des Rätsels bestand, von den andern Seiten der Angelegenheit abgesehen, für den Fürsten in der schmerzlichen Frage: war er auch an dieser neuen »Ungeheuerlichkeit« schuld, oder nur ... Aber er sprach den zweiten Namen nicht aus. Was aber die Buchstaben N. F. B. anbelangte, so handelte es sich seiner Ansicht nach nur um eine unschuldige Torheit, einen ganz kindischen Streich, so daß man sich eigentlich schämen mußte, darüber noch weiter nachzudenken; ja, es war in einer Beziehung sogar gegen die Ehre.

Übrigens hatte der Fürst noch am ersten Morgen nach dem widerwärtigen Abend, an dessen häßlichem Verlauf er die Hauptschuld trug, das Vergnügen, den Fürsten Sch. und Adelaida bei sich zu sehen. Sie waren *hauptsächlich* deshalb gekommen, um sich nach seinem Befinden zu erkundigen, und zwar kamen sie von einem Spaziergang, den sie zu zweit unternommen hatten. Adelaida hatte soeben im Park einen

Baum entdeckt, einen wunderschönen alten breitwipfeligen Baum mit langen, krummen Ästen, prangend in frischem Grün, mit einer Höhlung und einem Riß; sie hatte sich fest vorgenommen, ihn abzuzeichnen! Sie sprach während ihres ganzes Besuchs, der eine halbe Stunde währte, fast nur von diesem Baum. Fürst Sch. war liebenswürdig und nett wie immer, fragte den Fürsten nach seinen frühern Erlebnissen, frischte Erinnerungen an ihre erste Begegnung auf, so daß über den gestrigen Tag kaum ein Wort gesprochen wurde. Endlich konnte Adelaida sich nicht länger halten und gestand lachend, daß sie inkognito gekommen seien; damit aber war das Geständnis auch schon zu Ende, doch konnte man aus dem Inkognito an sich schon ersehen, daß die Eltern, das heißt vor allem Lisaweta Prokofjewna, äußerst mißgestimmt sein mußten. Aber weder von der Mutter noch von Aglaja, noch auch von Iwan Fjodorowitsch sagten Adelaida und Fürst Sch. bei diesem Besuche auch nur ein Wort. Als sie dann aufbrachen, um ihren Spaziergang fortzusetzen, forderten sie den Fürsten nicht zum Mitgehen auf. Und erst recht wurde nicht daran gedacht, ihn etwa zu Jepantschins einzuladen; in dieser Hinsicht fiel sogar ein sehr bezeichnendes Wort Adelaidas; sie erzählte von einem Aquarell, an dem sie arbeitete, und äußerte plötzlich den dringenden Wunsch, es dem Fürsten zu zeigen. »Wie soll ich das nur schneller machen? Warten Sie mal! Ich schicke Ihnen das Blatt heute mit Kolja, wenn er zu uns kommt, oder ich bringe es morgen selbst, wenn ich wieder mit dem Fürsten spazierengehe«, zog sie sich schließlich aus der Verlegenheit, sehr erfreut, so geschickt, in einer für alle bequemen Weise das Problem gelöst zu haben.

Endlich, als man sich schon fast verabschiedet hatte, sagte Fürst Sch., als wäre ihm eben der Gedanke gekommen: »Ja, richtig! Wissen Sie vielleicht, lieber Lew Nikolajewitsch, wer die Person war, die unsern Freund Jewgenij Pawlowitsch gestern vom Wagen aus etwas zurief?«

»Das war Nastasja Filippowna«, sagte der Fürst, »haben Sie denn noch nicht erfahren, daß sie es war? Wer ihr Begleiter war, weiß ich allerdings nicht.«

»Ich weiß, ich habe es gehört!« fiel Fürst Sch. ein, »aber was bedeutete dieses Geschrei? Das ist mir ein Rätsel ... mir und den andern.« Fürst Sch. sprach mit außerordentlicher, deutlich sichtbarer Verwunderung.

»Sie redete von irgendwelchen Wechseln Jewgenij Pawlowitschs«, erwiderte der Fürst ganz schlicht, »die Rogoschin sich auf ihre Bitte von einem Wucherer verschafft hatte, und sagte, daß Rogoschin Jewgenij Pawlowitsch nicht drängen werde.«

»Das habe ich alles gehört, mein lieber Fürst, aber das ist doch ganz unmöglich! Es kann bei Jewgenij Pawlowitsch von gar keinen Wechseln die Rede sein! Bei einem so großen Vermögen ... Es ist wahr, in frühern Jahren hat er aus Leichtsinn manchmal ... Ich habe ihm sogar ausgeholfen ... Aber bei so einem Vermögen einem Wucherer Wechsel ausstellen und sich deswegen Sorgen machen – das ist unmöglich. Und er kann gar nicht auf du und du und in so freundschaftlichen Beziehungen zu Nastasja Filippowna stehen – das ist das Hauptproblem! Er beteuert, daß er nichts begreife, und ich glaube ihm durchaus. Die Sache ist aber die, mein lieber Fürst, daß ich Sie fragen wollte, ob Sie nicht etwas wissen? Das heißt, ob nicht durch irgendein Wunder ein Gerücht bis zu Ihnen gedrungen ist?«

»Nein, ich weiß nichts, und ich versichere Sie, daß ich daran in keiner Weise beteiligt war.«

»Ach, Fürst, was ist aus Ihnen geworden! Ich erkenne Sie heute gar nicht. Wie käme ich darauf, Sie als Teilnehmer an einer derartigen Affäre anzusehen? Aber Sie sind heute mißgestimmt ...« Er umarmte und küßte ihn.

»Was für eine ‚derartige' Affäre soll das aber sein? Ich sehe gar keine ‚derartige' Affäre.«

»Unzweifelhaft wollte diese Person Jewgenij Pawlowitsch irgendwie schädigen, indem sie ihm in Gegenwart von Zeugen Eigenschaften beilegte, die er nicht besitzt und nicht besitzen kann«, erwiderte Fürst Sch. ziemlich trocken.

Fürst Lew Nikolajewitsch wurde verlegen, sah aber den Fürsten immer noch durchdringend und fragend an; dieser jedoch schwieg.

»Könnte es sich nicht wirklich um Wechsel handeln? Wörtlich so, wie es gestern gesagt worden ist?« murmelte der Fürst endlich wie ungeduldig.

»Ich sage Ihnen doch, urteilen Sie selbst, was hat Jewgenij Pawlowitsch gemein mit ... ihr und dazu noch mit Rogoschin? Ich wiederhole, er besitzt ein Riesenvermögen, was mir ganz genau bekannt ist; ein zweites erwartet er von seinem Onkel. Nastasja Filippowna hat einfach ...« Fürst Sch. verstummte wieder, weil er augenscheinlich mit dem Fürsten nicht weiter über Nastasja Filippowna reden wollte.

»Jedenfalls kennt er sie also?« fragte Fürst Lew Nikolajewitsch plötzlich, nachdem er eine Minute geschwiegen hatte.

»Das könnte wohl sein; er ist ein Leichtfuß! Wenn das aber der Fall ist, so liegt das schon sehr weit zurück, das heißt zwei bis drei Jahre. Er war ja noch mit Tozkij bekannt. Jetzt kann es nichts dergleichen gegeben haben, du können sie nie zueinander gesagt haben! Sie wissen ja selbst, daß auch sie die ganze Zeit nicht mehr hier gewesen ist, daß sie nirgends zu sehen war. Viele wissen auch noch gar nicht, daß sie wieder aufgetaucht ist. Den Wagen habe ich vor etwa drei Tagen zum erstenmal gesehen.«

»Ein prachtvoller Wagen«, sagte Adelaida.

»Ja, der Wagen ist prächtig.«

Beide entfernten sich, übrigens höchst freundschaftlich, man könnte sogar sagen: brüderlich gegen Fürst Lew Nikolajewitsch gestimmt.

Für unsern Helden aber hatte dieser Besuch eine geradezu entscheidende Bedeutung. Wohl hatte er seit der gestrigen Nacht (und vielleicht schon früher) manches geahnt, aber bis zu dem Besuch der beiden nicht gewagt, seine Befürchtungen für völlig begründet zu halten. Jetzt aber war es klar: Fürst Sch. deutete den Vorfall natürlich falsch, kam der Wahrheit aber doch nah, hatte doch verstanden, daß es sich um eine *Intrige* handelte. Übrigens sieht er vielleicht im stillen auch schon alles ganz klar, dachte der Fürst, will es nur nicht aussprechen und deutet es darum absichtlich falsch. Ganz deutlich war es, daß man jetzt zu ihm gekommen war (vor allem der Fürst Sch.), weil man irgendwelche Aufklärungen erhoffte; war das so, dann hielt man ihn ohne weiteres für mitbeteiligt an der Intrige. Ferner, wenn das alles wirklich so wichtig war, dann mußte *sie* irgendein furchtbares Ziel haben, was aber war das für ein Ziel? Entsetzlich! Und wie sollte man *ihr* Einhalt gebieten? *Sie* zurückzuhalten war unmöglich, wenn sie einmal ihres Ziels bewußt war. Das wußte der Fürst aus Erfahrung. Sie war wahnsinnig! Sie war wahnsinnig!

Aber es drängten sich an diesem Morgen zu viel andere unlösbare Probleme zusammen, und alle zu gleicher Zeit, und alle erheischten sofortige Lösung, so daß der Fürst sehr betrübt wurde. Etwas zerstreute ihn Wera Lebedewa, die mit Ljubotschka zu ihm kam und ihm lachend lange etwas erzählte. Ihr folgte ihre Schwester, die den Mund so weit aufriß, dann der Gymnasiast, der Sohn Lebedews, der behauptete, daß der Stern mit dem Namen Wermut in der Offenbarung Johannis, der über die Wasserbrunnen fiel, nach der Auslegung seines Vaters das über Europa ausgespannte Eisenbahnnetz bedeute. Der Fürst wollte nicht glauben, daß Lebedew es so auslege; man beschloß, ihn bei der ersten passenden Gelegenheit danach zu fragen. Durch Wera Lebedewa erfuhr der Fürst, daß Keller sich schon gestern bei ihnen niedergelassen habe und daß man ihn allem Anschein nach nicht so bald loswerden würde, denn er habe Gesellschaft gefunden und mit dem General Iwolgin Freundschaft geschlossen; übrigens habe er erklärt, er bleibe bei ihnen einzig zu dem Zweck, seine Bildung zu vervollständigen. Überhaupt fand der Fürst von Tag zu Tag an den Kindern Lebedews mehr Gefallen. Kolja zeigte sich den ganzen Tag nicht: er war in aller Frühe nach Petersburg gefahren; Lebedew hatte sich ebenfalls im Morgengrauen in eigenen Geschäften fortbegeben. Der Fürst aber wartete mit Ungeduld auf den Besuch Gawrila Ardalionowitschs, der heute unbedingt bei ihm vorsprechen mußte.

Er erschien nach sechs Uhr abends, unmittelbar nach dem Essen. Beim ersten Blick auf ihn dachte der Fürst, dieser Herr müsse über die ganze Geschichte aufs genaueste unterrichtet sein – wie sollte er nicht, wenn er solche Helfer hatte wie Warwara Ardalionowna und ihren Gatten? Aber zwischen Ganja und dem Fürsten bestanden ganz eigentümliche Beziehungen. Der Fürst hatte ihm zum Beispiel die Führung der Sache Burdowskij anvertraut und ihn ganz besonders darum gebeten, sich damit zu befassen; allein trotz diesem Vertrauen und manchen früheren Erlebnissen gab es zwischen den beiden beständig einige Punkte, über die wie nach gemeinsamer Vereinbarung nicht geredet werden durfte. Es kam dem Fürsten mitunter vor, daß Ganja vielleicht seinerseits ein völlig aufrichtiges, freundschaftliches Verhältnis wünschte; zum Beispiel jetzt, als er ins Zimmer trat, schien es dem Fürsten sofort, als wäre Ganja ganz überzeugt, daß nun der Augenblick gekommen sei, zwischen ihnen das Eis an allen Enden zu brechen. Gawrila Ardalionowitsch war aber in großer Eile; seine Schwester erwartete ihn bei Lebedew; beide hatten noch etwas Dringliches gemeinschaftlich zu erledigen.

Wenn jedoch Ganja wirklich eine Reihe ungeduldiger Fragen, unwillkürlicher Geständnisse, freundschaftlicher Ergüsse erwartet hatte, so befand er sich selbstverständlich im Irrtum. In den zwanzig Minuten, die sein Besuch dauerte, war der Fürst sogar sehr nachdenklich, beinahe zerstreut. Die erwarteten Fragen oder richtiger die eine Hauptfrage, auf die Ganja gefaßt war, wurde nicht ausgesprochen. Da beschloß auch Ganja, mit größter Zurückhaltung zu reden. Er sprach die zwanzig Minuten ununterbrochen, lachte, plauderte obenhin, liebenswürdig und über alles mögliche, berührte aber den Hauptpunkt nicht.

Ganja erzählte unter anderem, daß Nastasja Filippowna erst seit vier Tagen hier in Pawlowsk sei und schon allgemein beachtet werde. Sie wohne irgendwo in der Matrosenstraße, in einem kleinen, unförmigen Häuschen bei Darja Alexejewna, ihr Wagen aber sei fast der vornehmste in ganz Pawlowsk. Es schare sich um sie schon eine ganze Menge alter und junger Verehrer; ihr Wagen werde oft von Reitern begleitet. Nastasja Filippowna sei, wie früher, sehr wählerisch und lasse nur auserlesene Kavaliere zu sich heran. Trotzdem habe sich eine ganze Leibgarde um sie gebildet, die im Notfall für sie eintreten könnte. Ein Sommerfrischler, der schon regelrecht verlobt war, habe sich ihretwegen bereits mit seiner Braut überworfen; ein alter General habe beinahe seinen Sohn verflucht. Sie nehme häufig ein entzückendes, kaum sechzehnjähriges Mädchen, eine entfernte Verwandte von Darja Alexejewna, auf ihre Spazierfahrten mit; dieses Mädchen singe sehr schön, so daß ihr Häuschen abends die Leute anlocke. Nastasja Filippowna halte sich übrigens sehr korrekt, kleide sich nicht auffallend, aber mit ungewöhnlichem Geschmack, und werde von allen Damen um ihren Geschmack, ihre Schönheit und ihren Wagen beneidet.

»Der gestrige exzentrische Zwischenfall«, verplapperte sich Ganja, »war natürlich beabsichtigt und darf daher nicht in Betracht kommen. Um ihr etwas am Zeuge flicken zu können, muß man absichtlich etwas ausgraben oder sie verleumden, was aber wohl nicht ausbleiben dürfte«, schloß Ganja, der erwartete, daß der Fürst nun bestimmt fragen werde, warum er den gestrigen Zwischenfall als einen beabsichtigten bezeichne und warum die Verleumdung nicht ausbleiben werde. Aber der Fürst stellte die Frage nicht.

Über Jewgenij Pawlowitsch ließ sich Ganja wieder von selbst vernehmen, ohne besondere Fragen abzuwarten, was höchst seltsam war, denn er kam ohne jede Veranlassung auf ihn zu sprechen. Seiner Meinung nach kannte Jewgenij Pawlowitsch Nastasja Filippowna früher nicht; er kenne sie auch jetzt nur ganz flüchtig, und zwar bloß dadurch, daß er ihr vor vier Tagen von irgend jemand auf einem Spaziergange vorgestellt worden sei; er sei aber kaum jemals mit allen andern zusammen in ihrem Hause gewesen. Die Wechselaffäre sei an sich möglich (Ganja wußte das sogar ganz sicher); Jewgenij Pawlowitsch besitze zwar ein großes Vermögen, aber auf seinem Gut sei manches allerdings in ziemlicher Unordnung. Als er bei diesem interessanten Thema angelangt war, stockte Ganja plötzlich. Über den gestrigen Ausfall Nastasja Filippownas sagte er kein einziges Wort, außer dem vorhin schon flüchtig Gesagten. Endlich kam Warwara Ardalionowna, um Ganja abzuholen, blieb eine Minute sitzen, berichtete (ebenfalls ungefragt), daß Jewgenij Pawlowitsch heute, vielleicht auch morgen, in Petersburg bleiben werde, daß auch ihr Mann (Iwan Petrowitsch Ptizyn) in Petersburg sei, wohl auch gar in Angelegenheiten von Jewgenij Pawlowitsch, und daß da tatsächlich etwas vorgefallen sei. Beim Fortgehen teilte sie noch mit, Lisaweta Prokofjewna befinde sich heute in einer furchtbaren Stimmung; das sonderbarste aber sei, daß Aglaja sich mit der ganzen Familie überworfen habe – nicht bloß mit Vater und Mutter, sondern selbst mit beiden Schwestern, und das sei »gar nicht gut«. Nach dieser wie nebenbei gemachten Mitteilung, die für den Fürsten von außerordentlicher Bedeutung war, entfernten sich Bruder und Schwester. Die Sache mit dem »Sohn Pawlistschews« berührte Ganja mit keiner Silbe, vielleicht aus falscher Bescheidenheit, vielleicht »um die Empfindungen des Fürsten zu schonen«, der Fürst aber dankte ihm trotzdem nochmals für die gewissenhafte Erledigung der Angelegenheit.

Der Fürst war sehr froh, daß man ihn endlich allein gelassen hatte. Er verließ die Veranda, überquerte die Straße und ging in den Park; er wollte einen geplanten Schritt überlegen und sich entscheiden. Aber dieser »Schritt« war einer von denen, die man eben nicht überlegt, sondern zu denen man sich einfach entschließt; er bekam plötzlich furchtbare Lust, alles hier im Stiche zu lassen und wieder dorthin zurückzufahren, woher er gekommen war, weit hinaus, in die Einsamkeit, möglichst sofort und ohne erst Abschied zu nehmen. Er ahnte, wenn er auch nur einige Tage hier bliebe, würde er unbedingt und für immer in diese Welt hineingezogen werden, und diese Welt würde dann sein Schicksal sein. Aber seine Überlegung dauerte keine zehn Minuten; er entschied sofort, daß eine Flucht unmöglich sei, daß das Feigheit wäre, daß er vor Aufgaben stünde, die nicht zu lösen oder deren Lösung nicht wenigstens aus allen Kräften anzustreben er jetzt nicht einmal das Recht habe. In solchen Gedanken kam er wieder nach Hause, nachdem er kaum eine Viertelstunde umhergegangen war. Er war in diesem Augenblick sehr unglücklich.

Lebedew war immer noch nicht zu Hause, so daß gegen Abend Keller sich in das Zimmer des Fürsten hineindrängen konnte; er war zwar nicht betrunken, erging sich aber in Geständnissen und Herzensergüssen. Er erklärte geradeheraus, daß er gekommen sei, dem Fürsten seine ganze Lebensgeschichte zu erzählen, und daß er eben deswegen in Pawlowsk geblieben sei. Es war unmöglich, ihn an die Luft zu setzen: er wäre um nichts in der Welt gegangen. Keller machte Anstalten, sehr lange und sehr verworren zu reden, aber fast unmittelbar nach den ersten Worten sprang er zum Schluß über und erklärte, er sei – einzig aus Unglauben an den Allerhöchsten – so sehr »um jeden Schein von Sittlichkeit« gekommen, daß er sogar gestohlen habe. »Können Sie sich das vorstellen?«

»Hören Sie mal, Keller, ich würde an Ihrer Stelle dergleichen ohne besondere Not lieber nicht eingestehen«, fing der Fürst an, »oder machen Sie sich vielleicht mit Absicht schlecht?«

»Ihnen, nur Ihnen sage ich's, und einzig zu dem Zwecke, meine Entwicklung dadurch zu fördern! Sonst sage ich es keinem; wenn ich sterbe, nehme ich mein Geheimnis im Totenhemde mit. Aber, Fürst, wenn Sie wüßten, wenn Sie wüßten, wie schwer es in unserer Zeit ist, Geld zu beschaffen! Wo soll man es hernehmen, wenn ich so fragen darf? Es gibt nur eine Antwort: ‚Bring Gold und Brillanten, dafür kannst du es von mir haben' – das heißt eben das, was ich nicht besitze, können Sie sich das vorstellen? Ich wurde schließlich böse, stand noch eine Zeitlang da und sagte endlich: ‚Und für Smaragde – kann ich da was bekommen?' – ‚Smaragde nehme ich auch als Pfand an.' – ‚Ausgezeichnet', sage ich, setze meinen Hut auf und gehe hinaus. Hol euch der Teufel, ihr Gaunerpack! Bei Gott!«

»Hatten Sie denn Smaragde?«

»Woher sollte ich sie haben? O Fürst, wie rein und unschuldig, man möchte sogar sagen, wie idyllisch sehen Sie noch das Leben an!«

Der Fürst empfand schließlich nicht gerade Mitleid, aber fast etwas wie Scham. Ihm ging sogar der Gedanke durch den Kopf: Könnte unter irgend jemandes wohltätigem Einfluß nicht noch etwas aus diesem Menschen werden? Seinen eigenen Einfluß hielt er aus gewissen Gründen für höchst ungeeignet – nicht weil er zu gering von sich dachte, sondern weil er die Dinge aus einem ganz besondern Gesichtspunkte betrachtete. Allmählich kamen sie so ins Gespräch, daß sie sich gar nicht mehr trennen wollten. Keller gestand mit außerordentlicher Bereitwilligkeit Dinge ein, bei denen man sich kaum vorstellen konnte, wie ein Mensch dergleichen überhaupt zu erzählen wagte. Zu Anfang jedes Berichts beteuerte er, daß er tief bereue und innerlich »voller Tränen« sei, dabei erzählte er aber in einem Tone, als wäre er auf seine Tat stolz, und stellenweise so komisch, daß er und der Fürst endlich wie die Wahnsinnigen lachten.

»Vor allem besitzen Sie eine kindliche Vertrauensseligkeit und eine außerordentliche Offenherzigkeit«, sagte der Fürst endlich. »Wissen Sie, daß Sie damit allein schon vieles gutmachen?«

»Vornehm bin ich, ritterlich vornehm«, stimmte Keller gerührt zu. »Aber wissen Sie, Fürst, immer nur in meinen Träumen und sozusagen in der Courage, in Wirklichkeit aber kommt es nie zustande! Und warum ist es so? Ich kann es nicht begreifen.«

»Verzweifeln Sie nicht. Jetzt kann man mit Sicherheit sagen, daß Sie mir Ihr ganzes Innere gezeigt haben; wenigstens glaube ich, daß sich zu dem, was Sie mir erzählt haben, nichts mehr hinzufügen läßt, nicht wahr?«

»Nichts?« rief Keller beinahe mitleidig. »O Fürst, was haben Sie noch für eine sozusagen schweizerische Auffassung vom Menschen.«

»Haben Sie wirklich noch etwas hinzuzufügen?« fragte der Fürst mit schüchternem Staunen. »Was haben Sie denn von mir erwartet, Keller, sagen Sie bitte? Warum sind Sie mit Ihrer Beichte zu mir gekommen?«

»Was ich von Ihnen erwartete? Erstens tut es wohl, Ihre Einfalt zu sehen; es tut wohl, bei Ihnen zu sitzen und mit Ihnen zu reden; ich weiß wenigstens, daß ein durch und durch tugendhaftes Wesen vor mir sitzt, und zweitens ... zweitens ...« Er wurde verlegen.

»Vielleicht wollten Sie Geld bei mir leihen?« half ihm der Fürst sehr ernst und schlicht, sogar gleichsam etwas zaghaft.

Keller zuckte zusammen; er sah dem Fürsten mit einem schnellen, immer noch erstaunten Blick gerade in die Augen und schlug kräftig mit der Faust auf den Tisch.

»Sehen Sie, dadurch bringen Sie einen völlig aus dem Konzept! Ich bitte Sie, Fürst: eine Einfalt, eine Unschuld, wie es sie auch im goldenen Zeitalter nicht gegeben hat – und dann plötzlich durchdringen Sie einen wie ein Pfeil mit Ihrer tiefen psychologischen Beobachtung! Aber gestatten Sie, Fürst, das bedarf der Erklärung, denn ich ... ich bin einfach platt! Gewiß war mein letztes Ziel eine Anleihe, aber Sie fragen mich nach dem Gelde in einer Weise, als ob Sie gar nichts Anstößiges dabei fänden, als ob das so sein müsse ...«

»Ja ... bei Ihnen muß das auch so sein.«

»Und Sie sind nicht entrüstet?«

»Ja, worüber denn?«

»Hören Sie, Fürst, ich bin gestern abend hiergeblieben, erstens aus besonderer Verehrung für den französischen Erzbischof Bourdaloue – bei Lebedew ließen wir bis drei Uhr die Pfropfen springen –, zweitens aber und vor allem – und ich schwöre Ihnen mit allen heiligen Eiden, daß ich die reine Wahrheit rede – blieb ich, weil ich Ihnen sozusagen meine volle, innigste Beichte ablegen und damit meine eigene Entwicklung fördern wollte; mit diesem Gedanken schlief ich um vier Uhr tränenüberströmt ein. Glauben Sie nun einem durch und durch vornehmen Menschen: in demselben Augenblick, da ich einschlief, ehrlich erfüllt von innern und sozusagen auch äußern Tränen – denn ich habe wirklich geschluchzt, ich entsinne mich sehr wohl! –, kam ich auf einen höllischen Gedanken: Sollte ich ihn nicht zu guter Letzt, nach der Beichte, anpumpen? Somit hatte ich mir die Beichte als eine Art ‚*fines-herbes* mit Tränen' zurechtgemacht, um mit eben diesen Tränen mir den Weg zu bahnen, damit Sie, von Rührung ergriffen, mir hundertfünfzig Rubelchen auf den Tisch zählen. Nun, finden Sie das nicht gemein?«

»Das ist aber doch gewiß nicht wahr, sondern es ist einfach eines zum andern gekommen. Zwei Gedanken stießen zusammen, das geschieht sehr oft. Mir geht das fortwährend so. Ich glaube übrigens, daß das nicht gut ist, und wissen Sie, Keller, ich werfe mir das immer wieder vor. Sie haben mir jetzt gleichsam mein eigenes Wesen gezeigt. Ich habe sogar mitunter gedacht«, fuhr der Fürst sehr ernst, wirklich und tief interessiert fort, »daß es bei allen Leuten so ist; und damit habe ich mich getröstet, denn es ist furchtbar schwer, mit diesen *doppelten* Gedanken zu kämpfen; ich hab's erfahren. Gott weiß, wie sie kommen und entstehen. Sie nennen das nun schlankweg eine Gemeinheit! Jetzt werde ich auch wieder Angst vor diesen Gedanken haben! Jedenfalls bin ich nicht Ihr Richter. Und dennoch kann man meines Erachtens das nicht ohne weiteres gemein nennen, wie denken Sie darüber? Sie entwarfen einen schlauen Plan, wie Sie mich durch Ihre Tränen bewegen könnten, Ihnen Geld zu geben – aber Sie selbst beteuern, daß Ihre Beichte auch einen andern, edeln Zweck hatte, daß es nicht bloß ums Geld ging. Was nun aber das Geld betrifft, so wollen Sie es zum Zechen, nicht wahr? Das ist nun nach einer solchen Beichte sicher unvornehm. Aber andrerseits, wie soll man das Zechen so plötzlich aufgeben? Das ist doch unmöglich. Was soll man nun machen? Das Beste ist wohl, man überläßt es Ihrem eigenen Gewissen, was meinen Sie?«

Der Fürst sah Keller mit außerordentlichem Interesse an. Die Frage der doppelten Gedanken beschäftigte ihn lebhaft und schon seit langem.

»Wie kann man Sie da nur einen Idioten nennen, das begreife ich nicht!« rief Keller.

Der Fürst errötete leicht.

»Der Prediger Bourdaloue hätte einen nicht geschont, Sie aber haben Schonung gezeigt und haben mich menschlich gerichtet! Um mich selbst zu strafen und Ihnen zu zeigen, daß ich gerührt bin, verzichte ich auf die hundertfünfzig Rubel; geben Sie mir nur fünfundzwanzig, das genügt! Das ist alles, was ich brauche, wenigstens für vierzehn Tage! Früher als in vierzehn Tagen komme ich nicht wieder, Sie um Geld zu bitten. Ich wollte Agaschka einen Spaß machen, aber sie ist es nicht wert. Oh, lieber Fürst, Gott segne Sie!«

Endlich kam Lebedew, der eben heimgekehrt war; er verzog das Gesicht, als er den Fünfundzwanzigrubelschein in Kellers Hand sah. Aber Keller beeilte sich, nun er Geld hatte, das Zimmer zu verlassen und war im Nu verschwunden. Lebedew fing sofort an ihn schlechtzumachen.

»Sie sind ungerecht, er zeigte wirklich aufrichtige Reue«, bemerkte der Fürst endlich.

»Ja, was ist die Reue denn wert! Geradeso wie ich gestern: ‚Gemein, gemein bin ich!' Es sind ja alles bloß Worte.«

»So waren es bei Ihnen auch nur Worte? Und ich dachte ...«

»Nun, Ihnen, Ihnen ganz allein will ich die Wahrheit sagen, denn Sie durchschauen die Menschen; Worte und Taten, Lüge und Wahrheit – bei mir geht das alles durcheinander und ist alles gleich aufrichtig. Wahrheit und Tat kommen in meiner echten Reue zum Ausdruck, mögen Sie mir nun glauben oder nicht, ich bin bereit es zu beschwören; Wort und Lüge aber finden Sie in dem teuflischen – und immer gegenwärtigen – Gedanken, wie ich auch hier einen Menschen betören, wie ich auch durch die Reuetränen einen Vorteil gewinnen könnte! Bei Gott, es ist so! Einem andern würde ich es nicht sagen – der lacht oder spuckt aus; aber Sie, Fürst, werden menschlich richten.«

»Ganz dasselbe, Wort für Wort, hat er mir eben auch gesagt«, rief der Fürst, »und beide scheint ihr euch dessen zu rühmen! Sie machen mich sogar staunen, aber er ist ehrlicher als Sie; Sie haben ein richtiges Handwerk daraus gemacht. Nun aber genug, schneiden Sie keine Fratzen, Lebedew, und legen Sie die Hand nicht aufs Herz. Haben Sie mir nicht etwas zu sagen? Ohne Grund werden Sie nicht zu mir kommen ...«

Lebedew verzog das Gesicht noch ärger und krümmte sich ganz zusammen.

»Ich habe Sie den ganzen Tag erwartet, um eine Frage an Sie zu stellen; sagen Sie wenigstens einmal im Leben sofort die Wahrheit. Waren Sie an dem gestrigen Zwischenfall mit dem Wagen irgendwie beteiligt oder nicht?«

Lebedew schnitt wieder eine Fratze, fing zu kichern an,

rieb sich die Hände, nieste endlich sogar, konnte sich aber immer noch nicht entschließen, etwas zu sagen.

»Ich sehe, Sie waren beteiligt.«

»Aber indirekt, nur indirekt! Ich sage die volle Wahrheit! Meine Beteiligung bestand nur darin, daß ich einer gewissen Dame rechtzeitig Nachricht gab, bei uns habe sich eine Gesellschaft zusammengefunden, zu der auch gewisse Personen gehören.«

»Ich weiß, daß Sie Ihren Sohn *dorthin* geschickt hatten, er selbst hat es mir vorhin gesagt, aber was ist das für eine Intrige!« rief der Fürst ungeduldig.

»Die Intrige geht nicht von mir aus, nicht von mir«, wehrte Lebedew ab, »es sind hier andere Leute im Spiel, andere Leute, und es ist sozusagen mehr ein phantastischer Einfall als eine Intrige.«

»Ja, um was handelt es sich denn? Erklären Sie mir's um Gottes willen! Begreifen Sie denn nicht, daß es mich unmittelbar angeht? Hier wird doch Jewgenij Pawlowitsch schlechtgemacht.«

»Fürst! Durchlauchtigster Fürst!« fing Lebedew wieder an und krümmte sich. »Sie erlauben einem ja gar nicht, die ganze Wahrheit zu sagen; ich fing ja schon damit an; mehr als einmal; Sie ließen mich nicht weiterreden ...«

Der Fürst schwieg eine Weile und dachte nach.

»Nun gut, sagen Sie die Wahrheit«, brachte er mühsam hervor, augenscheinlich nach einem harten innern Kampfe.

»Aglaja Iwanowna ...« fing Lebedew sofort an.

»Schweigen Sie! Schweigen Sie!« schrie der Fürst heftig, ganz rot vor Entrüstung, vielleicht auch vor Scham. »Das kann nicht sein, das ist alles Unsinn! Das alles haben Sie selbst oder ebenso Verrückte wie Sie erfunden! Daß ich das nie mehr von Ihnen höre!«

Spät abends, schon nach zehn Uhr, erschien Kolja mit einem ganzen Korb voll Neuigkeiten. Seine Nachrichten waren von zweierlei Art: aus Petersburg und aus Pawlowsk. Er berichtete flüchtig über die wichtigsten Petersburger Angelegenheiten (vor allem über Ippolit und die gestrigen Begebenheiten), um später noch einmal auf sie zurückzukommen, und wandte sich dann schleunigst den Neuigkeiten aus Pawlowsk zu. Vor drei Stunden war er aus Petersburg gekommen und, ohne beim Fürsten vorzusprechen, geradewegs zu Jepantschins gegangen. »Da geht es furchtbar zu!« Selbstverständlich erregte vor allem der Wagen die Gemüter, doch ganz sicher mußte noch etwas anderes geschehen sein, das ihm und dem Fürsten unbekannt war. »Ich habe natürlich nicht spioniert und wollte niemand ausfragen; man empfing mich übrigens freundlich, so freundlich, wie ich es gar nicht erwartet hatte; doch Sie, Fürst, wurden mit keiner Silbe erwähnt!« Das Bedeutsamste und Interessanteste war aber, daß Aglaja sich mit den Ihrigen um Ganjas willen überworfen hatte. Wie die Sache im einzelnen verlaufen war, wußte er nicht; der Streit war aber um Ganja gegangen (sich das nur vorzustellen!) und das Zerwürfnis war sehr stark, es mußte sich also um wichtige Dinge handeln. Der General war erst spät aus Petersburg gekommen, mit sehr finsterm Gesicht; Jewgenij Pawlowitsch begleitete ihn; dieser wurde sehr freundlich empfangen, und er selbst zeigte sich sehr heiter und liebenswürdig. Die allerwichtigste Neuigkeit aber war folgende: Lisaweta Prokofjewna hatte in aller Stille Warwara Ardalionowna, die bei den jungen Damen saß, zu sich gerufen und sie ein für allemal zum Hause hinausgejagt – übrigens in aller Höflichkeit. »Ich habe es von Warja selbst gehört.« Doch als Warja aus Lisaweta Prokofjewnas Zimmer kam und sich von den Mädchen verabschiedete, wußten diese gar nicht, daß ihr nun für immer das Haus verboten sei und daß sie ihnen zum letztenmal Lebewohl sage.

»Aber Warwara Ardalionowna war doch um sieben Uhr bei mir!« rief der Fürst verwundert.

»Sie ist um halb acht oder um acht fortgejagt worden. Warja und Ganja tun mir sehr leid ... sie stecken allerdings ewig in allerlei Intrigen, ohne das können sie nicht leben. Und ich habe nie erfahren können, was sie im Schilde führen, möchte es auch gar nicht wissen. Aber ich versichere Sie, lieber, guter Fürst – Ganja hat Herz. Er ist ein Mensch, der in mancher Hinsicht schon als verloren gelten muß, andrerseits aber hat er Eigenschaften, die herauszufinden sich wirklich lohnt, und ich werde es mir nie vergeben, daß ich ihn früher nicht verstanden habe ... Ich weiß nicht, ob ich den Verkehr noch fortsetzen soll, nach der Geschichte mit Warja. Es ist richtig, ich hatte mich von Anfang an ganz selbständig und unabhängig gestellt, aber die Sache muß überlegt werden.«

»Sie bedauern Ihren Bruder ganz unnütz«, bemerkte der Fürst. »Wenn die Sache schon so weit gekommen ist, dann muß Gawrila Ardalionowitsch in Lisaweta Prokofjewnas Augen eine Gefahr bedeuten, und das beweist, daß gewisse Hoffnungen von ihm sich bestätigen.«

»Wie? Was für Hoffnungen?« rief Kolja erstaunt. »Sie glauben doch nicht etwa, daß Aglaja . . . das kann nicht sein!«

Der Fürst schwieg.

»Sie sind ein furchtbarer Skeptiker, Fürst«, fügte Kolja nach etwa zwei Minuten hinzu. »Ich sehe, daß Sie seit einiger Zeit außerordentlich zum Skeptizismus neigen; Sie wollen an nichts mehr glauben und vermuten alles mögliche ... ist es richtig, wenn ich in diesem Fall ‚Skeptiker' sage?«

»Ich glaube, es ist richtig, obgleich ich es selbst nicht genau weiß.«

»Doch ich ziehe das Wort ‚Skeptiker' zurück! Ich habe eine neue Deutung gefunden!« schrie Kolja plötzlich. »Sie sind kein Skeptiker, sondern ein Eifersüchtiger! Sie sind höllisch eifersüchtig auf Ganja wegen einer gewissen stolzen Dame!« Als er dies gesagt hatte, sprang Kolja auf und brach in ein lautes Gelächter aus, wie er vielleicht vorher noch nie gelacht hatte. Da er sah, daß der Fürst rot wurde, lachte er nur noch mehr; der Gedanke, daß der Fürst Aglajas wegen eifersüchtig sein könnte, gefiel ihm ungemein; er verstummte aber sofort, als er merkte, daß der Fürst aufrichtig betrübt war. Dann redeten sie noch sehr ernst und besorgt eine oder anderthalb Stunden miteinander.

Am nächsten Tage hielt sich der Fürst in einer dringenden Angelegenheit den ganzen Morgen in Petersburg auf. Als er erst nach vier Uhr nachmittags wieder nach Pawlowsk abfahren wollte, traf er auf dem Bahnhof Iwan Fjodorowitsch.

Dieser faßte ihn schnell am Arm, sah sich wie erschrocken um und zog den Fürsten in einen Wagen erster Klasse, um die Fahrt mit ihm gemeinschaftlich zu machen. Er brannte vor Verlangen, eine wichtige Angelegenheit mit ihm zu besprechen.

»Vor allem, lieber Fürst, sei mir nicht böse, und wenn meinerseits irgend etwas Unrechtes geschehen ist, so vergiß es. Ich wäre schon gestern selbst zu dir gekommen, aber ich wußte nicht, wie Lisaweta Prokofjewna sich dazu verhalten würde. Bei mir zu Hause ist einfach die Hölle los; eine rätselhafte Sphinx scheint da zu hausen; ich gehe umher und verstehe nichts. Und was dich betrifft, so bist du meiner Ansicht nach von uns allen am wenigsten schuld, obgleich gewiß vieles durch dich so gekommen ist. Siehst du, Fürst, Philanthrop sein ist angenehm, aber nicht sehr. Du hast vielleicht schon selbst die Früchte davon gekostet. Ich schätze natürlich die Güte und achte Lisaweta Prokofjewna, allein ...« Der General redete noch lange in dieser Weise, aber seine Worte waren merkwürdig zusammenhanglos. Man sah, daß er durch etwas ihm ganz und gar Unverständliches außerordentlich erschüttert und verwirrt war.

»Für mich steht es außer allem Zweifel, daß du hieran gar keinen Anteil hast«, drückte er sich endlich deutlicher aus, »ich bitte dich aber freundschaftlich, besuche uns eine Zeitlang nicht, bis der Wind wieder aus einer andern Richtung weht. Was aber Jewgenij Pawlowitsch anbelangt«, rief er mit ungewöhnlicher Leidenschaftlichkeit aus, »so ist das alles nur sinnlose Verleumdung, allerschlimmste Verleumdung! Es handelt sich hier um bewußte üble Nachrede, um eine Intrige, um den Wunsch, alles zu zerstören und uns auseinanderzubringen! Siehst du, Fürst, ich sage es dir ins Ohr: zwischen uns und Jewgenij Pawlowitsch ist noch kein ernstes Wort gewechselt worden, verstehst du? Wir sind durch nichts gebunden – aber dieses Wort kann gesprochen werden, und zwar vielleicht sehr bald! Also das will man vereiteln! Wozu? Warum? Ich verstehe es nicht. Ein wunderbares Weib, ein exzentrisches Weib! Ich fürchte mich so vor ihr, daß ich den Schlaf fast ganz verloren habe. Und was für ein Wagen, diese weißen Pferde, das ist chic, das ist eben das, was die Franzosen chic nennen! Wo hat sie das her? Bei Gott, ich kam vorgestern in Versuchung, Jewgenij Pawlowitsch zu verdächtigen. Es erweist sich aber, daß das ganz unmöglich ist; ist es aber unmöglich, warum mengt sie sich hinein? Das ist die Frage! Um Jewgenij Pawlowitsch für sich zu behalten? Aber ich sage dir noch einmal, ich schwör's, er kennt sie gar nicht, und diese Wechsel sind eine bloße Erfindung! Und diese Frechheit, ihn auf offener Straße laut zu duzen! Eine regelrechte Verschwörung! Es ist klar, daß man das alles mit Verachtung zurückweisen und die Hochschätzung Jewgenij Pawlowitschs verdoppeln muß! So hab ich es auch Lisaweta Prokofjewna gesagt. Jetzt aber teile ich dir meinen geheimsten Gedanken mit: ich bin fest überzeugt, daß sie das getan hat, um sich an mir persönlich zu rächen, weißt du noch, für das Vergangene, obgleich ich mich ihr gegenüber nie und in keiner Weise schuldig gemacht habe. Ich erröte, wenn ich bloß daran denke. Jetzt ist sie wieder aufgetaucht; und ich dachte, sie sei ganz verschwunden. Wo sitzt denn dieser Rogoschin, bitte sehr? Ich dachte, sie sei schon längst Madame Rogoschina.«

Mit einem Wort, der Mann war völlig aus dem Gleichgewicht. Während der ganzen Fahrt, die fast eine Stunde währte, redete er allein, stellte Fragen, beantwortete sie selbst, drückte dem Fürsten die Hand und überzeugte ihn wenigstens davon, daß er gegen ihn auch nicht den geringsten Verdacht hege. Das war für den Fürsten sehr wichtig. Er schloß mit einer Erzählung von dem Onkel Jewgenij Pawlowitschs, einem Kanzleivorsteher irgendwo in Petersburg – »in angesehener Stellung, siebzig Jahre alt, Lebemann, Gastronom und überhaupt ein leckerer alter Herr ... Haha! Ich weiß, daß er von Nastasja Filippowna gehört hatte und sich sogar um ihre Gunst bemühte. Ich besuchte ihn neulich; er empfängt nicht, ist krank, aber reich, reich, hat Einfluß und ... Gott schenke ihm ein langes Leben, aber Jewgenij Pawlowitsch soll doch alles erben ... Ja, ja ... aber ich habe doch Angst! Ich weiß nicht wovor, aber ich habe Angst ... Es schwebt was in der Luft wie eine Fledermaus, ein Unheil ist in der Luft, ich fürchte mich, ich fürchte mich davor! ...«

Endlich, erst am dritten Tag, fand die schon erwähnte offizielle Versöhnung der Jepantschins mit dem Fürsten Lew Nikolajewitsch statt.

12

Es war sieben Uhr abends; der Fürst wollte sich in den Park begeben. Plötzlich erschien Lisaweta Prokofjewna allein bei ihm auf der Veranda.

»*Erstens,* bilde dir nicht ein«, fing sie an, »daß ich gekommen bin, dich um Verzeihung zu bitten. Unsinn! Du allein bist an allem schuld.«

Der Fürst schwieg.

»Bist du schuld oder nicht?«

»Nicht mehr und nicht weniger als Sie. Übrigens haben weder ich noch Sie vorsätzlich etwas Unrechtes getan. Vorgestern hielt ich mich für schuldig, doch jetzt habe ich erkannt, daß dem nicht so ist.«

»Also so denkst du! Nun gut. Hör zu und setze dich, denn ich habe nicht die Absicht zu stehen.«

Beide setzten sich.

»*Zweitens* – kein Wort über die boshaften Bengel! Ich will zehn Minuten hierbleiben und mit dir reden; ich komme wegen einer Auskunft zu dir – du hast dir wohl Gott weiß was gedacht? – und wenn du nur ein Wort von den frechen Jungen sagst, so stehe ich auf und gehe fort und breche dann für immer mit dir.«

»Gut«, antwortete der Fürst.

»Gestatte mir die Frage: hast du vor zwei oder zweieinhalb Monaten, um Ostern herum, an Aglaja geschrieben?«

»Ich ... habe ... ihr geschrieben.«

»Zu welchem Zweck? Was stand in dem Briefe? Zeig mir den Brief!« Lisaweta Prokofjewnas Augen glühten, sie zitterte beinahe vor Ungeduld.

»Ich habe den Brief nicht«, sagte der Fürst erstaunt und

ganz verzagt, »wenn er noch vorhanden ist, so hat ihn Aglaja Iwanowna.«

»Keine Ausreden! Was hast du ihr geschrieben?«

»Ich mache keine Ausreden und fürchte mich vor nichts. Ich sehe gar keinen Grund, warum ich nicht hätte schreiben sollen ...«

»Schweig still! Du kannst später reden. Was stand in dem Briefe? Warum wirst du rot?«

Der Fürst dachte eine Weile nach.

»Ich kenne Ihre Gedanken nicht, Lisaweta Prokofjewna. Ich sehe nur, daß dieser Brief Ihnen sehr mißfällt. Sie müssen zugeben, daß ich das Recht hätte, die Antwort auf eine solche Frage zu verweigern; aber um Ihnen zu zeigen, daß der Brief mir keine Angst macht und daß ich nicht bedaure, ihn geschrieben zu haben, daß er mich ganz und gar nicht erröten macht«, der Fürst wurde fast noch einmal so rot, »will ich Ihnen diesen Brief vortragen, denn ich glaube, ich kann ihn auswendig.« Nachdem er das gesagt hatte, zitierte der Fürst den ganzen Brief fast wörtlich, wie er ihn geschrieben hatte.

»Was für ein Unsinn! Was kann denn dieses Gewäsch deiner Meinung nach bedeuten?« fragte Lisaweta Prokofjewna schroff, nachdem sie die Wiedergabe des Briefes mit ungewöhnlicher Aufmerksamkeit angehört hatte.

»Ich weiß es selbst nicht genau; ich weiß nur, daß mein Gefühl aufrichtig war. Dort hatte ich Augenblicke vollsten Lebens und außerordentlicher Hoffnungen.«

»Was für Hoffnungen?«

»Es ist schwer zu erklären, doch keine von der Art, wie Sie jetzt vielleicht meinen. Hoffnungen ... nun, mit einem Wort, Hoffnungen auf die Zukunft und Freude darüber, daß ich *dort* vielleicht kein Fremder, kein Ausländer bin. Es gefiel mir in der Heimat mit einemmal sehr gut. An einem sonnigen Morgen griff ich zur Feder und schrieb diesen Brief an sie; warum gerade an sie, weiß ich nicht. Mitunter möchte man einen Freund neben sich haben; und mich verlangte wohl nach einem Freunde ...« fügte der Fürst nach kurzem Schweigen hinzu.

»Du bist wohl gar verliebt?«

»N – nein. Ich ... ich schrieb an sie wie an eine Schwester. Ich unterschrieb auch ‚Ihr Bruder'.«

»Hm! Absichtlich; ich verstehe.«

»Es fällt mir sehr schwer, Ihnen auf diese Fragen zu antworten, Lisaweta Prokofjewna.«

»Ich weiß, daß es dir schwerfällt, aber mich geht es gar nichts an, ob dir etwas schwerfällt. Hör zu, sag mir die Wahrheit wie vor Gott: belügst du mich oder nicht?«

»Ich lüge nicht.«

»Sagst du die Wahrheit, bist du nicht verliebt?«

»Ich glaube, es ist die volle Wahrheit.«

»Aha! ‚Ich glaube'! Der Bengel hat den Brief übergeben?«

»Ich bat Nikolaj Ardalionowitsch ...«

»Der Bengel! Der Bengel!« unterbrach ihn Lisaweta Prokofjewna heftig. »Ich weiß von keinem Nikolaj Ardalionowitsch was! Der Bengel!«

»Nikolaj Ardalionowitsch ...«

»Der Bengel, sage ich dir!«

»Nein, nicht der Bengel, sondern Nikolaj Ardalionowitsch«, sagte der Fürst endlich fest, wenn auch mit ziemlich leiser Stimme.

»Schon gut, mein Lieber, schon gut! Das kommt dir noch auf die Rechnung.« Eine Minute lang bekämpfte sie ihre Erregung und ruhte aus. »Und was ist das mit dem Armen Ritter?«

»Das weiß ich gar nicht. Ich war nicht dabei. Irgendein Scherz.«

»Sehr angenehm, das so plötzlich zu erfahren! Aber konnte sie denn wirklich Gefallen an dir finden? Sie hat dich doch selbst ‚Mißgeburt' und ‚Idiot' genannt.«

»Sie brauchten mir das wohl nicht wiederzusagen«, bemerkte der Fürst vorwurfsvoll, aber fast im Flüsterton.

»Ärgere dich nicht. Sie ist ein eigenwilliges, verrücktes, verwöhntes Mädchen. Wenn sie einen liebgewinnt, wird sie ihn absichtlich laut schmähen und ihm ins Gesicht lachen; ich war genauso. Aber triumphiere nicht gleich, mein Lieber, sie gehört dir noch nicht; ich will es nicht glauben, und es wird nie so kommen! Ich sage das, damit du schon jetzt deine Maßregeln triffst. Höre: du sollst mir schwören, daß du mit *jener* nicht verheiratet bist.«

»Lisaweta Prokofjewna, was reden Sie? Um Gottes willen!« Der Fürst wäre vor Verwunderung beinahe aufgesprungen.

»Du hättest sie aber beinahe geheiratet?«

»Beinahe geheiratet«, flüsterte der Fürst und senkte den Kopf.

»Nun, bist du etwa in *sie* verliebt, wenn die Dinge so liegen? Bist du jetzt *ihretwegen* hergekommen? *Jener* zuliebe?«

»Ich bin nicht zum Heiraten hergekommen«, antwortete der Fürst.

»Ist dir etwas heilig auf dieser Welt?«

»Ja.«

»Schwöre, daß du nicht gekommen bist, um *jene* zu heiraten.«

»Ich schwöre bei allem, was Sie wollen.«

»Ich glaube dir. Küsse mich. Endlich atme ich frei. Aber merk dir's: Aglaja liebt dich nicht, sieh dich also vor, und deine Frau wird sie nicht, solange ich noch am Leben bin! Hast du gehört?«

»Ja.« Der Fürst errötete so stark, daß er Lisaweta Prokofjewna nicht in die Augen sehen konnte.

»Merk dir's also. Ich habe auf dich gewartet wie auf die Vorsehung – du warst es nicht wert! –, ich habe mein Kissen nachts mit Tränen getränkt, nicht um deinetwillen, mein Lieber, beruhige dich, ich habe mein eigenes, anderes Leid, das sich ewig gleichbleibt. Aber warum habe ich so ungeduldig auf dich gewartet? Weil ich immer noch glaube, daß Gott selbst dich mir als Freund und leiblichen Bruder gesandt hat. Ich habe niemand außer der alten Belokonskaja, und auch die ist ausgeflogen, und dazu auch vor Alter dumm geworden wie ein Hammel. Jetzt antworte einfach *ja* oder *nein*: weißt du, warum *sie* vorgestern aus dem Wagen gerufen hat?«

»Mein Ehrenwort, daß ich hier nicht beteiligt war und nichts weiß.«

»Genug. Ich glaube dir. Jetzt habe ich auch andere Gedanken darüber, aber noch gestern früh machte ich Jewgenij Pawlowitsch für alles verantwortlich. Den ganzen vorgestrigen Tag und gestern früh. Jetzt muß ich ihnen natürlich beistimmen: es ist offenkundig, daß man hier mit ihm wie mit einem Narren seinen Spott getrieben hat – warum? wozu? weshalb? Schon das ist verdächtig! Und unschön! Aber Aglaja soll seine Frau nicht werden, das sage ich dir. Mag er ein braver Mann sein, es kommt doch so. Ich schwankte schon früher, aber nun bin ich fest entschlossen: legt mich erst in den Sarg und versenkt mich in die Erde, dann könnt ihr meine Tochter verheiraten. Das habe ich Iwan Fjodorowitsch heute klipp und klar gesagt. Siehst du nun, daß ich Vertrauen zu dir habe, siehst du?«

»Ich sehe es und verstehe es.«

Lisaweta Prokofjewna sah den Fürsten scharf an: vielleicht lag ihr besonders daran, zu erfahren, was für einen Eindruck die Mitteilung über Jewgenij Pawlowitsch auf ihn machen würde.

»Von Gawrila Iwolgin weißt du nichts?«

»Das heißt . . . ich weiß recht viel.«

»Hast du gewußt oder nicht, daß er Beziehungen zu Aglaja hat?«

»Nichts habe ich gewußt«, sagte der Fürst erstaunt und zuckte sogar zusammen. »Was sagen Sie? Gawrila Ardalionowitsch – Beziehungen zu Aglaja Iwanowna? Das kann nicht sein!«

»Erst seit ganz kurzer Zeit. Die Schwester hat ihm den Weg gebahnt, den ganzen Winter hindurch, wie eine Ratte hat sie gearbeitet.«

»Ich glaube es nicht«, wiederholte der Fürst nach kurzer erregter Überlegung mit fester Stimme. »Wäre das der Fall, so müßte ich es wissen.«

»Du meinst wohl, er wäre dann von selbst gekommen und hätte an deiner Brust weinend ein Geständnis abgelegt? Ach, du Einfaltspinsel! Alle betrügen sie dich wie einen . . . wie . . . Schämst du dich nicht, ihm Vertrauen zu schenken? Siehst du wirklich nicht, daß er dich ganz in seinen Netzen hat?«

»Ich weiß wohl, daß er mich zuweilen betrügt«, sagte der Fürst widerwillig mit gedämpfter Stimme, »und er weiß, daß ich es weiß ...« fügte er hinzu, kam aber nicht weiter.

»Wissen und doch vertrauen! Das hat noch gefehlt! Übrigens war von dir nichts anderes zu erwarten! Worüber ich mich bloß wundere? Ach Gott! Hat es je einen zweiten Menschen dieser Art gegeben? Pfui! Und weißt du, daß dieser Ganja oder diese Warja sie mit Nastasja Filippowna in Beziehungen gebracht haben?«

»Wen?!« rief der Fürst.

»Aglaja.«

»Das glaub ich nicht! Das kann nicht sein! Zu welchem Zweck?« Er sprang vom Stuhl auf.

»Ich glaube es auch nicht, obgleich Beweise vorhanden sind. Das Mädel ist eigensinnig, das Mädel ist wunderlich, das Mädel ist toll! Und boshaft, boshaft, boshaft! Tausend Jahre werde ich behaupten, daß sie's ist! Alle sind sie bei mir so, selbst das Jammergeschöpf, die Alexandra, aber bei dieser geht es über alles Maß hinaus. Aber ich glaube es auch nicht! Vielleicht weil ich es nicht glauben will«, fügte sie halb für sich hinzu. »Warum bist du nicht gekommen?« wandte sie sich plötzlich an den Fürsten. »Warum bist du all die drei Tage nicht gekommen?« schrie sie ihn noch einmal ungeduldig an.

Der Fürst fing an, seine Gründe darzulegen, aber sie unterbrach ihn wieder.

»Alle halten sie dich für einen Dummkopf und betrügen dich! Du warst gestern in der Stadt; ich wette, du hast diesen Schuft kniefällig gebeten, die zehntausend Rubel anzunehmen.«

»Durchaus nicht. Ich habe nicht einmal daran gedacht. Ich habe ihn auch nicht gesehen, und außerdem ist er kein Schuft. Ich habe einen Brief von ihm bekommen.«

»Zeig mir den Brief!«

Der Fürst nahm einen Zettel aus der Mappe und reichte ihn Lisaweta Prokofjewna. Auf dem Zettel stand:

»Sehr geehrter Herr, ich habe selbstverständlich in den Augen der Leute nicht das geringste Recht, Eigenliebe zu zeigen. Nach Ansicht der Leute bin ich viel zu gering dazu. Das ist aber nur in den Augen der Leute und nicht in den Ihren. Ich bin zu fest überzeugt, daß Sie, geehrter Herr, vielleicht besser sind als die andern. Ich bin mit Doktorenko nicht einverstanden, und unsere Ansichten gehen hier auseinander. Ich nehme nie eine Kopeke von Ihnen, doch Sie haben meiner Mutter geholfen, und dafür bin ich Ihnen zu Dank verpflichtet, obgleich es nur Schwäche meinerseits ist. In jedem Fall denke ich ganz anders über Sie und halte es für notwendig, Sie davon in Kenntnis zu setzen. Danach aber meine ich, daß zwischen uns keinerlei Beziehungen mehr bestehen können. Antip Burdowskij.

P. S. Der bis zu zweihundert Rubel noch fehlende Betrag wird Ihnen im Laufe der Zeit pünktlich zurückerstattet werden.«

»Was für ein Unsinn!« sagte Lisaweta Prokofjewna und warf den Zettel beiseite. »Es lohnte gar nicht, es zu lesen. Was schmunzelst du?«

»Gestehen Sie, daß es auch Ihnen Vergnügen machte, den Brief zu lesen.«

»Was? Dieses von Eitelkeit triefende Geschwätz? Siehst du denn nicht, daß sie alle den Verstand verloren haben vor Stolz und Eitelkeit?«

»Ja, er bekennt sich aber doch schuldig, hat mit Doktorenko gebrochen, und je eitler er ist, desto größer war das Opfer seiner Eitelkeit. Was sind Sie doch für ein kleines Kind, Lisaweta Prokofjewna!«

»Willst du etwa eine Ohrfeige von mir bekommen?«

»Nein, durchaus nicht. Ich sage das nur, weil Sie sich über den Zettel freuen und es nicht wahr haben wollen. Warum schämen Sie sich Ihrer Gefühle? Und so sind Sie in allem!«

»Wage es jetzt nicht, auch nur einen Schritt in mein Haus zu tun!« fuhr Lisaweta Prokofjewna auf, ganz bleich vor Zorn. »Daß nicht ein Hauch von dir in Zukunft bei mir zu verspüren ist!«

»Nach drei Tagen werden Sie selbst kommen und mich

einladen ... Schämen Sie sich wirklich nicht? Das sind doch Ihre edelsten Gefühle, warum schämen Sie sich ihrer? Sie quälen sich doch nur selbst!«

»Und wenn ich darüber sterben sollte – ich lade dich nicht ein! Deinen Namen will ich vergessen! Ich habe ihn schon vergessen!!« Sie stürzte aus dem Zimmer hinaus.

»Man hat mir auch ohnedies verboten, Sie zu besuchen«, rief der Fürst ihr nach.

»Wa–a–s? Wer hat es dir verboten?« Sie hatte sich im Nu umgedreht, wie von einer Nadel gestochen. Der Fürst zögerte mit der Antwort; er fühlte, daß er sich unversehens, aber sehr böse verplappert hatte. »Wer hat's dir verboten?« schrie Lisaweta Prokofjewna wütend.

»Aglaja Iwanowna verbot es mir.«

»Wann? So rede doch!!!«

»Heute früh ließ sie mir sagen, ich dürfte nie mehr zu Ihnen kommen.«

Lisaweta Prokofjewna stand wie versteinert da, aber sie überlegte.

»Was ließ sie sagen? Durch wen? Durch den Bengel? Mündlich?« rief sie plötzlich wieder.

»Ich habe einen Zettel bekommen«, sagte der Fürst.

»Wo? Gib her! Sofort!«

Der Fürst dachte fast eine Minute lang nach, zog dann aber aus der Westentasche ein nachlässig zusammengefaltetes Stückchen Papier, auf dem geschrieben stand:

»Fürst Lew Nikolajewitsch! Wenn Sie nach dem, was vorgefallen ist, die Absicht haben sollten, mich durch einen Besuch in unserm Landhaus in Erstaunen zu setzen, so können Sie überzeugt sein, daß Sie mich nicht unter den Erfreuten finden werden. Aglaja Jepantschina.«

Lisaweta Prokofjewna überlegte etwa eine Minute lang; dann stürzte sie plötzlich auf den Fürsten zu, faßte seine Hand und zog ihn hinter sich her.

»Sofort! Komm! Nun erst recht sofort, auf der Stelle!« schrie sie in einem Anfall außerordentlicher Erregung und Ungeduld.

»Aber dann muß ich gewärtigen ...«

»Was? Unschuldiger Einfaltspinsel! Als wäre er gar kein Mann! Jetzt werde ich alles selbst sehen, mit eigenen Augen ...«

»Lassen Sie mich doch wenigstens noch meinen Hut nehmen.«

»Da ist dein elender Deckel, komm! Nicht mal eine geschmackvolle Fasson konnte er sich auswählen! Das hat sie ... das hat sie nach dem gestrigen ... in der Erregung getan«, murmelte Lisaweta Prokofjewna und zog den Fürsten hinter sich her, ohne auch nur für einen Augenblick seine Hand loszulassen. »Vorhin trat ich für dich ein, sagte laut, du seist ein Dummkopf, weil du nicht kämest ... sonst hätte sie einen so unsinnigen Zettel nicht geschrieben! Einen unanständigen Zettel! Unanständig bei einem vornehmen, wohlerzogenen, gescheiten Mädchen! ... Hm!« fuhr sie fort, »oder ... oder ... sollte sie sich vielleicht selbst geärgert haben, daß du nicht kommst, und bloß nicht überlegt haben, daß man an einen Idioten so nicht schreiben darf, weil er es wörtlich nehmen könnte. So ist es auch gekommen. Was horchst du?« schrie sie ihn an, als ihr zum Bewußtsein kam, daß sie sich verplappert hatte. »Sie braucht so einen Hansnarren wie dich, hat lange nichts dergleichen gesehen, darum bittet sie dich! Und ich freue mich, ich freue mich, daß sie dir jetzt den Kopf waschen wird. Ich freue mich! Du bist nichts anderes wert! Und sie versteht es, oh, wie sie es versteht!«

DRITTER TEIL

1

Immer wieder hört man klagen, es gebe bei uns keine praktischen Menschen; Politiker hätten wir zum Beispiel sehr viele, Generale ebenfalls; Verwaltungsbeamte jeder Art fänden sich, wenn man sie brauchte, immer in genügender Anzahl – praktische Menschen aber seien nicht vorhanden. Wenigstens klagen alle, daß sie nicht zu finden seien. Man sagt sogar, es gebe bei einigen Eisenbahnen nicht einmal brauchbares Bedienungspersonal; eine halbwegs erträgliche Verwaltung für irgendeine Dampfschiffahrtsgesellschaft zusammenzubringen sei überhaupt ganz unmöglich. Da, heißt es, seien auf einer neueröffneten Bahnlinie zwei Züge zusammengestoßen oder ein paar Wagen von einer Brücke herabgestürzt; dort, meldet man, sei ein Zug im Schnee steckengeblieben: die Reise sollte ein paar Stunden dauern, statt dessen aber habe man fünf Tage im verwehten Feld stehen müssen. Anderswo, erzählt man wieder, müßten viele tausend Zentner Waren an einem Ort zwei oder drei Monate lang faulen, weil sie immer nicht abgefertigt werden könnten; wieder anderswo, sagt man (man möchte es wirklich gar nicht glauben), habe ein Verwaltungsbeamter, das heißt irgendein Aufseher, einen Kommis, der ihm mit der Abfertigung seiner Waren keine Ruhe ließ, ein paar Zähne ausgeschlagen und diese Verwaltungsmaßregel noch damit erklärt, daß er »etwas hitzig« gewesen sei. Wir haben doch so viele Behörden in unserm Staat, daß man schon Angst bekommt, wenn man bloß daran denkt; alle sind Beamte gewesen, alle sind noch heute Beamte, alle wollen Beamte werden – und da sollte man aus so reichem Material keine anständige Verwaltung auch nur für eine Dampfschiffahrtsgesellschaft zusammenbekommen?

Die Antwort, die man darauf zu hören bekommt, ist äußerst einfach – so einfach, daß man an diese Erklärung kaum glauben kann. Ja, heißt es, bei uns waren alle Beamte oder sind es, und das geht nun schon zweihundert Jahre so nach dem schönsten deutschen Muster, erbt sich vom Urahn zum Urenkel fort – aber gerade die Beamten sind die allerunpraktischsten Leute, und es ist schon so weit gekommen, daß Lebensfremdheit und das Fehlen praktischer Kenntnisse sogar bei den Beamten selbst noch vor kurzem fast als die größte Tugend und beste Empfehlung galten. Übrigens haben wir ganz unnütz von den Beamten angefangen, wir wollten doch eigentlich von praktischen Menschen sprechen. Hier steht es nun außer allem Zweifel, daß Zaghaftigkeit und das gänzliche Fehlen jeder eigenen Initiative bei uns stets als das wichtigste und beste Kennzeichen eines praktischen Menschen angesehen wurden – und sogar heute noch angesehen werden. Warum aber nur sich selbst anklagen – wenn diese Meinung überhaupt als Anklage aufzufassen ist? Der Mangel an Eigenart galt überall, in der ganzen Welt, von altersher als wichtigstes Kennzeichen und beste Empfehlung eines tüchtigen, sachlichen und praktischen Menschen, und mindestens neunundneunzig Prozent aller Menschen (das ist noch das allerwenigste) haben allezeit so gedacht; höchstens einer von hundert betrachtete und betrachtet die Dinge anders.

Erfinder und Genies haben allemal im Anfang ihrer Laufbahn (sehr häufig auch noch an deren Ende) bei der Gesellschaft als Narren gegolten – das ist eine abgedroschene Wahrheit, die jedem nur zu bekannt ist. Wenn zum Beispiel jahrzehntelang alle ihr Geld in die Kreditbank getragen und dort nach und nach Milliarden zu vier Prozent niedergelegt hatten, so mußte selbstverständlich, als die Kreditbank nicht mehr vorhanden und jeder auf die eigene Unternehmungslust angewiesen war, der größte Teil dieser Millionen auf der Jagd nach Aktien und in den Händen von Schwindlern verlorengehen – das verlangte sogar der Anstand und die gute Sitte. Eben die gute Sitte: wenn hochmoralische Zaghaftigkeit und ein angemessener Mangel an Eigenart bei uns bisher nach allgemeiner Überzeugung zu den unabänderlichen Eigenschaften eines tüchtigen und sachlichen Menschen gehörten, so wäre es doch zu unsachlich, ja einfach unanständig gewesen, sich plötzlich so ganz zu ändern. Welche Mutter, die ihr Kind zärtlich liebt, würde nicht entsetzt sein und vor Schreck wohl gar krank werden, wenn ihr Sohn oder ihre Tochter auch nur ein ganz klein wenig aus dem Geleise käme? Nein, mag es lieber glücklich werden und in Wohlbehagen ohne Originalität dahinleben! denkt jede Mutter, wenn sie ihr Kind in den Schlaf wiegt. Und unsere Wärterinnen singen seit Menschengedenken an der Wiege: »Goldne Tressen trägst du mal, denn du wirst ein General!« Also galt selbst bei unsern Kindermädchen der Generalsrang als Gipfel des Glücks, dessen ein Russe teilhaftig werden kann, und war demnach das populärste nationale Ideal einer ruhigen, unangefochtenen Seligkeit. Und wirklich: wenn man sein Examen mit der Note genügend bestanden hatte und fünfunddreißig Jahre im Staatsdienst gewesen war – wer wurde bei uns dann nicht General und hatte sich nicht ein erkleckliches Sümmchen in der Kreditbank zusammengespart? So gelangte der Russe fast ohne jede Anstrengung endlich in den Ruf eines tüchtigen und praktischen Menschen. *Nicht* General werden konnte bei uns eigentlich nur ein origineller, das heißt ein unruhiger Mensch. Vielleicht stimmt hier auch irgend etwas nicht ganz; allgemein genommen scheinen die Dinge aber doch so zu liegen, und unsere Gesellschaft hatte vollkommen recht, wenn sie ihr Ideal eines praktischen Menschen so und nicht anders formulierte. Trotz alledem haben wir sehr viel Überflüssiges gesagt, denn unsere Absicht war eigentlich nur, ein paar erläuternde Worte über die uns bekannte Familie Jepantschin zu sagen. Diese Leute, oder doch wenigstens die am meisten denkenden Glieder dieser Familie, litten beständig unter einer ihnen so gut wie allen gemeinsamen Familieneigentümlichkeit, die den vorhin von uns erörterten Tugenden gerade entgegengesetzt war. Obzwar sie die Tatsache nicht ganz verstanden (denn sie zu verstehen ist schwer), ahnten sie doch zuweilen, daß es in ihrer Familie nicht ganz so zugehe wie sonst überall. Bei allen geht es glatt, ihr Weg aber war uneben; alle andern gleiten auf Schienen dahin, sie kamen fortwährend aus dem Geleise. Alle andern wurden fortwährend in hochanständiger Weise verzagt, ihnen passierte das nie. Lisaweta Prokofjewna konnte allerdings mitunter sogar übermäßig ängstlich sein, das war aber etwas ganz anderes als die wohlanständige Angst der feinen Gesellschaft, nach der sie so verlangte. Übrigens regte sich vielleicht auch nur Lisaweta Prokofjewna darüber auf, die Töchter waren noch jung, wenn auch sehr scharfsichtig und ironisch, der General sah zwar auch recht scharf (doch kostete es ihn immer eine gewisse Mühe), allein in schwierigen Fällen sagte er bloß »Hm!« und setzte zu guter Letzt seine ganze Hoffnung auf Lisaweta Prokofjewna. Somit lag alle Verantwortung auf ihr. Nicht etwa, daß diese Familie viel eigene Initiative besessen hätte oder aus einem bewußten Verlangen nach Originalität aus dem Geleise gesprungen wäre, was schon jeglichem Anstand widersprochen hätte. O nein! Nichts dergleichen war tatsächlich vorhanden, das heißt nichts von einem bewußt gesteckten Ziel, und doch ging es zu guter Letzt immer so, daß die Familie Jepantschin, so hoch achtbar sie auch war, sich doch nicht ganz so zeigte, wie von Rechts wegen alle achtbaren Familien beschaffen sein müssen. In der letzten Zeit fing Lisaweta Prokofjewna an, die ganze Schuld sich selbst und ihrem »unglücklichen« Charakter zuzuschreiben, wodurch ihre Leiden natürlich nur noch größer wurden. Sie nannte sich selbst jeden Augenblick ein »dummes, unanständiges, verdrehtes Frauenzimmer«, quälte sich mit ihrem Argwohn, verlor immer wieder den Kopf, fand keinen Ausweg aus der allergewöhnlichsten Verwicklung und übertrieb die Schwierigkeiten fortwährend.

Schon im Anfang unserer Erzählung erwähnten wir, daß die Jepantschins sich allgemeiner und aufrichtiger Achtung erfreuten. Sogar General Iwan Fjodorowitsch, ein Mann von dunkler Herkunft, wurde überall ohne Widerspruch und mit Achtung empfangen. Diese Achtung verdiente er auch, erstens als Mann, der reich war und nicht »zu den Letzten« gehörte, und zweitens als durchaus anständiger, wenn auch geistig beschränkter Mensch. Aber ein gewisser Stumpfsinn ist, scheint es, eine unentbehrliche Eigenschaft, wenn auch nicht jedes praktisch tätigen Mannes, so doch mindestens eines jeden, dem es ernsthaft um Gelderwerb zu tun ist. Schließlich hatte der General anständige Manieren, war bescheiden, wußte zu schweigen und gestattete es doch keinem, ihm auf die Hühneraugen zu treten – und zwar nicht bloß, weil er General war, sondern einfach als ehrlicher und vornehmer Mensch. Das wichtigste aber war, daß er mächtige Gönner besaß. Was nun Lisaweta Prokofjewna anbelangt, so war sie, wie schon früher hervorgehoben, immerhin von guter Herkunft, worauf man bei uns freilich nicht viel gibt, wenn die notwendigen Beziehungen nicht auch vorhanden sind. Aber es erwies sich, daß sie auch Beziehungen hatte; sie wurde geachtet, ja sogar geliebt von Menschen, deren Beispiel auch alle andern zwang, sie zu achten und mit ihr zu verkehren. Sicher waren ihre Familiensorgen grundlos oder bezogen sich auf Bagatellen, die sie bis zum Lächerlichen übertrieb; hat aber jemand eine Warze auf der Nase oder auf der Stirn, so glaubt er doch immer, daß alle Menschen nichts anderes zu tun haben, als auf diese Warze zu blikken, über sie zu lachen und ihn schlechtzumachen, selbst wenn er nebenbei der Entdecker Amerikas wäre. Unzweifelhaft ist es auch, daß Lisaweta Prokofjewna in der Gesellschaft für »verschroben« galt, dabei aber wurde sie unstreitig geachtet; allein Lisaweta Prokofjewna wollte bald auch nicht mehr glauben, daß man sie achtete, und das war eben das schlimme. Wenn sie ihre Töchter ansah, wurde sie von Argwohn geplagt, daß sie immerfort deren Karriere im Wege stehe, daß ihr Charakter lächerlich, unanständig und unerträglich sei – was sie natürlich immer wieder ihren Töchtern und Iwan Fjodorowitsch vorwarf, so daß sie sich tagelang mit ihnen zanken konnte –, und dabei liebte sie sie doch bis zur Selbstvergessenheit, ja geradezu leidenschaftlich.

Am meisten quälte sie die Furcht, ihre Töchter könnten ebenso »verdreht« werden wie sie selbst und daß es solche Mädchen wie ihre Töchter auf der Welt gar nicht gebe und auch gar nicht geben dürfe. Da wachsen mir drei Nihilistinnen heran! sagte sie immer wieder zu sich selbst. In der letzten Zeit und besonders im letzten Jahr hatte dieser traurige Gedanke immer fester Wurzel in ihr gefaßt. Erstens –

warum heiraten sie nicht? fragte sie sich unablässig. Ihre Mutter quälen – darin sehen sie den Zweck ihres Lebens, und das kommt natürlich von all den neuen Ideen, von dieser verdammten Frauenfrage! War Aglaja nicht vor einem halben Jahr auf den Gedanken gekommen, ihr prachtvolles Haar abzuschneiden? – Lieber Gott, ich hatte zu meiner Zeit gar nicht solch ein Haar! – Sie hatte die Schere schon in der Hand, auf den Knien mußte ich sie anflehen, es nicht zu tun! ... Nun ja, die tat es aus Wut, um die Mutter zu quälen, denn sie ist ein boshaftes Mädchen, eigensinnig, verwöhnt, aber vor allem boshaft, boshaft, boshaft! Aber wollte es diese dicke Alexandra ihr nicht nachmachen und sich auch die Zöpfe abschneiden, nicht aus Bosheit, nicht aus Laune, sondern ganz ehrlich wie eine Närrin, die sich von Aglaja hatte einreden lassen, sie würde ohne Haar ruhiger schlafen und keine Kopfschmerzen mehr haben? Und wieviel, wieviel, wieviel Freier haben sie nun schon in den fünf Jahren gehabt! Und es waren doch wirklich brave Leute, einige sogar ganz vortreffliche darunter! Worauf warten sie denn, warum heiraten sie nicht? Nur um die Mutter zu ärgern, sonst ist kein Grund vorhanden! Nicht der geringste! Aber auch nicht der geringste!

Endlich schien auch für ihr Mutterherz die Sonne aufzugehen: wenigstens eine Tochter, wenigstens Adelaida würde endlich versorgt sein. »Eine werde ich gottlob los!« pflegte Lisaweta Prokofjewna zu sagen, wenn sie laut darüber zu sprechen hatte (im stillen drückte sie sich ungleich zärtlicher aus). Und wie gut, wie anständig hatte sich die ganze Sache gemacht: sogar in der Gesellschaft sprach man mit Ehrfurcht darüber. Ein bekannter Mann, ein Fürst, vermögend, brav und auch noch nach ihrem Herzen – was konnte man mehr verlangen? Aber Adelaida hatte ihr von jeher weniger Sorge gemacht als die beiden andern, obgleich ihre künstlerischen Neigungen das ewig zweifelnde Herz der Mutter mitunter doch sehr beunruhigten. Dafür hat sie ein heiteres Wesen und ist doch sehr vernünftig – das Mädel geht also nicht zugrunde, tröstete sie sich schließlich. Um Aglaja sorgte sie sich am meisten. Nebenbei bemerkt – was Alexandra, die

Älteste betraf, so wußte Lisaweta Prokofjewna selber nicht, wie sie es halten sollte: sollte sie sich Sorgen machen oder nicht? Bald schien es ihr, als wäre das Mädel schon ganz verloren; fünfundzwanzig Jahre alt – das heißt alte Jungfer bleiben, »und sie ist doch so hübsch!« ... Lisaweta Prokofjewna weinte sogar nachts um sie, während Alexandra Iwanowna selber in diesen Nächten ganz friedlich schlief. Was ist sie eigentlich – Nihilistin oder eine ganz gewöhnliche Närrin? fragte sie sich. Daß sie keine Närrin war, bezweifelte übrigens Lisaweta Prokofjewna selbst ganz und gar nicht: sie schätzte Alexandras Urteil sehr hoch und beriet sich gern mit ihr. Aber daß sie ein »Pomadentopf« war, das unterlag keinem Zweifel. Sie ist so ruhig, daß man sie durch nichts aufrütteln kann! Übrigens sind auch Pomadentöpfe nicht ruhig. Pfui Kuckuck! Wie soll man mit ihnen zu Strich kommen?! dachte Lisaweta Prokofjewna. Sie empfand eine unerklärliche Sympathie für Alexandra Iwanowna, mehr noch als für Aglaja, die doch ihr Abgott war. Aber gallige Ausfälle (in denen vor allem ihre mütterliche Besorgtheit und Teilnahme zum Ausdruck kam) und Angriffe, Bezeichnungen wie »Pomadentopf« machten Alexandra nur lachen. Es kam mitunter so weit, daß die geringsten Kleinigkeiten Lisaweta Prokofjewna furchtbar ärgerten und ganz aus dem Häuschen brachten. Alexandra Iwanowna schlief zum Beispiel gern lange und hatte immer sehr viel Träume; aber ihre Träume waren seltsamerweise immer inhaltsleer und unschuldig wie die eines siebenjährigen Kindes; auch diese Unschuld begann nun aufreizend auf die Mutter zu wirken. Einmal hatte Alexandra neun Hühner im Traum gesehen, und das hatte eine regelrechte Zankerei zwischen ihr und der Mutter zur Folge – warum? Das läßt sich kaum erklären. Einmal nur, ein einziges Mal war es ihr vergönnt, im Traum etwas Eigenartiges zu sehen: sie sah einen Mönch allein in einem dunkeln Zimmer sitzen, in das sie sich nicht hineinwagte. Der Traum wurde sofort der Mutter von den zwei Schwestern unter lautem Jubelgelächter berichtet; doch die Mutter geriet wieder in Zorn und nannte alle drei Närrinnen. Hm! Sie ist ruhig wie eine Närrin – der richtige Pomadentopf, mit nichts kann man sie aufrütteln, dachte sie. Und dabei hat sie doch irgendeinen Schmerz, manchmal blickt sie so wehmütig! Was mag sie nur quälen? Was? Mitunter stellte sie diese Frage auch ihrem Gatten, und zwar nach ihrer Gewohnheit hysterisch, drohend, in Erwartung einer sofortigen Antwort. Iwan Fjodorowitsch brummte, runzelte die Stirn, zuckte die Achseln und erklärte endlich mit einer hilflosen Handbewegung: »Einen Mann braucht sie!«

»Gott gebe nur, daß es keiner wird wie Sie, Iwan Fjodorowitsch!« platzte Lisaweta Prokofjewna endlich los wie eine Bombe. »Keiner, der so denkt und urteilt wie Sie, Iwan Fjodorowitsch; kein so grober Grobian wie Sie, Iwan Fjodorowitsch ...«

Iwan Fjodorowitsch rettete sich durch eilige Flucht, und Lisaweta Prokofjewna fühlte sich nach der Explosion wieder einigermaßen beruhigt. Es versteht sich von selbst, daß sie noch am nämlichen Abend sich auffallend zärtlich, sanft, entgegenkommend und ehrerbietig gegen ihren Iwan Fjodorowitsch zeigte, den »groben Grobian«, ihren guten, lieben, angebeteten Iwan Fjodorowitsch, denn ihr Leben lang hatte sie ihn ja geliebt, ihren Iwan Fjodorowitsch, ja sie war geradezu verliebt in ihn, und das wußte er selbst ganz genau und brachte seiner Lisaweta Prokofjewna eine unendliche Achtung entgegen.

Ihre größte und ständige Qual aber war Aglaja. »Sie ist ganz, aber auch ganz wie ich, mein genaues Ebenbild«, sagte Lisaweta Prokofjewna zu sich selbst, »ein eigensinniger, bösartiger kleiner Teufel! Eine Nihilistin, ein verschrobenes Frauenzimmer, toll und böse, böse, böse! O Gott, wie unglücklich muß sie werden!«

Aber wie gesagt, die plötzlich aufgegangene Sonne bestrahlte alles mit einem milderen und freundlicheren Licht. Es kam fast ein ganzer Monat im Leben Lisaweta Prokofjewnas, in dem sie sich von allen Aufregungen zu erholen schien. Im Anschluß an die bevorstehende Vermählung Adelaidas fing man in der Gesellschaft an auch von Aglaja zu reden, und dabei hielt sich Aglaja überall so ausgezeichnet, so gleichmäßig, so vernünftig, so siegesgewiß – wohl auch ein bißchen stolz, aber gerade das stand ihr so gut! So freundlich, so zärtlich war sie einen vollen Monat lang zu ihrer Mutter! (Freilich diesen Jewgenij Pawlowitsch muß man sich noch sehr, sehr genau ansehen; man muß ihm auf den Zahn fühlen; und Aglaja scheint ihn auch gar nicht so sehr den andern vorzuziehen!) Immerhin aber war sie mit einemmal ein ganz reizendes Mädchen geworden – und wie hübsch, Gott, wie hübsch! Jeden Tag wurde sie schöner! Und da ... Und da war plötzlich dieser elende Fürst aufgetaucht, dieser jämmerliche Idiot, und alles war wieder in Unordnung geraten, das ganze Haus stand auf dem Kopf!

Was war denn eigentlich passiert? Nach Ansicht anderer Leute sicherlich rein gar nichts. Aber dadurch eben unterschied sich Lisaweta Prokofjewna von den andern Leuten, daß sie bei ihrem unruhigen Wesen auch in dem Zusammentreffen der allergewöhnlichsten Dinge immer etwas sah, das sie vor Angst geradezu krank machte; es war eine argwöhnische, unerklärliche und eben dadurch so besonders quälende Angst. Wie mußte ihr aber zumute sein, als jetzt plötzlich in diesem sinnlosen Durcheinander lächerlicher und unbegründeter Befürchtungen etwas auftauchte, das wirklich von Bedeutung zu sein schien und um dessentwillen man sich wirklich aufregen und zweifeln und argwöhnen konnte!

Und wie konnte man, wie konnte man es wagen, mir diesen verfluchten anonymen Brief zu schreiben, daß diese Kreatur Beziehungen zu Aglaja habe? dachte Lisaweta Prokofjewna auf dem ganzen Wege, während sie den Fürsten hinter sich her zog, und auch noch zu Hause, nachdem sie ihn hatte an dem runden Tisch Platz nehmen lassen, um den die ganze Familie versammelt war. Wie konnte man so etwas auch nur denken? Ich müßte vor Scham sterben, wenn ich nur ein Wort davon glauben könnte oder wenn ich Aglaja den Brief zeigte! Dieser Spott über uns, die Jepantschins! Und alles wegen Iwan Fjodorowitschs, alles durch Ihre Schuld, Iwan Fjodorowitsch! Ach, warum zogen wir nicht nach Jelagin in die Sommerfrische! Ich sagte doch, wir sollten nach Jelagin ziehen! Vielleicht hat Warjka diesen Brief geschrieben, ich weiß schon ... oder vielleicht gar ... an allem, an allem ist

Iwan Fjodorowitsch schuld! Ihm hat diese Kreatur den Streich gespielt, zur Erinnerung an ihre alten Beziehungen, um ihn zum Narren zu machen, so wie sie früher über ihn gelacht hat wie über einen Hanswurst, ihn verhöhnt, genasführt hat, als er ihr noch Perlen schenkte ... Am Ende sind aber doch wir die Blamierten, Ihre Töchter sind es, verehrter Iwan Fjodorowitsch, junge Damen aus der besten Gesellschaft, die schon längst heiraten könnten! Sie waren dabei, sie standen hier, haben alles gehört, und in die Geschichte mit den dummen Jungen sind sie auch verwickelt, freuen Sie sich nur – da waren sie auch dabei und haben zugehört! Niemals verzeih ich das diesem jammervollen Fürsten, nie, nie! Warum bekommt Aglaja seit drei Tagen immer wieder Weinkrämpfe, warum hat sie sich mit ihren Schwestern überworfen, sogar mit Alexandra, der sie doch sonst immer die Hand küßte wie ihrer Mutter – so hat sie sie verehrt?! Warum gibt sie seit drei Tagen allen Rätsel auf? Was ist das mit Gawrila Iwolgin? Wie kam sie darauf, gestern und heute Gawrila Iwolgin so zu loben, und warum brach sie dann in Tränen aus? Wie kommt es, daß dieser verdammte »arme Ritter« auch im anonymen Brief erwähnt wird, wo sie doch den Brief des Fürsten nicht einmal den Schwestern gezeigt hat? Und warum ... warum bin ich selbst wie nicht recht gescheit jetzt zu ihm hingerannt und habe ihn selbst hierher geschleift? Großer Gott, ich bin ja verrückt geworden, was habe ich jetzt bloß angerichtet? Mit einem jungen Menschen über die Geheimnisse meiner Tochter reden, und noch gar ... über Geheimnisse, die sich eigentlich schon auf ihn selber beziehen! Gott im Himmel, gut noch, daß er ein Idiot ist und ... und ... ein Freund unseres Hauses! Aber wie ist es möglich, daß Aglaja an solch einem Mondkalb Gefallen finden konnte? Lieber Gott, was denke ich da bloß! Pfui! Originale sind wir allesamt, unter Glas müßte man uns setzen, mich zuallererst, und für zehn Kopeken Eintrittsgeld zeigen. Das verzeihe ich Ihnen nicht, Iwan Fjodorowitsch, nie verzeihe ich es Ihnen! Und warum nimmt sie ihn denn jetzt nicht vor? Sie hat doch versprochen, ihm gründlich den Kopf zu waschen, und nun tut sie es nicht! Da, da, mit weit aufgerissenen

Augen starrt sie ihn an, und schweigt, und geht nicht fort, und steht da, und hat ihm doch selbst befohlen, nicht mehr zu kommen ... Und er sitzt ganz bleich da! Und dieser verfluchte Schwätzer Jewgenij Pawlowitsch! Er beherrscht das ganze Gespräch! Das geht wie ein Wasserfall, keiner sonst darf ein Wort sagen! Ich würde gleich alles erfahren, wenn sich nur das Gespräch darauf bringen ließe ...

Der Fürst saß tatsächlich sehr bleich am runden Tisch und schien von einer großen Angst erfüllt, in die sich aber in einzelnen Augenblicken ein ihm selbst unbegreifliches, atemberaubendes Entzücken mischte. Oh, wie fürchtete er, nach jener Seite zu sehen, in jene Ecke, aus der ihn zwei wohlbekannte schwarze Augen scharf ansahen, und wie verging er doch zugleich vor Seligkeit, daß er hier wieder unter ihnen sitzen konnte, daß er die vertraute Stimme hören würde – nach dem, was sie ihm geschrieben hatte. Mein Gott, was wird sie jetzt nur sagen! dachte er. Er selbst hatte noch kein Wort gesagt, er hörte mit gespannter Aufmerksamkeit dem Redefluß Jewgenij Pawlowitschs zu, der selten in einer so zufriedenen und erregten Stimmung gewesen war wie an diesem Abend. Der Fürst hörte ihm lange zu und verstand kaum ein Wort. Außer Iwan Fjodorowitsch, der noch nicht aus Petersburg zurückgekehrt war, waren alle beisammen. Fürst Sch. war auch da. Anscheinend beabsichtigte man, nach einiger Zeit noch vor dem Tee zum Gartenkonzert zu gehen. Das augenblickliche Gespräch mußte noch vor dem Kommen des Fürsten begonnen haben. Bald schlüpfte auch noch Kolja auf die Veranda, ohne daß jemand hätte sagen können, wo er so plötzlich hergekommen war. Man empfängt ihn hier also wie früher, dachte der Fürst.

Das Landhaus der Jepantschins war ein prächtiges Gebäude im Schweizerstil, von allen Seiten mit Ranken und Blumen verziert. Es lag mitten in einem zwar kleinen, aber sehr schönen Blumengarten. Alle saßen auf der Veranda wie vorhin beim Fürsten; nur war diese Veranda etwas größer und eleganter eingerichtet.

Das Gesprächsthema schien nicht allen zu passen; den Anlaß hatte, wie leicht zu erraten ist, ein ungeduldiger Streit gegeben, und natürlich hätten alle gern von etwas anderem geredet, allein Jewgenij Pawlowitsch schien nun erst recht auf seinem Thema bestehen zu wollen und kümmerte sich nicht um die Wirkung seiner Worte; das Erscheinen des Fürsten mochte ihn noch mehr erregt haben. Lisaweta Prokofjewna machte ein unzufriedenes Gesicht, obgleich sie nicht alles verstand. Aglaja saß abseits fast ganz in der Ecke, ging nicht hinaus, hörte zu und schwieg hartnäckig.

»Erlauben Sie«, widersprach Jewgenij Pawlowitsch feurig, »ich sage gar nichts gegen den Liberalismus. Der Liberalismus ist keine Sünde, er ist ein notwendiger Bestandteil des Ganzen, das ohne ihn auseinanderfallen oder erstarren müßte, der Liberalismus hat eine ebensolche Daseinsberechtigung wie der allersittsamste Konservativismus; ich greife aber den russischen Liberalismus an, und – ich wiederhole es – ich greife ihn eben deswegen an, weil der russische Liberale kein *russischer* Liberaler ist, sondern ein *nichtrussischer* Liberaler. Geben Sie mir einen russischen Liberalen, und ich will ihn sofort in Ihrer aller Gegenwart küssen.«

»Wenn er sich nur wird küssen lassen wollen«, sagte Alexandra Iwanowna, die außerordentlich erregt war. Sogar ihre Wangen waren röter als sonst.

Sieh mal an, dachte Lisaweta Prokofjewna, sonst schläft sie und ißt sie bloß und ist durch nichts aufzurütteln; aber einmal im Jahr fährt sie auf und redet, daß man die Hände über dem Kopf zusammenschlagen möchte!

Der Fürst machte die flüchtige Beobachtung, Alexandra Iwanowna mißbillige es wohl sehr, daß Jewgenij Pawlowitsch in so leichtem Ton rede; sein Thema sei ernst, es scheine ihn sehr zu erregen, und doch habe man mitunter den Eindruck, als nähme er es nur scherzhaft.

»Ich behauptete soeben, kurz bevor Sie kamen, Fürst«, fuhr Jewgenij Pawlowitsch fort, »daß unsere Liberalen bisher nur zwei Gesellschaftsschichten entstammten: sie kamen entweder aus der – heute aufgehobenen – Klasse der Gutsbesitzer oder aus den geistlichen Seminarien*. Da aber beide

* Die Geistlichkeit hatte sich in Rußland zu einer richtigen Kaste ausgebildet, hauptsächlich dank dem Umstande, daß die

Klassen mit der Zeit zu richtigen Kasten geworden waren, zu etwas von der Gesamtnation völlig Abgesondertem – und zwar wurde die Absonderung von Generation zu Generation immer größer –, so war auch das, was sie taten und heute tun, etwas absolut nicht Nationales ...«

»Wie? So wäre alles, was geleistet worden ist, nicht russisch?« warf Fürst Sch. ein.

»Nicht national; russisch vielleicht wohl, aber nicht national; unsere Liberalen sind nicht russisch, und unsere Konservativen sind nicht russisch, nichts ist russisch ... Und seien Sie überzeugt, die Nation wird nichts von dem gelten lassen, was die Gutsbesitzer und die Seminaristen geschaffen haben, weder jetzt noch später ...«

»Das ist ja herrlich! Wie können Sie etwas so Paradoxes behaupten, wenn Sie es wirklich ernst meinen! Ich kann solche Ausfälle gegen die russischen Gutsbesitzer nicht dulden; Sie sind doch selbst ein russischer Gutsbesitzer«, widersprach Fürst Sch. heftig.

»Ich rede ja gar nicht in dem Sinne vom russischen Gutsbesitzer, wie Sie es aufzufassen scheinen. Gewiß ist das ein achtbarer Stand, schon weil ich selbst ihm angehöre, besonders jetzt, wo er aufgehört hat, eine Kaste zu sein.«

»Hat es denn auch in der Literatur nichts Nationales gegeben?« fiel Alexandra Iwanowna ein.

»Ich bin in der Literatur nicht besonders bewandert, aber meiner Ansicht nach ist auch die ganze russische Literatur nicht russisch, ausgenommen vielleicht Lomonosow, Puschkin und Gogol.«

»Erstens ist das gar nicht so wenig, und zweitens stammte der eine aus dem Volke und die beiden andern waren Gutsbesitzer«, sagte Adelaida lachend.

»Ganz richtig, aber triumphieren Sie nicht zu früh. Eben

Pfarren sich fast immer vom Vater auf den Sohn oder vom Schwiegervater auf den Schwiegersohn (durch „Einheirat") forterbten. Die Söhne der Geistlichen wurden unentgeltlich in den Seminarien erzogen, wurden aber oft nicht Priester, sondern gingen in den Lehrerstand oder in freie Berufe über, wo sie als die Hauptführer des politischen Radikalismus erscheinen (Anmerkung des Übersetzers).

weil es bisher von allen russischen Dichtern nur diesen drei gelungen war, etwas wirklich Eigenes zu sagen, etwas nirgendwoher Entlehntes, so wurden sie dadurch alsbald zu Nationaldichtern. Wer von uns Russen etwas Eigenes sagt, schreibt oder tut, etwas, das sich ihm nicht absprechen läßt und das er von keinem andern übernommen hat, der wird unbedingt national, mag er selbst auch nur schlecht russisch sprechen. Das ist für mich ein Axiom. Aber wir wollten ja gar nicht von Literatur reden, wir sprachen von den Sozialisten, davon ging der ganze Streit aus; ich behaupte also, daß wir keinen einzigen russischen Sozialisten haben; wir haben auch nie welche gehabt, denn alle unsere Sozialisten sind entweder Gutsbesitzer oder Seminaristen. Alle unsere notorischen, abgestempelten Sozialisten, sowohl die hier lebenden als die im Auslande, sind nichts weiter als liberalisierende Gutsbesitzer aus der Zeit der Leibeigenschaft. Warum lachen Sie? Geben Sie mir ihre Bücher, geben Sie mir ihre Lehren, ihre Memoiren, und ich mache mich anheischig, ohne Literaturkritiker zu sein, eine überzeugende literarische Kritik zu schreiben, in der ich klipp und klar beweise, daß jede Seite ihrer Bücher, Flugschriften, Memoiren im wesentlichen von einem ehemaligen russischen Gutsbesitzer geschrieben ist. Ihre Wut, ihre Entrüstung, ihr Witz sind die eines Gutsbesitzers aus der Zeit vor Famusow*; ihre Begeisterung, ihre Tränen sind vielleicht echt, vielleicht sogar aufrichtig, aber doch Gutsbesitzerstränen! Tränen von Gutsbesitzern oder Seminaristen ... Sie lachen wieder? Und Sie auch, Fürst? Sind Sie auch nicht einverstanden?«

In der Tat lachten alle, auch der Fürst.

»Ich kann es noch nicht so geradeheraus sagen, ob ich Ihre Ansicht teile oder nicht«, sagte der Fürst; er hatte plötzlich aufgehört zu lachen und war zusammengezuckt wie ein auf einer Unart ertappter Schulbube. »Ich versichere Sie aber, daß ich Ihnen mit großem Vergnügen zuhöre.« Er

* Famusow heißt der Vertreter des rückständigen Adels und der verknöcherten Bürokratie in Gribojedows berühmter Komödie „Verstand schafft Leiden“, die 1825 geschrieben wurde (Anmerkung des Übersetzers).

konnte kaum atmen, und kalter Schweiß stand auf seiner Stirne. Es waren die ersten Worte, die er sprach, seit er am Tisch Platz genommen hatte. Er wollte um sich schauen, aber er wagte es doch nicht; Jewgenij Pawlowitsch fing seinen Blick auf und lächelte.

»Ich will Ihnen eine Tatsache mitteilen, meine Herrschaften«, fuhr er im alten Ton fort, das heißt, er schien mit großem Eifer und Feuer zu sprechen und sich dabei im stillen über seine eigenen Reden lustig zu machen, »eine Tatsache, deren Beobachtung und sogar Entdeckung ich mir zur Ehre anrechne, und zwar mir ganz allein; wenigstens ist darüber noch nirgends etwas gesagt oder geschrieben worden. In dieser Tatsache kommt das ganze Wesen jenes russischen Liberalismus, von dem ich rede, zu vollem Ausdruck. Erstens, was ist denn Liberalismus, ganz allgemein gesprochen, wenn nicht ein Angriff – ob ein vernünftiger oder ein unbegründeter, ist eine Frage für sich – auf die herrschende Ordnung der Dinge? Ist es so? Nun, meine Tatsache läuft darauf hinaus, daß der russische Liberalismus ein Angriff nicht gegen die herrschende Ordnung der Dinge ist, sondern ein Angriff gegen das Wesen der Dinge, die Dinge selbst, nicht bloß ihre Ordnung, und nicht bloß gegen die russische Ordnung, sondern gegen das ganze Rußland. Mein Liberaler ist so weit gekommen, daß er Rußland selbst verneint, das heißt, er haßt und schlägt seine eigene Mutter. Jedes russische Unglück oder Ungeschick reizt ihn zum Lachen, ja versetzt ihn geradezu in Entzücken. Er haßt die Volksbräuche, die russische Geschichte, alles. Wenn es eine Rechtfertigung für ihn gibt, so allenfalls darin, daß er nicht weiß, was er tut, und seinen Haß gegen Rußland für den produktivsten Liberalismus hält. Oh, Sie können bei uns häufig Liberalen begegnen, denen die andern Beifall klatschen und die in Wirklichkeit vielleicht die blödesten, stumpfsinnigsten und gefährlichsten Konservativen sind und es selbst nicht wissen! Dieser Haß gegen Rußland galt noch vor gar nicht so langer Zeit bei manchen von unsern Liberalen für wahre Vaterlandsliebe; sie waren stolz darauf, besser zu wissen als die andern, wie echte Vaterlandsliebe beschaffen sein muß;

jetzt sind sie aber offenherziger geworden, sie schämen sich sogar des Worts ‚Vaterlandsliebe' und haben den Begriff selbst als etwas Schädliches und Kleinliches verbannt. Diese Tatsache ist nicht zu leugnen, ich stehe für sie ein und ... einmal mußte doch die Wahrheit ganz offen und ehrlich gesagt werden; zugleich aber haben wir eine Tatsache vor uns, wie sie, seit die Welt besteht, nie und nirgends, bei keinem einzigen Volke, vorgekommen ist; das berechtigt zu der Annahme, daß wir es mit einer Zufallserscheinung zu tun haben, die wieder vorübergehen wird; das gebe ich gerne zu. Einen Liberalen, der sein eigenes Vaterland haßt, kann es nirgends geben. Wie also ist das bei uns zu erklären? Ich kann nur wiederholen, was ich schon früher anführte: der russische Liberale ist eben vorläufig noch gar kein russischer Liberaler; eine andere Erklärung gibt es meines Erachtens nicht.«

»Ich nehme alles, was du gesagt hast, für Scherz, Jewgenij Pawlowitsch«, entgegnete Fürst Sch. ernst.

»Ich habe alle Ihre Liberalen nicht gesehen und maße mir kein Urteil an«, sagte Alexandra Iwanowna, »aber ich habe Ihren Ausführungen mit Empörung zugehört. Sie nehmen einen Einzelfall und erheben ihn zur allgemeinen Regel – das heißt, Sie verleumden.«

»Ein Einzelfall? A–a–ah! Das große Wort ist ausgesprochen«, fiel Jewgenij Pawlowitsch ein. »Was meinen Sie, Fürst, ist das ein Einzelfall oder nicht?«

»Ich muß auch sagen, daß ich wenig mit ... Liberalen verkehrt habe«, sagte der Fürst, »allein ich glaube, daß Sie vielleicht doch zum Teil recht haben und daß jener russische Liberalismus, von dem Sie sprachen, wirklich eine gewisse Neigung zeigt, Rußland selbst zu hassen und nicht bloß die russischen Zustände. Natürlich ist das nur zum Teil der Fall ... natürlich kann das nicht für alle gelten.«

Er wurde verlegen und verstummte. Bei all seiner Aufregung war er doch von dem Gespräch lebhaft gefesselt. Der Fürst hatte einen eigentümlichen Zug in seinem Wesen: es lag eine ungewöhnliche Naivität in der Aufmerksamkeit, mit der er zuhörte, wenn der Gesprächsstoff ihn interessierte, und ebenso naiv waren seine Antworten, wenn man sich dabei mit einer Frage an ihn wandte. Aus seinem Gesicht, ja sogar aus seiner Körperhaltung sprach diese Naivität, dieser Glaube, der nirgends Spott oder Scherz argwöhnte. Aber obgleich Jewgenij Pawlowitsch ihn schon seit langem nie anders als mit einem gewissen leicht überlegenen Spott behandelte – diesmal blickte er ihn sehr ernst an, als hätte er eine derartige Antwort von ihm gar nicht erwartet.

»So ... wie sonderbar das aus Ihrem Munde klingt ...« sagte er. »War Ihre Antwort in der Tat völlig ernst gemeint, Fürst?«

»Haben Sie mich denn nicht im Ernst gefragt?« erwiderte der Fürst erstaunt.

Alle lachten.

»Glauben Sie ihm nicht«, sagte Adelaida. »Jewgenij Pawlowitsch hält immer alle zum Narren! Wenn Sie wüßten, was für Dinge er mitunter mit tiefernster Miene erzählt!«

»Meiner Ansicht nach ist das ein schwieriges Gespräch, und man hätte es gar nicht erst anfangen sollen«, bemerkte Alexandra schroff, »wir wollten doch spazierengehen ...«

»So gehn wir doch, der Abend ist herrlich!« rief Jewgenij Pawlowitsch. »Aber um Ihnen zu beweisen, daß ich diesmal ganz im Ernst gesprochen habe, und vor allem, um das dem Fürsten zu beweisen – Sie haben mich lebhaft interessiert, Fürst, und ich schwöre Ihnen: ich bin kein so oberflächlicher Mensch, wie ich unbedingt scheinen muß, wenn ich auch wirklich oberflächlich bin! – und ... wenn Sie gestatten, meine Herrschaften, möchte ich an den Fürsten noch eine letzte Frage richten, aus persönlicher Neugier, und dann machen wir Schluß. Diese Frage ging mir wie durch Schicksalsfügung vor zwei Stunden durch den Kopf – sehen Sie, Fürst, ich denke auch manchmal an ernste Dinge –; ich habe sie in meinem Sinne entschieden, aber ich möchte wissen, was der Fürst dazu sagen wird. Man sprach soeben von ‚Einzelfällen'. Das ist ein bei uns sehr beliebtes Wörtchen, man hört es oft. Neulich sprachen und schrieben alle über die entsetzliche Ermordung von sechs Personen durch jenen ... jungen Mann und über die seltsame Rede des Verteidigers, in der es hieß, bei der Notlage des Verbrechers sei es *natürlich* gewesen, daß ihm der Gedanke kam, diese sechs Personen zu ermorden. Er hat es nicht wörtlich so gesagt, aber das war der Sinn, wenigstens annähernd. Meine persönliche Meinung ist nun, daß der Verteidiger, als er diesen sonderbaren Gedanken aussprach, vollkommen überzeugt war, er sage das Liberalste, Humanste und Fortschrittlichste, was man in unserer Zeit sagen könne. Nun, was meinen Sie: diese Umkehrung aller Begriffe und Überzeugungen, die bloße Möglichkeit, daß man die Dinge so schief beurteilen kann – ist das ein Einzelfall oder eine allgemeine Erscheinung?«

Alle brachen in lautes Gelächter aus.

»Ein Einzelfall; versteht sich, ein Einzelfall!« riefen Alexandra und Adelaida lachend.

»Ich muß dich wieder darauf aufmerksam machen, Jewgenij Pawlowitsch«, fügte Fürst Sch. hinzu, »daß dein Scherz schon zu abgedroschen ist.«

»Was meinen Sie, Fürst?« fragte Jewgenij Pawlowitsch, ohne auf die Zwischenbemerkungen zu hören, denn ihn hatte ein neugieriger und ernster Blick des Fürsten Lew Nikolajewitsch getroffen. »Was meinen Sie, ist das ein Einzelfall oder eine allgemeine Erscheinung? Ich gestehe, daß ich diese Frage eigens für Sie ersonnen habe.«

»Nein, kein Einzelfall«, sagte der Fürst leise, aber bestimmt.

»Aber ich bitte Sie, Lew Nikolajewitsch«, rief Fürst Sch. etwas ärgerlich, »sehen Sie denn nicht, daß er Ihnen eine Falle stellt? Er treibt seinen Spott mit uns allen und hat es heute gerade auf Sie abgesehen.«

»Ich glaubte, Jewgenij Pawlowitsch meinte es ernst«, sagte der Fürst errötend und schlug die Augen nieder.

»Lieber Fürst«, fuhr Fürst Sch. fort, »erinnern Sie sich doch, worüber wir zwei einmal sprachen, vor einem Vierteljahr mag es gewesen sein; wir redeten doch davon, daß in unsern jungen, neuorganisierten Gerichten schon eine ganze Menge hervorragender und begabter Verteidiger aufgetreten sind! Und wieviel ausgezeichnete Entscheidungen haben bereits die Geschworenen getroffen! Wie freuten Sie sich damals, und wie freute ich mich über Ihre Freude! Wir sagten, man könne stolz sein ... Und diese ungeschickte Verteidigung, dieses sonderbare Argument ist natürlich nur ein Zufall, eine vereinzelte Erscheinung unter tausend andersgearteten ...«

Fürst Lew Nikolajewitsch dachte nach, aber dann erwiderte er mit dem Ausdruck tiefster Überzeugung, wenn auch leise und gleichsam sogar ängstlich: »Ich wollte nur sagen, daß die Umkehrung der Ideen und Begriffe – wie Jewgenij Pawlowitsch es genannt hat – sehr häufig vorkommt, daß sie unglücklicherweise weit eher eine allgemeine als eine vereinzelte Erscheinung ist. Und dann meine ich, wenn diese Umkehrung nicht eine so allgemeine Erscheinung wäre, so wären vielleicht auch so unglaubliche Verbrechen wie jenes ...«

»Unglaubliche Verbrechen? Ich kann Sie versichern, daß ganz ebensolche Verbrechen, vielleicht noch schlimmere, auch früher vorgekommen sind, zu jeder Zeit und nicht nur bei uns, sondern überall, und ich glaube, daß sie auch in Zukunft sich immer wiederholen werden. Der Unterschied ist nur der, daß früher bei uns alles geheimgehalten wurde; jetzt aber spricht man laut von diesen Dingen und schreibt auch darüber, und darum sieht es so aus, als wären solche Verbrecher jetzt erst aufgetaucht. Darin besteht Ihr Irrtum, lieber Fürst, ein höchst naiver Irrtum, glauben Sie mir«, schloß Fürst Sch. mit spöttischem Lächeln.

»Ich weiß selbst, daß auch früher viele Verbrechen begangen worden sind und ebenso entsetzliche; ich habe noch vor kurzem Gefängnisse besucht und habe einige Verbrecher und Angeklagte kennengelernt. Es gibt sogar noch grausigere Verbrecher als diesen, die zehn Menschen abgeschlachtet haben, ohne die geringste Reue zu empfinden. Aber mir ist eines dabei aufgefallen: der allerverstockteste und unbußfertigste Mörder weiß doch, daß er ein *Verbrecher* ist, das heißt, sein Gewissen sagt ihm, daß er unrecht gehandelt hat, auch wenn er nicht bereut. Und so sind sie alle; diese aber, von denen Jewgenij Pawlowitsch spricht, wollen sich nicht einmal für Verbrecher halten, sie denken, daß sie ein Recht hatten, so zu handeln ... ja daß sie gut gehandelt haben – oder doch fast so. Darin eben sehe ich den entsetzlichen Unterschied. Und beachten Sie das eine: es sind alles junge Leute, das heißt, sie stehen alle in einem Alter, in dem man dieser Umkehrung der Begriffe am leichtesten und widerstandslosesten verfallen kann.«

Fürst Sch. lachte nicht mehr und hörte dem Fürsten mit Befremden zu. Alexandra Iwanowna, die schon lange etwas sagen wollte, schwieg, als hätte ein ganz besonderer Gedanke ihr die Sprache geraubt. Jewgenij Pawlowitsch aber sah den Fürsten mit unverhohlener Verwunderung und diesmal gar nicht mehr spöttisch an.

»Warum wundern Sie sich denn so über ihn, mein Herr?« nahm Lisaweta Prokofjewna unerwartet den Fürsten in Schutz. »Ist er denn dümmer als Sie, weil er nicht ebenso entscheiden kann wie Sie?«

»Nein, das nicht«, sagte Jewgenij Pawlowitsch, »aber wenn Sie die Dinge so sehen und beurteilen, Fürst, wie konnten Sie dann – verzeihen Sie mir die Frage –, wie konnten Sie in dieser merkwürdigen Angelegenheit – ich bitte noch einmal um Verzeihung –, die sich da neulich abgespielt hat ... mit diesem Burdowskij – so hieß er doch wohl? –, wie konnten Sie denn da die nämliche Umkehrung der Ideen und sittlichen Begriffe übersehen? Das ist doch ganz genau dasselbe! Mir schien es damals, als hätten Sie es gar nicht gemerkt.«

»Hören Sie mal, mein Lieber«, ereiferte sich Lisaweta Prokofjewna, »wir haben es alle gemerkt, sitzen hier und prahlen vor ihm, er aber hat heut einen Brief bekommen von einem dieser Leute, von dem Hauptmacher, dem mit den Pickeln im Gesicht – erinnerst du dich, Alexandra? Er bittet ihn in dem Brief um Vergebung, wenn auch auf seine Weise, und meldet, er habe sich von jenem Genossen losgesagt, der ihn aufgehetzt hatte – weißt du noch, Alexandra? Und er schenkt jetzt dem Fürsten mehr Glauben. Wir aber haben so einen Brief noch nicht bekommen, wenn wir auch daran gewöhnt sind, hier die Nase vor ihm hochzuheben.«

»Ippolit ist jetzt auch zu uns aufs Land gekommen!« rief Kolja.

»Wie? Er ist schon da?« fragte der Fürst erregt.

»Sie waren eben erst mit Lisaweta Prokofjewna fortgegangen, da erschien er. Ich habe ihn herübergeschafft.«

»Ich wette«, fuhr Lisaweta Prokofjewna auf und vergaß vollständig, daß sie den Fürsten eben noch gelobt hatte, »ich wette, daß er gestern zu ihm in die Dachstube gegangen ist und ihn auf den Knien um Verzeihung gebeten hat, damit dieser boshafte Mensch ihm nur die Ehre erweist, zu ihm aufs Land zu kommen. Warst du gestern dort? Du hast es doch vorhin selbst zugegeben. Ist es so oder nicht? Hast du vor ihm gekniet oder nicht?«

»Gar nicht hat er gekniet!« rief Kolja. »Ganz im Gegenteil! Ippolit faßte gestern des Fürsten Hand und küßte sie zweimal, ich hab es selbst gesehn, und damit war die ganze Aussprache erledigt – nur daß der Fürst noch ganz einfach sagte, Ippolit werde sich auf dem Lande erholen, und dieser erklärte sich sofort bereit umzuziehn, sobald er sich etwas besser fühlen werde.«

»Sie sollten doch nicht, Kolja ...« murmelte der Fürst, indem er aufstand und nach seinem Hut griff. »Warum erzählen Sie das, ich ...«

»Wohin willst du?« hielt Lisaweta Prokofjewna ihn zurück.

»Bemühen Sie sich nicht, Fürst«, fuhr Kolja in größter Erregung fort, »gehen Sie nicht zu ihm, Sie würden ihn nur stören, er ist müde von der Fahrt und schläft jetzt; er ist sehr froh; und wissen Sie, Fürst, es ist viel besser, wenn Sie sich heute noch nicht sehen; warten Sie bis morgen, sonst wird er wieder ganz verlegen. Er sagte heute früh, er habe sich schon seit einem halben Jahr nicht mehr so wohl und so bei Kräften gefühlt; er hustet sogar dreimal weniger.«

Dem Fürsten fiel es auf, daß Aglaja plötzlich ihren Platz verlassen hatte und an den Tisch getreten war. Er wagte es nicht, sie anzusehen, aber er fühlte mit seinem ganzen Wesen, daß sie ihn in diesem Augenblick ansah, vielleicht sogar zornig ansah, daß in ihren schwarzen Augen sicher Unwillen loderte und daß ihr Gesicht glühte.

»Ich glaube, Nikolaj Ardalionowitsch, Sie haben unrecht getan, ihn herzubringen – wenn es derselbe schwindsüchtige Knabe ist, der damals weinte und uns zu seinem Begräbnis einlud«, bemerkte Jewgenij Pawlowitsch. »Er sprach damals so beredt von der Mauer des Nachbarhauses, daß er jetzt sicher Sehnsucht nach dieser Mauer haben wird, glauben Sie mir.«

»Er hat ganz recht: ihr werdet euch zanken, werdet euch in die Haare geraten – und dann fährt er weg. So wird es kommen«, sagte Lisaweta Prokofjewna und schob würdevoll ihr Arbeitskörbchen heran, obgleich sich alle schon von ihren Plätzen erhoben, um spazierenzugehn.

»Ich erinnere mich, daß er von dieser Mauer sehr viel Aufhebens machte«, fiel Jewgenij Pawlowitsch wieder ein. »Ohne diese Mauer kann er nicht poetisch sterben, und er möchte doch so gerne poetisch sterben.«

»Was soll denn das?« murmelte der Fürst. »Wenn Sie ihm nicht vergeben wollen, wird er auch ohne Ihre Vergebung sterben ... Jetzt ist er um der Bäume willen herausgezogen ...«

»Oh, was mich betrifft, so verzeihe ich ihm alles. Sie können ihm das mitteilen.«

»Das darf man nicht so auffassen«, sagte der Fürst leise und gleichsam widerwillig, den Blick nach wie vor starr auf einen Punkt des Fußbodens gerichtet. »Es muß so geschehen, daß auch Sie sich bereit erklären, seine Vergebung entgegenzunehmen.«

»Wie komme ich denn dazu? Was habe ich ihm denn getan?«

»Wenn Sie nicht begreifen, dann ... aber Sie verstehen es sehr wohl; er wollte damals ... Sie alle segnen und Ihren Segen empfangen ... Das ist alles ...«

»Lieber Fürst«, fiel Fürst Sch. schnell und mit einer gewissen Besorgnis ein, nachdem er mit einigen der Anwesenden Blicke gewechselt hatte, »das Paradies auf Erden ist nicht leicht zu finden; und Sie rechnen doch immer noch ein wenig auf ein Paradies; ins Paradies kommt man schwer, lieber Fürst, viel schwerer, als Ihr edles Herz es glaubt. Aber genug davon, sonst werden wir wieder alle verlegen, und dann ...«

»Jetzt wollen wir zum Konzert gehen«, sagte Lisaweta Prokofjewna mit scharfer Betonung und stand ärgerlich auf.

Die andern erhoben sich nun auch alle.

2

Der Fürst ging plötzlich auf Jewgenij Pawlowitsch zu.

»Jewgenij Pawlowitsch«, sagte er mit seltsamer Leidenschaftlichkeit und faßte seine Hand, »seien Sie überzeugt, daß ich Sie trotz allem für den edelsten und besten Menschen halte; seien Sie überzeugt ...«

Jewgenij Pawlowitsch wich vor Überraschung sogar einen Schritt zurück. Einen Augenblick mußte er sich Mühe geben, nicht in ein lautes Gelächter auszubrechen; aber als er den Fürsten schärfer ins Auge faßte, erkannte er, daß dieser wie außer sich war, jedenfalls sich in einer ganz besondern Verfassung befand.

»Ich wette«, rief er, »daß Sie etwas ganz anderes sagen wollten, Fürst, und vielleicht nicht einmal zu mir ... Aber was ist Ihnen? Sind Sie nicht wohl?«

»Vielleicht; sehr möglich; Sie haben das sehr fein bemerkt; vielleicht wollte ich gar nicht auf Sie zugehen!« Bei diesen Worten lächelte er sonderbar und sogar etwas komisch, dann aber rief er plötzlich in leidenschaftlicher Erregung: »Erinnern Sie mich nicht an mein Benehmen vor drei Tagen! Ich habe mich diese drei Tage sehr geschämt ... Ich weiß, daß ich schuld bin ...«

»Was ... was haben Sie denn so Entsetzliches getan?«

»Ich sehe, daß Sie sich vielleicht am meisten für mich schämen, Jewgenij Pawlowitsch. Sie werden rot, das deutet auf ein edles Herz. Ich gehe gleich fort, Sie können mir glauben.«

»Was ist das mit ihm? Fangen seine Anfälle so an?« wandte sich Lisaweta Prokofjewna erschrocken an Kolja.

»Kümmern Sie sich nicht darum, Lisaweta Prokofjewna, ich bekomme keinen Anfall, ich gehe sofort. Ich weiß, daß ich ... von der Natur stiefmütterlich behandelt worden bin ... Ich war vierundzwanzig Jahre lang krank, von meiner Geburt bis zu meinem vierundzwanzigsten Lebensjahre. Nehmen Sie das auch als Äußerungen eines Kranken. Ich gehe sofort, sofort, ich versichere Sie. Ich erröte nicht – es wäre ja lächerlich, deswegen zu erröten, nicht wahr? Aber in der Gesellschaft bin ich überflüssig ... Ich sage das nicht aus Eigenliebe ... Ich habe es in diesen Tagen gründlich überlegt und bin zu dem Beschluß gekommen, daß ich bei der ersten Gelegenheit Sie ehrlich und in vornehmer Weise in Kenntnis setzen muß. Es gibt Ideen, erhabene Ideen, von denen ich nicht reden darf, denn ich würde gleich alle zum Lachen bringen; Fürst Sch. hat mich eben erst daran erinnert ... Ich weiß mich nicht zu betragen, weiß nicht Maß zu halten; die Worte entsprechen bei mir nicht den Gedanken, und dadurch werden diese Gedanken herabgesetzt. Und so habe ich kein Recht ... zudem bin ich argwöhnisch, ich ... ich bin überzeugt, daß man mich in diesem Hause nicht kränken kann und mich mehr liebt, als ich es verdiene, aber ich weiß auch ganz genau, daß nach zwanzig Jahren Krankheit immer etwas übrigbleibt, so daß man gar nicht anders kann, als über mich lachen ... zuweilen wenigstens ... es ist doch so?« Er blickte um sich, als wartete er auf eine Antwort und Entscheidung. Alle standen in größter Verlegenheit da: so unerwartet war dieser krankhafte und jedenfalls – so schien es – unbegründete Ausbruch gekommen. Aber er wurde der Anlaß zu einem weitern, höchst sonderbaren Zwischenfall.

»Warum sagen Sie das hier?« fuhr Aglaja plötzlich auf. »Warum sagen Sie es diesen Leuten? Diesen! Diesen!« Ihre Entrüstung kannte keine Grenzen, ihre Augen sprühten Funken. Der Fürst stand vor ihr, konnte kein Wort herausbringen und wurde mit einemmal ganz bleich. »Hier ist kein einziger, der solcher Worte wert wäre!« schrie Aglaja. »Sie alle, alle sind nicht soviel wert wie Ihr kleiner Finger, oder gar Ihr Verstand, Ihr Herz! Sie sind ehrenhafter als sie alle, edler, besser, gütiger, klüger! ... Es sind einige hier, die nicht wert sind, sich zu bücken und das Taschentuch aufzuheben, das Sie eben haben fallen lassen! . . . Warum setzen Sie sich selbst herab und ordnen sich ihnen unter? Warum haben Sie sich zum geistigen Krüppel gemacht, warum haben Sie keinen Stolz?«

»Mein Gott, wer hätte das gedacht!« rief Lisaweta Prokofjewna und schlug die Hände zusammen.

»Der arme Ritter! Hurra!« schrie Kolja begeistert.

»Schweigen Sie! . . Wie darf man mich hier in Ihrem Hause so kränken?« fiel Aglaja plötzlich über Lisaweta Prokofjewna her. Sie befand sich bereits in jenem hysterischen Zustand, in dem man keine Grenzen mehr gelten läßt und jedes Hindernis überspringt. »Warum quälen mich alle, alle ohne Ausnahme? Warum lassen sie mir seit drei Tagen keine Ruhe mehr Ihretwegen, Fürst? Ich werde Sie um keinen Preis heiraten! Nie und nimmer! Merken Sie es sich! Kann man denn einen so lächerlichen Menschen wie Sie heiraten? Betrachten Sie sich doch im Spiegel, wie Sie jetzt dastehen! Warum, warum necken sie mich damit, daß ich Sie heiraten könnte! Sie müssen das wissen! Sie sind auch mit in der Verschwörung!«

»Niemand hat dich jemals geneckt!« brummte Adelaida erschrocken.

»Keinem ist das auch nur eingefallen, nie ist ein Wort darüber gesagt worden!« rief Alexandra Iwanowna.

»Wer hat sie geneckt? Wann hat man sie geneckt? Wer hat ihr das sagen können? Redet sie im Fieber oder was sonst?« wandte sich Lisaweta Prokofjewna, die vor Empörung zitterte, vom einen zum andern.

»Alle haben es gesagt, alle ohne Ausnahme, all die drei Tage! Nie, nie werde ich ihn heiraten!« Aglaja schrie das laut heraus. Dann brach sie in heiße Tränen aus, bedeckte das Gesicht mit dem Taschentuch und fiel auf einen Stuhl.

»Er hat dich doch noch gar nicht darum geb –«

»Ich habe Sie gar nicht darum gebeten, Aglaja Iwanowna«, entfuhr es plötzlich dem Fürsten.

»Wa–a–as?« fragte Lisaweta Prokofjewna erstaunt, empört, entsetzt. »Was soll das heißen?« Sie traute ihren Ohren nicht.

»Ich wollte sagen ... ich wollte sagen ...« begann der Fürst mit bebender Stimme, »ich wollte Aglaja Iwanowna nur erklären ... ich wollte mir nur die Ehre geben zu erklären, daß ich gar nicht die Absicht hatte ... sie untertänigst um ihre Hand zu bitten ... überhaupt niemals ... Ich bin hier ganz unschuldig, bei Gott, ganz unschuldig, Aglaja Iwanowna! Ich habe es nie gewollt, habe nie daran gedacht, und ich werde es auch nie wollen, Sie sollen es selbst sehen, Sie können ganz sicher sein! Irgendein böser Mensch hat mich verleumdet! Seien Sie ganz unbesorgt!«

Während er so sprach, war er dicht an Aglaja herangekommen. Sie nahm das Tuch vom Gesicht, warf einen schnellen Blick auf ihn und seine ganze erschrockene Gestalt, erfaßte jetzt den Sinn seiner Worte und lachte ihm plötzlich laut ins Gesicht. Es war ein so lustiges, unbändiges Lachen, ein so spöttisches und überlegenes, daß Adelaida als erste ihm nicht widerstehen konnte, besonders nachdem auch sie den Fürsten angesehen hatte. Sie stürzte zur Schwester, umarmte sie und brach in ein ebenso unbändiges, jungenhaft lustiges Lachen aus. Bei ihrem Anblick mußte auch der Fürst lächeln, und mit freudigem, glücklichem Ausdruck wiederholte er mehrere Male: »Nun, Gott sei Dank, Gott sei Dank!«

Jetzt konnte sich auch Alexandra nicht mehr halten und begann ebenso herzhaft zu lachen; es sah aus, als wollte das Lachen der drei kein Ende nehmen.

»Sie sind ja ganz verrückt«, brummte Lisaweta Prokofjewna. »Erst machen sie einem Angst und dann ...«

Nun lachte aber auch schon Fürst Sch., es lachte Jewgenij Pawlowitsch, Kolja lachte ganz wild, und beim Anblick all der lachenden Gesichter fing endlich auch der Fürst an zu lachen.

»Gehn wir hinaus! Gehn wir spazieren!« rief Adelaida. »Alle zusammen, und der Fürst muß unbedingt mit; Sie dürfen nicht fortgehen, Sie lieber Mensch! Was ist er für ein lieber Mensch, Aglaja! Nicht wahr, Mama? Außerdem muß ich ihn bestimmt, aber auch ganz bestimmt küssen und umarmen für ... für die Erklärung, die er Aglaja eben abgegeben hat! Mama, liebste, darf ich ihm einen Kuß geben? Aglaja, erlaube mir *deinen* Fürsten zu küssen!« rief sie übermütig – und sie lief wirklich auf den Fürsten zu und küßte ihn auf die Stirn.

Er faßte ihre beiden Hände, drückte sie so kräftig, daß sie fast aufgeschrien hätte, und blickte sie mit unsagbarer Freude an; plötzlich führte er ihre Hand schnell an die Lippen und küßte sie dreimal.

»Wollen wir doch gehen«, forderte Aglaja alle auf. »Fürst, Sie führen mich. Darf er das, Mama, nachdem er mir einen Korb gegeben hat? Sie haben mich doch für alle Ewigkeit abgelehnt, Fürst? Warten Sie doch, man reicht einer Dame so nicht den Arm. Wissen Sie denn nicht, wie man eine Dame am Arm führt? So ist es recht, kommen Sie, wir gehen an der Spitze; wollen Sie mit mir vorangehen, so tête-à-tête?« Sie schwatzte unausgesetzt und lachte dazwischen immer noch krampfhaft.

»Gott sei Dank, Gott sei Dank!« wiederholte Lisaweta Prokofjewna, ohne recht zu wissen, worüber sie sich freute.

Höchst merkwürdige Leute, dachte Fürst Sch. vielleicht schon zum hundertstenmal, seit er sie kennengelernt hatte. Aber ... diese merkwürdigen Menschen gefielen ihm. Nur mit dem Fürsten wußte er nichts Rechtes anzufangen; Fürst Sch. machte ein finsteres, sorgenvolles Gesicht, als alle zum Spaziergang aufbrachen.

Jewgenij Pawlowitsch schien äußerst gut gelaunt; den ganzen Weg bis zum Vauxhall* unterhielt er Alexandra und Adelaida, die über jeden seiner Witze mit einer so großen Bereitwilligkeit lachten, daß ihm hin und wieder der Verdacht aufstieg, sie hörten ihm überhaupt nicht zu. Dieser Gedanke hatte zur Folge, daß er plötzlich und ohne den Grund anzugeben in ein lautes, ganz aufrichtiges Gelächter ausbrach (so war dieser Mensch nun einmal!). Die Schwestern, die übrigens in richtiger Feiertagstimmung waren, blickten unausgesetzt nach Aglaja und dem Fürsten, die an der Spitze des Zuges gingen; offenbar war ihnen das Benehmen ihrer jüng-

* Das durch seine Gartenkonzerte berühmte Kurhaus in Pawlowsk bei Petersburg (Anmerkung des Übersetzers).

sten Schwester ein großes Rätsel. Fürst Sch. versuchte immer wieder, mit Lisaweta Prokofjewna über allgemeine Dinge zu reden; vielleicht dachte er sie dadurch zu zerstreuen, er langweilte sie aber entsetzlich. Ihre Gedanken schienen völlig durcheinandergeraten zu sein, sie gab unpassende Antworten, manchmal antwortete sie auch gar nicht. Aber Aglaja hatte noch nicht ihr letztes Rätsel aufgegeben. Das war für den Fürsten allein bestimmt. Als sie sich etwa hundert Schritt vom Hause entfernt hatten, flüsterte Aglaja ihrem hartnäckig schweigenden Kavalier hastig zu: »Blicken Sie mal nach rechts.«

Der Fürst tat es.

»Sehen Sie genau hin. Sehen Sie dort die Bank im Park, bei den drei hohen Bäumen . . . die grüne Bank?«

Der Fürst bejahte.

»Gefällt Ihnen das Plätzchen? Manchmal komme ich frühmorgens gegen sieben, wenn alle noch schlafen, hierher und sitze auf der Bank.«

Der Fürst murmelte, daß ihm der Platz sehr gut gefalle.

»Und jetzt lassen Sie mich los, ich will nicht mehr an Ihrem Arm gehen. Oder nein – gehen wir so weiter, aber reden Sie kein Wort. Ich will still für mich denken.«

Diese Mahnung war jedenfalls überflüssig: der Fürst hätte auch ohne ihr Verbot auf dem ganzen Wege kein einziges Wort gesagt. Sein Herz fing an, heftig zu klopfen, als sie von der Bank sprach. Aber schon im nächsten Augenblick kam er zu sich und wies den unsinnigen Gedanken beschämt von sich.

An Wochentagen ist bekanntlich – wenigstens wird es allgemein behauptet – das Publikum im Pawlowsker Vauxhall »gewählter« als an Sonn- und Feiertagen, an denen »allerlei Leute« aus der Stadt zu den Konzerten kommen. Die Toiletten sind nicht festtäglich, aber elegant. Der gute Ton verlangt es, daß man die Konzerte besucht. Das Orchester ist vielleicht wirklich unser bestes Gartenorchester, es spielt auch viele neue Stücke. Man verhält sich ungemein förmlich und steif, und doch hat der ganze Verkehr einen gewissen familienhaften, ja sogar intimen Anstrich. Die Sommerfrischler, die fast alle untereinander bekannt sind, kommen hierher, um sich gegenseitig zu betrachten. Manche tun das mit wahrem Genuß und kommen nur deswegen her; es gibt aber auch solche, die wirklich nur um der Musik willen kommen. Skandalszenen sind selten, wenn sie auch ab und zu sogar an Werktagen vorkommen. Aber das geht nun einmal nicht anders.

Es war ein sehr schöner Abend, und das Konzert war gut besucht. Alle Plätze vor dem Orchester waren schon besetzt. Unsere Gesellschaft setzte sich etwas abseits, dicht bei der linken Ausgangstür des Vauxhall. Die bunte Menge und die Musik heiterten Lisaweta Prokofjewna ein wenig auf und zerstreuten die Mädchen; sie wechselten Blicke mit einigen Bekannten und nickten diesem und jenem von ferne freundlich zu; in aller Eile wurden die Toiletten gemustert, manches Seltsame festgestellt, besprochen, spöttisch belächelt. Jewgenij Pawlowitsch zog auch fortwährend den Hut. Aglaja und der Fürst, die immer noch nebeneinander saßen, waren einigen Leuten schon aufgefallen. Bald kamen ein paar bekannte junge Herren heran, grüßten Mutter und Töchter; zwei oder drei blieben auch stehen und fingen eine Unterhaltung an; alle waren gute Freunde von Jewgenij Pawlowitsch. Unter ihnen befand sich ein junger, auffallend hübscher Offizier, der sehr lustig und sehr gesprächig war: er wandte sich sofort an Aglaja und gab sich die größte Mühe, ihre Aufmerksamkeit auf sich zu lenken. Aglaja war sehr gnädig zu ihm und lachte über jede Kleinigkeit. Jewgenij Pawlowitsch bat den Fürsten um Erlaubnis, ihm diesen Freund vorzustellen; der Fürst begriff kaum, was man von ihm haben wollte, aber die Bekanntschaft wurde gemacht, man verbeugte sich und reichte einander die Hand. Der Freund von Jewgenij Pawlowitsch stellte eine Frage, aber der Fürst ließ sie anscheinend unbeantwortet oder brummte etwas so Seltsames vor sich hin, daß der Offizier ihn sehr scharf anblickte, dann Jewgenij Pawlowitsch ansah, alsbald begriff, wie dieser darauf gekommen war, ihn dem Fürsten vorzustellen, leise vor sich hin lachte und sich wieder Aglaja zuwandte. Jewgenij Pawlowitsch fiel es als einzigem auf, daß Aglaja dabei plötzlich errötete.

Der Fürst merkte nicht einmal, daß die andern sich mit Aglaja unterhielten und ihr Komplimente sagten; er schien zuzeiten sogar fast zu vergessen, daß er neben ihr saß. Immer wieder kam ihm der Wunsch fortzugehen, ja ganz von hier zu verschwinden; selbst eine finstere Einöde wäre ihm willkommen gewesen, wenn er nur hätte mit seinen Gedanken allein sein können und niemand wüßte, wo er sich befand. Oder wenn er jetzt wenigstens in seiner Wohnung wäre, auf der Veranda, und es dürfte niemand weiter da sein, weder Lebedew noch die Kinder; er hätte sich am liebsten auf sein Sofa geworfen, das Gesicht in das Kissen vergraben und so den ganzen Tag, die Nacht und den folgenden Tag dagelegen. Für Augenblicke sah er auch das Gebirge vor sich, und zwar einen bestimmten Punkt, an den er gerne dachte und den er mit Vorliebe besucht hatte, als er noch dort lebte; er liebte es, von der Höhe auf das Dorf hinabzuschauen, auf den ganz unten kaum noch sichtbar schimmernden Streifen des Wasserfalls, auf die weißen Wolken, das verlassene alte Schloß. Oh, wie gern wäre er jetzt dort gewesen, um in der Einsamkeit nur an das eine zu denken, sein ganzes Leben lang nur an das eine – für tausend Jahre hätte es gereicht! Und mochten sie ihn hier doch ganz vergessen! Das war sogar notwendig; es wäre besser, man kennte ihn hier überhaupt nicht und alles wäre nur ein Traum. Und war es nicht gleich, ob Traum, ob Wirklichkeit! Hin und wieder sah er Aglaja an und konnte wohl fünf Minuten lang den Blick nicht von ihr wenden; aber dieser Blick war zu seltsam: es war, als betrachte er sie wie aus meilenweiter Entfernung oder als hätte er ihr Bild vor sich und nicht sie selbst.

»Warum sehen Sie mich so an, Fürst?« sagte sie plötzlich, ihr lebhaftes Gespräch mit den andern unterbrechend. »Ich fürchte mich vor Ihnen; es ist mir immer, als wollten Sie die Hand ausstrecken und mein Gesicht mit Ihrem Finger betasten. Nicht wahr, Jewgenij Pawlowitsch, er blickt so?«

Der Fürst hörte ihr zu und schien erstaunt zu sein, daß man sich an ihn gewandt hatte; endlich begriff er halbwegs, um was es sich handelte; er antwortete zwar nicht, aber als er Aglaja und die andern lachen sah, verzog auch er plötzlich den Mund und fing an zu lachen. Das Gelächter rundherum wurde lauter; der Offizier, der wahrscheinlich sehr heiterer Natur war, prustete vor Lachen. Aglaja aber flüsterte erzürnt vor sich hin: »Idiot!«

»Mein Gott! Kann sie wirklich so einen ... wird sie denn wirklich ganz verrückt?« sagte Lisaweta Prokofjewna unter Zähneknirschen zu sich selbst.

»Es ist ein Scherz. Es ist Spaß, genauso wie damals mit dem armen Ritter«, flüsterte ihr Alexandra scharf ins Ohr, »nichts weiter! Sie macht sich wieder auf ihre Weise über ihn lustig. Aber der Spaß geht zu weit; es muß ein Ende gemacht werden, Mama! Vorhin gebärdete sie sich wie eine Komödiantin und jagte uns mit ihrem Scherz einen Schreck ein ...«

»Es ist noch gut, daß sie auf so einen Idioten gestoßen ist«, erwiderte Lisaweta Prokofjewna ebenso leise. Die Bemerkung der Tochter hatte ihr Herz doch etwas erleichtert.

Der Fürst hatte aber gehört, daß man ihn einen Idioten genannt hatte, und war schmerzhaft zusammengezuckt. Doch es war nicht das Wort Idiot, das ihm weh tat. Das hatte er sofort vergessen. Aber in der Menge, nicht weit von seinem Platz, irgendwo seitwärts – er hätte nie und nimmer die Stelle genau angeben können – war ein Gesicht aufgetaucht, ein bleiches Gesicht, mit dunkeln Locken, mit dem bekannten, nur zu bekannten Lächeln und Blick – es war aufgetaucht und wieder verschwunden. Vielleicht war es nur eine Augentäuschung gewesen; im Gedächtnis geblieben waren ihm von der ganzen Erscheinung nur das schiefe Lächeln, die Augen und der hellgrüne, stutzerhafte Schlips, den der Herr trug. Ob er sich in der Menge so schnell wieder verloren hatte oder in das Vauxhallgebäude geschlüpft war, hätte der Fürst auch nicht zu sagen vermocht.

Allein einen Augenblick später begann er schon sich hastig und unruhig umzusehen; diese erste Erscheinung konnte Vorbotin und Vorgängerin einer zweiten sein. So mußte es bestimmt sein. Hatte er denn, als sie sich zum Konzert begaben, vergessen, wem er hier begegnen konnte? Freilich, als er hierher ging, wußte er kaum, wohin er ging – so seltsam war sein

Zustand. Hätte er aufmerksamer sein können oder wollen, so hätte er schon vor einer Viertelstunde bemerkt, daß Aglaja sich immer wieder unruhig umschaute, als suche sie jemand. Jetzt, als seine Erregung aufzufallen begann, wuchs auch Aglajas Unruhe, und jedesmal, wenn er sich umsah, wendete sie fast sofort den Blick nach derselben Richtung. Die Spannung sollte sehr bald gelöst werden.

Durch den Seitenausgang aus dem Vauxhall, in dessen Nähe der Fürst und die ganze Gesellschaft der Jepantschins Platz genommen hatten, kam plötzlich eine Menge Leute, mindestens zehn Personen. An der Spitze gingen drei Damen; zwei von ihnen waren überraschend schön, und es war nicht zu verwundern, daß ihnen eine so große Schar von Anbetern folgte. Aber sowohl die Anbeter als die Damen waren etwas Besonderes, etwas ganz anderes als die übrigen Konzertbesucher. Sie wurden sofort von allen bemerkt, doch gab man sich meist den Anschein, als sähe man sie nicht, und nur einige von den jungen Leuten lächelten bei ihrem Anblick und flüsterten sich gegenseitig etwas zu. Die Gesellschaft zu übersehen war ganz unmöglich: sie machte sich durch lautes Lachen und Sprechen nur zu bemerkbar. Es sah aus, als wären viele von den Herren schon etwas berauscht, obgleich wenigstens ein Teil geckenhaft elegant gekleidet war. Daneben freilich sah man auch höchst seltsame Gestalten in seltsamer Kleidung und mit seltsam erhitzten Gesichtern; es waren auch ein paar Militärs dabei, auch einige nicht mehr ganz junge Leute; einige gaben sich sehr vornehm in gutgenähten, weiten Röcken, hatten kostbare Fingerringe und Manschettenknöpfe, prächtige pechschwarze Perücken und Bartkoteletten und trugen eine höchst aristokratische, ein wenig verächtliche Miene zur Schau – Herrschaften, die man heute in der Gesellschaft meidet wie die Pest. Unter unsern Sommer-Etablissements gibt es natürlich viele, in denen ein ungewöhnlich strenger Ton herrscht und die einen besonders guten Ruf haben; allein auch der vorsichtigste Mensch kann sich nicht in jedem Augenblick gegen einen Ziegelstein schützen, der ihm vom Dach des Nachbarn auf den Kopf fällt. Und solch ein Ziegelstein drohte jetzt auf die vornehme

Gesellschaft niederzufallen, die sich vor dem Musikpavillon versammelt hatte.

Um vom Vauxhall auf den Platz vor der Musikmuschel zu kommen, muß man drei Stufen abwärts steigen. Vor diesen Stufen blieb die ganze Gesellschaft stehen; man wagte nicht herabzusteigen; da drängte sich eine von den Damen vor; nur zwei von ihren Begleitern hatten den Mut, ihr zu folgen. Der eine war ein recht bescheiden aussehender Mann in mittleren Jahren; äußerlich machte er einen in jeder Beziehung anständigen Eindruck, zugleich aber sah er wie ein richtiger Schlemihl aus, das heißt wie einer, der niemand richtig kennt und auch von niemand gekannt wird. Der zweite, der seiner Dame gefolgt war, war ein richtiger Lump von höchst zweideutiger Erscheinung. Keiner wagte es mehr, der exzentrischen Dame zu folgen; sie sah sich aber beim Hinuntergehen nicht einmal um, als wäre es ihr völlig gleichgültig, ob jemand hinter ihr herginge oder nicht. Sie lachte und schwatzte ebenso laut wie vorher; gekleidet war sie sehr luxuriös und geschmackvoll, aber etwas auffallender, als nötig gewesen wäre. Sie ging am Orchester vorbei auf die andere Seite des Platzes, wo an der Straße ein Wagen auf irgend jemand wartete.

Der Fürst hatte *sie* schon über drei Monate nicht gesehen. Seit er nach Petersburg gekommen war, hatte er jeden Tag die Absicht gehabt, sie zu besuchen, aber vielleicht war es eine geheime Ahnung, was ihn immer wieder zurückgehalten hatte. Wenigstens konnte er sich nicht klarwerden, was er beim Wiedersehen empfinden würde, und mit einem Gefühl des Grauens suchte er sich das manchmal vorzustellen. Eines nur war nicht zu bezweifeln: es würde eine qualvolle Begegnung sein. Mehrere Male hatte er sich in diesen sechs Monaten den ersten Eindruck ins Gedächtnis zurückzurufen gesucht, den das Gesicht dieser Frau auf ihn gemacht hatte, als er es nur auf dem Bild gesehen hatte; aber auch der Eindruck des Bildes, erinnerte er sich jetzt, war überwältigend gewesen. Jener Monat in der Provinz, da er sie fast täglich sah, hatte furchtbar auf ihn gewirkt, so daß der Fürst sich sogar Mühe gab, die Erinnerung an diese doch noch gar nicht weit zurückliegende Zeit zu verscheuchen. In dem Gesicht dieser Frau war etwas, das ihn unsagbar quälte. Im Gespräch mit Rogoschin hatte er diese Empfindung als unendliches Mitleid gedeutet, und es war auch so: dieses Gesicht hatte schon auf dem Bild sein Herz in heißem Mitgefühl leiden gemacht; und das Gefühl des Mitleids, ja sogar des Leidens für dieses Geschöpf war nie wieder aus seinem Herzen gewichen, es war auch noch jetzt in ihm lebendig. Ja, es war sogar noch stärker geworden. Was er Rogoschin damals gesagt hatte, genügte ihm längst nicht mehr; aber jetzt erst, in diesem Augenblick, als sie plötzlich vor ihm erschien, begriff er, vielleicht durch einen unmittelbaren Impuls, woran es seiner Äußerung gegen Rogoschin gefehlt hatte. Er hatte keine Worte gefunden, das Entsetzen auszudrücken – ja, das Entsetzen! Jetzt, in diesem Augenblick, empfand er es deutlich; er war sicher, war aufs tiefste überzeugt, aus besondern persönlichen Gründen, daß diese Frau wahnsinnig war. Wenn man eine Frau über alles in der Welt liebt oder die Möglichkeit einer solchen Liebe vorausahnt und diese Frau dann plötzlich angekettet, hinter einem eisernen Gitter, vom Stock des Wächters bedroht sieht – so würde man etwas dem Ähnliches empfinden, was jetzt des Fürsten Seele bewegte.

»Was ist Ihnen?« flüsterte Aglaja hastig, indem sie sich nach ihm umsah und ihn naiv am Arm zupfte.

Er drehte den Kopf nach ihr um, sah sie an, blickte in ihre schwarzen Augen, deren Funkeln ihm in diesem Moment unbegreiflich war, versuchte ihr zuzulächeln, wandte dann aber schnell, als hätte er sie mit einem Male vergessen, die Augen wieder nach rechts und beobachtete von neuem die überraschende Erscheinung. Nastasja Filippowna ging jetzt dicht an den Sitzplätzen der Töchter Jepantschin vorüber. Jewgenij Pawlowitsch erzählte gerade Alexandra Iwanowna etwas anscheinend sehr Komisches und Interessantes, er sprach schnell und lebhaft. Der Fürst erinnerte sich später, daß Aglaja halblaut gesagt hatte: »Was für eine ...« Es blieb bei dieser unbestimmten abgebrochenen Äußerung, sie besann sich im Nu und sprach nicht weiter, aber es war auch schon genug. Nastasja Filippowna, die vorübergegangen war, ohne jemand besonders zu beachten, wandte sich plötzlich um und tat, als entdecke sie Jewgenij Pawlowitsch erst jetzt.

»Bah! Da sitzt er ja!« rief sie und blieb stehen. »Kein Kurier kann ihn ausfindig machen, und dann entdeckt man ihn ausgerechnet dort, wo man ihn am allerwenigsten vermutet hätte . . . Ich hatte gedacht, du seiest dort . . . beim Onkel!«

Jewgenij Pawlowitsch wurde feuerrot, sah Nastasja Filippowna wütend an, wandte sich dann aber schnell wieder ab.

»Was? Du weißt es noch nicht? Er weiß es noch nicht, denken Sie mal! Erschossen hat er sich! Heute früh hat sich dein Onkel erschossen! Man teilte es mir schon vorhin um zwei Uhr mit, und jetzt weiß es die halbe Stadt; dreihundertfünfzigtausend Rubel soll er unterschlagen haben, heißt es; einige sagen sogar fünfhunderttausend. Und ich hatte immer geglaubt, du würdest noch etwas erben! Alles verjuxt! Ein ganz verlotterter alter Kerl! . . . Nun, auf Wiedersehen, bonne chance! Willst du wirklich nicht hinfahren? Also darum hast du rechtzeitig deinen Abschied genommen, du Schlaukopf! Ach, Unsinn! Natürlich hast du alles schon gewußt, wohl gar schon gestern . . .«

Obgleich diese freche Aufdringlichkeit, dieses Betonen einer Intimität, die gar nicht vorhanden war, unzweifelhaft einen besondern Zweck haben mußte, hatte Jewgenij Pawlowitsch anfangs doch noch geglaubt, mit heiler Haut davonzukommen, und sich krampfhaft bemüht, die Beleidigerin nicht zu beachten. Allein die letzten Worte Nastasja Filippownas trafen ihn wie ein Donnerschlag; als er von dem Tode seines Onkels hörte, wurde er bleich wie ein Taschentuch und wandte sich der Botin zu. In diesem Augenblick sprang Lisaweta Prokofjewna auf, veranlaßte die andern, ihrem Beispiel zu folgen, und entfernte sich fast im Laufschritt. Nur Fürst Lew Nikolajewitsch war noch eine Sekunde wie unschlüssig sitzen geblieben, und Jewgenij Pawlowitsch stand noch immer da und konnte sich nicht fassen. Aber Jepantschins hatten sich noch keine zwanzig Schritt entfernt, da brach ein fürchterlicher Skandal los.

Der Offizier, der sich mit Aglaja unterhalten hatte, war

ein guter Freund von Jewgenij Pawlowitsch. Die Szene hatte ihn aufs tiefste empört. »Hier muß man einfach zur Peitsche greifen, anders kommt man dieser Kreatur nicht bei!« sagte er fast laut. Er schien schon früher zu den Vertrauten Jewgenij Pawlowitschs gehört zu haben.

Nastasja Filippowna wandte sich sofort nach ihm um. Ihre Augen blitzten; sie stürzte auf einen jungen Mann los, der keine zwei Schritt von ihr entfernt stand und den sie gar nicht kannte, riß ihm das dünne geflochtene Spazierstöckchen aus der Hand und schlug ihren Beleidiger aus aller Kraft schräg über das Gesicht. Alles das spielte sich in einem Augenblicke ab ... Der Offizier warf sich ihr wie rasend entgegen; Nastasja Filippownas Gefolge hatte sich zurückgezogen: der anständige Herr mittleren Alters war ganz verschwunden, und der angeheiterte Herr stand abseits und lachte aus vollem Halse. Im nächsten Augenblick wäre selbstverständlich die Polizei erschienen, aber bis dahin hätte es Nastasja Filippowna schlecht ergehen können, wenn ihr nicht unerwartete Hilfe gekommen wäre: der Fürst, der nur zwei Schritt entfernt stand, konnte noch gerade den Offizier von hinten an den Armen festhalten. Der Offizier riß sich los und stieß den Fürsten dabei heftig vor die Brust; der Fürst taumelte drei Schritte zurück und fiel auf einen Stuhl. Inzwischen aber hatte Nastasja Filippowna noch zwei Beschützer gefunden. Vor dem Offizier stand plötzlich der Boxer, Verfasser des dem Leser bekannten Zeitungsartikels und aktives Mitglied der einstigen Bande Rogoschins.

»Keller! Leutnant a. D.«, stellte er sich würdevoll vor. »Wenn Sie handgemein werden wollen, Herr Hauptmann, so stehe ich als Ersatz für das schwache Geschlecht Ihnen gern zur Verfügung. Ich bin ein Meister im englischen Boxen. Stoßen Sie mich nicht, Herr Hauptmann. Ich habe Verständnis für die *blutige* Kränkung, aber ich kann es nicht zulassen, daß man einer Dame gegenüber vor dem ganzen Publikum das Faustrecht walten läßt. Wenn aber, wie es unter vornehmen Leuten üblich ist, eine andere Methode erwünscht ist, so ... ich glaube, Sie müssen mich verstehen, Herr Hauptmann ...«

Der Hauptmann war aber schon zur Besinnung gekommen und hörte gar nicht mehr auf ihn. In diesem Augenblick tauchte Rogoschin aus der Menge auf, faßte Nastasja Filippowna schnell unter den Arm und führte sie fort. Auch er schien sehr erschüttert, war bleich und zitterte. Während er sich mit Nastasja Filippowna entfernte, fand er noch Zeit, den Offizier hämisch anzugrinsen und mit der Miene eines triumphierenden Krämers zu sagen: »He! Was hast du nun davon? Die ganze Fresse blutig! Pfui Deibel!«

Der Offizier war völlig ernüchtert, er wußte nun, mit wem er es zu tun hatte, und wandte sich – wobei er übrigens das Taschentuch vor das Gesicht hielt – höflich an den Fürsten, der inzwischen auch wieder vom Stuhl aufgestanden war: »Fürst Myschkin, den kennenzulernen ich vorhin die Ehre hatte?«

»Sie ist wahnsinnig! Ich versichere Sie!« entgegnete der Fürst mit zitternder Stimme und streckte ihm ohne ersichtlichen Grund seine zitternden Hände entgegen.

»Ich kann mich allerdings solcher Kenntnisse nicht rühmen, aber ich muß Ihren Namen wissen.« Er nickte ihm zu und ging. Die Polizei erschien genau fünf Sekunden nach dem Verschwinden der letzten Teilnehmer an dem Vorfall. Übrigens hatte der ganze Skandal keine zwei Minuten in Anspruch genommen. Einige von den Konzertgästen waren aufgestanden und fortgegangen, andere hatten sich damit begnügt, ihre Plätze zu wechseln; wieder andere hatten ihr aufrichtiges Vergnügen an dem Skandal; einige machten sich in lauten Reden Luft. Mit einem Wort, die Sache endete so, wie es fast immer der Fall zu sein pflegt. Das Orchester spielte weiter. Der Fürst ging den Jepantschins nach. Wenn es ihm, als er infolge des Stoßes auf den Stuhl gefallen war, in den Sinn gekommen wäre oder er Zeit gehabt hätte, nach links zu sehen, so hätte er in einer Entfernung von zwanzig Schritten Aglaja erblickt, die stehengeblieben war, um sich die Skandalszene anzusehen, und auf die Rufe der Mutter und der Schwestern, die weitergingen, nicht hörte. Fürst Sch. lief endlich auf sie zu und überredete sie, doch wegzugehen. Lisaweta Prokofjewna erinnerte sich noch später, daß Aglaja in einer Erregung zu ihr gekommen war, die es sehr wahrscheinlich machte, daß sie ihr Rufen überhaupt nicht gehört hatte. Aber schon nach zwei Minuten, als man in den Park gekommen war, sagte Aglaja mit ihrer gewohnten, gleichgültigen und eigensinnigen Stimme: »Ich wollte gerne sehen, wie die Komödie enden werde.«

3

Die Szene im Vauxhall hatte sowohl die Mutter als die Töchter geradezu entsetzt. In ihrer großen Aufregung legte Lisaweta Prokofjewna mit den Mädchen den ganzen Weg bis nach Hause fast im Laufschritt zurück. Nach ihrer Ansicht und ihren Begriffen hatte dieser Vorfall zu viel an den Tag gebracht, so daß trotz dem Durcheinander und dem Schrecken doch schon feste Entschlüsse in ihrem Kopf zu reifen begannen. Und alle verstanden, daß etwas Besonderes geschehen sei und daß vielleicht zum Glück ein außerordentliches Geheimnis an den Tag komme. Trotz allen früheren Beteuerungen und Erklärungen des Fürsten Sch. war Jewgenij Pawlowitsch nun »entlarvt«, sein Verhältnis zu dieser Kreatur war in aller Form an den Tag gekommen. So dachte Lisaweta Prokofjewna und so auch die beiden ältern Töchter. Das positive Ergebnis dieser Schlußfolgerung war freilich nur, daß man jetzt noch mehr Rätsel vor sich hatte. Die Mädchen ärgerten sich zwar im stillen über die allzu große Angst und die so offenkundige Flucht der Mutter, aber solange die erste Unruhe sich nicht gelegt hatte, wollten sie sie nicht durch Fragen noch mehr aus der Fassung bringen. Außerdem schien es ihnen ohne ersichtlichen Grund, daß ihre Schwester Aglaja von diesen Dingen mehr wissen müsse als sie alle drei mit der Mutter zusammen. Fürst Sch. war ebenfalls finster wie die Nacht und ebenfalls sehr nachdenklich. Lisaweta Prokofjewna sprach unterwegs kein Wort mit ihm, er aber schien das gar nicht zu merken. Adelaida versuchte ihn zu fragen, von was für einem Onkel denn die Rede gewesen und was dort in Petersburg passiert sei, aber er murmelte darauf mit saurer Miene nur etwas ganz Unbestimmtes über irgendwelche Erkundigungen, die eingezogen werden müßten, und daß das alles natürlich nur Unsinn sei. »Das bezweifle ich nicht«, erwiderte Adelaida und fragte nicht weiter. Aglaja aber war ungewöhnlich ruhig und sagte unterwegs bloß, man solle doch nicht so rennen. Einmal wandte sie sich um und erblickte den Fürsten, der sie einzuholen suchte. Als sie seine Anstrengungen sah, lächelte sie spöttisch und blickte sich nicht mehr nach ihm um.

Endlich, dicht vor ihrem Hause, stießen sie auf Iwan Fjodorowitsch, der soeben aus Petersburg gekommen war und ihnen entgegenging. Er fragte sofort nach Jewgenij Pawlowitsch. Aber seine Gattin ging majestätisch an ihm vorüber, ohne zu antworten, ja ohne ihn auch nur anzusehen. An den Augen der Töchter und des Fürsten Sch. erkannte er sofort, daß das häusliche Barometer auf Gewitter zeigte. Aber auch ohnedies spiegelte sein eigenes Gesicht eine außergewöhnliche Unruhe. Er faßte sofort den Fürsten Sch. unter, blieb mit ihm vor der Haustür stehen und wechselte mit ihm fast im Flüsterton ein paar Worte. Nach dem erregten Aussehen beider, als sie dann über die Veranda zu Lisaweta Prokofjewna hinaufgingen, hätte man schließen können, daß sie eine sehr überraschende Nachricht erhalten hätten.

Allmählich versammelte sich alles oben bei Lisaweta Prokofjewna, und auf der Veranda blieb schließlich nur der Fürst zurück. Er saß regungslos in einer Ecke, als wartete er auf etwas, und wußte übrigens selbst nicht recht, weshalb er noch immer da war; es war ihm gar nicht in den Sinn gekommen fortzugehen, als er die allgemeine Aufregung im Hause sah; er schien die ganze Welt vergessen zu haben und bereit zu sein, auch zwei Jahre oder noch länger auf dem Platz zu sitzen, den man ihm gerade anweisen würde. Von oben drangen mitunter erregte Stimmen zu ihm. Er hätte selbst nicht zu sagen vermocht, wie lange er so gesessen hatte. Es wurde spät und dämmerte bereits. Auf der Veranda erschien zuerst Aglaja; äußerlich schien sie ruhig, aber sie war etwas bleich. Als sie den Fürsten dasitzen sah, den sie augenscheinlich hier, auf dem Stuhl in der Ecke, nicht erwartet hatte, lächelte sie etwas verlegen.

»Was machen Sie hier?« fragte sie und ging auf ihn zu.

Der Fürst brummte etwas und sprang verstört vom Stuhl auf. Aber Aglaja nahm sofort neben ihm Platz; da setzte er sich wieder. Sie musterte ihn mit einem raschen, aber scharfen Blick, sah dann aus dem Fenster, gleichsam ganz gedankenlos, und danach wieder auf ihn. Vielleicht möchte sie lachen, dachte der Fürst, aber nein! Warum sollte sie es dann nicht tun?

»Wünschen Sie vielleicht Tee, ich kann welchen servieren lassen«, sagte sie nach kurzem Schweigen.

»N–ein, ich weiß nicht ...«

»Na, das muß man doch wissen! Ach ja, hören Sie mal: wenn jemand Sie zum Zweikampf forderte, was würden Sie dann tun? Ich wollte Sie schon vorhin danach fragen.«

»Ja ... wer denn? ... Mich wird niemand fordern ...«

»Wenn Sie aber jemand forderte? Wären Sie dann sehr erschrocken?«

»Ich glaube, daß ich mich sehr ... fürchten würde.«

»Im Ernst? Sie sind also feig?«

»N–ein, vielleicht doch nicht. Feig ist, wer Angst hat und davonläuft; aber wer Angst hat und nicht davonläuft, der ist noch nicht feig«, sagte der Fürst nach kurzem Sinnen lächelnd.

»Und Sie würden nicht davonlaufen?«

»Vielleicht würde ich doch nicht davonlaufen«, sagte er und lachte schließlich über Aglajas Fragen.

»Ich bin zwar nur ein Weib, aber ich würde nie davonlaufen«, sagte sie fast beleidigt. »Übrigens machen Sie sich nur über mich lustig und spielen Komödie, wie das Ihre Gewohnheit ist, um interessant zu erscheinen; sagen Sie mal: man schießt doch gewöhnlich auf zwölf Schritte, einige wohl auch auf zehn – das heißt also, daß man unbedingt getötet oder verwundet werden muß?«

»Bei Duellen trifft man wohl selten.«

»Wieso selten? Puschkin wurde doch erschossen.«

»Das war vielleicht ein Zufall.«

»Durchaus kein Zufall. Es war ein Zweikampf auf Tod und Leben – und da wurde er eben getötet.«

»Die Kugel traf ihn am Unterleib; man muß aber annehmen, d'Anthès habe höher gezielt, nach dem Kopf oder nach der Brust, denn so tief zielt kein Mensch; also dürfte die Kugel den Dichter zufällig getroffen haben, wohl infolge eines Fehlschusses. Mir haben das sachverständige Leute gesagt.«

»Mir aber hat ein Soldat gesagt, den ich einmal gesprochen habe, ihnen werde eigens auf Grund der Vorschrift befohlen, wenn sie als Schützen ausschwärmen, nach der Mitte des Mannes zu zielen, so steht es wörtlich drin, nach der Mitte. Also nicht nach der Brust oder dem Kopf, sondern gerade nach der Mitte sollen sie schießen. Ich fragte später noch einen Offizier, und der sagte mir, das sei tatsächlich so.«

»Das mag bei großer Entfernung so sein.«

»Können Sie schießen?«

»Ich habe noch nie geschossen.«

»Sie können wohl nicht einmal eine Pistole laden?«

»Nein. Das heißt, ich weiß, wie es gemacht wird, habe aber noch nie eine geladen.«

»Dann können Sie es auch nicht, denn hierzu braucht man praktische Übung. Also hören Sie zu und merken Sie es sich: kaufen Sie gutes Pistolenpulver, das nicht feucht sein darf – nicht feucht, sondern ganz trocken muß es sein, sagt man –, es muß auch fein sein, fragen Sie gleich nach dem richtigen; das Pulver, mit dem man aus Kanonen schießt, taugt nicht. Die Kugeln, heißt es, kann man selbst gießen. Haben Sie Pistolen?«

»Nein, ich brauche auch keine«, sagte der Fürst lachend.

»Unsinn! Kaufen Sie sich unbedingt eine Pistole: eine gute englische oder französische – das sind, sagt man, die besten. Dann nehmen Sie einen Fingerhut voll Pulver, vielleicht auch zwei, und schütten Sie es hinein. Lieber nehmen Sie etwas mehr. Stopfen Sie Filz nach – man sagt, es müsse durchaus Filz sein, warum, weiß ich nicht –, den kriegen Sie leicht, aus einer Matratze oder sonstwoher; manchmal beschlägt man ja auch die Haustüren mit Filz. Wenn Sie den

Filz drinhaben, legen Sie die Kugel hinein – hören Sie, erst das Pulver, dann die Kugel, sonst schießt es nicht. Warum lachen Sie? Ich will, daß Sie jeden Tag ein paarmal schießen und bestimmt lernen, ein Ziel zu treffen. Wollen Sie es tun?«

Der Fürst lachte. Aglaja stampfte ärgerlich mit dem Fuß auf. Ihr ernstes Gesicht bei diesem Gespräch setzte den Fürsten in Erstaunen. Er fühlte dunkel, daß er etwas erfahren, nach etwas fragen müsse, das jedenfalls ernster zu nehmen war als die Kunst des Pistolenladens. Aber alles das vergaß er völlig, bis auf das eine, daß sie ihm gegenübersaß und er sie ansah – was sie aber zu ihm sagte, war ihm in diesem Augenblick völlig gleichgültig.

Von oben kam endlich Iwan Fjodorowitsch selbst auf die Veranda; er blickte finster, besorgt und entschlossen drein und schien ausgehen zu wollen.

»Ah, Lew Nikolajewitsch, du ... Wohin willst du jetzt?« fragte er, obgleich Lew Nikolajewitsch nicht daran dachte, seinen Platz zu verlassen. »Komm mal, ich muß dir etwas sagen.«

»Auf Wiedersehn«, sagte Aglaja und streckte dem Fürsten die Hand hin.

Auf der Veranda war es schon ziemlich dunkel, der Fürst konnte in diesem Augenblick ihr Gesicht nicht mehr deutlich sehen. Eine Minute danach, als er mit dem General das Haus bereits verlassen hatte, wurde er mit einemmal tiefrot und preßte seine rechte Hand fest zusammen.

Es erwies sich, daß Iwan Fjodorowitsch und er den gleichen Weg hatten; trotz der späten Stunde wollte Iwan Fjodorowitsch noch jemand sprechen. Vorläufig aber fing er ein Gespräch mit dem Fürsten an, hastig, erregt, ziemlich zusammenhanglos; Lisaweta Prokofjewnas Name wurde dabei wiederholt erwähnt. Wenn der Fürst in diesem Augenblick hätte aufmerksamer sein können, so hätte er vielleicht erraten, daß Iwan Fjodorowitsch auch ihn auskundschaften, oder richtiger – ihn ganz offen nach etwas fragen wollte, daß er es aber nicht fertigbrachte, ohne weiteres auf den Hauptgegenstand zu kommen. Zu seiner Schande war der Fürst so zerstreut, daß er zuerst überhaupt gar nicht zuhörte, und als der General sich mit einer direkten, erregten Frage an ihn wandte, mußte er gestehen, daß er nichts verstanden habe. Der General zuckte die Achseln.

»Ihr seid alle so sonderbar geworden, in jeder Hinsicht«, fing er wieder an. »Ich sage dir, daß ich die Ideen und die Angst Lisaweta Prokofjewnas gar nicht begreife. Sie hat Weinkrämpfe und behauptet, wir seien blamiert und geschändet. Von wem? Wieso? Wann und warum? Gewiß, ich bin schuld – ich gestehe es ganz offen –, ich bin an vielem schuld, aber die Aufdringlichkeit dieser ... dieser unruhigen Person – die sich auch noch sehr schlecht beträgt – kann schließlich von der Polizei eingedämmt werden, und ich will heute noch ein paar Herren sprechen und dem ein Ende machen. Alles läßt sich still, delikat, sogar freundschaftlich regeln, wie es unter guten Bekannten Brauch ist, und jedenfalls ohne Skandal. Ich gebe gerne zu, daß die Zukunft vieles bringen kann und daß vieles unaufgeklärt bleibt; sicher wird hier auch intrigiert; aber wenn man hier nichts weiß, so vermag man auch dort keine Aufklärung zu geben; wenn ich nichts gehört habe und du nichts und jener nichts und der fünfte auch nichts – wer hat dann überhaupt etwas gehört, frage ich dich? Wie läßt sich das anders erklären, sag mir bitte, wenn nicht so, daß die ganze Geschichte zur Hälfte ein Trugbild ist, daß sie gar nicht vorhanden ist wie zum Beispiel der Mondschein ... oder andere Erscheinungen.«

»*Sie* ist irrsinnig«, murmelte der Fürst, der sich plötzlich schmerzvoll aller vergangenen Dinge erinnerte.

»Da bin ich ganz deiner Ansicht, wenn du diese Person meinst. Mir ist dieser Gedanke auch schon gelegentlich gekommen, und dann schlief ich ruhig ein. Allein jetzt sehe ich, daß man hier richtiger urteilt, und ich glaube an den Irrsinn nicht mehr, nein, mein Lieber. Ein launisches Frauenzimmer – gewiß, dabei aber sehr feinfühlig und ganz und gar nicht verrückt. Ihre heutige ausfällige Bemerkung über Kapiton Alexejewitsch zeigt das nur zu deutlich. Es handelt sich hier um einen Schurkenstreich, das heißt, zum mindesten um Jesuitismus, und sie verfolgt ganz besondere Zwecke damit.«

»Was für ein Kapiton Alexejewitsch?«

»Ach, mein Gott, Lew Nikolajewitsch, du hörst ja gar nicht zu. Ich fing doch mit Kapiton Alexejewitsch an; ich bin ja so erschüttert, daß mir noch jetzt alle Glieder zittern. Darum bin ich ja heute so lange in der Stadt geblieben. Kapiton Alexejewitsch Radomskij, der Onkel von Jewgenij Pawlowitsch ...«

»Nun?« rief der Fürst.

»Er hat sich heute früh im Morgengrauen erschossen, um sieben Uhr. Ein ehrwürdiger Greis von siebzig Jahren, Epikuräer – und es ist ganz richtig, was sie gesagt hat: Unterschlagung; eine recht bedeutende Summe.«

»Woher weiß sie denn ...«

»Woher? Hahaha! Sie hat sich ja sofort einen ganzen Hofstaat geschaffen, kaum daß sie wieder da war. Weißt du, was für Leute jetzt bei ihr verkehren und die ‚Ehre ihrer Bekanntschaft' suchen? Ganz einfach – sie kann vorhin etwas durch ihre Gäste erfahren haben, denn ganz Petersburg weiß es jetzt schon, und hier weiß es halb, wenn nicht schon ganz Pawlowsk. Aber was war das für eine feine Bemerkung über die Uniform, die man mir mitgeteilt hat – ich meine ihre Äußerung, daß Jewgenij Pawlowitsch rechtzeitig den Dienst quittiert habe! So eine teuflische Anspielung! Nein, das ist nicht Wahnsinn! Ich weise natürlich die Vermutung zurück, daß Jewgenij Pawlowitsch vorher etwas von der Katastrophe gewußt haben könnte – das heißt, daß an dem und dem Tage, um sieben Uhr morgens und so weiter. Aber er hat das alles ahnen können. Und ich und wir alle und Fürst Sch. hatten darauf gerechnet, daß er vom Alten noch etwas erben könnte! Schrecklich! Schrecklich! Versteh mich recht – ich beschuldige Jewgenij Pawlowitsch in keiner Weise, ich suche dir vielmehr die Sache zu erklären – aber verdächtig ist die Geschichte doch. Fürst Sch. ist äußerst verblüfft. Alles das ist so mit einemmal über uns gekommen.«

»Was ist denn an dem Benehmen von Jewgenij Pawlowitsch verdächtig?«

»Nichts, gar nichts! Er benahm sich durchaus vornehm.

Ich habe auch keinerlei Andeutungen gemacht. Sein eigenes Vermögen ist ja wohl unangetastet. Lisaweta Prokofjewna will natürlich nichts mehr hören ... Aber was die Hauptsache ist – alle diese Familienkatastrophen, oder besser gesagt, alle diese Scherereien ... man weiß gar nicht, wie man es nennen soll ... Du bist doch wirklich ein Freund unsers Hauses, Lew Nikolajewitsch – aber was sagst du dazu? Es stellt sich heraus, wenn auch nicht mit absoluter Sicherheit, daß Jewgenij Pawlowitsch vor mehr als einem Monat um Aglaja angehalten und von ihr eine Absage in aller Form bekommen haben soll.«

»Das kann nicht sein!« rief der Fürst erregt.

»Ja, weißt du denn etwas? Siehst du, mein Teuerster«, der General fuhr erstaunt zusammen und blieb wie angewurzelt stehen, »ich habe mich vielleicht unnütz und in unpassender Weise verplappert, aber doch nur, weil du ... weil du ... eben solch ein Mensch bist. Vielleicht weißt du noch etwas Besonderes?«

»Ich weiß nichts ... von Jewgenij Pawlowitsch«, stotterte der Fürst.

»Ich auch nicht. Ja, mein Lieber, mich ... mich wollen sie einfach begraben und bedenken nicht, wie schwer das einen Menschen treffen muß und daß ich das nicht ertragen kann. Soeben gab es eine Szene! Schauderhaft! Ich sage dir das so offen, als wenn du mein Sohn wärest. Vor allem scheint Aglaja sich einfach über ihre Mutter lustig zu machen. Daß sie Jewgenij Pawlowitsch vor einem Monat einen Korb gegeben hat und daß zwischen ihnen eine ziemlich formelle Aussprache stattgefunden hat, haben die Schwestern berichtet, allerdings nur in Form einer Vermutung, aber immerhin einer sehr sichern Vermutung. Doch sie ist ja ein so eigensinniges und wunderliches Geschöpf, daß es gar nicht zu sagen ist! Sie ist großmütig, sie besitzt alle glänzenden Eigenschaften des Herzens und des Verstandes – gewiß! Aber dabei ist sie launisch und mokant, sie ist mit einem Wort ein dämonischer Charakter und dazu noch voll der tollsten Phantasien! Der Mutter hat sie soeben ins Gesicht gelacht, ebenso den Schwestern, dem Fürsten Sch., von mir wollen wir lieber gar nicht reden; daß sie über mich nicht lacht, kommt nur ganz selten vor. Aber ich liebe sie, weißt du, ich habe es sogar gern, wenn sie mich verspottet, und ich glaube, dieser kleine Teufel liebt mich deswegen ganz besonders, mehr als alle andern, meine ich. Ich wette, daß sie auch dich schon einmal zur Zielscheibe ihres Spottes gemacht hat. Ich fand euch soeben nach dem Gewitter oben im Gespräch; sie redete mit dir, als wäre nichts geschehn.«

Der Fürst wurde feuerrot und preßte seine rechte Hand zusammen, sagte aber nichts.

»Mein lieber, guter Lew Nikolajewitsch«, sagte der General plötzlich mit großer Wärme und viel Gefühl. »Ich ... und selbst Lisaweta Prokofjewna – die übrigens wieder über dich herfiel, und zugleich auch über mich deinetwegen, ich begreife nur nicht weshalb –, wir haben dich doch gern, lieben dich aufrichtig und schätzen dich trotz allem, ich meine, trotz allen Äußerlichkeiten. Aber du mußt zugeben, mein lieber Freund: es mußte uns rätselhaft erscheinen und uns ärgern, als dieser kaltblütige kleine Teufel – denn sie stand vor ihrer Mutter mit dem Ausdruck größter Verachtung gegenüber allen unsern Fragen, besonders den meinigen, weil ich, hol mich der Teufel, es dumm angefangen und versucht hatte, den Strengen zu spielen, denn ich bin doch schließlich das Haupt der Familie, aber das war eine Dummheit – also dieser kaltblütige kleine Teufel erklärt mit einemmal spöttisch, daß dieses verdrehte Frauenzimmer – so drückte sie sich aus, und es fiel mir auf, daß sie da ganz dasselbe sagte wie du: seid ihr wirklich bis jetzt noch nicht dahintergekommen, sagt sie –, daß dieses verdrehte Frauenzimmer sich in den Kopf gesetzt hat, mich unbedingt mit dem Fürsten Lew Nikolajewitsch zu verheiraten, und deswegen sich die größte Mühe gibt, Jewgenij Pawlowitsch bei uns unmöglich zu machen ... Das war alles, was sie zu sagen hatte, kein Wort der Erklärung; bloß laut gelacht hat sie, und wir saßen mit aufgerissenem Munde da; dann schlug sie die Tür zu und war weg. Nachher hat man mir von dem Zwischenfall erzählt, der sich neulich zwischen euch beiden abgespielt hat ... und ... und ... hör mal, mein lieber Fürst, du bist nicht empfindlich und ein vernünftiger Kerl, das weiß ich schon lange, aber ... sei mir nicht böse: bei Gott, sie treibt ihren Spott mit dir. Wie ein Kind lacht sie über dich; du sollst ihr deswegen nicht zürnen, aber es ist wirklich so. Denk dir nichts Schlimmes dabei: sie hält bloß dich und uns alle zum Narren, einfach zum Zeitvertreib. Nun, leb wohl! Du kennst unsere Gefühle? Unsere aufrichtige Zuneigung? Sie ist unverändert, völlig unverändert ... aber ... ich muß jetzt hier einbiegen, auf Wiedersehn! Selten bin ich so mißmutig gewesen wie in diesem Augenblick ... Das nennt sich Sommerfrische!«

An der Straßenkreuzung allein geblieben, blickte der Fürst um sich, ging dann schnell auf die andere Seite der Straße, dicht an das erleuchtete Fenster einer Villa, rollte das kleine Stückchen Papier auf, das er während des Gespräches mit Iwan Fjodorowitsch fest in der rechten Hand gehalten hatte, und las in dem schwachen Lampenschein:

»Morgen früh um sieben Uhr bin ich bei der grünen Bank im Park und erwarte Sie. Ich muß mit Ihnen über eine sehr wichtige Sache reden, die Sie unmittelbar angeht.

P. S. Ich hoffe, Sie zeigen diesen Zettel niemandem. Es ist mir peinlich, Ihnen eine solche Anweisung zu geben, doch ich bin zu der Überzeugung gekommen, daß Sie es verdienen. Darum habe ich es hingeschrieben und errötete dabei vor Scham über Ihren lächerlichen Charakter.

PP. SS. Es ist dieselbe grüne Bank, die ich Ihnen vorhin zeigte. Schämen Sie sich. Ich war gezwungen, auch das noch hinzuzufügen.«

Der Zettel war in großer Eile geschrieben und nachlässig zusammengefaltet – allem Anschein nach unmittelbar bevor Aglaja auf die Veranda herausgekommen war. In unbeschreiblicher Erregung, die an Schreck erinnerte, drückte der Fürst den Zettel wieder fest in der Hand zusammen und sprang schleunigst vom Fenster weg wie ein erschrockener Dieb; bei dieser Bewegung aber stieß er hart gegen einen Herrn, der dicht hinter ihm stand.

»Ich stelle Ihnen nach, Fürst«, sagte der Herr.

»Sie sind es, Keller?« rief der Fürst erstaunt.

»Ich suche Sie, Fürst. Ich wartete auf Sie vor der Villa der Jepantschins, konnte natürlich nicht hinein. Als Sie mit dem General gingen, schlich ich Ihnen nach. Ich stehe Ihnen zu Diensten, Fürst, Sie können über Keller verfügen. Ich bin zu jedem Opfer bereit – sogar zu sterben, wenn es nötig sein sollte.«

»Ja ... warum denn?«

»Nun, es wird doch sicher eine Forderung erfolgen. Dieser Leutnant Molowzow, ich kenne ihn ... das heißt nicht persönlich ... er läßt die Beleidigung nicht auf sich sitzen. Unsereins, das heißt ich und Rogoschin, sind für ihn selbstverständlich nur Pack, und vielleicht hat er damit auch recht; aber auf diese Weise fällt nun die ganze Verantwortung auf Sie. Sie werden die Zeche bezahlen müssen, Fürst. Er hat sich nach Ihnen erkundigt, ich habe es gehört, und sicher kommt morgen sein Freund zu Ihnen – wenn er nicht jetzt schon auf Sie wartet. Wenn Sie mir die Ehre erweisen wollen, mich zum Sekundanten zu nehmen, so bin ich bereit, mich Ihretwegen selbst unter die Soldaten stecken zu lassen; darum bin ich Ihnen nachgegangen, Fürst.«

»Sie fangen auch vom Duell an!« rief der Fürst und lachte laut auf, zur größten Verwunderung Kellers. Er konnte gar nicht aufhören zu lachen. Keller, dem es keine Ruhe gelassen hatte, bis sein Vorschlag, den Sekundanten zu machen, ihn endlich wieder halbwegs ins Gleichgewicht gebracht hatte, war fast gekränkt, als er den Fürsten so lustig lachen hörte.

»Sie fielen ihm vorhin doch in den Arm, Fürst. Ein Mann von Ehre kann das – und noch gar in Gegenwart dritter Personen – kaum dulden.«

»Und er hat mich vor die Brust gestoßen!« rief der Fürst lachend. »Weswegen sollten wir uns schlagen? Ich bitte ihn um Entschuldigung, und damit gut. Soll aber doch geschossen werden, ist es mir auch recht! Mag er nur schießen, ich will es sogar. Haha! Ich verstehe jetzt eine Pistole zu laden. Wissen Sie, daß man mir Anweisungen gegeben hat, wie eine

Pistole geladen wird? Können Sie eine Pistole laden, Keller? Erst muß man Pulver kaufen, Pistolenpulver, es darf nicht feucht sein und nicht so grob wie das, mit dem man aus Kanonen schießt; dann muß man erst das Pulver einschütten, irgendwo von einer Tür Filz abreißen und dann erst die Kugel hineinschieben, nicht etwa die Kugel vor dem Pulver, sonst schießt es nicht. Haha! Ist das nicht Grund genug, mein lieber Keller? Ach, Keller, wissen Sie, ich muß Sie gleich umarmen und küssen. Hahaha! Wie tauchten Sie nur vorhin so plötzlich vor ihm auf? Kommen Sie recht bald zu mir Champagner trinken. Wir trinken uns alle einen Rausch an! Wissen Sie, daß ich zwölf Flaschen Champagner habe, bei Lebedew im Keller? Lebedew hat sie mir vorgestern als Gelegenheitskauf angeboten, gleich nachdem ich zu ihm übergesiedelt war, ich habe sie ihm alle abgenommen. Ich lade die ganze Gesellschaft ein! Wollen Sie diese Nacht schlafen?«

»Wie immer, Fürst.«

»Nun, dann träumen Sie süß! Haha!«

Der Fürst ging über die Straße und verschwand im Park. Der etwas verblüffte Keller blieb in Gedanken stehen. Er hatte den Fürsten noch nie in so merkwürdiger Stimmung gesehen, hätte ihn sich auch nie so vorstellen können.

Er redet vielleicht im Fieber, denn er ist ein nervöser Mensch, und das alles muß ihn erschüttert haben. Aber Angst kriegt er nicht. Solche Menschen kennen keine Angst, bei Gott! dachte Keller. Hm! Champagner! Eine interessante Mitteilung. Zwölf Flaschen, ein Dutzend; nicht übel, eine recht achtbare Garnison. Ich wette, daß Lebedew diesen Champagner von irgend jemand als Pfand bekommen hat. Hm ... Er ist aber recht nett, dieser Fürst; wirklich, ich habe solche Leute gern; doch jetzt darf man keine Zeit verlieren und ... wenn es Champagner gibt, so ist gerade jetzt der geeignete Zeitpunkt ...

Daß der Fürst wie im Fieber war, traf selbstverständlich zu. Er irrte lange durch den dunkeln Park und fand sich endlich in einer Allee auf und ab gehend wieder. In seinem Bewußtsein war nur die Erinnerung lebendig, daß er in dieser Allee von einer Bank bis zu einem alten, sehr auffallenden hohen Baum – etwa hundert Schritt – wohl schon dreißig- oder vierzigmal auf und ab geschritten war. Was er im Laufe dieser ganzen Stunde – denn so lange hatte es mindestens gedauert – im Park gedacht hatte, hätte er sich nicht mehr erinnern können, auch wenn er es gewollt hätte. Er ertappte sich übrigens bei einem Gedanken, der ihn plötzlich in ein lautes Gelächter ausbrechen ließ; es war eigentlich kein Grund dafür vorhanden, aber er wollte heute unausgesetzt lachen. Ihm fiel ein, daß die Vermutung, es könnte zum Zweikampf kommen, nicht nur in Kellers Kopf entstanden zu sein brauchte, daß also die Anweisung, wie eine Pistole geladen wird, nicht bloß zufällig gewesen war ... Bah! er blieb plötzlich stehen, von einer neuen Idee überrascht, vorhin kam sie auf die Veranda, als ich in der Ecke saß, und war sehr erstaunt, mich dort zu finden, und ... lachte so ... redete von Tee; und sie hatte da doch schon den Zettel in der Hand, also wußte sie ganz genau, daß ich auf der Veranda saß – warum war sie dann so verwundert? Hahaha!

Er zog den Zettel aus der Tasche und küßte ihn, blieb dann aber sofort wieder stehen und grübelte.

»Wie sonderbar! Wie sonderbar!« murmelte er nach einer Minute beinahe traurig; wenn er eine heftige Freude empfand, wurde ihm immer traurig zumute, er wußte selbst nicht warum. Er blickte scharf um sich und war erstaunt, wie er hierher geraten war. Er war sehr müde, ging zu der Bank und setzte sich. Ringsum herrschte tiefe Stille. Das Konzert im Vauxhall war schon zu Ende. Im Park war vielleicht kein Mensch mehr, denn es mußte mindestens halb zwölf Uhr sein. Die Nacht war still, warm, hell – eine Petersburger Juninacht; aber in dem dichten, schattigen Park und in dieser Allee war es schon fast ganz dunkel.

Wenn ihm jemand in diesem Augenblick gesagt hätte, er sei verliebt, leidenschaftlich verliebt, so hätte er diesen Gedanken erstaunt zurückgewiesen, ja wäre vielleicht in Zorn geraten. Und wenn jemand hinzugefügt hätte, der Zettel Aglajas sei ein Liebesbriefchen, die Bestellung zu einem Stelldichein, so hätte er sich für den Sprecher glühend geschämt, ihn vielleicht gar gefordert. Alles das war ganz ehrlich empfunden, es kam ihm nicht der geringste Zweifel und nicht der leiseste Doppelgedanke an die Möglichkeit einer Liebe dieses Mädchens zu ihm oder gar an die Möglichkeit seiner Liebe zu ihr. Eines solchen Gedankens hätte er sich geschämt; die Möglichkeit einer Liebe zu ihm, »zu einem solchen Menschen wie ihm«, wäre ihm als etwas Ungeheuerliches erschienen. Es schwebte ihm vor, das Ganze sei nur ein Scherz von ihr, wenn dahinter wirklich etwas steckte; aber er war gar zu gleichgültig gegenüber diesem Gedanken, fand ihn gar zu sehr in der Ordnung; ihn beschäftigte und beunruhigte etwas ganz anderes. Den Worten, die vorhin dem erregten General entschlüpft waren: daß sie sich über alle lustig mache und besonders über ihn, den Fürsten, hatte er ohne weiteres Glauben geschenkt. Er fühlte sich dadurch nicht im geringsten gekränkt; seiner Ansicht nach mußte das so sein. Es kam ihm einzig darauf an, daß er sie morgen früh wiedersehen, neben ihr auf der grünen Bank sitzen, sie anschauen und sich erzählen lassen würde, wie eine Pistole geladen wird. Weiter wünschte er sich gar nichts. Die Frage, was sie ihm mitteilen wolle und was das für eine wichtige Angelegenheit sei, die ihn unmittelbar anginge, huschte ihm auch ein- oder zweimal durch den Kopf. An dem tatsächlichen Vorhandensein dieser »wichtigen Angelegenheit«, um derentwillen man ihn herbestellte, zweifelte er keinen Augenblick, aber die Angelegenheit als solche beschäftigte ihn jetzt so wenig, daß er nicht die geringste Lust verspürte, über sie nachzudenken.

Das Knirschen leiser Schritte auf dem Sand der Allee ließ ihn aufblicken. Ein Mann, dessen Gesicht in der Dunkelheit schwer zu erkennen war, kam auf die Bank zu und setzte sich neben ihn. Der Fürst rückte schnell an ihn heran und erkannte das bleiche Gesicht Rogoschins.

»Das habe ich gewußt, daß du hier irgendwo umherirrst, ich habe dich gar nicht lange suchen müssen«, brummte Rogoschin durch die Zähne.

Zum erstenmal nach jener Begegnung im Korridor des Gasthauses sahen sie sich wieder einander gegenüber. Der Fürst war durch das plötzliche Erscheinen Rogoschins so verblüfft, daß er eine Zeitlang seine Gedanken nicht sammeln konnte, und ein qualvolles Gefühl bemächtigte sich seiner. Rogoschin schien zu begreifen, was für einen Eindruck er machte; aber obgleich er anfangs etwas unsicher war und mit einer gewissen gekünstelten Ungeniertheit redete, dünkte es den Fürsten doch, als wäre er in seinem Benehmen ganz ungezwungen und nicht einmal verlegen; wenn in seinen Gebärden und Worten auch vielleicht eine gewisse Unsicherheit lag, so schien sie doch rein äußerlich zu sein; innerlich konnte dieser Mensch sich nicht ändern.

»Wie hast du ... mich hier gefunden?« fragte der Fürst, nur um irgend etwas zu sagen.

»Ich hörte es von Keller. Ich war in deiner Wohnung. Er ist in den Park gegangen, sagte er mir; na, dachte ich, da wird es wohl so sein.«

»Was wird so sein?« griff der Fürst ängstlich das Rogoschin entschlüpfte Wort auf.

Rogoschin lächelte hämisch, gab aber keine Erklärung.

»Ich habe deinen Brief erhalten, Lew Nikolajewitsch; du machst das alles ganz unnütz ... was hast du davon! ... Und jetzt habe ich dir von *ihr* zu melden: sie will dich unbedingt bei sich sehen; sie hat dir etwas sehr Wichtiges zu sagen. Heute noch solltest du kommen.«

»Ich komme morgen. Ich will jetzt nach Hause. Kommst du ... mit zu mir?«

»Weshalb? Ich habe dir alles gesagt. Leb wohl.«

»Kommst du nicht mit?« fragte der Fürst leise.

»Du bist ein wunderlicher Kerl, Lew Nikolajewitsch, man muß immer wieder staunen.« Rogoschin lächelte höhnisch.

»Warum? Woher diese Erbitterung gegen mich?« fiel der Fürst betrübt und leidenschaftlich ein. »Du weißt doch jetzt selbst, daß alles nicht wahr ist, was du dir gedacht hattest. Ich habe es aber geahnt, daß deine Wut gegen mich sich noch nicht gelegt hat, und weißt du warum? Weil du mir nach dem Leben getrachtet hast, darum bist du immer noch erbittert. Ich sage dir, ich kenne nur den Parfen Rogoschin, mit dem ich damals das Kreuz wechselte; ich schrieb es dir im gestrigen Briefe, damit du an diesen Irrwahn nicht mehr denkst und nicht erst mit mir davon zu reden anfängst. Warum rückst du von mir weg? Warum versteckst du deine Hand? Ich sage dir, ich halte alles, was damals geschehen ist, für einen Fieberwahn: ich kenne dich, wie du an dem Tage warst, durch und durch wie mich selbst. Das, was du dir einbildetest, ist nie gewesen und konnte nicht sein. Warum soll denn der Groll zwischen uns bleiben?«

»Wer kann bei dir von Groll reden?« entgegnete Rogoschin und lachte als Antwort auf diesen plötzlichen leidenschaftlichen Erguß des Fürsten. Er war wirklich zwei Schritte zurückgewichen und hatte die Hände auf den Rücken gelegt. »Jetzt geht es nun gar nicht, daß ich dich besuche, Lew Nikolajewitsch«, schloß er langsam und belehrend.

»Haßt du mich denn so sehr?«

»Ich liebe dich nicht, Lew Nikolajewitsch, weshalb soll ich dich also besuchen? Ach, Fürst, du bist wie ein kleines Kind, das nach einem Spielzeug verlangt. Her damit und basta. Aber um was es sich eigentlich handelt, das verstehst du nicht. Du hast das alles in dem Brief auch geschrieben, so wie du es mir jetzt sagst – glaube ich dir denn nicht? Jedem Wort glaube ich, und ich weiß, daß du mich nie betrogen hast und nie betrügen wirst; und doch liebe ich dich nicht. Du schreibst, daß du alles vergessen hast, daß du dich nur deines Kreuzbruders Rogoschin erinnerst und nicht des Rogoschin, der damals das Messer gegen dich zückte. Woher kennst du denn meine Gefühle?« Rogoschin lächelte wieder. »Ich habe es seitdem vielleicht nicht ein einziges Mal bereut – und du sendest mir schon deine brüderliche Vergebung. Vielleicht habe ich an jenem Abend schon an ganz andere Dinge gedacht, daran aber ...«

»Daran dachtest du gar nicht mehr!« fiel der Fürst ein. »Ja freilich! Ich wette, du hast dich damals sofort in die Eisenbahn gesetzt und bist hierher nach Pawlowsk zum Konzert gefahren, hast in der Menge wie heute nach ihr gespäht und sie gesucht. Und damit willst du mich in Erstaunen setzen! Ja wärst du damals nicht in einer Lage gewesen, in der du nur an das eine denken konntest, dann hättest du mich vielleicht gar nicht mit dem Messer bedroht. Ich hatte damals schon am Morgen ein Vorgefühl, wenn ich dich ansah; weißt du, wie du damals warst? Als wir die Kreuze tauschten, da regte sich in mir vielleicht dieser Gedanke. Wozu hast du mich damals zu der Alten geführt? Dachtest du, das würde deine Hand hemmen? Es ist nicht möglich, daß du das denken konntest, du hast es nur gefühlt wie ich ... Wir empfanden es zu gleicher Zeit. Hättest du damals nicht die Hand gegen mich erhoben – die Gott abwendete –, was wäre ich jetzt vor dir? Ich hatte ja doch diesen Verdacht gegen dich, wir sind beide der gleichen Sünde teilhaftig! Warum runzelst du die Stirne? Und was hast du zu lachen ... Noch nicht bereut! Ja, wenn du es auch wolltest, du könntest es wohl auch gar nicht bereuen, denn du liebst mich ja nicht. Und mag ich auch vor dir unschuldig sein wie ein Engel, du wirst mich doch nicht leiden können, solange du denkst, daß sie nicht dich liebt, sondern mich. Das eben ist die Eifersucht. Nun aber habe ich mir in dieser Woche folgendes ausgedacht, Parfen, und will es dir sagen: weißt du, daß sie dich vielleicht jetzt mehr als alle liebt und vielleicht um so heißer liebt, je mehr sie dich quält. Sie wird dir das nicht sagen, so etwas muß man selbst sehen können. Warum will sie dich schließlich doch heiraten? Einmal wird sie es dir schon unaufgefordert sagen. Manche Frauen wollen sogar so geliebt sein, und sie ist eben eine von diesen. Und dein Charakter und deine Liebe müssen sie verblüffen! Weißt du, daß eine Frau imstande ist, einen Mann durch Grausamkeiten und Spott zu Tode zu martern, und kein einziges Mal Gewissensbisse dabei verspürt, denn sie denkt jedesmal, wenn sie dich dabei ansieht, still für sich: Jetzt quäle ich ihn fast zu Tode, aber hinterher entschädige ich ihn für alles durch meine Liebe ...«

Rogoschin lachte laut auf, als er den Fürsten das sagen hörte.

»Sag mal, Fürst, bist du vielleicht selbst so einer in die Finger gekommen? Ich habe allerlei über dich gehört, wenn es bloß wahr ist.«

»Was, was kannst du gehört haben?« fragte der Fürst bebend und blieb in großer Verlegenheit stehen.

Rogoschin lachte immer noch. Er hatte dem Fürsten nicht ohne Neugierde, ja vielleicht sogar nicht ohne Vergnügen zugehört; die freudige und heiße Begeisterung des Fürsten hatte ihn sehr überrascht und ihm Mut gemacht.

»Nicht nur gehört, ich sehe es jetzt selber, daß es wahr ist«, fügte er hinzu. »Wann hast du denn so gesprochen wie jetzt? Diese Reden kommen ja gar nicht von dir. Hätte ich nicht dergleichen über dich gehört, so wäre ich nicht hierher gekommen; noch dazu in den Park, um Mitternacht.«

»Ich verstehe dich nicht ganz, Parfen Semjonowitsch.«

»Sie hat mich schon längst über dich aufgeklärt, und vorhin habe ich es selbst gesehen, als du mit jener im Konzert saßest. Sie beteuerte, gestern und heute beteuerte sie, daß du in Aglaja Jepantschina verliebt bist wie ein Kater. Mir ist das gleichgültig, Fürst, und die Sache geht mich auch nichts an; aber wenn du sie auch nicht mehr liebst, so liebt sie dich doch immer noch. Du weißt doch, daß sie dich durchaus mit jener verheiraten möchte – sie hat es sich gelobt, hähä! Sie sagt mir: ‚Anders heirate ich dich nicht; wenn die zwei zur Trauung in die Kirche gehen, gehen wir auch.' Was das bedeuten soll, kann ich nicht begreifen und habe ich nie begriffen: entweder liebt sie dich grenzenlos oder ... Wenn sie dich aber liebt, warum will sie dich dann mit einer andern verheiraten? Sie sagt: ‚Ich will ihn glücklich sehen' – also liebt sie dich.«

»Ich sagte und schrieb dir doch, daß sie ... nicht ganz bei Sinnen ist«, sagte der Fürst, dem es eine Qual war, Rogoschin zuzuhören.

»Das mag der liebe Gott wissen! Da hast du dich vielleicht auch geirrt ... Sie hat übrigens heute den Tag festgesetzt, als wir vom Konzert kamen: in drei Wochen oder vielleicht auch früher, sagte sie, gehen wir zur Trauung; sie hat es geschworen, hat das Heiligenbild von der Wand genommen, hat es geküßt. Es kommt also jetzt nur noch auf dich an, Fürst, hähä!«

»Das sind ja alles Fieberphantasien! Was du da von mir sagst, das kann nie, nie geschehen! Morgen komme ich zu euch ...«

»Wieso ist sie nicht bei Sinnen?« fragte Rogoschin. »Warum ist sie denn für alle andern bei Verstand und nur für dich verrückt? Wie kann sie denn Briefe dorthin schreiben? Wenn sie verrückt wäre, so hätte man es doch dort aus den Briefen ersehen.«

»Was für Briefe?« fragte der Fürst erschrocken.

»Sie schreibt dorthin, an *jene*. Und die liest es. Das weißt du wohl noch gar nicht? Nun, du wirst es schon erfahren; sie wird dir gewiß selber die Briefe zeigen.«

»Das kann man nicht glauben!« rief der Fürst.

»Oho! Nein, Lew Nikolajewitsch, du bist, wie ich sehe, noch wenig auf diesen Wegen gegangen, du fängst eben erst an. Warte ein bißchen; bald wirst du deine eigene Polizei unterhalten, wirst selbst Tag und Nacht aufpassen und über jeden Schritt von dort unterrichtet sein, wenn nur . . .«

»Laß das und rede nie mehr davon!« rief der Fürst. »Höre, Parfen, ich ging soeben hier auf und ab, bevor du kamst, und fing plötzlich zu lachen an, ohne zu wissen worüber; der Grund aber war: mir fiel ein, daß morgen mein Geburtstag ist. Jetzt ist es gleich zwölf Uhr. Komm, begrüßen wir den Tag! Ich habe Wein, trinken wir – und du wünschst mir, was ich mir jetzt selber nicht zu wünschen weiß, gerade du sollst es mir wünschen, und auch ich will dir wünschen, daß du dein volles Glück findest. Sonst mußt du mir mein Kreuz zurückgeben! Du hast es mir ja am nächsten Tag nicht geschickt! Du trägst es also! Hast du es auch jetzt um?«

»Ja«, sagte Rogoschin.

»So komm. Ich will nicht ohne dich mein neues Leben begrüßen. Weißt du noch nicht, Parfen, daß heute ein neues Leben für mich begonnen hat?«

»Jetzt seh ich es selbst und weiß, daß es begonnen hat; so will ich es auch *ihr* melden. Du bist ja ganz außer dir, Lew Nikolajewitsch!«

4

Als der Fürst sich mit Rogoschin seiner Wohnung näherte, war er äußerst erstaunt, auf der hell erleuchteten Veranda eine zahlreiche laute Gesellschaft anzutreffen. Man war sehr lustig, lachte und schrie; man schien sogar heftig zu streiten; auf den ersten Blick war zu erraten, daß man die Zeit sehr fröhlich verbrachte. Und in der Tat, als er auf die Veranda kam, sah er, daß alle tranken, und zwar Champagner, anscheinend schon seit längerer Zeit, denn viele der Zecher befanden sich bereits in recht gehobener Stimmung. Die Gäste waren lauter Bekannte des Fürsten; sonderbar war nur, daß sie sich alle mit einemmal eingefunden hatten, als wären sie eingeladen, obgleich der Fürst niemanden eingeladen hatte und der Gedanke an seinen Geburtstag ihm eben erst ganz zufällig gekommen war.

»Du hast wohl jemand gesagt, daß du Champagner hergeben würdest, und gleich sind sie alle da«, brummte Rogoschin, der hinter dem Fürsten die Stufen emporstieg. »Das kennen wir; man braucht den Kerlen bloß zu pfeifen ...« fügte er fast mit Ingrimm hinzu, natürlich im Gedanken an seine eigene jüngste Vergangenheit.

Alle empfingen den Fürsten mit lauten Zurufen und Glückwünschen; man umringte ihn; einige waren sehr laut, andere verhielten sich viel ruhiger, aber alle beeilten sich, ihm zu gratulieren, als sie hörten, daß heute sein Geburtstag sei, und jeder wartete, bis die Reihe an ihn kam. Dem Fürsten fiel die Anwesenheit einiger Personen, zum Beispiel Burdowskijs, auf; am erstaunlichsten aber war es, daß sich in dieser Gesellschaft auch Jewgenij Pawlowitsch befand; der Fürst wollte kaum seinen Augen trauen und war fast erschrocken, als er ihn sah.

Unterdessen kam Lebedew, ganz rot im Gesicht und in einem nahezu begeisterten Zustande, herbeigelaufen, um seine Erklärungen abzugeben; er war schon so gut wie »fertig«. Aus seinem Geschwätz ging hervor, daß alle auf ganz natürliche Weise und sogar zufällig zusammengekommen waren. Als erster war noch vor dem Abend Ippolit erschienen, und da er sich viel wohler fühlte, hatte er den Wunsch geäußert, den Fürsten auf der Veranda zu erwarten. Er machte es sich auf dem Sofa bequem; dann kam Lebedew zu ihm herunter, dann dessen ganze Familie, das heißt seine Töchter und der General Iwolgin. Burdowskij war als Begleiter Ippolits gekommen. Ganja und Ptizyn hatten wohl erst vor kurzem im Vorbeigehen vorgesprochen (ihr Erscheinen hing mit der Begebenheit im Vauxhall zusammen); endlich hatte sich Keller eingefunden, teilte mit, daß heute der Geburtstag des Fürsten sei, und verlangte Champagner. Jewgenij Pawlowitsch war erst vor einer halben Stunde gekommen. Auf dem Champagner und der Notwendigkeit einer regelrechten Feier bestand auch Kolja. Lebedew schleppte bereitwillig Wein herbei.

»Es ist mein Wein, mein Wein!« flüsterte er dem Fürsten zu. »Auf meine Kosten, um Sie zu feiern und Ihnen zu gratulieren; ein Imbiß kommt auch noch, meine Tochter sorgt dafür. Aber, Fürst, wenn Sie wüßten, welches Thema zur Besprechung steht. Wissen Sie noch, wie Hamlet sagt: ‚Sein oder Nichtsein?' Ein hochmodernes Thema! Fragen und Antworten ... Und Herr Terentjew ist in hohem Grade ... er will gar nicht schlafen! Champagner hat er nur einen ganz kleinen Schluck genommen, das schadet ihm nichts ... Kommen Sie näher, Fürst, und entscheiden Sie! Alle haben auf Sie gewartet, alle warteten nur auf Ihren glücklichen Geist ...«

Der Fürst fing einen freundlichen, lieben Blick von Wera Lebedewna auf, die ebenfalls durch die Menge zu ihm vorzudringen suchte. Über alle andern hinweg reichte er zuerst ihr die Hand; sie errötete vor Freude und wünschte ihm »ein glückliches Leben vom heutigen Tage an«. Dann lief sie eiligst nach der Küche; dort bereitete sie den Imbiß vor; aber auch vor dem Erscheinen des Fürsten war sie, wenn sie sich nur für einen Augenblick von ihrer Arbeit losreißen konnte, immer wieder auf der Veranda erschienen und hatte mit größter Aufmerksamkeit den leidenschaftlichen Debatten über ganz abstrakte, für sie höchst seltsame Dinge zugehört, denn die leicht angeheiterten Gäste kamen aus dem

Streiten nicht heraus. Ihre jüngste Schwester war mit offenem Munde im Nebenzimmer auf einer Truhe eingeschlafen, doch der Junge, der Sohn Lebedews, stand neben Kolja und Ippolit, und sein erhitztes Gesicht zeigte, daß er imstande war, noch zehn Stunden ununterbrochen auf diesem Platze auszuharren, um zuhören und genießen zu können.

»Ich habe Sie mit besonderer Ungeduld erwartet und bin sehr froh, daß Sie in so glücklicher Stimmung gekommen sind«, sagte Ippolit, als der Fürst auf ihn zukam und ihm gleich nach Wera die Hand drückte.

»Woher wissen Sie, daß ich in so glücklicher Stimmung bin?«

»Man sieht es Ihrem Gesicht an. Begrüßen Sie die Herrschaften und setzen Sie sich geschwind hierher zu uns. Ich habe Sie mit besonderer Ungeduld erwartet«, wiederholte er, wobei er das Wort »erwartet« stark betonte. Auf die Frage des Fürsten, ob das lange Aufbleiben ihm nicht schaden könnte, erwiderte er, er sei selbst erstaunt, denn vor drei Tagen habe er sterben wollen, heute abend aber fühle er sich besser als je vorher.

Burdowskij sprang auf und murmelte, er sei »nur so« gekommen ... er habe Ippolit »begleitet« und sei auch sehr erfreut; in seinem Briefe habe er »Unsinn« geschrieben, jetzt aber sei er »einfach erfreut« ... Ohne seinen Satz zu Ende zu bringen, drückte er dem Fürsten kräftig die Hand und nahm auf einem Stuhl Platz.

Ganz zuletzt ging der Fürst auch auf Jewgenij Pawlowitsch zu. Dieser faßte ihn sofort unter den Arm. »Ich möchte Ihnen nur ein paar Worte sagen«, flüsterte er halblaut, »in einer sehr wichtigen Angelegenheit. Gehen wir für einen Augenblick zur Seite.«

»Nur ein paar Worte«, flüsterte eine andere Stimme in das andere Ohr des Fürsten, und ein anderer Arm schob sich von der andern Seite unter den seinen. Der Fürst sah verwundert eine sehr verwahrloste Gestalt mit rotem, zwinkerndem und lachendem Gesicht, in der er sofort Ferdystschenko erkannte, der Gott weiß woher aufgetaucht war. »Haben Sie Ferdystschenko noch nicht vergessen?« fragte dieser.

»Wo kommen denn Sie auf einmal her?« rief der Fürst.

»Er bereut!« rief Keller, der herbeigestürzt kam. »Er hatte sich versteckt, er wollte nicht zu Ihnen herauskommen, er hatte sich dort in den Winkel verkrochen, er bereut, Fürst, er fühlt sich schuldig.«

»Schuldig? Weswegen denn?«

»Ich traf ihn, Fürst, ich traf ihn soeben und brachte ihn her; er ist einer von meinen wenigen Freunden; er bereut.«

»Sehr erfreut, meine Herrn; bitte, nehmen Sie drüben bei den andern Herrschaften Platz; ich komme sofort«, fertigte der Fürst sie endlich ab und eilte zu Jewgenij Pawlowitsch.

»Es ist nett hier bei Ihnen«, bemerkte dieser, »und ich habe mit Vergnügen eine halbe Stunde auf Sie gewartet. Also, lieber Lew Nikolajewitsch, ich habe mit Kurmyschew alles geregelt und bin nur hergekommen, um Sie zu beruhigen; Sie brauchen sich gar keine Sorge zu machen, er sieht die Angelegenheit sehr vernünftig an und hat auch allen Grund dazu, da er meines Erachtens an allem schuld ist.«

»Was für ein Kurmyschew?«

»Jener, dem Sie vorhin in den Arm fielen ... Er war so empört, daß er schon morgen zu Ihnen schicken wollte, um Rechenschaft zu fordern.«

»Was für ein Unsinn!«

»Gewiß ist es Unsinn, und es würde ja auch auf nichts hinauslaufen, aber diese Leute bei uns ...«

»Sie haben mir vielleicht noch etwas zu sagen, Jewgenij Pawlowitsch?«

»Freilich habe ich noch etwas«, sagte dieser und lachte. »Lieber Fürst, ich fahre morgen in aller Frühe in dieser unglückseligen Angelegenheit – ich meine die Sache mit dem Onkel – nach Petersburg; stellen Sie sich vor: alles stimmt, und alle wissen es schon – außer mir. Mich frappierte das so, daß ich mir nicht einmal Zeit nahm, *dorthin* – zu Jepantschins – zu gehen; morgen komme ich auch nicht hin, weil ich in Petersburg sein muß, verstehen Sie? Ich bleibe vielleicht drei Tage weg – kurz, meine Sache gerät ins Stokken. Obgleich es sich nun um eine ungemein wichtige Angelegenheit handelt, bin ich doch zu der Erkenntnis gekommen, daß ich mich über einige Dinge mit Ihnen ganz offen aussprechen muß, ohne Zeit zu verlieren, das heißt vor meiner Abreise. Ich will jetzt noch etwas dableiben und abwarten – wenn Sie es wünschen, bis zum Weggang der ganzen Gesellschaft; außerdem weiß ich nicht, wo ich mich lassen soll; ich bin so erregt, daß ich gar nicht zu Bett gehen möchte. Endlich, mag es auch gewissenlos und inkorrekt sein, einen Menschen so zu verfolgen, muß ich Ihnen doch geradezu sagen: ich bin gekommen, Ihre Freundschaft zu suchen, mein lieber Fürst. Sie sind ein Mensch ohnegleichen, das heißt einer, der nicht auf Schritt und Tritt, vielleicht überhaupt niemals lügt; ich aber brauche in einer Angelegenheit einen Freund und Berater, denn ich gehöre jetzt tatsächlich zu den Unglücklichen ...« Er lachte wieder.

»Eins ist nur schlimm«, sagte der Fürst nach kurzem Sinnen, »Sie wollen abwarten, bis alle fort sind, wer kann aber wissen, wann das der Fall sein wird. Sollten wir nicht gleich in den Park hinuntergehen? Die Leute können doch wirklich warten; ich will mich entschuldigen.«

»Nein, nein; ich habe meine Gründe, daß kein Verdacht aufkommt, ich hätte eine Einzelbesprechung in besonderer Absicht mit Ihnen gesucht; es sind hier Leute, die sich für unsere Beziehungen sehr interessieren – wissen Sie das nicht, Fürst? Und es ist viel besser, wenn sie sehen, daß auch ohnedies zwischen uns die freundschaftlichsten Beziehungen bestehen, von allen Sonderfällen abgesehen – verstehen Sie mich? Nach etwa zwei Stunden gehen sie auseinander; ich nehme Sie für zwanzig Minuten in Anspruch, höchstens für eine halbe Stunde ...«

»Aber ich bitte Sie! Ich freue mich darüber auch ohne alle Erklärungen; und für Ihr gutes Wort über die freundschaftlichen Beziehungen danke ich Ihnen herzlich. Entschuldigen Sie, daß ich heute so zerstreut bin; wissen Sie, ich kann in diesem Augenblick einfach nicht aufmerksam sein.«

»Ich sehe es, ich sehe es«, brummte Jewgenij Pawlowitsch mit leisem Lachen. Er war an diesem Abend sehr zur Heiterkeit aufgelegt.

»Was sehen Sie?« fragte der Fürst und zuckte zusammen.

»Sie ahnen nicht einmal, lieber Fürst«, fuhr Jewgenij Pawlowitsch spöttisch fort, statt die Frage unmittelbar zu beantworten, »Sie ahnen gar nicht, daß ich einfach gekommen bin, Sie zu nasführen und nebenbei noch auszuforschen?«

»Daß Sie mich ausforschen wollen, steht außer allem Zweifel«, sagte der Fürst und lachte nun auch, »und vielleicht haben Sie wirklich auch beschlossen, mich ein klein wenig hinters Licht zu führen. Aber was tut es? Ich fürchte Sie nicht; zudem ist es mir jetzt auch ziemlich gleichgültig, können Sie das glauben? Und ... und ... und da ich vor allen Dingen fest überzeugt bin, daß Sie doch ein prächtiger Mensch sind, so kann es sehr wohl dazu kommen, daß wir Freunde werden. Sie haben mir sehr gut gefallen, Jewgenij Pawlowitsch, Sie ... Sie sind, meiner Ansicht nach, ein sehr, sehr anständiger Mensch.«

»Nun, jedenfalls ist es ein Vergnügen, mit Ihnen zu tun zu haben, gleichviel um was es sich handeln mag«, schloß Jewgenij Pawlowitsch. »Kommen Sie, ich leere ein Glas auf Ihr Wohl; ich bin sehr zufrieden, daß ich mich Ihnen angeschlossen habe. Ah!« Er stockte plötzlich. »Soll dieser Herr Ippolit jetzt bei Ihnen wohnen?«

»Ja.«

»Er stirbt doch noch nicht sofort, meine ich?«

»Wieso?«

»Ich fragte nur ganz nebenbei ... Ich habe mich vorhin eine halbe Stunde lang mit ihm unterhalten.«

Ippolit hatte die ganze Zeit auf den Fürsten gewartet und unausgesetzt nach ihm und Jewgenij Pawlowitsch geblickt, während die beiden abseits standen und redeten. Eine fieberhafte Lebhaftigkeit kam über ihn, als sie sich dem Tisch näherten. Er war unruhig und erregt; Schweißtropfen standen auf seiner Stirne. Aus seinen blitzenden Augen sprach neben einer seltsam irren ewigen Unruhe auch noch eine gewisse unklare Ungeduld; sein Blick sprang ziellos von einem Gegenstand, einem Gesicht zum andern. Obgleich er an der allgemeinen lauten Unterhaltung bisher lebhaft Anteil genommen hatte, war seine Lebhaftigkeit doch nur ein Symptom seines fieberhaften Zustandes; das Gespräch selbst verfolgte er unaufmerksam; seine Einwürfe waren ohne Zusammenhang, spöttisch und nachlässig paradox; er sprach seine Sätze nicht zu Ende und ließ Gegenstände wieder fallen, von denen er eine Minute vorher selbst mit fiebernder Hitze zu reden angefangen hatte. Der Fürst erfuhr mit Verwunderung und Bedauern, daß man ihm an diesem Abend ohne weiteres gestattet hatte, zwei volle Gläser Champagner auszutrinken, und daß das noch nicht ganz geleerte Glas vor ihm bereits das dritte war. Er erfuhr das aber erst später; in diesem Augenblick fiel ihm dergleichen nicht auf.

»Wissen Sie, ich bin furchtbar froh, daß gerade heute Ihr Geburtstag ist«, rief Ippolit.

»Warum?«

»Das werden Sie schon sehen; setzen Sie sich doch hin; erstens, weil schon Ihre ganze ... Gesellschaft versammelt ist. Ich hatte darauf gerechnet, daß viel Leute dasein werden; zum erstenmal in meinem Leben ist mir eine Berechnung geglückt! Schade nur, daß ich nichts von Ihrem Geburtstag gewußt habe, sonst wäre ich mit einem Geschenk gekommen ... Haha! Vielleicht bin ich übrigens auch mit einem Geschenk gekommen! Wie lang ist es noch bis zum Morgengrauen?«

»In höchstens zwei Stunden geht die Sonne auf«, sagte Ptizyn nach einem Blick auf die Uhr.

»Was brauchen wir die Sonne, wenn man draußen auch ohne Sonne lesen kann?« fragte einer aus der Gesellschaft.

»Weil ich noch ein Endchen der Sonne sehen muß. Was meinen Sie, Fürst, kann man auf das Wohl der Sonne trinken?« Ippolit fragte in schroffem Ton, er behandelte alle in der gleichen ungenierten Weise, seine Rede hatte etwas Kommandoartiges, aber er schien es selbst nicht zu merken.

»Trinken wir! Warum nicht? Wenn Sie sich bloß beruhigen, Ippolit.«

»Sie wollen mich schlafen legen! Sie sind die richtige Wartefrau, Fürst! Sobald die Sonne sich zeigt und am Himmel tönt – welcher Dichter hat das gesagt: ‚Die Sonne tönt nach alter Weise?' Es ist sinnlos, aber schön! –, gehen wir zu Bett. Lebedew! Die Sonne ist doch die Quelle des Lebens? Was bedeuten die ‚Quellen des Lebens' in der Apokalypse? Haben Sie vom ‚Stern Wermut' gehört, Fürst?«

»Ich habe gehört, daß Lebedew diesen Stern Wermut für das Eisenbahnnetz hält, das sich über Europa spannt.«

»Nein, gestatten Sie, so geht das nicht!« schrie Lebedew, sprang auf und fuchtelte mit den Händen, als wollte er das drohende allgemeine Gelächter im Keim ersticken. »Gestatten Sie! Mit diesen Herrschaften ... alle diese Herrschaften«, wandte er sich plötzlich an den Fürsten, »das ist doch in gewissen Punkten etwas wie ...« Und er klopfte ungeniert zweimal auf den Tisch, wodurch das Gelächter nur noch lauter wurde.

Lebedew war wohl in seiner gewohnten »Abendstimmung«, allein diesmal war er zu erregt und gereizt durch den vorhergegangenen langen »gelehrten« Streit, und in solchen Fällen brachte er seinen Opponenten eine unendliche, völlig unverhüllte Verachtung entgegen.

»Das stimmt nicht! Wir hatten vor einer halben Stunde verabredet, Fürst, daß wir uns gegenseitig nicht unterbrechen; daß nicht gelacht wird, solange einer redet; daß man ihm die Möglichkeit gibt, alles frei auszusprechen; dann mögen die Atheisten, wenn sie wollen, mit ihren Einwänden kommen; wir haben den General zum Vorsitzenden gemacht, da ist er! Wie soll es denn anders gehen? So kann man ja jeden aus dem Konzept bringen, auch wenn er die erhabensten Ideen, die tiefsten Ideen ...«

»So reden Sie doch! Keiner fällt Ihnen ja ins Wort!« riefen mehrere Stimmen.

»Reden Sie, aber verhaspeln Sie sich nicht!«

»Was ist das für ein Stern Wermut?« fragte jemand.

»Keine Ahnung!« erwiderte General Iwolgin und nahm mit wichtiger Miene seinen Präsidentenplatz wieder ein.

»Ich bin ein großer Liebhaber solcher Streitigkeiten und Angriffe, Fürst – das heißt, wenn es sich um gelehrte Dinge handelt«, brummte Keller und rückte in größter Begeisterung und Ungeduld mit seinem Stuhl hin und her. »Gelehrte und politische«, wandte er sich plötzlich ganz unvermittelt an Jewgenij Pawlowitsch, der fast neben ihm saß.

»Wissen Sie, ich lese furchtbar gern in den Zeitungen vom englischen Parlament, das heißt nicht wegen der Dinge, die sie dort besprechen – ich bin kein Politiker, wissen Sie –, sondern wegen der Art, wie sie es tun, wie sie sich sozusagen als Politiker benehmen: ‚Der edle Viscount, der mir gegenüber sitzt' – ‚der edle Graf, der meine Ansicht teilt' – ‚mein edler Opponent, der Europa durch seinen Antrag in Staunen gesetzt hat' – alle diese Redensarten, dieser ganze Parlamentarismus des freien Volkes – das ist für unsereinen so verlockend. Ich bin entzückt, Fürst. Ich war immer eine Künstlerseele, Jewgenij Pawlowitsch, ich kann es beschwören.«

»Ja, erlauben Sie mal«, ereiferte sich inzwischen Ganja in der gegenüberliegenden Ecke, »nach Ihrer Ansicht sind also die Eisenbahnen verflucht, ein Unglück für die Menschheit, eine Pest, die zur Erde gefallen ist, um die Quellen des Lebens zu trüben?« Gawrila Ardalionowitsch war an diesem Abend in besonders erregter und, wie es dem Fürsten schien, heiterer, nahezu triumphierender Stimmung. Mit Lebedew scherzte er natürlich, um ihn in Harnisch zu bringen, aber bald wurde er auch selbst hitzig.

»Nicht die Eisenbahnen, nein!« widersprach Lebedew, der gleichzeitig außer sich geriet und doch einen ungemeinen Genuß empfand. »Die Eisenbahnen allein können die Quellen des Lebens nicht trüben, aber das alles zusammengenommen ist verflucht, diese ganze Stimmung unserer letzten Jahrhunderte, in ihrer gesamten wissenschaftlichen und praktischen Entwicklung, die ist vielleicht wirklich verflucht.«

»Tatsächlich verflucht oder nur möglicherweise? Das zu wissen ist doch wichtig«, erkundigte sich Jewgenij Pawlowitsch.

»Verflucht, verflucht, ganz gewiß verflucht!« bestätigte Lebedew eifrig.

»Übereilen Sie sich nicht, Lebedew, Sie sind morgens viel nachsichtiger«, bemerkte Ptizyn lächelnd.

»Dafür bin ich abends aufrichtiger! Abends bin ich offenherziger und ehrlicher!« wandte sich Lebedew erregt an ihn, »schlichter und bestimmter, ehrlicher und achtungswürdiger, und wenn ich Ihnen damit auch meine Flanke bloßstelle, so pfeife ich drauf! Ich fordere euch alle heraus, ihr Atheisten: wodurch wollt ihr die Welt erlösen, und wo habt ihr den normalen Weg für sie gefunden, ihr Menschen der Wissenschaft, der Industrie, der Wirtschaftsverbände, des Arbeitslohns und so weiter? Wodurch? Durch Kredit? Was ist Kredit? Wozu führt euch der Kredit?«

»Sind Sie aber neugierig!« bemerkte Jewgenij Pawlowitsch.

»Meine Ansicht ist die: wer sich für solche Fragen nicht interessiert, ist ein mondäner Laffe!«

»Nun, der Kredit kann zur allgemeinen Solidarität und zum Gleichgewicht der Interessen führen«, sagte Ptizyn.

»Und weiter nichts! Ohne irgendeine sittliche Grundlage außer der Befriedigung des persönlichen Egoismus und der materiellen Notwendigkeit? Allgemeiner Frieden, allgemeines Glück – aus Notwendigkeit! Verstehe ich Sie so richtig, wenn ich fragen darf, verehrter Herr?«

»Die allgemeine Notwendigkeit zu leben, zu essen und zu trinken, und die vollkommene, sagen wir ruhig wissenschaftliche Überzeugung, daß diese Notwendigkeit nicht ohne allgemeinen Zusammenschluß und Solidarität der Interessen befriedigt werden kann, ist, meine ich, eine genügend starke Idee, um als Stützpunkt und ‚Lebensquell' für die künftigen Jahrhunderte der Menschheit zu dienen«, sagte Ganja, der ernsthaft in Feuer geraten war.

»Die Notwendigkeit zu essen und zu trinken, also bloß der Selbsterhaltungstrieb.«

»Ist der Selbsterhaltungstrieb allein nicht genug? Der Selbsterhaltungstrieb ist das Naturgesetz der Menschheit –«

»Wer hat Ihnen das gesagt?« rief plötzlich Jewgenij Pawlowitsch. »Ein Gesetz – selbstverständlich, aber ein genauso natürliches wie das Gesetz der Zerstörung, vielleicht gar der Selbstzerstörung. Ist denn die Selbsterhaltung das einzige Naturgesetz der Menschheit?«

»Oho!« rief Ippolit, wandte sich schnell zu Jewgenij Pawlowitsch um und betrachtete ihn mit wilder Neugier; als er aber sah, daß er lachte, fing er auch an zu lachen, stieß den neben ihm sitzenden Kolja an und fragte wieder, wieviel Uhr es sei, griff sogar nach der silbernen Uhr Koljas und betrachtete gierig den Zeiger. Dann streckte er sich, als hätte er alles vergessen, auf dem Sofa aus, schob die Arme unter den Kopf und starrte zur Zimmerdecke hinauf; nach einer halben Minute saß er wieder aufrecht am Tisch und hörte dem Geschwätz des aufs äußerste erhitzten Lebedew zu.

»Ein hinterlistiger und spöttischer Gedanke, ein aufreizender Gedanke!« griff Lebedew begierig das Paradoxon Jewgenij Pawlowitschs auf. »Ein Gedanke, der ausgesprochen wurde, um die Gegner zum Kampf aufzuhetzen – aber ein richtiger Gedanke! Denn Sie mondäner Spötter und Kavallerist – der doch nicht unbegabt ist – wissen ja selber nicht, wie ungemein tief Ihr Gedanke ist, wie richtig er ist! Jawohl! Das Gesetz der Selbstzerstörung und das Gesetz der Selbsterhaltung sind gleich stark in der Menschheit! Der Teufel regiert in gleicher Weise die Menschheit bis zu einem Zeitpunkt, den wir noch nicht kennen. Sie lachen? Sie glauben nicht an den Teufel? Das Leugnen des Teufels ist ein französischer Gedanke, ist ein leichtfertiger Gedanke. Wissen Sie, wer der Teufel ist? Wissen Sie, wie sein Name ist? Und ohne auch nur seinen Namen zu kennen, spottet ihr nach dem Beispiel Voltaires über seine Gestalt, über seine Hufe, seinen Schwanz und seine Hörner, die ihr selbst ausgedacht habt; denn der böse Geist ist ein großer und grimmer Geist und hat keine Hörner und Hufe, die ihr ihm zugeschrieben habt. Aber auf ihn kommt es jetzt nicht an.«

»Woher wissen Sie, daß es jetzt nicht auf ihn ankommt?« schrie Ippolit plötzlich und lachte wie von einem Krampf geschüttelt.

»Ein geschickter und fein andeutender Gedanke!« lobte ihn Lebedew. »Aber dennoch kommt es nicht darauf an, sondern die Frage läuft für uns darauf hinaus, ob nicht die Quellen des Lebens tatsächlich geschwächt worden sind durch die Zunahme ...«

»Der Eisenbahnen?« rief Kolja.

»Nicht der Eisenbahnen als Verkehrsmittel, mein hitziger

Jüngling, sondern jener ganzen Richtung, als deren Sinnbild oder sozusagen künstlerischer Ausdruck die Eisenbahnen gelten können. Sie eilen, lärmen, poltern und hasten zum Heil der Menschheit, sagt man. ‚Zu laut und zu industriell wird die Menschheit, zu wenig geistige Ruhe hat sie', klagt ein Denker, der sich zurückgezogen hat. ‚Mag sein, aber das Rattern der Bauernwagen, die der hungernden Menschheit Brot zuführen, ist vielleicht besser als geistige Ruhe', antwortet ihm siegesbewußt ein anderer Denker, der durch die ganze Welt reist, und kehrt ihm mit eitler Miene den Rücken. Aber ich, der gemeine Lebedew, glaube nicht an die Wagen, die der Menschheit Brot zuführen! Denn die Wagen, die der ganzen Menschheit Brot liefern, ohne ihr Vorgehen sittlich zu begründen, sind imstande, einen bedeutenden Teil der Menschheit kaltblütig von dem Genuß des Gelieferten auszuschließen, wie es schon vorgekommen ist . . .«

»Die Wagen können kaltblütig ausschließen?« fiel jemand ein.

»Wie es schon vorgekommen ist«, bestätigte Lebedew, ohne die Frage weiter zu beachten. »Es hat schon einen Menschenfreund namens Malthus gegeben. Aber ein Menschenfreund mit schwankenden sittlichen Grundsätzen ist ein Kannibale, von seiner Eitelkeit gar nicht zu reden: denn kränkt ihr die Eitelkeit eines dieser unzähligen Menschenfreunde, so ist er sofort bereit, aus kleinlicher Rachsucht die Welt an allen vier Ecken anzuzünden – übrigens genauso wie auch jeder von uns, offen gestanden auch ich, der gemeinste von allen, denn ich schleppe vielleicht als allererster das Brennholz herbei und laufe dann selber weg. Aber wiederum kommt es nicht darauf an!«

»Ja worauf soll es denn endlich ankommen?«

»Er wird langweilig!«

»Es kommt auf folgende Anekdote aus vergangenen Jahrhunderten an, denn ich bin gezwungen, eine Anekdote aus alter Zeit zu erzählen. Zu unserer Zeit, in unserm Vaterland, das Sie, meine Herren, wie ich hoffe, gleich mir über alles lieben, denn ich bin bereit, sogar mein letztes Herzblut dafür zu vergießen . . .«

»Weiter! Weiter!«

»In unserm Vaterland wird ebenso wie in Europa die Menschheit durch allgemeine entsetzliche Hungersnöte, wie sich annähernd feststellen läßt und wie ich mich zu erinnern glaube, neuerdings nicht öfter als einmal in einem Vierteljahrhundert heimgesucht, mit andern Worten – alle fünfundzwanzig Jahre einmal. Ich kann mich für die Richtigkeit der Ziffer nicht verbürgen, aber jedenfalls tritt der Fall vergleichsweise selten ein.«

»Vergleichsweise womit?«

»Mit dem zwölften Jahrhundert und dem Jahrhundert davor und danach. Denn damals, so schreiben und behaupten die Schriftsteller, wurde die Menschheit alle zwei oder mindestens alle drei Jahre einmal von Hungersnöten heimgesucht, so daß der Mensch angesichts dieser Sachlage sogar zur Menschenfresserei Zuflucht nahm, wenn er das auch geheimhielt. Ein solcher Taugenichts bekannte, als er sich dem Alter näherte, von selbst und ohne jeden Zwang, daß er im Laufe seines langen und ärmlichen Lebens persönlich und ganz im geheimen sechzig Mönche und einige Laienkinder verspeist habe – von letztern etwa sechs Stück, nicht mehr, das heißt ungemein wenig im Vergleich zu der von ihm verzehrten Geistlichkeit. An erwachsenen Laien aber hat er sich, wie sich herausstellte, in derartigen Absichten niemals vergriffen.«

»Das kann nicht sein!« rief der Vorsitzende selbst, der General, mit beinahe beleidigter Stimme. »Ich disputiere oft mit ihm, meine Herrschaften, und immer über derartige Dinge; aber er kommt meist mit solchem Unsinn, daß einem die Ohren weh tun; nicht für einen Groschen Wahrscheinlichkeit ist an all dem Zeug!«

»General! Denk an die Belagerung von Kars! Und Sie, meine Herrschaften, können mir glauben, daß meine Geschichte die nackte Wahrheit ist. Von mir aus will ich noch bemerken, daß fast jede Wirklichkeit, wenn sie auch ihre unwiderleglichen Gesetze hat, unwahrscheinlich und unglaublich erscheint. Und je wirklicher sie ist, desto unwahrscheinlicher sieht sie mitunter aus.«

»Kann man denn sechzig Mönche aufessen?« fragten die Gäste lachend.

»Er hat sie doch nicht auf einmal verspeist, das ist selbstverständlich, sondern vielleicht im Laufe von fünfzehn oder zwanzig Jahren, und das ist schon völlig begreiflich und natürlich ...«

»Auch natürlich?«

»Ja, auch natürlich«, verteidigte sich Lebedew mit pedantischer Hartnäckigkeit. »Und von allem andern abgesehen ist der katholische Mönch schon von Natur lüstern und neugierig; es ist also nur zu leicht, ihn in den Wald oder sonst ein verborgenes Winkelchen zu locken und dort mit ihm zu verfahren, wie ich vorhin sagte – ich bestreite aber trotz alledem nicht, daß die Zahl der verzehrten Menschenkinder ungemein groß ist, daß sie geradezu auf Unmäßigkeit hinweist.«

»Vielleicht ist das doch wahr, meine Herren«, bemerkte plötzlich der Fürst. Bis zu diesem Augenblick hatte er den Streitenden schweigend zugehört und sich nicht ins Gespräch gemischt; oft hatte er von Herzen in das allgemeine laute Gelächter eingestimmt. Man sah ihm an, daß er sehr froh war, sich in so lustiger, lärmender Gesellschaft zu finden; ihn freute sogar, daß man so viel trank. Er hätte vielleicht den ganzen Abend kein Wort gesagt, aber mit einemmal kam ihn die Lust an zu sprechen. Er sprach ungeheuer ernst, so daß sich alle sofort neugierig ihm zuwandten. »Ich wollte nur sagen, meine Herrschaften, daß damals häufig Hungersnöte vorkamen. Davon habe auch ich gehört, obgleich meine geschichtlichen Kenntnisse gering sind. Aber mir scheint, es konnte nicht anders sein. Als ich in die Schweizer Berge kam, staunte ich die alten auf Bergesabhängen erbauten Ritterburgen an: sie hängen oft an steilen Felsen, in einer Höhe von mindestens einer halben Werst, in gerader Linie gemessen. Und das bedeutet ein paar Werst auf Fußpfaden. Und was eine Burg ist, weiß jeder: ein ganzer Berg von Steinen. Eine entsetzliche, unglaubliche Arbeit! Und das haben natürlich all diese armen Leute, die Vasallen, gebaut. Außerdem mußten sie noch allerlei Abgaben zahlen und die Geistlichkeit unterhalten. Wie sollten sie sich da ernähren und den Boden bestellen! Es waren ihrer damals auch sehr wenig, sicher starben sie in Mengen vor Hunger, denn sie hatten wohl im allerwörtlichsten Sinne nichts zu essen. Ich habe sogar oft gedacht: wie kommt es, daß dieses Volk damals nicht ganz ausgestorben ist, daß nicht etwas Furchtbares mit ihm geschehen ist, daß es aushalten und die Not überdauern konnte? Daß es Menschenfresser gegeben hat und vielleicht sogar in sehr großer Zahl, behauptet Lebedew sicher mit Recht; ich weiß nur nicht, was hiermit die Mönche zu tun haben, und was er damit sagen will.«

»Wahrscheinlich, daß man im zwölften Jahrhundert nur Mönche essen konnte, denn die Mönche allein waren damals fett«, bemerkte Gawrila Ardalionowitsch.

»Ein ausgezeichneter und völlig richtiger Gedanke!« rief Lebedew. »Denn an Laien hat er sich überhaupt nicht vergriffen. Nicht ein Laie bei sechzig Stück aus dem geistlichen Stande; das ist ein entsetzlicher Gedanke, ein Gedanke von historischer, von statistischer Bedeutung, und aus solchen Tatsachen setzt sich für den Verständnisvollen die Weltgeschichte zusammen; denn es ergibt sich hier der ziffernmäßige Beweis, daß die Geistlichkeit mindestens sechzigmal glücklicher und freier lebte als die ganze übrige Menschheit jener Zeit. Und daß sie vielleicht mindestens sechzigmal fetter war als die ganze übrige Menschheit.«

»Übertreibung, Lebedew, Übertreibung!« lachte man ringsum.

»Ich bin mit Ihnen einverstanden, daß es ein weltgeschichtlich bedeutsamer Gedanke ist, aber worauf wollen Sie hinaus?« fragte der Fürst weiter. Er fragte in so ernstem Ton und so sehr ohne jeden Spott über Lebedew, über den alle lachten, daß sein Ton neben dem herrschenden Ton der ganzen Gesellschaft unwillkürlich komisch wirken mußte; noch wenige Augenblicke – und man hätte auch über ihn gespottet; allein er merkte nichts davon.

»Sehen Sie denn nicht, Fürst, daß er verrückt ist?« fragte Jewgenij Pawlowitsch und beugte sich zu ihm hinüber. »Man sagte mir vorhin, er sei darauf versessen, Rechtsanwalt zu werden und Verteidigungsreden zu halten, und er wolle sich der juristischen Prüfung unterziehen. Ich erwarte eine köstliche Parodie.«

»Ich will auf eine gewaltige Schlußfolgerung hinaus«, donnerte inzwischen Lebedew. »Aber untersuchen wir zuerst die psychologische Situation des Angeklagten und die Rechtslage. Wir sehen, daß der Verbrecher oder sozusagen mein Klient trotz der Unmöglichkeit, andere Nahrungsmittel zu finden, in seiner interessanten Laufbahn mehrmals Neigung zur Reue bekundet und auf die Geistlichkeit verzichten möchte. Wir sehen das deutlich an den Tatsachen: es wird erwähnt, daß er doch immerhin fünf oder sechs Kinder verspeist hat – eine relativ geringe Zahl, die aber in anderer Beziehung bedeutungsvoll ist. Man sieht, daß er, von entsetzlichen Gewissensbissen geplagt – denn mein Klient ist ein religiöser und gewissenszarter Mensch, was ich beweisen kann – und um sein Sündenmaß nach Möglichkeit zu verringern, probeweise sechsmal die geistliche Nahrung mit weltlicher vertauscht. Daß es nur zur Probe geschah, ist wiederum unzweifelhaft; denn hätte er es um der gastronomischen Abwechslung willen getan, so wäre die Ziffer sechs viel zu klein: Warum nur sechs Stück und nicht dreißig? – Ich nehme die Hälfte, also halb und halb! – War das aber nur eine Probe, aus bloßer Verzweiflung und Angst vor der Gotteslästerung und Kirchenschändung, so ist die Ziffer sechs nur zu begreiflich; denn sechs Proben zur Beruhigung des Gewissens sind mehr als genug, da die Proben ja doch nicht glücklich ausfallen konnten. Denn erstens ist meiner Ansicht nach ein Kind viel zu klein, so daß in einem bestimmten Zeitraum dreimal, fünfmal soviel Laienkinder erforderlich gewesen wären als Geistliche, und so wäre die Sünde einerseits zwar geringer geworden, andererseits aber doch wieder gewachsen, wenn nicht qualitativ, so doch quantitativ. Wenn ich solche Betrachtungen anstelle, meine Herrschaften, versetze ich mich natürlich in das Herz eines Verbrechers aus dem zwölften Jahrhundert zurück. Was aber mich, einen Menschen des neunzehnten Jahrhunderts, betrifft, so wäre ich vielleicht zu einem andern Schlusse gekommen, worauf ich Sie hiermit aufmerksam mache; Sie haben es also nicht nötig, über mich zu grinsen, und Ihnen, Herr General, ziemt das schon ganz und gar nicht. Zweitens ist ein Kindlein meiner persönlichen Ansicht nach nicht nahrhaft, vielleicht sogar allzu süß und fade, so daß es, ohne den Appetit zu befriedigen, nur Gewissensbisse zurückläßt. Jetzt der Schluß, das Finale, meine Herrschaften, das Finale, in dem die Lösung einer der größten Fragen der damaligen und der heutigen Zeit enthalten ist! Der Verbrecher endet damit, daß er hingeht, sich selbst bei der Geistlichkeit denunziert und sich der Regierung ausliefert. Nun frage ich: was für Foltern standen ihm nach den Sitten der damaligen Zeit bevor? Räderung, Scheiterhaufen und Flammentod! Wer trieb ihn denn, sich selbst anzuzeigen? Warum sich nicht auf die Angabe der Zahl sechzig beschränken und das Geheimnis bis zum letzten Atemzuge bewahren? Warum nicht einfach die Mönche in Ruhe lassen und als büßender Einsiedler weiterleben? Warum nicht selbst Mönch werden? Hier haben wir des Rätsels Lösung! Es war also doch etwas vorhanden, das stärker war als Scheiterhaufen und Flammen, stärker sogar als die zwanzigjährige Gewöhnung! Es war also doch eine Idee da, stärker als alles Unglück, Mißernten, Marter, Pest, Aussatz und die ganze Hölle, die die damalige Menschheit nie und nimmer ertragen hätte ohne diese Idee, die das Herz band und lenkte und die Quellen des Lebens befruchtete! Zeigen Sie mir etwas, das jener Gewalt gliche, in unserer Zeit der Laster und Eisenbahnen . . . Das heißt, ich hätte sagen sollen: in unserer Zeit der Dampfer und Eisenbahnen, aber ich sage: in unserer Zeit der Laster und Eisenbahnen, denn ich bin betrunken, aber gerecht! Zeigen Sie mir eine Idee, die die heutige Menschheit nur halb so fest bindet, wie es in jenen Jahrhunderten der Fall war! Und wagen Sie es nun noch zu sagen, daß die Quellen des Lebens nicht geschwächt, nicht getrübt sind unter diesem ‚Stern', unter diesem Netz, das die Menschen umstrickt hat. Und machen Sie mir nicht Angst mit Ihrem Wohlstand, Ihren Reichtümern, der Seltenheit der Hungersnöte und der Schnelligkeit der Verkehrsmittel! Reichtum ist mehr da, aber Kraft weniger; ein verbindender Gedanke fehlt; alles ist verweichlicht, alles ist verfault, und alle sind verfault! Alle, alle, alle sind wir verfault! . . . Aber genug, und nicht darauf kommt es jetzt an, sondern darauf, daß wir, hochverehrter Fürst, unsere Verfügungen über den für die Gäste bereitgestellten Imbiß treffen. Nicht wahr?«

Lebedew, der einige von den Zuhörern nahezu in helle Empörung versetzt hatte (es muß erwähnt werden, daß die ganze Zeit hindurch immer neue Flaschen aufgekorkt wurden), hatte durch den unerwarteten Schluß seiner Rede sofort alle seine Widersacher versöhnt. Er selbst nannte solche Schlußwendungen ein »geschicktes Advokatenmanöver«. Es erhob sich wieder lustiges Lachen, die Gäste wurden lebhaft, alle standen vom Tisch auf, um ihre Glieder einzurenken und sich auf der Veranda etwas Bewegung zu machen. Nur Keller war mit Lebedews Rede unzufrieden und zeigte sich äußerst aufgeregt.

»Er fällt über die Aufklärung her, predigt den Fanatismus des zwölften Jahrhunderts, spielt den Narren – und das alles ohne jegliche Herzensunschuld: wie ist er denn selber zu diesem Haus gekommen, wenn man fragen darf?« sagte er laut, indem er alle und jeden anhielt.

»Ich habe einen richtigen Ausleger der Apokalypse gesehen«, sagte der General in einer andern Ecke zu andern Zuhörern; unter ihnen befand sich auch Ptizyn, den er am Rockknopf gefaßt hatte. »Das war der verstorbene Grigorij Semjonowitsch Burmistrow; der verbrannte sozusagen die Herzen. Er setzte vor allem seine Brille auf und schlug ein großes altes Buch in schwarzem Ledereinband auf; na, und dann sein weißer Bart und zwei Medaillen für wohltätige Stiftungen an der Brust. Er fing in rauhem und strengem Ton an, Generale beugten sich vor ihm, Damen fielen in Ohnmacht – der da aber schließt mit einem Imbiß! Ganz unleidlich!«

Ptizyn hörte dem General lächelnd zu und schien sich dabei nach seinem Hut umzusehen, konnte sich aber nicht recht entschließen oder vergaß seine Absicht immer wieder. Ganja hatte schon vorher, als man vom Tisch aufstand, plötzlich zu trinken aufgehört und sein Glas weggeschoben; sein

Gesicht hatte sich eigentümlich verfinstert. Als man vom Tisch aufstand, ging er auf Rogoschin zu und setzte sich neben ihn. Man hätte denken können, sie seien die besten Freunde. Rogoschin, der anfangs auch mehrere Male Anstalten gemacht hatte, unauffällig zu verschwinden, saß jetzt unbeweglich mit gesenktem Kopf da, als hätte er seine Absicht zu gehen ebenfalls vergessen. Den ganzen Abend hatte er keinen Tropfen Wein getrunken und war sehr nachdenklich; hin und wieder nur blickte er auf und sah alle der Reihe nach an. Jetzt aber hätte man denken können, er warte hier auf etwas für ihn äußerst Wichtiges und sei entschlossen, vorläufig nicht wegzugehen.

Der Fürst hatte nur zwei oder drei Glas getrunken und war bloß heiter. Als er aufgestanden war, begegnete er dem Blick Jewgenij Pawlowitschs, erinnerte sich der Aussprache, die zwischen ihnen stattfinden sollte, und lächelte freundlich. Jewgenij Pawlowitsch nickte ihm zu und wies plötzlich auf Ippolit, den er in diesem Augenblick scharf beobachtete. Ippolit lag auf dem Sofa ausgestreckt und schlief.

»Sagen Sie, warum hat sich dieser Bengel hier eingedrängt, Fürst?« fragte er plötzlich mit so offenkundigem Ärger, sogar mit Erbitterung, daß der Fürst ganz erstaunt war. »Ich wette, er hat etwas Böses im Sinn.«

»Es ist mir aufgefallen«, sagte der Fürst, »oder es scheint mir wenigstens so, daß er Sie heute zu sehr interessiert, Jewgenij Pawlowitsch. Stimmt das?«

»Fügen Sie noch hinzu: in meiner gegenwärtigen Lage habe ich selbst genug zu bedenken, so daß ich mich selbst wundere, wie ich heute den ganzen Abend nicht von dieser widerwärtigen Physiognomie loskomme.«

»Er hat ein hübsches Gesicht . . .«

»Da, da! Sehen Sie!« rief Jewgenij Pawlowitsch und zupfte den Fürsten am Arm. »Da!«

Der Fürst maß Jewgenij Pawlowitsch noch einmal mit einem erstaunten Blick.

5

Ippolit, der gegen Ende des Lebedewschen Vortrags plötzlich auf seinem Sofa eingeschlafen war, erwachte jetzt mit einemmal, als hätte ihm jemand einen Rippenstoß versetzt, zuckte zusammen, richtete sich auf, sah sich im Kreise um und erbleichte; er blickte fast erschrocken um sich, und geradezu Entsetzen sprach aus seinem Gesicht, als er endlich alles begriffen hatte.

»Sie gehen fort? Ist es aus? Alles aus? Ist die Sonne aufgegangen?« fragte er erregt und faßte die Hand des Fürsten. »Wieviel Uhr ist es? Um Gottes willen – wieviel Uhr? Ich habe es verschlafen. Habe ich lange geschlafen?« fügte er mit fast verzweifelter Miene hinzu, als hätte er etwas verschlafen, wovon sein ganzes Schicksal abhinge.

»Sie haben sieben oder acht Minuten geschlafen«, antwortete Jewgenij Pawlowitsch.

Ippolit sah ihn gierig an und dachte eine kurze Weile nach. »Ah! ... Nur! ... Also bin ich ...« Und er holte tief und gierig Atem, als hätte er eine schwere Last von sich abgeschüttelt. Er hatte endlich erraten, daß nichts »aus« war, daß der Morgen noch nicht dämmerte, daß die Gäste nur aufgestanden waren, um zum Essen zu gehen, und daß bloß Lebedews Geschwätz zu Ende war. Er lächelte, und eine hektische Röte spielte in Gestalt von zwei grellen Flecken auf seinen Wangen.

»Sie haben sogar die Minuten gezählt, während ich schlief, Jewgenij Pawlowitsch«, fuhr er spöttisch fort. »Sie haben mich den ganzen Abend nicht aus den Augen gelassen, ich habe es gesehen ... Ah! Rogoschin! Soeben habe ich von ihm geträumt«, flüsterte er dem Fürsten zu, runzelte die Stirn und deutete mit dem Kopf auf den am Tische sitzenden Rogoschin. »Ach ja!« sprang er plötzlich wieder auf einen andern Gegenstand über, »wo ist denn der Redner, wo ist Lebedew? Lebedew ist also mit seiner Rede zu Ende? Wovon hat er geredet? Ist es wahr, Fürst, daß Sie einmal gesagt haben, die ‚Schönheit' werde die Welt erlösen? Meine Herrschaften«, rief er plötzlich mit lauter Stimme der ganzen Gesellschaft zu, »der Fürst behauptet, die Schönheit werde die Welt erlösen! Ich aber behaupte, daß er auf so sinnige Gedanken bloß kommt, weil er verliebt ist. Meine Herrschaften, der Fürst ist verliebt; vorhin, als er eben erst gekommen war, habe ich mich davon überzeugt. Erröten Sie nicht, Fürst, sonst muß ich Sie bedauern. Was für eine Schönheit soll die Welt retten? Kolja hat mir das wiedererzählt . . . Sind Sie ein eifriger Christ? Kolja sagte mir, Sie selbst nennten sich einen Christen.«

Der Fürst sah ihn aufmerksam an und antwortete nicht.

»Sie antworten mir nicht? Sie denken vielleicht, ich liebte Sie sehr?« fügte Ippolit ganz unvermittelt hinzu.

»Nein, das denke ich nicht. Ich weiß, daß Sie mich nicht lieben.«

»Wie? Selbst nach dem gestrigen Erlebnis nicht? War ich gestern nicht aufrichtig gegen Sie?«

»Ich wußte auch gestern, daß Sie mich nicht lieben.«

»Wohl weil ich Sie beneide? Sie haben das immer gedacht und denken es auch jetzt, aber . . . wozu rede ich davon? Ich will noch Champagner haben! Schenken Sie mir ein, Keller.«

»Sie dürfen nicht mehr trinken, Ippolit! Ich gebe Ihnen keinen mehr . . .« sagte der Fürst und nahm ihm das Glas weg.

»Freilich«, stimmte Ippolit sofort wie in Gedanken bei, »am Ende sagt man noch . . . zum Teufel, was geht es mich an, was man sagt! Nicht wahr? Nicht wahr? Mögen sie nachher doch reden, Fürst, nicht? Und was kümmert es uns, was *nachher* sein wird! . . . Ich bin aber noch halb im Schlaf! Ich hatte einen entsetzlichen Traum, jetzt fällt er mir erst wieder ein . . . Ich wünsche Ihnen keine solchen Träume, Fürst, obgleich ich Sie vielleicht wirklich nicht liebe. Übrigens, wenn man einen Menschen auch nicht liebt – muß man ihm da gleich Böses wünschen, wie? Was frage ich bloß immer? Immer habe ich zu fragen! Geben Sie mir Ihre Hand, ich will sie kräftig drücken – so! . . . Sie haben mir also doch die Hand gereicht? Sie wissen also, daß ich sie Ihnen aufrichtig drücke? . . . Gut, ich will nicht mehr trinken. Wieviel Uhr ist es? Lassen Sie übrigens, ich weiß, wie spät es ist. Die Stunde ist gekommen! Jetzt ist es Zeit. Was ist das? Dort in der Ecke wird ein Imbiß aufgestellt? Also der Tisch hier ist frei? Sehr schön! Meine Herrschaften, ich ... aber all die Herrschaften hören ja gar nicht zu ... Ich habe die Absicht, eine Abhandlung vorzulesen, Fürst; der Imbiß ist natürlich interessanter, aber ...« Und ganz unerwartet zog er aus seiner obern Rocktasche einen großen Briefumschlag in Kanzleiformat heraus, der mit einem roten Siegel verschlossen war. Er legte ihn vor sich auf den Tisch.

Diese unerwartete Handlung machte in der keineswegs darauf vorbereiteten Gesellschaft großen Effekt. Jewgenij Pawlowitsch sprang sogar vom Stuhl auf; Ganja rückte schnell an den Tisch heran; Rogoschin ebenfalls, aber mit ärgerlicher Miene, als verstünde er, um was es sich handelte. Lebedew, der sich zufällig in der Nähe befand, kam mit neugierigen Äuglein heran, sah auf den Umschlag und mühte sich zu erraten, was das alles zu bedeuten hatte.

»Was haben Sie da?« fragte der Fürst unruhig.

»Mit dem ersten Sonnenstrahl lege ich mich nieder, Fürst, ich habe es doch gesagt; mein Ehrenwort: Sie werden schon sehen!« rief Ippolit. »Aber ... aber ... glauben Sie wirklich, ich wäre nicht imstande, diesen Umschlag zu öffnen?« fügte er hinzu, wobei er die ganze Runde mit herausfordernden Blicken musterte und seine Worte gleichsam an alle ohne Unterschied richtete. Der Fürst merkte, daß er am ganzen Leibe zitterte.

»Keiner von uns denkt das«, antwortete der Fürst für alle, »und warum meinen Sie, daß jemand einen solchen Gedanken haben könnte und daß ... Wie kommen Sie auf die sonderbare Idee, uns etwas vorzulesen? Was haben Sie da, Ippolit?«

»Was hat er da? Was ist wieder mit ihm los?« fragte man im Kreise. Alle kamen heran, einige noch kauend; der Umschlag mit dem roten Siegel zog alle an wie ein Magnet.

»Das habe ich gestern niedergeschrieben, gleich nachdem ich Ihnen mein Wort gegeben hatte, zu Ihnen zu ziehen, Fürst. Ich habe gestern den ganzen Tag geschrieben, dann die Nacht durch; heute früh bin ich erst fertig geworden; gegen Morgen hatte ich einen Traum ...«

»Sollten wir nicht lieber bis morgen warten?« unterbrach ihn der Fürst zaghaft.

»Morgen wird keine Zeit mehr sein!« sagte Ippolit mit krampfhaftem saurem Lächeln. »Übrigens, ängstigen Sie sich nicht, ich lese vierzig Minuten, höchstens eine Stunde ... Und sehen Sie doch, wie interessiert alle sind; alle kommen heran; alle blicken auf mein Siegel; hätte ich das Manuskript nicht verpackt und versiegelt, wäre der Effekt nicht vorhanden! Haha! Ja, das macht das Geheimnisvolle! Soll ich es aufbrechen, meine Herren, oder nicht?« rief er mit seinem seltsamen Lachen und blitzenden Augen ... »Ein Geheimnis! Ein Geheimnis! Erinnern Sie sich, Fürst, wer verkündet hat, daß hinfort ‚keine Zeit mehr sein soll'? Das verkündet ein starker und gewaltiger Engel in der Apokalypse.«

»Lieber nicht lesen!« rief plötzlich Jewgenij Pawlowitsch mit einem bei ihm so ungewohnten Ausdruck der Unruhe, daß es vielen sonderbar vorkam.

»Lesen Sie es nicht vor!« rief auch der Fürst und legte die Hand auf den Umschlag.

»Warum lesen? Jetzt wird gegessen«, bemerkte jemand.

»Eine Abhandlung? Wohl für eine Zeitschrift?« erkundigte sich ein anderer.

»Es ist vielleicht langweilig?« fügte ein dritter hinzu.

»Was ist denn eigentlich los?« fragten die übrigen.

Aber die ängstliche Geste des Fürsten schien auch Ippolit selbst erschreckt zu haben.

»Soll ich also ... nicht lesen?« flüsterte er ihm zaghaft zu, mit einem verzerrten Lächeln auf den blauen Lippen. »Nicht lesen?« murmelte er und musterte mit einem Blick die ganze Zuhörerschaft, alle Augen und Gesichter – als wollte er sich wieder an alle klammern mit der frühern, gleichsam auf sie losstürzenden Mitteilungssucht: »Fürchten Sie sich?« wandte er sich abermals an den Fürsten.

»Wovor?« fragte dieser und veränderte sich immer mehr im Gesicht.

»Hat jemand einen Zwanziger, zwanzig Kopeken?« rief

Ippolit plötzlich und sprang auf, als hätte man ihn vom Stuhle gerissen. »Oder irgendeine kleine Münze?«

»Hier!« rief Lebedew und reichte ihm sofort eine; ihm fuhr der Gedanke durch den Kopf, der kranke Ippolit könnte verrückt geworden sein.

»Wera Lukjanowna!« forderte Ippolit hastig die Tochter Lebedews auf, »nehmen Sie die Münze, werfen Sie sie auf den Tisch. Schrift oder Adler! Adler bedeutet Vorlesen!«

Wera blickte erschrocken auf die Münze, auf Ippolit, dann auf ihren Vater und warf ungeschickt, den Kopf zurückgebogen, als glaubte sie selbst, nicht hinsehen zu dürfen, die Münze auf den Tisch. Der Adler lag oben.

»Lesen«, murmelte Ippolit, wie erdrückt von der Entscheidung des Schicksals; er wäre nicht bleicher geworden, wenn man ihm sein Todesurteil verkündet hätte. »Übrigens«, sagte er, plötzlich zusammenzuckend, nach einer halben Minute Schweigen, »was ist das? Habe ich wirklich soeben das Los geworfen?« Er sah sich mit derselben aufdringlichen Ungeniertheit im Kreise um. »Das ist doch ein erstaunlicher psychologischer Zug!« schrie er plötzlich, zum Fürsten gewendet, in ehrlicher Verwunderung auf. »Das ist . . . das ist ein unfaßbarer Zug, Fürst!« bestätigte er, lebhafter und als käme er zu sich. »Notieren Sie sich das, Fürst, behalten Sie es im Gedächtnis, Sie sammeln doch, glaube ich, Material über die Todesstrafe . . . Man hat es mir gesagt, haha! O Gott, was für ein bodenloser Unsinn!« Er setzte sich auf das Sofa, stützte beide Ellenbogen auf den Tisch und faßte sich an den Kopf. »Das ist doch geradezu beschämend! Ach, Teufel, was kümmert es mich, daß es beschämend ist!« rief er und hob sofort wieder den Kopf. »Meine Herrschaften! Ich öffne den Umschlag!« verkündete er mit plötzlicher Entschlossenheit. »Ich . . . ich zwinge übrigens keinen zuzuhören!«

Mit vor Erregung zitternden Händen brach er das Siegel auf, entnahm dem Umschlag einige engbeschriebene Bogen Briefpapier, legte sie vor sich hin und faltete sie auseinander.

»Was soll das? Was gibt es? Was soll vorgelesen werden?« brummten einige finster; die andern schwiegen.

Aber alle hatten Platz genommen und machten neugierige

Gesichter. Vielleicht erwartete man wirklich etwas Außerordentliches. Wera klammerte sich an den Stuhl ihres Vaters und weinte fast vor Angst; beinahe ebenso erschrocken war Kolja. Lebedew, der sich schon gesetzt hatte, erhob sich plötzlich, ergriff die Kerzen und schob sie näher zu Ippolit hin, damit er es zum Lesen heller habe.

»Meine Herrschaften, es ... Sie werden gleich sehen, um was es sich handelt«, sagte Ippolit ohne jeden ersichtlichen Grund und begann dann sofort vorzulesen: »Eine notwendige Erklärung. Motto: ‚Après moi le déluge' ... Pfui Teufel!« rief er, als hätte er sich verbrannt. »Konnte ich wirklich im Ernst ein so dummes Motto voranstellen? Hören Sie, meine Herrschaften! Ich versichere Sie, daß alles das letzten Endes vielleicht die elendeste Bagatelle ist! Das sind nur ein paar Gedanken von mir ... Wenn Sie meinen, das sei ... etwas Geheimnisvolles ... oder Verbotenes ... mit einem Wort ...«

»Sie sollten doch ohne Vorreden lesen«, unterbrach ihn Ganja.

»Er macht Ausflüchte!« fügte jemand hinzu.

»Es wird zu viel geredet«, warf Rogoschin ein, der bisher geschwiegen hatte. Ippolit sah ihn plötzlich an, und als ihre Blicke sich begegneten, fletschte Rogoschin bitter und grimmig die Zähne und sprach langsam die seltsamen Worte: »Nicht so muß man diesen Stoff behandeln, meine Junge, nicht so ...«

Was Rogoschin damit sagen wollte, begriff natürlich keiner, doch seine Worte machten einen recht eigentümlichen Eindruck auf alle; jeden berührte leise ein gewisser gemeinsamer Gedanke. Auf Ippolit aber wirkten diese Worte furchtbar: er zitterte derartig, daß der Fürst die Hand ausstreckte, um ihn zu stützen, und er hätte sicher aufgeschrien, wenn seine Stimme nicht plötzlich offenkundig versagt hätte. Eine ganze Minute lang konnte er kein Wort hervorbringen und sah nur immer schwer atmend auf Rogoschin. Endlich brachte er mit stockendem Atem und ungeheurer Anstrengung heraus: »Also waren Sie es ... Sie? ...«

»Was war ich? Was soll ich gewesen sein?« entgegnete Rogoschin verblüfft.

Aber Ippolit wurde feuerrot und rief laut und scharf in einem richtigen Wutanfall: »*Sie* waren in der vorigen Woche bei mir, nachts, gegen zwei, an dem Tage, als ich Sie morgens besucht hatte, *Sie!!* Gestehen Sie! Sie waren es!«

»In der vorigen Woche, nachts? Bist du am Ende wirklich verrückt geworden, Junge?«

Der »Junge« schwieg wieder eine Minute lang, den Zeigefinger an die Stirn gedrückt und gleichsam überlegend; aber in dem bleichen, immer noch vom Schreck verzerrten Lächeln zuckte plötzlich etwas wie List, sogar wie Triumph.

»Sie waren es!« wiederholte er endlich, beinahe flüsternd, aber im Ton tiefster Überzeugung. »*Sie* kamen zu mir und saßen schweigend auf dem Stuhl am Fenster, eine ganze Stunde lang; länger noch; um ein oder zwei Uhr nach Mitternacht; Sie standen dann auf und gingen um drei Uhr ... Das waren Sie, Sie! Warum Sie mich erschreckten, warum Sie kamen, mich zu quälen, begreife ich nicht, aber Sie waren es!« Und in seinem Blick glühte plötzlich ein unendlicher Haß auf, obgleich er immer noch vor Schreck zitterte. »Sie erfahren gleich alles, meine Herrschaften, ich ... ich ... Hören Sie zu!«

Er griff wieder in äußerster Hast nach seinen Blättern; sie lösten sich voneinander und verschoben sich; er bemühte sich, sie aufeinanderzulegen; sie zitterten in seinen Händen; lange konnte er nicht in Ordnung kommen.

»Er ist verrückt oder redet im Fieber«, brummte Rogoschin kaum hörbar.

Die Vorlesung nahm endlich ihren Anfang. Zuerst, etwa fünf Minuten lang, atmete der Verfasser der unerwarteten »Abhandlung« immer noch schwer und las stockend und ungleichmäßig; dann wurde seine Stimme fest und brachte den Sinn des Vorgetragenen vollkommen zum Ausdruck. Bisweilen nur unterbrachen ihn ziemlich starke Hustenanfälle; als er ungefähr die Hälfte gelesen hatte, klang seine Stimme sehr heiser; die außerordentliche Erregung, die mit der Lektüre immer stieg, erreichte zum Schluß ihren Höhepunkt, ebenso wie der peinliche Eindruck auf die Zuhörer. Hier folgt nun die »Abhandlung«.

»Meine notwendige Erklärung.

Après moi le déluge!

Gestern früh war der Fürst bei mir; unter anderem überredete er mich, zu ihm in sein Landhaus zu ziehen. Ich wußte im voraus, daß er darauf bestehen würde, und war überzeugt, daß er mir geradeheraus ins Gesicht sagen würde, das Sterben auf dem Lande unter Menschen und Bäumen werde mir leichter fallen, wie er sich ausdrückt. Aber heute sagte er nicht *sterben,* sondern sprach nur von ‚leichter leben', was für mich in meiner jetzigen Lage das gleiche bedeutet. Ich fragte ihn, was er unter den immer wieder erwähnten ‚Bäumen' eigentlich verstehe und warum er mir diese Bäume so gern aufhalsen möchte – und erfuhr zu meiner Verwunderung von ihm, daß ich selber an jenem Abend gesagt hätte, ich sei nach Pawlowsk gekommen, um zum letztenmal Bäume zu sehen. Als ich ihm sagte, es sei doch gleichgültig, ob ich unter Bäumen sterbe oder mit der Aussicht auf die Ziegelwand vor meinem Fenster, und wegen der vierzehn Tage lohne es sich doch nicht so viel Aufhebens zu machen, da stimmte er mir sofort bei; aber das Grün und die reine Luft, meinte er, müßten in mir eine körperliche Veränderung hervorrufen, und meine Erregung und *meine Träume* würden anders und möglicherweise leichter werden. Ich sagte ihm wieder lachend, er rede wie ein Materialist. Er antwortete mir mit seinem gewohnten Lächeln, er sei ja immer Materialist gewesen. Da er niemals lügt, müssen diese Worte wohl etwas bedeuten. Sein Lächeln ist schön; ich habe ihn mir jetzt genauer angesehen. Ich weiß nicht, ob ich ihn jetzt liebe oder nicht; ich habe jetzt keine Zeit, mich mit dergleichen abzugeben. Mein fünfmonatiger Haß gegen ihn, muß ich erwähnen, hat sich im letzten Monat völlig gelegt. Wer weiß – vielleicht bin ich hauptsächlich nach Pawlowsk gefahren, um ihn zu sehen. Aber ... warum verließ ich dann mein Zimmer? Ein dem Tode Geweihter soll seinen Winkel nicht verlassen; und wenn ich jetzt keinen endgültigen Entschluß gefaßt, sondern im Gegenteil beschlossen hätte, bis zur letzten Stunde zu warten, so hätte ich sicher um nichts in der Welt mein Zimmer verlassen und hätte seinen Vorschlag, zu ihm nach Pawlowsk überzusiedeln, ‚um zu sterben', nicht angenommen. Ich muß eilen und diese ‚Erklärung' unbedingt bis morgen fertig haben. Ich werde also keine Zeit haben, sie zu überlesen und zu korrigieren; das werde ich morgen tun, wenn ich sie dem Fürsten und zwei, drei Zeugen vorlese, die ich bei ihm vorzufinden hoffe. Da hier kein Wort der Lüge enthalten sein wird, sondern nur die reinste Wahrheit, die letzte, feierliche Wahrheit, so bin ich sehr gespannt, was für einen Eindruck dieses Bekenntnis in der Stunde und der Minute, da ich es vorlese, auf mich selbst machen wird. Übrigens habe ich ganz unnötig geschrieben: ‚letzte und feierliche Wahrheit'; wegen der zwei Wochen lohnt es sich nicht zu lügen, denn es lohnt nicht, zwei Wochen zu leben; das ist die beste Bürgschaft dafür, daß ich nur die Wahrheit schreiben werde. (NB. Den Gedanken nicht vergessen: bin ich in diesem Augenblick – das heißt hin und wieder – nicht verrückt? Man hat mir mit Bestimmtheit gesagt, daß Schwindsüchtige im letzten Stadium mitunter Wahnsinnsanfälle haben. Ich stelle das morgen beim Vorlesen an der Wirkung auf die Zuhörer fest. Diese Frage muß unbedingt ganz klar entschieden werden; sonst kann nichts in Angriff genommen werden.)

Mir scheint, ich habe soeben eine furchtbare Dummheit geschrieben; aber ich sagte schon, daß ich zum Korrigieren keine Zeit habe; außerdem gebe ich mir das Wort, in diesem Manuskript nicht eine Zeile zu ändern, selbst wenn es mir auffallen sollte, daß ich mir auf jeder fünften Zeile widerspreche. Ich will erst morgen beim Vorlesen feststellen, ob mein Gedankengang logisch richtig ist, ob ich meine Fehler bemerke und ob also alles das richtig ist, was ich in diesem Zimmer in diesen fünf Monaten durchdacht habe, oder ob es nur Fieberträume waren.

Wenn ich schon vor zwei Monaten wie jetzt mein Zimmer hätte für immer verlassen und von Meyers Brandmauer Abschied nehmen müssen, so hätte mir das sicher weh getan. Jetzt aber empfinde ich nichts, und doch verlasse ich morgen die Stube und die Mauer *für immer!* Also hat meine

Überzeugung, daß es sich für zwei Wochen nicht mehr lohnt, zu bedauern oder sich irgendwelchen Gefühlen hinzugeben, meine Natur besiegt und beherrscht schon jetzt alle meine Sinne. Aber ist das wahr? Ist es wahr, daß meine Natur jetzt völlig besiegt ist? Wenn man mich jetzt folterte, würde ich gewiß schreien und würde nicht sagen, es lohne sich nicht zu schreien und Schmerz zu empfinden, weil ich ja doch nur noch zwei Wochen zu leben hätte.

Ist es aber wahr, daß ich nur zwei Wochen übrig habe und nicht mehr? Damals in Pawlowsk habe ich gelogen: B. hat mir nichts gesagt und mich nie gesehen; aber vor etwa einer Woche brachte man den Studenten Kislorodow zu mir; seinen Überzeugungen nach ist er Materialist, Atheist und Nihilist, und eben darum hatte ich ihn zu mir gebeten; ich brauchte einen Menschen, der mir endlich die nackte Wahrheit sagt, ohne zarte Rücksichten und ohne Umschweife. Das hat er auch getan, und nicht nur bereitwillig und rücksichtslos, sondern mit offensichtlichem Vergnügen (was meines Erachtens schon überflüssig war). Er platzte sofort heraus, ich hätte noch ungefähr einen Monat zu leben; vielleicht etwas länger, wenn ich in eine günstige Umgebung käme, vielleicht aber würde ich auch schon viel früher sterben. Seiner Meinung nach könne ich auch ganz plötzlich sterben, zum Beispiel gleich morgen; solche Fälle seien vorgekommen, und erst vorgestern habe eine schwindsüchtige junge Dame, die sich in ähnlicher Lage befand wie ich, auf den Markt nach Einkäufen gehen wollen, habe sich aber plötzlich unwohl gefühlt und sich aufs Sofa gelegt; dann habe sie einen Seufzer ausgestoßen und sei gestorben. Das alles teilte mir Kislorodow sogar mit einer etwas geckenhaften Gefühllosigkeit und Offenheit mit, als erwiese er mir damit eine Ehre, das heißt, als wollte er damit zeigen, daß er auch mich für ein ebensolches alles leugnendes, höheres Wesen halte, wie er es sei, dem es aufs Sterben natürlich ganz und gar nicht ankomme. Jedenfalls aber steht die Tatsache fest: einen Monat und keinesfalls länger! Daß er sich nicht geirrt hat, davon bin ich völlig überzeugt.

Sehr gewundert hat es mich, woher der Fürst neulich erraten hatte, daß ich ‚böse Träume' habe; er sagte buchstäblich, in Pawlowsk würde es mit meiner Aufregung und meinen *Träumen* besser werden. Wie kam er auf die Träume? Entweder ist er Mediziner oder wirklich ein Mensch von ungewöhnlichem Verstand, der vieles erraten kann. (Daß er aber schließlich doch ein ‚Idiot' ist, steht außer allem Zweifel.) Ausgerechnet vor seinem Besuch hatte ich einen sehr netten Traum (übrigens einen von der Art, wie sie mir jetzt zu Hunderten kommen). Ich schlief ein – ich glaube, eine Stunde vor seinem Besuch – und sah mich in einem Zimmer (aber nicht in meinem). Das Zimmer war größer und höher als meines, besser möbliert, hell; darin standen ein Schrank, eine Kommode, ein Sofa und mein Bett, groß und breit und mit einer Steppdecke aus grüner Seide. Aber in diesem Zimmer sah ich ein gräßliches Tier, ein Ungeheuer. Es glich einem Skorpion, war aber doch kein Skorpion, sondern häßlicher und viel grauenhafter, und zwar anscheinend deshalb, weil es solche Tiere in der Natur nicht gibt und weil es eigens zu mir gekommen war und weil darin irgendein Geheimnis zu liegen schien. Ich konnte es sehr deutlich sehen: es war braun und schuppig, ein Reptil von etwa vier Werschok* Länge, am Kopf etwa zwei Finger dick, zum Schwanz hin wurde es immer dünner, so daß das Schwanzende nicht dicker als ein Zehntelwerschok war. Einen Werschok vom Kopf entfernt ragten aus dem Rumpf in einem Winkel von fünfundvierzig Grad zwei Pfoten heraus, auf jeder Seite eine, je zwei Werschok lang, so daß das Tier von oben gesehen die Gestalt eines Dreizacks hatte. Den Kopf konnte ich nicht genau sehen, ich sah nur zwei nicht sehr lange Fühler in Gestalt von zwei kräftigen, ebenfalls braunen Stacheln. Zwei ebensolche Fühler saßen am Schwanzende und am Ende jeder Pfote, so daß es also im Ganzen acht waren. Das Tier lief sehr schnell im Zimmer umher, wobei es sich auf die Pfoten und den Schwanz stützte, und wenn es lief, wanden sich Körper und Pfoten trotz den Schuppen gleich kleinen Schlangen, und das war ein recht ekelhafter Anblick. Ich hatte große Angst, es könnte mich

* 1 Werschok = 4,4 cm (Anmerkung des Übersetzers).

stechen, denn man hatte mir gesagt, daß es giftig sei; doch am meisten quälte mich die Frage, wer es in mein Zimmer gebracht habe, was man mir antun wolle und was für ein Geheimnis sich dahinter verberge. Es versteckte sich unter der Kommode, dem Schrank, kroch in alle Ecken. Ich kauerte mich mit hochgezogenen Beinen auf den Stuhl. Es rannte quer durch das ganze Zimmer und verschwand irgendwo in der Nähe meines Stuhls. Ich sah mich ängstlich um, aber da ich mit untergeschlagenen Beinen saß, so hoffte ich, daß es nicht auf den Stuhl klettern werde. Plötzlich hörte ich hinter mir, fast bei meinem Kopf, ein Rascheln und Knistern; ich drehte mich um und sah, daß das Reptil an der Wand hinaufkroch und schon beinahe die Höhe meines Kopfes erreicht hatte, so daß es sogar mein Haar mit seinem Schwanz streifte, der sich mit außerordentlicher Geschwindigkeit drehte und wand. Ich sprang auf, und das Tier verschwand. Ich wagte nicht, mich auf das Bett zu legen, weil das Tier unter das Kopfkissen kriechen konnte. Da kam meine Mutter in Begleitung eines Bekannten ins Zimmer. Sie versuchten das Untier zu fangen, waren aber ruhiger als ich und zeigten auch gar keine Furcht. Allein auch sie begriffen nichts. Plötzlich kam das Tier wieder hervorgekrochen; es kroch und schlängelte sich diesmal sehr langsam und wohl in einer besondern Absicht, was noch widerwärtiger aussah, wieder quer durch das Zimmer der Tür zu. Da machte meine Mutter die Tür auf und rief Norma, unsern Hund – einen riesigen schwarzen und zottigen Neufundländer; er ist schon vor etwa fünf Jahren krepiert. Der Hund stürzte ins Zimmer und blieb wie gebannt vor dem Reptil stehen. Auch das Reptil blieb stehen, wand sich aber immer noch und schlug mit den Enden seiner Pfoten und des Schwanzes laut gegen den Fußboden. Tiere können, wenn ich nicht irre, kein mystisches Grauen empfinden; in diesem Augenblick aber schien es mir, als wäre an Normas Schrecken etwas ganz Außerordentliches, etwas nahezu Mystisches und als ahnte sie gleich mir, daß in dem Tiere etwas Schicksalhaftes und ein Geheimnis steckte. Sie wich langsam vor dem Reptil zurück, das sachte und vorsichtig auf sie zukroch; es wollte sich wohl plötzlich auf den Hund stürzen und ihn stechen. Aber trotz aller Angst blickte Norma sehr wild drein, wenn sie auch an allen Gliedern zitterte. Plötzlich fletschte sie langsam ihre furchtbaren Zähne, riß ihr riesiges Maul weit auf, duckte sich, reckte sich, fuhr auf und packte das Reptil mit den Zähnen. Das Reptil mußte sich gewaltsam losgerissen haben, um zu entschlüpfen, denn Norma packte es noch einmal, diesmal schon im Fluge, und biß zweimal zu, als wollte sie es verschlucken. Die Schuppen krachten zwischen ihren Zähnen; der Schwanz und die Pfoten des Reptils, die aus dem Maul des Hundes herausragten, zappelten mit unheimlicher Geschwindigkeit. Plötzlich heulte Norma kläglich auf: das Reptil hatte sie doch noch in die Zunge stechen können. Heulend und winselnd vor Schmerz riß Norma das Maul auf, und ich sah, daß das zerbissene Reptil immer noch in ihrem Maul zappelte und daß sich aus seinem halb zerquetschten Leib auf die Zunge des Hundes eine Menge weißen Saftes ergoß, der dem Saft einer zertretenen schwarzen Küchenschabe glich ... Da wachte ich auf, und der Fürst trat ein.«

»Meine Herren«, sagte Ippolit, der die Lektüre plötzlich unterbrochen hatte, fast beschämt, »ich habe mein Manuskript nicht überlesen, aber mir scheint, ich habe wirklich viel Überflüssiges geschrieben. Dieser Traum ...«

»Das stimmt«, beeilte sich Ganja einzuflechten.

»Es enthält zuviel Persönliches, das gebe ich zu – ich meine, Dinge, die nur mich angehen ...« Ippolit sah müde und angegriffen aus; er wischte sich mit dem Taschentuch den Schweiß von der Stirn.

»Ja, Sie beschäftigen sich zuviel mit sich selbst«, zischte Lebedew.

»Meine Herrschaften, ich zwinge keinen; wer nicht zuhören will, mag sich entfernen.«

»Er wirft einen hinaus ... aus einem fremden Hause«, brummte Rogoschin kaum hörbar.

»Und wenn wir nun mit einemmal alle aufstehen und uns entfernen?« fragte Ferdystschenko plötzlich; bisher hatte er übrigens nicht gewagt, sich laut zu äußern.

Ippolit schlug die Augen nieder und griff nach seinem Manuskript; aber im selben Augenblick hob er den Kopf wieder und sagte mit funkelnden Augen und zwei roten Flecken auf den Wangen, den Blick starr auf Ferdystschenko gerichtet: »Sie lieben mich gar nicht!«

Man fing an zu lachen; übrigens stimmte die Mehrzahl nicht ein. Ippolit wurde puterrot.

»Ippolit«, sagte der Fürst, »falten Sie Ihr Manuskript zusammen und geben Sie es mir. Und dann legen Sie sich in meinem Zimmer zu Bett. Wir reden noch vor dem Einschlafen und morgen miteinander, aber unter der Bedingung, daß diese Blätter nie wieder aufgeschlagen werden. Sind Sie einverstanden?«

»Ist denn das möglich?« fragte Ippolit und sah ihn äußerst erstaunt an. »Meine Herrschaften«, rief er, wieder in fieberhafter Erregung, »das war eine dumme Episode, bei der ich mich nicht zu benehmen verstand. Ich unterbreche die Lektüre jetzt nicht mehr. Wer zuhören will, mag zuhören ...«

Er trank hastig einen Schluck Wasser, stützte sich mit den Ellenbogen auf den Tisch, um sich gegen die Blicke der Zuhörer zu schützen, und setzte die Vorlesung hartnäckig fort. Bald danach fühlte er sich übrigens nicht mehr beschämt ...

»Der Gedanke«, fuhr er in der Vorlesung fort, »daß es sich nicht verlohne, noch einige Wochen zu leben, beschäftigte mich schon vor ungefähr einem Monat, als mir noch eine Frist von vier Wochen geblieben war, gewann aber erst vor drei Tagen völlig Gewalt über mich, als ich von jenem Abend in Pawlowsk zurückgekehrt war. Den ersten Augenblick des völligen, unmittelbaren Durchdrungenseins von diesem Gedanken erlebte ich auf der Veranda des Fürsten, gerade als mir eingefallen war, den letzten Versuch mit dem Leben zu machen, als ich Menschen und Bäume sehen wollte – das habe ich wohl damals auch selbst gesagt –, als ich mich ereiferte, für das Recht Burdowskijs, ‚meines Nächsten' eintrat und davon träumte, wie alle plötzlich die Arme ausbreiten und mich an ihre Brust drücken würden, wie sie mich und ich sie um Vergebung bitten würde; mit einem Wort, ich wollte als talentloser Narr enden. Und in dieser

Stunde zuckte in mir plötzlich die ‚letzte Überzeugung' auf. Ich wundere mich jetzt, wie ich monatelang ohne diese ‚Überzeugung' leben konnte! Ich wußte genau, daß ich die Schwindsucht habe und nicht genesen kann; ich betrog mich nicht und sah die Dinge klar. Aber je klarer ich sie sah, desto krampfhafter klammerte ich mich ans Dasein und wollte um jeden Preis leben. Ich gebe zu, daß ich mich damals über das dunkle und taube Schicksal ärgern konnte, das beschlossen hatte, mich wie eine Fliege zu zerdrücken, natürlich ohne zu wissen weshalb; aber warum ließ ich es nicht beim Ärger bewenden? Warum fing ich wirklich an zu leben, wenn ich wußte, daß ich nicht mehr anfangen konnte? Warum versuchte ich es, wenn ich wußte, daß ich nichts mehr zu versuchen hatte? Und dabei konnte ich nicht einmal mehr ein Buch lesen und hatte das Lesen ganz aufgegeben: wozu lesen, wozu für sechs Monate Wissen erwerben? Dieser Gedanke veranlaßte mich mehr als einmal, ein Buch wegzuwerfen.

Ja, diese Meyersche Wand kann viel erzählen! Viel habe ich in Gedanken auf ihr niedergeschrieben! Es gab keinen Fleck auf dieser schmutzigen Mauer, den ich nicht genau gekannt hätte. Verfluchte Mauer! Und doch ist sie mir teurer als alle Bäume in Pawlowsk, das heißt, sie müßte mir teurer sein, wenn mir jetzt nicht alles gleichgültig wäre.

Ich erinnere mich jetzt, mit welch gierigem Interesse ich damals das Leben der *anderen* beobachtete: solch ein Interesse hatte ich früher nicht gekannt. Ich wartete oft mit Ungeduld und Scheltworten auf Kolja, wenn ich selbst so krank wurde, daß ich das Zimmer nicht verlassen konnte. Ich vertiefte mich so in alle Kleinigkeiten, interessierte mich so für allerlei Gerüchte, daß ich, scheint mir, zum Klatschmaul wurde. Ich begriff zum Beispiel nicht, wie diese Leute, die so viel Leben in sich und vor sich hatten, es nicht fertigbrachten, reich zu werden. – Ich begreife das übrigens auch jetzt nicht. – Ich kannte einen armen Kerl, von dem man mir später erzählte, er sei verhungert, und ich erinnere mich, daß mich das ganz aus der Fassung brachte: wenn es möglich gewesen wäre, diesen Armen wieder lebendig zu machen, so hätte ich ihn, glaube ich, hinrichten lassen. Manchmal fühlte ich mich wochenlang besser und konnte ausgehen; das Straßenbild erbitterte mich aber allmählich derartig, daß ich mich tagelang absichtlich in meinem Zimmer einschloß, obgleich ich hätte ausgehen können wie alle. Ich konnte die hin und her laufenden, geschäftigen, ewig besorgten, finstern und erregten Leute nicht ertragen, die mir auf der Straße begegneten. Was sollte ihr ewiger Trübsinn, ihre ewige Unruhe und Aufgeregtheit, ihre ewige finstere Bosheit? Denn sie sind böse, böse, böse. Wer ist schuld, daß sie unglücklich sind und nicht zu leben verstehen, obwohl sie noch sechzig Jahre Leben vor sich haben? Warum starb Sarnizyn vor Hunger, wenn er noch sechzig Jahre in Aussicht hatte? Und jeder zeigt seine Lumpen, seine Arbeitshände, ärgert sich und schreit: ‚Wir arbeiten wie Jochochsen, wir plagen uns, wir sind hungrig wie Hunde und arm! Andere arbeiten nicht, schuften nicht und sind reich!' Das ewige Lied! Neben ihnen läuft und hastet von früh bis spät ein unglückseliger Schwächling ‚aus guter Familie', Iwan Fomitsch Surikow – er wohnt in unserm Hause, eine Treppe höher –, ewig mit zerrissenen Ellbogen, mit baumelnden Knöpfen, mit Aufträgen anderer Leute, mit allerlei Kommissionen, und das von früh bis spät. Läßt man sich mit ihm in ein Gespräch ein, so bekommt man zu hören: ‚Ich bin arm, elend, verlassen, meine Frau starb, weil wir keine Arznei kaufen konnten, und im Winter ist das Kind erfroren; die älteste Tochter läßt sich aushalten ...' Ewig jammert er, ewig klagt er! Oh, nicht das geringste Mitleid hatte ich mit solchen Narren, weder in letzter Zeit noch früher – das sage ich mit Stolz! Warum ist er kein Rothschild? Wer ist schuld, daß er keine Millionen hat wie Rothschild, daß er keinen Berg Imperiale* und Napoleondors besitzt von der Höhe der Eisberge in der Fastnachtswoche! Wenn er lebt, steht alles in seiner Macht! Wer ist schuld, daß er das nicht begreift?

Oh, jetzt ist mir schon alles gleichgültig, jetzt habe ich keine Zeit mehr, mich zu ärgern, aber damals, damals, wiederhole ich, biß ich nachts in mein Kissen und zerriß meine

* Russische Goldmünzen zu 10 und 5 Rubel (Anmerkung des Übersetzers).

Bettdecke vor Wut! Oh, wie träumte ich damals davon, wie wünschte ich, daß man mich Achtzehnjährigen, kaum bekleidet, kaum bedeckt, plötzlich auf die Straße hinauswerfe und ganz allein lasse, ohne Wohnung, ohne Arbeit, ohne ein Stück Brot, ohne Verwandte, ohne einen einzigen Bekannten in der ganzen Riesenstadt, hungrig, verprügelt – um so besser! –, aber gesund! Und dann würde ich es ihnen zeigen ...

Was zeigen?

Oh, glauben Sie wirklich, ich wüßte nicht, wie ich mich ohnedies schon durch meine ‚Erklärung' erniedrigt habe! Wer wird mich nun nicht für einen Schwächling halten, der das Leben nicht kennt, und vergessen, daß ich nicht mehr achtzehn Jahre alt bin; vergessen, daß so zu leben, wie ich diese sechs Monate gelebt habe, ebensoviel bedeutet, wie es zu grauen Haaren zu bringen! Aber mögen sie lachen und sagen, das seien alles Kindermärchen. Ich habe mir wirklich Kindermärchen erzählt. Ich füllte damit ganze Nächte aus; ich erinnere mich jetzt ihrer aller.

Soll ich sie aber wirklich jetzt wiedererzählen – jetzt, da auch für mich die Zeit der Märchen vorüber ist? Und wem denn? Ich freute mich damals an ihnen, als ich klar erkannte, daß es mir sogar verwehrt ist, die griechische Grammatik zu studieren; als ich Lust danach verspürte, kam mir schon bei der ersten Seite der Gedanke: Ehe du auch nur bis zur Syntax gekommen bist, bist du schon tot – und ich warf das Buch unter den Tisch. Da liegt es jetzt noch; ich habe Matrjona verboten, es aufzuheben.

Wer meine ‚Erklärung' in die Hände bekommt und die Geduld hat, sie durchzulesen, mag mich für verrückt halten oder gar für einen unreifen Gymnasiasten, am ehesten aber für einen zum Tode Verurteilten, der natürlicherweise meinen mußte, daß alle Menschen außer ihm ihr Leben zu wenig schätzen, zu verschwenderisch mit ihm umgehen, es zu faul, zu gewissenlos ausnutzen und daher alle durch die Bank des Lebens unwürdig sind! Doch wie verhält es sich damit? Ich erkläre, daß mein Leser sich irrt und daß meine Anschauung mit meiner Verurteilung zum Tode in gar keinem Zusammenhang steht. Fragt sie, fragt sie nur, wie sie alle, vom ersten bis zum letzten, den Begriff Glück auffassen! Oh, seien Sie überzeugt, Kolumbus war glücklich, nicht als er Amerika entdeckt hatte, sondern als er es entdecken wollte; seien Sie überzeugt, den Gipfel des Glücks erreichte er vielleicht genau drei Tage vor der Entdeckung der Neuen Welt, als die meuternde Mannschaft in ihrer Verzweiflung fast entschlossen war, das Steuer umzudrehen und nach Europa zurückzukehren! Nicht auf die Neue Welt kommt es hier an, mag sie zum Teufel gehen. Kolumbus starb, ohne viel von ihr gesehen zu haben und ohne im Grunde zu wissen, was er eigentlich entdeckt hatte. Es kommt nur auf das Leben an, auf das Leben allein, auf das ununterbrochene, ewige Entdecken des Lebens und nicht auf die Entdeckung selbst! Aber wozu darüber reden! Ich ahne, daß alles, was ich jetzt rede, so sehr an die üblichsten Gemeinplätze erinnert, daß man mich sicher für einen Schulbuben aus der untersten Klasse halten wird, der seinen Aufsatz ‚über den Sonnenaufgang' präsentiert, oder daß man sagen wird, ich hätte zwar etwas aussprechen wollen, hätte es aber trotz aller Anstrengung nicht fertiggebracht ... ‚mich klar auszudrücken'. Ich füge aber dennoch hinzu, daß bei jedem genialen oder neuen Gedanken oder einfach sogar bei jedem ernsten Gedanken, der in irgend jemandes Kopf entsteht, immer etwas zurückbleibt, das man andern Leuten nicht mitzuteilen vermag, und wollte man auch ganze Bände vollschreiben und seinen Gedanken fünfunddreißig Jahre lang erläutern; immer bleibt etwas, das um nichts in der Welt aus dem Schädel herauswill und für immer in ihm steckenbleibt; und so stirbt man, ohne jemandem das vielleicht Wichtigste seiner Idee mitgeteilt zu haben. Wenn ich aber jetzt auch nicht imstande war, alles wiederzugeben, was mich in diesen sechs Monaten quälte, so wird man doch wenigstens verstehen, daß ich meine gegenwärtige ‚letzte Überzeugung' vielleicht zu teuer bezahlt habe; das eben hielt ich aus Gründen, die mich allein angehen, für notwendig, in meiner ‚Erklärung' zu betonen.

Doch ich fahre fort.«

6

»Ich will nicht lügen: die Wirklichkeit angelte auch nach mir in diesen sechs Monaten und riß mich zuzeiten so hin, daß ich mein Todesurteil vergaß oder, besser gesagt, nicht daran denken wollte und mich sogar betätigte. Nebenbei ein paar Worte über meine damalige Umgebung. Als ich vor etwa acht Monaten sehr krank wurde, brach ich alle meine Beziehungen ab und kümmerte mich nicht mehr um meine früheren Kameraden. Weil ich immer ein recht finsterer Mensch gewesen war, vergaßen die Kameraden mich leicht; sie hätten mich allerdings auch ohnedies vergessen. Zu Hause, das heißt ‚in der Familie', war ich auch sehr einsam. Vor etwa fünf Monaten schloß ich mich ein für allemal in meinem Zimmer ein und verzichtete auf jeden Verkehr mit der Familie. Man gehorchte mir immer, und keiner wagte es, zu mir hereinzukommen, außer zu bestimmten Stunden, in denen das Zimmer aufgeräumt und mein Mittagessen gebracht werden mußte. Meine Mutter zitterte vor meinen Befehlen und wagte nicht einmal mehr zu jammern, wenn ich ihr ausnahmsweise einmal gestattete, bei mir einzutreten. Die Kinder prügelte sie meinetwegen fortwährend, damit sie nicht lärmten und mich nicht störten; ich beklagte mich recht oft über ihr Geschrei; ich kann mir denken, wie sehr sie mich jetzt lieben! Den ‚treuen Kolja', wie ich ihn nannte, muß ich auch tüchtig geplagt haben. In der letzten Zeit hat auch er mich geplagt: das alles war ganz natürlich; die Menschen sind ja dazu geschaffen, einander zu quälen. Ich merkte aber, daß er meine Reizbarkeit ertrug, als hätte er sich von vornherein das Wort gegeben, den Kranken zu schonen. Selbstverständlich reizte mich das noch mehr; es scheint aber, daß er der ‚christlichen Demut' des Fürsten nacheifern wollte, und das wirkte schon ein wenig komisch. Er ist ein heißblütiger kleiner Junge, der natürlich alles nachmachen will; es dünkte mich aber mitunter, als wäre es für ihn schon Zeit, nach eigenem Kopf zu leben. Ich habe ihn sehr lieb. Auch Surikow habe ich gequält, der über uns wohnte und von früh bis spät mit allerlei Aufträgen herumlief; ich suchte ihm immer wieder zu beweisen, daß er an seiner Armut selbst schuld sei, bis er schließlich Angst bekam und mich nicht mehr besuchte. Er ist ein sehr sanfter Mensch, ein höchst demütiges Wesen. (NB. Man sagt, Demut sei eine ungeheure Macht; ich muß den Fürsten danach fragen, es sind seine eigenen Worte.) Aber als ich im März zu ihm hinaufging, um zu sehen, wie sie dort – nach seinen eigenen Worten – das Kind hatten ‚erfrieren lassen', und vor der Leiche seines Säuglings zufällig lächelte, weil ich Surikow wieder darlegte, daß er selbst schuld sei – da fingen diesem Schwächling plötzlich die Lippen zu zucken an, er packte mich mit der einen Hand an der Schulter, zeigte mit der andern auf die Tür und sagte leise, beinahe im Flüsterton zu mir: ‚Gehen Sie!' Ich ging hinaus, und sein Verhalten gefiel mir sehr, gefiel mir sofort, schon in dem nämlichen Augenblick, als er mich hinauswarf; aber seine Worte riefen noch lange nachher, wenn ich mich ihrer erinnerte, so etwas wie ein qualvolles, seltsames, verächtliches Mitleid mit dem Manne in mir hervor, ein Gefühl, das ich gar nicht empfinden wollte. Selbst im Augenblick einer solchen Kränkung (ich empfinde es doch, daß ich ihn gekränkt habe, wenn es auch nicht meine Absicht war), selbst in einem solchen Augenblick konnte dieser Mann nicht in Zorn geraten! Seine Lippen zuckten damals nicht vor Wut, das kann ich beschwören: er faßte mich am Arm und sprach sein famoses ‚Gehen Sie!' ganz ohne Zorn. Würde lag darin, sogar sehr viel, die ihm gar nicht zu Gesicht stand (so daß die ganze Sache, aufrichtig gesagt, auch viel Komisches an sich hatte), aber von Zorn keine Spur. Vielleicht empfand er einfach plötzlich Verachtung gegen mich. Seitdem geschah es zwei- oder dreimal, wenn wir uns auf der Treppe begegneten, daß er den Hut vor mir abnahm, was er früher nie getan hatte, er blieb aber nicht mehr stehen wie früher, sondern lief verlegen an mir vorbei. Wenn er mich auch verachtete, so tat er es doch auf seine Weise: er ‚verachtete *demütig*'. Vielleicht nahm er den Hut auch nur aus Furcht vor dem Sohn seiner Gläubigerin ab, denn er hat immer Schulden bei meiner Mutter und kommt nicht aus der Klemme heraus. Das ist sogar das Wahrscheinlichste. Ich dachte schon daran, mich mit ihm auszusprechen, und weiß bestimmt, daß er mich nach zehn Minuten um Verzeihung gebeten hätte, aber ich beschloß doch, ihn lieber in Frieden zu lassen.

Um dieselbe Zeit, das heißt ungefähr um die Zeit, als Surikow das Kind hatte erfrieren lassen, etwa Mitte März, fühlte ich mich mit einemmal viel wohler, und das währte etwa zwei Wochen. Ich fing an auszugehen, meistens in der Abenddämmerung. Ich liebte die Märzdämmerung, wenn es leicht zu frieren anfing und man die Gaslaternen anzündete; manchmal ging ich recht weit. Einmal überholte mich in der Schestilawotschnaja im Dunkeln einer von den ‚feinen Herrschaften', ich konnte ihn nicht gut erkennen; er trug einen in Papier gewickelten Gegenstand und hatte einen kurzen lächerlichen Mantel an, der für die Jahreszeit viel zu leicht war. Als er die nächste Laterne erreicht hatte, etwa zehn Schritte vor mir, sah ich, daß ihm etwas aus der Tasche fiel. Ich hob es schnell auf, und ich tat recht daran, denn schon war ein Kerl in langem Rock herbeigestürzt; aber als er den Fund in meiner Hand sah, ließ er sich in keinen Streit ein, warf einen Blick auf meine Hände und huschte vorbei. Der Gegenstand war eine große, altmodische, vollgestopfte Saffianbrieftasche; aber ich weiß nicht, warum ich auf den ersten Blick erriet, daß sie alles mögliche enthalten mochte, nur kein Geld. Der Verlierer war mir schon um vierzig Schritte voraus und entzog sich in der Menge bald ganz meinen Blikken. Ich lief ihm nach und rief, aber da ich außer ‚He!' nichts rufen konnte, wandte er sich gar nicht um. Plötzlich bog er nach links in einen Torweg ein. Als ich ihm in den sehr dunklen Torweg folgte, war niemand mehr da. Das Haus war riesengroß, einer von jenen Kolossen mit Kleinwohnungen, die von Spekulanten gebaut werden; in manchen Häusern dieser Art sind bis zu hundert Einzelwohnungen. Als ich durch den Torweg gelaufen war, schien es mir, als ginge im rechten, hinteren Winkel des riesigen Hofes ein Mensch, obgleich ich ihn im Dunkeln kaum erkennen konnte. In dem Winkel angelangt, erblickte ich eine Tür zu einem Treppenhaus; die Treppe war schmal, außerordentlich schmutzig und gar nicht beleuchtet; ich hörte aber jemanden hinauflaufen und rannte ihm nach, da ich ihn einzuholen hoffte, bevor man ihm öffnete. So kam es auch. Die Treppen waren sehr kurz, ihre Zahl endlos, so daß ich völlig außer Atem kam; im fünften Stock wurde eine Tür geöffnet und wieder geschlossen; ich war noch drei Treppen tiefer, als ich das hörte. Bis ich hinaufkam, vor der Tür Atem schöpfte und die Glocke fand, vergingen einige Minuten. Endlich öffnete mir ein Frauenzimmer, das in der winzigen Küche den Samowar anfachte; sie hörte meine Fragen schweigend an, verstand natürlich nichts und machte mir die Tür ins nächste Zimmer auf, das ebenfalls klein und furchtbar niedrig war; es enthielt nur ein paar notwendige und armselige Möbel und ein breites riesiges Bett mit Vorhängen, auf dem ‚Terentjitsch' (so nannte ihn das Weib) lag; er war offenbar betrunken. Auf dem Tisch brannte ein Lichtstümpfchen in einem eisernen Leuchter und stand eine fast leere Flasche Branntwein. Terentjitsch brummte, ohne sich aufzurichten, etwas Unverständliches und wies auf die nächste Tür; das Weib war fortgegangen, so daß mir nichts übrigblieb, als diese Tür selber zu öffnen. Das tat ich denn auch und trat in das nächste Zimmer.

Dieses Zimmer war noch kleiner und enger als das erste, so daß ich kaum wußte, wie ich mich umdrehen sollte; das schmale einschläfrige Bett in der Ecke nahm sehr viel Platz ein; sonst gab es an Möbeln nur noch drei einfache Stühle, die mit allerlei Lappen bepackt waren, und einen ganz einfachen Küchentisch vor einem alten, mit Wachstuch bezogenen Sofa, so daß man zwischen Tisch und Bett kaum noch durchgehen konnte. Auf dem Tisch brannte ein Talglicht in einem ebensolchen Eisenleuchter wie nebenan, und auf dem Bett quäkte ein winziges, nach seinem Geschrei zu urteilen, kaum drei Wochen altes Kind; es wurde von einer kranken, bleichen, anscheinend noch jungen Frau trockengelegt; sie war in tiefstem Negligé und vielleicht erst vor kurzem vom Wochenbett aufgestanden; das Kind aber beruhigte sich nicht und schrie in Erwartung der dürren Mutterbrust. Auf dem Sofa schlief ein zweites Kind, ein dreijähriges Mädchen, das, glaube ich, mit einem Frack zugedeckt war. Am Tisch stand ein Herr in einem sehr abgetragenen Rock (er hatte den Mantel schon ausgezogen und auf das Bett gelegt) und wikkelte ein zweipfündiges Weißbrot und zwei Würstchen aus einem blauen Papier. Auf dem Tisch stand außerdem eine Kanne mit Tee und lagen ein paar Schnitten Schwarzbrot herum. Unter dem Bett ragten ein unverschlossener Koffer und zwei Bündel mit allerlei Lumpen hervor.

Mit einem Wort: die Unordnung war fürchterlich. Es schien mir gleich auf den ersten Blick, daß der Herr und die Dame anständige Leute waren, daß aber ihre Armut sie in jenen entwürdigenden Zustand versetzt hatte, in dem die Unordnung schließlich jeden Versuch, sie zu bekämpfen, zunichte macht und die Menschen sogar zu der bitteren Notwendigkeit treibt, an dieser täglich wachsenden Unordnung ein bitteres und gleichsam rachedurstiges Vergnügen zu finden.

Als ich ins Zimmer kam, sprach der Herr, der kurz vor mir gekommen war und seine Einkäufe auspackte, schnell und leidenschaftlich mit der Frau; diese war mit dem Wikkeln zwar noch nicht fertig, hatte aber schon angefangen zu jammern; die Nachrichten, die er gebracht hatte, waren wohl wie immer schlecht. Das Gesicht dieses Herrn, der seinem Aussehen nach achtundzwanzig Jahre alt sein mochte, war gebräunt und hager, von einem schwarzen Backenbart mit ausrasiertem Kinn umrahmt und machte einen recht anständigen, sogar angenehmen Eindruck; es sah mürrisch aus und hatte einen düsteren Blick, zeigte aber einen krankhaften Zug leicht verletzbaren Stolzes. Als ich eintrat, spielte sich eine sonderbare Szene ab.

Es gibt Menschen, die an ihrer reizbaren Empfindlichkeit einen außerordentlichen Genuß finden, besonders wenn sie (und das geschieht immer sehr schnell) ihren Höhepunkt erreicht; in solchen Augenblicken ist es ihnen, scheint mir, sogar lieber, gekränkt zu werden als nicht gekränkt zu werden. Diese leicht reizbaren Menschen werden später furchtbar von Reue geplagt – natürlich nur wenn sie klug sind und begreifen, daß sie sich zehnmal mehr erregt haben, als nötig war. Der Herr sah mich eine Zeitlang erstaunt, die Frau erschrocken an, als wenn es etwas ganz Außerordentliches wäre, daß jemand zu ihnen kam; plötzlich aber stürzte er wie besessen auf mich los; ich hatte noch keine zwei Worte gesagt, doch er hielt es wohl – besonders weil er sah, daß ich anständig gekleidet war – für eine furchtbare Beleidigung, daß ich es gewagt hatte, so ungeniert in seine Behausung einzudringen und die ganze abscheuliche Umgebung zu erblicken, deren er sich so schämte. Natürlich freute er sich auch über die Gelegenheit, einmal seine Wut über all sein Mißgeschick an einem andern auslassen zu können. Einen Augenblick dachte ich sogar, er habe es auf eine Prügelei abgesehen; er war bleich geworden wie ein hysterisches Weib und hatte seine Frau furchtbar erschreckt.

‚Wie wagen Sie es, so ohne weiteres hereinzukommen? Hinaus!' schrie er zitternd und kaum imstande, die Worte auszusprechen. Doch plötzlich erblickte er die Brieftasche in meiner Hand.

‚Ich glaube, Sie haben das verloren', sagte ich möglichst ruhig und trocken. (So mußte das übrigens auch gemacht werden.)

Er stand ganz erschrocken vor mir und schien eine Zeitlang überhaupt nichts zu begreifen. Dann griff er hastig in seine Seitentasche, riß vor Entsetzen den Mund weit auf und schlug sich mit der Hand vor die Stirn.

‚O Gott! Wo haben Sie das gefunden? Auf welche Weise?'

Ich berichtete ihm mit wenigen Worten und nach Möglichkeit in noch trockenerem Ton, wie ich die Brieftasche aufgehoben hatte, ihm nachgelaufen war und ihn gerufen hatte, und wie ich schließlich nur auf eine Vermutung hin und mich zum Teil vorwärts tastend, hinter ihm her die Treppe hinaufgelaufen war.

‚O Gott!' rief er, zu seiner Frau gewendet, ‚hier sind alle unsere Dokumente, hier sind meine letzten Instrumente, hier ist alles ... mein Herr, wissen Sie, was Sie für mich getan haben? Ich wäre verloren gewesen!'

Ich hatte inzwischen nach der Türklinke gegriffen, um ohne Antwort hinauszugehen, aber ich war selbst ganz außer Atem, und plötzlich entlud sich meine Erregung in einem so starken Hustenanfall, daß ich mich kaum auf den Beinen halten konnte. Ich sah, wie der Herr überall herumrannte, um einen freien Stuhl für mich zu finden, wie er endlich die Lappen von einem Stuhl herunterriß und auf den Boden warf, mir eilig den Stuhl hinschob und mir vorsichtig beim Niedersitzen half. Aber mein Hustenanfall dauerte noch etwa drei Minuten. Als ich zu mir kam, saß der Herr bereits neben mir auf einem andern Stuhl, von dem er die Lappen wohl auch auf den Boden geworfen hatte, und betrachtete mich aufmerksam.

‚Sie sind wohl ... leidend?' sagte er in dem Ton, in dem die Ärzte gewöhnlich ihre ersten Fragen an den Kranken richten. ‚Ich bin selbst ... Mediziner' (er sagte nicht: Arzt) – und nach diesen Worten wies er mit der Hand auf das Zimmer, als wollte er gegen seine gegenwärtige Lage protestieren. ‚Ich sehe, daß Sie ...'

‚Ich habe die Schwindsucht', sagte ich möglichst kurz und stand auf.

Auch er sprang sofort auf und sagte: ‚Vielleicht übertreiben Sie ... und wenn Sie Maßnahmen treffen ...' Er war sehr verwirrt und konnte anscheinend immer noch nicht zu sich kommen; die Brieftasche hielt er in der linken Hand.

‚Oh, beunruhigen Sie sich nicht', unterbrach ich ihn wieder und griff nach der Türklinke, ‚vorige Woche noch hat mich B–n untersucht', ich erwähnte also nochmals B–n, ‚und mein Schicksal ist entschieden. Verzeihen Sie ...'

Ich wollte wieder die Tür aufmachen und den verlegenen, dankbaren und von Schamgefühl gepeinigten Arzt verlassen, aber der verdammte Husten packte mich aufs neue. Nun bestand der Arzt darauf, daß ich mich setze und etwas ausruhe; er wandte sich an seine Frau, und diese sagte mir ein paar dankbare und freundliche Worte, ohne ihren Platz zu verlassen. Dabei wurde sie sehr verlegen, so daß sich sogar ihre blaßgelben eingefallenen Wangen leicht röteten. Ich blieb, aber mit einer Miene, die jeden Augenblick bewies, daß ich sehr fürchtete, ihnen lästig zu fallen (das gehörte sich auch). Die Reue ließ dem Arzt endlich keine Ruhe, das sah ich deutlich.

‚Wenn ich ...' fing er an, blieb stecken und sprang auf etwas anderes über. ‚Ich bin Ihnen so dankbar und verpflichtet ... ich ... Sie sehen ...' er zeigte wieder auf das Zimmer, ‚augenblicklich befinde ich mich in einer so schwierigen Lage ...'

‚Oh', sagte ich, ‚ich sehe und weiß Bescheid; Sie haben wohl Ihre Stellung verloren und sind hergekommen, um sich zu beschweren und eine neue Stellung zu suchen?'

‚Woher ... wissen Sie das?' fragte er erstaunt.

‚Man sieht es auf den ersten Blick', antwortete ich unwillkürlich etwas spöttisch, ‚es kommen viele aus der Provinz hierher mit großen Hoffnungen, laufen in der Stadt umher und wohnen in solchen Löchern.'

Er fing plötzlich an lebhaft mit bebenden Lippen zu sprechen; er klagte, erzählte und – ich muß gestehen – er fesselte mich; ich blieb fast eine Stunde bei ihm. Er erzählte mir seine übrigens recht alltägliche Geschichte. Er war Arzt in einer Gouvernementsstadt gewesen, war im Staatsdienst angestellt, aber dann kamen allerlei Intrigen, in die sogar seine Frau mit verwickelt wurde. Er benahm sich hochmütig, wurde hitzig; in der Gouvernementsverwaltung fand ein Personalwechsel statt, der für seine Gegner günstig war; man stellte ihm Fallen, denunzierte ihn; er verlor seine Stellung und reiste für sein letztes Geld nach Petersburg, um sich zu rehabilitieren; in Petersburg hörte man ihn natürlich lange Zeit überhaupt nicht an, endlich nahm man seine Erklärungen entgegen, gab ihm einen ablehnenden Bescheid, lockte ihn dann wieder mit Versprechungen, drohte darauf mit strengen Maßregelungen, verlangte dann schriftliche Erklärungen von ihm, die man später nicht annehmen wollte, befahl ihm, ein Gesuch einzureichen – mit einem Wort, mehr als vier Monate lang lief er nun schon von Behörde zu Behörde, hatte alles verzehrt, die letzte Habe seiner Frau verpfändet, und nun war noch das Kind gekommen und ... und ... ‚heute hab ich die endgültige Ablehnung meines Gesuches erhalten, ich habe aber kaum noch ein Stück Brot, ich besitze nichts, meine Frau ist eben erst niedergekommen. Ich, ich ...‘

Er sprang vom Stuhl auf und wandte sich ab. Seine Frau weinte in einem Winkel, das Kind fing wieder an zu quäken. Ich zog mein Notizbuch heraus und schrieb alles auf. Als ich damit fertig war und mich erhob, stand er vor mir und sah mich mit ängstlicher Neugier an.

‚Ich habe mir Ihren Namen notiert‘, sagte ich ihm, ‚und alles übrige: Ihren Dienstort, den Namen Ihres Gouverneurs, die Daten. Ich habe einen Schulkameraden namens Bachmutow, dessen Onkel Pjotr Matwejewitsch Bachmutow ist Wirklicher Staatsrat und Direktor ...‘

‚Pjotr Matwejewitsch Bachmutow!‘ rief der Mediziner beinahe zitternd. ‚Von ihm hängt ja fast alles ab!‘

In der Tat, die Geschichte des Mediziners, in die ich zufällig eingriff, ging nun weiter, als wäre alles mit Absicht darauf angelegt gewesen, ganz wie in einem Roman. Ich sagte den armen Leuten, sie sollten gar keine Hoffnungen auf mich setzen, ich selbst sei nur ein armer Gymnasiast (ich setzte mich absichtlich herab; ich bin längst mit dem Gymnasium fertig), und meinen Namen brauchten sie nicht zu wissen; ich würde aber sofort nach dem Wassilij-Ostrow zu meinem Kameraden Bachmutow gehen, und da ich genau wisse, daß sein Onkel, der Wirkliche Staatsrat, ein Junggeselle ohne Kinder, seinen Neffen geradezu anbete und leidenschaftlich liebe, weil er in ihm den letzten Sproß seiner Familie sehe, so sei es möglich, daß mein Kamerad etwas für sie und natürlich auch für mich bei seinem Onkel durchsetzen könne.

‚Wenn man mir nur gestattete, mit Seiner Exzellenz zu reden! Wenn mir nur die Ehre zuteil werden könnte, ihm mündliche Erklärungen abzugeben!‘ rief er mit funkelnden Augen und zitterte wie im Fieber. Ich wiederholte noch einmal, die Sache werde sicher schiefgehen und all meine Hoffnung sich als Unsinn erweisen, und fügte hinzu, wenn ich morgen nicht zu ihnen käme, so sei alles gescheitert und sie hätten nichts mehr zu erwarten. Sie begleiteten mich mit tiefen Bücklingen hinaus, konnten sich nicht fassen. Nie vergesse ich den Ausdruck ihrer Gesichter. Ich nahm eine Droschke und fuhr sofort nach dem Wassilij-Ostrow.

Mit diesem Bachmutow war ich auf dem Gymnasium jahrelang verfeindet gewesen. Er galt bei uns als Aristokrat, wenigstens nannte ich ihn so; er kleidete sich sehr elegant, kam im eigenen Wagen zur Schule gefahren, prahlte nie, war immer ein prächtiger Kamerad, immer außergewöhnlich heiter und zuweilen sogar sehr witzig, obgleich er durchaus nicht viel Verstand hatte, wenn er auch immer Klassenerster war; ich aber war nie, in keinem einzigen Fach der Erste. Alle Kameraden hatten ihn gern, nur ich nicht. Er suchte mehrmals eine Annäherung, aber ich wandte mich jedesmal finster und gereizt von ihm ab. Jetzt hatte ich ihn fast ein Jahr lang nicht mehr gesehen; er besuchte die Universität. Als ich gegen halb neun in sein Zimmer kam (mit großer Umständlichkeit – ich mußte erst gemeldet werden), empfing er mich anfangs sehr erstaunt und keineswegs freundlich; plötzlich aber wurde er heiter, sah mich an und brach in lautes Gelächter aus.

‚Wie kommen Sie darauf, mich zu besuchen, Terentjew?' rief er mit seiner gewohnten netten Ungezwungenheit, die mitunter frech wirkte, aber nie verletzte, die ich an ihm so gern hatte und um derentwillen ich ihn so haßte. ‚Aber was ist das?' rief er erschrocken. ‚Sie sehen so krank aus!'

Der Husten plagte mich wieder, ich fiel auf einen Stuhl und konnte kaum zu Atem kommen.

‚Seien Sie unbesorgt, ich habe nur die Schwindsucht', sagte ich, ‚ich komme mit einer Bitte zu Ihnen.'

Er setzte sich erstaunt hin, und ich berichtete ihm sofort die ganze Geschichte des Arztes und erklärte, daß er bei seinem großen Einfluß auf den Onkel hier vielleicht etwas tun könnte.

‚Ich tu es, ganz gewiß tu ich es; gleich morgen überfalle ich meinen Onkel; ich bin sogar froh darüber, und Sie haben alles so gut erzählt ... Aber sagen Sie, Terentjew, wie kamen Sie darauf, sich an mich zu wenden?'

‚Von Ihrem Onkel hängt hier so viel ab, und außerdem, Bachmutow, waren wir immer Feinde; da Sie nun ein vornehmer Mensch sind, dachte ich, Sie würden einen Feind nicht abweisen', fügte ich ironisch hinzu.

,Wie Napoleon sich an England wandte!' rief er laut lachend. ,Ich tue es, ich tue es! Ich gehe sogar gleich hin, wenn es möglich ist!' fügte er eilig hinzu, als er sah, daß ich ernst und streng vom Stuhl aufstand.

Und in der Tat, diese Angelegenheit erledigte sich für uns ganz unerwarteterweise aufs allerbeste. Nach sechs Wochen erhielt unser Medikus wieder eine Anstellung in einem andern Gouvernement, bekam das Reisegeld und sogar eine Unterstützung. Ich vermute, daß Bachmutow, der ihn sehr häufig zu besuchen begann (während ich absichtlich nicht mehr hinging und den Arzt, wenn er bei mir vorsprach, sehr kühl empfing), den Arzt sogar überredete, ein Darlehen von ihm anzunehmen. Bachmutow sah ich in diesen sechs Wochen vielleicht zweimal; zum drittenmal trafen wir uns, als wir dem Doktor das Geleit gaben. Die Abschiedsfeier veranstaltete Bachmutow in seinem Hause als Diner mit Champagner, an dem auch die Frau des Arztes teilnahm; sie fuhr übrigens sehr bald wieder nach Hause zu ihrem Kind. Das war Anfang Mai, an einem hellen Abend. Die große Sonnenkugel versank langsam im Meer. Bachmutow begleitete mich nach Hause; wir gingen über die Nikolaibrücke und waren etwas angeheitert. Bachmutow äußerte seine Freude darüber, daß die Sache ein so gutes Ende genommen hatte, dankte mir und behauptete, er fühle sich nach seiner guten Tat ungemein wohl; er schrieb das ganze Verdienst mir zu und meinte, man lehre und predige jetzt vielfach mit Unrecht, daß eine einzelne gute Tat nichts bedeute. Ich wollte mich auch sehr gern aussprechen.

,Wer das persönliche Almosen antastet', sagte ich, ,der vergreift sich an der Natur des Menschen und verachtet seine persönliche Würde. Aber die Organisation des sozialen Almosens und die Frage der persönlichen Freiheit sind zwei verschiedene Fragen, die sich gegenseitig nicht ausschließen. Die einzelne gute Tat wird stets bleiben, denn sie ist ein Bedürfnis der Persönlichkeit, das lebendige Bedürfnis nach direkter Einwirkung einer Persönlichkeit auf die andere.

In Moskau lebte einmal ein alter Mann, ein ›General‹, das heißt ein Wirklicher Staatsrat, mit deutschem Namen; er hatte sich sein ganzes Leben lang in Gefängnissen und unter Verbrechern umgetan; jeder nach Sibirien bestimmte Trupp von Sträflingen wußte im voraus, daß der ›alte General‹ sie auf den Worobjow-Hügeln besuchen werde. Er betrieb das mit größtem Ernst und strengster Frömmigkeit; er erschien, ging die Reihen der Deportierten entlang, blieb vor jedem stehen, fragte jeden nach seinen Nöten, hielt fast nie jemandem eine Strafpredigt und nannte sie alle seine ›lieben Jungen‹. Er gab ihnen Geld, schickte ihnen allerlei notwendige Dinge – Fußlappen, Tücher, Leinwand, brachte manchmal Erbauungsbücher mit und verteilte sie unter die Lesekundigen, in der festen Überzeugung, daß die Leute sie unterwegs selbst lesen und den Analphabeten vorlesen würden. Nach ihren Verbrechen fragte er nur selten und hörte höchstens geduldig zu, wenn einer von selbst zu erzählen anfing. Er behandelte alle gleich, Unterschiede machte er keine. Er sprach mit ihnen wie mit Brüdern, doch sie selbst sahen ihn schließlich als ihren Vater an. Wenn er eine verbannte Frau mit einem Kind auf dem Arm sah, ging er auf sie zu, liebkoste das Kind und schlug Schnippchen, um es zum Lachen zu bringen. So wirkte er viele Jahre bis zu seinem Tode; es kam so weit, daß man ihn in ganz Rußland und Sibirien kannte – das heißt unter den Verbrechern. Mir erzählte ein aus Sibirien Heimgekehrter, er habe selbst gesehen, wie sogar die eingefleischtesten Verbrecher des Generals gedachten, und doch konnte der General, wenn er die Leute besuchte, jedem nur selten mehr als zwanzig Kopeken geben. Freilich gedachte man seiner nicht gerade mit großer Wärme oder besonders ernst. Irgendein ›Unglücklicher‹, der zwölf Personen umgebracht oder sechs kleine Kinder einzig zu seinem Vergnügen abgeschlachtet hat (es soll solche gegeben haben), seufzt eines Tages mir nichts, dir nichts – vielleicht ein einziges Mal in zwanzig Jahren – plötzlich tief auf und sagt: ›Was der alte General jetzt wohl macht? Ob er noch am Leben ist?‹ Dabei lacht er vielleicht auch noch – und das ist alles. Aber wer weiß, welch eine Saat dieser ›alte General‹, den er in zwanzig

Jahren nicht hat vergessen können, für alle Zeit in seine Seele geworfen hat? Wie können Sie wissen, Bachmutow, was für eine Bedeutung diese Hingabe einer Persönlichkeit an eine andere für das Schicksal der beschenkten Persönlichkeit haben mag? ... Hier handelt es sich doch um ein ganzes Leben und eine unendliche Menge von Verzweigungen, die uns verborgen sind. Der beste und scharfsinnigste Schachspieler kann nur wenige Züge vorausberechnen; von einem französischen Meister, der zehn Züge vorausberechnen konnte, sprach man wie von einem Wunder. Und wieviel Züge gibt es hier, und wie vieles ist uns verborgen? Wenn Sie Ihre Saat, Ihr ›Almosen‹, Ihre gute Tat in irgendeiner Form ausstreuen, geben Sie einen Teil Ihrer Persönlichkeit ab und nehmen einen Teil einer andern Persönlichkeit in sich auf; Sie treten miteinander in Wechselbeziehung; noch etwas Aufmerksamkeit, und Sie werden durch neues Wissen, durch ganz unerwartete Entdeckungen belohnt. Sie werden schließlich Ihr Tun unbedingt als Wissenschaft ansehen; es wird Ihr ganzes Leben erfassen und kann es völlig durchdringen. Anderseits nehmen alle Ihre Gedanken, alle von Ihnen ausgestreuten Samenkörner, die Sie vielleicht selbst schon lange vergessen haben, Gestalt an und wachsen; der sie von Ihnen empfangen hat, gibt sie einem andern weiter. Und wie können Sie wissen, welchen Anteil Sie so an der kommenden Entscheidung der Schicksale der Menschheit haben werden? Wenn aber das Wissen und ein ganzes Leben in solcher Arbeit Sie endlich so hoch erheben, daß Sie imstande sind, eine gewaltige Saat auszustreuen, der Welt einen Riesengedanken als Erbe zu hinterlassen, dann ...‘ Und so weiter, ich redete damals sehr viel.

‚Und nun denken müssen, daß gerade Ihnen das Leben verwehrt ist!‘ rief Bachmutow mit leidenschaftlichem Vorwurf, der sich wer weiß gegen wen richtete.

In diesem Augenblick standen wir auf der Brücke, die Arme auf das Geländer gestützt, und sahen auf die Newa hinab.

‚Wissen Sie, was mir eben einfällt?‘ sagte ich und beugte mich noch weiter über das Geländer.

‚Doch nicht etwa, sich ins Wasser zu stürzen?‘ rief Bachmutow fast erschrocken. Vielleicht hatte er diesen Gedanken in meinem Gesicht gelesen.

,Nein, vorläufig erwäge ich nur folgendes: ich habe noch zwei oder drei Monate zu leben, vielleicht vier; wenn ich nun aber nur noch zwei Monate übrig hätte und große Lust verspürte, ein gutes Werk zu vollbringen, das aber viel Arbeit, Mühe und Lauferei erfordert, etwa wie die Sache unseres Arztes – dann müßte ich doch auf dieses Werk aus Mangel an Zeit verzichten und nach einem andern ›guten Werk‹ suchen, das nicht so schwierig wäre und meinen *Mitteln* entspräche, wenn mich nämlich so sehr nach guten Werken gelüsten sollte. Geben Sie zu, daß dies ein amüsanter Gedanke ist!'

Der arme Bachmutow war sehr besorgt um mich; er begleitete mich bis nach Hause und war so rücksichtsvoll, mich nicht trösten zu wollen und fast die ganze Zeit zu schweigen. Als er sich von mir verabschiedete, drückte er mir innig die Hand und bat um die Erlaubnis, mich zu besuchen. Ich antwortete, wenn er zu mir als ,Tröster' kommen wolle (denn wenn er auch schwiege, käme er doch als Tröster, das erklärte ich ihm), so werde er mich dadurch jedesmal nur noch mehr an den Tod erinnern. Er zuckte die Achseln, gab mir aber recht; wir trennten uns recht höflich, was ich gar nicht erwartet hatte.

Allein an diesem Abend und in dieser Nacht wurde das erste Samenkorn meiner ,letzten Überzeugung' ausgesät. Ich klammerte mich gierig an diesen *neuen* Gedanken, untersuchte ihn leidenschaftlich in allen seinen Verzweigungen, in allen seinen Äußerungen (ich schlief die ganze Nacht nicht), und je mehr ich mich in ihn vertiefte, je mehr ich ihn in mich aufnahm, desto mehr erschrak ich. Eine furchtbare Angst befiel mich schließlich und verließ mich auch an den folgenden Tagen nicht. Zuweilen, wenn ich an diese ständige Angst dachte, überlief es mich eisig mit einem neuen Schauer: aus dieser Angst mußte ich doch schließen, daß meine ,letzte Überzeugung' zu fest in mir saß und unbedingt zur Verwirklichung kommen müsse. Aber zur Verwirklichung fehlte es mir an Entschlossenheit. Drei Wochen später war alles zu Ende, die Entschlossenheit war da, aber als Folge eines sehr sonderbaren Umstandes.

Hier in meiner Erklärung notiere ich alle diese Begebenheiten. Mir könnte das natürlich gleichgültig sein, aber jetzt (und vielleicht nur in diesem Augenblick) wünsche ich, daß jene, die über meine Tat urteilen werden, klar sehen, welche Kette logischer Schlußfolgerungen zu meiner ‚letzten Überzeugung‘ geführt hat. Ich schrieb soeben, daß die endgültige Entschlossenheit, die mir zur Verwirklichung meiner ‚letzten Überzeugung‘ noch fehlte, in mir anscheinend nicht durch eine logische Folgerung aufkam, sondern durch einen seltsamen Anstoß, einen seltsamen Umstand, der sich vielleicht in gar keinem Zusammenhang mit dem Gang der Dinge befand. Vor etwa zehn Tagen besuchte mich Rogoschin in einer persönlichen Angelegenheit, die ich hier nicht zu erörtern brauche. Ich hatte Rogoschin vorher nie gesehen, aber sehr viel von ihm gehört. Ich gab ihm alle gewünschten Auskünfte, und er ging bald wieder; da er nur dieser Auskünfte wegen gekommen war, hätte die Sache damit für uns auch erledigt sein können. Aber er interessierte mich zu sehr, und den ganzen Tag über befand ich mich unter der Einwirkung seltsamer Gedanken, so daß ich mich entschloß, seinen Besuch am nächsten Tage zu erwidern. Rogoschin schien nicht erfreut zu sein, mich zu sehen, und deutete sogar ‚taktvoll‘ an, daß es keinen Zweck habe, den Verkehr fortzusetzen; trotzdem verbrachte ich sehr anregend eine Stunde, und ihm ging es wohl ebenso. Zwischen uns bestand ein so großer Gegensatz, daß wir ihn beide empfinden mußten, besonders ich: ich war ein Mensch, dessen Tage schon gezählt waren, während er mitten im vollen, unmittelbaren Leben stand und ganz dem Augenblick lebte, ohne jede Sorge um die ‚letzten‘ Schlüsse, Ziffern oder sonstige Dinge, die sich nicht auf das beziehen, was . . . was . . . nun was eben seinen Sparren ausmachte; Herr Rogoschin mag mir diesen Ausdruck verzeihen, meinetwegen als einem schlechten Schriftsteller, der seine Gedanken nicht richtig auszudrücken weiß. Trotz all seiner Unfreundlichkeit machte er mir doch den Eindruck eines Mannes von Verstand, der vieles begreifen kann, wenn ihn auch von Dingen, die nichts mit seinen Angelegenheiten zu tun haben, nur weniges interessiert. Ich machte ihm gegenüber keinerlei Andeutungen über meine ‚letzte Überzeugung', doch ich hatte aus irgendeinem Grunde das Gefühl, daß er sie, als er mir zuhörte, erraten habe. Er sagte nichts darüber, denn er ist sehr schweigsam. Beim Fortgehen deutete ich ihm an, daß trotz unserer großen Verschiedenheit und allen Gegensätzen les extrémités se touchent (ich erkläre ihm das in russischer Sprache), so daß er vielleicht selbst gar nicht so weit von meiner ‚letzten Überzeugung' entfernt sein könne, wie es scheine. Darauf schnitt er eine finstere und saure Grimasse, stand auf, brachte mir meine Mütze, wobei er so tat, als hätte ich mich verabschieden wollen, und führte mich ganz einfach aus seinem finstern Hause hinaus, unter dem Anschein, als begleite er mich aus purer Höflichkeit. Sein Haus setzte mich in Erstaunen; es erinnert an einen Friedhof, ihm selbst aber scheint es zu gefallen, was übrigens sehr begreiflich ist: ein so volles unmittelbares Leben, wie er es lebt, ist in sich so reich, daß ihm die Umgebung gleichgültig sein kann.

Dieser Besuch bei Rogoschin hatte mich sehr ermüdet. Zudem fühlte ich mich schon vom Morgen an nicht gut; gegen Abend wurde ich sehr schwach und legte mich zu Bett, hin und wieder wurde ich von starkem Fieber geschüttelt und phantasierte auch zeitweise. Kolja blieb bis elf Uhr bei mir. Ich habe jedoch alles behalten, was er sprach und worüber wir uns unterhielten. Wenn aber meine Augen für Minuten zufielen, sah ich immer Iwan Fomitsch Surikow vor mir, der von irgendwem Millionen bekam. Er wußte nicht, wo er sie lassen sollte, zerbrach sich den Kopf, zitterte vor Angst, man könnte sie ihm stehlen, und beschloß endlich, sie zu vergraben. Ich riet ihm zu guter Letzt, statt einen solchen Haufen Gold um nichts und wieder nichts zu vergraben, lieber einen goldenen Sarg für das erfrorene Kind daraus gießen zu lassen und zu dem Zweck das Kind auszugraben. Diesen Spott nahm Surikow mit Tränen der Dankbarkeit auf und machte sich sogleich an die Ausführung des Plans. Ich spie aus und ließ ihn stehen. Kolja versicherte, als ich ganz zu mir gekommen war, ich hätte gar nicht geschlafen, sondern die ganze Zeit mit ihm über Surikow gesprochen. Minutenlang war ich in größter Angst und Verwirrung, so daß Kolja sehr beunruhigt fortging. Als ich aufstand, um die Tür hinter ihm abzuschließen, fiel mir plötzlich das Bild ein, das ich vorhin bei Rogoschin in einem der düstersten Säle seines Hauses über der Tür gesehen hatte. Er selbst hatte es mir im Vorbeigehen gezeigt: ich glaube, ich stand etwa fünf Minuten davor. Es war künstlerisch keineswegs bedeutend, aber es weckte eine seltsame Unruhe in mir.

Auf dem Bild ist der eben erst vom Kreuz abgenommene Christus dargestellt. Ich glaube, die Künstler haben sonst die Gewohnheit, Christus auch am Kreuz und nach der Kreuzabnahme immer noch mit dem Abglanz einer ungewöhnlichen Schönheit in den Gesichtszügen darzustellen; diese Schönheit suchen sie Ihm selbst bei den furchtbarsten Qualen zu bewahren. Auf dem Bild bei Rogoschin jedoch ist keine Spur von Schönheit; das ist im vollsten Sinne des Wortes der Leichnam eines Menschen, der noch vor der Kreuzigung unsägliche Qualen erduldet hat, Wunden, Marter, Schläge von den Wachen, Schläge vom Volk, als Er sein Kreuz trug und unter seiner Last zusammenbrach, und endlich die Kreuzesqual selbst, sechs Stunden lang (nach meiner Berechnung wenigstens). Freilich ist es das Gesicht eines Menschen, der *eben erst* vom Kreuz abgenommen wurde, das heißt, es hat noch sehr viel Leben und Wärme; noch ist nichts erstarrt, so daß sogar noch das Leiden in den Zügen des Toten zu spüren ist, als ob er selbst es immer noch empfände (das ist vom Künstler sehr fein erfaßt); dafür aber ist das Gesicht schonungslos dargestellt; hier ist reine Natur, und wahrlich, so muß auch das Gesicht eines Menschen – wer immer er sei – nach derartigen Martern aussehen. Ich weiß, daß die christliche Kirche schon in den ersten Jahrhunderten festgestellt hat, daß Christus nicht sinnbildlich, sondern wirklich gelitten hat, daß also auch Sein Leib am Kreuz völlig dem Naturgesetz unterworfen war. Auf dem Bild ist dieses Gesicht von den Schlägen furchtbar entstellt, gedunsen, es hat schreckliche, angeschwollene und blutunterlaufene Beulen, die Augen sind offen, die Pupillen verdreht: die großen und unbedeckten weißen Augäpfel haben einen toten, gläsernen Glanz. Aber seltsam, betrachtet man diesen Leichnam eines gemarterten Menschen, so drängt sich eine eigentümliche und interessante Frage auf: wenn einen solchen Leichnam (und er muß bestimmt genauso ausgesehen haben) alle seine Jünger, seine späteren bedeutendsten Apostel gesehen haben, wenn ihn die Frauen gesehen haben, die ihm folgten und an seinem Kreuz standen, und alle, die an ihn glaubten und ihn anbeteten – wie konnten sie beim Anblick eines derartigen Leichnams glauben, daß dieser Gemarterte auferstehen werde? Hier taucht unwillkürlich der Gedanke auf: wenn der Tod so entsetzlich und die Naturgesetze so stark sind, wie kann man sie dann bezwingen? Wie kann man sie bezwingen, wenn sie jetzt nicht einmal der bezwungen hat, der zu seinen Lebzeiten auch die Natur bezwang, dem sie gehorchte, der ‚*Talitha kumi!*‘ rief, und das Mägdlein erwachte, der ‚Lazarus, komm heraus‘ sagte, und der Tote stieg aus dem Grabe? Die Natur erscheint einem bei Betrachtung dieses Bildes wie ein riesiges, unerbittliches, stummes Tier, oder richtiger, weit richtiger gesagt, wenn es auch seltsam klingen mag, wie eine ungeheure Maschine neuester Konstruktion, die sinnlos, taub und gefühllos ein großes und unschätzbares Wesen ergriffen, zerschmettert und verschlungen hat – ein Wesen, das allein mehr wert war als die ganze Natur und alle ihre Gesetze, als die ganze Erde, die vielleicht nur zu dem Zweck erschaffen wurde, damit dieses Wesen erscheinen konnte! Dieses Bild bringt gleichsam den Begriff der finstern, rohen und sinnlos-ewigen Kraft zum Ausdruck, der alles unterworfen ist, und übermittelt ihn unwillkürlich dem Betrachter. Die Leute, die den Verstorbenen umringten und von denen kein einziger auf dem Bild zu sehen ist, mußten an jenem Abend eine furchtbare Seelenpein und Verwirrung empfinden, denn alle ihre Hoffnungen waren mit einem Schlage zerschmettert. Sie mußten von grauenhaftem Entsetzen erfüllt auseinandergehen, wenn auch jeder in sich einen gewaltigen Gedanken mitnahm, der ihnen nie wieder entrissen werden konnte. Und wenn der Heiland selber am

Tage vor der Kreuzigung sein Bild als Leichnam hätte sehen können, wäre Er dann wohl so aufs Kreuz gestiegen und wäre Er wohl so gestorben? Auch diese Frage taucht unwillkürlich auf, wenn man das Bild betrachtet.

Alles das schwebte auch mir bruchstückweise vor, vielleicht tatsächlich zwischen Fieberphantasien, manchmal sogar in deutlichen Gestalten und noch ganze anderthalb Stunden, nachdem Kolja gegangen war. Kann sich aber als Gestalt zeigen, was keine Gestalt besitzt? Doch mir schien es mitunter, als sähe ich in einer ganz seltsamen und unmöglichen Form diese unendliche Kraft, dieses taube, finstere und stumme Wesen. Ich erinnere mich, daß mir war, als führte mich jemand, der mit einer Kerze voranleuchtete, an der Hand und zeigte mir eine ungeheure, abscheuliche Tarantel; er behauptete, das sei eben das finstere, taube und allmächtige Wesen, und lachte über meine Entrüstung. In meinem Zimmer wird vor dem Heiligenbild immer ein Lämpchen angezündet; es gibt ein mattes und schwaches Licht, aber man kann doch alles erkennen und unmittelbar unter dem Lämpchen sogar lesen. Ich glaube, es war schon nach Mitternacht; ich schlief nicht und lag mit offenen Augen da; plötzlich ging meine Zimmertür auf, und Rogoschin kam herein.

Er kam, schloß die Tür hinter sich, sah mich schweigend an und ging leise in die Ecke auf den Stuhl zu, der fast genau unter dem Lämpchen steht. Ich war sehr erstaunt und sah ihn erwartungsvoll an. Rogoschin stützte sich mit dem Ellenbogen auf das Tischchen und starrte mich schweigend an. So vergingen zwei oder drei Minuten, und ich weiß noch, daß sein Schweigen mich sehr kränkte und ärgerte. Warum wollte er nicht reden? Daß er so spät gekommen war, erschien mir natürlich seltsam, aber ich erinnere mich, daß ich darüber keineswegs besonders erstaunt war. Im Gegenteil: wenn ich ihm am Morgen meinen Gedanken auch nicht klar genug mitgeteilt hatte, so wußte ich doch, daß er ihn verstanden hatte; dieser Gedanke war aber von einer solchen Art, daß man sehr wohl kommen konnte, sich noch einmal über ihn auszusprechen, selbst in so später Stunde. Ich dachte mir auch, er sei deswegen gekommen. Wir hatten uns am Morgen in etwas feindseliger Stimmung getrennt, und ich erinnere mich sogar, daß er mich zweimal höchst spöttisch angesehen hatte. Diesen Spott las ich auch jetzt in seinem Blick, und eben das war es, was mich so kränkte. Daß es wirklich Rogoschin war und keine Vision, kein Fieberwahn, stand für mich anfangs außer allem Zweifel. Ich dachte nicht im geringsten daran.

Unterdessen saß er immer noch da und sah mich ebenso spöttisch an. Ich drehte mich ärgerlich im Bett um, stützte mich ebenfalls mit dem Ellenbogen auf das Kissen und beschloß, absichtlich auch zu schweigen, selbst wenn wir die ganze Zeit so verbringen müßten. Ich weiß nicht, warum ich durchaus wollte, er solle anfangen. Ich glaube, so vergingen etwa zwanzig Minuten. Plötzlich kam mir der Gedanke: wie, wenn das gar nicht Rogoschin ist, sondern nur eine Vision?

Weder während meiner Krankheit noch vorher habe ich jemals Gespenster gesehen; ich glaubte aber immer, noch als Knabe und sogar jetzt, das heißt vor kurzer Zeit, daß ich sofort sterben würde, wenn ich auch nur ein einziges Mal ein Gespenst erblickte – obgleich ich an keinerlei Gespenster glaube. Doch als mir der Gedanke kam, daß nicht Rogoschin, sondern ein Gespenst vor mir sitze, erschrak ich nicht im geringsten. Und nicht nur das, ich war sogar sehr erbost darüber. Sonderbar ist auch noch, daß die Lösung der Frage, ob es ein Gespenst oder der wirkliche Rogoschin sei, mich gar nicht beschäftigte und beunruhigte, wie man es doch hätte erwarten sollen; mir scheint, ich dachte damals an ganz andere Dinge. Mich beschäftigte zum Beispiel weit mehr die Frage, warum Rogoschin, der vorhin in Schlafrock und Pantoffeln umhergegangen war, jetzt einen Frack mit weißer Weste und Krawatte trug. Flüchtig tauchte auch der Gedanke auf: wenn das ein Gespenst ist und ich mich nicht vor ihm fürchte – warum stehe ich dann nicht auf, gehe auf es zu und vergewissere mich? Vielleicht hatte ich aber doch nicht den Mut und fürchtete mich. Kaum war mir aber der Gedanke gekommen, daß ich mich fürchten könnte, da war mir, als liefe ein Eisstrom meinen Körper entlang; ich fühlte eine ungeheure Kälte im Rücken, und meine Knie zitterten. Im selben Augenblick zog Rogoschin – als hätte er erraten, daß ich mich fürchtete – den Arm zurück, auf den er sich bis dahin gestützt hatte, richtete sich auf und öffnete langsam den Mund, als wollte er lachen; er sah mich immer noch starr an. Mich packte eine solche Wut, daß ich mich auf ihn stürzen wollte, aber da ich mir geschworen hatte, nicht als erster zu reden anzufangen, blieb ich auf meinem Bett liegen, um so mehr, als ich noch immer nicht sicher war, ob das Rogoschin war oder nicht.

Ich erinnere mich nicht genau, wie lange das dauerte, ich weiß auch nicht mehr, ob ich zwischendurch das Bewußtsein verlor oder nicht. Endlich stand Rogoschin auf, musterte mich ebenso langsam und aufmerksam wie vorhin, als er hereingekommen war, lachte aber nicht mehr und ging leise, fast auf den Zehen, zur Tür, öffnete sie, ging hinaus und schloß sie hinter sich. Ich stand nicht vom Bett auf; ich weiß nicht, wie lange ich noch mit offenen Augen dalag und immer dachte; Gott weiß, was ich dachte; ich weiß auch nicht mehr, wie ich einschlief. Am nächsten Morgen erwachte ich von einem Klopfen an meiner Tür, gegen zehn Uhr. Ich hatte angeordnet, wenn ich bis halb zehn die Tür nicht aufschließe und Tee verlange, solle Matrjona bei mir anklopfen. Als ich ihr aufmachte, kam mir sofort der Gedanke: wie konnte er denn hereinkommen, wenn die Tür abgeschlossen war? Ich erkundigte mich und überzeugte mich, daß der wirkliche Rogoschin gar nicht hereinkonnte, denn alle unsere Türen werden zur Nacht abgeschlossen.

Dieses eigentümliche Erlebnis, das ich so eingehend geschildert habe, war der Grund, daß ich mich endgültig ‚entschloß'. Die endgültige Entscheidung wurde also nicht durch die Logik herbeigeführt, nicht durch logische Überzeugung, sondern durch den Widerwillen. Ich kann nicht weiterleben, wenn das Leben so seltsame, mich verletzende Formen annimmt. Dieses Gespenst hat mich gedemütigt. Ich bin nicht imstande, mich einer dunkeln Gewalt zu unterwerfen, die die Gestalt einer Tarantel annimmt. Und erst als ich schließlich schon in der Dämmerung spürte, daß der endgültige Augenblick voller

Entschlossenheit gekommen war, wurde mir leichter. Das war nur der erste Augenblick; um den zweiten zu erleben, fuhr ich nach Pawlowsk, aber das ist schon zur Genüge erklärt worden.«

7

»Ich besaß eine kleine Taschenpistole; ich hatte sie mir schon als Kind angeschafft, in jenem lächerlichen Alter, da einem plötzlich Duell- und Räubergeschichten gefallen und ich mir ausmalte, wie man mich auch zum Zweikampf fordern und in wie edler Haltung ich vor der Pistole meines Gegners dastehen würde. Vor einem Monat sah ich sie mir an und machte sie zurecht. In dem Kasten, worin sie lag, fanden sich zwei Kugeln und im Pulverhorn Pulver für etwa drei Ladungen. Die Pistole taugt nichts, sie weicht nach der Seite ab und hat nur fünfzehn Schritt Schußweite; aber den Kopf kann es doch kosten, wenn man sie hart an die Schläfe setzt.

Ich habe beschlossen, heute in Pawlowsk zu sterben, bei Sonnenaufgang im Park, um niemand im Hause zu stören. Meine ‚Erklärung' wird der Polizei völlig genügen. Liebhaber der Psychologie und solche, denen es darum zu tun ist, können aus ihr folgern, was ihnen beliebt. Ich möchte aber doch nicht, daß dieses Manuskript veröffentlicht wird. Ich bitte den Fürsten, das eine Exemplar bei sich zu behalten und das zweite Aglaja Iwanowna Jepantschina zu überreichen. Das ist mein Wille. Mein Skelett vermache ich der Medizinischen Akademie zum Nutzen der Wissenschaft.

Ich lasse keine Richter über mir gelten und weiß, daß ich jetzt außerhalb aller richterlichen Gewalt stehe. Noch vor kurzem machte mich der Gedanke lachen: wenn es mir jetzt einfiele, jemand umzubringen, vielleicht zehn Personen auf einmal, oder sonst etwas ganz Entsetzliches zu tun, was eben in dieser Welt als das Entsetzlichste gilt – in was für eine dumme Lage geriete dann das Gericht mir gegenüber bei den zwei bis drei Wochen, die mir noch vergönnt sind, und nach Abschaffung der Folter und der Leibesstrafen? Ich würde mit allem Komfort in einem Krankenhaus sterben, in einer warmen Stube, unter Aufsicht eines gewissenhaften Arztes, vielleicht viel komfortabler und wärmer als bei mir zu Hause. Ich begreife nicht, warum Menschen, die in gleicher Lage sind wie ich, nicht auch solch ein Gedanke in den Kopf kommt, wenn auch nur im Scherz! Vielleicht ist das doch der Fall; lustige Leute gibt es ja bei uns genug.

Wenn ich aber kein Gericht über mir gelten lasse, so weiß ich doch, daß man mich richten wird, wenn ich auch ein tauber und stummer Angeklagter sein werde. Ich möchte nicht dahingehen, ohne ein Wort der Erwiderung gesagt zu haben, ein freies, nicht erzwungenes Wort, nicht um mich zu rechtfertigen – o nein, ich habe niemand um Vergebung zu bitten und keine Schuld zu bekennen –, sondern nur, weil ich es selbst will.

Da kommt nun zuerst ein seltsamer Gedanke: wer könnte mein freies Verfügungsrecht über die zwei bis drei Wochen meiner Frist bestreiten, und mit welchem Recht, aus welcher Veranlassung? Welches Gericht hat hier etwas zu suchen? Wer hat etwas davon, daß ich nicht nur verurteilt werde, sondern auch gewissenhaft die Frist des Urteils einhalte? Hat wirklich irgend jemand das nötig? Der Moral zuliebe? Ich könnte es noch verstehen, wenn ich in der Blüte meiner Jahre mich an meinem Leben vergriffen hätte, das ‚noch meinen Nächsten hätte nützlich sein können' und so weiter, dann könnte die Moral mir noch nach altem Brauch vorwerfen, ich hätte ohne Erlaubnis über mein Leben verfügt, oder was sie sonst noch sagen wollte. Aber jetzt, jetzt, wo mein Urteil schon gesprochen ist? Was ist das für eine Moral, die außer unserm Leben auch noch das letzte Röcheln für sich in Anspruch nimmt, mit dem man das letzte Atom Leben von sich gibt und dabei den Trostworten des Fürsten zuhören muß, der in seiner christlichen Beweisführung sicher noch bis zu dem glücklichen Gedanken gelangt, es sei eigentlich sogar besser, wenn man stürbe. Christen von seinem Schlag kommen immer auf diese Idee; sie ist ihr Steckenpferd. Und was wollen sie mit ihren lächerlichen ‚Bäumen von Pawlowsk'? Die letzten Stunden meines Lebens versüßen? Können sie es wirklich nicht begreifen, daß sie mich um so unglücklicher machen, je mehr sie es mir ermöglichen, mich zu vergessen, mich diesem letzten Traumbild von Liebe und Leben hinzugeben, das sie vor die Mauer meines Meyerschen Hauses mit allem, was so offenherzig und naiv darauf geschrieben steht, schieben? Was sollen mir eure Natur, euer Park von Pawlowsk, eure Sonnenauf- und Sonnenuntergänge, euer blauer Himmel und eure stets zufriedenen Gesichter, wenn dieses ganze Fest, das kein Ende haben soll, damit begonnen hat, daß es mich allein für überflüssig erklärte? Was soll mir all diese Schönheit, wenn ich jede Minute, jede Sekunde jetzt wissen muß, daß selbst die winzige Fliege dort, die vor mir im Sonnenstrahl summt, auch an diesem Fest und Chor teilnimmt, ihren Platz kennt, ihn liebt und glücklich ist, während ich allein ausgestoßen bin und nur aus Feigheit das bisher nicht begreifen wollte! Oh, ich weiß ja, wie gern der Fürst und sie alle mich dazu bringen möchten, daß ich statt all dieser ‚hinterhältigen und verbitterten' Reden ihnen aus Artigkeit und zum Triumph der Moral die berühmte klassische Strophe von Millevoye vorsänge:

‚O, puissent voir votre beauté sacrée
Tant d'amis, sourds à mes adieux!
Qu'ils meurent pleins de jours, que leur mort
soit pleurée,
Qu'un ami leur ferme les yeux!'

Aber glaubt mir, glaubt mir, ihr einfältigen Herzen, daß auch in dieser sittsamen Strophe, in dieser akademischen Lobpreisung der Welt in französischen Versen so viel verborgene Galle, so viel unversöhnliche, sich an den Versen berauschende Bosheit steckt, daß vielleicht sogar der Dichter selbst hereingefallen ist und die Bosheit für Tränen der Rührung gehalten hat und in diesem Glauben gestorben ist; Friede seiner Asche! Wißt, daß es in der Erkenntnis der eigenen Nichtigkeit und Schwäche eine Grenze der Schmach gibt, über die der Mensch nicht hinaus kann und von der ab er an der Schmach selbst einen ungeheuren Genuß zu empfinden beginnt ... Gewiß, Demut ist eine große Macht in diesem Sinne, das gebe ich zu, wenn auch nicht in dem Sinne, in dem die Religion die Demut für eine Macht hält!

Die Religion! Das ewige Leben lasse ich gelten und habe es vielleicht immer gelten lassen. Mag das Bewußtsein durch den Willen einer höhern Macht geweckt worden sein, mag es einen Blick auf die Welt geworfen und gesagt haben: ‚Ich bin!', mag ihm plötzlich von dieser höhern Macht bestimmt worden sein, vernichtet zu werden, weil es dort oben zu irgendwelchen Zwecken – sogar ohne Erklärung der Zwecke – nötig ist; ich lasse das alles gelten, aber es erhebt sich wieder die ewige Frage: wozu war bei alledem meine Demut nötig? Kann man mich nicht einfach auffressen, ohne daß man von mir noch Lobeserhebungen dessen verlangt, was mich aufgefressen hat? Wird denn wirklich da oben irgend jemand gekränkt sein, weil ich nicht zwei Wochen warten will? Das glaube ich nicht; viel richtiger ist die Annahme, daß einfach mein nichtiges Leben, das Leben eines Atoms, notwendig war, um irgendeine allgemeine Harmonie des Ganzen zu vervollständigen, um irgendeines Plus oder Minus willen, irgendeines Kontrastes wegen und so weiter, ebenso wie jeder Tag das Opfer von Millionen Leben fordert, ohne deren Tod die übrige Welt nicht bestehen kann (wenn man auch sagen muß, daß dies an sich kein sehr hochherziger Gedanke ist). Aber gleichviel! Ich gebe zu, daß anders, das heißt ohne daß man sich gegenseitig ohne Unterlaß auffrißt, die Welt nicht eingerichtet werden konnte; ich bin sogar bereit zuzugeben, daß ich von dieser Einrichtung nichts verstehe; aber dafür weiß ich eines ganz genau: hat man mir einmal das Bewußtsein verliehen, daß ich bin, so geht es mich gar nichts an, daß die Welt fehlerhaft organisiert ist und anders nicht bestehen kann. Wer soll mich denn nun richten und weswegen? Wie Sie wollen – alles das ist unmöglich und ungerecht.

Und doch konnte ich, so sehr ich es auch wünschte, mir niemals vorstellen, daß es kein künftiges Leben und keine Vorsehung gebe. Das Richtigste wird wohl sein, daß alles das vorhanden ist, daß wir aber vom künftigen Leben und seinen Gesetzen nichts verstehen. Wenn das aber so schwer, ja überhaupt gar nicht zu verstehen ist, wie soll ich denn dafür verantwortlich sein, daß ich nicht imstande war, den Sinn des Unfaßbaren zu finden? Freilich sagen alle – und der Fürst natürlich auch –, daß eben hier Gehorsam notwendig sei, daß man ohne Überlegung, aus bloßer Artigkeit gehorchen müsse und daß ich für meine Sanftmut ganz gewiß im Jenseits belohnt werden würde. Wir setzen die Vorsehung viel zu sehr herab, wenn wir ihr unsere Begriffe zuschreiben, aus bloßem Ärger, daß wir sie nicht verstehen können. Aber wiederum – wenn man sie nicht verstehen kann, so ist es, sage ich noch einmal, auch schwer, etwas zu verantworten, das der Mensch nicht verstehen kann. Ist es aber so, wie darf man dann Gericht über mich halten, weil ich den wirklichen Willen und die Gesetze der Vorsehung nicht begreifen konnte? Nein, lassen wir die Religion lieber beiseite.

Und es ist auch genug. Wenn ich bis zu diesen Zeilen gekommen sein werde, wird die Sonne gewiß schon aufgegangen sein und ‚am Himmel tönen', und eine gewaltige, unermeßliche Kraft wird sich über die ganze Welt ergießen. Meinetwegen! Ich werde sterben, den Blick geradeaus auf die Quelle des Lebens und der Kraft gerichtet, und werde dieses Leben nicht mehr wollen! Hätte ich die Macht gehabt, nicht geboren zu werden, so hätte ich sicher eine Existenz unter so lächerlichen Bedingungen nicht angenommen. Aber es steht noch in meiner Macht zu sterben, obgleich ich bloß gezählte Tage hingebe. Die Macht ist nicht groß, darum ist auch die Auflehnung nicht groß.

Eine letzte Erklärung: ich sterbe durchaus nicht deswegen, weil ich nicht imstande wäre, diese drei Wochen zu ertragen; oh, ich hätte Kraft genug dazu, und wenn ich wollte, so wäre ich getröstet genug durch das bloße Bewußtsein der mir angetanen Kränkung; aber ich bin kein französischer Dichter und mag solchen Trost nicht. Endlich ist auch das verführerisch: die Natur hat mein Wirken durch die drei Wochen Frist ihres Urteilsspruchs so begrenzt, daß der Selbstmord vielleicht die einzige Tat ist, die ich noch aus eigenem Willen einleiten und vollbringen kann. Nun, vielleicht will ich diese letzte Möglichkeit einer *Tat* noch ausnutzen? Der Protest ist mitunter keine geringe Tat ...«

Die »Erklärung« war beendet. Ippolit schwieg endlich.

Es gibt in extremen Fällen eine Stufe der letzten zynischen Offenheit, wo ein nervöser, gereizter und aus dem Gleichgewicht geratener Mensch nichts mehr fürchtet und zu jedem Skandal bereit ist, ja sich seiner freut; er fällt dann über die Menschen her und hat dabei selbst die unklare, aber feste Absicht, eine Minute darauf ganz bestimmt von einem Kirchturm hinabzuspringen und damit alle Zweifel auf einmal zu lösen, falls noch welche vorhanden sein sollten. Ein Kennzeichen dieses Zustandes ist gewöhnlich auch die nahende Erschöpfung der körperlichen Kräfte. Die außerordentliche, fast unnatürliche Spannung, von der Ippolit bis dahin gehalten wurde, hatte diesen letzten Punkt erreicht. An und für sich schien dieser achtzehnjährige, von seiner Krankheit entkräftete Knabe schwach wie ein zitterndes Blättchen, das vom Baume gerissen wurde; aber kaum hatte er seine Zuhörer mit einem raschen Blick gemessen – zum erstenmal im Verlauf der ganzen letzten Stunde –, so sprach alsbald der hochmütigste, verächtlichste und kränkendste Ekel aus seinen Augen und seinem Lächeln. Er hatte es eilig mit seiner Herausforderung. Aber auch die Zuhörer waren entrüstet. Alle standen lärmend und verdrossen vom Tisch auf. Die Müdigkeit, der Wein, die Spannung verstärkten das Durcheinander und den Schmutz der Eindrücke, wenn man so sagen darf.

Plötzlich sprang Ippolit vom Stuhl auf, als hätte ihn jemand emporgerissen. »Die Sonne ist aufgegangen!« rief er, als er die leuchtenden Wipfel der Bäume erblickte, und zeigte sie dem Fürsten wie ein Wunder. »Sie ist aufgegangen!«

»Sie glaubten wohl, sie würde nicht aufgehen?« meinte Ferdystschenko.

»Das wird wieder ein furchtbar heißer Tag«, brummte Ganja mit lässigem Ärger, den Hut in der Hand, reckte sich und gähnte. »Wenn die Dürre nun einen ganzen Monat anhält ... Gehen wir oder nicht, Ptizyn?«

Ippolit hörte mit einer Verblüfftheit, die an Starrkrampf grenzte, diesen Reden zu; dann wurde er plötzlich furchtbar bleich und zitterte am ganzen Leibe. »Sie spielen sehr ungeschickt den Gleichgültigen, nur um mich zu beleidigen«, wandte er sich an Ganja und sah ihn starr an, »Sie sind ein Schuft!«

»Na, da soll doch der Teufel dazwischenfahren!« brüllte Ferdystschenko. »Sich derartig gehen zu lassen! Das ist ja eine phänomenale Schlappheit!«

»Er ist einfach ein Dummkopf«, sagte Ganja.

Ippolit nahm sich etwas zusammen. »Ich verstehe, meine Herrschaften«, fing er an, und immer noch zitterte er und stockte bei jedem Wort, »daß ich Ihre persönliche Rachsucht wecken konnte ... und ich bedauere, Sie mit diesen Fieberphantasien geplagt zu haben«, er zeigte auf das Manuskript, »das heißt, ich bedauere, Sie nicht ganz zu Tode geplagt zu haben.« Er lächelte dumm. »Habe ich es getan, Jewgenij Pawlowitsch?« wandte er sich plötzlich an diesen. »Habe ich Sie halb totgeplagt oder nicht? Reden Sie!«

»Es war etwas langatmig, aber sonst ...«

»Sagen Sie alles! Versuchen Sie, einmal in Ihrem Leben nicht zu lügen!« befahl Ippolit zitternd.

»Oh, mir ist es ganz gleich! Seien Sie so gut, ich bitte Sie, und lassen Sie mich in Frieden«, entgegnete Jewgenij Pawlowitsch und wandte sich angewidert ab.

»Gute Nacht, Fürst«, sagte Ptizyn und ging auf den Fürsten zu.

»Er wird sich gleich erschießen! Was fällt Ihnen denn ein? Sehen Sie ihn doch an!« schrie Wera und stürzte in furchtbarer Angst auf Ippolit zu; sie ergriff sogar seine Hände. »Er hat doch gesagt, er wolle sich bei Sonnenaufgang erschießen! Woran denken Sie denn?«

»Der erschießt sich nicht«, brummten mehrere Stimmen schadenfroh, unter ihnen auch Ganja.

»Meine Herrschaften, hüten Sie sich!« rief Kolja, der ebenfalls Ippolits Hände gefaßt hatte. »Sehen Sie ihn doch an! Fürst, Fürst! Wo bleiben Sie?«

Um Ippolit drängten sich Wera, Kolja, Keller und Burdowskij; alle vier hielten ihn fest.

»Er hat das Recht, er hat das Recht!« murmelte Burdowskij, der übrigens auch wie verloren dreinschaute.

»Gestatten Sie, Fürst, wie lauten Ihre Anordnungen?« fragte Lebedew, indem er auf den Fürsten zuging; er war betrunken und erbittert bis zur Frechheit.

»Was für Anordnungen?«

»Nein, erlauben Sie! Ich bin der Hausherr, obgleich ich Ihnen meine Hochachtung nicht verweigern möchte . . . Allerdings sind Sie auch Herr im Hause, aber ich möchte nicht, daß es in meinem eigenen Hause so zugeht . . . Jawohl!«

»Er wird sich nicht erschießen! Der Junge redet dummes Zeug!« rief unerwartet General Iwolgin voller Entrüstung und mit Aplomb.

»Fein, General!« lobte ihn Ferdystschenko.

»Ich weiß, daß er sich nicht erschießen wird, General, hochverehrter General, aber immerhin ... weil ich der Hausherr bin . . .«

»Hören Sie mal, Herr Terentjew«, sagte mit einemmal Ptizyn, der sich inzwischen vom Fürsten verabschiedet hatte und Ippolit die Hand reichte, »Sie reden in Ihrem Heft, glaube ich, auch von Ihrem Skelett und vermachen es der Akademie? Meinen Sie damit Ihr eigenes Skelett, das heißt Ihre eigenen Knochen?«

»Ja, meine Knochen.«

»Soso. Es könnte leicht ein Irrtum entstehen; man sagt, ein ähnlicher Fall sei schon einmal vorgekommen.«

»Warum necken Sie ihn?« rief der Fürst.

»Bis zu Tränen habt ihr ihn gebracht«, fügte Ferdystschenko hinzu.

Doch Ippolit weinte keineswegs. Er machte eine Bewegung, aber die vier, die ihn umstanden, hielten ihn an den Armen fest. Wieder ertönte Gelächter.

»Darauf wollte er ja hinaus, daß man ihn festhält; zu dem Zweck hat er ja sein Geschreibsel vorgelesen«, bemerkte Rogoschin. »Leb wohl, Fürst! Das war eine lange Sitzung; alle Knochen tun einem weh.«

»Wenn Sie sich wirklich erschießen wollten, Terentjew«, sagte Jewgenij Pawlowitsch lachend, »so würde ich es an Ihrer Stelle nach solchen Komplimenten nun gerade nicht tun, um die Leute zu ärgern.«

»Sie wollen alle furchtbar gern sehen, wie ich mich erschieße!« fuhr Ippolit ihn an. Er sprach in einem Ton, als wollte er sich gleich auf ihn stürzen.

»Sie ärgern sich, daß sie es nicht sehen werden.«

»So glauben Sie auch, daß sie es nicht sehen werden?«

»Ich will Sie nicht aufhetzen; ich halte es im Gegenteil für sehr möglich, daß Sie sich erschießen. Vor allem – ärgern Sie sich nicht«, sagte Jewgenij Pawlowitsch in gedehntem Gönnerton.

»Ich sehe jetzt erst, daß ich mit dem Vorlesen eine entsetzliche Dummheit begangen habe«, sagte Ippolit und sah Jewgenij Pawlowitsch plötzlich so vertrauensvoll an, als bäte er ihn um einen freundschaftlichen Rat.

»Die Situation ist lächerlich, aber ... wirklich, ich weiß nicht, was ich Ihnen raten soll«, antwortete Jewgenij Pawlowitsch lächelnd.

Ippolit starrte ihn streng an und schwieg. Man hätte glauben können, daß er sich minutenlang ganz vergaß.

»Nein, erlauben Sie, was ist denn das für eine Art und Weise!« sagte Lebedew. »‚Ich werde mich erschießen', sagt er, ‚im Park, um keinen zu belästigen!' Er bildet sich ein, er belästige niemand, wenn er die Treppe hinab und drei Schritte in den Garten hinein läuft.«

»Meine Herrschaften ...« fing der Fürst an.

»Nein, erlauben Sie, hochverehrter Fürst«, fiel ihm Lebedew wütend ins Wort, »da Sie selbst zu sehen geruhen, daß dies kein Scherz ist, und da mindestens die Hälfte Ihrer Gäste der gleichen Ansicht und überzeugt ist, daß er jetzt, nach den Worten, die hier gefallen sind, sich unbedingt schon aus Ehrgefühl erschießen muß, so erkläre ich als Hausherr und vor Zeugen, daß ich Sie zu Gegenmaßnahmen auffordere!«

»Was soll denn geschehen, Lebedew? Ich bin bereit, Ihnen zu helfen.«

»Folgendes: erstens muß er sofort seine Pistole, mit der er vor uns großgetan hat, samt allem Zubehör ausliefern. Wenn er sie ausliefert, so bin ich einverstanden, daß er in Anbetracht seiner Krankheit diese Nacht noch in meinem

Hause bleibt, selbstverständlich unter schärfster Aufsicht meinerseits. Morgen aber muß er sich unbedingt fortbegeben, wohin er will; entschuldigen Sie, Fürst! Wenn er aber die Waffe nicht ausliefert, so nehme ich ihn sofort, auf der Stelle, bei der einen Hand, der General bei der andern, und gebe unverzüglich der Polizei Nachricht, und dann mag die Polizei den Fall weiter untersuchen. Herr Ferdystschenko wird als guter Bekannter hingehen.«

Es erhob sich Lärm; Lebedew war aufgeregt und ganz außer Rand und Band; Ferdystschenko machte sich bereit, zur Polizei zu gehen; Ganja wiederholte wütend und beharrlich, daß niemand sich erschießen werde. Jewgenij Pawlowitsch schwieg.

»Fürst, sind Sie mal von einem Kirchturm hinabgestürzt?« flüsterte Ippolit ihm plötzlich zu.

»N – nein ...« erwiderte der Fürst naiv.

»Glauben Sie wirklich, ich hätte all diesen Haß nicht vorausgesehen?« flüsterte Ippolit wieder mit blitzenden Augen und sah den Fürsten an, als ob er wirklich eine Antwort von ihm erwartete. »Genug!« schrie er plötzlich in die Gesellschaft hinein, »ich bin schuld ... mehr schuld als alle! Lebedew, hier ist der Schlüssel«, er zog ein Geldtäschchen hervor und entnahm ihm einen Stahlring, an dem drei oder vier kleine Schlüssel hingen, »der da, der vorletzte ... Kolja wird Ihnen alles zeigen ... Kolja! Wo ist Kolja?« schrie er, dabei starrte er Kolja an, ohne ihn zu sehen. »Ja ... er zeigt Ihnen alles; er hat vorhin mit mir den Reisesack gepackt. Führen Sie ihn hin, Kolja; im Zimmer des Fürsten, unter dem Tisch ... liegt mein Reisesack ... mit diesem Schlüssel öffnen Sie unten die Kassette ... darin ist meine Pistole und das Pulverhorn. Er hat sie vorhin eingepackt, Herr Lebedew, er wird sie Ihnen zeigen; aber unter der Bedingung, daß Sie mir morgen früh, wenn ich nach Petersburg fahre, die Pistole zurückgeben. Hören Sie? Ich tu es dem Fürsten zuliebe, nicht Ihretwegen.«

»So ist es schon besser!« sagte Lebedew, griff nach dem Schlüssel und lief mit giftigem Lächeln in das Zimmer nebenan. Kolja blieb stehen und wollte wohl etwas sagen, aber Lebedew zog ihn mit.

Ippolit sah die lachenden Gäste an. Der Fürst merkte, daß seine Zähne klapperten wie beim stärksten Schüttelfrost.

»Was sind sie doch alle für Schufte!« flüsterte Ippolit wieder ganz außer sich dem Fürsten zu. Wenn er mit dem Fürsten sprach, beugte er sich immer vor und flüsterte.

»Lassen Sie sie; Sie sind sehr schwach . . .«

»Gleich, gleich . . . ich gehe sofort.« Plötzlich umarmte er den Fürsten. »Sie halten mich vielleicht für verrückt?« Er sah ihn mit sonderbarem Auflachen an.

»Nein, aber Sie . . .«

»Gleich, gleich, schweigen Sie; sagen Sie kein Wort; bleiben Sie stehen . . . ich will in Ihre Augen sehn . . . Stehn Sie ganz ruhig . . . So . . . Ich will nur sehen. Ich nehme von einem Menschen Abschied.« Er stand dem Fürsten gegenüber und sah ihm etwa zehn Sekunden lang stumm und starr in die Augen. Er war ganz bleich, seine Schläfen waren feucht von Schweiß, und seine Hand klammerte sich an den Fürsten, als fürchtete er ihn loszulassen.

»Ippolit, Ippolit, was ist Ihnen?« rief der Fürst.

»Gleich . . . genug . . . ich lege mich gleich hin. Ich will noch einen Schluck auf das Wohl der Sonne trinken! Ich will es, ich will es, lassen Sie mich!« Er nahm schnell ein Glas vom Tisch, stürzte fort und stand im nächsten Augenblick auf den Stufen der Veranda. Der Fürst wollte ihm zuerst nachlaufen, aber gerade in diesem Augenblick mußte Jewgenij Pawlowitsch ihm die Hand hinstrecken, um sich von ihm zu verabschieden. So verstrich eine Sekunde, und plötzlich schrien auf der Veranda alle auf. Dann folgte ein Augenblick außerordentlicher Verwirrung.

Was war geschehen?

Bei der obersten Treppenstufe angelangt, war Ippolit stehengeblieben. In der linken Hand hielt er das Glas, die Rechte hatte er in die Seitentasche seines Mantels gesteckt. Keller behauptete später, Ippolit habe auch vorher diese Hand immer in der Tasche gehalten, noch als er mit dem Fürsten sprach und ihn mit der linken Hand an der Schulter und um den Kragen faßte, und eben diese rechte Hand in der Tasche, behauptete Keller, habe den ersten Verdacht in ihm geweckt. Wie dem auch sei, eine gewisse Unruhe veranlaßte ihn, Ippolit nachzulaufen. Aber er kam zu spät. Er sah nur plötzlich in Ippolits rechter Hand etwas aufblitzen, und im gleichen Augenblick war der Lauf der kleinen Taschenpistole schon dicht an der Schläfe. Keller wollte ihm in den Arm fallen, aber schon drückte Ippolit ab. Ein scharfes, trockenes Knacken des Hahns ertönte, aber es folgte kein Schuß. Als Keller Ippolit um den Leib faßte, fiel ihm dieser wie ohnmächtig in die Arme, vielleicht wirklich im Glauben, er sei schon tot. Die Pistole war bereits in Kellers Händen. Man stützte Ippolit, schob ihm einen Stuhl unter, setzte ihn hin, und alle drängten sich um ihn, alle schrien, alle fragten. Alle hatten das Knacken des Hahns gehört und sahen doch einen lebendigen Menschen vor sich, der nicht einmal die geringste Verletzung hatte. Ippolit saß da, ohne zu verstehen, was rings um ihn vorging, und sah mit verständnislosem Blick von einem zum andern. Nun kamen Lebedew und Kolja gelaufen.

»Hat die Pistole versagt?« fragte man im Kreise.

»Vielleicht war sie gar nicht geladen?« vermuteten einige.

»Sie ist geladen!« verkündete Keller, der die Waffe untersucht hatte. »Aber ...«

»Hat sie wirklich versagt?«

»Es ist kein Zündhütchen drin«, meldete Keller.

Es ist schwer, die nun folgende jämmerliche Szene zu schildern. Der anfänglich allgemeine Schreck wurde bald durch Gelächter abgelöst; einige lachten sogar aus vollem Halse und fanden darin einen schadenfrohen Genuß. Ippolit weinte wie in einem Krampf, rang die Hände, lief auf alle zu, sogar auf Ferdystschenko, faßte seine beiden Hände und beteuerte, er habe vergessen, ganz zufällig vergessen, das Zündhütchen hineinzutun, er habe das nicht absichtlich getan; die Zündhütchen seien alle da, in seiner Westentasche, wohl zehn Stück (er zeigte sie im Kreise herum); er habe sie nicht früher aufgesetzt, weil er fürchtete, der Schuß könnte unversehens in der Tasche losgehen; er habe geglaubt, das jederzeit noch machen zu können, wenn es so weit wäre, und dann habe er es plötzlich vergessen. Er wandte sich an den Fürsten, an Jewgenij Pawlowitsch, flehte Keller an, ihm die Pistole zurückzugeben; er wolle gleich allen beweisen, daß seine Ehre, seine Ehre ... er sei jetzt »für immer entehrt! ...« Er fiel schließlich ohnmächtig um. Man trug ihn in das Zimmer des Fürsten, und Lebedew, der ganz nüchtern geworden war, schickte sofort nach einem Arzt; er selbst blieb mit seiner Tochter, seinem Sohn, Burdowskij und dem General am Bett des Kranken. Als man den bewußtlosen Ippolit hinausgetragen hatte, stellte sich Keller mitten ins Zimmer und erklärte mit lauter Stimme, wobei er jedes Wort scharf betonte, in regelrechter Begeisterung: »Meine Herren, wenn jemand von Ihnen noch einmal wagt, in meiner Gegenwart einen Zweifel daran zu äußern, daß das Zündhütchen zufällig vergessen wurde, und behauptet, der unglückliche junge Mensch habe nur Komödie gespielt – so wird er es mit mir zu tun haben!«

Aber er erhielt keine Antwort. Die Gäste gingen schließlich alle zu gleicher Zeit und in großer Eile auseinander. Ptizyn, Ganja und Rogoschin gingen zusammen weg.

Der Fürst war sehr erstaunt, daß Jewgenij Pawlowitsch seine Absicht geändert hatte und fortgehen wollte, ohne sich ausgesprochen zu haben. »Sie wollten doch mit mir reden, wenn alle fortgegangen sein würden?« fragte er ihn.

»Allerdings«, sagte Jewgenij Pawlowitsch, setzte sich plötzlich auf einen Stuhl und forderte den Fürsten auf, neben ihm Platz zu nehmen, »doch ich habe vorläufig meine Absicht geändert. Ich gestehe, daß ich ein wenig verwirrt bin, Sie sind es wohl auch. Meine Gedanken gehen durcheinander, außerdem ist das, worüber ich mich mit Ihnen auseinandersetzen möchte, für mich wichtig, für Sie ebenfalls. Sehen Sie, Fürst, ich möchte wenigstens einmal im Leben ganz ehrlich handeln, das heißt ganz ohne Hintergedanken, aber ich glaube, daß ich jetzt, in diesem Augenblick, dazu nicht recht fähig bin, und Sie sind es vielleicht auch nicht ... daher ... und ... nun, wir sprechen später darüber. Vielleicht gewinnt die Sache für mich und für Sie an Klarheit, wenn wir noch drei Tage warten, die ich jetzt in Petersburg zubringen werde.« Er erhob sich wieder von seinem Platz, so daß es sonderbar war, wozu er sich überhaupt hingesetzt hatte. Dem Fürsten kam es auch vor, als wäre Jewgenij Pawlowitsch unzufrieden und gereizt und sähe ihn feindselig an, mit einem Blick, der einen ganz andern Ausdruck hatte als vorhin.

»Apropos, wollen Sie jetzt zu dem Kranken?«

»Ja . . . ich fürchte . . .« sagte der Fürst.

»Sie brauchen nichts zu fürchten. Er lebt sicher noch sechs Wochen und erholt sich hier wohl gar. Das beste wäre, Sie jagten ihn morgen fort.«

»Vielleicht habe ich ihn wirklich dazu getrieben, weil . . . weil ich nichts sagte; er hat vielleicht gedacht, auch ich zweifelte daran, daß er sich erschießen werde. Was meinen Sie, Jewgenij Pawlowitsch?«

»Nein, nein. Sie sind viel zu gut, wenn Sie sich jetzt noch um ihn Sorge machen. Ich habe wohl davon gehört, aber noch nie in natura gesehen, daß ein Mensch sich absichtlich erschießt, um gelobt zu werden, oder aus Zorn darüber, daß man ihn deswegen nicht lobt. Vor allem hätte ich ein so offenes Eingeständnis der Schlappheit nicht für möglich gehalten! Geben Sie ihm aber doch morgen den Laufpaß.«

»Meinen Sie, daß er doch noch einen Versuch machen wird, sich zu erschießen?«

»Nein, jetzt tut er es gewiß nicht mehr. Aber hüten Sie sich vor diesen unsern einheimischen Lacenaires*. Ich wiederhole, das Verbrechen ist nur zu oft die Zuflucht solcher talentlosen, ungeduldigen und habgierigen Jammerlappen.«

»Ist er denn ein Lacenaire?«

»Dem Wesen nach ja, wenn das Rollenfach auch vielleicht verschieden ist. Es sollte mich wundern, wenn dieser Herr nicht fähig wäre, zehn Menschen umzubringen, nur um der Sensation willen, wie er es uns vorhin selbst in seiner Erklärung vorgelesen hat. Jetzt werden mich diese seine Worte nicht schlafen lassen.«

»Sie machen sich vielleicht zuviel Sorgen.«

* Berüchtigter französischer Mörder, 1836 hingerichtet (Anmerkung des Übersetzers).

»Sie sind zu bewundern, Fürst; Sie glauben nicht, daß er imstande ist, *jetzt* zehn Menschen umzubringen?«

»Ich scheue mich, Ihnen zu antworten; alles das ist sehr sonderbar, aber ...«

»Nun, wie Sie wollen, ganz wie Sie wollen!« schloß Jewgenij Pawlowitsch gereizt. »Zudem sind Sie ja so tapfer; passen Sie nur auf, daß Sie nicht einer von den zehn sind.«

»Das Wahrscheinlichste ist, daß er niemanden umbringen wird«, sagte der Fürst und sah Jewgenij Pawlowitsch nachdenklich an. Dieser lachte boshaft.

»Auf Wiedersehen, es wird Zeit! Haben Sie beachtet, daß er eine Abschrift seiner Beichte Aglaja Iwanowna vermacht hat?«

»Ja ... und ich denke darüber nach.«

»Na eben, für den Fall, daß er zehn Menschen umbringt«, sagte Jewgenij Pawlowitsch, lachte wieder und ging hinaus.

Eine Stunde später, gegen halb vier, ging der Fürst in den Park hinunter. Er hatte versucht zu schlafen, aber sein Herz klopfte zu stark. Zu Hause war übrigens alles geregelt, und man hatte sich, so gut es ging, beruhigt; der Kranke war eingeschlafen, und der herbeigerufene Arzt hatte erklärt, es bestünde keine unmittelbare Gefahr. Lebedew, Kolja und Burdowskij hatten sich im Zimmer des Kranken hingelegt, um abwechselnd zu wachen; es war also nichts zu befürchten.

Allein die Unruhe des Fürsten steigerte sich von Minute zu Minute. Er irrte durch den Park, sah zerstreut um sich und blieb verwundert stehen, als er den Platz vor dem Vauxhall erreicht hatte und die leeren Bankreihen und die Notenpulte des Orchesters erblickte. Dieser Anblick verblüffte ihn und erschien ihm furchtbar häßlich. Er kehrte um und kam auf dem Weg, den er gestern mit Jepantschins zum Vauxhall gegangen war, zu der grünen Bank, die ihm als Ort des Stelldicheins bezeichnet worden war, setzte sich und lachte plötzlich laut auf, was ihn sofort in äußerste Entrüstung versetzte. Seine Unruhe hatte sich nicht gelegt; er wäre gern weit fortgegangen ... Er wußte nur nicht wohin. Über ihm auf dem Baum sang ein Vöglein, und er suchte es mit den Augen zwischen den Blättern; plötzlich flog das Vöglein davon, und im selben Augenblick fiel ihm jene »Fliege« im »heißen Sonnenstrahl« ein, von der Ippolit geschrieben hatte, daß auch sie ihren Platz kenne und im allgemeinen Chor mitsinge; bloß er sei ausgestoßen. Dieser Satz hatte ihn schon vorhin stark ergriffen, jetzt mußte er wieder an ihn denken. Eine längst vergessene Erinnerung begann sich in ihm zu regen und stand plötzlich klar vor ihm.

Das war in der Schweiz, im ersten Jahre seiner Kur, sogar in den ersten Monaten. Damals war er noch wirklich fast ein Idiot, konnte kaum richtig sprechen und verstand mitunter nicht, was man von ihm wollte. Er war einmal in die Berge gegangen, an einem klaren, sonnigen Tag, und war lange umhergeirrt mit einem quälenden Gedanken, der keine Form annehmen wollte. Über ihm war der strahlende Himmel, unten der See, ringsherum der lichte, unendliche Horizont. Er sah lange vor sich hin und quälte sich. Er erinnerte sich jetzt, wie er die Arme in diese lichte, endlose Bläue gereckt und geweint hatte. Es quälte ihn, daß er all diesem so ganz fremd war. Was ist denn das für ein Fest, was ist das für eine immerwährende große Feier, die kein Ende hat und die ihn so lange schon, immer, seit seiner Kindheit lockt und an der er doch nicht teilnehmen darf? Jeden Morgen geht dieselbe helle Sonne auf, jeden Morgen glänzt der Regenbogen im Wasserfall, jeden Abend glüht der höchste Schneegipfel dort in der Ferne am Himmelsrand in purpurnen Flammen; jede »kleine Fliege, die um ihn im heißen Sonnenstrahl summt, nimmt teil an diesem Chor, kennt ihren Platz, liebt ihn und ist glücklich«; jedes Gräslein sprießt empor und ist glücklich! Alles hat seinen Weg, und alles kennt seinen Weg, geht und kommt mit Gesang; er allein weiß nichts, versteht nichts, weder die Menschen noch die Klänge, er ist allem fremd, ein Ausgestoßner. Oh, natürlich konnte er damals nicht in diesen Worten reden und seine Frage aussprechen; er litt stumm und dumpf; jetzt aber war ihm, als hätte er alles das schon damals gesprochen, all diese Worte, und als hätte Ippolit das von der »kleinen Fliege« von ihm, aus seinen damaligen Worten und Tränen übernommen. Er war davon überzeugt, und sein Herz schlug heftig bei diesem Gedanken ...

Er schlummerte auf der Bank ein, aber die Unruhe verließ ihn auch im Schlafe nicht. Unmittelbar vor dem Einschlafen mußte er daran denken, daß Ippolit zehn Menschen umbringen konnte, und er lachte über die Unsinnigkeit dieser Vermutung. Rings um ihn herrschte schöne, klare Stille, nur die Blätter rauschten, doch von diesem Rauschen schien es ringsum noch stiller und einsamer zu werden. Er träumte noch sehr vieles und lauter aufregende Dinge, so daß er wiederholt zusammenzuckte. Endlich kam im Traum eine Frau zu ihm; er kannte sie, kannte sie qualvoll genau; er konnte sie jederzeit nennen und zeigen, aber seltsam: sie hatte jetzt ein ganz anderes Gesicht als sonst, und er fühlte eine qualvolle Unlust, in ihr jene Frau zu erkennen. Aus diesem Gesicht sprach so viel Reue und Entsetzen, daß man glauben konnte, sie sei eine entsetzliche Verbrecherin und habe soeben eine grauenhafte Bluttat begangen. Eine Träne zitterte auf ihrer bleichen Wange; sie winkte ihm mit der Hand und legte den Finger an die Lippen, als wollte sie ihm andeuten, ihr möglichst leise zu folgen. Sein Herzschlag stockte; er wollte sie um nichts in der Welt für eine Verbrecherin halten; aber er fühlte, es müsse gleich etwas Furchtbares, für sein ganzes Leben Entscheidendes geschehen. Sie schien ihm etwas zeigen zu wollen, hier in der Nähe, im Park. Er stand auf, um ihr zu folgen, und vernahm auf einmal neben sich ein helles, frisches Lachen; eine Hand lag plötzlich auf der seinen; er ergriff diese Hand, drückte sie kräftig und erwachte. Vor ihm stand Aglaja und lachte laut.

8

Sie lachte, aber sie war auch entrüstet.

»Er schläft! Sie haben geschlafen!« rief sie mit verächtlichem Staunen.

»Sie sind es«, brummte der Fürst, der langsam zu sich kam

und sie mit Erstaunen erkannte. »Ach ja! Dieses Stelldichein ... Ich bin hier eingeschlafen ...«

»Ich habe es gesehn.«

»Hat mich niemand außer Ihnen geweckt? War niemand außer Ihnen hier? Ich dachte, hier sei ... eine andere Frau gewesen ...«

»Eine andere Frau?«

Endlich war er ganz zu sich gekommen. »Es war nur ein Traum«, sagte er nachdenklich. »Seltsam, in diesem Augenblick ein derartiger Traum ... Setzen Sie sich.« Er faßte sie bei der Hand und zog sie auf die Bank; er selbst nahm neben ihr Platz und versank in Gedanken. Aglaja begann kein Gespräch, sondern musterte nur unverwandt ihren Nachbar. Er blickte auch zu ihr auf, doch mitunter in einer Weise, als sähe er sie gar nicht vor sich. Sie wurde rot. »Ach ja!« sagte der Fürst und zuckte zusammen. »Ippolit hat sich erschossen!«

»Wann? Bei Ihnen?« fragte sie, aber nicht sehr verwundert. »Gestern abend war er doch noch am Leben? Wie konnten Sie denn danach hier schlafen?« rief sie plötzlich lebhaft.

»Er ist ja nicht tot, die Pistole hat versagt.«

Auf Aglajas Drängen mußte der Fürst sofort und sogar sehr ausführlich die Geschehnisse der vergangenen Nacht erzählen. Sie trieb ihn immer wieder zu schnellerem Erzählen an, unterbrach ihn aber durch unzählige Fragen, die meist gar nicht zur Sache gehörten. Unter anderm hörte sie mit großer Spannung an, was Jewgenij Pawlowitsch gesagt hatte, und ließ sich einiges sogar wiederholen.

»Nun genug, wir haben wenig Zeit«, schloß sie, nachdem sie alles angehört hatte. »Wir dürfen nur eine Stunde hierbleiben, bis acht Uhr; denn um acht muß ich bestimmt zu Hause sein, damit man nicht erfährt, daß ich hier gewesen bin. Ich bin in einer wichtigen Sache gekommen und muß Ihnen vieles mitteilen. Aber Sie haben mich jetzt ganz aus dem Konzept gebracht. Was Ippolit anbelangt, so denke ich, daß seine Pistole gar nicht losgehen durfte, das paßt zu ihm besser. Sind Sie aber überzeugt, daß er sich wirklich erschießen wollte und es nicht auf einen Betrug abgesehen hatte?«

»Nichts von Betrug.«

»Das ist auch das Wahrscheinlichste. Er hat also wirklich geschrieben, Sie sollten mir seine Beichte bringen? Warum haben Sie sie dann nicht mitgebracht?«

»Er ist ja nicht tot. Ich muß ihn noch fragen.«

»Bringen Sie mir die Schrift bestimmt und fragen Sie nicht erst. Ihm wird das sicher sehr angenehm sein, denn er hat sich vielleicht gerade in der Absicht erschießen wollen, daß ich seine Beichte lese. Ich bitte Sie, nicht über meine Worte zu lachen, Lew Nikolajewitsch, denn es kann sehr wohl so sein.«

»Ich lache nicht, denn ich bin selbst überzeugt, daß es zum Teil wirklich so sein kann.«

»Überzeugt? Denken Sie wirklich auch so?« fragte Aglaja plötzlich sehr erstaunt. Sie fragte und sprach sehr schnell, schien aber mitunter vom Gegenstand abzukommen und sprach manchen Satz nicht zu Ende; jeden Augenblick schien sie etwas vorwegnehmen zu wollen; überhaupt war sie in großer Unruhe, und wenn sie auch sehr tapfer und sogar herausfordernd dreinschaute, so empfand sie doch offenbar eine leise Furcht. Sie trug ein ganz einfaches Alltagskleid, das ihr sehr gut stand. Sie zuckte oft zusammen, errötete und saß am äußersten Ende der Bank. Die Bestätigung des Fürsten, daß Ippolit sich habe erschießen wollen, damit sie seine Beichte lese, setzte sie in großes Erstaunen.

»Gewiß«, erklärte der Fürst, »er wollte, daß außer Ihnen auch wir alle ihn loben ...«

»Wieso loben?«

»Das heißt ... wie soll ich sagen? Es läßt sich sehr schwer ausdrücken. Er wollte aber sicher, daß alle sich um ihn scharten und ihm sagten, sie liebten und schätzten ihn sehr, und daß alle ihn dringend bäten, am Leben zu bleiben. Es ist sehr leicht möglich, daß er dabei vor allem Sie im Auge hatte, weil er Sie in einem solchen Augenblick erwähnte ... Aber vielleicht hat er auch selbst nicht gewußt, daß er es auf Sie abgesehen hatte.«

»Das verstehe ich nun gar nicht: er hat es auf mich abgesehen und weiß nicht, daß er es auf mich abgesehen hat. Übrigens vielleicht verstehe ich es doch: wissen Sie, ich selbst habe als dreizehnjähriges Mädchen wohl dreißigmal daran gedacht, mich zu vergiften und alles in einem Brief an meine Eltern darzulegen – und da dachte ich auch, wie ich im Sarge liegen würde und alle über mich weinen und sich anklagen würden, daß sie so grausam gegen mich gewesen seien ... Warum lächeln Sie wieder?« fügte sie schnell hinzu und zog die Brauen zusammen, »woran denken denn Sie, wenn Sie allein vor sich hinträumen? Vielleicht sehen Sie sich als Feldmarschall und meinen Napoleon geschlagen zu haben?«

»Mein Ehrenwort, daß ich an nichts anderes denke, besonders vor dem Einschlafen«, sagte der Fürst und lachte, »nur schlage ich nicht Napoleon, sondern immer die Österreicher.«

»Ich habe gar nicht die Absicht, mit Ihnen zu scherzen, Lew Nikolajewitsch. Mit Ippolit werde ich selbst reden; ich bitte Sie, ihn vorzubereiten. Von Ihnen aber finde ich das alles sehr häßlich, denn es ist eine große Roheit, die Seele eines Menschen so zu sehen und zu beurteilen, wie Sie es Ippolit gegenüber tun. Sie haben kein Zartgefühl; Sie wollen nur aufrichtig sein und sind darum ungerecht.«

Der Fürst überlegte. »Ich glaube, Sie sind ungerecht gegen mich«, sagte er, »ich finde doch nichts Schlechtes daran, daß er so dachte, denn alle sind geneigt, so zu denken; außerdem hat er vielleicht gar nicht so gedacht, sondern wollte es nur ... er wollte ein letztes Mal mit Menschen zusammensein, ihre Achtung und Liebe verdienen; das sind ja alles sehr schöne Gefühle, aber es ist alles anders gekommen; und dann diese Krankheit und noch etwas! Zudem gelingt einigen Leuten immer alles, während es bei andern immer schiefgeht ...«

»Damit meinen Sie wohl sich?« fragte Aglaja.

»Ja, mich«, erwiderte der Fürst, ohne die Schadenfreude in der Frage zu merken.

»Ich wäre aber an Ihrer Stelle nie und nimmer eingeschlafen; Sie schlafen also überall, wo Sie auch hinkommen; das ist nicht schön von Ihnen.«

»Ich habe doch die ganze Nacht nicht geschlafen; dann bin ich lange umhergegangen, ich war bei der Musik ...«

»Was für eine Musik?«

»Dort, wo gestern das Konzert war. Dann kam ich hierher, setzte mich, dachte, dachte und schlief ein.«

»Ah! So war das! Das ändert die Sachlage zu Ihren Gunsten ... Warum gingen Sie denn zum Musikpavillon?«

»Ich weiß nicht, nur so ...«

»Schön, schön, davon später; Sie unterbrechen mich immer; und was geht es mich an, daß Sie beim Musikpavillon waren? Was für eine Frau haben Sie im Traum gesehen?«

»Diese ... von der ... Sie haben sie gesehen ...«

»Ich verstehe. Ich verstehe sehr gut. Sie haben sie sehr ... Wie ist sie Ihnen erschienen, in welcher Gestalt? Übrigens will ich gar nichts davon wissen«, brach sie plötzlich ärgerlich ab. »Unterbrechen Sie mich nicht ...« Sie wartete einen Augenblick, als wollte sie Mut fassen oder ihren Ärger bezwingen. »Die Sache, um derentwillen ich Sie herbestellt habe, ist die: ich möchte Ihnen vorschlagen, mein Freund zu werden. Was starren Sie mich plötzlich so an?« fügte sie fast zornig hinzu.

Der Fürst sah sie in diesem Augenblick in der Tat unverwandt an, da er gemerkt hatte, daß sie plötzlich ganz rot geworden war. In solchen Fällen schien sie, je mehr sie errötete, desto mehr über sich selbst zu zürnen, was in ihren funkelnden Augen deutlich zum Ausdruck kam; eine Minute nachher übertrug sie ihren Zorn bereits auf den, mit dem sie sprach, gleichviel ob er schuld war oder nicht, und fing an mit ihm zu streiten. Weil sie wußte und fühlte, daß sie schüchtern und schamhaft war, beteiligte sie sich meist wenig an der Unterhaltung und war schweigsamer als ihre Schwestern, mitunter sogar allzu schweigsam. Wenn sie aber, besonders in solchen peinlichen Fällen, durchaus reden mußte, dann begann sie das Gespräch mit unglaublichem Hochmut und gleichsam herausfordernd. Sie fühlte es immer vorher, wenn sie anfing zu erröten oder nahe daran war.

»Sie wollen den Vorschlag vielleicht nicht annehmen?« fragte sie und sah den Fürsten hochmütig an.

»O nein, ich will wohl, aber das ist doch gar nicht nötig ...

das heißt, ich hatte gar nicht gedacht, daß man einen solchen Vorschlag zu machen braucht«, erwiderte der Fürst verlegen.

»Was haben Sie denn gedacht? Wozu sollte ich Sie denn hierher gebeten haben? Was haben Sie im Sinn? Übrigens – vielleicht halten Sie mich auch für eine kleine Närrin, wie es alle bei uns zu Hause tun?«

»Ich wußte nicht, daß man Sie für eine Närrin hält, ich . . . ich tue es nicht.«

»Nicht? Sehr klug von Ihnen! Und besonders klug gesagt!«

»Meiner Ansicht nach sind Sie vielleicht mitunter sogar sehr gescheit«, fuhr der Fürst fort. »Vorhin haben Sie plötzlich etwas sehr Kluges gesagt. Sie äußerten zu meinem Urteil über Ippolit: ‚Sie wollen nur aufrichtig sein und sind darum ungerecht.' Das will ich behalten und darüber nachdenken.«

Aglaja wurde plötzlich rot vor Freude. Alle diese Veränderungen gingen bei ihr ganz unverhohlen und mit ungeheurer Geschwindigkeit vor sich. Der Fürst war auch froh und lachte sogar vor Freude, als er sie ansah. »Hören Sie«, fing sie wieder an, »ich habe lange auf Sie gewartet, um Ihnen das alles zu erzählen; von der Zeit an habe ich gewartet, da Sie mir jenen Brief schrieben, und sogar noch früher . . . Die Hälfte haben Sie gestern schon von mir gehört: ich halte Sie für einen sehr ehrlichen und wahrheitsliebenden Menschen, Sie sind ehrlicher und aufrichtiger als alle andern, und wenn man von Ihnen sagt, daß Ihr Geist . . . mitunter krank sei – Sie werden mir deswegen gewiß nicht zürnen, ich betrachte es von einem höhern Gesichtspunkt –, so ist dafür der eigentliche Geist bei Ihnen besser als bei den andern allen; er ist von einer Art, wie die sich das nicht einmal haben träumen lassen, denn es gibt zweierlei Geist: den eigentlichen und den uneigentlichen. Ist es so? Es ist doch so?«

»Vielleicht ist es so«, brachte der Fürst mühsam heraus; sein Herz pochte und bebte heftig.

»Ich habe gewußt, daß Sie mich verstehen werden«, fuhr sie mit wichtiger Miene fort. »Fürst Sch. und Jewgenij Pawlowitsch verstehen von diesen zweierlei Arten des Geistes nichts, Alexandra auch nicht, aber stellen Sie sich vor: Mama hat mich verstanden.«

»Sie sind Lisaweta Prokofjewna sehr ähnlich.«

»Wieso? Wirklich?« staunte Aglaja.

»Bei Gott, es ist so.«

»Ich danke Ihnen«, sagte sie nach kurzem Nachdenken, »ich bin sehr froh, daß ich Mama ähnlich bin. Sie schätzen sie also sehr?« fügte sie hinzu, der Naivität dieser Frage gar nicht bewußt.

»Sehr, sehr, und ich bin froh, daß Sie das so ohne weiteres verstanden haben.«

»Ich bin auch froh, denn ich habe bemerkt, wie man zuweilen über sie ... lacht. Aber nun hören Sie die Hauptsache: ich habe lange überlegt und endlich Sie gewählt. Ich will nicht, daß man zu Hause über mich lacht; ich will nicht, daß man mich für eine kleine Närrin hält; ich will nicht, daß man mich neckt ... Ich habe das alles sofort verstanden und Jewgenij Pawlowitsch glatt abgewiesen, denn ich will nicht, daß man mich unausgesetzt zu verheiraten sucht! Ich will ... ich will ... nun, ich will aus dem Elternhause fliehen, und ich habe Sie ausgewählt, daß Sie mir dabei helfen.«

»Fliehen!« rief der Fürst.

»Ja, ja, ja, davonlaufen!« rief sie plötzlich in außerordentlichem Zorn. »Ich will nicht, ich will nicht, daß man mich dort ewig erröten macht. Ich will nicht vor ihnen erröten, auch nicht vor Fürst Sch., auch nicht vor Jewgenij Pawlowitsch, vor niemandem, darum habe ich Sie gewählt. Mit Ihnen will ich alles, alles besprechen, auch das Allerwichtigste, wenn ich es will; auch Sie dürfen mir nichts verbergen. Ich möchte zum mindesten mit einem Menschen über alles reden können wie mit mir selbst. Die schwatzen plötzlich, daß ich Sie erwarte und daß ich Sie liebe. Das war noch vor Ihrer Ankunft, und ich hatte ihnen Ihren Brief nicht gezeigt; jetzt aber reden schon alle so. Ich will kühn sein und nichts fürchten. Ich will nicht auf ihre Bälle fahren, ich will Nutzen bringen. Ich wollte schon längst fort. Ich sitze zwanzig Jahre bei ihnen eingesperrt, und immer will man mich unter die Haube bringen. Ich wollte schon mit vierzehn Jahren durchbrennen, obgleich ich damals noch ein dummes Kind war. Jetzt habe ich alles überlegt und nur auf Sie gewartet, um Sie über das Ausland auszufragen. Ich habe noch keinen gotischen Dom gesehen, ich will nach Rom, ich will alle wissenschaftlichen Sammlungen besichtigen, ich will in Paris studieren; ich habe mich das ganze letzte Jahr vorbereitet und gelernt, ich habe sehr viele Bücher gelesen; ich habe alle verbotenen Bücher gelesen; Alexandra und Adelaida lesen alle Bücher; sie dürfen es, mir gibt man aber nicht alle, ich werde beaufsichtigt. Ich will mich mit meinen Schwestern nicht streiten, aber meiner Mutter und meinem Vater habe ich schon längst erklärt, daß ich meine soziale Lage ändern will. Ich habe beschlossen, Erzieherin zu werden; und ich rechnete auf Sie, denn Sie sagten, Sie hätten Kinder lieb. Könnten wir zwei zusammen uns nicht mit Erziehung beschäftigen, wenn nicht sofort, so in späterer Zeit? Wir werden Nutzen bringen; ich will nicht bloß Generalstochter sein ... Sagen Sie, sind Sie ein sehr gelehrter Mann?«

»Oh, ganz und gar nicht.«

»Das ist schade, ich dachte ... warum dachte ich das nur? Aber Sie werden mich doch unterweisen, denn ich habe Sie gewählt.«

»Das ist unsinnig, Aglaja Iwanowna.«

»Ich will, ich will aus dem Elternhaus fliehen!« rief sie, und wieder funkelten ihre Augen. »Wenn Sie nicht zustimmen, heirate ich Gawrila Ardalionowitsch. Ich will nicht, daß man mich zu Hause für ein abscheuliches Frauenzimmer hält und mir Gott weiß was vorwirft.«

»Sind Sie bei Sinnen?« rief der Fürst und wäre fast von seinem Platz aufgesprungen. »Was wirft man Ihnen vor? Wer tut es?«

»Alle zu Hause, die Mutter, die Schwestern, der Vater, der Fürst Sch., sogar Ihr abscheulicher Kolja. Wenn sie es nicht offen aussprechen, so denken sie es. Ich habe es ihnen allen ins Gesicht gesagt, auch der Mutter und dem Vater. Mama war einen ganzen Tag lang krank; am nächsten Tag aber sagten Alexandra und Papa zu mir, ich begriffe selber nicht, was ich schwatzte und was für Worte ich gebrauchte. Ich antwortete darauf klipp und klar, ich begriffe alles, alle Worte, ich sei kein Kind mehr, ich hätte schon vor zwei Jahren absichtlich zwei Romane von Paul de Kock gelesen, um alles zu erfahren. Als Mama das hörte, wäre sie fast in Ohnmacht gefallen.«

Dem Fürsten kam plötzlich ein seltsamer Gedanke. Er sah Aglaja aufmerksam an und lächelte. Er konnte gar nicht glauben, daß vor ihm dasselbe hochmütige Mädchen saß, das ihm einst so stolz und herausfordernd den Brief Gawrila Ardalionowitschs vorgelesen hatte. Er konnte nicht begreifen, wie in einer so selbstbewußten, herben Schönen ein solches Kind stecken konnte, ein Kind, das vielleicht wirklich nicht alle Worte begriff.

»Haben Sie immer zu Hause gelebt, Aglaja Iwanowna?« fragte er. »Ich meine, ob Sie keine Schule besucht haben, in keinem Pensionat erzogen wurden?«

»Nie und nirgends sonst bin ich gewesen; ich habe immer zu Hause gesessen wie in einer verkorkten Flasche, und aus der Flasche komme ich auch geradewegs in den Ehestand. Was lachen Sie wieder? Ich merke, daß Sie mich wohl auch verspotten und zu den andern halten«, fügte sie mit grimmigem Stirnrunzeln hinzu. »Ärgern Sie mich nicht, ich weiß ohnehin nicht, was mit mir vorgeht ... Ich bin überzeugt, Sie sind im festen Glauben hergekommen, ich sei in Sie verliebt und hätte Sie zu einem Rendezvous bestellt«, sagte sie schroff und gereizt.

»Gestern fürchtete ich das wirklich«, plauderte der Fürst in seiner Einfalt aus (er war ganz verwirrt), »heute aber bin ich überzeugt, daß Sie ...«

»Wie?« rief Aglaja und ihre Unterlippe bebte plötzlich, »Sie fürchteten, daß ich ... Sie wagten zu glauben, daß ich ... O Gott! Sie vermuteten vielleicht, ich hätte Sie herbestellt, um Sie in meine Netze zu locken, damit man uns hier überrascht und Sie zwingt, mich zu heiraten ...«

»Aglaja Iwanowna! schämen Sie sich nicht? Wie konnte ein so schmutziger Gedanke in Ihrem reinen unschuldigen

Herzen aufkommen? Ich wette, Sie selbst glauben kein Wort von dem, was Sie sagen ... Sie wissen überhaupt nicht, was Sie reden.«

Aglaja saß da, den Kopf eigensinnig gesenkt, als wäre sie über ihre eigenen Worte erschrocken. »Ich schäme mich durchaus nicht«, murmelte sie, »woher wissen Sie, daß mein Herz unschuldig ist? Wie konnten Sie es wagen, mir damals einen Liebesbrief zu schreiben?«

»Einen Liebesbrief? Mein Brief – ein Liebesbrief? Es war ein ehrerbietiger Brief, ein Brief, der in dem schwersten Augenblick meines Lebens aus meinem Herzen entsprang! Ich dachte damals an Sie wie an etwas Lichtes ... ich ...«

»Schon recht, schon recht«, unterbrach sie ihn plötzlich, aber nun in ganz anderm Ton, reumütig und fast erschreckt; sie beugte sich sogar zu ihm vor, immer noch bestrebt, ihm nicht in die Augen zu sehen, und wollte ihn an der Schulter fassen, um ihn noch eindringlicher zu bitten, er solle ihr nicht mehr zürnen. »Gut«, fügte sie ganz beschämt hinzu, »ich fühle, daß ich einen sehr dummen Ausdruck gebraucht habe. Ich sagte das ... um Sie zu prüfen. Nehmen Sie es auf, als hätte ich es nie gesagt. Habe ich Sie aber gekränkt, so verzeihen Sie mir. Sehen Sie mir nicht ins Gesicht, wenden Sie sich ab. Sie sagten, das sei ein sehr schmutziger Gedanke; aber ich habe es mit Absicht gesagt, um Ihnen wehe zu tun. Manchmal habe ich selbst Furcht vor dem, was ich sagen möchte, und dann sage ich es mit einemmal doch. Sie sagten eben, Sie hätten diesen Brief in der schwersten Stunde Ihres Lebens geschrieben. Ich weiß, in welcher Stunde das war«, sagte sie leise und blickte wieder zu Boden.

»Oh, wenn Sie alles wissen könnten!«

»Ich weiß alles!« rief sie in neuer Erregung. »Sie lebten damals einen vollen Monat lang mit diesem schändlichen Weib, mit dem Sie davongelaufen waren.« Sie errötete nicht mehr, sondern wurde bei diesen Worten bleich, stand plötzlich wie selbstvergessen auf, setzte sich aber sofort wieder, als käme sie zu sich; ihre Lippe zitterte noch lange. Das Schweigen währte wohl eine Minute. Der Fürst war ungemein verblüfft über diesen plötzlichen Ausfall und wußte nicht, worauf er ihn zurückführen sollte ... »Ich liebe Sie gar nicht«, sagte sie plötzlich scharf.

Der Fürst antwortete nicht; wieder minutenlanges Schweigen. »Ich liebe Gawrila Ardalionowitsch«, sagte sie schnell, aber kaum hörbar und senkte den Kopf noch tiefer.

»Das ist nicht wahr«, sagte der Fürst ebenfalls im Flüsterton.

»Also lüge ich? Es ist wahr, ich habe ihm mein Jawort gegeben, vorgestern, auf dieser selben Bank.«

Der Fürst erschrak und dachte einen Augenblick nach. »Das ist nicht wahr«, wiederholte er schroff, »das haben Sie alles erfunden.«

»Überaus höflich. Wissen Sie nicht, daß er sich gebessert hat? Er liebt mich mehr als sein Leben. Er hat vor meinen Augen die Hand ins Feuer gehalten, um zu beweisen, daß er mich mehr als sein Leben liebt.«

»Die Hand ins Feuer gehalten?«

»Ja, die Hand. Sie mögen es mir glauben oder nicht – mir ist es gleich.«

Der Fürst schwieg wieder. Aglaja scherzte nicht; sie war erzürnt.

»Hatte er etwa eine Kerze mitgebracht, wenn es sich hier abgespielt hat? Anders kann ich es mir nicht vorstellen ...«

»Ja, eine Kerze. Ist das so unwahrscheinlich?«

»Eine ganze Kerze in der Hand oder in einem Leuchter?«

»Ja ... nein ... eine halbe Kerze ... ein Stümpfchen ... eine ganze Kerze ... das ist doch ganz gleich, lassen Sie mich in Frieden! Streichhölzer brachte er auch mit, wenn Sie es wissen wollen. Er zündete die Kerze an und hielt den Finger eine halbe Stunde lang in die Flamme; ist denn das nicht möglich?«

»Ich habe ihn gestern gesehen; er hatte völlig heile Finger.«

Aglaja brach plötzlich in lautes Gelächter aus, genau wie ein Kind. »Wissen Sie, warum ich soeben gelogen habe?« wandte sie sich mit kindlicher Zutraulichkeit an den Fürsten, während ihre Lippen immer noch vom Lachen zuckten. »Wenn man lügt und dann recht geschickt etwas nicht ganz Gewöhnliches, etwas Exzentrisches – nun, wissen Sie, etwas gar zu Auffallendes oder ganz Unmögliches einflicht, so wird die Lüge viel wahrscheinlicher. Das habe ich schon oft festgestellt. Mir gelang es nur schlecht, weil ich es nicht richtig zu machen wußte ...« Plötzlich schaute sie wieder finster drein, als hätte sie sich auf etwas besonnen. »Wenn ich damals«, sagte sie zum Fürsten und sah ihn ernst und sogar traurig an, »wenn ich damals das Gedicht vom Armen Ritter vortrug, so wollte ich Sie zwar damit ... für etwas loben, wollte aber zugleich Ihr Benehmen brandmarken und Ihnen zeigen, daß ich alles weiß ...«

»Sie sind sehr ungerecht gegen mich ... und gegen jene Unglückliche, über die Sie sich soeben so entsetzlich geäußert haben, Aglaja.«

»Weil ich alles weiß, alles, darum habe ich mich so geäußert! Ich weiß, wie Sie vor einem halben Jahr ihr in Gegenwart aller Ihre Hand antrugen! Unterbrechen Sie mich nicht, Sie sehen, ich rede ohne Kommentar. Darauf lief sie mit Rogoschin davon; dann haben Sie mit ihr irgendwo auf dem Lande gelebt oder in einer Stadt, und sie hat Sie verlassen, um zu einem andern zu gehen.« Aglaja wurde feuerrot. »Dann kehrte sie zu Rogoschin zurück, der sie liebte wie ... wie ein Wahnsinniger. Darauf sind Sie, auch ein sehr kluger Mann, ihr jetzt hierher nachgereist, sobald Sie erfahren hatten, daß sie nach Petersburg zurückgekehrt sei. Gestern abend warfen Sie sich zu ihrem Beschützer auf, und soeben haben Sie von ihr geträumt. Sehen Sie, daß ich alles weiß? Sie sind doch ihretwegen, ihretwegen hergereist?«

»Ja, ihretwegen«, antwortete der Fürst leise, den Kopf traurig und nachdenklich gesenkt und ohne zu ahnen, welch einen funkelnden Blick Aglaja auf ihn warf, »ihretwegen, nur um zu erfahren ... Ich glaube nicht an ihr Glück mit Rogoschin, obgleich ... mit einem Wort, ich weiß nicht, was ich hier für sie tun und wie ich ihr helfen könnte, aber ich bin gekommen.« Er zuckte zusammen und sah Aglaja an; sie hörte ihm haßerfüllt zu.

»Wenn Sie gekommen sind und nicht wissen wozu, müssen Sie sie sehr lieben«, sagte sie endlich.

»Nein«, entgegnete der Fürst, »nein, ich liebe sie nicht. Oh, wenn Sie wüßten, mit welchem Entsetzen ich an die Zeit denke, die ich mit ihr verbracht habe.« Es ging sogar ein Beben durch seinen Körper bei diesen Worten.

»Erzählen Sie alles«, sagte Aglaja.

»Es ist nichts dabei, was Sie nicht hören dürften. Warum ich gerade Ihnen das alles erzählen wollte, und Ihnen allein – weiß ich nicht; vielleicht, weil ich Sie wirklich sehr geliebt habe. Diese unglückliche Frau ist tief überzeugt, daß sie das verkommenste, lasterhafteste Geschöpf auf der ganzen Welt ist. Schmähen Sie sie nicht, werfen Sie keinen Stein auf sie. Sie hat sich selbst genug gequält mit dem Bewußtsein ihrer unverdienten Schmach! Und was hat sie denn verschuldet, mein Gott! Oh, sie schreit jeden Augenblick wie rasend, sie trage keine Schuld, sie sei ein Opfer der Menschen, das Opfer eines Lüstlings und Bösewichts; aber was sie Ihnen auch sagen mag, Sie müssen wissen, daß sie selber an ihre Worte nicht glaubt, daß sie vielmehr mit ihrem ganzen Gewissen glaubt, sie sei selbst schuld. Als ich versuchte, diese Finsternis zu verscheuchen, begann sie so zu leiden, daß mein Herz nie heilen wird, solange ich an diese grauenhafte Zeit denke. Es ist, als hätte man mir ein für allemal das Herz durchbohrt. Sie ist von mir geflohen, wissen Sie weshalb? Nur um mir zu beweisen, daß sie ein niedriges Geschöpf sei. Das Entsetzlichste hierbei ist jedoch, daß sie selber von dieser Absicht vielleicht nichts gewußt hat, sondern geflohen ist, weil sie innerlich durchaus eine schmachvolle Tat begehen wollte, um zu sich selbst sagen zu können: ‚Da hast du dich von neuem mit Schmach bedeckt, also bist du ein niedriges Geschöpf!' Oh, vielleicht verstehen Sie das nicht, Aglaja! Wissen Sie, daß in diesem unablässigen Bewußtsein ihrer Schmach vielleicht ein entsetzlicher unnatürlicher Genuß für sie liegt, eine Art Rache an jemandem? Manchmal gelang es mir, sie so weit zu bringen, daß sie wieder Licht um sich sah; aber sie empörte sich sofort wieder und ging so weit, daß sie mir bittere Vorwürfe machte, ich erhöbe mich über sie – obgleich ich nie auch nur daran gedacht hatte –, und erklärte mir endlich auf einen Heiratsantrag geradeheraus, sie verlange von niemandem hochmütiges Mitleid oder Hilfe oder daß man sie ‚zu sich emporhebe'. Sie haben sie gestern gesehen; glauben Sie denn, sie sei glücklich bei dieser Bande, das sei eine ihr angemessene Gesellschaft? Sie wissen ja nicht, wie gebildet sie ist und was sie alles begreifen kann! Sie setzte mich zuweilen sogar in Erstaunen!«

»Haben Sie ihr auch dort solche ... Predigten gehalten?«

»O nein«, fuhr der Fürst nachdenklich fort, ohne auf den Ton der Frage zu achten, »ich habe fast immer geschwiegen. Ich wollte oft reden, aber wahrhaftig, ich wußte manchmal nicht, was ich sagen sollte. Wissen Sie, in manchen Fällen ist es besser, gar nicht zu reden. Oh, ich habe sie geliebt ... Oh, sehr geliebt ... aber dann ... dann ... dann hat sie alles erraten.«

»Was erraten?«

»Daß ich nur Mitleid mit ihr hatte, daß ich sie aber ... nicht mehr liebte.«

»Woher wissen Sie, ob sie sich nicht wirklich in jenen ... Gutsbesitzer verliebt hatte, mit dem sie davonging?«

»Nein, ich weiß alles; sie hat nur ihren Spott mit ihm getrieben.«

»Und mit Ihnen hat sie nie Spott getrieben?«

»N-ein. Sie lachte aus Bosheit über mich; oh, sie machte mir damals furchtbare Vorwürfe, im Zorn – und litt dabei! Aber ... dann ... oh, erinnern Sie mich nicht daran, erinnern Sie mich nicht daran!« Er bedeckte das Gesicht mit den Händen.

»Wissen Sie, daß sie mir fast täglich Briefe schreibt?«

»Also ist das wahr!« rief der Fürst erregt. »Ich habe davon gehört, wollte es aber immer noch nicht glauben.«

»Von wem haben Sie es gehört?« fragte Aglaja und fuhr erschrocken zusammen.

»Rogoschin sagte es mir gestern, aber nur andeutungsweise.«

»Gestern? Gestern früh? Um welche Zeit? Vor dem Konzert oder danach?«

»Danach; abends, gegen zwölf Uhr.«

»Ah! Nun, wenn es Rogoschin war ... Und wissen Sie, was sie mir in diesen Briefen schreibt?«

»Ich wundere mich über nichts; sie ist wahnsinnig.«

»Da sind die Briefe!« Aglaja nahm drei Briefe in drei Umschlägen aus der Tasche und warf sie dem Fürsten hin. »Nun bettelt und fleht und drängt sie schon eine ganze Woche, ich solle Sie heiraten. Sie ist ... nun ja, sie ist klug, wenn auch wahnsinnig, und Sie haben recht: sie ist viel klüger als ich . . . Sie schreibt mir, sie sei in mich verliebt, sie suche jeden Tag eine Gelegenheit, mich wenigstens von ferne zu sehen. Sie schreibt, daß Sie mich lieben, daß sie das weiß, es längst bemerkt hat und daß Sie mit ihr dort darüber gesprochen haben. Sie will Sie glücklich sehen; sie ist überzeugt, daß nur ich Sie glücklich machen könne ... Sie schreibt so wild ... so seltsam ... Ich habe die Briefe niemandem gezeigt, ich habe auf Sie gewartet; wissen Sie, was das bedeutet? Erraten Sie nichts?«

»Das ist Wahnsinn. Es ist ein Beweis für ihren Irrsinn«, sagte der Fürst, und seine Lippen bebten.

»Sie weinen wohl gar?«

»Nein, Aglaja, nein, ich weine nicht«, antwortete der Fürst und blickte sie an.

»Was soll ich nun tun? Was raten Sie mir? Ich kann doch keine solchen Briefe annehmen!«

»Oh, lassen Sie sie, ich flehe Sie an!« rief der Fürst. »Was sollen Sie in dieser Finsternis! Ich will alles daransetzen, daß sie Ihnen nicht mehr schreibt.«

»Wenn Sie das tun, sind Sie ein herzloser Mensch!« rief Aglaja. »Sehen Sie denn nicht, daß sie nicht in mich, sondern in Sie verliebt ist, sie liebt nur Sie! Haben Sie wirklich alles andere an ihr bemerkt und nur das nicht? Wissen Sie, was das ist, was diese Briefe bedeuten? Das ist Eifersucht, das ist mehr als Eifersucht! Sie wird ... meinen Sie etwa, daß sie wirklich Rogoschin heiraten wird, wie sie es hier in den Briefen schreibt? Sie wird sich am Tag nach unserer Trauung das Leben nehmen!«

Der Fürst zuckte zusammen; sein Herz stand still. Aber er sah mit Staunen auf Aglaja; mit Befremden mußte er feststellen, daß dieses Kind längst Weib geworden war. »Gott ist mein Zeuge, Aglaja, ich gäbe mein Leben hin, um ihr die Ruhe wiederzugeben und sie glücklich zu machen, aber ... ich kann sie nicht mehr lieben, und sie weiß das!«

»So opfern Sie sich doch, das steht Ihnen so gut zu Gesicht! Sie sind doch ein so großer Wohltäter. Und nennen Sie mich nicht ‚Aglaja'. Sie nannten mich schon vorhin einfach ‚Aglaja' ... Sie müssen, Sie sind verpflichtet, sie zu neuem Leben zu erwecken, Sie müssen wieder mit ihr verreisen, um ihr Herz zu beruhigen und ihm Frieden zu geben. Sie lieben sie doch!«

»Ich könnte mich nicht so opfern, wenn ich es einmal auch wollte und ... vielleicht auch jetzt noch will. Aber ich weiß *bestimmt,* daß sie mit mir zugrunde gehen würde, darum verlasse ich sie. Ich sollte sie heute um sieben Uhr sehen; vielleicht gehe ich jetzt nicht mehr hin. In ihrem Stolz wird sie mir nie meine Liebe verzeihen – und wir werden beide untergehn! Das ist widernatürlich, aber hier ist alles widernatürlich. Sie sagen, sie liebe mich, aber ist das Liebe? Ist denn solch eine Liebe möglich, nach allem, was ich schon ausgestanden habe? Nein, hier ist etwas anderes, aber nicht Liebe!«

»Wie bleich Sie geworden sind!« rief Aglaja plötzlich erschrocken.

»Tut nichts. Ich habe wenig geschlafen; ich bin angegriffen, ich ... wir haben damals tatsächlich von Ihnen gesprochen, Aglaja ...«

»So ist das wahr? Sie konnten wirklich *mit ihr über mich* reden und ... und wie konnten Sie mich liebgewinnen, wenn Sie mich nur ein einziges Mal gesehen hatten?«

»Ich weiß nicht, wie das kam. In meiner damaligen Verdüsterung träumte ich ... schwebte mir vielleicht eine neue Morgenröte vor. Ich weiß nicht, warum ich an Sie zuerst dachte. Ich habe Ihnen damals die Wahrheit geschrieben, daß ich es nicht wüßte. Alles das war nur ein Traum, der von meinem damaligen Entsetzen kam ... Ich fing dann an zu arbeiten; ich wäre drei Jahre lang nicht mehr hergekommen ...«

»Also sind Sie um ihretwillen gekommen?« fragte Aglaja, und ihre Stimme zitterte.

»Ja, um ihretwillen.«

Es folgten zwei Minuten beiderseitigen finstern Schweigens. Aglaja stand auf. »Wenn Sie sagen«, fing sie mit unsicherer Stimme an, »wenn Sie selbst glauben, daß diese ... Ihre Frauensperson ... wahnsinnig ist, so brauche ich mich doch um ihre tollen Hirngespinste nicht zu kümmern ... Ich bitte Sie, Lew Nikolajewitsch, diese drei Briefe zu nehmen und sie ihr in meinem Auftrage vor die Füße zu werfen! Und wenn sie«, schrie Aglaja plötzlich auf, »wenn sie es wagt, mir noch einmal eine Zeile zu schreiben, so sagen Sie ihr, ich würde mich bei meinem Vater beklagen, damit sie ins Irrenhaus geschafft werde ...«

Der Fürst sprang auf, entsetzt über diesen Wutausbruch Aglajas; und plötzlich war es ihm, als sänke ein Nebelschleier vor ihm nieder ... »Sie können nicht so empfinden ... das ist nicht wahr«, murmelte er.

»Es ist wahr! Es ist wahr!« schrie Aglaja fast außer sich.

»Was ist wahr? Was soll wahr sein?« ertönte in ihrer Nähe eine erschrockene Stimme. Vor ihnen stand Lisaweta Prokofjewna.

»Es ist wahr, daß ich Gawrila Ardalionowitsch heirate! Daß ich Gawrila Ardalionowitsch liebe und morgen mit ihm durchbrenne!« schrie Aglaja sie an. »Haben Sie gehört? Ist Ihre Neugier gestillt? Sind Sie zufrieden?« Und sie rannte nach Hause.

»Nein, mein Lieber, Sie gehen mir jetzt nicht fort«, hielt Lisaweta Prokofjewna den Fürsten an, »haben Sie die Güte, zu mir mitzukommen und mir die Sache zu erklären ... Was ist das für eine Qual! Ich habe ohnehin die ganze Nacht nicht geschlafen.«

Der Fürst folgte ihr.

9

In ihr Haus zurückgekehrt, blieb Lisaweta Prokofjewna gleich im ersten Zimmer stehen; sie konnte nicht weitergehen und fiel ganz entkräftet auf die Chaiselongue; sie vergaß sogar, dem Fürsten einen Stuhl anzubieten. Es war ein recht großer Saal mit einem runden Tisch in der Mitte, einem Kamin, zahlreichen Blumen auf Regalen an den Fenstern und mit einer zweiten Glastür nach dem Garten in der Hinterwand. Sofort erschienen Adelaida und Alexandra und betrachteten den Fürsten und ihre Mutter mit fragenden und erstaunten Blicken.

Die jungen Mädchen standen im Sommer meist gegen neun Uhr auf; nur Aglaja pflegte in den letzten zwei, drei Tagen etwas früher aufzustehen und im Garten spazierenzugehen – aber doch nicht um sieben, sondern um acht oder gar noch später. Lisaweta Prokofjewna, die in der Tat vor Aufregung die Nacht nicht geschlafen hatte, war absichtlich gegen acht Uhr aufgestanden, um Aglaja im Garten zu treffen, da sie annahm, sie müsse schon auf sein; aber weder im Garten noch im Schlafzimmer war sie zu finden. Da geriet sie erst recht in Aufregung und weckte die älteren Töchter. Man erfuhr von dem Dienstmädchen, daß Aglaja schon vor sieben in den Park gegangen sei. Die Töchter lächelten über den neuen närrischen Einfall ihrer verdrehten Schwester und sagten, Aglaja würde sich am Ende noch ärgern, wenn die Mutter sie im Park suchen würde; sie säße gewiß mit einem Buch auf der grünen Bank, von der sie schon vor drei Tagen gesprochen habe und wegen der sie sich fast mit Fürst Sch. entzweit hätte, weil dieser an der Lage dieser Bank nichts Besonderes gefunden habe. Als sie Aglaja mit dem Fürsten überraschte und die seltsamen Reden ihrer Tochter vernahm, war Lisaweta Prokofjewna aus mancherlei Gründen furchtbar erschrocken; aber jetzt, als sie den Fürsten zu sich mitgebracht hatte, wurde ihr angst, und sie bereute, das Ganze überhaupt angefangen zu haben. Warum durfte denn Aglaja den Fürsten nicht im Park treffen und sich mit ihm in eine Unterhaltung einlassen, selbst wenn es eine vorher verabredete Zusammenkunft gewesen wäre?

»Sie dürfen nicht glauben, lieber Fürst«, brachte sie endlich heraus, »daß ich Sie hierher mitgebracht habe, um Sie zu verhören . . . Nach dem gestrigen Abend hätte ich vielleicht lange keine Lust verspürt, dich wiederzusehen, mein Bester . . .« Sie stockte.

»Trotzdem aber möchten Sie gern wissen, wieso ich mich heute mit Aglaja Iwanowna getroffen habe?« beendete der Fürst sehr ruhig ihren Satz.

»Nun, was ist denn dabei? Allerdings möchte ich das wissen!« rief Lisaweta Prokofjewna und wurde sofort puterrot. »Ich fürchte mich nicht vor offenem Reden. Denn ich tue keinem etwas zuleide und möchte auch keinem etwas zuleide tun.«

»Ich bitte Sie, auch ohne böse Absichten möchte man natürlich unterrichtet sein; Sie sind doch die Mutter. Ich traf mich heute mit Aglaja Iwanowna bei der grünen Bank pünktlich um sieben Uhr, weil sie mich gestern dazu aufgefordert hatte. Sie schickte mir gestern einen Zettel, sie müsse mich in einer wichtigen Angelegenheit sehen und sprechen. Wir trafen uns und sprachen eine ganze Stunde über Dinge, die eigentlich nur Aglaja Iwanowna angehen; das ist alles.«

»Gewiß ist das alles, mein Lieber, und ganz unzweifelhaft alles«, sagte Lisaweta Prokofjewna mit Würde.

»Sehr schön, Fürst!« rief Aglaja, die plötzlich hereinkam. »Ich danke Ihnen von ganzem Herzen, daß Sie auch mich für unfähig hielten, mich durch Lügen zu entwürdigen. Genügt Ihnen das, Mama, oder wollen Sie das Verhör fortsetzen?«

»Du weißt, daß ich bisher noch nie vor dir zu erröten brauchte . . . obgleich du dich darüber vielleicht freuen würdest«, entgegnete Lisaweta Prokofjewna salbungsvoll. »Leben Sie wohl, Fürst, entschuldigen Sie die Belästigung. Und ich hoffe, Sie bleiben von meiner unveränderten Achtung vor Ihnen überzeugt.«

Der Fürst verbeugte sich sofort nach beiden Seiten und ging schweigend hinaus. Alexandra und Adelaida lächelten und tuschelten miteinander. Lisaweta Prokofjewna warf ihnen einen strengen Blick zu.

»Wir amüsierten uns ja nur, Mama«, sagte Adelaida lachend, »weil der Fürst eine so tadellose Verbeugung gemacht hat. Sonst ist er der reine Mehlsack, diesmal aber machte er es fast so gut wie ... wie Jewgenij Pawlowitsch.«

»Höflichkeit und Würde lehrt einen das Herz und nicht der Tanzmeister«, dozierte Lisaweta Prokofjewna und ging in ihre Zimmer hinauf, ohne Aglaja auch nur anzublicken.

Als der Fürst in seine Wohnung zurückkehrte – es mochte neun Uhr geworden sein –, fand er auf der Veranda Wera Lukjanowna und das Dienstmädchen. Sie waren damit beschäftigt, die Spuren des gestrigen Abends wegzuräumen.

»Gottlob sind wir gerade noch fertig geworden, ehe Sie kamen!« sagte Wera erfreut.

»Guten Tag! Mein Kopf ist etwas benommen; ich habe schlecht geschlafen; ich möchte mich jetzt hinlegen.«

»Hier auf der Veranda wie gestern? Schön. Ich will allen sagen, daß man Sie nicht wecken soll. Papa ist ausgegangen.«

Das Dienstmädchen ging hinaus; Wera wollte ihr folgen, kehrte aber um und ging besorgt auf den Fürsten zu.

»Fürst, haben Sie Mitleid mit diesem ... Unglücklichen; werfen Sie ihn heute nicht hinaus.«

»Nun und nimmer; er kann tun, was er will.«

»Er wird jetzt nichts tun ... und seien Sie nicht zu streng mit ihm.«

»O nein, warum denn?«

»Und ... lachen Sie nicht über ihn; das ist die Hauptsache.«

»Oh, das werde ich keineswegs tun!«

»Es ist dumm von mir, einem Menschen wie Ihnen das zu sagen«, sagte Wera errötend. »Wenn Sie aber auch müde sind«, fügte sie, schon halb zum Gehen gewendet, hinzu und lachte, »so haben Sie doch jetzt so prachtvolle Augen ... so glückliche.«

»Wirklich glückliche?« fragte der Fürst lebhaft und lachte freudig.

Aber Wera, die sonst aufrichtig und ungezwungen war wie

ein Junge, wurde mit einemmal verlegen, errötete noch mehr und ging immer noch lachend eilig aus dem Zimmer.

Wie ... nett sie ist, dachte der Fürst und hatte sie sofort vergessen. Er ging in die Ecke der Veranda, wo die Chaiselongue stand mit dem Tischchen davor; er setzte sich, legte die Hände vor das Gesicht und verharrte so gegen zehn Minuten; plötzlich griff er erregt und hastig in die Seitentasche seines Rockes und zog die drei Briefe heraus. Aber wieder ging die Tür auf, und Kolja kam herein. Der Fürst schien froh zu sein, daß er die Briefe wieder in die Tasche stecken mußte und den entscheidenden Augenblick hinausschieben konnte.

»Na, das war ein toller Vorfall!« sagte Kolja, setzte sich auf die Chaiselongue und ging sofort auf sein Thema los wie alle jungen Leute seines Schlages. »Wie sehen Sie Ippolit jetzt an? Ohne Achtung?«

»Warum denn ... Aber ich bin müde, Kolja. Und es ist zu traurig, jetzt wieder davon anzufangen ... Was macht er übrigens?«

»Er schläft und wird wohl noch zwei Stunden schlafen. Ich verstehe; Sie haben nicht geschlafen, sind im Park umhergelaufen ... Natürlich, die Aufregung ... selbstverständlich!«

»Woher wissen Sie, daß ich im Park war und nicht zu Hause geschlafen habe?«

»Wera sagte es mir soeben. Sie redete mir zu, nicht hereinzukommen; aber ich hielt es nicht aus; ich bleibe nur einen Augenblick ... Ich habe zwei Stunden an seinem Bett gewacht; jetzt habe ich Kostja Lebedew als Ablösung hingeschickt. Burdowskij ist fortgegangen. Legen Sie sich nur hin, Fürst; gute N ... na, also einen geruhsamen Tag! Aber wissen Sie, ich bin verblüfft!«

»Gewiß ... das alles ...«

»Nein, Fürst, nein! Ich bin erschüttert von der Beichte! Vor allem von der Stelle, wo er von der Vorsehung und vom Jenseits spricht. Das ist ein gi–gan–tischer Gedanke!«

Der Fürst sah Kolja freundlich an, der natürlich nur gekommen war, um sich möglichst schnell über den gigantischen Gedanken auszusprechen.

»Aber die Hauptsache, die Hauptsache ist nicht der bloße

Gedanke, sondern die Begleitumstände! Hätte Voltaire, Rousseau oder Proudhon das geschrieben, würde ich es lesen, beachten, aber nicht in solchem Grade überrascht sein. Doch ein Mensch, der genau weiß, daß ihm nur noch zehn Minuten vergönnt sind, und so redet – das ist doch stolz! Das ist doch die höchste Unabhängigkeit der eigenen Würde, das heißt doch geradezu bravieren ... Nein, das ist eine gigantische Kraft des Geistes! Und danach zu behaupten, er habe mit Absicht kein Zündhütchen hineingetan – das ist niedrig, ist abnorm! Wissen Sie übrigens, er hat uns gestern betrogen und überlistet: ich habe nie mit ihm seine Sachen eingepackt und seine Pistole nie gesehen. Er selbst hat alles eingepackt, so daß er mich plötzlich ganz aus der Fassung brachte. Wera sagt, Sie wollten ihn hierbehalten; ich schwöre, daß keinerlei Gefahr besteht, zumal wir alle nicht von ihm weichen.«

»Wer von Ihnen war in der Nacht bei ihm?«

»Ich, Kostja Lebedew und Burdowskij; Keller war kurze Zeit da, dann ging er zu Lebedew schlafen, denn bei uns konnte er sich nirgends hinlegen. Ferdystschenko schlief auch bei Lebedew und ging um sieben Uhr. Der General ist immer bei Lebedew, jetzt ist er auch fortgegangen ... Lebedew kommt vielleicht gleich zu Ihnen, er suchte Sie – ich weiß nicht weswegen – und hat zweimal nach Ihnen gefragt. Soll ich ihn hereinlassen oder nicht, wenn Sie sich schlafen legen? Ich gehe auch schlafen. Ach ja, eines möchte ich Ihnen noch mitteilen; der General hat mich vorhin in Staunen gesetzt. Burdowskij weckte mich gleich nach sechs, weil ich nun wachen sollte; ich ging für einen Augenblick hinaus und stieß auf den General, der war noch so berauscht, daß er mich nicht erkannte; er stand vor mir wie eine Säule; dann, als er zu sich kam, stürzte er auf mich los: ‚Was macht der Kranke? Ich wollte mich nach dem Kranken erkundigen', sagte er. Ich berichtete: so und so steht es. ‚Das ist sehr schön', sagte er, ‚aber vor allem kam ich – und deswegen bin ich auch aufgestanden – um dich zu warnen. Ich habe Grund zu der Annahme, daß man in Gegenwart des Herrn Ferdystschenko nicht alles sagen darf ... und sich beherrschen muß.' Verstehen Sie, Fürst?«

»Wirklich? Übrigens ... uns geht das nichts an.«

»Ja, gewiß geht es uns nichts an, wir sind ja keine Freimaurer! Es hat mich aber doch gewundert, daß der General eigens deshalb mich nachts wecken zu müssen glaubte.«

»Ferdystschenko ist fort, sagen Sie?«

»Um sieben Uhr; er kam noch im Vorübergehen zu mir: ich wachte beim Kranken. Er sagte, er wolle bei Wilkin weiterschlafen; das ist ein berüchtigter Trunkenbold, der Wilkin. Na, ich gehe jetzt! Da kommt ja auch Lukjan Timofejewitsch ... Der Fürst möchte schlafen, Lukjan Timofejewitsch! Also bitte – linksum kehrt!«

»Nur für einen Augenblick, hochverehrter Fürst, in einer Angelegenheit, die meiner Ansicht nach von hoher Bedeutung ist«, sagte Lebedew, der inzwischen heraufgekommen war und sich feierlich verbeugt hatte, geziert und in einem seltsam eindringlichen Ton mit halblauter Stimme. Er war soeben erst heimgekehrt, noch gar nicht in seiner Wohnung gewesen und hatte sogar noch den Hut in der Hand. Sein Gesicht sah besorgt aus und hatte einen besondern, ungewohnten Zug von selbstbewußter Würde. Der Fürst bot ihm einen Stuhl an.

»Sie haben zweimal nach mir gefragt? Sie sind vielleicht immer noch in Sorge wegen des gestrigen ...«

»Wegen des Jungen gestern, meinen Sie, Fürst? O nein; gestern waren meine Gedanken in Unordnung, aber heute habe ich nicht mehr die Absicht, Ihre Pläne in irgendeinem Punkte zu kontrekarrieren ...«

»Kontreka ... wie sagten Sie?«

»Ich sagte: kontrekarrieren; es ist ein französisches Wort, gleich einer Menge anderer Wörter, die in den Bestand der russischen Sprache aufgenommen sind; aber ich lege keinen besondern Wert darauf.«

»Warum sind Sie heute so würdig und feierlich, Lebedew, und reden wie ein Buch?« fragte der Fürst lächelnd.

»Nikolaj Ardalionowitsch«, wandte sich Lebedew mit beinahe gerührter Stimme an Kolja, »da ich dem Fürsten etwas mitzuteilen habe, das eigentlich ...«

»Das mich nichts angeht, gewiß! Auf Wiedersehen, Fürst!« rief Kolja und entfernte sich sofort.

»Ich liebe den Jungen seiner Verständigkeit wegen«, sagte Lebedew, der ihm nachblickte, »er ist aufgeweckt, nur etwas aufdringlich. Ich habe gestern abend oder heute früh ein außerordentliches Unglück erlitten, hochverehrter Fürst ... ich vermag die Zeit noch nicht genau anzugeben.«

»Was ist denn passiert?«

»Aus meiner Seitentasche sind vierhundert Rubel verschwunden, hochverehrter Fürst. Das ist sozusagen meine Feuertaufe!« fügte Lebedew mit sauerem Lächeln hinzu.

»Sie haben vierhundert Rubel verloren? Das ist bedauerlich.«

»Besonders für einen armen Mann, der redlich von seiner Arbeit lebt.«

»Gewiß, gewiß. Wie kam das denn?«

»Der Wein ist daran schuld. Ich blicke zu Ihnen auf wie zu der Vorsehung, hochverehrter Fürst. Die Summe von vierhundert Rubel erhielt ich gestern um fünf Uhr nachmittags von einem Schuldner und kam mit dem Zug hierher zurück. Das Geld hatte ich in der Tasche. Als ich zu Hause den Dienstfrack ablegte und meinen Gehrock anzog, steckte ich das Geld in die Rocktasche, weil ich es bei mir haben wollte, um es noch am Abend dem Bevollmächtigten eines Bittstellers auszuhändigen.«

»Beiläufig, Lukjan Timofejewitsch: ist es wahr, daß Sie in den Zeitungen angekündigt haben, Sie liehen Geld auf Gold und Silber als Pfänder?«

»Durch eine Vertrauensperson; mein eigener Name ist nicht genannt, geschweige denn die Adresse. Da ich nur ein sehr geringes Kapital habe und die Familie sich vergrößert hat, werden Sie zugeben müssen, daß ehrliche Zinsen ...«

»Ja, ja; ich wollte nur Bescheid wissen; verzeihen Sie die Unterbrechung.«

»Der Bevollmächtigte erschien nicht. Unterdessen wurde der Unglückliche gebracht; ich war schon nach dem Mittagessen in gehobener Stimmung; dann kamen diese Gäste, man trank ... Tee, und ich geriet zu meinem Unheil in eine sehr heitere Stimmung. Als dann schon ziemlich spät dieser Keller erschien und von Ihrem Ehrentage und Ihrer Anordnung betreffs des Champagners sprach, da beschloß ich, mein teurer und hochverehrter Fürst, weil mein Herz – was Sie wahrscheinlich schon gemerkt haben, denn ich verdiene es –, weil mein Herz, ich will nicht sagen gefühlvoll, aber dankbar ist, worauf ich auch sehr stolz bin – da beschloß ich, der größern Feierlichkeit des geplanten Empfangs zuliebe und in der Absicht, Ihnen meine Glückwünsche persönlich darzubringen, meinen alten Rock gegen den nach der Heimkehr abgelegten Uniformfrack zu vertauschen, was ich denn auch tat, und was Sie, Fürst, gemerkt haben dürften, da Sie mich den ganzen Abend im Frack gesehen haben. Beim Wechseln des Anzugs vergaß ich die Brieftasche im Rock ... Wahrlich, wen Gott strafen will, dem nimmt er zuerst den Verstand. Und erst heute, um halb acht, als ich erwacht war, sprang ich auf wie ein Wahnsinniger, griff zuallererst nach meinem Rock – die Tasche war leer! Das Geld war spurlos verschwunden!«

»Ach, das ist aber unangenehm!«

»Freilich ist es unangenehm; mit echtem Takt haben Sie sofort das richtige Wort gefunden«, sagte Lebedew nicht ohne Hinterlist.

»Wie ist das aber zugegangen ...« begann der Fürst unruhig und nachdenklich, »das ist doch sehr ernst ...«

»Freilich ist es ernst – noch ein von Ihnen geprägtes Wort, Fürst, zur Bezeichnung ...«

»Ach, lassen Sie, Lukjan Timofejewitsch, was soll hier das Prägen? Wichtig sind nicht die Worte ... Halten Sie es für möglich, daß Sie in der Trunkenheit die Brieftasche aus dem Rock fallen ließen?«

»Freilich. In der Trunkenheit ist alles möglich, wie Sie sich so offenherzig ausgedrückt haben, hochverehrter Fürst! Aber ich bitte Sie zu überlegen: wenn die Brieftasche beim Umkleiden aus dem Rock herausgefallen wäre, so müßte sie doch auf dem Fußboden liegen. Wo ist sie aber?«

»Haben Sie die Brieftasche nicht in irgendeine Schublade, in den Schreibtisch gelegt?«

»Ich habe alles durchsucht, alles durchwühlt, um so mehr, als ich die Tasche nirgends verwahrt und keine Schublade geöffnet hatte, wie ich mich ganz deutlich erinnere.«

»Haben Sie in dem Schränkchen nachgesehen?«

»Vor allen Dingen, sogar mehrmals ... Und wie hätte ich die Brieftasche denn in das Schränkchen legen können, verehrtester Fürst?«

»Ich gestehe, Lebedew, das beunruhigt mich. Also muß sie jemand auf dem Fußboden gefunden haben?«

»Oder hat sie aus der Tasche entwendet! Das sind die zwei Alternativen.«

»Mich beunruhigt das sehr, denn wer könnte ... Das ist die Frage!«

»Ganz unzweifelhaft ist das die Hauptfrage; Sie finden mit bewundernswerter Genauigkeit die richtigen Worte und Gedanken und wissen die Situation zu bestimmen, erlauchtester Fürst.«

»Ach, Lukjan Timofejewitsch, lassen Sie Ihren Spott, hier ...«

»Spott!« rief Lebedew und schlug die Hände zusammen.

»Nun, nun, schon gut, ich bin ja nicht böse; es handelt sich hier um etwas ganz anderes ... Mir ist es um die Leute bang. Wen haben Sie im Verdacht?«

»Das ist eine sehr schwierige ... und komplizierte Frage! Das Dienstmädchen kann ich nicht verdächtigen; sie hat in ihrer Küche gesessen. Meine Kinder auch nicht ...«

»Nun freilich.«

»Also muß es einer von den Gästen gewesen sein.«

»Aber ist das denn möglich?«

»Es ist ganz und gar und im höchsten Grade unmöglich, und doch muß es unbedingt der Fall sein. Ich bin aber bereit zuzugeben und sogar überzeugt, daß der Diebstahl, wenn es einer war, nicht am Abend ausgeführt wurde, als alle versammelt waren, sondern erst nachts oder gar gegen Morgen und daß einer von denen, die hier übernachteten, der Täter ist.«

»Ach, mein Gott!«

»Burdowskij und Nikolaj Ardalionowitsch schließe ich natürlich aus; sie haben mein Zimmer überhaupt nicht betreten.«

»Und wenn sie es auch betreten hätten! Wer hat denn bei Ihnen übernachtet?«

»Mich mitgerechnet waren es vier, in zwei nebeneinanderliegenden Zimmern: ich, der General, Keller und Herr Ferdystschenko. Also muß es einer von uns vieren gewesen sein!«

»Von dreien, meinen Sie. Aber wer?«

»Ich habe mich der Gerechtigkeit und der Ordnung halber mitgezählt; aber Sie werden zugeben müssen, Fürst, daß ich nicht mich selbst bestehlen konnte, obgleich solche Fälle schon vorgekommen sind . . .«

»Ach, Lebedew, wie ist das langweilig!« rief der Fürst ungeduldig. »Zur Sache, warum ziehen Sie das Ganze in die Länge!«

»Es bleiben also noch drei: erstens Herr Keller, ein unbeständiger Mensch, ein Trinker und in manchen Fällen sehr liberal – das heißt in bezug auf Gelddinge; sonst aber mit sozusagen mehr altritterlichen als liberalen Neigungen. Er legte sich anfangs hier im Zimmer des Kranken nieder und kam erst in der Nacht zu uns, unter dem Vorwande, auf dem nackten Fußboden liege er zu hart.«

»Haben Sie ihn im Verdacht?«

»Ich hatte ihn im Verdacht. Als ich um acht Uhr morgens wie ein Wahnsinniger aufsprang und mich an die Stirn schlug, weckte ich sofort den General, der den Schlaf des Gerechten schlief. Nachdem wir das seltsame Verschwinden Ferdystschenkos in Erwägung gezogen hatten, das allein schon unsern Verdacht weckte, beschlossen wir beide sofort, Keller einer Leibesvisitation zu unterziehen; er lag da wie . . . wie . . . fast wie ein Nagel. Wir untersuchten ihn aufs genaueste: in seinen Taschen war kein einziger Centime, ja er hatte keine einzige Tasche, die ohne ein Loch gewesen wäre. Wir fanden ein blaukariertes, baumwollenes Schnupftuch in höchst unappetitlichem Zustand. Ferner ein Liebesbriefchen von einem Dienstmädchen mit Geldforderungen und Drohungen, und Fetzen des Ihnen bekannten Feuilletons. Der General entschied, daß Keller unschuldig sei. Um genauere Angaben zu erhalten, weckten wir ihn, was sehr viel Mühe kostete; er begriff kaum, um was es sich handelte, riß den Mund auf und blickte mit trunkenen Augen drein; sein Gesichtsausdruck war stumpfsinnig und unschuldig, sogar dumm – also war er es nicht!«

»Wie mich das freut!« rief der Fürst und atmete erleichtert auf. »Ich fürchtete für ihn.«

»Sie fürchteten? Sie hatten also einen Grund dazu?« fragte Lebedew mit zusammengekniffenen Augen.

»O nein, das war bloß so eine Redensart ...« sagte der Fürst und stockte, »es war sehr dumm von mir, zu sagen, daß ich für ihn gefürchtet hätte. Seien Sie so gut, Lebedew, und erzählen Sie es niemand ...«

»Fürst, Fürst! Ihre Worte sind in meinem Herzen verwahrt ... in der Tiefe meines Herzens! Das ist wie ein Grab!« rief Lebedew begeistert und drückte den Hut an sein Herz.

»Gut, gut ... Also Ferdystschenko? Das heißt, ich will sagen, Sie haben Ferdystschenko im Verdacht?«

»Wen denn sonst?« sagte Lebedew leise und sah den Fürsten unverwandt an.

»Nun ja, gewiß ... wen denn sonst ... das heißt, wiederum, was für Beweise haben Sie?«

»Beweise sind vorhanden. Erstens sein Verschwinden um sieben Uhr früh oder noch vor sieben.«

»Ich weiß; Kolja sagte mir, er sei zu ihm gekommen und habe gesagt, er wolle bei ... ich weiß nicht mehr bei wem weiterschlafen. Bei irgendeinem Freund.«

»Bei Wilkin. Also hat Nikolaj Ardalionowitsch es Ihnen schon gesagt?«

»Von dem Diebstahl sagte er kein Wort.«

»Er weiß auch nichts davon, denn vorläufig halte ich die Sache geheim. Also er geht zu Wilkin. Man sollte meinen, es sei nichts Besonderes, wenn ein Trunkenbold zu einem andern ebensolchen Trunkenbold geht, meinetwegen auch im Morgengrauen und ohne jeden Grund? Hier aber zeigt sich nun eine Spur: beim Weggehen hinterläßt er seine Adresse ... Jetzt passen Sie auf, Fürst! Es fragt sich: wozu hinterließ er die Adresse? ... Warum ging er extra zu Nikolaj Ardalionowitsch, machte also noch einen Umweg und sagte ihm: ‚Ich gehe zu Wilkin, um dort weiterzuschlafen'? Wen interessiert es, daß er fortgeht und ausgerechnet zu Wilkin? Wozu braucht er das zu melden? Nein, hier steckt eine Finesse, eine Diebesfinesse! Das soll heißen: ‚Ich verwische meine Spuren absichtlich nicht, wie könnte ich da ein Dieb sein? Wird ein Dieb angeben, wohin er geht?' Also: übermäßiger Eifer, den Verdacht abzulenken und sozusagen seine Spuren im Sande zu löschen ... Haben Sie mich verstanden, hochverehrter Fürst?«

»Freilich, sehr gut verstanden, aber das ist doch noch zu wenig.«

»Zweiter Beweis: die Spur erweist sich als falsch und die angegebene Adresse als ungenau ... Eine Stunde später, das heißt um acht, klopfte ich schon bei Wilkin an; er wohnt hier in der Nähe, in der Fünften Straße, und ich kenne ihn sogar. Von Ferdystschenko keine Spur. Aus dem ganz tauben Dienstmädchen brachte ich schließlich heraus, daß vor einer Stunde jemand geschellt habe, und sogar sehr kräftig, so daß er die Klingel abgerissen habe. Aber das Mädchen hatte ihm nicht aufgemacht, weil sie Herrn Wilkin nicht wecken und vielleicht auch selbst nicht aufstehen wollte. Das kommt vor.«

»Und das sind alle Ihre Beweise? Das ist zu wenig.«

»Aber, Fürst, wen soll man denn sonst im Verdacht haben, bedenken Sie doch!« schloß Lebedew demütig, doch aus seinem Lächeln schimmerte etwas wie Hinterlist.

»Sie sollten noch einmal die Stuben und die Schubladen durchsuchen«, sagte der Fürst nach kurzem Nachdenken mit besorgter Miene.

»Das habe ich schon getan!« seufzte Lebedew noch demütiger.

»Hm! ... Und wozu, wozu mußten Sie den Rock wechseln?!« rief der Fürst und schlug ärgerlich mit der Hand auf den Tisch.

»Das ist eine Frage aus einer alten Komödie. Aber mein gütigster Fürst, Sie nehmen sich mein Unglück gar zu sehr zu Herzen! Ich bin dessen nicht wert. Das heißt, ich allein bin es nicht wert; Sie leiden ja auch für den Verbrecher ... für den nichtigen Herrn Ferdystschenko.«

»Nun ja, ja, Sie machen mir tatsächlich Sorgen«, unterbrach ihn der Fürst zerstreut und unwillig. »Was beabsichtigen

Sie also zu tun ... wenn Sie so überzeugt sind, daß es Ferdystschenko gewesen ist?«

»Fürst, hochverehrter Fürst, wer sollte es denn sonst gewesen sein?« fragte Lebedew, der immer unterwürfiger scharwenzelte. »Das Fehlen eines anderen, der in Betracht käme, die sozusagen völlige Unmöglichkeit, irgend jemand außer Herrn Ferdystschenko zu verdächtigen – das ist ja sozusagen noch ein Beweis mehr gegen Herrn Ferdystschenko, das dritte Indiz! Denn wiederum – wer kann es sonst gewesen sein? Herrn Burdowskij kann ich doch nicht verdächtigen, hähähä!«

»Was für ein Unsinn!«

»Und schließlich auch nicht den General, hähähä?«

»Dummes Zeug!« sagte der Fürst beinahe zornig und wandte sich ungeduldig ab.

»Freilich ist das dummes Zeug! Hähähä! Hat der Mann mich lachen gemacht – der General, meine ich! Wir beide gehen vorhin der frischen Spur nach zu Wilkin ... und ich muß Ihnen sagen, daß der General, als ich nach dem Verlust vor allen Dingen ihn weckte, noch verblüffter war als ich – er wurde sogar ganz rot im Gesicht und dann wieder bleich, und schließlich geriet er in eine so heftige und edle Entrüstung, wie ich es von ihm gar nicht erwartet hätte! Ein durch und durch vornehmer Mensch! Er lügt zwar unausgesetzt, das ist seine Schwäche, aber er ist ein Mann von sehr erhabenen Gefühlen, dabei ein beschränkter Mensch, der durch seine Harmlosigkeit vollstes Vertrauen einflößt. Ich sagte Ihnen schon, hochverehrter Fürst, daß ich nicht nur eine Schwäche, sondern geradezu Liebe für ihn empfinde. Plötzlich bleibt er mitten auf der Straße stehen, schlägt seinen Rock auf, entblößt die Brust und sagt: ‚Durchsuche mich! Du hast Keller durchsucht, warum durchsuchst du nicht auch mich? Die Gerechtigkeit verlangt es!‘ Dabei zittern ihm die Hände und Beine, er wird sogar ganz bleich und macht ein grimmiges Gesicht. Ich lache und sage: ‚Hör mal, General, wenn jemand anders dich verdächtigt hätte, so hätte ich mir sofort mit meinen eigenen Händen den Kopf abgerissen, ihn auf eine große Schale gelegt und eigenhändig allen Zweiflern vorgehalten: Da, seht diesen Kopf! hätte ich gesagt. Mit diesem meinem eigenen Kopf bürge ich für ihn, und nicht nur mit dem Kopf – ich gehe auch durchs Feuer für ihn! So sehr bin ich für dich zu bürgen bereit.' Da fiel er mir um den Hals, immer noch mitten auf der Straße, brach in Tränen aus, zitterte am ganzen Leib und drückte mich so fest an seine Brust, daß ich kaum schnaufen konnte: ‚Du bist der einzige Freund, den ich in meinem Unglück habe!' sagte er. Ein gefühlvoller Mensch! Nun, versteht sich, gleich unterwegs erzählte er noch eine Anekdote, wie man ihn in seiner Jugend des Diebstahls von fünfhunderttausend Rubel verdächtigt habe und wie er am Tage darauf sich in die Flammen eines brennenden Hauses gestürzt und den Grafen, der ihn verdächtigte, nebst Nina Alexandrowna, die damals noch Mädchen war, gerettet habe. Der Graf habe ihn umarmt, und so sei seine Ehe mit Nina Alexandrowna zustande gekommen. Am nächsten Tag aber habe man in den Trümmern des niedergebrannten Hauses auch die Kassette mit dem vermißten Geld gefunden; sie sei aus Eisen gewesen, englische Arbeit, mit einem Geheimschloß, und sei auf irgendeine Weise unter den Fußboden geraten, so daß niemand es bemerkt habe; nur dank der Feuersbrunst habe man sie gefunden. Das ist alles erlogen. Aber als er von Nina Alexandrowna zu reden anfing, kamen ihm sogar die Tränen. Nina Alexandrowna ist eine edle Frau, wenn sie mir auch böse ist.«

»Sie kennen sie nur wenig?«

»Fast gar nicht, aber ich wünschte es von ganzem Herzen, wenn auch nur, um mich vor ihr zu rechtfertigen. Nina Alexandrowna zürnt mir, weil ich angeblich ihren Gatten zum Trunk verleite. Aber nicht nur, daß ich ihn nicht dazu verleite, ich halte ihn eher davon zurück und hindere ihn, in noch viel schlimmerer Gesellschaft zu verkehren. Außerdem ist er mein Freund, und ich muß gestehen, daß ich ihn jetzt nicht mehr verlassen werde; ich meine das so: wo er hingeht, gehe ich auch hin, denn nur mit Zartgefühl kann man bei ihm etwas erreichen. Jetzt besucht er nicht einmal mehr seine Hauptmannswitwe, wenn es ihn insgeheim auch zu ihr hinzieht und er mitunter um sie jammert, besonders morgens, wenn er aufsteht und in seine Stiefel schlüpft – ich weiß eigentlich nicht, warum das gerade um diese Zeit geschieht. Er hat kein Geld, das ist das schlimme, denn ohne Geld darf er sich bei der Person nicht zeigen. Hat er Sie nicht um Geld gebeten, hochverehrter Fürst?«

»Nein.«

»Er schämt sich. Er hatte wohl die Absicht und gestand mir sogar, daß er Sie bemühen wolle; aber er schämt sich, weil Sie ihm erst vor kurzem ausgeholfen haben und er außerdem annimmt, Sie würden ihm nichts geben. Er hat mir das als seinem Freund gebeichtet.«

»Und Sie geben ihm kein Geld?«

»Fürst! Hochverehrter Fürst! Für diesen Mann wäre ich bereit, nicht nur Geld, sondern selbst sozusagen mein Leben hinzugeben ... nein, ich will nicht übertreiben – nicht mein Leben, aber wenn es sich sozusagen um ein Fieber handeln würde, ein Geschwür oder selbst Husten – bei Gott, ich nähme das alles auf mich, falls es sehr nötig wäre; denn ich halte ihn für einen zwar verlorenen, aber doch großen Mann! So ist es! Nicht bloß Geld!«

»Also geben Sie ihm Geld?«

»Nein. Geld habe ich ihm nicht gegeben, und er weiß auch, daß er von mir keins bekommt, aber ich verweigere es doch nur, um ihn zurückzuhalten und zu bessern. Jetzt will er mit mir nach Petersburg fahren; ich selbst fahre dorthin, um Herrn Ferdystschenko auf frischer Spur zu ertappen, denn ich weiß ganz sicher, daß er schon dort ist. Mein General kocht förmlich; aber ich ahne, daß er mich in Petersburg im Stich lassen wird, um seine Hauptmannswitwe zu besuchen. Ich gestehe, daß ich ihn sogar freiwillig laufen lassen will – wie wir ja schon verabredet haben, gleich nach der Ankunft nach verschiedenen Seiten auseinanderzugehen, um Herrn Ferdystschenko leichter zu fassen. Ich werde ihn also gehen lassen und ihn dann plötzlich wie ein Blitz aus heiterm Himmel bei der Hauptmannswitwe überraschen, eigentlich nur, um ihn als Familienvater und überhaupt als Menschen zu beschämen.«

»Erregen Sie nur kein Aufsehen, Lebedew, um Gottes willen erregen Sie kein Aufsehen«, sagte der Fürst halblaut und in großer Unruhe.

»O nein, ich will ihn ja bloß beschämen und sehen, was für ein Gesicht er dann macht, denn es läßt sich viel aus dem Gesicht schließen, hochverehrter Fürst, und besonders bei solch einem Menschen! Ach, Fürst! Wenn mein eigenes Mißgeschick auch groß ist, muß ich doch auch an ihn und an die Hebung seiner Moral denken. Ich habe eine außerordentliche Bitte an Sie, hochverehrter Füst, ich gestehe sogar, daß ich deswegen eigentlich zu Ihnen gekommen bin; die Familie Iwolgin kennen Sie schon und haben sogar bei ihr gewohnt; wenn Sie also, gütigster Fürst, sich entschließen könnten, mir dabei behilflich zu sein, eigentlich nur des Generals wegen und um seines Glückes willen ...« Lebedew faltete sogar die Hände wie zum Gebet.

»Wobei denn? Wie denn behilflich sein? Glauben Sie mir, Lebedew, ich gebe mir die größte Mühe, Sie zu verstehen.«

»Einzig in dieser Überzeugung bin ich zu Ihnen gekommen! Durch Nina Alexandrowna könnte man auf ihn einwirken, indem man Seine Exzellenz ständig sozusagen im Schoße der eigenen Familie beobachtet und beaufsichtigt. Ich verkehre unglücklicherweise dort nicht ... außerdem könnte Nikolaj Ardalionowitsch, der Sie sozusagen mit allen Fasern seiner jungen Seele anbetet, da vielleicht helfen ...«

»N–nein. Nina Alexandrowna da hineinmengen ... Gott behüte! Und auch Kolja ... Ich verstehe Sie übrigens vielleicht immer noch nicht, Lebedew.«

»Hier ist doch nichts zu verstehen!« rief Lebedew und sprang halb vom Stuhl auf. »Zartgefühl und Freundlichkeit – das ist die einzige Arznei für unsern Kranken. Sie gestatten mir doch, ihn für einen Kranken zu halten, Fürst?«

»Das zeugt sogar von Ihrem Takt und Verstand.«

»Ich will es Ihnen an einem Beispiel darlegen, das ich der größeren Klarheit wegen dem praktischen Leben entnehme. Sehen Sie, was für ein Mensch das ist: da hat er nun eine Schwäche für diese Hauptmannswitwe, zu der er ohne Geld nicht kommen darf und bei der ich ihn heute zu seinem eigenen Heil überraschen will. Aber nehmen wir an, es ginge nicht nur um die Hauptmannswitwe, sondern er hätte gar ein wirkliches Verbrechen, sagen wir, irgendeine ehrlose Handlung begangen – obgleich er dessen gar nicht fähig ist –, auch dann, sage ich, kann man einzig mit edlem Zartgefühl alles bei ihm erreichen, denn er ist ein durch und durch empfindsamer Mensch! Glauben Sie mir, er hält es keine fünf Tage aus, er verplappert sich von selber, fängt an zu weinen und gesteht alles – besonders, wenn man geschickt und vornehm zu Werke geht, durch Aufsicht in der Familie und Ihrerseits, die sich sozusagen auf alle seine Züge und Schritte erstrecken müßte ... Oh, gütigster Fürst!« Lebedew sprang geradezu begeistert auf. »Ich behaupte ja gar nicht, daß er bestimmt ... Ich bin sozusagen bereit, all mein Blut sofort für ihn zu vergießen, aber Sie müssen doch zugeben, daß Unenthaltsamkeit, Trunksucht und die Hauptmannswitwe, das alles zusammengenommen, das Schlimmste zur Folge haben können.«

»Solche Bestrebungen bin ich natürlich immer bereit zu unterstützen«, sagte der Fürst und stand auf, »ich gestehe nur, Lebedew, daß mich das alles äußerst beunruhigt; sagen Sie, meinen Sie noch immer ... mit einem Wort, Sie sagen doch selbst, daß Sie Herrn Ferdystschenko im Verdacht haben.«

»Wen denn sonst? Wen denn sonst, verehrtester Fürst?« fragte Lebedew, faltete wieder demütig die Hände und lächelte gerührt.

Der Fürst runzelte die Stirn und verließ seinen Platz. »Sehen Sie, Lukjan Timofejewitsch, ein Irrtum in dieser Sache wäre schrecklich. Dieser Ferdystschenko ... ich möchte nichts Schlechtes über ihn sagen ... aber dieser Ferdystschenko ... das heißt, wer weiß, vielleicht ist er es wirklich gewesen! ... Ich will damit nur sagen, daß er vielleicht wirklich eher dazu fähig ist als ... als ein anderer.«

Lebedew riß die Augen auf und spitzte die Ohren.

»Sehen Sie«, fuhr der Fürst in immer größerer Verwirrung und mit immer ernsterem Gesicht fort, wobei er im Zimmer auf und ab ging und sich bemühte, Lebedew nicht anzusehen, »man hat mich wissen lassen ... man hat mir von

Herrn Ferdystschenko gesagt, daß er neben allem andern ein Mensch sei, in dessen Gegenwart man vorsichtig sein müsse und nichts ... nichts Überflüssiges reden dürfe – verstehen Sie? Ich sage das, weil er vielleicht wirklich eher imstande war als ein anderer ... und um einen Irrtum zu verhüten ... Das ist die Hauptsache, verstehen Sie?«

»Wer hat Ihnen das von Herrn Ferdystschenko gesagt?« fragte Lebedew gespannt.

»Es ist mir von jemand zugeflüstert worden. Ich glaube übrigens selbst nicht daran ... Es ist mir furchtbar peinlich, daß ich gezwungen war, Ihnen das mitzuteilen, aber ich versichere Sie, ich glaube es selbst nicht ... es ist gewiß Unsinn ... Pfui! wie dumm war es von mir, das zu sagen!«

»Sehen Sie, Fürst«, fing Lebedew wieder an und zitterte sogar am ganzen Leib, »das ist wichtig; das ist jetzt ungeheuer wichtig, das heißt, nicht was Sie von Herrn Ferdystschenko sagten, sondern wie diese Nachricht zu Ihnen gelangt ist.« Während er das sagte, lief Lebedew hinter dem Fürsten her und bemühte sich, mit ihm Schritt zu halten. »Sehen Sie, Fürst, ich will Ihnen jetzt auch etwas mitteilen: vorhin, als ich mit dem General zu diesem Wilkin ging und er mir schon von der Feuersbrunst erzählt hatte, begann er plötzlich, natürlich zornschäumend, mir das nämliche über Herrn Ferdystschenko anzudeuten, aber so unbeholfen und ungeschickt, daß ich ihm unwillkürlich einige Fragen stellte und mich dadurch völlig überzeugte, daß diese Nachricht nur ein Phantasiegebilde Seiner Exzellenz ist ... Das kommt sozusagen nur von seiner Einfalt. Denn er lügt ja nur deshalb, weil er seine Rührung nicht zu meistern weiß. Nun bitte ich Sie zu beachten: wenn er gelogen hat, und davon bin ich überzeugt, wie können Sie dann auch davon gehört haben? Verstehen Sie, Fürst, das war bei ihm eine plötzliche Eingebung, – wer kann es Ihnen also mitgeteilt haben? Das ist wichtig, das ... das ist sehr wichtig und ... sozusagen ...«

»Mir sagte es Kolja, und er hat es vorhin von seinem Vater gehört, den er zwischen sechs und sieben auf dem Flur traf, als er aus irgendeinem Grunde hinausgegangen war.« Und der Fürst erzählte alles ausführlich.

»Nun, sehen Sie mal, das ist, was man eine Spur nennt«, sagte Lebedew mit kaum hörbarem Lachen und rieb sich die Hände. »So habe ich es mir auch gedacht! Das bedeutet, daß Seine Exzellenz absichtlich ihren Schlaf des Gerechten um sechs Uhr unterbrochen haben, um den geliebten Sohn zu wecken und ihm mitzuteilen, was für eine ungeheure Gefahr die Nachbarschaft des Herrn Ferdystschenko bedeute! Welch ein gefährlicher Mensch muß also dieser Herr Ferdystschenko sein und wie groß die väterliche Besorgnis Seiner Exzellenz, hähähä!«

»Hören Sie, Lebedew«, sagte der Fürst in größter Verlegenheit, »hören Sie! Gehen Sie sacht vor! Erregen Sie kein Aufsehen, Lebedew, ich bitte Sie, ich flehe Sie an ... Nur dann werde ich Ihnen beistehen, ich schwöre es! Aber niemand darf darum wissen, niemand.«

»Seien Sie überzeugt, mein gütigster, treuester und edelster Fürst«, rief Lebedew in größter Begeisterung, »seien Sie überzeugt, daß dieses alles in meinem edlen Herzen sterben wird! Mit leisen Schritten wollen wir zusammen vorgehen! Mit leisen Schritten zusammen! Ich bin bereit, all mein Blut ... Durchlauchtigster Fürst, ich bin niedrig an Geist und Seele, aber fragen Sie jeden, auch einen Schuft, nicht bloß einen niedrigen Menschen – mit wem er es lieber zu tun haben möchte: mit einem Schuft wie ihm selber oder mit einem durch und durch edlen Mann wie Ihnen, allergütigster Fürst? Er wird antworten: mit dem edlen Mann – und das ist der Triumph der Tugend! Auf Wiedersehen, hochverehrter Fürst! Mit leisen Schritten ... mit leisen Schritten ... gehen wir zusammen vor!«

10

Der Fürst begriff endlich, warum es ihn jedesmal kalt überlief, wenn er diese drei Briefe berührte, und warum er mit dem Lesen bis zum Abend gewartet hatte. Als er noch am Morgen auf seiner Chaiselongue in schweren Schlaf fiel, ohne sich vorher entschlossen zu haben, einen der drei Umschläge zu öffnen, kam ihm wieder ein quälender Traum, und wieder sah er dieselbe »Verbrecherin«. Sie sah ihn wieder an, und Tränen blinkten an ihren langen Wimpern, sie rief wieder, er solle ihr folgen, und wieder erwachte er wie vorhin und bemühte sich qualvoll, sich ihr Gesicht ins Gedächtnis zurückzurufen. Er wollte sofort zu *ihr* gehen, brachte es aber nicht über sich; endlich öffnete er fast verzweifelt die Briefe und fing an zu lesen.

Diese Briefe wirkten ebenfalls wie Träume. Man hat mitunter seltsame, unmögliche und unnatürliche Träume; beim Erwachen erinnert man sich ihrer deutlich und wundert sich über diesen merkwürdigen Vorgang. Man ist sich vor allem bewußt, daß der Verstand einen während des ganzen Traumes nicht im Stiche gelassen, daß man sogar sehr schlau und sehr logisch gehandelt hat während dieser ganzen langen, langen Zeit, in der man von Mördern umringt war, die einen überlisten wollten, ihre Absichten verschwiegen, sich als Freunde gebärdeten, dabei aber die Waffen schon bereithielten und nur noch auf das verabredete Zeichen warteten; man entsinnt sich, wie schlau man sie schließlich betrogen, sich vor ihnen versteckt hat; dann wird einem klar, daß sie den ganzen Betrug durchschauen und sich nur den Anschein geben, als wüßten sie nicht, wo man sich versteckt hat; aber man ersinnt eine neue List und betrügt sie noch einmal. Das alles hat man noch klar in der Erinnerung. Aber warum konnte gleichzeitig die Vernunft so offensichtliche Unmöglichkeiten und Unsinnigkeiten gelten lassen, wie sie dieser Traum in Menge enthielt? Einer der Mörder verwandelt sich plötzlich in ein Weib, und aus dem Weib wird ein häßlicher, schlauer Zwerg – und das alles nimmt man als Tatsache hin, fast ohne Verwunderung und gerade in einem Augenblick, wo andrerseits der Geist eine äußerst rege Tätigkeit entfaltet, eine außerordentliche Kraft, List, Kombinationsgabe und Logik an den Tag legt? Wie kommt es, daß man nach dem Erwachen, schon ganz der Wirklichkeit wiedergegeben, fast immer die Empfindung hat, als ließe man mit dem Traum irgendein ungelöstes Rätsel hinter sich? Man lacht über die Unsinnigkeit des Traumes und fühlt zugleich, daß in der Verkettung dieser Unsinnigkeiten irgendein Gedanke enthalten ist, und zwar ein wirklicher Gedanke, etwas zu unserm wirklichen Dasein Gehörendes, etwas, das in unserm Herzen lebt und immer darin gelebt hat; der Traum hat gleichsam etwas Neues, Prophetisches und Erwartetes verkündet; der Eindruck ist stark; er ist freudig oder qualvoll, aber worin er besteht und was einem gesagt worden ist – das kann man weder verstehen noch sich darauf besinnen.

Fast ebenso erging es dem Fürsten nach dem Lesen dieser Briefe. Aber auch ehe er sie noch geöffnet hatte, fühlte er, daß die bloße Tatsache ihres Vorhandenseins und ihrer Möglichkeit schon an einen Albdruck erinnerte. Wie konnte *sie* sich entschließen, *ihr* zu schreiben? hatte er sich gefragt, als er abends umherlief, ohne oft selbst zu wissen, wo er sich befand. Wie konnte sie *davon* schreiben, und wie konnte ein so unsinniger Gedanke in ihrem Kopf entstehen? Aber dieser Gedanke war Wirklichkeit geworden, und am erstaunlichsten schien ihm dabei, daß er beim Lesen dieser Briefe fast selbst an die Möglichkeit und sogar die Berechtigung dieses Gedankens glaubte. Ja gewiß, es war ein Taum, ein Albdruck und ein Wahnsinn; aber hier steckte noch etwas Qualvoll-Wirkliches und Schmerzhaft-Gerechtes, das den Traum, den Albdruck und den Wahnsinn rechtfertigte. Einige Stunden hintereinander phantasierte er geradezu von dem, was er gelesen hatte, rief sich jeden Augenblick Bruchstücke daraus in Erinnerung, verweilte bei ihnen, dachte über sie nach. Mitunter wollte er sich sogar sagen, er habe das alles schon vorausgeahnt und im voraus erraten; es schien ihm sogar, als hätte er das alles schon gelesen, vor langer, langer Zeit, und alles, wonach er sich seitdem gesehnt hatte, alles, was ihn quälte und was er fürchtete – alles das wäre in diesen längst schon gelesenen Briefen enthalten.

»Wenn Sie diesen Brief öffnen«, so begann das erste Schreiben, »werden Sie vor allem nach der Unterschrift sehen. Die Unterschrift wird Ihnen alles sagen und alles erklären, so daß ich mich nicht vor Ihnen zu rechtfertigen und nichts zu erklären brauche. Wäre ich Ihnen nur im geringsten gleichgestellt, so könnte eine derartige Dreistigkeit Sie kränken; aber wer bin ich, und wer sind Sie? Wir sind zwei so große Gegensätze, und ich bin so ganz anders als Sie, daß ich Sie auf keinen Fall kränken könnte, selbst wenn ich es wollte.«

An einer andern Stelle schrieb sie:

»Halten Sie meine Worte nicht für die krankhafte Ekstase eines kranken Geistes, aber Sie sind für mich vollkommen! Ich habe Sie gesehen, ich sehe Sie jeden Tag. Ich spreche kein Urteil über Sie aus; ich bin nicht mit dem Verstand zu der Einsicht gekommen, daß Sie vollkommen sind; ich habe es einfach geglaubt. Aber ich habe mich auch versündigt vor Ihnen: ich liebe Sie. Etwas Vollkommenes kann man ja nicht lieben; man kann es nur als solches anschauen, nicht wahr? Und doch bin ich in Sie verliebt. Wenn die Liebe auch die Menschen gleichmacht, so brauchen Sie doch nicht bange zu sein: ich habe Sie nicht auf gleiche Stufe mit mir gestellt, auch nicht in meinen geheimsten Gedanken. Ich schrieb Ihnen: ‚Seien Sie nicht bange'; können Sie denn bange sein? ... Wenn es möglich wäre, würde ich die Spuren Ihrer Füße küssen. Oh, ich stelle mich Ihnen nicht gleich ... Sehen Sie auf die Unterschrift, sehen Sie schnell die Unterschrift an!«

»Ich merke aber«, schrieb sie in einem andern Brief, »daß ich Sie mit ihm vereinen möchte und noch keinmal gefragt habe, ob Sie ihn auch lieben. Er hat Sie liebgewonnen, nachdem er Sie nur ein einziges Mal gesehen hat. Er hat an Sie als etwas ‚Lichtes' gedacht; das sind seine eigenen Worte, ich habe sie aus seinem Munde gehört. Ich habe aber auch ohne Worte verstanden, daß Sie für ihn etwas Lichtes sind. Ich habe einen ganzen Monat neben ihm gelebt, und da habe ich begriffen, daß auch Sie ihn lieben; Sie und er sind für mich eins.«

»Was ist das?« schrieb sie weiter. »Gestern ging ich an Ihnen vorüber, und Sie schienen zu erröten. Das kann nicht sein, das ist mir nur so vorgekommen. Wenn man Sie auch in die schmutzigste Spelunke führt und Ihnen das nackte Laster zeigt, dürfen Sie nicht erröten; Sie können wegen einer Kränkung nun und nimmer ungehalten sein. Sie können alle Gemeinen und Niedrigen hassen, aber nicht um Ihretwillen, sondern um der andern willen, die von jenen gekränkt werden. Sie aber kann niemand kränken. Wissen Sie, es ist mir, als liebten Sie mich sogar. Für mich sind Sie dasselbe wie für ihn: ein lichter Geist; ein Engel kann nicht hassen, er ist auch außerstande, nicht zu lieben. Kann man denn alle, alle Menschen, alle seine Nächsten lieben? Diese Frage habe ich mir oft gestellt. Gewiß nicht, und es wäre sogar unnatürlich. Bei der abstrakten Liebe zur Menschheit liebt man fast immer nur sich selbst. Doch das ist für uns unmöglich, Sie aber sind etwas anderes: wie könnten Sie jemanden nicht lieben, wenn Sie sich mit keinem vergleichen können, über aller Kränkung stehen, über allem persönlichen Unwillen? Sie allein können lieben ohne Egoismus, Sie allein können lieben nicht um Ihrer selbst, sondern um des Menschen willen, den Sie lieben. Oh, wie bitter wäre es mir zu erfahren, daß Sie meinetwegen Scham oder Zorn empfinden! Das wäre Ihr Untergang: dann würden Sie sich sofort mir gleichstellen ...

Gestern, als ich nach der Begegnung mit Ihnen nach Hause gekommen war, dachte ich mir ein Bild aus. Den Heiland malen die Künstler immer nach den Berichten der Evangelien; ich würde Ihn anders darstellen: ich würde Ihn allein malen – manchmal müssen Ihn seine Jünger doch auch alleingelassen haben. Ich würde Ihm nur ein kleines Kind beigeben. Das Kind hat in seiner Nähe gespielt, vielleicht hat es Ihm etwas in seiner kindlichen Sprache erzählt, Christus hat ihm zugehört, jetzt aber ist Er in Gedanken versunken; Seine Hand ist unwillkürlich, selbstvergessen auf dem lichten Köpfchen des Kindes liegengeblieben. Er schaut in die Ferne auf den Horizont; ein Gedanke, groß wie die ganze Welt, ruht in Seinem Blick; Sein Gesicht ist traurig. Das Kind ist still geworden, es stützt sich mit den Ellbogen auf die Knie des Heilandes, hat, die Hand an der Wange, das Köpfchen emporgerichtet und sieht Ihn nachdenklich, wie Kinder manchmal nachdenklich werden, unverwandt an. Die Sonne geht unter ... Das wäre mein Gemälde! Sie sind unschuldig, und in Ihrer Unschuld liegt Ihre ganze Vollkommenheit. Oh, denken Sie nur immer daran! Was geht Sie meine Leidenschaft für Sie an? Sie sind jetzt schon mein, ich werde mein Leben lang um Sie sein ... Ich sterbe bald.«

Im letzten Brief endlich stand:

»Um Gottes willen, denken Sie nichts von mir; denken Sie nicht, daß ich mich erniedrige, wenn ich Ihnen so schreibe, oder daß ich zu den Wesen gehöre, denen es ein Genuß ist, sich zu erniedrigen, wenn auch aus Stolz. Nein, ich habe meinen Trost; aber es fällt mir schwer, Ihnen das zu erklären. Es fiele mir sogar schwer, mir selbst das klar zu sagen, so sehr es mich auch quält. Aber ich weiß, daß ich mich nicht einmal in einem Anfall von Stolz erniedrigen kann. Mich aber aus Herzensreinheit zu erniedrigen bin ich nicht fähig. Also erniedrige ich mich auch nicht.

Warum möchte ich Sie vereinigen? Um Ihretwillen oder um meinetwillen? Um meinetwillen natürlich, damit wäre alles für mich gelöst, das habe ich mir längst gesagt ... Ich hörte, Ihre Schwester Adelaida habe damals über mein Bild gesagt, mit einer solchen Schönheit könne man die ganze Welt auf den Kopf stellen. Aber ich habe mich von der Welt losgesagt; Ihnen kommt es lächerlich vor, das von mir zu hören, wenn Sie mich in Spitzen und Brillanten sehen, mit Trinkern und Halunken? Achten Sie nicht darauf, ich existiere kaum noch und weiß es; Gott allein weiß, was statt meiner in mir lebt. Ich lese das täglich in zwei entsetzlichen Augen, die mich beständig anstarren, selbst wenn sie nicht vor mir sind. Diese Augen *schweigen* jetzt (sie schweigen immer), aber ich kenne ihr Geheimnis. Er hat ein finsteres, ödes Haus, und in ihm ist ein Geheimnis. Ich bin überzeugt, daß er in einem Schubkasten ein mit Seide umwickeltes Rasiermesser versteckt hat wie jener Moskauer Mörder; der lebte auch mit seiner Mutter zusammen in einem Hause und umwand das Rasiermesser ebenfalls mit Seide, um eine Kehle zu durchschneiden. Die ganze Zeit, die ich bei ihnen im Hause war, schien es mir immer, daß irgendwo unter dem Fußboden, vielleicht noch von seinem Vater her, ein Toter versteckt, mit einem Wachstuch zugedeckt und ebenso mit Gläsern voll Schdanowscher Flüssigkeit umstellt sei wie in Moskau. Ich könnte Ihnen sogar die Ecke zeigen. Er schweigt immer; aber ich weiß, er liebt mich so, daß er mich hassen muß. Ihre Hochzeit und meine Hochzeit sollen gleichzeitig stattfinden: so haben er und ich es bestimmt. Ich habe keine Geheimnisse vor ihm. Ich könnte ihn vor Angst umbringen ... Aber er wird mich vorher töten ... Soeben lachte er und sagte, ich redete im Fieber; er weiß, daß ich Ihnen schreibe.«

Und noch viel solche irre Phantasien enthielten diese Briefe. Einer von ihnen, der zweite, bestand aus zwei engbeschriebenen Briefbogen großen Formats.

Der Fürst verließ schließlich den dunkeln Park, in dem er wie gestern lange umhergeirrt war. Die helle und klare Nacht erschien ihm noch heller als gewöhnlich. Ist es wirklich noch so früh? dachte er. (Er hatte vergessen, die Uhr mitzunehmen.) Irgendwo glaubte er ferne Musik zu hören; wahrscheinlich im Vauxhall, dachte er wieder, natürlich sind sie heute nicht hingegangen. Kaum hatte er das gedacht, sah er, daß er dicht vor ihrer Villa stand; er hatte vorausgewußt, daß er zuletzt unbedingt hierher geraten werde, und betrat mit stockendem Herzschlag die Veranda. Niemand kam ihm entgegen, die Veranda war leer. Er wartete eine Weile und öffnete dann die Tür zum Saal. Diese Tür wurde bei ihnen nie geschlossen, fuhr es ihm durch den Kopf, aber auch der Saal war leer; es war darin fast ganz dunkel. Er blieb unschlüssig mitten im Zimmer stehen. Plötzlich ging eine Tür auf, und Alexandra Iwanowna erschien mit einer Kerze in der Hand. Als sie den Fürsten erblickte, war sie erstaunt und blieb wie fragend vor ihm stehen. Augenscheinlich wollte sie nur von einer Tür zur andern durch das Zimmer gehen und hatte nicht erwartet, hier jemand anzutreffen.

»Wie kommen Sie denn hierher?« fragte sie endlich.

»Ich ... ging gerade vorbei und kam herein ...«

»Mama ist nicht ganz wohl, Aglaja auch nicht. Adelaida geht zu Bett, und ich hatte auch die Absicht. Wir haben heute den ganzen Abend allein zu Hause gesessen. Papa und der Fürst sind in Petersburg.«

»Ich kam ... ich kam zu Ihnen ... jetzt ...«

»Wissen Sie, wie spät es ist?«

»Nein.«

»Halb eins. Wir gehen immer um eins schlafen.«

»Ach, ich dachte, es sei ... halb zehn.«

»Tut nichts!« lachte sie. »Warum sind Sie denn vorhin nicht gekommen? Man hat Sie vielleicht erwartet.«

»Ich ... dachte ...« stammelte er im Fortgehen.

»Auf Wiedersehen! Morgen werden sich alle über meinen Bericht amüsieren.«

Er ging auf der Straße, die um den Park herumführte, zu seiner Wohnung. Sein Herz klopfte, seine Gedanken verwirrten sich, und alles ringsherum kam ihm wie ein Traum vor. Und plötzlich, ebenso wie vorhin, als er zweimal bei der gleichen Vision erwacht war, stand diese Vision wieder vor ihm. Dieselbe Frau kaum aus dem Park heraus und blieb vor ihm stehen, als hätte sie ihn erwartet. Er zuckte zusammen und blieb auch stehen; sie faßte seine Hand und drückte sie kräftig. Nein, das ist keine Vision, dachte er.

Und nun stand sie ihm endlich von Angesicht zu Angesicht gegenüber, zum erstenmal seit ihrer Trennung; sie sagte ihm etwas, aber er sah sie nur schweigend an; sein Herz war übervoll und zuckte vor Schmerz. Oh, nie vermochte er später diese Begegnung zu vergessen und gedachte ihrer immer mit dem gleichen Schmerz. Sie sank vor ihm auf die Knie, auf offener Straße, wie eine Besessene; er wich erschrokken zurück, sie aber griff nach seiner Hand, um sie zu küssen, und ganz wie vorhin in seinem Traum blitzten jetzt Tränen an ihren langen Wimpern.

»Steh auf, steh auf!« flüsterte er erschrocken und wollte sie aufrichten. »Steh schnell auf!«

»Bist du glücklich? Glücklich?« fragte sie. »Sag mir nur das eine, ob du jetzt glücklich bist. Heute, jetzt. Du warst bei ihr? Was hat sie gesagt?« Sie stand nicht auf, sie hörte nicht auf ihn; sie fragte und redete hastig, als würde sie verfolgt. »Ich fahre morgen weg, wie du es befohlen hast. Ich werde nicht ... Ich sehe dich zum letztenmal, zum letzten! Jetzt wirklich zum allerletztenmal!«

»Beruhige dich, steh auf!« sagte er verzweifelt.

Sie sah ihn gierig an und klammerte sich an seine Hände. »Leb wohl!« sagte sie endlich, stand auf und ging schnell davon, sie lief fast. Der Fürst sah, wie plötzlich Rogoschin neben ihr auftauchte, sie unterfaßte und fortführte.

»Warte, Fürst«, rief Rogoschin, »ich komme in fünf Minuten zu dir zurück.«

Nach fünf Minuten kam er wirklich. Der Fürst erwartete ihn an der gleichen Stelle.

»Ich habe sie zum Wagen gebracht«, sagte Rogoschin. »Er wartete seit zehn Uhr dort an der Ecke. Sie hatte es gewußt, daß du den ganzen Abend bei jener bleiben würdest. Was du mir neulich geschrieben hast, habe ich ihr genau wiedergegeben. Schreiben wird sie an jene nicht mehr; sie hat es versprochen; und von hier fährt sie deinem Wunsch gemäß morgen weg. Sie wollte dich zum Abschied noch einmal sehen, wenn du es ihr auch abgeschlagen hast; hier an dieser Stelle haben wir auf dich gewartet, bis du heimgehen würdest, wir saßen dort drüben auf der Bank.«

»Hatte sie selbst gewollt, daß du mitkommst?«

»Was denn sonst?« sagte Rogoschin grinsend. »Ich habe nun gesehen, was ich schon vorher wußte. Die Briefe hast du wohl gelesen?«

»Hast du sie denn auch gelesen?« fragte der Fürst, den dieser Gedanke stutzig machte.

»Freilich; jeden Brief hat sie mir selbst gezeigt. Weißt du noch, das mit dem Rasiermesser? Haha!«

»Sie ist wahnsinnig!« rief der Fürst händeringend.

»Wer kann das wissen? Vielleicht ist sie es auch nicht«, sagte Rogoschin leise wie für sich.

Der Fürst entgegnete nichts.

»Nun, leb wohl!« sagte Rogoschin. »Ich fahre ja morgen auch; behalte mich in gutem Andenken! Hör mal, Bruder«, fügte er, sich schnell umwendend, hinzu, »warum hast du ihr nichts geantwortet? Bist du nun glücklich oder nicht?«

»Nein, nein, nein!« rief der Fürst in grenzenlosem Schmerz.

»Das fehlte noch, daß du ja gesagt hättest!« erwiderte Rogoschin mit boshaftem Lachen und ging fort, ohne sich umzusehen.

VIERTER TEIL

1

Seit dem Stelldichein zwischen zwei Personen unserer Erzählung auf der grünen Bank war etwa eine Woche vergangen. An einem sonnigen Vormittag gegen halb elf kam Warwara Ardalionowna Ptizyna, die einige von ihren Bekannten besucht hatte, in tiefen und trüben Gedanken nach Hause.

Es gibt Menschen, von denen man nur schwer etwas sagen kann, das sie ganz und mit einem Zug in ihrer typischsten und charakteristischsten Gestalt darstellen könnte; das sind die Leute, die man meist als »Durchschnittsmenschen«, als »Masse« bezeichnet und die in der Tat die große Mehrheit in jeder Gesellschaft ausmachen. Die Schriftsteller suchen in ihren Romanen und Erzählungen meistens Typen der Gesellschaft vorzuführen und stellen sie anschaulich und künstlerisch dar – Typen, die äußerst selten in der Wirklichkeit so abgerundet vorkommen und trotzdem fast wirklicher sind als die Wirklichkeit selbst. Podkoljossin* ist in seiner typischen Gestalt vielleicht sogar eine Übertreibung, aber durchaus kein Unding. Wieviel kluge Leute, die Podkoljossin durch Gogol kennengelernt hatten, fanden sofort, daß Dutzende und Hunderte ihrer guten Bekannten und Freunde diesem Podkoljossin furchtbar ähnlich sehen. Sie wußten auch vor Gogol, daß diese Freunde ja Menschen vom Schlag Podkoljossins sind, aber sie wußten nicht, daß sie so genannt werden. In Wirklichkeit springen die Bräutigame höchst selten vor der Hochzeit aus dem Fenster, weil das, von allem übrigen abgesehen, auch sehr unbequem ist; nichtsdestoweniger sind zahlreiche angehende Ehemänner, sogar würdige und kluge Leute, geneigt, sich vor der Hoch-

* Der schüchterne, unentschlossene Held in Gogols Komödie „Die Heirat“ (Anmerkung des Übersetzers).

zeit in der Tiefe ihres Gewissens als Podkoljossins zu bezeichnen. Nicht alle Ehemänner schreien auch auf Schritt und Tritt: »Tu l'as voulu, Georges Dandin!« Aber, mein Gott, wieviel millionen- und billionenmal ist dieser Herzensschrei von den Männern der ganzen Welt nach den Flitterwochen ausgestoßen worden – wer weiß, ob nicht vielleicht schon am Tag nach der Hochzeit.

Also, ohne uns in allzu tiefe Betrachtungen einzulassen, wollen wir nur sagen, daß in der Wirklichkeit das Typische der Menschen gleichsam verwässert wird; alle diese Georges Dandins und Podkoljossins existieren wirklich, laufen tagtäglich vor uns herum, aber gewissermaßen in verdünntem Zustande. Nachdem wir endlich, um der Wahrheit keinen Abbruch zu tun, den Vorbehalt ausgesprochen haben, daß auch der ganze Georges Dandin, wie Molière ihn geschaffen hat, in der Wirklichkeit vorkommen kann, wenn auch selten, beenden wir diese Betrachtung, die einer Zeitschriftenkritik ähnlich zu werden beginnt. Trotz alledem aber bleibt die Frage offen: was soll der Romanschriftsteller mit den Alltagsmenschen anfangen, den ganz »durchschnittlichen«, wie soll er sie darstellen und für den Leser einigermaßen interessant machen? Sie in der Erzählung ganz zu übergehen, ist unmöglich, denn die alltäglichen Menschen sind alle Augenblicke und in der Mehrzahl der Fälle ein notwendiges Bindeglied bei der Verknüpfung der Ereignisse; übergehen wir sie, so verstoßen wir gegen die Wahrscheinlichkeit. Den Roman mit lauter Typen oder auch, um des Interesses willen, bloß mit sonderbaren und ungewöhnlichen Menschen anzufüllen, wäre unwahrscheinlich und am Ende nicht einmal interessant. Wir meinen, daß der Schriftsteller sich bemühen soll, interessante und belehrende Nuancen auch bei den Alltagsgeschöpfen zu entdecken. Wenn aber zum Beispiel das eigentliche Wesen gewisser Alltagsmenschen gerade in ihrer immerwährenden und unabänderlichen Alltäglichkeit besteht oder, was noch besser ist, wenn trotz allen außerordentlichen Anstrengungen dieser Leute, um alles in der Welt aus dem Geleise der Gewöhnlichkeit und Routine herauszukommen, sie zu guter Letzt doch immer in der ewig gleichen, unveränderlichen Routine stecken bleiben, dann gewinnen solche Leute sogar etwas in ihrer Art Typisches – als Mittelmäßigkeit, die durchaus nicht das bleiben will, was sie ist, sondern um alles in der Welt originell und selbständig werden möchte, ohne die geringsten Mittel zur Selbständigkeit zu besitzen.

Zu dieser Art »durchschnittlicher« oder »alltäglicher« Menschen gehören auch einige Personen unserer Erzählung, die bisher (ich gestehe es offen) dem Leser wenig klargeworden sein dürften. Solche Menschen sind Warwara Ardalionowna Ptizyna, ihr Gatte, Herr Ptizyn, und ihr Bruder Gawrila Ardalionowitsch.

Es ist wirklich nichts ärgerlicher, als zum Beispiel reich, aus anständiger Familie, von angenehmem Äußeren, passabler Bildung, nicht dumm, sogar gut zu sein und zugleich keinerlei Talent, keinerlei Besonderheit, nicht einmal irgendeine Schrulle oder eigene Idee zu besitzen und ganz und gar »wie alle zu sein«. Man ist reich, aber nicht wie Rothschild; man gehört zu einer ehrlichen Familie, die sich aber nie in irgendeiner Weise hervorgetan hat; man hat ein anständiges Äußeres, das aber sehr wenig ausdrückt; man hat eine gewisse Bildung, weiß aber nicht, wie man sie verwerten soll; man hat Verstand, aber keine eigenen Ideen; man hat Herz, aber keine Großmut, und so weiter in allen Beziehungen. Solcher Menschen gibt es auf der Welt ungeheuer viel, sogar weit mehr, als man glaubt; sie lassen sich, wie alle Menschen, in zwei Hauptgruppen einteilen: die einen sind beschränkt, die andern »viel klüger«. Die erstern sind die Glücklicheren. Für einen beschränkten Alltagsmenschen ist zum Beispiel nichts leichter, als sich für einen ungewöhnlichen und originellen Menschen zu halten und sich daran ohne jegliches Schwanken und Zweifeln zu ergötzen. Es genügte für einige von unsern jungen Damen, sich die Haare kurz zu schneiden, blaue Brillen aufzusetzen und sich Nihilistinnen zu nennen, um sofort zu der Überzeugung zu gelangen, daß sie mit der Brille alsbald auch ihre eigenen »Ansichten« gewönnen. Es genügte einem Manne, in seinem Herzen ein Tröpfchen irgendeiner allgemeinmenschlichen und gütigen Empfindung zu verspüren, um sofort überzeugt zu sein, daß niemand so empfinde wie er und daß er an der Spitze der allgemeinen Entwicklung marschiere. Es genügte einem andern, sich irgendeinen Gedanken auf Treu und Glauben anzueignen oder in einem Aufsatz eine Seite ohne Anfang und Ende zu lesen, um sofort zu glauben, das seien seine eigenen Gedanken, die seinem eigenen Hirn entsprossen. Die Unverfrorenheit der Naivität, wenn man sich so ausdrücken darf, grenzt in solchen Fällen ans Unglaubliche; alles das ist unwahrscheinlich, kommt aber jeden Augenblick vor. Diese Unverfrorenheit der Naivität, dieser unerschütterliche Glauben eines dummen Menschen an sich selbst und sein Talent ist von Gogol vorzüglich dargestellt in der merkwürdigen Gestalt des Leutnants Pirogow*. Pirogow zweifelt nicht daran, daß er ein Genie sei und sogar hoch über jedem Genie stehe; er zweifelt so wenig daran, daß er sich nicht einmal die Frage danach stellt; übrigens gibt es für ihn überhaupt keine Fragen. Der große Dichter mußte ihn schließlich, um das beleidigte sittliche Empfinden seiner Leser zu versöhnen, verprügeln lassen, aber als er sah, daß der große Mann sich nur schüttelte und zur Stärkung seiner Kräfte nach der Exekution ein Butterteigpastetchen verspeiste, konnte er nur erstaunt mit der Achsel zucken und seine Leser im Stiche lassen. Ich habe es immer bedauert, daß Gogol dem großen Pirogow einen so geringen Rang verliehen hat, denn Pirogow ist so von sich überzeugt, daß ihm nichts leichter ist, als in dem Maße, wie mit den Jahren und dem Avancement seine Epauletten immer dicker und glänzender werden, sich immer mehr einzubilden, er sei ein außerordentlicher Feldherr; ja, er bildet es sich nicht einmal ein, er zweifelt einfach nicht daran: wenn man ihn zum General ernannt hat, wie soll er da nicht Feldherr sein? Und wie viele solche Menschen erleiden dann auf dem Schlachtfelde ein fürchterliches Fiasko! Und wie viele Pirogows gab es unter unsern Schriftstellern, Gelehrten und Politikern!

* In der Novelle „Der Newskij-Prospekt“ (Anmerkung des Übersetzers).

Ich sage »gab es«, aber sie sind natürlich auch jetzt noch zu finden.

Eine der handelnden Personen unserer Erzählung, Gawrila Ardalionowitsch Iwolgin, gehörte zur zweiten Gruppe; er war einer von den »viel Klügeren«, obgleich er von Kopf bis Fuß von der Sehnsucht nach Originalität durchdrungen war. Aber diese Gruppe ist, wie wir schon vorhin sagten, viel unglücklicher als die erste. Das ist es ja: ein kluger »Alltagsmensch« wird, mag er sich auch gelegentlich (ja vielleicht auch sein Leben lang) für einen genialen und höchst originellen Menschen halten, doch in seinem Herzen den Wurm des Zweifels nicht los, der ihn so weit bringen kann, daß der kluge Mensch schließlich in volle Verzweiflung versinkt; wenn er sich auch demütigt, so doch erst, wenn er ganz von der nach innen gedrängten Eitelkeit vergiftet ist. Übrigens haben wir hier gleich das Extrem dargestellt: in den allermeisten Fällen geht es bei den Menschen dieser *klugen* Gruppe durchaus nicht so tragisch zu; höchstens bekommen sie auf ihre alten Tage ein Leberleiden, aber das ist meist auch alles. Doch bevor sie sich demütigen und fügen, treiben es diese Leute oft sehr lange ganz toll, von der Jugend an bis zu dem Alter des Sich-Unterwerfens – und alles nur, um originell zu erscheinen. Es geht manchmal sogar ganz seltsam zu: aus Originalitätssucht ist mancher ehrliche Mann bereit, sogar eine niedrige Handlung zu begehen; es kommt sogar vor, daß einer von diesen Unseligen nicht nur ehrlich, sondern auch gut ist; er ist der Schutz und Schirm seiner Familie, unterstützt und ernährt durch seine Arbeit nicht nur die Seinen, sondern auch Fremde – und doch kommt er sein Leben lang nicht zur Ruhe! Der Gedanke, daß er seine menschlichen Pflichten so gut erfüllt hat, gewährt ihm nicht den geringsten Trost oder auch nur Befriedigung; im Gegenteil, er bringt ihn sogar noch auf. »Damit ist nun mein ganzes Leben hingegangen, das hat mich an Händen und Füßen gebunden, das hat mich gehindert, das Pulver zu erfinden! Wäre das nicht gewesen, so hätte ich sicher das Pulver erfunden oder Amerika entdeckt; was es gewesen wäre, weiß ich nicht genau, aber ich hätte sicher etwas erfunden oder entdeckt!« Das Bezeichnendste an diesen Herrschaften ist, daß sie in der Tat ihr ganzes Leben lang nicht genau feststellen können, worauf sie ihr Leben lang hingearbeitet haben und was sie hätten entdecken oder erfinden müssen: das Pulver oder Amerika? Aber ihre Qual und ihre Sehnsucht nach einer Entdeckung hätte auch für einen Kolumbus oder Galilei ausgereicht.

Gawrila Ardalionowitsch fing eben in dieser Weise an; aber er fing erst an. Ihm stand noch eine lange Kette von Torheiten bevor. Das tiefe und ständige Bewußtsein seiner Talentlosigkeit und zugleich das unüberwindliche Verlangen, sich zu überzeugen, daß er ein durch und durch selbständiger Mensch sei, hatten sein Herz fast schon in seinen Knabenjahren tief verwundet. Er war ein junger Mensch mit neidischen und leidenschaftlichen Wünschen, der schon mit gereizten Nerven geboren zu sein schien. Das Stoßhafte seiner Wünsche hielt er für deren Kraft. Bei seinem leidenschaftlichen Verlangen, sich auszuzeichnen, war er mitunter zu den unvernünftigsten Sprüngen bereit; wenn es aber so weit kam, daß der Sprung gemacht werden mußte, erwies sich unser Held immer als zu klug, sich wirklich dazu zu entschließen. Das bedrückte ihn. Vielleicht hätte er sich bei Gelegenheit auch zu einer ganz gemeinen Handlung entschlossen, um etwas von seinen Träumen zu verwirklichen; aber immer wenn die äußerste Grenze erreicht war, zeigte er sich zu ehrlich, um ganz gemein zu handeln; sich zu kleinen Gemeinheiten herzugeben war er übrigens immer bereit. Mit Abscheu und Haß sah er auf die Armut und den Verfall seiner Familie. Sogar seine Mutter behandelte er von oben herab und mit Verachtung, obgleich er sehr wohl begriff, daß Ruf und Charakter seiner Mutter vorläufig den Hauptstützpunkt auch seiner Karriere bildeten. Als er die Stelle bei Jepantschin angenommen hatte, sagte er sich sofort: »Wenn ich schon gemein sein muß, dann auch bis zum äußersten – nur um zu gewinnen!« Und er brachte es doch fast nie bis zum äußersten. Und warum hatte er sich eingebildet, daß er durchaus werde gemein sein müssen? Vor Aglaja hatte er damals einfach Angst bekommen, hatte aber die Beziehungen zu ihr nicht abgebrochen, sondern trieb das Spiel auf alle Fälle weiter, obgleich er nie ernstlich geglaubt hatte, daß sie sich zu ihm herablassen könnte. Dann, bei seiner Affäre mit Nastasja Filippowna, hatte er sich plötzlich eingebildet, daß mit Geld alles zu erreichen sei. Wenn man gemein sein muß, dann muß man es auch ganz sein, wiederholte er sich tagtäglich mit Selbstzufriedenheit, aber auch mit einer gewissen Angst, wenn man gemein sein soll, dann auch bis zum äußersten, sprach er sich immer wieder Mut zu, die Routine wird in solchen Fällen feige, wir aber werden es nicht! Als er bei Aglaja ausgespielt hatte und von den Ereignissen niedergeschmettert worden war, verlor er allen Mut und brachte dem Fürsten tatsächlich das Geld, das jenes wahnsinnige Weib ihm damals hingeworfen und das ein Wahnsinniger ihr gebracht hatte. Die Rückgabe des Geldes bereute er später unzählige Male, obgleich er sich ihrer unablässig rühmte. Er weinte wirklich drei Tage, solange der Fürst sich noch in Petersburg aufhielt, aber in diesen drei Tagen begann er auch den Fürsten zu hassen, weil der Fürst ihn zu mitleidig angesehen hatte, während doch zu einer Tat, wie es die Rückgabe einer so großen Geldsumme war, sich »nicht jeder entschlossen hätte«. Aber die edle Selbsterkenntnis, daß sein Schmerz von nichts anderem kam als von der ewig getretenen Eitelkeit, quälte ihn furchtbar. Erst viel später wurde ihm klar, was für eine ernste Wendung die Sache mit einem so naiven und seltsamen Geschöpf wie Aglaja hätte nehmen können. Die Reue marterte ihn; er gab seine Stelle auf und versank in Wehmut und Trübsinn. Er wohnte bei Ptizyn und ließ sich mit Vater und Mutter von ihm unterhalten, verachtete ihn dabei offenkundig und hörte doch auf seine Ratschläge, war auch noch so vernünftig, ihn fast immer um Rat zu fragen. Gawrila Ardalionowitsch ärgerte sich zum Beispiel auch darüber, daß Ptizyn nicht die Absicht hatte, ein Rothschild zu werden. »Bist du einmal Wucherer, dann gehe den Weg auch bis zu Ende, presse die Leute aus, präge Geld aus ihnen, werde ein Charakter, werde König der Juden.« Ptizyn war bescheiden und still; er lächelte nur, aber eines Tages hielt er es doch für nötig, sich mit Ganja ernstlich auszusprechen, und er tat das sogar mit einer gewissen Würde. Er bewies dem Schwager, daß er nichts Unehrenhaftes tue und daß dieser ihn mit Unrecht einen Juden nenne; wenn das Geld so hoch im Preise stünde, sei das nicht seine Schuld; er handle offen und ehrlich und sei eigentlich nur Vermittler in »diesen« Angelegenheiten, endlich sei er dank seiner geschäftlichen Genauigkeit bereits den vorzüglichsten Leuten von der besten Seite bekannt und seine Geschäfte entwickelten sich immer mehr. »Ein Rothschild werde ich nicht, und das hätte auch gar keinen Sinn«, fügte er lachend hinzu, »ein Haus in der Litejnaja aber werde ich haben, vielleicht sogar zwei, aber dann mache ich auch Schluß.« Wer weiß, vielleicht werden es auch drei, dachte er im stillen, sprach das aber nicht aus, sondern verschwieg diesen Sehnsuchtstraum. Die Natur liebt und verhätschelt solche Menschen: sie wird Ptizyn nicht mit drei, sondern sicher mit vier Häusern beschenken, und zwar gerade, weil er schon von Kindheit an gewußt hat, daß er nie ein Rothschild werden kann. Aber über die vier Häuser hinaus geht die Natur in keinem Fall, und weiter wird Ptizyn es nicht bringen.

Eine ganz andere Natur war die Schwester Gawrila Ardalionowitschs. Auch sie hatte starke Triebe, aber sie waren mehr stetig als heftig. Sie zeigte viel Überlegung, wenn es ums Letzte ging, aber die Überlegung verließ sie auch vorher nicht. Freilich gehörte auch sie zu den »durchschnittlichen« Menschen, die von Originalität träumen, aber sie hatte sehr bald erkannt, daß sie keinen Tropfen Eigenart besaß, und das bekümmerte sie nicht allzusehr – wer weiß, ob hier nicht eine besondere Art von Stolz mitspielte. Sie tat ihren ersten praktischen Schritt mit großer Entschlossenheit, als sie Herrn Ptizyn heiratete; aber als sie es tat, dachte sie nicht bei sich: Wenn ich gemein sein muß, dann auch bis zum äußersten, daß ich bloß ans Ziel komme, wie sich in einem solchen Fall Gawrila Ardalionowitsch ausgedrückt hätte (er hätte es auch beinahe in ihrer Gegenwart getan, als er als älterer Bruder ihren Entschluß billigte). Ganz im Gegenteil: Warwara Ardalionowna heiratete erst, nachdem sie sich gründlich überzeugt hatte, daß ihr Zukünftiger ein bescheidener, angenehmer, leidlich gebildeter Mann war, der eine große Gemeinheit nie und nimmer begehen würde. Nach kleinen Gemeinheiten fragte Warwara Ardalionowna nicht; das waren Nebensachen; und wo kommen derlei Kleinigkeiten nicht vor? Man kann doch kein Ideal suchen! Außerdem wußte sie, daß sie durch ihre Heirat ihrer Mutter, ihrem Vater und ihrem Bruder eine Unterkunft verschaffte. Als sie ihren Bruder im Unglück sah, wollte sie ihm helfen trotz allen früheren Familienzwistigkeiten. Ptizyn drängte Ganja mitunter, in aller Freundschaft natürlich, eine Stelle anzunehmen. »Du verachtest die Generale und den Generalsrang«, sagte er ihm mitunter im Scherz, »aber paß auf, alle werden damit enden, daß sie auch Generale werden; wenn du lange genug lebst, wirst du es sehen!« Wie kommen sie darauf, daß ich die Generale und den Generalsrang verachte? dachte Ganja sarkastisch. Um ihrem Bruder zu helfen, beschloß Warwara Ardalionowna, ihren Wirkungskreis auszudehnen: sie drängte sich bei den Jepantschins ein, wobei ihr gemeinsame Kindheitserinnerungen guten Beistand leisteten; sie und ihr Bruder hatten noch als Kinder mit den Jepantschins gespielt. Wir wollen hier auch erwähnen: wenn Warwara Ardalionowna Jepantschins besucht hätte, um irgendeinem ungewöhnlichen Traum nachzugehen, hätte sie eben dadurch jene Menschengruppe verlassen, der sie sich angeschlossen hatte; aber sie ging keinem Traume nach; sie handelte vielmehr aus wohlbegründeter Berechnung: sie baute auf den Charakter dieser Familie. Den Charakter Aglajas studierte sie unermüdlich. Sie hatte sich zum Ziel gesetzt, ihren Bruder und Aglaja wieder zusammenzuführen. Vielleicht hatte sie auch wirklich einiges erreicht; vielleicht hatte sie auch Fehler gemacht, indem sie sich zum Beispiel zu sehr auf ihren Bruder verließ und von ihm Dinge erwartete, die er nie und nimmermehr hätte bieten können. In jedem Fall ging sie bei Jepantschins sehr geschickt zu Werk: wochenlang erwähnte sie ihren Bruder gar nicht, war immer äußerst offenherzig und ehrlich, zierte sich nicht, wahrte aber ihre Würde. In die

Tiefen ihres Gewissens hineinzuschauen hatte sie keine Furcht, und sie machte sich keinerlei Vorwürfe. Das eben gab ihr Kraft. Nur eines merkte sie mitunter: daß auch sie ab und zu in Zorn geraten konnte, daß auch sie sehr viel Eigenliebe, ja sogar gekränkte Eitelkeit besaß; besonders spürte sie das in gewissen Augenblicken fast jedesmal, wenn sie von Jepantschins fortging.

Auch jetzt kam sie von ihnen und, wie wir schon sagten, in traurigem Sinnen. In dieser Trauer aber steckte auch ein Teil bittern Spotts. Ptizyn wohnte in Pawlowsk in einem unscheinbaren, aber geräumigen Holzhaus an einer staubigen Straße; da es bald sein Eigentum werden sollte, verhandelte er bereits über den Weiterverkauf. Als Warwara Ardalionowna die Treppe hinaufstieg, hörte sie oben im Haus einen außerordentlichen Lärm und erkannte die Stimmen ihres Bruders und des Vaters. Sie ging in den Saal und erblickte Ganja, der erregt auf und ab lief, bleich vor Wut und nahe daran, sich die Haare auszuraufen; sie verzog das Gesicht und setzte sich mit müdem Ausdruck auf das Sofa, ohne den Hut abzunehmen. Da sie sehr wohl wußte, daß ihr Bruder in großen Zorn geraten würde, wenn sie noch eine Minute schwiege, statt ihn zu fragen, was dieses Hin- und Herlaufen bedeute, so beeilte sie sich, in Form einer Frage zu sagen: »Immer noch das Alte?«

»Was heißt hier das Alte!« rief Ganja. »Das Alte! Nein, hier geht weiß der Teufel was vor und nicht das Alte! Der Alte fängt an toll zu werden ... die Mutter heult. Bei Gott, Warja, wie du willst, aber ich jage ihn aus dem Haus oder ... oder ich gehe selbst fort von euch«, fügte er hinzu, wohl weil er sich erinnerte, daß man aus einem fremden Haus niemanden hinausjagen darf.

»Man muß Nachsicht haben«, murmelte Warja.

»Nachsicht womit? Mit wem?« brauste Ganja auf. »Mit seinen Scheußlichkeiten? Nein, wie du willst, so geht es nicht! Es geht nicht, geht nicht, geht nicht! Und was ist das für ein Benehmen: er ist selbst schuld und tut noch groß! ‚Ich will nicht durchs Tor gehen, reiß den Zaun ab!' Was sitzt du so da? Warum siehst du so verstört aus?«

»Ich sehe aus wie immer«, antwortete Warja unwillig.

Ganja sah sie genauer an. »Warst du dort?« fragte er plötzlich.

»Ja.«

»Warte! Sie schreien wieder! Diese Schmach! Und noch dazu in einer solchen Zeit!«

»Was ist denn für eine Zeit? Es ist doch gar keine besondere Zeit.«

Ganja sah die Schwester noch genauer an. »Hast du etwas erfahren?« fragte er.

»Nichts Unerwartetes wenigstens. Ich habe erfahren, daß alles stimmt. Mein Mann hatte recht; wie er es von Anfang an vorhergesagt hatte, so ist es auch gekommen. Wo ist er?«

»Er ist nicht zu Hause. Was ist denn geschehen?«

»Der Fürst ist Bräutigam, die Sache ist entschieden. Die älteren Schwestern haben es mir gesagt. Aglaja ist einverstanden; sie halten es auch nicht mehr geheim. Bisher taten sie dort immer furchtbar geheimnisvoll. Adelaidas Hochzeit wird wieder hinausgeschoben, damit beide Feiern zugleich stattfinden können, an einem Tage – wie poetisch! Es mutet fast wie ein Gedicht an! Du solltest lieber ein Hochzeitsgedicht machen, statt müßig im Zimmer umherzulaufen. Heute abend wird die Belokonskaja bei ihnen sein; sie ist gerade zur rechten Zeit nach Petersburg gekommen; es werden Gäste eintreffen. Man will ihn der Belokonskaja vorstellen, obwohl sie sich schon kennen; ich glaube, die Verlobung soll bekanntgegeben werden. Sie fürchten bloß, er könnte etwas umwerfen oder zerschlagen, wenn er in Gegenwart der Gäste ins Zimmer kommt, oder selbst hinfallen; von ihm ist es zu erwarten.«

Ganja hörte sehr aufmerksam zu, aber zur Verwunderung seiner Schwester schien die unerwartete Neuigkeit ihn nicht besonders zu erschüttern.

»Nun, das war ja klar«, sagte er nach kurzem Überlegen. »Also Schluß!« fügte er dann mit einem seltsamen Lächeln hinzu, wobei er der Schwester spöttisch ins Gesicht sah und noch immer im Zimmer auf und ab ging, wenn auch viel langsamer.

»Gut noch, daß du es mit philosophischer Ruhe hinnimmst; ich bin wirklich froh«, sagte Warja.

»Ja, so ist man die Last los – du wenigstens.«

»Ich habe dir, meine ich, ehrlich gedient, ohne viel zu reden und dich zu belästigen; ich fragte dich nicht, was für ein Glück du bei Aglaja suchen wolltest.«

»Habe ich denn ... Glück bei Aglaja gesucht?«

»Bitte, komm nicht ins Philosophieren! Gewiß ist es so. Wir haben genug; wir sind die Genarrten. Ich muß gestehen, daß ich diese Sache niemals ernst nehmen konnte; ich habe mich nur ,auf alle Fälle' damit befaßt, da ich mit ihrem lächerlichen Charakter rechnete, vor allem aber, um dir einen Gefallen zu erweisen; es stand neunzig zu zehn, daß es schiefgehen würde. Ich weiß bis jetzt noch nicht, was du eigentlich wolltest.«

»Jetzt wirst du mit deinem Mann mich wieder drängen, eine Stelle anzunehmen; jetzt werden mir Vorlesungen über Ausdauer und Willenskraft gehalten werden; man solle das Geringe nicht verachten und so weiter! Ich weiß das alles längst auswendig!« sagte Ganja lachend.

Er hat etwas Neues im Sinn! dachte Warja.

»Nun – und die drüben, die Alten? Freuen sie sich?« fragte Ganja plötzlich.

»Wohl nicht. Übrigens kannst du selbst deine Schlüsse ziehn; Iwan Fjodorowitsch ist zufrieden; die Mutter hat Angst; schon früher war er ihr als Freier widerwärtig; das weiß man ja.«

»Ich meine etwas anderes; als Bräutigam ist er unmöglich und undenkbar, das ist klar. Ich frage, wie es jetzt dort aussieht. Hat er ein formelles Jawort erhalten?«

»Sie hat bisher nicht nein gesagt – das ist alles; anders aber war es von ihr gar nicht zu erwarten. Du weißt, daß sie auch heute noch bis zur Torheit schüchtern und schamhaft ist; als Kind verkroch sie sich in einen Schrank und saß zwei, drei Stunden drin, nur um sich nicht den Gästen zeigen zu müssen; nun ist sie erwachsen, aber es ist immer noch das alte. Weißt du, ich glaube, es ist wirklich etwas Ernstes dabei, sogar von ihrer Seite. Über den Fürsten, heißt es, lacht sie aus vollem Halse, von früh bis spät, um nicht merken zu lassen, daß sie ihm sicher jeden Tag etwas zuzuflüstern weiß, denn er geht umher wie im Himmel, er strahlt . . . Er soll furchtbar komisch sein. Von ihnen selbst habe ich es gehört. Es schien mir sogar, daß sie mir ins Gesicht lachten, die älteren ...«

Ganja machte endlich ein finsteres Gesicht. Vielleicht hatte Warja sich absichtlich in dieses Thema vertieft, um seine wahren Gedanken zu erraten. Aber da ertönte oben lautes Geschrei.

»Ich werfe ihn hinaus!« brüllte Ganja, als freute er sich, seinen Ärger auslassen zu können.

»Und dann stellt er uns wieder vor aller Welt bloß wie gestern.«

»Wie gestern? Was heißt das: wie gestern? Hat er denn ...« sagte Ganja plötzlich furchtbar erschreckt.

»Ach, mein Gott, weißt du es denn nicht?« besann sich Warja.

»Wie? So ist es also wahr, daß er dort war?« rief Ganja und wurde ganz rot vor Scham und Wut. »Mein Gott, du kommst ja von dort! Hast du etwas erfahren? War der Alte dort? Ja oder nein?« Ganja stürzte zur Tür; Warja eilte ihm nach und packte ihn mit beiden Händen.

»Was willst du? Wohin willst du?« sagte sie. »Läßt du ihn jetzt hinaus, so treibt er es noch ärger, dann rennt er überall hin.«

»Was hat er dort angerichtet? Was hat er geredet?«

»Sie hatten es nicht verstanden und wußten es nicht recht zu erzählen; nur in Schrecken hat er sie alle versetzt. Er kam zu Iwan Fjodorowitsch – der war nicht zu Hause; da verlangte er Lisaweta Prokofjewna zu sprechen. Zuerst bat er sie, ihm eine Stelle zu verschaffen, dann fing er an sich über uns zu beklagen, über mich, meinen Mann, besonders aber über dich ... weiß Gott, was er alles zusammengeschwatzt hat.«

»Konntest du es nicht erfahren?« fragte Ganja, der wie in einem Krampf zitterte.

»Wie sollte ich! Er selbst verstand kaum, was er redete, vielleicht hat man mir auch nicht alles mitgeteilt.«

Ganja faßte sich an den Kopf und lief zum Fenster; Warja setzte sich ans andre Fenster.

»Wie komisch diese Aglaja ist«, bemerkte sie plötzlich. »Sie hält mich an und sagt: ‚Sprechen Sie Ihren Eltern meine besondere persönliche Hochachtung aus; ich finde bestimmt in diesen Tagen eine Gelegenheit, Ihren Herrn Vater zu sprechen.‘ Das sagte sie ganz ernst. Sehr sonderbar ...«

»Nicht zum Spott? Nicht zum Spott?«

»Das ist es ja eben! Das ist doch das sonderbare!«

»Weiß sie das mit dem Alten oder nicht, was meinst du?«

»Daß man bei ihnen im Hause nichts weiß, ist für mich außer allem Zweifel; aber du hast mich auf einen Gedanken gebracht: Aglaja weiß es vielleicht. Sie allein weiß es, denn die Schwestern waren auch erstaunt, als sie so ernsthaft den Vater grüßen ließ. Und warum gerade ihn? Wenn sie es weiß, so hat der Fürst es ihr gesagt.«

»Das ist nicht schwer zu erraten, wer es gesagt hat! Ein Dieb! Das hätte noch gefehlt! Ein Dieb in unserer Familie, als Oberhaupt der Familie!«

»Ach, Unsinn!« schrie Warja ernstlich erzürnt, »eine Saufbrudergeschichte, weiter nichts. Und wer hat sie erfunden? Lebedew, der Fürst ... die sind mir die Rechten! Hohe Geister! Ich gebe nicht das Geringste darauf.«

»Der Alte ein Dieb und Säufer«, fuhr Ganja gehässig fort, »ich ein Bettler, der Mann meiner Schwester Wucherer – höchst verlockend für Aglaja! Herrlich, nichts zu sagen!«

»Dieser Mann deiner Schwester, der Wucherer, ist es, der ...«

»Für meinen Unterhalt sorgt, meinst du? Geniere dich bitte nicht!«

»Warum ärgerst du dich?« fuhr Warja ihn an. »Nichts begreifst du, wie ein Schulbube! Du glaubst, das alles könnte dir in Aglajas Augen schaden? Du kennst ihren Charakter nicht; sie weist den vornehmsten Freier zurück und läuft mit Wonne zu irgendeinem Studenten, mit ihm in einer Dachkammer Hungers zu sterben – das ist doch ihr Traum! Du hast ja nie begreifen können, wie interessant du ihr erscheinen würdest, wenn du unsere Verhältnisse mit Festigkeit und Stolz zu tragen wüßtest. Der Fürst hat sie doch damit geangelt – erstens, weil er überhaupt nicht hinter ihr her war, und zweitens, weil er in den Augen aller ein Idiot ist. Schon daß sie ihm zuliebe die ganze Familie in Aufruhr versetzt, macht ihr jetzt das größte Vergnügen! Ach, nichts könnt ihr begreifen!«

»Na, das wollen wir noch sehen, ob wir etwas begreifen oder nicht«, brummte Ganja geheimnisvoll, »ich möchte aber doch nicht, daß sie das mit dem Vater erfährt. Ich glaubte, der Fürst würde sich bezwingen und es nicht erzählen. Er hat auch Lebedew im Zaum gehalten; er wollte auch mir nicht alles sagen, als ich drängte ...«

»Du siehst also selbst, daß auch ohne ihn schon alles ruchbar geworden ist. Und was willst du jetzt noch? Worauf hoffst du? Selbst wenn du noch eine Hoffnung hättest, so würde das dich in ihren Augen nur als Märtyrer erscheinen lassen.«

»Nun, vor einem Skandal hätte auch sie Angst trotz all ihrer Romantik. Alles geht nur bis zu einer gewissen Grenze, und alle gehen nur bis zu einer gewissen Grenze; so seid ihr allesamt.«

»Aglaja hätte Angst?« brauste Warja auf und sah den Bruder verächtlich an. »Du hast aber eine niedrige Seele! Ihr alle seid nichts wert! Mag sie lächerlich und wunderlich sein, sie ist tausendmal edler als wir alle.«

»Laß doch, laß doch, ärgere dich nicht!« brummte Ganja wieder selbstzufrieden.

»Mir tut nur die Mutter leid«, fuhr Warja fort, »ich fürchte, die Geschichte mit dem Vater könnte auch ihr zu Ohren kommen. Ach, ich fürchte das so sehr!«

»Sie weiß es sicher schon«, bemerkte Ganja.

Warja war aufgestanden, um zu Nina Alexandrowna hinaufzugehen, blieb aber stehen und sah den Bruder aufmerksam an. »Wer hätte es ihr denn sagen können?« fragte sie.

»Ippolit wahrscheinlich. Es muß ihm ein besonderes Vergnügen gewesen sein, der Mutter Bericht darüber zu erstatten, sobald er zu uns übergesiedelt war.«

»Ja, woher weiß er es denn, sag doch bitte? Der Fürst

und Lebedew hatten beschlossen, niemandem etwas zu sagen, sogar Kolja weiß nichts.«

»Ippolit? Er hat es selbst herausgebracht. Du kannst dir nicht vorstellen, was das für ein schlauer Kerl ist; was für ein Klatschmaul und was für eine Spürnase, die alles Schlechte, alles Skandalöse herausschnüffelt! Du magst mir glauben oder nicht, ich bin überzeugt, daß er auch Aglaja schon beeinflußt hat! Oder wenn nicht, so wird er es bald. Rogoschin hat auch schon Beziehungen mit ihm angeknüpft. Wie das der Fürst nicht merkt! Und wie gern würde er mir jetzt ein Bein stellen! Er hält mich für seinen persönlichen Feind, das habe ich längst erkannt – und was hat er davon? Wozu das alles? Er wird doch bald sterben! Ich kann es nicht verstehen! Aber ich drehe ihm eine Nase; du wirst sehen, daß nicht er mich, sondern ich ihn zu Fall bringe.«

»Warum hast du ihn denn hierher gelockt, wenn du ihn so haßt? Und ist er es denn wert, daß man ihn zu Fall bringt?«

»Du selbst hast mir doch geraten, ihn herüberzuholen.«

»Ich dachte, er würde uns von Nutzen sein; weißt du übrigens, daß er jetzt selber in Aglaja verliebt ist und ihr geschrieben hat? Man hat mich ausgefragt ... ich glaube, er hat sogar an Lisaweta Prokofjewna geschrieben.«

»In dieser Hinsicht ist er ungefährlich!« sagte Ganja mit boshaftem Lachen. »Übrigens, irgend etwas stimmt da nicht. Daß er verliebt ist, kann sehr gut möglich sein, denn er ist ein dummer Junge! Aber ... er wird der Alten doch keine anonymen Briefe schreiben. Er ist ein Mensch von so boshafter, nichtiger, selbstzufriedener Mittelmäßigkeit! ... Ich bin überzeugt, ich weiß genau, daß er mich ihr als Intriganten hingestellt hat. Damit hat er angefangen. Ich muß gestehen, ich verplapperte mich erst wie ein Narr; ich dachte, daß er aus bloßer Rachsucht gegen den Fürsten auf meine Interessen eingehen würde; er ist ein so schlauer Kerl! Oh, ich durchschaue ihn jetzt ganz und gar! Und von diesem Diebstahl hat er von seiner eigenen Mutter gehört, von der Hauptmannswitwe. Wenn der Alte sich dazu entschlossen hat, so war es um der Hauptmannswitwe willen. Plötzlich meldet er mir ganz unerwartet, mir nichts, dir nichts, der ‚General' habe seiner Mutter vierhundert Rubel versprochen, und das so ganz unvermittelt, ohne alle Umstände. Nun begriff ich alles. Und dabei sah er mir so in die Augen, mit einem gewissen Genuß; der Mutter hat er sicher dasselbe gesagt, einzig um des Vergnügens willen, ihr das Herz in Stücke zu reißen. Und warum stirbt er nicht, sag mir bitte! Er hat sich doch verpflichtet, in drei Wochen zu sterben – und ist hier noch dick geworden! Er hustet viel weniger; gestern abend sagte er selbst, er huste schon seit zwei Tagen kein Blut mehr.«

»Wirf ihn hinaus.«

»Ich hasse ihn nicht, aber ich verachte ihn«, sagte Ganja stolz. »Nun, und wenn ich ihn auch hasse, wenn auch!« rief er plötzlich mit außerordentlicher Erbitterung, »und ich sage es ihm ins Gesicht, wenn er im Sterben liegt auf seinem Kissen! Wenn du seine Beichte gelesen hättest – o Gott, diese Naivität der Frechheit! Das ist ein Leutnant Pirogow, ein tragischer Nosdrjow*, vor allem aber ein dummer Junge! Oh, mit welchem Genuß hätte ich ihn damals verprügelt, gerade um ihn in Staunen zu setzen. Jetzt rächt er sich an allen dafür, daß es ihm damals nicht gelungen ist ... Aber was ist denn das? Da ist ja wieder Lärm! Was soll denn das? Ich dulde das einfach nicht mehr!« schrie er Ptizyn an, der ins Zimmer kam, »was soll das? Wie weit soll das noch kommen? Das ... das ...«

Der Lärm kam immer näher, die Tür ging plötzlich auf, und der alte Iwolgin fiel zornerfüllt, feuerrot, erschüttert und außer sich ebenfalls über Ptizyn her. Hinter dem Alten kamen Nina Alexandrowna, Kolja und als letzter Ippolit.

2

Ippolit wohnte schon seit zwei Tagen bei Ptizyn. Das war ganz von selbst gekommen, ohne besondere Erörterungen und ohne jeden Zwist mit dem Fürsten; sie hatten sich nicht

* Verbummelter Gutsbesitzer in Gogols Roman „Tote Seelen" (Anmerkung des Übersetzers).

nur nicht gezankt, sondern trennten sich dem Anschein nach sogar als Freunde. Gawrila Ardalionowitsch, der sich an jenem Abend gegen Ippolit so feindselig gezeigt hatte, besuchte ihn von selbst schon am dritten Tag nach dem Ereignis; er wurde wohl von einem plötzlichen Einfall dazu getrieben. Auch Rogoschin besuchte den Kranken öfters, ohne daß jemand hätte sagen können, aus welchem Grund. Dem Fürsten schien es anfangs, als wäre es für den »armen Jungen« sogar besser, wenn er nicht in seinem Haus bliebe. Aber schon während des Umzugs äußerte Ippolit, er ziehe zu Ptizyn, »der so gut sei, ihm einen Winkel zur Verfügung zu stellen«, sagte aber wie absichtlich kein einziges Mal, daß er zu Ganja ziehe, obgleich gerade Ganja darauf bestanden hatte, daß man ihn aufnehme. Ganja war das sofort aufgefallen, er merkte es sich und war in seinem Herzen tief gekränkt.

Er hatte recht, als er der Schwester sagte, es gehe dem Kranken besser. In der Tat fühlte sich Ippolit etwas wohler als früher; man sah es ihm auf den ersten Blick an. Er trat langsam ins Zimmer, als letzter, mit spöttischem und boshaftem Lächeln. Nina Alexandrowna kam ganz erschreckt herein. (Sie hatte sich in diesem halben Jahr sehr verändert, war abgemagert; nachdem sie ihre Tochter verheiratet hatte und zu ihr ins Haus gezogen war, mischte sie sich äußerlich fast gar nicht mehr in die Angelegenheiten ihrer Kinder.) Kolja zeigte sich sehr besorgt und gewissermaßen ratlos; vieles an der »Verrücktheit« des Generals, wie er es nannte, war ihm unverständlich, denn er kannte die eigentlichen Ursachen dieses neuen Wirrwarrs im Hause nicht. Aber es war ihm klar, daß sein Vater sich überall und jederzeit so töricht benahm und sich plötzlich so vollkommen geändert hatte, als wäre er gar nicht mehr derselbe Mensch wie früher. Es beunruhigte ihn auch, daß der Alte in den letzten drei Tagen gar nicht mehr trank. Er wußte, daß er mit Lebedew und dem Fürsten auseinandergekommen war, ja sich geradezu mit ihnen überworfen hatte. Kolja war soeben mit einer Flasche Branntwein nach Hause gekommen, die er von seinem eigenen Geld gekauft hatte.

»Wirklich, Mama«, hatte er Nina Alexandrowna noch oben beteuert, »wirklich, er soll lieber trinken. Drei Tage schon hat er keinen Tropfen zu sich genommen; es ist also Wehmut, was ihn plagt. Wirklich, es ist besser so; ich brachte ihm ja auch ins Schuldgefängnis Branntwein ...«

Der General riß die Tür auf, blieb auf der Schwelle stehen und schien vor Entrüstung zu beben. »Sehr geehrter Herr!« donnerte er Ptizyn an, »wenn Sie wirklich beschlossen haben, dem Milchbart und Atheisten einen ehrwürdigen Greis, Ihren Vater oder zum mindesten den Vater Ihrer Gattin zu opfern, der sich vor seinem Kaiser verdient gemacht hat, so wird mein Fuß von dieser Stunde ab nicht mehr in Ihrem Hause weilen! Wählen Sie, mein Herr, wählen Sie: entweder ich oder dieser ... Bohrer! Ja, Bohrer! Das Wort entfuhr mir zufällig, aber es ist das richtige! Denn er bohrt ohne jeden Respekt an meiner Seele ...«

»Sollte es nicht Korkzieher heißen?« fiel Ippolit ein.

»Nein, nicht Korkzieher, denn für dich bin ich ein General und keine Flasche. Ich habe Auszeichnungen und Orden ... und du hast nichts! Er oder ich! Entscheiden Sie, mein Herr, sofort, augenblicklich!« schrie er Ptizyn wie ein Rasender an. Kolja schob ihm einen Stuhl hin, und er ließ sich ganz ermattet auf ihn fallen.

»Wirklich, es wäre besser für Sie ... auszuschlafen«, murmelte der verblüffte Ptizyn.

»Er wagt noch zu drohen!« sagte Ganja halblaut zu seiner Schwester.

»Ausschlafen!« rief der General. »Ich bin nicht betrunken, mein Herr, und Sie beleidigen mich! Ich sehe«, fuhr er fort und stand wieder auf, »hier ist alles gegen mich, alles und alle. Genug! Ich gehe! Aber Sie müssen wissen, mein Herr, Sie müssen wissen ...«

Man ließ ihn nicht zu Ende reden und zwang ihn wieder zum Sitzen; man redete ihm zu, bat ihn, sich zu beruhigen. Ganja zog sich wütend in eine Ecke zurück. Nina Alexandrowna zitterte und weinte.

»Was habe ich ihm denn getan? Worüber beschwert er sich?« schrie Ippolit grinsend.

»Haben Sie ihm etwa nichts getan?« bemerkte Nina Alexandrowna plötzlich. »Sie sollten sich schämen ... den alten Mann so unmenschlich zu quälen ... und noch in Ihrer Lage.«

»Was heißt in meiner Lage, gnädige Frau? Ich schätze Sie sehr, eben Sie, persönlich, aber ...«

»Er ist ein Bohrer!« schrie der General. »Er bohrt sich in mein Herz und meine Seele ein! Er will, daß ich an den Atheismus glaube! Merke dir, du Milchbart: du warst noch nicht geboren, da war ich schon mit Ehrenzeichen überschüttet; du bist nur ein neidischer Wurm, ein mitten entzweigerissener, der hustet ... und an Bosheit und Unglauben stirbt ... Und warum hat Gawrila dich hierher gebracht? Alle sind gegen mich, von den Fremden angefangen bis zu meinem eigenen Sohn!«

»Hören Sie auf! Was soll die Tragödie!« rief Ganja. »Sie sollten uns nicht in der ganzen Stadt zum Gespött machen, das wäre besser!«

»Ich dich zum Gespött, du Milchbart! Dich? Ich kann dich nur zu Ehren bringen, aber nicht entehren!« Er sprang auf, und man konnte ihn nicht mehr zurückhalten; aber auch Gawrila Ardalionowitsch war außer sich geraten.

»Er redet noch von Ehre!« rief er wütend.

»Was hast du gesagt?« donnerte der General, wurde bleich und ging einen Schritt auf ihn zu.

»Daß ich nur den Mund aufzutun brauche, um ...« brüllte Ganja plötzlich, brachte den Satz aber nicht zu Ende. Beide standen einander gegenüber, aufs äußerste erschüttert, besonders Ganja.

»Ganja, was fällt dir ein!« rief Nina Alexandrowna und stürzte auf ihren Sohn zu, um ihn zurückzuhalten.

»Was ist das für ein albernes Gerede von allen Seiten!« fuhr Warja scharf und ungehalten dazwischen. »Lassen Sie doch, Mama!« Sie fiel ihr in den Arm.

»Nur der Mutter zuliebe übe ich Schonung«, sagte Ganja tragisch.

»Rede!« brüllte der General ganz außer sich, »rede, sonst trifft dich der Fluch deines Vaters! Rede!«

»Als ob ich Ihren Fluch fürchtete! Wer ist denn daran schuld, daß Sie sich seit acht Tagen wie ein Verrückter gebärden? Acht Tage, ich kann es genau nachzählen ... Sehen Sie sich vor; bringen Sie mich nicht zum äußersten. Sonst sage ich alles ... Weshalb sind Sie gestern zu Jepantschins geschlichen? Das nennt sich noch einen alten Mann, Graukopf und Familienvater! Herrlich!«

»Schweig, Ganja!« schrie Kolja. »Schweig, du Dummkopf!«

»Was hab ich ihm denn getan? Wieso habe ich ihn gekränkt?« fragte Ippolit beharrlich, aber doch immer noch in dem alten spöttischen Ton. »Warum nennt er mich einen Bohrer? Sie haben es doch gehört? Er selbst läßt mir keine Ruhe: kommt zu mir und erzählt mir allerlei von irgendeinem Kapitän Jeropegow. Mich verlangt gar nicht nach Ihrer Gesellschaft, General; ich ging Ihnen schon früher aus dem Weg, das wissen Sie selber. Was kümmert mich Ihr Kapitän Jeropegow?! Ich bin nicht des Kapitäns Jeropegow wegen hierher gezogen. Ich sprach nur laut meine Meinung aus, daß dieser Kapitän Jeropegow vielleicht niemals existiert hat. Und deswegen stellt er das ganze Haus auf den Kopf!«

»Ganz gewiß hat er nicht existiert«, erklärte Ganja schroff.

Der General aber stand da wie vor den Kopf geschlagen und blickte nur verständnislos um sich. Die Worte des Sohns verblüfften ihn durch ihre ungeheure Offenheit. Im ersten Augenblick war er geradezu sprachlos. Endlich, erst als Ippolit in lautes Lachen über Ganjas Antwort ausbrach und ausrief: »Nun, da hören Sie es! Ihr eigener Sohn sagt, daß es nie einen Kapitän Jeropegow gegeben hat!« – brummte der Alte ganz außer Fassung: »Kapiton Jeropegow, nicht Kapitän ... Kapiton ... Oberstleutnant a. D. Jeropegow ... Kapiton.«

»Es hat auch keinen Kapiton gegeben!« rief Ganja in größter Wut.

»Aber ... wieso denn nicht?« brummte der General, und das Blut stieg ihm ins Gesicht.

»Lassen Sie doch«, beruhigten ihn Ptizyn und Warja.

»Schweig, Ganja!« rief Kolja wieder.

Aber dieses Eintreten für ihn schien auch den General

wieder zur Besinnung zu bringen. »Wieso hat es ihn nicht gegeben? Warum soll er nicht existiert haben?« fuhr er den Sohn grimmig an.

»Weil er eben nicht existiert hat. Er hat nie existiert und damit basta, er kann auch gar nicht existiert haben! Da haben Sie es! Und nun lassen Sie mich in Ruhe, sage ich Ihnen.«

»Und das ist mein Sohn ... mein eigener Sohn, den ich ... o Gott! Jeropegow, Jeroschka Jeropegow soll nicht existiert haben!«

»Da haben wir es! Bald heißt er Jeroschka, bald Kapitoschka!« warf Ippolit dazwischen.

»Kapitoschka, mein Herr, Kapitoschka und nicht Jeroschka! Kapiton, Kapiton Alexejewitsch, das heißt, Kapiton ... Oberstleutnant ... a. D. ... verheiratet mit Marja ... Marja Petrowna Su ... Su ... mein Freund und Kamerad ... Sugina ... noch aus der Fähnrichszeit. Für ihn vergoß ich ... mit meinem Leibe schützte ich ihn ... er ist gefallen. Kapitoschka Jeropegow soll nicht existiert haben! Nicht existiert haben!« Der General schrie wütend, aber in einer Weise, daß man hätte glauben können, der Streit und das Geschrei gälten zwei ganz verschiedenen Dingen. Zu anderer Zeit hätte er wohl auch etwas viel Kränkenderes als den Zweifel an der Existenz des Kapiton Jeropegow ertragen, hätte geschrien, Streit angefangen, wäre außer sich geraten, zu guter Letzt aber doch nach oben in sein Zimmer gegangen, um zu schlafen. Jetzt jedoch geschah es dank der außerordentlichen Seltsamkeit des Menschenherzens, daß gerade eine Kränkung wie der Zweifel an der Existenz Jeropegows die Schale des Zorns zum Überlaufen brachte. Der Alte wurde feuerrot, erhob die Arme und schrie: »Genug! Meinen Fluch ... fort aus diesem Haus! Nikolaj! Bring meinen Reisesack, ich gehe ... fort!«

Er ging eilig und in außerordentlichem Zorn hinaus. Nina Alexandrowna, Kolja und Ptizyn stürzten ihm nach.

»Was hast du jetzt angerichtet!« sagte Warja zu ihrem Bruder. »Jetzt schleicht er vielleicht wieder dorthin. Diese Schande, diese Schande!«

»Er soll nicht stehlen!« schrie Ganja, ganz außer Atem

vor Wut; plötzlich begegnete sein Blick dem Ippolits; Ganja fing beinahe an zu zittern. »Und Sie, verehrter Herr«, schrie er, »sollten nicht vergessen, daß Sie in einem fremden Haus sind, wo Sie ... Gastfreundschaft genießen, und einen alten Mann nicht reizen dürfen, der augenscheinlich den Verstand verloren hat ...«

Ippolit zuckte ebenfalls zusammen, aber er beherrschte sich sofort wieder. »Ich bin nicht ganz mit Ihnen einverstanden, daß Ihr Herr Papa den Verstand verloren hat«, entgegnete er ruhig, »mir scheint im Gegenteil, als hätte er in der letzten Zeit an Verstand zugenommen, bei Gott! Sie glauben es nicht? Er ist so vorsichtig geworden, so argwöhnisch, will alles auskundschaften, wägt jedes Wort ... Von diesem Kapitoschka hat er ja in ganz bestimmter Absicht mit mir zu reden angefangen; stellen Sie sich vor, er wollte mir nahelegen ...«

»Den Teufel kümmre ich mich drum, was er Ihnen nahelegen wollte! Ich bitte, mir keine Komödie vorzuspielen, werter Herr!« heulte Ganja auf. »Wenn Sie den wahren Grund wissen, warum der Alte sich in einem derartigen Zustande befindet – und Sie haben in diesen fünf Tagen so eifrig bei mir spioniert, daß Sie es bestimmt wissen –, so hätten Sie den ... Unglücklichen nicht reizen und meine Mutter nicht durch Ihre Übertreibungen ängstigen sollen, denn die ganze Sache ist ein Unsinn, eine Säufergeschichte, nichts weiter, durch nichts bewiesen, und ich gebe nichts darauf ... Aber Sie müssen immer hetzen und spionieren, denn Sie sind ... Sie sind ...«

»Ein Bohrer«, sagte Ippolit mit hämischem Lächeln.

»Ein Lump sind Sie! Eine halbe Stunde lang haben Sie die Leute gequält in der Meinung, Sie könnten sie dadurch erschrecken, daß Sie sich mit Ihrer ungeladenen Pistole erschießen würden, mit der Sie sich so jammervoll blamiert haben, Sie verhinderter Selbstmörder Sie, Sie Gallenerguß auf zwei Beinen! Ich habe Sie gastfreundlich aufgenommen, Sie sind dick geworden, husten nicht mehr, und Ihr Dank dafür ist ...«

»Nur ein paar Worte, wenn ich bitten darf! Ich wohne bei

Warwara Ardalionowna und nicht bei Ihnen; Sie haben mir keinerlei Gastfreundschaft erwiesen, und ich glaube sogar, daß Sie selber die Gastfreundschaft des Herrn Ptizyn genießen. Vor vier Tagen bat ich meine Mutter, mir in Pawlowsk eine Wohnung zu suchen und selbst hierher überzusiedeln, denn ich fühle mich in der Tat hier wohler, wenn ich auch keineswegs dick geworden bin und immer noch huste. Die Mutter benachrichtigte mich gestern abend, daß die Wohnung bereitsteht, und ich beeile mich Ihnen meinerseits mitzuteilen, daß ich, nachdem ich Ihrer Frau Mutter und Ihrer Schwester meinen Dank ausgesprochen habe, noch heute meine eigene Wohnung beziehe, wie ich es schon gestern abend beschlossen habe. Entschuldigen Sie, daß ich Sie unterbrochen habe; Sie wollten, glaube ich, noch vieles sagen.«

»Oh, wenn es so ist ...« begann Ganja zitternd.

»Wenn es so ist, dann gestatten Sie mir, mich zu setzen«, sagte Ippolit und setzte sich seelenruhig auf den Stuhl, auf dem der General gesessen hatte, »ich bin immerhin krank. So, jetzt bin ich bereit, Sie anzuhören, um so mehr, als das unser letztes Gespräch ist und vielleicht sogar unsere letzte Begegnung.«

Ganja mußte sich plötzlich schämen.

»Glauben Sie mir, daß ich mich nicht so weit erniedrigen werde, mit Ihnen abzurechnen«, sagte er, »und wenn Sie ...«

»Sie setzen sich ganz unnütz aufs hohe Pferd«, unterbrach ihn Ippolit, »ich meinerseits habe schon am ersten Tag nach meiner Übersiedlung hierher mir das Wort gegeben, nicht auf das Vergnügen zu verzichten, Ihnen beim Abschied alles in größter Aufrichtigkeit vorzuhalten. Und ich beabsichtige das eben jetzt zu tun – nach Ihnen, versteht sich.«

»Und ich bitte Sie, dieses Zimmer zu verlassen.«

»Reden Sie lieber; Sie werden es nachher bereuen, daß Sie sich nicht ausgesprochen haben.«

»Hören Sie auf, Ippolit; alles das ist furchtbar beschämend; tun Sie mir den Gefallen, hören Sie auf!« sagte Warja.

»Höchstens der Dame zuliebe«, erwiderte Ippolit lachend und stand auf. »Schön, Warwara Ardalionowna, Ihnen zuliebe bin ich bereit, die Diskussion abzukürzen, aber auch nur abzukürzen, denn eine Aussprache zwischen mir und Ihrem Herrn Bruder ist unbedingt notwendig, und ich kann mich nicht entschließen fortzugehen, ohne alles geklärt zu haben.«

»Um es kurz zu sagen: Sie sind ein Klatschmaul«, schrie Ganja, »darum können Sie sich nicht entschließen zu gehen, ohne noch ein paar Klatschgeschichten erzählt zu haben!«

»Sehen Sie«, bemerkte Ippolit kaltblütig, »da haben Sie sich wieder nicht beherrschen können. Wirklich, Sie werden es bedauern, daß Sie sich nicht ausgesprochen haben. Ich trete Ihnen nochmals das Wort ab. Ich warte.«

Gawrila Ardalionowitsch schwieg und blickte verächtlich drein.

»Sie wollen nicht. Sie beabsichtigen, Charakter zu zeigen. Wie es Ihnen beliebt. Ich meinerseits will mich möglichst kurz fassen. Zwei oder dreimal wurde mir heute Ihre Gastfreundschaft vorgeworfen; das ist ungerecht. Als Sie mich aufforderten, zu Ihnen umzuziehen, stellten Sie selber mir eine Falle; Sie meinten, ich wolle mich an dem Fürsten rächen. Sie hörten außerdem, daß Aglaja Iwanowna mir Teilnahme entgegengebracht und meine Beichte gelesen habe. In der Annahme, daß ich mich ganz Ihren Interessen unterordnen würde, glaubten Sie in mir einen Bundesgenossen zu finden. Ich verzichte auf Einzelheiten! Von Ihnen verlange ich weder ein Geständnis noch eine Bestätigung; es genügt, daß ich Sie mit Ihrem Gewissen alleinlasse und daß wir einander jetzt ausgezeichnet verstehen.«

»Aber Sie machen ja Gott weiß was aus der gewöhnlichsten Sache!« rief Warja.

»Ich sagte dir ja: er ist ein Klatschmaul und ein dummer Junge«, sagte Ganja.

»Gestatten Sie, Warwara Ardalionowna, ich rede weiter. Den Fürsten kann ich natürlich weder lieben noch achten; aber er ist ein wahrhaft guter Mensch, wenn auch ... ziemlich lächerlich. Aber ihn zu hassen hätte ich nicht den geringsten Grund; ich habe Ihren Bruder nichts merken lassen, als er selbst mich gegen den Fürsten aufhetzte; ich rechnete eben darauf, als letzter zu lachen. Ich wußte, daß Ihr Bruder sich mir gegenüber verplappern und einen sehr großen Fehler begehen würde. So geschah es auch ... Ich bin jetzt bereit, ihn zu schonen, aber einzig aus Achtung vor Ihnen, Warwara Ardalionowna. Aber da ich Ihnen dargelegt habe, daß man mich nicht so leicht fangen kann, muß ich Ihnen auch darlegen, warum ich Ihren Bruder so gerne zum Narren gemacht hätte. Sie sollen wissen, daß ich das aus Haß getan habe, das gestehe ich ganz offen. Im Sterben – denn ich sterbe doch, wenn ich auch dick geworden bin, wie Sie behaupten – im Sterben fühlte ich noch, daß ich mit viel ruhigerer Seele ins Paradies wandern würde, wenn es mir vorher gelänge, wenigstens einen Vertreter jener zahllosen Sorte von Menschen zum Narren zu machen, die ich mein ganzes Leben lang gehaßt habe und zu deren höchst typischen Vertretern Ihr hochverehrter Herr Bruder gehört. Ich hasse Sie, Gawrila Ardalionowitsch, einzig deswegen – Ihnen wird das vielleicht wunderlich vorkommen – einzig deswegen, weil Sie der Typus und die Verkörperung, die Personifikation und der Höhepunkt der frechsten, selbstzufriedensten, trivialsten und widerwärtigsten Mittelmäßigkeit sind! Sie sind die aufgeblasene Mittelmäßigkeit, die Mittelmäßigkeit, die nicht zweifelt und olympisch beruhigt ist, Sie sind die Routine in der höchsten Potenz! Nicht die geringste eigene Idee könnte je in Ihrem Geist oder Ihrem Herzen Form gewinnen. Aber Sie sind unendlich neidisch; Sie sind fest überzeugt, daß Sie das größte Genie sind, aber in dunkeln Augenblicken überkommt Sie doch der Zweifel, und dann ärgern Sie sich und sind neidisch. Oh, es gibt auch noch dunkle Punkte an Ihrem Horizont; sie werden verschwinden, wenn Sie endgültig verdummt sind, und so weit werden Sie bald sein; dennoch aber steht Ihnen noch eine lange und abwechslungsreiche, wenn auch nicht gerade lustige Wanderung bevor, und das freut mich. Erstens prophezeie ich Ihnen, daß Sie eine gewisse Dame nicht erobern werden ...«

»Das ist unerträglich!« rief Warja. »Kommen Sie denn gar nicht zu Ende, Sie widerwärtiger Giftmolch?«

Ganja war bleich geworden, er zitterte und schwieg. Ippolit lächelte, sah ihn scharf und mit Genuß an, richtete dann den Blick auf Warja, lächelte, verbeugte sich und ging hinaus, ohne auch nur ein Wort hinzuzufügen.

Gawrila Ardalionowitsch hätte sich mit Recht über sein Schicksal beklagen können. Eine Zeitlang konnte Warja sich nicht entschließen, ihn anzureden; sie sah ihn nicht einmal an, als er mit großen Schritten vor ihr auf und ab ging; schließlich blieb er am Fenster stehen und kehrte ihr den Rücken zu. Warja dachte an das russische Sprichwort: »Der Knüppel hat zwei Enden.« Oben wurde es wieder laut.

»Gehst du?« fragte Ganja, der sich plötzlich nach ihr umwandte, als er hörte, daß sie aufstand. »Warte noch. Sieh dir mal das hier an!« Er ging auf sie zu und warf auf den Stuhl vor ihr einen kleinen zusammengefalteten Zettel.

»Mein Gott!« rief Warja und schlug die Hände zusammen.

Auf dem Zettel standen genau sieben Zeilen:

»Gawrila Ardalionowitsch! Da ich mich von Ihrer Zuneigung zu mir überzeugt habe, entschließe ich mich, Sie in einer für mich sehr wichtigen Angelegenheit um Rat zu fragen. Ich möchte Sie morgen, Punkt sieben Uhr früh, bei der grünen Bank sprechen. Das ist in der Nähe unseres Landhauses. Warwara Ardalionowna, die Sie *unbedingt* begleiten muß, kennt diese Stelle sehr gut. A. J.«

»Da soll einer aus ihr klug werden!« sagte Warwara Ardalionowna und zuckte die Achseln.

Ganja konnte nicht anders, als seiner Siegesfreude Ausdruck verleihen, besonders nach den so demütigenden Weissagungen Ippolits. Ein selbstzufriedenes Lächeln erglänzte unverhohlen auf seinem Gesicht, und auch Warja strahlte vor Freude.

»Und das an demselben Tage, an dem ihre Verlobung bekanntgegeben werden soll! Da mag nun einer aus ihr klug werden!«

»Was, glaubst du, will sie morgen mit mir besprechen?« fragte Ganja.

»Das ist ganz gleich. Die Hauptsache ist, daß sie nach sechs Monaten zum erstenmal dich wiederzusehen wünscht. Höre also, Ganja: Um was es sich auch handeln mag, wie die Dinge auch laufen mögen, du mußt wissen, daß die Sache sehr wichtig ist! Überaus wichtig! Renommiere nicht wieder, mach nicht wieder einen Fehler, aber sei auch nicht feige, verstehst du? Wie sollte sie nicht begriffen haben, weswegen ich ein halbes Jahr lang zu ihnen lief? Und stelle dir vor: nicht ein Wort hat sie mir heute gesagt, nichts hat sie sich anmerken lassen. Ich kam ja ganz heimlich zu ihnen, die Alte wußte nicht, daß ich da war, sonst hätte sie mich am Ende fortgejagt. Dir zuliebe habe ich es riskiert, ich mußte durchaus wissen ...«

Wieder ertönten oben Geschrei und Lärm; mehrere Personen kamen die Treppe herunter.

»Das dürfen wir jetzt in keinem Fall zulassen!« rief Warja hastig und erschrocken. »Es darf nichts geschehen, was auch nur im entferntesten nach Skandal aussieht! Geh, bitte ihn um Verzeihung!«

Aber das Oberhaupt der Familie war schon auf der Straße. Kolja trug ihm die Reisetasche nach. Nina Alexandrowna stand vor der Tür und weinte; sie wollte ihm nachlaufen, aber Ptizyn hielt sie zurück.

»Sie reizen ihn dadurch nur noch mehr«, sagte er zu ihr. »Er findet ja nirgends Unterkunft; in einer halben Stunde bringt man ihn wieder zurück; ich habe schon mit Kolja gesprochen; lassen Sie ihn sich austoben.«

»Was machen Sie für Geschichten? Wohin wollen Sie?« schrie Ganja aus dem Fenster. »Sie kommen doch nirgends unter!«

»Kommen Sie zurück, Papa!« rief Warja. »Die Nachbarn hören zu ...«

Der General blieb stehn, wandte sich um, streckte den Arm aus und rief:

»Ich verfluche dieses Haus!«

»Immer dieses theatralische Getue!« brummte Ganja und schloß laut das Fenster.

Die Nachbarn hörten tatsächlich zu. Warja lief aus dem Zimmer.

Als Warja fort war, nahm Ganja den Zettel vom Tisch, küßte ihn, schnalzte mit der Zunge und machte einen Luftsprung.

3

Die Aufregung um den General hätte sich zu jeder andern Zeit in nichts aufgelöst. Er hatte schon früher ähnliche Anfälle, wenn auch nur selten, denn er war im allgemeinen ein sehr sanftmütiger Mensch und zeigte beinahe gütige Neigungen. Wohl hundertmal hatte er schon den Kampf mit dem Geist der Unordnung aufgenommen, von dem er in den letzten Jahren besessen war. Er entsann sich plötzlich, daß er »Familienvater« war, schloß Frieden mit seiner Frau und vergoß aufrichtige Tränen. Er betete Nina Alexandrowna an, weil sie ihm stillschweigend so viel nachsah und ihn sogar in seiner närrischen und unwürdigen Erscheinung liebhatte. Aber der großmütige Kampf mit der Unordnung dauerte gewöhnlich nicht lange; der General war zu sehr »Augenblicksmensch«, wenn auch in seiner Art; er konnte gewöhnlich das untätige Büßerleben in der Familie auf die Dauer nicht aushalten und revoltierte; er ließ sich hinreißen, machte sich vielleicht selbst im nämlichen Augenblick deswegen Vorwürfe, konnte sich aber nicht beherrschen: er zankte sich, redete in hohen Tönen und großen Worten, verlangte, daß man ihn mit grenzenloser, ganz unmöglicher Ehrerbietung behandle, und verschwand endlich aus dem Haus, manchmal für recht lange Zeit. In den letzten zwei Jahren kannte er die Verhältnisse in seiner eigenen Familie nur noch ganz im allgemeinen oder vom Hörensagen; er befaßte sich nicht mehr eingehend mit ihnen, denn er fühlte nicht die geringste Neigung dazu.

Diesmal aber trat bei der »Aufregung um den General« noch etwas Ungewöhnliches zutage: es war, als wüßten alle etwas und als fürchteten alle es auszusprechen. Der General war »formell« in der Familie, das heißt bei Nina Alexandrowna, erst vor drei Tagen erschienen, aber nicht demütig und bußfertig, wie das sonst stets der Fall gewesen war, sondern im Gegenteil in äußerst gereizter Stimmung. Er war redselig, unruhig, verwickelte jeden, der ihm in den Weg kam, in ein hitziges Gespräch, stürzte sich förmlich auf ihn, redete aber immer von so verschiedenartigen und unerwarteten Dingen, daß man gar nicht herausbekommen konnte, was ihn eigentlich jetzt so beunruhigte. Manchmal war er sehr lustig, meist aber nachdenklich, ohne übrigens selbst recht zu wissen, woran er dachte; dann fing er plötzlich an zu erzählen – von Jepantschins, von dem Fürsten, von Lebedew – und brach unvermittelt ab und redete gar nicht mehr; auf etwaige Fragen antwortete er nur mit einem stumpfsinnigen Lächeln, ohne selbst zu merken, daß man ihn fragte und daß er dazu lächelte. Die letzte Nacht hatte er stöhnend und seufzend zugebracht und Nina Alexandrowna halb totgequält, die ihm die ganze Nacht heiße Umschläge machen mußte; gegen Morgen schlief er plötzlich ein, schlief vier Stunden durch und erwachte mit einem sehr starken und wirren Anfall von Hypochondrie, der eben mit dem Streit mit Ippolit und dem »Fluch diesem ganzen Hause« endete. Es fiel auch auf, daß er in diesen drei Tagen unablässig seinen maßlosen Ehrgeiz hervorkehrte und infolgedessen äußerst empfindlich war. Kolja behauptete immer wieder der Mutter gegenüber, es sei nur die Sehnsucht nach dem Alkohol oder vielleicht auch nach Lebedew, mit dem der General sich neuerdings sehr angefreundet hatte. Aber vor drei Tagen hatte er mit Lebedew plötzlich Streit gehabt und war in furchtbarer Wut von ihm gegangen; auch mit dem Fürsten hatte es eine Szene gegeben. Kolja bat den Fürsten um Aufklärung und fing endlich an zu glauben, daß auch dieser ihm etwas nicht sagen wolle. Wenn auch, wie Ganja mit absoluter Wahrscheinlichkeit annahm, irgendeine besondere Auseinandersetzung zwischen Ippolit und Nina Alexandrowna stattgefunden hatte, so war es doch seltsam, daß dieser bösartige Herr, den Ganja einfach ein Klatschmaul nannte, keine Lust bezeugte, auch Kolja in gleicher Weise aufzuklären. Es war doch sehr möglich, daß er kein so böser »Bengel« war, wie Ganja ihn seiner Schwester gegenüber bezeichnete, sondern böse in irgendeiner andern Art; und auch Nina Alexandrowna hätte er schwerlich etwas von seinen Beobachtungen einzig zu dem Zweck mitgeteilt, ihr »das Herz zu zerreißen«. Wir dürfen nicht vergessen, daß die Ursachen der menschlichen Handlungen gewöhnlich unendlich komplizierter und verschiedenartiger sind, als wir sie uns später erklären, und daß man sie selten scharf umreißen kann. Oft kann der Erzähler nichts Besseres tun, als sich auf die einfache Wiedergabe der Tatsachen beschränken. So wollen auch wir es halten, wenn wir die diesmalige Katastrophe des Generals weiter verfolgen; denn so sehr wir uns auch bemüht haben, darüber hinwegzukommen, sind wir doch gezwungen, dieser Nebenperson unserer Erzählung etwas mehr Beachtung und Raum zu widmen, als wir anfangs beabsichtigten.

Die Begebenheiten spielten sich eine nach der andern in dieser Reihenfolge ab: Als Lebedew noch am selben Tag zugleich mit dem General aus Petersburg zurückkehrte, wo er nach Ferdystschenko geforscht hatte, teilte er dem Fürsten nichts von Belang mit. Wenn der Fürst damals nicht so sehr durch andere für ihn wichtige Eindrücke abgelenkt und beschäftigt gewesen wäre, hätte es ihm auffallen müssen, daß Lebedew auch an den zwei folgenden Tagen ihm keinerlei Mitteilungen machte, sondern im Gegenteil ihm sogar auszuweichen schien. Als der Fürst endlich darauf aufmerksam wurde, war er erstaunt, daß er in diesen zwei Tagen bei zufälligen Begegnungen mit Lebedew diesen nicht anders als in heiterster Laune und fast immer in Begleitung des Generals gesehen hatte. Die beiden Freunde trennten sich keinen Augenblick mehr. Der Fürst hörte mitunter, wie oben laut und schnell gesprochen, lachend und lustig gestritten wurde; einmal, schon sehr spät abends, drangen zu ihm sogar unerwartet die Klänge eines bacchisch-kriegerischen Liedes, und er erkannte sofort den heisern Baß des Generals. Aber der Gesang verstummte sofort wieder. Dann wurde noch fast eine Stunde lang sehr lebhaft gesprochen, und alles wies darauf hin, daß die Redenden nicht mehr ganz nüchtern waren. Man konnte erraten, daß die oben sich amüsierenden Freunde einander umarmten und daß schließlich einer zu weinen anfing. Dann folgte plötzlich ein heftiger Streit, der aber auch schnell und bald verstummte. Die ganze Zeit über war Kolja in einer besonders sorgenvollen Stimmung. Der Fürst war meist nicht zu Hause und kehrte oft sehr spät heim; ihm wurde immer gemeldet, Kolja habe ihn den ganzen Tag gesucht und nach ihm gefragt. Aber wenn sie sich trafen, wußte Kolja gar nichts Besonderes zu sagen, außer daß er mit dem General und seinem derzeitigen Benehmen höchst unzufrieden sei: »Die beiden treiben sich herum, zechen hier nebenan in der Schenke, umarmen sich und zanken sich auf der Straße, hetzen sich gegenseitig auf und können sich nicht trennen.« Als der Fürst ihm sagte, daß es auch früher fast täglich so zugegangen war, wußte Kolja absolut nicht, was er darauf antworten sollte und wie er den Grund seiner gegenwärtigen Unruhe darlegen könnte.

Am Morgen nach dem bacchischen Lied und dem Streit, als der Fürst gegen elf Uhr das Haus verlassen wollte, erschien plötzlich vor ihm der General, äußerst erregt und beinahe erschüttert.

»Schon lange suchte ich die Ehre und Gelegenheit, Sie zu sprechen, hochverehrter Lew Nikolajewitsch, lange, sehr lange«, murmelte er und drückte dem Fürsten die Hand sehr kräftig, beinahe schmerzhaft, »sehr, sehr lange.«

Der Fürst bat ihn, Platz zu nehmen.

»Nein, ich setze mich nicht. Zudem halte ich Sie auf. Ich komme ein andermal. Ich glaube, ich kann Ihnen bei dieser Gelegenheit gratulieren zu ... zur Erfüllung Ihrer Herzenswünsche?«

»Was für Herzenswünsche?« Der Fürst wurde verlegen. Er glaubte wie sehr viele in seiner Lage, daß niemand etwas sieht, errät oder versteht.

»Seien Sie unbesorgt! Seien Sie unbesorgt! Ich will Ihre zarten Empfindungen nicht antasten. Ich habe es selbst erfahren und weiß, wie es tut, wenn ein Fremder ... sozusagen seine Nase ... wie es im Sprichwort heißt ... in Dinge steckt, die ihn nichts angehen. Ich erlebe das jeden Morgen. Ich bin in einer andern wichtigen Angelegenheit gekommen. In einer sehr wichtigen Angelegenheit, Fürst.«

Der Fürst forderte ihn noch einmal zum Sitzen auf und nahm selbst Platz.

»Höchstens für eine Sekunde ... Ich bin gekommen, Sie um Rat zu fragen. Ich lebe natürlich ohne praktische Ziele, aber da ich mich selbst achte und ... die Sachlichkeit, die dem Russen, allgemein gesprochen, in so hohem Grade abgeht ... so möchte ich mir, meiner Frau und meinen Kindern Lebensverhältnisse schaffen, die ... mit einem Wort, Fürst, ich will Ihren Rat.«

Der Fürst spendete seiner Absicht warmes Lob.

»Nun, das ist alles Unsinn«, unterbrach ihn der General schnell, »ich komme in der Hauptsache nicht deswegen, sondern in einer andern wichtigen Sache. Ich habe mich entschlossen, Ihnen, Lew Nikolajewitsch, als einem Mann, von dessen ehrlichem Entgegenkommen und dessen vornehmer Denkweise ich überzeugt bin wie ... wie ... Wundern Sie sich nicht über meine Worte, Fürst?«

Der Fürst beobachtete seinen Gast wenn nicht mit Verwunderung, so doch mit außerordentlicher Aufmerksamkeit und Neugier. Der Alte war etwas bleich, seine Lippen zuckten mitunter ein wenig, seine Hände schienen keinen Ruheplatz finden zu können. Obwohl er erst ein paar Minuten saß, war er schon zweimal aufgesprungen und hatte sich wieder gesetzt, wobei er augenscheinlich seiner Manöver gar nicht bewußt war. Auf dem Tisch lagen Bücher; er nahm eins, redete immer weiter, schlug es auf und sah hinein, schlug es wieder zu und legte es auf den Tisch, griff nach einem andern, das er aber nicht mehr aufschlug, sondern die ganze übrige Zeit in der rechten Hand hielt und unaufhörlich in der Luft schwenkte.

»Genug!« rief er plötzlich. »Ich sehe, daß ich Sie sehr gestört habe.«

»Durchaus nicht, ich bitte Sie! Seien Sie so freundlich, zu bleiben, ich höre im Gegenteil sehr aufmerksam zu und möchte gern erraten ...«

„Fürst! Ich will mir eine geachtete Position schaffen ... ich will mich selbst achten ... mich und meine Rechte.«

»Ein Mensch, der solche Wünsche hat, verdient schon deswegen allein die größte Achtung.« Der Fürst sprach diese Schulbuchweisheit in der festen Überzeugung aus, daß sie eine ausgezeichnete Wirkung haben werde. Er erriet gewissermaßen instinktiv, daß es möglich sein müsse, durch eine ähnliche hohle, aber angenehme, im richtigen Moment ausgesprochene Phrase die Seele eines solchen Menschen mit einemmal für sich zu gewinnen und zu versöhnen, besonders wenn er sich in einer Situation befand wie jetzt der General. Jedenfalls mußte man einen solchen Gast mit erleichtertem Herzen fortgehen lassen, das war jetzt die Aufgabe.

Die Phrase schmeichelte, rührte und gefiel ungemein. Der General wurde plötzlich gefühlvoll, änderte sofort den Ton und ergoß sich in endlosen, begeisterten Erklärungen. Aber so sehr der Fürst sich anstrengte, so aufmerksam er zuhörte – er konnte buchstäblich nichts verstehen. Der General redete wohl zehn Minuten lang, leidenschaftlich, schnell, als hätte er keine Zeit, alle seine sich drängenden Gedanken auszusprechen; schließlich schimmerten sogar Tränen in seinen Augen, und doch waren es alles nur Sätze ohne Anfang und Abschluß, unerwartete Worte und unerwartete Gedanken, die schnell und unvermutet hervorbrachen und einander hetzten.

»Genug! Sie haben mich verstanden, und ich bin befriedigt«, schloß er plötzlich und stand auf. »Ein Herz wie das Ihre muß einen Leidenden verstehen. Fürst, Sie sind edel wie ein Ideal! Was sind Ihnen gegenüber die andern? Aber Sie sind jung, und ich segne Sie. Und endlich bin ich gekommen, Sie zu bitten, mir eine Stunde für eine wichtige Besprechung zu bestimmen, und eben darauf setzte ich meine größte Hoffnung. Ich suche nur Herzlichkeit und Freundschaft, Fürst; ich konnte nie mit den Forderungen meines Herzens fertig werden.«

»Warum denn aber nicht gleich? Ich bin bereit, Sie anzuhören . . .«

»Nein, Fürst, nein!« unterbrach ihn der General hitzig. »Nicht gleich! ‚Gleich' ist ein Traum! Das ist zu wichtig, viel zu wichtig, viel zu wichtig! Diese Stunde der Aussprache muß die Stunde des endgültigen Schicksalsspruchs sein! Es wird *meine* Stunde sein, und ich wünschte nicht, daß uns in einem so heiligen Augenblick der erste beste Eindringling stören könnte, irgendein Frechling, und nicht selten ein solcher Frechling«, er rückte ganz dicht an den Fürsten heran und sprach in einem seltsamen, geheimnisvollen und beinahe erschreckten Flüsterton, »ein Frechling, der nicht einen Tritt ... einen Tritt Ihres Fußes wert ist, geliebter Fürst! Oh, ich sage nicht: meines Fußes! Merken Sie sich das genau, daß ich meinen Fuß nicht erwähnt habe; denn ich achte mich selbst viel zu sehr, um das unumwunden auszusprechen; aber Sie allein sind ja imstande zu begreifen, daß ich, wenn ich in einem solchen Falle auch meinen Fuß nicht erwähne, doch vielleicht einen außerordentlichen Stolz und Würde offenbare! Außer Ihnen wird das niemand verstehen – und *er* am allerwenigsten. Er versteht nichts, Fürst; er ist ganz, ganz unfähig, etwas zu verstehen! Man muß Herz haben, um zu verstehen.«

Zuletzt wurde dem Fürsten doch bange, und er verabredete mit dem General eine Zusammenkunft am nächsten Tag um dieselbe Zeit. Der General ging erhobenen Hauptes hinaus, sehr getröstet und beinahe beruhigt. Abends gegen sieben Uhr schickte der Fürst zu Lebedew und bat ihn, für einen Augenblick zu ihm zu kommen.

Lebedew erschien mit außerordentlicher Geschwindigkeit; »er fühle sich hoch geehrt«, fing er gleich in der Türe an; er ließ es sich nicht im mindesten ansehen, daß er sich noch vor zwei Tagen vor dem Fürsten geradezu versteckt hatte und einer Begegnung offensichtlich aus dem Wege gegangen war. Er setzte sich auf den Rand des Stuhls, schnitt Grimassen, lächelte, kniff die Augen spöttisch zusammen, rieb die Hände und legte eine ganz naive Spannung an den Tag, als müßte er irgendeine hochwichtige Mitteilung erhalten, die längst erwartet wurde und von allen schon erraten war. Der Fürst fühlte sich wieder höchst unangenehm berührt; ihm wurde klar, daß alle plötzlich etwas von ihm erwarteten, daß alle ihn ansahen, als wollten sie ihm gratulieren, Anspielungen machten, lächelten und mit den Augen zwinkerten. Keller hatte schon zweimal kurz vorgesprochen, ebenfalls mit dem sichtlichen Wunsch, zu gratulieren: er fing jedesmal begeistert und unklar an, brachte keinen Satz zu Ende und verschwand sehr schnell. (Er hatte in den letzten Tagen wieder stark getrunken und in einer Billardstube gelärmt.) Sogar Kolja fing trotz seiner trüben Stimmung zwei- oder dreimal an, allerlei unklare Reden an den Fürsten zu richten.

Der Fürst fragte endlich Lebedew geradeheraus und etwas gereizt, was er über den gegenwärtigen Zustand des Generals denke und warum dieser so unruhig sei. In kurzen Worten berichtete er ihm von der Szene, die sich vorhin abgespielt hatte.

»Jeder hat seine Sorgen, Fürst, und ... besonders in unserer seltsamen und unruhigen Zeit. So ist es«, erwiderte Lebedew etwas trocken und verstummte gekränkt mit der Miene eines Menschen, der in seinen Erwartungen stark getäuscht wurde.

»Was für eine Philosophie!« sagte der Fürst lächelnd.

»Die Philosophie ist notwendig; sie wäre in unserem Zeitalter sehr notwendig, in praktischer Anwendung, meine ich, aber man verachtet sie, das ist es. Was mich betrifft, hochverehrter Fürst, so bin ich zwar durch Ihr Vertrauen in einem gewissen, Ihnen wohlbekannten Punkt geehrt worden, aber nur bis zu einem gewissen Grad und nicht über die Tatsachen hinaus, die sich eigentlich nur auf jenen einen Punkt bezogen ... Das begreife ich und klage auch keineswegs darüber ...«

»Lebedew, Sie scheinen auf mich böse zu sein?«

»Keineswegs, nicht im geringsten, hochverehrter und durchlauchtigster Fürst, ganz und gar nicht!« rief Lebedew begeistert und legte die Hand aufs Herz. »Im Gegenteil, ich hatte sofort erkannte, daß ich weder durch meine Lage in der Welt noch durch die Entwicklung von Geist und Herz, weder durch mein früheres Benehmen noch gar durch meine Kenntnisse – durch nichts Ihr verehrtes und hoch über meinen Hoffnungen stehendes Vertrauen verdiene; wenn ich Ihnen dienstbar sein kann, so nur als Sklave und Mietling, nicht anders. Ich bin nicht böse, sondern betrübt.«

»Lukjan Timofejewitsch, ich bitte Sie!«

»So ist es! So auch jetzt, so auch in diesem Fall! Als ich Sie kennenlernte, als ich mit Herz und Gedanken Ihr Tun und Wesen beobachtete, sagte ich mir: freundschaftlicher Beziehungen bist du nicht wert, aber als Hauswirt kannst du vielleicht zu geeigneter Zeit, zum erwarteten Termin sozusagen eine Anordnung erhalten oder doch mindestens eine Benachrichtigung über gewisse bevorstehende oder zu erwartende Änderungen ...«

Während er das sagte, heftete Lebedew seine scharfen Äuglein auf den Fürsten, der ihn erstaunt ansah; er hoffte immer noch, seine Neugier befriedigen zu können.

»Ich verstehe absolut nichts!« rief der Fürst beinahe zornig. »Und ... Sie sind ein entsetzlicher Intrigant!« fügte er mit herzlichem Lachen hinzu.

Sofort lachte auch Lebedew, und sein aufleuchtender Blick verriet, daß seine Hoffnungen sich geklärt, ja verdoppelt hatten.

»Und wissen Sie, was ich Ihnen sagen will, Lukjan Timofejewitsch? Seien Sie mir bitte nicht böse – aber ich staune über Ihre Naivität, und nicht bloß über die Ihrige! Sie erwarten in so naiver Weise etwas von mir, gerade jetzt, in diesem Augenblick, daß ich mich sogar vor Ihnen schäme, denn ich habe nichts, womit ich Sie zufriedenstellen könnte; ich schwöre Ihnen, daß ganz und gar nichts vorliegt – können Sie das glauben?« Der Fürst lachte wieder.

Lebedew nahm eine würdige Haltung an. Gewiß war er mitunter gar zu naiv und aufdringlich in seiner Neugier; zugleich aber war er ein recht schlauer und gewandter Mensch, der unter Umständen sogar hinterlistig zu schweigen wußte; durch sein ablehnendes Verhalten hatte ihn der Fürst sich schon fast zum Feind gemacht. Doch der Fürst stieß ihn nicht darum zurück, weil er ihn verachtete, sondern weil der Gegenstand von Lebedews Neugier zu delikat war. Einige seiner Träume hatte der Fürst selbst noch vor wenigen Tagen als Verbrechen angesehen, Lukjan Timofejewitsch aber hielt das ablehnende Verhalten des Fürsten nur für persönliche Ablehnung und Mißtrauen, wollte mit gekränktem Herzen gehen und war nicht nur auf Kolja und Keller, sondern sogar auf seine eigene Tochter Wera Lukjanowna eifersüchtig. In diesem Augenblick hätte er vielleicht gern dem Fürsten eine für ihn höchst interessante Mitteilung gemacht, aber er verstummte finster und sagte nichts.

»Womit kann ich Ihnen denn dienen, hochverehrter Fürst, da Sie mich jetzt doch immerhin ... holen ließen?« sagte er endlich nach längerem Schweigen.

»Ich wollte Sie nach dem General fragen«, sagte der Fürst, der auch für einen Augenblick in Nachdenken versunken war und nun zusammenfuhr, »und ... nach jenem Diebstahl, von dem Sie mir erzählt hatten ...«

»Was meinen Sie damit eigentlich?«

»Tun Sie doch nicht, als verstünden Sie mich nicht! Lieber Gott, was Sie immer für Rollen spielen müssen, Lukjan Timofejewitsch! Das Geld, das Geld, die vierhundert Rubel, die Sie damals mit der Brieftasche verloren hatten und von denen Sie mir erzählten, hier in diesem Zimmer, am Morgen, bevor Sie nach Petersburg fuhren – haben Sie nun endlich verstanden?«

»Ach, Sie meinen die vierhundert Rubel!« sagte Lebedew gedehnt, als hätte er eben erst begriffen. »Ich danke Ihnen, für Ihre aufrichtige Teilnahme, Fürst; sie ist für mich sehr schmeichelhaft, aber ... ich habe das Geld schon gefunden, und zwar schon lange.«

»Gefunden! Nun Gott sei Dank!«

»Ein höchst edler Ausruf von Ihnen, denn vierhundert Rubel sind eine ungeheure Summe für einen armen Mann, der von schwerer Arbeit lebt und eine zahlreiche Familie von Waisenkindern zu versorgen hat ...«

»Ich meine ja gar nicht das! Gewiß, ich freue mich auch darüber, daß Sie es wiedergefunden haben«, verbesserte sich der Fürst schnell, »aber ... wie haben Sie es gefunden?«

»Höchst einfach! Ich fand es unter dem Stuhl, auf den ich den Rock gehängt hatte, so daß also augenscheinlich die Brieftasche aus dem Rock auf den Fußboden geglitten war.«

»Unter den Stuhl? Wie ist das möglich? Sie sagten mir doch, Sie hätten in allen Winkeln gesucht; wieso haben Sie denn diese nächstliegende Stelle übersehen?«

»Das ist es ja! Ich habe auch dort nachgesehen! Ich erinnere mich nur zu gut, daß ich es getan habe! Auf allen vieren bin ich gekrochen, habe mit den Händen den Boden betastet, den Stuhl zurückgeschoben, meinen eigenen Augen nicht glauben wollen! Ganz deutlich sah ich: es war nichts da, es war eine leere, kahle Stelle wie meine Handfläche hier – und doch habe ich weiter getastet. Ein derartiger Kleinmut überkommt den Menschen immer, wenn er durchaus etwas finden will ... bei bedeutenden und schmerzlichen Verlusten. Er sieht, daß nichts da ist, daß die Stelle leer ist, und doch sieht er noch fünfzehnmal nach.«

»Gut, lassen wir es gelten; wie ist es denn aber möglich ... ich verstehe immer noch nicht«, murmelte der Fürst ganz ratlos. »Erst sagten Sie, es sei nichts dagewesen, Sie hätten die Stelle abgesucht, und plötzlich ist das Geld da!«

»Plötzlich war es da!«

Der Fürst sah Lebedew befremdet an. »Und der General?« fragte er plötzlich.

»Was ist denn mit dem General?« erwiderte Lebedew verständnislos.

»Ach mein Gott! Ich möchte wissen, was der General sagte, als Sie die Brieftasche unter dem Stuhle fanden! Sie haben doch erst zusammen gesucht!«

»Freilich, freilich. Aber diesmal, muß ich gestehen, habe ich geschwiegen und es vorgezogen, ihm nicht zu melden, daß ich die Brieftasche allein gefunden habe.«

»Aber ... warum denn? Ist alles Geld da?«

»Ich habe die Brieftasche geöffnet. Es ist alles da bis auf den letzten Rubel.«

»Das hätten Sie mir doch sagen können«, bemerkte der Fürst nachdenklich.

»Ich fürchtete, Sie zu belästigen, Fürst, angesichts Ihrer persönlichen und vielleicht, sozusagen, außerordentlichen Eindrücke; außerdem aber gab ich mir selbst den Anschein, als hätte ich nichts gefunden. Ich öffnete die Brieftasche, untersuchte sie, schloß sie dann und legte sie wieder unter den Stuhl.«

»Warum denn?«

»Nur aus Neugier, was weiter geschehen wird«, sagte Lebedew kichernd und rieb sich die Hände.

»Also liegt sie noch jetzt dort, seit vorgestern?«

»O nein! Sie ist nur einen Tag dort liegengeblieben. Sehen Sie, es war mir zum Teil darum zu tun, daß auch der General sie finde. Denn, wenn ich sie schließlich gefunden hatte – warum sollte dann der General nicht auch einen Gegenstand erblicken können, der sozusagen in die Augen fallen mußte, da er unter dem Stuhl hervorlugte? Ich habe diesen Stuhl mehrmals weggerückt und so hingestellt, daß die Brieftasche ganz deutlich zu sehen war, aber dem General fiel nicht das geringste auf, und so ging ein ganzer Tag hin. Er ist anscheinend jetzt sehr zerstreut; man wird aus ihm nicht klug; er redet, erzählt, lacht, grinst, dann wird er plötzlich furchtbar böse auf mich, ich weiß nicht warum. Endlich gingen wir aus dem Zimmer, und ich ließ die Tür absichtlich offen; da schwankte er doch eine Weile, wollte etwas sagen – es wurde ihm wohl bange um die Brieftasche, in der so viel Geld war, aber plötzlich geriet er in furchtbaren Zorn und sagte gar nichts; wir waren kaum ein paar Schritte die Straße entlanggegangen, da verließ er mich und ging nach der andern Seite. Erst abends im Gasthaus trafen wir uns wieder.«

»Aber Sie haben die Brieftasche doch schließlich unter dem Stuhl fortgenommen?«

»Nein; in derselben Nacht ist sie von dort verschwunden.«

»Wo ist sie denn jetzt?«

»Hier!« sagte Lebedew plötzlich lachend, erhob sich in seiner ganzen Größe vom Stuhl und blickte den Fürsten freundlich an. »Sie hat sich plötzlich hier gefunden – im Futter meines eigenen Rocks. Wollen Sie bitte gütigst selbst nachsehen? Fühlen Sie mal!«

In der Tat hatte sich im linken Rockschoß, ganz vorn, deutlich sichtbar gleichsam ein ganzer Sack gebildet, und durch flüchtiges Betasten konnte man sofort feststellen, daß sich hier eine lederne Brieftasche befand, die durch einen Riß in der Tasche hinabgerutscht sein mußte.

»Ich habe sie herausgeholt und untersucht – es war noch

alles drin. Dann habe ich sie wieder hinunterrutschen lassen, und so laufe ich seit gestern früh herum, die Brieftasche im Rockschoß. Sie schlägt mir sogar gegen die Beine.«

»Und Sie merken gar nichts?«

»Ich merke nichts, hähähä! Und denken Sie sich, hochverehrter Fürst – wenn der Gegenstand auch keine besondere Aufmerksamkeit Ihrerseits verdient –, meine Taschen sind sonst immer ganz heil, und nun plötzlich in einer einzigen Nacht ein so großes Loch! Ich habe es mir genauer angesehen: es sieht aus, als ob jemand mit einem Federmesser hineingeschnitten hätte! Es ist fast unglaublich!«

»Und ... der General?«

»Er war den ganzen Tag böse, sowohl gestern als heute; er ist sehr unzufrieden; bald ist er fröhlich und bacchisch bis zur Kriecherei, bald gefühlvoll bis zu Tränen; dann gerät er plötzlich in Zorn, und zwar so, daß ich selbst Angst bekomme, bei Gott! Ich bin doch immerhin keine Militärperson, Fürst! Gestern saßen wir im Gasthaus, da schob sich zufällig mein Rockschoß vor, und die Brieftasche zeichnete sich deutlich ab wie ein richtiger Hügel; er schielte hin, ärgerte sich. Mir gerade in die Augen zu sehen vermeidet er schon lange, es sei denn, er wäre ganz betrunken oder in besonders gefühlvoller Stimmung; aber gestern hat er mich zweimal so angesehen, daß es mir eiskalt über den Rücken lief. Ich habe übrigens die Absicht, morgen die Brieftasche zu finden, vorher aber will ich noch einen Abend mit ihm bummeln.«

»Warum quälen Sie ihn denn so?« rief der Fürst.

»Ich quäle ihn nicht, Fürst, ich quäle ihn nicht«, fiel Lebedew eifrig ein, »ich liebe ihn aufrichtig und ... achte ihn, und jetzt, Sie mögen mir glauben oder nicht, ist er mir noch teurer geworden; ich schätze ihn noch mehr.« Lebedew sagte das alles in so ernstem und aufrichtigem Ton, daß der Fürst geradezu in Entrüstung geriet.

»Sie lieben ihn und quälen ihn so! Ich bitte Sie, schon daß er den verlorenen Gegenstand so deutlich sichtbar hingelegt hat, erst unter den Stuhl, dann in Ihr Rockfutter – schon das beweist seine Absicht, mit Ihnen nicht mehr Versteck spielen zu wollen, sondern Sie ehrlich um Verzeihung zu bitten. Hören Sie? Er bittet um Verzeihung! Er hofft also auf Ihr rücksichtsvolles Entgegenkommen, glaubt also an Ihre Freundschaft. Und Sie wollen ihn so demütigen, einen so ... grundehrlichen Mann.«

»Grundehrlich, Fürst, grundehrlich!« fiel Lebedew mit blitzenden Augen ein. »Nur Sie, edelster Fürst, waren imstande, ein so gerechtes Wort zu sprechen! Deshalb bin ich Ihnen ja auch bis zur Anbetung ergeben, wenn ich auch von unzähligen Lastern durchseucht bin! Abgemacht! Ich entdecke die Brieftasche sofort, nicht erst morgen; hier – vor Ihren Augen ziehe ich sie heraus; da ist sie; und das Geld ist vollzählig da; nehmen Sie es, edelster Fürst, nehmen Sie es und heben Sie es bis morgen auf. Morgen oder übermorgen hole ich es mir. Aber wissen Sie, Fürst, sicher hat das Geld in der ersten Nacht nach dem Verschwinden irgendwo in meinem Garten unter einem Stein gelegen, was meinen Sie?«

»Ich bitte Sie, sagen Sie es ihm nicht so ohne weiteres ins Gesicht, daß Sie die Brieftasche gefunden haben. Mag er einfach sehen, daß das Feld frei ist, dann wird er es schon richtig verstehen.«

»Meinen Sie? Soll ich nicht lieber sagen, ich habe die Brieftasche gefunden, und mir den Anschein geben, als hätte ich nichts erraten?«

»Nein«, sagte der Fürst nachdenklich, »nein, jetzt ist es schon zu spät dazu; das ist gefährlicher; sagen Sie das lieber nicht! Und seien Sie freundlich gegen ihn, aber ... geben Sie sich nicht zu sehr den Anschein, und ... und ... wissen Sie ...«

»Ich weiß, Fürst, ich weiß, das heißt, ich weiß, daß ich es vielleicht auch nicht fertigbringe, denn hier muß man ein Herz haben wie das Ihrige. Zudem ist er selbst reizbar und aufdringlich, er behandelt mich neuerdings auch gar zu sehr von oben herab; bald weint er und umarmt mich, bald fängt er plötzlich an, mich herabzusetzen und verächtlich zu spotten; nun, da kann ich nicht anders, da lasse ich ihn absichtlich den Rockschoß sehen, hähä! Auf Wiedersehen, Fürst, ich halte Sie ganz sicher auf und störe Sie in Ihren sozusagen interessanten Empfindungen ...«

»Aber um Gottes willen! Alles bleibt nach wie vor geheim!«

»Mit leisen Schritten, mit leisen Schritten!«

Doch mochte die Sache damit auch erledigt sein, der Fürst schien noch sorgenvoller als vorher. Er wartete mit Ungeduld auf die Unterredung mit dem General, die für den nächsten Tag festgesetzt war.

4

Man hatte sich auf zwölf Uhr verabredet, aber ganz unerwarteterweise verspätete sich der Fürst. Als er nach Hause kam, fand er den General bei sich vor, der auf ihn wartete. Er sah auf den ersten Blick, daß der General ungehalten war, vielleicht gerade darüber, daß man ihn hatte warten lassen. Der Fürst entschuldigte sich und nahm eilig Platz, bekundete aber eine seltsame Ängstlichkeit, als wäre sein Gast aus Porzellan und als fürchtete er unausgesetzt, er könnte ihn zerschlagen. Früher war er dem General gegenüber nie ängstlich gewesen, es wäre ihm das einfach gar nicht eingefallen. Der Fürst erkannte bald, daß er einen ganz andern Menschen vor sich hatte als gestern: an Stelle der Verlegenheit und Zerstreutheit merkte man bei ihm eine gewisse, ganz ungewöhnliche Zurückhaltung; man mußte den Schluß ziehen, daß dieser Mensch irgendeine endgültige Entscheidung getroffen hatte. Diese Ruhe war übrigens mehr äußerlich als echt. Jedenfalls aber zeigte der Gast eine vornehme Nonchalance, wenn auch mit einer gewissen verhaltenen Würde; im Anfang behandelte er den Fürsten sogar etwas nachsichtig von oben herab – eben mit jener vornehmen Nonchalance, die manche stolze, aber unverdient gekränkte Leute mitunter an den Tag legen. Er redete freundlich, aber in einem leicht wehmütigen Ton.

»Da ist Ihr Buch, das ich neulich von Ihnen geliehen hatte«, sagte er und nickte bedeutungsvoll nach dem Buch hin, das er mitgebracht und auf den Tisch gelegt hatte, »ich danke Ihnen.«

»Ach ja! Haben Sie den Aufsatz gelesen, General? Wie hat er Ihnen gefallen? Er ist doch interessant?« fragte der Fürst, erfreut über die Gelegenheit, sofort eine gleichgültige Unterhaltung einleiten zu können.

»Interessant mag er sein, aber er ist plump und natürlich unsinnig. Möglicherweise auch glatt erlogen.« Der General sprach mit Aplomb und dehnte sogar etwas die Worte.

»Ach, es ist doch eine so naive Erzählung; der Bericht eines alten Soldaten über den Aufenthalt der Franzosen in Moskau auf Grund eigener Erlebnisse; einzelnes ist ganz entzückend. Außerdem sind alle Erinnerungen von Zeitgenossen sehr wertvoll, auch wenn sie nicht alles mit eigenen Augen gesehen haben. Nicht wahr?«

»Als Redakteur hätte ich das nicht drucken lassen; und was überhaupt die Berichte von Augenzeugen betrifft, so glaubt man eher einem Lügner, wenn er lustig zu erzählen weiß, als einem würdigen und verdienten Mann. Ich kenne einige Memoiren aus dem Jahre achtzehnhundertzwölf, die ... Ich habe einen Entschluß gefaßt, Fürst, ich verlasse dieses Haus – das Haus des Herrn Lebedew.« Der General sah den Fürsten bedeutungsvoll an.

»Sie wohnen doch in Pawlowsk bei ... bei Ihrer Tochter«, sagte der Fürst, der nicht recht wußte, was er sagen sollte. Er erinnerte sich, daß der General gekommen war, ihn um Rat zu bitten in einer außerordentlichen Angelegenheit, von der sein Schicksal abhängen sollte.

»Bei meiner Frau; mit andern Worten bei mir und im Haus meiner Tochter.«

»Entschuldigen Sie, ich ...«

»Ich verlasse das Haus Lebedews, mein lieber Fürst, weil ich mit diesem Menschen gebrochen habe; ich habe es gestern abend getan und bereue, es nicht schon früher getan zu haben. Ich verlange Achtung, Fürst, und wünsche, daß sie mir auch von Leuten erwiesen wird, denen ich sozusagen mein Herz schenke. Fürst, ich verschenke mein Herz oft und werde fast immer betrogen. Dieser Mensch war meines Geschenkes nicht wert.«

»Es ist an ihm viel Verworrenes«, bemerkte der Fürst zurückhaltend, »und gewisse Eigenschaften ... aber bei alledem merkt man doch, daß er Herz hat und einen scharfen, mitunter auch erheiternden Verstand.«

Die feine Ausdrucksweise und der ehrerbietige Ton schmeichelten dem General, obgleich er immer noch ab und zu mit plötzlichem Mißtrauen zum Fürsten aufblickte. Aber dessen Ton war so natürlich und aufrichtig, daß man gar nicht zweifeln konnte.

»Daß er auch gute Eigenschaften besitzt«, fiel der General ein, »habe ich ihm selbst erklärt, als ich diesem Individuum beinahe meine Freundschaft schenkte. Ich brauche sein Haus und seine Gastfreundschaft nicht, da ich meine eigene Familie habe. Ich will meine Laster nicht entschuldigen; ich bin unmäßig; ich habe mit ihm Wein getrunken und vergieße jetzt deswegen vielleicht Tränen. Aber ich habe mich doch nicht nur um des Trinkens willen – verzeihen Sie, Fürst, wenn ein aufs äußerste gereizter Mann sich derb ausdrückt, weil er aufrichtig sein will –, nicht nur um des Trinkens willen habe ich mich mit ihm eingelassen! Mich fesselten eben seine Eigenschaften, wie Sie es nannten. Aber es geht alles nur bis zu einer gewissen Grenze, auch die Eigenschaften; und wenn er plötzlich die Frechheit hat, einem ins Gesicht zu sagen, er habe im Jahre achtzehnhundertzwölf noch als Kind sein linkes Bein verloren und es auf dem Wagankowo-Friedhof in Moskau begraben, so geht das schon über alle Grenzen hinaus, zeugt von Mißachtung und ist eine Unverschämtheit ...«

»Vielleicht war das nur ein Scherz, der Sie lachen machen sollte.«

»Ich verstehe. Eine harmlose Lüge, die bloß zum Lachen reizen soll, kränkt das Menschenherz nicht, auch wenn sie etwas derb gerät. Manch einer lügt auch, wenn Sie wollen, nur aus Freundschaft, um seinem Gesprächspartner ein Vergnügen zu machen; wenn aber die Mißachtung durchschimmert, wenn man vielleicht gerade durch diese Mißachtung zeigen will, daß die Verbindung einem zur Last ist, so bleibt einem vornehmen Menschen nichts übrig, als sich abzuwenden und das Band zu lösen, indem er den Beleidiger in seine

Schranken zurückweist.« Der General war vom Reden ganz rot geworden.

»Lebedew konnte doch im Jahre achtzehnhundertzwölf gar nicht in Moskau sein; er ist viel zu jung dazu; das ist lächerlich.«

»Erstens das; doch nehmen wir an, daß er damals schon auf der Welt sein konnte. Wie aber kann er einem ins Gesicht sagen, ein französischer Chasseur habe seine Kanone auf ihn gerichtet und ihm das Bein abgeschossen, nur so zum Vergnügen; er aber habe dieses Bein aufgehoben und nach Hause getragen. Dann will er es auf dem Wagankowo-Friedhof bestattet haben und sagt, er habe ihm ein Grabmal errichtet mit der Inschrift auf der einen Seite: ‚Hier ist das Bein des Kollegiensekretärs Lebedew bestattet'; und auf der andern: ‚Schlummere, teurer Staub, bis zur frohen Urständ'; endlich behauptete er, daß er alljährlich eine Totenmesse singen lasse – was schon ein Verbrechen gegen die Religion wäre – und zu dem Zweck jedes Jahr nach Moskau reise. Zum Beweis fordert er uns auf, nach Moskau zu kommen; dort wolle er uns das Grab und sogar die französische Kanone im Kreml zeigen, die von den Russen erbeutet sein soll; er versichert, es sei die elfte, vom Tor aus gezählt, ein französisches Falkonettgeschütz alter Bauart.«

»Dabei hat er, wie jeder sehen kann, zwei gesunde Beine!« sagte der Fürst lachend. »Ich versichere Sie, das ist nur ein harmloser Scherz; ärgern Sie sich nicht.«

»Erlauben Sie mal! Etwas muß ich doch auch verstehen! Daß man nichts vom Fehlen des Beines merkt, das wäre noch nicht so unwahrscheinlich; er behauptet, daß er ein Tschernoswitow-Bein habe ...«

»Ach ja, mit den künstlichen Tschernoswitow-Beinen kann man sogar tanzen, heißt es.«

»Darüber bin ich genau unterrichtet. Als Tschernoswitow damals seine Erfindung gemacht hatte, kam er zuerst zu mir gelaufen, um sie mir zu zeigen. Aber das Tschernoswitow-Bein ist unvergleichlich viel später erfunden worden ... Und zudem behauptet er noch, sogar seine selige Frau habe im Laufe ihrer ganzen Ehe nicht gewußt, daß er, ihr Mann, ein

Holzbein habe. Als ich ihm nun all seinen Unsinn nachwies, erklärte er: Wenn du im Jahre achtzehnhundertzwölf Page bei Napoleon warst, so mußt du auch mir gestatten, mein Bein auf dem Wagankowo-Friedhof zu begraben.«

»Waren Sie denn ...« fing der Fürst an und verstummte verlegen.

Der General schien auch etwas verlegen zu werden, im selben Augenblick aber sah er den Fürsten stolz und beinahe spöttisch von oben herab an. »Reden Sie zu Ende, Fürst«, sagte er feierlich, »reden Sie zu Ende. Ich bin nachsichtig, sagen Sie alles; gestehen Sie, daß Ihnen sogar der Gedanke lächerlich ist, einen Mann in seiner gegenwärtigen Erniedrigung ... und Unbrauchbarkeit vor sich zu sehen und gleichzeitig zu hören, daß dieser Mann Augenzeuge ... großer Ereignisse war. *Er* hat Ihnen noch nichts ... vorgeschwindelt?«

»Nein; ich habe nichts von Lebedew gehört – wenn Sie Lebedew meinen sollten ...«

»Hm! Ich dachte das Gegenteil. Eigentlich entspann sich das ganze Gespräch gestern aus Anlaß dieses ... merkwürdigen Aufsatzes im *Archiv*. Ich wies auf seine Sinnlosigkeit hin, und da ich selbst Augenzeuge gewesen bin ... Sie lächeln, Fürst, Sie sehen mir ins Gesicht?«

»N-nein, ich ...«

»Ich sehe jung aus«, sagte der General gedehnt, »aber ich bin an Jahren viel älter, als ich aussehe. Im Jahre achtzehnhundertzwölf war ich zehn oder elf Jahre alt. Ich weiß selbst nicht mehr genau, wie alt ich bin. In der Dienstliste ist mein Alter zu niedrig angesetzt, und ich selbst hatte die Schwäche, mich stets für jünger auszugeben.«

»Ich versichere Sie, General, daß ich es gar nicht für sonderbar halte, wenn Sie im Jahre achtzehnhundertzwölf in Moskau gewesen sein wollen und ... gewiß können Sie viel erzählen ... wie alle, die es miterlebt haben. Einer unserer Autobiographen fängt sein Buch damit an, daß er im Jahre achtzehnhundertzwölf in Moskau als Säugling von französischen Soldaten mit Brot gepäppelt wurde ...«

»Sehen Sie wohl«, sagte der General freundlich herablassend, »mein Erlebnis gehört ja nicht zu den alltäglichen, enthält aber schließlich auch nichts Außerordentliches. Sehr oft scheint die Wahrheit unmöglich. Kammerpage! Das hört sich freilich seltsam an. Aber das Abenteuer des zehnjährigen Knaben erklärt sich vielleicht gerade durch seine Jugend. Einem Fünfzehnjährigen wäre das schon nicht passiert, ganz gewiß nicht, denn als Fünfzehnjähriger wäre ich nicht aus unserm Holzhaus in der Alten Basmannaja am Tage des Einzugs Napoleons in Moskau davongelaufen, hätte meine Mutter nicht verlassen, die nicht mehr aus Moskau fortgekommen war und vor Angst zitterte und bebte. Mit fünfzehn Jahren hätte auch ich mich einschrecken lassen, aber mit zehn Jahren fürchtete ich nichts und drängte mich durch die Menge bis dicht vor die Freitreppe des Palastes, als Napoleon vom Pferd stieg.«

»Das haben Sie vortrefflich bemerkt, daß man gerade mit zehn Jahren sich nicht so leicht einschrecken läßt«, stimmte der Fürst bei, sehr verlegen und von dem Gedanken gepeinigt, daß er gleich rot werden müsse.

»Ganz gewiß; und alles kam so einfach und so natürlich, wie es eben nur im wirklichen Leben kommen kann; würde sich ein Romandichter an diese Geschichte machen, so würde er die unglaublichsten, unwahrscheinlichsten Dinge zusammenfaseln.«

»Oh, das ist wahr!« rief der Fürst. »Dieser Gedanke hat auch mich beschäftigt und sogar noch vor ganz kurzer Zeit. Ich weiß von einem tatsächlich begangenen Mord um einer Uhr willen – die Geschichte steht jetzt auch schon in den Zeitungen. Hätte ein Dichter sie erfunden, so hätten die Kenner des Volkslebens und die Kritiker sofort geschrien, das sei ganz unwahrscheinlich; liest man es aber in den Zeitungen als Tatsache, dann fühlt man, daß man eben an solchen Tatsachen die russische Wirklichkeit kennenlernt. Sie haben das sehr schön bemerkt, General«, schloß der Fürst mit großer Wärme, hocherfreut, daß er so sein offenkundiges Erröten bemänteln konnte.

»Nicht wahr? Nicht wahr?« rief der General, und seine Augen blitzten vor Vergnügen. »Ein Knabe, ein Kind, das keine Gefahr ahnt, drängt sich durch die Menge, um den

Glanz, die Uniformen, das Gefolge und endlich auch den großen Mann zu sehen, von dem man ihm so viel vorgeredet hat. Denn damals schrie alles, mehrere Jahre nacheinander, nur von ihm. Die Welt war von diesem Namen erfüllt; ich hatte ihn sozusagen mit der Muttermilch eingesogen. Napoleon geht dicht an mir vorüber und fängt zufällig meinen Blick auf; ich aber trug einen netten Knabenanzug, denn man sorgte sehr für meine Kleidung. Ich allein in der ganzen Menge so gut gekleidet, das mußte, wie Sie begreifen werden . . .«

»Unzweifelhaft mußte ihn das verblüffen und ihm beweisen, daß nicht alle geflohen waren, daß auch adlige Familien mit ihren Kindern in der Stadt geblieben waren.«

»Ganz recht, ganz recht! Er wollte doch die Bojaren zu sich heranziehen! Als sein Adlerblick mich traf, müssen meine Augen ihm wahrscheinlich entgegengeblitzt haben, denn er sagte: ‚Voilà un garçon bien éveillé! Qui est ton père?' Ich antwortete ihm sofort, atemlos vor Erregung: ‚Ein General, der auf den Schlachtfeldern seines Vaterlandes geblieben ist.' ‚Le fils d'un boyard et d'un brave par-dessus le marché. J'aime les boyards! M'aimes-tu, petit?' Auf diese schnelle Frage antwortete ich ebenso schnell: ‚Ein russisches Herz ist imstande, selbst im Feind seines Vaterlandes den großen Mann zu erkennen!' Das heißt, eigentlich erinnere ich mich nicht mehr, ob ich es genauso gesagt habe . . . ich war ein Kind . . . aber den Sinn gebe ich unbedingt richtig wieder! Napoleon war überrascht, er dachte nach und sagte zu seinem Gefolge: ‚Ich liebe den Stolz dieses Kindes! Wenn aber alle Russen so denken wie dieser Knabe . . .' Er sprach nicht zu Ende und ging in den Palast. Ich mischte mich sofort unter das Gefolge und lief ihm nach. Das Gefolge machte mir schon Platz und betrachtete mich als Favoriten. Aber all das rauschte nur ganz flüchtig an mir vorüber . . . Ich erinnere mich nur noch, daß der Kaiser, als er in den ersten Saal trat, plötzlich vor dem Bild der Kaiserin Katharina stehenblieb, es lange gedankenvoll betrachtete und endlich sagte: ‚Das war eine große Frau.' Dann ging er weiter. Nach zwei Tagen kannten mich schon alle im Palast und im Kreml und nannten mich ‚le petit boyard'. Ich ging nur zum Übernachten nach Hause. Die

Meinigen wären fast um den Verstand gekommen. Zwei Tage später stirbt der Kammerpage Napoleons, ein Baron de Bazincourt, der die Beschwerden des Feldzugs nicht hatte vertragen können. Napoleon erinnerte sich meiner; man holte mich in den Palast, ohne mir zu sagen, was man mit mir beabsichtigte, steckte mich in die Uniform des Verstorbenen, eines etwa zwölfjährigen Knaben, und erst als man mich vor den Kaiser gebracht und er mir zugenickt hatte, erklärte man mir, es sei mir die hohe Gnade zuteil geworden, zum Kammerpagen seiner Majestät ernannt zu sein. Ich freute mich, ich empfand tatsächlich für ihn – und schon seit langem – eine heiße Sympathie ... und dann, das werden Sie doch begreifen, die glänzende Uniform ... die bedeutet für ein Kind natürlich sehr viel ... Ich trug einen dunkelgrünen Frack mit langen und schmalen Schößen; goldene Knöpfe, rote goldbestickte Aufschläge an den Ärmeln, ein hoher, offener Stehkragen, ebenfalls goldgestickt, desgleichen die Schöße; weiße, enganliegende Tuchhosen, eine weiße seidene Weste, seidene Strümpfe, Schnallenschuhe ... und bei Spazierritten des Kaisers, wenn ich mich im Gefolge befand, hohe Reitstiefel. Obgleich die Lage nicht glänzend war und man großes Unheil ahnte, wurde die Etikette doch nach Möglichkeit eingehalten, und zwar um so pünktlicher, je stärker das Vorgefühl des kommenden Unheils war.«

»Ja, gewiß«, murmelte der Fürst, fast verloren dreinschauend, »Ihre Memoiren könnten ... sehr interessant werden.«

Der General erzählte selbstverständlich das gleiche, was er schon gestern Lebedew erzählt hatte, berichtete also sehr glatt und zusammenhängend; jetzt aber schielte er wieder mißtrauisch nach dem Fürsten. »Meine Memoiren?« sagte er mit verdoppeltem Stolz. »Ich soll Memoiren schreiben? Das lockt mich nicht, Fürst. Wenn Sie wollen, sind meine Memoiren schon geschrieben, aber ... sie liegen in meinem Schreibtisch eingeschlossen. Wenn meine Augen mit Grabeserde zugeschüttet sind, mögen diese Memoiren erscheinen! Dann wird man sie unzweifelhaft in alle Sprachen übersetzen, nicht um ihres literarischen Wertes willen, nein, sondern angesichts der Wichtigkeit der gewaltigen Tatsachen, deren Augenzeuge ich war, wenn auch als Kind; aber um so mehr: als Kind war ich sozusagen in das intimste Schlafzimmer des ‚großen Mannes' eingedrungen! Ich hörte nachts die Seufzer dieses ‚Riesen im Unglück', er brauchte sich seiner Seufzer und Tränen vor einem Kind nicht zu schämen, obgleich ich schon damals verstand, daß der Grund seiner Qualen das Schweigen des Zaren Alexander war.«

»Aber er schrieb ihm doch ... machte ihm Friedensvorschläge«, bemerkte der Fürst schüchtern.

»Wir wissen ja nicht, was für Vorschläge er machte, aber er schrieb täglich, stündlich, einen Brief nach dem andern! Er war äußerst erregt. In einer Nacht, als er ganz allein war, stürzte ich schluchzend zu ihm – oh, ich liebte ihn! –: ‚Bitten Sie den Kaiser Alexander um Vergebung, bitten Sie ihn um Vergebung!' rief ich ihm zu. Das heißt – ich hätte sagen müssen: ‚Schließen Sie mit Kaiser Alexander Frieden!' – aber ich war ja noch ein Kind und kleidete meinen Gedanken in diese naive Form. ‚O mein Kind!' erwiderte er, im Zimmer auf und ab gehend, ‚o mein Kind!' – er schien gar nicht zu bemerken, daß ich erst zehn Jahre alt war, und redete gern mit mir. ‚O mein Kind! Ich bin bereit, Kaiser Alexander die Füße zu küssen, aber der König von Preußen, der Kaiser von Österreich – oh, denen gilt mein ewiger Haß und ... schließlich ... du verstehst nichts von Politik!' Er schien sich plötzlich darauf zu besinnen, mit wem er redete, und er verstummte, aber seine Augen sprühten lange noch Funken. Wenn ich nun all diese Tatsachen darstellen wollte – und ich war Zeuge noch gewaltigerer Tatsachen –, wenn ich sie jetzt veröffentlichte, dann bekäme ich es mit all diesen Kritikern zu tun, mit all diesen literarischen Eitelkeiten, all diesem Neid, all diesen Parteien, und ... nein, ich danke bestens!«

»Was Sie von den Parteien sagen, ist durchaus richtig, und ich bin ganz Ihrer Meinung«, entgegnete der Fürst leise nach kurzem Schweigen. »Ich las erst kürzlich das Buch von Charras über den Feldzug von Waterloo. Ein offenbar sehr ernstes Buch, von dem auch Fachleute behaupten, daß es mit großer Sachkenntnis geschrieben sei. Aber auf jeder Seite spürt man die Freude über die Demütigung Napoleons, und wenn man Napoleon nur jedes Anzeichen von Talent bei den übrigen Feldzügen absprechen könnte, so würde das dem Verfasser wohl eine außerordentliche Freude bereiten; und das ist doch nicht recht in einem so ernsten Buch, denn das ist Parteigeist. Waren Sie damals sehr in Anspruch genommen durch Ihren Dienst bei ... dem Kaiser?«

Der General war entzückt. Die Bemerkung des Fürsten hatte durch ihren Ernst und ihre Aufrichtigkeit den letzten Rest seines Mißtrauens verjagt. »Charras! Oh, ich war selbst empört! Ich schrieb ihm damals sofort, aber ... ich kann mich jetzt nicht mehr genau entsinnen ... Sie fragen, ob der Dienst mich sehr in Anspruch nahm? O nein! Man nannte mich Kammerpage, aber ich nahm es schon damals nicht sehr ernst. Zudem verlor Napoleon sehr bald jegliche Hoffnung, die Russen für sich zu gewinnen, und hätte sicher auch mich vergessen, den er aus Politik in seinen Kreis gezogen hatte, wenn ... wenn er mich nicht persönlich liebgewonnen hätte; ich kann das jetzt ganz freimütig sagen. Mich aber zog mein Herz zu ihm. Eigentliche Dienstpflichten hatte ich nicht: ich mußte ab und zu im Palast erscheinen ... und den Kaiser auf seinen Spazierritten begleiten, das war alles. Ich war ein recht guter Reiter. Er ritt immer vor dem Diner aus, in seinem Gefolge befanden sich Davoust, ich, der Mameluck Roustan ...«

»Constant«, sagte der Fürst unwillkürlich.

»Nein, Constant war damals nicht bei ihm; er war mit einem Brief an ... an die Kaiserin Josephine unterwegs. Statt seiner hatte der Kaiser zwei Ordonnanzen, einige polnische Ulanen ... nun, das war das ganze Gefolge, außer den Generalen, versteht sich, und den Marschällen, die Napoleon mitnahm, um mit ihnen die Gegend, die Verteilung der Armee zu betrachten, zu beratschlagen ... Am häufigsten befand sich Davoust bei ihm, ich weiß es noch wie heute: ein riesengroßer, korpulenter, kaltblütiger Mann mit einer Brille und seltsamem Blick. Mit ihm beriet sich der Kaiser am häufigsten. Er schätzte seine Ideen. Ich erinnere mich, sie hatten schon mehrere Tage beraten, Davoust kam morgens und abends;

oft stritten sie sogar; endlich schien Napoleon nachgeben zu wollen. Sie waren zu zweit im Arbeitszimmer, ich als dritter wurde kaum beachtet. Plötzlich fiel der Blick Napoleons zufällig auf mich, ein merkwürdiger Gedanke blitzte in seinen Augen auf. ‚Kind!' sagte er zu mir, ‚was meinst du, wenn ich zur russisch-orthodoxen Kirche übertrete und eure Leibeigenen befreie – werden die Russen mir dann folgen oder nicht?' – ‚Niemals!' rief ich entrüstet. Napoleon war überrascht. ‚In den von Patriotismus glühenden Augen dieses Kindes', sagte er, ‚habe ich die Meinung des ganzen russischen Volkes gelesen. Es ist genug, Davoust! Alles das sind Phantastereien! Legen Sie mir ein anderes Projekt vor!'«

»Ja, aber auch dieses Projekt war groß gedacht«, sagte der Fürst sichtlich interessiert. »So schreiben Sie diesen Plan Davoust zu?«

»Wenigstens haben sie ihn zusammen beraten. Der Gedanke kam natürlich von Napoleon, ein Adlergedanke, aber der andere Plan war auch ideenreich ... Es war der berühmte ‚conseil du lion', wie Napoleon selbst diesen Rat von Davoust genannt hat. Er bestand darin, daß man sich mit der ganzen Armee im Kreml verschanzen sollte, Barrikaden errichten, Befestigungen aufwerfen, Geschütze aufstellen, möglichst viel Pferde schlachten und ihr Fleisch einpökeln; möglichst viel Brot beschaffen und zusammenmarodieren und so zu überwintern suchen; im Frühling aber die russische Front durchstoßen. Dieser Plan fesselte Napoleon ungemein. Wir ritten jeden Tag um die Kremlmauern herum, er zeigte die Stellen, wo die Mauer durchbrochen werden sollte, wo Lunetten, wo ein Ravelin, wo Blockhäuser gebaut werden sollten – erstaunlich war sein scharfer Blick, seine Schlagfertigkeit. Alles war endlich beschlossen; Davoust verlangte dringend eine endgültige Entscheidung. Wieder waren sie allein und ich als dritter bei ihnen. Napoleon ging wieder mit verschränkten Armen im Zimmer auf und ab. Ich konnte mich nicht von seinem Gesicht losreißen, mein Herz pochte. ‚Ich gehe', sagte Davoust. ‚Wohin?' fragte Napoleon. ‚Pferde einpökeln', sagte Davoust. Napoleon zuckte zusammen, sein Schicksal sollte entschieden werden. ‚Kind', sagte er plötzlich zu mir, ‚wie denkst du über unsere Absicht?‘ Natürlich fragte er mich so, wie manchmal ein Mann von gewaltigem Geist im letzten Augenblick ‚Schrift oder Adler‘ entscheiden läßt. Aber statt an Napoleon wandte ich mich an Davoust und sagte wie inspiriert: ‚Reißen Sie mal rasch nach Hause aus, General!‘ Der Plan war vernichtet. Davoust zuckte die Achseln und flüsterte im Hinausgehen: ‚Bah! Il devient superstitieux!‘ Und am nächsten Tag wurde der Befehl zum Rückzug ausgegeben.«

»Alles das ist höchst interessant«, sagte der Fürst ganz leise, »wenn alles wirklich so gewesen ist ... das heißt, ich möchte sagen ...« wollte er sich schnell verbessern.

»O Fürst!« rief der General, von seiner Erzählung derartig berauscht, daß er vielleicht schon gar nicht mehr imstande war, auch die äußerste Unvorsichtigkeit zu vermeiden, »Sie sagen: ‚Wenn alles so gewesen ist!‘ Es ist aber viel mehr gewesen, viel mehr, ich versichere Sie! Das alles sind nur kleine politische Tatsachen! Ich wiederhole Ihnen aber, daß ich Zeuge der nächtlichen Tränen und Seufzer dieses großen Mannes war; und das sah niemand als ich allein! Zuletzt weinte er freilich nicht mehr, er fand keine Tränen, er stöhnte nur noch ab und zu, aber sein Gesicht verfinsterte sich immer mehr. Als ob die Ewigkeit schon ihre düstern Fittiche über ihn gebreitet hätte. Manchmal waren wir nachts stundenlang allein beieinander in tiefem Schweigen; der Mameluck Roustan schnarchte im Nebenraum; dieser Mensch hatte einen ungemein festen Schlaf. ‚Dafür ist er mir und der Dynastie treu‘, sagte Napoleon. Einmal war mir furchtbar weh ums Herz, und plötzlich erblickte er die Tränen in meinen Augen. Er sah mich gerührt an. ‚Du bedauerst mich!‘ rief er. ‚Du, mein Kind, tust es, und vielleicht hat noch ein zweites Kind Mitleid mit mir, mein Sohn, le roi de Rome; die andern hassen mich alle, alle, und meine Brüder werden die ersten sein, die mich im Unglück verraten!‘ Ich brach in Tränen aus und eilte auf ihn zu; da konnte auch er sich nicht mehr beherrschen; wir umarmten uns, und unsere Tränen vermischten sich. ‚Schreiben Sie, schreiben Sie an die Kaiserin Josephine‘, sagte ich schluchzend. Napoleon zuckte zusammen, dachte nach und sagte zu mir: ‚Du erinnerst mich an das dritte Herz, das mich liebhat; ich danke dir, mein Freund!' Und er setzte sich sofort hin und schrieb jenen Brief an Josephine, mit dem tags darauf Constant abgesandt wurde.«

»Sie haben sehr edel gehandelt«, sagte der Fürst, »Sie rissen ihn aus seinen bösen Gedanken und weckten ein gutes Gefühl in ihm!«

»Ganz richtig, Fürst, und wie schön Sie das erklären, das entspricht völlig Ihrem eigenen Herzen!« rief der General begeistert und – seltsam! – wirkliche Tränen blitzten in seinen Augen. »Ja, Fürst, ja, es war ein großes Schauspiel! Und wissen Sie, ich wäre ihm fast nach Paris gefolgt und hätte dann sicher mit ihm die Haft auf der ‚glühenden Insel der Verbannung' geteilt, doch – ach! – unsere Geschicke trennten sich! Wir gingen verschiedene Wege: er kam auf die glühende Insel, wo er vielleicht einmal in einem Augenblick furchtbarsten Seelenwehs der Tränen des armen Knaben gedacht hat, der ihn in Moskau umarmte und ihm vergab; ich aber kam in die Kadettenanstalt, wo ich nur Drill, Roheit der Kameraden und ... O weh! Alles fand ein Ende! ‚Ich will dich nicht deiner Mutter rauben, darum nehme ich dich nicht mit!' sagte er mir am Tage, da er den Rückzug antrat, ‚aber ich möchte etwas für dich tun.' Er stieg schon aufs Pferd. ‚Schreiben Sie mir etwas zur Erinnerung in das Poesiealbum meiner Schwester', sagte ich zaghaft, denn er war sehr verstört und finster. Er ging zurück, ließ sich eine Feder geben, nahm das Buch. ‚Wie alt ist deine Schwester?' fragte er mich, die Feder schon in der Hand. ‚Drei Jahre', erwiderte ich. ‚Petite fille alors.' Und er schrieb ins Album: ‚Ne mentez jamais. Napoléon, votre ami sincère.' Solch ein Rat in solcher Stunde – was sagen Sie dazu, Fürst?«

»Ja, das ist bedeutsam.«

»Dieses Blatt hing unter Glas in einem Goldrahmen im Salon meiner Schwester an sichtbarster Stelle bis zu ihrem Tod; die Arme starb im Wochenbett; wo das Blatt jetzt ist, weiß ich nicht ... aber ... o Gott! Es ist schon zwei Uhr! So lange habe ich Sie aufgehalten, Fürst! Das ist unverzeihlich!« Der General erhob sich.

»Oh, im Gegenteil!« stammelte der Fürst. »Sie haben mich so gefesselt ... und ... endlich ... das ist so interessant; ich bin Ihnen so dankbar!«

»Fürst!« sagte der General, wobei er ihm wieder schmerzhaft die Hand drückte und ihn mit blitzenden Augen scharf ansah, als wäre er plötzlich zu sich gekommen und von einem unerwartet aufgetauchten Gedanken verblüfft. »Fürst! Sie sind so gütig, so vertrauensselig, daß Sie mir mitunter sogar leid tun. Ich betrachte Sie mit Rührung. Gott segne Sie! Mag Ihr Leben ... in Liebe beginnen und blühen! Meines aber ist zu Ende! Oh, verzeihen Sie, verzeihen Sie!«

Er ging schnell hinaus, das Gesicht mit den Händen bedeckt. Der Fürst konnte nicht zweifeln, daß seine Erregung echt war. Er verstand auch, daß der Alte von seinem Erfolg berauscht hinausging; aber er ahnte doch, daß der General einer von jenen Lügnern war, die zwar bis zur Wollust und sogar bis zur Selbstvergessenheit lügen können, aber auch auf dem Höhepunkt der Begeisterung den stillen Argwohn nicht loswerden, man glaube ihnen nicht und könne ihnen auch nicht glauben. In seiner gegenwärtigen Lage konnte der Alte zur Vernunft kommen, konnte von einem übermäßigen Schamgefühl erfaßt werden, konnte zu der Ansicht kommen, daß der Fürst ihn zu tief bemitleide, und das als Kränkung empfinden ... War es nicht unrecht von mir, daß ich ihn in solche Ekstase kommen ließ? fragte der Fürst sich unruhig – und plötzlich konnte er sich nicht mehr beherrschen und brach in ein lustiges Gelächter aus, das wohl zehn Minuten anhielt. Er fing an, sich selbst Vorwürfe wegen dieses Lachens zu machen; aber er begriff alsbald, daß er sich nichts vorwerfen konnte, denn er empfand ein unendliches Mitleid mit dem General.

Seine Ahnung ging in Erfüllung. Noch am selben Abend erhielt er einen sonderbaren Brief, der ebenso kurz wie entschieden abgefaßt war. Der General teilte ihm mit, er trenne sich auch von ihm für immer; er schätze ihn und sei ihm dankbar, doch auch von ihm wolle er keine Äußerungen des Mitleids entgegennehmen, die die Würde eines ohnedies unglücklichen Menschen herabmindern. Als der Fürst hörte, daß der Alte sich bei Nina Alexandrowna eingeschlossen hatte, war er fast beruhigt. Aber wir haben schon gesehen, daß der General auch bei Lisaweta Prokofjewna schon etwas angerichtet hatte. Hier können wir keine Einzelheiten mitteilen, es sei nur kurz erwähnt, daß der General bei dieser Begegnung Lisaweta Prokofjewna erschreckt und durch bittere Anspielungen auf Ganja in Empörung versetzt hatte. Er wurde mit Schimpf und Schande hinausgeführt. Deswegen hatte er eine so unruhige Nacht und einen ebensolchen Morgen verbracht, war ganz aus dem Gleichgewicht geraten und in fast unzurechnungsfähigem Zustande auf die Straße hinausgelaufen.

Kolja begriff die Sache noch immer nicht ganz und hoffte sogar, durch Strenge etwas zu erreichen.

»Nun, wohin wandern wir jetzt, General, was meinen Sie?« sagte er. »Zum Fürsten wollen Sie nicht, mit Lebedew haben Sie sich überworfen, Geld haben Sie keins, ich auch nicht; da stehen Sie nun mit langer Nase da, mitten auf der Straße.«

»Lieber mit langer Nase als ohne Nase«, brummte der General. »Mit diesem . . . Wortspiel habe ich einmal . . . das ganze Kasino . . . in Entzücken versetzt. Das war Anno vierundvierzig . . . jawohl: achtzehn – hundert – vier – und – vierzig! . . . Ich denke nicht mehr daran . . . Oh, erinnere mich nicht, erinnere mich nicht! ‚Wo ist meine Jugend, wo ist meine Frische!' rief . . . wer rief das doch, Kolja?«

»Das steht bei Gogol in den ‚Toten Seelen', Papa«, erwiderte Kolja und schielte zaghaft nach dem Vater hin.

»Tote Seelen! Ja freilich tote Seelen! Wenn du mich beerdigt hast, dann schreibe auf den Grabstein: ‚Hier ruht eine tote Seele!' – ‚Die Schande hat mich totgehetzt!' Wer hat das gesagt, Kolja?«

»Ich weiß nicht, Papa.«

»Jeropegow soll nicht existiert haben? Jeroschka Jeropegow!« schrie er ganz außer sich und blieb mitten auf der Straße stehen. »Und das sagt mein Sohn, mein leiblicher Sohn? Jeropegow, der Mann, der mir elf Monate lang einen Bruder ersetzte, dem zuliebe ich einen Zweikampf . . . Der Fürst

Wygorezkij, unser Hauptmann, sagte ihm bei einer Flasche Wein: ,Sag mal, Grischa, wo hast du deine Anna* bekommen?' – ,Auf den Schlachtfeldern meines Vaterlandes, da habe ich sie bekommen!' – Ich schreie: ,Bravo, Grischa!' Nun, und so kam es zum Duell, und später heiratete er ... Marja Petrowna Su ... Sutugina und fiel auf dem Schlachtfeld ... Die Kugel prallte von meinem Brustkreuz ab und traf ihn mitten in die Stirn. ,In Ewigkeit vergesse ich es nicht!' rief er und fiel tot um. Ich ... ich habe ehrlich gedient, Kolja; ich habe treu gedient, aber die Schande – ,die Schande hat mich totgehetzt!' Du und Nina – ihr werdet zu meinem Grab kommen ... ,Arme Nina!' Ich nannte sie früher so, Kolja, lange ist es her, in der ersten Zeit, und sie liebte mich so ... Nina, Nina! Was habe ich aus deinem Schicksal gemacht! Wofür kannst du mich noch lieben, du geduldige Seele! Deine Mutter hat eine Engelsseele, Kolja, hörst du? Eine Engelsseele!«

»Das weiß ich, Papa! Lieber, guter Papa, kehren wir zurück zur Mutter! Sie lief uns nach! Warum bleiben Sie stehen? Als ob Sie nicht begreifen könnten ... Nun, was weinen Sie denn?« Kolja weinte selbst und küßte des Vaters Hände.

»Du küßt mir die Hände, mir!«

»Nun ja, Ihnen, Ihnen! Was ist daran so erstaunlich? Warum heulen Sie mitten auf der Straße? Das nennt sich noch General und Krieger! Kommen Sie doch!«

»Gott segne dich, lieber Junge, weil du ehrerbietig warst gegen den Geschändeten ... ja, gegen den geschändeten Greis, deinen Vater ... Mögest du auch so einen Sohn haben ... le roi de Rome ... O Fluch, Fluch diesem Hause!«

»Was soll das alles eigentlich heißen?« brauste Kolja plötzlich auf. »Was ist denn passiert? Warum wollen Sie jetzt nicht nach Hause? Haben Sie den Verstand verloren?«

»Ich will es dir erklären, ich will es erklären ... ich sage dir alles; schrei nicht, man könnte es hören ... le roi de Rome ... Oh, mir ist übel, mir ist traurig zumute: ,Amme, sprich, wo ist dein Grab?' Wer hat das gesagt, Kolja?«

* Der russische St. Annen-Orden (Anmerkung des Übersetzers).

»Ich weiß nicht, ich weiß nicht, wer das gesagt hat! Kommen Sie gleich mit nach Hause, sofort! Ich verprügle Ganja, wenn es nötig sein sollte ... Wohin wollen Sie denn wieder?«

Aber der General zerrte ihn zur Freitreppe eines Hauses in der Nähe.

»Wohin? Das ist ein fremdes Haus!«

Der General setzte sich auf der Treppe nieder und zog Kolja am Arm zu sich.

»Bücke dich! Bücke dich!« murmelte er. »Ich will dir alles sagen ... die Schmach ... bücke dich ... dein Ohr, dein Ohr ... ich sage es dir ins Ohr!«

»Was haben Sie denn?« sagte Kolja äußerst erschrocken, hielt ihm aber doch sein Ohr hin.

»Le roi de Rome«, flüsterte der General und zitterte am ganzen Leibe.

»Wie? Was haben Sie mit dem roi de Rome? ... Was?«

»Ich ... ich ...« flüsterte der General und klammerte sich immer fester an die Schulter »seines Jungen«, »ich ... will ... ich will dir ... alles, Marja, Marja ... Petrowna Su–su–su ...«

Kolja riß sich los, packte den General an den Schultern und sah ihn wie ein Irrsinniger an. Der Alte war ganz rot geworden, seine Lippen waren blau, leise Zuckungen liefen noch über sein Gesicht. Endlich neigte er sich nach vorn und fiel langsam in Koljas Arme.

»Ein Schlaganfall!« rief Kolja laut über die ganze Straße, da er endlich erraten hatte, was geschehen war.

5

Um die Wahrheit zu sagen: Warwara Ardalionowna hatte in ihrem Gespräch mit dem Bruder die Genauigkeit ihrer Informationen über die Werbung des Fürsten um Aglaja Jepantschina ein wenig übertrieben. Vielleicht hatte sie als scharfsichtige Person vorausgesehen, was in der nächsten Zukunft sich ereignen müsse; vielleicht hatte sie, betrübt über den Zusammenbruch eines Traumes, an den sie, aufrichtig gesagt, selbst nicht geglaubt hatte, sich als Mensch das Vergnügen nicht nehmen können, das Unheil schlimmer darzustellen und noch mehr Gift in das Herz des Bruders zu träufeln, den sie übrigens aufrichtig und mitleidsvoll liebte. Jedenfalls aber hätte sie von ihren Freundinnen, den Jepantschins, so genaue Auskünfte nicht erhalten können; man beschränkte sich auf Anspielungen, halb ausgesprochene Worte, geheimnisvolles Schweigen und Rätsel. Vielleicht aber hatten die Schwestern Aglajas auch mit Absicht etwas ausgeplaudert, um ihrerseits einiges von Warwara Ardalionowna zu erfahren; es konnte endlich auch sein, daß sie sich das echt weibliche Vergnügen nicht versagen wollten, die Freundin ein wenig zu necken, wenn sie ihnen auch von Kindheit an nahestand: sie mußten doch in der langen Zeit wenigstens ein Endchen ihrer Absichten ausgespürt haben.

Andrerseits hatte der Fürst zwar unzweifelhaft recht, wenn er Lebedew beteuerte, er könne ihm nichts mitteilen und es hätte sich mit ihm nichts Besonderes ereignet; er konnte aber trotzdem im Irrtum sein. Denn es hatte sich in der Tat mit allen etwas höchst Sonderbares begeben: es war nichts geschehen, und doch schien in dieser Zeit sich sehr viel ereignet zu haben. Das letztere eben hatte Warwara Ardalionowna mit ihrem sichern weiblichen Instinkt erraten.

Wie es aber gekommen war, daß bei Jepantschins alle plötzlich einmütig mit dem Gedanken beschäftigt waren, es müsse sich mit Aglaja etwas Kapitales begeben haben und ihr Schicksal stehe vor der Entscheidung – das der Reihe nach darzulegen ist sehr schwierig. Doch kaum war dieser Gedanke bei allen zu gleicher Zeit aufgeblitzt, als alle sofort gleichzeitig behaupteten, sie hätten das alles schon längst erkannt und klar vorausgesehen; es sei schon seit dem »Armen Ritter« offenbar gewesen, sogar noch früher, bloß habe man damals an einen solchen Unsinn noch nicht glauben wollen. So behaupteten die Schwestern; natürlich hatte auch Lisaweta Prokofjewna vor allen andern alles gesehen und gewußt, und längst schon hatte ihr »das Herz weh getan«, aber – ob schon seit längerem oder erst neuerdings – jetzt war ihr der Gedanke an den Fürsten plötzlich äußerst unangenehm, und das hauptsächlich deshalb, weil er sie verwirrte. Hier stand man vor einer Frage, die sofort entschieden werden mußte; aber es war nicht nur unmöglich, sie zu entscheiden, sondern die arme Lisaweta Prokofjewna versuchte nicht einmal, sich die Frage selbst vollkommen klar zu stellen, so sehr sie sich auch plagte. Die Sache war schwierig: Taugte der Fürst etwas oder nicht? War das alles gut oder nicht? Wenn es nicht gut war (und so verhielt es sich unzweifelhaft) – was war eigentlich nicht gut daran? Und wenn es doch gut war (was immerhin sein konnte), wo war das Gute? Auch der Familienvater Iwan Fjodorowitsch war natürlich vor allem sehr verwundert, dann aber gestand er plötzlich, daß auch ihm »bei Gott, die ganze Zeit hindurch etwas in dieser Art vorgeschwebt« habe; »mit einem Male steht es vor mir da, ich weiß selbst nicht wie!« Er verstummte sofort unter dem strengen Blick seiner Gattin, aber er verstummte am Morgen; doch am Abend, als er mit seiner Gattin allein war und sich gezwungen sah, wieder zu reden, äußerte er plötzlich und anscheinend mit besonderem Mut einige unerwartete Gedanken: »Was ist denn im Grunde dabei?« (Schweigen.) »Natürlich ist das alles sehr sonderbar, wenn es nur wahr ist; es läßt sich nicht bestreiten, aber ...« (wieder Schweigen). »Andrerseits aber, wenn man den Dingen ins Gesicht sieht, ist der Fürst doch bei Gott ein famoser Bursche, und ... und endlich auch der Name, unser alter Geschlechtsname ... das alles wird wie Erhaltung der Familientradition aussehen, die schon im Erlöschen ist – das heißt in den Augen der Welt ... von diesem Standpunkt aus gesehen ... weil nämlich ... natürlich, die Gesellschaft; die Gesellschaft ist die Gesellschaft; der Fürst ist doch aber auch nicht ohne Vermögen, wenn auch nur in gewissen Grenzen ... Er hat ... und ... und ...« (Langes Schweigen und endgültiges Versagen.) Nachdem sie ihren Gatten angehört hatte, überstieg der Unwille Lisaweta Prokofjewnas jegliches Maß.

Ihrer Meinung nach war alles, was sich ereignet hatte, »ein unverzeihlicher und sogar verbrecherischer Unsinn, ein phantastisches Bild, dumm und närrisch!« Vor allem sei dieser

Fürst ein kranker Idiot und zweitens ein Narr. »Er kennt weder die Welt, noch hat er einen Platz in dieser Welt. Wem soll man ihn zeigen, was soll man mit ihm anfangen? Ein ganz unmöglicher Demokrat, nicht einmal einen Rang hat er, und ... und ... was wird die Belokonskaja sagen? Haben wir uns so einen Mann für Aglaja gewünscht und gedacht?« Das letzte Argument war natürlich das wichtigste. Das Herz der Mutter zitterte bei diesem Gedanken, schwamm in Blut und Tränen, obwohl sich gleichzeitig etwas in diesem Herzen regte, das zu ihr sprach: »Warum soll der Fürst denn nicht so einer sein, wie ihr ihn braucht?« Eben diese Einwürfe des eigenen Herzens machten Lisaweta Prokofjewna die meiste Sorge.

Den Schwestern Aglajas behagte der Gedanke an den Fürsten; er kam ihnen nicht einmal sehr sonderbar vor; mit einem Wort – es war möglich, daß sie sich plötzlich ganz auf seine Seite schlugen. Aber beide waren entschlossen zu schweigen. Es stand ein für allemal in der Familie fest: je schroffer und hartnäckiger in irgendeiner allgemeinen strittigen Familienangelegenheit sich der Widerstand Lisaweta Prokofjewnas zeigte, um so mehr konnten alle daraus den Schluß ziehen, daß sie vielleicht schon der von ihr bekämpften Entscheidung zustimmte. Alexandra Iwanowna konnte übrigens nicht völlig verstummen. Die Mutter, die sie schon längst zu ihrer Ratgeberin erkoren hatte, rief sie jetzt jeden Augenblick zu sich und wollte ihre Meinung hören, vor allem aber Auskunft über Fragen haben, wie: »Wie ist das alles gekommen? Warum hat niemand es gesehen? Warum ist es damals nicht gesagt worden? Was bedeutete damals dieser elende ‚Arme Ritter'? Warum bin ich, Lisaweta Prokofjewna, dazu verurteilt, für alle zu sorgen, alles zu merken und zu erraten, während alle übrigen bloß Maulaffen feilhalten?« und so weiter, und so weiter. Alexandra Iwanowna war zuerst vorsichtig und machte nur die Bemerkung, Papas Idee scheine ihr recht zutreffend, nämlich daß in den Augen der Welt die Wahl des Fürsten Myschkin zum Gatten einer der Jepantschins sehr befriedigend erscheinen dürfte. Allmählich wurde sie wärmer und fügte sogar hinzu, der Fürst sei gar kein »Narr« und sei es nie gewesen; und was seine Bedeutung betreffe, so wisse ja nur Gott allein, worin man nach ein paar Jahren die Bedeutung eines Menschen bei uns in Rußland sehen werde: ob immer noch in einer erfolgreichen Beamtenlaufbahn oder in ganz andern Dingen? Darauf antwortete die Mama sofort, Alexandra sei eine »Freidenkerin« und das alles sei nichts weiter als »ihre verdammte Frauenfrage«. Eine halbe Stunde darauf begab sie sich in die Stadt und von da nach Kamennyj-Ostrow, um die Belokonskaja zu sprechen, die sich gerade jetzt wieder in Petersburg aufhielt, aber bald abreisen mußte. Die Belokonskaja war die Patin Aglajas.

Die »alte« Belokonskaja hörte alle fieberhaften verzweifelten Bekenntnisse Lisaweta Prokofjewnas an und zeigte sich nicht im geringsten durch die Tränen der ganz aus dem Geleise geratenen Mutter gerührt, blickte sie sogar etwas spöttisch an. Sie war eine furchtbare Despotin; in der Freundschaft, selbst in der ältesten, duldete sie keine Gleichheit, in Lisaweta Prokofjewna sah sie immer noch ihren Schützling wie vor fünfunddreißig Jahren und konnte sich ganz und gar nicht mit der Schroffheit und Selbständigkeit ihres Charakters aussöhnen. Sie bemerkte unter anderm, anscheinend hätten sie drüben alle nach ihrer stetigen Gewohnheit zu weit vorausgegriffen und aus der Mücke einen Elefanten gemacht; so aufmerksam sie auch zugehört habe, habe sie doch nicht die Überzeugung gewinnen können, daß sich etwas wirklich Ernsthaftes ereignet habe; es sei doch wohl ratsamer zu warten, bis wirklich etwas geschehe; der Fürst sei ihrer Ansicht nach ein anständiger junger Mensch, wenn auch krank, wunderlich und gar zu unbedeutend. Das Schlimmste sei, daß er vor aller Augen eine Geliebte aushalte. Lisaweta Prokofjewna verstand sehr wohl, daß die Belokonskaja über den Mißerfolg des von ihr empfohlenen Jewgenij Pawlowitsch etwas ärgerlich war. Sie kehrte in noch mehr gereizter Stimmung nach Pawlowsk zurück, und das bekamen sofort alle zu spüren – es hieß vor allem, sie seien allesamt verrückt und nirgends werde so zu Werk gegangen wie in ihrem Haus: »Was soll die Hast? Was ist dabei herausgekommen? So scharf ich auch beobachte, kann ich doch aus nichts schließen, daß tatsächlich etwas geschehen ist! Ihr müßt warten, bis sich etwas ereignet. Weiß Gott, was Iwan Fjodorowitsch sich alles einbildet; man darf doch aus einer Mücke keinen Elefanten machen!« und so weiter.

Man mußte sich also beruhigen, die Dinge kaltblütig betrachten und abwarten. Aber – o weh! – die Ruhe währte keine zehn Minuten. Den ersten störenden Schlag versetzte die Nachricht über die Dinge, die sich während des Besuchs der Mutter in Kamennyj-Ostrow ereignet hatten. (Lisaweta Prokofjewnas Fahrt hatte gleich am nächsten Morgen nach dem Tag stattgefunden, an dem der Fürst statt um zehn Uhr abends um Mitternacht bei Jepantschins erschienen war.) Die Schwestern beantworteten die ungeduldigen Fragen der Mutter sehr eingehend: erstens habe sich in ihrer Abwesenheit scheinbar nichts ereignet; der Fürst sei dagewesen, Aglaja sei lange Zeit nicht herausgekommen, wohl eine halbe Stunde lang, dann habe sie sich endlich gezeigt und dem Fürsten sofort eine Schachpartie vorgeschlagen; der Fürst verstünde vom Schachspiel so gut wie gar nichts und Aglaja habe ihn sofort geschlagen; dann sei sie sehr lustig geworden und habe dem Fürsten immer wieder seine Ungeschicklichkeit vorgeworfen; sie habe immer wieder über ihn gelacht, so daß sein Anblick schließlich geradezu Mitleid erregt habe. Dann habe sie ihm vorgeschlagen, Karten zu spielen, und zwar Schafkopf. Nun aber sei es ganz anders gekommen: der Fürst habe sich im Schafkopfspiel so geschickt gezeigt wie ... wie ein Professor; er habe meisterhaft gespielt; Aglaja habe zwar gemogelt, habe die Karten vertauscht und vor seinen Augen ihm seine Stiche weggenommen, trotzdem aber habe sie jedesmal verloren, wohl fünfmal hintereinander. Aglaja sei furchtbar wütend geworden, sogar ganz außer sich geraten; sie habe dem Fürsten soviel Bissigkeiten und Frechheiten gesagt, daß er endlich aufgehört habe zu lachen und ganz bleich geworden sei, als sie ihm endlich gesagt habe, ihr Fuß werde dieses Zimmer nicht mehr betreten, solange er hier sitze, es sei einfach schamlos von ihm, noch zu ihnen zu kommen, und gar nachts um halb eins, *nach all dem, was sich ereignet habe.* Dann habe sie die Tür zugeschlagen und sei hinausgegangen. Der Fürst sei fortgegangen wie von einem Begräbnis, obgleich alle ihn zu trösten suchten. Plötzlich, eine Viertelstunde nachdem der Fürst gegangen war, sei Aglaja von oben auf die Veranda gelaufen gekommen, und zwar in solcher Hast, daß sie nicht einmal Zeit gehabt habe, ihre Augen zu trocknen; die Augen aber seien voll Tränen gewesen. Gekommen aber sei sie, weil Kolja einen Igel gebracht habe. Alles hätte den Igel bewundert; auf die Fragen der Mädchen habe Kolja erklärt, der Igel gehöre nicht ihm, sondern er begleite eben einen Kameraden, einen andern Gymnasiasten, Kostja Lebedew, der auf der Straße geblieben sei, weil er sich geschämt habe mitzukommen: er trage nämlich ein Beil unter dem Arm. Den Igel und das Beil hätten sie eben bei einem Bauern gekauft, der ihnen in den Weg gekommen sei. Den Igel habe der Bauer selbst ihnen angeboten und fünfzig Kopeken dafür verlangt; das Beil mit zu verkaufen hätten sie ihn erst überreden müssen, denn sie könnten es gut brauchen und es sei ein sehr schönes Beil. Nun habe Aglaja Kolja keine Ruhe gelassen: er solle ihr sofort den Igel verkaufen; sie sei ganz außer sich gewesen und habe ihn sogar »lieber Kolja« genannt. Kolja habe sich lange geweigert, endlich aber sei es ihm zuviel geworden, er habe Kostja Lebedew gerufen, der dann auch wirklich mit dem Beil unter dem Arm erschienen sei und furchtbar verlegen dreingeschaut habe. Nun habe sich aber plötzlich herausgestellt, daß der Igel gar nicht ihnen gehöre, sondern einem dritten Jungen, namens Petrow, der ihnen beiden Geld gegeben habe, damit sie ihm bei einem vierten Jungen die *Weltgeschichte* von Schlosser kauften, die dieser aus Geldnot billig verkaufen wolle. Sie seien gegangen, die *Weltgeschichte* Schlossers zu kaufen, hätten sich aber verleiten lassen, den Igel zu kaufen, so daß also eigentlich der Igel und das Beil jenem dritten Jungen gehörten, dem sie nun beides statt der *Weltgeschichte* Schlossers bringen müßten. Aber Aglaja habe so gedrängt, daß sie endlich nachgegeben und ihr den Igel verkauft hätten. Kaum habe Aglaja den Igel erhalten, habe sie ihn sofort mit Koljas Hilfe in ein Körbchen gelegt, mit einer Serviette zugedeckt und Kolja gebeten, den Igel sofort, ohne sich unterwegs irgendwo aufzuhalten, in ihrem Namen dem Fürsten zu bringen – mit der Bitte, ihn als »Zeichen ihrer größten Hochachtung« entgegenzunehmen. Kolja habe freudig zugesagt und sein Wort gegeben, den Igel hinzubringen, habe aber sofort durchaus wissen wollen, was der Igel und ein derartiges Geschenk bedeuten solle. Aglaja habe geantwortet, das ginge ihn nichts an. Er habe geantwortet, er sei überzeugt, daß hier eine Allegorie dahinterstecke. Aglaja sei in Zorn geraten und habe ihn mit den Worten abgefertigt, er sei ein dummer Junge und weiter nichts. Kolja habe ihr sofort geantwortet: wenn er in ihr nicht die Frau achtete und nicht seine Ansichten hätte, so würde er ihr unverzüglich beweisen, daß er die richtige Antwort auf eine solche Kränkung sehr wohl kenne. Alles habe übrigens damit geendet, daß Kolja doch begeistert mit dem Igel abgezogen sei; Kostja Lebedew sei ihm gefolgt; Aglaja habe sich nicht enthalten können, als sie gesehen habe, daß Kolja den Korb zu sehr hin und her schwenkte, ihm von der Veranda nachzurufen: »Bitte, Kolja, lassen Sie ihn nicht herausfallen, mein Lieber!« als hätte sie sich nicht noch eben mit ihm gezankt; Kolja sei stehengeblieben und habe auch, in einem Ton, der keinen Gedanken an den beendeten Streit aufkommen ließ, mit größter Bereitwilligkeit gerufen: »Nein, nein, ich lasse ihn nicht herausfallen, Aglaja Iwanowna, seien Sie ganz unbesorgt!« und sei dann wie rasend weitergerannt. Aglaja sei darauf in ein fürchterliches Gelächter ausgebrochen und höchst zufrieden in ihr Zimmer gelaufen; den ganzen Tag sei sie dann sehr vergnügt gewesen.

Diese Nachricht wirkte auf Lisaweta Prokofjewna einfach niederschmetternd. An sich hatte die Sache ja nichts zu bedeuten. Aber ihre Stimmung war nun einmal so. Ihre Erregung steigerte sich aufs äußerste. Am meisten beschäftigte sie der Igel. Was sollte der Igel bedeuten? Was war hier abgemacht? Was war darunter zu verstehen? Was war das für ein Zeichen? Was war das für ein Telegramm? Und nun verdarb der arme Iwan Fjodorowitsch, der zufällig beim Verhör anwesend war, alles noch ganz und gar durch seine Antwort. Seiner Meinung nach konnte von gar keinem Telegramm die Rede sein, der Igel sei ein Igel und weiter nichts; allenfalls könne er Freundschaft, Vergessen der Kränkung und Versöhnung bedeuten; mit einem Wort, das Ganze sei jedenfalls ein harmloser und verzeihlicher Streich.

In Parenthese sei hier gesagt, daß er ganz richtig geraten hatte. Als der Fürst, verlacht und vertrieben, von Aglaja zurückgekehrt war, hatte er wohl eine halbe Stunde in finsterer Verzweiflung dagesessen – da erschien Kolja mit seinem Igel. Sofort entwölkte sich der Himmel; der Fürst war wie von den Toten auferstanden, er fragte Kolja aus, klammerte sich an jedes einzelne Wort, stellte Dutzende von Zwischenfragen, lachte wie ein Kind und drückte jeden Augenblick beiden Jungen, die ihn lachend mit hellen Augen ansahen, die Hand. Es erwies sich also, daß Aglaja dem Fürsten vergeben hatte und daß er noch heute abend wieder zu ihr kommen durfte, für ihn aber war das nicht nur die Hauptsache, sondern alles.

»Was für Kinder sind wir doch noch, Kolja! Und ... und wie gut, daß wir noch Kinder sind!« rief er endlich begeistert aus.

»Sie ist ganz einfach in Sie verliebt, Fürst, und weiter nichts!« sagte Kolja mit Würde und Nachdruck.

Der Fürst errötete, sagte aber diesmal kein Wort; Kolja jedoch lachte laut und klatschte in die Hände; eine Minute danach lachte auch der Fürst, und dann sah er bis zum Abend alle fünf Minuten nach der Uhr, um zu erfahren, wieviel Zeit vergangen war und wie lange es noch bis zum Abend sei.

Doch die erregte Stimmung gewann bei Lisaweta Prokofjewna die Oberhand: sie konnte sich schließlich nicht mehr beherrschen und ließ sich von einer hysterischen Anwandlung überwältigen. Trotz allem Widerspruch des Gatten und der Töchter schickte sie sofort nach Aglaja, um ihr die letzte Frage zu stellen und von ihr eine ganz klare und letzte Antwort zu erhalten. »Damit das alles mit einemmal ein Ende hat und ich es loswerde, so daß man später auch nicht einmal mehr daran zu denken braucht! Sonst«, fügte sie hinzu, »bin ich am Abend nicht mehr am Leben!« Und nun erst begriffen alle, wie sinnlos sie die ganze Sache verwirrt hatten. Außer geheuchelter Verwunderung, Entrüstung, Gelächter und Spott über den Fürsten und alle Frager war aus Aglaja nichts herauszubekommen. Lisaweta Prokofjewna legte sich zu Bett und erschien erst zum Tee, um die Zeit, als man den Fürsten erwartete. Sie sah seinem Besuch mit Zittern und Beben entgegen, und als er erschien, bekam sie fast einen Weinkrampf.

Der Fürst kam schüchtern, beinahe tastend herein, er lächelte seltsam und schaute allen in die Augen, als stellte er ihnen eine Frage, denn Aglaja war wieder nicht im Zimmer, was ihn sofort in Schreck versetzte. An diesem Abend waren gar keine Fremden da, nur Familienmitglieder. Fürst Sch. war noch in Petersburg in der Angelegenheit des Onkels von Jewgenij Pawlowitsch. Wäre er doch wenigstens da und sagte etwas, dachte Lisaweta Prokofjewna bekümmert. Iwan Fjodorowitsch saß mit außerordentlich besorgter Miene da; die Schwestern waren sehr ernst und schwiegen wie absichtlich. Lisaweta Prokofjewna wußte nicht, wie sie das Gespräch einleiten sollte. Endlich schimpfte sie plötzlich sehr energisch auf die Eisenbahn und sah den Fürsten herausfordernd an.

Aber ach! Aglaja kam nicht, und der Fürst verging förmlich. Mühsam lallend und ganz verwirrt äußerte er die Meinung, es wäre sehr nützlich, die Bahnstrecke instand zu setzen, aber da fing Adelaida plötzlich zu lachen an, und der Fürst war wieder ganz vernichtet. Gerade in diesem Augenblick erschien Aglaja, ruhig und würdevoll; sie erwiderte den Gruß des Fürsten steif und nahm feierlich den auffälligsten Platz am runden Tisch ein. Dabei sah sie den Fürsten fragend an. Alle begriffen, daß die Lösung aller Mißverständnisse nun kommen mußte.

»Haben Sie meinen Igel erhalten?« fragte sie mit fester und beinahe zorniger Stimme.

»Ja«, antwortete der Fürst errötend und starr vor Angst.

»Erklären Sie mir sofort, was Sie darüber denken! Das ist

notwendig, um meiner Mutter und unserer ganzen Familie Ruhe zu verschaffen.«

»Hör einmal, Aglaja ...« begann der General unruhig.

»Das übersteigt alle Grenzen!« rief Lisaweta Prokofjewna erschrocken.

»Hier gibt es gar keine Grenzen, Mama«, erwiderte die Tochter sofort streng. »Ich habe heute dem Fürsten einen Igel geschickt und will seine Meinung wissen. Nun, Fürst?«

»Was für eine Meinung, Aglaja Iwanowna?«

»Über den Igel.«

»Das heißt, ich glaube, Aglaja Iwanowna, Sie möchten wissen, wie ich ... den Igel ... aufgenommen habe ... oder besser gesagt ... wie ich diese Sendung ... aufgefaßt habe ... das heißt in diesem Fall, glaube ich ... kann man ... mit einem Wort ...« Der Atem ging ihm aus, und er verstummte.

»Nun, viel gesagt haben Sie nicht«, meinte Aglaja, nachdem sie fünf Sekunden gewartet hatte. »Gut, ich bin bereit, den Igel beiseite zu lassen; aber ich bin sehr froh, daß ich endlich alle Mißverständnisse wegschaffen kann, die sich im Lauf der Zeit angesammelt haben. Dürfte ich endlich von Ihnen selbst und persönlich erfahren: bewerben Sie sich um meine Hand oder nicht?«

»O Gott!« entfuhr es Lisaweta Prokofjewna.

Der Fürst zuckte zusammen und fuhr zurück; Iwan Fjodorowitsch war starr; die Schwestern runzelten die Stirn.

»Lügen Sie nicht, Fürst, sagen Sie die Wahrheit. Um Ihretwillen verfolgt man mich mit sonderbaren Fragen; diese Fragerei muß doch irgendeinen Grund haben? Nun?«

»Ich habe nicht um Sie angehalten, Aglaja Iwanowna«, sagte der Fürst, der plötzlich lebhaft wurde. »Aber ... Sie wissen selbst, wie ich Sie liebe und an Sie glaube ... auch jetzt noch ...«

»Ich frage Sie: halten Sie um meine Hand an oder nicht?«

»Ich halte um sie an«, sagte der Fürst stockend.

Es entstand eine allgemeine und heftige Bewegung.

»Alles das ist nicht in Ordnung, mein lieber Freund«, sagte Iwan Fjodorowitsch in großer Erregung. »Das ... das ist fast unmöglich, wenn es so ist ... Aglaja ... Entschuldigen

Sie, Fürst, entschuldigen Sie, mein Lieber! ... Lisaweta Prokofjewna!« wandte er sich hilfsbedürftig an seine Gattin, »man müßte doch ... erwägen ...«

»Ich weigere mich, ich weigere mich!« rief Lisaweta Prokofjewna mit abwehrenden Handbewegungen.

»Gestatten Sie mir auch ein Wort, Mama; ich habe in dieser Sache doch auch etwas zu sagen. Es ist ein außerordentlicher Augenblick, in dem sich mein Schicksal entscheidet«, Aglaja drückte sich wörtlich so aus, »und ich will selbst darüber Bescheid wissen; und außerdem freut es mich, daß es in Gegenwart aller geschieht ... Gestatten Sie mir also die Frage, Fürst: wenn Sie ‚solche Absichten hegen', wodurch glauben Sie mich glücklich machen zu können?«

»Ich weiß wirklich nicht, Aglaja Iwanowna, was ich Ihnen antworten soll; hier ... was läßt sich denn hier antworten? Und ... ist es denn überhaupt nötig?«

»Sie sind, wie mir scheint, verlegen und außer Atem; erholen Sie sich etwas und sammeln Sie neue Kräfte; trinken Sie ein Glas Wasser; übrigens bekommen Sie gleich Tee.«

»Ich liebe Sie, Aglaja Iwanowna, ich liebe Sie sehr, ich liebe Sie allein und ... scherzen Sie bitte nicht, ich liebe Sie sehr.«

»Doch das ist eine sehr wichtige Angelegenheit; wir sind keine Kinder mehr und müssen die Dinge nüchtern betrachten ... Haben Sie die Güte, mir darzulegen, wie es mit Ihrem Vermögen bestellt ist.«

»Aber Aglaja! Was redest du? Das ist nicht recht, das ist nicht recht«, murmelte Iwan Fjodorowitsch erschrocken.

»Eine Schmach!« flüsterte Lisaweta Prokofjewna laut.

»Sie ist verrückt!« flüsterte Alexandra ebenso laut.

»Vermögen ... Das heißt Geld?« fragte der Fürst verwundert.

»Allerdings.«

»Ich besitze ... ich besitze jetzt hundertfünfunddreißigtausend Rubel«, murmelte der Fürst errötend.

»Bloß?« sagte Aglaja laut und ehrlich erstaunt, ohne im geringsten zu erröten. »Das tut übrigens nichts; wenn man nur sparsam ist ... Beabsichtigen Sie eine Stelle anzunehmen?«

»Ich wollte mich der Hauslehrerprüfung unterziehen ...«

»Sehr schön; das wird natürlich unser Einkommen steigern. Glauben Sie Kammerjunker werden zu können?«

»Kammerjunker? Daran hatte ich nie gedacht, aber ...«

Nun konnten die beiden Schwestern sich nicht mehr beherrschen und lachten laut auf. Adelaida hatte auf Aglajas zuckendem Gesicht schon längst das Herannahen eines schnellen und nicht zu hemmenden Lachanfalls bemerkt, den sie vorläufig mit allen Kräften zurückzuhalten bemüht war. Aglaja warf zuerst einen drohenden Blick auf die lachenden Schwestern, vermochte aber selbst keine Sekunde mehr an sich zu halten und brach in ein wahnsinniges, beinahe hysterisches Lachen aus; schließlich sprang sie auf und lief aus dem Zimmer.

»Ich habe es ja gewußt, daß sie nur ihren Spott trieb und nichts weiter!« rief Adelaida. »Von Anfang an, schon von dem Igel an!«

»Nein, das lasse ich nicht zu, das lasse ich nicht zu!« brauste Lisaweta Prokofjewna plötzlich in hellem Zorn auf und lief in größter Eile Aglaja nach.

Ihr folgten alsbald die Schwestern. Im Zimmer bleiben nur der Fürst und das Oberhaupt der Familie zurück.

»Das, das . . . konntest du dir so etwas vorstellen, Lew Nikolajewitsch?« rief der General, der augenscheinlich selbst nicht recht wußte, was er sagen wollte. »Nein, im Ernst, sag es mir im Ernst.«

»Ich sehe, daß Aglaja Iwanowna sich über mich lustig gemacht hat«, erwiderte der Fürst traurig.

»Warte, mein Lieber! Ich will hingehen, und du warte hier ... denn ... Erkläre du mir wenigstens, Lew Nikolajewitsch, du wenigstens: wie ist das alles gekommen, und was soll das alles bedeuten, sozusagen als Ganzes zusammengenommen? Du wirst selbst zugeben müssen, mein Lieber: ich bin doch der Vater; ich bin der Vater, und darum verstehe ich nichts; so erkläre wenigstens du es mir!«

»Ich liebe Aglaja Iwanowna; sie weiß das und ... schon seit langem, glaube ich.«

Der General zuckte mit den Schultern.

»Seltsam, seltsam! Und du hast sie sehr lieb?«

»Sehr.«

»Seltsam, seltsam! Das ist eine solche Überraschung und ein solcher Schlag, daß ich ... Siehst du, mein Lieber, es ist mir nicht um das Vermögen zu tun – wenn ich auch erwartete, daß du mehr hättest –, aber ... das Glück meiner Tochter ... endlich ... bist du sozusagen imstande, ihr dieses ... dieses Glück zu bieten? Und ... und ... was ist das bei ihr? Scherz oder Ernst? Das heißt – bei ihr, nicht bei dir.«

Aus dem Nebenzimmer ertönte Alexandras Stimme. Sie rief den Papa.

»Warte hier ein wenig, mein Lieber! Warte und überlege. Ich komme gleich ...« sagte er hastig und folgte fast erschrokken dem Ruf Alexandras. Er fand Gattin und Tochter in enger Umarmung und in Tränen aufgelöst. Es waren Tränen des Glücks, der Rührung und der Versöhnung. Aglaja küßte der Mutter die Hände, die Wangen, die Lippen; beide schmiegten sich leidenschaftlich aneinander.

»Nun, schau sie mal an, Iwan Fjodorowitsch, da hast du sie ganz, wie sie ist!« sagte Lisaweta Prokofjewna.

Aglaja wandte ihr glückliches verweintes Gesichtchen von der Brust der Mutter ab, sah den Vater an und lachte hell auf; dann sprang sie auf ihn zu, umarmte ihn kräftig und küßte ihn mehrere Male. Danach lief sie wieder zur Mutter, verbarg ihr Gesicht an ihrer Brust, damit niemand sie sehe, und fing sofort wieder an zu weinen. Lisaweta Prokofjewna bedeckte sie mit einem Ende ihres Schals.

»Was machst du nur, was machst du nur mit uns, du grausames Mädchen!« sagte sie, aber schon in freudigem Ton, als könnte sie jetzt plötzlich wieder leichter atmen.

»Grausam! Ja, grausam!« fiel Aglaja ein. »Ich bin schlecht, bin verwöhnt! Sagen Sie das dem Papa! Ach, er ist ja hier! Papa, sind Sie hier? Hören Sie?« fragte sie und lachte unter Tränen.

»Mein liebes Herz, mein Abgott!« sagte der General, der vor Glück strahlte, und küßte ihr die Hand. Aglaja entzog sie ihm nicht. »So liebst du also diesen jungen Mann?«

»Nein, nein nein! Ich kann ihn nicht leiden ... Ihren jungen Mann! Ich kann ihn nicht leiden!« brauste Aglaja plötzlich auf und hob den Kopf. »Und wenn Sie noch einmal wagen, Papa ... ich sage es Ihnen im Ernst, hören Sie: in vollem Ernst.«

Und sie sagte es wirklich im Ernst; sie war sogar ganz rot geworden, und ihre Augen blitzten. Der Vater schwieg erschrocken, Lisaweta Prokofjewna aber machte ihm ein Zeichen, das er als »Nicht ausfragen« ausdeutete.

»Wenn es so ist, mein Engel, so mag es nach deinem Willen gehen; er wartet nebenan allein; soll man ihm nicht in taktvoller Weise zu verstehen geben, daß er gehen soll?« Der General zwinkerte seinerseits Lisaweta Prokofjewna bedeutungsvoll zu.

»Nein, nein, das ist überflüssig; besonders noch in ‚taktvoller Weise'. Gehen Sie selbst zu ihm; ich komme später nach, sofort. Ich will diesen ... jungen Mann um Verzeihung bitten, denn ich habe ihn gekränkt.«

»Und sehr gekränkt«, bestätigte Iwan Fjodorowitsch ernst.

»Nun, dann bleibt lieber alle hier, und ich gehe zuerst allein hin; ihr folgt mir dann sofort, in einer Sekunde; so ist es besser.« Sie war schon bis zur Türe gekommen, als sie plötzlich umkehrte. »Ich werde lachen müssen! Ich werde sterben vor Lachen!« erklärte sie traurig. Aber in derselben Sekunde drehte sie sich um und lief zum Fürsten.

»Nun, was bedeutet das? Was meinst du?« fragte Iwan Fjodorowitsch hastig.

»Ich scheue mich, es auszusprechen«, antwortete Lisaweta Prokofjewna ebenso eilig, »doch ist es meiner Ansicht nach klar.«

»Meiner Ansicht nach auch. Klar wie der helle Tag. Sie liebt ihn.«

»Nicht nur das, sie ist sogar verliebt!« warf Alexandra Iwanowna dazwischen. »Aber in wen?«

»Gott segne sie, wenn das ihr Schicksal ist!« rief Lisaweta Prokofjewna und bekreuzte sich fromm.

»Es ist also ihr Schicksal«, sagte der General, »und seinem Schicksal entrinnt keiner!«

Alle begaben sich in den Salon, wo eine neue Überraschung ihrer harrte.

Aglaja lachte nicht nur nicht, als sie zu dem Fürsten kam, wie sie gefürchtet hatte, sondern sie sagte fast schüchtern: »Verzeihen Sie einem dummen, schlechten, verwöhnten Mädchen«, sie faßte seine Hand, »und seien Sie überzeugt, daß wir alle Sie ungemein schätzen. Und wenn ich es gewagt habe, mit Ihrer schönen ... gütigen Herzensschlichtheit meinen Spott zu treiben, so vergeben Sie mir, wie man einem Kinde eine Unart vergibt; verzeihen Sie, daß ich auf einer Dummheit bestand, die natürlich nicht die geringsten Folgen haben darf ...« Die letzten Worte sprach Aglaja mit besonders scharfer Betonung.

Vater, Mutter und Schwestern waren gerade rechtzeitig in den Salon gekommen, um das alles noch zu sehen und zu hören, und alle waren erstaunt über die Worte »eine Dummheit, die nicht die geringsten Folgen haben darf«, noch mehr aber über den ernsten Ton, in dem Aglaja von dieser Dummheit sprach. Alle wechselten fragende Blicke; der Fürst aber schien diese Worte gar nicht verstanden zu haben und war überglücklich.

»Warum reden Sie so?« stammelte er, »warum ... bitten Sie ... um Verzeihung?«

Er wollte sogar sagen, er sei nicht würdig, um Verzeihung gebeten zu werden. Wer weiß, vielleicht hatte er auch die Bedeutung der Worte von der »Dummheit, die nicht die geringsten Folgen haben darf« richtig verstanden, aber als Sonderling freute er sich wohl gar über diese Worte. Unstreitig war es für ihn schon höchste Seligkeit, wieder unbehindert Aglaja besuchen, wieder mit ihr reden, bei ihr sitzen, mit ihr spazierengehen zu dürfen, und wer weiß, ob er nicht am Ende daran allein genug gehabt hätte für sein ganzes Leben! (Eben diese Genügsamkeit schien Lisaweta Prokofjewna im stillen zu fürchten; sie ahnte sie; sie fürchtete vieles im stillen, was sie nicht einmal auszusprechen verstand.)

Man kann sich nur schwer vorstellen, wie lebhaft und frisch der Fürst an diesem Abend war. Er war so lustig, daß man schon heiter wurde, wenn man ihn bloß ansah – so äußerten sich später Aglajas Schwestern. Er redete unausgesetzt, was seit jenem Morgen nicht mehr der Fall gewesen war, an dem er vor einem halben Jahr die Familie Jepantschin kennengelernt hatte; seit seiner Rückkehr nach Petersburg war er auffallend und absichtlich schweigsam gewesen und hatte sich erst vor ganz kurzer Zeit in Gegenwart aller Fürst Sch. gegenüber verplappert, er müsse an sich halten und schweigen, denn er habe nicht das Recht, einen Gedanken zu entwürdigen, indem er ihn darlege. An diesem Abend aber sprach fast er allein, er erzählte viel, antwortete klar, freudig und eingehend auf alle Fragen. Aber nichts, was an ein Liebesgespräch erinnert hätte, kam in seinen Reden zum Ausdruck. Es waren alles so ernste, sogar mitunter schwierige Gedanken. Der Fürst legte auch einige seiner Anschauungen und geheimen Beobachtungen dar, und alles das wäre sogar lächerlich gewesen, wenn es nicht so »gut vorgebracht« worden wäre, wie später alle Zuhörer zugaben. Der General war zwar ein Freund von ernsten Gesprächsthemen, aber sowohl er als Lisaweta Prokofjewna dachten bei sich, es sei der Gelehrsamkeit doch wohl zuviel, so daß sie gegen Schluß des Abends sogar traurige Gesichter machten. Übrigens kam der Fürst zuletzt so weit, daß er ein paar sehr komische Anekdoten erzählte, über die er selbst zuerst lachte; die andern lachten dann mehr über sein fröhliches Lachen als über die Geschichten selbst. Was Aglaja anbelangt, so sprach sie den ganzen Abend fast gar nicht; dafür hörte sie Lew Nikolajewitsch ununterbrochen zu, ja sie hörte nicht einmal so sehr zu, als daß sie ihn unentwegt ansah.

»Sie starrt ihn immer an; sie wendet die Augen nicht von ihm; an jedem Wörtchen hängt sie; sie will jedes festhalten, ganz festhalten!« sagte Lisaweta Prokofjewna später zu ihrem Gatten. »Sagst du ihr aber, daß sie ihn liebt, dann ist der Teufel los.«

»Was soll man machen? Das Schicksal will es!« sagte der General achselzuckend. Und lange noch wiederholte er diese ihm liebgewordenen Worte. Wir fügen noch hinzu, daß ihm als Geschäftsmann auch vieles an der augenblicklichen Gesamtlage der Dinge gar nicht gefiel, vor allem die Unklarheit der Verhältnisse; aber er hatte ebenfalls beschlossen, vorderhand zu schweigen und . . . sich nach Lisaweta Prokofjewna zu richten.

Die freudige Stimmung der Familie währte nicht lange. Tags darauf überwarf sich Aglaja wieder mit dem Fürsten, und so ging es ununterbrochen, all die folgenden Tage. Stundenlang machte sie den Fürsten lächerlich und stellte ihn geradezu als Hanswurst hin. Wohl saßen sie mitunter eine oder gar zwei Stunden lang im Gärtchen vor dem Haus in der Laube, aber man hatte schon festgestellt, daß der Fürst dann Aglaja fast immer aus der Zeitung oder aus einem Buche vorlas.

»Wissen Sie«, unterbrach ihn Aglaja eines Tages beim Zeitunglesen, »mir ist aufgefallen, daß Sie furchtbar ungebildet sind; Sie wissen nichts ordentlich, wenn man von Ihnen Auskunft haben will: weder wer es gewesen ist, noch in welchem Jahr, noch nach welchem Vertrag. Sie sind ein Jammermann.«

»Ich habe Ihnen schon gesagt, daß meine Bildung sehr lückenhaft ist«, erwiderte der Fürst.

»Was sind Sie denn da noch wert? Wie kann ich Sie da noch achten? Lesen Sie weiter! Oder nein, es ist nicht nötig, lesen Sie nicht mehr.«

Am Abend dieses Tages leistete sie sich wieder etwas für alle ganz Rätselhaftes. Fürst Sch. war zurückgekehrt. Aglaja war sehr freundlich gegen ihn und fragte ihn viel nach Jewgenij Pawlowitsch aus. (Fürst Lew Nikolajewitsch war noch nicht gekommen.) Plötzlich erlaubte sich Fürst Sch. eine Anspielung auf eine »nahe bevorstehende neue Umwälzung in der Familie« – im Anschluß an eine flüchtige Äußerung Lisaweta Prokofjewnas, daß man Adelaidas Hochzeit vielleicht wieder hinausschieben müsse, um beide Hochzeiten gleichzeitig feiern zu können. Man kann es sich nicht vorstellen, wie Aglaja über »alle diese dummen Pläne« in Harnisch geriet; dabei entfuhren ihr unter anderm die Worte, »sie habe noch nicht die Absicht, irgend jemandes Mätresse zu ersetzen«. Diese Worte verblüfften alle, am meisten aber die Eltern. Lisaweta Prokofjewna bestand in einer geheimen Besprechung mit ihrem Gatten darauf, daß von dem Fürsten energische Rechenschaft über sein Verhältnis zu Nastasja Filippowna verlangt werde.

Iwan Fjodorowitsch beteuerte, das alles sei nur ein »dummer Streich«, dessen Ursache Aglajas »Schamhaftigkeit« sei; hätte Fürst Sch. nicht von der Hochzeit geredet, so wäre auch diese Äußerung nicht gefallen, denn Aglaja wisse sehr gut, daß es sich bloß um Verleumdungen schlechter Menschen handle und daß Nastasja Filippowna Rogoschin heiraten werde; der Fürst habe damit nichts zu tun, von irgendwelchen Beziehungen jetzt oder früher könne nicht die Rede sein – wenn schon alles offen gesagt werden müsse.

Der Fürst aber ließ sich durch nichts irremachen und war nach wie vor glückselig. Oh, gewiß, ab und zu merkte auch er etwas Finsteres und Ungeduldiges in den Blicken Aglajas; er glaubte aber mehr an etwas anderes, und die Finsternis schwand von selbst. Wenn er einmal glaubte, konnte ihn nichts mehr schwanken machen. Vielleicht war er schon gar zu ruhig; so schien es wenigstens Ippolit, der ihm einmal zufällig im Park begegnete.

»Nun, habe ich damals nicht recht gehabt, als ich sagte, daß Sie verliebt seien?« fing er an, nachdem er selbst auf den Fürsten zugegangen war und ihn angehalten hatte.

Der Fürst reichte ihm die Hand und beglückwünschte ihn zu seinem »guten Aussehen«. Der Kranke schien tatsächlich viel muntrer zu sein, wie das bei Schwindsüchtigen ja oft vorkommt. Er war bloß in der Absicht auf den Fürsten zugegangen, ihm etwas Bissiges über seine glückselige Miene zu sagen, kam aber sofort aus dem Konzept und fing an von sich zu reden. Er begann zu klagen, klagte lange und viel und ziemlich zusammenhanglos. »Sie glauben nicht«, schloß er, »in welchem Maße sie dort alle reizbar, kleinlich, egoistisch, eitel und ordinär sind; werden Sie es mir glauben, daß sie mich nur unter der Bedingung aufgenommen haben, daß ich möglichst bald sterbe? Und nun sind sie alle wütend, daß ich nicht sterbe, sondern daß es mir im Gegenteil besser geht. Eine Komödie sondergleichen! Ich wette, Sie glauben mir nicht.«

Der Fürst wollte nicht widersprechen.

»Ich denke manchmal schon daran, wieder zu Ihnen zu ziehen«, fügte Ippolit nachlässig hinzu. »So halten Sie sie also nicht für fähig, einen Menschen nur unter der Bedingung aufzunehmen, daß er ganz bestimmt und möglichst bald stirbt?«

»Ich dachte, man hätte Sie in irgendeiner andern Absicht eingeladen.«

»Aha! Sie sind gar nicht so einfältig, wie man von Ihnen behauptet! Jetzt ist nicht die Zeit dazu, sonst aber könnte ich Ihnen manches über diesen Ganjetschka und seine Hoffnungen enthüllen. Man will Ihnen das Wasser abgraben, Fürst, in erbarmungslosester Weise, und ... es dauert mich geradezu, wenn ich Sie so ruhig sehe. Aber – ach! Sie können ja nicht anders!«

»Das dauert Sie!« rief der Fürst lachend. »Meinen Sie, ich wäre glücklicher, wenn ich unruhiger wäre?«

»Es ist besser unglücklich sein, aber *wissen,* als glücklich sein und ... als Genarrter leben. Sie scheinen ganz und gar nicht zu glauben, daß man Ihnen den Rang ablaufen will, und zwar ... von jener Seite?«

»Ihr Ausdruck ‚den Rang ablaufen' klingt etwas zynisch, Ippolit; ich bedauere, daß ich nicht das Recht habe, Ihnen zu antworten. Was Gawrila Ardalionowitsch betrifft, so müssen Sie doch selbst zugeben, daß er nach alldem, was er verloren hat, nicht ruhig bleiben kann – wenn Sie nur teilweise über seine Angelegenheiten Bescheid wissen. Ich glaube, es ist richtiger, die Sache von dieser Seite zu betrachten. Er hat noch Zeit, sich zu ändern, ihm steht ein langes Leben bevor, und das Leben ist reich ... und übrigens ... übrigens ...« der Fürst geriet plötzlich in Verwirrung, »was das Abgraben anbelangt ... ich verstehe gar nicht, was Sie damit meinen; lassen wir dieses Gespräch lieber, Ippolit.«

»Lassen wir es vorläufig. Zudem müssen Sie ja den Vornehmen spielen; es geht nicht anders. Ja, Fürst, Sie müssen immer erst selber mit dem Finger nachfühlen, und auch dann glauben Sie es noch nicht, hahaha! Sie verachten mich jetzt wohl sehr, nicht?«

»Weswegen denn? Weil Sie mehr gelitten haben als wir und auch jetzt noch leiden?«

»Nein, aber weil ich meines Leidens nicht wert bin.«

»Wer mehr leiden konnte, ist es auch wert, daß er mehr leidet. Als Aglaja Iwanowna Ihre Beichte gelesen hatte, wollte sie Sie sehen, aber ...«

»Sie schiebt es hinaus ... sie darf nicht, ich verstehe, ich verstehe ...« unterbrach ihn Ippolit, scheinbar bemüht, dem Gespräch möglichst schnell eine andere Richtung zu geben ... »Beiläufig – man sagt, Sie hätten ihr diesen Blödsinn selbst vorgelesen; er ist wirklich im Rausch des Fiebers geschrieben und ... entstanden. Und ich verstehe nicht, daß man so – ich will nicht sagen: grausam, denn das würde mich erniedrigen –, aber so kindisch eitel und rachsüchtig sein kann, mir diese Beichte vorzuwerfen und sie als Waffe gegen mich zu verwenden! Beruhigen Sie sich, ich meine nicht Sie damit ...«

»Ich bedaure aber, daß Sie sich von diesem Heft lossagen, Ippolit; es ist aufrichtig, und wissen Sie, auch seine komischen Stellen – und es hat deren viele«, Ippolit verzog heftig das Gesicht, »sind durch Leiden gesühnt, denn all das bekennen hieß auch leiden und ... es bedurfte dazu vielleicht großen Mutes. Der Gedanke, der Sie dazu trieb, hatte unzweifelhaft eine edle Grundlage, wie Sie jetzt auch darüber urteilen mögen. Ich sehe das immer klarer ein, schwöre ich Ihnen. Ich fälle kein Urteil über Sie, ich sage das nur, um mich auszusprechen, und es tut mir leid, daß ich damals geschwiegen habe ...«

Ippolit wurde rot. Der Gedanke durchzuckte ihn, daß der Fürst Komödie spiele und ihm eine Falle stellen wolle; als er ihm aber in die Augen sah, konnte er an seiner Ehrlichkeit nicht zweifeln; sein Gesicht klärte sich auf.

»Und nun heißt es doch sterben!« sagte er. Und fast hätte er hinzugefügt: Für einen Menschen, wie ich! »Und denken Sie sich, wie Ihr Ganjetschka mich plagt; er hat sich den Einwand ausgedacht, daß von denen, die damals meine Vorlesung mit angehört haben, vielleicht drei oder vier noch vor mir sterben könnten! Was sagen Sie dazu? Er meint, das sei ein Trost für mich! Hahaha! Erstens sind sie noch nicht tot, und selbst wenn diese Leute stürben – was wäre dabei für mich tröstlich, sagen Sie bitte?! Er urteilt nach sich; übrigens geht er noch weiter, er schimpft jetzt einfach und sagt, ein anständiger Mensch stürbe in einem solchen Fall schweigend und bei mir sei das alles nichts als Egoismus! Wie finden Sie das? Nein, aber wie egoistisch ist er selbst! Wie verfeinert oder besser gesagt, wie viehisch roh ist ihr eigener Egoismus, den sie doch gar nicht merken wollen! Haben Sie, Fürst, etwas von dem Tode eines gewissen Stepan Glebow im achtzehnten Jahrhundert gelesen? Ich las es gestern ganz zufällig ...«

»Was für ein Stepan Glebow?«

»Er wurde unter Peter dem Großen gepfählt.«

»Ach Gott, ja, die Geschichte kenne ich! Fünfzehn Stunden stak er auf dem Pfahl, bei Frost, im Pelz, und starb mit außerordentlichem Heldenmut; freilich habe ich das gelesen, aber was soll das hier?«

»Da läßt der liebe Gott nun andere Leute so sterben, aber unsereinen nicht! Meinen Sie vielleicht, ich wäre nicht fähig, so zu sterben wie dieser Glebow?«

»Oh, durchaus nicht«, sagte der Fürst verlegen, »ich wollte nur sagen, daß Sie ... das heißt, daß Sie nicht etwa dem Glebow nicht gleichkämen, sondern daß Sie ... daß Sie damals eher ...«

»Ich errate! Daß ich eher ein Ostermann als ein Glebow gewesen wäre! Das wollten Sie sagen?«

»Was für ein Ostermann?« fragte der Fürst verwundert.

»Ostermann, der Diplomat Ostermann, der Zeitgenosse Peters«, brummte Ippolit, plötzlich verwirrt.

Es folgte eine peinliche Pause.

»O nein, das wollte ich nicht sagen«, erklärte der Fürst endlich gedehnt. »Ich glaube, Sie ... Sie könnten nie ein Ostermann werden.«

Ippolits Gesicht verfinsterte sich.

»Übrigens sage ich das ja nur«, fuhr der Fürst rasch fort, offenbar in der Absicht, seinen Fehler wieder gutzumachen, »weil die Menschen von damals – ich schwöre, daß mich das immer verblüfft hat – wohl ganz anders waren als wir jetzt; es war ein anderer Schlag, als wäre es wirklich eine andere Rasse ... Damals war der Mensch völlig von einer Idee beherrscht, heute sind wir nervöser, höher entwickelt, sensitiver, sozusagen im Banne von zwei, drei Ideen gleichzeitig ... der heutige Mensch ist umfassender, und ich schwöre Ihnen, eben das hindert ihn, ein so einheitliches Wesen zu sein wie in jenen früheren Zeiten. Ich ... ich habe das einzig nur in diesem Sinne gesagt, und nicht ...«

»Ich verstehe. Sie wollen mich jetzt trösten über die Naivität, mit der Sie meine Behauptungen zurückweisen, hahaha! Sie sind ein richtiges Kind, Fürst. Aber ich merke, daß Sie mich alle behandeln wie ... wie eine Porzellantasse ... Tut nichts, tut nichts, ich bin nicht böse. Jedenfalls ist das ein sehr lustiges Gespräch gewesen; Sie sind wirklich mitunter das reine Kind. Wissen Sie übrigens, daß ich vielleicht auch etwas Besseres zu sein wünschte als ein Ostermann; eines Ostermann wegen würde sich die Auferstehung von den Toten nicht lohnen ... Doch ich sehe, daß ich möglichst bald sterben muß, sonst könnte ich selbst ... Lassen Sie mich allein. Auf Wiedersehen! Nun gut, sagen Sie mir doch selbst, was meinen Sie, wie sollte ich am besten sterben? Damit es recht ... tugendhaft aussieht? Reden Sie doch!«

»Gehen Sie an uns vorüber und verzeihen Sie uns unser Glück!« sagte der Fürst mit leiser Stimme.

»Hahaha! Das habe ich mir gedacht! Etwas in dieser Art hatte ich mit Bestimmtheit erwartet! Sie sind aber ... Sie sind aber ... Na, na, na! Das nennt man redegewandte Leute! Auf Wiedersehen, auf Wiedersehen!«

6

Über die Abendgesellschaft in der Villa der Jepantschins, zu der auch die Belokonskaja kommen sollte, hatte Warwara Ardalionowna ihrem Bruder ebenfalls ganz zutreffende Mitteilungen gemacht: man hatte die Gäste wirklich an diesem Abend erwartet; aber auch hier hatte sie sich etwas schroffer ausgedrückt, als nötig war. Allerdings war die Sache allzu hastig und sogar mit einer gewissen, wohl völlig überflüssigen Erregung erledigt worden – eben weil in dieser Familie »alles nicht so gemacht wurde wie bei andern Leuten«. Alles erklärte sich durch die Ungeduld Lisaweta Prokofjewnas, die »nicht mehr zweifeln wollte«, und durch das heiße zitternde Bangen beider Elternherzen um das Glück ihrer geliebten Tochter. Außerdem wollte die Belokonskaja wirklich bald abreisen, und da ihre Fürsprache in der großen Welt viel bedeutete und man hoffte, daß sie dem Fürsten freundlich gesinnt sein werde, so rechneten die Eltern darauf, daß die »Welt« den Bräutigam Aglajas unmittelbar aus den Händen der allmächtigen »Alten« entgegennehmen werde; wenn also an der Sache doch etwas sonderbar sein sollte, so würde es unter so mächtigem Schutz doch viel weniger sonderbar scheinen. Das war es ja, daß die Eltern ganz und gar nicht imstande waren, selbst zu entscheiden: Ist an dieser Sache etwas sonderbar und in welchem Maße? Oder ist gar nichts Sonderbares dran? Die freundliche und aufrichtige Meinung angesehener und berufener Leute wäre gerade in diesem Augenblick sehr erwünscht gewesen, weil dank Aglaja noch nichts endgültig entschieden war. Jedenfalls aber mußte man früher oder später den Fürsten in die Gesellschaft einführen, von der er nicht den geringsten Begriff hatte. Kurz gesagt, man wollte ihn »präsentieren«. Der Abend sollte aber Familiencharakter tragen; man erwartete nur »Freunde des Hauses« in ganz geringer Zahl. Außer der Belokonskaja sollte noch eine Dame kommen, die Frau eines sehr vornehmen Herrn und Würdenträgers. Von jungen Leuten war eigentlich nur Jewgenij Pawlowitsch in Aussicht genommen; er sollte als Begleiter der Belokonskaja erscheinen.

Daß die Belokonskaja kommen werde, hatte der Fürst schon fast drei Tage vorher gehört; daß es aber eine geladene Gesellschaft sein werde, erfuhr er erst am Vorabend. Er hatte natürlich die besorgten Mienen der Familienmitglieder bemerkt und sogar aus einigen an ihn gerichteten ängstlichen Andeutungen und Fragen erraten, daß man für den Eindruck fürchtete, den er hervorrufen könnte. Aber bei den Jepantschins, bei allen ohne Ausnahme, hatte sich die Ansicht festgesetzt, er sei in seiner Einfalt gar nicht imstande, selbst zu erraten, daß man sich seinetwegen Sorge mache. Und darum waren alle im Herzen betrübt, wenn sie ihn ansahen. Übrigens maß er selbst in der Tat dem bevorstehenden Ereignis fast gar keine Bedeutung bei: er war mit ganz andern Dingen beschäftigt: Aglaja wurde von Stunde zu Stunde launenhafter und finsterer – und das machte ihm großen Kummer. Als er hörte, daß auch Jewgenij Pawlowitsch erwartet werde, war er sehr erfreut und sagte, er habe schon längst gewünscht, ihn zu sehen. Merkwürdigerweise mißfielen diese Worte allen; Aglaja ging ärgerlich aus dem Zimmer, und erst spät abends, gegen zwölf Uhr, als der Fürst sich schon verabschiedete, fand sie Gelegenheit, ihm ein paar Worte unter vier Augen zu sagen, als sie ihn hinausbegleitete.

»Es wäre mir lieb, wenn Sie morgen den ganzen Tag nicht zu uns kämen, sondern erst abends, wenn diese ... Gäste alle beisammen sind. Sie wissen, daß wir Besuch erwarten?« Sie sprach ungeduldig und betont barsch: zum erstenmal erwähnte sie die Abendgesellschaft. Auch ihr war der Gedanke an die Gäste fast unerträglich; allen war das aufgefallen. Vielleicht hätte sie sehr gern deswegen mit den Eltern Streit angefangen, aber Stolz und Scham hinderten sie zu reden. Der Fürst begriff sofort, daß auch sie für ihn fürchtete und das nicht eingestehen wollte – und er erschrak plötzlich selbst.

»Ja, ich bin eingeladen«, erwiderte er.

Es machte ihr offensichtlich Mühe weiterzusprechen. »Kann man mit Ihnen ernst über etwas reden? Wenigstens einmal im Leben?« fragte sie, plötzlich furchtbar zornig, ohne zu wissen worüber, und außerstande sich zu beherrschen.

»Gewiß kann man das; ich höre Ihnen zu. Ich freue mich sehr«, murmelte der Fürst.

Aglaja schwieg wieder eine Minute lang und begann darauf mit sichtlichem Widerwillen: »Ich wollte mit den Meinigen nicht darüber streiten; in manchen Fällen kann man sie nicht zur Vernunft bringen. Mamas Lebensregeln sind mir immer widerwärtig gewesen. Vom Vater rede ich nicht; von ihm kann man nichts verlangen. Mama ist natürlich eine anständige Frau; wagen Sie es nur, ihr etwas Gemeines vorzuschlagen, dann werden Sie sehen! Aber vor diesem ... Pack rutscht sie auf den Knien. Ich rede nicht von der Belokonskaja: sie ist ein übles altes Weib von üblem Charakter, aber sie ist klug, darum hat sie sie alle in ihrer Hand – und das ist noch das einzige Gute an ihr. O diese Gemeinheit! Und ist es nicht lächerlich? Wir waren immer Leute aus dem mittleren Kreis, dem allermittelsten, den es nur geben kann; warum drängen wir uns dann in diese vornehme Welt? Die Schwestern machen es auch so; der Fürst Sch. hat sie alle irregemacht. Warum freut es Sie, daß Jewgenij Pawlowitsch kommt?«

»Hören Sie, Aglaja«, sagte der Fürst, »mir scheint, Sie fürchten für mich, ich könnte morgen durchfallen ... in dieser Gesellschaft.«

»Fürchten? für Sie?« brauste Aglaja auf und wurde ganz rot. »Warum soll ich für Sie fürchten, wenn Sie auch ... wenn Sie sich auch total blamieren sollten? Was geht mich das an? Und wie können Sie solche Worte gebrauchen? Was heißt ‚durchfallen'? Das ist ein übles, banales Wort.«

»Es ist ... ein Schülerausdruck.«

»Nun eben, ein Schülerausdruck! Ein übles Wort! Sie haben, scheint es, die Absicht, morgen nur in solchen Worten zu reden! Suchen Sie zu Hause in Ihrem Lexikon noch recht viele solche Worte zusammen, dann machen Sie großen Effekt! Schade, daß Sie anscheinend fähig sind, mit Anstand ins Zimmer zu treten; wo haben Sie das gelernt? Werden Sie imstande sein, eine Tasse Tee anständig in die Hand zu nehmen und auszutrinken, wenn alle Sie ansehen?«

»Ich glaube, daß ich es kann.«

»Schade; sonst hätte ich etwas zum Lachen. Zerschlagen Sie wenigstens die chinesische Vase im Salon! Sie ist sehr kostbar; bitte, zertrümmern Sie sie; wir haben sie geschenkt bekommen; Mama wird darüber den Verstand verlieren und vor aller Augen in Tränen ausbrechen; so wertvoll ist sie ihr. Machen Sie irgendeine Handbewegung, wie Sie es immer tun, stoßen Sie dabei an die Vase und stürzen Sie sie um. Setzen Sie sich eigens neben sie hin.«

»Im Gegenteil, ich werde mich bemühen, mich möglichst weit abseits zu halten; ich danke Ihnen für die Warnung.«

»Sie fürchten also schon im voraus, daß Sie majestätische Gesten machen werden. Ich wette, Sie werden über irgendein ‚Thema' reden, etwas Ernstes, Gelehrtes, Erhabenes? Das wird sehr ... anständig sein.«

»Ich glaube, das wäre dumm ... wenn es unangebracht wäre.«

»Hören Sie ein für allemal«, unterbrach ihn Aglaja ungeduldig, »wenn Sie von Dingen predigen wie der Todesstrafe oder den wirtschaftlichen Zuständen in Rußland oder davon, daß die Schönheit die Welt erlösen werde, so ... wird es mich natürlich sehr freuen und amüsieren, aber ich warne Sie im voraus: kommen Sie mir dann nicht mehr vor die Augen! Hören Sie? Ich meine es ganz ernst! Diesmal rede ich wirklich ernsthaft mit Ihnen!« Sie sprach diese Drohung tatsächlich in *ernstem* Ton, es klang sogar etwas Ungewöhnliches aus ihren Worten und zitterte in ihrem Blick, was der Fürst früher nie bemerkt hatte und was selbstverständlich gar nicht scherzhaft wirkte.

»Nun, Sie haben es so weit gebracht, daß ich jetzt ganz sicher predigen werde und sogar ... vielleicht ... auch die Vase zerschlage. Vorhin fürchtete ich nichts, jetzt alles. Ich blamiere mich ganz bestimmt.«

»So schweigen Sie. Sitzen Sie da und schweigen Sie.«

»Das geht nicht; ich bin überzeugt, daß ich vor Angst anfange zu reden und vor Angst die Vase zertrümmere. Vielleicht falle ich auf dem glatten Fußboden hin, oder es geschieht sonst etwas in dieser Art, denn das ist mir schon vorgekommen; ich werde heute die ganze Nacht davon träumen; warum haben Sie davon gesprochen!«

Aglaja blickte ihn finster an.

»Wissen Sie was, ich komme lieber morgen gar nicht! Ich melde mich krank, und die Sache ist erledigt!« erklärte er endlich.

Aglaja stampfte mit dem Fuß auf und wurde sogar ganz bleich vor Zorn.

»Mein Gott! Wo hat man dergleichen schon gesehen? Er will nicht kommen, wenn man eigens für ihn ... o Gott! Das ist ein Vergnügen, mit einem so ... unvernünftigen Menschen wie Ihnen zu verhandeln!«

»Gut, ich komme, ich komme!« unterbrach sie der Fürst schnell. »Und ich gebe Ihnen mein Ehrenwort, daß ich den ganzen Abend dasitzen will, ohne eine Silbe zu sprechen. Ich richte es schon so ein.«

»Wunderschön! Sie sagten eben ‚krank melden'; woher haben Sie nur solche Ausdrücke? Wie kommen Sie darauf, mir gegenüber solche Redewendungen zu gebrauchen? Wollen Sie mich etwa necken?«

»Verzeihen Sie! Das Wort stammt auch aus der Schule. Ich will es nicht wieder tun. Ich verstehe sehr gut, daß Sie ... für mich fürchten – ärgern Sie sich doch nicht! –, und ich bin sehr froh darüber. Sie glauben nicht, wie ich mich jetzt fürchte – und mich über Ihre Worte freue. Aber diese ganze Furcht, ich schwöre Ihnen, ist dummes Zeug. Bei Gott, Aglaja! Nur die Freude bleibt. Mir gefällt es ungemein, daß Sie ein solches Kind sind, ein so gutes und liebes Kind! Ach, wie prächtig können Sie sein, Aglaja!«

Aglaja hätte natürlich wieder böse werden müssen, sie bereitete sich schon dazu, aber plötzlich ergriff ein Gefühl, das ihr selbst unerwartet kam, ihre ganze Seele in einem Augenblick.

»Werden Sie mir meine heutigen barschen Worte nicht zum Vorwurf machen – irgend einmal . . . später?« fragte sie plötzlich.

»Was fällt Ihnen ein? Und warum erröten Sie wieder? Und jetzt schauen Sie wieder so finster drein! Sie blicken manchmal zu finster, Aglaja, so haben Sie früher nie geblickt. Ich weiß, woher das kommt.«

»Schweigen Sie, schweigen Sie!«

»Nein, ich sage es lieber! Ich wollte es längst sagen; ich habe es schon gesagt, aber ... das war nicht genug, denn Sie glaubten mir nicht. Zwischen uns steht doch ein Geschöpf ...«

»Schweigen Sie, schweigen Sie, schweigen Sie, schweigen

Sie!« unterbrach Aglaja ihn plötzlich, packte ihn fest am Arm und sah ihn beinahe entsetzt an. In diesem Augenblick wurde sie gerufen; als wäre sie darüber froh, ließ sie ihn im Stich und lief davon.

Der Fürst fieberte die ganze Nacht. Seltsam: er hatte schon mehrere Nächte hintereinander gefiebert. Diesmal aber kam ihm halb im Fiebertraum der Gedanke: wie, wenn er morgen in Gegenwart aller einen Anfall bekäme? Es überlief ihn kalt bei diesem Gedanken; die ganze Nacht sah er sich in einer wunderlichen, unerhörten Gesellschaft, unter allerlei seltsamen Leuten. Das Schlimmste war, daß er angefangen hatte zu reden; er wußte, daß er nicht reden durfte, aber er redete unausgesetzt, er wollte die Leute von irgend etwas überzeugen. Jewgenij Pawlowitsch und Ippolit waren auch unter den Gästen und schienen sehr befreundet miteinander.

Er erwachte gegen neun Uhr, mit Kopfschmerzen, verwirrten Gedanken und sonderbaren Eindrücken. Er hatte plötzlich ein starkes Verlangen, Rogoschin zu sehen; ihn zu sehen und lange mit ihm zu sprechen – worüber, wußte er selbst nicht; dann beschloß er endgültig, zu Ippolit zu gehen. In seinem Geist war alles so unklar, daß die Erlebnisse dieses Morgens auf ihn zwar einen äußerst starken, aber doch gewissermaßen unbestimmten Eindruck machten. Eines dieser Erlebnisse bestand in einem Besuch Lebedews.

Lebedew erschien ziemlich früh, bald nach neun Uhr und fast ganz betrunken. Wenn der Fürst auch neuerdings wenig auf die Dinge seiner Umgebung achtete, so fiel es ihm doch auf, daß Lebedew seit dem Wegzug des Generals Iwolgin, also seit bald drei Tagen, ein sehr schlechtes Benehmen zeigte. Er hielt sich plötzlich äußerst salopp und unsauber, seine Krawatte saß immer schief, der Rockkragen war eingerissen. In seiner Wohnung tobte er wiederholt so, daß man es bis über den kleinen Hof hören konnte; einmal war Wera weinend zum Fürsten gekommen und hatte allerlei erzählt. Als er jetzt erschien, begann er sofort in sehr merkwürdigem Ton zu reden, sich an die Brust zu schlagen und sich Vorwürfe zu machen ...

»Ich habe ... ich habe meinen Lohn bekommen ... den Lohn für meinen Verrat und meine Perfidie ... Eine Ohrfeige habe ich bekommen!« schloß er endlich mit tragischer Gebärde.

»Eine Ohrfeige? Von wem? Und so früh am Morgen?«

»Früh?« fragte Lebedew mit sarkastischem Lächeln. »Die Zeit hat hier nichts zu sagen ... auch nicht bei einer physischen Abrechnung ... ich habe aber eine moralische erhalten ... eine moralische Ohrfeige, keine physische!«

Er setzte sich plötzlich ganz ungeniert hin und fing an zu erzählen. Sein Bericht war sehr zusammenhanglos; der Fürst runzelte die Stirn und wollte fortgehen; auf einmal aber verblüfften ihn einige Worte. Er war starr vor Verwunderung ... Seltsame Dinge erzählte dieser Herr Lebedew.

Anfangs schien es sich um irgendeinen Brief zu handeln; der Name Aglajas wurde genannt. Dann fing Lebedew plötzlich an, dem Fürsten selbst bittere Vorwürfe zu machen; man konnte erraten, daß er sich vom Fürsten gekränkt fühlte. Zuerst habe der Fürst ihn in Sachen einer gewissen Person (gemeint war Nastasja Filippowna) seines Vertrauens gewürdigt; dann aber habe er ganz mit ihm gebrochen und ihn mit Schimpf und Schande von sich gejagt, und zwar in so kränkender Weise, daß er das letztemal sogar die »unschuldige Frage über bevorstehende Änderungen im Hause« in grobem Ton zurückgewiesen habe. Mit trunkenen Tränen gestand Lebedew, nach diesem Zwischenfall habe er es nicht länger ertragen können, um so mehr, als er vieles wisse ... sehr vieles ... von Rogoschin und von Nastasja Filippowna und von der Freundin Nastasja Filippownas und von Warwara Ardalionowna ... und von ... »sogar von Aglaja Iwanowna selbst, können Sie sich das vorstellen, durch Vermittlung von Wera, durch meine liebe Tochter Wera, meine einzige ... jawohl ... übrigens doch nicht meine einzige, denn ich habe ihrer drei. Wer aber hat Lisaweta Prokofjewna durch Briefe in Kenntnis gesetzt, sogar unter strengster Diskretion, hähä? Wer hat ihr über alle Beziehungen und ... den Verkehr der Person Nastasja Filippowna geschrieben, hähähä? Wer, wer ist dieser Anonymus, wenn ich fragen darf?«

»Doch nicht Sie?« rief der Fürst.

»Allerdings!« erwiderte der Betrunkene mit Würde, »und heute um halb neun, vor einer halben Stunde erst ... nein, vor dreiviertel Stunden habe ich die hochverehrte Mutter benachrichtigt, daß ich ihr eine sehr wichtige Begebenheit mitzuteilen habe. Durch ein Briefchen habe ich sie benachrichtigt, das ihr das Mädchen durch die Hintertür zugestellt hat. Sie hat es angenommen.«

»Sie haben Lisaweta Prokofjewna soeben gesehen?« fragte der Fürst, der seinen Ohren nicht traute.

»Ich habe sie gesehen und eine Ohrfeige erhalten ... eine moralische. Sie gab mir den Brief zurück, warf ihn mir sogar vor die Füße, ungeöffnet ... und jagte mich mit einem Fußtritt hinaus ... übrigens auch nur einem moralischen, keinem physischen ... oder es war fast schon ein physischer, es fehlte nicht mehr viel daran.«

»Was für einen Brief hat sie Ihnen ungeöffnet vor die Füße geworfen?«

»Ja aber ... hähähä! Richtig! Ich habe es Ihnen ja noch gar nicht gesagt! Und ich dachte, ich hätte es schon gesagt ... Einen Brief habe ich bekommen zum Weitergeben ...«

»Von wem? Zum Weitergeben an wen?«

Manche »Erklärungen« Lebedews waren äußerst schwer zu verstehen. Der Fürst begriff aber schließlich mit großer Mühe, daß der Brief heute früh durch ein Dienstmädchen Wera Lebedew übergeben worden war, zur Weiterbeförderung an ... »immer die gleiche Adresse ... ganz wie bisher ... an eine gewisse Person und von derselben Persönlichkeit – denn die eine nenne ich ‚Persönlichkeit', die andere aber nur ‚Person', um sie herabzusetzen und zu unterscheiden; denn es ist ein großer Unterschied zwischen einer unschuldigen und höchst vornehmen Generalstochter und ... einer Kameliendame ... Also der Brief war von der Persönlichkeit, deren Name mit A beginnt.«

»Wie ist das möglich? An Nastasja Filippowna! Unsinn!« rief der Fürst.

»Es stimmt, es stimmt; und wenn der Brief nicht an sie gerichtet war, so an Rogoschin, das bleibt sich gleich, an Rogoschin ... sogar einmal an Herrn Terentjew, mit der Bitte um Weitergabe, von der Persönlichkeit, deren Name mit A beginnt«, sagte Lebedew lächelnd und zwinkernd.

Da er mehrfach von einem aufs andere übersprang und vergaß, wovon er zu reden angefangen hatte, so schwieg der Fürst, um ihn ausreden zu lassen. Es war aber doch höchst unklar: waren die Briefe nun durch seine Hand gegangen oder durch die Weras? Wenn er selbst behauptete: ob an Rogoschin oder an Nastasja Filippowna, das sei gleichgültig – so war es wahrscheinlicher, daß sie nicht von ihm befördert wurden, wenn diese Briefe tatsächlich existierten. Die Frage jedoch, wie jetzt ein Brief in seine Hand geraten war, blieb völlig ungeklärt; am ehesten war anzunehmen, daß er ihn auf irgendeine Weise bei Wera entwendet ... in aller Stille gestohlen und in irgendeiner Absicht zu Lisaweta Prokofjewna gebracht hatte. So reimte der Fürst sich schließlich die Sache zusammen.

»Sie sind verrückt!« rief er in außerordentlicher Verwirrung.

»Nicht ganz, hochverehrter Fürst«, entgegnete Lebedew nicht ohne Bosheit. »Ursprünglich wollte ich den Brief Ihnen überreichen, in Ihre eigenen Hände, um Ihnen einen Dienst zu leisten ... aber dann beschloß ich, lieber dort Entgegenkommen zu zeigen und alles der edlen Mutter zu melden ... da ich sie schon früher durch einen anonymen Brief in Kenntnis gesetzt hatte; und als ich vorhin auf den Zettel geschrieben hatte, ich bäte, mich um acht Uhr zwanzig Minuten zu empfangen, unterzeichnete ich: ‚Ihr geheimer Korrespondent'; daraufhin ließ man mich sofort vor, sogar mit außerordentlicher Beschleunigung durch die Hintertür ... zur edlen Mutter ...«

»Nun, und? ...«

»Und was da geschah, ist schon bekannt; sie hätte mich beinahe verprügelt; das heißt, es war schon so nahe daran, daß man ruhig sagen kann, ich hätte meine Prügel schon weg. Den Brief warf sie mir vor die Füße. Freilich wollte sie ihn zuerst behalten – das habe ich wohl gesehen und gemerkt; dann aber überlegte sie es sich und warf ihn mir hin: ‚Wenn man ihn so einem Kerl wie dir anvertraut hat, dann befördere ihn auch weiter!' ... Sie war richtig gekränkt. Sie hat sich vor mir nicht geschämt, das zu sagen, also war sie gekränkt. Ein hitziger Charakter!«

»Wo ist denn der Brief jetzt?«

»Ich habe ihn immer noch, das ist er!« Und er überreichte dem Fürsten den Brief Aglajas an Gawrila Ardalionowitsch, den dieser am selben Morgen, zwei Stunden später, triumphierend seiner Schwester zeigte.

»Diesen Brief dürfen Sie nicht behalten!«

»Ihnen, Ihnen bringe ich ihn!« fiel Lebedew feurig ein. »Jetzt gehöre ich wieder Ihnen, ganz Ihnen, vom Kopf bis zum Herzen, ich bin Ihr Diener, nach flüchtiger Untreue! Tötet das Herz, schont den Bart, wie Thomas Morus sagte ... in England und Großbritannien. Mea culpa, mea culpa, wie der römische Papa sagt ... das heißt: der Papst in Rom, ich nenne ihn aber ‚römischer Papa'.«

»Dieser Brief muß gleich abgefertigt werden«, sagte der Fürst geschäftig, »ich will ihn übergeben.«

»Aber wäre es nicht besser, wäre es nicht besser, mein besterzogener Fürst, wäre es nicht besser ... es so zu machen!« Lebedew schnitt eine merkwürdige süßliche Grimasse; er rutschte auf seinem Stuhle hin und her, als hätte man ihn plötzlich mit einer Nadel gestochen, zwinkerte listig mit den Augen und machte allerlei Handbewegungen.

»Was soll das?« fragte der Fürst streng.

»Vorher öffnen!« flüsterte Lebedew kriecherisch und gleichsam vertraulich.

Der Fürst sprang in solcher Wut auf, daß Lebedew schon die Flucht ergreifen wollte; aber bei der Tür angelangt, blieb er stehen und wartete, ob man ihm nicht doch noch Gnade erweisen werde.

»Ach, Lebedew! Kann man wirklich bis zu einer solchen niedern Unlauterkeit sinken wie Sie?« rief der Fürst betrübt.

Lebedews Gesichtszüge erhellten sich. »Gesunken! Gesunken!« jammerte er, näherte sich sofort wieder dem Fürsten und schlug sich unter Tränen vor die Brust.

»Das ist doch eine Gemeinheit!«

»Ja, eine Gemeinheit. Das war das richtige Wort!«

»Und woher haben Sie diese Gewohnheit ... so merkwürdig zu handeln? Sie sind ... ganz einfach ein Spion! Warum schrieben Sie anonyme Briefe und beunruhigten ... eine so edle und gute Frau? Warum hat Aglaja Iwanowna schließlich nicht das Recht, zu schreiben an wen sie will? Sind Sie etwa heute hingegangen, sich zu beschweren? Was hofften Sie dort zu erhalten? Was veranlaßte Sie zur Denunziation?«

»Einzig der Reiz der Neugier und ... der Diensteifer einer edlen Seele, ja!« murmelte Lebedew. »Jetzt aber gehöre ich wieder ganz Ihnen! Und wenn Sie mich auch henken lassen ...«

»Sind Sie so, wie Sie jetzt dastehen, auch vor Lisaweta Prokofjewna erschienen?« fragte der Fürst ekelerfüllt.

»Nein ... da war ich noch frischer ... und sogar anständiger; erst nach der Demütigung bin ich ... so weit gekommen.«

»Nun gut. Lassen Sie mich jetzt allein.«

Diese Bitte mußte aber mehrmals wiederholt werden, ehe der Gast sich endlich entschloß zu gehen. Als er die Tür schon ganz aufgemacht hatte, kehrte er wieder um, ging auf den Zehenspitzen bis in die Mitte des Zimmers und fing wieder an, Handbewegungen zu machen, die zeigen sollten, wie man einen Brief aufbricht; seinen Rat in Worten auszusprechen wagte er aber nicht mehr; dann ging er still und freundlich lächelnd hinaus.

Alles das anzuhören war sehr qualvoll gewesen. Aus allem trat eine hauptsächliche und außerordentliche Tatsache klar hervor: daß Aglaja sich in großer Erregung, in großer Unschlüssigkeit und in großer Sorge befand. Warum? »Aus Eifersucht«, flüsterte der Fürst leise vor sich hin. Es war auch klar, daß sie von schlechten Menschen in Unruhe versetzt wurde, und es war höchst sonderbar, daß sie ihnen so sehr vertraute. Gewiß reiften in diesem unerfahrenen, aber heißen und stolzen Köpfchen allerlei eigene Pläne, die vielleicht auch verderblich werden konnten ... und die nicht ihresgleichen fanden. Der Fürst war äußerst erschrocken und wußte in seiner Verwirrung nicht, wozu er sich entschließen sollte. Es mußte irgend etwas verhindert werden, das fühlte er. Er warf noch einen Blick auf die Adresse des versiegelten Briefs: oh, hier gab es keine Zweifel und keine Unruhe für ihn, denn er glaubte; ihn beunruhigte etwas anderes bei diesem Briefe: er traute Gawrila Ardalionowitsch nicht. Und doch war er selbst schon fest entschlossen, ihm den Brief persönlich einzuhändigen; er ging sogar dazu schon aus dem Hause, aber unterwegs gab er den Gedanken wieder auf. Fast vor dem Haus Ptizyns kam ihm, wie gerufen, Kolja entgegen; der Fürst beauftragte ihn, den Brief seinem Bruder abzugeben, als käme er unmittelbar von Aglaja Iwanowna selbst. Kolja fragte nicht viel und gab den Brief ab, so daß Ganja nicht die geringste Ahnung hatte, durch wieviel Hände der Brief gegangen war. Nach Hause zurückgekehrt, bat der Fürst Wera Lebedewa in sein Zimmer, erzählte ihr alles, was ihm notwendig schien, und beruhigte sie, denn sie hatte bis dahin unausgesetzt den Brief gesucht und weinte. Sie war entsetzt, als sie erfuhr, daß ihr Vater den Brief fortgetragen hatte. (Der Fürst erfuhr später noch von ihr, daß sie mehr als einmal Rogoschin und Aglaja Iwanowna geheime Dienste geleistet hatte; es war ihr gar nicht in den Sinn gekommen, daß hier etwas zum Schaden des Fürsten im Gang sein könnte.)

Der Fürst aber war so außer Fassung, daß er, als zwei Stunden später ein Bote von Kolja ihm die Nachricht von der Erkrankung des Generals brachte, im ersten Augenblick überhaupt nicht begreifen konnte, um was es sich handelte. Aber das nämliche Ereignis brachte ihn auch wieder ins Gleichgewicht, denn es lenkte ihn stark ab. Er hielt sich bei Nina Alexandrowna, wohin man selbstverständlich den Kranken geschafft hatte, fast bis zum Abend auf. Er machte sich fast in keiner Weise nützlich, aber es gibt Menschen, die man aus irgendeinem Grunde in schweren Augenblicken gerne in seiner Nähe sieht. Kolja war furchtbar niedergeschlagen, weinte hysterisch, war aber die ganze Zeit auf den Beinen; er lief nach dem Arzt und brachte ihrer drei mit, er lief in die Apotheke, zum Barbier. Es gelang, den General ins Leben, aber nicht zum Bewußtsein zurückzurufen; die Ärzte äußerten sich dahin, daß der Patient sich jedenfalls in Gefahr befinde. Warja und Nina Alexandrowna gingen nicht vom Krankenbett fort; Ganja war verwirrt und erschüttert; er wollte aber nicht hinaufkommen und fürchtete sich sogar vor dem Anblick des Kranken; er rang die Hände, und in einem zusammenhanglosen Gespräch mit dem Fürsten vermochte er nur herauszubringen, das sei doch ein großes Unglück und ausgerechnet in einem solchen Augenblick! Der Fürst glaubte zu verstehen, von was für einem Augenblick Ganja redete. Den kranken Ippolit fand der Fürst schon nicht mehr in Ptizyns Haus. Gegen Abend kam Lebedew gelaufen, der nach der »Aussprache« am Morgen bis jetzt fest geschlafen hatte. Nun war er fast nüchtern und weinte um den Kranken mit echten Tränen, als gälte es seinem leiblichen Bruder. Er machte sich laut Vorwürfe, erklärte aber nicht, wie er es eigentlich meinte, drängte sich zu Nina Alexandrowna und beteuerte unausgesetzt, er, er selbst sei schuld, er ganz allein ... einzig wegen seiner Neugier, und der Entschlafene (so nannte er hartnäckig den noch lebenden General) sei sogar ein genialer Mensch gewesen. Besonders stark betonte er immer wieder die Genialität, als ob das in diesem Augenblick irgendeinen außerordentlichen Nutzen hätte bringen können. Als Nina Alexandrowna seine aufrichtigen Tränen sah, sagte sie ihm endlich ohne jeden Vorwurf und beinahe herzlich: »Lassen Sie nur, weinen Sie nicht, Gott wird Ihnen schon vergeben!« Lebedew war von diesen Worten und dem Ton, in dem sie gesprochen wurden, so erschüttert, daß er den ganzen Abend nicht mehr von Nina Alexandrowna weichen wollte. Auch an allen folgenden Tagen, bis zum Tod des Generals, war er vom frühen Morgen bis in die Nacht hinein fast die ganze Zeit bei ihnen im Hause. Im Laufe des Tages kam zu Nina Alexandrowna zweimal ein Bote von Lisaweta Prokofjewna, sich nach dem Befinden des Kranken zu erkundigen. Als aber abends gegen neun Uhr der Fürst in den schon von Gästen wimmelnden Salon der Jepantschins kam, begann Lisaweta Prokofjewna ihn sofort eingehend und mit großer Teilnahme über den Kranken auszufragen, und als die Belokonskaja sie fragte, wer dieser Kranke und wer Nina Alexandrowna sei, antwortete sie mit großer Würde. Dem Fürsten gefiel das sehr. Er selbst sprach, als er Lisaweta Prokofjewna antwortete, wie die Schwestern Aglajas später behaupteten: »Sehr schön, bescheiden, leise, ohne überflüssige Redensarten, ohne Gesten, mit Würde; er kam sehr schick herein und war ausgezeichnet gekleidet«, auch fiel er auf dem glatten Boden nicht hin, wie er tags vorher gefürchtet hatte, sondern machte sichtlich auf alle einen recht angenehmen Eindruck.

Er selbst merkte sofort, nachdem er sich gesetzt und umgeschaut hatte, daß die ganze Gesellschaft nicht die geringste Ähnlichkeit mit den gestrigen Gespenstern hatte, mit denen Aglaja ihn geschreckt hatte, noch mit den Fieberträumen, die ihn nachts gequält hatten. Zum erstenmal in seinem Leben sah er ein wenig von dem, was man mit dem schrecklichen Wort »Welt« bezeichnet. Er hatte schon lange infolge gewisser besonderer Absichten, Erwägungen und Neigungen den Wunsch, in diesen Zauberkreis einzudringen, und war deshalb sehr interessiert, wie der erste Eindruck sein würde. Dieser erste Eindruck auf ihn war geradezu bezaubernd. Es schien ihm sofort, als wären all diese Menschen nur dazu geboren, um zusammenzukommen; daß Jepantschins an diesem Abend gar keine »Soiree« mit geladenen Gästen gaben, sondern daß alle Anwesenden zur Familie gehörten und daß er selbst schon seit langem ihr ergebener Freund und Gesinnungsgenosse gewesen und nun nach längerer Trennung zu ihnen zurückgekehrt war. Der Reiz der eleganten Manieren, der Schlichtheit und der scheinbaren Offenherzigkeit war beinahe zauberisch. Es kam ihm nicht einmal in den Sinn, daß all diese Schlichtheit und Vornehmheit, der Witz und die hohe persönliche Würde nichts als vorzügliche künstliche Mache sein könnte. Die Mehrzahl der Gäste bestand sogar trotz ihrem imponierenden Äußern aus ziemlich hohlen Menschen, die übrigens in ihrer Selbstzufriedenheit auch nicht wußten, daß vieles Gute an ihnen nur Mache war, die nicht einmal ihr eigenes Verdienst war, denn sie hatten sie unbewußt als Erbteil übernommen. Das wollte der Fürst unter dem Zauber des ersten Eindrucks nicht einmal ahnen. Er sah zum Beispiel, daß jener alte Herr, der hohe

Würdenträger, der den Jahren nach sein Großvater sein konnte, sogar seine Rede abbrach, um ihm, einem so jungen und unerfahrenen Menschen, zuzuhören; daß er ihm nicht nur zuhörte, sondern sogar seine Meinung zu schätzen schien, so freundlich, so warmherzig und gütig zu ihm war – und doch waren sie einander ganz fremd und sahen sich heute zum erstenmal. Vielleicht wirkte auf die heiße Empfänglichkeit des Fürsten diese verfeinerte Höflichkeit am meisten. Vielleicht neigte er auch schon von vornherein zu einem wohltuenden Eindruck und ließ sich hinreißen.

Und doch waren all diese Menschen, wenn sie natürlich auch »Freunde des Hauses« und untereinander waren, in Wahrheit keineswegs so große Freunde – weder des Hauses noch untereinander, wie der Fürst es sich einbildete, als man ihn den Herrschaften vorgestellt hatte. Es waren hier Leute, die nun und nimmer die Jepantschins für ihresgleichen hätten gelten lassen. Es waren sogar Leute da, die sich gegenseitig bitter haßten; die alte Belokonskaja hatte ihr Leben lang die Frau des »greisen Würdenträgers« verachtet, diese aber hatte ihrerseits eine große Abneigung gegen Lisaweta Prokofjewna. Der »Würdenträger«, ihr Gatte, der die Jepantschins aus irgendeinem Grund seit ihrer Jugend protegierte und die Hauptperson des heutigen Abends war, bedeutete für Iwan Fjodorowitsch eine so gewaltige Persönlichkeit, daß dieser in seiner Gegenwart außer Ehrfurcht und Angst nichts empfinden konnte; er hätte sich selbst aufrichtig verachtet, wenn er sich auch nur einen Augenblick für seinesgleichen gehalten hätte und den großen Mann nicht für einen Jupiter tonans. Es waren Leute da, die sich jahrelang nicht gesehen hatten und füreinander nichts als Gleichgültigkeit empfanden, wenn nicht gar Abneigung, die sich aber jetzt begrüßten, als hätten sie sich noch gestern im angenehmsten Freundeskreis getroffen. Übrigens war die Versammlung nicht groß. Außer der Belokonskaja, dem »greisen Würdenträger«, der wirklich eine sehr wichtige Persönlichkeit war, und dessen Frau war noch ein sehr solider General erschienen, ein Baron oder Graf mit deutschem Namen, ein auffallend schweigsamer Herr, der im Ruf stand, alle Regierungsangelegenheiten genau zu kennen, und sogar für gelehrt galt – einer jener Olympier unter den hohen Verwaltungsbeamten, die alles kennen, »außer allenfalls Rußland selbst«, ein Mann, der alle fünf Jahre einmal einen »durch seine Tiefe bemerkenswerten« Ausspruch tat, und zwar stets einen, der alsbald zum Sprichwort und auch in allerhöchsten Kreisen bekannt wurde; einer jener kommandierten Bürokraten, die gewöhnlich nach einer geradezu auffällig langen Dienstzeit in hohem Rang und Würden, auf einem wichtigen Posten und im Besitz großer Geldmittel sterben, wenn sie auch gar keine großen Taten vollbracht haben und sogar eine gewisse Feindseligkeit gegen Taten zur Schau tragen. Der General war der unmittelbare Vorgesetzte von Iwan Fjodorowitsch, und dieser hielt ihn, von seinem dankbaren heißen Herzen und sogar einer gewissen Eigenliebe getrieben, auch für seinen Wohltäter; der General selbst aber wollte durchaus kein Wohltäter für Iwan Fjodorowitsch sein, verhielt sich ihm gegenüber sehr gleichgültig, wenn er auch gern die verschiedensten Dienste von ihm annahm, und hätte ihn sofort durch einen andern Beamten ersetzt, wenn das durch irgendwelche Erwägungen, die nicht einmal höhere zu sein brauchten, gefordert werden könnte. Dann war da noch ein ältlicher wichtiger Herr, angeblich sogar ein Verwandter von Lisaweta Prokofjewna, obgleich das ganz und gar nicht stimmte; ein Mann von Amt und Rang, reich und vornehmer Herkunft, wohlbeleibt und von vorzüglicher Gesundheit, ungemein redselig und sogar im Geruche eines Unzufriedenen (wenn auch übrigens im allerzahmsten Sinne des Wortes), eines galligen Menschen (aber auch das wirkte bei ihm angenehm), mit den Manieren eines englischen Aristokraten und englischem Geschmack (zum Beispiel in bezug auf blutige Roastbeefs, Pferdegeschirr, Lakaien und so weiter). Er war ein großer Freund des »Würdenträgers« und unterhielt ihn sehr gut; außerdem hegte Lisaweta Prokofjewna Gott weiß warum den seltsamen Gedanken, dieser bejahrte Herr (der ein wenig leichtsinnig und ein Freund des schönen Geschlechts war) könnte eines schönen Tages Alexandra mit einem Heiratsantrag beglücken. Nach dieser höchsten und solidesten Schicht der Gesellschaft folgte eine Schicht jüngerer Gäste, die aber auch durch sehr vornehme Eigenschaften glänzten. Außer Fürst Sch. und Jewgenij Pawlowitsch gehörte zu dieser Schicht auch der bekannte bezaubernde Fürst N., einst ein Verführer und Eroberer der Frauenherzen ganz Europas, jetzt schon ein Mann von etwa fünfundvierzig Jahren, immer noch eine sehr stattliche Erscheinung, ein wunderbarer Erzähler und Besitzer eines allerdings etwas in Unordnung geratenen Vermögens; er lebte gewohnheitsmäßig meist im Ausland. Endlich waren auch Leute da, die gleichsam noch eine dritte besondere Schicht bildeten und an und für sich nicht zum »Zauberkreis« der Gesellschaft gehörten, die man aber ebenso wie die Jepantschins mitunter in diesem Zauberkreis antraf. Aus einem gewissen Taktgefühl, das sie sich zur Regel gemacht hatten, pflegten Jepantschins in den seltenen Fällen, wenn sie in ihrem Haus geladene Gesellschaften gaben, Herrschaften aus höheren Kreisen mit Leuten einer etwas tiefern Schicht, sozusagen auserwählten Vertretern der »mittlern Sorte« zu vermengen. Man lobte Jepantschins sogar dafür und sagte von ihnen, daß sie verstünden, wo sie hingehörten, und Takt besäßen; Jepantschins aber waren auf diese Meinung stolz. Als Vertreter dieser Leute mittlerer Sorte war an diesem Abend ein Techniker im Rang eines Obersten erschienen, ein ernster Mann und naher Freund des Fürsten Sch., der ihn auch bei Jepantschins eingeführt hatte; er war übrigens ein sehr schweigsamer Herr, der am Zeigefinger seiner rechten Hand einen großen auffälligen Ring trug – wohl ein allerhöchstes Geschenk. Es war endlich sogar ein Schriftsteller da, der zwar deutscher Abstammung war, aber russische Verse machte, sich außerdem höchst anständig benahm, so daß man ihn ohne Gefahr in die gute Gesellschaft einführen konnte. Er hatte eine glückliche äußere Erscheinung, wenn auch etwas Abstoßendes in ihr lag, war etwa achtunddreißig Jahre alt, kleidete sich tadellos, gehörte einer im höchsten Grad spießbürgerlichen, aber auch im höchsten Grad achtungswürdigen deutschen Familie an, verstand es, die verschiedensten Gelegenheiten auszunutzen, um sich die Gönnerschaft hoher Personen zu gewinnen, und wußte sich auch diese Gnade zu erhalten. Irgendeinmal hatte er ein sehr bedeutendes Werk eines hervorragenden deutschen Dichters in Versen übersetzt und hatte es verstanden, die Übersetzung der richtigen Person zu widmen; er rühmte sich gern seiner Freundschaft mit einem berühmten, aber schon verstorbenen russischen Dichter (es gibt eine ganze Schicht von Schriftstellern, die es sehr lieben, sich in der Presse für Freunde großer, aber verstorbener Dichter zu erklären) und war erst ganz vor kurzem von der Frau des »greisen Würdenträgers« bei Jepantschins eingeführt worden. Diese Dame galt als Beschützerin der Schriftsteller und Gelehrten und hatte tatsächlich einem oder zwei Schriftstellern zu einer Pension verholfen, durch die Vermittlung einiger hochgestellter Persönlichkeiten, bei denen sie Einfluß hatte. Einen gewissen Einfluß hatte sie nämlich in der Tat. Sie war eine Dame von etwa fünfundvierzig Jahren (also eine sehr junge Frau für einen so alten Mann wie ihr Gatte), eine einstige Schönheit, die es auch jetzt noch mit der vielen fünfundvierzigjährigen Damen eigenen Manie sehr liebte, sich etwas zu prunkvoll zu kleiden; Verstand hatte sie nicht viel, und ihre Literaturkenntnisse waren höchst zweifelhaft. Aber das Mäzenatentum war bei ihr eine ebensolche Manie wie die prunkvollen Toiletten. Ihr wurden viele Dichtungen und Übersetzungen gewidmet; zwei oder drei Schriftsteller hatten ihre an die Dame gerichteten Briefe über höchst wichtige Fragen mit deren Erlaubnis veröffentlicht ...

Und diese ganze Gesellschaft nahm der Fürst für echte Münze, für reines Gold ohne Legierung. Übrigens befanden sich die Herrschaften alle, wie durch Schicksalsfügung, an diesem Abend in ganz vorzüglicher Stimmung und waren höchst zufrieden mit sich selbst. Alle bis auf den letzten wußten genau, daß sie den Jepantschins durch ihren Besuch eine große Ehre erwiesen. Doch – o weh! – der Fürst ahnte diese Feinheiten gar nicht. Er ahnte zum Beispiel nicht, daß Jepantschins, wenn sie einen so wichtigen Schritt vorhatten wie die Entscheidung des Schicksals ihrer Tochter, es einfach nicht gewagt hätten, ihn, den Fürsten Lew Nikolajewitsch, dem greisen Würdenträger und anerkannten Gönner der

Familie nicht vorzuführen. Der greise Würdenträger aber hätte seinerseits zwar eine Nachricht selbst vom fürchterlichsten Unglück im Haus Jepantschin mit vollkommener Ruhe entgegengenommen, wäre aber bestimmt gekränkt gewesen, wenn Jepantschins ihre Tochter ohne seinen Rat und sozusagen ohne ihn zu fragen verlobt hätten. Fürst N., dieser nette, dieser unzweifelhaft witzige und höchst gutherzige Mensch, war vollkommen überzeugt, eine Art Sonne zu sein, die in dieser Nacht über dem Salon der Jepantschins aufgegangen sei. Er hielt sie für tief unter sich stehend, und eben diese schlichte und edle Vorstellung war die Ursache seiner so wunderbar netten Zuvorkommenheit und Freundlichkeit gegenüber diesen Jepantschins. Er wußte sehr gut, daß er an diesem Abend durchaus etwas erzählen mußte, um die Gesellschaft zu bezaubern, und er bereitete sich mit einer gewissen Begeisterung darauf vor. Fürst Lew Nikolajewitsch bekannte später, nachdem er diese Erzählung angehört hatte, er habe nie etwas gehört, das sich mit diesem glänzenden Humor und dieser staunenswerten Heiterkeit und Naivität messen könnte, die im Munde eines Don Juan wie Fürst N. beinahe rührend sei. Ach, wenn er gewußt hätte, wie alt und abgetragen diese Geschichte schon war, wie sorgsam einstudiert und wie abgenutzt und in allen Salons zum Überdruß geworden! Bloß bei den unschuldigen Jepantschins wirkte sie als Neuheit, als plötzliche, ehrliche und glänzende Erinnerung eines glänzenden und vorzüglichen Mannes! Sogar der deutschrussische Dichter, der sich zwar äußerst liebenswürdig und bescheiden benahm, schien beinahe zu glauben, er erweise diesem Hause durch seinen Besuch eine hohe Ehre. Aber der Fürst sah die Rückseite nicht. Dieses Unheil hatte Aglaja nicht vorhergesehen. Sie selbst war an diesem Abend bezaubernd schön. Alle drei Schwestern waren nett, wenn auch nicht sehr prunkvoll gekleidet und hatten sich sogar ganz eigentümlich frisiert. Aglaja saß neben Jewgenij Pawlowitsch und unterhielt sich und scherzte mit ihm ungemein freundschaftlich. Jewgenij Pawlowitsch hielt sich etwas würdevoller als sonst, vielleicht auch aus Ehrfurcht vor den Würdenträgern. Ihn kannte man übrigens in der Gesellschaft schon lange; die Herrschaften zählten ihn trotz seiner Jugend ganz zu den Ihrigen. Er erschien an diesem Abend bei Jepantschins mit einem schwarzen Kreppband am Hut, und die Belokonskaja lobte ihn dafür: ein anderer Neffe aus der großen Gesellschaft hätte bei ähnlicher Gelegenheit vielleicht auch keine Trauer zu Ehren eines solchen Onkels angelegt. Lisaweta Prokofjewna war ebenfalls damit zufrieden, aber im allgemeinen schien sie übermäßig besorgt. Der Fürst merkte, daß Aglaja ihn zwei- oder dreimal aufmerksam betrachtete und zufrieden zu sein schien. Nach und nach fing er an sich unsagbar glücklich zu fühlen. Die »phantastischen« Gedanken und Befürchtungen von vorhin (nach dem Gespräch mit Lebedew) schienen ihm jetzt, wenn ihm unvermittelt, aber oft eine Erinnerung daran kam, ein so unerfüllbarer, unmöglicher und sogar lächerlicher Traum! Auch so war ja sein erster, wenn auch unbewußter Wunsch und Trieb vorhin und den ganzen Tag über gewesen, es irgendwie zu ermöglichen, daß er diesem Traum nicht zu glauben brauchte! Er sprach wenig, fast nur, wenn er gefragt wurde, und verstummte schließlich ganz; er saß da und hörte nur zu, aber er schwamm offensichtlich in Wonne. Allmählich bereitete sich in ihm selbst etwas wie Begeisterung vor, die sich bei der ersten Gelegenheit entladen mußte ... Ein Zufall brachte ihn zum Reden; wieder gab er zuerst bloß Antwort auf eine Frage und hegte anscheinend gar keine besondern Absichten.

7

Während er mit Genuß Aglaja betrachtete, die in heiterm Gespräch mit Fürst N. und Jewgenij Pawlowitsch begriffen war, vernahm er aus dem Munde des ältlichen Anglomanen, der in einer andern Ecke den »Würdenträger« unterhielt und ihm sehr lebhaft etwas erzählte, plötzlich den Namen »Nikolaj Andrejewitsch Pawlistschew«. Der Fürst wandte sich schnell nach ihnen um und horchte auf.

Man sprach über die gegenwärtigen Zustände und irgendwelche Unzuträglichkeiten auf den großen Gütern des

Gouvernements ***. Die Geschichte des Anglomanen mußte anscheinend auch allerlei Lustiges enthalten, denn der Alte fing endlich an, über den galligen Eifer des Erzählers zu lachen. Er erzählte fließend, wobei er die Worte etwas brummig in die Länge zog und die Vokale zärtlich betonte, warum er – eben durch die gegenwärtigen Zustände – gezwungen worden sei, eines seiner herrlichen Güter im Gouvernement *** zu verkaufen und gar noch, obgleich er sich keineswegs in Geldnot befand, für den halben Wert, während er ein anderes ruiniertes Gut, das ihm nur Verluste brachte und an dem ein Prozeß hing, behalten und sogar noch draufzahlen mußte. »Um mir nicht noch einen Prozeß wegen des Pawlistschewschen Teils aufzuladen, bin ich ihnen davongelaufen. Noch eine oder zwei solche Erbschaften, und ich bin ruiniert. Übrigens fielen mir dort dreitausend Desjatinen* ausgezeichnetes Land zu.«

»Hör doch ... Iwan Petrowitsch ist ein Verwandter des verstorbenen Nikolaj Andrejewitsch Pawlistschew ... du suchtest doch wohl Verwandte von ihm?« sagte Iwan Fjodorowitsch halblaut, der plötzlich neben dem Fürsten aufgetaucht war und dem die außerordentliche Aufmerksamkeit aufgefallen war, die dieser dem Gespräch widmete. Bisher hatte er seinen vorgesetzten General unterhalten, hatte aber schon längst die Isolierung Lew Nikolajewitschs bemerkt und wurde unruhig; er wollte ihn irgendwie in das allgemeine Gespräch hineinziehen und so zum zweitenmal den »hochgestellten Personen« zeigen und empfehlen. »Lew Nikolajewitsch, der Zögling von Nikolaj Andrejewitsch Pawlistschew, nach dem Tode seiner Eltern«, erklärte er, als ein Blick von Iwan Petrowitsch ihn traf.

»Sehr angenehm«, erwiderte dieser, »ich erinnere mich sogar sehr gut. Vorhin, als Iwan Fjodorowitsch Sie vorstellte, habe ich Sie sofort erkannt, schon an Ihren Gesichtszügen. Sie haben sich wirklich äußerlich wenig verändert, obgleich ich Sie nur als Kind gesehen habe; Sie waren damals zehn

* 1 Desjatina = ungefähr 10000 qm (Anmerkung des Übersetzers).

oder elf Jahre alt. Es ist so etwas in Ihren Zügen, das mich erinnerte ...«

»Sie haben mich als Kind gesehen?« fragte der Fürst mit ungewöhnlicher Verwunderung.

»Oh, das ist schon sehr lange her«, fuhr Iwan Petrowitsch fort, »es war in Slatowerchowo, wo Sie damals bei meinen Cousinen wohnten. Ich kam früher recht oft nach Slatowerchowo – erinnern Sie sich meiner nicht? Es ist ja sehr leicht möglich, daß Sie sich nicht mehr erinnern ... Sie waren damals ... Sie hatten damals ein eigentümliches Leiden, so daß ich mich sogar einmal über Sie wunderte ...«

»Ich weiß nichts mehr!« beteuerte der Fürst leidenschaftlich.

Noch ein paar Worte der Erklärung, die von Iwan Petrowitsch mit größter Ruhe, von dem Fürsten in auffallender Erregung gesprochen wurden, und es stellte sich heraus, daß die beiden Damen, ältliche Jungfern, Verwandte des verstorbenen Pawlistschew, die auf seinem Gut Slatowerchowo wohnten und für die Erziehung des Fürsten sorgten, ihrerseits Cousinen von Iwan Petrowitsch waren. Iwan Petrowitsch konnte wie alle andern keinerlei Gründe dafür anführen, warum Pawlistschew um den kleinen Fürsten, seinen Pflegling, so besorgt gewesen war. »Und ich dachte auch damals nicht daran, mich für die Sache zu interessieren.« Es erwies sich aber doch, daß er ein vorzügliches Gedächtnis hatte, denn er erinnerte sich sogar, wie streng die ältere Cousine, Marfa Nikitischna, gegen den kleinen Zögling war, »so daß ich mich sogar einmal mit ihr gezankt habe wegen des Erziehungssystems, denn ewig Ruten und Ruten für ein krankes Kind, das ist doch ... Sie müssen selbst zugeben ...« und wie zärtlich umgekehrt die jüngere, Natalja Nikitischna, den armen Knaben behandelte. »Beide«, berichtete er weiter, »wohnen jetzt im Gouvernement ** – ich weiß freilich nicht, ob sie noch am Leben sind –, wo sie von Pawlistschew ein sehr anständiges kleines Gut geerbt haben. Marfa Nikitischna wollte, glaube ich, ins Kloster gehn; übrigens will ich es nicht ohne weiteres behaupten; vielleicht verwechsle ich sie auch mit einer andern ... ja, man erzählte es mir neulich von einer Doktorsfrau ...«

Der Fürst hörte zu, und seine Augen glühten vor Begeisterung und Rührung. Mit ungewöhnlichem Feuer erklärte er seinerseits, er werde es sich nie vergeben, daß er in diesen sechs Monaten seines Aufenthalts im Innern des Reiches nicht die Gelegenheit benutzt habe, seine einstigen Erzieherinnen zu besuchen. Er habe täglich gedacht hinzureisen, und immer wieder hätten es die Umstände nicht erlaubt. Jetzt aber gebe er sich das Wort ... unbedingt wolle er hinreisen, sei es auch ins Gouvernement **.

»Sie kennen also Natalja Nikitischna? Welch eine schöne, heilige Seele! Aber auch Marfa Nikitischna ... verzeihen Sie, aber ich glaube, Sie täuschen sich in Marfa Nikitischna! Sie war streng, aber ... man mußte doch die Geduld verlieren ... mit einem solchen Idioten, wie ich damals war – hihi! Ich war damals ein richtiger Idiot, Sie werden es mir nicht glauben! Haha! Übrigens ... übrigens haben Sie mich damals doch gesehen und ... Wie kommt es bloß, daß ich mich Ihrer nicht entsinne? ... So sind Sie ... ach, mein Gott, so sind Sie wirklich ein Verwandter von Nikolaj Andrejewitsch Pawlistschew?«

»Ich ver–sichere Sie«, antwortete Iwan Petrowitsch und musterte lächelnd den Fürsten.

»Oh, ich sagte es ja nicht, weil ... weil ich zweifelte ... und endlich ... kann man denn so etwas ... auch nur im geringsten bezweifeln? Hähä! ... Das heißt auch nur im allergeringsten!! Hähä! Ich wollte nur sagen, daß der verstorbene Nikolaj Andrejewitsch Pawlistschew ein so vorzüglicher Mensch war! Ein großmütiger Mensch, wirklich, ich versichere Sie.« Der Fürst war nicht gerade außer Atem, aber sein »schönes Herz ging mit ihm durch«, wie Adelaida sich tags darauf ihrem Bräutigam, Fürst Sch., gegenüber äußerte.

»Ach, mein Gott«, sagte Iwan Petrowitsch lachend, »warum kann ich denn nicht auch der Verwandte eines großmütigen Mannes sein?«

»O Gott!« rief der Fürst verlegen, eilig und in immer größere Begeisterung geratend. »Ich ... ich habe wieder eine Dummheit gesagt, aber ... so mußte es auch kommen, denn ich ... ach, ich rede schon wieder verkehrt! Kommt es denn jetzt noch auf mich an, sagen Sie bitte, angesichts solcher Interessen ... solch gewaltiger Interessen! Und im Vergleich zu einem so großmütigen Mann, denn er war doch bei Gott, ein überaus großmütiger Mann, nicht wahr? Nicht wahr?«

Der Fürst zitterte am ganzen Leibe. Warum er plötzlich in solche Erregung geraten war, woher diese Rührung und Begeisterung mir nichts, dir nichts gekommen war, die in gar keinem Verhältnis zum Gesprächsthema stand, ist schwer zu entscheiden. Er war eben in einer solchen Stimmung und empfand in diesem Augenblick irgend jemand gegenüber und für irgendwas eine heiße, gerührte Dankbarkeit – vielleicht sogar Iwan Petrowitsch oder am Ende allen Gästen gegenüber. Er war zu glücklich. Iwan Petrowitsch begann ihn endlich schärfer ins Auge zu fassen; sehr scharf sah ihn auch der »Würdenträger« an. Die Belokonskaja richtete einen zornigen Blick auf den Fürsten und kniff die Lippen zusammen. Fürst N., Jewgenij Pawlowitsch, Fürst Sch., die jungen Mädchen, alle brachen ihr Gespräch ab und hörten zu. Aglaja schien erschrocken zu sein, Lisaweta Prokofjewna aber bekam richtig Angst. Seltsam genug war übrigens das Verhalten der Mutter und der Töchter: erst hatten sie vorausgesetzt und beschlossen, es würde das beste sein, wenn der Fürst sich den ganzen Abend schweigend verhielte, aber kaum hatten sie ihn in der Ecke erblickt, wo er ganz einsam und mit seinem Schicksal höchst zufrieden saß, so gerieten sie gleich in Aufregung. Alexandra wollte schon zu ihm hingehen, ihn quer durch das ganze Zimmer führen und sich vorsichtig mit ihm zusammen der Gesellschaft drüben anschließen – das heißt der Gesellschaft des Fürsten N., neben der Belokonskaja. Aber kaum hatte der Fürst angefangen zu reden, so wurde die Aufregung der Damen noch größer.

»Daß er ein vorzüglicher Mensch war, darin haben Sie vollkommen recht«, sagte Iwan Petrowitsch mit Gönnermiene und schon ohne zu lächeln, »ja, ja ... er war ein ausgezeichneter Mensch! Ein vorzüglicher, würdiger Mann«, fügte er nach kurzem Schweigen hinzu. »Man kann wohl sagen: ein verehrungswürdiger«, ergänzte er noch gönnerhafter nach einer weitern Pause, »und ... und es freut mich sehr zu sehen, daß Sie Ihrerseits ...«

»Hatte dieser Pawlistschew nicht ein ... ein sehr sonderbares Erlebnis ... mit einem Abbé ... einem Abbé ... ich weiß nicht mehr, wie der Abbé hieß, aber alle sprachen damals von der Geschichte«, sagte der »Würdenträger«, als suchte er sich auf etwas zu besinnen.

»Mit dem Abbé Goureaud, einem Jesuiten«, erinnerte ihn Iwan Petrowitsch. »Ja, ja, so sind unsere vorzüglichen und verehrungswürdigen Leute! Denn er war doch immerhin ein Mann von Adel, begütert, Kammerherr, und wenn er ... im Staatsdienst geblieben wäre ... Doch er gibt den Staatsdienst plötzlich auf und verzichtet auf alles, um zum Katholizismus überzutreten und Jesuit zu werden – und das beinahe öffentlich, mit richtiger Begeisterung. Wirklich, er starb zur rechten Zeit ... ja; damals redeten alle davon ...«

Der Fürst war außer sich. »Pawlistschew? ... Pawlistschew Katholik geworden? Das kann nicht sein!« rief er entsetzt.

»Nun, warum kann es denn nicht sein?« murmelte Iwan Petrowitsch würdevoll. »Da gehen Sie schon zu weit, mein lieber Freund, das müssen Sie doch selbst zugeben ... Übrigens, Sie schätzen den Verstorbenen so hoch ... er war in der Tat ein seelenguter Mensch; darauf führe ich auch im wesentlichen den Erfolg dieses Abenteurers Goureaud zurück. Aber fragen Sie mich, mich, wieviel Scherereien und Ärger ich später mit dieser Sache hatte ... eben mit diesem Goureaud! Stellen Sie sich vor«, wandte er sich plötzlich an den alten Herrn, »sie wollten sogar das Testament anfechten, und ich mußte damals zu sehr energischen Maßnahmen greifen ... um sie zur Vernunft zu bringen ... denn sie sind Meister in dem Fach! Stau–nens–wert! Aber Gott sei Dank, das spielte sich alles in Moskau ab, ich ging sofort zum Grafen, und wir haben sie ... zur Vernunft gebracht ...«

»Sie ahnen nicht, wie Sie mich betrübt und überrascht haben!« rief der Fürst wieder.

»Ich bedaure; aber eigentlich sind das alles nur Bagatellen, und die Sache wäre auch im Sande verlaufen, wie das immer der Fall ist; ich bin fest davon überzeugt. Vorigen Sommer«, wandte er sich wieder an den Alten, »soll die Gräfin K. ebenfalls in ein katholisches Kloster im Auslande eingetreten sein; unsere Landsleute halten nicht stand, wenn sie einmal diesen ... Schleichern in die Finger fallen ... besonders im Ausland.«

»Das kommt alles von unserer ... Müdigkeit, meine ich«, murmelte der Alte würdevoll. »Dann haben sie auch ihre Manier zu predigen ... elegant, eigenartig ... und Angst zu machen verstehen sie auch. Mir hatten sie Anno achtzehnhundertzweiunddreißig in Wien auch die Hölle heiß gemacht, ich versichere Sie; aber ich gab nicht nach und lief ihnen davon, haha! Wahrhaftig, ich lief davon!«

»Ich habe gehört, mein Lieber, du seist damals mit der schönen Gräfin Lewizkaja aus Wien nach Paris durchgebrannt und habest deinen Posten im Stich gelassen, aber die Jesuiten hätten nichts damit zu tun«, fiel die Belokonskaja plötzlich ein.

»Es war aber doch ein Jesuit in die Sache verwickelt, also bin ich doch vor dem Jesuiten davongelaufen«, erwiderte der Alte und lachte bei der angenehmen Erinnerung. »Sie scheinen sehr religiös zu sein, was man heutzutage bei jungen Menschen so selten findet«, wandte er sich freundlich an den Fürsten, der mit offenem Munde zuhörte und immer noch ganz verblüfft war; der alte Herr wollte augenscheinlich den Fürsten näher kennenlernen; aus bestimmten Gründen interessierte er ihn sehr.

»Pawlistschew war ein klarer Geist und ein Christ, ein wahrer Christ«, sagte der Fürst plötzlich. »Wie konnte er sich da zu einem ... nichtchristlichen Glauben bekehren lassen? ... Der Katholizismus ist so gut wie eine nichtchristliche Religion!« setzte er plötzlich hinzu, seine Augen flammten, und er sah sich im Kreise um, als wollte er alle mit einem Blick umfassen.

»Nun, das geht zu weit«, brummte der Alte und sah erstaunt Iwan Fjodorowitsch an.

»Wie? Der Katholizismus keine christliche Religion?« fragte Iwan Petrowitsch und drehte sich auf seinem Stuhle um. »Was denn sonst?«

»Erstens ist er keine christliche Religion«, fing der Fürst in außerordentlicher Erregung und übermäßig scharfem Ton an, »und zweitens ist der römische Katholizismus sogar schlimmer als der reine Atheismus, das ist meine Meinung! Ja, das ist meine Meinung! Der Atheismus predigt nur das Nichts, der Katholizismus geht aber weiter: er predigt einen entstellten Christus, den er selbst verleumdet und geschändet hat, einen Gegenchristus! Er predigt den Antichrist, ich schwöre es, ich versichere Sie! Das ist meine persönliche und längst gehegte Überzeugung, und sie hat mich selbst schwer gequält ... Der römische Katholizismus glaubt, daß die Kirche ohne staatliche Weltherrschaft nicht auf Erden bestehen kann, und schreit: Non possumus! Meiner Ansicht nach ist der römische Katholizismus nicht einmal ein Glaube, sondern einfach die Fortsetzung des weströmischen Kaiserreichs, und alles in ihm ist diesem Gedanken untergeordnet, vom Glauben angefangen. Der Papst hat die Erde in Besitz genommen, einen irdischen Thron bestiegen und das Schwert in die Hand genommen; seitdem geht alles so weiter, nur hat man zum Schwert noch die Lüge hinzugefügt, Hinterlist, Betrug, Fanatismus, Aberglaube, Verbrechen, man hat mit den heiligsten, wahrhaftigsten, schlichtesten, feurigsten Gefühlen des Volkes gespielt, alles, alles für Geld hingegeben, für die gemeine irdische Gewalt! Und das soll nicht die Lehre des Antichrist sein? Wie sollte daraus nicht der Atheismus hervorgehen? Der Atheismus kommt von hier, vom römischen Katholizismus selbst! Der Atheismus hat vor allem mit ihnen selbst begonnen: konnten sie denn selbst an sich glauben? Er hat sich gefestigt durch den Widerwillen gegen sie; er ist eine Ausgeburt ihrer Lüge und ihrer Geistesohnmacht! Atheismus! Bei uns sind nur exklusive Gruppen ungläubig, wie Jewgenij Pawlowitsch sich vorhin trefflich ausgedrückt hat, die keine Wurzeln mehr im Boden haben; dort aber, in Europa, beginnen schon ungeheure Massen des Volkes selbst ungläubig zu werden – zuerst aus Unwissenheit und Verlegenheit, jetzt aber schon aus Fanatismus, aus Haß gegen die Kirche und das Christentum.«

Der Fürst hielt inne, um Atem zu schöpfen. Er hatte

furchtbar schnell gesprochen. Er war bleich und bekam keine Luft. Alle sahen sich an; endlich aber fing der alte Herr ganz ungeniert zu lachen an. Fürst N. nahm seine Lorgnette und betrachtete den Fürsten, ohne den Blick von ihm abzuwenden. Der deutsche Dichter kam aus seinem Winkel hervor und rückte näher an den Tisch heran, ein unheilverkündendes Lächeln auf den Lippen.

»Sie über–trei–ben sehr«, sagte Iwan Petrowitsch gedehnt und etwas gelangweilt, ja sogar in einem Ton, als schämte er sich, »jene Kirche hat auch tu–gend–hafte Vertreter, die aller Achtung wert sind ...«

»Ich habe nie von einzelnen Vertretern der Kirche gesprochen. Ich rede vom römischen Katholizismus in seiner Wesenheit, ich rede von Rom. Kann die Kirche denn ganz verschwinden? Das habe ich nie gesagt!«

»Zugegeben. Aber das alles ist längst bekannt und sogar – überflüssig und ... gehört in die Theologie.«

»O nein, o nein! Nicht bloß in die Theologie, ich versichere Sie! Das geht uns weit mehr an, als Sie glauben. Das ist ja unser Grundfehler, daß wir noch nicht zu erkennen vermögen, daß es sich nicht nur um eine theologische Frage handelt! Der Sozialismus ist ja auch eine Ausgeburt des Katholizismus und der katholischen Wesenheit! Er ist gleich seinem Bruder, dem Atheismus, aus der Verzweiflung hervorgegangen, im Gegensatz zum Katholizismus im sittlichen Sinne, um die verlorene sittliche Gewalt der Religion zu ersetzen, um den geistigen Hunger der Menschheit zu stillen und sie nicht durch Christus, sondern ebenfalls durch Gewalt zu erlösen! Das ist auch Freiheit durch Gewalt, das ist auch Einigung durch Schwert und Blut! ‚Wage es nicht, an Gott zu glauben, wage es nicht, Eigentum zu besitzen, wage es nicht, eine Persönlichkeit zu sein, fraternité ou la mort, zwei Millionen Köpfe!' An ihren Taten sollt ihr sie erkennen – so steht es geschrieben! Und glauben Sie nicht, das alles sei für uns so bedeutungslos und ungefährlich; o nein, wir müssen Widerstand leisten, und zwar schnell, schnell! Als Gegenmacht muß dem Westen gegenüber unser Christus erstrahlen, den wir uns erhalten haben und den jene nicht einmal gekannt haben! Wir dürfen nicht sklavisch am Angelhaken der Jesuiten hängenbleiben, sondern wir müssen ihnen unsere russische Zivilisation bringen, wir müssen uns ihnen entgegenstellen, und man darf bei uns nicht sagen, ihre Predigt sei geschmackvoll, wie eben jemand behauptete ...«

»Aber erlauben Sie, erlauben Sie«, sagte Iwan Petrowitsch in größter Unruhe und blickte ängstlich um sich, »alle Ihre Gedanken sind gewiß lobenswert und höchst patriotisch, aber das alles ist doch sehr übertrieben und ... man läßt es lieber ...«

»Nein, es ist nicht übertrieben, es ist eher etwas abgeschwächt; eben abgeschwächt, denn ich bin nicht imstande es auszudrücken, aber ...«

»Er-lau-ben Sie!«

Der Fürst verstummte. Er saß steif auf dem Stuhl und starrte Iwan Petrowitsch unbeweglich mit glühenden Blikken an.

»Ich glaube, der Fall mit Ihrem Wohltäter hat Sie zu sehr überrascht«, bemerkte der alte Herr freundlich und ohne seine Ruhe zu verlieren. »Sie sind entflammt ... vielleicht infolge Ihrer Zurückgezogenheit. Wenn Sie mehr unter Menschen gelebt haben werden – und ich hoffe, daß man Sie in der Gesellschaft als einen beachtenswerten jungen Mann freundlich aufnimmt –, wird Ihre Erregung sich von selbst legen, und Sie werden sehen, daß alles das viel einfacher ist ... Zudem sind so seltene Fälle meiner Ansicht nach nur eine Folge unserer Übersättigung, zum Teil auch ... des Unbefriedigtseins ...«

»Jawohl, jawohl!« rief der Fürst. »Ein ausgezeichneter Gedanke! Eben das Unbefriedigtsein ist es, unser Unbefriedigtsein! Nicht die Übersättigung, sondern im Gegenteil der Durst ... nicht die Übersättigung, da irren Sie! Nicht nur Durst ist es, sondern Brand, fieberndes Verlangen! ... Und ... denken Sie nicht, es geschehe nur in so geringem Ausmaß, daß man bloß darüber lachen könne; entschuldigen Sie, das muß man vorausfühlen können! Wenn unsereins bis ans Ufer gelangt ist, wenn er glaubt, das sei das Ufer, dann ist er so froh, daß er alsbald bis an die äußerste

Grenze vordringt; woher kommt das? Sie wundern sich über Pawlistschew, Sie führen alles auf seinen Wahnsinn oder seine Güte zurück, aber dem ist nicht so! Und nicht uns allein, ganz Europa setzt in solchen Fällen unsere russische Leidenschaftlichkeit in Staunen; wenn bei uns einer Katholik wird, dann wird er auch gleich Jesuit, und zwar einer von den fanatischsten; wenn er Atheist wird, dann fordert er bestimmt die Ausrottung des Glaubens an Gott mit Gewalt, das heißt auch mit dem Schwert! Woher kommt das, woher diese plötzliche Besessenheit? Wissen Sie es wirklich nicht? Weil er ein Vaterland gefunden hat, das er hier übersah, und sich darüber freut; er ist ans Land gekommen und fällt nieder, um den Boden zu küssen! Es ist nicht bloß Eitelkeit, nicht bloß niedrige Ruhmsucht, die all diese Leute treibt, russische Atheisten und Jesuiten zu werden, sondern geistige Not, Seelenhunger, Sehnsucht nach höherm Wirken, nach einem festen Boden, nach der Heimat, an die man nicht mehr glaubt, weil man sie niemals wirklich gekannt hat! Atheist werden ist für den Russen ja so leicht, leichter als für alle andern in der Welt! Und unsere Landsleute werden ja nicht einfach Atheisten, sondern sie *glauben* an den Atheismus wie an eine neue Religion, ohne überhaupt zu merken, daß sie an ein Nichts glauben. Das ist unser Durst! ‚Wer keinen Boden unter den Füßen hat, der hat auch keinen Gott!' Das Wort stammt nicht von mir. Es ist der Ausspruch eines altgläubigen Kaufmanns, dem ich auf einer Reise begegnete. Er drückte sich freilich nicht ganz so aus; er sagte: ‚Wer sich von seiner Heimat losgesagt hat, der hat sich auch von seinem Gott losgesagt.' Wenn man sich bloß vorstellt, daß bei uns hochgebildete Leute sogar unter die Chlysten* gegangen sind ... Warum sollte übrigens das Chlystentum schlechter sein als der Nihilismus, Jesuitismus oder Atheismus? Es geht vielleicht sogar noch etwas tiefer! Aber so weit trieb sie die Sehnsucht! ... Laßt die dürstenden und glühenden Gefährten des Kolumbus den Strand der Neuen Welt sehen, zeigt dem Russen die russische Welt, laßt ihn dieses

* Orgiastische Sekte (Anmerkung des Übersetzers).

Gold, diesen Schatz finden, der vor seinen Blicken verborgen in der Erde ruht! Zeigt ihm in der Zukunft die Erneuerung der ganzen Menschheit und ihre Wiederbelebung vielleicht einzig durch den russischen Gedanken, durch den russischen Gott und Christus, und ihr werdet sehen, welch ein mächtiger und wahrhaftiger, weiser und sanfter Gigant vor der erstaunten Welt aufsteigen wird, der erstaunten und erschreckten Welt, denn sie erwarten von uns dort nur das Schwert, das Schwert und Gewalt; sie können sich uns nach ihrem eigenen Bilde nicht anders vorstellen denn als Barbaren! Und so ist es bis heute, und je weiter, desto mehr! Und ...«

Hier aber geschah plötzlich etwas, wodurch die Rede des Fürsten auf höchst unerwartete Weise unterbrochen wurde.

Dieser ganze fieberhafte Erguß, dieser Strom von leidenschaftlichen und unruhigen Worten und regellos begeisterten Gedanken, die sich gleichsam drängten und stießen und übereinander hinwegsprangen – alles das ließ auf etwas Gefährliches, etwas Ungewöhnliches in der Stimmung des so plötzlich und augenscheinlich ohne jeden Grund aufbrausenden jungen Menschen schließen. Von den im Salon Anwesenden staunten alle, die den Fürsten kannten, ängstlich (manche auch schamerfüllt) über diesen Ausfall, der so gar nicht zu seiner gewohnten, sogar zaghaften Zurückhaltung paßte, zu seinem seltenen und ungewöhnlichen Takt in einzelnen Fällen, zu seinem instinktiven Gefühl für das in höherm Sinn Schickliche. Man konnte nicht begreifen, woher das kam: die Mitteilung über Pawlistschew konnte doch nicht die Ursache sein. In der Damenecke hielt man ihn für verrückt, und die Belokonskaja gestand später, »noch eine Minute, und sie hätte um Hilfe gerufen«. Die »alten Herrn« waren vor Staunen ganz außer sich; der General, Iwan Fjodorowitschs Vorgesetzter, blickte von seinem Stuhl aus unzufrieden und streng im Kreise herum. Der Oberst saß ganz unbeweglich da. Der Deutsche war ganz bleich geworden, lächelte aber immer noch heuchlerisch und sah die andern an: was sie wohl dazu sagen würden? Übrigens hätte alles das und der ganze »Skandal« auf die einfachste und natürlichste Weise sein Ende finden können, vielleicht schon im nächsten Augenblick; Iwan Fjodorowitsch, der äußerst erstaunt, aber früher als die andern zu sich gekommen war, hatte schon mehrmals versucht, dem Fürsten ins Wort zu fallen; da er keinen Erfolg hatte, ging er jetzt mit festen und entschiedenen Absichten auf ihn zu. Noch eine Minute, und er hätte, wenn es nötig gewesen wäre, sich vielleicht entschlossen, den Fürsten unter dem Vorwand seiner Krankheit freundschaftlich aus dem Zimmer zu führen – und das wäre vielleicht nicht einmal so unrichtig gewesen; Iwan Fjodorowitsch selbst glaubte fest daran ... Doch die Sache nahm eine andere Wendung.

Noch ganz zu Anfang, als der Fürst eben erst in den Salon gekommen war, hatte er möglichst weit von der chinesischen Vase Platz genommen, vor der Aglaja ihm solche Angst gemacht hatte. Sollte man es glauben, daß sich nach den gestrigen Worten Aglajas eine unausrottbare Überzeugung in ihm festgesetzt hatte, ein wunderliches und unmögliches Vorgefühl, daß er morgen bestimmt die Vase zerschlagen werde, so sehr er ihr auch ausweichen, so sehr er der Gefahr auch aus dem Wege gehen werde! Es war aber wirklich so. Im Laufe des Abends drängten sich andere starke, aber lichte Eindrücke in seine Seele; wir haben schon davon gesprochen. Er vergaß seine Ahnung. Als er Pawlistschews Namen hörte und Iwan Fjodorowitsch ihn zu Iwan Petrowitsch führte und nochmals vorstellte, setzte er sich näher zum Tisch und geriet gerade in einen Lehnsessel neben der großen schönen chinesischen Vase, die dicht bei seinem Ellbogen, ein kleines Stückchen hinter ihm, auf einem Postament stand.

Bei seinen letzten Worten stand er plötzlich auf, machte eine ungeschickte Handbewegung, zog die Schulter hoch und ... alles schrie auf! Die Vase schwankte zuerst gleichsam unschlüssig, ob sie nicht einem der alten Herrn auf den Kopf fallen solle, dann aber neigte sie sich nach der entgegengesetzten Seite, zum Deutschen hin, der kaum Zeit hatte erschrocken fortzuspringen – und stürzte zu Boden. Ein Dröhnen, ein Aufschrei, kostbare Scherben auf dem Teppich verstreut, Entsetzen, Bestürzung – oh, wie dem Fürsten zumute war, ist schwer, ja kaum auch nötig zu schildern! Wir müssen aber doch eine seltsame Empfindung erwähnen, die ihn im nämlichen Augenblick packte und plötzlich aus der Menge aller andern unklaren und schauerlichen Empfindungen klar heraustrat: nicht die Scham, nicht der Skandal, nicht die Angst, nicht die Plötzlichkeit erschütterten ihn am meisten, sondern die Erfüllung der Vorhersage! Was an diesem Gedanken so packend war, hätte er sich selbst nicht erklären können; er fühlte nur, daß er ins Herz getroffen war, und stand in einem nahezu mystischen Schrecken da. Noch ein Augenblick, und es war, als dehnte sich alles rings um ihn aus, statt des Entsetzens kamen Licht, Freude, Entzücken; sein Atem stockte und ... doch der Augenblick verging. Gottlob, es war nicht das! Er schöpfte Atem und sah sich im Kreise um.

Lange Zeit schien er die Erregung, die um ihn tobte, nicht zu verstehen, das heißt: er begriff sie vollkommen und sah alles, aber er stand für sich da wie ein Mensch, der an nichts Anteil nimmt und der wie der Märchenheld mit der Tarnkappe in ein Zimmer geschlichen ist und ihm fremde, aber interessante Leute beobachtet. Er sah, wie man die Scherben aufsammelte, hörte die schnellen Wechselreden, sah Aglaja, die ihn mit bleichem Gesicht seltsam, sehr seltsam anstarrte: aus ihren Augen sprach kein Haß und ganz und gar kein Zorn; sie sah ihn mit erschrecktem, aber so teilnehmendem Blick, die andern jedoch mit so flammendem Blick an ... daß sein Herz plötzlich selig zu zucken begann. Endlich sah er mit großer Verwunderung, daß alle wieder Platz genommen hatten und sogar lachten, als wäre nichts geschehen! Noch eine Minute, und das Lachen wurde lebhafter: man lachte nun über ihn und sein bestürztes Erstarren, es war aber ein freundschaftliches, heiteres Lachen; viele redeten ihn an und sprachen so freundlich, allen voran Lisaweta Prokofjewna: sie sagte mit lachendem Munde irgend etwas sehr, sehr Liebes. Plötzlich fühlte er, daß Iwan Fjodorowitsch ihm freundschaftlich auf die Schulter klopfte; Iwan Petrowitsch lachte ebenfalls; aber noch netter, noch freundlicher und sympathischer war der greise Würdenträger; er faßte die Hand des Fürsten, drückte sie leicht und schlug mit der Linken leise darauf; und dabei redete er ihm väterlich zu wie einem kleinen erschrockenen Knaben; das gefiel dem Fürsten ungemein. Endlich forderte der alte Herr ihn auf, dicht neben ihm Platz zu nehmen. Der Fürst betrachtete sein Gesicht mit Genuß und war immer noch nicht imstande, ein Wort zu sagen; sein Atem stockte. Aber das Gesicht des Alten gefiel ihm so sehr.

»Wie?« murmelte er endlich. »Sie verzeihen mir wirklich? Und . . . Sie, Lisaweta Prokofjewna?«

Das Lachen wurde lauter, dem Fürsten standen die Tränen in den Augen; er glaubte sich selber nicht und war bezaubert.

»Gewiß, die Vase war sehr schön. Ich kenne sie seit fünfzehn Jahren . . . jawohl, seit fünfzehn . . .« fing Iwan Petrowitsch an.

»Nun, das ist nicht weiter schlimm! Ein Mensch lebt auch nicht ewig, und hier ist es doch nur ein Tontopf!« sagte Lisaweta Prokofjewna laut. »Bist du wirklich so erschrocken, Lew Nikolajewitsch?« setzte sie fast ängstlich hinzu. »Laß gut sein, mein Lieber; du machst mir wirklich Angst.«

»Vergeben Sie mir *alles? Alles* außer der Vase?« fragte der Fürst und wollte sich erheben, aber der Alte zog ihn sofort wieder bei der Hand herab. Er wollte ihn nicht loslassen.

»C'est très curieux et c'est très sérieux!« flüsterte er über den Tisch Iwan Petrowitsch zu, übrigens recht laut; der Fürst konnte es sehr wohl gehört haben.

»So habe ich keinen von Ihnen gekränkt? Sie glauben nicht, wie glücklich mich dieser Gedanke macht; aber so muß es auch sein! Konnte ich denn hier jemand kränken? Ich kränke Sie ja noch einmal, wenn ich das denke!«

»Beruhigen Sie sich, mein Freund, das ist eine Übertreibung. Und Sie haben für nichts zu danken; das ist ja ein sehr schönes, aber doch übertriebenes Gefühl.«

»Ich danke Ihnen gar nicht, ich . . . freue mich nur an Ihnen, ich bin glücklich, Sie ansehen zu können; vielleicht rede ich Dummheiten, aber – ich muß reden, ich muß erklären . . . Wenn auch nur aus Achtung vor mir selbst.«

Alles an ihm war krampfhaft, unklar und fieberhaft; es war sehr gut möglich, daß die Worte, die er sprach, oft gar nicht die waren, die er hatte sagen wollen. Mit seinen Blikken schien er zu fragen, ob er reden dürfe. Sein Blick fiel auf die Belokonskaja.

»Schon recht, mein Lieber, fahre nur fort, fahre nur fort; wenn dir bloß der Atem nicht ausgeht«, ermunterte sie ihn, »vorhin fing es bei dir auch mit Atemnot an und hat ein solches Ende genommen; aber reden kannst du ruhig; diese Herrschaften haben schon seltsamere Leute gesehen als dich, die setzt du nicht in Erstaunen, so wunderlich du auch bist; bloß die Vase hast du entzweigeschlagen und alle erschreckt.«

Der Fürst hörte ihr lächelnd zu. »Das waren doch Sie«, wandte er sich plötzlich an den alten Herrn, »der vor drei Monaten den Studenten Podkumow und den Beamten Schwabrin vor der Verbannung rettete?«

Der Alte wurde sogar rot und murmelte, er solle sich doch beruhigen.

»Das habe ich doch von Ihnen gehört«, wandte sich der Fürst sofort an Iwan Petrowitsch, »daß Sie im Gouvernement ** Ihren bereits freigelassenen Bauern, die Ihnen sehr viel Unannehmlichkeiten machten, nach dem Brande das Holz zum Neubau kostenlos abgaben?«

»Nun, das ist ü-ber-trie-ben«, brummte Iwan Petrowitsch, nahm aber geschmeichelt eine würdevolle Haltung an. Diesmal hatte er übrigens vollkommen recht mit der Übertreibung; denn es handelte sich nur um ein falsches Gerücht, das dem Fürsten zu Ohren gekommen war.

»Und Sie, Fürstin«, wandte sich der Fürst plötzlich mit sonnigem Lächeln an die Belokonskaja, »haben Sie nicht vor einem halben Jahre mich in Moskau wie Ihren eigenen Sohn aufgenommen – auf einen Brief von Lisaweta Prokofjewna hin? Und Sie haben mich wirklich wie einen eigenen Sohn beraten, was ich nie vergessen werde. Wissen Sie noch?«

»Was ereiferst du dich so?« sagte die Belokonskaja ärgerlich. »Du bist ja ein guter Kerl, aber lächerlich. Man gibt dir zwei Groschen, und du dankst, als ob man dir das Leben gerettet hätte. Du meinst, das sei lobenswert, aber es ist widerlich.«

Sie wollte schon ganz böse werden, fing aber plötzlich zu lachen an, doch es war diesmal ein gütiges Lachen. Da klärte sich auch Lisaweta Prokofjewnas Gesicht; Iwan Fjodorowitsch strahlte ebenfalls.

»Ich sagte ja, daß Lew Nikolajewitsch ein Mensch ist ... ein Mensch ... mit einem Wort: wenn er nur nicht an Atemnot litte, wie die Fürstin bemerkt hat ...« murmelte der General in freudiger Rührung, indem er die Worte der Belokonskaja, die ihn verblüfft hatten, wiederholte.

Einzig Aglaja schien traurig zu sein; doch ihr Gesicht flammte, vielleicht vor Empörung.

»Er ist wirklich sehr nett«, sagte der alte Herr wieder leise zu Iwan Petrowitsch.

»Ich kam herein mit Weh im Herzen«, fuhr der Fürst in wachsender Erregung fort, immer schneller und schneller, immer seltsamer und lebhafter, »ich ... ich fürchtete mich vor Ihnen, fürchtete mich vor mir selbst. Am meisten vor mir selbst. Als ich hierher nach Petersburg zurückkehrte, gab ich mir das Wort, unbedingt unsere ersten Männer kennenzulernen, die Vertreter der alten uradeligen Geschlechter, zu denen ich selbst gehöre, unter denen ich selbst in erster Reihe stehe. Ich sitze doch jetzt unter Fürsten, wie ich selbst einer bin, nicht wahr? Ich wollte Sie kennenlernen, und das war notwendig, sehr, sehr notwendig! Ich hatte stets viel zuviel Schlimmes von Ihnen gehört, mehr als Gutes – von der Kleinlichkeit und Einseitigkeit Ihrer Interessen, von Ihrer Rückständigkeit, Ihrer geringen Bildung, Ihren lächerlichen Gewohnheiten – oh, man schreibt und spricht ja so viel von Ihnen! Ich kam heute sehr gespannt und beunruhigt hierher; ich mußte mit eigenen Augen sehen und mich selbst überzeugen, ob in der Tat die ganze Oberschicht der russischen Gesellschaft nichts mehr taugt, sich überlebt hat, ihre Daseinsmöglichkeiten erschöpft hat und nur noch zum Sterben fähig ist, dabei aber immer noch in kleinlich neiderfülltem Kampfe mit den Menschen der ... Zukunft steht, die sie in ihrem Aufstieg hemmen möchte, ohne zu merken, daß sie selbst dem Tode verfallen ist. Ich glaubte auch früher nicht unbedingt an diese Meinung, denn wir hatten ja nie einen richtigen obern Stand, es sei denn bei Hofe oder im Staatsdienst oder ... in einzelnen Fällen; jetzt ist er aber ganz verschwunden, nicht wahr, nicht wahr?«

»Nun, das ist denn doch wohl nicht wahr«, sagte Iwan Petrowitsch mit giftigem Lachen.

»Na, jetzt fängt er schon wieder an!« konnte die Belokonskaja sich nicht enthalten zu sagen.

»Laissez le dire, er zittert ja am ganzen Leibe«, warnte wieder der alte Herr halblaut.

Der Fürst war ganz außer sich.

»Und was ergab sich? Ich sah vornehme, herzliche, kluge Menschen; ich sah einen Greis, der einen Knaben wie mich freundlich anhörte; ich sehe Menschen, die fähig sind zu verstehen und zu verzeihen, gute russische Menschen, fast ebenso gut und herzlich, wie ich sie drüben fand, kaum schlechter. Urteilen Sie nun, welch freudige Überraschung mir das sein mußte! Oh, lassen Sie mich das aussprechen! Ich habe vielfach gehört und auch selbst fest geglaubt, in der großen Welt sei alles Manier, alles abgelebte Form, das Wesentliche aber sei versiegt; ich sehe aber jetzt selbst, daß dies bei uns nicht so sein kann; irgendwo anders mag es so sein, nur bei uns nicht. Sind Sie denn alle hier Jesuiten und Betrüger? Ich hörte vorhin den Fürsten N. erzählen; ist denn das kein schlichter, begeisterter Humor, ist das nicht echte Herzensgüte? Können denn solche Worte aus dem Munde eines ... toten Menschen mit verdorrtem Herzen und Talent kommen? Könnten denn Tote mir so entgegenkommen, wie Sie es taten? Ist das nicht Stoff ... für die Zukunft, für neue Hoffnungen? Können denn solche Menschen verständnislos und rückständig sein?«

»Ich bitte Sie nochmals, beruhigen Sie sich, mein Lieber, wir reden von alledem ein andermal, und ich bin mit Vergnügen bereit ...« sagte der »Würdenträger« lächelnd.

Iwan Petrowitsch räusperte sich und wandte sich auf seinem Sessel um; Iwan Fjodorowitsch wurde unruhig; der

General, sein Vorgesetzter, unterhielt sich mit der Gattin des Würdenträgers, ohne den Fürsten überhaupt noch zu beachten; aber die Gattin des Würdenträgers horchte wiederholt auf und sah nach dem Fürsten hinüber.

»Nein, wissen Sie, ich möchte doch lieber reden!« fuhr der Fürst in neuer fieberhafter Erregung fort, indem er sich mit ganz besonderm Vertrauen, ja sogar mit Vertraulichkeit an den alten Herrn wandte. »Aglaja Iwanowna hat mir gestern verboten zu sprechen und sogar die Themen genannt, über die ich nicht reden dürfe; sie weiß, daß ich lächerlich wirke, wenn ich davon anfange! Ich bin bald siebenundzwanzig Jahre alt, aber ich weiß, daß ich noch wie ein Kind bin. Ich habe nicht das Recht, meine Gedanken auszusprechen, das habe ich längst gesagt; ich habe nur in Moskau mit Rogoschin offen geredet ... Wir lasen zusammen Puschkin, wir haben ihn ganz durchgelesen; er kannte nichts von ihm, nicht einmal seinen Namen ... Ich fürchte immer, durch mein lächerliches Aussehen meine Gedanken und die *Hauptidee* zu kompromittieren. Mir fehlen die richtigen Gesten. Ich mache immer die entgegengesetzte Geste, und das reizt zum Lachen und setzt die Idee herab. Ich habe auch kein Gefühl für das Maß, und das ist das Wichtigste, ja sogar das Allerwichtigste ... Ich weiß, es wäre besser für mich, dazusitzen und stillzuschweigen. Wenn ich mich ganz stumm verhalte, mache ich sogar einen sehr vernünftigen Eindruck; ich überlege dann. Aber jetzt ist es besser, wenn ich rede. Ich habe angefangen, weil Sie mich so schön ansehen; Sie haben ein so schönes Gesicht! Ich habe gestern Aglaja Iwanowna mein Wort gegeben, daß ich den ganzen Abend schweigen werde ...«

»Vraiment?« fragte der alte Herr lächelnd.

»Ich denke aber mitunter, daß ich unrecht habe, wenn ich so denke! Aufrichtigkeit ist doch ebensoviel wert wie die Geste, nicht wahr? Nicht wahr?«

»Zuweilen.«

»Ich will alles erklären, alles, alles, alles! O ja! Sie meinen, ich sei ein Utopist? Ein Ideologe? O nein! Ich habe, bei Gott, lauter so einfache Gedanken ... Sie glauben mir nicht? Sie lächeln? Wissen Sie, daß ich zuweilen niederträchtig bin, denn ich verliere den Glauben; vorhin ging ich hierher und dachte: Wie soll ich mit ihnen reden? Womit soll ich anfangen, daß sie auch nur etwas verstehen? Ich habe mich so gefürchtet, aber für Sie fürchtete ich viel mehr, entsetzlich, entsetzlich. Und doch – durfte ich mich denn fürchten, mußte ich mich dieser Furcht nicht schämen? Was ist denn dabei, daß auf einen Vorgeschrittenen eine solche Menge Zurückgebliebener und Böser kommt? Darum bin ich ja so froh, weil ich mich jetzt überzeugt habe, daß es gar keine Menge ist, sondern lauter lebendiges Material! Man soll sich auch dadurch nicht beirren lassen, daß wir lächerlich sind, nicht wahr? Es ist ja wirklich so, wir sind lächerlich, leichtsinnig, haben schlechte Gewohnheiten, sind blasiert, wissen nicht vorwärts zu schauen, können nicht begreifen; wir sind ja alle so, alle, Sie und ich und die dort! Es kränkt Sie doch nicht, daß ich Ihnen ins Gesicht sage, Sie seien lächerlich? Wenn das aber so ist, sind Sie dann kein Material? Wissen Sie, ich meine, lächerlich sein ist mitunter sogar gut; man vergibt einander leichter, man demütigt sich leichter; man kann doch nicht alles auf den ersten Blick begreifen, man kann doch nicht gleich mit der Vollkommenheit anfangen! Um Vollkommenheit zu erreichen, muß man erst vieles nicht begriffen haben! Begreifen wir zu schnell, so begreifen wir wahrscheinlich nicht gründlich. Das sage ich Ihnen, die Sie schon so vieles zu begreifen ... und nicht zu begreifen wußten. Ich fürchte jetzt nicht mehr für Sie; Sie zürnen doch nicht, daß ein solcher Knabe so zu Ihnen redet? Gewiß nicht! Oh, Sie werden zu vergessen und denen zu vergeben wissen, von denen Sie gekränkt wurden, und jenen, von denen Sie durch nichts gekränkt wurden; denn das Allerschwierigste ist doch, jenen zu vergeben, die uns gar nicht gekränkt haben, eben weil sie uns *nicht* gekränkt haben, unsere Beschwerde also grundlos ist. Das erwartete ich von den hochstehenden Menschen, das wollte ich Ihnen möglichst schnell sagen, als ich hierher ging, und ich wußte nicht, wie ich es sagen sollte. Sie lachen, Iwan Petrowitsch? Sie denken: ich fürchtete für *jene*, ich sei *ihr* Fürsprecher, ein Demokrat, ein Prediger der Gleichheit?« fragte er mit hysterischem

Lachen (er brach alle Augenblicke in ein kurzes begeistertes Lachen aus). »Ich fürchte für Sie, für Sie alle und für uns alle zusammen. Ich bin ja selbst ein geborener Fürst und sitze unter Fürsten. Ich rede so, um uns alle zu retten, damit unser Stand nicht nutzlos im Finstern verschwindet, ohne etwas zu ahnen, allen zürnend und nach verlorenem Spiel. Warum verschwinden und anderen Platz machen, wenn wir die Vordersten und Ältesten bleiben können? Wenn wir vorangehen, bleiben wir auch die Ältesten. Werden wir Knechte, um Herren werden zu können!«

Er versuchte von seinem Sessel aufzustehen, aber der greise Würdenträger hielt ihn zurück und betrachtete ihn mit wachsender Unruhe.

»Hören Sie! Ich weiß, daß es nicht recht ist zu reden; das einfache Beispiel ist besser; es ist besser, einfach anzufangen ... ich habe schon angefangen ... und ... und kann man denn wirklich unglücklich sein? Oh, was hat mein Leid und mein Mißgeschick zu sagen, wenn ich imstande bin, glücklich zu sein? Wissen Sie, ich verstehe nicht, wie kann man an einem Baum vorübergehen, ohne glücklich zu sein, daß man ihn sieht? Mit einem Menschen reden und nicht glücklich sein, daß man ihn liebt? Oh, ich vermag es nur nicht auszudrücken ... aber wieviel Dinge findet man auf Schritt und Tritt, die so schön sind, die selbst ein ganz verlorener Mensch schön findet? Sehen Sie ein Kind an, blicken Sie auf Gottes Morgenröte, betrachten Sie das Gras, wie es wächst, schauen Sie in zwei Augen, die auf Sie gerichtet sind und aus denen Liebe zu Ihnen spricht ...«

Er redete schon längst im Stehen. Der alte Herr sah ihn erschrocken an. Lisaweta Prokofjewna rief: »Ach du lieber Gott!« und schlug die Hände zusammen, denn sie hatte als erste erraten, was das bedeutete. Aglaja lief schnell auf ihn zu, hatte gerade noch Zeit, ihn in ihren Armen aufzufangen, und vernahm mit Entsetzen, mit schmerzverzerrtem Gesicht den wilden Schrei des »Geistes«, der den Unglücklichen erschütterte und niederwarf. Der Kranke lag auf dem Teppich. Jemand hatte ihm noch schnell ein Kissen unter den Kopf geschoben.

Das hatte niemand erwartet. Nach einer Viertelstunde versuchten Fürst N., Jewgenij Pawlowitsch und der alte Herr, wieder Leben in die Gesellschaft zu bringen, doch bereits eine halbe Stunde später waren alle fort. Es wurden viele Worte der Teilnahme und des Bedauerns und manche Meinungen geäußert. Iwan Petrowitsch bemerkte unter anderem, der junge Mann sei ein »Sla–wo–phi–le oder etwas in der Art«, doch sei das weiter nicht gefährlich. Der greise Würdenträger sagte gar nichts. Allerdings zeigten sich später, am zweiten und dritten Tag, alle ein wenig verärgert: Iwan Petrowitsch spielte sogar den Gekränkten, aber es war nicht schlimm. Der vorgesetzte General war eine Zeitlang etwas kühl gegen Iwan Fjodorowitsch. Der »Gönner« der Familie, der Würdenträger, brummte dem Familienvater ebenfalls ein paar belehrende Wort zu, wobei er höchst liebenswürdig erklärte, er interessiere sich ungemein für Aglajas Schicksal. Er war in der Tat ein recht gutmütiger Mensch; aber die Neugier, mit der er den Fürsten im Laufe des ganzen Abends betrachtet hatte, war zu großem Teil durch die Geschichte des Fürsten mit Nastasja Filippowna hervorgerufen; er hatte einiges von dieser Geschichte gehört und interessierte sich lebhaft für sie, hätte den Fürsten auch sehr gern ausgefragt.

Die Belokonskaja sagte, als sie die Gesellschaft verließ, zu Lisaweta Prokofjewna: »Nun ja, er ist gut und er ist schlecht; willst du meine Ansicht wissen, so sage ich, daß das Schlechte überwiegt. Du siehst ja selbst, was für ein Mensch das ist – ein kranker Mensch.«

Lisaweta Prokofjewna hatte bei sich endgültig entschieden, daß der Bräutigam »unmöglich« sei, und über Nacht gab sie sich das Wort, solange sie am Leben sei, solle der Fürst nicht der Mann ihrer Aglaja werden. Damit stand sie auch am Morgen auf. Aber gegen ein Uhr, beim Frühstück, geriet sie in einen wunderlichen Widerspruch mit sich selbst.

Auf eine, übrigens außerordentlich vorsichtige, Frage der Schwestern antwortete Aglaja plötzlich kalt, aber herausfordernd, wie mit dem Messer abgeschnitten: »Ich habe ihm nie mein Wort gegeben, ihn nie im Leben für meinen Bräutigam angesehen. Er ist mir ein ebenso fremder Mensch wie alle andern.«

Lisaweta Prokofjewna brauste plötzlich auf: »Das hatte ich von dir nicht erwartet«, sagte sie betrübt, »als Bräutigam ist er unmöglich, das weiß ich, und Gott sei Dank, daß es so gekommen ist; aber von dir hätte ich solche Reden nicht erwartet. Ich glaubte, du würdest dich anders verhalten. Ich hätte all die Leute von gestern hinausgeworfen und ihn behalten, solch ein Mensch ist er!«

Hier stockte sie plötzlich, selbst erschrocken über das, was sie gesagt hatte. Aber wenn sie gewußt hätte, wie ungerecht sie in diesem Augenblick gegen ihre Tochter war! In Aglajas Kopf war schon alles beschlossen; auch sie wartete auf ihre Stunde, die alles entscheiden sollte, und jede Anspielung, jede unvorsichtige Berührung riß eine tiefe Wunde in ihr Herz.

8

Auch für den Fürsten begann dieser Morgen mit trüben Ahnungen; sie ließen sich wohl aus seinem krankhaften Zustand erklären; aber seine Wehmut war zu unbestimmt, und das quälte ihn am meisten. Allerdings stand er vor krassen, ernsten und schmerzlichen Tatsachen, allein seine Wehmut ging über alles hinaus, dessen er sich erinnerte und was er sich vorstellen konnte; er begriff, daß er keine Ruhe finden würde, wenn er allein bliebe. Nach und nach wurde er ganz von der Erwartung erfüllt, daß er heute noch etwas ganz Besonderes und Endgültiges erleben werde. Der Anfall tags vorher war nur leicht gewesen; außer Hypochondrie, einer gewissen Benommenheit des Kopfes und Gliederschmerzen empfand er keinerlei Unbehagen. Sein Kopf arbeitete ziemlich klar, wenn seine Seele auch krank war. Er stand recht spät auf und erinnerte sich sofort deutlich des gestrigen Abends; wenn auch nicht ganz genau, so erinnerte er sich doch auch dessen, daß man ihn eine halbe Stunde nach dem Anfall nach Hause gebracht hatte. Er erfuhr, daß schon ein Bote von Jepantschins dagewesen sei, um sich nach seinem Befinden zu erkundigen. Um halb zwölf kam ein zweiter; das tat ihm wohl. Wera Lebedewa besuchte ihn als eine der ersten und kümmerte sich um ihn. Als sie ihn erblickte, fing sie plötzlich zu weinen an, aber da der Fürst ihr sofort freundlich zuredete, lachte sie. Das starke Mitleid, das dieses Mädchen für ihn empfand, verblüffte ihn; er ergriff ihre Hand und küßte sie. Wera wurde feuerrot.

»Ach, was tun Sie!« rief sie erschrocken und zog ihre Hand schnell zurück.

Sie ging bald in seltsamer Verwirrung fort. Unter anderm hatte sie noch Zeit gefunden zu erzählen, ihr Vater sei heute ganz früh zum »Seligen« gelaufen, wie er den General nannte, um zu erfahren, ob er nachts gestorben sei; es heiße auch, er werde sicher bald sterben. Gegen zwölf Uhr kam auch Lebedew selbst nach Hause und erschien beim Fürsten, »eigentlich nur für einen Augenblick, um sich nach der kostbaren Gesundheit zu erkundigen« und so weiter, und dann auch, um einen Blick in das »Schränkchen« zu werfen. Er seufzte und jammerte nur, so daß der Fürst ihn bald entließ; trotzdem versuchte Lebedew ihn noch über den gestrigen Anfall auszufragen, obgleich man ihm ansah, daß er schon über alle Einzelheiten unterrichtet war. Nach ihm erschien Kolja, auch nur für einen Augenblick; er nun hatte wirklich Eile und war in großer, düsterer Unruhe. Er fing damit an, daß er den Fürsten geradeheraus und dringend um Aufklärung über alles bat, was man ihm verheimlicht hatte, und sagte, er habe fast alles bereits gestern erfahren. Er war tief und stark erschüttert.

Mit allem Verständnis, dessen er fähig war, erzählte der Fürst die ganze Geschichte; er suchte die Vorgänge in allen Einzelheiten wiederzugeben, und sein Bericht traf den armen Jungen wie ein Donnerschlag. Er konnte kein Wort hervorbringen und brach in stumme Tränen aus. Der Fürst fühlte, daß es sich hier um einen Eindruck handelte, der nie ganz verwunden wird und einen Wendepunkt im Leben eines jungen Menschen bedeuten muß. Er beeilte sich, ihm seine Ansicht über die Sache darzulegen, und fügte hinzu, daß seiner Meinung nach der Tod des Alten vielleicht vor allem eine Folge des Entsetzens sei, das die schlechte Tat in seinem Herzen hervorgerufen habe, und daß nicht jeder fähig sei, so zu empfinden. Koljas Augen blitzten, als er dem Fürsten zuhörte.

»Diese Taugenichtse Ganja, Warja und Ptizyn! Ich will mit ihnen nicht streiten, aber unsere Wege trennen sich von jetzt an. Ach, Fürst, ich habe seit gestern sehr viel Neues empfunden; das ist eine Lehre für mich! Die Mutter ist jetzt auch ganz in meinen Händen; wenn sie auch bei Warja versorgt ist, so ist das alles doch nicht das Richtige . . .« Er sprang auf, denn ihm fiel ein, daß er erwartet werde, fragte schnell nach dem Befinden des Fürsten und fügte, als er die Antwort gehört hatte, eilig hinzu: »Ist da nicht auch noch etwas anderes? Ich hörte, daß gestern . . . das darf mich übrigens nichts angehen . . . aber wenn Sie irgendeinmal zu irgendwelchen Zwecken einen treuen Diener brauchen, so steht er vor Ihnen. Es scheint, wir beide sind nicht sehr glücklich, nicht wahr? Aber . . . ich frage nicht, ich frage nicht . . .«

Er ging, und der Fürst wurde noch nachdenklicher; alle prophezeiten ihm Unheil, alle hatten schon ihre Schlüsse gezogen, alle machten ein Gesicht, als wüßten sie etwas, das er nicht wußte; Lebedew fragte ihn aus, Kolja machte unverblümte Andeutungen, und Wera weinte. Endlich machte er eine ärgerliche Handbewegung – dieser verfluchte krankhafte Argwohn, dachte er. Sein Gesicht hellte sich auf, als er gegen zwei Uhr die Jepantschins erblickte, die ihn »für einen Augenblick« besuchen wollten. Sie waren auch wirklich nur für einen Augenblick gekommen. Lisaweta Prokofjewna hatte, als man vom Frühstück aufstand, erklärt, sie würden gleich alle zusammen spazierengehen. Die Mitteilung geschah in Form eines Befehls, kurz, trocken, ohne Erläuterungen. Alle, das heißt die Mutter, die jungen Mädchen und Fürst Sch., brachen auf. Lisaweta Prokofjewna marschierte geradewegs in der Richtung, die der ihrer täglichen Spaziergänge entgegengesetzt war. Alle verstanden, wie das gemeint war, und alle schwiegen, denn sie fürchteten die Mutter zu reizen; sie aber ging, als wollte sie allen Vorwürfen und Einwänden ausweichen, allen weit voraus und sah sich nicht um. Endlich machte Adelaida die Bemerkung, ein solches Tempo sei bei einem Spaziergang nicht angebracht und man könne mit der Mama nicht Schritt halten.

»Hört mal«, sagte Lisaweta Prokofjewna, die sich plötzlich umwandte, »wir kommen jetzt bei ihm vorüber. Was Aglaja auch denken mag und was dann auch geschehen mag – er ist uns kein Fremder und zu alledem jetzt noch unglücklich und krank; ich wenigstens will bei ihm vorsprechen. Wer mich begleiten will, mag mitkommen; wer nicht will, mag vorübergehen; das steht jedem frei.«

Alle gingen selbstverständlich mit. Der Fürst beeilte sich, wie es sich gehörte, noch einmal wegen der zerschlagenen Vase und ... des Ärgernisses um Entschuldigung zu bitten.

»Nun, das macht nichts«, sagte Lisaweta Prokofjewna. »Um die Vase ist es mir nicht leid, aber um dich. Du merkst also jetzt selber, daß du Ärgernis erregt hast; ja, ja, am nächsten Morgen ist man klüger als am Abend ... aber auch das hat nichts zu sagen, denn jeder sieht jetzt, daß man von dir nichts verlangen kann. Doch nun auf Wiedersehen; wenn du imstande bist, geh ein bißchen spazieren und lege dich dann wieder schlafen – das rate ich dir. Hast du Lust, so besuche uns wieder wie früher; du kannst ein für allemal überzeugt sein: was auch geschehen mag, du bleibst ein Freund unseres Hauses, zum mindesten meiner. Für mich selber kann ich wenigstens einstehen ...«

Alle nahmen diese Herausforderung auf und bestätigten die Gefühle der Mutter. Sie gingen fort, aber in dieser naiven Eile, etwas Freundliches, Aufmunterndes zu sagen, steckte auch eine große Grausamkeit, was Lisaweta Prokofjewna gar nicht in den Sinn gekommen war. Aus der Aufforderung, sie »wie früher« zu besuchen, und aus den Worten »wenigstens meiner« klang wieder etwas wie eine Prophezeiung. Der Fürst rief sich das Bild Aglajas ins Gedächtnis; freilich hatte sie ihm wunderbar zugelächelt, beim Hereinkommen wie beim Abschied, aber sie hatte ihm kein Wort gesagt, auch dann nicht, als alle ihn ihrer Freundschaft versicherten; sie hatte ihn nur zweimal unverwandt angesehen. Ihr Gesicht war bleicher als sonst, als hätte sie die Nacht schlecht geschlafen. Der Fürst beschloß, noch am Abend zu ihnen hinzugehen »wie früher«, und sah fieberhaft nach der Uhr. Genau drei Minuten nach dem Weggang der Jepantschins kam Wera herein.

»Lew Nikolajewitsch, Aglaja Iwanowna hat mir soeben heimlich etwas für Sie aufgetragen.«

Der Fürst erbebte.

»In einem Brief?«

»Nein, mündlich; sie fand auch dazu kaum Zeit. Sie bittet Sie sehr, heute den ganzen Tag über das Haus nicht für einen Augenblick zu verlassen, bis sieben Uhr abends, oder gar bis neun, ich konnte es nicht genau verstehen.«

»Ja ... wozu denn das? Was soll das bedeuten?«

»Davon weiß ich nichts. Sie hat mir nur gesagt, ich solle es Ihnen bestimmt mitteilen.«

»Sagte sie ‚bestimmt'?«

»Nein, geradezu gesagt hat sie es nicht; sie kam kaum dazu, es mir mit abgewandtem Gesicht zuzuflüstern; es war nur gut, daß ich gleich selbst herbeisprang. Aber man sah es schon ihrem Gesicht an, daß sie ‚bestimmt' meinte. Sie sah mich so an, daß mir das Herz stillstand.«

Noch einige Fragen, und der Fürst hatte zwar nichts weiter erfahren, war aber um so aufgeregter geworden. Allein geblieben, legte er sich auf das Sofa und begann wieder zu grübeln. Vielleicht haben sie bis neun Uhr Besuch, und sie fürchtet wieder, ich könnte in Gegenwart der Gäste eine Dummheit machen, entschied er endlich und begann wieder ungeduldig auf den Abend zu warten und nach der Uhr zu sehen. Aber die Lösung des Rätsels erfolgte lange vor Abend, und zwar in Gestalt eines neuen Besuches; in dieser Lösung jedoch war ein neues qualvolles Rätsel enthalten: genau eine halbe Stunde nach dem Besuch der Jepantschins erschien Ippolit; er war so matt und abgehetzt, daß er sofort, ohne ein Wort zu sagen, beinahe bewußtlos in einen Lehnsessel sank und einen furchtbaren Hustenanfall bekam. Er hustete, bis er Blut spie. Seine Augen blitzten, und rote Flecke brannten auf seinen Wangen. Der Fürst murmelte etwas, Ippolit antwortete aber nicht, er winkte nur mit der Hand ab, man solle ihn vorläufig in Ruhe lassen. Endlich kam er zu sich.

»Ich gehe!« brachte er schließlich mit großer Anstrengung und mit heiserer Stimme heraus.

»Wenn Sie wollen, begleite ich Sie nach Hause«, sagte der Fürst, sich erhebend, und stockte, weil er sich des Verbotes, das Haus zu verlassen, erinnerte.

Ippolit lachte.

»Nicht von Ihnen gehe ich fort«, sagte er, wobei er unausgesetzt nach Atem rang und sich räusperte. »Im Gegenteil, ich hielt es für notwendig, Sie aufzusuchen, und zwar handelt es sich um etwas Wichtiges ... sonst hätte ich Sie nicht belästigt. Ich gehe *dorthin*, und diesmal, scheint es, allen Ernstes! Es ist aus mit mir! Ich will kein Mitleid, glauben Sie mir ... ich hatte mich heute schon zu Bett gelegt, um zehn Uhr, um gar nicht mehr aufzustehen bis zu *dem* Augenblick, aber ich habe es mir überlegt und bin noch einmal aufgestanden, um Sie zu besuchen ... also muß es wohl sehr nötig sein!«

»Es tut weh, Sie anzusehen! Hätten Sie mich doch holen lassen, statt sich selbst herzubemühen.«

»Nun ist es aber genug. Sie haben mir Ihr Mitleid ausgesprochen, damit ist der Höflichkeit des Weltmanns Genüge getan ... Ja, das hatte ich ganz vergessen: wie ist Ihr Befinden?«

»Ich bin gesund. Gestern freilich war ich ... nicht ganz wohl ...«

»Ich habe gehört, ich habe gehört. Die chinesische Vase hat daran glauben müssen; schade, daß ich nicht dabei war! Aber ich habe mit Ihnen zu reden. Erstens hatte ich heute das Vergnügen, Gawrila Ardalionowitsch beim Stelldichein mit Aglaja Iwanowna auf der grünen Bank zu überraschen. Ich war erstaunt, wie dumm ein Mensch mitunter aussehen kann. Ich sagte das auch zu Aglaja Iwanowna, als Gawrila Ardalionowitsch gegangen war ... Sie scheinen sich über nichts zu wundern, Fürst«, fügte er hinzu und sah mißtrauisch in das ruhige Gesicht des Fürsten, »sich über nichts wundern ist das Kennzeichen großer Klugheit; meiner Ansicht nach kann es ebensogut als Zeichen großer Dummheit gelten ... Ich spiele übrigens nicht auf Sie an, entschuldigen Sie ... Ich drücke mich heute sehr unglücklich aus.«

»Ich wußte schon gestern, daß Gawrila Ardalionowitsch ...« fing der Fürst an, brach aber sichtlich verlegen ab, wenn auch Ippolit sich ärgerte, warum er kein Staunen an den Tag legte.

»Sie wußten es? Das ist mir neu! Übrigens, Sie brauchen nicht zu erzählen ... Und heute waren Sie nicht Zeuge der Zusammenkunft?«

»Wenn Sie selbst dort waren, müssen Sie doch gesehen haben, daß ich nicht dort war.«

»Nun, Sie können ja irgendwo im Gebüsch gesessen haben. Jedenfalls freue ich mich natürlich für Sie, denn ich dachte schon, daß Gawrila Ardalionowitsch der Bevorzugte sei!«

»Ich bitte Sie, mit mir nicht darüber zu reden, Ippolit, und noch gar in solchen Ausdrücken.«

»Um so mehr, als Sie schon alles wissen.«

»Sie irren sich. Ich weiß fast gar nichts, und Aglaja Iwanowna weiß genau, daß ich nichts weiß. Ich habe nicht einmal von dieser Zusammenkunft etwas gewußt ... Sie sagen, es habe ein Stelldichein stattgefunden? Nun, gut; lassen wir das ...«

»Was heißt denn das? Sie haben es gewußt und haben es nicht gewußt? Sie sagen: ‚Gut, lassen wir das!' Ich bitte Sie, seien Sie nicht so vertrauensselig. Besonders wenn Sie nichts wissen. Sie sind vertrauensselig, weil Sie nichts wissen. Wissen Sie etwa, worauf diese zwei, Brüderlein und Schwesterlein, rechnen? Vielleicht ahnen Sie das? Gut, gut, ich will aufhören«, fügte er hinzu, als der Fürst eine ungeduldige Bewegung machte, »ich bin aber in einer persönlichen Angelegenheit gekommen und möchte mich darüber ... aussprechen. Zum Teufel, ohne Auseinandersetzungen kann man nicht einmal sterben; es ist entsetzlich, was ich alles klarzulegen habe. Wollen Sie mich anhören?«

»Reden Sie, ich höre zu.«

»Und doch muß ich wieder abschweifen: ich muß trotz

allem mit Ganjetschka anfangen. Können Sie sich vorstellen, daß auch ich heute zur grünen Bank bestellt war? Übrigens will ich nicht lügen: ich selbst bestand auf der Zusammenkunft, hatte mich aufgedrängt und versprochen, ein Geheimnis aufzudecken. Ich weiß nicht, ob ich zu früh gekommen war – ich glaube, es war wirklich sehr früh –, aber kaum hatte ich neben Aglaja Iwanowna Platz genommen, da erblickte ich Gawrila Ardalionowitsch und Warwara Ardalionowna, Arm in Arm, als gingen sie spazieren. Beide schienen sehr verblüfft, als sie mich plötzlich dasitzen sahen; das hatten sie nicht erwartet; sie wurden sogar verlegen. Aglaja Iwanowna wurde rot und – Sie mögen mir glauben oder nicht – sogar etwas verwirrt, ob nun wegen meiner Anwesenheit oder einfach, weil sie Gawrila Ardalionowitsch erblickt hatte, denn er ist gar zu schön – jedenfalls wurde sie feuerrot und erledigte die ganze Angelegenheit in einer Sekunde, in sehr lächerlicher Weise: sie stand auf, erwiderte den Gruß Gawrila Ardalionowitschs und das einschmeichelnde Lächeln Warwara Ardalionownas und sagte plötzlich ganz kurz: ‚Ich wollte Ihnen nur persönlich meine Freude über Ihre aufrichtige und freundschaftliche Teilnahme aussprechen, und wenn ich ihrer bedürfen sollte, so glauben Sie mir . . .‘ Hier empfahl sie sich, und die beiden zogen ab – ich weiß nicht, ob als die Genarrten oder im Triumph; Ganjetschka ist natürlich der Genarrte; er kapierte nichts und wurde rot wie ein Krebs – wunderliche Gesichter kann er mitunter schneiden! –, aber Warwara Ardalionowna schien verstanden zu haben, daß man sich eiligst aus dem Staube machen müsse und daß auch das schon genug von Aglaja Iwanowna sei, und so zog sie den Herrn Bruder mit sich fort. Sie ist klüger als er und triumphiert jetzt, davon bin ich überzeugt. Ich aber war gekommen, um mit Aglaja Iwanowna eine Zusammenkunft mit Nastasja Filippowna zu vereinbaren.«

»Mit Nastasja Filippowna?« rief der Fürst.

»Aha! Sie scheinen Ihre Kaltblütigkeit zu verlieren und beginnen sich zu wundern? Es freut mich sehr, daß Sie menschlicher werden wollen. Dafür will ich Ihnen etwas Lustiges erzählen. Was es doch heißt, wenn man jungen und hochgemuten Mädchen einen Dienst erweisen will: ich habe heute eine Backpfeife von ihr erhalten!«

»Eine moralische?« fragte der Fürst unwillkürlich.

»Ja, keine physische. Ich glaube nicht, daß jemand wagen könnte, die Hand gegen einen Menschen wie mich zu erheben; sogar eine Frau würde mich jetzt nicht schlagen; nicht einmal Ganjetschka täte es! Eine Zeitlang dachte ich gestern allerdings, daß er sich auf mich stürzen werde ... Ich wette, daß ich weiß, woran Sie jetzt denken! Sie denken: gewiß soll man ihn nicht schlagen, aber ersticken kann man ihn mit einem Kissen oder einem nassen Lappen im Schlaf, man muß es sogar ... Es steht auf Ihrem Gesicht geschrieben, daß Sie eben das in diesem Augenblick denken.«

»Nie habe ich dergleichen gedacht!« rief der Fürst angewidert.

»Ich weiß nicht, heute nacht träumte mir, ich würde mit einem nassen Lappen erstickt ... von einem Mann ... nun, ich will Ihnen sagen, wer es war: stellen Sie sich vor – Rogoschin! Was meinen Sie, kann man einen Menschen mit einem nassen Lappen ersticken?«

»Ich weiß nicht.«

»Ich habe gehört, man könne es. Gut, lassen wir das. Wieso bin ich aber ein Klatschmaul? Warum hat sie mich heute ein Klatschmaul geschimpft? Und beachten Sie wohl: erst nachdem sie alles bis zum letzten Wort angehört und noch Zwischenfragen gestellt hatte ... Aber so sind die Weiber! Ihretwegen habe ich mich mit Rogoschin in Verbindung gesetzt, mit dem interessanten Mann; in ihrem Interesse habe ich ihr eine Zusammenkunft mit Nastasja Filippowna ermöglicht. Vielleicht habe ich ihre Eigenliebe gekränkt, weil ich andeutete, daß sie sich über die ‚Abfälle' vom Tisch Nastasja Filippownas freue? Ich habe ihr das in ihrem eigenen Interesse tagtäglich vorgeredet, das gebe ich zu, zwei Briefe dieses Inhalts habe ich ihr geschrieben, heute einen dritten, und dann kam die Begegnung im Park dazu ... Ich fing vorhin gleich damit an: es sei erniedrigend von ihr, mich so zu schimpfen ... Zudem stammt das Wort ‚Abfälle' gar nicht von mir, sondern von andern Leuten; wenigstens redeten bei Ganjetschka alle so; sie hat es ja auch selbst bestätigt. Nun, warum nennt sie mich dann ein Klatschmaul? Ich sehe schon, ich sehe: ich komme Ihnen jetzt ungeheuer lächerlich vor, und ich wette, daß Sie die dummen Verse auf mich anwenden möchten:

Und mag, wenn sich die letzten Schatten senken,
Die Liebe mir ein Abschiedslächeln schenken.

Hahaha!« brach er plötzlich in ein hysterisches Lachen aus und bekam einen Hustenanfall. »Beachten Sie«, sagte er mit vom Husten erstickter Stimme, »was für ein Kerl dieser Ganjetschka ist: er redet von ‚Abfällen' – und was will er selber sich jetzt zunutze machen?«

Der Fürst schwieg lange; er war entsetzt.

»Sie sprachen von einer Zusammenkunft mit Nastasja Filippowna?« stammelte er endlich.

»Ja, wissen Sie denn wirklich nicht, daß heute eine Zusammenkunft Aglaja Iwanownas mit Nastasja Filippowna stattfindet, daß Nastasja Filippowna durch Rogoschin eigens zu diesem Zweck aus Petersburg herzitiert worden ist – auf Einladung Aglaja Iwanownas und durch meine Bemühungen – und daß sie sich jetzt mit Rogoschin in Ihrer nächsten Nähe befindet, in ihrem frühern Hause, bei einer gewissen Dame, bei Darja Alexejewna . . . einer sehr zweideutigen Dame, ihrer Freundin. Und eben dahin, in dieses zweideutige Haus soll Aglaja Iwanowna sich heute begeben, zu einer freundschaftlichen Aussprache mit Nastasja Filippowna und zur Lösung verschiedener Probleme. Sie wollen sich mit Arithmetik beschäftigen. Haben Sie das nicht gewußt? Ehrenwort?«

»Das ist unglaublich!«

»Nun gut, mag es unglaublich sein. Übrigens, woher sollten Sie es denn wissen? Freilich, hier braucht bloß eine Fliege zu summen – und man weiß es schon überall; so ist diese Gegend! Doch ich habe Sie gewarnt, und Sie können mir dafür dankbar sein. Nun, auf Wiedersehen – wohl erst in jener Welt. Ja, noch etwas: Ihnen gegenüber habe ich gemein gehandelt, denn . . . warum soll ich verlieren, was mir zukommt, sagen Sie bitte? Ihnen zuliebe etwa? Ich habe ihr ja meine

‚Beichte‘ gewidmet – wußten Sie das nicht? Und wie hat sie sie aufgenommen! Hähä! Ihr gegenüber aber habe ich nicht gemein gehandelt, ihr gegenüber bin ich ohne Schuld; sie aber hat mich zum Spott gemacht und mir ein Bein gestellt ... Übrigens auch Ihnen gegenüber trifft mich keine Schuld; wenn ich dort auch von den ‚Abfällen‘ und immer in diesem Sinne redete, so teile ich Ihnen doch jetzt den Tag und die Stunde und den Ort der Zusammenkunft mit und decke dieses ganze Spiel auf ... vor Ärger natürlich und nicht aus Großmut. Leben Sie wohl, ich bin geschwätzig wie ein Stotterer oder ein Schwindsüchtiger; sehen Sie zu, daß Sie Ihre Maßnahmen treffen, und zwar schnell, wenn Sie überhaupt als Mensch gelten wollen. Die Zusammenkunft findet heute abend statt, das ist sicher.«

Ippolit ging zur Türe, der Fürst rief ihm aber nach, und er blieb auf der Schwelle stehen.

»Sie meinen also, daß Aglaja Iwanowna heute selbst zu Nastasja Filippowna kommt?« fragte der Fürst. Rote Flecke zeigten sich auf seinen Wangen und der Stirn.

»Genau weiß ich es nicht, aber es dürfte so sein«, antwortete Ippolit halb zurückgewandt. »Anders kann es ja auch gar nicht sein. Nastasja Filippowna wird doch nicht zu ihr kommen? Bei Ganjetschka können sie sich doch auch nicht treffen, der hat selbst so gut wie einen Toten im Haus. Bedenken Sie, wie es mit dem General steht!«

»Deswegen allein ist es schon unmöglich!« rief der Fürst. »Wie soll sie denn das Haus verlassen, selbst wenn sie wollte? Sie kennen ... die Sitten in diesem Haus nicht; sie kann nicht allein zu Nastasja Filippowna gehen; das ist Unsinn!«

»Sehen Sie, Fürst: niemand springt für gewöhnlich aus dem Fenster; wenn aber das Haus brennt, dann hüpft wohl selbst der vornehmste Gentleman und die feinste Dame zum Fenster hinaus. Wenn die Not da ist, dann ist nichts zu machen, dann spaziert unser gnädiges Fräulein zu Nastasja Filippowna. Läßt man sie denn dort überhaupt nicht ausgehen, Ihre jungen Damen?«

»Nein, ich meine nicht das ...«

»Wenn Sie es nicht so meinen, dann braucht sie bloß aus

der Tür zu gehen und geradeaus zu marschieren; ob sie später überhaupt noch heimkommt, ist ihre Sache. Es gibt Fälle im Leben, in denen man sogar die Schiffe hinter sich verbrennen darf und nicht mehr nach Hause zu kommen braucht; das Leben besteht nicht nur aus Frühstücken, Diners und Fürsten Sch. Mir scheint, Sie halten Aglaja Iwanowna für ein dummes Gänschen oder für ein Pensionatsfräulein; ich habe ihr das schon gesagt; und ich glaube, sie stimmte mir bei. Warten Sie bis sieben oder acht Uhr ... Ich würde an Ihrer Stelle einen Aufpasser hinschicken, um die Minuten genau festzustellen, in der sie aus der Türe tritt. Schicken Sie meinetwegen Kolja hin; er wird mit Vergnügen spionieren, das können Sie glauben; geschieht es doch Ihnen zuliebe ... und das alles ist ja doch nur relativ ... haha!«

Ippolit ging hinaus. Der Fürst brauchte niemand zum Spionieren hinzuschicken, selbst wenn er dazu fähig gewesen wäre. Aglajas Befehl, zu Hause zu bleiben, hatte jetzt seine Erklärung so gut wie gefunden: vielleicht wollte sie ihn abholen. Andererseits wünschte sie möglicherweise gerade nicht, daß er dorthin komme, und hatte ihm deshalb Hausarrest diktiert ... Das konnte auch sein. Ihn schwindelte; das ganze Zimmer drehte sich im Kreise. Er legte sich auf das Sofa und schloß die Augen.

So oder so, es ging aufs Ganze. Nein, der Fürst hielt Aglaja nicht für ein dummes Gänschen oder für ein Pensionatsfräulein; er fühlte jetzt, daß er längst schon etwas in dieser Art gefürchtet hatte; aber warum wollte sie jene Frau sehen? Ein kalter Schauer lief durch den ganzen Körper des Fürsten; er fieberte wieder.

Nein, er hielt sie nicht für ein Kind! Einige ihrer Anschauungen und Worte hatten ihn in der letzten Zeit mit Entsetzen erfüllt. Mitunter schien es ihm, als nähme sie sich schon gar zu sehr zusammen, hielte zu sehr an sich, und er entsann sich, daß ihm das Furcht einflößte. Freilich, all diese Tage war er bemüht gewesen, nicht daran zu denken, hatte die unangenehmen Gedanken verjagt, aber was verbarg sich in dieser Seele? Diese Frage quälte ihn schon lange, obgleich er an diese Seele glaubte. Und nun sollte das alles sich heute noch entscheiden und offenbaren. Ein entsetzlicher Gedanke! Und wieder »diese Frau«! Warum dünkte es ihn immer, daß diese Frau gerade im allerletzten Moment erscheinen müsse, um sein ganzes Schicksal zu zerreißen wie einen morschen Faden? Daß ihm das immer vorgeschwebt hatte, war er jetzt bereit zu schwören, obgleich er fast in Fieberphantasien dalag. Wenn er bemüht war, sie in der letzten Zeit zu vergessen, so einzig deshalb, weil er sie fürchtete. Wie war es nun – liebte er diese Frau oder haßte er sie? Diese Frage hatte er sich heute kein einziges Mal gestellt; darin war sein Herz rein: er wußte, wen er liebte ... Er fürchtete nicht so sehr die Begegnung der beiden, nicht die Seltsamkeit, nicht den ihm unbekannten Grund dieser Begegnung, nicht ihren Ausgang, wie er sich auch gestalten mochte – er fürchtete Nastasja Filippowna selbst. Er erinnerte sich erst später, nach einigen Tagen, daß er in diesen Fieberstunden fast unausgesetzt ihre Augen, ihren Blick vor sich gesehen, ihre Rede gehört hatte – seltsame Worte waren es gewesen, wenn auch nur wenig davon nach diesen fieberhaften, qualvollen Stunden ihm im Gedächtnis geblieben war. Er erinnerte sich zum Beispiel kaum noch, wie Wera ihm das Mittagessen gebracht und er gespeist hatte; er wußte nicht mehr, ob er nach dem Essen geschlafen hatte oder nicht. Er wußte nur, daß er an diesem Abend erst von dem Augenblick an alles klar zu unterscheiden begonnen hatte, als Aglaja plötzlich bei ihm auf der Veranda erschien und er vom Sofa aufsprang und ihr bis in die Mitte des Zimmers entgegenging: es war ein Viertel nach sieben. Aglaja war ganz allein, sie war schlicht und etwas nachlässig gekleidet und hatte einen leichten Umhang übergeworfen. Ihr Gesicht war bleich wie auch vorhin, die Augen leuchteten in grellem und trockenem Glanz; einen solchen Ausdruck der Augen hatte er bisher nie bei ihr gekannt. Sie betrachtete ihn aufmerksam.

»Sie sind ganz zum Aufbruch bereit«, sagte sie leise und, wie es schien, ruhig, »Sie sind angezogen und haben den Hut in der Hand; man hat Sie also in Kenntnis gesetzt, und ich weiß auch, wer es getan hat – Ippolit.«

»Ja, er sagte mir ...« stammelte der Fürst, halbtot vor Aufregung.

»So wollen wir gehen. Sie wissen, daß Sie mich unbedingt begleiten müssen. Sie sind doch genügend bei Kräften, denke ich, um mitgehen zu können?«

»Ich bin bei Kräften, aber ... ist denn das möglich?«

Er stockte sofort wieder und konnte weiter kein Wort hervorbringen. Das war sein einziger Versuch, die Wahnsinnige zurückzuhalten, dann aber folgte er ihr nach wie ein Sklave. Wie verworren seine Gedanken auch waren, er begriff doch, daß sie auch ohne ihn *dorthin* gehen würde, also mußte er ihr unbedingt folgen. Er erriet, wie stark ihre Entschlossenheit war; er war nicht der Mann, diesen wilden Trieb zu hemmen. Sie gingen schweigsam dahin, unterwegs wechselten sie kaum ein Wort. Es fiel ihm nur auf, daß sie den Weg gut kannte, und als er eine Gasse weiter einbiegen wollte, weil es dort einsamer war, und ihr dies vorschlug, schien sie mit erzwungener Aufmerksamkeit zuzuhören und erwiderte kurz: »Es ist gleich!« Als sie schon dicht vor dem großen alten Holzhaus Darja Alexejewnas waren, kam aus der Tür eine üppige Dame mit einem jungen Mädchen; beide stiegen laut sprechend und lachend in einen prächtigen Wagen, der vor dem Haus wartete, und warfen nicht einmal einen Blick auf die Herankommenden, als hätten sie sie gar nicht bemerkt. Kaum war der Wagen abgefahren, so ging die Tür zum zweitenmal auf; Rogoschin, der schon gewartet hatte, ließ den Fürsten und Aglaja ein und schloß die Tür hinter ihnen ab.

»Im ganzen Hause ist jetzt niemand außer uns vieren«, sagte er laut und sah den Fürsten sonderbar an.

Im ersten Zimmer erwartete sie Nastasja Filippowna, die ebenfalls sehr schlicht ganz in Schwarz gekleidet war; sie ging den Gästen entgegen, lächelte aber nicht und reichte nicht einmal dem Fürsten die Hand.

Ihr scharfer und unruhiger Blick richtete sich ungeduldig auf Aglaja. Beide setzten sich weit voneinander, Aglaja auf das Sofa in der Ecke des Zimmers, Nastasja Filippowna ans Fenster. Der Fürst und Rogoschin setzten sich nicht, man hatte sie auch gar nicht aufgefordert, Platz zu nehmen. Der Fürst sah Rogoschin wieder verwundert und gleichsam schmerzlich an, dieser aber zeigte sein gewohntes Lächeln. Das Schweigen währte noch einige Sekunden.

Ein Ausdruck, der Unheil verkündete, lief endlich über das Gesicht Nastasja Filippownas; ihr Blick wurde starr, fest und beinah haßerfüllt; er blieb unbeweglich auf Aglaja geheftet. Aglaja war sichtlich verlegen, zeigte aber keine Angst. Als sie eintrat, hatte sie ihre Nebenbuhlerin kaum angesehen, und vorläufig hatte sie die ganze Zeit mit niedergeschlagenen Augen wie in Gedanken dagesessen. Zwei- oder dreimal musterte sie wie zufällig das Zimmer mit einem schnellen Blick; Widerwillen malte sich auf ihrem Gesicht, als ob sie fürchtete, sich hier zu beschmutzen. Mechanisch strich sie ihr Kleid zurecht und wechselte sogar einmal unruhig den Platz, indem sie ganz in die Sofaecke rückte. Sie war sich ihrer Bewegungen wohl kaum bewußt; aber das Unbewußte machte ihr Verhalten erst recht kränkend. Endlich sah sie Nastasja Filippowna fest und gerade in die Augen und las sofort alles, was in dem erbitterten Blick der Nebenbuhlerin funkelte. Das Weib hatte das Weib verstanden; Aglaja zuckte zusammen.

»Sie wissen natürlich, warum ich Sie aufgefordert habe«, sagte sie endlich, aber sehr leise und stockte sogar zweimal in dem kurzen Satze.

»Nein, ich weiß nichts«, erwiderte Nastasja Filippowna trocken und kurz.

Aglaja errötete. Vielleicht kam es ihr plötzlich sehr seltsam und unwahrscheinlich vor, daß sie jetzt bei dieser Frau, im Hause »dieser Frau« saß und auf ihren Bescheid warten mußte. Beim ersten Ton von Nastasja Filippownas Stimme lief es wie ein Zittern durch ihren Körper. »Diese Frau« merkte das natürlich alles sehr wohl.

»Sie verstehen alles ... aber Sie geben sich absichtlich den Anschein, als verstünden Sie nicht«, flüsterte Aglaja nahezu und blickte finster zu Boden.

»Warum sollte ich das?« fragte Nastasja Filippowna und lächelte kaum merklich.

»Sie wollen meine Lage ausnutzen ... daß ich in Ihrem Haus bin«, fuhr Aglaja lächerlich ungeschickt fort.

»An dieser Lage sind Sie schuld und nicht ich!« brauste Nastasja Filippowna plötzlich auf. »Nicht ich habe Sie aufgefordert, sondern Sie mich, und ich weiß auch jetzt noch nicht, weshalb.«

Aglaja warf hochmütig den Kopf zurück.

»Halten Sie Ihre Zunge im Zaum; ich bin nicht gekommen, mit dieser Ihrer Waffe zu fechten ...«

»Aha! Sie sind also doch gekommen, um zu ‚fechten'! Stellen Sie sich vor, ich hatte geglaubt, Sie seien ... geistreicher!«

Beide sahen einander an, ohne ihren Haß noch weiter zu verbergen. Eine von diesen Frauen war dieselbe, die noch vor kurzem so leidenschaftliche Briefe an die andere geschrieben hatte. Und nun war alles bei der ersten Begegnung und bei den ersten Worten verflogen. Und doch – in diesem Augenblick fand von den vier im Zimmer anwesenden Personen niemand das sonderbar. Der Fürst, der es noch gestern nicht einmal für möglich gehalten hätte, daß er so etwas auch nur im Traume erleben könnte, stand jetzt da, sah und hörte zu, als hätte er das alles schon vorausgeahnt. Der höchst phantastische Traum war plötzlich krasseste und deutlichste Wirklichkeit geworden. Die eine von diesen Frauen verachtete in diesem Augenblick die andere dermaßen und hatte ein solches Verlangen, es ihr zu sagen (vielleicht war sie auch nur deswegen gekommen, wie Rogoschin tags darauf sagte), daß, mochte diese andere mit ihrem gestörten Geist und ihrer kranken Seele noch so verschroben sein, wohl keine vorgefaßte Idee gegenüber der giftigen echt weiblichen Verachtung der Nebenbuhlerin standgehalten hätte. Der Fürst war überzeugt, daß Nastasja Filippowna nicht von selbst anfangen werde, von den Briefen zu reden; an ihren funkelnden Blicken erkannte er, was sie nun diese Briefe kosten mochten; aber er hätte sein halbes Leben hingegeben, wenn Aglaja jetzt ebenfalls nicht von ihnen gesprochen hätte.

Doch Aglaja schien sich plötzlich zusammenzuraffen und hatte sich mit einemmal ganz in der Gewalt.

»Sie haben mich mißverstanden«, sagte sie, »ich bin nicht gekommen, mit Ihnen ... zu streiten, wenn ich Sie auch nicht liebe. Ich ... ich kam zu Ihnen ... um von Mensch zu

Mensch mit Ihnen zu reden. Als ich Sie aufforderte, hatte ich schon festgelegt, was ich Ihnen sagen würde, und ich gebe meinen Entschluß nicht auf, auch wenn Sie mich ganz und gar nicht verstehen sollten. Um so schlimmer für Sie, aber nicht für mich. Ich wollte Ihnen auf das antworten, was Sie mir geschrieben haben, und zwar persönlich antworten, weil mir das bequemer schien. So hören Sie denn meine Antwort auf alle Ihre Briefe: Fürst Lew Nikolajewitsch dauerte mich zum erstenmal an jenem Tag, an dem ich ihn kennenlernte, und dann, als ich von allem erfuhr, was sich auf Ihrer Abendgesellschaft zugetragen hatte. Er dauerte mich, weil er ein so gutherziger Mensch ist und in seiner Einfalt glaubte, er könne glücklich werden ... mit einer Frau ... von solchem Charakter. Was ich für ihn befürchtete, das geschah: Sie konnten ihn nicht liebgewinnen; Sie haben ihn gequält und dann verlassen. Sie konnten ihn nicht lieben, weil Sie zu stolz sind ... nein, nicht stolz, ich habe mich falsch ausgedrückt ... Sie sind eitel ... nein, auch das ist nicht das Richtige: Sie sind eingebildet bis ... zum Wahnsinn, das beweisen auch Ihre Briefe an mich. Sie konnten ihn, der so einfältig ist, nicht lieben; im stillen haben Sie ihn vielleicht sogar verachtet und verspottet; Sie konnten nur Ihre Schande lieben und den ewigen Gedanken daran, daß Sie geschändet wurden und daß man Sie gekränkt hat. Wäre Ihre Schande nicht so groß oder gar nicht vorhanden, so wären Sie noch unglücklicher ...« Mit Genuß sprach Aglaja diese mit übermäßiger Hast hervorgestoßenen, aber schon lange vorbereiteten und überlegten Worte – sie hatte sie sich schon überlegt, als sie an die gegenwärtige Begegnung noch nicht einmal im Traum dachte; mit giftigem Blick verfolgte sie die Wirkung dieser Worte auf dem durch die Erregung verzerrten Gesicht Nastasja Filippownas. »Sie erinnern sich«, fuhr sie fort, »damals schrieb er mir einen Brief; er sagt, Sie wüßten von diesem Brief und hätten ihn sogar gelesen. Durch diesen Brief begriff ich alles und begriff es richtig. Er hat es mir später selbst bestätigt – das heißt: alles, was ich Ihnen jetzt sage, Wort für Wort. Nach Empfang des Briefes habe ich gewartet. Ich erriet, daß Sie herkommen mußten, denn Sie können doch nicht ohne Petersburg sein; Sie sind noch zu jung und zu hübsch für die Provinz . . . Übrigens stammen diese Worte auch nicht von mir«, fügte sie heftig errötend hinzu, und von diesem Augenblick an wich die Röte nicht mehr von ihrem Gesicht, bis sie mit ihrer Rede zu Ende war. »Als ich den Fürsten wiedersah, berührte es mich sehr schmerzlich, und ich fühlte mich für ihn gekränkt. Lachen Sie nicht; wenn Sie lachen, sind Sie nicht wert, das zu verstehen . . .«

»Sie sehen doch, daß ich nicht lache«, sagte Nastasja Filippowna traurig und streng.

»Mir ist es übrigens gleich, lachen Sie, soviel Sie wollen. Als ich selbst ihn befragte, sagte er mir, daß er Sie schon längst nicht mehr liebe, daß selbst die Erinnerung an Sie ihm eine Qual sei, daß er aber Mitleid mit Ihnen habe und daß er, wenn er an Sie denke, fühle, wie sein Herz ‚für immer durchbohrt sei'. Ich muß Ihnen noch sagen, daß ich keinem einzigen Menschen im Leben begegnet bin, der ihm an edler Einfalt und grenzenloser Vertrauensseligkeit gleichkäme. Ich erriet aus seinen Worten, daß jeder, den es danach gelüstet, ihn betrügen kann; und wer ihn auch betrügen mag – er vergibt später jedem, und eben deswegen habe ich ihn liebgewonnen . . .«

Aglaja stockte einen Augenblick wie verblüfft, als glaubte sie selbst nicht, daß sie ein solches Wort aussprechen konnte; zugleich aber flammte ein fast grenzenloser Stolz in ihren Augen auf; es schien ihr jetzt schon alles ganz gleichgültig zu sein – mochte »diese Frau«, wenn Sie wollte, über das Bekenntnis nur lachen, das ihr entschlüpft war.

»Ich habe Ihnen alles gesagt, und Sie haben nun gewiß verstanden, was ich von Ihnen will.«

»Vielleicht habe ich es auch verstanden, aber sagen Sie es selbst«, erwiderte Nastasja Filippowna leise.

Aglajas Gesicht glühte zornig auf.

»Ich wollte von Ihnen erfahren«, sagte sie fest und deutlich, »mit welchem Recht Sie sich in mein Gefühl für ihn drängen? Mit welchem Recht wagten Sie es, mir zu schreiben? Mit welchem Recht erklären Sie jeden Augenblick, ihm und mir, daß Sie ihn lieben, nachdem Sie selbst ihn verlassen haben und in so kränkender und ... schmählicher Weise ihm davongelaufen sind?«

»Ich habe weder ihm noch Ihnen erklärt, daß ich ihn liebe«, brachte Nastasja Filippowna mühsam hervor, »und ... Sie haben recht, ich bin ihm davongelaufen«, fügte sie kaum hörbar hinzu.

»Was heißt das: weder ihm noch mir erklärt?« schrie Aglaja auf. »Und Ihre Briefe? Wer hat Sie gebeten, uns zu verkuppeln und mir zuzureden, ich solle ihn heiraten? Ist das keine Erklärung? Warum drängen Sie sich uns auf? Ich dachte anfangs, Sie wollten ihn mir im Gegenteil verekeln, indem Sie sich einmengten, damit ich von ihm lasse; erst später erriet ich, um was es sich handelte: Sie bildeten sich einfach ein, Sie täten ein großes Werk mit all diesen Narreteien ... Wie konnten Sie ihn denn lieben, wenn Sie so in Ihre Eitelkeit verliebt sind? Warum sind Sie nicht einfach von hier weggefahren, statt mir diese lächerlichen Briefe zu schreiben? Warum heiraten Sie jetzt nicht den edlen Mann, der Sie so liebt und Ihnen die Ehre erwiesen hat, Ihnen seine Hand anzubieten? Der Grund ist nur zu klar: wenn Sie Rogoschin heiraten, können Sie nicht mehr über Zurücksetzung klagen! Es wäre sogar zuviel Ehre für Sie! Jewgenij Pawlowitsch hat von Ihnen gesagt, Sie hätten zuviel Gedichte gelesen und seien zu gebildet für Ihre ... Verhältnisse; Sie seien ein Bücherwurm und eine Müßiggängerin; nehmen Sie noch Ihre Eitelkeit dazu, dann haben wir alle Ihre Gründe ...«

»Sind Sie etwa keine Müßiggängerin?«

Zu schnell, zu offen war der Streit bis zu diesem unerwarteten Punkt gelangt, denn Nastasja Filippowna hatte, als sie nach Pawlowsk fuhr, noch von allerlei geträumt, obgleich sie natürlich eher Schlimmes als Gutes erwartete; Aglaja aber hatte sich entschieden auf einmal von ihrer Leidenschaft hinreißen lassen; es war, als stürze sie von einem Berg hinab, und sie konnte dem maßlosen Genuß der Rache nicht widerstehen. Es berührte Nastasja Filippowna sogar seltsam, Aglaja so zu sehen; sie schaute sie an, schien ihren Augen nicht zu trauen und fand sich im ersten Augenblick überhaupt nicht zurecht. Ob sie nun wirklich eine Frau war, die zuviel

Gedichte gelesen hatte, wie Jewgenij Pawlowitsch annahm, oder einfach eine Wahnsinnige, wie der Fürst fest überzeugt war – jedenfalls war diese Frau trotz ihrem mitunter so zynischen und frechen Benehmen in Wahrheit viel schamhafter, zarter und vertrauensvoller, als man von ihr hätte denken können. Wohl war an ihr viel Angelesenes, Träumerisches, in sich Gekehrtes und Phantastisches, aber auch viel Starkes und Tiefes ... Der Fürst verstand das; Leiden malte sich auf seinem Gesichte. Aglaja sah es und erbebte vor Haß.

»Wie wagen Sie es, in diesem Ton mit mir zu reden?« erwiderte sie mit unbeschreiblichem Hochmut auf die Bemerkung Nastasja Filippownas.

»Sie haben sich wohl verhört«, sagte Nastasja Filippowna erstaunt. »Wie soll ich denn geredet haben?«

»Wenn Sie eine ehrenhafte Frau sein wollten, warum haben Sie dann Ihren Verführer Tozkij damals nicht einfach verlassen ... ohne Theaterkomödie?« fragte Aglaja plötzlich ohne jeden Grund.

»Was wissen Sie von meinen Verhältnissen, das Ihnen ein Recht gäbe, über mich zu urteilen?« erwiderte Nastasja Filippowna zusammenzuckend und furchtbar bleich.

»Ich weiß, daß Sie nicht arbeiten gegangen sind, sondern mit dem reichen Rogoschin fortzogen, um den gefallenen Engel zu spielen. Ich wundere mich nicht, daß Tozkij sich wegen des gefallenen Engels erschießen wollte!«

»Lassen Sie das!« sagte Nastasja Filippowna mit Widerwillen und wie aus tiefem Schmerz heraus. »Sie haben mich ebenso verstanden wie ... Darja Alexejewnas Zofe, die neulich mit ihrem Bräutigam vor dem Friedensrichter stand. Die hätte mich vielleicht besser verstanden als Sie ...«

»Sie ist wahrscheinlich ein ehrliches Mädchen und lebt von ihrer Hände Arbeit. Warum blicken Sie mit solcher Verachtung auf die Zofe herab?«

»Ich blicke nicht auf die Arbeit mit Verachtung, sondern auf Sie, wenn Sie von Arbeit reden.«

»Wenn Sie hätten ehrlich sein wollen, wären Sie Wäscherin geworden.«

Beide hatten sich erhoben und sahen sich mit bleichen Gesichtern an.

»Aglaja, halten Sie ein! Das ist doch ungerecht!« rief der Fürst wie verloren. Rogoschin lächelte nicht mehr, er hörte mit zusammengekniffenen Lippen und verschränkten Armen zu.

»Da, sehen Sie sie an«, sagte Nastasja Filippowna, vor Wut zitternd, »sehen Sie dieses Fräulein an! Und ich habe sie für einen Engel gehalten! Sie sind ohne Gouvernante zu mir gekommen, Aglaja Iwanowna? ... Wollen Sie ... wollen Sie, daß ich Ihnen gleich geradeheraus und ohne Beschönigung sage, weshalb Sie gekommen sind? Angst haben Sie bekommen, darum beehren Sie mich jetzt!«

»Angst vor Ihnen?« fragte Aglaja außer sich vor naivem und hemmungslosem Staunen, daß jene es wagte, so mit ihr zu sprechen.

»Natürlich vor mir! Sie fürchten mich, wenn Sie sich entschlossen haben, zu mir zu kommen! Wen man fürchtet, den verachtet man nicht. Und nun sich vorstellen, daß ich Sie geachtet habe, sogar bis zu diesem Augenblick! Und wissen Sie, warum Sie mich fürchten und was jetzt Ihr Hauptziel ist? Sie wollten sich in eigener Person überzeugen, ob er mich mehr liebt als Sie oder nicht, denn Sie sind furchtbar eifersüchtig ...«

»Er hat mir schon gesagt, daß er Sie haßt«, brachte Aglaja mit Mühe hervor.

»Vielleicht; vielleicht bin ich seiner auch nicht würdig, aber ... aber Sie haben doch gelogen, meine ich! Er kann mich nicht hassen und kann auch nicht so geredet haben! Ich bin übrigens bereit, Ihnen zu vergeben ... angesichts Ihrer Lage ... aber ich war doch besserer Meinung von Ihnen; ich dachte, Sie seien klüger und auch hübscher, bei Gott! ... Nun, nehmen Sie Ihren Schatz ... da ist er, er sieht Sie an und kann nicht zu sich kommen; nehmen Sie ihn, aber unter einer Bedingung: gehen Sie gleich fort! Auf der Stelle!« Sie fiel in den Lehnsessel und brach in Tränen aus. Aber plötzlich flammte etwas Neues in ihren Augen auf; sie sah Aglaja scharf und fest an und erhob sich. »Willst du, daß ich ihm gleich ... be–feh–le, hörst du? – ihm bloß be–feh–le – und er läßt dich sofort im Stich und bleibt für immer bei mir und heiratet mich, und du läufst allein nach Hause? Willst du? willst du?« schrie sie wie eine Wahnsinnige, vielleicht ohne selbst zu verstehen, wie sie derartige Worte aussprechen konnte.

Aglaja stürzte erschrocken zur Tür, blieb aber auf der Schwelle wie angenagelt stehen und hörte weiter zu.

»Willst du, daß ich Rogoschin hinauswerfe? Du glaubst, ich hätte mich schon mit Rogoschin trauen lassen, um dir ein Vergnügen zu machen? Ich schreie gleich in deiner Gegenwart: ‚Hinaus, Rogoschin!' und dem Fürsten sage ich: ‚Weißt du noch, was du mir versprochen hast?' O Gott! Warum habe ich mich denn vor ihnen so gedemütigt? Hast du selbst, Fürst, mir nicht versichert, du würdest mir folgen, was auch geschehen möge, und würdest mich nie verlassen; du liebtest mich und vergäbest mir alles und ach ... achtetest mich ... Ja, du hast auch das gesagt! Und ich bin dir nur davongelaufen, um dich freizugeben – jetzt aber will ich nicht mehr! Warum behandelt sie mich wie eine Dirne? Frage Rogoschin, ob ich eine Dirne bin, er wird es dir sagen! Jetzt, wo sie mich geschändet hat und noch in deiner Gegenwart – kannst du dich da von mir abwenden und sie an deinem Arm wegführen? So sei verflucht, weil ich an dich allein geglaubt habe! Geh fort, Rogoschin, dich brauche ich nicht!« rief sie außer sich mit verzerrtem Gesicht und verdorrten Lippen, indem sie die Worte nur mit Mühe hervorstieß; sie glaubte augenscheinlich selbst nicht im geringsten an ihre Rodomontade, wollte aber den Augenblick noch wenigstens um eine Sekunde ausdehnen und sich selbst betrügen. Der Anfall war so heftig, daß sie hätte sterben können – so wenigstens schien es dem Fürsten. »Da ist er, sieh her!« schrie sie endlich Aglaja zu und wies mit der Hand auf den Fürsten. »Wenn er nicht gleich zu mir kommt, mich nimmt und dich stehenläßt, so kannst du ihn haben, ich trete ihn dir ab, ich brauche ihn nicht!«

Sie und Aglaja standen wie in Erwartung da, und beide blickten wie Wahnsinnige auf den Fürsten. Aber er verstand vielleicht nicht einmal die ganze Gewalt dieser Herausforderung – nein, er verstand sie sicher nicht. Er sah nur ein verzweifeltes, wahnsinniges Gesicht vor sich, von dem, wie er einmal zu Aglaja gesagt hatte, sein Herz für immer durchbohrt war. Er vermochte es nicht mehr zu ertragen und wandte sich vorwurfsvoll und klagend an Aglaja, indem er auf Nastasja Filippowna zeigte: »Ist denn das möglich! Sie ist doch ... so unglücklich!«

Aber nur das vermochte er hervorzubringen, denn ein furchtbarer Blick Aglajas machte ihn erstarren. Aus diesem Blick sprach so viel Leid und zugleich unendlicher Haß, daß er die Hände zusammenschlug, aufschrie und auf sie zustürzte, allein es war schon zu spät. Sie vermochte auch nicht einen Augenblick der Unschlüssigkeit bei ihm zu ertragen; sie bedeckte das Gesicht mit den Händen, schrie auf: »Ach mein Gott!« und stürzte aus dem Zimmer. Rogoschin lief ihr nach, um ihr die Haustür zu öffnen.

Auch der Fürst wollte ihr nach, aber an der Schwelle wurde er von zwei Armen umfaßt. Das verzweifelte, entstellte Antlitz Nastasja Filippownas sah ihn starr an, und ihre blau gewordenen Lippen bewegten sich und fragten: »Ihr nach? Ihr nach?«

Sie fiel bewußtlos in seine Arme. Er hob sie auf, trug sie ins Zimmer, legte sie auf einen Lehnsessel und blieb in stumpfer Erwartung vor ihr stehen. Auf einem Tischchen stand ein Glas Wasser; Rogoschin, der zurückgekommen war, ergriff es und sprengte ihr daraus Wasser ins Gesicht; sie öffnete die Augen und sah eine Minute lang verständnislos vor sich hin; dann begriff sie die Situation, zuckte zusammen, schrie auf und stürzte auf den Fürsten zu.

»Mir gehört er! Mir!« schrie sie. »Ist das stolze Fräulein fort? Hahaha!« lachte sie hysterisch. »Hahaha! Ich wollte ihn diesem Fräulein abgeben! Warum denn? Wozu? Ich Wahnsinnige! Ich Wahnsinnige! Geh fort, Rogoschin, hahaha!«

Rogoschin sah beide durchdringend an, sagte kein Wort, nahm seinen Hut und ging hinaus. Zehn Minuten danach saß der Fürst neben Nastasja Filippowna, sah sie unverwandt an, streichelte ihr Kopf und Gesicht, mit beiden Händen wie einem kleinen Kind. Er lachte laut, wenn sie lachte, und war bereit zu weinen, wenn ihr die Tränen kamen. Er sagte nichts, lauschte nur aufmerksam ihren krampfhaften, begeisterten und zusammenhanglosen Reden, verstand kaum etwas, aber lächelte mild, und kaum schien ihm, daß sie wieder anfing traurig zu werden, daß sie weinen wollte, daß ihr Vorwürfe oder Klagen auf den Lippen schwebten – so streichelte er ihr sofort wieder das Haar und ließ die Hände zärtlich über ihre Wangen gleiten, sie tröstend und besänftigend, wie man es bei einem Kind tut.

9

Seit dem in unserm letzten Kapitel geschilderten Ereignis waren zwei Wochen vergangen, und die Lage der handelnden Personen unserer Erzählung hatte sich so geändert, daß es uns äußerst schwerfällt, den Bericht ohne besondere Erläuterungen fortzusetzen. Und dennoch fühlen wir, daß wir uns mit der bloßen Wiedergabe der Tatsachen begnügen und möglichst alle Erklärungen vermeiden müssen – aus einem höchst einfachen Grund: weil wir nämlich selbst in vielen Fällen kaum imstande sind, die Vorgänge zu erklären. Eine derartige Ankündigung unsererseits muß dem Leser sehr seltsam und unklar vorkommen: wie soll man erzählen, wovon man keinen klaren Begriff und keine persönliche Meinung hat? Um nicht in eine noch schiefere Lage zu geraten, wollen wir lieber versuchen, die Sache an einem Beispiel darzulegen, und der geneigte Leser wird dann vielleicht begreifen, was eigentlich uns Schwierigkeiten macht, um so mehr, als dieses Beispiel keine Abweichung von der großen Linie, sondern im Gegenteil die unmittelbare Fortsetzung unserer Erzählung ist.

Zwei Wochen später, das heißt schon Anfang Juli, hatte sich die Geschichte unseres Helden und besonders das letzte Abenteuer dieser Geschichte nach und nach in eine seltsame, sehr erheiternde, fast unwahrscheinliche und doch sehr anschauliche Anekdote verwandelt, die in den vierzehn Tagen durch sämtliche in der Nähe der Sommerwohnungen Lebedews, Ptizyns, Darja Alexejewnas, der Jepantschins gelegenen Straßen lief – kurz gesagt, von ihr wurde fast im ganzen Ort und sogar in der Umgegend gesprochen. Nahezu die ganze Gesellschaft – die Einheimischen, die Sommerfrischler und die Konzertbesucher – alle erzählten sich die gleiche Geschichte in tausend Variationen, wie ein Fürst, der in einem angesehenen und bekannten Haus einen Skandal entfesselt und die Hand der Tochter, mit der er schon verlobt war, zurückgewiesen habe, in die Netze einer bekannten Halbweltdame geraten sei, alle seine frühern Beziehungen abgebrochen habe und trotz allen Drohungen, trotz der allgemeinen Empörung die Absicht habe, sich mit dem verrufenen Frauenzimmer trauen zu lassen, hier in Pawlowsk, öffentlich, stolz erhobenen Hauptes und allen offen in die Augen schauend. Die Anekdote wurde so sehr mit skandalösen Einzelheiten ausgeschmückt, es wurden so viele bekannte und angesehene Personen hineingemengt, sie wurde so phantastisch und rätselhaft abgetönt, andrerseits aber schien sie auf so unwiderleglichen und sichern Tatsachen zu beruhen, daß die allgemeine Neugier und der Klatsch ohne weiteres zu entschuldigen waren. Die allerfeinste, schlaueste und zugleich wahrscheinlichste Deutung blieb einigen ernsten Geschichtenmachern vorbehalten, vernünftigen Leuten jener Sorte, die immer, in jeder Gesellschaft, bemüht sind, die andern über die Ereignisse aufzuklären, worin sie ihren Beruf und manchmal auch ihren Trost finden. Nach ihren Berichten handelte es sich um einen jungen Mann aus guter Familie, einen Fürsten, der fast reich zu nennen sei, einen beschränkten, aber demokratisch gesinnten Narren, dem der von Herrn Turgenjew aufgedeckte moderne Nihilismus den Kopf verdreht habe und der kaum ein Wort Russisch reden könne, sich in eine Tochter des Generals Jepantschin verliebt und es erreicht habe, daß man ihn als Bräutigam in die Familie aufnahm. Aber gleich jenem französischen Seminaristen, von dem kürzlich in einer Zeitung zu lesen war, daß er sich absichtlich zum Priester weihen ließ, mit allen

Zeremonien, Kniefällen, Küssen, Gelöbnissen und so weiter, um am andern Tag öffentlich in einem Brief an seinen Bischof zu erklären, er glaube nicht an Gott, halte es für unehrlich, das Volk zu betrügen und sich von ihm umsonst ernähren zu lassen, weshalb er die ihm gestern verliehene Würde wieder ablege und seinen Brief in liberalen Blättern drucken lasse – gleich diesem Atheisten habe auch der Fürst ein falsches Spiel getrieben. Man erzählte, daß er mit Absicht die feierliche Abendgesellschaft bei seinen Schwiegereltern, die ihn zahlreichen angesehenen Persönlichkeiten vorstellen wollten, abgewartet habe, um laut und in Gegenwart aller seine Denkart zu offenbaren, die angesehenen Würdenträger zu beschimpfen, sich öffentlich und mit kränkenden Worten von seiner Braut loszusagen und im Handgemenge mit den Dienstboten, die ihn hinausführen wollten, noch eine kostbare chinesische Vase zu zertrümmern. Man fügte noch zur Charakteristik der modernen Sitten hinzu, der törichte junge Mensch habe seine Braut, die Generalstochter, wirklich geliebt und sich bloß aus Nihilismus und dem Skandal zuliebe von ihr losgesagt, um sich nicht des Vergnügens zu berauben, sich vor der ganzen Welt mit einem verlorenen Frauenzimmer zu vermählen und dadurch zu beweisen, daß es seiner Überzeugung nach weder verlorene noch tugendhafte Frauen gebe; es gebe nur die freie Frau. Er glaube nicht an die übliche alte Einteilung, sondern glaube nur an die »Frauenfrage«. Ein verlorenes Weib sei in seinen Augen sogar noch etwas Höheres als ein nicht verlorenes. Diese Erklärung erschien sehr glaubhaft und wurde von der Mehrheit der Sommerfrischler angenommen, um so mehr, als sie täglich durch neue Tatsachen bestätigt wurde. Allerdings blieb vieles noch unaufgeklärt: man erzählte, das arme Mädchen habe den Bräutigam – nach der Behauptung einiger: ihren »Verführer« – so heiß geliebt, daß sie am andern Tag, nachdem er sie verlassen, zu ihm gelaufen sei, als er gerade bei seiner Geliebten gesessen habe; andere versicherten dagegen, er habe sie absichtlich zu seiner Geliebten gelockt, einzig aus Nihilismus, das heißt, um sie bloßzustellen und zu kränken. Wie dem auch sei, das

Interesse für das Ereignis wuchs mit jedem Tag, um so mehr, als nicht der geringste Zweifel blieb, daß die skandalöse Hochzeit wirklich stattfinden werde.

Und wenn man uns nun um Aufklärung bäte – nicht über die nihilistischen Züge des Ereignisses, o nein! –, sondern einfach darüber, in welchem Grad die festgesetzte Hochzeit den wirklichen Wünschen des Fürsten entsprach, worauf in diesem Augenblick diese Wünsche hinausliefen, wie man den Seelenzustand unseres Helden in diesem Augenblick definieren könnte und so weiter, und so weiter – dann, gestehen wir, würde die Beantwortung uns recht schwerfallen. Wir wissen nur das eine, daß die Hochzeit tatsächlich festgesetzt war und daß der Fürst selber Lebedew, Keller und einen Bekannten Lebedews, den dieser dem Fürsten zu dem Zweck vorgestellt hatte, bevollmächtigt hatte, alles Erforderliche sowohl mit der Kirche wie im Haushalt zu erledigen; daß ihnen befohlen war, mit Geld nicht zu sparen, und daß Nastasja Filippowna selbst auf der Hochzeit bestand und drängte; daß zum Trauführer des Fürsten Keller ernannt war, auf seine eigene feurige Bitte, und zu Nastasja Filippownas Brautführer Burdowskij, der diese Ernennung begeistert aufnahm, und daß die Trauung auf Anfang Juli festgesetzt war. Aber außer diesen einwandfreien Tatsachen sind uns noch einige bekannt, die uns ganz irremachen, eben weil sie den vorgenannten widersprechen. Wir hegen nämlich den starken Verdacht, daß der Fürst, nachdem er Lebedew und den andern die Sorge für alle Dinge anheimgestellt hatte, fast am selben Tage so gut wie vergessen hatte, daß Zeremonienmeister und Trauführer schon da waren und der Hochzeitstag schon feststand; wenn er es so eilig hatte, den andern die Erledigung alles Erforderlichen zu übertragen, so einzig zu dem Zweck, nicht mehr selbst daran denken zu müssen und sogar, wenn es ginge, alles möglichst schnell zu vergessen. Woran dachte er denn selbst in diesem Fall, was wollte er im Gedächtnis behalten, und wonach strebte er? Es ist auch nicht zu bezweifeln, daß ihm keinerlei Zwang auferlegt wurde (zum Beispiel von Nastasja Filippowna), daß Nastasja Filippowna tatsächlich auf einer baldigen Hochzeit bestand und daß der Gedanke der Hochzeit von ihr ausgegangen war und nicht vom Fürsten; der Fürst hatte aber aus freien Stücken zugestimmt, sogar etwas zerstreut und so, als wenn man ihn um eine ziemlich gleichgültige Sache gebeten hätte. Wir haben sehr viele solche Tatsachen vor Augen, aber sie erleichtern nicht nur nicht, sondern erschweren unserer Ansicht nach sogar die Deutung der Vorgänge, soviel man ihrer auch angeben mag; aber wir wollen doch noch ein Beispiel anführen.

So wissen wir genau, daß in diesen zwei Wochen der Fürst ganze Tage und Abende mit Nastasja Filippowna verbrachte, daß sie ihn auf ihre Spaziergänge und in die Gartenkonzerte mitnahm, daß er jeden Tag mit ihr im Wagen spazierenfuhr und unruhig wurde, wenn er sie auch nur eine Stunde nicht sah (also liebte er sie allem Anscheine nach doch aufrichtig); daß er ihr mit einem stillen und sanften Lächeln zuhörte, mochte sie reden was sie wollte, wobei er selbst stundenlang kaum ein Wort sprach. Wir wissen auch, daß er in diesen selben Tagen mehrmals, ja sogar oft, sich plötzlich zu Jepantschins begab, ohne das vor Nastasja Filippowna geheimzuhalten, was diese fast zur Verzweiflung brachte. Wir wissen, daß er bei Jepantschins, solange sie noch in Pawlowsk wohnten, nicht empfangen wurde und daß ihm eine Unterredung mit Aglaja Iwanowna ständig verweigert wurde; daß er dann fortging, ohne ein Wort zu sagen, am andern Tage aber sich wieder zu ihnen hinbegab, als hätte er die gestrige Zurückweisung ganz vergessen, und natürlich abermals zurückgewiesen wurde. Uns ist auch bekannt, daß eine Stunde, nachdem Aglaja Iwanowna von Nastasja Filippowna fortgelaufen war, vielleicht auch noch etwas früher, der Fürst bei Jepantschins erschien, natürlich fest überzeugt, Aglaja dort zu finden, und daß sein Erscheinen bei Jepantschins damals eine außerordentliche Verwirrung und Angst im Hause hervorrief, weil Aglaja noch nicht heimgekommen war und sie von ihm zum erstenmal hörten, daß sie mit ihm zu Nastasja Filippowna gegangen war. Man erzählte, daß Lisaweta Prokofjewna, die Töchter und Fürst Sch. den Fürsten damals sehr schroff und unfreundlich behandelten und ihm in leidenschaftlichen Worten sowohl Bekanntschaft als Freundschaft verweigerten, besonders als Warwara Ardalionowna plötzlich bei Lisaweta Prokofjewna erschien und erklärte, Aglaja Iwanowna sei schon seit einer Stunde bei ihnen im Hause, sie sei in entsetzlicher Verfassung und wolle, scheint es, gar nicht nach Hause gehen. Diese letzte Nachricht verblüffte Lisaweta Prokofjewna am meisten und traf durchaus zu: als sie von Nastasja Filippowna fortgegangen war, wäre Aglaja eher bereit gewesen zu sterben, als sich ihren Hausgenossen zu zeigen, und daher war sie zu Nina Alexandrowna gestürzt. Warwara Ardalionowna ihrerseits hielt es für notwendig, Lisaweta Prokofjewna von allem sofort in Kenntnis zu setzen. Mutter und Töchter eilten unverzüglich zu Nina Alexandrowna, ihnen folgte der Familienvater, Iwan Fjodorowitsch, der soeben nach Hause gekommen war; hinter ihnen her schlich auch der Fürst Lew Nikolajewitsch, trotz dem Bannfluch und den harten Worten; aber auf Anordnung Warwara Ardalionownas ließ man ihn auch da nicht zu Aglaja. Die Sache endete übrigens damit, daß Aglaja, als sie ihre Mutter und ihre Schwestern sah, die bei ihrem Anblick weinten, ihr aber keine Vorwürfe machten, ihnen in die Arme stürzte und alsbald mit ihnen nach Hause zurückkehrte. Man erzählte ferner – wenn diese Gerüchte auch nicht ganz der Wahrheit entsprechen mochten –, Gawrila Ardalionowitsch habe auch diesmal wenig Glück gehabt; er habe den Augenblick, da Warwara Ardalionowna zu Lisaweta Prokofjewna gelaufen und er mit Aglaja alleingeblieben sei, ausnutzen wollen, um ihr von seiner Liebe zu reden; aber Aglaja habe trotz ihrem Schmerz und ihren Tränen bei seiner Erklärung plötzlich angefangen laut zu lachen und ihm dann die seltsame Frage gestellt: ob er zum Beweis seiner Liebe bereit wäre, seinen Finger sofort an einer Kerzenflamme zu verbrennen? Gawrila Ardalionowitsch sei, so erzählte man weiter, über diesen Vorschlag ganz verblüfft gewesen, und sein Gesicht habe eine so außerordentliche Ratlosigkeit ausgedrückt, daß Aglaja fast einen Lachkrampf bekommen hätte und endlich von ihm weg zu Nina Alexandrowna in den ersten Stock gelaufen sei, wo ihre Eltern sie dann gefunden hätten. Diese Geschichte erfuhr der Fürst durch Ippolit am nächsten Tag. Ippolit, der sein Bett nicht mehr verließ, hatte eigens nach dem Fürsten geschickt, um ihm diese Mitteilung zu machen. Wie das Gerücht zu Ippolit gelangt war, wissen wir nicht, aber als der Fürst von der Kerze und vom Finger hörte, fing er so zu lachen an, daß sogar Ippolit ganz erstaunt war; dann begann der Fürst plötzlich zu zittern und brach in Tränen aus ... Überhaupt war er in diesen Tagen in großer Erregung und äußerst verlegen, wie von unbestimmten Ahnungen gequält. Ippolit behauptete schlankweg, er sei nicht ganz bei Verstand, doch konnte man das nicht so ohne weiteres behaupten.

Wenn wir alle diese Tatsachen darlegen und eine Erklärung ablehnen, wollen wir unsern Helden in den Augen unserer Leser keineswegs rechtfertigen. Mehr noch, wir sind durchaus bereit, auch die Entrüstung zu teilen, die er sogar bei seinen Freunden hervorgerufen hatte. Selbst Wera Lebedewa war ihm eine Zeitlang böse; desgleichen Kolja; auch Keller zürnte, bis er zum Brautführer gewählt wurde; von Lebedew gar nicht zu reden, der sogar anfing gegen den Fürsten zu intrigieren, ebenfalls aus Entrüstung, und zwar ganz aufrichtiger. Doch darauf kommen wir später noch zu sprechen. Im allgemeinen aber sympathisieren wir vollkommen und im höchsten Grad mit einigen sehr starken und psychologisch sogar tiefen Worten Jewgenij Pawlowitschs, die er geradeheraus und ohne Bedenken an den Fürsten richtete, in einem freundschaftlichen Gespräch am sechsten oder siebenten Tag nach dem Zwischenfall bei Nastasja Filippowna. Wir erwähnen bei dieser Gelegenheit noch, daß nicht nur die Jepantschins selbst, sondern auch alle, die unmittelbar oder mittelbar zum Haus Jepantschin gehörten, es für gut fanden, alle Beziehungen zum Fürsten abzubrechen. Fürst Sch. wandte sich zum Beispiel sogar ab, als er dem Fürsten begegnete, und erwiderte seinen Gruß nicht. Aber Jewgenij Pawlowitsch fürchtete nicht, sich durch einen Besuch beim Fürsten zu kompromittieren, obgleich er wieder täglicher Gast bei Jepantschins war und sogar mit sichtlich erhöhter Freundlichkeit empfangen wurde. Er kam zum Fürsten gleich am nächsten Tag nach dem Wegzug sämtlicher Jepantschins aus Pawlowsk und wußte schon von allen im Publikum verbreiteten Gerüchten, hatte sogar selbst seinen Teil dazu beigetragen. Der Fürst war hoch erfreut und fing sofort an, von den Jepantschins zu reden; diese offenherzige und ungenierte Einleitung löste auch Jewgenij Pawlowitsch die Zunge, so daß er ohne Umschweife sofort zur Sache schritt.

Der Fürst wußte noch gar nicht, daß Jepantschins fortgezogen waren; er war überrascht und erbleichte; nach einer Minute jedoch schüttelte er den Kopf in Gedanken und Verwirrung und gestand, es habe so kommen müssen; dann erkundigte er sich hastig, wohin sie sich begeben hätten.

Jewgenij Pawlowitsch beobachtete ihn unterdessen scharf, und alles zusammen – die Hast, mit der die Fragen gestellt wurden, ihre Naivität, die Verlegenheit und zugleich eine seltsame Offenherzigkeit, die Unruhe und Erregtheit – alles das machte ihn staunen. Er erstattete übrigens dem Fürsten in liebenswürdigster Weise ausführlich Bericht; der Fürst wußte vieles noch nicht, Jewgenij Pawlowitsch war der erste Bote, der aus jenem Hause kam. Er bestätigte, daß Aglaja krank gewesen sei und drei Nächte hintereinander so gut wie schlaflos im Fieber gelegen habe; jetzt ginge es ihr besser, und alle Gefahr sei vorüber; sie sei aber sehr nervös und hysterisch erregt ... »Gut noch, daß im Hause voller Frieden herrscht! An das Vergangene sucht man selbst im Gespräch unter sich nicht zu rühren, geschweige denn in Aglajas Gegenwart. Die Eltern haben schon über eine Auslandsreise Beschluß gefaßt, die sie im Herbst, gleich nach Adelaidas Hochzeit unternehmen wollen; Aglaja hat die ersten Äußerungen darüber schweigend hingenommen.« Er, Jewgenij Pawlowitsch, werde möglicherweise auch ins Ausland reisen. Selbst Fürst Sch. werde sich vielleicht für zwei Monate mit Adelaida ins Ausland begeben, wenn seine Geschäfte es ihm gestatteten. Der General selbst werde dableiben. Jetzt seien sie nach Kolmino gezogen, ihrem Gut, zwanzig Werst von Petersburg, wo sich ein geräumiges Herrenhaus befinde. Die Belokonskaja sei noch nicht nach Moskau abgereist und wohl mit Absicht dageblieben. Lisaweta Prokofjewna habe energisch betont, es sei nach allem Vorgefallenen nicht möglich, in Pawlowsk zu bleiben; er, Jewgenij Pawlowitsch, habe ihr täglich berichtet, was in der Stadt geredet werde. In das Landhaus auf der Jelagin-Insel habe man auch nicht ziehen wollen.

»Und in der Tat«, schloß Jewgenij Pawlowitsch, »Sie müssen doch selbst zugeben: kann man denn hierbleiben ... besonders wenn man alles weiß, was hier stündlich bei Ihnen vorgeht, in Ihrem Haus, Fürst, und nach Ihren täglichen Besuchen *dort*, trotz allen Zurückweisungen ...«

»Ja, ja, ja, Sie haben recht, ich wollte Aglaja Iwanowna sehen«, sagte der Fürst wieder kopfschüttelnd.

»Ach, lieber Fürst«, rief Jewgenij Pawlowitsch plötzlich mit Wärme und Wehmut, »wie konnten Sie damals zulassen ... daß alles so kam? Gewiß, gewiß, für Sie war das alles so unerwartet ... Ich gebe zu, daß Sie verwirrt werden mußten und ... Sie konnten dem wahnsinnigen Mädchen doch nicht Einhalt gebieten, das überstieg Ihre Kräfte! Aber Sie mußten doch begreifen, wie ernst und stark dieses Mädchen ... zu Ihnen stand. Sie wollte Sie nicht mit der andern teilen, und Sie ... Sie konnten einen solchen Schatz verlassen und zertrümmern!«

»Ja, ja, Sie haben recht, ja, ich bin schuld«, sagte der Fürst wieder in furchtbarem Schmerz, »und wissen Sie: nur sie, nur Aglaja betrachtete Nastasja Filippowna so ... Von den andern sah keiner sie so.«

»Das ist ja eben das Empörende, daß nichts Ernstes dabei war!« rief Jewgenij Pawlowitsch, der sich völlig hinreißen ließ. »Verzeihen Sie, Fürst, aber ... ich ... ich habe mir das so gedacht, Fürst; ich habe viel darüber nachgedacht; ich weiß alles, was früher gewesen ist, ich weiß, was vor einem halben Jahre geschah, alles, und – alles das war nicht ernst! Alles das war nur eine Erregung des Gehirns, ein Traumbild, eine Phantasie, Dunst, und nur die erschreckte Eifersucht eines ganz unerfahrenen Mädchens konnte das für etwas Ernstes halten.«

Nun ließ Jewgenij Pawlowitsch schon ganz ungeniert seiner Empörung die Zügel schießen. Verständig und klar und

– es sei nochmals gesagt – mit außerordentlicher psychologischer Feinheit entwarf er ein Bild der früheren Beziehungen des Fürsten zu Nastasja Filippowna. Jewgenij Pawlowitsch war immer ein guter Redner gewesen, jetzt übertraf er sich selbst. »Mit einer Lüge habt ihr angefangen«, erklärte er, »was mit einer Lüge anfängt, muß auch mit einer Lüge enden; das ist ein Naturgesetz. Ich bin nicht einverstanden, ja sogar entrüstet, wenn man – nun, irgend jemand – Sie einen Idioten nennt; Sie sind viel zu klug für diese Bezeichnung; Sie sind aber doch so sonderbar, daß Sie nicht allen Menschen gleichgestellt werden können, das müssen Sie selbst zugeben. Ich bin zu der Erkenntnis gelangt, daß die Grundlage alles Geschehenen zu suchen ist: erstens in Ihrer sozusagen angeborenen Unerfahrenheit – beachten Sie dieses Wort, Fürst: ‚angeboren'–, dann in Ihrer außergewöhnlichen Herzenseinfalt; ferner in der phänomenalen Unfähigkeit, maßzuhalten – was Sie einige Male selbst zugegeben haben – und endlich in der großen Masse angeflogener und angelernter Überzeugungen, die Sie mit Ihrer ganzen außerordentlichen Ehrlichkeit bis auf den heutigen Tag für echte, natürliche und unmittelbare Überzeugungen halten! Gestehen Sie, Fürst, daß Ihre Beziehungen zu Nastasja Filippowna von Anfang an etwas Konventionell-Demokratisches an sich hatten – ich nenne es der Kürze halber so –; es war sozusagen der Reiz der ‚Frauenfrage' – um es noch kürzer auszudrücken. Ich bin bis ins einzelne über jene sonderbare Skandalszene unterrichtet, die sich bei Nastasja Filippowna abspielte, als Rogoschin sein Geld brachte. Wenn Sie wollen, analysiere ich Sie selbst bis ins kleinste, halte Ihnen einen Spiegel vor – so genau weiß ich, was dort geschehen ist und warum es so kommen mußte! Sie sehnten sich als Jüngling aus der Schweiz nach der Heimat, Sie wollten nach Rußland als dem unbekannten, aber gelobten Land; Sie hatten viele Bücher über Rußland gelesen, die vielleicht ausgezeichnet waren, aber Ihnen schaden mußten; Sie kamen her voll Tatendurst und stürzten sich sozusagen in die Aktivität hinein! Und gleich am ersten Tag erzählt man Ihnen die traurige und herzerhebende Geschichte einer gekränkten

Frau, Ihnen, das heißt dem Ritter, dem jungfräulich Reinen – die Geschichte einer Frau! Am gleichen Tag sehen Sie diese Frau; Sie sind bezaubert von ihrer Schönheit, einer phantastischen, dämonischen Schönheit – ich bin einverstanden, daß sie eine Schönheit ist. Nehmen Sie Ihre Nerven dazu, Ihre Epilepsie, unser Petersburger nervenzerrüttendes Tauwetter; nehmen Sie diesen ganzen Tag in der unbekannten und Sie geradezu phantastisch anmutenden Stadt, diesen Tag voll Begegnungen und Szenen, voll unerwarteter Bekanntschaften, diesen Tag voll unverhoffter Wirklichkeiten, diesen Tag der drei schönen Schwestern Jepantschin, deren eine Aglaja war, nehmen Sie Ihre Müdigkeit, Ihre Schwindelanfälle dazu; endlich den Salon Nastasja Filippownas und den Ton in diesem Salon . . . was konnten Sie von sich selbst in dem Augenblick erwarten? Was meinen Sie?«

»Jaja; jaja«, sagte der Fürst kopfschüttelnd und errötete. »Ja, das stimmt beinahe; und wissen Sie, ich hatte wirklich die ganze Nacht vorher im Eisenbahnwagen so gut wie gar nicht geschlafen, auch die vorhergegangene Nacht nicht. Und ich war sehr angegriffen . . .«

»Nun freilich, freilich; darauf will ich ja auch hinaus«, fuhr Jewgenij Pawlowitsch eifrig fort, »es ist klar, daß Sie sozusagen im Rausch der Begeisterung sich auf die Möglichkeit stürzten, öffentlich den großherzigen Gedanken auszusprechen, Sie, ein geborener Fürst und reiner Mensch, hielten eine Frau nicht für ehrlos, die nicht durch eigene Schuld, sondern als Opfer eines widerwärtigen, vornehmen Lüstlings in Verruf gekommen ist. O Gott, das ist doch so begreiflich! Aber nicht darauf kommt es an, mein lieber Fürst, sondern darauf, ob dieses Empfinden echt war, ob hier Wahrheit und Natur war oder nur Begeisterung des Gehirns? Was meinen Sie: im Tempel ward einem Weibe vergeben, einem ebensolchen Weibe, es wurde ihr aber doch nicht gesagt, daß sie recht handle, daß sie aller Ehren und aller Achtung wert sei? Hat Ihnen Ihre gesunde Vernunft nicht nach drei Monaten selbst gesagt, wie die Dinge liegen? Mag sie jetzt unschuldig sein – ich werde nicht darauf bestehen, denn ich will es nicht –, können alle ihre Abenteuer einen derartig unerträglichen, satanischen Stolz, einen so frechen, so gierigen Egoismus rechtfertigen? Verzeihen Sie, Fürst, ich lasse mich hinreißen, aber ...«

»Ja, das ist alles möglich; vielleicht haben Sie auch recht ...« stammelte der Fürst wieder. »Sie ist wirklich sehr gereizt, und Sie haben gewiß recht, aber ...«

»Sie verdient Mitleid? Das wollen Sie sagen, mein guter Fürst? Aber durfte man denn um dieses Mitleids, um ihres Vergnügens willen einem andern, hochstehenden und reinen Mädchen diese Schmach antun, sie in *jenen* hochmütigen, in jenen verhaßten Augen so herabsetzen? Ja, wie weit soll das Mitleid denn gehen? Das ist doch eine ganz unglaubliche Übertreibung! Kann man denn, wenn man ein Mädchen liebt, es vor seiner Nebenbuhlerin so demütigen, es um einer andern willen im Stich lassen, nachdem man schon einen ehrlichen Heiratsantrag gemacht hat ... Sie hatten ihr aber schon einen Heiratsantrag gemacht, Sie hatten es ihr in Gegenwart der Eltern und der Schwestern gesagt! Sind Sie dann noch ein Ehrenmann, Fürst, wenn ich fragen darf? Und ... und haben Sie das göttliche Mädchen nicht betrogen, wenn Sie es Ihrer Liebe versicherten?«

»Ja, ja, Sie haben recht; ach, ich fühle, daß ich schuldig bin!« gab der Fürst in unsäglichem Schmerz zu.

»Ist das etwa genug?« rief Jewgenij Pawlowitsch entrüstet. »Genügt es zu schreien: Ach, ich bin schuldig! Sie bekennen sich schuldig und beharren doch auf dem Ihren! Wo war denn damals Ihr Herz, Ihr ‚christliches' Herz? Sie haben doch ihr Gesicht in dem Augenblick gesehen: hat sie denn weniger gelitten als *jene*, als *Ihre* andere, die Nebenbuhlerin? Wie konnten Sie denn das sehen und doch dulden? Wie?«

»Ich ... ich habe es doch gar nicht geduldet ...« murmelte der unglückselige Fürst.

»Wieso haben Sie es nicht geduldet?«

»Ich habe, bei Gott, nichts geduldet. Ich begreife noch immer nicht, wie das geschehen konnte ... ich – ich lief damals Aglaja Iwanowna nach, und Nastasja Filippowna fiel in Ohnmacht; und seitdem verwehrt man mir den Zutritt zu Aglaja Iwanowna.«

»Gleichviel! Sie hätten Aglaja folgen sollen, wenn auch die andere ohnmächtig dalag.«

»Ja ... ja, ich hätte es tun sollen ... sie wäre doch aber gestorben! Sie hätte sich getötet, Sie kennen sie nicht, und ... es ist ja einerlei, ich hätte Aglaja Iwanowna später doch alles erzählt und ... Sehen Sie, Jewgenij Pawlowitsch, ich merke, daß Sie nicht alles wissen. Sagen Sie, warum läßt man mich nicht zu Aglaja Iwanowna? Ich würde ihr alles erklären. Sehen Sie: beide sprachen sie damals von ganz andern Dingen, nicht von dem, was not tat, darum kam das alles so ... Ich kann Ihnen das gar nicht richtig erklären; aber ich hätte es vielleicht Aglaja erklärt ... O Gott, o mein Gott! Sie sprechen von ihrem Gesicht in dem Augenblick, als sie damals hinauslief ... o mein Gott, ich weiß es noch sehr gut! Kommen Sie, kommen Sie!« Er sprang hastig auf und zog Jewgenij Pawlowitsch am Ärmel mit sich fort.

»Wohin?«

»Kommen Sie mit zu Aglaja Iwanowna, kommen Sie sofort!«

»Sie ist ja gar nicht in Pawlowsk, ich habe es Ihnen doch schon gesagt, und was sollten wir bei ihr?«

»Sie wird es verstehen, sie wird es verstehen!« murmelte der Fürst und faltete flehend die Hände. »Sie wird verstehen, daß es bei alledem gar nicht darum geht, sondern um etwas ganz, ganz anderes!«

»Wieso um etwas ganz anderes? Sie wollen doch trotz allem heiraten? Sie bestehen also auf dem Ihren ... Heiraten Sie oder nicht?«

»Ja ... ich heirate; ja, ich heirate.«

»Wieso ist es dann etwas anderes?«

»Nein, nein, es ist etwas anderes! Es hat nichts zu sagen, daß ich heirate, das ist ganz gleich.«

»Wieso ist es ganz gleich, wieso hat es nichts zu sagen? Das ist doch keine Kleinigkeit! Sie heiraten die geliebte Frau, um sie glücklich zu machen, und Aglaja sieht und weiß das – wie soll denn das ganz gleichgültig sein?«

»Um sie glücklich zu machen? O nein! Ich heirate bloß so; sie will es; und was ist denn dabei, daß ich heirate: ich ...

Doch das ist einerlei! Sie wäre aber bestimmt gestorben! Ich sehe jetzt, daß die Ehe mit Rogoschin ein Wahnsinn gewesen wäre! Ich habe jetzt alles verstanden, was ich früher nicht verstand, und sehen Sie: als sie sich damals beide gegenüberstanden, da konnte ich das Gesicht Nastasja Filippownas nicht ertragen ... Sie wissen das nicht, Jewgenij Pawlowitsch«, er dämpfte die Stimme geheimnisvoll, »ich habe es niemandem gesagt, niemals, auch Aglaja nicht, aber ich kann das Gesicht Nastasja Filippownas nicht ertragen. Sie sagten vorhin die Wahrheit über jenen Abend bei Nastasja Filippowna; da war aber noch etwas, das Sie nicht erwähnt haben, denn Sie wissen es nicht: ich habe *ihr Gesicht* betrachtet! Ich konnte es schon am Morgen auf dem Bild nicht ertragen ... Wera Lebedewa hat ganz andere Augen; ich ... ich fürchte ihr Gesicht!« fügte er mit außerordentlicher Angst hinzu.

»Sie fürchten sich?«

»Ja; sie ist – wahnsinnig!« flüsterte er erbleichend.

»Wissen Sie das sicher?« fragte Jewgenij Pawlowitsch mit außerordentlicher Neugier.

»Ja, ganz sicher; jetzt schon ganz sicher; jetzt in diesen Tagen habe ich es schon ganz sicher erkannt.«

»Was tun Sie sich nur an!« schrie Jewgenij Pawlowitsch erschrocken auf. »Sie heiraten also aus Angst? Daraus soll einer klug werden ... Wohl gar noch ohne Liebe?«

»O nein, ich liebe sie von ganzem Herzen! Sie ist ja ... ein Kind; jetzt ist sie ein Kind, ein richtiges Kind! Oh, Sie wissen nichts!«

»Und gleichzeitig versicherten Sie Aglaja Iwanowna Ihrer Liebe?«

»O ja, ja!«

»Wie geht denn das? Sie wollen also alle beide lieben?«

»O ja, ja!«

»Ich bitte Sie, Fürst, was reden Sie da! Kommen Sie zu sich!«

»Ohne Aglaja kann ich ... ich muß sie durchaus sehen! Ich ... ich werde bald im Schlaf sterben; ich dachte, ich würde heute nacht im Schlaf sterben. Oh, wenn Aglaja wüßte, wenn sie alles wüßte ... das heißt, unbedingt alles! Denn hier muß man alles wissen, das ist die Hauptsache! Warum können wir nie *alles* über einen andern erfahren, wenn das notwendig ist, wenn der andere schuld ist?! ... Ich weiß ja gar nicht, was ich rede, ich bin ganz verwirrt; Sie haben mich ungeheuer überrascht. – Hat sie wirklich auch jetzt noch ein solches Gesicht wie damals, als sie hinauslief? O ja, ich bin schuld! Das ist das Wahrscheinlichste, daß ich an allem schuld bin! Ich weiß noch nicht woran, aber ich bin schuld ... Hier ist etwas, das ich Ihnen nicht erklären kann, Jewgenij Pawlowitsch, ich finde auch keine Worte, aber ... Aglaja Iwanowna wird es verstehen! Oh, ich habe immer geglaubt, daß sie es verstehen wird!«

»Nein, Fürst, sie wird es nicht verstehen! Aglaja Iwanowna hat geliebt wie ein Weib, wie ein Mensch, aber nicht wie ... ein abstrakter Geist. Wissen Sie, mein armer Fürst, es wird wohl am ehesten so sein, daß Sie weder die eine noch die andere jemals geliebt haben!«

»Ich weiß nicht ... vielleicht, vielleicht; Sie haben in vielem recht, Jewgenij Pawlowitsch. Sie sind außerordentlich klug, Jewgenij Pawlowitsch; ach, mein Kopf tut mir wieder weh, kommen Sie mit zu ihr! Um Gottes willen, um Gottes willen!«

»Ich sagte Ihnen doch, daß sie nicht in Pawlowsk ist; sie ist in Kolmino.«

»So fahren wir nach Kolmino, fahren wir sofort!«

»Das ist un–mög–lich«, sagte Jewgenij Pawlowitsch gedehnt und stand auf.

»Hören Sie, ich schreibe ihr einen Brief; überbringen Sie ihn ihr!«

»Nein, Fürst, nein! Verschonen Sie mich mit solchen Aufträgen, das kann ich nicht.«

Sie trennten sich. Jewgenij Pawlowitsch ging mit sonderbaren Eindrücken fort: auch er hatte die Überzeugung gewonnen, daß der Fürst nicht ganz bei Verstand war. Und was bedeutete dieses *Gesicht,* das er fürchtete und doch so liebte? Und dabei würde er vielleicht wirklich ohne Aglaja sterben, so daß Aglaja vielleicht niemals erfahren würde, daß er sie so sehr geliebt hatte! Haha! Und wie konnte man zwei zugleich lieben? Mit zwei verschiedenen Lieben etwa? Das war doch interessant ... Der arme Idiot! Was sollte nun aus ihm werden?

10

Der Fürst starb aber nicht vor seiner Hochzeit, weder im Wachen noch im Schlaf, wie er es Jewgenij Pawlowitsch prophezeit hatte. Vielleicht schlief er tatsächlich schlecht und hatte böse Träume; aber bei Tag, unter Menschen, schien er gütig und sogar zufrieden, bloß manchmal sehr nachdenklich zu sein – doch das meist nur, wenn er allein war. Mit der Hochzeit hatte man es eilig; sie war eine Woche nach dem Besuch Jewgenij Pawlowitschs angesetzt. Angesichts dieser Hast hätten selbst die besten Freunde des Fürsten, wenn er welche gehabt hätte, an ihren Bemühungen verzweifeln müssen, den unseligen Narren zu »retten«. Es gingen Gerüchte um, den Besuch Jewgenij Pawlowitschs hätten zum Teil der General Iwan Fjodorowitsch und seine Gattin Lisaweta Prokofjewna veranlaßt. Aber wenn sie auch beide in der unermeßlichen Güte ihres Herzens den Wunsch gehabt haben konnten, den armen Wahnsinnigen vom Rand des Abgrunds zurückzureißen, so mußten sie sich doch mit diesem einen schwachen Versuch begnügen; weder ihre Stellung noch vielleicht auch die Neigung ihrer Herzen (was ganz natürlich gewesen wäre) hätten ernsthaftere Bemühungen gerechtfertigt. Wir erwähnten schon, daß auch die nächste Umgebung des Fürsten sich zum Teil gegen ihn wandte. Wera Lebedewa begnügte sich übrigens damit, still für sich zu weinen, sie saß jetzt überhaupt mehr bei sich zu Hause und sprach seltener beim Fürsten vor als früher. Kolja trug in diesen Tagen seinen Vater zu Grabe; der Alte war einem zweiten Schlaganfall erlegen, acht Tage nach dem ersten. Der Fürst nahm an der Trauer der Familie großen Anteil und war in den ersten Tagen mehrere Stunden bei Nina Alexandrowna; er kam auch zum Begräbnis und in die Kirche. Viele merkten, daß das Publikum in der Kirche das Kommen und Gehen des Fürsten mit unwillkürlichem Flüstern begleitete; das gleiche wiederholte sich auf der Straße und im Garten; wo er vorüberging oder vorüberfuhr, fing man an zu reden, nannte seinen Namen, zeigte auf ihn, erwähnte Nastasja Filippowna. Man suchte sie auch beim Begräbnis, aber sie war nicht gekommen. Auch die Hauptmannswitwe kam nicht zum Begräbnis: Lebedew hatte sie noch rechtzeitig davon abhalten können. Die Totenmesse machte auf den Fürsten einen starken und schmerzlichen Eindruck; er flüsterte Lebedew noch in der Kirche als Antwort auf irgendeine Frage zu, er wohne zum erstenmal einer Totenfeier nach orthodoxem Ritus bei und könne sich nur noch aus seiner Kindheit ganz dunkel an eine andere Totenmesse in einer Dorfkirche erinnern.

»Ja, es ist, als läge dort im Sarg gar nicht derselbe Mensch, den wir noch vor kurzem zu unserm Vorsitzenden gemacht hatten, erinnern Sie sich?« flüsterte Lebedew dem Fürsten zu. »Wen suchen Sie?«

»Es ist nichts, mir kam es nur so vor ...«

»Vielleicht Rogoschin?«

»Ist er denn hier?«

»Er ist in der Kirche.«

»Also doch. Mir war es, als sähe ich irgendwo seine Augen«, murmelte der Fürst verwirrt, »aber ... Was will er hier? Ist er eingeladen?«

»Wir dachten gar nicht daran. Er gehört doch nicht zu den Bekannten. Hier sind aber alle mögliche Leute. Worüber wundern Sie sich so? Ich begegne ihm jetzt sehr oft. In der vergangenen Woche habe ich ihn wohl schon viermal in Pawlowsk getroffen.«

»Ich habe ihn kein einziges Mal mehr gesehen ... seit jener Zeit«, murmelte der Fürst.

Da auch Nastasja Filippowna ihm noch kein einziges Mal gesagt hatte, daß sie »seitdem« mit Rogoschin zusammengekommen sei, so schloß der Fürst jetzt, daß Rogoschin sich absichtlich aus irgendeinem Grund nicht zeige. Diesen ganzen Tag ging er in tiefen Gedanken umher; Nastasja Filippowna aber war auffallend lustig, sowohl den Tag über als auch am Abend.

Kolja, der sich mit dem Fürsten noch vor dem Tod seines Vaters versöhnt hatte, hatte ihm als Brautführer – denn die Sache duldete keinen Aufschub – Keller und Burdowskij vorgeschlagen. Er verbürgte sich für Keller, daß er sich anständig betragen und vielleicht überhaupt »zu brauchen« sein werde; über Burdowskij aber war kein Wort zu verlieren, er war ein anerkannt stiller und bescheidener Mensch. Nina Alexandrowna und Lebedew sagten dem Fürsten, wenn die Hochzeit einmal beschlossen sei, sollte sie doch wenigstens nicht in Pawlowsk gefeiert werden und noch dazu mitten in der Saison, so ganz öffentlich. Wäre es nicht richtiger, sie in Petersburg im Hause zu begehen? Dem Fürsten war es nur zu klar, was diese Befürchtungen bedeuteten, aber er erwiderte kurz und schlicht, das sei der ausdrückliche Wunsch Nastasja Filippownas.

Tags darauf erschien auch Keller beim Fürsten, da man ihn benachrichtigt hatte, daß er zum Brautführer ausersehen sei. Bevor er ins Zimmer trat, machte er in der Tür halt, hob, als er den Fürsten erblickte, die rechte Hand mit ausgestrecktem Zeigefinger in die Höhe und rief, als ob er einen Eid ablegen wollte: »Ich trinke nicht!« Dann ging er auf den Fürsten zu, drückte und schüttelte ihm kräftig beide Hände und erklärte, er sei allerdings im Anfang, als er von der Sache gehört habe, dagegen gewesen, was er beim Billard auch verkündet habe – aber aus keinem andern Grund als deshalb, weil er tagtäglich mit der Ungeduld des wahren Freundes darauf gewartet habe, der Fürst werde sich mit keiner andern vermählen als einer Prinzessin de Rohan oder mindestens de Chabot; jetzt aber sehe er selbst, daß der Fürst mindestens zwölfmal vornehmer denke als sie alle zusammengenommen. Denn er strebe nicht nach Glanz, nicht nach Reichtum und nicht einmal nach Ehre, sondern nur nach Wahrheit! Die Sympathien der hohen Personen seien nur zu gut bekannt, und der Fürst stünde dank seiner Bildung zu hoch, um nicht als hohe Person zu gelten – allgemein gesprochen! »Aber das Pack und allerlei Gesindel urteilt anders; in den Häusern der Stadt, in Gesellschaften, in den Villen, im Konzert, in den Kneipen, beim Billard redet man nichts anderes, schreit man von nichts anderm als von dem bevorstehenden Ereignis. Ich habe gehört, daß man sogar eine Katzenmusik unter Ihren Fenstern machen will, und das sozusagen in der ersten Nacht! Wenn Sie, Fürst, die Pistole eines Ehrenmannes brauchen, so bin ich bereit, ein halbes Dutzend vornehmer Schüsse zu wechseln, ehe Sie am nächsten Morgen sich von Ihrem Honiglager erheben!« Er riet auch, in Anbetracht des großen Andrangs Neugieriger nach dem Verlassen der Kirche eine Feuerspritze im Hof bereitzuhalten, aber Lebedew widersetzte sich: »Die schlagen mein ganzes Haus in Trümmer, wenn sie eine Feuerspritze sehen.«

»Dieser Lebedew intrigiert gegen Sie, Fürst, bei Gott! Die wollen Sie unter Kuratel stellen, können Sie sich das denken, mit allem, mit Ihrem freien Willen und Ihrem Geld, das heißt mit den zwei Dingen, durch die sich jeder von uns von den Vierfüßlern unterscheidet! Ich habe es gehört, habe es wörtlich so gehört! Es ist die reine Wahrheit!«

Der Fürst entsann sich, daß er selbst schon etwas in dieser Art gehört, aber natürlich nicht darauf geachtet hatte. Auch jetzt lachte er nur und vergaß es sofort wieder. Lebedew war tatsächlich eine Zeitlang sehr geschäftig gewesen; die Pläne dieses Menschen entstanden immer wie durch Inspiration und wurden durch den übergroßen Eifer immer komplizierter, verzweigten sich und entfernten sich von dem Ausgangspunkt nach allen möglichen Richtungen: deshalb gelang ihm auch so wenig im Leben. Als er dann, fast am Hochzeitstage selbst, zum Fürsten kam, um Buße zu tun (er hatte die ständige Gewohnheit, immer vor jenen Buße zu tun, gegen die er intrigiert hatte, besonders wenn seine Anschläge mißlangen), erklärte er, daß er zum Talleyrand geboren sei und aus unbegreiflichen Ursachen nur ein Lebedew geblieben sei. Dann deckte er sein ganzes Spiel vor ihm auf, wodurch er den Fürsten lebhaft interessierte. Er behauptete, damit angefangen zu haben, daß er den Schutz hoher Personen gesucht habe, auf die man sich im Bedarfsfall stützen könnte, und deswegen zum General Iwan Fjodorowitsch gegangen sei. Der General Iwan Fjodorowitsch sei sehr erstaunt gewesen, habe dem »jungen Mann« alles Gute gewünscht, aber erklärt, so sehr er ihm auch zu helfen wünsche, es schicke sich für ihn nicht, hier irgend etwas zu unternehmen. Lisaweta Prokofjewna wollte ihn weder sehen noch sprechen; Jewgenij Pawlowitsch und Fürst Sch. machten nur abwehrende Handbewegungen. Aber Lebedew verzagte nicht, sondern setzte sich mit einem erfahrenen Juristen, einem ehrwürdigen alten Mann, der sein großer Freund und beinahe Wohltäter war, in Verbindung; dieser entschied, die Sache sei durchaus möglich, es müßten nur glaubwürdige Zeugen da sein, die die Geistesstörung und den vollständigen Irrsinn des Fürsten bestätigen könnten; und dann bedürfe es vor allem der Unterstützung durch hochgestellte Persönlichkeiten. Lebedew ließ auch da den Mut nicht sinken, er kam sogar einmal mit einem Arzt zum Fürsten; der Arzt war ebenfalls ein ehrwürdiger alter Herr, der hier seine Sommerwohnung hatte und mit dem Annenorden am Hals; er kam nur zu dem Zweck, um sich allgemein zu orientieren, den Fürsten kennenzulernen und vorderhand nicht offiziell, sondern sozusagen in aller Freundschaft sein Gutachten über ihn abzugeben. Der Fürst erinnerte sich dieses ärztlichen Besuchs sehr gut; er erinnerte sich, daß Lebedew ihn schon am Tag vorher bestürmt hatte, er sei krank und müsse etwas für sich tun; als der Fürst jede ärztliche Behandlung energisch zurückwies, erschien Lebedew plötzlich mit dem Arzt unter dem Vorwand, sie seien soeben beide bei Herrn Terentjew gewesen, dem es sehr schlecht gehe, und der Arzt habe dem Fürsten einige Mitteilungen über den Kranken zu machen. Der Fürst lobte Lebedew und empfing den Doktor sehr freundlich. Man redete sofort über den kranken Ippolit; der Doktor bat ihn, die damalige Selbstmordszene ausführlich zu schildern, und der Fürst riß ihn durch seine Erzählung und seine Auslegung der Begebenheit ganz hin. Man sprach über das Petersburger Klima, über das Leiden des Fürsten, über die Schweiz, über Schneider. Durch seine Darstellung des Schneiderschen Systems der Krankenbehandlung und seine Erzählungen fesselte der Fürst den Arzt so, daß dieser zwei Stunden bei ihm blieb; er rauchte dabei die vorzüglichen Zigarren des Fürsten, und Lebedew stiftete einen ausgezeichneten Likör, den Wera kredenzte, wobei der Arzt, ein verheirateter Mann und Familienvater, Wera Komplimente zu machen begann, die sie in tiefe Entrüstung versetzten. Man trennte sich in herzlicher Freundschaft. Als er den Fürsten verlassen hatte, sagte der Doktor zu Lebedew: »Wenn man solche Leute unter Vormundschaft stellen wollte, wer sollte dann Vormund sein?« Auf Lebedews tragische Darstellung des demnächst zu erwartenden Ereignisses antwortete der Doktor nur mit einem listigen Schütteln des Kopfes und sagte endlich: ganz abgesehen davon, daß man heute Gott weiß wen heirate, besitze jene bezaubernde Person, soviel er gehört habe, außer ihrer unbeschreiblichen Schönheit auch bedeutende Kapitalien sowohl von Tozkij als von Rogoschin her, Perlen und Brillanten, Schals und Möbel, und daher bedeute die bevorstehende Wahl seitens des hochverehrten Fürsten nicht nur keine besondere ins Auge fallende Dummheit, sondern zeuge sogar von der Schlauheit eines feinen, weltgewandten Geistes und sicherer Berechnung, führe also zu einer ganz entgegengesetzten und für den Fürsten äußerst günstigen Schlußfolgerung ... Dieser Gedanke verblüffte auch Lebedew; dabei blieb es nun. »Und jetzt«, sagte er zum Fürsten, »werden Sie außer Ergebenheit und der Bereitschaft, mein Blut für Sie zu vergießen, nichts von mir sehen; deswegen allein bin ich gekommen.«

Auch Ippolit zerstreute den Fürsten in diesen Tagen; er schickte nur zu oft nach ihm. Sie wohnten in der Nähe, in einem kleinen Häuschen; die kleinen Kinder, Ippolits Bruder und Schwester, freuten sich schon deswegen allein über die Sommerfrische, weil sie vor dem Kranken in den Garten davonlaufen konnten; die arme Hauptmannswitwe aber war ihm völlig untertan und ganz und gar sein Opfer; der Fürst mußte alle Tage vermitteln und versöhnen, und der Kranke nannte ihn immer noch seine »Wärterin«, wobei er zugleich doch nicht umhin konnte, ihn wegen seiner Vermittlerrolle ein wenig zu verachten. Er war sehr ärgerlich über Kolja, weil dieser fast gar nicht zu ihm kam, sondern erst bei dem sterbenden Vater, dann bei der verwitweten Mutter blieb. Schließlich machte er die bevorstehende Heirat des Fürsten mit Nastasja Filippowna zur Zielscheibe seines Spottes und brachte es so weit, daß der Fürst endlich gekränkt war, außer sich geriet und ihn nicht mehr besuchte. Nach zwei Tagen kam frühmorgens die Hauptmannswitwe zum Fürsten und bat ihn unter Tränen, zu ihnen zu kommen, sonst würde Ippolit sie zu Tode quälen. Sie fügte hinzu, er wollte ihm ein großes Geheimnis mitteilen. Der Fürst ging hin. Ippolit wollte sich versöhnen, er weinte und war nach den Tränen natürlich noch mehr erbittert, hatte aber Angst, seine Erbitterung zu zeigen. Er sah sehr schlecht aus, und man konnte an allem erkennen, daß er nun wirklich bald sterben werde. Geheimnisse hatte er gar keine, außer der dringenden Bitte, sich vor Rogoschin zu hüten, die er in atemloser (vielleicht gemachter) Aufregung vorbrachte. »Das ist ein Mensch, der nicht losläßt, was ihm gehört; der ist nicht von unserm Schlag, Fürst; wenn der mal etwas will, schreckt er vor nichts zurück ...« und so weiter, und so weiter. Der Fürst verlangte nähere Auskunft, wollte irgendwelche Tatsachen hören, aber Tatsachen waren keine vorhanden außer den persönlichen Empfindungen und Eindrücken Ippolits. Zu seiner großen Genugtuung brachte Ippolit es zuletzt so weit, daß der Fürst von einer furchtbaren Angst erfaßt wurde. Anfangs wollte der Fürst auf einige besondere Fragen nicht antworten und lächelte nur, wenn er Ratschläge hörte wie: »Fliehen Sie, wenn es nicht anders geht, ins Ausland, russische Geistliche gibt es überall; man kann sich auch dort trauen lassen.« Endlich aber schloß Ippolit mit folgenden Gedanken: »Ich fürchte nur für Aglaja Iwanowna; Rogoschin weiß, wie Sie das Mädchen lieben; Liebe um Liebe; Sie haben ihm Nastasja Filippowna genommen, und er wird Aglaja Iwanowna töten; wenn sie jetzt auch nicht die Ihre ist, so wird es Ihnen doch schwer aufs Herz fallen, nicht?« Er erreichte, was er wollte; der Fürst verließ ihn in ganz verzweifelter Geistesverfassung.

Diese Warnungen vor Rogoschin wurden ihm erst am Tag vor der Hochzeit erteilt. Am Abend dieses Tages sah der Fürst zum letztenmal vor der Trauung Nastasja Filippowna; aber Nastasja Filippowna war nicht imstande, ihn zu beruhigen, im Gegenteil, sie trug in der letzten Zeit nur immer mehr zu seiner Verwirrung bei. Früher, das heißt noch vor einigen Tagen, setzte sie bei Zusammenkünften alles dran, ihn heiter zu stimmen; ihr wurde bange, wenn er traurig aussah; sie versuchte sogar, ihm etwas vorzusingen: meist aber erzählte sie ihm alles, was ihr an komischen Dingen einfiel. Der Fürst gab sich fast immer den Anschein, als lache er von Herzen, mitunter lachte er auch wirklich über den glänzenden Geist und das lebhafte Empfinden, mit dem sie zuweilen erzählte, wenn sie sich hinreißen ließ, und das geschah oft. Wenn sie den Fürsten dann lachen sah, den Eindruck sah, den sie auf ihn gemacht hatte, war sie entzückt und ungemein stolz auf sich. Doch jetzt wuchs seine Traurigkeit und seine Nachdenklichkeit fast mit jeder Stunde. Seine Ansicht über Nastasja Filippowna stand fest; sonst wäre ihm jetzt bestimmt alles an ihr rätselhaft und unbegreiflich vorgekommen. Allein er glaubte ehrlich, sie könne noch zu neuem Leben erwachen. Er hatte zu Jewgenij Pawlowitsch mit Recht gesagt, daß er sie aufrichtig und von ganzem Herzen liebe, und in seiner Liebe zu ihr war wirklich etwas wie die Neigung zu einem elenden und kranken Kind, das man nur schwer oder lieber gar nicht sich selbst überläßt. Er schilderte niemandem sein Gefühl für sie und sprach nicht einmal gern davon, wenn das nicht zu vermeiden war; mit Nastasja Filippowna selbst redete er, wenn er mit ihr allein war, nie von »Gefühlen«, als hätten beide sich das Wort gegeben, es nicht zu tun. An ihrem harmlosen, lustigen und lebhaften Gespräch konnte jeder teilnehmen. Darja Alexejewna erzählte später, sie habe die ganze Zeit über sich nur gefreut, wenn sie die beiden ansah.

Diese Vorstellung von dem Geistes- und Seelenzustand Nastasja Filippownas befreite ihn aber teilweise auch von vielen andern Zweifeln. Jetzt war das eine ganz andere Frau als jene, die er vor drei Monaten gekannt hatte. Er dachte zum Beispiel jetzt nicht mehr darüber nach, warum sie sich damals der Ehe mit ihm durch Flucht entzogen hatte, unter Tränen, Flüchen und Vorwürfen – während sie jetzt selbst auf einer möglichst baldigen Hochzeit bestand. Also fürchtet sie jetzt nicht mehr wie damals, daß die Ehe mit ihr mich unglücklich machen könnte, dachte der Fürst. Das so schnell wiedererwachte Selbstvertrauen konnte er bei ihr nicht für natürlich halten. Es war doch unmöglich, daß es einzig dem Haß gegen Aglaja entsprang: Nastasja Filippowna verstand etwas tiefer zu empfinden. Oder war es Furcht vor dem Schicksal, das ihr Rogoschin bereitet hätte? Mit einem Wort, es konnten alle diese Gründe neben vielen andern mitspielen; völlig klar aber war ihm, daß hier das von ihm längst Geahnte eingetreten war und daß die arme kranke Seele es nicht hatte überwinden können. Alles das befreite ihn zwar gewissermaßen von seinen Zweifeln, gab ihm aber weder Ruhe noch Erholung in dieser ganzen Zeit. Mitunter bemühte er sich, an nichts zu denken; die Heirat sah er anscheinend wirklich als unwesentliche Formalität an; seinem eigenen Schicksal maß er eine zu geringe Bedeutung bei. Wenn aber Einwände laut wurden oder es zu Aussprachen kam, wie er sie mit Jewgenij Pawlowitsch gehabt hatte, so fand er keine Antwort und fühlte sich nicht zuständig, so daß er vorzog, derartigen Gesprächen aus dem Weg zu gehen.

Es war ihm übrigens nicht entgangen, daß Nastasja Filippowna nur zu gut wußte und verstand, was Aglaja für ihn bedeutete. Sie sagte es zwar nicht, aber er sah ihr Gesicht, wenn sie ihn mitunter, noch im Anfang, auf dem Wege zu Jepantschin überraschte. Als Jepantschins wegzogen, schien sie aufzuatmen. So wenig Beobachtungsgabe er auch besaß, beunruhigte ihn doch der Gedanke, Nastasja Filippowna könnte einen Skandal entfesseln, um Aglaja aus Pawlowsk zu vertreiben. Das Geschrei und Gerede über die Hochzeit in allen Sommerhäusern wurde natürlich zum Teil von Nastasja Filippowna unterstützt, um die Nebenbuhlerin zu reizen. Da man den Jepantschins nicht leicht auf der Straße begegnete, ordnete Nastasja bei einer Spazierfahrt mit dem Fürsten an, ihr Wagen solle dicht vor den Fenstern des Hauses der Jepantschins vorbeifahren. Das war eine furchtbare Überraschung für den Fürsten; um was es sich eigentlich handelte, begriff er nach seiner Gewohnheit erst, als die Sache nicht mehr gutzumachen war und der Wagen sich schon vor den Fenstern der Jepantschins befand. Er sagte kein Wort, war aber danach zwei Tage lang krank; daraufhin wiederholte Nastasja Filippowna den Versuch nicht mehr. In den letzten Tagen vor der Hochzeit wurde sie sehr nachdenklich; es endete immer damit, daß sie ihren Kummer überwand und wieder heiter wurde wie früher, wie noch ganz vor kurzem. Der Fürst verdoppelte seine Aufmerksamkeit. Es fiel ihm auf, daß sie mit ihm nie von Rogoschin sprach. Nur einmal, etwa fünf Tage vor der Hochzeit, erhielt er plötzlich eine Mitteilung von Darja Alexejewna, er solle sofort kommen, denn Nastasja Filippowna fühle sich sehr schlecht; er fand sie in einem Zustand, der wie völlige Geistesgestörtheit aussah; sie schrie, zitterte, behauptete, Rogoschin habe sich im Garten versteckt oder bei ihnen im Hause, sie habe ihn soeben gesehen, er werde sie nachts umbringen ... sie erstechen! Den ganzen Tag kam sie nicht zur Ruhe. Aber als der Fürst am Abend für einen Augenblick zu Ippolit kam, erzählte die Hauptmannswitwe, die soeben aus der Stadt zurückgekommen war, wo sie allerlei zu erledigen hatte, Rogoschin sei heute bei ihr in ihrer Petersburger Wohnung gewesen und habe sie über Pawlowsk ausgefragt. Auf die Frage des Fürsten, wann Rogoschin dagewesen sei, nannte die Hauptmannswitwe fast die gleiche Stunde, zu welcher Nastasja Filippowna ihn heute in ihrem Garten gesehen haben wollte. Die Sache erwies sich als einfache Augentäuschung: Nastasja Filippowna ging selbst zur Hauptmannswitwe, um sich eingehend zu erkundigen, und war sehr getröstet.

Am Tag vor der Hochzeit verließ der Fürst Nastasja Filippowna in lebhafter Erregung: aus Petersburg waren von der Modistin die Toiletten für morgen eingetroffen, Brautkleid, Kopfputz und so weiter. Der Fürst hatte gar nicht erwartet, daß der Putz sie so aufregen würde, er selbst lobte alles, und sein Lob machte sie noch glücklicher. Aber sie verplapperte sich: sie hatte schon gehört, daß in der Stadt große Empörung herrschte, daß etliche Taugenichtse eine Kundgebung planten, mit Musik und angeblich sogar Spottversen, die eigens zu dem Zweck gedichtet waren, und daß das alles auch von der übrigen Gesellschaft gebilligt wurde. Und da wollte sie nun erst recht erhobenen Hauptes vor die Leute treten, durch den Geschmack und Reichtum ihrer Toilette alle überwältigen. – »Mögen sie dann schreien und pfeifen, wenn sie es wagen!« Bei dem bloßen Gedanken daran funkelten ihre Augen. Sie hatte noch einen geheimen Traum, den sie aber nicht laut aussprach: sie malte sich aus, daß Aglaja oder wenigstens eine von ihr abgesandte Person sich ebenfalls inkognito unter der Menge in der Kirche befinden und sie sehen werde – und sie bereitete sich im stillen darauf vor. Sie trennte sich vom Fürsten gegen elf Uhr abends, noch ganz mit diesen Gedanken beschäftigt; es hatte aber noch nicht zwölf geschlagen, da kam jemand von Darja Alexejewna zum Fürsten gelaufen, er solle schnell kommen, es gehe Nastasja Filippowna sehr schlecht. Der Fürst fand seine Braut, die sich im Schlafzimmer eingeschlossen hatte, in Tränen, Verzweiflung, Krämpfen vor; lange Zeit hörte sie nicht, was man ihr durch die geschlossene Tür sagte. Endlich machte sie auf, ließ nur den Fürsten ein, schloß die Tür hinter ihm wieder ab und fiel vor ihm auf die Knie. (So berichtete wenigstens später Darja Alexejewna, der es gelungen war, einiges zu erspähen.)

»Was tu ich! Was tu ich! Was tu ich dir an!« rief sie und umschlang krampfhaft seine Knie.

Der Fürst blieb eine ganze Stunde bei ihr; wir wissen nicht, was sie miteinander sprachen. Darja Alexejewna erzählte, daß sie sich nach einer Stunde versöhnt und glücklich trennten. Der Fürst schickte in dieser Nacht nochmals jemand hinüber, um sich nach Nastasja Filippownas Befinden zu erkundigen, sie schlief aber schon. Am Morgen, noch ehe sie erwacht war, erschienen zwei weitere Boten des Fürsten bei Darja Alexejewna, und erst dem dritten konnte man den Bescheid geben, Nastasja Filippowna sei zur Zeit von einem ganzen Schwarm von Modistinnen und Friseuren aus Petersburg umgeben, das von gestern sei vergessen, sie sei so beschäftigt, wie eine so schöne Frau nur mit ihrem Putz am Hochzeitsmorgen beschäftigt sein könne, und eben, in diesem Augenblick, werde eine außerordentliche Beratung darüber abgehalten, was sie von ihrem Brillantschmuck anlegen solle und wie. Der Fürst beruhigte sich vollständig.

Die weitere Geschichte dieser Hochzeit wird von Leuten, die Genaueres darüber wissen, folgendermaßen und anscheinend wahrheitsgetreu erzählt:

Die Trauung war um acht Uhr abends angesetzt; Nastasja Filippowna hatte schon um sieben ihre Vorbereitungen beendet. Schon seit sechs Uhr sammelten sich allmählich Scharen von Neugierigen vor dem Haus Lebedews, noch größere aber vor dem Darja Alexejewnas; von sieben Uhr an begann sich auch die Kirche zu füllen. Wera Lebedewa und Kolja waren in großer Angst um den Fürsten; sie hatten aber zu Hause sehr viel zu tun: sie sorgten in den Zimmern des Fürsten für Empfang und Bewirtung der Gäste. Übrigens war nach der Trauung gar keine große Gesellschaft geplant; außer den Personen, die der Trauung beiwohnen mußten, hatte Lebedew nur noch Ptizyn, Ganja, den Doktor mit dem Annenorden und Darja Alexejewna eingeladen. Als der Fürst Lebedew fragte, wie er darauf gekommen sei, den Arzt aufzufordern, den er so gut wie gar nicht kenne, antwortete Lebedew selbstzufrieden: »Er hat einen Orden am Hals und ist ein ehrenwerter Mann, das nimmt sich gut aus« – und brachte den Fürsten dadurch zum Lachen. Keller und Burdowskij sahen in Frack und Handschuhen sehr anständig aus; bloß machte Keller dem Fürsten und seinen Vertrauensleuten noch immer einige Sorge durch allzu offenkundige kriegerische Gelüste; er sah die Gaffer, die sich vor dem Haus versammelt hatten, sehr feindselig an. Endlich, gegen halb acht, begab sich der Fürst in seiner Kutsche zur Kirche. Nebenbei sei erwähnt, daß er mit Absicht keinen der bestehenden Gebräuche außer acht lassen wollte; alles ging öffentlich und »wie es sein mußte« vor sich. In der Kirche drängte er sich unter Kellers Führung, der nach rechts und links grimmige

Blicke warf, mühsam durch die Menge, die unausgesetzt flüsterte und ihr Staunen durch Ausrufe bekundete, und verschwand dann für eine Zeitlang im Altarraum, Keller aber begab sich zur Braut; vor dem Haus Darja Alexejewnas fand er eine Menge, die nicht nur zwei- oder dreimal dichter war als die vor dem Haus des Fürsten, sondern wohl auch dreimal vorlauter. Als er die Treppe hinaufstieg, hörte er derartige Ausrufe, daß er sich nicht mehr beherrschen konnte und sich schon mit einer entsprechenden Rede an das Publikum wenden wollte, aber glücklicherweise hielten ihn Burdowskij und Darja Alexejewna, die aus dem Hause gelaufen kam, noch rechtzeitig zurück; sie faßten ihn unter und führten ihn ins Zimmer. Keller war gereizt und hatte Eile. Nastasja Filippowna erhob sich, sah noch einmal in den Spiegel, bemerkte mit »schiefem« Lächeln, wie Keller später berichtete, sie sei »bleich wie der Tod«, neigte sich fromm vor dem Heiligenbild und trat aus der Haustür. Ein Gewirr von Stimmen begrüßte ihr Erscheinen. Anfangs hörte man freilich Lachen, Händeklatschen, sogar Pfiffe, aber kurz danach wurden noch andere Stimmen laut.

»So ein schönes Weib!« rief man in der Menge.

»Sie ist nicht die erste und nicht die letzte!«

»Die Ehe deckt alles zu, ihr Narren!«

»Sucht doch eine zweite, die so schön wäre! Hurra!« schrien die Zunächststehenden.

»Eine Fürstin! Für so eine Fürstin gäbe ich mein Leben hin!« rief ein Kanzlist. »,Mein Leben für eine einzige Nacht!'*«

Nastasja Filippowna war in der Tat bleich wie ein Leintuch; aber ihre großen schwarzen Augen funkelten über der Menge wie glühende Kohlen; und eben diesen Blick konnte die Menge nicht ertragen; der Unwille schlug in begeistertes Geschrei um. Schon wurde der Wagenschlag geöffnet, schon reichte Keller der Braut die Hand, als sie plötzlich aufschrie und von der Freitreppe geradewegs in die Menge hineinrannte. Alle, die sie begleiteten, waren starr vor Verwun-

* Zitat aus Puschkins „Ägyptischen Nächten" (Anmerkung des Übersetzers).

derung, die Menge machte ihr Platz, und fünf oder sechs Schritt vor der Treppe tauchte plötzlich Rogoschin auf. Seinen Blick hatte Nastasja Filippowna in der Menge aufgefangen. Sie lief wie eine Wahnsinnige auf ihn zu und faßte seine beiden Hände.

»Rette mich! Bring mich weg! Wohin du willst, sofort!«

Rogoschin fing sie in seinen Armen auf und trug sie fast bis zur Kutsche. Dann zog er blitzschnell einen Hundertrubelschein aus seinem Portemonnaie und reichte ihn dem Kutscher.

»Zum Bahnhof! Und kommst du rechtzeitig zum Zug, so kriegst du noch einen Hunderter!«

Dann sprang er zu Nastasja Filippowna in die Kutsche und schlug die Wagentür zu. Der Kutscher bedachte sich keinen Augenblick, sondern hieb auf die Pferde ein. Keller schob später alle Schuld auf die Unverhofftheit des Vorfalls. »Nur noch eine Sekunde, und ich wäre zu mir gekommen, ich hätte es nicht geduldet«, erklärte er, als er Bericht erstattete. Er rief mit Burdowskij eine Droschke, die zufällig in der Nähe hielt, und wollte den Flüchtigen nachjagen, aber unterwegs überlegte er, daß es nun doch zu spät sei und daß man sie mit Gewalt nicht zurückholen könne.

»Der Fürst wird es auch gar nicht haben wollen«, entschied Burdowskij erschüttert.

Rogoschin und Nastasja Filippowna kamen wirklich noch rechtzeitig zur Bahn. Als Rogoschin die Kutsche verlassen hatte und schon in den Zug steigen wollte, fand er noch Zeit, ein vorbeikommendes junges Mädchen in einem alten, aber anständigen dunklen Umhang und einem seidenen Kopftuch anzuhalten.

»Wollen Sie fünfzig Rubel für Ihren Umhang?« fragte er und hielt ihr eine Banknote hin.

Ehe das Mädchen sein Staunen überwunden, ja auch nur überhaupt etwas begriffen hatte, hatte er ihr das Geld schon in die Hand gedrückt, ihr den Umhang und das Tuch heruntergerissen und Nastasja Filippowna über Schultern und Kopf geworfen. Ihre prächtige Toilette fiel zu sehr in die Augen und hätte im Eisenbahnwagen Aufsehen erregt; erst später begriff das Mädchen, zu welchem Zweck man ihm zu so hohem Preis den alten wertlosen Kram abgekauft hatte.

Das Gerücht von diesem Vorfall gelangte ungewöhnlich schnell bis zur Kirche. Als Keller sich zum Fürsten begab, drängte sich eine Unmenge von Menschen, die er gar nicht kannte, mit Fragen an ihn heran. Man sprach laut, schüttelte den Kopf und lachte sogar; niemand verließ die Kirche; alle warteten darauf, wie der Bräutigam die Nachricht aufnehmen werde. Er wurde bleich, verhielt sich aber still und sagte nur ganz leise: »Ich habe manches gefürchtet; ich dachte aber doch nicht, daß es so kommen werde.« Dann, nach kurzem Schweigen, fügte er hinzu: »Übrigens ... bei ihrem Zustand ... entspricht das ganz der Ordnung der Dinge.« Dieses Verhalten nannte später Keller selbst »beispiellos philosophisch«. Der Fürst verließ die Kirche augenscheinlich ruhig und gefaßt; das glaubten wenigstens viele beobachtet zu haben und erzählten es so. Er schien möglichst schnell nach Hause gelangen und alleinbleiben zu wollen; aber dazu kam er nicht. Gleich nach ihm kamen einige von den geladenen Gästen ins Zimmer, unter anderem das Ehepaar Ptizyn, Gawrila Ardalionowitsch und der Arzt, der auch noch nicht weggehen wollte. Außerdem war das Haus buchstäblich belagert von müßigem Publikum. Noch auf der Veranda hörte der Fürst, wie Keller und Lebedew in einen heftigen Streit mit einigen ganz unbekannten Leuten gerieten, die allerdings wie Beamte aussahen und durchaus auf die Veranda wollten. Der Fürst ging zu den Streitenden, fragte, um was es sich handle, schob Lebedew und Keller höflich beiseite und wandte sich zuvorkommend an einen schon grauhaarigen und beleibten Herrn, der auf den Verandastufen an der Spitze einiger andrer Neugieriger stand; der Fürst bat ihn um die Ehre seines Besuchs. Der Herr wurde verlegen, kam aber doch mit ins Haus; ihm folgte ein zweiter und dritter. In der ganzen Menge fanden sich sieben bis acht Personen, die auch mit hereinkamen und das möglichst ungezwungen taten; weitere Interessenten fanden sich aber nicht, und bald fing man in der Menge an, die Aufdringlichen zu tadeln. Die Gäste wurden gebeten, Platz zu nehmen, eine Unterhaltung entspann sich, man reichte Tee – alles verlief höchst anständig und bescheiden, worüber sich die Gäste einigermaßen wunderten. Es wurden wohl etliche Versuche gemacht, das Gespräch auf einen heitern Ton zu stimmen und auf das »geeignete« Thema zu lenken; es wurden auch einige unbescheidene Fragen gestellt und einige »kühne« Bemerkungen gemacht. Der Fürst antwortete allen so schlicht und herzlich und zugleich mit soviel Würde, soviel Vertrauen zu dem Anstandsgefühl seiner Gäste, daß die unbescheidenen Frager von selbst verstummten. Nach und nach wurde das Gespräch beinahe ernst. Ein Herr griff ein Wort auf und schwor plötzlich in außerordentlicher Entrüstung, er werde sein Gut nicht verkaufen, was auch geschehen möge; er werde im Gegenteil warten, und ein Betrieb sei besser als Geld: »Das ist mein ökonomisches System, verehrter Herr, wenn Sie es wissen wollen.« Da er sich an den Fürsten wandte, lobte dieser ihn eifrig, obgleich Lebedew ihm ins Ohr flüsterte, der Mann habe weder Haus noch Hof und sei niemals Gutsbesitzer gewesen. So verging fast eine Stunde, das Teetrinken war beendet, und nach dem Tee wurde es den Gästen endlich peinlich, noch länger zu bleiben. Der Arzt und der grauhaarige Herr verabschiedeten sich sehr warm von dem Fürsten; auch die andern empfahlen sich lebhaft und geräuschvoll. Unter anderem wurden Wünsche und Meinungen ausgesprochen, wie etwa, daß man »nicht zu trauern brauche« und daß »es so vielleicht besser sei« und so weiter. Man hatte allerdings Versuche gemacht, Champagner zu verlangen, aber die älteren unter den Gästen geboten den jüngeren Einhalt. Als alle auseinandergegangen waren, beugte sich Keller zu Lebedew hinüber und sagte zu ihm: »Wir beide hätten Lärm geschlagen, eine Prügelei angefangen, uns blamiert und die Polizei herangelockt – er aber hat sich neue Freunde erworben, und was für welche! Ich kenne sie!« Lebedew, der ziemlich »fertig« war, seufzte und sagte: »Gott hat es den Weisen und Klugen verborgen und den Kindlein offenbart. Das habe ich schon früher gesagt, jetzt füge ich aber noch hinzu, daß Gott auch das Kindlein selbst bewahrt und vor dem Abgrund gerettet hat, Er und alle Seine Heiligen.«

Endlich, gegen halb elf, ließ man den Fürsten allein; er hatte Kopfweh; als letzter ging Kolja, der ihm half, sein Hochzeitsgewand gegen den Alltagsanzug zu vertauschen. Sie trennten sich sehr herzlich. Kolja ließ sich über das Vorgefallene nicht aus, sondern versprach, morgen in aller Frühe zu kommen. Er bezeugte später, daß der Fürst ihm bei diesem letzten Abschied keinerlei Andeutungen gemacht, also auch vor ihm seine Ansichten verheimlicht habe. Bald war fast niemand mehr im ganzen Haus: Burdowskij war zu Ippolit gegangen, Keller und Lebedew waren ebenfalls abgezogen. Nur Wera Lebedewa blieb noch einige Zeit in den Zimmern und brachte sie eilig aus ihrem festlichen Zustand in den alltäglichen. Ehe sie fortging, sah sie in das Zimmer des Fürsten hinein. Er saß am Tisch, beide Ellenbogen aufgestützt und die Hände vor dem Gesicht. Sie ging leise auf ihn zu und berührte seine Schulter; der Fürst sah sie erstaunt an und schien sich fast eine Minute lang auf etwas zu besinnen; aber als es ihm eingefallen war und er alles begriff, geriet er plötzlich in ungeheure Aufregung. Übrigens endete alles mit der dringenden und flehentlichen Bitte an Wera, man solle morgen früh vor dem ersten Zug um sieben Uhr an seine Tür klopfen. Wera versprach es; der Fürst bat sie leidenschaftlich, niemand etwas davon zu sagen; sie versprach auch das, und endlich, als sie schon die Tür geöffnet hatte, um hinauszugehen, hielt der Fürst sie zum drittenmal zurück, faßte ihre Hände, küßte sie beide, küßte sie dann auf die Stirn und sagte mit einer ganz »ungewöhnlichen« Miene: »Bis morgen!« Wenigstens erzählte Wera das später so. Sie ging in großer Angst um ihn fort. Am Morgen, als sie gegen halb acht, wie es verabredet war, an seine Tür klopfte und ihm sagte, der Zug nach Petersburg ginge in einer Viertelstunde, war sie wieder etwas ruhiger; es schien ihr, als öffnete er ihr die Türe ganz munter und sogar lächelnd. Nachts hatte er sich fast gar nicht ausgekleidet, aber doch geschlafen. Er hoffe noch am heutigen Tage wieder zurückzukommen, sagte er. Wie aus alledem hervorgeht, war er also der Ansicht, in diesem Augenblick nur ihr mitteilen zu können und zu müssen, daß er in die Stadt fahren wolle.

11

Eine Stunde später war er schon in Petersburg, und um halb zehn läutete er bei Rogoschin. Er war die Haupttreppe heraufgekommen, und ihm wurde lange nicht geöffnet. Endlich ging die Tür zur Wohnung der alten Rogoschina auf, und es zeigte sich eine alte würdig aussehende Magd.

»Parfen Semjonowitsch ist nicht zu Hause«, meldete sie. »Zu wem wollen Sie?«

»Zu Parfen Semjonowitsch.«

»Er ist nicht zu Hause.« Die Magd musterte den Fürsten mit seltsamer Neugier.

»Sagen Sie wenigstens, hat er zu Hause übernachtet? Und ... kam er gestern allein nach Hause?«

Die Magd starrte ihn an, antwortete aber nicht.

»Kam nicht mit ihm ... gestern abend ... Nastasja Filippowna?«

»Gestatten Sie die Frage – wer sind Sie denn selber?«

»Fürst Lew Nikolajewitsch Myschkin, wir kennen uns sehr gut.«

»Er ist nicht zu Hause.« Die Magd schlug die Augen nieder.

»Und Nastasja Filippowna?«

»Ich weiß nichts davon.«

»Warten Sie, warten Sie! Wann kommt er zurück?«

»Das weiß ich auch nicht.«

Die Tür fiel zu. Der Fürst beschloß, nach einer Stunde wieder vorzusprechen. Als er in den Hof hineinschaute, stieß er auf den Hausknecht.

»Ist Parfen Semjonowitsch zu Hause?«

»Jawohl.«

»Warum hat man mir dann soeben gesagt, er sei nicht zu Hause?«

»Hat man Ihnen das in seiner Wohnung gesagt?«

»Nein, es war das Dienstmädchen seiner Mutter. Bei Parfen Semjonowitsch habe ich geklingelt, aber es hat mir niemand aufgemacht.«

»Vielleicht ist er auch ausgegangen«, erklärte der Hausknecht, »er sagt es ja nie. Manchmal nimmt er auch den

Schlüssel mit, dann bleibt die Wohnung drei Tage verschlossen.«

»Weißt du bestimmt, daß er gestern zu Hause war?«

»Ganz bestimmt. Manchmal kommt er wohl auch durch die Vordertür, dann sieht man es nicht immer.«

»Und Nastasja Filippowna war gestern nicht bei ihm?«

»Das weiß ich nicht. Sie besucht ihn nur selten. Ich würde es doch wohl wissen, wenn sie dagewesen wäre.«

Der Fürst verließ den Hof und ging eine Zeitlang in Gedanken die Straße auf und ab. Die Fenster von Rogoschins Wohnung waren alle geschlossen; dagegen standen in der Wohnung seiner Mutter fast alle Fenster offen; es war ein klarer, heißer Tag, der Fürst ging über die Straße, blieb auf dem gegenüberliegenden Trottoir stehen und warf noch einen Blick auf die Fenster; sie waren nicht nur geschlossen, sondern fast bei allen waren auch die weißen Gardinen herabgelassen.

Er stand wohl eine Minute so und – seltsam! – plötzlich glaubte er zu sehen, daß der Rand einer Gardine gelüftet wurde und Rogoschins Gesicht auftauchte; es tauchte auf und verschwand im gleichen Augenblick. Er wartete noch etwas und war schon entschlossen, hinüberzugehen und noch einmal zu klingeln; dann überlegte er es sich aber anders und verschob es auf eine Stunde später. Wer kann es wissen, vielleicht war es nur eine Augentäuschung, sagte er sich.

Vor allem wollte er jetzt schnell nach dem Ismailowskij-Polk, in die frühere Wohnung Nastasja Filippownas. Er wußte, daß sie, nachdem sie auf seine Bitte vor drei Wochen Pawlowsk verlassen hatte, nach dem Ismailowskij-Polk zu einer alten guten Bekannten, einer Lehrerswitwe, gezogen war, einer kinderreichen, achtbaren Dame, die eine gut möblierte Wohnung vermietete und fast nur davon existierte. Das Wahrscheinlichste war, daß Nastasja Filippowna, als sie wieder nach Pawlowsk zog, die Wohnung in Petersburg behalten hatte; zum mindesten war es sehr wahrscheinlich, daß sie in dieser Wohnung übernachtet hatte, in die Rogoschin sie ganz sicher gebracht hatte. Der Fürst nahm eine Droschke. Unterwegs fiel ihm ein, daß er damit hätte anfangen müssen, denn es war doch kaum anzunehmen, daß sie sich nachts sofort zu Rogoschin begeben habe. Nun erinnerte er sich auch der Worte des Hausknechts, daß Nastasja Filippowna nur selten gekommen sei. Wenn sie auch sonst nur selten kam, warum sollte sie dann jetzt bei Rogoschin absteigen? Der Fürst tröstete sich mit diesen Erwägungen und kam endlich mehr tot als lebendig im Ismailowskij-Polk an.

Zu seiner größten Verwunderung hatte man bei der Lehrerswitwe weder gestern noch heute etwas von Nastasja Filippowna gehört, vielmehr kam alles herbeigerannt und staunte ihn wie ein Wunder an. Die ganze Kinderschar der Lehrerswitwe – lauter Mädchen von fünfzehn bis zu sieben Jahren – kam hinter der Mutter her, umringte und starrte ihn mit aufgerissenen Mäulchen an. Ihnen folgte ihre hagere Tante mit gelbem Gesicht und einem schwarzen Umschlagtuch, und endlich zeigte sich auch die Großmutter, ein ganz altes Frauchen mit einer Brille auf der Nase. Die Lehrerswitwe bat ihn sehr, hereinzukommen und Platz zu nehmen, was der Fürst auch tat. Er erriet sofort, daß sie genau wußten, wer er war, wie auch, daß gestern seine Hochzeit stattfinden sollte, und daß sie ihn für ihr Leben gern über die Hochzeit und über das Wunder ausgefragt hätten, wie er sie nach der Dame fragen konnte, die sich doch jetzt bei ihm befinden müßte, daß sie sich aber nicht getrauten. In kurzen Worten befriedigte er ihre Neugier bezüglich der Hochzeit. Nun gab es großes Staunen, Gejammer und Geschrei, so daß er gezwungen war, fast auch alles übrige zu erzählen, natürlich nur im Umriß. Endlich beschloß der Rat der weisen und erregten Damen, daß er unbedingt und vor allem Rogoschin heraustrommeln und von ihm alles genau erfahren müsse. Wenn er aber nicht zu Hause sei (was mit Sicherheit festgestellt werden müsse) oder nichts sagen wolle, so müsse man nach Semjonowskij-Polk fahren, zu einer deutschen Dame, einer Bekannten Nastasja Filippownas; sie wohne mit ihrer Mutter zusammen; vielleicht habe Nastasja Filippowna in ihrer Erregung und auf der Suche nach einem Schlupfwinkel bei ihr übernachtet. Der Fürst erhob sich ganz verstört; sie erzählten später, er sei »furchtbar bleich« gewesen; in der Tat konnte er sich kaum auf den Füßen halten. Endlich hörte er aus dem schauerlichen Geschnatter heraus, daß sie sich verabredeten, mit ihm gemeinsam zu handeln und ihn um seine Petersburger Adresse baten. Er hatte aber gar keine, und so riet man ihm, in einem Hotel abzusteigen. Der Fürst dachte nach und nannte die Adresse seines frühern Hotels, in dem er vor fünf Wochen den Anfall gehabt hatte. Dann begab er sich wieder zu Rogoschin. Diesmal wurde nicht nur bei Rogoschin, sondern auch bei der Alten nicht geöffnet. Der Fürst ging zum Hausknecht hinunter; mit Mühe und Not fand er ihn schließlich im Hof; der Hausknecht war beschäftigt und antwortete kaum, ja blickte nicht einmal auf; schließlich aber erklärte er doch bestimmt, Parfen Semjonowitsch sei ganz früh am Morgen fortgegangen, habe sich nach Pawlowsk begeben und käme heute nicht zurück.

»Ich will warten; vielleicht kommt er abends?«

»Vielleicht bleibt er eine ganze Woche aus, wer kann das wissen.«

»Also hat er heute doch zu Hause übernachtet?«

»Das freilich ...«

Alles das war verdächtig und unheimlich. Es war sehr gut möglich, daß der Hausknecht in der Zwischenzeit neue Instruktionen erhalten hatte: vorhin war er geradezu geschwätzig gewesen, jetzt aber wandte er dem Fürsten einfach den Rücken zu. Allein der Fürst beschloß, nach zwei Stunden nochmals zu kommen, ja sogar, wenn es nötig sein sollte, vor dem Hause zu lauern; jetzt hatte er nur noch die eine Hoffnung auf die Deutsche, und so fuhr er in Eile nach dem Semjonowskij-Polk.

Aber bei der Deutschen verstand man ihn nicht einmal. Aus einigen flüchtig hingeworfenen Worten konnte er sogar erraten, daß die schöne Deutsche vor etwa zwei Wochen mit Nastasja Filippowna in Streit geraten war; sie hatte daher all die Tage nichts von ihr gehört und suchte jetzt eifrig zu verstehen zu geben, daß sie sich nicht im geringsten für sie interessiere, »selbst wenn sie alle Fürsten auf der Welt heiratete«. Der Fürst beeilte sich wieder fortzugehen. Ihm kam unter anderm der Gedanke, sie sei vielleicht wie damals nach

Moskau gereist und Rogoschin ihr gefolgt oder gar mitgefahren. Wenn ich wenigstens irgendeine Spur fände! dachte er. Er erinnerte sich aber, daß er im Gasthaus absteigen mußte, und begab sich in Hast nach der Litejnaja; hier wies man ihm sofort ein Zimmer an. Der Kellner fragte, ob er etwas genießen wolle; er bejahte zerstreut, dann fiel ihm plötzlich zu seinem großen Ärger ein, daß das Essen ihn eine gute halbe Stunde aufhalten würde, und ganz zuletzt erst kam er darauf, daß ihn ja niemand zwingen könne, den servierten Imbiß zu sich zu nehmen, statt ihn stehenzulassen. Ein seltsames Gefühl ergriff ihn in diesem trüben und dumpfen Korridor, ein Gefühl, das qualvoll bestrebt war, sich in einen Gedanken zu verwandeln; aber er konnte immer noch nicht begreifen, worin dieser neue, sich ihm aufdrängende Gedanke bestand. Endlich verließ er mit ganz wirrem Kopf das Gasthaus; ihn schwindelte; aber wohin sollte er nun? Er stürzte wieder zu Rogoschin.

Rogoschin war nicht zurückgekehrt; auf sein Läuten wurde nicht geöffnet; er schellte bei der alten Rogoschina; man öffnete und teilte ebenfalls mit, Parfen Semjonowitsch sei nicht zu Hause und werde vielleicht drei Tage fortbleiben. Den Fürsten machte es verlegen, daß man ihn wie vorher mit so seltsamer Neugier betrachtete. Den Hausknecht fand er diesmal überhaupt nicht. Er ging wie vorhin auf die gegenüberliegende Straßenseite, sah zu den Fenstern hinauf und schlenderte wohl eine halbe Stunde, vielleicht auch länger, in der glühenden Hitze auf und ab; diesmal aber regte sich nichts; die Fenster blieben geschlossen, die weißen Vorhänge bewegten sich nicht. Das bestärkte ihn endlich in dem Gedanken, daß es auch vorhin sicher nur eine Augentäuschung gewesen sei, da auch die Fenster, wie man deutlich sehen konnte, so trüb und so lange nicht gewaschen waren, daß man nur schwer hätte erkennen können, wenn wirklich jemand durch die Scheiben geschaut hätte. Über diesen Gedanken erfreut, fuhr er wieder nach Ismailowskij-Polk zu der Lehrerswitwe.

Dort erwartete man ihn schon. Die Lehrerswitwe war schon an drei oder vier Stellen gewesen, sogar bei Rogoschin, hatte aber nirgends etwas erfahren können. Der Fürst hörte sie schweigend an, trat ins Zimmer, setzte sich auf das Sofa und sah alle der Reihe nach an, als verstünde er nicht, was man zu ihm sagte. Sonderbar: bald zeigte er gespannte Aufmerksamkeit, bald versank er plötzlich in äußerste Zerstreutheit. Die ganze Familie erklärte später, er sei an diesem Tag überraschend seltsam gewesen, so daß »vielleicht schon damals alles habe vorausgesehen werden können«. Er stand endlich auf und bat, ihm die Zimmer Nastasja Filippownas zu zeigen. Es waren zwei große, helle, hohe Zimmer, sehr anständig möbliert und nicht gerade billig. Alle diese Damen erzählten später, der Fürst habe in den Zimmern jeden Gegenstand betrachtet, habe auf dem Tisch ein aufgeschlagenes Buch aus der Leihbibliothek erblickt, den französischen Roman *Madame Bovary*, habe hineingesehen, die Seite eingebogen, auf der das Buch aufgeschlagen war, um Erlaubnis gebeten, es mitzunehmen, und es dann sofort in die Tasche gesteckt, ohne den Einspruch zu beachten, daß es aus der Leihbibliothek stamme. Dann setzte er sich an das geöffnete Fenster, und als er den mit Kreide beschriebenen Spieltisch erblickte, fragte er, wer gespielt habe. Man erzählte ihm, Nastasja Filippowna habe mit Rogoschin jeden Abend Schafskopf, Preference, Müller, Whist, Eigentrumpf – kurz alle möglichen Spiele gespielt; die Karten seien erst in der allerjüngsten Zeit, nach der Übersiedelung von Pawlowsk nach Petersburg, angeschafft worden, denn Nastasja Filippowna habe immer über Langeweile geklagt und gesagt, Rogoschin sitze den ganzen Abend da, schweige und wisse von nichts zu reden; sie habe auch oft geweint. Da habe Rogoschin am nächsten Abend plötzlich die Karten aus der Tasche gezogen; Nastasja Filippowna habe gelacht, und sie hätten sich zum Spiel gesetzt. Der Fürst fragte, wo die Karten seien, mit denen sie gespielt hätten. Aber es waren keine Karten vorhanden; die Karten brachte Rogoschin immer selber mit, jeden Abend ein neues Spiel; nachher nahm er sie wieder mit.

Die Damen rieten ihm, noch einmal zu Rogoschin zu fahren und noch einmal lauter anzuklopfen, aber nicht sofort, sondern erst gegen Abend; vielleicht wäre er doch noch zu finden. Die Lehrerswitwe erbot sich, inzwischen nach Pawlowsk zu Darja Alexejewna zu fahren; vielleicht wisse man dort etwas. Der Fürst wurde gebeten, gegen zehn Uhr abends vorzusprechen, damit man sich für alle Fälle über die morgen vorzunehmenden Schritte einigen könnte. Trotz allen Tröstungen und Versicherungen bemächtigte sich des Fürsten eine tiefe Verzweiflung. In unsagbarem Schmerz ging er zu Fuß zu seinem Gasthaus. Das im Sommer staubige und dumpfe Petersburg beengte ihn wie ein Schraubstock; er drängte sich durch rohe und betrunkene Leute, blickte zwecklos in allerlei Gesichter, ging vielleicht weit über sein Ziel hinaus; es war schon fast Abend, als er sein Zimmer betrat. Er beschloß, etwas zu ruhen und dann wieder zu Rogoschin zu gehen, wie man es ihm geraten hatte, setzte sich auf das Sofa, stützte beide Ellenbogen auf den Tisch und versank in Nachdenken.

Gott weiß wie lange und was er dachte. Vieles fürchtete er, und er fühlte schmerzlich und qualvoll, daß er sich sehr fürchtete. Wera Lebedewa fiel ihm ein; dann dachte er, daß Lebedew vielleicht etwas in der Angelegenheit wisse; wenn er aber auch nichts wisse, so könne er alles leichter und schneller erfahren als er. Dann fiel ihm Ippolit ein und daß Rogoschin bei Ippolit gewesen sei. Dann sah er Rogoschin selbst vor sich: wie er kürzlich bei der Seelenmesse erschienen war, dann im Park, dann plötzlich hier im Korridor, als er sich in der Ecke versteckt hatte und mit dem Messer auf ihn lauerte. Er sah seine Augen, wie sie damals aus dem Dunkel auf ihn blickten. Er zuckte zusammen: der Gedanke, der sich ihm vorhin aufgedrängt hatte, fuhr ihm plötzlich durch den Kopf.

Dieser Gedanke lief darauf hinaus, daß Rogoschin, wenn er sich jetzt in Petersburg befand, schließlich doch zu ihm, dem Fürsten, kommen werde, mochte er sich vorläufig auch versteckt halten; er werde kommen in guter oder in böser Absicht, vielleicht ebenso wie damals. Zum mindesten, wenn Rogoschin es aus irgendeinem Grunde für nötig finden sollte zu kommen, so gab es für ihn keinen andern Weg als hierher, in diesen selben Korridor. Eine Adresse war ihm nicht bekannt; er konnte sehr leicht auf den Gedanken kommen, daß der Fürst im gleichen Gasthaus abgestiegen war wie damals; wenigstens konnte er versuchen, ihn hier zu finden ... wenn er ihn wirklich dringend brauchte. Und wie konnte man wissen, ob er ihn vielleicht nicht in der Tat dringend brauchte?

So dachte er, und dieser Gedanke schien ihm durchaus annehmbar. Er hätte sich nie und nimmer Rechenschaft geben können, wenn er dem Gedanken weiter nachgegangen wäre: Warum Rogoschin ihn zum Beispiel plötzlich so brauchen sollte, und warum es sogar unmöglich sei, daß sie zuletzt nicht zusammenträfen. Aber der Gedanke drückte ihn schwer. Wenn es ihm gut geht, so kommt er nicht, grübelte der Fürst weiter, er kommt eher, wenn es ihm nicht gut geht; und es geht ihm sicher nicht gut ...

Natürlich mußte er, wenn er so dachte, hier im Gasthaus auf Rogoschin warten; aber er schien nicht imstande zu sein, diesen neuen Gedanken zu ertragen; er sprang auf, griff nach seinem Hut und lief hinaus. Im Korridor war es schon fast ganz dunkel. Wie, wenn er plötzlich aus jenem Winkel hervorkommt und mir auf der Treppe den Weg versperrt? fuhr es ihm durch den Kopf, als er sich der bekannten Stelle näherte. Aber es kam niemand. Er durchschritt den Torweg, betrat den Bürgersteig, wunderte sich über die große Menschenmenge, die bei Sonnenuntergang auf die Straße hinausgeströmt war (wie immer in Petersburg in der Ferienzeit), und ging in der Richtung nach der Gorochowaja. Etwa fünfzig Schritt vom Gasthaus entfernt, an der ersten Straßenkreuzung, mitten im Gedränge, faßte ihn plötzlich jemand am Arm und flüsterte ihm unmittelbar ins Ohr: »Lew Nikolajewitsch, folge mir, mein Lieber, ich brauche dich.« Es war Rogoschin.

Sonderbar: der Fürst fing ihm vor Freude gleich zu erzählen an, wie er ihn soeben auf dem Korridor im Gasthaus erwartet habe; er stammelte vor Erregung und sprach die Worte nur halb aus.

»Ich war dort«, entgegnete Rogoschin unerwartet. »Gehen wir!«

Der Fürst war erstaunt über diese Antwort, aber das Staunen kam mindestens zwei Minuten später, erst als er begriffen hatte. Als ihm die Antwort endlich klar geworden war, schrak er zusammen und begann Rogoschin ängstlich zu betrachten. Rogoschin ging bereits einen halben Schritt vor ihm her, blickte gerade vor sich hin, sah keinen Passanten an und wich allen mit mechanischer Vorsicht aus.

»Warum hast du mich nicht in meinem Zimmer aufgesucht ... wenn du im Gasthaus warst?« fragte der Fürst plötzlich.

Rogoschin blieb stehen, sah ihn an, dachte nach und sagte als hätte er die Frage gar nicht verstanden: »Weißt du was, Lew Nikolajewitsch, geh du jetzt hier geradeaus, bis zum Haus, verstehst du? Und ich will auf der anderen Seite gehen. Paß aber auf, daß wir Schritt halten.«

Als er das gesagt hatte, ging er über die Straße aufs gegenüberliegende Trottoir, blickte sich um, ob der Fürst ihm folge, und als er sah, daß er dastand und mit weit aufgerissenen Augen ihm nachstarrte, gab er ihm durch ein Zeichen mit der Hand zu verstehen, daß er nach der Gorochowaja gehen solle, und ging weiter, wobei er sich alle Augenblicke umschaute und dem Fürsten zuwinkte. Er schien ermutigt zu sein, als er sah, daß der Fürst ihn verstanden hatte und nicht zu ihm herüberkam. Dem Fürsten kam der Gedanke, daß Rogoschin jemandem auflauere, den er nicht verpassen wolle, und daß er deswegen auf die andere Seite der Straße gegangen sei. Warum hat er mir aber nicht gesagt, auf wen man achten soll? fragte er sich. So gingen sie etwa fünfhundert Schritte, und auf einmal fing der Fürst an zu zittern; Rogoschin sah sich immer noch um, wenn auch nicht mehr so oft; der Fürst hielt es nicht länger aus und winkte ihm mit der Hand. Rogoschin kam sofort zu ihm über die Straße.

»Ist Nastasja Filippowna bei dir?«

»Ja.«

»Hast *du* mich vorhin am Fenster hinter der Gardine hervor beobachtet?«

»Ja.«

»Wie hast du denn ...« Der Fürst wußte aber nicht, was

er noch fragen und wie er diese Frage abschließen sollte; zudem schlug sein Herz so stark, daß ihm das Sprechen schwerfiel. Rogoschin schwieg auch und sah ihn an wie vorher, das heißt wie in Gedanken verloren.

»Nun, ich will gehen«, sagte er plötzlich und wollte wieder über die Straße gehen, »bleib du nur auf dieser Seite. Es ist besser, wir gehen auf der Straße getrennt ... du wirst schon sehen ...«

Als sie endlich, durch den Fahrdamm getrennt, in die Gorochowaja einbogen und sich dem Haus Rogoschins näherten, knickten dem Fürsten wieder die Beine ein, so daß ihm das Gehen sehr schwerfiel. Es war schon gegen zehn Uhr abends. Die Fenster in der Wohnung der Alten standen wie vorher offen, die Rogoschins waren geschlossen, und in der Dämmerung schienen die herabgelassenen weißen Gardinen sich noch deutlicher abzuheben. Der Fürst näherte sich dem Haus auf dem gegenüberliegenden Trottoir; Rogoschin ging auf der Seite, auf der das Haus stand, er trat auf die Freitreppe und winkte dem Fürsten mit der Hand. Der Fürst ging zu ihm hinüber.

»Nicht einmal der Hausknecht weiß jetzt, daß ich zurückgekommen bin. Ich hatte vorhin gesagt, ich führe nach Pawlowsk, auch der Mutter habe ich es sagen lassen«, flüsterte er mit schlauem und beinahe zufriedenem Lächeln. »Wir gehen hinein, und niemand hört uns.« Er hatte den Schlüssel schon in der Hand. Als er die Treppe hinaufstieg, drehte er sich um und bedeutete dem Fürsten, leiser zu gehen; leise schloß er die Tür zu seiner Wohnung auf, ließ den Fürsten hinein, folgte ihm vorsichtig, schloß die Tür hinter sich zu und steckte den Schlüssel in die Tasche. »Komm«, flüsterte er. Schon auf dem Trottoir in der Litejnaja hatte er im Flüsterton gesprochen. Trotz seiner äußerlich zur Schau getragenen Ruhe befand er sich doch in einer tiefen innern Erregung. Als sie in den Saal vor seinem Arbeitszimmer kamen, ging er ans Fenster und winkte den Fürsten geheimnisvoll zu sich: »Als du vorhin bei mir klingeltest, erriet ich sofort, daß du es warst; ich schlich auf den Zehen zur Tür und hörte dich mit der Pafnutjewna sprechen; ihr hatte ich aber schon in aller Frühe gesagt: wenn du oder jemand, den du geschickt hast, oder sonst wer bei mir anklopfen sollte, so dürfe sie in keinem Fall sagen, daß ich zu Hause sei; besonders aber wenn du selbst kämest und nach mir fragtest; ich nannte ihr auch deinen Namen. Als du dann fortgegangen warst, kam mir in den Sinn: wie, wenn er jetzt hier unten steht und guckt oder auf der Straße lauert? Ich ging an dieses Fenster, schob den Vorhang zurück – und richtig, da standst du und sahst gerade auf mich ... So war es.«

»Wo ist denn ... Nastasja Filippowna?« fragte der Fürst mit stockendem Atem.

»Sie ... ist hier«, sagte Rogoschin langsam, nachdem er einen Augenblick mit der Antwort gezögert hatte.

»Wo denn?«

Rogoschin blickte zum Fürsten auf und sah ihn unverwandt an: »Komm.« Er sprach immer noch im Flüsterton und ohne Hast, langsam und seltsam nachdenklich wie schon vorher. Selbst als er vom Fenstervorhang erzählte, klang es, als ob er mit seiner Erzählung etwas anderes ausdrücken wollte, trotz aller Lebhaftigkeit seines Berichts.

Sie gingen ins Arbeitszimmer. In diesem hatte sich, seit der Fürst darin gewesen war, etwas geändert: quer durch den ganzen Raum war ein grüner Vorhang aus Seidendamast angebracht worden, mit zwei Eingängen an beiden Seiten; er trennte das Arbeitszimmer von dem Alkoven, in dem Rogoschins Bett stand. Der schwere Vorhang war zugezogen und die Eingänge geschlossen. Im Zimmer war es sehr dunkel; die »weißen« Petersburger Sommernächte näherten sich ihrem Ende, und wäre nicht Vollmond gewesen, so hätte man in den dunkeln Zimmern Rogoschins mit den herabgelassenen Vorhängen nur mit Mühe etwas erkennen können. Wohl konnte man noch die Gesichter unterscheiden, aber auch nicht recht deutlich. Rogoschins Gesicht war bleich wie immer, die Augen sahen den Fürsten an, sie funkelten hell, waren aber sonderbar unbeweglich.

»Willst du nicht eine Kerze anzünden?« fragte der Fürst.

»Nein, es ist nicht nötig«, antwortete Rogoschin, faßte den Fürsten am Arm und drückte ihn auf einen Stuhl; er selbst setzte sich ihm gegenüber und schob seinen Stuhl so nahe heran, daß sie sich fast mit den Knien berührten. Zwischen ihnen, etwas seitwärts, stand ein kleiner runder Tisch. »Setz dich; wir wollen ein bißchen ausruhen«, sagte er, als müßte er ihn überreden, Platz zu nehmen. Ungefähr eine Minute lang schwiegen beide. »Ich wußte, daß du wieder in diesem Gasthaus absteigen würdest«, fing Rogoschin an, wie man mitunter, wenn man über wichtige Dinge reden will, mit belanglosen Einzelheiten beginnt, die nicht unmittelbar zur Sache gehören. »Als ich in den Korridor kam, dachte ich: vielleicht sitzt er da und wartet auf mich, wie ich auf ihn in diesem selben Augenblick? Warst du bei der Lehrerswitwe?«

»Ja«, brachte der Fürst mit Mühe hervor, denn sein Herz schlug heftig.

»Ich habe mir auch das überlegt. Es könnte ja noch Gerede geben, sagte ich mir ... und dann kam mir der Gedanke: ich hole ihn zu mir, damit wir diese Nacht zusammen ...«

»Rogoschin! Wo ist Nastasja Filippowna?« flüsterte der Fürst plötzlich und stand auf, er zitterte an allen Gliedern.

Auch Rogoschin erhob sich. »Dort«, flüsterte er und wies mit einer Kopfbewegung auf den Vorhang.

»Sie schläft?« flüsterte der Fürst.

Wieder sah Rogoschin ihn scharf an, wie vorhin. »Ach was, komm! ... Du mußt nur ... gleichviel, komm!« Er hob die Portiere, blieb stehen und wandte sich wieder nach dem Fürsten um: »Komm herein!« sagte er und forderte den Fürsten durch eine Kopfbewegung auf, vorauszugehen. Der Fürst ging unter dem Vorhang durch.

»Hier ist es dunkel«, sagte er.

»Man sieht genug«, brummte Rogoschin.

»Ich sehe kaum ... das Bett.«

»Geh doch näher heran«, forderte Rogoschin ihn leise auf.

Der Fürst trat näher, einen Schritt, noch einen, dann blieb er stehen. Er stand da und blickte eine Minute oder zwei ins Halbdunkel; beide sprachen in der ganzen Zeit am Bett kein Wort; das Herz des Fürsten schlug so laut, daß er glaubte, bei der Totenstille, die hier herrschte, müsse man es im ganzen Zimmer hören. Nun hatten sich seine Augen schon an die Dunkelheit gewöhnt, er konnte das Bett deutlich sehen; es lag jemand darauf und schlief ganz regungslos; man hörte nicht das geringste Geräusch, nicht den leisesten Atemzug. Der Schlafende war bis über den Kopf mit einem weißen Bettuch zugedeckt; aber die Glieder hoben sich undeutlich ab; man konnte nur an den Umrissen erkennen, daß dort jemand lang ausgestreckt auf dem Rücken lag. Rundherum, auf dem Fußende des Betts, auf dem Lehnsessel davor, selbst auf dem Fußboden lagen Kleidungsstücke umher, ein kostbares weißes Seidengewand, Blumen, Bänder. Auf dem kleinen Tischchen am Kopfende glitzerten abgelegte und durcheinandergeworfene Brillanten. Am Fußende lag allerlei Spitzenwäsche zu Klumpen geballt, und von den weißen Spitzen hob sich, von dem Bettuch nicht ganz bedeckt, ein Stückchen eines nackten Fußes ab; er war wie aus Marmor gemeißelt und grauenhaft regungslos. Der Fürst starrte hin und fühlte, daß es im Raume immer stiller wurde, je länger er hinschaute. Plötzlich summte eine erwachte Fliege, schwirrte über das Bett hin und verstummte am Kopfende. Der Fürst zuckte zusammen.

»Gehen wir«, sagte Rogoschin, der ihn am Arm berührte.

Sie gingen hinaus und setzten sich wieder einander gegenüber auf dieselben Stühle. Der Fürst zitterte immer heftiger und wandte seinen fragenden Blick nicht von Rogoschins Gesicht.

»Du zitterst, wie ich sehe, Lew Nikolajewitsch«, sagte Rogoschin endlich, »fast wie bei deinen Anfällen – erinnerst du dich noch, damals in Moskau? Oder wie es einmal kurz vor einem Anfall war. Ich weiß gar nicht, was ich mit dir anfangen soll ...«

Der Fürst hörte ihm zu und gab sich die größte Mühe, ihn zu verstehen. Seine Blicke fragten immer noch. »Hast du das getan?« sagte er endlich mit einer Kopfbewegung zu der Portiere hin.

»Ja ... ich«, flüsterte Rogoschin und schlug die Augen nieder. Sie schwiegen etwa fünf Minuten. »Denn«, fuhr Rogoschin plötzlich fort, als hätte er seine Rede gar nicht unterbrochen, »denn wenn jetzt deine Krankheit kommt und ein

Anfall und Geschrei, so kann es jemand auf der Straße oder im Hofe hören; und dann erfährt man, daß hier in der Wohnung jemand ist; man wird klopfen, eindringen ... denn sie glauben ja alle, ich sei verreist. Ich habe auch kein Licht gemacht, damit man von draußen nichts merkt. Denn wenn ich fort bin, nehme ich auch die Schlüssel mit, und in meiner Abwesenheit kommt manchmal drei, vier Tage lang niemand auch nur zum Aufräumen herein, das ist bei mir so Brauch. Damit man also nicht erfährt, daß wir die Nacht hier verbringen ...«

»Warte«, sagte der Fürst, »ich fragte vorhin den Hausknecht und die Alte, ob Nastasja Filippowna hier übernachtet habe. Sie wissen es also schon.«

»Ich weiß, daß du gefragt hast. Ich sagte der Pafnutjewna, daß Nastasja Filippowna gestern dagewesen und gleich wieder nach Pawlowsk gefahren sei und daß sie sich kaum zehn Minuten bei mir aufgehalten habe. Und sie wissen auch nicht, daß sie hier übernachtet hat – niemand weiß es. Gestern kamen wir ebenso herein, ganz leise, wie heute du und ich. Ich dachte noch unterwegs, sie würde nicht heimlich kommen wollen. Aber weit gefehlt! Sie flüsterte, schlich auf den Zehenspitzen, raffte das Kleid auf, damit es nicht raschelte, hielt es mit der Hand fest, drohte mir auf der Treppe mit dem Finger – sie hatte so große Angst vor dir! Im Eisenbahnwagen war sie wie toll, alles aus Furcht, und sie kam auf ihren eigenen Wunsch zu mir übernachten; ich dachte anfangs, sie in ihre Wohnung zu der Lehrerswitwe zu bringen. ‚Dort', sagte sie, ‚findet er mich schon am frühen Morgen, du aber kannst mich verstecken, und morgen fahren wir nach Moskau', und dann wollte sie weiter nach Orel. Und als sie sich zu Bett legte, sprach sie immer wieder davon, daß wir nach Orel fahren würden ...«

»Warte mal, Parfen! Was willst du denn jetzt anfangen?«

»Ja, du machst mir Sorge, weil du immer zitterst. Die Nacht über bleiben wir beide hier. Ein Bett ist hier außer jenem nicht vorhanden, aber ich habe es mir so gedacht: wir nehmen von den beiden Sofas die Polster, und ich mache uns hier vor dem Vorhang ein Lager zurecht, für dich und für mich, damit wir nebeneinander bleiben. Denn wenn sie kommen und suchen, dann sehen sie *sie* sofort und tragen sie hinaus. Wenn sie mich verhören, sage ich, ich hätte es getan, und dann führen sie mich gleich ab. So mag sie denn jetzt hier neben uns liegen, bei dir und mir ...«

»Ja, ja!« stimmte der Fürst eifrig bei.

»Also nichts eingestehen und nicht zulassen, daß man sie hinausträgt.«

»Um keinen Preis!« erklärte der Fürst, »nie und nimmer!«

»So habe ich es auch beschlossen, daß wir sie um nichts in der Welt hergeben, mein Junge! Die Nacht verbringen wir ganz still. Ich habe heute nur auf eine Stunde das Haus verlassen, ganz in der Frühe, sonst war ich unausgesetzt bei ihr. Und abends ging ich dich suchen. Ich fürchte nur noch, daß sie riechen wird, weil es so schwül ist. Merkst du schon etwas oder nicht?«

»Vielleicht merke ich etwas, ich weiß nicht. Morgen wird man es sicher spüren.«

»Ich habe sie mit Wachstuch zugedeckt, einem guten amerikanischen Wachstuch, und über das Wachstuch noch ein Laken gelegt und vier Gläser mit Schdanowscher Flüssigkeit offen hingestellt; sie stehen da noch.«

»So wie jener ... in Moskau?«

»Es ist wegen des Geruchs, mein Junge. Wie sie daliegt! Morgen, wenn es hell wird, siehst du sie dir an. Was ist dir? Kannst du nicht aufstehen?« fragte Rogoschin mit bangem Staunen, denn der Fürst zitterte so, daß er sich nicht erheben konnte.

»Die Beine gehorchen mir nicht mehr«, stammelte der Fürst, »das kommt vom Schreck, ich weiß es ... Ist der Schreck vorüber, dann stehe ich schon auf ...«

»Warte, ich will uns erst das Lager herrichten, dann legst du dich gleich hin ... und ich lege mich neben dich ... und dann wollen wir horchen ... denn, mein Junge, ich weiß noch nicht ... Ich weiß jetzt noch nicht alles, mein Junge, ich sage es dir gleich, damit du es vorher weißt ...«

Während er diese zusammenhanglosen Worte vor sich hin brummte, machte Rogoschin das Lager zurecht. Offenbar hatte er sich das schon morgens überlegt. In der vorigen Nacht hatte er auf dem Sofa geschlafen. Aber für zwei war auf dem Sofa nicht Platz, und er wollte doch durchaus, daß sie nebeneinander liegen sollten; darum schleppte er mit großer Anstrengung die verschiedenen Kissen und Polster von beiden Sofas durch das ganze Zimmer zum Vorhang hin. Das Lager wurde, so gut es ging, hergerichtet; er trat zum Fürsten, faßte ihn zärtlich und begeistert unter, richtete ihn auf und führte ihn zu dem Schlaflager; es erwies sich aber, daß der Fürst auch allein gehen konnte; also »ging der Schreck vorüber«; aber er zitterte immer noch.

»Siehst du wohl, Bruder«, fing Rogoschin plötzlich an, nachdem er dem Fürsten das linke bessere Polster angewiesen und sich selbst zur Rechten ausgestreckt hatte; er lag in Kleidern da, beide Hände unter dem Kopf. »Es ist heiß heute, und du weißt, der Geruch ... Die Fenster fürchte ich mich zu öffnen; die Mutter hat aber Blumenstöcke, viel Blumen, und die duften so wunderschön; ich dachte sie herüberzuschaffen, aber Pafnutjewna könnte dann etwas merken, denn sie ist neugierig ...«

»Sie ist neugierig«, stimmte der Fürst bei.

»Sollte man etwa Blumen kaufen ... sie ganz mit Sträußen bedecken? Ich glaube, es wird zu traurig aussehen, mein Lieber, mit den vielen Blumen!«

»Höre mal ...« sagte der Fürst wie in Verwirrung, als überlegte er, was er fragen müsse, und vergäße es sofort wieder, »höre mal, sag mir: womit hast du sie –? Mit dem Messer? Mit dem nämlichen?«

»Mit dem nämlichen.«

»Noch etwas! Ich möchte dich noch fragen, Parfen ... ich möchte dich noch viel fragen, nach allem ... aber sage du mir lieber erst, von Anfang an, damit ich es weiß: wolltest du sie vor meiner Hochzeit töten, vor der Kirchentür, mit dem Messer? Wolltest du es oder nicht?«

»Ich weiß nicht, ob ich es wollte oder nicht ...« erwiderte Rogoschin trocken, sogar etwas erstaunt über die Frage und ohne sie ganz zu verstehen.

»Hast du das Messer niemals nach Pawlowsk mitgenommen?«

»Niemals. Ich kann dir von diesem Messer nur eines sagen, Lew Nikolajewitsch«, fügte er nach kurzem Schweigen hinzu, »ich habe es erst heute früh aus dem verschlossenen Schubkasten genommen, denn das alles geschah frühmorgens, gegen vier. Es lag bei mir immer im Buch ... Und ... und ... und noch etwas, das mir sehr sonderbar vorkommt: das Messer drang wohl anderthalb oder sogar zwei Werschok tief ein ... dicht unter der linken Brust ... und Blut floß kaum ein halber Suppenlöffel auf das Hemd; mehr war es nicht ...«

»Das, das, das«, sagte der Fürst und richtete sich in furchtbarer Erregung auf, »das, das kenne ich, ich habe davon gelesen ... man nennt das innere Verblutung ... Es kommt vor, daß sich überhaupt kein Tropfen zeigt. Das ist so, wenn man mitten ins Herz trifft ...«

»Halt! Hörst du?« unterbrach ihn Rogoschin und setzte sich erschrocken auf dem Polster auf. »Hörst du?«

»Nein«, sagte der Fürst ebenso schnell und erschrocken und sah Rogoschin an.

»Dort geht jemand! Hörst du? Im Saal ...«

Beide horchten auf.

»Ich höre es«, flüsterte der Fürst mit fester Stimme.

»Schritte?«

»Ja.«

»Soll ich die Tür schließen oder nicht?«

»Ja, schließe sie ...«

Die Tür wurde geschlossen, und beide legten sich wieder hin. Lange schwiegen sie.

»Ach ja!« flüsterte der Fürst plötzlich in der frühern erregten und hastigen Weise, als hielte er einen Gedanken fest, den er wieder zu verlieren fürchtete; er war sogar aufgesprungen. »Ja ... ich wollte noch ... diese Karten! die Karten! Du sollst mit ihr Karten gespielt haben?«

»Ja, das habe ich«, sagte Rogoschin nach kurzem Schweigen.

»Wo sind denn ... die Karten?«

»Die Karten sind hier«, sagte Rogoschin nach noch längerm Schweigen. »Hier ...« Er zog das abgenutzte, in ein Blatt Papier gewickelte Spiel aus der Tasche und reichte es dem Fürsten. Dieser nahm es, aber erst nach einigem Zögern. Ein neues, traurig hoffnungsloses Gefühl preßte ihm das Herz zusammen; er begriff sofort, daß er in diesem Augenblick und seit langem schon immer nicht das sagte, was er sagen sollte, und nicht das tat, was er tun sollte, und daß diese Karten, die er in den Händen hielt und über die er sich jetzt so freute, nichts, gar nichts mehr helfen konnten. Er stand auf und schlug die Hände zusammen. Rogoschin lag regungslos und schien seine Bewegungen nicht zu hören und nicht zu sehen; aber seine Augen blitzten durch das Dunkel und waren weit offen und unbeweglich. Der Fürst setzte sich auf einen Stuhl und blickte ihn angstvoll an. Eine halbe Stunde verging. Plötzlich fing Rogoschin laut und krampfhaft zu schreien und zu lachen an, als hätte er vergessen, daß man nur flüstern dürfe: »Der Offizier ... der Offizier ... weißt du noch, wie sie jenem Offizier im Gartenkonzert eins versetzte, hahaha! Der Kadett ... der Kadett ... der Kadett kam noch dazugesprungen ...«

Der Fürst fuhr in neuem Schrecken vom Stuhl auf. Als Rogoschin verstummte (und das geschah mit einemmal), beugte der Fürst sich leise zu ihm nieder, setzte sich neben ihn und betrachtete ihn mit heftig klopfendem Herzen und beklommenem Atem. Rogoschin wandte den Kopf nicht zu ihm hin und schien ihn sogar ganz vergessen zu haben. Der Fürst sah ihn an und wartete; die Zeit verstrich, es wurde hell. Rogoschin fing ab und zu plötzlich zu murmeln an, laut, schroff und zusammenhanglos; er schrie auf, lachte laut; der Fürst streckte dann seine zitternde Hand nach ihm aus und berührte leise seinen Kopf, sein Haar, strich darüber und über seine Wangen ... mehr konnte er nicht tun! Er fing selbst wieder an zu zittern, und wieder schienen die Beine ihm den Dienst zu versagen. Ein ganz neues Gefühl quälte sein Herz mit unendlichem Bangen. Inzwischen war es ganz Tag geworden; er legte sich endlich auf das Polster nieder, wie völlig entkräftet und verzweifelt, und preßte sein Gesicht an das bleiche und unbewegliche Rogoschins; Tränen rannen aus seinen Augen auf die Wangen Rogoschins, aber vielleicht fühlte er damals seine eigenen Tränen nicht mehr und wußte nichts von ihnen ...

Als dann, schon viele Stunden später, die Tür aufging und Leute hereinkamen, fanden sie den Mörder nicht mehr bei Bewußtsein und im Fieber. Der Fürst saß unbeweglich neben ihm auf dem Polster, und jedesmal, wenn der Kranke in seinen Phantasien aufschrie oder redete, strich er mit zitternder Hand über seine Haare und Wangen, als wollte er ihn liebkosen und beruhigen. Aber er verstand nicht mehr, wonach man ihn fragte, und erkannte die Leute nicht, die hereingekommen waren und ihn umringten. Und wenn Schneider selbst jetzt aus der Schweiz gekommen wäre, seinen einstigen Zögling und Patienten zu sehen, so hätte er in Erinnerung an den Zustand, in dem der Fürst sich mitunter im ersten Jahr seiner Schweizer Kur befunden hatte, nur eine hoffnungslose Handbewegung gemacht und gesagt wie damals: »Ein Idiot!«

12

Die Lehrerswitwe, die in großer Hast nach Pawlowsk gefahren war, begab sich geradewegs zu der noch von gestern sehr verstimmten Darja Alexejewna, erzählte ihr alles, was sie wußte, und versetzte sie dadurch erst recht in Angst. Beide Damen beschlossen sofort, sich an Lebedew zu wenden, der ebenfalls in großer Aufregung war – sowohl in seiner Eigenschaft als Freund seines Mieters wie auch als Hausbesitzer. Wera Lebedewa erzählte alles, was sie wußte. Auf Lebedews Rat beschloß man, zu dritt nach Petersburg zu fahren, um möglichst schnell das zu verhindern, »was sehr leicht passieren konnte«. So geschah es, daß schon am nächsten Morgen, gegen elf Uhr, die Wohnung Rogoschins in Gegenwart der Polizei, Lebedews, der Damen und des Bruders Rogoschins, Semjon Semjonowitsch, der im Hinterhaus wohnte, geöffnet wurde. Zum Erfolg des Unternehmens trug am meisten die Aussage des Hausknechts bei, daß er gestern gegen Abend Parfen Semjonowitsch und einen Gast durch die Hintertür und wohl heimlich habe ins Haus gehen sehen. Nach dieser Aussage hielt man sich ohne weiteres für befugt, die Tür aufzubrechen, die auf ein mehrfaches Läuten nicht geöffnet wurde.

Rogoschin überstand eine Gehirnentzündung, die ihn zwei Monate lang ans Krankenbett fesselte, dann kam die gerichtliche Untersuchung und Verhandlung. Er gab über alle Vorgänge klare, genaue und völlig befriedigende Aussagen ab, die zur Folge hatten, daß der Fürst von Anfang an zu der Gerichtsverhandlung nicht vorgeladen zu werden brauchte. Rogoschin verhielt sich während seines Prozesses sehr schweigsam. Er widersprach seinem beredten und gewandten Advokaten nicht, der klar und logisch bewies, das Verbrechen sei eine Folge der Gehirnentzündung, die schon lange vor der Mordtat ausgebrochen und auf die seelischen Erschütterungen des Angeklagten zurückzuführen sei. Er fügte aber auch von sich aus nichts hinzu, diese Ansicht zu stützen, sondern bestätigte und wiederholte wie vorher klar und genau auch die kleinsten Einzelheiten des Geschehenen. Man billigte ihm mildernde Umstände zu und verurteilte ihn zu fünfzehnjähriger Zwangsarbeit in Sibirien. Finster, schweigend und nachdenklich hörte er sein Urteil an. Sein ganzes großes Vermögen, mit Ausnahme eines verhältnismäßig sehr geringen, bei den ersten Zechereien vergeudeten Bruchteils, fiel an seinen Bruder Semjon Semjonowitsch, zu dessen nicht geringer Freude. Die alte Rogoschina ist noch immer am Leben und scheint sich manchmal ihres geliebten Sohnes Parfen zu erinnern, aber nicht ganz deutlich: Gott hat ihren Geist und ihr Herz vor der vollen Erkenntnis des Grauens bewahrt, das ihr trauriges Haus heimgesucht hat.

Lebedew, Keller, Ganja, Ptizyn und viele andere Personen unserer Erzählung leben nach wie vor, sie haben sich wenig verändert, und wir können von ihnen fast nichts sagen. Ippolit starb in großer Aufregung, etwas früher als er erwartet hatte, ungefähr zwei Wochen nach dem Tod Nastasja Filippownas. Kolja war durch die Geschehnisse tief erschüttert; er schloß sich seiner Mutter nun völlig an. Nina Alexandrowna ist in Sorge um ihn, weil er für sein Alter zu ernst sei; vielleicht wird ein tüchtiger Mann aus ihm. Unter anderm ist es zum Teil seinen Bemühungen zuzuschreiben, daß sich das weitere Schicksal des Fürsten nicht ganz ungünstig gestaltete: schon längst war ihm unter allen Personen, die er in der letzten Zeit kennengelernt hatte, Jewgenij Pawlowitsch Radomskij aufgefallen; er ging sofort zu ihm und teilte ihm alle Einzelheiten des Geschehenen mit, soweit er über sie unterrichtet war, und schilderte ihm die augenblickliche Lage des Fürsten. Er täuschte sich nicht: Jewgenij Pawlowitsch nahm sehr regen Anteil an dem Schicksal des unglücklichen »Idioten«, und dank seinen Bemühungen und seiner Fürsorge kam der Fürst wieder ins Ausland, in Schneiders Schweizer Heilanstalt. Jewgenij Pawlowitsch, der ins Ausland gereist ist, die Absicht hat, sehr lange in Europa zu bleiben, und sich offenherzig einen »in Rußland ganz überflüssigen Menschen nennt«, besucht seinen kranken Freund bei Schneider recht oft, mindestens alle paar Monate; Schneider aber macht ein immer finstreres Gesicht und schüttelt den Kopf; er deutet eine völlige Zerrüttung der geistigen Organe an; er spricht zwar noch nicht bestimmt von Unheilbarkeit, erlaubt sich aber doch die betrüblichsten Andeutungen. Jewgenij Pawlowitsch nimmt sich das sehr zu Herzen, und er hat Herz, was er schon dadurch bewiesen hat, daß er Briefe von Kolja empfängt und zuweilen auch beantwortet. Außerdem ist aber noch ein seltsamer Zug in seinem Charakter zutage getreten; und da es ein guter Zug ist, wollen wir ihn sofort mitteilen: nach jedem Besuch der Schneiderschen Anstalt schickt Jewgenij Pawlowitsch, außer an Kolja, noch einen Brief an jemand in Petersburg mit einer sehr ausführlichen und teilnahmsvollen Schilderung des Gesundheitszustandes des Fürsten im gegebenen Augenblick. Außer ehrfürchtigsten Ergebenheitsbeteuerungen tauchen in diesen Briefen mitunter (und zwar immer öfter) mancherlei aufrichtige Bekenntnisse, Darlegungen von Anschauungen, Begriffen, Empfindungen auf – mit einem Wort, es kommt etwas zutage, das wie Freundschaft und Zuneigung aussieht. Die Person, die – wenn auch sehr selten – mit Jewgenij Pawlowitsch korrespondiert und in so hohem Grad seine Aufmerksamkeit und Achtung gewonnen hat, ist Wera Lebedewa. Wir vermochten nicht genau zu ermitteln, wie sich solche Beziehungen anknüpfen konnten; unzweifelhaft war der Anlaß der Vorfall mit dem Fürsten, über den Wera Lebedewa so tief erschüttert war, daß sie sogar erkrankte; aber unter welchen Umständen die Bekanntschaft und Freundschaft geschlossen wurde, wissen wir nicht. Wir erwähnten diese Briefe vor allem deswegen, weil einige von ihnen Mitteilungen über die Familie Jepantschin und hauptsächlich über Aglaja Iwanowna Jepantschina enthielten. Jewgenij Pawlowitsch berichtete über sie in einem ziemlich verworrenen Brief aus Paris, daß sie nach einer kurzen und ungewöhnlichen Neigung zu einem Emigranten, einem polnischen Grafen, diesen plötzlich geheiratet habe, gegen den Willen ihrer Eltern, die zwar endlich ihre Zustimmung gegeben hätten, aber nur, weil alles mit einem unglaublichen Skandal zu enden drohte. Dann, nach fast einem halben Jahr Schweigens, meldete Jewgenij Pawlowitsch seiner Korrespondentin, wiederum in einem langen ausführlichen Brief, er sei bei seinem letzten Besuch in der Schweiz bei Professor Schneider mit allen Jepantschins (ausgenommen natürlich Iwan Fjodorowitsch, den seine Geschäfte in Petersburg zurückhielten) und dem Fürsten Sch. zusammengetroffen. Die Begegnung war höchst sonderbar; Jewgenij Pawlowitsch wurde von allen geradezu begeistert empfangen, Adelaida und Alexandra glaubten ihm sogar danken zu müssen für seine »engelhafte Fürsorge für den unglücklichen Fürsten«. Als Lisaweta Prokofjewna den Fürsten in seinem kranken und erniedrigten Zustand sah, weinte sie von ganzem Herzen. Augenscheinlich war ihm schon alles verziehen. Fürst Sch. sagte bei dieser Gelegenheit ein paar sehr angebrachte und kluge Wahrheiten. Jewgenij Pawlowitsch schien es, als wären er und Adelaida noch nicht ganz einig; aber es sah so aus, als müßte es in Zukunft unbedingt zu einer völlig freiwilligen und herzlichen Unterwerfung Adelaidas unter den

Verstand und die Erfahrung des Fürsten Sch. kommen. Zudem hatten auch die Lehren, die der Familie zuteil geworden waren, sie stark beeindruckt, vor allem der letzte Vorfall mit Aglaja und dem gräflichen Emigranten. Alles, was die Familie gefürchtet hatte, als Aglaja diesen Grafen heiraten wollte, hatte sich schon in einem halben Jahre verwirklicht, wozu noch etliche Überraschungen gekommen waren, an die man nicht einmal gedacht hatte. Es stellte sich heraus, daß dieser Graf überhaupt kein Graf war, und wenn er wirklich emigriert war, so steckte eine ziemlich dunkle und zweideutige Geschichte dahinter. Er hatte Aglaja durch die ungewöhnliche Vornehmheit seiner vom Heimweh zermarterten Seele gefesselt, und zwar so, daß sie noch vor ihrer Heirat Mitglied eines geheimen Komitees zur Wiederherstellung Polens und außerdem Beichtkind eines berühmten katholischen Paters wurde, der sich ihres Geistes völlig bemächtigte und sie dem Wahnsinn nahebrachte. Das kolossale Vermögen des Grafen, für das er Lisaweta Prokofjewna und dem Fürsten Sch. fast unwiderlegliche Belege vorgewiesen hatte, erwies sich als überhaupt nicht vorhanden. Mehr noch, in einem halben Jahr nach der Hochzeit war es dem Grafen und seinem Freund, dem berühmten Beichtiger, schon gelungen, Aglaja mit den Ihrigen völlig zu entzweien, so daß diese sie schon seit Monaten nicht mehr gesehen hatten ... Mit einem Wort, es gäbe noch viel zu erzählen, aber Lisaweta Prokofjewna, ihre Töchter und selbst Fürst Sch. waren über all diesen »Terror« schon so entsetzt, daß sie sich sogar scheuten, manche Dinge im Gespräch mit Jewgenij Pawlowitsch zu erwähnen, obgleich sie wußten, daß er die Geschichte der letzten Leidenschaft Aglaja Iwanownas ohnehin sehr gut kannte. Die arme Lisaweta Prokofjewna wäre gern nach Rußland zurückgekehrt, und Jewgenij Pawlowitsch berichtet, daß sie alles Ausländische sehr bissig und parteiisch kritisiert habe: »Nirgends können sie anständig Brot backen, im Winter frieren sie wie die Mäuse im Keller«, sagte sie, »aber wenigstens habe ich hier über diesen armen Menschen gut russisch weinen können«, fügte sie hinzu und wies erregt auf den Fürsten, der sie gar nicht erkannte. »Genug der Schwärmerei, es ist Zeit, daß die Vernunft wieder zu ihrem Recht kommt. Und das alles, dieses ganze Ausland und euer ganzes Europa ist bloße Phantasie, und wir alle im Auslande sind auch nur Phantasie ... denkt an meine Worte, ihr werdet es selbst einmal sehen!« schloß sie beinahe zornig, als sie sich von Jewgenij Pawlowitsch verabschiedete.

PERSONENVERZEICHNIS

Fürst Lew Nikolajewitsch Myschkin
Nikolaj Andrejewitsch Pawlistschew, sein Pflegevater
Antip Burdowskij, angeblich ein unehelicher Sohn Pawlistschews

Parfen Semjonowitsch Rogoschin
Semjon Semjonowitsch (Senjka), sein Bruder
Semjon Parfenowitsch, ihr Vater
Pafnutjewna, Magd der Rogoschins

Nastasja Filippowna Baraschkowa, Tochter des verstorbenen Gutsbesitzers Filipp Alexandrowitsch Baraschkow
Afanasij Iwanowitsch Tozkij, ihr Pflegevater
Katja, Pascha und Nastja, ihre Dienstmädchen
Marfa, ihre Köchin
Darja Alexejewna, eine Freundin Nastasja Filippownas

Iwan Fjodorowitsch Jepantschin, General
Jelisaweta (Lisaweta) Prokofjewna Jepantschina, seine Frau

<table>
<tr><td>Alexandra Iwanowna
Adelaida Iwanowna
Aglaja Iwanowna</td><td>} ihre Töchter</td></tr>
</table>

Fürst Sch., Verlobter Adelaidas
Jewgenij Pawlowitsch Radomskij, ein entfernter Verwandter des Fürsten Sch.
Fürst N.
Fürstin Belokonskaja

Ardalion Alexandrowitsch Iwolgin, General a. D.
Nina Alexandrowna Iwolgina, seine Frau

<table>
<tr><td>Gawrila Ardalionowitsch (Ardalionytsch) Iwolgin, auch Ganja, Ganjetschka und Ganjka genannt
Warwara Ardalionowna (Warja, Babette)
Nikolaj Ardalionowitsch, auch Kolja und Kolinjka genannt</td><td>} ihre Kinder</td></tr>
</table>

Iwan Petrowitsch Ptizyn, Verlobter Warwaras
Ferdystschenko, Untermieter bei Iwolgins
Matrjona, Dienstmädchen der Iwolgins

Marfa Borisowna Terentjewa, Hauptmannswitwe
Ippolit Terentjew, ihr Sohn
Lenotschka, ihre Tochter
Surikow, ein Hausgenosse der Terentjews

Lukjan Timofejewitsch Lebedew, Beamter
Wera Lukjanowna, seine Kinder
Konstantin (Kostja), seine Kinder
Tatjana (Tanja), seine Kinder
Ljubow (Ljubotschka), seine Kinder
Wladimir Doktorenko, sein Neffe
Keller, Leutnant a. D.

ANHANG

NACHWORT

Ende 1866 hatte Dostojewskij den ersten seiner großen Romane, »Schuld und Sühne«, beendet. Der Roman fand großen Anklang, und der Verleger Katków, der ihn in seiner Zeitschrift »Rússkij Wéstnik« (»Der Russische Bote«) veröffentlicht hatte, gab Dostojewskij einen erheblichen Vorschuß für einen neuen Roman, der in der gleichen Zeitschrift erscheinen sollte. Am 15. Februar 1867 ging Dostojewskij, dessen erste Frau am 15. April 1864 gestorben war, seine zweite Ehe ein, mit Anna Grigórjewna Snítkina, die ihm seit Oktober 1866 als Stenographin bei seiner schriftstellerischen Arbeit geholfen hatte. Da Dostojewskij, der durch den Mißerfolg seiner Zeitschrift »Epocha« und den Tod seines Bruders hoch verschuldet war, fürchten mußte, ins Schuldgefängnis zu kommen, fuhr er zwei Monate nach seiner Eheschließung, am 14. April 1867, mit seiner Frau ins Ausland. Zuerst ließ sich das junge Paar in Dresden nieder. Dostojewskij machte vom 4.–15. (16.–27.) Mai* einen Abstecher nach Homburg v. d. H., wo er seiner Spielleidenschaft frönte und mehr als tausend Franken verspielte.

Am 21. 6. (3. 7.) fuhren Dostojewskij und seine Frau nach Baden-Baden und verbrachten hier sieben entsetzliche Wochen, in denen Dostojewskij, geschüttelt vom Spielfieber, nicht nur alles Geld verspielte – darunter die großen Vorschüsse für den noch nicht geschriebenen Roman –, sondern auch die geringen Habseligkeiten seiner Frau und die irgend entbehrliche Kleidung zu Geld machte, um auch dies wieder sofort zu verspielen. Hilfe von Freunden und neue Vorschüsse des Verlegers ermöglichten den jungen Eheleuten die

* Das erste Datum gibt die Tage nach dem damals in Rußland noch geltenden Julianischen, das zweite nach dem heute geltenden Gregorianischen Kalender an. Wenn nur ein Datum angegeben ist, bezieht es sich auf den Julianischen Kalender.

Flucht aus dieser Hölle. Am 11. (23.) August fuhren sie von Baden-Baden ab, zunächst nach Basel, wo Dostojewskij im Museum das Bild Hans Holbeins d. J. »Christus im Grabe« betrachtete, das einen tiefen, erschütternden Eindruck auf ihn machte. Vom 13. (25.) August an lebten die Dostojewskijs dann in Genf, wo ihnen am 22. Februar (25. März) 1868 ihr erstes Kind, eine Tochter (Sofja), geboren wurde, die aber schon am 12. (24.) Mai starb. Unter diesen unendlich notvollen Umständen entstand der neue große Roman Dostojewskijs, »Der Idiot«.

Bis zur Ankunft in Genf hatte er noch keine Zeile geschrieben. Die ersten Notizen sind am 14. (26.) September 1867 zu Papier gebracht. Er wälzt nun wochenlang Plan auf Plan. Die Zeit drängt. Die vereinbarte Frist zur Ablieferung des ersten Teiles (Dezember 1867) ist schon bedrohlich nahe. Trotzdem verwirft er am 22. November (4. Dezember) 1867 alles bisher Geschriebene. 14 Tage lang entwirft er einen völlig neuen Roman, täglich macht er durchschnittlich 6 Pläne, wie er an einen Freund schreibt: »Mein Kopf verwandelte sich in eine Mühle. [...] Endlich, am 18. Dezember [neuen Stils = 6. Dezember alten Stils] setzte ich mich hin und begann, den neuen Roman niederzuschreiben.« Am 24. Dezember 1867 (5. Januar 1868) schickt er die Reinschrift der ersten fünf Kapitel an den Verleger nach Rußland, am 30. Dezember (11. Januar) das 6. und 7. Kapitel. Er hat also in 24 Tagen die Seiten 7 bis 117 der vorliegenden Ausgabe niedergeschrieben. Dabei war dieser Teil besonders wichtig, denn hier mußten die entscheidenden Weichen für die Entwicklung der Charaktere und der Handlung gestellt werden, und für Dostojewskij selbst waren damals viele Probleme seines eigenen Werkes noch völlig ungelöst.

Unter fast übermenschlichen Anstrengungen hat Dostojewskij dann das ganze Jahr 1868, zuerst in Genf, dann in Vevey, dann in Mailand und Florenz bei ständigem Zeitdruck und in schwierigen finanziellen Verhältnissen an dem Roman gearbeitet und ihn am 17. (29.) Januar 1869 in Florenz vollendet.

Was ist das für ein Werk, das so, in verhältnismäßig kurzer

Zeit, unter schweren Sorgen, mit unsäglicher Mühe entstanden ist?

Betrachtet man die Handlung für sich, so könnte sie den Stoff für ein Melodrama bieten, und es ist kein Zufall, daß der Roman mehrere Male erfolgreich verfilmt worden ist. Im Mittelpunkt der Handlung steht Nastásja Filíppowna Baráschkowa, eine junge Frau, die sechzehnjährig von einem reichen Gutsbesitzer (Tózkij) verführt, dann etwa 9 Jahre lang von ihm als Mätresse ausgehalten worden ist. Nun ist er ihrer überdrüssig geworden und will sie gegen eine gute Mitgift verheiraten. Es findet sich auch ein Bewerber, der sie um diesen Preis nehmen will (Gánja Íwolgin). Aber sie läßt sich nicht verkaufen, zumal zwei Männer sich um sie bemühen, die sie nicht um des Geldes, sondern um ihrer selbst willen lieben: der reiche Kaufmann Rogóschin, der sie mit heißer sinnlicher Liebe begehrt und bereit ist, ihr für eine Nacht hunderttausend Rubel zu geben, und der herzensgute, aber kränkliche Fürst Mýschkin, der von ihrer großen, durch tiefes Leiden noch verstärkten Schönheit bezaubert ist. Seine Liebe ist ganz ohne sexuelles Begehren – ja, durch seine Krankheit ist er anscheinend zum Vollzug sexueller Liebe gar nicht fähig. Seine Liebe ist vor allem durch Mitleid bestimmt. Nastásja Filíppowna ist hin- und hergerissen zwischen diesen beiden Männern, die sie mit so verschiedener Liebe lieben. Obwohl sie durch den Tausch ihrer Taufkreuze zu Wahlbrüdern geworden sind, erhebt Rogóschin das Messer gegen Mýschkin, der nur gerettet wird, weil ihn in diesem Augenblick ein epileptischer Anfall niederwirft. Immer wenn Nastásja Filíppowna sich entschlossen hat, den einen der beiden Rivalen zu heiraten, flieht sie im letzten Augenblick, fast vom Traualtar fort, und wirft sich dem anderen in die Arme. Als sie auf solche Weise zum zweiten Mal der Trauung mit Fürst Mýschkin entflohen ist, nimmt Rogóschin sie zu sich und tötet sie in der ersten Nacht mit dem Messer, das er einst gegen seinen Nebenbuhler erhoben hatte. Dieser kommt am nächsten Tag zu ihm, und nun halten sie gemeinsam Totenwache am Leichnam der von ihnen beiden geliebten Frau. Der eine wird vor Gericht gestellt, der andere, der Fürst, der von Kind auf von Geisteskrankheit bedroht war, versinkt in unheilbare Idiotie.

Schon aus dieser knappen Vergegenwärtigung der Haupthandlung ist zu spüren, daß es Dostojewskij bei diesem Roman um mehr ging als um die Schürzung und Auflösung eines Knotens in einem um die Themen von Liebe und Tod kreisenden nervenkitzelnden Melodrama. Hinter der Handlung des Romans steht eine bestimmte Anschauung vom Sinn der Liebe, eine klar durchdachte Philosophie der Liebe, die in fast allen Werken Dostojewskijs in der einen oder anderen Form zur Sprache kommt, aber vielleicht nirgends so klar wie im »Idioten«.

Die erotische Liebe ist die Kraft einer besonderen, ausschließlichen Anziehung eines Menschen durch eine Person des anderen Geschlechts und eine besondere, ausschließliche Bejahung dieser Person. Sie ist unterschieden von der helfenden, erlösenden, mitleidenden Liebe, die sich jedem »Nächsten« in gleicher Weise zuwendet, sofern dieser Nächste meiner Hilfe oder meines Mitleidens bedarf. Es kann und muß etwas von dieser helfenden, mitleidenden Liebe auch in der erotischen Liebe vorhanden sein, denn der Liebende gibt dem Geliebten in der Liebesbegegnung ja tatsächlich etwas, was diesem fehlt, wessen dieser bedarf. Der Fürst Mýschkin, befangen in seiner Kindlichkeit, vermag diese beiden Arten der Liebe nicht klar zu unterscheiden. Die erotische Zuneigung zu Nastásja Filíppowna ist beim Fürsten verschlungen von der Liebe des Mitleids; und auf der anderen Seite von Nastásja Filíppowna steht Rogóschin, dessen leidenschaftliche Liebe zu ihr ganz ohne Mitleid ist. Da sie bei keinem von beiden die volle eheliche Liebe findet, die zu gleichen Teilen aus aufsteigender Liebe – der Bewunderung der Schönheit –, absteigender Liebe – dem Mitleid – und partnerschaftlicher Liebe – dem Bejahen des sexuell anderen gerade in seinem Anderssein – besteht, schwankt sie zwischen dem Fürsten und Rogóschin hin und her und geht an dieser schuldhaften Unvollkommenheit ihrer beiden Partner zugrunde.

Obwohl das Liebesdrama zwischen Nastásja Filíppowna, dem Fürsten Mýschkin und Rogóschin die Haupthandlung des Romanes darstellt, erschöpft dieser sich doch nicht darin. Denn außer diesem Liebesdrama und den drei darin handelnd auftretenden Gestalten gibt es in dem Roman eine Fülle weiterer Handlungslinien und eine große Zahl von Personen, die z. T. ausführlich und höchst eindrucksvoll geschildert werden, und auch die drei Gestalten werden nicht nur in ihrem Liebesschicksal gezeigt.

Das gilt vor allem für den Fürsten Mýschkin, den »Idioten«, der nicht umsonst der Titelheld des Romans ist. Viel stärker als Nastásja Filíppowna und Rogóschin steht er im Mittelpunkt des Interesses des Erzählers und somit auch des Lesers. Fast in jeder der Szenen ist er gegenwärtig, während wir von den beiden anderen über ganze Kapitel hinweg gar nichts hören, und wichtige Selbstzeugnisse Dostojewskijs bestätigen, daß seine Gestalt die ideelle Mitte des Romans sein sollte. In einem oft zitierten Brief an seine geliebte Nichte Sófija Aleksándrowna Iwánowa, der er auch die erste Veröffentlichung des Romans in der Zeitschrift »Rússkij Westnik« gewidmet hat, schrieb Dostojewskij am 1. (13.) Januar 1868, also zwei Tage nach Absendung des 5. und 6. Kapitels des Romans an den Verlag, über seine Arbeit an dem Roman und über dessen »Idee« oder »Hauptgedanken«:

»Ich befand mich in einer komplizierten Situation. Von meiner Arbeit hängt mein ganzes Schicksal ab. Außerdem hatte ich von der Redaktion des ›Rússkij Westnik‹ ungefähr 4500 Rubel Vorschuß genommen und mein Ehrenwort gegeben, und es ein ganzes Jahr lang in jedem Brief an die Redaktion bekräftigt, daß sie einen Roman bekommen. Und dann mußte ich den Roman, kurz bevor ich ihn der Redaktion schicken wollte, zu Makulatur machen, weil er mir nicht mehr gefiel (und wenn etwas nicht mehr gefällt, kann man es nicht gut schreiben). Ich vernichtete vieles von dem Geschriebenen. Doch mit diesem Roman waren die Bezahlung meiner Schulden, mein Lebensunterhalt und meine ganze Zukunft verbunden. Da machte ich mich vor drei Wochen (am 18. Dezember neuen Stils) an einen anderen Roman und arbeitete Tag und Nacht. Die Idee des Romans ist eine alte Lieblingsidee von mir, aber so schwierig, daß ich mich lange Zeit nicht an sie heranwagte, und wenn ich es nun doch tat, dann einzig und allein deshalb, weil ich mich in einer nahezu verzweifelten Situation befand. Der Hauptgedanke des Romans ist die Darstellung eines ganz und gar vollkommenen Menschen. Es gibt nichts Schwierigeres auf der Welt, besonders heutzutage. Alle Schriftsteller, nicht nur unsere, sondern sogar alle europäischen, wer immer sich an die Gestaltung des *positiv* Schönen gemacht hat – er mußte passen. Weil es eine maßlose Aufgabe ist. Das Schöne ist ein Ideal, und das Ideal ist bislang weder bei uns noch im zivilisierten Europa annähernd erarbeitet. Auf der Welt gibt es nur *eine* positiv schöne Gestalt – Christus, so daß die Erscheinung dieser unermeßlich und unendlich schönen Gestalt freilich ein unendliches Wunder ist (das ganze Evangelium des Johannes ist in diesem Sinn zu verstehen; er findet das Wunder allein in der Fleischwerdung, der Erscheinung des Schönen). Doch ich bin zu weit abgeschweift. Ich will nur noch darauf hinweisen, daß von den schönen Gestalten in der christlichen Literatur Don Quijote am vollendetsten ist. Doch er ist nur deshalb schön, weil er zugleich auch lächerlich ist. Der ›Pickwick‹ von Dickens (in der Idee unendlich schwächer als der ›Don Quijote‹; aber dennoch gewaltig) ist ebenfalls lächerlich und nur dadurch ergreifend. Es entsteht Mitleid mit dem verspotteten, sich seines Wertes nicht bewußten Schönen – folglich empfindet auch der Leser Sympathie. Mitleid zu erregen, darin liegt ja gerade das Geheimnis des Humors. Auch Jean Valjean [aus Victor Hugos Roman ›Die Elenden‹] ist ein bemerkenswerter Versuch – doch erweckt er Sympathie durch sein entsetzliches Unglück und die Ungerechtigkeit der Gesellschaft gegen ihn. Bei mir gibt es nichts, überhaupt nichts dergleichen, und deshalb muß ich schrecklich fürchten, daß es ein völliger Mißerfolg wird. Einige Details sind vielleicht gar nicht schlecht. Ich fürchte, es wird langweilig. Der Roman ist lang. Den gesamten *ersten Teil* habe ich in 23 Tagen geschrieben und kürzlich abgeschickt. Er ist ganz und gar nicht effektvoll. Natürlich ist das nur die Einführung, und gut ist, daß noch nichts verdorben ist; es wird aber auch fast gar nichts erklärt, nichts ist hingestellt. Mein einziger Wunsch ist, daß der erste

Teil wenigstens ein gewisses Interesse beim Leser weckt, damit er zum zweiten greift. Den zweiten, an den ich mich heute setze, beende ich in einem Monat (so habe ich ja mein ganzes Leben lang gearbeitet). Ich glaube, er wird stärker und gehaltvoller als der erste. Wünschen Sie mir, liebe Freundin, doch ein wenig Erfolg! Der Roman heißt *Der Idiot*, er ist Ihnen, also Sofija Alexandrowna Iwanowa gewidmet. Meine liebe Freundin, wie sehr wünschte ich, der Roman machte dieser Widmung wenigstens ein bißchen Ehre. Jedenfalls kann ich mich selbst nicht beurteilen, schon gar nicht jetzt, im ersten Feuer.«

In einem anderen Brief, an Májkow, vom 31.12.1867 (12.1.1868), schreibt er ganz ähnlich, die Idee des Romanes sei, »einen ganz und gar schönen Menschen darzustellen«, und er betont, daß »das Ganze« des Romans »in der Gestalt des Helden« liege.

In beiden Briefen sagt er, diese Aufgabe sei unendlich schwer, weil das Schöne ein Ideal sei, das Ideal aber sei weder in Rußland noch in Europa »ausgearbeitet«. Dostojewskij will sagen: Es gibt keine klar formulierte und begründete und als gemeingültig anerkannte »Tafel der Werte«. Die Menschen streiten darüber, was gut und was böse ist – die Demut oder der Stolz, die Nächstenliebe oder der »vernünftige Egoismus«, die Selbsthingabe oder die Selbstbehauptung. Aber einen Maßstab der Werte gibt es für Dostojewskij: die Gestalt Christi. Über ihn hatte er schon bald nach seiner Entlassung aus dem sibirischen Zuchthaus in einem Brief gesagt: »Ich glaube, daß es nichts Schöneres, Tieferes, Sympathischeres, Vernünftigeres, Männlicheres und Vollkommeneres gibt als Christus; und nicht nur, daß es so etwas nicht gibt, sondern mit eifersüchtiger Liebe sage ich mir, daß es so etwas auch nicht geben kann. Ja noch mehr: Wenn mir jemand bewiese, daß Christus außerhalb der Wahrheit ist, und wenn es *wirklich* so wäre, daß die Wahrheit außerhalb von Christus ist, so wollte ich lieber mit Christus bleiben als mit der Wahrheit.«

Ist Christus für Dostojewskij also das Bild des »positiv« oder des »ganz und gar« schönen Menschen, so muß er, wenn er in seinem Roman gleichfalls »einen positiv schönen Menschen« darstellen will, diesen am Bild Christi orientiert sein lassen. Und dies tut Dostojewskij denn auch in sehr deutlicher Weise. Manche Szene des Romans scheint nur dazu erfunden zu sein, dies deutlich zu machen. Alle Seligpreisungen der Bergpredigt treffen auf ihn zu: »Selig sind, die geistlich arm sind...; selig sind die Sanftmütigen...; selig sind die Barmherzigen...; selig sind, die reinen Herzens sind...; selig sind die Friedfertigen...«; oder auch, was der Apostel Paulus im »Hohenlied der Liebe« (1. Kor. 13) geschrieben hat, scheint über den Fürsten Mýschkin geschrieben zu sein: »Die Liebe ist langmütig und freundlich; die Liebe eifert nicht, die Liebe treibt nicht Mutwillen; sie blähet sich nicht; sie stellet sich nicht ungebärdig, sie suchet nicht das Ihre, sie läßt sich nicht erbittern, sie rechnet das Böse nicht zu, sie freuet sich nicht der Ungerechtigkeit, sie freuet sich aber der Wahrheit, sie verträget alles, sie glaubet alles, sie hoffet alles, sie duldet alles.«

Ein weiterer Zug, der den Fürsten Mýschkin eng mit Jesus verbindet, ist die Liebe zu den Kindern. Auch Mýschkin könnte sagen: »Lasset die Kinder zu mir kommen und wehret ihnen nicht, denn solcher ist das Reich Gottes.«

Dies alles rückt ihn so in die Nähe Christi, daß manche gemeint haben, Dostojewskij wolle hier wirklich eine Christusgestalt darstellen, einen Christus im 19. Jahrhundert, im Zeitalter des Kapitalismus in einer modernen Großstadt, und er wolle zeigen, wie dieser neue Christus in der sich christlich nennenden Gesellschaft des 19. Jahrhunderts ebenso zum Scheitern verurteilt sei wie jener erste 1800 Jahre zuvor im Reich des Römischen Kaisers und der jüdischen Hohenpriester. Die den Roman so verstehen, können sich dabei berufen auf eine Äußerung Dostojewskijs in seinen Entwürfen zum »Idioten«, wo er dreimal notiert »Der Fürst [ist] Christus«. Aber damit kann Dostojewskij nicht gemeint haben, daß Mýschkin eine christusgleiche Gestalt sei. Sowohl in dem Brief an seine Nichte (s. o., S. 814) wie auch im Roman selbst setzt er ihn deutlich von Christus ab, so schon, wenn er ihn sagen läßt, daß er sich als einen Christen betrachte. Ist er ein

Christ, so kann er nicht Christus sein. Er steht in der Nachfolge Christi und strahlt dessen Geist aus. In diesem Sinn dürfte die Notiz Dostojewskijs zu verstehen sein.

Im übrigen aber unterscheidet Mýschkin sich nach seinem Charakter, seiner Lehre und seiner Handlungsweise von Christus – auf jeden Fall von dem Bild, das Dostojewskij sich von Christus gemacht und das er in dem zitierten Glaubensbekenntnis formuliert hat. »Nichts Mannhafteres und nichts Vollkommeneres«, so sagte er dort, könne es geben als Christus. Bei allem Positiven, was man von Fürst Mýschkin sagen kann – dies beides gerade nicht. Dem Fürsten fehlt die Mannhaftigkeit nicht nur im sexuellen Sinn, es fehlt ihm die Kraft der Selbstbehauptung, die Kraft, sich zu entscheiden, wo eine Entscheidung unbedingt nötig wäre (nämlich welche der beiden Frauen, die er liebt und die ihn lieben, er heiraten will); und durch diese Unfähigkeit zur Entscheidung gerät er in tiefe Schuld beiden Frauen gegenüber, wird schuldig an ihrem Untergang. Sein Ende in der Idiotie ist nicht die Selbsthingabe eines Unschuldigen, sondern die Folge seiner schuldhaften Verstrickung in Verhältnisse und Affären, denen er nicht gewachsen war. Rádomskij hat recht, wenn er dem Fürsten sagt (S. 758), daß dieser *anders* gehandelt habe als Christus. Christus hat der Ehebrecherin vergeben, aber er hat ihr nicht gesagt, daß sie recht gehandelt habe, und er hat ihr natürlich auch keinen Heiratsantrag gemacht. Bei Christus gibt es nicht diese unglückselige Verwechslung und Vermischung von »herabsteigender«, mitleidsvoller, vergebender Liebe und erotischer Neigung, die Mýschkin und beide von ihm geliebten Frauen ins Verderben bringt. Mýschkin ist in vieler Hinsicht Schüler, Jünger, Nachfolger Christi, aber in seiner menschlichen Schwäche, seiner Verstrickung in Schuld und Sünde, seinem selbstverschuldeten Ende in unheilbarer Geisteskrankheit steht er dem in Christus verwirklichten Ideal des »positiv schönen Menschen« unendlich fern.

Nicht nur zu Christus hat die Gestalt des Fürsten Mýschkin ein gewisse Nähe, sondern auch zu Dostojewskij selbst. Er leidet an der gleichen Krankheit, an der Dostojewskij so schwer gelitten hat – der Epilepsie. Die Anschauungen des

Fürsten über Gott und Christus, über Rußland und Europa, über Katholizismus und Sozialismus, über die Todesstrafe und über Kindererziehung sind die gleichen, die Dostojewskij mit Leidenschaft vertreten hat. Sie beide verbindet eine innige Liebe zu den Kindern und, damit verbunden, die gleiche Auffassung vom Umgang mit ihnen. Den Bericht über das erschütterndste Erlebnis seines Lebens – die Scheininszenierung der Hinrichtung am 22. Dezember 1849 – legt Dostojewskij dem Fürsten in den Mund. Auch den vierjährigen Aufenthalt Mýschkins in einem Schweizer Sanatorium hat man zur Biographie Dostojewskijs in Beziehung gesetzt: zu den vier Jahren Zuchthausaufenthalt im sibirischen »Totenhaus« in den Jahren 1850–1854. Wie Mýschkin aus der Schweiz, so kehrte Dostojewskij aus Sibirien mit neuen Überzeugungen nach Rußland zurück, »zu den Menschen« (S. 100), und beide »predigen« von nun an (S. 83).

Aber natürlich ist der Fürst Mýschkin auch bei weitem kein Selbstportrait Dostojewskijs. Mýschkin ist ja doch, bei aller menschlichen Schwäche, eine »positiv-schöne« Gestalt, und Dostojewskij war weit davon entfernt, sich für eine solche zu halten. Völlig anders als bei Mýschkin ist Dostojewskijs Kindheit verlaufen, nicht in stumpfem Dahindämmern, sondern in höchster Bewußtheit, nicht in völliger Bildungsferne, sondern bei ständiger Lektüre in intensiver Aneignung der Schätze der russischen und der Weltliteratur. Und wenn Dostojewskij auch, wie Mýschkin, an Epilepsie litt, so war bei ihm damit keineswegs die Unfähigkeit zum Vollzug sinnlicher Liebe verbunden, die den Charakter und das Schicksal des Fürsten in so entscheidender Weise bestimmt. So ist der Titelheld, die Hauptgestalt des Romans trotz einer gewissen Nähe zu Christus und zu Dostojewskij doch eine völlig eigenständige Persönlichkeit, von eigenem Charakter und eigenem Schicksal.

Bei aller persönlichen Bescheidenheit ist seine Herkunft aus altem Adel für ihn nicht ohne Bedeutung. Er faßt sie nicht als Privileg, sondern als Verpflichtung, als Berufung zu höherem Dienst auf. Schon durch seine Abstammung ist er verwurzelt im russischen Boden, hat er eine instinktive Beziehung zu den Grundwerten der russischen Kultur, deren höchster Besitz nach Dostojewskijs Meinung das unverfälschte, nicht entstellte Bild Christi ist. Seine mangelhafte Schulbildung hat vielleicht auch eine positive Seite: Die verwestlichte Zivilisation Rußlands im 18. und 19. Jahrhundert hat ihn wenig beeinflussen können, hat seine innere Bindung an den russischen Boden, das russische Volk, den russischen Christus nicht zerstört.

Durch seine Krankheit ist ein hervorstechender Charakterzug des Fürsten bedingt: Er bleibt in gewisser Hinsicht Kind. So hat es ihm Professor Schneider in der Schweiz gesagt: »Er habe sich vollkommen davon überzeugt, daß ich selbst ein richtiges Kind sei, durch und durch« (S. 99). Und so tritt er uns denn auch in seinem Verhalten entgegen: Er ist arglos, leichtgläubig und vertrauensvoll wie Kinder, offenherzig, nicht darauf bedacht, die eigene Würde zu wahren, unbekümmert um Standesunterschiede, handelt weniger aus rationalen Erwägungen als vielmehr aus der Unmittelbarkeit des Empfindens, immer bereit zu fröhlichem Lachen (auch über sich selbst), aber auch zu kindlichem Ernst; er fühlt sich am wohlsten in Gesellschaft von Kindern, und auch an Erwachsenen erspürt er sofort die kindlichen Züge und ist von ihnen sympathisch berührt (S. 102).

Neben den positiven gibt es aber auch negative Seiten in dieser Kindlichkeit eines Erwachsenen. Hierzu gehört vor allem seine unentwickelte Sexualität. Wir hören davon schon im ersten Kapitel, wo Rogóschin den Fürsten ungeniert fragt: »Sind Sie ein großer Liebhaber des weiblichen Geschlechts?«, und dieser antwortet zögernd: »N-nein! Ich bin ja... Sie wissen es vielleicht nicht... aber infolge meines angeborenen Leidens kenne ich die Frauen ja überhaupt nicht« (S. 20). Das Wort »kennen« bedeutet hier ohne Zweifel dasselbe wie das biblische »erkennen« als Bezeichnung für den Vollzug geschlechtlichen Verkehrs. Wie ein vorpubertärer Jüngling hat Mýschkin ein tiefes Empfinden für weibliche Schönheit, aber keine Fähigkeit zu sexueller Partnerschaft. Hier liegen die Wurzeln der Liebestragödie, die, wie wir sahen, die Haupthandlungslinie des Romans ausmacht.

In anderer Weise bestimmt die andere Krankheit Mýschkins, die Epilepsie, die mit der ersten (dem kindlichen Schwachsinn) nicht direkt zu tun hat, seinen Charakter und sein Schicksal. So schwer Mýschkin unter ihr leidet (und Dostojewskij beschreibt dieses Leiden aus eigener Erfahrung) – diese Krankheit hat für ihn auch positive Folgen. Es mag als Zufall erscheinen, daß ein epileptischer Anfall ihn vor dem Messer des Mörders rettet (S. 308), aber das scheinbar Zufällige hat im Romanganzen tieferen Sinn, symbolische Bedeutung. Ein »mystisches Grauen« erfaßt beim Schrei des vom Anfall betroffenen Epileptikers den Mörder, und auch der Fürst selbst hat in der Sekunde vor dem Anfall ein mystisches, ekstatisches Erlebnis. Die unerträgliche Spannung, die dem Anfall vorausgeht, löst sich mit einem Mal, und der Kranke hat nun für einen unmeßbar kurzen Augenblick das Erlebnis einer vollkommenen Harmonie und Schönheit, »eine bisher unerhörte und ungeahnte Empfindung von Fülle, Maß, Versöhnung und ekstatischer, gebethafter Verschmelzung mit der höchsten Synthese des Lebens« (S. 296). Aus anderen Werken Dostojewskijs (»An Maschas Bahre«, »Der Traum eines lächerlichen Menschen«) wissen wir, was er unter »der höchsten Synthese des Lebens« versteht: nämlich Gott, in dem alles Seiende, alles »lebendige Leben« in seiner ganzen Fülle und Vielfalt zur geordneten, harmonischen Einheit zusammengefaßt ist. »Gebethaft« wird das Verschmelzen des menschlichen Ich mit Gott, der »höchsten Synthese des Lebens«, genannt, weil eine solche Nähe von Gott und Mensch, wie sie in dieser Sekunde erlebt wird, sonst nur im Gebet möglich ist. Es ficht den Fürsten nicht an, wenn man ihm gegen eine solche Deutung seines Erlebens einwendet, dieses höhere Selbstempfinden sei »nichts anderes als Krankheit«. »Was ist es denn, daß es eine Krankheit ist?«, so antwortet er. Er erlebt die in Gottes Ewigkeit ruhende All-Einheit des Seienden mit unwidersprechlicher Gewißheit, und wenn dieses Erleben nur durch die Krankheit möglich ist, dann segnet er noch die Krankheit, die es ihm ermöglicht.

Dieses ekstatische Erleben bestimmt sein Weltempfinden, sein Denken und sein Handeln. Hinter der Welt der Erscheinungen, hinter der feindlichen Absonderung und Vereinzelung aller Dinge der Welt und besonders der Menschen sieht er die harmonische Einheit des Seienden, und er versucht, diese vorgegebene, präexistente Harmonie hineinzutragen in die von Zwietracht zerrissene Welt der Erscheinungen, er sehnt sich nach dem »Goldenen Zeitalter«, er versucht, das verlorene Paradies von neuem herbeizuführen, und in seiner kindlichen Vertrauensseligkeit meint er, daß das möglich und vielleicht gar nicht so schwer sei, so daß der vernünftige und verständige Fürst Sch. ihm sagen muß: »Lieber Fürst, das Paradies auf Erden ist nicht leicht zu finden; und Sie rechnen doch immer noch ein wenig auf ein Paradies; ins Paradies kommt man schwer, lieber Fürst, viel schwerer, als Ihr edles Herz es glaubt« (S. 448 f.).

Damit ist das angesprochen, was das eigentliche Anliegen des Fürsten ist; er ist nicht nach Rußland gekommen, um sich hier zu verlieben und zu heiraten, sondern um hier zu arbeiten. »Es gibt etwas zu tun in unserer russischen Welt, glaube mir«, so sagt er zu Rogóschin (S. 290). Und auch für Dostojewskij ist diese soziale und kulturelle Thematik nicht etwas Nebensächliches, Zweitrangiges, was er auch noch in den Roman hineinstopft. Wäre das Liebesdrama die Hauptsache, so müßte man dem Dichter den Vorwurf machen, daß er das Thema nicht durchhält, daß er sich hinreißen läßt, allerlei Nebenhandlungen und zusätzliche Probleme in seinen Roman hineinzubringen, die die Einheit des Kunstwerkes zerstören. Was hat schließlich die Intrige der Nihilisten gegen Mýschkin, was hat die ganze Geschichte des Ippolít mit der Haupthandlung zu tun?

So wichtig die Liebesproblematik, wie in fast allen Werken Dostojewskijs, so auch im »Idioten« sein mag – das Hauptthema Dostojewskijs (besonders in den Werken der 60er und 70er Jahre, von den »Aufzeichnungen aus dem Kellerloch« bis zu den »Brüdern Karamasow«) ist ein anderes, umfassenderes: die Kulturkrise des Zeitalters, in dem Dostojewskij lebte und in dem auch wir heute noch leben, oder, deutlicher gesagt: die der Menschheit drohende Katastrophe und die Frage, ob und wie sie abgewandt werden kann. Dostojewskij hätte von sich sagen können, was zwanzig Jahre später (1887) Nietzsche gesagt hat: »Ich beschreibe, was kommt, was nicht mehr anders kommen kann: die Heraufkunft des Nihilismus. Diese Geschichte kann jetzt schon erzählt werden: denn die Notwendigkeit selbst ist hier am Werke. Diese Zukunft redet schon in hundert Zeichen, dieses Schicksal kündigt überall sich an; für diese Musik der Zukunft sind alle Ohren bereits gespitzt. Unsere ganze europäische Kultur bewegt sich seit langem schon mit einer Tortur der Spannung, die von Jahrzehnt zu Jahrzehnt wächst, wie auf eine Katastrophe los: unruhig, gewaltsam, überstürzt: einem Strom ähnlich, der ans Ende will, der sich nicht mehr besinnt, der Furcht davor hat, sich zu besinnen.« (»Der Wille zur Macht«, Vorrede, § 2).

Die Krise der europäischen Kultur, in die Rußland durch die Westwendung Peters des Großen hineingezogen ist, hat nach Dostojewskij weit zurückliegende Ursachen. Das Ziel der Geschichte ist für ihn die Rückführung der Welt in jenen Zustand der universalen Synthese des Lebens, die Mýschkin im Augenblick vor dem epileptischen Anfall ekstatisch erlebt und die der Träumer (in der kurzen Erzählung »Der Traum eines lächerlichen Menschen« aus dem Jahre 1877) im Traum sieht. In der Erscheinung Jesu Christi, die für Dostojewskij das Wunder der Weltgeschichte war, ist dieses Ideal personhaft realisiert. Aufgabe der Weltgeschichte ist es seitdem, aus dieser individuellen Realisierung des Ideals eine universale zu machen, die auf Zwang und Gewalt gegründete Ordnung der Welt umzuwandeln in eine Liebesgemeinschaft der Menschen untereinander und der Menschen mit aller Kreatur. Auch wenn dieses Ideal nie erreicht wird, bleibt es Ziel und Richtpunkt der Weltgeschichte.

Aber die kontinuierliche Entwicklung auf dieses Ziel hin ist in verhängnisvoller Weise unterbrochen. Statt die Zwangsgemeinschaft des Staates allmählich umzuwandeln in die Liebesgemeinschaft der Kirche, hat die Katholische Kirche des Westens das Schwert der Cäsaren aus deren Hand übernommen, einen irdischen Thron errichtet und fortan die Kirche auf staatliche Herrschaftsgewalt gegründet. Es war eine Lüge, wenn man diese Entstellung der christlichen Idee im Namen Christi verkündete, und so wurde das Christentum und mit ihm der Gottesglaube unglaubwürdig, und aus dem entstellten Christentum entstand der Atheismus und sein Bruder, der Sozialismus, der ja, ebenso wie der Katholizismus, das Glück der Menschheit durch Gewalt erzwingen will. Diese Ideen verkündet Mýschkin (S. 710f.). Die vornehmen aristokratischen Gesprächspartner halten sie für übertrieben, und auch dem Leser erscheinen sie vielleicht so. Aber wir wissen aus Briefen und aus der Publizistik Dostojewskijs und aus anderen seiner künstlerischen Werke, daß dies seine eigene feste Überzeugung war.

Von hier aus ist auch die wiederholte Erwähnung des Holbein-Bildes von Christus im Grabe zu verstehen. Wir hörten, daß Dostojewskij dieses Bild in Basel gesehen hat und daß er tief davon beeindruckt war. Auch Fürst Mýschkin hat es in Basel gesehen, und er kann es seitdem nicht vergessen (S. 286). Als er bei Rogóschin eine Kopie dieses Bildes sieht, ist er von neuem erschüttert, auch darüber, daß Rogóschin bekennt, daß er dieses Bild gern betrachtet. Mýschkin schreit auf: »Von diesem Bild kann manch einer seinen Glauben verlieren!«, und Rogóschin bestätigt es und deutet an, daß er seinen Glauben tatsächlich (und offenbar eben vor diesem Bilde) verloren habe. Und noch eine andere wichtige Gestalt des Romans, der schwindsüchtige Ippolít, der weiß, daß ihm nur noch wenige Wochen zu leben geblieben sind, wird von diesem Bild tief ergriffen und verliert darüber den letzten Rest seines Glaubens. Denn auf diesem Bild, so sagt er, wird Christus dargestellt, ohne daß auch nur eine Spur von jener göttlichen Schönheit zurückbliebe, die sein Leben bestimmt und erfüllt hat: ein Leichnam, nichts als ein gemordeter, geschändeter Leichnam, bei dem keine Hoffnung auf Unsterblichkeit, Auferstehung, ewiges Leben übrigbleiben könne. Und er schließt: Wenn selbst dieses Leben, das auch er, der Zweifler, ebenso wie Dostojewskij, als die absolute Erfüllung der sittlichen Norm, als die vollständige Realisierung des göttlich Guten anerkennen muß – wenn auch *dies* Leben vom Tode verschlungen ist, so ist die Natur »ein riesiges, unerbittliches und stummes Tier, oder richtiger, viel richtiger, wenn auch seltsam ausgedrückt: eine riesige Maschine neuester Bauart, die in sinnloser Weise, taub und empfindungslos ein großes und unendlich wertvolles Wesen ergriffen, zerstückelt und verschlungen hat – ein Wesen, das ganz allein so viel wert war wie die ganze Natur und alle ihre Gesetze, wie die ganze Erde, die ja vielleicht überhaupt nur einzig dazu geschaffen war, dieses Wesen erscheinen zu lassen. Dieses Gemälde bringt eben diesen Begriff von einer dunklen, frechen, sinnlos-ewigen Kraft, der alles unterworfen ist, zum Ausdruck und teilt ihn dem Betrachter unwiderstehlich mit« (S. 537). Wenn Holbein mit diesem Bild recht hat, wenn auch das Leben Christi, wenn auch die absolute Erfüllung des sittlichen Ideals von der Natur gleichgültig eingestampft wird, dann muß man den Glauben daran verlieren, daß unser vergängliches, naturhaftes, menschliches Sein im unvergänglichen Sein, in Gott aufgehoben ist. Für Kant galt die *Unsterblichkeit der Seele* als ein Postulat der praktischen Vernunft; für Ippolít, für Rogóschin, für Mýschkin, und man darf hinzufügen: auch für Dostojewskij ist die *Auferstehung Christi* ein solches »Postulat der praktischen Vernunft«; und wo rundweg erklärt wird (wie Holbein es nach Dostojewskijs Meinung tut), daß dieses Postulat nicht erfüllt werden kann und nie erfüllt worden ist, daß auch Christus dahingegangen ist und drüben nur den Tod gefunden hat, wie es Kiríllow in den »Dämonen« ausdrückt, da kann es keinen Glauben an Gott mehr geben und keine Grundlage für ethisches Handeln, und es zerreißen die Bande, die den Menschen an die Erde knüpfen. Denn an die Erde gebunden wird der Mensch durch die Überzeugung, daß das Tun des Guten, das ihm sein Gewissen vorschreibt, sinnvoll, ja der höchste Sinn seiner Existenz ist. Verliert er diese Überzeugung, so kann er vielleicht auf der Erde leben, solange er vom Leben berauscht ist – bis zum dreißigsten Jahre etwa –, aber dann »schleudert er den Kelch fort«, wie Iwán Karamásow es sich vorgenommen hat. Ippolít, der vor dem Bild Holbeins seinen Glauben verloren hat, kommt gleichzeitig damit zu »seiner letzten Überzeugung«, die wiederum von Iwán Karamásow in aller Klarheit und Kühle formuliert wird: »Alles ist erlaubt«: Rogóschin ist es erlaubt, Nastásja Filíppowna zu ermorden, um sich ihres Besitzes für ewig zu vergewissern; Iwán Karamásow ist es erlaubt, die Ermordung seines Vaters zuzulassen, und ihm und Ippolít (im »Idioten«) und Kiríllow (in den »Dämonen«) ist es selbstverständlich auch erlaubt, »den Kelch fortzuschleudern«, wann immer es ihnen gefällt.

Im Westen ist die Überzeugung, daß Christus »drüben nur den Tod gefunden« hat, daß es also keinen Gott geben kann, schon alt, sie war schon zu Holbeins Zeiten herangereift. Wie die Kopie von Holbeins Bild in das Haus Rogóschins, so ist die Kopie des westlichen Atheismus mit der europäischen Aufklärung im 18. Jahrhundert nach Rußland gekommen und mit dem Atheismus all die anderen weltanschaulichen und moralischen, politischen, sozialen und kulturellen Prinzipien, die aus ihm folgen.

Nicht umsonst verlegt Dostojewskij die Handlung des Romans in die unmittelbare Gegenwart: Sie beginnt am 27. November 1867, also eine Woche, bevor Dostojewskij in Genf sich hinsetzt, um mit der Niederschrift zu beginnen, und sie endet im Juli 1868, also ein halbes Jahr nach Beginn der Niederschrift. Als Dostojewskij zu erzählen beginnt, kann er gleichsam noch gar nicht wissen, wie die von ihm erzählte Geschichte enden wird.

Dostojewskij zeigt damit, daß er den *gegenwärtigen* Augenblick in der Geschichte des Nihilismus darstellen will. Darum bringt er die Kriminalfälle der jüngsten Vergangenheit, die ihm für den gegenwärtigen Augenblick typisch erscheinen, in die Handlung hinein, und er nennt die Mörder und ihre Opfer bei ihren wirklichen Namen: etwa den 18jährigen Gymnasiasten Górskij, der im März 1868 (also ein viertel Jahr nach Beginn der Romanhandlung!) sechs Menschen im Haus der Familie Schemarin umgebracht hatte (S. 253, 299, 338, 387), oder den 19jährigen Studenten Danílow, der, ähnlich wie Raskolnikow in »Schuld und Sühne«, einen Wucherer und dessen Dienerin erschlagen und beraubt hatte (S. 338, 387). Ganz im Gegensatz zu Mýschkin, der in diesen Verbrechen nur Einzelfälle sieht (S. 338), betrachtet Dostojewskij sie als typische Erscheinungen: typisch gerade für den damals gegenwärtigen Zeitpunkt, in dem der theoretische Nihilismus vom Anfang der 60er Jahre jetzt zur Praxis übergegangen war, zur nicht mehr bloß verbalen Behauptung »Alles ist erlaubt«, sondern zur Ausführung des Verbrechens. So hat Lébedew gar nicht unrecht, wenn er die Gegenwart und die Zukunft von der Apokalypse aus deutet, sie unter apokalyptischen Vorzeichen sieht (S. 264f., 490f.), wenn er meint, daß seit 200 Jahren auch in Rußland »die Quellen des Lebens getrübt« sind, daß »diese ganze Stimmung unserer letzten Jahrhunderte, in ihrer gesamten wissenschaftlichen und praktischen Entwicklung vielleicht wirklich verflucht« ist (S. 491).

Was setzt nun aber der Fürst Mýschkin, was setzt Dostojewskij, der diese Romanfigur erschaffen hat, dieser Entwicklung entgegen? Welche Hoffnung räumt er der Menschheit ein, und wie begründet er sie?

Der Wirklichkeit setzt Fürst Mýschkin seinen Glauben entgegen, dem Chaos und der Häßlichkeit der Welt die Harmonie und Schönheit der »höchsten Synthese des Lebens«, dem Glaubensbekenntnis Holbeins, daß Christus tot sei, die Gewißheit, daß er lebt. Und sogar Ippolít, der in seinem wachen Bewußtsein Christus vom Tode besiegt sieht, ahnt in seinem Unterbewußtsein, das sich im Traum kundtut, daß Christus den Tod besiegt hat. Denn ohne Zweifel ist unter dem schauerlichen Reptil, das ihn im Traum bedroht (S. 512), die finstere Macht des Todes zu verstehen; die Neufundländerhündin Norma aber, die trotz des »mystischen Schreckens«, den sie vor dem furchtbaren Tier empfindet (S. 513), den Kampf auf Leben und Tod wagt, das Reptil tötet, aber von ihm, bevor es stirbt, noch tödlich verletzt wird – sie darf gedeutet werden als Bild dessen, der im Kampf auf Tod und Leben »durch den Tod den Tod niedergetreten hat«, wie es im Osterlied der Orthodoxen Kirche heißt. Der Traum Ippolíts nimmt die Worte auf, die nach dem 3. Kapitel des ersten Buches der Bibel Gott zu der Schlange sagt: »Derselbe soll dir den Kopf zertreten, und du wirst ihn in die Ferse stechen.« Ist Norma an dem letzten Stich des Reptils zugrunde gegangen? Ist Christus im Kampf mit dem Tod Sieger geblieben? Der Traum Ippolíts bricht ab, ohne daß wir Antwort auf diese Frage erhielten. Aber Mýschkin läßt sich diesen Glauben auch von dem Bild Holbeins nicht rauben.

Und wenn Christus lebt und wenn sein Bild im russischen Volk rein bewahrt ist, dann besteht Hoffnung für Rußland und durch Rußland für die Welt, und so ruft Mýschkin in seiner flammenden Rede vor dem zweiten Anfall, der in dem Roman beschrieben wird, seine Standesgenossen, die russischen Aristokraten, auf zur Tat (S. 711), fordert sie auf, dem Volke voranzugehen auf dem Weg, der zur Rettung führt, fordert sie auf, Diener zu werden, um Herren werden zu können (S. 723). Wie er vor seinem ersten Anfall das »gebethafte Verschmelzen mit der höchsten Synthese des Lebens« erlebt hatte (S. 296), so sieht er jetzt als Vision die heile Welt, in der die Menschen miteinander, die Erwachsenen mit den Kindern und die Menschen mit Bäumen und Tieren, mit dem Gras und der Morgenröte in Frieden und Liebe zusammenleben.

Aber wieder kann man einwenden: Diese Phantasien eines Utopisten sind nichts als das Symptom seiner Krankheit. Und sagt dies nicht sogar Dostojewskij selbst, wenn er Mýschkin im Leben scheitern und schließlich in Idiotie versinken läßt? Was ist denn aus all seinen hohen Ideen geworden, wenn er im Schweizer Sanatorium sein Leben verdämmert, was hat er denn in Rußland bewirkt, außer daß Nastásja Filíppowna ermordet worden ist, Rogóschin für 15 Jahre ins Zuchthaus muß und Aglaja auf einen Heiratsschwindler hereinfällt?

Nun – ganz ohne Wirkung ist Fürst Mýschkin doch nicht geblieben.

In seinen Notizen zum »Idioten« schreibt Dostojewskij einmal, das Streben des Fürsten Mýschkin sei, die Menschen, denen er begegnet, »wiederherzustellen und aufzuerwekken«. »Der Fürst rührt nur an das Leben der anderen ... Aber wo auch immer er sie berührt, überall hinterläßt er eine nicht auszuforschende Spur. Und darum die unendlich vielen

Geschichten im Roman neben dem Ablauf der Haupthandlung.« Auf Ippolít hat er tiefen Einfluß, auch wenn er ihn nicht davor bewahren kann, »in schrecklicher Erregung« zu sterben (S. 799); ebenso auf die Nihilisten »und viele andere Personen unserer Erzählung«, auch wenn sie nach seinem Weggang »leben wie zuvor und sich wenig verändert haben« (S. 799).

Aber bei einigen, gerade den positivsten Gestalten des Romans hinterläßt der Fürst eine tiefe und bleibende Wirkung; die tiefste bei dem jungen Kolja, der von Anfang an ein glühender Verehrer des Fürsten ist und von diesem geliebt und trotz seiner Jugend sogar geachtet und mit »Sie« angeredet wird. Er hat sich die Ideen des Fürsten enthusiastisch angeeignet, ist durch dessen tragisches Schicksal tief erschüttert und, wie seine Mutter fürchtet, »für sein Alter zu ernst« geworden (S. 800). »Vielleicht wird ein tüchtiger Mann aus ihm« – so hofft der Erzähler und läßt den Leser damit hoffen, daß durch ihn das Vorbild und die Lehren Mýschkins in die Zukunft getragen werden.

Erstaunlicher ist, daß auch eine zu Anfang nicht ganz so positive Gestalt, der etwas allzu glatte und elegante Aristokrat Jewgénij Páwlowitsch Rádomskij, zuerst ein etwas undurchsichtiger Karrierist, sich gegen Ende unter dem Einfluß Mýschkins positiv entwickelt und »regen Anteil an dessen Schicksal nimmt« (S. 800). Es wird angedeutet, daß er, der sich einst um des Geldes und des gesellschaftlichen Ansehens willen um Aglaja bemüht hatte, jetzt »so etwas wie Freundschaft und Zuneigung« zu Wéra Lébedewa empfindet (S. 801), einer gleichfalls sehr positiven Gestalt, deren Vorname »Glaube« bedeutet (ihre Schwester heißt »Ljubów« = »Liebe«). Offenbar will Dostojewskij mit diesen locker hingeworfenen Andeutungen im Epilog sagen, daß die Hoffnung Mýschkins auf eine innere Wiedergeburt der russischen Aristokratie vielleicht doch nicht völlig vergeblich war. Daß es in ihr Menschen gibt, die sich zwar vorläufig noch in Rußland als »überflüssige Menschen« vorkommen (S. 800), die aber doch mit den besten Vertretern der jungen Intelligenz in Freundschaft verbunden sind und sich künftig vielleicht in einem Liebesbund mit ihr vereinen. Auch die letzten Worte der Generalin Jepantschín, mit denen das Buch schließt, lassen hoffen, daß das geistige Erbe Mýschkins nicht verloren ist, daß »die Vernunft wieder zu ihrem Recht kommt« (S. 803).

Aber war es denn »vernünftig«, was der Fürst gesagt und gepredigt, was er gehofft und wie er sich verhalten hat? Ist er nicht wirklich lächerlich in seinem Benehmen und in seinen Ideen? Er weißt selbst, daß er lächerlich ist (S. 722) und fürchtet sich, seine tiefsten Ideen auszusprechen, weil sie in seinem Munde entstellt, weil sie durch ihn lächerlich werden. Er weiß, er ist ein kranker Mensch: Epileptiker, seine Vergangenheit und seine Zukunft steht unter dem Schatten der Idiotie, er ist scheinbar ein Erwachsener, in Wirklichkeit aber unentwickelt, Kind geblieben. Warum vertraut Dostojewskij einem solchen Menschen seine tiefsten Intuitionen, seine höchsten Hoffnungen an?

Offenbar will er sagen, daß gerade solchen Menschen wie Mýschkin, Menschen, die von Krankheit geschlagen, die ausgeschlossen sind vom Feste des Lebens, die Kinder geblieben sind in ihrem Empfinden, ihren Vorstellungen, ihrem Verhalten – daß gerade solchen Menschen Einsichten, Intuitionen, Ideen geschenkt sein können, die dem normalen, gesunden Menschen unzugänglich sind. Daß gerade solche Menschen – Träumer, Visionäre, Utopisten – der Menschheit Ziele zeigen können, die der Mensch des Alltags, der Mensch der Tat gar nicht zu sehen vermag. Ihre Krankheit ist gleichsam der Preis, den sie zahlen müssen für das große Werk, zu dem sie berufen sind. Ihr Werk – das ist der Traum, den sie gesehen und den sie den Menschen erzählt haben. Verwirklichen können sie ihn nicht – dazu bedarf es einer anderen, stärkeren Konstitution.

Das Schicksal des Fürsten Mýschkin gleicht in gewisser Hinsicht dem Hölderlins. Eine erhöhte Sensibilität macht sie zu Empfindungen und Intuitionen fähig, die der »normale« Mensch nicht hat. Aus dem Erleben der ursprünglichen Einheit des Seins erwächst ihnen die Hoffnung einer künftigen Allversöhnung. Aber im praktischen Leben scheitern sie.

Sie scheitern auch in der Liebe, nicht ohne eigene Schuld, und dieses Scheitern im Leben und in der Liebe führt sie beide in die geistige Umnachtung.

Dostojewskij hat Hölderlin nicht gekannt, und doch hat er sein Schicksal beschrieben. Man warf ihm vor, er sei Phantast. Er verteidigte sich: Seine Phantastik war oft wahrer als die scheinbare Wirklichkeit.

Während die Übereinstimmungen zwischen Mýschkin und Hölderlin Dostojewskij nicht bewußt waren, hat er die zwischen sich selbst und dem Fürsten natürlich bewußt eingeführt. Wir verstehen jetzt auch, warum. Auch ihm selbst konnte man vorwerfen, daß er ein Träumer, ein Phantast sei, daß seine utopischen Ideen vielleicht mit seiner Krankheit in Verbindung stünden, auch ihn hat man im Kreis der Petersburger Literaten der 40er Jahre lächerlich gefunden, hat ihn verspottet als den Ritter von der traurigen Gestalt. Und in seiner flammenden Begeisterung für die Ideen vom russischen Volk, von der Notwendigkeit der Rückkehr zum Boden, vom russischen Christus, von der Rettung der Welt durch den russischen Gedanken hat er, wie Mýschkin, gefürchtet, diese Ideen zu kompromittieren durch seine eigene Lächerlichkeit, durch seine eigene Unfähigkeit, ihnen angemessenen Ausdruck zu verleihen. Und so ruft er durch seinen Roman den Kritikern seiner Idee zu: Seht nicht auf meine Lächerlichkeit; vielleicht muß ein Mensch, der verkündet, was ich zu verkünden habe, den anderen als lächerlich erscheinen.

Schon wiederholt ist Dostojewskijs Erzählung aus dem Jahr 1877 »Der Traum eines lächerlichen Menschen« zitiert worden. Beinahe könnte auch »Der Idiot« diesen Titel haben. Was Mýschkin denkt und was er sagt und wie er handelt, das ist auch der »Traum eines lächerlichen Menschen«, in den Augen der meisten seiner Mitmenschen eine Utopie, aber nach Meinung des Dichters die prophetische Verkündigung des Ideals, Vorwegnahme des Zieles der Geschichte.

Von hier aus ist vielleicht auch zu verstehen, warum die Liebesgeschichte einen so großen Raum in dem Roman einnimmt. Wenn Dostojewskijs Hauptthema die Menschheitskrise des Nihilismus ist und wenn er uns in der Gestalt des Fürsten Möglichkeiten der Überwindung dieser Krise zeigen will – wozu dann das Melodrama um Nastásja Filíppowna? Vielleicht ist das völlige Scheitern dieser Liebe auch ein prophetischer Hinweis (wenn auch nur ein negativer) auf die Liebe, wie sie sein soll und wie sie bisher so selten, vielleicht noch nie verwirklicht worden ist. »Nicht ist die Liebe gelernt«, sagt Rilke in den »Sonetten an Orpheus«, und vor ihm hat der russische Philosoph Wladímir Solowjów, ein Freund Dostojewskijs, in seinem Buch über den »Sinn der Liebe« (1894; deutsch Hamburg, Felix Meiner Verlag, 1985, S. 25) gesagt: »Es wäre ungerecht, die Möglichkeit der Verwirklichung der Liebe nur aus dem Grund zu verneinen, weil sie bisher noch niemals verwirklicht worden ist. [...] Die Liebe ist für den Menschen vorläufig dasselbe, was die Vernunft für die Tierwelt war: Sie existiert als Keim oder Anlage, aber nicht in Wirklichkeit.«

Was die Liebe sein und was sie nicht sein soll, deutet Dostojewskij im »Traum eines lächerlichen Menschen« an. Es heißt dort über die paradiesischen Menschen, die Menschen vor dem Sündenfall: »Es gab bei ihnen Liebe, und es wurden Kinder geboren, aber niemals bemerkte ich bei ihnen Ausbrüche jener grausamen Wollust, die bei uns auf der Erde fast alle ergreift, alle und einen jeden, und die die einzige Quelle fast aller Sünden unserer Menschheit ist.«

Hat die Liebe eine so entscheidende Bedeutung für die Menschheit und ist sie von der Menschheit bisher so wenig »gelernt«, so muß sie in seinem Roman, der die Krise der Menschheit zum Thema hat, einen breiten Raum einnehmen; die prophetische Verkündigung der kommenden, bisher »nicht gelernten« Liebe vollzieht der Dichter, indem er in der Welt seiner Gegenwart, in der Welt, die er schildert, die Liebe scheitern läßt.

So zeigt Dostojewskij uns in seinem großen Roman wohl wirklich nur den »Traum eines lächerlichen Menschen«. Aber was macht es, daß es nur ein Traum war? Und was macht es, daß der, der ihn gesehen hat, ein lächerlicher

Mensch war, wie Dostojewskij, vielleicht gar ein »Idiot«, wie Hölderlin?

Nach der Lektüre von Dostojewskijs Roman kann man mit dem »lächerlichen Menschen« sagen: »Ich habe die Wahrheit gesehen – nicht mit dem Verstand habe ich sie erfunden, sondern ich habe sie gesehen, gesehen, und ihr lebendiges Bild hat für immer meine Seele erfüllt.«

Ludolf Müller

ZEITTAFEL

1821 Fjodor Michailowitsch Dostojewskij wird am 11. November als Sohn eines Armenarztes in Moskau geboren.

1837 Tod der Mutter.

1838–43 Besuch einer Ingenieurschule der Petersburger Militärakademie. Erste literarische Versuche, besondere Begeisterung für Puschkin und Gogol, für Schiller und E. T. A. Hoffmann.

1839 Tod des Vaters auf seinem Landgut (angeblich von Leibeigenen ermordet).

1843 Anstellung als technischer Zeichner im Kriegsministerium.

1844 Entschluß, als freier Schriftsteller zu leben; Dostojewskij wird auf eigenen Wunsch aus dem Staatsdienst entlassen.

1845 Bekanntschaft mit den Dichtern Nekrassow und Turgenjew und dem Literaturkritiker Wissarion Belinskij.

1846 Dostojewskijs Erstling, der Briefroman *Arme Leute*, erscheint in Nekrassows berühmtem Sammelband *Petersburger Almanach* und macht Dostojewskij schlagartig zu einem berühmten Schriftsteller. Bekanntschaft mit Alexander Herzen.

1847 Die Erzählung *Die Wirtin* erscheint in der Zeitschrift *Otetschestwennyje Sapiski* und wird von Belinskij vernichtend kritisiert. Bruch mit Belinskij. Regelmäßiger Besuch der »Freitagsgespräche«, des revolutionären Kreises um Petraschewskij.

1848 Mehrere Erzählungen, darunter *Weiße Nächte*, *Ein schwaches Herz*, *Der ehrliche Dieb*.

1849 Der Roman *Netotschka Neswanowa* beginnt in der Zeitschrift *Otetschestwennyje Sapiski* zu erscheinen (nie abgeschlossen). Am 5. Mai Verhaftung Dostojewskijs und aller anderen Mitglieder der Petraschewskij-Gruppe. Im September Prozeß mit Todesurteil, dessen Umwandlung zu vier Jahren Katorga (Zwangsarbeit in Ketten) und vier Jahren Militärdienst in Sibirien erst auf dem Richtplatz verkündet wird.

1850–54 Strafhaft in der Festung Omsk (Sibirien). Auftreten der ersten Epilepsieanfälle.

1854–56 Dostojewskij dient als Gemeiner in Semipalatinsk in Sibirien.

1856 Beförderung vom Unteroffizier zum Fähnrich.

1857 18. Februar Eheschließung mit Maria Dmitrijewna Issajewa in Kusnezk. Der Roman *Ein kleiner Held* erscheint in den *Otetschestwennyje Sapiski* unter dem Pseudonym M-ij.

1859 Ausscheiden aus dem Militärdienst »aus Gesundheitsgründen«. Rückkehr nach St. Petersburg. Der Roman *Das Dorf Stepantschikowo und seine Bewohner* erscheint in den *Otetschestwennyje Sapiski*.

1861 Bekanntschaft mit Gontscharow, Tschernyschewskij, Dobroljubow, Ostrowskij und Saltykow-Schtschedrin. Beginn der leidenschaftlichen Liebe zu Apolinaria (»Polina«) Prokofjewna Suslowa. Der Roman *Die Erniedrigten und Beleidigten* erscheint in der Zeitschrift *Wremja*, ebenfalls *Die Aufzeichnungen aus einem toten Hause*, eine Darstellung des Lebens im sibirischen Zuchthaus.

1861–63 Mitarbeit an der von seinem Bruder Michail herausgegebenen Zeitschrift *Wremja*. Zusammenarbeit mit Nikolai Strachow und Apollon Grigorjew.

1862 Erste Europareise: Berlin, Dresden, Paris, London, Genf, Florenz, Mailand, Venedig, Wien. In London Besuch beim exilierten russischen Publizisten und Revolutionär Alexander Herzen sowie bei Bakunin.

1863 Zweite Europareise (Wiesbaden, Paris, Italien), z. T. in Begleitung Polinas. In Wiesbaden erstmals am Roulett-Tisch. Große Spielverluste in Baden-Baden und Bad Homburg. Veröffentlichung des Berichts über die erste

Europareise: *Winterliche Aufzeichnungen über sommerliche Eindrücke* in der Zeitschrift *Wremja*. Im April Verbot des *Wremja*.

1864–65 Mit Michail Dostojewskij Herausgabe der Zeitschrift *Epocha*.

1864 Am 27. April Tod seiner Ehefrau Maria Dmitrijewna. Am 22. Juli Tod des Bruders Michail. Dostojewskij führt die Zeitschrift *Epocha* allein weiter. Der Roman *Aufzeichnungen aus einem Kellerloch* erscheint in *Epocha*.

1865 Dritte Europareise (Wiesbaden, Kopenhagen). Erneutes Zusammensein mit Polina. Wieder große Spielverluste.

1866 Der Roman *Schuld und Sühne* erscheint in der Zeitschrift *Russkij Westnik*. Der in 26 Tagen niedergeschriebene Roman *Der Spieler* erscheint in den Gesammelten Werken, Bd. 3, der Ausgabe des Petersburger Buchhändlers Stellowskij.

1867 Am 15. Februar Eheschließung mit Anna Grigorjewna Snitkina. Im April Flucht beider vor den Gläubigern ins Ausland. (Aufenthalt in Dresden, Bad Homburg v. d. H., Baden-Baden, Basel, Genf, Saxon-les-bains). In Baden-Baden Begegnung mit Turgenjew und scharfe Auseinandersetzung.

1868 Der Roman *Der Idiot* erscheint in der Zeitschrift *Russkij Westnik*. Am 5. März Geburt der Tochter Sonja in Genf, die am 24. Mai stirbt. Ende Mai Übersiedlung nach Vevey, im September nach Mailand, im November nach Florenz.

1869 Im Juli über Venedig, Prag nach Dresden. Am 26. September in Dresden Geburt der Tochter Ljubow.

1871 20. Juli Rückkehr nach St. Petersburg, wo am 28. Juli der Sohn Fjodor geboren wird.

1871–72 Der Roman *Die Dämonen* erscheint in der Zeitschrift *Russkij Westnik*.

1873 Dostojewskij übernimmt für 15 Monate die Schriftleitung der Zeitschrift *Graschdanin*.

1875 22. August Geburt des zweiten Sohnes Aljoscha (gest.

28. Mai 1878 an Epilepsie). Wegen eines Lungenemphysems Kuraufenthalt in Bad Ems. Der Roman *Der Jüngling* erscheint in den *Otetschestwennyje Sapiski*.

1876–77 Herausgeber und alleiniger Autor der Monatsschrift *Tagebuch eines Schriftstellers* (darin u. a. *Die Sanfte*).

1877 Im Dezember wird Dostojewskij zum Korrespondierenden Mitglied der Kaiserlichen Akademie der Wissenschaften ernannt.

1879–80 Der Roman *Die Brüder Karamasow* erscheint in der Zeitschrift *Russkij Westnik*.

1880 Am 20. Juni Ansprache anläßlich der Enthüllung des Puschkin-Denkmals in Moskau (*Puschkin-Rede*).

1881 Dostojewskij stirbt am 9. Februar an den Folgen eines Blutsturzes in St. Petersburg. Beisetzung im Alexander-Newskij-Kloster auf dem Tichwinsker-Friedhof.

1882–83 *Polnoje Sobranije Sotschinenij*, 14 Bde. (St. Petersburg)

1889 Es erscheint die erste deutsche Übersetzung des *Idioten*.

1906–19 *Sämtliche Werke* (dt.). Unter Mitarbeit von Dmitrij Mereschkowskij, hg. von Arthur Moeller van den Bruck. Übers. v. E. K. Rahsin. 22 Bde. München (Piper) 1906–1919.

Daten nach dem Gregorianischen Kalender

LITERATURHINWEISE

BIBLIOGRAPHIEN

F. M. Dostoevskij. Bibliografija proizvedenij F. M. Dostoevskogo i literatury o nem: 1917–1965. Hrsg. von A. A. Belkin, A. S. Dolinin, V. V. Kožinov. Moskau 1968. Fortgesetzt in den Sammelbänden: F. M. Dostoevskij. Materialy i issledovanija. Leningrad: Nauka, ab 1974.

Kampmann, Theoderich: Dostojewski in Deutschland. Münster 1931, S. 221–238.

Setschkareff, V.: Dostojevskij in Deutschland. In: Zeitschrift für slavische Philologie, 22, 1954, S. 12–39.

Gerigk, Horst-Jürgen: Notes Concerning Dostoevskii Research in the German Language after 1945. In: Canadian-American Slavic Studies, VI, 1972, 2, S. 272–285.

Neuhäuser, Rudolf (Hrsg.): Bulletin of the International Dostoevsky Society, I–VI, 1972–1979. [Knoxville/Tenn.: University of Tennessee Library]. Ab 1980 Yearbook of the International Dostoevsky Society.

Leatherbarrow, W. J.: Fedor Dostoevsky. A Reference Guide. Boston, Mass. 1990.

AUSGABEN

Idiot. Erstdruck in »Russkij vestnik«, Januar–Dezember 1868, Kap. 8–12 des 4. Teils als Beilage zum »Russkij vestnik« Februar 1869. Erste Buchausgabe: Petersburg 1874. Textkritische Ausgabe in: F. M. Dostoevskij, Polnoe sobranie sočinenij v 30 tt. [Werke], Bd. 8 und 9, Leningrad 1973–74.

Der Idiot. Übers. v. A. Scholz. 3 Bde. Berlin 1889.

Der Idiot. Übers. v. E. K. Rahsin. München 1909 (= Sämtliche Werke. Unter Mitarbeit von Dmitri Mereschkowski hrsg. v. Arthur Moeller van den Bruck. 22 Bde. München 1906–1919, Bde. 3 u. 4); zahlreiche Neuaufl. und Einzelausgaben, revid. Neuausg. 1953, zuletzt 1990.

Weitere Übersetzungen: Klara Brauner, Wien u. Leipzig 1908, Hermann Röhl, Leipzig 1921; H. v. Hörschelmann, Leipzig 1925; A. Luther, München 1959; K. Brauer, Frankfurt a. M. 1962; H. Herboth, Berlin und Weimar 1986.

Dostoevskij, F. M.: Pis'ma [= Briefe]. Letzte Ausgabe in: Polnoe sobranie sočinenij v 30-ti tomach, Bd. 28,1–Bd. 31,1. Leningrad 1985–1988.

Dostojewskij, Fjodor M.: Gesammelte Briefe 1833–1881. Übersetzt, herausgegeben und kommentiert von Friedrich Hitzer unter Benutzung der Übertragung von Alexander Eliasberg. München und Zürich 1966 (2. Aufl. 1986).

Dostojewski, Fjodor M.: Briefe. Aus dem Russischen übertragen von Waltraud und Wolfram Schroeder und Andreas Pham. Ausgewählt, herausgegeben und mit einem Nachwort versehen von Ralf Schröder. Bd. 1, 2. Leipzig 1984.

Dostojewskaja, A. G.: Erinnerungen. Berlin 1976 (zuerst 1925).

Dostojewski, Frau A. G.: Tagebuch. Die Krise Dostojewskis. Hrsg. von Kurt Kersten. Berlin 1925.

Dostoevskij v vospominanijach sovremnnikov v dvuch tomach. [Dostoevskij in den Erinnerungen seiner Zeitgenossen, in zwei Bänden.] Moskva 1990.

Mereschkowski, Dmitry: Tolstoi und Dostojewski. Deutsch von Carl von Gütschow. Leipzig 1903.

Nötzel, Karl: Das Leben Dostojewskis. Leipzig 1925.

Meier-Gräfe, Julius: Dostojewski der Dichter. Berlin 1926.

Bachtin, Michail: Probleme der Poetik Dostojewskijs (russisch zuerst 1929). Nach der 2. Auflage von 1963 ins Deutsche übersetzt von Adelheid Schramm. München 1971.

Iwanow, Wjatscheslaw: Dostojewskij. Tragödie – Mythos – Mystik. Autorisierte Übersetzung von Alexander Kresling. Tübingen 1932.

Guardini, Romano: Der Mensch und der Glaube. Versuche über die religiöse Existenz in Dostojewskijs großen Romanen. Leipzig 1933. (Weitere Auflagen unter dem Titel »Religiöse Gestalten in Dostojewskijs Werk« 1939 und öfter.)

Grossman, Leonid: Žizn' i trudy F. M. Dostoevskogo. Biografija v datach i dokumentach. Moskva, Leningrad 1935.

Močul'skij, K.: Dostoevskij. Žizn' i tvorčestvo. Paris 1947.

Lauth, Reinhard: »Ich habe die Wahrheit gesehen.« Die Philosophie Dostojewskis in systematischer Darstellung. München 1950.

Nigg, Walter: Dostojewskij. Die religiöse Überwindung des Nihilismus. Hamburg 1951.

Onasch, Konrad: Dostojewskij-Biographie. Materialsammlung zur Beschäftigung mit religiösen und theologischen Fragen in der Dichtung F. M. Dostojewskis. Zürich 1960.

Troyat, Henri: Dostojewski. Freiburg i. B. 1964.

Peace, Richard: Dostoyevsky. An Examination of the Major Novels. Cambridge 1971.

Thieß, Frank: Dostojewski. Realismus am Rande der Transzendenz. Stuttgart 1971.

Braun, Maximilian: Dostojewskij. Das Gesamtwerk als Vielfalt und Einheit. Göttingen 1976.
Frank, Joseph: Dostoevsky. [Von der großen, auf 5 Bände angelegten Biographie in englischer Sprache sind bisher erschienen:] Bd. 1–3. Princeton 1976–1986.
Catteau, Jacques: La création littéraire chez Dostoievski. Paris 1978.
Seleznev, Jurij: Dostoevskij [russisch]. Moskva 1981.
Müller, Ludolf: Dostojewskij. Sein Leben, sein Werk, sein Vermächtnis. München 1982 (2. Aufl. 1990).
Chapple, Richard: A Dostoevsky Dictionary. Ann Arbor 1983.
Lauth, Reinhard: Dostojewski und sein Jahrhundert. Bonn 1986.

ZUM ROMAN

Umfassende bibliographische Zusammenstellungen von Literatur zum »Idioten« finden sich in den großen Bibliographien (s. o.) und in den im folgenden genannten Monographien über den Roman. In fast allen Büchern über Leben und Werk Dostojewskijs wird auch über den »Idioten« gesprochen. Im folgenden werden vor allem die größeren und die in letzter Zeit veröffentlichten speziellen Arbeiten zum Roman genannt, und besonders die in deutscher Sprache verfaßten. Die englisch- und französisch-sprachige Literatur ist weitgehend von Leatherbarrow verzeichnet, die russisch-sprachige im 9. Band der 30-bändigen russischen Gesamtausgabe.

Hesse, Hermann: Gedanken zu Dostojewskijs »Idiot« (1919). Neu in: H. Hesse, Blick ins Chaos, Bern 1920.
Benjamin, Walter: »Der Idiot« von Dostojewskij (1921). Neu in: W. Benjamin, Gesammelte Schriften, Bd. 2,1. Frankfurt a. M. 1977, S. 237–241.
Nigg, Walter: Dostojewskijs »Idiot«. In: W. Nigg, Der christliche Narr, Stuttgart 1956, S. 349–403.
Fridlender, G. M.: Roman »Idiot«. In: Tvorčestvo Dostoevskogo. Moskva 1959, S. 173–214.
Tellenbach, Hubertus: Zur Phänomenologie der Verschränkung von Anfallsleiden und Wesensänderung beim Epileptiker. Versuch einer Wesensbestimmung des epileptischen Fürsten Myschkin. In: Jahrbuch für Psychologie, Psychotherapie und medizinische Anthropologie, 14, 1966, S. 57–68.
Gooding, D. A.: Dostoevsky's »The Idiot«. Monarch Notes and Study Guides. New York 1965.
Wasiolek, Edward: The Notebooks for »The Idiot« [...]. Chicago und London 1967.
Neuhäuser, Rudolf: Nachwort (zu: Fjodor M. Dostojewskij, Der Idiot). München (Winkler) 1973, S. 807–840.
Bitjugova, I. A., Dudkin, V. V., Solomina, N. N., Fridlender, G. M.:

Primečanija [Aufsätze und Kommentare zum »Idioten« und zu den Notizbüchern zum »Idioten«]. In: F. M. Dostoevskij, Polnoe sobranie sočienij v tridcati tomach, Bd. 9, Leningrad 1974, S. 329–469.

Schultze, Brigitte: Der Dialog in F. M. Dostoevskijs »Idiot«. München 1974.

Bergengruen, Werner: Nachwort (zu »Der Idiot«). München (DTV) 1976 (5. Aufl. 1981).

Beer, Hans-Peter: Die Gestalt des Evgenij Pavlovič Radomskij in Dostoevskijs Roman »Der Idiot« (= Skripten des Slavischen Seminars der Universität Tübingen, Nr. 15). Tübingen 1978.

Studien und Materialien zu Dostoevskijs Roman »Der Idiot«. (= Skripten des Slavischen Seminars der Universität Tübingen, Nr. 17). (Darin u. a.: Dorothee Schwarz: Dostoevskijs Auffassung von der Eigenart und Bestimmung Rußlands nach seinem Roman »Der Idiot«. – Thomas Heckert: Der zeitliche Ablauf der Handlung in Dostoevskijs Roman »Der Idiot«). Tübingen 1978.

Dalton, Elizabeth: Unconscious Structure in »The Idiot«. A Study in Literature and Psychoanalysis. Princeton 1979.

Rahsin, E. K.: Nachwort und Anmerkungen zu: F. M. Dostojewski, Der Idiot. München (Piper) 1977/1980, Ausgabe 1980, S. 945–974.

Miller, Robin Feuer: Dostoevsky and »The Idiot«: Author, Narrator, and Reader. Cambridge, Mass. und London 1981.

Slattery, D. P.: »The Idiot«: Dostoevsky's Fantastic Prince: A Phenomenological Approach. Berne and New York 1983.

Rakusa, Ilma: Nachwort, Auswahlbibliographie, Biographische Daten. In: Fjodor M. Dostojewski, Der Idiot, München und Zürich (Piper) 1983, S. 955–981.

Opitz, Roland: Nachwort, Anmerkungen. In: Fjodor Dostojewskij, Der Idiot. Roman in vier Teilen. Deutsch von Hartmut Herboth, Berlin und Weimar 1986, S. 849–887.

Cascardi, Anthony J.: The Bounds of Reason: Cervantes, Dostoevsky, Flaubert. New York 1986.

INHALT

ERSTER TEIL

ZWEITER TEIL

DRITTER TEIL

VIERTER TEIL

ANHANG

Klassiker der russischen Literatur

Alexander N. Afanasjew:
Russische Volksmärchen
Mit Nachwort von Lutz Röhrich
2 Bände in Kassette
dtv 5931

Fjodor M. Dostojewskij:
Der Idiot
Mit Nachwort von Ludolf Müller
dtv 2011

Schuld und Sühne
Mit Nachwort von Barbara Conrad
dtv 2024

Die Dämonen
Mit Nachwort von H.-J. Gerigk
dtv 2027

Die Brüder Karamasow
Mit Nachwort von H.-J. Gerigk
dtv 2043

Der Spieler
Aus den Aufzeichnungen eines jungen Mannes
Mit Nachwort von R. Neuhäuser
dtv 2081

Iwan A. Gontscharow:
Oblomow
Mit Nachwort von R. Neuhäuser
dtv 2076

Eine alltägliche Geschichte
Roman
Mit Nachwort von Peter Thiergen
dtv 2310

Leo N. Tolstoi:
Anna Karenina
dtv 2045

Krieg und Frieden
Mit Nachwort von Heinrich Böll
2 Bände in Kassette
dtv 59009

Iwan Turgenjew:
Väter und Söhne
Mit Nachwort von Jurij Murašov
dtv 2113